福全台諺語典

目　　錄

《福全台諺語典》序

徐福全

幼年時，常聽先父、先慈兩人教誨，其中有些話經常被重複提到，如：「好天著存雨來糧」、「囝仔人有耳無嘴」、「三日無餾爬上樹」、「買物著看，關門著閂」......等。小學五、六年級買了一本《中國俗語典》，讀來令我愛不忍釋；初中上圖書館看古典章回小說，除了情節動人之外，其中慣用的俗語，如：「善有善報，惡有惡報，不是不報，時候未到」、「是非只為多開口，煩惱皆因強出頭」等，更令我印象深刻。從此每回與人談話，便特別留意對方使用的俗語、俚諺，並漸漸體會到諺語（包含俚俗語、歇後語、成語）是語言的精華之結晶，它們充滿長期使用這種語言的人賦予的智慧、趣味。因此它們可以說是語言的舍利子，語言的核心成分；對學習一種語言者而言，如果不會使用諺語，那麼他所講的話語必然會顯得平淡而無味，必須要到能夠很流利地聽、講該種語言的諺語，我們才能承認他已精通這種語言。

民國六十四年春天，先慈見背。她雖然是文盲，但卻是我今生所知道最擅長使用台灣諺語的長者，她老人家所記得的諺語數量之多，甚至超過先父；至於運用之巧妙及使用頻率之高，更令先父自嘆弗如。從先慈見背之日起，我即立志要將她生平所講的諺語，就記憶所及加以記錄，並且去購買了前賢吳瀛濤所編《台灣諺語》來參校。拜讀吳氏大作後，我乃萌生編纂《台諺語典》的壯志，說來這竟是二十三年前的往事了。二十三年來，一路忙，忙著唸大學、結婚、修碩士、修博士、寫升等論文、教學、演講......，但我無時或忘初衷——請父親協助我編一部台諺語典以紀念我母親。不意平生務農身強體壯的父親竟於民國七十五年冬亦告棄養，使得我頓失最佳指導者，而這一部諺語典也由紀念母親演變成為紀念雙親。

二十三年前想編一部台諺語典，這種心願，在當時的政治文化環境下，實在是微不足道的事，不只我年輕缺乏經驗，同時社會上也缺乏相關書籍及專家學者。最初，我只是將先慈與先父及鄰居之對談所曾使用之諺語，就記憶所及去追錄，斷斷續續記下來竟記滿兩大本筆記本，數量極為可觀。後來為了撰寫博士論文《台灣民間傳統喪葬儀節研究》及升教授論文《台灣民間傳統孝服制度研究》，我走遍了全台灣各縣市，深入山陬海隅，訪問過的耆老超過五百位以上，他們接受我訪問時，除了針對主題回答之外也會侃侃而談他們的人生經歷、地方掌故等，而且還有一個共通點——他們講的都是很道地的閩南語，很擅長使用台灣諺語。我真後悔當時未將這些耆老的談話全部全程錄音（事實上我已錄了一百卷左右的錄音帶，但只是訪談過程的一小部分而已，這些都會成為珍貴的語料。）由於耆老言談中均很慣練於使用諺語，後來我去訪問別的耆老時，便儘量運用諺語與他們交談，想不到竟這麼契合他們的心靈，在「一談如故」的拍合之下，讓我日後獲得更多珍貴的資料。十幾二十年的全省田野調查，使我心目中想編的《台諺語典》的記錄地區，由我的故鄉台北縣石門鄉擴及全省（包括澎湖），而採錄的對象也由先父、先慈兩人擴大到五百人以上。在我的田野採訪册中，除了婚喪民俗資料之外，記得最多的便是各地耆老所講述的諺語與掌故，這些生動、活潑、充滿生命力與智慧的諺語，全部蒐羅進各位讀者手上這部諺語典中。

除了從田野中去收集資料，當然免不了要參考前輩及時賢的作品。遠從清代的方志找到今天的省市文獻期刊，凡是片言隻字有關台灣諺語的，皆不遺餘力去蒐集。日治時期（民國三年）所編《台灣俚諺集覽》算是一部很專業的諺語典，皇皇鉅册，收錄了四千五百條左右，每條本文皆附有日文注音，此書依日文字母排列，並有分類檢索，對當時的人而言堪稱方便使用。可惜主事者對漢文、台灣文化有所隔閡，因此全書有三分之一左右是相當書面化的漢文書面成語而非口頭化的台灣俚諺；另外有些內容解釋與事實也不符；然而就當時的時代背景而言（日人治台至民國三年才滿二十年），能有這樣的成績，已屬不易。除此，日治時期片岡巖的《台灣風俗誌》、昭和六年出版的《臺日大辭典》，均收錄了不少台灣俚諺在內。光復之後，早期只有吳瀛濤的《台灣諺語》一書是專門收集台灣俚諺，此書收錄了三千六百餘條詞語，內容大抵不出《台灣俚諺集覽》等書之範圍，唯因係以中文書寫，國人容易閱讀，因而頗爲風行；可惜沒有音標，沒有目錄，沒有索引，使用起來並不方便，而且缺乏新的俚諺之紀錄，這是美中不足之處。吳氏之書以外，有些期刊，如《台北文物》（後改名《台北文獻》）、《台灣文獻》、《南瀛文獻》、《台南文化》、《台灣風物》......等，偶而也會有單篇文章談台灣諺語，然而有些作者並未實地採訪，只從故紙堆中去尋章摘句，有的甚至搞不清是屬於大陸那一省的諺語，都將它們充當台灣俚諺，因此這些單篇文章的價值便參差不齊，讀者必須發揮披沙瀝金的功夫，才會有收穫。

當我進行多年田野又看了不少文獻之後，我要編一部《台諺語典》的意志益發堅強。在我完成《台灣民間傳統喪葬儀節研究》一書，爲台灣三百多年來的喪葬禮俗做一整理告竣之後，這種爲台灣諺語做總整理而且一定要超越日治時期研究者的成就的念頭不斷在我腦海翻騰攪動。我的理想是要把三百多年來，在這塊土地上活過的人，他們所曾經使用的俚諺，盡其可能地加以蒐羅。每一條除用漢字寫下來，還要附上國際音標注音，每一句俚諺都具有淺顯易懂的解釋。全書要依漢字部首排列，像一般字典一樣方便查考，而且書後要附分類檢索，讓讀者可以從俚諺字頭的部首去查，或按俚諺的性質來找；找到之後可以根據漢字、國際音標讀出來，又可根據解釋而知道它的意義。這樣的理想很具體，看來似乎是很容易執行，事實不然。

我大約是在民國七十三年左右有上述具體構想，翌年開始一邊繼續進行田野調查，一邊整理語料、文獻資料；冬天先父遘疾，專心侍親。七十五年冬先父棄養，百日後，重拾舊業，深深體會到這項工程不僅鉅大而且有諸多的困難：首先是語料收集困難，雖然我從民國六十四年便有心在收集日常生活中所聽到的諺語，且以我父母常說的爲基礎向外擴展到全省，又向文獻上去下功夫；但想全面網羅、滴水不漏，那是絶對不可能；更何況有很多諺語只侷限在某一年代、某一小村落當中；那個年代一過，若無文獻記載，它便徹底從地球消失了；至於小村落的諺語，若非你親履其地，又碰到該句諺語被應用的時空，你也不可能聽到。尤其是四十多年來的「國語推行運動」成績太過卓越，目前的社會中堅分子三十幾到五十幾歲的人，都是講「國語」比閩南語流利，他們幾乎沒有繼承到多少台灣諺語，想從這些社會主人翁口中獲得正統、完整的台灣俚諺有其困難；只能向夕陽餘暉中，坐在大榕樹下、土地公廟口的阿公、阿婆去求教。事實上就算是六、七十歲的老先生、老太太，如果曾受過良好的日本或中國教育者，他們的俚諺能力也是要大打折扣，反倒是文盲而腦筋靈光的村夫村嫗才是最佳的採集對象。可惜，他們又往往因爲生活層面不廣，故只專精於他們身邊常用的而已，這就是語料收集之難。其次是定字難，閩南語是漢語，她的文字就是漢字，這是不容置疑的；但是閩南語保存了許多古音、方音，又有白話音、文讀音之分，且充滿音變現象。她不像「國語」與漢字那麼緊密同步發展，只要你唸得出的「國語話」，都可以在字典內找到那個「國語字」。閩南語，粗步估計，大約有七成左右，可以唸出那句話，便能找到相對應的漢字，而且是沒爭議性的；但約有三成左右是講得出這句話，卻不易找到相對應的漢字；因此，玩耍有人寫成迌迌、有人寫成七蔞、有人寫成七桃，有人採義近之字，有人採音近之字；有人從《康熙字典》冷凍庫中去找字，有人則熱呼呼地另造新字（造字法則以會意、形聲二法爲最多），使得閩南語的寫法形成充滿爭議、莫衷一是的局面。面對這麼渾亂的局面，我們應如何將由「聲音」管道聽來的諺語用「漢字」寫出來，的確是一大困擾，它使人遲遲難以下筆，下筆之後又經常心有不安。閩南語定字的確是有它艱難之處，這個難題不只不是一時之間便可解決，甚至有可能永遠沒有正確答案。因此，本書面對這個問題，便採「從眾」、「從俗」這個原則，以求其流通，而不孜孜矻矻於考辨何者才是眞正的本字。第三個困難是注音難，截至目前爲止，標注閩南語音的方式有若干種 ，如：日本五十字母式、ㄅㄆㄇㄈ式、羅馬字母式、國際音標等，我從中選定了國際音標，因爲她是名副其實的音標，一個符號一個音，不是字母，不易產生混淆，只要唸過國中一年級英語的人，很快便可以學會；而且調號採用˥˦˥˧˨˩˧˥˙|˙|，非常象形，一看便知，腦筋不須再經一道轉換手續。雖然如此，但閩南語本身又分爲漳州腔、泉州腔以及不漳不泉的廈門腔；細分之，漳州腔下又有漳浦腔、詔安腔……，泉州腔下也還可以再分，到底要以那一種腔爲標準

來標音？這個問題實在是很棘手。我祖籍泉州府同安縣，祖先落腳在以漳州漳浦人爲主的鄉村——台北縣石門鄉老梅聚落，日久語音被同化；先慈又是漳籍後裔，因此我的「母語」便很自然地是屬於漳州腔。十六歲之後到台北市求學、教書並定居於景美；然而「離鄉不離腔」，我的語音雖然有部分已不漳不泉，事實上還是以漳音爲主。面對紛雜的語音問題，於是以我最熟悉的漳音爲主來標音，只有遇到比較特殊的語句，它產自泉籍地區，必須用泉州腔唸才會押韻，用漳州腔唸就不對味，此時才用泉腔紀錄。因此細心的讀者不難發現本書之標音雖以漳音爲主，事實上還雜有泉音以及不漳不泉的廈門音（雜錯腔）。注音的另一層更深入的困難是要逐字逐句注本調音，還是要依實際發音去注音？稍有閩南語語音常識的人，便知道閩南語的字（詞素），單獨存在或在句末、在文法成分之末、在輕聲字之前都是讀本調，除此之外都要變調。理論上變調有一套法則可循，實際上卻有許多例外；換言之，要以實際發音去標音困難度非常高。因而我們目前看得到的閩南語（台灣話）著作中有標音的，絕大多數都是採取標注本調而非實際讀音；這樣雖比較單純，可惜卻不能反映實際的語音。我爲了反映實際的語言現象，不揣淺陋，甘冒錯誤，每一句皆盡量以實際讀音去標；光爲了標音，稿凡五易，時歷三年，截至出版，猶未盡滿意，可見其難。第四個困難是解釋難，本書的理想是要爲三百多年來的台灣俚諺做一總整理，當然要達到理想委實不易；不過經二十餘年辛苦收集，倒也收集了一萬餘條俚諺，是《台灣俚諺集覽》的兩倍多、吳瀛濤《台灣諺語》的三倍，雖不敢說集大成，但應是這一類著作中蒐羅最豐富、最廣泛的。這一萬餘條俚諺的內容包含極廣，可以說包含古今社會三百六十行業，上自天文，下至地理，全都有了，簡直是百科全書般複雜；有的很淺顯，有的很深奧；有的極文雅，有的很「粗俗」（粗俗得令你難以啓齒，但因本書之理想是要做總帳、集大成，只好很忠實地加以收集）；面對這麼龐雜的俚諺，想要對它們做簡要、正確、生動的解釋，相當困難。因爲它們跨越的時空很廣，在此以前並未有人做過總整理或考據。它們不是刻意被創作出來，不能明確知道它的產生年代、它的作者、甚至它產生的眞正動機，人們經常是「人云亦云」，「只知其然，不知其所以然」在使用它們；使用時似乎覺得它們很能表達自己胸中之塊壘，但當你問它那句俚諺的具體意義時，他又往往說不上來，教你有一種「草色遙看近卻無」之感。這些俚諺的內容，叫一位對傳統社會生活一無所知的人去解 ，恐怕是無從著手，越往後面要找人解釋越難，不由得令人感到心急。所幸，我個人出生在經濟發展遲緩的窮鄉僻壤，父親務農兼漁，我幼時當過牧童，經常到山中、溪邊牧牛；又隨父親學習耕種、捕魚達十餘年；家兄經商（雜貨店），農暇我經常爲大哥顧店，接觸到鄉間各行各業的人，並參與鄉間迎神賽會、婚喪喜慶之事；長大後唸師範學校當小學老師，唸研究所後當大學教授，眞如孔子所說：「吾少也賤，故多能鄙事。」有了青少年的生活經驗，加上後來從事台灣民俗的田野調查，累積不少有關台灣的歷史、文化常識，可以做爲詮釋這些俚諺的基礎；因此遇到俚諺意義不明又無人可問、無書可查時，我便根據我所知道的常識去解釋。雖然因篇幅所限不敢說做得很詳盡，至少可提供讀者解讀俚諺的一條路徑。無可諱言，也有一些採輯來的俚諺，原有的解釋實在令人不滿意，而我的能力又無法進一步加以改善，於理應該刪去以爲藏拙，於情我實在捨不得；因爲我若不加「保存」，它可能會從此便由地球消失；我加以保存，雖然可能會惹人譏評才疏學淺，但藉此「保存」，說不定有一天它會遇到知音來加以詮釋。基於這項理由，我「忍恥」加以保留。第五難是工作伙伴難尋。由於我在大學從事教學工作，且經常須要擔任政府機關民俗研習會的講座，負擔沉重，無法將所有的時間投入編輯本書。尤其民國八十年夏六月我因疲勞過度左眼視網膜兩度剝落視力嚴重受損之後，我每天能投入工作的時間更少，必須找一兩位工作伙伴襄助，民國七十九年起我便開始找一些有興趣的青年朋友來幫忙。由於目前大學文史科系有關台灣語文歷史的課程非常少，因此年輕人對台灣文化的認知也少得可憐，必須細心調教相當長一段時間之後，才能稍微進入情況，（越是如此，越激發我要早日將此書完成的意念）。可惜的是個人能力有限，只請得起兼任工作伙伴，請不起專任工作伙伴；兼任伙伴當他學業告一段落之後，我就必須再找新人來訓練、適應，週而復始，相當困難又勞累。第六難是經費難，編諺語典是文化工作，不被認爲是學術性工作，它須要長期性投入（本書前後投入二十三年光陰），而非時下制式獎勵合約期限一年兩年內便可交出成果的，因而無法向有關單位申請補助。二十餘年來完全是靠公教薪水來支應這項工作的一切費用，所幸內人非常支持，對我因編諺語典所花的田野調查、購置圖書、印製卡片、聘用兼任工作伙伴的支出，完全無異議，我才能「精益求精」，文稿一改再改，三改四改，甚至五改六改，出版時間也因而一延再延。

二十三年的光陰，可以讓一個人從剛出生到變成成人，而它卻未能讓我因感到滿意而想要將它出版問世。二十三年來，蒐集、紀錄、標音、解釋、整理分類的工作不斷地在進行，就像水庫蓄水般不斷在進水，顧炎武效法子夏「日知其所無，月無忘其所能」的精神，編撰了偉大的《日知錄》，我亦效法顧氏之精神，只要走出家門，必背一個書包，一旦聽到有意義的台諺，即刻用卡片加以紀錄，放進書包，累積一段時間再進行分類。眼看著卡片箱由五箱而六箱、七箱、八箱……二十箱、二十一箱，日積月累，挺爲可觀。七十九年開始將卡片抄成五百字稿本（由於有標音、定字之困難加上我視力極差不諳電腦，故無法用電腦打字處理），初期只有十二本，陸陸續續增改，迄截稿前增爲二十一本。寫成稿本之後八年來，我無時無刻不帶一本在書包中，以便隨時修訂，即使出遠門去做田野調查、專題演講、甚至旅遊，我都帶著它們。它們陪我住過省訓團陽明盧、日月潭教師會館、佛光山麻竹園、墾丁歐克山莊、花蓮慈惠總堂、南鯤鯓代天府、五年千歲鎮安宮、林口竹林寺、澎湖文石飯店......還有許多不復記憶其名的鄉村旅店。它們陪我搭飛機、坐火車、乘汽車、乃至徒步訪問，幾乎可以説形影不離，中心藏之，無日忘之。由於資料不斷湧入，見解不斷更新，因此稿子在八年內竟然全面更改過六次之多，由於不斷地剪貼、影印、重寫、插補......，才會由原來乾乾淨淨的十二本，成爲付梓前厚敦敦縫縫補補百衲體式的二十一本。

這二十三年來，讓我歷經重重困難堅持要把這部諺語典編出來的最大動力，是出自對先慈潘氏芊娘、先父徐公有田的追思，這一對同樣出生在大正五年（民國五年），一生在這一塊土地上流過無數血汗卻不求回報的夫妻。先慈逝世於民國六十四年，先父逝世於民國七十五年，他們的形體容或在百年之後化爲塵土，但他們所留給我的教誨、語言的舍利子——台灣諺語，絕不應當隨著他們的形體而成爲灰燼。因此整理台灣諺語將它們編成語典印刷行世以流傳久遠，便成爲我無時或忘的心願與責任。除了先慈、先父之外，我當紀念、感謝的人實在太多，所有接受過我採訪的耆老以及在市場、廟會中無意間講出一句我前所未聞諺語的人（雖然我無從知道他們的姓名），我都應該深深感謝他們。而在編寫過程中再三給我指教的有王啓宗教授、林平和教授、洪敏麟教授、蕭碧盞教授、石萬壽教授、淩上田先生、曹盛浴先生、施勝雄先生、鍾富理先生等人，八年來協助我整理資料的青年朋友有吳卓勳、余彥慧、鄭迎春、陳秋旭、黃釋惠、闕宙慧、吳惠娟、郭席文、徐孝育、林淑玲、廖祥印、江美娟、林于絹、黃筱文、邱心怡、周培華等人，他們都是我衷心感謝的人，尤其是廖祥印，他爲我解決了許多電腦方面的相關問題；而家兄徐福堂、家嫂徐林美齡、內子周瑞穎、小女徐訢文、小犬徐震等家人對我的協助、照顧與支持，更是本書能夠順利出版問世的重要因素。

二十三年前想編一部台灣諺語典是一樁微不足道的事，沒有人會去注意你；可是近年來政治環境丕變，台灣史由「險學」變成「顯學」，閩南語、台灣諺語在本土化大纛之下也由冷門而炙熱起來，一時之間著作如雨後春筍。四五年前朋友知道我有此「鉅著」，即不斷慫恿我趕緊抓住「商機」立刻出版，有的還熱心到幫我去找出版社、打字行，但我不願她成爲早產兒，因此執意不肯立即出版，也不願假手出版社印行，我要將她視爲我二十三年心血之結晶，自負盈虧。如今我準備把她呈現在世人眼前，並不表示我對此書內容已感到滿意，我們知道要編一部台諺語典有前述許多困難，我個人能力又非常有限，當然無法面面俱到；但爲了不辜負朋友們多年來的期望——怕被他們譏諷爲只聞樓梯響不見人下來，我只好硬著頭皮，基於先保存風貌再談精研內容的原則，把這部猶待再三斟酌（可能要花終身功夫去斟酌）的台灣諺語典提供世人參閱。爲了有別於市面已有的台諺語典，因此加上個人小名「福全」二字成爲《福全台諺語典》以爲註册商標。由於編書困難重重，個人才疏學淺，容或有定字不允不統一，音標不準確，解釋不妥當，分類太寬廣等瑕玼，尚祈讀者諸君以及海內外方家不吝指正，以期再版時能以更好的內容、品質與世人見面。

一九九八戊寅端午　徐福全自序於
國立台灣科技大學閩南語研究室

《福全台諺語典》凡例

一、所謂「台諺」係指古今四百年來台灣地區閩南語系人民所常使用之諺語(包含一般人所謂的俚語、俗語、熟語、成語等在內)；其中有從閩南原鄉帶來的，更多的是在台灣這個社會所產生的；有歷史很悠久的，也有新近才出爐的；有文雅的，也有粗鄙的；涵蓋了四百年來三百六十行業。爲保留其眞實風貌，皆忠實加以記錄。對各行業及弱勢團體有所不敬之處，請以歷史的眼光去看待，幸勿以今天之尺度去衡量，這點敬請讀者諸君及有關單位能夠海涵。

二、所謂「台諺」之意義，包含民眾代代口耳相傳的諺語、成語、俚語、俗語、歇後語等項；字數少者二、三字，多者至數十字。

三、本書收錄詞條共計 10,482 條，爲四百年來同類書之冠。所收皆以通俗、常聽、口語化爲主；日治時期《台灣俚諺集覽》一書收錄詞條 4,500 條左右，其中約有三分之一係採自書籍之書面語，缺乏口語性，類似如此源自書本者，除非它已深入廣大民眾，否則本書不予收錄。

四、爲方便讀者之使用，本書編排體例與一般漢字成語典相同，依部首編排，書前有部首表、字頭表可以查索；字頭相同之台諺又依詞條字數多寡排列，字少者在前，字多者在後；遇有字數相同者，則視其第二字筆畫之多寡，筆畫少者在前，多者在後。其餘類推。

五、每一詞條皆先列寫漢字，漢字儘量求其本字，本字不易探求者則依俗採取常用之俗字代替，非不得已不選用罕僻之字或另造新字。漢字之下，列其注音，最後列解釋；由於本書詞條眾多，若考證太多，恐怕卷帙浩繁，因而只做勾玄提要式之解釋，不多做推衍。

六、本書之注音採用國際音標及圖象型之調號，因爲它係音標不是字母，一個音標一個音，具有易識、易學、易讀、易寫等優點，不會混淆，尤其是調號，幾乎是看圖說話。

七、本書所使用之聲符表：

發音方法＼發音部位			雙唇	舌尖前	舌尖後	舌根	喉
塞音	清	不送氣	p (ㄅ)	t (ㄉ)		k (ㄍ)	
		送氣	p'(ㄆ)	t' (ㄊ)		k'(ㄎ)	
	濁	不送氣	b			g	
塞擦	清	不送氣		ts (ㄗ)			
		送氣		ts'(ㄘ)		ŋ	
鼻音			m(ㄇ)	n (ㄋ)			
邊音				l (ㄌ)			
擦音	清			s (ㄙ)			h (ㄏ)
	濁				z (ㄖ)		

m、n、ŋ 後只能接鼻化韻而已。b、l、g 則一定不可接鼻化韻。

八、本書所使用之韻母表：

1. 韻母	例	字	2. 韻母	例	字	3. 韻母	例	字
i	i˨˩	意	m	m˥˧	姆	ĩ	ĩ˨˦	圓
u	u˥˧	羽	im	im˥˧	飲	ã	ã˧	餡
a	a˥	阿	am	am˨˩	暗	iã	iã˥˧	影
ia	ia˧	夜	ɔm	ɔm˥	掩	uã	uã˥˧	碗
ua	ua˥	哇	iam	iam˧	炎	ɔ̃	ŋɔ̃˥˧	五
ɔ	ɔ˧	芋	in	in˨˩	印	iũ	iũ˧	樣
o	o˨˦	蚵	un	un˧	運	uĩ	muĩ˨˦	梅
io	io˥	腰	an	an˨˩	按	ẽ	ẽ˥	嬰
e	e˥˧	矮	ian (en)	en˥˧	演	uẽ	muẽ˧	妹
ue	ue˧	畫	uan	uan˨˩	怨	ãi	ãi˧	背
iu	iu˥˧	有	(ə)ŋ	ŋ˨˦	黃	uãi	huãi˨˦	橫
ui	ui˧	衛	iŋ	iŋ˧	用	ãu	nãu˧	鬧
ai	ai˥	哀	aŋ	aŋ˨˦	紅	iãu	niãu˥	貓
uai	uai˥	歪	iaŋ	iaŋ˨˦	揚			
au	au˧	後	ɔŋ	ɔŋ˨˦	王			
iau	iau˨˩	要	iɔŋ	iɔŋ˥˧	勇			

4.

韻　母	例　字	
ip	lip˙|	立
ap	ap˙|	盒
iap	iap˙|	葉
it	pit.|	必
ut	ut.|	熨
at	pat.|	八
iat(et)	et˙|	掮
uat	guat˙|	月
ik	ik.|	億
ak	gak˙|	岳
iak	siak.|	摔
ɔk	ɔk.|	惡
iɔk	iɔk.|	約

5.

韻　母	例		字	
iʔ	t'iʔ.|	鐵	liʔ˙|	裂
uʔ	tuʔ.|	拄	ts'uʔ˙|	趨
aʔ	baʔ.|	肉	taʔ˙|	踏
iaʔ	tsiaʔ.|	隻	tsiaʔ˙|	食
uaʔ	p'uaʔ.|	潑	uaʔ˙|	活
oʔ	p'oʔ.|	粕	loʔ˙|	落
ioʔ	tsioʔ.|	借	tsioʔ˙|	石
eʔ	peʔ.|	伯	peʔ˙|	白
ueʔ	pueʔ.|	八		
uiʔ	huiʔ.|	血		

註：所有的例字均請以閩南語發音
第一欄為陰聲韻
第二欄為陽聲韻
第三欄為鼻化韻
第四欄為入聲韻
第五欄為喉入韻，此類入聲字若在句中，因為變調，入聲特質的「ʔ」多半消失，便成為與一般之陰上、陰去字無異，只有在句末才保持喉入韻特質。

九、本書所使用之調號表

調　類	陰　平	陽　平	陰　上	陰　去	陽　去	陰　入	陽　入	陰　入	陽　入
例　字	軍	群	滾	棍	郡	骨	滑	尺	石
調　號	˥	˨˦	˥˧	˨˩	˧	.|	˙|	ʔ.|	ʔ˙|
調　值	55	24	53	21	33	21	53	21	53
若須變調則變為	˧	˧	˥	˥˧	˨˩	˙|	.˧	˥˧	˨˩

十、本書之音韻非純漳音，也非純泉音，而係以作者本身之讀音爲依據，作者祖籍泉州，出生、成長於以漳州籍後裔爲主的鄉村，及長又謀食於台北大都會，因此語音系統之駁雜，可想而知；不過分析起來，仍是偏向漳州音爲主；但遇到所採集的諺語是產生於泉州籍地區，必須以泉音發音才會押韻者，即依採集地之發音加以紀錄。

十一、漳泉音簡明對照表

(一)、聲母

漳州	泉州	例							字
z	l	字	zi˧	li˧	二	zi˧	li˧	尿	zio˧	lio˧

(二)、韻母

漳州	泉州	例					字
i	u	豬	ti˥	tu˥	去	k'i˨˩	k'u˨˩
i	e	勢	si˨˩	se˨˩	世	si˨˩	se˨˩
e	ə	短	te˥˧	tə˥˧	坐	tse˧	tsə˧
e	ue	雞	ke˥	kue˥	買	be˥˧	bue˥˧
ɔ	u	母	bɔ˥˧	bu˥˧			
ue	ə	皮	p'ue˧˥	p'ə˧˥	過	kue˨˩	kə˨˩
in	un	斤	kin˥	kun˥	銀	gin˧˥	gun˧˥
iaŋ	iɔŋ	鄉	hiaŋ˥	hiɔŋ˥			
ẽ	ĩ	病	pẽ˧	pĩ˧	硬	ŋẽ˧	ŋĩ˧
uĩ	ŋ	飯	puĩ˧	pŋ˧	黃	uĩ˧˥	ŋ˧˥
uãi	uĩ	關	kuãi˥	kuĩ˥	橫	huãi˧˥	huĩ˧˥
eʔ	əʔ	雪	seʔ·˩	səʔ·˩	絕	tseʔ·˩	tsəʔ·˩
eʔ	ueʔ	八	peʔ·˩	pueʔ·˩	提	t'eʔ·˩	t`ueʔ·˩
ueʔ	ɔʔ	月	gueʔ˙˥	gəʔ˙˥	襪	bueʔ˙˥	bə˙˥
ueʔ	uiʔ	血	hueʔ·˩	huiʔ·˩			

十二、本書詞條之注音，與一般台語詞書之每字皆按其本調標音者不同，照該種標法不能讀出實際的語音;本書爲忠實反映語言實況，特依實際音調(該變調的就變調)標音，讀者依音標及調號即可正確讀出該詞之實際讀音。
例如:「矮人厚性」一般之標法爲 e˥˧ laŋ˧˥ kau˧ hiŋ˧，本書標爲:e˥ laŋ˧˥ kau˨˩ hiŋ˧。只有本書標法，才與實際讀音吻合。

【一粒一】
[it˥ liap˨ it˨]
比喻二人交情至深。或謂最上等的。

【一掃空】
[it˥ sau˥˧ k'aŋ˥]
指殷切盼望某件事物，但結果卻成爲烏有。又中藥的「一掃空」即治疥癬之方。

【一了百了】
[it˥ liau˥˧ pa˥˧ liau˥˧]
形容大勢已去，無法顧全。

【一刀兩斷】
[it˥ to˥ liɔŋ˥ tuan˧]
處事明快。

【一五一十】
[it˥ ŋɔ̃˥˧ it˥ sip˥]
從頭到尾詳細說出。

【一心通天】
[it˥ sim˥ t'ɔŋ˧ t'en˥]
心誠即可以通天。

【一本萬利】
[it˥ pun˥˧ ban˩ li˧]
指經商貿易，利潤奇高無比。

【一孝，二忠】
[it˨ hau˩ zi˧ tiɔŋ˥]
人生在世最重視孝、忠二行。

【一言難盡】
[it˥ gen˧˥ lan˧ tsin˧]
謂說來話長。

【一來二去】
[it˥ lai˧˥ zi˩ k'i˩]
謂從頭到尾。例：一來二去，攏是伊在騙咱。

【一念之差】
[it˥ liam˧ tsi˧ ts'a˥]
一個念頭想錯了，影響終身。

【一食，二穿】
[it˨ tsia˧ zi˧ ts'iŋ˧]
民生問題， 吃第一，穿第二。

【一食萬錢】
[it˥ sit˥ ban˩ tsĩ˧˥]
謂其生活奢靡，吃一頓飯花費昂貴。

【一陣一陣】
[tsit˨ tsun˩ tsit˨ tsun˧]
指間歇性一陣一陣的動作。

【一家一業】
[tsit˨ ke˧ tsit˨ giap˥]
謂已成家立業，要有責任感，勿好管閒事。

【一馬兩鞍】
[it˥ mã˥˧ liɔŋ˥ an˥]
謂一個婦女兩個先生。

【一得一失】
[it˥ tik˨ it˥ sit˨]
有得有失。

【一鹿九鞭】
[tsit˨ lɔk˥ kau˥ pen˥]
只殺了一頭鹿，那來九條鹿鞭（鹿的陽具）；比喻假貨充斥。

【一虛百虛】
[tsit˨ hi˥ pa˥˧ hi˥]
謂一蹶不振。

【一望無際】
[it˥ bɔŋ˧ bu˧ tse˧]
廣闊無邊。

【一鄉一俗】
[tsit˨ hiaŋ˥ tsit˨ siɔk˥]
謂各地風俗各異。

【一鄉一腔】
[tsit˨ hiaŋ˥ tsit˨ k'iaŋ˥]

謂各地語音互異。

【一階半級】
[tsit˙˩ kai˧ puã˥˧ kip˙˩]
階級很低，指卑微小官。

【一腳一手】
[tsit˙˩ k'a˧ tsit˙˩ ts'iu˥˧]
謂患半身不遂之病。

【一網打盡】
[it˥ bɔŋ˥˧ tã˥ tsin˧]
一次就將它們全部消滅掉。

【一箍溜溜】
[tsit˙˩ k'ɔ˥ liu˥˧ liu˨˩]
形容人遊手好閒、懶懶散散的樣子。

【一鬧一臭】
[tsit˙˩ nãu˧ tsit˙˩ ts'au˨˩]
喻醜事愈鬧愈臭。

【一諾千金】
[it˥ nɔ̃˧ ts'en˧ kim˥]
絕對有信用。

【一線兩針】
[tsit˙˩ suã˨˩ lɔŋ˨˩ tsiam˥]
以線象徵男子，以針孔象徵女子；比喻一男有二妻妾。

【一箭兩射】
[tsit˙˩ tsĩ˨˩ liaŋ˥ sia˧]
謂嫖客一夜嫖兩回。

【一箭雙鵰】
[it˥ tsĩ˨˩ siaŋ˧ tiau˥]
一舉兩得。

【一戰一勝】
[it˥ tsen˨˩ it˥ siŋ˨˩]
每戰必勝。

【一舉兩得】
[it˥ ki˥˧ liaŋ˥ tik˙˩]
做一件事而能獲得雙重收穫。

【一騎當千】
[it˥ k'i˩˧ tɔŋ˧ ts'en˥]
一以當千。

【一人，九個尾】
[tsit˙˩ laŋ˩˧ kau˥ ge˧ bue˥˧]
言人生運途，富貴貧賤，循環交替。

【一人行一路】
[tsit˙˩ laŋ˩˧ kiã˧ tsit˙˩ lɔ˧]
各走各的路，各行其是。

【一人講一款】
[tsit˙˩ laŋ˩˧ kɔŋ˥ tsit˙˩ k'uan˥˧]
言人人殊。

【一女允二婿】
[tsit˙˩ li˥˧ in˥ zi˨˩ sai˨˩]
喻答應別人無法實現的事，圖謀不義之財。

【一丈差九尺】
[tsit˙˩ tɔŋ˧ ts'a˧ kau˥ ts'ioʔ˙˩]
形容差得很遠。

【一子發千丁】
[it˥ tsu˥˧ huat˥ ts'en˧ tiŋ˥]
子嗣繁衍綿長，人口就會眾多。

【一日三行情】
[tsit˙˩ zit˥ sã˧ haŋ˧ tsiŋ˩˧]
謂物價波動激烈。

【一日平海山】
[tsit˙˩ zit˥ piŋ˧ hai˥ san˥]
形容功勞很大。乾隆末年林爽文之亂，亂民攻占台北新莊巡檢署，艋舺人黃朝陽率義勇攻占回來，且撲殺其首領劉長芳，新莊地當海山口，故稱「一日平海山」。

【一牛起兩皮】
[tsit˙˩ gu˩˧ k'i˥ lɔŋ˨˩ p'ue˩˧]
同一頭牛剝兩張皮，比喻兩重取利。

【一孔掠雙尾】
[tsit˩ k'aŋ˥ lia˩ siaŋ˧ bue˥]
一個孔裏抓到兩尾魚，比喻機會好。

【一心無兩心】
[tsit˩ sim˥ bo˧ ləŋ˩ sim˥]
表示公正不偏私。或謂忠貞不二。

【一石九斗冇】
[tsit˩ tsioʔ˥ kau˥ tau˥ p'ã˩]
一石穀子裏有九斗是空殼的，比喻人講話全是虛假不實。

【一世人缺角】
[tsit˩ si˥ laŋ˧ k'io˥ kak˩]
罵人的話語，意謂將一輩子殘缺，沒有出息。

【一去無回頭】
[tsit˩ k'i˩ bo˧ hue˧ t'au˧]
杳無音訊，義不反顧。

【一白蔭九水】
[tsit˩ pe˧ im˥ kau˥ sui˥]
皮膚白看起來就漂亮(水)。

【一字值千金】
[it˩ zi˧ tat˩ ts'en˧ kim˥]
指書法家所寫的字，或指文學家的作品，非常有價值。

【一名透京城】
[tsit˩ miã˧ t'au˥ kiã˧ siã˧]
形容很出名，聞名到帝都。

【一尾魚落鼎】
[tsit˩ bue˥ hi˧ lo˩ tiã˥]
比喻聽憑處置。

【一步還一步】
[tsit˩ po˧ huan˧ tsit˩ po˧]
進一步算一步。

【一身體體寶】
[tsit˩ sin˥ t'e˥ t'e˥ po˥]
譏人自以爲驕傲高貴，其實則不然。

【一命配一命】
[tsit˩ miã˧ p'ue˥ tsit˩ miã˧]
一命償一命。

【一物降一物】
[tsit˩ but˥ haŋ˧ tsit˩ but˥]
即一物剋一物，例如老鼠怕貓而貓怕狗。

【一劫過一劫】
[tsit˩ kiap˩ kue˥ tsit˩ kiap˩]
謂一而再地遇到災厄。

【一念感動天】
[it˥ liam˧ kam˥ tɔŋ˩ t'en˥]
人要有眞誠，上天方能助之。

【一命賠一命】
[tsit˩ miã˧ pue˧ tsit˩ miã˧]
謂以命償命，勸人勿逞一時之快而惹殺身之禍。

【一馬掛兩鞍】
[tsit˩ be˥ kua˥ liɔŋ˥ an˥]
謂一女嫁兩夫。

【一晃過三冬】
[tsit˩ hɔŋ˩ kue˥ sã˧ taŋ˥]
形容時間過得很快，即光陰似箭。

【一粒若屁塞】
[tsit˩ liap˥ nã˥ p'ui˥ t'at˩]
指人的身材矮小。

【一條若蕃薯】
[tsit˩ tiau˧ nã˥ han˧ tsi˧]
笑人愚直像一條地瓜，沒有什麼作用。

【一條路若天】
[tsit˩ tiau˧ lɔ˧ nã˥ t'ĩ˥]
比喻路途非常遙遠。

【一項治一項】
[tsit˩ haŋ˧ ti˩ tsit˩ haŋ˧]

謂一物剋一物。

【一貴破九賤】
[it˥ kui˩ p'ua˥˧ kau˥ tsen˧]
相命家謂一個貴相可以抵消九個賤相。

【一善掩百惡】
[it˥ sen˧ iam˥ pa˥˧ ɔk˩]
謂能行一大善即可抵消百件小惡。

【一報還一報】
[tsit˩ po˩ huan˧ tsit˩ po˩]
因果報應，有因必有果。

【一雷天下響】
[it˥ lui˧˥ t'en˧ ha˩ hiaŋ˥˧]
喻一舉成名天下知。

【一雷起九颱】
[tsit˩ lui˧˥ k'i˥ kau˥ t'ai˥]
氣象諺。謂七月初一若打雷，則占其後颱風頻繁。

【一領水蛙皮】
[tsit˩ niã˥ tsui˥ ke˧ p'ue˧˥]
形容窮人衣服少，只有一套像樣的，居家應酬全部穿這件。

【一暝吵天光】
[tsit˩ mẽ˧˥ ts'a˥ t'ĩ˧ kuĩ˥]
指吵了一整晚。常用以形容初生之嬰兒或生病之小孩。

【一箍若天柱】
[tsit˩ k'ɔ˥ nã˥ t'ĩ˧ t'iau˧]
笑人個子大而沒用處。

【一賤破九貴】
[tsit˩ tsen˧ p'ua˥˧ kau˥ kui˩]
相術家謂一個賤相會破壞掉九個貴相。

【一嘴含一舌】
[tsit˩ ts'ui˩ kam˧ tsit˩ tsi˧]
形容人木訥不善於言詞。

【一諾值千金】
[it˥ nɔ̃˧ tat˩ ts'en˧ kim˥]
謂絕對有信用。

【一嘴掛雙舌】
[tsit˩ ts'ui˩ kua˥˧ siaŋ˧ tsi˧]
形容講話的速度比別人快且多；譏人言而無信。

【一嘴傳一舌】
[tsit˩ ts'ui˩ t'uan˧ tsit˩ tsi˧]
謂一口傳一口，傳播得很快。

【一嘴雙頭出】
[tsit˩ ts'ui˩ siaŋ˧ t'au˧ ts'ut˩]
意同「一嘴掛雙舌」，謂信口胡言。

【一藝防身己】
[it˥ ge˧ hɔŋ˧ sin˧ ki˥˧]
有一技之長生活便不愁。

【一二三，掠田嬰】
[tɔ˩ le˧ mĩ˥ lia˩ ts'an˧ ĩ˥]
順口溜。一、二、三指西洋音譜之Do、Ra、Mi，Mi 與台語蜻蜓(田嬰)之尾字諧音。

【一人企，一托手】
[tsit˩ laŋ˧˥ k'ia˧ tsit˩ t'ɔk˥ ts'iu˥˧]
形容人體格已長大成人，但仍未脫稚氣。

【一山不容兩虎】
[it˥ san˥ put˥ iɔŋ˧ liɔŋ˥ hɔ˥˧]
同一個地區不容許有兩個地霸。

【一女毋嫁兩尪】
[it˥ li˥˧ m˩ ke˥˧ liɔŋ˥ aŋ˥]
一個婦女不嫁兩個先生。

【一千買，八百賣】
[tsit˩ ts'iŋ˧ be˥˧ pe˥˧ pa˥˧ be˧]
謂不會算而賠本賣；或謂如此做法是

存心作惡性倒閉。

【一下雷，天下響】
[tsit˧ e˩ lui˧˥ t'en˧ ha˩ hiaŋ˥˧]
謂一舉成名天下知。

【一下搔，平波波】
[tsit˧ e˩ so˥ pẽ˧ p'o˧ p'o˥]
有分量的人，一開口或說一聲，便把事情解決了。

【一孔甘若斗甕】
[tsit˧ k'aŋ˥ kan˥ nã˥ tau˥ aŋ˩]
斗甕，昔日用以裝菜乾之陶器，弇口圓底，甕內容量頗大。形容洞很深。

【一日風，一日雨】
[tsit˧ zit˧ hɔŋ˥ tsit˧ zit˧ hɔ˧]
比喻生活非常勞苦。

【一斗，較贏九石】
[tsit˧ tau˥˧ k'a˥˧ iã˧ kau˥ tsioʔ˧]
少量的精品，勝過眾多的粗糙品。

【一支長，一支短】
[tsit˧ ki˧ təŋ˧˥ tsit˧ ki˧ te˥˧]
喻欲與爭鬥，一較長短，想要動武。

【一支嘴，嘀嘀陳】
[tsit˧ ki˧ ts'ui˩ ti˧ ti˧ tan˧˥]
陳，響也；指一個人嘴巴喋喋不休。

【一支嘴，嗷嗷叫】
[tsit˧ ki˧ ts'ui˩ kiak˧ kiak˧ kio˩]
意同「一支嘴嘀嘀陳」。

【一句來，一句去】
[tsit˧ ku˥˧ lai˧˥ tsit˧ ku˥˧ k'i˩]
你一句，我一句，互不相讓。或謂頂撞長輩或上司。

【一句長，一句短】
[tsit˧ ku˥˧ təŋ˧˥ tsit˧ ku˥˧ te˥˧]
意同「一句來，一句去」。

【一世官，九世牛】
[tsit˧ se˥˧ kuã˥ kau˥ se˥˧ gu˧˥]
做一代貪官，會受到九代做牛的報應。

【一世官，九世冤】
[tsit˧ se˥˧ kuã˥ kau˥ se˥˧ uan˥]
謂官場易結冤，而且累世難解。

【一世官，九世窮】
[tsit˧ se˥˧ kuã˥ kau˥ se˥˧ kiŋ˧˥]
做一代貪官，會受到九代窮困的報應。

【一扒，食到冬尾】
[tsit˧ pue˥˧ tsia˩ kau˥˧ taŋ˧ bue˥˧]
賺一票，足夠花用一年。

【一目開，一目瞌】
[tsit˧ bak˧ k'ui˥ tsit˧ bak˧ k'eʔ˧]
睜隻眼，閉隻眼。

【一句話在嘴口】
[tsit˧ ku˥˧ ue˧ te˧ ts'ui˥˧ k'au˥˧]
想講的話，臨時想不起來。

【一耳入，一耳出】
[tsit˧ hĩ˩ zip˧ tsit˧ hĩ˩ ts'ut˧]
聽了很快便遺忘。

【一字毋識一劃】
[tsit˧ zi˧ m˩ bat˧ tsit˧ ue˧]
謂目不識丁。

【一次（擺）生，二次（擺）熟】
[tsit˧ pai˥ ts'ẽ˥ zi˩ pai˥ sik˧]
謂熟能生巧。

【一百句，五十對】
[tsit˧ pa˥˧ ku˩ gɔ˩ tsap˧ tui˩]
喻怎麼做結果都是一樣的；殊途同歸。

【一百句，五十雙】
[tsit˧ pa˥˧ ku˩ gɔ˩ tsap˧ siaŋ˥]
講來講去，白講一場，謂空費口舌。

【一回生，兩回熟】
[tsit˧ hue˧ ts'ẽ˥ ləŋ˩ hue˧ sik˧]
意同「一次生，二次熟」。

【一次（擺）賊，百次（擺）賊】
[tsit˩ pai˥ ts'at˥ pa˥˧ pai˥ ts'at˥]
有過一次前科，以後都會被人懷疑。

【一身食，三身相】
[tsit˩ sin˥ tsia˧ sã˧ sin˥ siɔŋ˧˩]
譏人看人飲食。

【一步棋，一步行】
[tsit˩ pɔ˧˩ ki˩˧ tsit˩ pɔ˧˩ kiã˩˧]
謂按部就班，腳踏實地。

【一步棋，一步著】
[tsit˩ pɔ˧˩ ki˩˧ tsit˩ pɔ˧˩ tio˧]
謂按部就班，做事有計畫。

【一尾龍，兩粒乳】
[tsit˩ bue˥ liŋ˩˧ lɔŋ˧˩ liap˩ liŋ˥]
順口溜，龍與乳同音。

【一枝草，一點露】
[tsit˩ ki˧ ts'au˥˧ tsit˩ tiam˥ lɔ˧]
謂天生我材必有用，就像早晨的草尖，每枝草上都沾上一顆露珠。每個人都會有一口飯吃，餓不死的；即謂每一個人的頭上都頂著一片天。

【一枝搖，百葉動】
[tsit˩ ki˧ io˩˧ pa˥˧ hio˧ taŋ˧]
牽一髮而動全身。或謂一步棋錯，全盤皆輸。

【一個人，一家代（事）】
[tsit˩ le˧ laŋ˩˧ tsit˩ ke˧ tai˧]
謂各顧各的，不要管別人家的閒事。

【一個人，九個尾】
[tsit˩ le˧ laŋ˩˧ kau˥ ge˧ bue˥˧]
謂人生命運，富貴貧賤，循環交替。

【一個人，四兩福】
[tsit˩ le˧ laŋ˩˧ si˥˧ niũ˥ hɔk˩]
謂每個人多少都有一些福分。

【一馬毋掛兩鞍】
[tsit˩ be˥˧ m˧˩ kua˥˧ liɔŋ˥ uã˥]
謂昔日貞婦夫死不改嫁。

【一陣甘若扑蜂】
[tsit˩ tin˧ kan˥ nã˥ p'a˥˧ p'aŋ˥]
形容很多人，像是要去打蜜蜂的。

【一時風，一時船】
[tsit˩ si˧ hɔŋ˥ tsit˩ si˧ tsun˩˧]
昔日帆船靠風力，必須看風向掛船帆，引申為做人要因時制宜，臨機應變。

【一個面甘若腱】
[tsit˩ le˧ bin˧ kan˥ nã˥ ken˧]
腱，雞胗；指一個人因為失敗或生氣而臉色很難看。

【一隻若曳尾狗】
[tsit˩ tsiaʔ˩ nã˥ iap˥ bue˥ kau˥˧]
比喻人垂頭喪氣，無人理睬。

【一隻若飯匙倩】
[tsit˩ tsiaʔ˩ nã˥ puĩ˧˩ si˧ ts'iŋ˧˩]
罵人惡毒如眼鏡蛇（飯匙倩）。

【一隻馬牽去賣】
[tsit˩ tsia˥˧ be˥˧ k'an˧ k'i˥˧ be˧]
繞口令。台語馬與賣音近。

【一個錢，一點血】
[tsit˩ le˧ tsĩ˩˧ tsit˩ tiam˥ hueʔ˩]
謂賺錢不易須珍惜。

【一個錢，扑四結】
[tsit˩ le˧ tsĩ˩˧ p'a˥˧ si˥˧ kat˩]
比喻人吝嗇，一毛不拔。

【一個錢，四兩福】
[tsit˩ le˧ tsĩ˩˧ si˥˧ niũ˥ hɔk˩]
錢財賺來不易，必須珍惜。

【一個錢，跋袂陳】
[tsit˩ le˧ tsĩ˩˧ pua˧˩ be˧˩ tan˩˧]
陳，響也。謂孤掌難鳴，凡事須雙方合作才辦得成。或謂光一個人吵不起

來，必須兩個人都壞，才吵得起架。

【一時難比一時】
[tsit˩ si˦˥ lan˧ pi˥ tsit˩ si˦˥]
今非昔比。

【一動不如一靜】
[it˥ tɔŋ˧ put˥ zu˧ it˥ tsiŋ˧]
沒有把握的事，還是不做為妙。

【一張甘若榜文】
[tsit˩ tĩũ˥ kan˥ nã˥ pɔŋ˥ bun˦˥]
指債務或名單很長像榜單一樣。

【一粒米，百粒汗】
[tsit˩ liap˩ bi˥˧ pa˥˧ liap˩ kuã˧]
形容農民種田非常辛苦，勸人不要浪費糧食。

【一處(位)住，一處(位)熟】
[tsit˩ ui˨˩ tua˨˩ tsit˩ ui˨˩ sik˥]
搬到任何一個地方，住久了都會習慣的。

【一理通，百理同】
[it˥ li˥ t'ɔŋ˥ pa˥˧ li˥ tɔŋ˦˥]
一通百通。

【一理通，萬理徹】
[it˥ li˥ t'ɔŋ˥ ban˨˩ li˥ t'et˩]
謂一通百通。通曉一個原理，就能了解其他萬般事理。

【一處(位)痛，百處(位)憂】
[tsit˩ ui˨˩ t'iã˨˩ pa˥˧ ui˨˩ iu˥]
只要身體有一個部位疼痛，全身便會感到不舒服。

【一條腸，透尻川】
[tsit˩ tiau˧ tɔŋ˦˥ t'au˥˧ k'a˧ ts'uĩ˥]
形容人個性很率直，有話直說不諱，不拐彎抹角。

【一條路透京城】
[tsit˩ tiau˧ lɔ˧ t'au˥˧ kiã˧ siã˦˥]
說他的人際關係很好，可以上通中央政府（京城）。

【一碗食，一碗蓋】
[tsit˩ uã˥ tsia˧ tsit˩ uã˥ k'am˨˩]
形容昔日貧窮人飲食很差， 怕被人看到，一碗吃，一碗蓋著。

【一誤（錯）毋通再誤（錯）】
[it˥ gɔ˧ (ts'o˨˩)m˨˩ t'aŋ˧ tsai˥˧ gɔ˧ (ts'o˨˩)]
不可一錯再錯。

【一箍甘若鹿槍】
[tsit˩ k'ɔ˥ kan˥ nã˥ lɔk˩ ts'iŋ˨˩]
形容光棍一無所有像鹿槍般光溜溜。（台灣昔日滿山遍野都是梅花鹿，就是被「鹿槍」消滅得瀕臨絕種。）

【一暝若獵狗咧】
[tsit˩ mẽ˦˥ nã˥ la˨˩ kau˥˧ le˨˩]
形容人整夜到處亂跑，活似獵狗。

【一誤，豈容再誤】
[it˥ gɔ˧ k'i˥ iɔŋ˧ tsai˥˧ gɔ˧]
一錯豈可再錯。

【一領褲，三條腿】
[tsit˩ niã˥ k'ɔ˨˩ sã˧ tiau˧ t'ui˥˧]
謂爪牙多，不好管制，難以應付。

【一樣人，百樣話】
[tsit˩ iũ˨˩ laŋ˦˥ pa˥˧ iũ˨˩ ue˧]
同樣是人，所說的話卻各不相同。

【一樣生，百樣死】
[tsit˩ iũ˨˩ sẽ˥ pa˥˧ iũ˨˩ si˥˧]
人出生的情況相同，而死的情狀則不一而足，或病死，或溺死，或自殺；或輕於鴻毛，或重於泰山。

【一嘴水，二風水】
[it˩ ts'ui˥˧ tsui˥˧ zi˧ hɔŋ˧ sui˥˧]
嘴巴甜討人歡喜，因此也能佔到便宜，再來才談是風水地理好。

【一嘴難敵雙舌】
[tsit˩ ts'ui˨˩ lan˧ tik˩ siaŋ˧ tsi˧]
受責難多，難以辯白。

【一還一，二還二】
[tsit˥ huan˧ tsit˥ zi˧ huan˧ zi˧]
橋歸橋，路歸路，不可混同。

【一還一，兩還兩】
[tsit˥ huan˧ tsit˥ ləŋ˧ huan˧ ləŋ˧]
一歸一，二歸二，不可混淆。意同上句。

【一點氣在做人】
[tsit˩ tiam˥ k'ui˨˩ ti˥ tso˥˧ laŋ˨˦]
人活著就是憑著一口氣。

【一聲就叫毋敢】
[tsit˩ siã˥ tio˨˩ kio˥˧ m˨˩ kã˥˧]
謂光一次就嚇壞了；一之爲甚，豈可再乎？

【一礐屎看三擔】
[tsit˩ hak˩ sai˥˧ k'uã˥˧ sã˧ tã˨˩]
笑人不會估量，把東西給低估了。

【一人毋抵兩人智】
[it˥ zin˨˦ m˨˩ te˥ liɔŋ˥ zin˧ ti˨˩]
一個人的智慧抵不上兩個人。

【一人不敵眾人智】
[it˥ zin˨˦ put˥ tik˩ tsiɔŋ˥˧ zin˧ ti˨˩]
三個臭皮匠，勝過一個諸葛亮。

【一人放，一百人尋】
[tsit˩ laŋ˨˦ paŋ˨˩ tsit˩ pa˥˧ laŋ˨˦ ts'ue˧]
形容易放難找。

【一人獪比得一人】
[tsit˩ laŋ˨˦ be˨˩ pi˥ tit˥ tsit˩ laŋ˨˦]
各人的情況不同，不能相比。

【一寸光陰一寸金】
[it˥ ts'un˥˧ kɔŋ˧ im˥ it˥ ts'un˥˧ kim˥]
勉人愛惜光陰。

【一日不見如三秋】
[it˥ zit˥ put˥ ken˨˩ zu˧ sam˧ ts'iu˥]
才一天未見面就彷彿隔了三個年頭；喻思念之深。

【一日平安，一日福】
[tsit˩ zit˩ piŋ˧ an˥ tsit˩ zit˩ hɔk˩]
一天平安渡過，就是一天的福氣，比喻人生無所奢求。

【一日空空，廿四點】
[tsit˩ zit˥ k'ɔŋ˧ k'ɔŋ˥ zi˨˩ si˥˧ tiam˥˧]
整天呆坐無所事事。

【一斗東風，三斗水】
[tsit˩ tau˥ taŋ˧ hɔŋ˥ sã˧ tau˥ tsui˥˧]
氣象諺。指春天的東風多挾帶雨水。

【一文，看做三文大】
[tsit˩ bun˨˦ k'uã˥˧ tso˥˧ sã˧ bun˧ tua˧]
把金錢看得太重。

【一日食飽掃街路】
[tsit˩ zit˥ tsia˨˩ pa˥˧ sau˥˧ ke˧ lɔ˧]
謂吃飽沒事逛街。

【一日食飽激戇話】
[tsit˩ zit˥ tsia˨˩ pa˥˧ kik˥ gɔŋ˨˩ ue˧]
飽食終日，言不及義。

【一日清閑一日仙】
[tsit˩ zit˩ ts'iŋ˧ iŋ˨˦ tsit˩ zit˩ sen˥]
一日清靜無事，便快活似小神仙。

【一日無君天下亂】
[tsit˩ zit˥ bo˧ kun˥ t'en˧ ha˨˩ luan˧]
喻一個團體不能一天沒有領導人。

【一日無事小神仙】
[tsit˩ zit˥ bo˧ su˧ sio˥ sin˧ sen˥]
一日平安無災禍，就如一個小神仙。

【一斤就是十六兩】
[tsit˩ kin˥ tio˨˩ si˨˩ tsap˩ lak˩ niũ˥˧]
台斤一斤十六兩；喻實力相當。

【一世人親像眠夢】
[tsit˩ si˥˧ laŋ˧˥ ts'in˧ ts'iũ˨˩ bin˧ baŋ˧]
謂人生如夢，非常短暫。

【一平抹壁雙面光】
[tsit˩ piŋ˧˥ bua˥˧ piaʔ˩ siaŋ˧ bin˨˩ kuĩ˥]
謂做人圓融，處理一件事能令甲乙雙方都滿意。

【一世破婚三世窮】
[it˥ se˨˩ p'ua˥˧ hun˥ sã˧ se˥˧ kiŋ˧˥]
破壞別人的婚姻，將使自己的後代遭受貧窮的報應。

【一句話，三斤六重】
[tsit˩ ku˥˧ ue˧ sã˧ kin˧ lak˩ taŋ˧]
謂説話語氣太重不中聽，令人難以接受。

【一句話，三尖六角】
[tsit˩ ku˥˧ ue˧ sã˧ tsiam˧ lak˩ kak˩]
話鋒尖利，講話帶刺。

【一句話講艙輪轉】
[tsit˩ ku˥˧ ue˧ kɔŋ˥ be˨˩ len˥˧ tuĩ˥˧]
連一句話都講不清楚。

【一字、二畫、三雕刻】
[it˩ zi˧ zi˧ ue˧ sã˥ tiau˧ k'ik˩]
形容新竹客家地區之諺語。謂當地人不重偶像崇拜。

【一百句做一句講】
[tsit˩ pa˥˧ ku˨˩ tso˥˧ tsit˩ ku˥˧ kɔŋ˥˧]
總而言之，比喻簡明扼要。

【一身若像柴頭仔】
[tsit˩ sin˥ nã˥ ts'iũ˨˩ ts'a˧ t'au˧ a˥˧]
罵人像木頭，不推不動。

【一府，二鹿，三艋舺】
[it˥ hu˥˧ zi˨˩ lɔk˥ sã˥ baŋ˥ kaʔ˩]
一府指台南，二鹿指鹿港，三艋舺指萬華。此為清代台灣港口埠頭繁華發展的先後順序，由南而北。

【一府，二鹿，三新莊】
[it˥ hu˥˧ zi˨˩ lɔk˥ sã˥ sin˧ tsəŋ˥]
新莊地區耆老之諺。新莊古稱興直堡，為清朝乾隆年間台北地區最大商港，與台南、鹿港齊名；新莊沒落之後，艋舺才興起，根據史實，此諺經得起考驗。

【一府，二笨，三艋舺】
[it˥ hu˥˧ zi˨˩ pun˨˩ sã˥ baŋ˥ kaʔ˩]
明天啓年間到清同治年間，笨港與台南及萬華（艋舺）同為繁榮的商港，故有本諺。後因地形變遷，而退居距海遠處，成為歷史陳跡。今雲林縣北港鎮、嘉義縣新港鄉沿北港溪兩岸，還可見笨港當年規模。

【一夜夫妻百世恩】
[it˥ ia˧ hu˧ ts'e˥ pik˥ se˥˧ in˥]
一夜夫妻的情義，抵得上百世的恩愛。

【一府四縣遊透透】
[tsit˩ hu˥˧ si˥˧ kuan˧ iu˧ t'au˥˧ t'au˨˩]
清初台灣設一府四縣（台灣府下轄：台灣、鳳山、諸羅、彰化四縣）。意謂遊遍台灣，見識很廣。

【一面抹壁，雙面光】
[tsit˩ bin˨˩ bua˥˧ piaʔ˩ siaŋ˧ bin˨˩ kuĩ˥]
比喻做人圓融，處理一件事能讓甲乙雙方都滿意。

【一垵駛一個舵工】
[tsit˩ uã˥ sai˥ tsit˩ le˧ tai˨˩ kɔŋ˥]
澎湖諺語。垵，海灣；舵工，船長；一個海灣的漁船，都要靠一位經驗豐富的船長來指揮。

【一個人無雙重才】
[tsit˩ le˧ laŋ˧˥ bo˧ siaŋ˧ tiŋ˧ tsai˧˥]

一個人沒有雙重的才幹，即謂一個人負擔不起多方面的責任。

【一隻牛剝雙領皮】
[tsit˩ tsia˥˧ gu˧˥ pak˥˧ siaŋ˧ niã˥ p'ue˧˥]
比喻雙重剝削。

【一個囝仔四兩福】
[tsit˩ le˧ gin˥ nã˥˧ si˥˧ niũ˥ hɔk˩]
謂小孩子福氣多，小孩備受大人呵護，故有此諺。

【一家有事百家忙】
[it˥˧ ka˥ iu˥ su˧ pik˥˧ ka˧ baŋ˧˥]
喻鄰里守望相助，和睦相處，遇有婚喪大事，互相幫忙。

【一時風，駛一時帆】
[tsit˩ si˧ hɔŋ˥ sai˥ tsit˩ si˧ p'aŋ˧˥]
昔日行駛帆船必須看風向決定掛帆之高低、向背。引申爲做人要因時制宜、隨機應變。

【一時風，駛一時船】
[tsit˩ si˧ hɔŋ˥ sai˥ tsit˩ si˧ tsun˧˥]
意同「一時風，駛一時帆」。

【一時風，舉一時旗】
[tsit˩ si˧ hɔŋ˥ gia˧ tsit˩ si˧ ki˧˥]
比喻順應時勢做事。

【一家富貴千家怨】
[it˥˧ ka˥ hu˥˧ kui˨˩ ts'en˧ ka˧ uan˨˩]
世間致富不易，因而富貴便成爲大家所既羨慕又嫉妒之事；若有一家僥倖富貴，必招致千家之怨恨。

【一個錢扑廿四結】
[tsit˩ le˧ tsĩ˧˥ p'a˥˧ zi˨˩ si˥˧ kat˩]
每一個錢均打廿四個結綁住，形容守財奴一毛不拔。

【一個嘴若像鴨嘴】
[tsit˩ le˧ ts'ui˨˩ nã˥ ts'iũ˨˩ a˥˧ ts'ui˨˩]
形容人聒噪像鴨子一般。

【一個嘴，貼兩重舌】
[tsit˩ le˧ ts'ui˨˩ ta˥˧ lәŋ˨˩ tiŋ˧ tsi˧]
形容能言善辯之人。

【一個嘴，塞一個舌】
[tsit˩ le˧ ts'ui˨˩ t'at˩ tsit˩ le˧ tsi˧]
指不發言表示意見，或謂用以形容人木訥無辯才。

【一個鍋㷧一粒卵】
[tsit˩ le˧ ue˥ sa˨˩ tsit˩ liap˩ nuĩ˧]
㷧，用白水煮也；喻不合經濟效益。

【一粒田螺，九碗湯】
[tsit˩ liap˩ ts'an˧ le˧˥ kau˥ uã˥ t'ɔŋ˥]
湯多料少，形容生活貧苦；或謂比喻膨脹過度。

【一粒米流外濟汗】
[tsit˩ liap˩ bi˥˧ lau˧ gua˨˩ tse˨˩ kuã˧]
外濟，多少也；形容農夫種田之辛勞。

【一粒頭殼兩粒大】
[tsit˩ liap˩ t'au˧ k'ak˩ lәŋ˨˩ liap˩ tua˧]
一個頭兩個大；喻遇到困難的事情。

【一粒頭殼摸咧燒】
[tsit˩ liap˩ t'au˧ k'ak˩ mõ˥˧ le˥ sio˥]
喻遇到傷腦筋的問題。

【一朝天子，一朝臣】
[it˥˧ tiau˧˥ t'en˧ tsu˥˧ it˥˧ tiau˧ sin˧˥]
形容換一個主管，底下的部屬也跟著更動；民主時代，地方首長民選，這種例子更是容易看見。

【一勤天下無難事】
[it˥˧ k'in˧˥ t'en˧ ha˧ bu˧ lan˧ su˧]
謂只要勤勞天下無難事。

【一滴目屎，三斤重】
[tsit˩ ti˥˧ bak˩ sai˥˧ sã˧ kin˧ taŋ˧]
形容受大委屈，流下大顆眼淚。

【一樣米飼百樣人】

[tsit˧ iũ˨ bi˥ ts'i˨ pa˥ iũ˨ laŋ˧˥]
各人所吃的稻米相同，但各人的面孔、脾氣、心性等卻各自不同。

【一貓，二矮，三虯毛】
[it˧ niãu˥ zi˧ e˥ sã˥ k'iu˧ mɔ̃˧˥]
相術家以爲：貓(麻臉)、矮(個子小)、虯毛（捲髮）這三種人生性狡猾須提防。類似「貓的奸臣、矮的厚行（多癖)，虯毛不仁」。

【一蕊好花插牛屎】
[tsit˧ lui˥ ho˥ hue˥ ts'a˥ gu˧ sai˥]
比喻美女嫁醜夫或才女嫁拙夫。

【一盤魚仔全全頭】
[tsit˧ puã˧ hi˧ a˥ tsuan˧ tsuan˧ t'au˧˥]
比喻一群人大家都想做頭子。或做「一盤魚仔皆皆頭」。

【一箍鎚鎚甘若豬】
[tsit˧ k'ɔ˥ t'ui˧ t'ui˧˥ kan˥ nã˥ ti˥]
指人四肢發達，看起來笨頭笨腦像頭豬一樣。

【一嘴不能插二匙】
[tsit˧ ts'ui˨ put˥ liŋ˧˥ ts'a˥ zi˨ si˧˥]
謂講話必須守信用。

【一嘴飯一尾魚到】
[tsit˧ ts'ui˥ puĩ˧ tsit˧ bue˥ hi˧˥ kau˨]
吃一口飯一定要配一條魚，比喻做人斤斤計較，沒有商量餘地。或作「一嘴飯一尾蝦到」。

【一頭擔雞雙頭啼】
[tsit˧ t'au˧˥ tã˧ ke˥ siaŋ˧ t'au˧ t'i˧˥]
昔日有一雞販，中年喪偶，擔雞出外兜售，賣不出去，雞因倒吊之苦而啼，家中兒女也因挨餓乏人照料而啼。其後專門用來形容人中年喪偶左右爲難之情狀。

【一錢匆當兩錢用】
[tsit˧ tsĩ˧˥ be˨ taŋ˥ ləŋ˨ tsĩ˧˥ iɔŋ˧]
謂錢要善用。

【一舉，二運，三本事】
[it˧ ki˥ zi˧ un˧ sã˥ pun˥ su˧]
做人成功的三要素：第一要有人推舉，第二要有好運氣，第三要有眞本領。類同「一牽成，二好運，三才情」。

【一舉成名天下知】
[it˥ ki˥ siŋ˧ biŋ˧˥ t'en˧ ha˨ ti˥]
人辛苦多年，一旦出名，便會名滿天下。

【一舉首登龍虎榜】
[it˥ ki˥ siu˥ tiŋ˧ liɔŋ˧ hɔ˥ pəŋ˥]
本指考秀才一考便及第；喻一舉而成名。

【一龜，二烏，三關刀】
[it˧ ku˥ zi˧ ɔ˥ sã˥ kuan˧ to˥]
龜、烏、關刀均爲風水中的地穴。其中龜穴在今台北市大安區芳蘭山，辛亥隧道北口左側，爲辜顯榮之二太太所葬之處。

【一欉菜，一百個拜】
[tsit˧ tsaŋ˧ ts'ai˨ tsit˧ pa˥ ge˧ pai˨]
澎湖諺語。形容一株菜，從下種、栽培、澆水、施肥到收成必須經人彎腰俯身不下一百次，有如一百拜。喻粒粒皆辛苦也。

【一人三子，六代千丁】
[it˥ zin˧˥ sam˧ tsu˥ liɔk˧ tai˧ ts'en˧ tiŋ˥]
一個人生三個兒子，以後每一代都這麼生，到了第六代家中便有近千個壯丁。比喻子孫繁衍。

【一人犯罪，一鄉受罪】
[it˥ zin˧˥ huan˨ tsue˧ it˥ hiaŋ˥ siu˨ tsue˧]

同「一粒老鼠屎壞了一鍋粥」之意，牽連株累，波及無辜。

【一人作賊，一家遭殃】
[tsit˩ laŋ˧˥ tso˥˧ ts'at˥ tsit˩ ke˥ tso˧ iɔŋ˥]
一個人當小偷，其家人便要遭惡名之累。

【一人做賊，一鄉受罪】
[tsit˩ laŋ˧˥ tso˥˧ ts'at˥ tsit˩ hiaŋ˥ siu˧˩ tsue˧]
喻一粒老鼠屎壞了一鍋粥。

【一人作惡，萬人遭殃】
[tsit˩ laŋ˧˥ tso˥˧ ɔk˩ ban˧˩ laŋ˧˥ tso˧ iɔŋ˥]
比喻惡果極大。

【一人做，毋哪千人知】
[tsit˩ laŋ˧˥ tso˧˩ m˧˩ nã˧˩ ts'en˧ laŋ˧ tsai˥]
毋哪，不止也；雖然是一人做的事，但日子久了自然會傳開來。

【一人開井，千人飲水】
[tsit˩ laŋ˧˥ k'ui˧ tsẽ˥˧ ts'en˧ laŋ˧˥ lim˧ tsui˥˧]
謂一人辛苦，眾人享福。

【一人智，不如兩人議】
[it˥ zin˧ ti˧˩ put˥ zu˧ liɔŋ˥ zin˧ gi˧]
謂凡事要集思廣益。

【一人敢死，萬夫莫當】
[tsit˩ laŋ˧˥ kã˥ si˥˧ ban˧˩ hu˥ bɔk˩ tɔŋ˥]
人一旦把命豁出去而不怕死，當他往前衝殺時，便沒有人敢阻擋。

【一人敢，萬人不敢當】
[it˥ zin˧˥ kã˥˧ ban˧˩ zin˧˥ put˥ kam˥ tɔŋ˥]
一個人下決心死拼，其他的人不敢擋他。

【一人傳虛，百人傳眞】
[tsit˩ laŋ˧˥ t'uan˧ hi˥ pa˥˧ laŋ˧˥ t'uan˧ tsin˥]
謂三人言成虎。

【一人傳虛，萬人傳實】
[tsit˩ laŋ˧˥ t'uan˧ hi˥ ban˧˩ laŋ˧˥ t'uan˧ sit˥]
最開始一人傳假的，傳了一萬人後便成爲眞的；三人言成虎，積非成是。

【一人講好，千人講實】
[tsit˩ laŋ˧˥ kɔŋ˥ ho˥˧ ts'en˧ laŋ˧˥ kɔŋ˥ sit˥]
謂人云亦云，以訛傳訛。

【一工扑鳥，三工挽毛】
[tsit˩ kaŋ˥ p'a˥˧ tsiau˥˧ sã˧ kaŋ˥ ban˥ mɔ̃˥]
一工，一天也；休息的時間比工作的時間長，類同「一日討海，三日曝網」。

【一千年園，五百主人】
[tsit˩ ts'iŋ˧ nĩ˧ huĩ˧˥ gɔ˧˩ pa˥˧ tsu˥ laŋ˧˥]
同一塊土地，經歷一千年，可能會換上五百個主人；滄海桑田，世事多變，田園易主自是當然。

【一丈身，九尺無路用】
[tsit˩ tɔŋ˧˩ sin˥ kau˥ ts'ioʔ˩ bo˧ lɔ˧˩ iɔŋ˧]
沒有用的佔去一大部分。

【一千賒，不如八百現】
[tsit˩ ts'iŋ˧ sia˥ put˥ zu˧ pe˥˧ pa˥˧ hen˧]
現金賣出，雖然打折，總比不打折而賒帳的交易來得好。

【一千賒，毋值八百現】
[tsit˩ ts'iŋ˧ sia˥ m˧˩ tat˩ pe˥˧ pa˥˧

hen˧]
意同上句。

【一千銀，毋值四兩命】
[tsit˩ ts'iŋ˧ gin˧ m˨ tat˩ si˥ niũ˥ miã˧]
謂命運好不怕沒有錢。

【一丈槌，無留三寸後】
[tsit˩ təŋ˨ t'ui˧ bo˧ lau˧ sã˧ ts'un˥ au˧]
一丈長槌要留三寸供手把握，比喻凡事要留後步，有本事不可盡展。

【一斤子，毋值四兩尪】
[tsit˩ kin˧ kiã˥ m˨ tat˩ si˥ niũ˥ aŋ˥]
謂先生比兒子重要。

【一日夫妻，百世姻緣】
[it˥ zit˥ hu˧ ts'e˥ pik˥ se˥ im˧ en˧]
夫妻緣分，百世前就註定。

【一手尖刀，一手刺球】
[tsit˩ ts'iu˥ tsiam˧ to˥ tsit˩ ts'iu˥ ts'i˥ kiu˧]
刺球，指有釘刺的鐵球，是一種兇器。形容惡人爲強霸之類。

【一犬吠影，百犬吠聲】
[it˥ k'en˥ pui˨ iã˥ pa˥ k'en˥ pui˨ siã˥]
比喻人云亦云，隨聲附和，毫無主張。

【一日和尚，撞一下鐘】
[tsit˩ zit˩ hue˧ siũ˧ ləŋ˥ tsit˩ e˨ tsiŋ˥]
謂懶散無聊，過一天算一天。

【一日爲君，終身爲主】
[it˥ zit˥ ui˧ kun˥ tsiɔŋ˧ sin˥ ui˧ tsu˥]
忠臣不事二主。

【一日爲師，終身爲父】
[it˥ zit˥ ui˧ su˥ tsiɔŋ˧ sin˥ ui˧ hu˧]
師生關係有如父子關係。

【一日食飽算蛇罩目】
[tsit˩ zit˥ tsia˨ pa˥ suĩ˥ baŋ˥ ta˥ bak˥]
飽食終日沒事做，躺在床上和蚊帳（蛇罩）對看。形容賦閒無聊。

【一日食飽算桷仔縫】
[tsit˩ zit˥ tsia˨ pa˥ suĩ˥ kak˥ ga˥ p'aŋ˧]
飽食終日沒事做，躺在床上，仰面數屋上楹桷縫（孔）。形容賦閒無聊。

【一日食飽算街路石】
[tsit˩ zit˥ tsia˨ pa˥ suĩ˥ ke˧ lɔ˨ tsioʔ˥]
整天逛街沒事做。

【一日食飽算電火柱】
[tsit˩ zit˥ tsia˨ pa˥ suĩ˥ ten˨ hue˥ t'iau˧]
整天逛街算電線桿（電火柱）數目，形容無聊。

【一日剃頭，三日緣投】
[tsit˩ zit˥ t'i˥ t'au˧ sã˧ zit˥ en˧ tau˧]
剃一次頭可以瀟灑上三天。台語稱英俊瀟灑爲緣投。

【一日討海，三日曝網】
[tsit˩ zit˥ t'o˥ hai˥ sã˧ zit˥ p'ak˩ baŋ˧]
工作一天，休息十天，亦即一曝十寒。

【一手捾肉，一手捾葱】
[tsit˩ ts'iu˥ kuã˨ baʔ˩ tsit˩ ts'iu˥ kuã˨ ts'aŋ˥]
形容賭徒之妻。賭徒輕財而揮霍，故其妻買菜亦較一般人大方。

【一日徙栽，三日跂黃】
[tsit˩ zit˥ sua˥ tsai˥ sã˧ zit˥ k'ia˨ uĩ˧]

栽，指花木或蔬菜之幼苗，移值一次便得枯黃好幾天才會恢復生機。比喻不安於位，有害無利。

【一文錢看做兩文大】
[tsit˩ bun˧ tsĩ˥ k'uã˥˧ tso˥˧ ləŋ˩ bun˧ tua˧]
譏吝嗇的人把錢看得很重。

【一支嘴若像青竹絲】
[tsit˩ ki˧ ts'ui˩ nã˥ ts'iũ˩ ts'ẽ˧ tik˥ si˥]
青竹絲，毒蛇名；比喻人説話狠毒。

【一支嘴若雞母尻川】
[tsit˩ ki˧ ts'ui˩ nã˥ ke˧ bo˥ k'a˧ ts'uĩ˥]
謂其人嘴巴説話善變。

【一支嘴親像破雞箒】
[tsit˩ ki˧ ts'ui˩ ts'in˧ ts'iũ˩ p'ua˥˧ ke˧ ts'iŋ˥˧]
破雞箒，昔日農村趕雞用的竹具。比喻人喋喋不休，話説個沒完。

【一世人親像做人客】
[tsit˩ si˥˧ laŋ˩˥ ts'in˧ ts'iũ˩ tso˥˧ laŋ˧ k'eʔ˩]
人生在世如客店中的過客。

【一句毋知，百般無代（事）】
[tsit˩ ku˥˧ m˩ tsai˥ pa˥˧ puã˥ bo˧ tai˧]
一問三不知，就不會引起麻煩。

【一世做歹官三世絕】
[tsit˩ se˩ tso˥˧ p'ãi˥ kuã˥ sã˧ se˥˧ tsuat˥]
一世做貪官，至三世而絕嗣。

【一句著著，兩句臭糗】
[tsit˩ ku˩ tio˩ tio˧ ləŋ˩ ku˩ ts'au˥˧ sio˧]
好話講一遍就夠了，再三重複不但無味，甚至會惹人生厭。

【一耳孔入，一耳孔出】
[tsit˩ hĩ˩ k'aŋ˥ zip˥ tsit˩ hĩ˩ k'aŋ˥ ts'ut˩]
左耳進，右耳出；馬耳東風；言者諄諄，聽者藐藐。

【一年培墓，一年少人】
[tsit˩ nĩ˩˥ pue˩ bɔŋ˧ tsit˩ nĩ˩˥ tsio˥ laŋ˩˥]
培墓，清明節掃墓。掃墓時族人參與者一年比一年少；喻事業越做越小，一年不如一年。

【一年培墓，一年少丁】
[tsit˩ nĩ˩˥ pue˩ bɔŋ˧ tsit˩ nĩ˩˥ tsio˥ tiŋ˥]
意同「一年培墓，一年少人」。

【一年徙栽，三年跂黃】
[tsit˩ nĩ˩˥ sua˥ tsai˥ sã˧ nĩ˩˥ k'ia˩ uĩ˩˥]
樹苗移植一次，會有三年枯黃期；喻不能常換職業。

【一年換廿四個頭家】
[tsit˩ nĩ˩˥ uã˩ zi˩ si˥˧ ge˧ t'au˧ ke˥]
形容不安於工作，經常換老闆(頭家)。

【一年新婦，三年師傅】
[tsit˩ nĩ˩˥ sim˧ pu˧ sã˧ nĩ˩˥ sai˧ hu˧]
女子出嫁第一年當媳婦（新婦），凡事都要學習，像個徒弟；熬上三年，諸事熟練，就好像學藝已成，變成師傅。

【一年新婦，三年話拄】
[tsit˩ nĩ˩˥ sim˧ pu˧ sã˧ nĩ˩˥ ue˩ tu˥˧]
女子出嫁第一年很乖巧，全部聽婆婆的話；熬上三年，便會開始有自己的主張，甚至向婆婆頂嘴(話拄)。

【一言一用，千言無用】
[it˥ gen˩˥ it˥ iɔŋ˧ ts'en˧ gen˩˥ bo˧

ioŋ˧]
比喻言貴精簡有力。

【一言不中，千言無用】
[it˥ gen˦ put˥ tioŋ˩ ts'en˧ gen˦ bo˧ ioŋ˧]
不能一語道破，話再多說也是徒費口舌。

【一言半句，重值千金】
[it˥ gen˦ puã˥ ku˩ taŋ˧ tat˩ ts'en˧ kim˥]
比喻金玉良言。

【一身死了，留一支嘴】
[tsit˩ sin˥ si˥ liau˥ lau˧ tsit˩ ki˧ ts'ui˩]
罵人嘴硬好辯。

【一言放出，駟馬難追】
[it˥ gen˦ hɔŋ˥ ts'ut˩ su˥ mã˥ lan˧ tui˥]
君子必須守信，話一講出，便不得悔改。

【一言既出，駟馬難追】
[it˥ gen˦ ki˥ ts'ut˩ su˥ mã˥ lan˧ tui˥]
謂說話要有信用，不可後悔。

【一更報喜，二更報死】
[tsit˩ kẽ˥ po˥ hi˥ zi˩ kẽ˥ po˥ si˥]
謂人生禍福無常。

【一肩行李，兩袖清風】
[it˥ kiŋ˧ hiŋ˧ li˥ lioŋ˥ siu˩ ts'iŋ˧ hɔŋ˥]
形容做官清廉。

【一面光光，一面生毛】
[tsit˩ bin˧ kəŋ˧ kəŋ˥ tsit˩ bin˧ sĩ˧ bəŋ˦]
喻表裏不一，對人講話，當面是一套，背後又是一套。

【一面是溝，一面是圳】
[tsit˩ bin˧ si˩ kau˥ tsit˩ bin˧ si˩ tsun˩]
比喻做人左右為難，不知如何是好。

【一指遮蔽，無看大山】
[tsit˩ tsãi˥ zia˧ piaʔ˩ bo˧ k'uã˥ tua˩ suã˥]
比喻因小失大。

【一個人行路亦喝隘】
[tsit˩ le˧ laŋ˦ kiã˧ lɔ˧ ia˩ hua˥ e˧]
隘指狹窄，罵人不知足。

【一個人客，九個主人】
[tsit˩ le˧ laŋ˧ k'eʔ˩ kau˥ ge˧ tsu˥ laŋ˦]
請客時主人比客人多，即羅漢請觀音。

【一個山頭，一個鷂鴞】
[tsit˩ le˧ suã˧ t'au˦ tsit˩ le˧ lai˩ hio˧]
鷂鴞，即老鷹，捕食小鳥及小雞等；全句謂一山不容二虎。

【一個半斤，一個八兩】
[tsit˩ le˧ puã˥ kin˥ tsit˩ le˧ pe˥ niũ˥]
謂輕重相等，勢均力敵。

【一個肩胛扛一個嘴】
[tsit˩ le˧ kiŋ˧ kaʔ˩ kəŋ˧ tsit˩ le˧ ts'ui˩]
譏人嘴硬。

【一個剃頭，一個扳耳】
[tsit˩ le˧ t'i˥ t'au˦ tsit˩ le˧ pan˧ hĩ˧]
謂做一件小事也須請人從旁幫忙。

【一隻腳毛管三個鬼】
[tsit˩ ki˧ k'a˧ mõ˥ kuan˥ sã˧ ge˧ kui˥]
本省習俗，認為腳毛多是一個人身體健壯的象徵，而且認為一根腳毛可管

三個鬼，如拔去脚毛，會惹來惡鬼找麻煩。

【一個鼎煠一粒鴨卵】
[tsit˩ le˧ tiã˥˩ sa˩ tsit˩ liap˩ a˥˩ nuĩ˧]
偌大一口鍋子只煮一個鴨蛋，形容太不經濟了。

【一隻蝦猴配三碗糜】
[tsit˩ tsia˥˩ he˧ kau˧˥ p'ue˥˩ sã˧ uã˥ muãi˧˥]
蝦猴或稱蝦蛄，爲鹿港名產，通常都用鹽煮得很鹹，此諺即在盛言其鹹，光一隻鹹蝦猴便須有三碗稀飯來配它。

【一個錢扑四十九結】
[tsit˩ le˧ tsĩ˧˥ p'a˥˩ si˥˩ tsap˩ kau˥ kat˩]
把一個錢打四十九個結綁住，怕它蹓了；喻用錢謹愼，吝慳之至。

【一個錢縛二十四結】
[tsit˩ le˧ tsĩ˧˥ pak˩ zi˩ tsap˩ si˥˩ kat˩]
譏人視錢如命，吝於用錢。

【一個頭，予人揞在旋】
[tsit˩ le˧ t'au˧˥ hɔ˩ laŋ˧ kuã˩ te˥˩ se˧]
生死主權控制在別人手裏。

【一個嘴親像石磨仔】
[tsit˩ le˧ ts'ui˩ ts'in˧ ts'iũ˩ tsio˩ bo˧ a˥˩]
譏人饞嘴，像石磨磨糕般吃個不停。

【一毫之善，與人方便】
[it˥ ho˧˥ tsi˧ sen˧ u˥ zin˧˥ hɔŋ˧ pen˧]
勉勵他人，即使小善，也要認眞去做。

【一毫之惡，勸人莫作】
[it˥ ho˧˥ tsi˧ ɔk˩ k'uan˥˩ zin˧˥ bɔk˩ tso˩]
勸人勿以惡小而爲之。

【一粒田螺泡九碗湯】
[tsit˩ liap˩ ts'an˧ le˧˥ p'au˥˩ kau˥ uã˥ t'əŋ˥]
比喻生活貧苦；或謂過度膨脹，灌水太多。

【一粒米二十四粒汗】
[tsit˩ liap˩ bi˥˩ zi˩ tsap˩ si˥˩ liap˩ kuã˧]
極言農夫種田之辛苦。

【一牽成，二運，三才情】
[it˩ k'an˧ siŋ˧˥ zi˧ un˧ sã˥ tsai˧ tsiŋ˧˥]
謂人成功的三要素：第一要有人栽培（牽成），第二要有好運，第三要有眞本領（才情）。

【一粒雨，揁死一個人】
[tsit˩ liap˩ hɔ˧ kɔŋ˥˩ si˥ tsit˩ le˧ laŋ˧˥]
形容西北雨雨點很大。

【一粒雨，擲死一個人】
[tsit˩ liap˩ hɔ˧ tan˥˩ si˥ tsit˩ le˧ laŋ˧˥]
比喻雨下得很粗大。

【一粒飯，扑死三隻狗】
[tsit˩ liap˩ puĩ˧ p'a˥˩ si˥ sã˧ tsia˥˩ kau˥˩]
爲了一顆飯粒打死三隻狗，極言人之吝嗇貪狠。

【一飲一啄，莫非前定】
[it˥ im˥˩ it˥ tɔk˩ bɔk˩ hui˥ tsen˧ tiŋ˧]
啄，吃也。一餐一飯，乃命中註定。

【一朝天子，萬代公侯】
[it˥ tiau˧˥ t'en˧ tsu˥˩ ban˩ tai˧ kɔŋ˧ hio˧˥]
喻只要有一人成了名，後代子孫便可

沾其光。

【一朝天子，萬代諸侯】
[it˥ tiau˨˦ t'en˧ tsu˥˧ ban˨˩ tai˧ tsu˧ hio˨˦]
謂專制時代，天子之子只能有一人繼承做天子，其餘諸子只能封爲諸侯，萬代世襲。

【一間貨賣了了——通霄】
[tsit˨ kiŋ˧ hue˨˩ be˨˩ liau˥ liau˥˧ t'ɔŋ˧ siau˥]
歇後語。一家店舖將貨品全賣光，就是「統銷」，發音與「通霄」同；通霄，地名，在苗栗縣。

【一朝無食，父子無義】
[it˥ tiau˥ bo˧ sit˥ pe˨˩ kiã˥˧ bo˧ gi˧]
謂一旦生活困苦，連父子關係都會破裂。

【一朝無財，妻奴無義】
[it˥ tiau˥ bo˧ tsai˨˦ ts'e˧ lɔ˨˦ bo˧ gi˧]
謂一旦沒有錢財，連妻子、奴僕都不認你。即「錢做人，毋是人做人」。

【一箍蟳無一隻有的】
[tsit˨ k'ut˥ tsim˨˦ bo˧ tsit˨ tsia˥˧ u˧ e˧]
喻子侄輩雖多，但找不出有才華者。

【一頓久久，兩頓相拄】
[tsit˨ tuĩ˨˩ ku˥ ku˥˧ ləŋ˨˩ tuĩ˨˩ sio˧ tu˥˧]
謂三餐不按時吃。

【一歲生根，百歲著老】
[tsit˨ hue˨˩ sẽ˧ kin˥ pa˥˧ hue˨˩ tiau˧ lau˧]
喻人之習性難改，要自幼即嚴加管教。

【一塊鐵，鍊無外濟銑】
[tsit˨ te˥˧ t'iʔ˨ len˨˩ bo˧ gua˨˩ tse˨˩ sen˥]
外濟，多少也；謂取用有限。

【一蕊好花园下到黃】
[tsit˨ lui˥ ho˥ hue˥ k'əŋ˥˧ e˥˧ kau˥˧ uĩ˨˦]
比喻女子過了婚期，辜負了大好青春。

【一蕊好花插在牛屎】
[tsit˨ lui˥ ho˥ hue˥ ts'a˥˧ ti˥˧ gu˧ sai˥˧]
比喻美女嫁醜夫或賢女嫁愚夫。

【一蕊紅紅，顧到大人】
[tsit˨ lui˥˧ aŋ˧ aŋ˨˦ kɔ˥˧ ka˥˧ tua˨˩ laŋ˨˦]
從一個小小的嬰兒，撫養到長大成人。

【一點也貓，百點也貓】
[tsit˨ tiam˥˧ ia˨˩ niãu˥ pa˥˧ tiam˥˧ ia˨˩ niãu˥]
謂一不做二不休，壞事做到底。

【一聲毋知，百聲無代】
[tsit˨ siã˧ m˨˩ tsai˥ pa˥˧ siã˥ bo˧ tai˧]
意同「一句毋知，百般無代」，只要一問三不知，便不會有麻煩。

【一點精水，萬點血水】
[tsit˨ tiam˥ tsiŋ˧ tsui˥˧ ban˨˩ tiam˥ hue˥˧ tsui˥˧]
男人一點精水，相當於萬點血水；勸人房事要節制，勿縱慾傷身。道教主張練精化氣，練氣化神，練神還虛，對於精水特別重視。

【一邊(平)土礱，雙(平)邊出粟】
[tsit˨ piŋ˧ t'ɔ˧ laŋ˨˦ siaŋ˧ piŋ˧ ts'ut˥ ts'ik˨]
土礱，昔日碾米之農具；它只有一個出口流出米來，若是兩邊流出，便是比喻事出不合理。

【一邊(平)腹肚，一邊(平)腳脊】
[tsit˨ piŋ˧ pat˥ tɔ˥˧ tsit˨ piŋ˧ k'a˧

tsiaʔ˨˩]
腳脊，指背部；謂非決鬥到底，不知誰勝誰敗。

【一二三，五六七，八九十】
[tsit˥˧ ləŋ˧ sã˥ gɔ˧ lak˥˧ ts'it˨˩ peʔ˨˩ kau˥˧ tsap˥˧]
本句獨缺「四」，故寓為「無寫四」(即無捨施)為可憐之意。

【一人敢死，萬人毋敢當】
[tsit˨˩ laŋ˧˥ kã˥ si˥˧ ban˨˩ laŋ˧˥ m˨˩ kã˥ təŋ˥]
意同「一人敢，萬人毋敢當」，人只要豁出去不要命，便沒有人敢擋他的路。

【一千銀，毋值著親生子】
[tsit˨˩ ts'iŋ˧ gin˧˥ m˨˩ tat˨˩ tio˨˩ ts'in˧ sẽ˧ kiã˥˧]
謂親生兒子最寶貴。

【一斤子，毋值著四兩尪】
[tsit˨˩ kin˧ kiã˥˧ m˨˩ tat˨˩ tio˨˩ si˥˧ niũ˥ aŋ˥]
謂兒子比不上丈夫重要。

【一斤子，毋值著四兩命】
[tsit˨˩ kin˧ kiã˥˧ m˨˩ tat˨˩ tio˨˩ si˥˧ niũ˥ miã˧]
一斤十六兩，一斤子指十六個兒子，古人以為多子多福氣。四兩命，指最好的命。謂孩子多不如命好。

【一支竹篙，押倒一船載】
[tsit˨˩ ki˧ tik˥˧ ko˥ a˥˧ to˥ tsit˨˩ tsun˧ tsai˧]
用一支竹竿把一船貨給押倒。比喻講一句話得罪了大家。或做一件事連累了人家。或作「一支竹篙押倒一山坪」。

【一心要死，一心要食米】
[tsit˨˩ sim˥ be˥ si˥˧ tsit˨˩ sim˥ be˥ tsia˨˩ bi˥˧]
比喻三心兩意，猶豫不決。

【一日食飽，算楹仔桷仔】
[tsit˨˩ zit˥˧ tsia˨˩ pa˥˧ suĩ˥˧ ẽ˧ a˥ kak˥˧ ga˥˧]
意同「一日食飽算桷仔縫」。

【一日食飽，顧喝大喝細】
[tsit˨˩ zit˥˧ tsia˨˩ pa˥˧ kɔ˥˧ hua˥˧ tua˨˩ hua˥˧ se˨˩]
飽食終日無所事事，在家只會吆喝大人小孩。

【一支草枝，也會絆倒人】
[tsit˨˩ ki˧ ts'au˥ ki˥ ia˨˩ e˨˩ puã˨˩ to˥ laŋ˧˥]
雖然是一支小草枝(籐)，不留心走路也會被它絆倒。比喻雖然是無所作用不起眼的人(物)，有時也會發揮意外的力量。

【一日落海，三日歈放屎】
[tsit˨˩ zit˥˧ lo˨˩ hai˥˧ sã˧ zit˥˧ be˨˩ paŋ˥˧ sai˥˧]
鹿港諺語。只要下海捕魚抓蟳一天，就會讓人累得腳酸無法蹲廁所。勸人不要因一時興趣而去做自己體力無法勝任的工作。

【一年換二十四個頭家】
[tsit˨˩ nĩ˧˥ uã˨˩ zi˨˩ tsap˨˩ si˥˧ ge˧ t'au˧ ke˥]
謂不安於位，老換職業。

【一支嘴密到甘若米篩】
[tsit˨˩ ki˧ ts'ui˨˩ bat˨˩ ka˥˧ kan˥ nã˥ bi˥ t'ai˥]
米篩，篩米之竹器，有千百個小洞；本喻係反諷一個人無法守口如瓶。

【一支嘴親像雞母尻川】
[tsit˨˩ ki˧ ts'ui˨˩ ts'in˧ ts'iũ˨˩ ke˧ bo˥ k'a˧ ts'uĩ˥]

罵人亂說話，胡說八道。

【一個一斤，一個十六兩】
[tsit˙˩ le˧˥ tsit˙˩ kin˥ tsit˙˩ le˧˥ tsap˙˩ lak˙˩ niũ˥˧]
謂彼此旗鼓相當，勢均力敵。

【一哮一解，無哮若瓠老】
[tsit˙˩ hau˥˧ tsit˙˩ kai˥˧ bo˧ hau˥˧ nã˥ pu˧ lau˥˧]
哮，哭也；指嬰兒適時地啼哭，是健康的表示，若不會哭反而要擔心。

【一陣北管，搭夾板去北】
[tsit˙˩ tin˨˩ pak˙˥ kuan˥˧ ta˥˧ giap˙˩ pan˥˧ k'i˥˧ pak˙˩]
繞口令。北管，樂團名，以吹管及打擊樂爲主，另外有南管，以弦索樂爲主；夾板，昔日載客貨之大船。

【一個某，較好三仙佛祖】
[tsit˙˩ le˧ bɔ˥˧ k'a˥˧ ho˥ sã˧ sen˧ hut˙˩ tsɔ˥˧]
一個好老婆勝過三尊佛祖的保佑。

【一個稱無夠，一個鮭腐】
[tsit˙˩ le˧˥ ts'in˥˧ bo˧ kau˨˩ tsit˙˩ le˧˥ kue˥˧ au˨˩]
買賣雙方都不對，一個稱頭（斤兩）不足，一個是挑腐壞的鮭魚要賣人。喻雙方都有錯。

【一隻蝨母膨到水牛大】
[tsit˙˩ tsia˥˧ sap˙˥ bo˥˧ p'ɔŋ˥˧ kau˥˧ tsui˥ gu˧ tua˧]
把一隻小頭蝨誇大到像水牛那麼大，比喻過度誇張。

【一時夆比一時的行情】
[tsit˙˩ si˧˥ be˨˩ pi˥ tsit˙˩ si˧˥ e˧ haŋ˧ tsiŋ˧˥]
謂人或物的價值，因時間不同而有變化。

【一個嘴，甘若雞母尻川】
[tsit˙˩ le˧ ts'ui˨˩ kan˥ nã˥ ke˧ bo˥ k'a˧ ts'uĩ˥]
形容人講話反覆無常不守信用，就像（甘若）母雞的屁股一樣善變。

【一枝鐵，扑夆出外濟釘】
[tsit˙˩ ki˧ t'iʔ˙˩ p'a˥˧ be˨˩ ts'ut˙˥ gua˨˩ tse˨˩ tiŋ˥]
外濟，多少也；比喻一個人的力量有限。

【一隻鷊鴞，佔七里雞仔】
[tsit˙˩ tsia˥˧ lai˨˩ hio˧ tsiam˥˧ ts'it˙˥ li˥ ke˧ a˥˧]
一隻老鷹（鷊鴞）可抓七里範圍内的小雞來吃，比喻權勢所及的範圍。

【一粒米，流幾哪百粒汗】
[tsit˙˩ liap˙˩ bi˥˧ lau˧ kui˥ nã˨˩ pa˥˧ liap˙˩ kuã˧]
形容每粒米飯都是農夫辛勤耕種所得。

【一牽成，二好運，三才情】
[it˙˩ k'an˧ siŋ˧˥ zi˧ ho˥ un˧ sã˥ tsai˧ tsiŋ˧˥]
成功的要素有三：第一有人栽培（牽成），第二走紅運，第三有眞本領。

【一粒飯粒損死三隻狗】
[tsit˙˩ liap˙˩ puĩ˨˩ nĩ˧˥ kɔŋ˥˧ si˥ sã˧ tsia˥˧ kau˥˧]
喻極其吝嗇與貪婪。

【一塊好肉落在狗嘴内】
[tsit˙˩ te˥˧ ho˥ baʔ˙˩ lak˙˥ ti˨˩ kau˥ ts'ui˥˧ lai˧]
謂所遇非其主，蹧蹋了好東西。

【一暗無眠，三暗補夆盡】
[tsit˙˩ am˨˩ bo˧ bin˧˥ sã˧ am˨˩ pɔ˥ be˨˩ tsin˧]

謂熬夜最傷身，一夜不睡，連睡三個晚上都補不過來。

【一銀損死三隻烏狗公】
[tsit˩ gin˧˥ kɔŋ˥˧ si˥ sã˧ tsia˥˧ ɔ˧ kau˥ kaŋ˥]
一銀，一塊錢；喻極其吝嗇。

【一錢，二緣，三美，四少年】
[it˩ tsĩ˧˥ zi˧ en˧˥ sã˥ sui˥˧ si˨˩ siau˥˧ len˧˥]
在風月場所吃得開的男士，要有這四個條件。

【一錢財，二人才，三詼諧】
[it˩ tsĩ˧ tsai˧˥ zi˧ laŋ˧ tsai˧˥ sã˥ k'ue˧ hai˧˥]
在脂粉圈中，必須有：錢財、人才、詼諧（幽默風趣）三個條件，才會左右逢源。

【一舉薦，二運氣，三本事】
[it˩ ki˥ tsen˨˩ zi˧ un˨˩ k'i˨˩ sã˥ pun˥ su˧]
意同「一舉，二運，三本事」，謂人要出人頭地，首要靠人推舉薦用，其次得憑運氣，最後才是自己有眞本事。

【一人一般心，無錢通買針】
[tsit˩ laŋ˧˥ tsit˩ puã˧ sim˥ bo˧ tsĩ˧˥ t'aŋ˧ be˥ tsiam˥]
喻團結才有利。

【一人一家代，公媽隨人栽】
[tsit˩ laŋ˧˥ tsit˩ ke˧ tai˧ kɔŋ˧ mã˥˧ sui˧ laŋ˧ ts'ai˧]
公媽，指祖先牌位。栽，指奉祀。謂各人拜各人的祖先，互不相干。亦即自掃門前雪，莫管他人瓦上霜。

【一人之智，不如兩人之議】
[it˥ zin˧˥ tsi˧ ti˨˩ put˥ zu˧ liɔŋ˥ zin˧˥ tsi˧ gi˧]
意同「一人智不如兩人議」，謂凡事要集思廣益。

【一人主張，毋値兩人思量】
[tsit˩ laŋ˧˥ tsu˥ tiũ˥ m˨˩ tat˩ lɔŋ˨˩ laŋ˧˥ su˧ niũ˧˥]
謂眾人之智慧勝過一人之獨斷。

【一人苦一項，無人苦相共】
[tsit˩ laŋ˧˥ k'ɔ˥ tsit˩ haŋ˧ bo˧ laŋ˧ k'ɔ˥ sio˧ kaŋ˧]
相共，相同；謂人各有苦衷，家家有本難唸的經。

【一人興一樣，無人相親像】
[tsit˩ laŋ˧˥ hiŋ˥˧ tsit˩ iũ˧ bo˧ laŋ˧ sio˧ ts'in˧ ts'iũ˧]
每一個人的嗜好各不相同。

【一日一先錢，三年共一千】
[tsit˩ zit˥ tsit˩ sen˥ ts'en˧˥ sã˧ nĩ˧˥ kiɔŋ˨˩ tsit˩ ts'en˥]
積沙成塔，積少成多。

【一孔一咧撥，食哩到冬尾】
[tsit˥ k'aŋ˥ tsit˩ le˨˩ pue˥˧ tsia˨˩ li˥ ka˥˧ taŋ˧ bue˥˧]
一孔爲「這一孔」之連讀。比喻這件事有暴利可圖，足夠吃上一年，甚至一輩子。

【一日走抛抛，一暝點燈蠟】
[tsit˩ zit˥ tsau˥ p'a˧ p'a˥ tsit˩ mẽ˧˥ tiam˥ tiŋ˧ la˧]
白天只顧玩，夜裏才趕工；比喻本末倒置。

【一日食三頓，一暝餓到光】
[tsit˩ zit˥ tsia˨˩ sã˧ tuĩ˨˩ tsit˩ mẽ˧˥ go˨˩ ka˥˧ kuĩ˥]
一日三餐，晚餐到早餐之間距離最久，故有此諺。

【一孔烏窿窿，廈門透廣東】

[tsit˩ k'aŋ˥ ɔ˧ laŋ˧ laŋ˥ e˨ muĩ˦
t'au˥ kuĩ˥ taŋ˥]
形容洞很深，深的程度宛如從廈門到廣東這麼遠；此諺常用以形容人惹的禍或負的債很大。是一句順口溜。

【一日無講朘，三日無生理】
[tsit˩ zit˥ bo˧ kɔŋ˥ tsi˥ sã˧ zit˥ bo˧
siŋ˧ li˥]
朘，女陰；謂天下男人聚在一起，一天不談女人經，就不能過日子。

【一心想死，一心想要食米】
[tsit˩ sim˥ siũ˨ si˥ tsit˩ sim˥ siũ˨
be˥ tsia˨ bi˥]
謂三心兩意，猶豫不決。

【一日閹九豬，九日無豬閹】
[tsit˩ zit˥ iam˧ kau˥ ti˥ kau˥ zit˥
bo˧ ti˥ iam˥]
謂工作不穩定。

【一日鑽九豬，九日無豬鑽】
[tsit˩ zit˥ ui˧ kau˥ ti˥ kau˥ zit˥ bo˧
ti˥ ui˥]
意同「一日閹九豬，九日無豬閹」。

【一支竹篙押倒五千外人】
[tsit˩ ki˧ tik˥ ko˥ a˥ to˥ gɔ˨ ts'iŋ˧
gua˨ laŋ˦]
喻目空一切，態度傲慢，看不起別人。

【一代大新婦，三代大子孫】
[tsit˩ tai˧ tua˨ sim˧ pu˧ sã˧ tai˧ tua˨
kiã˥ sun˥]
娶一個高大的媳婦，三代子孫都會遺傳高大。

【一世官，九世牛，三世寡婦】
[tsit˩ se˥ kuã˥ kau˥ se˥ gu˦ sã˧ se˥
kua˥ hu˧]
謂做一代貪官惡吏，會受到九代做牛、三代做寡婦的報應。

【一代娶矮某，三代出矮鼓】
[tsit˩ tai˧ ts'ua˨ e˥ bɔ˥ sã˧ tai˧ ts'ut˥
e˥ kɔ˥]
娶一個矮小的太太，三代子孫個子都會矮小，謂遺傳之重要也。

【一代無好妻，三代無好子】
[tsit˩ tai˧ bo˧ ho˥ ts'e˥ sã˧ tai˧ bo˧
ho˥ tsu˥]
指娶到惡妻會影響下一代的教育。

【一代無好某，三代無好子】
[tsit˩ tai˧ bo˧ ho˥ bɔ˥ sã˧ tai˧ bo˧
ho˥ kiã˥]
娶到品行不端的女子爲妻，三代都出不了好兒孫，可見賢妻良母之重要性。

【一代興，兩代賢，三代落臉】
[tsit˩ tai˧ hiŋ˥ lɔŋ˨ tai˧ hen˦ sã˧
tai˧ lui˨ len˦]
即俗話說：好不過三代。第一代創業興家，第二代賢能保持，第三代家運衰落而遭人笑（落臉即丟臉，沒面子）。

【一字入公門，九牛拖艙出】
[tsit˩ zi˧ zip˩ kɔŋ˧ muĩ˦ kau˥ gu˦
t'ua˧ be˨ ts'ut˩]
訴訟文詞，一經寫下，即無法更改。今天檢警單位所做成的筆錄，也是如此。

【一百支籤詩，獨抽著罰油】
[tsit˩ pa˥ ki˧ ts'iam˧ si˥ tɔk˩ t'iu˧
tio˨ huat˩ iu˦]
到廟裏燒香求神抽籤，以問吉凶，其中有一支是籤王，抽到的人一定要捐油香錢。喻運氣眞差。

【一好配一歹，無兩好相排】
[tsit˩ ho˥ p'ue˥ tsit˩ gai˦ bo˧ lɔŋ˨
ho˥ sio˧ pai˦]
世上沒有十全十美，完全沒有缺點的人。

【一年動刀兵，十年鱠太平】
[tsit˨ nĩ˦ taŋ˩ to˧ piŋ˥ tsap˨ nĩ˦ be˩ t'ai˥ piŋ˦]
戒人不可輕啓戰端，一旦發生戰爭，至少貽害十年。

【一池魚，鱠堪得一尾三斑】
[tsit˨ ti˧ hi˦ be˩ k'am˧ tit˥ tsit˨ bue˥ sam˧ pan˥]
三斑，淡水魚名，生性好鬥。比喻一個家或團體中，若有一個成員生性好鬥，便會雞犬不寧。

【一好夾一歹，無兩好相排】
[tsit˨ ho˥ ka˥ tsit˨ gai˦ bo˧ ləŋ˩ ho˥ sio˧ pai˦]
意同「一好配一歹，無兩好相排」。

【一身死了了，只剩一支嘴】
[tsit˨ sin˥ si˥ liau˥ liau˥ tsi˥ ts'un˧ tsit˨ ki˧ ts'ui˩]
罵人嘴硬強辯，不認本分。

【一枵，二飽，三中晝，四透早】
[it˨ iau˥ zi˧ pa˥ sã˥ tioŋ˧ tau˩ si˩ t'au˥ tsa˥]
此係男女交媾四個忌諱時刻：一爲肚子餓，二爲肚子飽，三爲正中午，四爲大清早；仔細思考，不無道理。

【一某無人知，兩某見笑代】
[tsit˨ bɔ˥ bo˧ laŋ˧ tsai˥ ləŋ˩ bɔ˥ ken˥ siau˥ tai˧]
家有二妻，易因小事端爭吵而家醜外揚，讓人取笑而感到羞恥（見笑）。此係主張一夫一妻制婚姻思想之表現。

【一某無人知，兩某相洩代】
[tsit˨ bɔ˥ bo˧ laŋ˧ tsai˥ ləŋ˩ bɔ˥ sio˧ sia˥ tai˧]
意同上句。

【一烏，二關刀，三蛇，四蓮花】
[it˨ ɔ˥ zi˧ kuan˧ to˥ sã˥ tsua˦ si˩ len˧ hue˥]
相傳台北市清代四個大富豪所建的地理穴，一爲烏鴉穴（今北平路一帶，周百萬家），二爲關刀穴（中崙李厝），三爲蛇穴（大安林安泰宅），四爲蓮花穴（大安坡心林宅）。

【一個半斤翹，一個八兩翹】
[tsit˨ le˧ puã˥ kin˥ k'iau˩ tsit˨ le˧ pe˥ niũ˥ k'iau˩]
謂相差不多。

【一捋平溜溜，無人敢舉手】
[tsit˨ lua˧ pẽ˧ liu˧ liu˥ bo˧ laŋ˧ kã˥ gia˧ ts'iu˥]
謂懾於其淫威，無人敢反對。

【一個死一個頂，較鱠斷種】
[tsit˨ le˧ si˥ tsit˨ le˧ tiŋ˥ k'a˥ be˩ tuĩ˩ tsiŋ˥]
謂家中長輩，有壞習慣或怪癖，長輩死後，晚輩中也有一個具有相同的壞習慣或怪癖。

【一個尪較贏三個序大人】
[tsit˨ le˧ aŋ˥ k'a˥ iã˧ sã˧ ge˧ si˩ tua˩ laŋ˦]
丈夫比長輩親近、貼心，所以一個丈夫比得上三個長輩（序大）。

【一兼兩顧，摸蛤仔兼洗褲】
[it˥ kiam˥ liaŋ˥ kɔ˩ bɔŋ˧ la˧ a˥ kiam˧ se˥ k'ɔ˩]
摸蛤仔，謂在河床沙層內淘取蛤仔；昔日河川無污染，河水清澈，泡在水中工作，的確可將身上所穿褲子泡洗乾淨。謂一舉兩得也。

【一個穿草鞋，一個結鞋帶】
[tsit˨ le˧ ts'iŋ˩ ts'au˥ e˦ tsit˨ le˧ kat˥ e˧ tua˩]
指不守婦道的妻子，其夫才穿草鞋(昔

日農漁民及工人的工作鞋）出門，她就趕忙穿起繡花鞋要去與情夫幽會。

【一個某，較贏三個天公祖】
[tsit˨ le˧ bɔ˥˧ k'a˥˧ iã˧ sã˧ ge˧ t'ĩ˧ kɔŋ˧ tsɔ˥˧]
家有賢妻，比什麼都好。

【一時𠢕比得一時的行情】
[tsit˨ si˩˧ be˨˩ pi˥ tit˥ tsit˨ si˩˧ e˧ haŋ˧ tsiŋ˩˧]
指人與物的價值，會隨時代環境而改變。

【一隻鷓鴣，要管一里雞仔】
[tsit˨ tsia˥˧ lai˨˩ hio˧ be˥ kuan˥ tsit˨ li˥ ke˧ a˥˧]
謂各有其勢力範圍。

【一場功德，做落下草仔埔】
[tsit˨ tiũ˧ kɔŋ˧ tik˨ tso˥˧ lo˨˩ e˥˧ ts'au˥ a˥ pɔ˥]
喻前功盡棄，一切皆白費力氣。

【一壺魚，𠢕堪得一尾三斑】
[tsit˨ ɔ˧ hi˩˧ be˨˩ k'am˧ tit˥ tsit˨ bue˥ sam˧ pan˥]
意同「一池魚，𠢕堪得一尾三斑」，謂一家或一個團體，經不起一個好鬥的成員的攪亂。

【一腳户碇內，一腳户碇外】
[tsit˨ k'a˧ hɔ˨˩ tiŋ˨˩ lai˧ tsit˨ k'a˧ hɔ˨˩ tiŋ˨˩ gua˧]
一腳在門檻（户碇）內，一腳在門檻外，形容舉棋不定，猶豫不決。

【一稠豬仔，無一隻會刣哩】
[tsit˨ tiau˧ ti˧ a˥˧ bo˧ tsit˨ tsia˥˧ e˨˩ t'ai˩˧ li˨˩]
一窩子豬，沒有一隻大到可以宰來吃的。比喻人多但沒有一個有用的。

【一雷壓九颱，一雷九颱來】
[tsit˨ lui˩˧ te˥˧ kau˥ t'ai˥ tsit˨ lui˩˧ kau˥ t'ai˥ lai˩˧]
氣象諺。謂六月初一打雷，占颱風少；七月初一打雷，占颱風多。

【一暝體體步，天光無半路】
[tsit˨ mẽ˩˧ t'e˥˧ t'e˥˧ pɔ˧ t'ĩ˥ kuĩ˥ bo˧ puã˥˧ lɔ˧]
夜裡躺在床上空想，想了很多計畫；翌日醒來卻一個也不見了；喻光説不練，紙上談兵。

【一魣二魴鯊，三鯧四馬鮍】
[it˨ ŋɔ̃˥˧ zi˧ haŋ˧ sua˥ sã˥ ts'iũ˥ si˨˩ be˥ ka˥]
魚類中，最好吃的依序爲魣魚、魴鯊、鯧魚、馬鮍。

【一豬，二子婿，三子，四丈夫】
[it˨ ti˥ zi˧ kiã˥ sai˨˩ sã˥ kiã˥˧ si˨˩ tiɔŋ˨˩ hu˥]
從前鄉下婦人心目中，最重視的是所飼養的豬，其次是女婿，第三是兒子，第四才是丈夫。

【一聲蔭九才，無聲毋免來】
[tsit˨ siã˥ im˥˧ kau˥ tsai˩˧ bo˧ siã˥ m˨˩ ben˥ lai˩˧]
演戲重視唱腔，聲音不好根本免談。

【一擺洗被，免得逐日洗腳】
[tsit˨ pai˥ se˥ p'ue˧ ben˥ tit˥ tak˨ zit˨ se˥ k'a˥]
不按日洗腳，等日子久了把被子弄髒了再一次洗；諷刺懶惰骯髒的人。

【一鮸二鮂鱲，三鯧四馬鮍】
[it˨ ben˥˧ zi˧ ka˧ la˧ sã˥ ts'iũ˥ si˨˩ be˥ ka˥]
謂海水魚中，此四種魚最爲美味可口。

【一二三四，囝仔落水無代誌】
[tsit˨ ləŋ˧ sã˥ si˨˩ gin˧ nã˥˧ lo˨˩ tsui˥˧ bo˧ tai˨˩ tsi˨˩]

順口溜。昔日父母爲嬰兒或幼兒洗澡前常唸此諺，以祈孩子不畏懼洗澡。

【一千元，毋値著一個親生子】
[tsit˩ ts'iŋ˧ k'ɔ˥ m˨ tat˩ tio˨ tsit˩ le˧ ts'in˧ sẽ˧ kiã˥]
一千元出得起，但花一千元買不到一個親生子；昔日富翁多無子息，故有此諺，誠所謂「富貴財子壽，五福難齊全」。

【一千銀，毋値著一個親生子】
[tsit˩ ts'iŋ˧ gin˦ m˨ tat˩ tio˨ tsit˩ le˧ ts'in˧ sẽ˧ kiã˥]
謂親生兒子最寶貴。

【一支牛尾，遮著一個牛尻川】
[tsit˩ ki˧ gu˧ bue˥ zia˧ tio˨ tsit˩ le˧ gu˧ k'a˧ ts'uĩ˥]
牛尻川，牛的肛門；謂人人各有隱衷。

【一支嘴啾啾叫，時到無半步】
[tsit˩ ki˧ ts'ui˨ tsiu˥ tsiu˥ kio˨ si˦ kau˨ bo˧ puã˥ pɔ˧]
光是一張嘴巴會說話，沒有眞本事。

【一日落雙流，無死都變老猴】
[tsit˩ zit˥ lo˨ siaŋ˧ lau˦ bo˧ si˥ to˧ pen˥ lau˨ kau˦]
澎湖諺語。魚夫一天兩個潮水都要下海去工作，絲毫不休息；日久縱使不過勞死，也會老化得很快。

【一仙佛仔顧一個香爐𣍐著】
[tsit˩ sen˧ hut˩ la˥ kɔ˥ tsit˩ le˧ hiũ˧ lɔ˦ be˨ tiau˦]
一尊佛像連看自己的香爐都看不住，譏人無能。

【一代姨，兩代表，三代煞了了】
[tsit˩ tai˨ i˦ ləŋ˨ tai˨ piau˥ sã˧ tai˧ sua˥ liau˥ liau˥]
姨表親不如姑表親之維持久遠，第一代稱姨父母，第二代稱表兄弟(姊妹)，第三代便關係疏遠(煞了了)。或作「一代姨，兩代表，三代毋識了了」。

【一句問，一句還，無問較清閒】
[tsit˩ ku˥ muĩ˧ tsit˩ ku˥ hiŋ˦ bo˧ muĩ˧ k'a˥ ts'iŋ˧ iŋ˦]
喻多一事不如少一事。

【一年三百六十個戇的入街】
[tsit˩ nĩ˦ sã˧ pa˥ lak˩ tsap˩ ge˧ gɔŋ˧ ge˧ zip˩ ke˥]
譏笑鄉下人進城買了貴東西。

【一年要死幾個臭頭，註好的】
[tsit˩ nĩ˦ be˥ si˥ kui˥ ge˧ ts'au˥ t'au˦ tsu˥ ho˥ e˨]
喻萬事皆由命定，不可勉強。

【一好配一歹，無兩好通相排】
[tsit˩ ho˥ p'ue˥ tsit˩ gai˦ bo˧ ləŋ˨ ho˥ t'aŋ˧ sio˧ pai˦]
意同「一好配一歹，無兩好相排」，謂世上無十全十美的人或事；或謂夫妻之結合總是各有優缺點，難得雙方都是盡善盡美的。

【一尾龍較贏狗母蛇一大堆】
[tsit˩ bue˥ liɔŋ˦ k'a˥ iã˧ kau˥ bo˥ tsua˦ tsit˩ tua˨ tui˥]
比喻一個有用的人，勝過一大群沒有用的人渣。

【一枝吃，一枝舉，三枝著喝掠】
[tsit˩ ki˧ tsia˧ tsit˩ ki˧ gia˦ sã˧ ki˥ tio˨ hua˥ lia˧]
昔日蔗園主人對付過路人偷砍甘蔗解渴的不成文法，偷一枝算解渴，偷二枝還可忍受，偷三枝便過度貪心，要抓將官去。

【一保肉，二保扑，三保笑哈哈】
[it˥ po˥ baʔ˩ zi˨ po˥ p'aʔ˩ sã˧ po˥ ts'io˥ ha˧ ha˥]

昔日台北市保安宮信徒分爲三保（堡），每年中元普渡由三保輪值，一保包括大龍峒、內湖、士林、社子、北投、淡水等地，信徒多務農養豬養雞鴨，祭品都是肉類；二保包括八里、五股、三重、新莊、蘆洲等地，地瘠民窮好爭鬥，每回輪值常發生打架事件；三保包括大稻埕、城中、萬華、松山、基隆等地，萬商雲集，每回輪值，不惜花費鉅款，聘請陣頭，放水燈，購置點心，讓大家滿足而歸。由此諺可看出昔日台北風土民情之一斑。

【一個囝仔較鬧熱三個大人】
[tsit˩ le˧ gin˥ nã˥ k'a˥ lau˩ zet˩ sã˧ ge˧ tua˩ laŋ˧]
家中有一個小孩，除去他本人會嬉鬧，別人也會爭著哄他、寵他，故比三個大人還熱鬧。

【一個汞尿的，換一個泄屎的】
[tsit˩ le˧ ts'ua˩ zio˧ e˧ uã˩ tsit˩ le˧ siam˥ sai˥ e˩]
汞尿，指尿床（小便失禁）；泄屎，指大便失禁。比喻越換越糟；前任不好，後任更差。

【一個枕頭叩，較贏三個宰相】
[tsit˩ le˧ tsim˥ t'au˧ k'ɔk˩ k'a˥ iã˧ sã˧ ge˧ tsai˥ siɔŋ˩]
謂皇后的枕邊細語最容易被皇帝聽入耳，皇后比宰相的影響力大；引申爲做先生的容易受妻子左右。

【一個查某子，允廿四個子婿】
[tsit˩ le˧ tsa˧ bɔ˥ kiã˥ in˥ zi˩ si˥ ge˧ kiã˥ sai˩]
一個女兒答應二十四個人求親，形容人糊塗多應。

【一隻豬母食十二桶潘——大肚】
[tsit˩ tsia˥ ti˧ bo˥ tsia˩ tsap˩ zi˩ t'aŋ˥ p'un˥ tua˩ tɔ˧]
歇後語。潘，豬所吃之溲水也。一隻豬母吃了十二桶溲水，肚子不大才怪。大肚，地名，在台中縣。

【一粒飯粒，擲死三隻烏狗公】
[tsit˩ liap˩ puĩ˩ liap˥ tan˥ si˥ sã˧ tsia˥ ɔ˧ kau˥ kaŋ˥]
爲了怕一顆飯被偷吃而打死三隻大黑狗，形容人吝狠之至。

【一塊花邊打三砲——公公道道】
[tsit˩ k'ɔ˧ hue˧ pĩ˥ tã˥ sã˧ p'au˩ kɔŋ˧ kɔŋ˧ to˩ to˧]
歇後語。相傳荷蘭人佔據台灣時，荷蘭兵登機說花一塊銀角一個晚上可以打三砲，表示非常公道。

【一壺金魚，鱠堪得一尾三斑】
[tsit˩ ɔ˧ kim˧ hi˧ be˩ k'am˧ tit˥ tsit˩ bue˥ sam˧ pan˥]
意同「一池魚，鱠堪得一尾三斑」。

【一暝皆皆頭路，天光無半步】
[tsit˩ mẽ˧ kai˧ kai˧ t'au˧ lɔ˧ t'ĩ˥ kuĩ˥ bo˧ puã˥ pɔ˧]
謂夜裡空思妄想，計畫案一大堆，等到天亮卻什麼也沒有；比喻徒具幻想，光說不練。

【一暝體體頭路，天光無半步】
[tsit˩ mẽ˧ t'e˥ t'e˥ t'au˧ lɔ˧ t'ĩ˥ kuĩ˥ bo˧ puã˥ pɔ˧]
意同「一暝皆皆頭路，天光無半步」。

【一二三四，囝仔人跋倒無代志】
[tsit˥ lɔŋ˧ sã˧ si˩ gin˥ nã˥ laŋ˧ pua˩ to˥ bo˧ tai˩ tsi˩]
順口溜。昔日風俗，小孩跌跤扶起後，大人即在其背後拍幾下安撫他，並唸此諺。

【一人傳十，十人傳百，百人傳千】
[tsit˩ laŋ˧˥ t'uan˧ tsap˥ tsap˩ laŋ˧˥ t'uan˧ paʔ˩ pa˥˧ laŋ˧˥ t'uan˧ ts'iŋ˥]
形容謠言傳播的快。

【一不作，二不休，三不作，結冤仇】
[it˩ put˥ tso˨˩ zi˧ put˥ hiu˥ sã˥ put˥ tso˨˩ ket˥ uan˧ siu˧˥]
既然立意要做，便須決斷幹到底，不然會留下後患。亦即斬草須除根。

【一句話三十六角，角角攏傷人】
[tsit˩ ku˥˧ ue˧ sã˧ tsap˩ lak˩ kak˩ kak˥ kak˥ lɔŋ˥ siɔŋ˧ zin˧˥]
謂每一句話都彷彿長了三十六個角會刺人，形容講話不傷人誠屬不易，要慎言。

【一代親，兩代表，三代毋識了了】
[tsit˩ tai˨˩ ts'in˥ ləŋ˨˩ tai˨˩ piau˥˧ sã˧ tai˧ m˨˩ bat˥ liau˥ liau˥˧]
又作「一代姨，兩代表，三代毋識了了」，謂姻親之間的往來，一代比一代疏遠。

【一年新婦，兩年話拄，三年師傅】
[tsit˩ nĩ˧˥ sim˧ pu˧ ləŋ˨˩ nĩ˧˥ ue˨˩ tu˥˧ sã˧ nĩ˧˥ sai˧ hu˧]
話拄，指言語頂撞；師傅，指老油條。形容媳婦日久難馴，第一年還乖，第二年開始會以言語頂撞翁姑，第三年她自己有套本事成爲老油條。

【一枝草一點露，隱龜食雙點露】
[tsit˩ ki˧ ts'au˥˧ tsit˩ tiam˥ lɔ˧ un˥ ku˥ tsia˨˩ siaŋ˧ tiam˥ lɔ˧]
謂天生萬物，皆會有所養，一人一分，駝背（隱龜）等殘障者，老天會加倍照顧（天公疼歹命人），故云「食雙點露」。

【一個已經死去，一個亦未出世】
[tsit˩ le˧ i˥ kiŋ˧ si˥˧ k'i˨˩ tsit˩ le˧ ia˥˧ bue˨˩ ts'ut˥ si˨˩]
謂舉世無雙；比他強的只有兩個人，一個已經去世，一個尚未出世，不是舉世無雙是什麼？

【一馬不備兩鞍，忠將不事二主】
[it˥ mã˥˧ put˥ pi˨˩ liɔŋ˥ an˥ tiɔŋ˧ tsiɔŋ˨˩ put˥ su˨˩ zi˨˩ tsu˥˧]
謂貞女不嫁二夫，忠臣不事二主。

【一項煩惱無夠，煩惱別項來湊】
[tsit˩ haŋ˧ huan˧ lo˥ bo˧ kau˨˩ huan˧ lo˥ pak˩ haŋ˧ lai˧ tau˨˩]
謂禍不單行，正爲一事煩惱，又發生另一件須要煩惱的事。

【一歲一歲差，倒落無睏也快活】
[tsit˩ hue˨˩ tsit˩ hue˥˧ ts'a˥ to˥˧ lo˨˩ bo˧ k'un˨˩ ia˨˩ k'uã˥˧ ua˧]
年紀大，體力一年不如一年。躺在床上，只要能擺平，就算睡不著也舒服。

【一萬銀也毋值著一個親生子】
[tsit˩ ban˨˩ gin˧˥ ia˨˩ m˨˩ tat˩ tio˨˩ tsit˩ le˧ ts'in˧ sẽ˧ kiã˥˧]
意同「一千銀毋值著一個親生子」，謂親生骨肉最寶貴。

【一聲天一聲地，一聲母一聲爸】
[tsit˩ siã˧ t'ĩ˥ tsit˩ siã˧ te˧ tsit˩ siã˧ bu˥˧ tsit˩ siã˧ pe˧]
形容呼天搶地哀慟欲絶的樣子。

【一人煩惱一樣，無人煩惱相親像】
[tsit˩ laŋ˧˥ huan˧ lo˥ tsit˩ iũ˧ bo˧ laŋ˧ huan˧ lo˥ sio˧ ts'in˧ ts'iũ˧]
謂家家有本難唸的經。

【一句話有三十六角，角角會傷人】
[tsit˩ ku˥˧ ue˧ u˨˩ sã˧ tsap˩ lak˩ kak˩ kak˥ kak˥ e˨˩ siɔŋ˧ zin˧˥]
意同「一句話三十六角，角角攏傷人」，謂說話而不得罪他人，殊屬不易。

【一等官，二等客，三等寡婦惹不得】
[it˥ tiŋ˥ kuã˥ zi˨ tiŋ˥ k'eʔ˩ sã˧ tiŋ˥ kua˥ hu˧ zia˥ put˥ tik˩]
寡婦門前是非多，本句在警戒男子勿招惹寡婦。

【一日寅時的時陣，就想趁錢顧家門】
[tsit˩ zit˥ in˧ si˦ e˧ si˧ tsun˧ tio˨ siũ˨ t'an˥ tsĩ˦ kɔ˥ ka˧ bəŋ˦]
寅時爲清晨三點到五點，比喻大清早眼睛才睜開，便思量如何賺錢養家，形容負擔家計者之苦心。

【一日煩惱日落申，一暝煩惱雞報寅】
[tsit˩ zit˥ huan˧ lo˥ zit˩ lo˨ sin˥ tsit˩ mẽ˦ huan˧ lo˥ ke˥ po˥ in˦]
寅時（上午三～五點）爲天亮雞鳴之時，申時（下午三～五點）爲日落之際，表示日夜操心。

【一世人的父母，兩世人的妗仔兄嫂】
[tsit˩ si˥ laŋ˦ ge˧ pe˨ bo˥ ləŋ˨ si˥ laŋ˦ ge˧ kim˧ mã˥ hiã˧ so˥]
妗仔，出嫁女稱娘家之弟媳；兄嫂，出嫁女稱娘家之兄嫂；父母對女子而言只是「一世人」（一輩子）的事；至於妗仔兄嫂卻會牽涉到「兩世人」（這輩子和下輩子）的事，因爲臺俗出嫁女子死亡，出殯前，依俗要由娘家兄弟來封釘，妗仔兄嫂來祭拜。

【一年之計在於春，一日之計在於寅】
[it˥ len˦ tsi˧ ke˨ tsai˨ i˧ ts'un˥ it˥ zit˥ tsi˧ ke˨ tsai˨ i˧ in˦]
寅時，早晨三至五點；勸人要把握一年裡的年頭（春天）及一天裡的早晨好好努力奮發。

【一男一女一枝花，五男二女受拖磨】
[it˥ lam˦ it˥ li˥ it˥ ki˧ hua˥ ŋɔ̃˥ lam˦ zi˨ li˥ siu˨ t'ua˧ bua˦]
謂做父母的若只生一男一女，養育時不用耗費太多精力，尚能保持青春，像一朵花；若生下五男二女，等到養育成人，青春已過，受盡勞苦，已無青春可言。

【一尪一某無人議，一尪兩某洩世代】
[tsit˩ aŋ˥ tsit˩ bɔ˥ bo˧ laŋ˧ gi˧ tsit˩ aŋ˥ ləŋ˨ bɔ˥ sia˥ si˥ tai˧]
意同「一某無人知，兩某相洩代」。謂一夫一妻不會有人議論，一夫二妻會被人恥笑。

【一哥兩嫂無要緊，一嫂兩哥叮咚叮】
[tsit˩ ko˥ ləŋ˨ so˥ bo˧ iau˥ kin˥ tsit˩ so˥ ləŋ˨ ko˥ tin˨ tɔŋ˨ tin˥]
謂一夫二妻尚有可能和平相處，一女二夫則難以安寧。

【一家之計在於和，一生之計在於勤】
[it˥ ka˥ tsi˧ ke˨ tsai˨ i˧ ho˦ it˥ siŋ˥ tsi˧ ke˨ tsai˨ i˧ k'in˦]
和睦與勤勞是成家立業的基礎。

【一家養女百家求，一馬不行百馬憂】
[it˥ ka˥ iaŋ˥ li˥ pik˥ ka˧ kiu˦ it˥ mã˥ put˥ hiŋ˦ pik˥ mã˥ iu˥]
清代因政府嚴禁攜眷渡臺，形成人口性別比率男女懸殊的不正常現象，男多女少，男子找對象不易，故有此諺。

【一晝一夜爲一日，一男一女爲室】
[it˥ tiu˧ it˥ ia˧ ui˧ it˥ zit˥ it˥ lam˦ it˥ li˥ ui˧ it˥ sit˩]

晝，白天；室，家室。一天一夜爲一日，一男一女即可成一家庭。

【一瞑想著全頭路，天光其實無半步】
[tsit˩ mẽ˥ siũ˩ tio˧ tsuan˧ t'au˧ lɔ˧ t'ĩ˥ kuĩ˥ ki˧ sit˩ bo˧ puã˥ pɔ˧]
意同「一瞑體體頭路，天光無半步」，比喻光說不練，徒具幻想。

【一樣米飼百樣人，一樣雞啄百樣蟲】
[tsit˩ iũ˩ bi˥ ts'i˩ pa˥ iũ˩ laŋ˥ tsit˩ iũ˩ ke˥ tɔk˥ pa˥ iũ˩ t'aŋ˥]
謂人的飲食雖同，人的個性則形形色色。

【一生不爲中，一生不爲保，一生無煩惱】
[it˥ siŋ˥ put˥ ui˧ tiɔŋ˥ it˥ siŋ˥ put˥ ui˧ po˥ it˥ siŋ˥ bo˧ huan˧ lo˥]
謂不可爲人做仲介人、保證人，以免惹來煩惱。即北京話所說:「一不做中，二不做保，三代好」。

【一箸嘴在哺，一箸在半路，一箸金金顧】
[tsit˩ ti˧ ts'ui˩ te˥ pɔ˧ tsit˩ ti˧ tsai˩ puã˥ lɔ˧ tsit˩ ti˧ kim˧ kim˧ kɔ˩]
描繪貪婪的吃相；先挾了一口菜在口中嚼，筷子又下去挾一口，同時眼睛又直盯著盤中菜肴，眞是貪心之至。

【一更窮，二更富，三更起大厝，四更拆鱠赴】
[tsit˩ kẽ˥ kiŋ˥ zi˩ kẽ˥ hu˩ sã˧ kẽ˥ k'i˥ tua˩ ts'u˩ si˥ kẽ˥ t'ia˥ be˩ hu˩]
比喻賭博輸贏難測，一下子窮，一下子富，一下子蓋華廈，一下子拆都來不及（拆鱠赴）。唯無論如何，久賭必致傾家蕩產。

【一個錢一核，兩個錢兩核，三個錢任你掘】
[tsit˩ le˧ tsĩ˥ tsit˩ hut˥ lɔŋ˩ ge˧ tsĩ˥ lɔŋ˩ hut˥ sã˧ ge˧ tsĩ˥ zin˩ li˥ kut˥]
傳說八仙中的李鐵拐，曾在高雄半屏山賣圓仔以測驗世人貪不貪，他邊賣邊唸此語，結果很令他失望，世人無一不貪。

【一粒田螺煮九碗湯，三粒田螺煮一醃缸】
[tsit˩ liap˩ ts'an˧ le˥ tsi˥ kau˥ uã˥ t'ɔŋ˥ sã˧ liap˩ ts'an˧ le˥ tsi˥ tsit˩ am˧ kɔŋ˥]
形容生活清苦。或謂比喻內容貧乏，淡而無味。

【一年出一個文狀元，一年出無一個戲狀元】
[tsit˩ nĩ˥ ts'ut˥ tsit˩ le˧ bun˧ tsiɔŋ˩ guan˥ tsap˩ nĩ˥ ts'ut˥ bo˧ tsit˩ le˧ hi˥ tsiɔŋ˩ guan˥]
喻演員不易培養，十年出不了一位全能的演員。

【一個愛吃鹹，一個愛吃淡，兩個相扑拼破鼎】
[tsit˩ le˧ ai˥ tsia˩ kiam˥ tsit˩ le˧ ai˥ tsia˩ tsiã˥ lɔŋ˩ ge˥ sio˧ p'aʔ˩ lɔŋ˥ p'ua˥ tiã˥]
比喻意見不合，兩敗俱傷。

【一更窮，二更富，三更起大厝，四更五更走鱠赴】
[tsit˩ kẽ˥ kiŋ˥ zi˩ kẽ˥ hu˩ sã˧ kẽ˥ k'i˥ tua˩ ts'u˩ si˥ kẽ˥ gɔ˩ kẽ˥ tsau˥ be˩ hu˩]
意同「一更窮，二更富，三更起大厝，四更拆鱠赴」。

【一代大新婦，三代大子孫；一代娶矮某，三代出矮鼓】

[tsit˧ tai˧ tua˨ sim˧ pu˧ sã˧ tai˧ tua˨ kiã˥ sun˥ tsit˧ tai˧ ts'ua˨ e˥ bɔ˥˧ sã˧ tai˧ ts'ut˥ e˥ kɔ˥˧]
娶了體格粗大的媳婦，傳下來的子孫體格也大；娶了矮個子的妻子，傳下來的子孫會成了矮冬瓜。

【一欉樹鱠堪千刀萬刀剉，一個人鱠堪千聲萬聲嘈】
[tsit˧ tsaŋ˧ ts'iu˧ be˨ k'am˧ ts'en˧ to˥ ban˨ to˥ ts'oʔ˧ tsit˧ le˧ laŋ˩ be˨ k'am˧ ts'en˧ siã˥ ban˨ siã˥ tso˩]
一棵（欉）大樹抵不住千刀萬刀砍（剉），一個意志堅強的人禁不住千人萬人的勸誘。

【一錢，二姻緣，三美，四少年，五好嘴，六敢跪，七皮，八棉爛，九強，十歹死】
[it˧ tsĩ˩ zi˧ im˧ en˩ sã˥ sui˥˧ si˨ siau˥˧ len˩ gɔ˧ ho˥ ts'ui˨ lak˥ kã˥ kui˧ ts'it˧ p'i˩ peʔ˧ mĩ˧ nuã˧ kau˥˧ kiɔŋ˩ tsap˥ p'aĩ˥ si˥˧]
謂追求女人的十大要件：一要有錢，二要有緣分，三要英俊，四要年輕，五要能言善道，六要能拜倒石榴裙下，七要臉皮厚，八要有耐性（棉爛），九要態度積極，十要硬來。

【一擺激子弟，二擺照古例，三擺枵鬼食，四擺踢落眠床腳，五擺招伊見頭家】
[tsit˧ pai˥˧ kik˥ tsu˥ te˧ zi˨ pai˥˧ tsiau˥˧ kɔ˥ le˧ sã˧ pai˥˧ iau˧ kui˥ tsia˧ si˥˧ pai˥˧ t'at˥ lo˨ bin˧ ts'ɔŋ˧ k'a˥ gɔ˨ pai˥˧ tsio˧ i˧ kĩ˥˧ t'au˧ ke˥]
昔日老闆娘與伙計間的曖昧關係始亂終棄的五步曲：第一次引誘小伙計上鉤，第二次循例來往，第三次達到高潮（枵鬼即餓鬼），第四次高潮過後開始生厭，第五次小伙計不識相還要上門，老闆娘便要抓他去見老闆指控他輕薄。

【一青巷，二源巷，三行街，四王爺宮，五福路，六路頭，七仔寮，八郊，九嵌仔，十路頭】
[it˧ ts'ĩ˧ haŋ˧ zi˧ guan˧ haŋ˧ sã˥ haŋ˧ kue˥ si˨ ɔŋ˧ ia˧ kiŋ˥ gɔ˧ hɔk˥ lɔ˧ lak˥ lɔ˨ t'au˩ ts'it˧ a˥ liau˩ pueʔ˧ kau˥ kau˥˧ k'am˥ mã˥˧ tsap˥ lɔ˨ t'au˩]
鹿港地區酒席間划拳的酒令，從一到九全係以鹿港的街名排成。

【丁、財、貴，三字全】
[tiŋ˥ tsai˩ kui˨ sã˧ zi˨ tsuan˩]
家有男丁、財富、權勢三樣，此乃福祿全備之人。

【丁蘭刻木爲爸母】
[tiŋ˧ lan˩ k'ik˥ bɔk˥ ui˧ pe˨ bu˥˧]
傳說古代孝子丁蘭幼孤，長大後以木頭刻了兩尊像代表父母加以祀奉，日久而有靈。

【丁蘭孝父母，刻木爲爺娘】
[tiŋ˧ lan˩ hau˥˧ pe˨ bu˥˧ k'ik˥ bɔk˥ ui˧ ia˧ niũ˩]
義同「丁蘭刻木爲爸母」。

【七土八土】
[ts'it˥ t'ɔ˥˧ pe˥˧ t'ɔ˥˧]
形容人之言行舉止粗魯不遜。

【七仆八笑】
[ts'it˥ p'ak˧ pe˥˧ ts'ioʔ˧]
台語仆是俯，笑是仰，俗話說被人笑得七仆八笑，是指此人命運顛倒很受累的樣子。

【七孔八竅】
[ts'it˥ k'ɔŋ˥˧ pe˥˧ k'iau˨]
比喻足智多謀。

【七叮八叮】
[ts'itˈl tiŋ˧ pe˥ tiŋ˥]
有事託人轉達，恐其忘記，再三叮嚀。

【七老八拄】
[ts'itˈl lau˩ pe˥ tuʔ.l]
喻年紀老大。

【七抄八抄】
[ts'itˈl ts'au˧ pe˥ ts'au˥]
到處抄襲，全無自己的看法。

【七姊八妹】
[ts'itˈl tsi˥ pe˥ muãi˧]
指風塵中的婦女們結黨成群，互稱姊妹。

【七刺五扒】
[ts'itˈl ts'iaʔ.l gɔ˩ pe˦]
形容婦女在吵架激烈時，用手指當武器抓對方。

【七食八食】
[ts'itˈl tsia˩ pe˥ tsia˧]
有好吃的食物，全部吃完。

【七歪八差】
[ts'itˈl uai˥ pe˥ ts'a˥]
東倒西歪，橫三豎八的凌亂狀。

【七開八開】
[ts'itˈl k'ai˧ pe˥ k'ai˥]
非常浪費；揮霍無度。

【七創八創】
[ts'itˈl ts'ɔŋ˥ pe˥ ts'ɔŋ˩]
謂亂搞。

【七腳八手】
[ts'itˈl k'a˧ pe˥ ts'iu˥]
手忙腳亂之貌。

【七煞八敗】
[ts'itˈl suaʔ.l pe˥ pai˧]
俗信逢七遇煞，逢八失敗；是以民間避諱此二字，故七月、八月皆無人婚嫁。

【七爺八爺】
[ts'itˈl ia˧ pe˥ ia˦]
神將，一名范無救，一名謝必安，一高一矮，迎神賽會時，常見於行列中。

【七嫌八嫌】
[ts'itˈl hiam˧ pe˥ hiam˦]
嫌東嫌西，凡事皆看不順眼。

【七漏八漏】
[ts'itˈl lau˧ pe˥ lau˥]
漏，以話套話之謂；七套八套，意圖從對方口中套出機密的事情。

【七篇所致】
[ts'itˈl p'ĩ˥ sɔ˥ ti˩]
古代要當秀才至少要寫上七篇好文章；喻必須要有眞才實學。

【七嘴八舌】
[ts'itˈl ts'ui˩ pe˥ tsi˧]
人多口雜。

【七橫八直】
[ts'itˈl huãi˧ pe˥ titˈl]
形容雜亂不整齊。

【七撐八刺】
[ts'itˈl suã˧ pe˥ ts'i˩]
喻到處惹事生非。

【七講八講】
[ts'itˈl kɔŋ˥ pe˥ kɔŋ˥]
講了再講，提了又提。

【七顛八倒】
[ts'itˈl ten˧ pe˥ to˥]
謂說話、做事雜亂無章。

【七變八變】
[ts'itˈl pen˥ pe˥ pen˩]
多方設法、搞新花樣。

【七八，必有風】
[ts'it˥ peʔ˩ pit˥ iu˥ hɔŋ˥]
氣象諺。七、八月進入秋季，不是颱風，便是東北季風。

【七月娶鬼某】
[ts'it˥ gue˩ ts'ua˩ kui˥ bɔ˥]
七月是鬼月，俗忌婚嫁。

【七孔無地喘】
[ts'it˥ k'ɔŋ˥ bo˧ te˥ ts'uan˥]
呼吸急喘，縱使有七孔可呼吸都感到不夠用，表示痛苦難宣；借喻有苦無處申訴。或作「七孔無夠喘」、「七孔𣍐赴喘」。

【七孔無夠喘】
[ts'it˥ k'ɔŋ˥ bo˧ kau˥ ts'uan˥]
意同前句。

【七孔𣍐赴喘】
[ts'it˥ k'ɔŋ˥ be˩ hu˥ ts'uan˥]
意同前句。

【七仔笑八仔】
[ts'it˥ la˩ ts'io˥ peʔ˩ a˩]
五十步笑百步，彼此都沒有笑對方的本錢。

【七呼二萬五】
[ts'it˥ hɔ˥ zi˩ ban˩ gɔ˧]
信口開河。此係由「嘴呼二萬五」訛轉而來。

【七做八毋著】
[ts'it˥ tso˩ pe˥ m˩ tio˧]
沒有一項做對的。

【七歲騙八歲】
[ts'it˥ hue˩ p'en˥ pe˥ hue˩]
小欺大。

【七創八毋著】
[ts'it˥ ts'ɔŋ˩ pe˥ m˩ tio˧]
意同「七做八毋著」。

【七講八毋著】
[ts'it˥ kɔŋ˥ pe˥ m˩ tio˧]
說七句錯八句，極言其錯得離譜。

【七十三，八十四】
[ts'it˥ tsap˩ sã˥ pe˥ tsap˩ si˩]
指說話拖沓不得要領。

【七十銅，八十鐵】
[ts'it˥ tsap˩ taŋ˧ pe˥ tsap˩ t'iʔ˩]
比喻不成材料。

【七少年八少年】
[ts'it˥ siau˥ len˧ pe˥ siau˥ len˧]
表示還很年輕。

【七月無閒和尚】
[ts'it˥ gue˩ bo˧ iŋ˧ hue˧ siũ˧]
七月裏各地舉辦普渡祭典，和尚忙著到處為人誦經普渡。

【七仔莫笑八仔】
[ts'it˩ la˩ bɔk˩ ts'io˥ peʔ˩ a˩]
喻彼此相差無幾，何必相譏？

【七仔較興八仔】
[ts'it˩ la˩ k'a˥ hiŋ˥ peʔ˩ a˩]
兩人彼此內心比對方都還喜歡那一個人或事物，類同「親家較興親母」。

【七里香，盤過牆】
[ts'it˥ li˥ hiũ˥ puã˧ kue˥ ts'iũ˧]
比喻婦女移情別戀紅杏出牆。

【七腳戲，歸棚做】
[ts'it˥ k'a˧ hi˩ kui˧ pẽ˧ tso˩]
七腳戲，整個戲班只有七個人；歸棚做，扮演全場戲，含演員、文武場等；喻人數少卻做了許多事。

【七腳戲，報萬兵】
[ts'it˥ k'a˧ hi˩ po˥ ban˩ piŋ˥]
戲臺上演員只有六七人，卻演出百萬雄師，比喻過度誇張。

【七子戲仔呼萬兵】
[ts'itˈ tsu˥ hi˥ a˥ hɔ˧ ban˩ piŋ˥]
七子戲班只有七個腳色，卻誑稱千軍萬馬，比喻以少報多，太過膨脹。

【七坐，八爬，九發牙】
[ts'itˈ tse˧ pe˥ pe˧ kau˥ huatˈ ge˧]
昔日嬰兒發育情形：七個月會坐，八個月會爬行，九個月長牙齒，若不照此情形成長，即表示不健康；今日嬰兒營養充足，發育情形提早甚多。

【七溶八溶，溶了了】
[ts'itˈ iũ˧ pe˥ iũ˧ iũ˧ liau˥ liau˥]
台語溶與洋諧音。光復之初，台北有一地下錢莊名七洋，規模龐大，後來倒閉，民眾受累甚多，故有此諺。謂民間所存的錢，全被七洋錢莊七溶八溶倒光了。

【七歲罵八歲夭壽】
[ts'itˈ hue˩ mẽ˩ pe˥ hue˩ iau˥ siu˧]
五十步罵一百步，罵得過了頭。

【七歲識十四代人】
[ts'itˈ hue˩ batˈ tsap˩ si˥ tai˩ laŋ˧]
比喻所知道的超過其年齡太多。

【七十無扑，八十無罵】
[ts'itˈ tsapˈ bo˧ p'aʔ˩ pe˥ tsapˈ bo˧ mã˧]
七十、八十歲的老人，日薄崦嵫，來日無多，縱有過錯，也不可以打罵。

【七月半鴨仔——毋知死】
[ts'itˈ gue˩ puã˥ a˥ a˥ m˩ tsai˧ si˥]
農村養鴨，大多供七月普渡之用；此為歇後語，比喻不知死期已近。

【七月無閒司功和尚】
[ts'itˈ gue˩ bo˧ iŋ˧ sai˧ kɔŋ˥ hue˧ siũ˧]
意同「七月無閒和尚」。

【七尺槌，著留三尺後】
[ts'itˈ ts'io˥ t'ui˧ tio˩ lau˧ sã˧ ts'io˥ au˧]
比喻做人做事都要留餘地（存後步）。

【七尺槌，無存三尺後】
[ts'itˈ ts'io˥ t'ui˧ bo˧ ts'un˧ sã˧ ts'io˥ au˧]
意同前句。

【七尺槌，無留三尺後】
[ts'itˈ ts'io˥ t'ui˧ bo˧ lau˧ sã˧ ts'io˥ au˧]
意同前句。

【七成，八敗，九月歹飼】
[ts'itˈ siŋ˧ pe˥ pai˧ kau˥ gue˧ p'ãi˥ ts'i˧]
此為昔日對早產兒命運的預卜，懷孕七月早產者可以養得活，八月的易夭折，九月的不易養活。

【七坐，八爬，九發乳牙】
[ts'itˈ tse˧ pe˥ pe˧ kau˥ huatˈ liŋ˧ ge˧]
意同「七坐，八爬，九發牙」。

【七步成章，古今罕有】
[ts'itˈ pɔ˧ siŋ˧ tsiɔŋ˥ kɔ˥ kim˥ han˥ iu˥]
七步成章，指曹植七步之內吟出豆萁詩；喻文章才華蓋世。

【七嫌八嫌，嫌到臭屎】
[ts'itˈ hiam˧ pe˥ hiam˧ hiam˧ kau˥ ts'au˥ sai˥]
指對一件事或物不滿意到極點。

【七企，八倒，九斜，十落】
[ts'it˩ k'ia˧ peʔ˩ to˥ kau˥ ts'ia˧ tsapˈ lo˧]
指姑星（金牛宮頂部的小七星），天亮時每月初七、初八、九、十在天上的

位置。

【七月初一，一雷九颱來】
[ts'it˥ gue˩ ts'e˧ it˩ tsit˩ lui˧˥ kau˥ t'ai˥ lai˧˥]
氣象諺。七月初一若打雷，占日後颱風頻繁。

【七月七，芋仔、蕃薯全全畢】
[ts'it˥ gue˩ ts'it˩ ɔ˧ a˥ han˧ tsi˧˥ tsuan˧ tsuan˧ pit˩]
農諺。畢，裂開；指到了農曆七月，芋頭、蕃薯已經成熟土壟會裂開。

【七月降黃黴，望後風始和】
[ts'it˥ gue˩ kaŋ˥˧ uĩ˧ kɔ˥ baŋ˩ au˧ hɔŋ˥ su˥ ho˧˥]
氣象諺。七月上旬若陰雨綿綿，容易長黴，必須到七月半後始有風和日晴的好天氣。

【七月頓頓飽，八月攏無巧】
[ts'it˥ gue˩ tuĩ˥˧ tuĩ˥˧ pa˥˧ peʔ˩ gue˩ lɔŋ˥ bo˧ k'a˥˧]
七月拜拜（普渡）多，經常有人請客，到了八月即不然，很少有人拜拜請客，全無山珍海味可吃（攏無巧）。

【七府六十三縣全遊透透】
[ts'it˥ hu˥˧ lak˩ tsap˩ sã˧ kuan˧ tsuan˧ iu˧ t'au˥˧ t'au˩]
清初，福建全省分為七府六十三縣；比喻走的地方多，見識廣。

【七挂八毋著，串挂硓砧石】
[ts'it˥ tu˥˧ pe˥˧ m˩ tio˧ ts'uan˥˧ tu˥˧ lo˥ ko˥ tsioʔ˥]
硓砧石，海中石頭，可燒成石灰，外表嶙峋會割傷人足；此喻運氣極差。

【七十三，八十四，閻王無叫家治去】
[ts'it˥ tsap˩ sã˥ pe˥˧ tsap˩ si˩ giam˧ ɔŋ˧˥ bo˧ kio˩ ka˧ ti˩ k'i˩]
謂人生到了七八十高齡，即使沒有閻羅王的召喚，也會自然而然地死亡。

【七七四十九，問娘何月有，除卻母生年，再添一十九，是男逢單數，是女必成雙，是男若變女，三五入黃泉】
[ts'it˥ ts'it˩ su˥˧ sip˩ kiu˥˧ muĩ˩ niũ˧˥ ho˧ gue˩ iu˥˧ tu˧ k'io˥˧ bo˥˧ sẽ˧ nĩ˧˥ tsai˥˧ t'iam˧ it˥ sip˩ kiu˥˧ si˩ lam˧˥ hɔŋ˧ tan˧ sɔ˩ si˩ li˥˧ pit˥ siŋ˧ siaŋ˥ si˩ lam˧˥ ziɔk˩ pen˥˧ li˥˧ sam˧ ŋɔ̃˥˧ zip˩ hɔŋ˧ tsuan˧˥]
昔日占卜胎兒男女的方法，將懷孕的始月（如：正月、二月、三月）加四十九，扣除孕婦的年齡，再加一十九。如果其成數是單數，則斷定是男孩，如果是雙數，則斷為女孩。要是雙數不生女而生男，嬰兒將於出生後三至五個月內夭折。

【下消】
[ha˩ siau˥]
糖尿病。

【下柴添火】
[he˩ ts'a˧˥ t'ĩ˧ hue˥˧]
落井下石，幸災樂禍。

【下蟳下蠔，到時攏無】
[he˩ tsim˧˥ he˩ o˧˥ kau˥˧ si˧˥ lɔŋ˥ bo˧˥]
下，許諾、承諾，尤其指對神明之許願；攏無，全沒有；喻所承諾的都未兌現。

【丈姆厝好迌迌】
[tiũ˩ m˥ ts'u˩ ho˥ t'it˥ t'o˧˥]
丈姆，岳母。岳母疼女兒，連帶也疼女婿，故女婿會覺得岳家很值得去走動、玩耍。

【丈八柴，刣一枝艪蹄】
[təŋ˩ pe˥˧ ts'a˧˥ t'ai˧ tsit˩ ki˧ lɔ˥ te˧˥]

艪，小船；長達一丈八的木柴，只取用出一枝小艪蹄，喻浪費材料。

【丈姆看子婿，愈看愈可愛】
[tiũ˩ m˥˧ k'uã˥˧ kiã˥ sai˩ lu˥ k'uã˩ lu˥ k'o˥ ai˩]
丈母娘看女婿，愈看愈有趣。

【丈姆請子婿，米粉包雞屎】
[tiũ˩ m˥˧ ts'iã˥ kiã˥ sai˩ bi˥ hun˥˧ pau˧ ke˧ sai˥˧]
北港地區娘家設宴款待女婿，席前先出一道米粉以示疼愛他；諷刺鄉下婦人過分重視女婿。

【丈人丈姆眞珠寶貝，老爸老母路邊柴皮】
[tiũ˩ laŋ˧ tiũ˩ m˥˧ tsin˧ tsu˥ po˥ pue˩ lau˩ pe˩ lau˩ bu˥˧ lɔ˩ pĩ˧ ts'a˧ p'ue˧˥]
諷人娶了老婆，即心向老婆娘家，把生身父母視如敝屣，棄之不顧。

【上天仙】
[siɔŋ˩ t'ĩ˧ sen˥]
整日花天酒地，不務正業。

【上古仙】
[siɔŋ˩ kɔ˥ sen˥]
指不合時代的人和物。

【上清火】
[siɔŋ˩ ts'iŋ˧ hue˥˧]
上清爲道教三清之一；謂最開心。

【上古開天】
[siɔŋ˩ kɔ˥˧ k'ai˧ t'en˥]
指最早最早的時候，譏人凡事必溯其源。

【上門踏戶】
[tsiũ˩ muĩ˧˥ ta˩ hɔ˧]
指人恃強欺弱，甚至找上門去。

【上頭戴髻】
[tsiũ˩ t'au˧˥ ti˥˧ kue˩]
舊俗男女於結婚前夕在自家祖先神位前行上頭（加冠）、髻（插笄）之禮，表示已成人，可以婚嫁。

【上卌就𣍐攝】
[tsiũ˩ siap˥ tio˩ be˩ liap˩]
謂人過四十歲以後體力便由顛峰狀態往下坡滑，農業時代一切事務全靠體力，這種情況尤其明顯。

【上海雞，鵝腱】
[siɔŋ˩ hai˥ ke˥ go˧ ken˧]
鵝腱，即鵝肫，雞小肫大動作當然慢；譏人動作緩慢。

【上頭衫仔褲】
[tsiũ˩ t'au˧ sã˧ a˥ k'ɔ˩]
舊俗，男女於結婚日前夕要行「上頭禮」（成年禮），其衣服之裁剪須擇吉日由好命婦人製作，女子是日貼身必穿一套白布衣褲，即是「上頭衫仔褲」。這套衣褲結婚時穿一次，另一次則爲年老壽終時才穿來入殮。

【上轎十八變】
[tsiũ˩ kio˧ tsap˩ pe˥˧ pen˩]
女子嫁出去後，對於人情世故懂得多，待人處世也會變得很多。

【上轎纔縛腳】
[tsiũ˩ kio˧ tsia˥ pak˩ k'a˥]
上花轎前才要開始纏小腳，爲時晚矣。

【上山，看馬相踢】
[tsiũ˩ suã˥ k'uã˥˧ be˥˧ sio˧ t'at˩]
兩幫人打架，最好離開，從高處看熱鬧，以免被波及。

【上不正，下則歪】
[siɔŋ˧ put˥ tsiŋ˩ ha˧ tsik˥ uai˥]
上行下效，上樑不正則下樑歪。

【上不正，下就慢】
[siɔŋ˧ put˥ tsiŋ˨ ha˧ tio˨ ban˧]
上司行事不正，下屬處事便傲慢無禮。

【上台小，落台大】
[tsiũ˨ tai˦ sio˥ lo˨ tai˦ tua˧]
表示丑角上台時任人打罵，下台時為補償他在舞台上所受的不公平，所以大家都要對他多加忍讓。

【上海雞，頭鬃鬃】
[siɔŋ˨ hai˥ ke˥ t'au˦ lo˥ lo˨]
雞，妓女；昔日自上海來台淘金之妓女多梳頭垂肩，顯得身材高㸐，故云鬃鬃。

【上人船，愛人船走】
[tsiũ˨ laŋ˧ tsun˦ ai˥ laŋ˧ tsun˦ tsau˥]
搭別人的船，希望他的船能順風跑得快；喻替別人設想。

【上天亦得落地來】
[tsiũ˨ t'ĩ˥ ia˨ tio˨ lo˨ te˧ lai˦]
飛禽飛上天，最後還得棲息於地；比喻逃避不了多久。

【上卌，面皮就會皺】
[tsiũ˨ siap˥ bin˨ p'ue˦ tio˨ e˨ liap˩]
謂人之老化，從四十歲開始。

【上台總有落台時】
[tsiũ˨ tai˦ tsɔŋ˥ u˨ lo˨ tai˦ si˦]
現實人生中高高在上的人，總有一天會下台，如同演戲一般。

【上床夫婦，落床客】
[tsiũ˨ ts'əŋ˦ hu˧ hu˧ lo˨ ts'əŋ˦ k'eʔ˩]
謂夫妻在床上固可親愛溫存，但下床則應如客人般相敬如賓。

【上高樓看馬相踼】
[tsiũ˨ kuan˧ lau˦ k'uã˥ be˥ sio˧ t'at˩]
爬到高樓看馬兒相鬥；喻隔岸觀火。

【上天無路，入地無步】
[tsiũ˨ t'ĩ˥ bo˧ lɔ˧ zip˩ te˧ bo˧ pɔ˧]
走投無路，一點辦法都沒。或作「上天無路，落地無門」。

【上天無路，落地無門】
[tsiũ˨ t'ĩ˥ bo˧ lɔ˧ lo˨ te˧ bo˧ muĩ˦]
意同前句。

【上天講價，就地還錢】
[tsiũ˨ t'ĩ˥ kɔŋ˥ ke˨ tsiu˨ te˧ hiŋ˧ tsĩ˦]
形容買賣雙方大肆殺價。

【上帝爺博輸繳——當龜】
[siɔŋ˨ te˥ ia˦ pua˨ su˧ kiau˥ təŋ˥ ku˥]
歇後語。上帝爺，指玄天上帝，手持寶劍，腳踏龜、蛇。傳説，上帝爺某天出巡，路過媽祖廟，碰上千里眼、順風耳在廟角賭博，上帝爺禁不住誘惑亦加入賭局，結果賭運不佳，輸光了本錢，拿烏龜去典當，即當龜；指走路不小心滑倒而跌坐地上，屁股上印了兩處污泥。

【上富方，錢銀屯粟倉】
[siɔŋ˨ hu˨ pəŋ˥ tsĩ˧ gin˦ tun˥ ts'ik˥ ts'əŋ˥]
台南縣關廟方姓宗族，自明朝永曆年間由漳州龍溪縣石瑪鄉登第社移民來台。初務農，後種蔗製糖，到第七代時，富冠台南縣，故有此諺。

【上踏枋，續要上眠床】
[tsiũ˨ ta˨ paŋ˥ sua˥ be˥ tsiũ˨ bin˧ ts'əŋ˦]
踏枋，昔日八腳眠床床前之踏板；謂人不知足，得寸進尺。

【上山一工，落海亦一工】
[tsiũ˨ suã˥ tsit˩ kaŋ˥ lo˨ hai˥ ia˨ tsit˩ kaŋ˥]

一工，一天；反正結果相同，不必三心兩意，更不必中途變卦。

【上山看山勢，入門看人意】
[tsiũ˨˩ suã˥ k'uã˥˧ suã˧ se˨˩ zip˩ muĩ˨˦ k'uã˥˧ laŋ˧ i˨˩]
做事要察言觀色，見機行事。

【上山看天時，入門看人意】
[tsiũ˨˩ suã˥ k'uã˥˧ t'ĩ˧ si˨˦ zip˩ muĩ˨˦ k'uã˥˧ laŋ˧ i˨˩]
意同「上山看山勢，入門看人意」。

【上床是尪某，落床是君子】
[tsiũ˨˩ ts'əŋ˨˦ si˨˩ aŋ˧ bɔ˥˧ lo˨˩ ts'əŋ˨˦ si˨˩ kun˧ tsu˥˧]
比喻夫妻之間的恩愛與狎暱，不可太露骨，要分清場合。

【上帝廟埼墘，水仙宮簾前】
[siɔŋ˨˩ te˥˧ bio˧ gim˧ kĩ˨˦ tsui˥ sen˧ kiɔŋ˥ nĩ˧ tsĩ˨˦]
台南市諺語。上帝廟建於丘上，水仙宮建於丘下，前者之石階與後者之簾前等高。意謂地位高低相等，差不多。

【上帝公扑斷轎杠，扛鱠得入境】
[siɔŋ˨˩ te˥˧ kɔŋ˥ p'a˥˧ tuĩ˨˩ kio˨˩ kəŋ˨˩ kəŋ˧ be˨˩ tit˥ zip˩ kiŋ˥˧]
上帝公，玄天上帝；神明坐轎，轎杠打斷，如何扛得入境？指做事受挫折，無臉見人。

【上等人講作穡，下等人講飲食】
[siɔŋ˨˩ tiŋ˥ laŋ˨˦ kɔŋ˥ tso˥˧ sit˩ ha˨˩ tiŋ˥ laŋ˨˦ kɔŋ˥ im˥ sit˥]
勸人要勤於工作，儉用省支。

【上踏枋上眠床，無洗腳睏中央】
[tsiũ˨˩ ta˨˩ paŋ˥ tsiũ˨˩ bin˧ ts'əŋ˨˦ bo˧ se˥ k'a˥ k'un˥˧ tiɔŋ˧ əŋ˥]
得寸進尺，不只上了踏板，還上了床鋪，更可惡的是沒洗腳還睡在中間位置；喻欺人太甚。

【三八人】
[sam˧ pat˥ laŋ˨˦]
罵人呆瓜、愚笨。

【三七仔】
[sam˧ ts'it˥ la˥˧]
指皮條客，他們與東家採三七折賬，故得名。

【三八氣】
[sam˧ pat˥ k'i˨˩]
一年有二十四個節氣，而三八即二十四。係譏人不精通某事之語。

【三不等】
[sam˧ put˥ tiŋ˥˧]
指各種等級都有，不一定是那一個等級。

【三字全】
[sã˧ zi˨˩ tsuan˨˦]
謂壞習慣：吸食鴉片、賭博、放蕩三件都俱備。

【三牲胚】
[sam˧ siŋ˧ p'ue˥]
三牲指雞、鴨、魚。意謂當犧牲的料。

【三堡三】
[sã˧ po˥ sã˥]
相當於三流的。

【三人兩面】
[sã˧ laŋ˨˦ ləŋ˨˩ bin˧]
仲介事情時，甲乙雙方加上仲介者雖然是三人，但只代表兩方意見而已。

【三八哩咾】
[sam˧ pat˥ li˧ lo˥]
形容人十三點腦筋不清楚。或做「三八哩咾嘓」。

【三三八八】

[sam˧ sam˧ pat˥ pat˥]
不正經，愛胡鬧。

【三山五岳】
[sam˧ san˥ ŋɔ̃˥ gak˥]
比喻天下之名山。

【三寸金蓮】
[sam˧ ts'un˥ kim˧ len˧]
昔日婦女多纏足，三寸金蓮即用以形容女子之小腳。

【三不五時】
[sam˧ put˥ gɔ˩ si˧]
指偶爾。

【三元及第】
[sam˧ guan˧ kip˥ te˧]
三元即解元、會元、狀元，均爲各榜榜首；此謂每考必高中。

【三心兩意】
[sam˧ sim˥ liɔŋ˥ i˩]
舉棋不定。

【三句半話】
[sã˧ ku˥ puã˥ ue˧]
三言兩語便包含全部的意思。

【三句兩句】
[sã˧ ku˥ ləŋ˩ ku˩]
簡單幾句話便概括全盤的意思。

【三字白音】
[sã˥ zi˩ pe˩ im˥]
「三」字有文讀與白讀之分，文讀讀爲 sam˥，白讀則讀爲 sã˥。

【三更半暝】
[sã˧ kẽ˧ puã˥ mẽ˧]
午夜時刻，若非極其要緊的事不可以去打擾別人。

【三男兩女】
[sã˧ lam˧ ləŋ˩ li˥]
人生育有三男二女足矣，不必多求。

【三言兩語】
[sam˧ gen˧ liɔŋ˥ gi˥]
意同「三句二句」。

【三金一牛】
[sam˧ kim˥ it˥ gu˧]
明末，福建饑荒，鄭芝龍向福建巡撫熊文燦建議將饑民移居台灣，每人給銀三兩，三人給牛一頭，以便開墾荒土爲田，結果移了數萬人來台。

【三妻四妾】
[sam˧ ts'e˥ su˥ ts'iap˥]
形容人妻妾眾多。

【三長兩短】
[sã˧ təŋ˧ ləŋ˩ te˥]
謂意外災害。

【三界公生】
[sam˧ kai˥ kɔŋ˧ sẽ˥]
三界公生指上元天官正月十五生，中元地官七月十五生，下元水官十月十五生。

【三保六認】
[sam˧ po˥ liɔk˥ zin˧]
須要找三個保證人加上六個人承認，形容犯了大錯，或謂嘲諷官府辦事刁民，手續繁瑣。

【三從四德】
[sam˧ tsiɔŋ˧ su˥ tik˥]
三從指婦女未嫁在家從父，出嫁從夫，夫死從子；四德指婦德、婦言、婦容、婦功。

【三款的頭】
[sã˧ k'uan˥ e˧ t'au˧]
對本省選舉文化的形容。候選人在選舉前後的姿態是：在請求賜票時，向選民低頭；當選後會甩頭；選民有事

請託時則搖頭。

【三斑攪家】
[sam˧ pan˥ kiau˥ ke˥]
三斑是一種好鬥的淡水魚，借以比喻好鬥的人。家裏若有一個愛計較又好鬥的人，便會雞犬不寧。

【三請五催】
[sã˧ ts'iã˥ ŋõ˥ ts'ui˥]
三催四請。

【三頭兩面】
[sã˧ t'au˧ ləŋ˨ bin˧]
意同「三人兩面」。

【三𣍐囥得】
[sã˧ be˨ k'əŋ˨ tit˩]
待嫁女兒、屎桶、死屍三種東西不能久放在家。

【三聲無奈】
[sã˧ siã˥ bo˧ nãi˧]
指無可奈何迫不得已。

【三彎兩空】
[sã˧ uan˥ ləŋ˨ uat˩]
喻有事無事常到友人家。

【三八到有春】
[sam˧ pat˥ ka˥ u˨ ts'un˥]
春，剩；謂傻過頭了。

【三八到𣍐大】
[sam˧ pat˥ ka˥ be˨ tua˧]
傻到發育不良長不大，極言其傻。

【三八，假厚禮】
[sam˧ pat˩ ke˥ kau˨ le˥]
不正派反而多禮。

【三八，假賢慧】
[sam˧ pat˩ ke˥ hen˧ hui˧]
不正經，還想僞裝成很賢慧的樣子。

【三八，無藥醫】
[sam˧ pat˩ bo˧ io˨ i˥]
傻人沒有藥可以醫治。

【三寸氣未斷】
[sã˧ ts'un˥ k'ui˨ bue˨ tuĩ˧]
人活著便是靠著三寸氣，意謂人活著的時候。

【三不等字號】
[sam˧ put˥ tiŋ˥ zi˨ ho˧]
意同「三不等」。

【三行兩倒退】
[sã˧ kiã˧ ləŋ˨ to˥ t'e˨]
進三退二，形容進步遲緩。

【三拄四毋著】
[sã˧ tu˥ si˥ m˨ tio˧]
毋著，不對；謂運氣不好，都是碰到壞的。

【三思而後行】
[sam˧ su˥ zi˨ hio˨ hiŋ˧]
凡事要謹愼思考後才可付諸實行。

【三保的食有】
[sã˧ po˥ e˨ tsia˨ u˧]
台北市大稻埕古諺，指中元普渡時街市地區的一、二、三第三保祭品較爲豐盛。

【三國歸一統】
[sam˧ kɔk˩ kui˧ it˥ t'ɔŋ˥]
意謂最後成果由一人獨得。

【三項𣍐囥的】
[sã˧ haŋ˨ be˨ k'əŋ˨ ge˨]
意同「三𣍐囥的」。指適婚年齡的女兒、屎桶、屍體三者不可久藏於家。

【三歲教五歲】
[sã˧ hue˨ ka˥ gɔ˨ hue˨]
菜鳥教老鳥，小的反而教大的。

【三講四毋著】

[sã˧ kɔŋ˥˧ si˥˧ m˨˩ tio˧]
毋著，不對；謂說話頻頻出錯。

【三講四交落】
[sã˧ kɔŋ˥˧ si˥˧ ka˧ lau˧]
謂漏講的話很多。

【三人扛，四人扶】
[sã˧ laŋ˧ kəŋ˥ si˥˧ laŋ˧ hu˧˥]
形容富貴人家左擁右簇的樣子。

【三人扶，四人插】
[sã˧ laŋ˧ hu˧˥ si˥˧ laŋ˧ ts'aʔ˨˩]
指受人尊重，頗孚人望，受人擁簇。

【三八朘，假賢慧】
[sam˧ pat˥ tsi˥ ke˥ hen˧ hui˧]
朘，女陰也，代稱婦女；諷刺不正經的婦人，僞裝爲賢淑。

【三八到有通賣】
[sam˧ pat˥ ka˥˧ u˨˩ t'aŋ˧ be˧]
意同「三八到有春」。

【三七講，四六聽】
[sam˧ ts'it˥ kɔŋ˥˧ su˥˧ liɔk˨˩ t'iã˥]
對方隨便說說，此方便隨便聽聽；即姑妄言之、姑妄聽之的意思。

【三下手，兩輪半】
[sã˧ e˨˩ ts'iu˥˧ ləŋ˨˩ len˥˧ puã˨˩]
輕而易舉之事；兩三下便清潔溜溜。

【三下咬，未見餡】
[sã˧ e˨˩ ka˧ bue˨˩ kĩ˥˧ ã˧]
昔人節儉，所做紅龜粿很大而餡只有一點藏在中間，吃的時候要咬上五六口才會看見餡，才咬三下，離餡還遠哩。用以比喻事情才開始發展，離成功還遠。

【三分人，七分粧】
[sã˧ hun˧ laŋ˧˥ ts'it˥ hun˧ tsəŋ˥]
意謂人須要靠妝扮，婦女尤然。

【三日大，五日小】
[sã˧ zit˨˩ tua˧ go˨˩ zit˨˩ sio˥˧]
三日一大宴，五日一小宴，款待備至。

【三日風，兩日雨】
[sã˧ zit˨˩ hɔŋ˥ ləŋ˨˩ zit˨˩ hɔ˧]
以風雨接連來形容人生活淒苦。

【三分病，報死症】
[sã˧ hun˧ pẽ˧ po˥˧ si˥ tsiŋ˨˩]
小病謊稱絕症，言誇大其詞。

【三文買一褲頭】
[sã˧ bun˧˥ be˥ tsit˨˩ k'ɔ˥˧ t'au˧˥]
指東西非常便宜，花三文錢就可以買一褲頭的東西（古人購物常用布巾包好綁在腰際，如現代流行的霹靂袋）。

【三文錢，四文路】
[sã˧ bun˧ tsĩ˧˥ si˥˧ bun˧ lɔ˧]
即使賺小錢，也得跑一段路，費一番工夫。

【三句不離本行】
[sã˧ ku˨˩ put˥ li˨˩ pun˥ haŋ˧˥]
開口說話都跟自己的行業有關。

【三句有一句冇】
[sã˧ ku˨˩ u˨˩ tsit˨˩ ku˥˧ p'ã˨˩]
冇，指空殼無內容。形容人說話不實在。

【三交代，四吩咐】
[sã˧ kau˧ tai˨˩ si˥˧ huan˧ hu˨˩]
重要的事託人帶話，恐其遺忘，再三叮嚀。

【三年官，兩年滿】
[sã˧ nĩ˧ kuã˥ ləŋ˨˩ nĩ˧ muã˥˧]
古時官吏一任三年，通常滿二年便開始籌劃下一個位置到何處去做官，以及如何接洽下一任。比喻官海浮沉不定。

【三交落，四著跛】
[sã˧ ka˧ lau˧ si˩ tio˩ pua˧]
說話吞吞吐吐，不完整；做事魯莽草率。

【三芝吳，水尾許】
[sam˧ tsi˧ gɔ˦ tsui˥ bue˥ k'ɔ˥˧]
水尾，在今台北縣金山鄉，其居民大多由漳州移居，其中以許姓居多。三芝之住民則以吳姓爲多。

【三更窮，四更富】
[sã˧ kẽ˧ kiŋ˦ si˥˧ kẽ˧ hu˩]
形容賭徒輸贏無常。

【三兩肉做四獻】
[sã˧ niũ˥ baʔ˧ tso˥˧ si˥˧ hen˩]
微薄的祭品，做超大的祭儀（行四獻禮，一般只有三獻禮），言浮誇而不實。

【三房兩廳——好聽】
[sã˧ paŋ˦ ləŋ˩ t'iã˥ ho˥ t'iã˥]
歇後語。三房，指主臥室、書房、兒女房；兩廳，指客廳與供奉神明祖先的廳堂。有了二廳，會客和祭拜都能兼顧，就具備了「好廳」的條件。台語好廳與好聽諧音，指講話得體、適當。

【三時風，兩時雨】
[sã˧ si˧ hɔŋ˥ ləŋ˩ si˧ hɔ˧]
比喻世事變化無常。

【三國歸司馬懿】
[sam˧ kɔk˧ kui˧ su˧ mã˥ i˩]
意謂最後成果皆由一人獨佔。類同「三國歸一統」。

【三欺二，二欺一】
[sã˥ k'i˧ zi˧ zi˧ k'i˧ it˧]
強欺弱，多欺少。

【三項烏毋通摸】
[sã˧ haŋ˩ ɔ˥ m˩ t'aŋ˧ bɔŋ˥]
賭博、抽鴉片（吸毒）、行竊，這三件壞事（三項烏）千萬不可去嚐試。

【三溪水，洗鱠清】
[sã˧ k'e˧ tsui˥˧ se˥ be˩ ts'iŋ˥]
形容冤屈之深，用三條溪的水都洗不清。

【三腳行，兩腳跳】
[sã˧ k'a˧ kiã˦ ləŋ˩ k'a˧ t'iau˩]
高興得手舞足蹈連走帶跳。

【三腳步一坎店】
[sã˧ k'a˧ pɔ˧ tsit˧ k'am˥ tiam˩]
三腳步形容距離近，一坎店指一家店。意謂店鋪眾多，同行競爭激烈。

【三腳走，兩腳跳】
[sã˧ k'a˧ tsau˥˧ ləŋ˩ k'a˧ t'iau˩]
歡欣鼓舞，手舞足蹈。

【三頓前，兩頓後】
[sã˧ tuĩ˥˧ tsiŋ˦ ləŋ˩ tuĩ˥˧ au˧]
形容生活不安定，三餐成問題，更甭談定時吃飯了。

【三頓食封炕鹵】
[sã˧ tuĩ˩ tsia˩ hɔŋ˥ k'ɔŋ˩ lɔ˥˧]
封、炕（爌）、鹵，燉煮佳肴美食的三種方法；喻生活優裕。

【三腳桌企鱠在】
[sã˧ k'a˧ toʔ˧ k'ia˩ be˩ tsai˧]
一張桌子四支腳，少了一腳便會放不穩。比喻有缺陷，美中不足。

【三碗飯，兩碗菜】
[sã˧ uã˥ puĩ˧ ləŋ˩ uã˥ ts'ai˩]
三碗飯台語與相傍諧音。意謂夫妻須恩愛互相扶持，就如同飯要菜配，菜要飯配。

【三碗飯，兩碗湯】
[sã˧ uã˥ puĩ˧ ləŋ˩ uã˥ t'əŋ˥]
意同前句。

【三頓飲，當衫飲】
[sã˧ tuĩ˥˧ lim˥ təŋ˥˧ sã˧ lim˥]
形容酒鬼嗜酒，三餐喝酒，喝到沒錢連衣服都拿去當了。

【三腳貓，四目狗】
[sã˧ k'a˧ niãu˥ si˥˧ bak˧˩ kau˥˧]
指畸形的動物，奇異的東西。

【三腳躍，四腳跳】
[sã˧ k'a˧ tio˧˥ si˥˧ k'a˧ t'iau˨˩]
形容人很高興，連跑帶跳。

【三鋤頭，一畚箕】
[sã˧ ti˧ t'au˧˥ tsit˧˩ pun˥˧ ki˥]
比喻說話率直愚魯。

【三鋤頭，兩畚箕】
[sã˧ ti˧ t'au˧˥ ləŋ˨˩ pun˥˧ ki˥]
意同前句。

【三雙來，六塊去】
[sã˧ siaŋ˥ lai˧˥ lak˧˩ te˥˧ k'i˨˩]
意謂收支平衡。

【三十二五著去賺】
[sã˧ tsap˧˩ zi˨˩ gə˧ tio˨˩ k'i˥˧ t'an˨˩]
不論賺多少錢（三十文或二十五文），必須去做，才不致失業挨餓。

【三十六計走爲先】
[sã˧ tsap˧˩ lak˧˩ ke˨˩ tsau˥˧ ui˧ sen˥]
謂一走了之。

【三八到無寫無四】
[sam˧ pat˥˩ ka˥˧ bo˧ sia˥ bo˧ si˨˩]
無寫無四指非常可憐，形容傻得一股可憐相。

【三山五岳遊透透】
[sam˧ san˥ ŋɔ̃˥ gak˥˩ iu˧ t'au˥˧ t'au˨˩]
謂遊遍天下名山大川。

【三山六海一分田】
[sam˧ san˥ liɔk˧˩ hai˥˧ tsit˧˩ hun˧ ts'an˧˥]
謂地球表面十分之中三分山地，六分海洋，只有一分是可耕種的田地。

【三千年一擺海漲】
[sã˧ ts'iŋ˧ nĩ˧˥ tsit˧˩ pai˥ hai˥ tiaŋ˨˩]
喻千載難逢的良機。

【三千年毋識食著】
[sã˧ ts'iŋ˧ nĩ˧˥ m˨˩ bat˥˩ tsia˧ tio˨˩]
形容人饞嘴的樣子。

【三月二十人看人】
[sã˧ gue˨˩ zi˨˩ tsap˥˩ laŋ˧˥ k'uã˥˧ laŋ˧˥]
台北市大龍峒一帶的古諺。保安宮之西廡供有註生娘娘及陳靖姑，其祭典爲三月二十日，來祭者多屬求子之婦人，因此引來不少喜歡品花之士，故有此諺。

【三分人，四分打扮】
[sã˧ hun˧ laŋ˧˥ si˥˧ hun˧ tã˥ pan˧]
人要靠打扮才會漂亮。

【三分人事七分天】
[sã˧ hun˧ zin˧ su˧ ts'it˥˩ hun˧ t'ĩ˥]
做事多少有幾分是運氣。

【三日早起當一工】
[sã˧ zit˧˩ tsa˥ k'i˥˧ təŋ˥˧ tsit˧˩ kaŋ˥]
每天提早起床做事，連續三天所做的事便抵得上一天。鼓勵人早起做事。

【三日風無一滴露】
[sã˧ zit˧˩ hɔŋ˥ bo˧ tsit˧˩ ti˥˧ lɔ˧]
氣象諺。連續颳三天風，水氣全被吹走，故夜裏無法結露。

【三日無餾爬上樹】
[sã˧ zit˥˩ bo˧ liu˧ pe˥˧ tsiũ˨˩ ts'iu˧]
餾本指將食物重新蒸過，引申爲復習。唸過的書三天不復習就會忘記（爬上樹），所學的技藝三天不復習就會生疏。勸人要學而時習之。

【三句無兩句實的】
[sã˧ ku˨ bo˧ ləŋ˨ ku˥ sit˥ le˨]
意謂講話不實在。

【三句話不離本行】
[sã˧ ku˥ ue˧ put˥ li˧ pun˥ haŋ˦]
諭人講話都會與其行業有關。

【三色人講三色話】
[sã˧ sik˥ laŋ˦ kɔŋ˥ sã˧ sik˥ ue˧]
各人意見不同。或作「三色人講五色話」。

【三在六亡一回頭】
[sã˥ tsai˧ lak˥ bɔŋ˦ it˩ hue˧ t'au˦]
移民者十人之中只有三個還在，六個死了，一個已回大陸原籍；台灣北部在康熙年間仍是蠻荒之地，由閩南移居者頗多因水土不合而亡，故有此語。

【三色全隨在汝愛】
[sã˧ sik˥ tsuan˧ sui˧ tsai˨ li˥ ai˨]
三色全指酒、檳榔（或香煙）、菜餚三樣禮物。南台灣的風俗，向人賠罪時須準備三色全送給對方。

【三色話食四面風】
[sã˧ sik˥ ue˧ tsia˨ si˥ bin˨ hɔŋ˥]
講話要察言觀色、隨機應變。

【三更燈火五更雞】
[sã˧ kẽ˧ tiŋ˧ hue˥ gɔ˨ kẽ˧ ke˥]
形容讀書人之早起苦讀。

【三兩人講四斤話】
[sã˧ niũ˥ laŋ˦ kɔŋ˥ si˥ kin˧ ue˧]
比喻人微言重。

【三兩人講四兩話】
[sã˧ niũ˥ laŋ˦ kɔŋ˥ si˥ niũ˥ ue˧]
意同前句。

【三門大砲無礙翅】
[sã˧ muĩ˧ tua˨ p'au˨ bo˧ gai˨ sit˥]
飛機場的鳥兒，不怕砲聲。因聽慣飛機起降的巨響，所以不礙事。

【三姑做滿月——講暢】
[sã˧ kɔ˥ tso˥ muã˥ gue˧ kɔŋ˥ t'iɔŋ˨]
此為歇後語，三姑做滿月，阿公很高興，公暢諧音「講暢」；意謂說得好聽，窮開心。

【三個人，行五條路】
[sã˧ ge˧ laŋ˦ kiã˧ gɔ˨ tiau˧ lɔ˧]
各人做事各懷不同的看法。

【三國盡歸司馬懿】
[sam˧ kɔk˩ tsin˨ kui˧ su˧ mã˥ i˨]
比喻最後的成果皆由一人獨佔。

【三歲囝仔定八十】
[sã˧ hue˥ gin˥ nã˥ tiŋ˨ pe˥ tsap˥]
謂從小即可以看大。

【三塊豆干跳過桌】
[sã˧ te˥ tau˨ kuã˥ t'iau˥ kue˥ toʔ˩]
為了三塊豆干竟然跳過桌，是見利（微利）而忘義。

【三碗飯，兩碗菜湯】
[sã˧ uã˥ puĩ˧ ləŋ˨ uã˥ ts'ai˥ t'əŋ˥]
形容生活清苦。

【三醮婦人毋是人】
[sam˧ tsio˥ hu˨ zin˦ m˨ si˨ zin˦]
三醮，三嫁也。婦人三嫁為情所不容，會遭人恥笑。

【三十六計，走者為先】
[sã˧ tsap˩ lak˩ ke˨ tsau˥ tsia˨ ui˧ sen˥]
溜之大吉。

【三人同行，必有我師】
[sam˧ zin˦ tɔŋ˧ hiŋ˦ pit˥ iu˥ ŋɔ̃˥ su˥]
同行三人中，必有值得我效法學習之人。

【三十好過，四十難熬】
[sã˧ tsap˥˩ ho˥ kue˨˩ si˥˧ tsap˥˩ lan˧ au˧˥]
謂女人在性慾之需求，在三十歲時代還可抑制，到了四十歲時代便很難抑制；即「三十如狼，四十如虎」之謂也。

【三八肢，半年一千日】
[sam˧ pat˥˩ tsi˥ puã˥˧ nĩ˧˥ tsit˩ ts'iŋ˧ zit˥˩]
譏笨女人居然說半年有一千天。

【三八肢，放尿粘涕涕】
[sam˧ pat˥˩ tsi˥ paŋ˥˧ zio˧ liam˧ t'i˧ t'i˥]
順口溜，譏罵愚笨的女人。或謂愚笨婦女於房事之後，不知其夫所遺爲精，以爲是尿，故云「粘涕涕」。

【三日大宴，五日小宴】
[sã˧ zit˥˩ tua˨˩ en˨˩ go˨˩ zit˥˩ sio˥ en˨˩]
形容款待備至。

【三文佛仔栽七文鬚】
[sã˧ bun˧ hut˥˩ la˥˧ tsai˧ ts'it˥˩ bun˧ ts'iu˥]
僅賣三文錢的小佛像，竟要黏上值七文錢的鬍子，顯然不划算。

【三日往東，四日往西】
[sã˧ zit˥˩ ɔŋ˥ taŋ˥ si˥˧ zit˥˩ ɔŋ˥ sai˥]
謂不安於業，經常換工作。

【三分姿娘，七分打扮】
[sã˧ hun˧ tsu˧ niũ˧˥ ts'it˥˩ hun˧ tã˥ pan˧]
姿娘指婦女，婦女重妝扮，三分姿色還須七分打扮。或作「三分姿娘，四分打扮」，係七與四音近之訛。

【三分前場，七分後場】
[sã˧ hun˧ tsiŋ˧ tiũ˧˥ ts'it˥˩ hun˧ au˨˩ tiũ˧˥]
演戲時，後場樂隊比前場的演員還重要。

【三文急燒食一個氣】
[sã˧ bun˧ kip˥˩ sio˥ tsia˨˩ tsit˩ le˧ k'ui˨˩]
急燒，昔日煎藥用的粗陶器，雖不值錢(僅值三文)，但因煎藥治病要靠它，故有時比價值昂貴的瓷器還有用。比喻雖是小事，但因不合理，爭一口氣也要爭到底。

【三日討海，四日曝網】
[sã˧ zit˥˩ t'o˥ hai˥˧ si˥˧ zit˥˩ p'ak˩ baŋ˧]
三天打魚，四天曬網，休息的時間比工作的時間還長。

【三日徙東，三日徙西】
[sã˧ zit˥˩ sua˥ taŋ˥ sã˧ zit˥˩ sua˥ sai˥]
形容人居無定所，忽東忽西。

【三日偎東，四日偎西】
[sã˧ zit˥˩ ua˥ taŋ˥ si˥˧ zit˥˩ ua˥ sai˥]
喻趨炎附勢，見風轉舵。

【三日徙栽，四日跂黃】
[sã˧ zit˥˩ sua˥ tsai˥ si˥˧ zit˥˩ k'ia˨˩ uĩ˧˥]
栽，指花木及蔬菜之幼苗；幼苗忌移動，移動一次便會枯黃四天才能復原。比喻人要固守崗位，不要見異思遷。

【三代粒積，一代開空】
[sã˧ tai˧ liap˩ tsik˩ it˥˩ tai˧ k'ai˧ k'ɔŋ˥]
粒積，指像稻穀般一粒一粒一點一滴地累積財富，形容其艱苦。三代祖先辛苦累積，出了不肖子孫一代便揮霍殆盡，比喻創業艱辛，守成要謹愼。

【三代富貴，才知食穿】
[sã˧ tai˧ hu˥ kui˩ tsia˥ tsai˧ tsia˩ ts'iŋ˧]
勤儉儲蓄，累積了三代的富貴，才敢談飲食等享受。

【三年一閏，好歹照輪】
[sã˧ nĩ˧ tsit˩ lun˧ ho˥ p'ãi˥ tsiau˥ lun˧]
陰曆曆法每三年置一閏月，除了正月、十二月不閏外，餘皆有可能。比喻風水輪流轉，人的命運也是如此。

【三年兩歲，吃老倒退】
[sã˧ nĩ˧ ləŋ˩ hue˩ tsia˩ lau˧ to˥ t'ue˩]
人老思考能力老化，把三年當成兩歲，故有此諺，形容人年紀大了反而退步。

【三年流東，三年流西】
[sã˧ nĩ˧ lau˧ taŋ˥ sã˧ nĩ˧ lau˧ sai˥]
河道三年流東，三年流西，比喻人的運氣也是輪流轉。

【三更無眠，四更無睏】
[sã˧ kẽ˥ bo˧ bin˧ si˥ kẽ˥ bo˧ k'un˩]
形容人工作勞累而失眠；或謂人有心事而睡不著覺。

【三更無睏，血無歸經】
[sã˧ kẽ˥ bo˧ k'un˩ hueʔ˩ bo˧ kui˧ kiŋ˥]
熬夜對身體健康有害。

【三兩雞仔，甲虎伴獅】
[sã˧ niũ˥ ke˧ a˥ ka˥ hɔ˥ p'uã˩ sai˥]
三兩重的小雞竟與老虎、獅子開玩笑，簡直不要命。笑人自不量力。

【三兩雞仔，甲鳳伴飛】
[sã˧ niũ˥ ke˧ a˥ ka˥ hɔŋ˧ p'uã˩ pue˥]
體重只有三兩的小雞，也敢與大鳳鳥結伴飛；喻自不量力。

【三思而行，再思可矣】
[sam˧ su˥ zi˧ hiŋ˧ tsai˥ su˥ k'o˥ i˩]
出自《論語》。有些事不要想得太多，考慮兩次就可以了。

【三個錢，交關一坎店】
[sã˧ ge˧ tsĩ˧ kau˧ kuan˧ tsit˩ k'am˥ tiam˩]
雖然只是買一點小東西，也是顧客，也要好好招呼他。

【三個錢豆粕，開城門】
[sã˧ ge˧ tsĩ˧ tau˩ p'oʔ˩ k'ui˧ siã˧ muĩ˧]
昔日城門有守門人，早開晚關，有鄉下人為了買三個錢的豆渣餵豬，要求守城門的人開門。比喻為了芝麻小事，要求人勞師動眾。

【三個錢販，兩個錢賣】
[sã˧ ge˧ tsĩ˧ huan˩ ləŋ˩ ge˧ tsĩ˧ be˧]
販，買也。貴買賤賣，做虧本生意。

【三個錢賭，四個錢賂】
[sã˧ ge˧ tsĩ˧ tɔ˥ si˥ ge˧ tsĩ˧ lɔ˥]
開賭場要賄賂，賭資只有三文，賄賂的紅包卻需四文，賄賂所需比其要達到的目的還多。

【三歲看大，七歲到老】
[sã˧ hue˩ k'uã˥ tua˧ ts'it˥ hue˩ kau˥ lau˧]
從三歲時的發育狀況，就可以知道他長大後的體格；從七歲時的個性，就可以知道他長大到老的品行。

【三腳貓，要笑一目狗】
[sã˧ k'a˧ niãu˥ be˥ ts'io˥ tsit˩ bak˩ kau˥]
五十步笑一百步。

【三銀佛仔栽七銀鬏】
[sã˧ gin˧ hut˩ la˥ tsai˧ ts'it˥ gin˧ ts'iu˥]
賣三塊錢的佛像卻黏上值七塊錢的佛鬚；喻本末不分。

【三禮拜，六點鐘——食醋】
[sã˧ le˥ pai˩ lak˩ tiam˥ tsiŋ˥ tsia˩ ts'ɔ˩]
歇後語。三個星期有二十一日，合起來爲「昔」字；六點鐘爲「酉」時。酉、昔二字合起來爲「醋」，故本句可解爲醋（食醋）。

【三廳官難判家內事】
[sã˧ t'iã˧ kuã˥ lan˧ p'uã˥ ke˧ lai˩ su˧]
清官難斷家務事。

【三十六支骨頭動了了】
[sã˧ tsap˩ lak˩ ki˧ kut˥ t'au˧ taŋ˩ liau˥ liau˥]
喻女子輕佻不莊重。

【三升米圓，睏艙得天光】
[sã˧ tsin˧ bi˥ ĩ˧ k'un˥ be˩ tit˥ t'ĩ˥ kuĩ˥]
晚上磨了三升糯米準備天亮汁壓乾了搓湯圓，性子急的人一直睡不著等不得天亮。

【三文尪仔，栽四文嘴鬏】
[sã˧ bun˧ aŋ˧ ŋã˥ tsai˧ si˥ bun˧ ts'ui˥ ts'iu˥]
才賣三個錢的玩偶，卻黏上值四個錢的鬍鬚；借喻蹧蹋東西，配不上。

【三文燈心，交關一坎店】
[sã˧ bun˧ tiŋ˧ sim˥ kau˧ kuan˧ tsit˩ k'am˥ tiam˩]
即使買三文錢燈心的小東西，對店東而言也是顧客；有時也藉以諷刺以小錢做面子的人。

【三年四月日纔會出師】
[sã˧ nĩ˧ si˥ gue˩ zit˥ tsia˥ e˩ ts'ut˥ sai˥]
昔日學習傳統技藝的學徒，必須熬四十個月（三年四個月），才能學成畢業（出師）。

【三年耕，必有一年之食】
[sam˧ len˧ kiŋ˥ pit˥ iu˥ it˥ len˧ tsi˧ sit˥]
有耕耘必有收穫。

【三條茄，毋值著一粒蟯】
[sã˧ tiau˧ kio˧ m˩ tat˩ tio˩ tsit˩ liap˩ gio˧]
以茄比喻男人，以蟯比喻女人，屬於象徵比喻。意謂三個男人比不上一個女人有用。

【三腳馬仔有時會著躓】
[sã˧ k'a˧ be˥ a˥ u˩ si˧ e˩ tio˩ tat˩]
三腳馬仔爲昔日兒童玩具馬，它有三支腳，玩耍時若不小心也會顛仆；借喻智者千慮仍有一失之可能。

【三餐五味，四碟一碗湯】
[sam˧ ts'an˥ ŋɔ̃˥ bi˧ si˥ tiap˥ tsit˩ uã˥ t'əŋ˥]
形容每天三餐菜餚都很豐盛。

【三禮拜六點鐘，戽醋矸】
[sã˧ le˥ pai˩ lak˩ tiam˥ tsiŋ˥ hɔ˥ ts'ɔ˥ kan˥]
相傳昔日台南市重慶寺內置一醋矸，富家妻妾互相爭寵，失懽者即至寺內以髮繫箸攪醋使對方心酸，另取佛前油燈之油暗抹於夫髮上，其夫即會回心轉意。

【三廳官艙判得家內事】
[sã˧ t'iã˧ kuã˥ be˩ p'uã˥ tit˥ ke˧ lai˩ su˧]
清官難斷家務事。

【三十不見子，終身磨到死】
[sã˧ tsap˥ put˥ ken˥˧ tsu˥˧ tsiɔŋ˧ sin˥ bua˧ kau˥˧ su˥˧]
農業時代靠體力謀生，若三十歲仍未有男兒出生，未來縱使有所生育，亦必父老子幼，無法分勞，以致勞累到死爲止。

【三十未娶某，講話臭乳呆】
[sã˧ tsap˥ bue˩ ts'ua˩ bɔ˥˧ kɔŋ˥ ue˧ ts'au˥˧ liŋ˧ tai˥]
形容男人若未娶妻，縱使到了三十歲，仍不算成人，講話仍不脫稚氣。

【三十未娶某，講話臭乳囐】
[sã˧ tsap˥ bue˩ ts'ua˩ bɔ˥˧ kɔŋ˥ ue˧ ts'au˥˧ liŋ˧ hen˩]
臭奶囐，講話孩子氣。三十歲猶未娶妻，說話還帶孩子氣，意味娶了老婆才算是長大成人。

【三人共一心，烏土變成金】
[sã˧ laŋ˧˥ kaŋ˩ tsit˧ sim˥ ɔ˧ t'ɔ˧˥ pen˥˧ siŋ˧ kim˥]
眾人能同心協力便能成功。

【三十往後，纔知天高地厚】
[sã˧ tsap˥ ɔŋ˥ au˧ tsia˥˧ tsai˧ t'ĩ˧ kuan˧˥ te˩ kau˧]
人到三十歲以後，才能深入體會人情世故。

【三八的無藥，亂神的定著】
[sam˧ pat˥ le˩ bo˧ io˧ lan˩ sin˧˥ le˧ tiã˩ tio˧]
亂神（白痴）一無所知，對外界的刺激毫無反應，顯得很鎮定（定著）；三八（精神有問題）會胡言亂語，顯得無可救藥。

【三下扁擔刀，換無一碗麵】
[sã˧ e˩ pin˧ tã˧ to˥ uã˩ bo˧ tsit˧ uã˥ mĩ˧]
喻代價高，報酬少。

【三日扑到府，一暝溜到厝】
[sã˧ zit˥ p'a˥˧ kau˥˧ hu˥˧ tsit˧ mẽ˧˥ liu˧ kau˥˧ ts'u˩]
清代朱一貴起義，三天便打到當時的台灣府城（今之台南市），但一夜之間又被擊退回到家鄉；此句用以比喻事情成功得快，失敗得更快。

【三月死魚鰡，六月風扑稻】
[sã˥ gue˩ si˥ hi˧ liu˥ lak˥ gue˩ hɔŋ˥ p'a˥˧ tiu˧]
農諺。魚鰡居泥土中，遇酷暑薰蒸，會因熱而死；三月若已如此，即知夏季提前降臨，因其炎威肆虐，會引起颱風，爲害稻作，故稱六月風扑稻。

【三月無二九，皇帝負印走】
[sã˧ gue˧ bo˧ zi˩ kau˥˧ hɔŋ˧ te˩ p'ãi˩ in˩ tsau˥˧]
農曆月大三十天，月小二十九天，若連續三個月都是月大三十天，而沒有月小二十九天，則占天下會大亂，皇帝必須背印離京。

【三日無看王城，頭殼會眩】
[sã˧ zit˥ bo˧ k'uã˥˧ ɔŋ˧ siã˧˥ t'au˧ k'ak˥ e˩ hin˧˥]
台南市諺語。王城即荷蘭人所築之熱蘭遮城（Zeelandia），在安平。比喻故鄉堪戀。

【三代無烘爐，四代無茶砧】
[sã˧ tai˧ bo˧ haŋ˧ lɔ˧˥ si˥˧ tai˧ bo˧ te˧ kɔ˥˧]
比喻一個家庭絕後。

【三年之耕，必有一年之食】
[sam˧ len˧˥ tsi˧ kiŋ˥ pit˥ iu˥ it˥ len˧˥ tsi˧ sit˥]
有耕耘必有收穫。

【三年水流東，三年水流西】
[sã˧ nĩ˦ tsui˥ lau˧ taŋ˥ sã˧ nĩ˦ tsui˥ lau˧ sai˥]
以河道之忽東忽西，比喻人生盛衰之無常。

【三虎出一豹，九狗出一獒】
[sam˧ hɔ˥ ts'ut˥ it˥ paʔ˩ kiu˥ kau˥ ts'ut˥ it˥ ŋãu˧]
生三隻虎中才有一隻豹，生九隻狗當中才有一隻獒，用此比喻豹、獒之難得；事實上豹不是虎生，獒也不是普通狗所生，但此諺昔日一直流傳於民間。

【三杯通大道，一醉解千愁】
[sam˧ pue˥ t'ɔŋ˧ tai˩ to˧ it˥ tsui˩ kai˥ tṣen˧ ts'iu˦]
三杯黃湯下肚，醉後不知天地，可以暫時解消所有的憂愁。

【三棚兩元四，包籠食家治】
[sã˧ pẽ˧ ləŋ˩ k'ɔ˧ si˩ pau˧ laŋ˥ tsia˩ ka˧ ti˧]
比喻戲金之微薄，三場才二塊四，而且還要自理戲箱、自付食宿。

【三腳馬仔，有時也會著躓】
[sã˧ k'a˧ be˥ a˥ u˩ si˦ ia˩ e˩ tio˩ tat˩]
三腳馬仔爲昔日三支腳的玩具馬，使用時若不小心也會顛仆；用以戒人不可過於自負，千慮仍會有一失。

【三人五目，日後無長短腳話】
[sã˧ laŋ˦ gɔ˩ bak˥ zit˩ au˧ bo˧ təŋ˧ te˥ k'a˧ ue˧]
比喻共同決定的事，事後不得反悔。

【三千年的狗屎，也卻起來講】
[sã˧ ts'iŋ˧ nĩ˦ e˧ kau˥ sai˥ ia˩ k'io˥ k'e˥ lai˧ kɔŋ˥]
罵人愛算舊帳，把陳年往事都抖出來說。

【三日風，三日霜，三日天清光】
[sã˧ zit˩ hɔŋ˥ sã˧ zit˩ səŋ˥ sã˧ zit˩ t'ĩ˥ t'sĩŋ˧ kəŋ˥]
秋季裏，若連颳三日風，連結三日霜，則其後的三天一定會好天氣。

【三日無偷掠雞，就要做家長】
[sã˧ zit˥ bo˧ t'au˧ lia˩ ke˥ tio˩ be˥ tso˥ ke˧ tiũ˥]
家長，即縣官；言慣竊三日不行竊，即自命清高，妄想可以做父母官。喻癡心妄想，作白日夢。

【三更窮，四更富，五更起大厝】
[sã˧ kẽ˥ kiŋ˦ si˥ kẽ˥ hu˩ gɔ˩ kẽ˥ k'i˥ tua˩ ts'u˩]
指賭徒（暴發户），一夜之間由貧而富而蓋起大廈（大厝）。

【三個錢尪仔，栽四個錢嘴鬏】
[sã˧ ge˧ tsi˧ aŋ˧ ŋã˥ tsai˧ si˥ ge˧ tsĩ˧ ts'ui˥ ts'iu˥]
賣三個錢的玩偶，卻黏上値四個錢的鬍鬚；借喻蹧蹋東西，配不上。

【三個親家食四粒粽食飸完】
[sã˧ ge˧ ts'in˧ ke˥ tsia˩ si˥ liap˩ tsaŋ˩ tsia˩ be˩ uan˦]
比喻彼此客氣、互相禮讓。

【三人共五目，日後無長短腳話】
[sã˧ laŋ˦ kioŋ˩ gɔ˩ bak˥ zit˩ au˧ bo˧ təŋ˧ te˥ k'a˧ ue˧]
此爲傳統仲介人在完成仲介事務最後關頭講的術語。此諺出自民間故事：昔日有一媒人爲一跛腳男子及一獨眼女子做媒，兩位男女事先互不知情，媒人安排女子躲在門扉後遮住半邊臉，安排男子騎自行車佇立在門口，兩人互相凝視之時，媒人即以此話中有話的話來提醒雙方，日後如有發現

缺點，媒婆概不負責。

【三十枵，四十嬈，五十破人豬稠】
[sã˧ tsap˥ iau˥ si˥ tsap˥ hiau˧ go˨˩
tsap˥ p'ua˥ laŋ˧ ti˧ tiau˧]
指婦女對性的額外需求，在三十歲時代是一般性的性飢渴，在四十歲時代則有點過分，到了五十歲仍然有額外需求，則是荒淫已極。

【三千年前的狗屎，也卻起來講】
[sã˧ ts'iŋ˧ nĩ˧ tsiŋ˧ ge˧ kau˥ sai˥
ia˨˩ k'io˥ k'e˥ lai˧ koŋ˥]
指陳年舊帳還拿出來講。

【三句定，兩句冇，講話無黏蒂帶】
[sã˧ ku˥ tiŋ˧ ləŋ˨˩ ku˥ p'ã˨˩ koŋ˥ ue˧
bo˧ liam˧ ti˥ tua˨˩]
定，堅硬；冇，有穀無米之穀子；謂說話眞眞假假，不相連貫。

【三年出狀元，出無一個好伙記】
[sã˧ nĩ˧ ts'ut˥ tsioŋ˨˩ guan˧ ts'ut˥ bo˧
tsit˨ le˧ ho˥ hue˥ ki˨˩]
形容培養一個好伙計比培養一個狀元還難。

【三年著賊偷，毋值一年火交落】
[sã˧ nĩ˧ tio˨˩ ts'at˨ t'au˥ m˨˩ tat˨ tsit˨
nĩ˧ hue˥ ka˧ lau˧]
火交落，謂失火，火災。形容火災的損失比竊盜慘重好幾倍。

【三年著賊偷，𣍐堪一把火失落】
[sã˧ nĩ˧ tio˨˩ ts'at˨ t'au˥ be˨˩ k'am˧
tsit˨ pe˥ hue˥ sit˥ lo˧]
形容火災比竊盜可怕。

【三更嘛好答應，也通等到白日】
[sã˧ kẽ˥ mã˨˩ ho˥ ta˥ iŋ˨˩ ia˨˩ t'aŋ˧
tan˥ kau˥ pe˨˩ zit˥]
半夜聽到也要答應，不要等到天亮；勸人行事快速果決，莫躊躇猶豫，錯失大好良機。

【三個錢目藥毋甘抹，減看外濟】
[sã˧ ge˧ tsĩ˧ bak˨ io˧ m˨˩ kam˧
buaʔ˨ kiam˥ k'uã˥ gua˨˩ tse˧]
捨不得花三個錢買眼藥，以致於眼力損失，少看了許多好光景；用以諷刺生性吝嗇因小失大的人。

【三歲乖，四歲歹，五歲著押去刣】
[sã˧ hue˥ kuai˥ si˥ hue˥ p'ãi˥ go˨˩
hue˨˩ tio˨˩ a˥ k'i˥ t'ai˧]
形容兒童心態發展變化很大，三歲時很乖，四歲就開始不聽話，到了五歲就會反抗。

【三十枵，四十嬈，五十損破人豬稠】
[sã˧ tsap˥ iau˥ si˥ tsap˥ hiau˧ go˨˩
tsap˥ koŋ˥ p'ua˥ laŋ˧ ti˧ tiau˧]
指婦女三十歲左右賣淫是爲饑寒所迫，四十歲左右賣淫是因性之過分需求，五十歲左右仍在賣淫則是荒淫已極。

【三十查甫是眞銅，三十查某是老人】
[sã˧ tsap˨ tsa˧ po˥ si˨˩ tsin˧ taŋ˧ sã˧
tsap˨ tsa˧ bo˥ si˨˩ lau˨˩ laŋ˧]
男人三十歲時正值壯年（眞銅），女人到了三十歲時因生育、操持家務早已人老珠黃。

【三年做大風颱，都毋飼人新婦仔栽】
[sã˧ nĩ˧ tso˥ tua˨˩ hoŋ˧ t'ai˥ tio˧ m˨˩
ts'i˨˩ laŋ˧ sim˧ pu˧ a˥ tsai˥]
新婦仔栽，指童養媳。昔日本省同胞爲了省錢，有爲兒子抱養童養媳之俗，但常有糾紛發生，鬧到非常惡劣的地步，故有人發誓，即使連做三年的大颱風，也不再抱養童養媳。

【三個小叔三擔柴，三個小姑諍嘴

貓】
[sã˧ ge˧ sio˥ tsik˨ sã˧ tã˥˧ ts'a˨˦ sã˧ ge˧ sio˥ kɔ˥ tsĩ˥˧ ts'ui˥˧ niãu˥]
嫁人時，嫁給有小叔的人家，則小叔可以幫忙家計；若嫁給有小姑的人家，則小姑易生口舌之風波。

【三個新發財，毋值著一個了尾仔子】
[sã˧ ge˧ sin˧ huat˥ tsai˨˦ m˨˩ tat˨ tio˨˩ tsit˨ le˧ liau˥ bue˥ a˥ kiã˥˧]
了尾仔子，指揮霍家產的浪蕩子。新發財的人，由貧而富，不改其節儉之習性，了尾仔子平時揮霍慣了出手大方，三個新發財的都比不上他；此語常出自娛樂界的經營者。

【三十不豪，四十不富，五十相將，回死路】
[sã˧ tsap˥ put˥ ho˨˦ si˥˧ tsap˥ put˥ hu˨˩ gɔ˨˩ tsap˥ siɔŋ˥˧ tsiɔŋ˨˩ hue˧ si˥ lɔ˧]
指人生在五十以前沒有建樹，此生便已沒有什麼大希望了。

【三十不豪，四十不富，五十將來尋子助】
[sã˧ tsap˥ put˥ ho˨˦ si˥˧ tsap˥ put˥ hu˨˩ gɔ˨˩ tsap˥ tsiɔŋ˧ lai˨˦ ts'ue˨˩ kiã˥ tsɔ˧]
言人三十還沒發財，四十還未成富翁，五十歲時只好等子女成材，老來得養天年。

【三十討枵，四十討嬈，五十拚破人豬稠】
[sã˧ tsap˥ t'o˥ iau˥ si˥˧ tsap˥ t'o˥ hiau˨˦ gɔ˨˩ tsap˥ lɔŋ˥˧ p'ua˥˧ laŋ˧ ti˧ tiau˨˦]
意同「三十枵，四十嬈，五十揁破人豬稠」。

【三月無清明，四月無立夏，新米舊米價】
[sã˥ gue˨˩ bo˧ ts'iŋ˧ biŋ˨˦ si˨˩ gue˨˩ bo˧ zip˨ he˧ sin˧ bi˥˧ ku˨˩ bi˥ ke˨˩]
農諺。清明節不在三月（農曆），立夏不在四月，預測當年農作將欠收，新米會與舊米同樣昂貴。

【三十歲查甫是眞銅，三十歲查某是老人】
[sã˧ tsap˨ hue˥˧ tsa˧ pɔ˥ si˨˩ tsin˧ taŋ˨˦ sã˧ tsap˨ hue˥˧ tsa˧ bɔ˥˧ si˨˩ lau˨˩ laŋ˨˦]
意同「三十查甫是眞銅，三十查某是老人」。

【三年出一個狀元，三年出無一個好伙記】
[sã˧ nĩ˨˦ ts'ut˥ tsit˨ le˧ tsiɔŋ˨˩ guan˨˦ sã˧ nĩ˨˦ ts'ut˥ bo˧ tsit˨ le˧ ho˥ hue˥ ki˨˩]
意同「三年出狀元，出無一個好伙記」。

【三月三桃仔李趁頭擔，四月四桃仔李紅吱吱】
[sã˧ gue˨˩ sã˥ t'o˧ a˥ li˥˧ t'in˨˩ t'au˧ tã˥ si˥˧ gue˨˩ si˨˩ t'o˧ a˥ li˥˧ aŋ˧ ki˥˧ ki˨˩]
此爲農諺，謂三月時節桃子李子已經開始生產，到了四月更是當令盛產時刻。

【三代無烘爐，四代無茶砧，都毋通娶著歹查某】
[sã˧ tai˧ bo˧ haŋ˧ lɔ˨˦ si˥˧ tai˧ bo˧ te˧ kɔ˥˧ to˧ m˨˩ t'aŋ˧ ts'ua˨˩ tio˨˩ p'ãi˥ tsa˧ bɔ˥˧]
意謂即使會絕後，也不可娶一個惡妻。

【不士鬼】
[put˥ su˥˧ kui˥˧]
罵人行爲不端正；尤其常用以罵毛手

毛腳的好色鬼。

【不通桶】
[put˙˥ t'ɔŋ˧ t'aŋ˥˧]
昔日科舉考試，閱卷官常置一木桶於身旁，每遇文理不通者即棄置桶內。比喻文理不通之人。

【不了了之】
[put˙˥ liau˥˧ liau˥˧ tsi˧˩]
不再追究下去。

【不七不八】
[put˙˥ ts'it˙˥ put˙˥ pat˧]
喻亂七八糟。

【不三不四】
[put˙˥ sam˧ put˙˥ su˧˩]
罵人不像話。

【不三似二】
[put˙˥ sã˥ su˥˧ zi˧]
謂似是而非，不成體統。意同「毋成三，毋成兩」。

【不可思議】
[put˙˥ k'o˥ su˧ gi˧]
指事情的發展有令人意想不到之處。

【不服水土】
[put˙˥ hɔk˧ tsui˥ t'ɔ˥˧]
對環境不適應。

【不知不罪】
[put˙˥ ti˥ put˙˥ tsue˧]
不知者無罪，不受罰。

【不郎不秀】
[put˙˥ lɔŋ˩˧ put˙˥ siu˧˩]
明朝以郎官秀爲等第分高低，本句指高不高、低不低，難分高下者，讓人輕視。喻指不成材的人。

【不答不七】
[put˙˥ tap˙˥ put˙˥ ts'it˧]
與「不三不四」意同，即不像話、不正經之意。

【不漳不泉】
[put˙˥ tsiaŋ˥ put˙˥ tsuan˩˧]
指閩南人當中有人講話發音不純，既非漳州腔，也不是泉州腔。引申以比喻事物之四不像。

【不橐不束】
[put˙˥ lɔk˙˥ put˙˥ sɔk˧]
平凡無奇，無足輕重。

【不顛二界】
[put˙˥ ten˧ zi˧˩ kai˧˩]
指裝瘋賣傻。

【不顛臘界】
[put˙˥ ten˧ la˧˩ kai˧˩]
意同「不顛二界」。

【不打，不成親家】
[put˙˥ tã˥˧ put˙˥ siŋ˧ ts'in˧ ke˥]
不打不相識，打了才認識且結爲親家。

【不見天，不見地】
[put˙˥ ken˥˧ t'en˥ put˙˥ ken˥˧ te˧]
暗無天日。

【不可鬧，一鬧一臭】
[put˙˥ k'o˥ nãu˧ tsit˧ nãu˧ tsit˧ ts'au˧˩]
勸人息事寧人，否則鬧開了，大家難看。

【不管三七二十一】
[put˙˥ kuan˥ sã˧ ts'it˙˥ zi˧˩ tsap˧ it˧]
不管後果如何。

【不入虎穴，焉得虎子】
[put˙˥ zip˧ hɔ˥ het˧ en˧ tit˙˥ hɔ˥ tsu˥˧]
做事要有冒險犯難的精神才會成功。

【不孝有三，無後爲大】

[put˥ hau˨˩ iu˥ sam˥ bu˧ hio˧ ui˧ tai˧]
人間之至不孝，爲不娶而無後嗣可以傳繼香煙。

【不爲良相，當爲良醫】
[put˥ ui˧ liɔŋ˧ siɔŋ˨˩ tɔŋ˧ ui˧ liɔŋ˧ i˥]
古之讀書人，若不立志攻求科舉，大半轉而學醫。

【不能治家，焉能治國】
[put˥ liŋ˧ ti˨˩ ke˥ en˧ liŋ˧ ti˨˩ kɔk˦]
謂治國之本在齊家。

【不經一事，不長一智】
[put˥ kiŋ˧ it˥ su˧ put˥ tiaŋ˥ it˥ ti˨˩]
每經過一件事情，便可增加不少做事的經驗。

【不癡不聾，無成大家倌】
[put˥ ts'i˥ put˥ lɔŋ˦˥ bo˧ siŋ˧ ta˧ ke˧ kuã˥]
謂當翁姑之道，有時要半癡半聾。

【不怕文人俗，只怕俗人文】
[put˥ p'ã˨˩ bun˧ zin˦˥ siɔk˥ tsi˥ p'ã˨˩ siɔk˦ zin˦˥ bun˦˥]
不怕文人俗氣，就怕俗人假斯文，令人彆扭。

【不孝怨爸母，欠債怨財主】
[put˥ hau˨˩ uan˥˧ pe˨˩ bu˥˧ k'iam˥˧ tse˨˩ uan˥˧ tsai˧ tsu˥˧]
不孝子常怨父母偏心（大細心），欠債的人常怨債主催討太急。

【不怕不識字，只怕不識人】
[put˥ pã˨˩ put˥ sik˥ zi˧ tsi˥ p'ã˨˩ put˥ sik˥ zin˦˥]
喻識人比識字重要。

【不怕輸得苦，只怕斷了賭】
[put˥ p'ã˨˩ su˧ tit˥ k'ɔ˥˧ tsi˥ p'ã˨˩ tuan˨˩ liau˥ tɔ˥˧]
積習成癖。謂一染上賭癮，要戒很難。

【不忠怨君臣，不孝怨爸母】
[put˥ tiɔŋ˥ uan˥˧ kun˧ sin˦˥ put˥ hau˨˩ uan˥˧ pe˨˩ bu˥˧]
謂凡人喜怨天尤人，而不檢討自己。

【不要觀音面，只要夫星現】
[put˥ iau˨˩ kuan˧ im˧ ben˧ tsi˥ iau˨˩ hu˧ ts'ẽ˥ hen˧]
喻女子不須要長得很漂亮（觀音面），最重要的是要有男人緣，便嫁得出去。

【不孝生子免歡喜，忤逆原生忤逆兒】
[put˥ hau˨˩ sẽ˧ kiã˥˧ ben˥ huã˧ hi˥˧ ŋɔ̃˥ gik˦ guan˧ sẽ˧ ŋɔ̃˥ gik˦ zi˦˥]
爲人子女而不孝順父母的人，將來結婚生子不必歡喜，因爲其子女將來也會不孝。

【不孝新婦三頓燒，有孝查某子路裏搖】
[put˥ hau˥˧ sim˧ pu˧ sã˧ tuĩ˥˧ sio˥ iu˥ hau˥˧ tsa˧ bɔ˥ kiã˥˧ lɔ˧ li˧ io˦˥]
做翁姑的雖認爲媳婦不孝，因在身邊，可以侍奉三餐及起居；雖以爲女兒比較孝順，可是已嫁出去做別人家的媳婦，卻不能常在身邊服侍。

【丑仔腳，那有將才】
[t'iũ˥ a˥ k'a˥ nã˥ u˨˩ tsiɔŋ˥˧ tsai˦˥]
丑仔腳，丑角，爲小腳色。喻小人物成不了氣候，無法成就一番豐功偉業。

【冇蟳舉籠】
[p'ã˥˧ tsim˦˥ gia˧ laŋ˥˧]
冇蟳，指沒有蟹黃與蟹肉的蟳。冇蟳偏愛在竹籠上頂蓋子，比喻人不自量力，缺乏學問又好出風頭。

【冇粟收落好米籃】

[p'ã˥ ts'ik˩ siu˧ lo˩ ho˥ bi˥ nã˦]
冇粟，指穀內無米的稻穀。比喻愚才碰上好運氣。

【世傳世】
[se˥ t'uan˧ se˩]
一代傳過一代。

【世事變遷】
[se˥ su˧ pen˥ ts'en˥]
世事多變化。

【世間大理概】
[se˥ kan˥ tai˩ li˥ k'ai˩]
世事不能斤斤計較。

【世間若眠夢】
[se˥ kan˥ nã˥ bin˧ baŋ˧]
人生如夢。

【世間錢做人】
[se˥ kan˥ tsĩ˦ tso˥ laŋ˦]
金錢第一，金錢萬能。

【世上花花草草】
[se˥ siɔŋ˧ hue˧ hue˧ ts'au˥ ts'au˥]
世事不必太認眞。

【世事若棋，局局新】
[se˥ su˧ nã˥ ki˦ kiɔk˩ kiɔk˩ sin˥]
喻世事無常，變化多端。

【世間萬事，如反掌】
[se˥ kan˥ ban˩ su˧ zu˧ huan˥ tsiaŋ˥]
喻天下無難事。

【世事隨到夠，無鼎甲灶】
[se˥ su˧ tue˥ ka˥ kau˩ bo˧ tiã˥ ka˩ tsau˩]
所有的應酬都要應付，會窮得當家產，應該適可而止。

【世事陪到夠，無鼎共無灶】
[se˥ su˧ pue˧ ka˥ kau˩ bo˧ tiã˥ kaŋ˩ bo˧ tsau˩]
意同前句。

【世情看冷暖，人面逐高低】
[se˥ tsiŋ˦ k'uã˥ liŋ˥ luan˥ laŋ˧ bin˧ zik˩ kuan˧ ke˧]
言世人多趨炎附勢，人情冷暖無常。

【世間過日像眠夢，苦多甘少攏相共】
[se˥ kan˥ kue˥ zit˥ ts'iũ˩ bin˧ baŋ˧ k'ɔ˥ to˥ kam˥ tsio˥ lɔŋ˥ sio˧ kaŋ˦]
人生如夢，苦樂結果都是一生。

【世間萬項大小事，未曾輸贏先想輸】
[se˥ kan˥ ban˩ haŋ˧ tua˩ sio˥ su˧ bue˩ tsiŋ˩ su˧ iã˦ siŋ˧ siũ˩ su˧]
喻凡事要做周詳的準備。

【世間難得財子壽，若有開化免憂愁】
[se˥ kan˥ lan˧ tit˩ tsai˦ tsu˥ siu˧ nã˩ u˩ k'ai˧ hua˩ ben˥ iu˧ ts'iu˦]
倘若人生哲理想得透(開化)，就不會整天爲了求財富、兒子、長壽而憂愁。

【中狀元】
[tiɔŋ˥ tsiɔŋ˩ guan˦]
指嫖妓而染上性病,相當於普通話中的「中鏢」。

【中斑弄濁水】
[tiɔŋ˧ pan˥ lɔŋ˥ lo˧ tsui˥]
居間挑撥，惹事生非。

【中講不中聽】
[tiɔŋ˥ kɔŋ˥ put˥ tiɔŋ˥ t'iã˥]
你說你的話，不過沒人聽。

【中你講，毋中人聽】
[tiɔŋ˥ li˥ kɔŋ˥ m˩ tiɔŋ˥ laŋ˧ t'iã˥]
儘管你說得口沫橫飛，卻沒有人聽。

【中國，中國，花碌碌】

[tiɔŋ˧ kɔk˧˩ tiɔŋ˧ kɔk˧˩ hue˧ lɔk˥˩ lɔk˧˩]
此乃百姓諷刺中國政府的吏治不清，令人無所適從，充滿感歎。

【中崙文章，港仔墘字】
[tiɔŋ˧ lun˧ bun˧ tsiɔŋ˥ kaŋ˥ ŋã˥ kĩ˧ zi˧]
台北市諺語。清代台北市以中崙（在今松山區）李文元舉人的文章爲最好，以港仔墘（在今大同區迪化街尾）陳維英高足張子訓舉人的書法爲最佳。

【中大家意，鱠中小姑意】
[tiɔŋ˥˧ ta˧ ke˥ i˨˩ be˨˩ tiɔŋ˥˧ sio˥ kɔ˥ i˨˩]
媳婦做事合了婆婆（大家）意，卻無法合小姑的意。喻做事無法盡合人意。

【中主人意，便是好工夫】
[tiɔŋ˥˧ tsu˥ laŋ˧ i˨˩ pen˨˩ si˨˩ ho˥ kaŋ˧ hu˥]
做事能合東家的口味，便可說是做得不錯。

【中年失妻，親像三歲囝仔無老爸】
[tiɔŋ˧ len˧ sit˥˩ ts'e˥ ts'in˧ ts'iũ˨˩ sã˧ hue˥˧ gin˥ nã˥˧ bo˧ lau˨˩ pe˧]
中年喪妻，就像稚兒喪父，眞是人生的大不幸。

【串敗，敗大孔；串好，砒霜甕】
[ts'uan˥˧ pai˧ pai˨˩ tua˨˩ k'aŋ˥ ts'uan˥˧ ho˥˧ p'i˧ səŋ˧ aŋ˨˩]
大孔，指大甕；砒霜甕，指裝毒藥的小甕仔。前者比喻出手闊綽之人，後者比喻出手節儉者。全句謂出手闊綽者往往敗家，節儉者每每興家。

【叉嚨喉胆】
[ts'ak˧˩ nã˧ au˧ ts'i˥]
拿銳利的話封住別人的喉嚨。

【丹膏丸散，眞仙難辨】
[tan˧ ko˥ uan˧ san˥˧ tsin˧ sen˥ lan˧ pen˧]
丹藥、膏藥、丸藥、散藥，種類繁多，即使神仙亦難辨其優劣眞僞。

【主人食予人客坐帳】
[tsu˥ laŋ˧ tsia˨˩ hɔ˨˩ laŋ˧ k'eʔ˧˩ tse˨˩ siau˨˩]
主人吃飯，卻要客人付帳；喻取其利益，逃其責任。

【久鍊成鋼】
[ku˥ len˧ siŋ˧ kəŋ˨˩]
謂身體與意志經過長期鍛鍊必能堅強。

【久病成名醫】
[ku˥ pẽ˧ siŋ˧ biŋ˧ i˥]
久病的人，因有經驗，反可爲新患者治療。喻經驗之可貴。

【久病無孝子】
[ku˥ pẽ˧ bo˧ hau˥˧ tsu˥˧]
謂父母若久病，則子女不易維持高度之孝心與孝行。

【久博神仙輸】
[ku˥ pua˧ sin˧ sen˥ su˥]
賭久了，即使神仙也會輸。

【久慣成自然】
[ku˥ kuan˨˩ siŋ˧ tsu˨˩ zen˧]
習慣久了，便成爲自然反應。

【久雨望庚晴，久旱望庚雨】
[ku˥ hɔ˧ əŋ˥˧ kẽ˧ tsiŋ˧ ku˥ uã˧ əŋ˥˧ kẽ˧ hɔ˧]
喻天公難做，人心難以滿足。

【乒乓乒乓，賺錢飼老娼】
[p'in˨˩ p'aŋ˥ p'in˨˩ p'aŋ˥ t'an˥˧ tsĩ˧ ts'i˨˩ lau˨˩ ts'aŋ˥]
乒乓，是打棉絮時所發出的聲音；老

娼指老嫗。過去，本省棉被多由江西棉匠所製。每年入秋，棉匠們即相繼來台，在台期間多不賃屋，而與老媼姘居，所得供媼用，故有此諺。

【乖巧變成戇】
[kuai˧ k'a˦ pen˦ siŋ˧ gɔŋ˧]
乖巧聽話卻被誤認是傻瓜。

【九頭鳥】
[kau˥ t'au˧ tsiau˦]
喻人喜歡搬弄是非。

【九死一生】
[kiu˥ su˦ it˥ siŋ˥]
形容情況十分危急。

【九鍊成鋼】
[kiu˥ len˧ siŋ˧ kɔŋ˨]
經過長期鍛鍊，身體與意志都會如鋼鐵般堅強。

【九月，九降風】
[kau˦ gue˨ kau˥ kaŋ˦ hɔŋ˥]
氣象諺。九月分起，沿海地區即颳起又冷又強的大風，俗稱九降風。

【九萬二七千】
[kau˥ ban˧ zi˨ ts'it˥ ts'iŋ˥]
台北市松山舊名錫口，人云錫口爲番語或爲社口之轉音。錫口在乾隆年間開發後，商業繁盛，杜姓富豪多，其中財產超過萬之數目者有九人，超過千之數目者有二十七人；故有本諺。

【九月颱，無人知】
[kau˥ gue˨ t'ai˥ bo˧ laŋ˧ tsai˥]
氣象諺。一般而言，九月已過了颱風期，在沒有氣象預報的時代，此時若來一個大颱風，在毫無預防心理之下，常令人措手不及。

【九甲戲，崑腔做】
[kau˥ ka˦ hi˨ k'un˧ k'iũ˧ tso˨]
壞戲卻唱好曲（崑曲），形容搞花樣騙人耳目。

【九牛，六娼，三寡婦】
[kau˥ gu˧ lak˥ ts'aŋ˥ sã˧ kua˥ hu˧]
做了貪官污吏的報應是九代做牛，六代做娼妓，三代做寡婦，由此可見百姓對貪官污吏之痛恨至極。

【九月風吹，滿天飛】
[kau˥ gue˨ hɔŋ˧ ts'ue˥ muã˥ t'ĩ˧ pue˥]
風吹即風箏。九月天高氣爽，是放風箏的季節。

【九月風颱無人知】
[kau˥ gue˨ hɔŋ˧ t'ai˥ bo˧ laŋ˧ tsai˥]
氣象諺。意同「九月颱無人知」。

【九月九，風吹馬馬哮】
[kau˥ gue˨ kau˦ hɔŋ˧ ts'ue˥ mã˦ mã˦ hau˦]
九月的東北風強盛，是放風箏的最佳時期。

【九月九，風吹滿天哮】
[kau˥ gue˨ kau˦ hɔŋ˧ ts'ue˥ muã˥ t'ĩ˧ hau˦]
意同前句。

【九葬九遷，十葬萬年】
[kau˥ tsɔŋ˨ kau˥ ts'en˥ tsap˥ tsɔŋ˨ ban˨ len˧]
本省習俗，剛死棺葬，六年後洗骨吉葬。其後若是家中有事問神，常歸咎於風水有問題，便加以改葬，有同一墳墓改葬十餘次者。此諺意謂改葬次數不嫌多，且有愈多愈好的涵義在內。

【九塊碗十個人——基隆】
[kau˥ te˦ uã˦ tsap˥ ge˧ laŋ˧ ke˧ laŋ˧]
歇後語。九個碗十個人，多了一個人

叫「加人」，音同「基隆」。

【九領牛皮做一下趕】
[kau˥ niã˥ gu˧ p'ue˦ tso˥˧ tsit˩ e˨˩ kuã˥˧]
指教訓小孩，犯了多次錯未加體罰，等再犯錯將一併處罰。

【九籠糖，十一個頭家】
[kau˥ laŋ˥ t'əŋ˦ tsap˩ it˥ ge˧ t'au˧ ke˥]
多數人合資經商，買了九籠糖，要如何處置卻有十一種意見，紛歧不一。形容人多口雜，意見紛紜。

【九月烏，較好食豬腳箍】
[kau˥ gue˨˩ ɔ˧ k'a˥˧ ho˥ tsia˨˩ ti˧ k'a˧ k'ɔ˥]
九月的烏魚，比豬腳還好吃。

【九工換一攬，哪行哪悽慘】
[kau˥ kaŋ˥ uã˨˩ tsit˩ lam˥˧ nã˥ kiã˦ nã˥ ts'i˧ ts'am˥˧]
昔有一長工垂涎東家妻子姿色，某日一時衝動自後面突如其來抱住老板娘柳腰被拒。月底算工資，老板娘親自點算，只發二十一天，長工半路打開一算，少了九天（工），一時輕薄，扣了九天工資，心中直叫苦連天，因有此諺，奉勸年輕人莫輕浮。

【九月姑爍日，十月日生翅】
[kau˥˧ gue˨˩ kɔ˧ nã˥ zit˥ tsap˥ gue˨˩ zit˥ sẽ˧ sit˥]
謂秋冬之交，白天漸短，日照時間也跟著減少，太陽好像長了翅膀，走得很快。

【九萬，十八千，八秀三貢生】
[kau˥ ban˧ tsap˩ pe˥˧ ts'iŋ˥ pe˥˧ siu˨˩ sã˧ kɔŋ˥˧ siŋ˥]
高雄縣內門鄉諺語。形容清代內門極富有，擁有財富一萬元者有九家，千元者十八家；文風亦頗盛，曾出過三位貢生：游化、游大模、黃玉華，以及黃玉瑛、呂呈祥、游瑞清等八位秀才。

【九歸熟透透，討錢沿路哭】
[kau˥ kui˥ sik˩ t'au˥˧ t'au˨˩ t'o˥ tsĩ˦ en˧ lɔ˨˩ k'au˨˩]
放高利貸者，終會嚐到惡果。

【九月起九降，臭頭仔扒甲掐】
[kau˥˧ gue˨˩ k'i˥ kau˥ kaŋ˨˩ ts'au˥˧ t'au˧ a˥˧ pe˦ ka˥˧ k'aŋ˨˩]
滑稽句。九月吹九降風，癩痢頭的痂會乾癢，經常忍不住去摳與抓，越摳越抓越難受。或作「九月起九降，臭頭仔無地藏」。

【九月煞頭重，無死某也死尪】
[kau˥˧ gue˨˩ sua˥˧ t'au˦ taŋ˧ bo˧ si˥ bɔ˥˧ ia˨˩ si˥ aŋ˥]
九月的九與狗諧音，且有霜降節氣，為萬物肅殺之始，俗忌婚嫁。

【九月，九霎日，做田查某頭鬱直】
[kau˥˧ gue˨˩ kau˥ nã˥ zit˥ tso˥˧ ts'an˧ tsa˧ bɔ˥˧ t'au˦ be˨˩ tit˥]
九霎日指日漸短夜漸長，頭鬱直指忙於做事無暇舉頭。意謂九月日短夜長，農婦白晝忙於工作，無片刻之暇。

【九頓米糕無上算，一頓冷糜卻去园】
[kau˥ təŋ˥˧ bi˥ ko˥ bo˧ tsiũ˨˩ səŋ˨˩ tsit˩ təŋ˥˧ liŋ˥ be˦ k'io˥˧ k'i˥˧ k'əŋ˨˩]
長久對他好他不感恩，偶爾一次怠慢竟令他記掛在心。

【九頓米糕無上算，一頓冷糜卻起來】
[kau˥ təŋ˥˧ bi˥ ko˥ bo˧ tsiũ˨˩ səŋ˨˩ tsit˩ təŋ˥˧ liŋ˥ be˦ k'io˥˧ k'i˥˧ lai˦]
吃了九頓糯米糕不講，才偶而吃了一

頓冷稀飯便記在心頭，比喻好的不講，專要講壞的。

【九月九，風吹馬馬哮；十月十，風吹落屎礐】
[kau˥ gue˩ kau˥˧ hɔŋ˧ ts'ue˥ mã˥˧ mã˥˧ hau˥˧ tsap˩ gue˩ tsap˥ hɔŋ˧ ts'ue˥ lo˩ sai˥ hak˥]
九月是放風箏（風吹）的好季節，十月便不是好季節了，風箏會掉進糞坑（屎礐）。

【九月九，日拏日，憨慢查某領嬒直，十月日生翅】
[kau˥ gue˩ kau˥˧ zit˥ nã˥ zit˥ ham˧ ban˩ tsa˧ bɔ˥˧ niã˥ be˩ tit˥ tsap˥ gue˩ zit˥ sẽ˧ sit˥]
九月晝短夜長，動作慢本事差的農婦（憨慢查某）忙不過來，到了十月更慘，白晝更短，太陽簡直像長了翅膀一樣。

【乞龜】
[k'it˥ ku˥]
元宵節或其他神明聖誕日，廟中陳列用米糕或麵做成的龜，供信徒乞回去吃平安，稱爲乞龜；翌年須增加其重量酬神。

【乞食七】
[k'it˥ tsia˩ ts'it˩]
台俗人死要做七個七，其中單數七皆做得很隆重，偶數七則較不重視，稱爲乞食七。

【乞食相】
[k'it˥ tsia˩ siɔŋ˩]
罵人長得窮相。

【乞食骨】
[k'it˥ tsia˩ kut˩]
喻非常懶惰。

【乞食鬼】
[k'it˥ tsia˩ kui˥˧]
指既貪心又吝嗇之徒。

【乞哀求憐】
[k'it˥ ai˥ kiu˧ len˧]
向人乞求同情。

【乞食假仙】
[k'it˥ tsia˧ ke˥ sen˥]
引申爲狐假虎威。

【乞食下大願】
[k'it˥ tsia˧ he˩ tua˩ guan˧]
乞丐許大願，比喻做下不合其身分之承諾也。

【乞食有你份】
[k'it˥ tsia˧ u˩ li˥ hun˧]
罵人好吃懶做，最好去當乞丐。

【乞食伴羅漢】
[k'it˥ tsia˧ p'uã˩ lo˧ han˩]
羅漢，即羅漢腳，指無妻室之流浪漢，處境與乞丐相去不遠。喻物以類聚。

【乞食要比仙】
[k'it˥ tsia˧ be˥ pi˥ sen˥]
乞丐怎能與神仙相比？喻天淵之別。

【乞食假紳士】
[k'it˥ tsia˧ ke˥ sin˧ su˧]
假冒身分。

【乞食嫌飯餿】
[k'it˥ tsia˧ hiam˧ puĩ˧ sau˥]
乞丐向人乞飯，人家施給他飯，他卻嫌飯餿了；喻人心不易滿足。

【乞食趕廟公】
[k'it˥ tsia˧ kuã˥ bio˩ kɔŋ˥]
乞丐佔住廟宇，還要將廟祝（廟公）趕出門。喻喧賓奪主。

【乞食緊，等奧】

[k'it˙˥ tsia˧ kin˥˩ tan˥˩ o?˙˩]
要當乞丐很容易，但等人施捨則很慢（奧）。比喻做任何事均有其困難處。

【乞食講仙話】
[k'it˙˥ tsia˧ kɔŋ˥ sen˧ ue˧]
言過其實，講不合身分的話。

【乞食擱飼貓】
[k'it˙˥ tsia˧ ko˥˩ ts'i˨˩ niãu˥]
乞丐自己都沒飯吃，還要養貓；喻做不合身分的事。

【乞食身，皇帝嘴】
[k'it˙˥ tsia˨˩ sin˥ hɔŋ˧ te˥˩ ts'ui˨˩]
乞丐身分，卻用皇帝的口氣講話。喻小人物講大話。

【乞食神上你身】
[k'it˙˥ tsia˨˩ sin˧˥ tsiũ˨˩ li˥ sin˥]
罵人懶惰，最好去當乞丐。

【乞食相爭門屋】
[k'it˙˥ tsia˧ sio˧ tsẽ˧ muĩ˧ ɔk˙˩]
謂爭先後，搶地盤。

【乞食婆許好願】
[k'it˙˥ tsia˨˩ po˧˥ he˨˩ ho˥ guan˧]
下好願，許好的願；喻存一線希望。

【乞食望做功德】
[k'it˙˥ tsia˧ baŋ˨˩ tso˥˩ kɔŋ˧ tik˙˩]
功德，人死後為他超渡的佛（道）事。乞丐何來金錢做功德？喻無希望也。

【乞食婆揀好漢】
[k'it˙˥ tsia˨˩ po˧˥ kiŋ˥ ho˥ han˨˩]
諷刺條件不佳的女子婚嫁時挑剔對方的話。

【乞食無交落粿】
[k'it˙˥ tsia˧ bo˧ ka˧ lau˨˩ kue˥˩]
乞丐不會有粿掉在地上而不揀起來的。譏人吝嗇，一毛不拔。

【乞食跋倒——啥講】
[k'it˙˥ tsia˧ pua˨˩ to˥˩ siaŋ˥˩ kɔŋ˥˩]
歇後語。昔日乞丐隨身攜帶兩件東西：茭薦與竹管，前者用以裝施捨品，後者用以敲打出聲，告訴人家乞丐來了。乞丐摔跤（跋倒），竹管便掉下來，台語稱「摔管」，與「啥講」諧音。

【乞食營選好婿】
[k'it˙˥ tsia˨˩ iã˧˥ suan˥ ho˥ sai˨˩]
乞丐寮中辦選女婿活動；或謂到乞丐寮中去選好女婿，喻緣木求魚。

【乞食轉厝——倒贏】
[k'it˙˥ tsia˧ tuĩ˥ ts'u˨˩ to˥˩ iã˧˥]
歇後語。昔日乞丐住在乞丐寮，以寮為家；乞丐寮又稱乞丐營。乞丐回家（轉厝）即回營，台語稱回營為到營，與倒贏（反敗為勝）諧音。

【乞食也是一世人】
[k'it˙˥ tsia˧ ia˨˩ si˨˩ tsit˙˩ si˥˩ laŋ˧˥]
人生不論好壞，都算一輩子。

【乞食死在馬槽內】
[k'it˙˥ tsia˧ si˥ ti˥˩ be˥ tso˧ lai˧]
馬槽，內有食物可裹腹，其大小如棺，可以掩身，故有此諺以喻死得其所。

【乞食灶孔，濫糝擠】
[k'it˙˥ tsia˨˩ tsau˥˩ k'aŋ˥ lam˨˩ sam˥ zi˧]
灶孔，燒柴火的竈口。乞丐的灶口不挑柴草，只要可燃便往裏塞(濫糝擠)。比喻亂吃亂嫖，不加選擇。

【乞食呵咾好身命】
[k'it˙˥ tsia˧ o˧ lo˥ ho˥ sin˧ miã˧]
呵咾，誇讚。乞丐誇讚自己命好。喻自欺欺人，或用以嘲諷別人無自知之明。

【乞食相爭巷仔頭】

[k'it˥ tsia˧ sio˧ tsẽ˧ haŋ˧ ŋã˥ t'au˦]
巷仔頭，行人來往要道，容易行乞，猶如海邊之河口容易釣到魚。喻互相爭地盤。

【乞食背葫蘆——假仙】
[k'it˥ tsia˧ p'aĩ˩ ho˧ lɔ˧ ke˥ sen˥]
歇後語。乞丐背個葫蘆，看著像是出世的仙人，實則不然。假仙，指裝模作樣、矯情造作的人。

【乞食拜墓——洩祖公】
[k'it˥ tsia˧ pai˥ bɔŋ˧ sia˥ tsɔ˥ kɔŋ˥]
歇後語。乞丐去拜祖墳，有辱祖先顏面（洩祖公）。

【乞食做忌——洩祖公】
[k'it˥ tsia˧ tso˥ ki˧ sia˥ tsɔ˥ kɔŋ˥]
歇後語。乞丐爲祖先做忌日祭，丟盡祖先之面子也。

【乞食婆，趁人走反】
[k'it˥ tsia˩ po˦ t'an˥ laŋ˧ tsau˥ huan˥]
乞丐婆身無長物，也要跟人逃避反亂（清代台灣三年一小反、五年一大亂）。比喻沒有那種身分，也要附和別人的行爲。

【乞食婆趁人走賊】
[k'it˥ tsia˩ po˦ t'an˥ laŋ˧ tsau˥ ts'at˥]
走賊，土匪來了，怕財物被搶，事前逃跑。乞食婆有什麼財物？竟也跟人逃賊亂！喻做出不合自己身份或能力之事。

【乞食婆，無空厝間】
[k'it˥ tsia˩ po˦ bo˧ k'aŋ˥ ts'u˥ kiŋ˥]
窮人同富人一樣，有許多日常生活要用的家具，把房間都堆滿了。

【乞食無通交落粿】
[k'it˥ tsia˧ bo˧ t'aŋ˧ ka˧ lau˩ kue˥]
意同「乞食無交落粿」。

【乞食過溪，行李濟】
[k'it˥ tsia˧ kue˥ k'e˥ hiŋ˧ li˥ tse˧]
搬家時，就像乞丐要過溪一樣，拉拉雜雜的行李非常多（濟）。

【乞食舉蚼甩——假仙】
[k'it˥ tsia˧ gia˧ baŋ˥ sut˩ ke˥ sen˥]
歇後語。蚼甩，拂塵，也可用以打蚊蟲，與神仙手中所拿麈尾相似。乞丐手拿拂塵，乃冒充神仙，即所謂假仙，假仙即假惺惺也。

【乞食灶，無論好歹柴】
[k'it˥ tsia˩ tsau˩ bo˧ lun˩ ho˥ p'aĩ˥ ts'a˦]
乞丐的爐灶，那管得好柴壞柴，只要可以著火就好；意謂別無選擇、照單全收。

【乞食唱山歌——窮開心】
[k'it˥ tsia˧ ts'iũ˥ san˧ ko˥ kiŋ˧ k'ai˧ sim˥]
歇後語。乞丐在三餐不繼的生活中，仍能唱山歌，可見是自得其樂，不以爲忤，的確是窮開心。

【乞食嘛有三年好運】
[k'it˥ tsia˧ mã˩ u˩ sã˧ nĩ˧ ho˥ un˧]
人總會有走運的時刻。

【乞食婆，呵咾好身份】
[k'it˥ tsia˩ po˦ o˧ lo˥ ho˥ sin˧ hun˧]
意同「乞食呵咾好身命」。

【乞食過溪，嫌行李濟】
[k'it˥ tsia˧ kue˥ k'e˥ hiam˧ hiŋ˧ li˥ tse˧]
意同「乞食過溪，行李濟」，比喻東西多成爲累贅。

【乞食舉蚼甩仔——假仙】

[k'it˥ tsia˧ gia˧ baŋ˥ sut˥ la˥˧ ke˥ sen˥]
歇後語。蛇甩仔，驅除蚊蠅的拂塵。乞丐衣衫襤褸，瘦骨嶙峋，拿起拂塵，真有幾分神仙貌。

【乞食也有三日好光景】
[k'it˥ tsia˧ ia˨˩ u˨˩ sã˧ zit˩ ho˥ kɔŋ˧ kiŋ˥˧]
人的一生不會都是倒楣，總也會有走運的時刻。

【乞食也有四月日剩糧】
[k'it˥ tsia˧ ia˨˩ u˨˩ si˥˧ gue˨˩ zit˩ ts'un˧ niũ˨˦]
乞丐尚能儲蓄以防患匱乏，更何況普通人家？

【乞食，有食會弄拐仔花】
[k'it˥ tsia˧ u˨˩ tsia˧ e˨˩ laŋ˨˩ kuai˥ a˥ hue˥]
譏窮人偶爾賺到錢便得意忘形的樣子。

【乞食伴羅漢，好味好素】
[k'it˥ tsia˧ p'uã˨˩ lo˧ han˨˩ ho˥ bi˨˩ ho˥ sɔ˨˩]
乞食，乞丐；羅漢，單身之流浪漢；謂物以類聚，臭味相投。

【乞食婆有食，弄柺仔花】
[k'it˥ tsia˨˩ po˨˦ u˨˩ tsia˧ laŋ˨˩ kuai˥ a˥ hue˥]
喻人一有錢，就會浪費。

【乞食婆有時擱會弄柺仔花】
[k'it˥ tsia˨˩ po˨˦ u˨˩ si˨˦ ko˥ e˨˩ laŋ˨˩ kuai˥ a˥ hue˥]
譏諷乞丐偶爾有點錢花，就得意忘形。

【乞食伴羅漢腳好味好素】
[k'it˥ tsia˧ p'uã˨˩ lo˧ han˥˧ k'a˥ ho˥ bi˨˩ ho˥ sɔ˨˩]
乞丐與單身漢爲伴侶，喻絕配。

【乞食婆，也趁人走番仔反】
[k'it˥ tsia˨˩ po˨˦ ia˨˩ t'an˥˧ laŋ˧ tsau˥ huan˧ nã˥ huan˥˧]
意同「乞食婆，趁人走反」。

【乞食神，孝男面，早睏，晚精神】
[k'it˥ tsia˨˩ sin˨˦ hau˥˧ lam˧ bin˧ tsa˥ k'un˨˩ uã˥˧ tsin˧ sin˨˦]
順口溜。早睏，早上床；晚精神，晚起床。譏人吝嗇，整天愁眉苦臉，生活又懶散。

【乞食飼花鸝，羅漢腳娶細姨】
[k'it˥ tsia˧ ts'i˨˩ hue˧ li˨˦ lo˧ han˥˧ k'a˥ ts'ua˨˩ se˥˧ i˨˦]
乞丐窮得吃不飽卻有餘力養花鸝，羅漢腳（單身漢）連老婆都娶不起，卻想娶姨太太。比喻人不自量力、不守本分。

【乞食飼畫眉，羅漢腳飼細姨】
[k'it˥ tsia˧ ts'i˨˩ ue˨˩ bi˨˦ lo˧ han˥˧ k'a˥ ts'i˨˩ se˥˧ i˨˦]
意同「乞食飼花鸝，羅漢腳飼細姨」。

【乞食，好命八月日，歹命四月日】
[k'it˥ tsia˧ ho˥ miã˧ pe˥˧ gue˨˩ zit˥ p'ãi˥ miã˧ si˥˧ gue˨˩ zit˥]
鹿港諺語。台灣民間五月、六月、七月、九月忌嫁娶，乞丐沒有機會參加喜宴行乞，故云「歹命四月日」，另外八個月辦喜事的人多，則可大吃大喝，大大行乞，故云「好命八月日」。

【也要食，也要掠】
[ia˨˩ be˥ tsia˧ ia˨˩ be˥ lia˧]
購物時，既要試吃，臨走還隨手抓一把。謂人貪小便宜。

【也著神，也著人】
[ia˨˩ tio˨˩ sin˨˦ ia˨˩ tio˨˩ zin˨˦]

謂治病一方面要靠人事的醫療，一方面也要求神的庇佑。

【也著箠，也著糜】
[ia˨ tio˨ ts'e˦ ia˨ tio˨ be˦]
箠，打小孩的竹器；糜，稀飯。教小孩要恩威並濟，要撫育也要矯正他的壞行爲。

【也會粗，也會幼】
[ia˨ e˨ ts'ɔ˥ ia˨ e˨ iu˨]
比喻文武雙全，粗活細活皆做得來。

【也鱠好，也鱠倒】
[ia˨ be˨ ho˥˧ ia˨ be˨ to˥˧]
醫不好，但一時間也還死不了；喻半生半死。

【也要爸，也要饅頭】
[ia˨ be˥ pe˧ ia˨ be˥ bun˨ t'au˦]
台俗，父親在世者忌吃祭拜死人之白饅頭。若父親在世者，既怕死父親，又想吃饅頭，足見其人之貪心與矛盾。

【也著顧船，也著顧載】
[ia˨ tio˨ kɔ˥˧ tsun˦ ia˨ tio˨ kɔ˥˧ tsai˨]
船伕既要顧船，又要照管過渡的人；謂面面俱到、兩頭兼顧。

【也鱠擔蟶，也鱠算錢】
[ia˨ be˨ tã˧ t'an˥ ia˨ be˨ suĩ˥˧ ts'ĩ˦]
什麼都不會，比喻無能。

【也鱠呼雞，也鱠噴火，也鱠哭爸】
[ia˨ be˨ k'ɔ˧ ke˥ ia˨ be˨ pun˧ he˥˧ ia˨ be˨ k'au˥˧ pe˧]
形容疲勞之至或孱弱之至，一點力氣都沒有。

【乳母抱囝仔——別人的】
[liŋ˧ bo˥˧ p'o˨ gin˥ nã˥˧ pat˩ laŋ˧ ge˦]
歇後語。乳母，代人養育幼兒的婦人。她手中所抱的孩子是別人的，不是自己的。意謂這東西屬於別人的。

【乾焦暢】
[kan˧ ta˧ t'iɔŋ˨]
空歡喜。

【亂鑽毋值拄當】
[ləŋ˥˧ tsəŋ˨ m˨ tat˩ tu˥ təŋ˧]
亂鑽，指好鑽營；拄當，指碰巧遇上；喻汲汲營營不如碰運氣。

【亂雲半天繞，風雨來多少】
[luan˨ hun˦ puan˥˧ t'en˧ ziau˨ hɔŋ˧ u˥˧ lai˧ to˧ siau˥˧]
氣象諺。亂雲在半空中繞，多少會有陣風雨。

【了錢過運】
[liau˥ ts'ĩ˦ kue˥˧ un˧]
破財消災。

【了丁甲失財】
[liau˥ tiŋ˥ ka˥˧ sit˥ tsai˦]
人（丁）財兩失。

【了工蝕本錢】
[liau˥ kaŋ˥ sit˩ pun˥ tsĩ˦]
喻雙重損失。

【了錢兼見笑】
[liau˥ tsĩ˦ kiam˧ ken˥˧ siau˨]
指花錢又失面子。

【了錢兼了潲】
[liau˥ tsĩ˦ kiam˧ liau˥ siau˦]
指嫖妓一事，既花錢，又傷身。

【了大錢，儉小錢】
[liau˥ tua˨ tsĩ˦ k'iam˨ sio˥ tsĩ˦]
節儉小錢，虧了大錢。

【了家伙無相共】
[liau˥ ke˧ hue˥˧ bo˧ sio˧ kaŋ˦]
將家產揮霍光的方法不同。

【了錢擱無布目】

[liau˥ tsĩ˦ ko˥ bo˧ po˥˧ bak˥]
賠錢又無益處。

【了錢，擱無體面】
[liau˥ tsĩ˦ ko˥ bo˧ t'e˥ ben˧]
既賠錢又丟盡面子。

【了錢生理無人做，刣頭生理有人做】
[liau˥ tsĩ˧ siŋ˧ li˥˧ bo˧ laŋ˧ tso˨˩ t'ai˧ t'au˧ siŋ˧ li˥˧ u˨˩ laŋ˧ tso˨˩]
生理，生意。刣頭，殺頭死罪。賠本生意沒人做，反之，只要有重利可圖，即使是違法甚至會判死刑的生意也有人做。比喻商人唯利是圖。

【予人消毒】
[hɔ˨˩ laŋ˧ siau˧ tɔk˥]
遭人排斥。

【予人準馬騎】
[hɔ˨˩ laŋ˧ tsun˥ be˥˧ k'ia˦]
喻被人當成奴隸般役使。

【予人𣍐刁得】
[hɔ˨˩ laŋ˧ be˨˩ tiau˥ tit˥]
聰明絕倫，反應敏捷，人家無法唬騙、為難他。

【予人扑，會睏得】
[hɔ˨˩ laŋ˧ p'aʔ˥ e˨˩ k'un˨˩ tit˥]
人負於我，可以心神安寧；若我負於人，則必於心難安。

【予人騙，會睏得】
[hɔ˨˩ laŋ˧ p'en˨˩ e˨˩ k'un˨˩ tit˥]
意同「與人扑，會睏得」。

【予你無腳無手】
[hɔ˨˩ li˥ bo˧ k'a˧ bo˧ ts'iu˥˧]
戲謂謝謝你的幫忙（忙得手忙腳亂）。

【予我罩毋見天】
[hɔ˨˩ gua˥ ta˥˧ m˨˩ ken˥˧ t'ĩ˥]
喻使我非常丟臉。

【予人騙，還會睏得】
[hɔ˨˩ laŋ˧ p'en˨˩ a˥ e˨˩ k'un˨˩ tit˥]
被人欺騙，還可以斷念了事；欺騙別人的，則一直要提心吊膽，反而會睡不著。

【予你生粒仔、病子】
[hɔ˨˩ li˥ sẽ˧ liap˥ ba˥˧ pẽ˨˩ kiã˥˧]
生粒仔，長疔瘡；病子，懷孕受苦；詛咒人家的話。

【予你食一個粗飽】
[hɔ˨˩ li˥ tsia˨˩ tsit˥ le˨˩ ts'ɔ˧ pa˥˧]
讓你吃個飽；喻要讓你難受個夠。

【予我架腳嫌你衰】
[hɔ˨˩ gua˥ k'ue˥˧ k'a˥ hiam˧ li˥ sue˥]
讓我翹腳我都不願意。

【予狗食也會搖尾】
[hɔ˨˩ kau˥˧ tsia˧ ia˨˩ e˨˩ io˧ bue˥˧]
把食物給狗吃，狗還會搖尾感謝；沒想對人好，人卻忘恩負義。

【予貓食亦嫌臭臊】
[hɔ˨˩ niãu˥ tsia˧ ia˥˧ hiam˧ ts'au˥˧ ts'o˥]
貓是最不畏腥的，連貓都會厭惡，可見其腥臭之程度；喻不屑一顧。

【予你知，嘴鬚會扑結】
[hɔ˨˩ li˥ tsai˥ ts'ui˥˧ ts'iu˥ e˨˩ p'a˥˧ kat˥]
謂急也沒用，這是要靠經驗累積。

【予我食，予我穿，欠錢毋免還】
[hɔ˨˩ gua˥ tsia˧ hɔ˨˩ gua˥ ts'iŋ˧ k'iam˥˧ tsĩ˦ m˨˩ ben˥ hiŋ˦]
昔日彰化縣二林一帶形容信耶穌之後，可以獲得的三種好處：有得吃（麵粉）、有得穿（從歐美來的救濟衣）、向教會借錢可以不用歸還。

【予補鼎人姦去，尋扑鐵人討錢】

[hɔ˩ pɔ˥ tiã˥ laŋ˧˥ kan˩ k'i˩ ts'ue˩ p'a˥˧ t'i˥˧ laŋ˧˥ t'o˥ tsĩ˧˥]
喻冤有頭，債有主，不能找錯主人。

【予人騙袂也艙散，終世騙人艙好額】
[hɔ˩ laŋ˧ p'en˥˧ k'am˥˧ ia˥˧ be˩ san˩ tsiɔŋ˧ se˩ p'en˥˧ laŋ˧˥ be˩ ho˥ gia˧]
散，窮；好額，富有。被人騙不一定會窮困，一輩子騙別人的不會富有；誡人勿欺騙人。

【事久多變】
[su˩ kiu˥˧ to˧ pen˩]
事情一拖久，易生變化。

【事久見人心】
[su˩ kiu˥˧ ken˥˧ zin˧ sim˥]
相處日久，人心眞假可見。

【事眞難得假】
[su˧ tsin˥ lan˧ tit˥ ke˥˧]
凡事不易隱瞞眞相。

【事無破，功無大】
[su˧ bo˧ p'ua˩ kɔŋ˥ bo˧ tua˧]
事情懸而未決，不能論及獎賞。

【事理通達，心氣和平】
[su˩ li˥˧ t'ɔŋ˧ tat˥ sim˧ k'i˩ ho˧ piŋ˧˥]
能通達事理的人，自然就會心平氣和。

【事若求全無可樂，人不看破不能閒】
[su˧ ziɔk˩ kiu˧ tsuan˧˥ bo˧ k'o˥ lɔk˥ zin˧˥ put˥ k'an˥˧ p'o˩ put˥ liŋ˧ bun˧˥]
勸人要知足常樂。

【二九老】
[zi˩ kau˥ lo˥˧]
昔日家有適婚子女(如童養媳與兒子間)，因家貧無法備辦聘禮，乃於除夕夜無禁無忌，簡簡單單拜堂完婚，俗稱「二九老」，或稱「無時無候二九老」。

【二比甘願】
[zi˩ pi˥˧ kam˧ guan˧]
二比，指兩方面。雙方情願即稱「二比甘願」。

【二姓聯姻】
[zi˩ sẽ˩ len˧ in˥]
周公制禮作樂，禁止同姓結婚，故婚禮便成爲兩個姓氏之間的好事。

【二一添作五】
[zi˩ it˩ t'iam˧ tso˥˧ ŋɔ̃˥˧]
本爲打算盤的口訣，後來借喻爲二人瓜分利益之謂。

【二十，目睭合】
[zi˩ tsap˥ bak˩ tsiu˥ hap˥]
指月亮在二十號晚上，人們睡後才出來。

【二八好行船】
[zi˩ pat˩ hɔ˥ kiã˧ tsun˧˥]
二月春水生，八月秋水漲，風和日麗，最適合划船遊玩。

【二十兩——近視】
[zi˩ tsap˩ niũ˥˧ kin˩ si˧]
歇後語。台斤每斤十六兩，二十兩爲一斤四，省稱「斤四」，音同「近視」。

【二八，亂穿衫】
[zi˩ pat˩ luan˩ ts'iŋ˩ sã˥]
二月、八月爲冬春、夏秋之交，氣候冷熱不定，不易穿衣。

【二月，踏草青】
[zi˧ gue˩ ta˩ ts'au˥ ts'ẽ˥]
二月清明赴郊外掃墓踏青。

【二秤半，廿五斤】
[zi˩ ts'in˥˧ puã˩ zi˩ gɔ˩ kin˥]
表示輕而易舉。

【二婚親的，假呢】
[zi˩ hun˧ ts'in˥ e˥ ke˥ nẽ˥]

二婚親的，指女子再嫁；再嫁女子僞裝處女狀而撒嬌。

【二九暝，誤了大事】
[zi˩ kau˥ mẽ˧ gɔ˩ liau˥ tai˩ su˧]
二九暝指農曆除夕夜，最緊要關頭，卻做錯了大事。

【二三八九，亂穿衫】
[zi˧ sã˥ pat˩ kiu˥ luan˩ ts'iŋ˩ sã˥]
意同「二八亂穿衣」。

【二姑之間難爲婦】
[zi˩ kɔ˥ tsi˧ kan˥ lan˧ ui˧ hu˧]
二姑，指兩位婆婆（即大太太和二太太）；媳婦夾在兩位婆婆之間，都不討好。或謂指在大姑與小姑之間，要做好不容易。

【二姓合婚，冬尾雙生】
[zi˩ sẽ˩ hap˩ hun˥ taŋ˧ bue˥ siaŋ˧ sẽ˥]
婚禮中，祝賀人家年底生雙胞胎之祝詞。

【二猴賽么孔，雙人暢】
[zi˩ kau˧ sai˥ io˧ k'aŋ˥ siaŋ˧ laŋ˧ t'iɔŋ˩]
謂賭博擲骰子，擲出一個一點，一個二點的局面，甲乙雙方都很高興（雙人暢），因爲各有勝負之機會。

【二十八九，後月舉戽斗】
[zi˩ tsap˩ pe˥ kau˥ au˩ gue˧ gia˧ hɔ˥ tau˥]
氣象諺。月底下雨，占次月多雨，必須拿戽斗（容器）舀水出去。

【二八十六，四四也十六】
[zi˩ peʔ˩ tsap˩ lak˥ si˥ si˩ ia˩ tsap˩ lak˥]
謂殊途同歸，或謂程度相等。

【二十六七，後月雨稍息】
[zi˩ tsap˩ lak˩ ts'it˩ au˩ gue˧ hɔ˧ sio˥ sit˩]
氣象諺。二十六、七下雨，占次月雨會稍停。

【二月二，土地公搬老戲】
[zi˩ gue˩ zi˧ t'ɔ˥ ti˩ kɔŋ˥ puã˧ lau˩ hi˩]
農曆二月二日是土地公誕辰，是日各家各戶均備牲醴前往其廟祭拜。而各土地公廟附近居民亦均聚錢演戲以酬神，且所演之戲都與土地公有關，故稱之爲老戲。

【二月三日晴，還要忌清明】
[zi˩ gue˩ sã˥ zit˩ tsiŋ˧ ia˥ ai˥ ki˩ ts'iŋ˧ biŋ˧]
氣象諺。二月初三雖放晴，但須提防清明前後會春雨綿綿。

【二十一點甲十點半，輸著傢伙了一半】
[zi˩ tsap˩ it˥ tiam˥ ka˥ tsap˩ tiam˥ puã˩ su˧ tio˧ ke˧ hue˥ liau˥ tsit˩ puã˩]
同「廿一點和十點半，輸著傢伙了一半」。勸誡人莫賭博，賭輸了會傾家蕩產。

【二更更，三暝暝，四數錢，五燒香，六拜年】
[zi˧ kĩ˧ kĩ˥ sã˥ mĩ˧ mĩ˧ si˩ sɔŋ˥ tsĩ˧ gɔ˧ sio˧ hiũ˥ lak˥ pai˥ nĩ˧]
指夫妻行房次數隨年齡而遞減，二十歲時代可以更更（一更二小時）交合一次，三十歲時代可以每夜交合一次，四十歲時代減爲像數錢般五個一數，每五天交合一次，五十歲時代像初一、十五燒香般每半個月交合一次，到了六十歲時代就像拜年般久久才能交合一次了。

【二月清明挽茶慢十工，三月清明挽茶清明日】
[zi˧ gue˩ ts'iŋ˧ biŋ˦ ban˥ te˦ ban˩ tsap˩ kaŋ˥ sã˥ gue˩ ts'iŋ˧ biŋ˦ ban˥ te˦ ts'iŋ˧ biŋ˧ zit˥]
農諺。指採春茶的時間，清明節在二月，節後十天才採茶；清明節在三月，則清明前後即可採茶。

【井底蛙仔】
[tsẽ˥ te˥ kap˥ ba˥˧]
井底之蛙，所見有限。

【井深繢索】
[tsẽ˥˧ ts'im˥ sua˥˧ soʔ˩]
井深，繩長不夠，還要增加長度；指仍要下工夫。

【井欄看做石舂臼】
[tsẽ˥ lan˦ k'uã˥˧ tso˥˧ tsio˩ tsiŋ˧ k'u˧]
指看錯事物，弄錯對象。

【井水化做酒，亦嫌豬無糟】
[tsẽ˥ tsui˥˧ hua˥˧ tso˥˧ tsiu˥˧ ia˥˧ hiam˧ ti˥ bo˧ tsau˥]
即使將井水都化爲酒，仍嫌豬沒有酒糟可以吃；形容人慾無窮。

【五枝鬚】
[go˩ ki˧ ts'iu˥]
喻風流成性。

【五子登科】
[ŋõ˥ tsu˥˧ tiŋ˧ k'o˥]
五個兒子同時考上科舉，喻子女均受良好的教育。現代社會則是指男人同時擁有：妻子、兒子、房子、金子、車子。

【五分五分】
[go˩ hun˧ go˩ hun˥]
指有五成的希望。

【五牛分屍】
[ŋõ˥ gu˦ hun˧ si˥]
形容東西四分五裂，宛若遭五頭牛分屍。

【五男二女】
[go˩ lam˦ zi˩ li˥˧]
此係古人生育之最理想狀況，有五個兒子，兩個女兒，有兒有女，男多於女。

【五花十色】
[ŋõ˥ hue˥ tsap˩ sik˩]
種類繁多。

【五個十個】
[go˩ ge˦ tsap˩ ge˦]
指婦女與人爭執，比手畫腳，好像猜拳，幾至動武之姿態。

【五馬分屍】
[ŋõ˥ mã˥˧ hun˧ si˥]
形容東西四分五裂，宛若遭五馬分屍。

【五鬼絕命】
[ŋõ˥ kui˥˧ tsuat˩ miã˧]
形容人煙罕至荒蕪之地。

【五腳出現】
[go˩ k'a˥ ts'ut˥ hen˧]
謂露出馬腳，醜態畢現。

【五路財神】
[ŋõ˥ lo˧ tsai˧ sin˦]
生意人祭拜財神，爲廣求利路，因而有所謂五路財神。

【五福臨門】
[ŋõ˥ hok˩ lim˧ muĩ˦]
五福指：壽、富、德、安寧、善終，此五事都到我家來；此四字常見寫入門聯。

【五、六無善北】
[go˧ lak˥ bo˧ sen˩ pak˩]
五、六月若颳北風，即是颱風將來之

前兆，故有此諺。

【五代無阿公】
[gɔ˨˩ tai˧ bo˧ a˧ kɔŋ˥]
昔日老鴇爲求死後有人燒香，常抱養他人女子爲養女，養女日後長成爲娼，年邁，又抱養一女子爲養女，代代如此，堂上便無男性祖先，故云「五代無阿公」，乃罵人娼妓世家之語也。

【五虎下西山】
[ŋɔ̃˥ hɔ˥˧ ha˨˩ se˧ san˥]
喻來勢兇猛。

【五跪，三叩頭】
[gɔ˨˩ kui˧ sã˧ k'au˥˧ t'au˧˥]
指行大禮。

【五路行透透】
[ŋɔ̃˥ lɔ˧ kiã˧ t'au˥˧ t'au˨˩]
天下各處都走遍，見聞廣博。

【五月某會相誤】
[gɔ˨˩ gue˨˩ bɔ˥˧ e˨˩ sio˧ gɔ˧]
台語五與誤諧音，故有些地方的習俗忌諱在五月辦婚嫁之事。

【五支鬚，鳥屎面】
[gɔ˨˩ ki˧ ts'iu˥ tsiau˥ sai˥ bin˧]
喻好色之徒。

【五術，非儒不精】
[ŋɔ̃˥ sut˥ hui˧ zu˧˥ put˥ tsiŋ˥]
五術即山、醫、命、相、卜五術，若非有儒學基礎是無法精通。

【五女之家賊毋過】
[ŋɔ̃˥ li˥˧ tsi˧ ka˥ ts'at˥ m˨˩ kue˨˩]
謂有五個女兒出嫁的人家，已沒有財物可偷；因已被「查某子賊」搬光了。

【五斗缸掛綰——大奸】
[gɔ˨˩ tau˥ kəŋ˥ kua˥˧ kuã˧ tua˨˩ kan˥]
歇後語。缸，陶器；五斗缸是大陶器，其上若附有把手成爲「矸仔」，則是「大矸」與「大奸」諧音；大奸指其爲人太奸詐。

【五斗壺掛綰——大矸（奸）】
[gɔ˨˩ tau˥ ɔ˧˥ kua˥˧ kuã˧ tua˨˩ kan˥]
歇後語。五斗大的陶壺加上可手提的繩子，便成特大號的酒瓶（酒矸），大矸與大奸諧音。

【五色人，講十色話】
[ŋɔ̃˥ sik˥ laŋ˧˥ kɔŋ˥ tsap˥ sik˥ ue˧]
比喻人多口雜。

【五色人，講五色話】
[ŋɔ̃˥ sik˥ laŋ˧˥ kɔŋ˥ ŋɔ̃˥ sik˥ ue˧]
一人一種說法。

【五百姻緣，天註定】
[gɔ˨˩ pa˥˧ im˧ en˧˥ t'ĩ˥ tsu˥˧ tiã˧]
姻緣前世註定。或訛音戲做：「五百斤鹽天鑄定」。

【五嶽歸來，不看山】
[ŋɔ̃˥ gak˥ kui˧ lai˧˥ put˥ k'an˥˧ san˥]
大場面看多了，就不會把小場面放在眼中。

【五月十三——麼旗嘛有（無奇不有）】
[gɔ˨˩ gue˨˩ tsap˥ sã˥ mĩ˥˧ ki˧˥ mã˨˩ u˧ (bu˧ ki˧˥ put˥ iu˥˧)]
歇後語。五月十三爲台北市霞海城隍慶典，各地陣頭雲集，旗幟蔽日，故有此諺。麼旗嘛有台語諧音麼奇嘛有，意謂無奇不有。

【五日大宴，三日小宴】
[gɔ˨˩ zit˥ tua˨˩ en˨˩ sã˧ zit˥ sio˥ en˨˩]
形容極盡款待之禮。

【五四三，講到歸米籃】
[gɔ˨˩ si˥˧ sã˥ kɔŋ˥ ka˥˧ kui˧ bi˥ nã˧˥]
謂廢話一籮筐。

【五年兩閏，好歹照輪】
[gɔ˩ nĩ˧˥ ləŋ˩ lun˧ ho˥ p'ãi˥˧ tsiau˥˧ lun˧˥]
天運五年有二個閏年，人運有好有壞，也是輪流，不會老走霉運的。

【五年大反，三年小反】
[gɔ˩ nĩ˧˥ tua˩ huan˥˧ sã˧ nĩ˧˥ sio˥ huan˥˧]
形容清代台灣社會民反及械鬥次數之頻繁。

【五百斤鹽，鑄一口鼎】
[gɔ˩ pa˥˧ kin˧ iam˧˥ tsu˥˧ tsit.˩ k'au˥ tiã˥˧]
係由「五百年姻緣天註定」一諺訛轉而成的戲謔語。

【五百年前，註定姻緣】
[gɔ˩ pa˥˧ nĩ˧ tsiŋ˧˥ tsu˥˧ tiã˩ im˧ en˧˥]
姻緣前世註定。

【五步一秀，十步一舉】
[gɔ˩ pɔ˧ it'˩ siu˩ tsap.˩ pɔ˧ it'˩ ki˥˧]
形容文風鼎盛之地。清代陳維英在台北市港仔墘（今大龍峒迪化街一帶）設帳授徒，學者甚眾，英才輩出，教出六個舉人、數十個秀才，科名之盛，冠於全台。

【五時做菜，六時做石】
[gɔ˩ si˧˥ tso˥˧ ts'ai˩ lak.˩ si˧˥ tso˥˧ tsioʔ˩]
指一旦失去時機，其價值就失去了。

【五穀豐盛，雨水接應】
[ŋɔ̃˥ kɔk.˩ hɔŋ˧ siŋ˧ u˥ sui˥˧ tsiap'˩ iŋ˩]
農諺。五穀在其成長期，有適時的雨水供應其灌溉，則豐收之日可期。

【五穀豐登，雨水昌盛】
[ŋɔ̃˥ kɔk.˩ hɔŋ˧ tiŋ˥ u˥ sui˥˧ ts'iɔŋ˧ siŋ˧]
風調雨順，五穀豐收。

【五月五，龍船鼓滿街路】
[gɔ˩ gue˩ gɔ˧ liɔŋ˧ tsun˧ kɔ˥˧ muã˥ ke˧ lɔ˧]
划龍船在端午節是應景之事，除有追懷詩人屈原之意外，據云龍船上的鼓聲響亮，更有辟邪之用，可消散瘴氣。故一近端午，到處都有龍船鼓之聲。

【五斤蕃薯，臭八十一兩】
[gɔ˩ kin˧ han˧ tsi˧˥ ts'au˥˧ pe˥˧ tsap.˩ it'˩ niũ˥˧]
形容事情完全弄糟了。

【五百年前姻緣，天註定】
[gɔ˩ pa˥˧ nĩ˧ tsiŋ˧˥ im˧ en˧˥ t'ĩ˥ tsu˥˧ tiã˧]
男女姻緣皆是前世註定。

【五百錢豬仔——捾一支嘴】
[gɔ˩ pa˥˧ tsĩ˧ ti˧ a˥˧ kuã˩ tsit.˩ ki˧ ts'ui˩]
歇後語。五百錢，指錢很少、價值不高；捾，捉拿。過去，台南縣永康鄉一帶，養豬户所養的豬都是身體弱小、叫聲很大，故業者對永康豬的印象就是五百錢豬仔——捾一支嘴（因叫聲尖銳，使人厭惡）。後用以比喻人無涵養卻喜歡說大話或言過其實。

【五里鵰鴞占七里雞仔】
[gɔ˩ li˥ lai˩ hio˧ tsiam˥˧ ts'it'˩ li˥ ke˧ a˥˧]
台語稱老鷹為鵰鴞。比喻越權行事，撈過界了。

【五十歲食爸，五十年食子】
[gɔ˩ tsap.˩ hue˩ tsia˩ pe˧ gɔ˩ tsap.˩ nĩ˧˥ tsia˩ kiã˥˧]
人生前五十年靠父母過活，後五十年靠兒子過活，這種人到底是好命或歹

命，見仁見智。

【五支指頭咬落去逐支痛】
[gɔ˨ ki˧ tsiŋ˥ t'au˧ ka˧ lo˨ k'i˨ tak˩ ki˧ t'iã˨]
以指頭比喻親生骨肉，表示父母疼愛子女，沒有差別。

【五月端午前，風高雨亦連】
[gɔ˧ gue˨ tuan˧ ŋɔ̃˥ tsen˧ hɔŋ˥ ko˥ u˨ ia˨ len˧]
氣象諺。端午前後正在梅雨季節當中，經常是風雨連綿。

【五百人共軍，五百人共賊】
[gɔ˨ pa˥ laŋ˧ kaŋ˨ kun˥ gɔ˨ pa˥ laŋ˧ kaŋ˨ ts'at˥]
喻天下未統一，非太平之世。

【五里鸝鴒要啄七里雞仔】
[gɔ˨ li˥ lai˨ hio˧ be˥ tɔk˥ ts'it˥ li˥ ke˧ a˥]
意同「五里鸝鴒占七里雞仔」。

【五張叫扑批，輸著嬒呼雞】
[gɔ˨ tiũ˥ kio˥ p'a˥ p'e˥ su˧ tio˧ be˨ k'ɔ˧ ke˥]
形容賭博賭輸了，體衰氣沉，連呼雞的氣力都沒了。

【五福難得求，富貴財子壽】
[ŋɔ̃˥ hɔk˩ lan˧ tit˥ kiu˧ hu˥ kui˨ tsai˧ tsu˥ siu˧]
富、貴、財、子、壽這五福，人生很難俱備。

【五日節粽未食，破裘毋甘放】
[gɔ˨ zit˩ tse˥ tsaŋ˨ bue˨ tsia˧ p'ua˥ hiu˧ m˨ kam˧ paŋ˨]
端午節前，天氣雖熱，還不是眞正的夏天，偶而還會有冷鋒過境，冬衣尚不可收，必須過了端午才是眞正進入炎夏。

【五鬚蝦仔湊流——人講你亦講】
[gɔ˨ ts'iu˧ he˧ a˥ tau˥ lau˧ laŋ˧ kɔŋ˥ li˥ ia˨ kɔŋ˥]
歇後語，指毫無主見，一味跟著人說話，人云亦云。

【五支指頭仔咬起來逐支嘛痛】
[gɔ˨ ki˧ tsiŋ˥ t'au˧ a˥ ka˧ k'i˨ lai˨ tak˩ ki˥ mã˨ t'iã˨]
謂骨肉相連，手足情深，家中有人受苦，其他人都會擔心難過。

【五分埔土粘，五分埔查某不廉】
[gɔ˨ hun˧ pɔ˧ t'ɔ˧ liam˧ gɔ˨ hun˧ pɔ˧ tsa˧ bɔ˥ put˥ liam˧]
五分埔在今台北市信義區永春里一帶，不廉指心中有怨而喋喋不休。永春里一帶，昔日黃土帶粘質，種植水田收成多不佳，農民生活較苦，連帶地當地婦人也比較會抱怨，經常喋喋不休。

【五月尾轉去歇熱，六月初轉來快活】
[gɔ˨ gue˨ bue˥ tuĩ˥ k'i˥ he˥ zua˧ lak˩ gue˨ ts'e˥ tuĩ˥ lai˧ k'uã˥ ua˧]
宜蘭等地漳州人習俗，新媳婦初嫁第一年夏天五月底要回娘家「歇冬」，六月初再回婆家居住，故有此諺。

【五月相誤，六月嬒出尾，七月娶鬼某】
[gɔ˧ gue˨ sio˧ gɔ˧ lak˥ gue˨ be˨ ts'ut˥ bue˥ ts'it˩ gue˨ ts'ua˨ kui˥ bɔ˥]
謂五、六、七三個月不宜婚嫁，五月結婚夫妻會相耽誤，六月沒有出息，七月結婚妻子容易早逝。

【五月某會相誤，六月半年某，七月鬼仔某，九月狗頭重，嬒煞某，也煞尪】

[gɔ˨˩ gue˨˩ bɔ˥˧ e˨˩ sio˧ gɔ˧ lak˥ gue˨˩ puã˥˧ nĩ˧ bɔ˥˧ ts'it˨˩ gue˨˩ kui˥ a˥ bɔ˥˧ kau˥˧ gue˨˩ kau˥ t'au˧ taŋ˧ be˨˩ sua˥˧ bɔ˥˧ ia˨˩ sua˥˧ aŋ˥]
此爲結婚忌諱月：五月娶妻會相誤（五、誤諧音）；六月爲半年，忌娶半年妻；七月爲鬼月，忌娶鬼妻；九月霜降，九、狗同音，霜、喪諧音，也忌娶妻。

【交頭接耳】
[kau˧ t'au˧˥ tsiap˥ hĩ˧]
小聲耳語，講些不欲人知的秘密。

【交雎無義】
[ka˧ tsi˨˩ bo˧ gi˧]
交雎，鳥名，常被人飼養在家中，是鴿子類，但一旦放籠飛出之後，卻不會像鴿子再飛回來，因此被罵爲無義。後用以罵忘恩負義之徒。

【交官散，交鬼死】
[kau˧ kuã˥ san˨˩ kau˧ kui˥˧ si˥˧]
與官家結交，應酬多，容易窮；與鬼交友則容易被害死；比喻交友，會影響人的一生，必須謹愼。

【交尼姑，倒甌仔米】
[kau˧ nĩ˧ kɔ˥ to˥˧ taŋ˧ ŋã˥ bi˥˧]
交，交往；甌仔，陶質容器；與佛門子弟交往，常須布施，容易損失財物。

【交和尚，倒甌仔米】
[kau˧ hue˧ siũ˧ to˥˧ taŋ˧ ŋã˥ bi˥˧]
與和尚交往，和尚化緣，會將家中的米全倒光，比喻會鬧窮。

【交人無尾，腳頭碗髓】
[kau˧ laŋ˧˥ bo˧ bue˥˧ k'a˧ t'au˧ uã˥ ts'ue˥˧]
廣結三教九流之輩的朋友，只能同甘無法共苦，定無好結果。

【交友無交錢，交錢無朋友】
[kau˧ iu˥˧ bo˧ kau˧ tsĩ˧˥ kau˧ tsĩ˧˥ bo˧ piŋ˧ iu˥˧]
朋友之交貴義氣，若重利則交不到朋友。

【交情仁義重，飲水也心涼】
[kau˧ tsiŋ˧˥ zin˧ gi˧ taŋ˧ lim˧ tsui˥˧ ia˨˩ sim˥ liaŋ˧˥]
朋友相交以仁義爲重，即使簞食瓢飲也心滿意足。

【交囉交手指，毋做恁會死】
[kau˧ lo˥ kau˧ ts'iu˥ tsi˥˧ m˨˩ tso˨˩ lin˥ e˨˩ si˥˧]
此爲孩童約束一起實行某事，雙方互相勾手指發誓之語。

【交官勤，交官了；紅腳鳥，過厝了】
[kau˧ kuã˥ k'in˧˥ kau˧ kuã˥ liau˥˧ aŋ˧ k'a˧ tsiau˥˧ kue˥˧ ts'u˥˧ liau˥˧]
紅腳鳥，鴿子。昔日賽鴿活動，鴿子半途休憩在屋頂上，常被人家擄捕。此句意謂勤與高官顯貴往來逢迎，妄想攀龍附鳳，一步登天，到頭來是得不償失。

【交官散，交鬼死，交牛販，食了米】
[kau˧ kuã˥ san˨˩ kau˧ kui˥˧ si˥˧ kau˧ gu˧ huan˥ nã˥˧ tsia˨˩ liau˥ bi˥˧]
牛販，賣牛的仲介人，經常趕著牛到農村兜售。喻交友不愼，足以影響人的一生。

【交官散，交鬼死，交縣官，食了米】
[kau˧ kuã˥ san˨˩ kau˧ kui˥˧ si˥˧ kau˧ kuan˨˩ kuã˥ tsia˨˩ liau˥ bi˥˧]
一般人以爲攀權附貴，可以沾親帶故，得到好處，其實不然，反而只有吃虧倒楣的份。

【交官散，交鬼死，交著苦力食了米】
[kau˧ kuã˥ san˨˩ kau˧ kui˥˧ si˥˧ kau˧

tio˩ ku˧ li˥ tsia˩ liau˥ bi˥]
苦力，靠勞力賺錢的搬運工。意同前句。

【交陪醫生腹肚做藥櫥，交陪牛販仔駛瘦牛】
[kau˧ pue˧ i˧ siŋ˥ pat˥ tɔ˥ tso˥ io˩ tu˧ kau˧ pue˧ gu˧ huan˥ nã˥ sai˥ san˥ gu˧]
交陪，認識而有往來；認識醫生，醫生會經常推薦藥品給你吃；認識賣牛的，經常是將他賣不出去的瘦牛賣給朋友耕田。意謂朋友因為熟識，反而經常會吃虧。

【交官散，交鬼死，交好額，做乞食，交縣差，食了米】
[kau˧ kuã˥ san˩ kau˧ kui˥ si˥ kau˧ ho˥ gia˧ tso˥ k'it˥ tsia˧ kau˧ kuan˩ ts'e˥ tsia˩ liau˥ bi˥]
好額，富翁；謂與權貴富豪交遊，終必吃虧。

【交官散，交鬼死，交好額，做乞食，交牛販仔食了米】
[kau˧ kuã˥ san˩ kau˧ kui˥ si˥ kau˧ ho˥ gia˧ tso˥ k'it˥ tsia˧ kau˧ gu˧ huan˥ nã˥ tsia˩ liau˥ bi˥]
意同前句。

【亦未轉肚臍】
[ia˥ bue˩ tuĩ˥ tɔ˩ tsai˧]
轉肚臍，即轉臍，嬰兒出生剪斷肚臍結紮之謂。譏人還嫩。

【亦著箠，亦著糜】
[ia˩ tio˩ ts'e˧ ia˩ tio˩ be˧]
箠，昔日打小孩的竹製刑具；糜，稀飯。教養小孩須要恩（給他稀飯吃）威（用箠教訓）並用，廢一不可。

【稟性難移】
[pin˥ siŋ˩ lan˧ i˧]
人的本性不容易改變。

【人細，膽大】
[laŋ˧ se˩ tã˥ tua˧]
年紀小，膽量大。

【人心不足】
[zin˧ sim˥ put˥ tsiɔk˩]
人的慾望難以滿足。

【人心在內】
[zin˧ sim˥ tsai˩ lai˧]
人心隔肚皮，不可捉摸。

【人心無窮】
[zin˧ sim˥ bu˧ kiŋ˧]
人心叵測。

【人地兩疏】
[zin˧ te˧ liɔŋ˥ sɔ˥]
人生地不熟。

【人似人形】
[zin˧ su˧ zin˧ hiŋ˧]
做人要有做人的樣子。

【人來客去】
[laŋ˧ lai˧ k'e˥ k'i˩]
進進出出的人很多。

【人命關天】
[zin˧ bin˧ kuan˧ t'en˥]
人命非常重要。

【人客客人】
[laŋ˧ k'eʔ˩ k'e˥ laŋ˧]
謂同一件事物卻有不同說法，閩南語叫人客，北京話卻稱為客人。

【人面獸心】
[zin˧ bin˧ siu˩ sim˥]
外表像個人，內心則是跟野獸一樣野蠻可怕。

【人做天看】
[laŋ˧ tso˩ t'ĩ˥ k'uã˩]

只要本著良心做事，不必在意別人的意見，自有老天在做評審。

【人掠厝拆】
[laŋ˦ liaʔ˥ ts'u˩ t'iaʔ˨]
盜匪最後的下場，人被捕，老巢被夷爲平地。

【人無十全】
[laŋ˦ bo˧ sip˨ tsuan˦]
世上沒有十全十美的人，不要苛責別人。

【人喝亦喝】
[laŋ˧ huaʔ˨ ia˩ huaʔ˨]
人無主見，人云亦云。

【人傑地靈】
[zin˦ ket˨ te˧ liŋ˦]
名山大澤孕育偉大人物。

【人腳跡，肥】
[laŋ˧ k'a˧ tsiaʔ˥ pui˦]
俗謂家裡客人來往多，表示興旺的象徵。

【人嘴上毒】
[laŋ˧ ts'ui˩ siɔŋ˩ tɔk˥]
人嘴傳出的流言、讒言、謠言最容易傷害人，所以說最毒（上毒）。

【人𣍐賢得】
[laŋ˦ be˩ gau˦ tit˨]
人再怎麼能幹，總鬥不過命運。

【人，七成八敗】
[laŋ˦ ts'it˥ siŋ˦ pe˥ pai˧]
謂嬰兒早產，七個月出生的養得活，八個月出生的不易養活。

【人心，牛腹肚】
[laŋ˧ sim˥ gu˧ pat˥ tɔ˥]
人的心肝像水牛的肚子一樣大，比喻人的慾望無窮，人慾難塡。

【人心節節高】
[zin˧ sim˥ tset˥ tset˥ ko˥]
形容人的慾求無窮。

【人生若露水】
[zin˧ siŋ˥ nã˥ lɔ˥ tsui˥]
形容人的生命很短暫，像早晨的露水，太陽一出便乾涸。曹操的《短歌行》便說：「對酒當歌，人生幾何？譬如朝露，去日苦多。」

【人老，心未老】
[laŋ˦ lau˧ sim˥ bue˩ lau˧]
年紀雖大，猶有壯志與鬥志。

【人，各有所長】
[zin˦ kɔk˥ iu˥ sɔ˥ tiɔŋ˦]
每個人各有長處。

【人如風中燭】
[zin˦ zu˦ hɔŋ˧ tiɔŋ˧ tsik˨]
人命由天，有如風中殘燭，要珍惜短暫的生命，付出自己，綻放光芒。

【人老嘿無老】
[laŋ˦ lau˧ he˥ bo˧ lau˧]
嘿，指示詞，指性器官；謂年紀雖已大，性慾仍不減。

【人到物就到】
[laŋ˦ kau˩ mĩ˧ tio˩ kau˩]
送禮物給要回家的客人帶走，經常用此諺語。

【人食一點氣】
[laŋ˦ tsia˩ tsit˨ tiam˥ k'ui˩]
人能夠有出息，就是靠有志氣（一點氣）。

【人爲制天工】
[zin˧ ui˦ tse˥ t'en˧ kɔŋ˥]
謂人力定能勝過自然。

【人細心肝大】
[laŋ˦ se˩ sim˧ kuã˥ tua˧]

年紀雖小，野心卻很大。

【人情較大天】
[zin˧ tsiŋ˧ k'a˥ tua˩ t'ĩ˥]
形容恩深情重，比天高比海深。

【人情較大腳】
[zin˧ tsiŋ˧ k'a˥ tua˩ k'a˥]
譏諷人家施點小惠給人即看得很大。

【人喝，隨人喝】
[laŋ˧ hua?˩ tue˥ laŋ˧ hua?˩]
謂人云亦云，盲從附和。

【人勤，地不懶】
[zin˧ k'in˧ te˧ put˥ lan˥]
只要勤勞，一分耕耘，便有一分收穫。

【人嘴趁家風】
[laŋ˧ ts'ui˩ t'an˥ ke˧ hɔŋ˥]
人的飲食習慣，是隨其家庭生活而不同。

【人濟話就濟】
[laŋ˧ tse˧ ue˧ tio˩ tse˧]
人多意見便紛雜。

【人比人，氣死人】
[laŋ˧ pi˥ laŋ˧ k'i˥ si˥ laŋ˧]
人各有長短，無法一一相比，否則專拿別人的長處、優點和自己比，一定會難過透頂。

【人心肝，牛腹肚】
[laŋ˧ sim˧ kuã˥ gu˧ pat˥ tɔ˥]
意同「人心牛腹肚」。

【人不學，不知義】
[zin˧ put˥ hak˥ put˥ ti˧ gi˧]
義，正正當當的行為。學而後知，人不學則不知禮義、不辨是非。

【人未老，溪未涸】
[zin˧ bi˩ lo˥ k'e˥ bi˩ k'o˥]
涸，乾涸。謂年齡未老，溪水未乾(涸)，將來還有希望。

【人生你，你生人】
[laŋ˧ sẽ˧ li˥ li˥ sẽ˧ laŋ˧]
昔日安慰產婦生產痛苦的話。

【人未到，緣未到】
[laŋ˧ bue˩ kau˩ en˧ bue˩ kau˩]
凡人做事，不可失了信心，只是機會還未到而已。

【人未到，緣先到】
[laŋ˧ bue˩ kau˩ en˧ siŋ˧ kau˩]
緣定前世，人還未到而姻緣已先到。昔日傳統婚禮，媒婆走在新娘前面，邊灑鉛（鉛、緣同音）粉，即邊說此諺。

【人好不如命好】
[laŋ˧ ho˥ put˥ zu˧ miã˧ ho˥]
謂命運最重要。

【人在做，天在看】
[laŋ˧ te˥ tso˩ t'ĩ˥ te˥ k'uã˩]
舉頭三尺有神明，人的所做所為，上天都知道，都會有報應。

【人初生，日初出】
[zin˧ ts'ɔ˧ siŋ˥ zit˥ ts'ɔ˧ ts'ut˩]
喻充滿希望，遠景看好。

【人呆看面嘛知】
[laŋ˧ tai˥ k'uã˥ bin˧ mã˩ tsai˥]
笑人之所以吃虧上當，是因為臉相憨傻。

【人身，借狗腹生】
[laŋ˧ sin˥ tsio˥ kau˥ pak˩ sẽ˥]
形容人長相很醜。

【人怕老，債怕討】
[zin˧ p'ã˥ lo˥ tse˩ p'ã˥ t'o˥]
人怕老年，債怕催討。

【人兩腳，錢四腳】

[laŋ˦ ləŋ˨ k'a˥ tsĩ˦ si˥ k'a˥]
形容錢難賺。

【人的嘴艙鎖得】
[laŋ˧ ge˧ ts'ui˨ be˨ so˥ tit˩]
嘴長在別人的身上，他愛怎麼說就怎麼說。

【人的嘴掩艙密】
[laŋ˧ ge˧ ts'ui˨ uĩ˧ be˨ bat˥]
別人愛怎麼說，由不得你。

【人信字，牛信鼻】
[laŋ˦ sin˥ zi˧ gu˦ sin˥ p'ĩ˧]
牛以穿鼻來控制方向，人以字據文憑來維持信用。

【人重妝，佛重扛】
[laŋ˦ tiɔŋ˨ tsəŋ˥ hut˥ tiɔŋ˨ kəŋ˥]
人要妝扮才美，佛要靠迎神賽會扛扛抬抬才靈。

【人食魚，魚食水】
[laŋ˦ tsia˨ hi˦ hi˦ tsia˨ tsui˥]
喻人在世間，都是互助爲生。

【人爲萬物之靈】
[zin˦ ui˧ ban˨ but˥ tsi˧ liŋ˦]
人是動物中最聰穎且具靈性的。

【人情，較大腳桶】
[zin˧ tsiŋ˦ k'a˥ tua˨ k'a˧ t'aŋ˥]
腳桶，昔日洗腳的大木盆。譏笑人把一點小恩情看得很大。

【人著妝，佛著扛】
[laŋ˦ tio˨ tsəŋ˥ hut˥ tio˨ kəŋ˥]
人美靠妝扮，佛靈靠信徒宣傳。

【人賢，天做對頭】
[laŋ˦ gau˦ t'ĩ˥ tso˥ tui˥ t'au˦]
人再能幹，亦敵不過造化弄人；常用以惋惜英才早逝或功敗垂成之事。

【人賢，命做對頭】
[laŋ˦ gau˦ miã˧ tso˥ tui˥ t'au˦]
意同前句。

【人講天，你講地】
[laŋ˧ kɔŋ˥ t'ĩ˥ li˥ kɔŋ˥ te˧]
一個說東，一個說西，雞同鴨講。

【人驚人，鬼驚鬼】
[laŋ˦ kiã˧ laŋ˦ kui˥ kiã˧ kui˥]
謂各有所怕。

【人驚人，賊驚賊】
[laŋ˦ kiã˧ laŋ˦ ts'at˥ kiã˧ ts'at˥]
人怕人，小偷也怕小偷，互相警戒，疑神疑鬼。

【人驚老，債驚討】
[laŋ˦ kiã˧ lo˥ tse˨ kiã˧ t'o˥]
人怕歲數大，負債的人怕債主上門催討。

【人驚鬼，鬼驚人】
[laŋ˦ kiã˧ kui˥ kui˥ kiã˧ laŋ˦]
謂各有所怕。

【人人嫁尪傳後嗣】
[laŋ˧ laŋ˦ ke˥ aŋ˥ t'uan˧ hio˨ su˦]
女孩長大都要嫁作人妻，生兒育女傳後代。

【人心不足，蛇吞象】
[zin˧ sim˥ put˥ tsiok˩ tsua˦ t'un˧ ts'iũ˧]
人心貪婪無厭，就像小蛇要吞大象一般。

【人心隔堵壁，歹看】
[laŋ˧ sim˥ ke˥ tɔ˥ piaʔ˩ p'ãi˥ k'uã˨]
人心好壞難料（歹看）。

【人心難測水難量】
[zin˧ sim˥ lan˧ ts'ik˩ tsui˥ lan˧ niũ˦]
人心好壞難料，就像海水不容易測量一般。

【人生七十古來稀】
[zin˧ siŋ˥ ts'it˥ sip˥ kɔ˥ lai˧ hi˥]
昔日人能活過七十歲的很稀少。

【人生在世如春夢】
[zin˧ siŋ˥ tsai˨ se˨ zu˧ ts'un˧ baŋ˧]
喻人生的富貴榮華，猶似一場春夢，瞬息之間，便煙消雲散。

【人生在世若春夢】
[zin˧ siŋ˥ tsai˨ se˨ nã˥ ts'un˧ baŋ˧]
意同「人生在世如春夢」。

【人生有酒須當醉】
[zin˧ siŋ˥ iu˥ tsiu˥ su˧ tɔŋ˧ tsui˨]
人生苦短，應及時行樂。

【人生若像走馬燈】
[zin˧ siŋ˥ nã˥ ts'iũ˨ tsau˥ be˥ tiŋ˥]
謂人生爲生活及工作四處奔波不停，就像走馬燈一樣。

【人肉鹹鹹鱠食得】
[laŋ˧ baʔ˨ kiam˧ kiam˧ be˨ tsia˧ tit˨]
喻沒錢還債，你也拿我無可奈何。

【人到中年萬事休】
[zin˧ to˥ tiɔŋ˧ len˧ ban˨ su˨ hiu˥]
中年，指五十歲前後；俗謂人一到五十歲左右，對人生的看法便不再像以前那麼積極了。

【人是有事纔求佛】
[laŋ˧ si˨ u˨ su˧ tsia˥ kiu˧ hut˥]
人是遇到煩惱才會去求佛。

【人客走了纔煎茶】
[laŋ˧ k'eʔ˨ tsau˥ liau˥ tsia˥ tsuã˧ te˧]
客人走了才要泡茶，謂太遲了。

【人莫知其子之惡】
[zin˧ bɔk˨ ti˧ ki˧ tsu˥ tsi˧ ɔk˨]
因父母皆寵愛子女，所以看不出他們的缺點。

【人無笑面免開店】
[laŋ˧ bo˧ ts'io˥ bin˧ ben˥ k'ui˧ tiam˨]
笑口常開是生意成功的秘訣，沒有笑容的人，便沒有做生意的本錢。

【人無親，飯碗上親】
[laŋ˧ bo˧ ts'in˥ puĩ˨ uã˥ siɔŋ˨ ts'in˥]
民以食爲天，有工作吃得飽最重要。

【人間富貴花間露】
[zin˧ kan˥ hu˥ kui˨ hua˧ kan˧ lɔ˧]
富貴如浮雲，轉眼成空，似花間朝露，見日即乾。

【人間萬事塞翁馬】
[zin˧ kan˥ ban˨ su˧ sai˥ ɔŋ˧ mã˥]
比喻凡事禍福不必過分計較；塞翁失馬，禍福難說。

【人過四十，天過晝】
[laŋ˧ kue˥ si˥ tsap˥ t'ĩ˥ kue˥ tau˨]
人生過了四十，便像一天過了中午（晝），漸漸走下坡。意同「上卌就鱠攝」。

【人腳，狗鼻，和尚頭】
[laŋ˧ k'a˥ kau˥ p'ĩ˧ hue˧ siũ˨ t'au˧]
這三個地方最脆弱，最不堪攻擊。

【人窮則變，變則通】
[zin˧ kiŋ˧ tsik˥ pen˨ pen˨ tsik˥ t'ɔŋ˥]
人的潛力無限，被逼到窮絕之境，自會思變，而得到通達的出路。

【人嘴較毒飯匙倩】
[laŋ˧ ts'ui˨ k'a˥ tɔk˨ puĩ˨ si˧ ts'iŋ˨]
人言可畏，比眼鏡蛇（飯匙倩）的毒液還可怕。

【人鱠掛得無事牌】

[laŋ˦ be˧ kua˥ te˥ bo˧ su˨ pai˦]
天有不測風雲，人有禍福旦夕，沒有人敢保證永遠不出意外，須時時加以提防。

【人驚出名豬驚肥】
[laŋ˦ kiã˧ ts'ut˥ miã˦ ti˥ kiã˧ pui˦]
豬養肥了就要殺，人一出名便會招人嫉妒，或外務纏身。

【人也要命，鼠也要命】
[laŋ˦ ia˨ ai˥ miã˧ ts'i˥ ia˨ ai˥ miã˧]
每個人、每種動物都希求生存。

【人心似鐵，官法如爐】
[zin˧ sim˥ su˨ t'iʔ˩ kuã˧ huat˥ zu˧ lɔ˦]
謂人的心腸硬，薄情寡義，不易受感動；刑法更是如熊熊火爐，不講人情。

【人生一世，草生一春】
[zin˧ siŋ˥ it˥ se˨ ts'au˥ siŋ˥ it˥ ts'un˥]
喻人生如寄，生命短暫。

【人平不語，水平不流】
[zin˦ pẽ˦ put˥ gi˥ tsui˥ pẽ˦ put˥ liu˦]
比喻凡事不平則鳴。

【人外有人，天外有天】
[zin˧ gua˧ iu˥ zin˦ t'ĩ˧ gua˧ iu˥ t'ĩ˥]
勸人不要目空一切。

【人生百歲，七十者稀】
[zin˧ siŋ˥ pa˥ hue˨ ts'it˥ sip˩ tsia˨ hi˥]
人的一生最長若以一百歲計，能活到七十歲的人，就很稀少了；人生七十古來稀。

【人用財交，金用火試】
[zin˦ iɔŋ˨ tsai˦ kau˥ kim˥ iɔŋ˨ hue˥ ts'i˨]
與人相處，用金錢就可測出其人之品格、個性；黃金的眞僞用火一試即知。

【人同此心，心同此理】
[zin˦ tɔŋ˧ ts'u˥ sim˥ sim˥ tɔŋ˧ ts'u˥ li˥]
人心都是肉做的，大家心裡頭的想法都會有共通之處。

【人死留名，虎死留皮】
[laŋ˦ si˥ lau˧ miã˦ hɔ˥ si˥ lau˧ p'ue˦]
人生在世必須有一番作爲，方能於死後留下英名。

【人老筋出，樹老根出】
[laŋ˦ lau˧ kin˥ ts'ut˩ ts'iu˧ lau˧ kin˥ ts'ut˩]
形容老人、老樹的特徵；人老青筋就會暴露，樹老樹根就會浮出地面。

【人有善願，天必從之】
[zin˦ iu˥ sen˨ guan˧ t'en˥ pit˥ tsiɔŋ˦ tsi˥]
心存善念，上天即會助人達成願望。

【人的心肝，牛的腹肚】
[laŋ˦ ge˧ sim˧ kuã˥ gu˦ ge˧ pat˥ tɔ˥]
比喻人的慾望太大，太誇張。

【人要人群，狗要狗黨】
[laŋ˦ ai˥ laŋ˧ kun˦ kau˥ ai˥ kau˥ tɔŋ˥]
團結才有力量。

【人前不歌，廁上咿哦】
[zin˧ tsen˦ put˥ ko˥ ts'ik˥ siɔŋ˧ i˧ o˥]
該唱歌時不唱，不該唱時反而大聲唱；喻做事沒把握時機。

【人相其形，馬相其色】

[zin˦ siɔŋ˥ ki˧ hiŋ˦ mã˥ siɔŋ˥ ki˧ sik˧]
馬根據其毛鬃色澤，判定其優劣，人根據其形貌舉止判定其善惡雅俗。

【人爲財死，鳥爲食亡】
[zin˦ ui˨ tsai˦ si˥ niãu˥ ui˨ sit˥ bɔŋ˦]
比喻人常爲貪財（慾望）而喪生。

【人是裝的，佛是扛的】
[laŋ˦ si˨ tsəŋ˥ ge˥ hut˥ si˨ kəŋ˥ ge˥]
人美是靠裝扮，佛靈是靠信徒供奉出來的。

【人食嘴水，魚食流水】
[laŋ˦ tsia˨ ts'ui˥ tsui˥ hi˦ tsia˨ lau˧ tsui˥]
嘴水，指口才。魚要靠流水中的浮生物維生，人要有良好的口才，才能有良好的人際關係。

【人貧智短，福至心靈】
[zin˦ pin˦ ti˨ te˥ hɔk˧ tsi˨ sim˥ liŋ˦]
人窮腦就鈍，而有福氣的人卻常在緊要關頭靈機一動，心生妙計。

【人無人才，錢無錢財】
[laŋ˦ bo˧ laŋ˧ tsai˦ tsĩ˦ bo˧ tsĩ˧ tsai˦]
謂此人既無内才（才幹）也無外才（錢財），一無是處。

【人斑在内，虎斑在外】
[laŋ˧ pan˥ tsai˨ lai˧ hɔ˥ pan˥ tsai˨ gua˧]
比喻人心善惡難以一眼看出，不像老虎的斑紋，一眼便可以看出。

【人散計短，馬瘦毛長】
[laŋ˦ san˨ ke˨ te˥ be˥ san˥ mõ˥ təŋ˦]
散，即貧窮。謂人一旦窮困，則意氣消沈，一籌莫展，束手無策；有如孱弱瘦馬，只見毛鬃徒長。

【人無遠慮，必有近憂】
[zin˦ bo˧ uan˥ li˧ pit˥ iu˥ kin˨ iu˥]
凡事若不從遠處考慮，日子久了，事到臨頭便會產生困難（近憂）。

【人愛人皮，樹愛樹皮】
[laŋ˦ ai˥ laŋ˧ p'ue˦ ts'iu˧ ai˥ ts'iu˨ p'ue˦]
喻凡人皆愛面子。

【人愛衣裝，佛愛金裝】
[laŋ˦ ai˥ i˥ tsəŋ˥ hut˥ ai˥ kim˥ tsəŋ˥]
人要衣裝，才不會受人輕視；佛像要用金裝，才會受信徒敬重。

【人賢，毋値天做對頭】
[laŋ˦ gau˦ m˨ tat˧ t'ĩ˥ tso˥ tui˥ t'au˦]
賢，指有本領；天，指命運。謂人有本領，假如命運不好，也無可奈何。萬事皆由天。

【人一下衰，煮水也浹鼎】
[laŋ˦ tsit˧ le˨ sue˥ hiã˧ tsui˥ ia˨ kiap˥ tiã˥]
浹，沾鍋；人一倒楣（衰），做任何事都不順，連煮開水都會沾鍋；喻禍不單行。

【人生一世，如白駒過隙】
[zin˧ siŋ˥ it˥ se˨ zu˧ pik˧ ki˥ kue˥ k'ik˧]
喻人生如寄，時光如電，瞬息即逝。

【人叫毋行，鬼叫蹓蹓隨】
[laŋ˦ kio˨ m˨ kiã˦ kui˥ kio˨ liu˥ liu˥ tue˨]
好人勸不願聽，壞人叫卻一直跟著走。

【人在食米粉，隨人喝燒】
[laŋ˧ ti˥ tsia˩ bi˥ hun˥ tue˥ laŋ˧ hua˥ sio˥]
形容愛插嘴的人。

【人的心肝，毋是鐵扑的】
[laŋ˦ ge˧ sim˧ kuã˥ m˩ si˩ t'iʔ.˩ p'aʔ.˩ e˩]
比喻人都有惻隱之心。

【人前毋盞，人後拂大碗】
[laŋ˦ tsiŋ˦ m˩ tsuã˥ laŋ˧ au˧ hut˩ tua˩ uã˥]
外人在，連一盞都不喝；外人走了，拿起碗公一碗一碗猛灌；喻表面老實，內心則是慾望無窮。

【人牽毋行，鬼牽蹓蹓走】
[laŋ˦ k'an˥ m˩ kiã˦ kui˥ k'an˥ liu˥ liu˥ tsau˥]
喻好人勸不聽從，壞人勸則百依百順。或做「人叫不行，鬼牽蹓蹓走」。

【人敬有錢，狗敬放屎漢】
[laŋ˦ kiŋ˥ u˩ tsĩ˦ kau˥ kiŋ˥ paŋ˥ sai˥ han˩]
昔日狗常吃人屎，所以對拉屎者特別尊重；人也是很勢利眼，對有錢人特別敬重。

【人毋通出名，牛毋通賢行】
[laŋ˦ m˩ t'aŋ˧ ts'ut˩ miã˦ gu˦ m˩ t'aŋ˧ gau˧ kiã˦]
謂能者多勞、多受苦。

【人中進士，你替人挽羊尾】
[laŋ˧ tiɔŋ˥ tsin˥ su˧ li˥ t'e˥ laŋ˧ ban˥ iũ˧ bue˥]
譏人無作為。

【人不勸不善，鐘不打不鳴】
[zin˦ put˩ k'uĩ˩ put˩ sen˧ tsiŋ˥ put˩ tã˥ put˩ biŋ˦]
謂人須勸誘鼓勵才會向善。

【人生不滿百，常懷千歲憂】
[zin˧ siŋ˥ put˩ muã˥ paʔ.˩ siɔŋ˧ huai˦ ts'en˧ sue˥ iu˥]
人一生壽命不到一百年，卻常擔憂一千年後的事；喻煩惱未來的事，對人的健康是有害而無益的。

【人在人情在，人亡人情亡】
[zin˦ tsai˧ zin˧ tsiŋ˦ tsai˧ zin˦ bɔŋ˦ zin˧ tsiŋ˦ bɔŋ˦]
比喻人很勢利。其人在位便尊重他，其人不在位或去世便不尊重他或遺忘他。

【人有人情理，賊有賊情理】
[zin˦ u˩ zin˧ tsiŋ˧ li˥ ts'at˩ u˩ ts'at.˩ tsiŋ˧ li˥]
公有公理，婆有婆理，各執一詞。

【人老心未老，人窮行莫窮】
[zin˦ lo˥ sim˥ bi˩ lo˥ zin˦ kiŋ˦ hiŋ˦ bɔk.˩ kiŋ˦]
通達之士，即使年老，心也不老，即使貧窮，行為絕不浮濫。

【人來纔掃地，人走纔煎茶】
[laŋ˦ lai˦ tsia˥ sau˥ te˩ laŋ˦ tsau˥ tsia˥ tsuã˧ te˦]
客人到了才要掃地，客人走了才要泡茶；比喻做事動作緩慢，凡事慢半拍。

【人皆愛珠玉，我愛子孫賢】
[zin˦ kai˧ ai˥ tsu˧ giɔk˩ ŋɔ̃˥ ai˩ tsu˥ sun˧ hen˦]
金銀財寶不足恃，子孫賢能才能傳諸久遠。

【人情留一線，日後好相看】
[zin˧ tsiŋ˦ lau˧ tsit.˩ suã˩ zit.˩ au˧ ho˥ sio˧ k'uã˩]
做人處事不可太絕，要留有餘地，以

免日後相見尷尬。

【人情無厚薄，只要不漏落】
[zin˧ tsiŋ˧ bo˧ kau˩ po˧ tsi˥ iau˩ put˥ lau˩ lo˧]
人情來往要周全，不要產生向隅者。

【人善被人欺，馬善被人騎】
[zin˧ sen˧ pi˩ zin˧ k'i˥ be˥ sen˧ pi˩ zin˧ k'ia˧]
謂好人常常吃虧。

【人無千日好，花無百日紅】
[laŋ˧ bo˧ ts'en˧ zit˩ ho˥ hue˥ bo˧ pa˥ zit˩ aŋ˧]
比喻好景不常，盛年不再。

【人睏紅眠床，你睏屎礐口】
[laŋ˧ k'un˥ aŋ˧ bin˧ ts'əŋ˧ li˥ k'un˥ sai˧ hak˩ k'au˥]
紅眠床，昔日髹紅漆的上等床；屎礐，廁所。明媒正娶的人睡紅床舖，私奔者則只能睡廁所旁。

【人無害虎心，虎有傷人意】
[zin˧ bo˧ hai˩ hɔ˥ sim˥ hɔ˥ iu˥ siɔŋ˧ zin˧ i˩]
我不害人，人卻要害我；喻害人之心不可有，防人之心不可無。

【人無氣著死，山無氣著崩】
[laŋ˧ bo˧ k'ui˩ tio˩ si˥ suã˥ bo˧ k'ui˩ tio˩ paŋ˥]
人要有一口氣才會活。

【人無講毋知，鼓無扑獪響】
[laŋ˧ bo˧ kɔŋ˥ m˩ tsai˥ kɔ˥ bo˧ p'aʔ˩ be˩ hiaŋ˥]
有話不說無人知，有鼓不打不會出聲。

【人無艱苦計，難得世間財】
[laŋ˧ bo˧ kan˧ k'ɔ˥ ke˩ lan˧ tit˥ se˥ kan˧ tsai˧]
勸喻人要吃得苦中苦，才能有所成就。

【人獪當貌相，海獪當斗量】
[laŋ˧ be˩ taŋ˥ mãu˩ siɔŋ˩ hai˥ be˩ taŋ˥ tau˥ liɔŋ˧]
人不能從其外表看出好壞。

【人也著比人，菜粿也著點紅】
[laŋ˧ ia˩ tio˩ pi˥ laŋ˧ ts'ai˥ kue˥ ia˩ tio˩ tiam˥ aŋ˧]
喻環境各有不同，不用處處相比。

【人不可貌相，海水不可斗量】
[zin˧ put˥ k'o˥ mãu˩ siɔŋ˩ hai˥ tsui˥ put˥ k'o˥ tau˥ liɔŋ˧]
人不能從其外表判斷出好壞，比喻凡事不宜只看表面。

【人叫毋行，鬼叫隨伊蹓蹓走】
[laŋ˧ kio˩ m˩ kiã˧ kui˥ kio˩ tue˥ i˧ liu˥ liu˥ tsau˥]
善人勸告他行善事不聽，壞人勸誘他為惡，卻即刻而從。

【人是人扶的，神也是人扶的】
[laŋ˧ si˩ laŋ˧ hu˧ e˧ sin˧ ia˩ si˩ laŋ˧ hu˧ e˧]
一個人成功，必須有很多人栽培他，輔佐他；一尊神明要靈聖，也是要有很多人信奉、服侍、傳播，祂才會有名。

【人情世事陪到夠，無鼎共無灶】
[zin˧ tsiŋ˧ se˥ su˧ pue˧ ka˥ kau˩ bo˧ tiã˥ kaŋ˩ bo˧ tsau˩]
大小應酬全部要送隆重的禮，會落到三餐不繼（無鼎共無灶）。

【人無橫財獪富，馬無野草獪肥】
[laŋ˧ bo˧ huãi˧ tsai˧ be˩ hu˩ be˥ bo˧ ia˥ ts'au˥ be˩ pui˧]
比喻發財需靠機運。

【人飼人一支骨，天飼人肥脺脺】
[laŋ˧ ts'i˩ laŋ˧ tsit˩ ki˧ kut˩ t'ĩ˥ ts'i˩

laŋ˧ pui˧ tsut˥ tsut˩]
只靠人力養人，如遇天災地變，會瘦得只剩一支骨頭，甚至活不成；如果風調雨順，五穀豐登，人人都能過好日子。

【人掠厝拆，雞仔鳥仔掠到無半隻】
[laŋ˧ liaʔ˥ ts'u˩ t'iaʔ˩ ke˧ a˥ tsiau˥ a˥ lia˩ ka˥ bo˧ puã˥ tsiaʔ˩]
這是興師問罪的話。意謂要將對方逮捕，房屋折毀，連他所飼養的雞鴨都捉光。

【人喝你也喝，人駛大船你搬舢舨】
[laŋ˧ huaʔ˩ li˥ ia˩ huaʔ˩ laŋ˧ sai˥ tua˩ tsun˧ li˥ ko˥ sam˧ pan˥]
謂人無主見、隨聲附和，人云亦云、隨波逐流。

【人心曲曲彎彎水，世事重重疊疊山】
[zin˧ sim˥ k'iau˧ k'iau˥ uan˧ uan˧ sui˥ se˥ su˧ tiŋ˧ tiŋ˧ t'a˩ t'a˧ san˥]
人不會把他的眞心直接表達出來，世事多困難。

【人生親像大戲臺，苦齣笑科攏公開】
[zin˧ siŋ˥ ts'in˧ ts'iũ˩ tua˩ hi˥ tai˧ k'ɔ˥ ts'ut˩ ts'io˥ k'ue˥ lɔŋ˥ kɔŋ˧ k'ai˥]
人生如戲，充滿悲歡離合。

【人要害人天毋肯，天要害人在目前】
[laŋ˧ be˥ hai˩ laŋ˧ t'ĩ˥ m˩ k'iŋ˥ t'ĩ˥ be˥ hai˩ laŋ˧ ti˩ bak˩ tsiŋ˧]
天要害人在一瞬間。

【人善人欺天不欺，人惡人怕天不怕】
[zin˧ sen˧ zin˧ k'i˥ t'en˥ put˥ k'i˥ zin˧ ɔk˩ zin˧ p'ã˩ t'en˥ put˥ p'ã˩]
謂天道至公至正，賞善而罰惡。

【人交的是關公劉備，你交的是林投竹刺】
[laŋ˧ kau˥ e˥ si˩ kuan˧ kɔŋ˥ lau˧ pi˧ li˧ kau˥ e˥ si˩ nã˧ tau˧ tik˥ ts'i˩]
別人交友都是交一些好朋友，你交的朋友則盡是一些像林投、竹刺帶刺的壞朋友。

【人倫有五，夫婦爲先。大禮三千，婚姻最重】
[zin˧ lun˧ iu˥ ŋɔ̃˥ hu˧ hu˧ ui˧ sen˥ tua˩ le˥ sam˧ ts'en˥ hun˧ in˥ tsue˥ tiɔŋ˧]
指五倫中以夫婦間的關係爲首，各種儀式則以婚禮爲最重要。

【人插花伊插草，人坐新娘轎伊坐破畚斗】
[laŋ˧ ts'a˥ hue˥ i˧ ts'a˥ ts'au˥ laŋ˧ tse˩ sin˧ niũ˧ kio˧ i˧ tse˩ p'ua˥ pun˥ tau˥]
本爲早期童謠之歌詞，譏人東施效顰多做怪。

【今日錢做人】
[kim˧ zit˥ tsĩ˧ tso˥ laŋ˧]
譏世人重利輕義，笑貧不笑娼。

【今世做，今世報】
[kim˧ se˩ tso˩ kim˧ se˩ po˩]
現世報，惡報馬上會到來。

【今世做，後世收】
[kim˧ se˩ tso˩ au˩ se˩ siu˥]
今世做惡，後世必有報應。

【今日不知明日事】
[kim˧ zit˥ put˥ ti˥ biŋ˧ zit˩ su˧]
喻過一天算一天；或謂未來都是充滿未知數，就算是今天，對明天會發生

什麼事我們也不清楚。

【今暝，尋毋見早起頓】
[ẽ˧ huĩ˥ ts'ue˩ m˩ kĩ˥ tsa˥ k'i˥ tuĩ˩]
今日黃昏，尚不知明天的早餐在那裏；比喻景況很差。

【今晚食飯，不知明早事】
[ẽ˧ am˩ tsia˩ puĩ˧ m˩ tsai˧ miã˦ tsai˥ su˧]
指人有旦夕禍福。

【今日好運水流東，明日失運水流西】
[kim˧ zit˥ ho˥ un˧ tsui˥ lau˧ taŋ˥ biŋ˧ zit˥ sit˥ un˧ tsui˥ lau˧ sai˥]
人生的遭遇常因時運而轉移。

【今著轎門兩邊開，金銀財寶做一堆，新娘新婿入房內，生子生孫進秀才】
[kim˥ tio˩ kio˩ muĩ˦ liɔŋ˥ piŋ˧ k'ui˥ kim˧ gin˦ tsai˧ po˥ tso˥ tsit˩ tui˥ sin˧ niũ˦ sin˧ sai˩ zip˩ paŋ˧ lai˧ sẽ˧ kiã˥ sẽ˧ sun˥ tsin˥ siu˥ tsai˦]
昔日嫁娶，新娘轎抵男家，新娘將下轎前，轎夫即唸此吉祥語。

【今朝有酒今朝醉，明日愁來明日當】
[kim˧ tiau˥ iu˥ tsiu˥ kim˧ tiau˧ tsui˩ biŋ˧ zit˥ siu˦ lai˦ biŋ˧ zit˥ tɔŋ˥]
得享樂時且享樂，不要爲尚未發生的事煩惱憂愁。

【什麼命，食到竹塹餅】
[siã˥ mĩ˥ miã˧ tsia˩ kau˥ tik˥ ts'am˥ piã˥]
竹塹，新竹古名。沒有那種好運可吃新竹名產（竹塹餅），通常是沒有好運的人所說的。

【仁義莫交財】
[zin˧ gi˧ bɔk˩ kau˧ tsai˦]
朋友相交應以仁義爲重而非金錢。

【仁義禮智信】
[zin˧ gi˧ le˥ ti˩ sin˩]
爲人須重此五事。

【仁義莫交財，交財仁義絶】
[zin˧ gi˧ bɔk˩ kau˧ tsai˦ kau˧ tsai˦ zin˧ gi˧ tsuat˥]
朋友之間往來首重仁義，不要有金錢借貸關係；一旦有金錢往來，很快就會變質。

【仙拚仙】
[sen˧ piã˥ sen˥]
各顯身手，雙方火拚。

【仙機不可露】
[sen˧ ki˥ put˥ k'o˥ lɔ˧]
天機不可洩漏。

【仙人頭殼碗髓】
[sen˧ zin˦ t'au˧ k'ak˥ uã˥ ts'ue˥]
頭殼碗髓，腦漿也。比喻不易得手的珍貴物品。

【仙人扑鼓，有時錯】
[sen˧ zin˦ p'a˥ kɔ˥ u˩ si˧ ts'o˩]
即便是神仙來打鼓，也有打錯的時候。比喻人非聖賢，孰能無過。

【仙屎毋食，食乞食屎】
[sen˧ sai˥ m˩ tsia˧ tsia˩ k'it˥ tsia˩ sai˥]
好的不要偏要不好的，形容性癖偏執。

【仙拚仙，害死猴齊天】
[sen˧ piã˥ sen˥ hai˩ si˥ kau˧ tse˧ t'en˥]
神仙互鬥，禍連孫悟空（猴齊天）。比喻遭受池魚之殃。

【仔薑𣍐辣】
[tsĩ˥ kiũ˥ be˩ hiam˥]
嫩薑不會辣；喻小孩無心機。

【仔戲老乞食】
[tsĩ˥ hi˩ lau˩ k'it˥ tsia˧]
演戲要年輕的演員來演才有人愛看，當乞丐則要由老年人去當才會有人施捨。

【仔瓜無囊，仔子無腹腸】
[tsĩ˥ kue˥ bo˧ ləŋ˦ tsĩ˥ kiã˥ bo˧ pat˥ təŋ˦]
嫩瓜瓜内尚無囊，小孩子的内心也尚無城府，天眞率直。

【以鵝傳鴨母】
[i˥ gia˦ t'uan˧ a˥ bo˥]
謂以訛傳訛。

【伙計食飯配烏鯧，頭家食飯配鹽薑】
[hue˥ ki˩ tsia˩ puĩ˧ p'ue˥ ɔ˧ ts'iũ˥ t'au˧ ke˥ tsia˩ puĩ˧ p'ue˥ iam˧ kiũ˥]
鹽薑，鹹醬菜；烏鯧，黑鯧；老板嚴以待己寬以待人，伙計就會好好效命。

【企空錢】
[k'ia˩ k'aŋ˧ tsĩ˦]
喻人如牆頭草，風從那來，就往那倒。

【企壁的】
[k'ia˩ piaʔ˩ e˩]
指站在街屋壁下拉客的流鶯。

【企芒東坊】
[k'ia˩ baŋ˧ taŋ˧ hɔŋ˥]
企，樹立；以菅芒之類的植物做貞節牌坊；嘲笑寡婦假裝表示貞節。

【企風頂平】
[k'ia˩ hɔŋ˧ tiŋ˥ piŋ˦]
企，站也；站在風頭邊，愛站在上風；喻愛出風頭，追求名利之徒。

【企旗謀反】
[k'ia˩ ki˦ mɔ̃˧ huan˥]
舉旗造反。

【企得正，得人疼】
[k'ia˩ tit˥ tsiã˩ tit˥ laŋ˧ t'iã˩]
爲人公正不阿，必受人愛戴。

【企齊齊，發齊齊】
[k'ia˩ tse˧ tse˦ huat˥ tse˧ tse˦]
舊俗，兒童乳牙脱落，下牙要拋到屋頂，上牙要投入床下，俗信兒童拋投時必須雙腳站（企）齊，將來長恆齒時才會長得整齊。

【企上樓看馬相踢】
[k'ia˩ tsiũ˩ lau˦ k'uã˥ be˥ sio˧ t'at˩]
站（企）上高樓，看馬相鬥；喻隔岸觀火。

【企高山，看馬相踢】
[k'ia˩ kuan˧ suã˥ k'uã˥ be˥ sio˧ t'at˩]
站在高山上（以防被踢到），看兩馬互相打架；喻袖手旁觀。

【企咧放債，跪咧討債】
[k'ia˩ le˥ paŋ˥ tse˩ kui˩ le˥ t'o˥ tse˩]
放債容易討債難。

【企著位，較好識拳頭】
[k'ia˩ tio˩ ui˧ k'a˥ ho˥ bat˥ kun˧ t'au˦]
企著位，住對了地方；較好識拳頭，比懂得拳術還好。喻人要有好的地位或環境。

【企著講人，坐著予人講】
[k'ia˧ tio˩ kɔŋ˥ laŋ˦ tse˧ tio˩ hɔ˩ laŋ˧ kɔŋ˥]
站著講別人的壞話，坐著被別人講壞話；謂不要説別人的壞話。

【企咧像松筒，倒咧像死人】
[k'ia˧ le˩ ts'iũ˩ siɔŋ˧ taŋ˦ to˥ le˩ ts'iũ˩ si˥ laŋ˦]
指大而不當，虛有其表。

【企著好所在，較好識拳頭】
[k'ia˩ tio˩ ho˥ so˥ tsai˧ k'a˥ ho˥ bat˥ kun˧ t'au˦]
喻有好的工作環境，可以事半功倍。

【企咧若東西塔，倒咧若洛陽橋】
[k'ia˧ le˩ nã˥ taŋ˧ sai˧ t'aʔ˩ to˥ le˩ nã˥ lɔk˩ iaŋ˧ kio˦]
東西塔、洛陽橋，均在福建省泉州；形容人高大而無用。

【企宮和尚，教冊先生，守寡姿娘】
[k'ia˩ kiŋ˧ hue˧ siũ˧ ka˥ ts'e˥ sen˧ sĩ˥ tsiu˥ kua˥ tsu˧ niũ˦]
企宮和尚，寺廟之住持；教冊先生，學堂教師；守寡姿娘，寡婦；指這三種人一本正經，無便宜可占。

【企厝著好厝邊，作田著好田邊】
[k'ia˩ ts'u˩ tio˩ ho˥ ts'u˥ pĩ˥ tso˥ ts'an˦ tio˩ ho˥ ts'an˧ pĩ˥]
住家、種田，都要有好的鄰居，才不會有糾紛。

【任你粧，嘛是赤崁糖】
[zin˩ li˥ tsəŋ˥ mã˩ si˩ ts'ia˥ k'am˥ t'əŋ˦]
赤崁，高雄楠梓一地名，此地昔日出產烏糖，糖色赤質甚甜；宛若村姑曬黑，風姿依然可愛，一入城市，任你如何粧扮，仍不脫鄉下人純樸之本質。

【伊的天年】
[i˧ e˧ t'ĩ˧ nĩ˦]
正是他有權有勢當令的時刻，無可奈何。

【伊通放火燒厝，我毋通點火食燻】
[i˧ t'aŋ˧ paŋ˥ hue˥ sio˧ ts'u˩ gua˥ m˩ t'aŋ˧ tiam˥ hue˥ tsia˩ hun˥]
只許州官放火，不准百姓點燈。

【伊無踏著我的腳，我𣍐咬伊的頭】
[i˧ bo˧ ta˩ tio˩ gua˥ ge˧ k'a˥ gua˥ be˩ ka˩ i˧ ge˧ t'au˦]
事有前因後果，人不犯我，我不犯人。

【伯勞仔嘳】
[pe˥ lo˧ a˥ ke˦]
伯勞，鳥名，身小而聲大。俗以比喻只會批評別人不知自我檢討的惡婦。

【伴食宰相】
[p'uã˩ tsia˩ tsai˥ siɔŋ˩]
伴皇帝吃飯的宰相；喻尸位素餐。

【佛法無邊】
[hut˩ huat˩ bu˧ pen˥]
佛的法力無可比擬。

【佛去纔知佛聖】
[hut˥ k'i˩ tsia˥ tsai˧ hut˥ siã˩]
佛走了才知祂很靈驗。喻事過境遷方知是好人，慢了半拍。

【佛教偷敕符，道教偷普渡】
[hut˩ kau˩ t'au˧ t'ik˥ hu˦ to˩ kau˩ t'au˧ p'ɔ˥ tɔ˧]
敕符本屬道教之法術，七月半普渡本爲佛教所做之科儀，後來佛道混合，佛教人士學會使用道教之敕符，道教人士則學會佛教之普渡。

【佛教無敕符，道教無普渡】
[hut˩ kau˩ bo˧ t'ik˥ hu˦ to˩ kau˩ bo˧ p'ɔ˥ tɔ˧]
意同前句。

【但存方寸地，留與子孫耕】
[tan˩ ts'un˧ hɔŋ˧ ts'un˥ te˧ lau˧ i˥ tsu˧ sun˥ kiŋ˥]
做人須爲子孫積德。

【你兄我弟】
[li˥ hiã˥ gua˥ ti˧]
指只能同歡樂，不能共患難的酒肉朋友。

【你溜，我旋】
[li˥ liu˥ gua˥ suan˥]
看情況不對，你溜走我也溜走。

【你食曼陀花】
[li˥ tsia˨ ban˨ t'o˧ hue˥]
曼陀花，植物名，春天生長，狀如茄子，高二、三尺，夏秋之間開白花，俗信吃了它的白花會發狂。喻你發瘋了嗎？

【你請，我無閒】
[li˥ ts'iã˥ gua˥ bo˧ iŋ˦]
朋友間戲謂再見之意，你請便，我沒有空哪。

【你講，我不懂】
[li˥ kɔŋ˥ gua˥ put˥ tɔŋ˥]
戲謂你講什麼，我全部聽不懂。

【你鬼，我閻羅王】
[li˥ kui˥ gua˥ giam˧ lo˧ ɔŋ˦]
你難纏，我也是不好惹的，你嚇不倒我。

【你是抹新竹粉的】
[li˥ si˨ bua˥ sin˧ tik˥ hun˥ e˨]
新竹粉，昔日婦人化粧用的粉以新竹所製最爲有名。比喻你用的是高貴品。

【你想江山萬萬年】
[li˥ siũ˨ kaŋ˧ san˥ ban˨ ban˨ len˦]
你想永遠保持盛況，但衡諸歷史教訓卻不然。

【你心肝剖出來狗毋嘷】
[li˥ sim˧ kuã˥ p'ua˨ ts'ut˥ lai˨ kau˥ m˨ p'ĩ˧]
比喻人壞到極點，連他的心肝剖出來，狗都不願去嗅。

【你毋通甲我得虎獅林】
[li˥ m˨ t'aŋ˧ ka˥ gua˥ te˥ hɔ˥ sai˧ nã˦]
喻不可做出不合常理之事。

【你免狂，媽祖過三塊槺榔】
[li˥ ben˥ kɔŋ˦ mã˥ tsɔ˥ kue˥ sam˧ k'ɔŋ˧ lɔŋ˦]
狂，指慌躁發急；三塊槺榔，指今南投新街東北，現已無此鄉。媽祖巡境係依各鄉而行，此諺指不用急，媽祖鑾駕已到三塊槺榔，很快便輪到這兒了。

【你到飯硿，我亦到碗籃】
[li˥ kau˥ puĩ˨ k'ã˥ gua˥ ia˨ kau˥ uã˥ nã˦]
謂實力相當，不相上下。

【你要我死，我要你無命】
[li˥ ai˥ gua˥ si˥ gua˥ ai˥ li˥ bo˧ miã˧]
你欲置我於死地，我也不肯饒你，雙方僵持不下。

【你剃人頭，人嘛剃你頭】
[li˥ t'i˥ laŋ˧ t'au˦ laŋ˧ mã˨ t'i˥ li˥ t'au˦]
冤冤相報何時了？

【你毋仁和街的阿兄——等死】
[li˥ m˨ zin˧ ho˧ ke˥ e˧ a˧ hiã˥ tan˥ si˥]
歇後語。台南市諺語。仁和街在五條港，古名杉行街，街上有許多棺材店；阿兄，爲人扛棺材的土公，沒事經常聚集在仁和街口等候喪家雇請，故有此諺。

【你毋驚王爺船甲你載去】
[li˥ m˨ kiã˧ ɔŋ˧ gia˧ tsun˦ ka˨ li˥ tsai˨ k'i˨]

王爺船，相傳爲瘟神之船；指不怕死。

【你急伊無急，人閒心獪閒】
[li˥ kip˩ i˧ bo˧ kip˩ laŋ˦ iŋ˦ sim˥ be˩ iŋ˦]
謂人城府深沈，有心機；喜怒不形於色。

【你看我浮浮，我看你霧霧】
[li˥ k'uã˥˩ gua˥ p'u˥ p'u˥˩ gua˥ k'uã˥˩ li˥ bu˩ bu˧]
你看不起我，我也看你不起，雙方互相卑視對方。

【你無去傷人，人獪去傷你】
[li˥ bo˧ k'i˥˩ siɔŋ˧ laŋ˦ laŋ˧ be˩ k'i˥˩ siɔŋ˧ li˥˩]
你不犯人，人不犯你。

【你毋是辜顯榮，我毋是廖添丁】
[li˥˩ m˩ si˩ kɔ˧ hen˥ iŋ˦ gua˥˩ m˩ si˩ liau˩ t'iam˧ tiŋ˥]
辜顯榮，鹿港人，日治時期因引日軍入台北城有功而成爲顯貴人物。廖添丁，日治時期之義賊，常劫富濟貧，曾至辜顯榮家索取鉅金，轟動一時。後人遇到別人無理要求時，或別人對己有戒心時，常引用此語。

【你無講話，人獪甲你當做啞巴】
[li˥ bo˧ kɔŋ˥ ue˧ laŋ˧ be˩ ka˩ li˥ tɔŋ˥˩ tso˥˩ e˥ kau˥˩]
比喻有本事別人自會登門請教，不須自家到處炫耀。

【你要借一千銀，免經過三口灶】
[li˥ be˥ tsio˥˩ tsit˩ ts'iŋ˧ gin˦ ben˥ kiŋ˧ kue˥˩ sã˧ k'au˥ tsau˩]
昔日南投三欉榔一帶很富庶，在此借錢並不困難，要湊到一千銀元，不須超過三家（三口灶）。

【你有你的關門計，我有我的跳牆法】
[li˥ u˩ li˥ ge˧ kuãi˧ muĩ˧ ke˩ gua˥ u˩ gua˥ ge˧ t'iau˥˩ ts'iũ˧ huat˩]
道高一尺，魔高一丈，各有本事。

【你咱兩人做夥睏，較好滾水泡冰糖】
[li˥ lan˥˩ ləŋ˩ laŋ˦ tso˥˩ hue˥ k'un˩ k'a˥˩ ho˥ kun˥ tsui˥˩ p'au˥˩ piŋ˧ t'əŋ˦]
做夥睏，同床共枕。比喻糖甘蜜甜。此係風塵女郎哄慰嫖客的話語。有些露水鴛鴦也加以引用。

【何代無賢，何公無私】
[ho˧ tai˧ bo˧ hen˦ ho˧ kɔŋ˥ bo˧ su˥]
任何一個時代都會有賢人，就彷彿任何一件公家的事都會有人懷著私心。

【何面目見江東父老】
[ho˧ bin˩ bɔk˥ ken˥˩ kaŋ˧ tɔŋ˥ hu˩ lo˥˩]
本指項羽沒臉見故鄉的人；借喻沒臉見老同事、老朋友。

【佔孔龜】
[tsiam˥˩ k'aŋ˧ ku˥]
淡水龜之習性，大都蟄居土穴之中；喻不喜外出的人。

【住厝獪著】
[tua˥˩ ts'u˩ be˩ tiau˦]
言人好動，閒不住，喜歡往外冶遊。

【住得飼鬆】
[tua˥˩ tit˥ ts'i˩ ts'iu˥]
嘲諷足不出户的人。

【住厝賤，出厝貴】
[tua˥˩ ts'u˩ tsen˧ ts'ut˥ ts'u˩ kui˩]
本地的土產賤如糞土，運銷外地則身價百倍。幾乎所有的農產品，市場價格都比產地價格高上許多倍。

【住在巷仔內——內行】
[tua˥˧ ti˨˩ haŋ˧ ŋã˥ lai˧ lai˨˩ haŋ˨˦]
歇後語。住在巷仔內，省稱巷內或內巷，內巷與「內行」諧音。

【住和尚頭摸蝨母】
[tua˥˧ hue˧ siũ˨˩ t'au˨˦ bɔŋ˧ sap˥ bo˥˧]
和尚光頭，怎麼會長頭蝨？喻緣木求魚。

【住場好不如肚腸好，墳地好不如心地好】
[tua˥˧ tiũ˨˦ ho˥˧ put˥ zu˧ tɔ˨˩ tɔŋ˨˦ ho˥˧ p'un˧ te˧ ho˥˧ put˥ zu˧ sim˧ te˧ ho˥˧]
勸人不必迷信地理風水，而以心腸好行善事爲最重要。

【伸手予人相】
[ts'un˧ ts'iu˥˧ hɔ˨˩ laŋ˧ siɔŋ˨˩]
自洩底細，自暴其短。

【伸手拄著壁】
[ts'un˧ ts'iu˥˧ tu˥ tio˨˩ piaʔ˩]
形容走投無路。

【伸手摸心肝】
[ts'un˧ ts'iu˥˧ bɔŋ˧ sim˧ kuã˥]
意謂要摸摸良心，自我反省。

【伸腳予人夾】
[ts'un˧ k'a˥ hɔ˨˩ laŋ˧ giap˩]
自尋是非。

【伸手無看見五枝指頭仔】
[ts'un˧ ts'iu˥˧ bo˧ k'uã˥˧ kĩ˥˧ gɔ˨˩ ki˧ tsiŋ˥ t'au˧ a˥˧]
伸手不見五指，謂四周光線極暗。

【作賊心虛】
[tso˥˧ ts'at˥ sim˥ hi˥]
做壞事心不定。

【作三腳褲，予人穿】
[tso˥˧ sã˧ k'a˧ k'ɔ˨˩ hɔ˨˩ laŋ˧ ts'iŋ˧]
出難題給人家做。無理的要求。與「讓人穿小鞋子」有異曲同工之妙。

【作威作福，由在人】
[tso˥˧ ui˥ tso˥˧ hɔk˩ iu˧ tsai˨˩ laŋ˨˦]
有人喜歡仗勢顯示自己的威風，有人喜歡虛僞浮華，完全看他的個性。

【作惡作毒，穿鞋篤篤】
[tso˥˧ ɔk˩ tso˥˧ tɔk˥ ts'iŋ˨˩ e˨˦ tɔk˥ tɔk˩]
指無惡不作者，必遭報應。

【作穡相推挨，食飯爭做前】
[tso˥˧ sit˥ sio˧ t'e˧ e˥ tsia˨˩ puĩ˧ tsẽ˧ tso˥˧ tsiŋ˨˦]
工作時互相推托，吃飯時則爭先恐後。

【佐料夠，毋是新婦賢】
[tso˧ liau˧ kau˥˧ m˨˩ si˨˩ sim˧ pu˧ gau˨˦]
佐料，煮菜用的蝦仁、蝦皮、薑、葱、鹽、味素....。是佐料好，不是媳婦的烹調技術好。

【伺候豬公比伺候公婆較奧】
[su˧ hau˨˩ ti˧ kɔŋ˥ pi˥ su˧ hau˨˩ kɔŋ˧ po˨˦ k'a˥˧ oʔ˩]
本省習俗，凡遇祭典多有神豬比賽。豬長到三、四百斤後，因體肥，故行動懶怠，整天躺睏，缺乏運動，食慾不振。爲使其更肥，須多方照顧，如供應營養易吸收之飼料，爲牠掛蚊帳、吹電扇，甚至還得裝冷氣，故伺候豬公比伺候公婆還難。

【佩痰罐】
[p'ãi˨˩ t'am˧ kuan˨˩]
佩，單肩背物之謂。身上背著痰盂，隨時隨地張開尊口便吐出濃痰，使人作嘔。喻爲人所唾棄的人。

【來無去時久】
[lai˨˦ bo˧ k'i˨˩ si˨˦ ku˥˧]

指福氣來時不會比不來時長；喻不要因稍有成就而自滿。

【來無聲，去無影】
[lai˧˥ bo˧ siã˥ k'i˨˩ bo˧ iã˥˧]
喻蹤跡杳然。

【來興，顧嘴，無顧身】
[lai˧ hiŋ˥ kɔ˥˧ ts'ui˨˩ bo˧ kɔ˥˧ sin˥]
昔日有一兒童名喚來興，貪吃而不顧身體，終至生病。因爲兒童大多貪吃而不願換衣服、剃頭、洗澡，故做父母的常以此語敎誡子女。

【來者不善，善者不來】
[lai˧˥ tsia˨˩ put˥ sen˧ sen˧ tsia˨˩ put˥ lai˧˥]
謂來意不善。

【來若風雨，去若絲線】
[lai˧˥ nã˥ hɔŋ˧ hɔ˧ k'i˨˩ nã˥ si˧ suã˨˩]
本謂疾病之發作快而痊癒則很緩慢；後藉以形容新聞人物，來時大加炒作，熱鬧滾滾，事過境遷，又彷彿完全沒那回事般的。

【來者將就，去者不留】
[lai˧˥ tsia˨˩ tsiɔŋ˧ tsiu˧ k'i˨˩ tsia˨˩ put˥ liu˧˥]
招募人馬，不刻意刁難，想來者就來，不想留下者，聽君自便。

【來無躊躇，去無相辭】
[lai˧˥ bo˧ tiũ˧ ti˧˥ k'i˨˩ bo˧ sio˧ si˧˥]
無躊躇，不小心，不必通告。相辭，說再見。喪事當中，親戚去弔喪，去時不必向主人預約，弔完離開也不必與主人說再見（不可說再見），此爲有關喪葬禮俗之台諺。

【來說是非者，便是是非人】
[lai˧ suat˥ si˨˩ hui˥ tsia˨˩ pen˨˩ si˨˩ si˨˩ hui˧ zin˧˥]
說別人是非者，本身就是製造是非的人。

【來豬窮，來狗富，來貓起大厝】
[lai˧ ti˥ kiŋ˧˥ lai˧ kau˥˧ hu˨˩ lai˧ niãu˥ k'i˥ tua˨˩ ts'u˨˩]
昔日貓、狗較少，豬則非常普遍，物以稀爲貴，故說豬來會窮，狗來會富，貓來便可蓋大房子（大厝）。

【來戇戇，去空空，枕頭公，腳桶王】
[lai˧˥ gɔŋ˨˩ gɔŋ˧ k'i˨˩ k'ɔŋ˧ k'ɔŋ˥ tsim˥ t'au˧ kɔŋ˥ k'a˧ t'aŋ˥ ɔŋ˧˥]
妓女户老鴇常唸的滑稽句，藉此以求生意興隆。意謂嫖客來時慾念攻心都傻頭傻腦，走時袋子裡的錢都花得空空的，祈求枕頭公、腳桶（辦完事洗下身用的水桶）王兩位神明多庇佑。

【佬仔假大爺】
[lau˥ a˥˧ ke˥ tua˨˩ ia˧˥]
壞人佯裝好人。

【佬仔假光棍】
[lau˥ a˥˧ ke˥ kɔŋ˧ kun˨˩]
小偷行竊失敗，假裝要借東西。

【佳里連羅】
[ka˧ li˥ len˧ lo˧˥]
謂爲時尚遠。或謂係「傀儡連鑼」之訛變。

【侘濕濕】
[tẽ˥˧ sip˥ sip˩]
假裝不要緊而不開口的樣子。

【使目尾】
[sai˥ bak˩ bue˥˧]
用眼尾看人。

【使目箭】
[sai˥ bak˩ tsĩ˨˩]
意同「使目尾」。

【使嘴水】

[sai˥ ts'ui˥˧ tsui˥˧]
耍嘴皮子，盡講些好聽的話。

【使嘴嗾】
[sai˥ ts'ui˥˧ ts'ɔp.˦]
自己動嘴害得別人跑斷腿。

【使牛追馬】
[sai˥ gu˧˥ tui˧ be˥˧]
謂愚不可及。

【使目尾看】
[sai˥ bak.˨ bue˥˧ k'uã˨˩]
姑娘家不好意思正視男孩，偷偷地用眼尾瞄視，有送秋波示好之意。

【使鬼弄蛇】
[sai˥ kui˥˧ laŋ˨˩ tsua˧˥]
教唆人家做惡。

【使倒頭槌】
[sai˥ to˥˧ t'au˧ t'ui˧˥]
幫倒忙。

【使燕尾看】
[sai˥ ĩ˥˧ bue˥˧ k'uã˨˩]
燕尾，指女子腦後之髮飾。謂女孩不喜歡一個男孩時，就轉身給他看背後。

【使牛去追馬】
[sai˥ gu˧˥ k'i˥˧ tui˧ be˥˧]
意同「使牛追馬」。

【使司，扑天理】
[sai˥ si˥ p'a˥˧ t'ĩ˧ li˥˧]
打官司是打天理，合天理的才會贏。

【使人不如家治走】
[sai˥ laŋ˧˥ put˥ zu˧ ka˧ ti˨˩ tsau˥˧]
謂請人幫忙不如自己跑一趟。喻求人不如求己。

【使唆烏鬼去放貢】
[sai˥ so˥ ɔ˧ kui˥˧ k'i˥˧ paŋ˥˧ kɔŋ˨˩]
烏鬼，昔日僑寓台灣爲人幫傭的小黑人；喻唆使人做壞事。

【使口不如自走，求人不如求己】
[sai˥ k'au˥˧ put˥ zu˧ tsu˨˩ tsau˥˧ kiu˧ zin˧˥ put˥ zu˧ kiu˧ ki˥˧]
萬事與其求人不如求己。

【依阿從事】
[i˧ o˥ tsiɔŋ˧ su˧]
做事唯唯諾諾，敷衍了事。

【依計就計】
[i˧ ke˨˩ tsiu˨˩ ke˨˩]
將計就計。

【依鬼就鬼】
[i˧ kui˥˧ tsiu˨˩ kui˥˧]
將計就計，以之制之。

【個姆仔戽蝦仔】
[in˧ m˥˧ a˨˩ hɔ˥˧ he˧ a˥˧]
個姆，謂他的母親；戽蝦，將蝦子從熱鍋中撈出來。喻慘了，死了，完蛋了。

【保領入房，無保領一世人】
[po˥ niã˥ zip.˨ paŋ˧˥ bo˧ po˥ niã˥ tsit.˨ si˥˧ laŋ˧˥]
謂媒人之職責只是保證新娘娶進洞房，不保證一輩子幸福美滿。

【便宜毋識飽】
[pan˧ gi˧˥ m˨˩ bat˥ pa˥˧]
便宜的東西，吃到不知道飽。謂人貪便宜，人心不知足。

【便所蠟燭——臭火】
[pen˨˩ sɔ˥ la˨˩ tsik.˨ ts'au˥˧ hue˥˧]
歇後語。廁所(便所)內的燭光，是臭的火。臭火，即罵人囂張。

【便所內點火——臭火】
[pen˨˩ sɔ˥ lai˧ tiam˥ hue˥˧ ts'au˥˧ hue˥˧]
歇後語。廁所裡臭氣沖天，在此點火，

正所謂臭火。臭火，即罵人囂張。

【便所內彈吉他——臭彈】
[pen˩ sɔ˥ lai˧ tuã˧ gi˥ ta˩ ts'au˥ tuã˧]
歇後語。廁所裏臭氣沖天，在此彈奏吉他，正是「臭彈」；臭彈，指言過其實、吹牛。

【便宜物通食，便宜話毋通講】
[pan˧ gi˧ mĩ˧ t'aŋ˧ tsia˧ pan˧ gi˧ ue˧ m˩ t'aŋ˧ kɔŋ˥]
便宜的東西可以隨便吃，但要答應人家的話則不可以隨便說。

【便宜莫再取，再取無便宜】
[pan˧ gi˧ bɔk˩ tsai˥ ts'u˥ tsai˥ ts'u˥ bo˧ pan˧ gi˧]
戒人勿一再貪取便宜。

【俗物，貴買】
[siɔk˩ mĩ˧ kui˥ be˥]
東西雖便宜，買來沒有用處，等於是買了一件貴東西。

【俗買，貴賣】
[siɔk˩ be˥ kui˥ be˧]
生意人進價低，出價高，以價差爲利潤。

【俗米，在高州】
[siɔk˩ bi˥ ti˩ ko˧ tsiu˥]
譏謂欲買便宜貨，就到產地去。

【俗物，食破厝】
[siɔk˩ mĩ˧ tsia˩ p'ua˥ ts'u˩]
謂買便宜物，因不耐用反而不經濟。

【俗物，無好貨】
[siɔk˩ mĩ˧ bo˧ ho˥ hue˩]
廉價品沒有好貨。

【俗卸，較贏寄】
[siɔk˩ sia˩ k'a˥ iã˧ kia˩]
昔日進城賣農產品者，生意不佳時，以低價賣出（俗卸），比寄放商家代賣好；因爲俗卸多少總可以得到現金，寄賣則自己完全無法掌握。

【俗腳，較贏甲人借】
[siɔk˩ k'a˥ k'a˥ iã˧ ka˩ laŋ˧ tsioʔ˩]
俗腳，謂便宜的工資；去賺很辛苦的錢，比向別人借貸好。

【俗香兼芳擱點𣍐過】
[siɔk˩ hiũ˥ kiam˧ p'aŋ˥ ko˥ tiam˥ be˩ kue˩]
點𣍐過，指香可以點燃得很久。喻貨品價廉物美又好用。

【倒手剞刀】
[to˥ ts'iu˥ k'au˧ to˥]
倒手，左手；喻很會製造東西的人。

【倒插楊柳】
[to˥ ts'a˥ iũ˧ liu˥]
喻欺騙。

【倒吊無目屎】
[to˥ tiau˩ bo˧ bak˩ sai˥]
喻欲哭無淚。

【倒吊無墨水】
[to˥ tiau˩ bo˧ bak˩ tsui˥]
罵人沒有學問。

【倒剞兼正削】
[to˥ k'au˥ kiam˧ tsiã˥ siaʔ˩]
謂正面、反面諷刺人。

【倒牆礙著壁】
[to˥ ts'iũ˧ gai˩ tio˩ piaʔ˩]
倒塌的外牆，妨礙到內壁的安全；喻彼此間有連帶關係，互相影響。

【倒剃較無毛管】
[to˥ t'i˩ k'a˥ bo˧ mɔ̃˧ kuĩ˥]
髮根（毛管）藏在肉裡，不管剃頭正剃、反剃（倒剃），一定剃不掉；喻方法改變，反看不出其效果。

【倒尾落船，先上山】
[to˥˧ bue˥ lo˩ tsun˧˥ siŋ˧ tsiũ˩ suã˥]
罵人不照倫常，搭船時最後上船，船靠岸後卻是最先登陸。

【倒騎驢，毋看畜牲面】
[to˥˧ k'ia˧ li˧˥ m˩ k'uã˥˧ tsiŋ˧ sẽ˧ bin˧]
謂討厭之至，連看都不想看他一眼。

【倒在高低岸，狗屎交落嘴內】
[to˥ ti˩ kuan˧ ke˩ huã˧ kau˥ sai˥˧ ka˧ lau˩ ts'ui˥˧ lai˧]
罵人懶惰，只想不勞而獲，有東西自動從天上掉進他口內。

【值無人一支腳毛】
[tat˩ bo˧ laŋ˧ tsit˩ ki˧ k'a˧ mɔ̃˥]
比不上別人一根腳毛的價值；喻毫無用處。

【候腳蕎】
[hau˩ k'a˧ gio˧˥]
走路趑趄(躊躇)不前。

【借刀殺人】
[tsio˥˧ to˥ sat˥ zin˧˥]
教別人去做壞事。

【借支克難】
[tsio˥˧ tsi˥ k'ik˥ lan˧]
謂寅吃卯糧。

【借肞克卵】
[tsio˥˧ tsi˥ k'ik˥ lan˧]
從「借支克難」轉音而成，肞，女陰；卵，陽具；謂找一個厲害的女子來降伏這個男人。

【借狐狸身】
[tsio˥˧ hɔ˧ li˧ sin˥]
謂美得像狐狸化身，褒中寓貶。

【借荊州，占荊州】
[tsio˥˧ kiŋ˧ tsiu˥ tsiam˥˧ kiŋ˧ tsiu˥]
典出《三國演義》。謂把所借的東西佔為己有。

【借人死，毋借人生】
[tsio˥˧ laŋ˧ si˥˧ m˩ tsio˥˧ laŋ˧ sẽ˥]
台俗認為人死會留下福分，人出生會帶走福分，因此寧可借人死，不肯借人生小孩，即使自己的女兒也一樣，不借她生。

【借赴鼎，討勿赴鼎】
[tsio˥˧ hu˥˧ tiã˥˧ t'o˥ be˩ hu˥˧ tiã˥˧]
借，借債；討，討債；赴鼎，來得及下鍋烹煮。喻討債比借債困難。

【借刀企磨，借牛貪掛】
[tsio˥˧ to˥ k'ia˩ bua˧˥ tsio˥˧ gu˧˥ t'am˧ kuaʔ˩]
借來的刀站著（企）磨礪，借來的牛不肯讓牠休息，一直掛著牛擔犁田、拖車。喻借來的東西都不知珍惜而亂用。

【借錢娶某，生子無尻川】
[tsio˥˧ tsĩ˧˥ ts'ua˩ bɔ˥˧ sẽ˧ kiã˥˧ bo˧ k'a˧ ts'uĩ˥]
謂上一代沒做好事，會累及下一代。

【借錢一樣面，討錢一樣面】
[tsio˥˧ tsĩ˧˥ tsit˩ iũ˩ bin˧ t'o˥ tsĩ˧˥ tsit˩ iũ˩ bin˧]
借錢時很有禮貌，到了討錢時卻反臉。前恭後倨，反臉無常。

【借錢時你是阿公，還錢時伊是阿公】
[tsio˥˧ tsĩ˧˥ si˧˥ li˥˧ si˩ a˧ kɔŋ˥ hiŋ˧ tsĩ˧˥ si˧˥ i˧ si˩ a˧ kɔŋ˥]
意同前句。

【修心較好食菜】
[siu˧ sim˥ k'a˥˧ ho˥ tsia˩ ts'ai˩]
人若真心向佛，誠心為上，不一定要吃齋。引喻人行事要名實相符，莫裝

模作樣，徒具形式。

【偏麵食毋知飽】
[p'ĩ˧ mĩ˧ tsia˩ m˩ tsai˧ pa˥]
偏，貪便宜；貪便宜弄來的食物，猛吃還不知是否吃飽；喻貪得無饜。

【偏兵時，使得過，富𣍐退】
[p'en˧ piŋ˧ si˦ sai˥ tit˥ kue˩ hu˥ be˩ t'ue˩]
偏兵，天兵、天災；喻能鬥得過天災兵禍；往後的日子便好過。大難不死，必有後福。

【偏憐之子不保業，難得之婦不保家】
[p'en˧ len˦ tsi˧ tsu˥ put˥ po˥ giap˥ lan˧ tit˥ tsi˧ hu˧ put˥ po˥ ke˥]
溺愛長大的兒子，苦苦追求才得到的媳婦，由於態勢驕縱，對於家庭而言均是禍不是福。

【偷食步】
[t'au˧ tsia˩ pɔ˧]
指以犯規或做弊的方法而獲勝。

【偷來暗去】
[t'au˧ lai˧ am˥ k'i˩]
形容男女的不正常關係。

【偷咬雞仔】
[t'au˧ ka˩ ke˧ a˥]
比喻婦女有外遇，在外偷漢子。

【偷舉古井】
[t'au˧ gia˧ kɔ˥ tsẽ˥]
喻不可能有的事，或喻飛來橫禍。

【偷食狗，有罪】
[t'au˧ tsia˩ kau˥ u˩ tsue˧]
做賊心虛，做壞事的自然會顯露。

【偷食無拭嘴】
[t'au˧ tsia˧ bo˧ ts'it˥ ts'ui˩]
做壞事沒有湮滅證據，讓人看出破綻。

【偷食𣍐曉拭嘴】
[t'au˧ tsia˧ be˩ hiau˥ ts'it˥ ts'ui˩]
偷吃東西沒擦乾嘴巴。喻做事不會善後，不懂得滅跡。

【偷硓砧，得好某】
[t'au˧ lo˥ ko˥ tit˥ ho˧ bɔ˥]
俗謂元宵夜，未婚男子去偷得別人牆頭的硓砧石，將來就會娶到好老婆。

【偷挽蔥，嫁好尪】
[t'au˧ ban˥ ts'aŋ˥ ke˥ ho˥ aŋ˥]
俗信元宵夜，未婚女子到別人家菜園去偷拔蔥，便可嫁到好丈夫。

【偷掠雞，無秤重】
[t'au˧ lia˩ ke˥ bo˧ ts'in˥ taŋ˧]
偷來的雞，賣的時候不會秤斤兩賣，是論隻賣的。比喻容易得來之物，不計較其代價。

【偷割稻，捨施糜】
[t'au˧ kua˥ tiu˧ sia˥ si˥ muãi˦]
偷割別人的稻子，再從中拿一部分米煮成稀飯施捨給他人。喻僞善。

【偷舉古井，也著認】
[t'au˧ gia˧ kɔ˥ tsẽ˥ ia˩ tio˩ zin˧]
嚴刑酷打之下，就算被誣指偷扛了一口井，也得招認。極言屈打成招之冤。

【偷舉鼎，怨偷掘芋】
[t'au˧ gia˧ tiã˥ uan˥ t'au˧ kut˩ ɔ˧]
偷了別人的鼎（鍋），卻埋怨別人偷挖了自己的芋頭。賊怨賊。

【偷拈偷捻，一世人欠】
[t'au˧ nĩ˧ t'au˧ liam˩ tsit˩ si˥ laŋ˧ k'iam˩]
偷拈偷捻，幫人做事喜歡佔小便宜、索取回扣等，這種人一輩子都富不起來，都成不了大器。

【偷折籬笆，起牆仔賠】

[t'au˧ t'ia˥˧ li˧ pa˥ k'i˥ ts'iũ˧ a˥˧ pue˧˥]
偷拆別人的竹籬笆燒火，事發卻須蓋磚牆賠償主人。喻得不償失。

【偷食𣍐肥，做賊𣍐富】
[t'au˧ tsia˧ be˨˩ pui˧˥ tso˥˧ ts'at˥ be˨˩ hu˨˩]
用不正當手段得來的東西，是無法長久的。因怎麼來就怎麼去。

【偷掠雞，也著一把米】
[t'au˧ lia˨˩ ke˥ ia˨˩ tio˨˩ tsit˩ pe˥ bi˥˧]
偷雞，必須有一把米做餌。喻做任何事均須有本錢，空手做不了事。

【偷拈偷捻，一世人缺欠】
[t'au˧ nĩ˧ t'au˧ liam˨˩ tsit˩ si˥˧ laŋ˧ k'ue˥˧ k'iam˨˩]
意同「偷拈偷捻，一世人欠」。

【偷雞無成，反了一把米】
[t'au˧ ke˥ bo˧ siŋ˧˥ huan˥ liau˥ tsit˩ pe˥ bi˥˧]
喻血本無歸。

【偷食，𣍐瞞得嘴齒；討尪，𣍐瞞得鄉里】
[t'au˧ tsia˧ be˨˩ muã˧ tit˥ ts'ui˥ k'i˥˧ t'o˥ aŋ˥ be˨˩ muã˧ tit˥ hiũ˧ li˥˧]
討尪，指婦女紅杏出牆，或稱討契兄。喻凡事若要人不知，不如己莫爲。

【假好款】
[ke˥ ho˥ k'uan˥˧]
指虛情假意；或用以罵人囂張乖戾。

【假仙假觸】
[ke˥ sen˧ ke˥ tak˩]
喻假惺惺。

【假曲唱無調】
[ke˥ k'ik˩ ts'iũ˥˧ bo˧ tiau˧]
曲，指南管、北管的曲師；冒充曲師的人，真加以考驗，他就會露出馬腳，唱不出一個調子來。比喻沒有實力的人，是無法魚目混珠的。

【假童害眾人】
[ke˥ taŋ˧˥ hai˨˩ tsiŋ˥˧ laŋ˧˥]
童，乩童；冒充乩童，假傳神意，害了一大堆人。

【假戇，使歹錢】
[ke˥ gɔŋ˧ sai˥ p'aĩ˥ tsĩ˧˥]
歹錢，贋幣、僞鈔。裝傻把僞鈔花出去。

【假戇，使軟錢】
[ke˥ gɔŋ˧ sai˥ nuĩ˥ tsĩ˧˥]
喻裝瘋賣傻做壞事。

【假有心，假有意】
[ke˥ u˨˩ sim˥ ke˥ u˨˩ i˨˩]
虛情假意。

【假曲唱𣍐落喉】
[ke˥ k'ik˩ ts'iũ˥˧ be˨˩ lo˨˩ au˧˥]
冒充會唱歌，卻又唱不成調；喻僞裝得不夠高明。

【假曲，唱𣍐落調】
[ke˥ k'ik˩ ts'iũ˥˧ be˨˩ lo˨˩ tiau˧]
意同「假曲唱無調」。

【假會過，富𣍐退】
[ke˥ e˨˩ kue˨˩ hu˥˧ be˨˩ t'ue˨˩]
舊俗男女結婚須先合八字，女方爲求好命，往往將女子八字另行僞造一分供相命師配合，俗謂若通得過，則出嫁以後命一定會很好。

【假死鯪鯉，等螞蟻】
[ke˥ si˥ la˧ li˥˧ tan˥ kau˥ hia˧]
鯪鯉，穿山甲，食蟻獸，常詐死將甲片現開以吸引螞蟻上身，好做爲牠的美食。比喻請君入甕。

【健奴無禮，驕兒不孝】

[ken˩ lɔ˧˥ bo˧ le˥˧ kiau˧ zi˧˥ put˥ hau˩]
散漫的奴僕（健奴）沒禮貌，受寵的子女（驕兒）不會孝順父母。

【健健人，買一個漏酒甕】
[kiã˩ kiã˩ laŋ˧˥ be˥ tsit˦ le˧ lau˩ tsiu˥ aŋ˩]
健健人，頭腦聰明的正常人。喻智者千慮也會有一失。

【做遣散】
[tso˥˧ k'en˥˧ sən˥˧]
民俗信仰上，做一種替代性的動作以驅逐不祥，稱爲做遣散或做竅妙。

【做竅妙】
[tso˥˧ k'iau˥ miãu˧]
意同「做遣散」。

【做十六歲】
[tso˥˧ tsap˦ lak˦ hue˩]
即民間之成年禮。萬華、鹿港、台南市一帶泉州籍居民，在兒女十六歲那年的七夕夜，以七娘媽亭及牲醴等祭拜七娘媽（織女）後，讓孩子從七娘媽亭下穿過，便算是成年了。

【做歹焉頭】
[tso˥˧ p'ãi˥ ts'ua˩ t'au˧˥]
當壞榜樣。

【做肝，做腱】
[tso˥˧ kuã˥ tso˥˧ ken˧]
肝與官同音，腱指雞鴨的肫。譏諷人妄想做官。

【做賊做鱟】
[tso˥˧ ts'at˥ tso˥˧ hau˧˥]
譏人不務正業。

【做楹做柱】
[tso˥˧ ẽ˧ tso˥˧ t'iau˧]
楹、柱都是房屋中主要力量的支撐點；喻成爲可靠的人物。

【做一男一女】
[tso˥˧ tsit˦ lam˧˥ tsit˦ li˥˧]
謂女兒出嫁有所生育，娘家要去「做月內」、「做滿月」、「做四月日」、「做度晬」、「做入學」、「做十六歲」等，不管女兒生幾男幾女，至少要幫她所生的做到一男一女，能力佳者全部做也無妨。

【做人若人客】
[tso˥˧ laŋ˧˥ nã˥ laŋ˧ k'eʔ˦]
謂人生在世就像一場旅行。

【做牛無惜力】
[tso˥˧ gu˧˥ bo˧ sio˥˧ lat˥]
喻毫不保留，盡力做。

【做公親，貼本】
[tso˥˧ kɔŋ˧ ts'in˥ t'iap˥ pun˥˧]
公親，仲裁人。爲人主持公道，結果往往會賠錢、花時間與吃虧。

【做石磨仔心】
[tso˥˧ tsio˩ bo˧ a˥ sim˧]
石磨仔，昔日年節磨糕之石器，分上下兩部分，藉上下石面將米磨成漿，中間有木心套住上下石片，稱爲石磨仔心。比喻夾在中間左右爲難。

【做忌也徙日】
[tso˥˧ ki˧ ia˩ sua˥ zit˥]
做忌，固定在死者亡故之日祭拜。連做忌之日都要調換，可見懶得不堪想像。

【做事，起頭難】
[tso˥˧ su˧ k'i˥ t'au˧ lan˧˥]
萬事開頭難，一旦有了開頭就好辦。

【做官無三代】
[tso˥˧ kuã˥ bo˧ sã˧ tai˧]
謂做一世惡官，便會絶子絶孫，傳不

到第三代。

【做官騙厝內】
[tso˥ kuã˥ p'en˥ ts'u˥ lai˧]
做官的人，爲保守公務上的機密，有時會隱瞞甚至善意地欺騙家裏的人。

【做鬼，搶無食】
[tso˥ kui˥ ts'iũ˥ bo˧ tsia˧]
譏其做事動作緩慢，死後做鬼參加普渡都搶不到東西吃。

【做球予人踢】
[tso˥ kiu˧ hɔ˩ laŋ˧ t'at.˩]
喻任人擺佈。

【做賊兼點燈】
[tso˥ ts'at˥ kiam˧ tiam˥ tiŋ˥]
罵人笨，做壞事不知隱藏，反而四處張揚。

【做粿，無包餡】
[tso˥ kue˥ bo˧ pau˧ ã˧]
喻徒具外表，沒有內容。

【做豬予人刣】
[tso˥ ti˥ hɔ˩ laŋ˧ t'ai˧]
喻任人宰割。

【做乞食緊，等奧】
[tso˥ k'it˥ tsia˧ kin˥ tan˥ oʔ.˩]
做乞丐容易，難是難在乞討是要耐心地等。

【做三腳狗爬走】
[tso˥ sã˧ k'a˧ kau˥ pe˧ tsau˥]
指人驚惶失措地逃走。

【做木匠，無眠床】
[tso˥ bak.˩ ts'iũ˧ bo˧ bin˧ ts'əŋ˧]
木匠，眠床的製造者，自己本身反而無眠床可用。類似的台諺有「織蓆的睏椅，燒瓷的食缺」。這類諺語所反映的是製造者本身經濟差，只能爲人做嫁，本身反而享受不起。

【做母，三年白賊】
[tso˥ bo˥ sã˧ nĩ˧ pe˩ ts'at˥]
白賊，說謊。做母親的對未滿三歲的小兒，爲了管教他，往往得說好、說歹加以哄騙。

【做生理，騙熟悉】
[tso˥ siŋ˧ li˥ p'en˥ sik.˩ sai˧]
生意人唯利是圖，越是認識的人（熟悉）越是好騙。

【做伊去予人姦】
[tso˥ i˧ k'i˥ hɔ˩ laŋ˧ kan˩]
罵人把事情拋下不管，一走了之。

【做忌拄著惡鬼】
[tso˥ ki˧ tu˥ tio˩ ɔk˥ kui˥]
喻運氣太差，時運不濟。

【做狗，毋食芋皮】
[tso˥ kau˥ m˩ tsia˩ ɔ˩ p'ue˧]
做狗應該什麼都吃才對，如今卻不吃芋皮；罵人只顧外表穿著，不認清自己的身分。

【做官，無雙重才】
[tso˥ kuã˥ bo˧ siaŋ˧ tiŋ˧ tsai˧]
喻人的能力有限，勸人勿貪而無饜。

【做狗認路食屎】
[tso˥ kau˥ zin˩ lɔ˧ tsia˩ sai˥]
喻人各有所長，而凡事須人盡其才。

【做鬼搶無饅頭】
[tso˥ kui˥ ts'iũ˥ bo˧ bun˩ t'au˧]
諷人行動緩慢、笨手笨腳。

【做個媽擱再嫁】
[tso˥ in˧ mã˥ ko˥ tsai˥ ke˩]
罵人老來俏，不合時宜。

【做娘緊，做嫺奧】
[tso˥ niã˧ kin˥ tso˥ kan˥ oʔ.˩]
娘，母親。嫺，查某嫺，女婢也。當被侍奉的母親容易，當侍奉人的女婢

則艱難。喻使喚別人容易，輪到自己動手便難了。

【做媒人貼聘金】
[tso˥ muãi˧ laŋ˦ t'iap˥ p'iŋ˥ kim˥]
做媒人做得不好，會被雙方譴責，甚至得賠人聘金。喻吃力不討好。

【做猴著會爬樹】
[tso˥ kau˦ tio˨ e˨ pe˥ ts'iu˧]
做什麼要像什麼，喻人要有一技之長。

【做戲猶(悾)，看戲戇】
[tso˥ hi˥ siau˥ (k'ɔŋ˥)k'uã˥ hi˥ gɔŋ˧]
戲劇的劇情雖是虛擬編造，但常是真實人生的映照，所以演員入戲演出，插科打諢、嘻笑怒罵、隨劇做表演，有如瘋子；觀眾的心情，隨劇情曲折轉化，也時喜時悲，像個傻瓜。

【做戲頭，乞食尾】
[tso˥ hi˥ t'au˦ k'it˥ tsia˨ bue˥]
謂演戲的人年輕演戲，年老再演無人看 ，只好去當乞丐。

【做子無認爸母散】
[tso˥ kiã˥ bo˧ zin˨ pe˨ bo˥ san˨]
做兒女的，不會嫌父母貧窮。喻家貧出孝子。

【做三腳褲子人穿】
[tso˥ sã˧ k'a˧ k'ɔ˨ hɔ˨ laŋ˧ ts'iŋ˧]
喻故意刁難、無理要求。

【做火車擋路旁屍】
[tso˥ hue˥ ts'ia˧ tɔŋ˨ lɔ˨ pɔŋ˨ si˥]
指被火車撞死，暴屍路旁，係昔日婦人詈人之重咒。

【做狗也要吠三聲】
[tso˥ kau˥ ia˨ ai˥ pui˨ sã˧ siã˥]
喻無論如何也要出口氣。

【做狗，毋認路食屎】
[tso˥ kau˥ m˨ zin˨ lɔ˧ tsia˨ sai˥]
譏人不做自己分內的事。

【做到腸頭吐尺外】
[tso˥ ka˥ təŋ˧ t'au˦ t'ɔ˥ ts'io˥ gua˧]
腸頭，肛門有痔腸而外露者；形容拼命做事，做到非常勞累。

【做風落雨你就知】
[tso˥ hɔŋ˧ lo˨ hɔ˧ li˥ tio˨ tsai˥]
誡人要未雨綢繆。或指人患風濕症，颳風下雨之前會有反應。

【做鬼司功，白賊戲】
[tso˥ kui˥ sai˧ kɔŋ˥ pe˨ ts'at˨ hi˨]
鬼司功，道士超渡鬼魂的法事。白賊戲，指戲台上的假戲。罵人所做的均爲騙人的事，不可盡信。

【做鬼搶無菜羹飯】
[tso˥ kui˥ ts'iũ˥ bo˧ ts'ai˥ kẽ˧ puĩ˧]
連去當鬼都搶不到剩菜殘羹；罵人沒有出息。

【做鬼，搶無應菜湯】
[tso˥ kui˥ ts'iũ˥ bo˧ iŋ˥ ts'ai˥ t'əŋ˥]
應菜湯，空心菜湯，是七月半普渡最差的供品。譏人動作緩慢，不但在世上賺不到錢，死後做鬼，參加七月半大普渡，與群鬼爭食，連空心菜湯都搶不到。

【做匏杓，毋驚滾湆】
[tso˥ pu˧ hia˥ m˨ kiã˧ kun˥ am˥]
滾湆，熱騰騰的稀飯；敢做稀飯杓，就不怕熱湯粥。喻事前已有所覺悟。

【做匏杓亦驚湆燙】
[tso˥ pu˧ hia˥ ia˨ kiã˧ am˥ t'əŋ˨]
匏杓，用成熟匏瓜剖半做成的舀水器；湆，稀飯湯。喻敢當妓女還怕嫖客刁難？

【做賊，𣍐瞞得鄉里】

[tso˥ ts'at˥ be˨ muã˧ tit˥ hiɔŋ˧ li˥]
做壞事瞞不了熟人。

【做粿，𣍐掩人的喙】
[tso˥ kue˥ be˨ ɔm˧ laŋ˧ ge˧ ts'ui˨]
謂人的嘴巴容易洩漏秘密。

【做龜仔疕，散到死】
[tso˥ ku˧ a˥ p'i˥ san˥ ka˥ si˥]
龜仔疕，指體積很小的紅龜；散，窮也。諷刺吝嗇的人，紅龜粿做得很小，會越來越窮。

【做人食飯，做鬼講話】
[tso˥ laŋ˧ tsia˨ puĩ˧ tso˥ kui˥ kɔŋ˥ ue˧]
喻不切實際。

【做人著磨，做牛著拖】
[tso˥ laŋ˧ tio˨ bua˧ tso˥ gu˧ tio˨ t'ua˥]
做人本來就要勞苦，就像做牛就要拖犁、拖車一樣。

【做人著翻，做雞著掅】
[tso˥ laŋ˧ tio˨ piŋ˥ tso˥ ke˥ tio˨ ts'iŋ˥]
喻不勞動就沒有飯吃。

【做乞食，𣍐堪狗淩遲】
[tso˥ kit˥ tsia˧ be˨ k'am˧ kau˥ liŋ˧ ti˧]
淩遲，欺侮。乞丐因爲衣衫襤褸，常遭狗群追逐狂吠。比喻勞方不堪資方的虐待。

【做天公都𣍐中人意】
[tso˥ t'ĩ˧ kɔŋ˥ tio˧ be˨ tiɔŋ˥ laŋ˧ i˨]
有人愛晴天，有人愛下雨，有人愛寒冷，有人愛溫暖，連當天公都無法使人人滿意，更何況是人？

【做事要勤，發財要命】
[tso˥ su˧ ai˥ k'in˧ huat˥ tsai˧ ai˥ miã˧]
喻富貴有命。

【做賊一更，守賊一暝】
[tso˥ ts'at˥ tsit˨ kẽ˥ siu˥ ts'at˥ tsit˨ mẽ˧]
一更，一個時辰；一暝，整個晚上。謂做賊容易防賊難。

【做夥食一頓是因緣】
[tso˥ hue˥ tsia˨ tsit˨ tuĩ˨ si˨ im˧ en˧]
同桌共餐，乃上一輩子修來的福。

【做惡做毒，騎馬落漠】
[tso˥ ɔk˥ tso˥ tɔk˥ k'ia˧ be˥ lɔk˥ bɔk˥]
落漠，無人理睬之狀。爲非做歹的人，必被大眾所擯斥。

【做豬食潘，做媽搖孫】
[tso˥ ti˥ tsia˨ p'un˥ tso˥ mã˥ io˧ sun˥]
潘，淘米水，餿水；媽，阿媽，祖母。喻各安其分，做祖母的要幫忙照顧孫兒。

【做頭，𣍐得合眾人意】
[tso˥ t'au˧ be˨ tit˥ ha˨ tsiŋ˥ laŋ˧ i˨]
做領導的人，很難使部屬人人皆滿意。

【做雞著掅，做人著翻】
[tso˥ ke˥ tio˨ ts'iŋ˥ tso˥ laŋ˧ tio˨ piŋ˥]
雞要扒挖才找得到蟲兒吃，人要努力懂得變化才賺得到錢財。喻人要勤勞才能謀生。

【做龜無尾，做鹿無角】
[tso˥ ku˥ bo˧ bue˥ tso˥ lɔk˥ bo˧ kak˨]
龜不像龜，鹿不像鹿；似是而非，不足爲用。

【做代誌，親像萬善同歸】
[tso˥˩ tai˧˩ tsi˧˩ ts'iŋ˧ ts'iũ˧˩ ban˧˩ sen˧ tɔŋ˧ kui˥]
鹿港諺語。萬善同歸，指萬應公廟內所祀奉的一群無主孤魂。此諺係罵人動作緩慢，工作效率低。

【做官清廉，食飯著攪鹽】
[tso˥˩ kuã˥ ts'iŋ˧ liam˨˦ tsia˧˩ puĩ˧ tio˧˩ kiau˥ iam˨˦]
著，須要。做官若清廉公正，靠那一分微薄的俸祿過活，他的生活品質，吃飯只能和鹽巴吃而已。

【做惡做毒，一世人落魄】
[tso˥˩ ɔk˥ tso˥˩ tɔk˥ tsit˩ si˥˩ laŋ˨˦ lɔk˩ p'ik˩]
為非做歹，必遭報應。

【做乞食，也著一個茭薦本】
[tso˥˩ kit˥ tsia˧ ia˧˩ tio˧˩ tsit˩ le˧ ka˧ tsi˥˩ pun˥˩]
茭薦，乞丐行乞時背在身上的乞物袋。比喻無論做什麼事，都須要一些本錢，正如同「偷掠雞也著一把米」一樣。

【做山有一半，做海攏無看】
[tso˥˩ suã˥ u˧˩ tsit˩ puã˧˩ tso˥˩ hai˥˩ lɔŋ˥ bo˧ k'uã˧˩]
形容耕田做農的，收成再差，至少有一半；捕魚討海的，完全看天吃飯，其收穫完全無法預料。

【做田要田替，做婊要婊替】
[tso˥˩ ts'an˨˦ ai˥˩ ts'an˧ t'e˧˩ tso˥˩ piau˥˩ ai˥˩ piau˥ t'e˧˩]
田替，田夫；婊替，妓女。耕田要有田夫，開妓女戶要有妓女，各行各業均要有從業人員才做得起來。

【做忌才記得修理公媽龕】
[tso˥˩ ki˧ tsia˥˩ ki˥˩ tit˥ siu˧ li˥ kɔŋ˧ mã˥ k'am˥]
謂事前未早做準備，事到臨頭，才要辦理。

【做官若清廉，食飯著攪鹽】
[tso˥˩ kuã˥ nã˧˩ ts'iŋ˧ liam˨˦ tsia˧˩ puĩ˧ tio˧˩ kiau˥ iam˨˦]
意同「做官清廉，食飯著攪鹽」。

【做事相推委，食飯爭做前】
[tso˥˩ su˧ sio˧ t'ui˧ ui˥˩ tsia˧˩ puĩ˧ tsẽ˧ tso˥˩ tsiŋ˨˦]
做事互推，吃飯爭先；罵人沒有用處。

【做官無清廉，子孫衰萬代】
[tso˥˩ kuã˥ bo˧ ts'iŋ˧ liam˨˦ kiã˥ sun˥ sue˧ ban˧˩ tai˧]
做官若貪贓枉法，將禍延子孫。

【做鬼望普渡，做兵望落雨】
[tso˥˩ kui˥˩ baŋ˧˩ p'ɔ˥ tɔ˧ tso˥˩ piŋ˥ baŋ˧˩ lo˧˩ hɔ˧]
普渡，中元普渡，開鬼門關供眾鬼大飽口福；落雨，在新兵訓練中心當兵者，一旦下雨就可以不出野外留在營房內享福。喻各人有各人的心願。

【做，做到流汗；嫌，嫌到流瀾】
[tso˧˩ tso˥˩ ka˥˩ lau˧ kuã˧ hiam˨˦ hiam˧ ka˥˩ lau˧ nuã˧]
做到汗流浹背，卻被嫌棄得一文不值，喻吃力不討好。

【做魚食流水，做人食嘴水】
[tso˥˩ hi˨˦ tsia˧˩ lau˧ tsui˥˩ tso˥˩ laŋ˨˦ tsia˧˩ ts'ui˥˩ tsui˥˩]
流水，海流，當中往往會有浮生物可供魚兒當食物。嘴水，即口水。魚靠海流成長，人靠口才發達。

【做戲的要煞，看戲的毋煞】
[tso˥˩ hi˧˩ e˧˩ be˥ suaʔ˩ k'uã˥˩ hi˧˩ e˧˩ m˧˩ suaʔ˩]
演戲的想收場，觀眾卻未過癮不肯就

此打住。

【做戲做到老，嘴鬏揞在手】
[tso˥˧ hi˨˩ tso˥˧ ka˥˧ lau˧ ts'ui˥˧ ts'iu˥
kuã˨˩ te˥˧ ts'iu˥˧]
嘴鬏，演老生的道具鬍子，應掛在臉上。演了一輩子的戲，演老生時竟把鬍鬚提在手上。喻老行家犯了不應有的錯誤。

【做官不離印，生理人不離秤】
[tso˥˧ kuã˥ put˥ li˨˩ in˨˩ siŋ˧ li˥ laŋ˧˥
put˥ li˨˩ ts'in˨˩]
做官的，關防、官印要隨時帶著（有印才有權）；做生意的，秤子要隨身攜帶才能做生意。

【做官無相推荐，做賊相連累】
[tso˥˧ kuã˥ bo˧ sio˧ t'ui˧ tsen˨˩ tso˥˧
ts'at˥ sio˧ len˧ lui˧]
喻好事不提拔，壞事拖人下水。

【做得好著好，做無好帶鐵鎖】
[tso˥˧ tit˥ ho˥˧ tio˨˩ ho˥˧ tso˥˧ bo˧ ho˥˧
tua˥˧ t'i˥˧ so˥˧]
鐵鎖，手銬腳鐐。謂做事要小心，做好便沒事，做不好會有牢獄之災。

【做媒人，包入門，無包生後生】
[tso˥˧ muãi˧ laŋ˧˥ pau˧ zip˩ muĩ˧˥ bo˧
pau˧ sẽ˧ hau˨˩ sẽ˥]
媒人責任有限，只保證新娘娶進門，無法保證新娘一定會生兒子（後生）。

【做媒人，包入房，無包生雙生】
[tso˥˧ muãi˧ laŋ˧˥ pau˧ zip˩ paŋ˧˥ bo˧
pau˧ sẽ˧ siã˧ sẽ˥]
意同前句，只是「生後生」改爲「生雙生」（生雙胞胎），語意更加俏皮而已。

【做雞做鳥討食，做水牛漏屎】
[tso˥˧ ke˧ tso˥˧ tsiau˥˧ t'o˥ tsia˧ tso˥˧
tsui˥ gu˧˥ lau˥˧ sai˥˧]
像雞鳥般一小口一小口地進食，卻像水牛拉稀大便（漏屎）般洩光。喻入少出多。

【做一擺媒人，較好食三年清菜】
[tso˥˧ tsit˩ pai˥ muãi˧ laŋ˧˥ k'a˥˧ ho˥
tsia˨˩ sã˧ nĩ˧ ts'iŋ˧ ts'ai˨˩]
清菜，吃齋。做一次媒人所積的功德，抵得過吃三年的清齋。

【做子婿，看家伙，做新婦，看娘禮】
[tso˥˧ kiã˥ sai˨˩ k'uã˥˧ ke˧ hue˥˧ tso˥˧
sim˧ pu˧ k'uã˥˧ niũ˧ le˥˧]
過去，選擇女婿，除人品學識外，家世、財產也列入考慮；娶媳婦時，則打聽女方的母親，因有其母必有其女，由他人的口中，可推敲女方家教的好壞。以今日來看，雖然家庭環境的良窳、父母的爲人處事，多少會影響到兒女的成長，但不是絕對的。最重要的是兒女本身，只要人品好、肯努力，爲人端莊賢淑，就是好子婿、好新婦。

【做不盡子孫屋，買不盡子孫田】
[tso˥˧ put˥ tsin˧ tsu˥ sun˧ ɔk˩ be˥
put˥ tsin˧ tsu˥ sun˧ ten˧˥]
兒孫自有兒孫福，不必爲子孫扛太多事。

【做，毋驚長工死；食，毋驚主人散】
[tso˨˩ m˨˩ kiã˧ təŋ˧ kaŋ˥ si˥˧ tsia˧ m˨˩
kiã˧ tsu˥ laŋ˧˥ san˨˩]
散，窮也；主人叫長工做工很刻薄，不怕累死長工；長工吃飯時就努力大吃，不怕吃垮主人。喻主僕（勞資）雙方不能互相體諒。

【做得好免煩惱，做無好掛鐵鎖】
[tso˥˧ tit˥ ho˥˧ ben˥ huan˧ lo˥˧ tso˥˧
bo˧ ho˥˧ kua˥˧ t'i˥˧ so˥˧]
意同「做得好著好，做無好帶鐵鎖」。

【做戲查某若有情，公媽就無靈】

[tso˥˧ hi˥˧ tsa˧ bɔ˥˧ nã˨˩ u˨˩ tsiŋ˧˥ kɔŋ˧ mã˥˧ tio˨˩ bo˧ liŋ˧˥]
演戲的女子因已習慣舞台上的悲歡離合，所以會比較無情。

【做雞公著早啼，做人新婦著早起】
[tso˥˧ ke˧ kaŋ˥ tio˨˩ tsa˥ t'i˧˥ tso˥˧ laŋ˧ sim˧ pu˧ tio˨˩ tsa˥ k'i˥˧]
著，必須。為人媳婦每天要像公雞一樣早起，處理家事，服侍舅姑。

【做人第一惜本份，一生之計在於春】
[tso˥˧ laŋ˧˥ te˨˩ it˩ sio˥˧ pun˥ hun˧ it˥ siŋ˥ tsi˧ ke˨˩ tsai˨˩ i˧ ts'un˥]
做人要守份，人生要有規畫。

【做生理做到刣牛，做穡做到卻蕃薯】
[tso˥˧ siŋ˧ li˥˧ tso˥˧ ka˥˧ t'ai˧ gu˧˥ tso˥˧ sit˥ tso˥˧ ka˥˧ k'io˥˧ han˧ tsu˧˥]
做生理，做買賣生意。做穡，耕作務農。要做生意卻淪為殺牛的屠夫，要當農夫卻潦倒至撿蕃薯維生。謂人事業無成，窮途末路。

【做好，死了上天堂；做歹，死了落地獄】
[tso˥˧ ho˥˧ si˥ liau˥˧ tsiũ˨˩ t'en˧ tɔŋ˧˥ tso˥˧ p'ãi˥˧ si˥ liau˥˧ lo˨˩ te˨˩ gak˥]
行善死後升天享樂，為惡死後入地獄受苦。

【做草笠毋驚日曝；做鱟杓毋驚湯燙】
[tso˥˧ ts'au˥ le˧ m˨˩ kiã˧ zit˥ p'ak˥ tso˥˧ hau˨˩ hia˧ m˨˩ kiã˧ t'əŋ˥ t'əŋ˨˩]
草笠用以遮陽，當然不怕日曬；鱟杓，用鱟殼做成的舀水器，不怕湯燙。喻做事敢於負責。

【做著歹田望後冬，娶著歹某一世人】
[tso˥˧ tio˨˩ p'ãi˥ ts'an˧˥ baŋ˨˩ au˨˩ taŋ˥ ts'ua˨˩ tio˨˩ p'ãi˥ bɔ˥˧ tsit˩ si˥˧ laŋ˧˥]
佃農耕到不好的田，來年可以另租一塊好田來耕；娶到惡妻可要一輩子受苦。勸人擇偶必須非常謹慎才行。

【做田要有好田底，娶新婦要揀好娘禮】
[tso˥˧ ts'an˧˥ ai˥˧ u˨˩ ho˥ ts'an˧ te˥˧ ts'ua˨˩ sim˧ pu˧ ai˥˧ kiŋ˥ ho˥ niũ˧ le˥˧]
娘禮，母親。想耕田要找一塊好的田地耕，娶媳婦則要挑選對方有個好母親，有好母親才有好女兒。

【做十三年海洋，看一齣斷機教子，流目屎】
[tso˥˧ tsap˩ sã˧ nĩ˧ hai˥ iũ˧˥ k'uã˥˧ tsit˩ ts'ut˥ tuan˨˩ ki˥ kau˥˧ tsu˥˧ lau˧ bak˩ sai˥˧]
海洋，海盜。做了一輩子（十三年）江洋大盜，不意看了一齣孟母斷機杼教子的故事而流眼淚。喻歹徒多少仍有一點人情。

【做乞食勿曉揹茭薦，做小旦勿曉點胭脂】
[tso˥˧ kit˥ tsia˧ be˨˩ hiau˥ p'ãi˨˩ ka˧ tsi˨˩ tso˥˧ sio˥ tuã˨˩ be˨˩ hiau˥ tiam˥ en˧ tsi˥]
表示連本份的能力也沒有。

【做生無生才，做丑無詼諧，做旗軍驚人刣】
[tso˥˧ siŋ˥ bo˧ siŋ˧ tsai˧˥ tso˥˧ t'iũ˥˧ bo˧ k'ue˧ hai˧˥ tso˥˧ ki˧ kun˥ kiã˧ laŋ˧ t'ai˧˥]
表示一個人一無是處，要當小生沒有當小生的才能，當小丑卻不逗趣，演龍套又怕被人殺。

【做惡做毒，騎馬駱酷；好心好行，無衫通穿】
[tso˥ ɔk˥ tso˥ tɔk˥ k'ia˧ be˥ lɔk˥ k'ɔk˩ ho˥ sim˧ ho˥ hiŋ˧ bo˧ sã˥ t'aŋ˧ ts'iŋ˧]
做壞事的人洋洋得意，做好事的人反而失意。

【做惡做毒，騎馬駱酷；賢討賢食，閹雞拖木屐】
[tso˥ ɔk˥ tso˥ tɔk˥ k'ia˧ be˥ lɔk˥ k'ɔk˩ gau˧ t'o˥ gau˧ tsia˧ iam˧ ke˥ t'ua˧ bak˩ kia˧]
做壞事的人一直很得意，很有本事的人卻一直落魄潦倒，像閹雞綁著大木屐一樣。係極爲不平憤世之語。

【做雞做鳥無了時，趕緊去出世，出世富貴人子兒，毋免擱再做畜牲】
[tso˥ ke˧ tso˥ tsiau˥ bo˧ liau˥ si˧ kuã˥ kin˥ k'i˥ ts'ut˥ si˩ ts'ut˥ si˥ hu˥ kui˥ laŋ˧ kiã˥ zi˧ m˩ ben˥ ko˥ tsai˥ tso˥ tsiŋ˧ sĩ˥]
鹿港諺語。逢年過節，家庭主婦宰殺雞鴨前，均會唸這幾句類似咒語的台諺，以減輕自己殺生的罪惡感。據鹿港耆老口述「出世富貴人子兒」，富貴人三字有段時間是以鹿港某辜姓人物之姓名當之。

【偎索分錢】
[ua˥ soʔ˩ pun˧ tsĩ˧]
昔日台灣近海有一種捕魚法叫「牽罟」，利用兩條牽索，將魚網從海中拖起以捕魚，凡是幫忙牽索的人都可以分到魚或錢。有些人只是靠索邊站未出力，到時候也想分魚或錢。比喻未出力卻想分一杯羹。

【偎鬼就鬼】
[ua˥ kui˥ tsiu˩ kui˥]
喻將計就計，以其人之道還治其人之身。

【偎壁行路】
[ua˥ piaʔ˩ kiã˧ lɔ˧]
不憑己力奮鬥，依賴靠山撐腰。

【偎韻看命】
[ua˥ un˧ k'uã˥ miã˧]
謂算命的均要察言觀色，聽對方的語調、口氣來講話。

【偎人籬笆腳】
[ua˥ laŋ˧ li˧ pa˧ k'a˥]
依賴別人生活。

【偎山食山，偎水食水】
[ua˥ suã˥ tsia˩ suã˥ ua˥ tsui˥ tsia˩ tsui˥]
在什麼環境，就利用那個環境的條件謀生。

【偎父亦食，偎母亦食】
[ua˥ pe˧ ia˩ tsia˧ ua˥ bu˥ ia˩ tsia˧]
依賴（偎）父母生活，自己無法獨立。

【偎雞食雞，偎鴨食鴨】
[ua˥ ke˥ tsia˩ ke˥ ua˥ aʔ˩ tsia˩ aʔ˩]
騎牆派，勢利眼。

【傍神作福】
[pəŋ˩ sin˧ tso˥ hɔk˩]
台俗，有人集合數人或十數人成爲一個團體，於每年二月初二、八月十五輪流做東，祭拜福德正神，稱爲「食福」；類似一種神明會。意謂拜神託神的福，人也才有口福。

【傍人涼傘影】
[pəŋ˩ laŋ˧ niũ˧ suã˥ iã˥]
涼傘，昔日官家之儀仗物。喻仗勢欺人。

【傍觀者現，當局者迷】

[pɔŋ˧ kuan˥ tsia˩ hen˧ tɔŋ˧ kiɔk˧
tsia˩ be˦]
現，看得清楚；局外人比當事人客觀。

【傀儡連鑼】
[ka˧ le˥ len˧ lo˦]
台俗演傀儡戲之前須要連打一陣子鑼聲後才上演；喻事情尚在進行中。

【傀儡馬免食會走】
[ka˧ le˥ be˥ ben˥ tsia˧ e˩ tsau˥]
諷刺吝嗇鬼之語；謂想找不要吃草又會跑的馬，有，牠就是傀儡馬。

【傢伙，稱較輕】
[ke˧ hue˥ ts'in˥ k'a˥ k'in˥]
罵人說話誇張，自稱擁有萬貫家財，實際上並沒有。

【傢伙了，秀才無】
[ke˧ hue˥ liau˥ siu˥ tsai˦ bo˦]
傢伙，家產。傾家蕩產，全力一搏，結果沒拼上一個秀才。喻名利雙失。

【傢伙毋成做，抹鹽食迌迌】
[ke˧ hue˥ m˩ tsiã˧ tso˩ bua˥ iam˦
tsia˩ t'it˥ t'o˦]
識諷吝嗇者一反常態過起驕奢的生活。

【傾家蕩產】
[k'in˧ ka˧ tɔŋ˩ san˥]
耗盡家財。

【傳宗接代】
[t'uan˧ tsɔŋ˥ tsiap˥ tai˧]
有男子一代代相傳，承續香火。

【催命鬼看準註生娘娘】
[ts'ui˧ miã˩ kui˥ k'uã˥ tsun˥ tsu˥ sẽ˧
niũ˧ niũ˦]
催命鬼是負責捉陽壽已盡者，卻將祂看成掌生育的註生娘娘，真是「認錯人了」。

【僥倖兼失德】
[hiau˧ hiŋ˧ kiam˧ sit˥ tik˧]
罵人缺德。

【僥倖兼絕卦】
[hiau˧ hiŋ˧ kiam˧ tse˩ kua˩]
形容事情很糟很慘。

【僥倖秀，積德舉】
[hiau˧ hiŋ˩ siu˩ tsik˥ tik˥ ki˥]
謂秀才不是僥倖就可以得到，舉人則更須積德方能考得上。

【僥倖錢，失德了】
[hiau˧ hiŋ˩ tsĩ˦ sit˥ tik˥ liau˥]
不義之財，無法久留。

【僥倖錢，失德了；冤枉錢，博輸繳】
[hiau˧ hiŋ˩ tsĩ˦ sit˥ tik˥ liau˥ uan˧
ɔŋ˥ tsĩ˦ pua˩ su˧ kiau˥]
不義之財，很快就會花光，或者因賭博而輸光。誡人勿貪非分及不義之財。不義之財，怎麼來就怎麼去。

【像天各樣月】
[ts'iũ˩ t'ĩ˥ kɔk˥ iũ˩ gue˧]
同樣一個月亮，由於各人所處地點、角度不同，所看到的樣子也不同。喻同一事物，見仁見智。

【儉食忍寒】
[k'iam˩ tsia˧ lun˥ kuã˦]
忍凍挨餓，省吃儉用。

【儉腸餒肚】
[k'iam˩ təŋ˦ nẽ˥ tɔ˧]
指勒緊褲帶，省吃儉用。

【儉的較有底】
[k'iam˧ e˧ k'a˥ u˩ te˥]
節儉才會有好的結果。

【儉較有底置】
[k'iam˧ k'a˥ u˩ te˥ ti˩]
節儉的人比較會有好的結局。

【儉色較贏儉粟】
[k'iam˩ sik˧ k'a˥ iã˧ k'iam˩ ts'ik˧]
粟，稻穀。儉色，即戒色，不僅可以預防破財，對身體健康也有益，故比節省稻穀更有好處。

【儉湖較贏食補】
[k'iam˩ siau˦ k'a˥ iã˧ tsia˩ pɔ˥]
湖，精液；與其吃各種補藥，不如減少性慾。

【儉穿得新，儉食得剩】
[k'iam˩ ts'iŋ˧ tit˥ sin˥ k'iam˩ tsia˧ tit˥ ts'un˥]
新衣，少穿它就可以一直保持新貌；飲食，省著吃，就會有餘糧。

【儉錢買菜脯，提錢飼查某】
[k'iam˩ tsĩ˦ be˥ ts'ai˥ pɔ˥ t'e˩ tsĩ˦ ts'i˩ tsa˧ bɔ˥]
菜脯，蘿蔔乾，至賤之食物。一方面省吃儉用，一方面卻把雪花花的銀子，拿去嫖妓，眞是傻人傻事。

【儉腸餒肚，儉欲過九月廿五】
[k'iam˩ təŋ˦ nẽ˥ tɔ˧ k'iam˩ be˥ kue˥ kau˥ gue˩ zi˩ gɔ˧]
台中縣龍井鄉諺語。當地民眾崇信林王爺殺敵衛國之聖蹟，平常省吃儉用，九月廿五日林王爺千秋之日，必定盛大慶祝。

【元九食家治】
[k'ɔ˧ kau˥ tsia˩ ka˧ ti˧]
沒有待遇的學徒。比喻待遇菲薄，微不足道。或作「呼狗食家治」。

【允人較慘欠人】
[in˥ laŋ˩ k'a˥ ts'am˥ k'iam˩ laŋ˩]
強調信諾之重要。

【允人定定，誤人空行】
[in˥ laŋ˧ tiã˩ tiã˧ gɔ˩ laŋ˧ k'aŋ˧ kiã˦]
跟人家答應得很篤定，屆時卻失信背約，害人空跑一趟。

【兄弟若手足】
[hiã˧ ti˧ nã˥ ts'iu˥ tsiɔk˧]
謂兄弟親情極爲重要。

【兄弟是骨肉】
[hiã˧ ti˧ si˩ kut˥ ziɔk˥]
謂兄弟是父母所生，血緣相同。

【兄弟狗，咬無癀】
[hiã˧ ti˩ kau˥ ka˩ bo˧ hɔŋ˦]
癀，傷口發炎之謂。自家兄弟的狗咬了，傷口不太會發炎。

【兄弟分開，五服外】
[hiã˧ ti˧ pun˧ k'ui˥ ŋɔ̃˥ hɔk˧ gua˧]
兄弟分家以後，各自爲家長，情感漸疏，彷彿不在五服關係之內。

【兄弟不和，交友無益】
[hiã˧ ti˧ put˥ ho˦ kau˧ iu˥ bo˧ ik˧]
骨肉兄弟尚且不能和睦相處，談什麼交朋友？

【兄弟相害，不如獨子】
[hiã˧ ti˧ siɔŋ˧ hai˧ put˥ zu˧ tɔk˧ kiã˥]
與其兄弟眾多互相殘害，不如獨生沒有兄弟好。

【兄弟相害，不如獨立】
[hiã˧ ti˧ siɔŋ˧ hai˧ put˥ zu˧ tɔk˧ lip˥]
與其兄弟眾多不分家互相殘害，不如讓他們分家各自獨立門戶。

【兄弟刀槍刣，血予外人踏】
[hiã˧ ti˧ to˧ ts'iũ˥ t'ai˦ hueʔ˧ hɔ˩ gua˩ laŋ˦ ta˧]
指兄弟鬩牆，卻便宜了外人。

【兄弟如手足，妻子似衣服】

[hiã˧ ti˧ zu˧ ts'iu˥ tsiɔk˩ ts'e˧ tsu˥˧ su˧ i˧ hɔk˥]
謂兄弟乃骨肉手足，其關係重於妻子。

【兄弟若手足，某子若衫褲】
[hiã˧ ti˧ nã˥ ts'iu˥ tsiɔk˩ bɔ˥ kiã˥˧ nã˥ sã˧ k'ɔ˩]
兄弟是骨肉，傷害了有切身之痛；妻子像衫褲，破壞了可以換新。喻兄弟之情重於夫妻之情。

【兄弟是兄弟，過江須用錢】
[hiã˧ ti˧ si˩ hiã˧ ti˧ kue˥˧ kaŋ˥ su˧ iŋ˩ tsĩ˧˥]
兄弟歸兄弟，即使渡船費，照樣須付全。意謂親兄弟仍須明算帳。

【兄弟若共心，烏土變成金】
[hiã˧ ti˧ nã˩ kaŋ˩ sim˥ ɔ˧ t'ɔ˧˥ pen˥˧ siŋ˧ kim˥]
兄弟若能同心協力，必能興家立業。

【兄弟是兄弟，隨人照顧家治】
[hiã˧ ti˧ si˩ hiã˧ ti˧ sui˧ laŋ˧˥ tsiau˥˧ kɔ˥˧ ka˧ ti˧]
喻只有自己才是最可靠。

【光毋知，暗也毋知】
[kuĩ˥ m˩ tsai˥ am˩ ia˩ m˩ tsai˥]
喻若要人不知，除非己莫爲。

【光人毋知，暗的嘛知】
[kuĩ˧ laŋ˧˥ m˩ tsai˥ am˩ e˩ mã˩ tsai˥]
暗的，冥鬼。欺瞞得了眾人，卻瞞不了鬼神。

【光光月，毋值暗暗日】
[kuĩ˧ kuĩ˧ gue˧ m˩ tat˩ am˥˧ am˥˧ zit˥]
月，代表女人。日，代表男人。月亮再亮也比不上暗淡的太陽來得亮。喻女人再有才幹，都比不上男人。本諺語，充分反映昔日重男輕女的觀念。

【光光月，毋值醜醜火】
[kuĩ˧ kuĩ˧ gue˧ m˩ tat˩ bai˥ bai˥ hue˥˧]
意同前句。

【先佔先贏】
[siŋ˧ tsiam˩ siŋ˧ iã˧˥]
先下手爲強。

【先講先贏】
[siŋ˧ kɔŋ˥˧ siŋ˧ iã˧˥]
先聲奪人，先下手爲強。

【先下手爲強】
[siŋ˧ he˩ ts'iu˥˧ ui˧ kiɔŋ˧˥]
先著手者爲勝，先佔上風；不論下圍棋、象棋都是先手佔優勢。

【先死先序大】
[siŋ˧ si˥˧ siŋ˧ si˩ tua˧]
台灣習俗，以死者爲尊，雖屬同輩，只要他先死，後死者便須對他表示尊重，夫妻間亦然。

【先食，纔扑算】
[siŋ˧ tsia˧ tsia˥ p'a˥˧ suĩ˩]
喻先做了再說。

【先小人，後君子】
[siŋ˧ siau˥ zin˧˥ hio˩ kun˧ tsu˥˧]
與人謀事，有關細節及規定，要事先言明，免得日後發生糾紛。喻凡事要言明在先以便遵守。

【先生緣，主人福】
[sin˧ sẽ˧ en˧˥ tsu˥ laŋ˧ hɔk˩]
治病時常用此諺。謂人生病求醫，必須有醫師（先生）緣，與患者（主人）的福氣，才會把病治好。

【先生娘寫的——細膩】
[sin˧ sẽ˧ niũ˧˥ sia˥˧ e˩ se˥˧ zi˧]
歇後語。先生娘，老師的太太，師母

是也，老師是男人，所寫之字比較粗大，師母所寫，想必比較「幼秀」，是細字（小字），細字與「細膩」同音。細膩，意謂小心謹慎，或客氣、不好意思。

【先重衣冠，後重人】
[siŋ˧ tiɔŋ˨ i˧ kuan˥ hio˧ tiɔŋ˨ zin˦]
謂人皆重視外表。

【先敬衣衫，後敬人】
[siŋ˧ kiŋ˥˧ i˧ sam˥ hio˧ kiŋ˥˧ zin˦]
意同前句。

【先到爲君，後到爲臣】
[siŋ˧ kau˨ ui˧ kun˥ au˧ kau˨ ui˧ sin˦]
捷足先登，慢到者只能屈居其下。

【先顧腹肚，才顧道祖】
[siŋ˧ kɔ˥˧ pat˥ tɔ˥˧ tsia˥ kɔ˥˧ to˨ tsɔ˥˧]
道祖，三清道祖，道教之先天神尊。意謂百姓必須先解決民生問題，才有辦法談宗教信仰。

【先生食予扑土壟的坐帳】
[sin˧ sẽ˥ tsia˨ hɔ˨ p'a˥˧ t'ɔ˧ laŋ˦ ge˧ tse˨ siau˨]
土壟，昔日磨穀去皮存米的農具。東西是老師吃的，帳卻要記在打土壟的人的頭上。喻李代桃僵。

【先生無在館，學生扮海反】
[sin˧ sẽ˥ bo˧ ti˨ kuan˥˧ hak˩ siŋ˥ pan˨ hai˥ huan˥˧]
海反，海賊造反。先生有事不在學館內，學生即趁機大吵大鬧。喻學生年幼，不知自治自學。

【先做予人看，才講予人聽】
[siŋ˧ tso˥˧ hɔ˨ laŋ˧ k'uã˨ tsia˥ kɔŋ˥ hɔ˨ laŋ˧ t'iã˥]
行而後言。有諸己而後求諸人。

【兇狗，觔吠】
[p'ãi˥ kau˥˧ be˨ pui˧]
兇猛的狗不虛吠，一旦接近便咬人。喻城府深的人不噪言。

【兇狂狗，食無屎】
[hiɔŋ˧ kɔŋ˧ kau˥˧ tsia˨ bo˧ sai˥˧]
兇狂，冒冒失失的狗。狗兒冒失，連屎都吃不到。譏人做事倉皇，無法成功。

【兇拳，無扑笑面】
[hiɔŋ˧ kun˦ bo˧ p'a˥˧ ts'io˥˧ bin˧]
兇猛的拳頭，不打滿面笑容的人。喻柔能克剛。

【兔仔望月】
[t'ɔ˥ a˥˧ baŋ˨ gue˧]
指妄想。

【兔角龜毛】
[t'ɔ˥˧ kak˩ ku˧ mɔ̃˥]
兔長角、龜發毛均屬不可能之事，本句指不會有之事。

【兒成雙女成對，一生大事已完】
[zi˦ siŋ˧ siaŋ˥ li˥˧ siŋ˧ tui˨ it˥ siŋ˥ tai˨ su˧ i˥ uan˦]
謂兒已娶、女已嫁，父母的責任才算完成。此乃向平願了。

【兒孫自有兒孫福，莫爲兒孫作馬牛】
[zi˧ sun˥ tsu˨ iu˥˧ zi˧ sun˧ hɔk˩ bɔk˩ ui˨ zi˧ sun˥ tso˥˧ be˥ gu˦]
謂父母不須爲子孫累積財富。

【入門喜】
[zip˩ muĩ˧ hi˥˧]
謂新娘子一進門便懷孕。

【入鬼門關】
[zip˩ kui˥ muĩ˧ kuan˥]
死定了；喻被借的錢已要不回來了。

【入門，看人意】
[zip˩ muĩ˦ k'uã˥ laŋ˧ i˨]
進人家的門，要先察言觀色，了解他們的意向。

【入寨無刣人】
[zip˩ tse˧ bo˧ t'ai˧ laŋ˦]
來者是客，縱有千仇萬恨，亦置于一旁，以禮相待。

【入人門，順人意】
[zip˩ laŋ˧ muĩ˦ sun˨ laŋ˧ i˨]
女子出嫁後，要順從丈夫及翁姑之意。

【入虎口，就奧嘔】
[zip˩ hɔ˥ k'au˥ tio˨ o˥ t'au˥]
東西一旦入虎口，就不會吐出來；喻被賊偷去的東西，就難找回來。

【入邦隨俗，入港隨灣】
[zip˩ paŋ˥ sui˧ siɔk˥ zip˩ kaŋ˥ sui˧ uan˥]
進入一個新環境，要學著適應那個環境的各種規矩。

【入虎口，無死嘛烏拗】
[zip˩ hɔ˥ k'au˥ bo˧ si˥ mã˨ ɔ˧ au˥]
烏拗，蹂躪後之狼狽狀；謂遇到兇狠之人，不死也只剩半條命。

【入虎喉，無死嘛烏拗】
[zip˩ hɔ˥ au˦ bo˧ si˥ mã˨ ɔ˧ au˥]
一旦入了老虎的喉嚨，不死也完蛋。

【入港隨灣，入風隨俗】
[zip˩ kaŋ˥ sui˧ uan˥ zip˩ hɔŋ˥ sui˧ siɔk˥]
入鄉隨俗。

【入港隨灣，入鄉隨俗】
[zip˩ kaŋ˥ sui˧ uan˥ zip˩ hiɔŋ˥ sui˧ siɔk˥]
船要順利靠岸，須了解港灣的情況，才能進入。到陌生環境，也要明白當地的風土人情，才能廣結善緣。

【入門禮識，出門禮毋識】
[zip˩ muĩ˧ le˥ bat˩ ts'ut˥ muĩ˧ le˥ m˨ bat˩]
入門禮，來客所送之禮；出門禮，出外做客送人之禮；禮尚往來，來而不往，非禮也。

【入門看人意，出門看山勢】
[zip˩ muĩ˦ k'uã˥ laŋ˧ i˨ ts'ut˥ muĩ˦ k'uã˥ suã˧ si˨]
喻做人要察言觀色，隨機應變。

【內山猴】
[lai˨ suã˧ kau˦]
譏笑久住山中之人，進入城市後的不合宜舉動。

【內山菅蓁】
[lai˨ suã˧ kuã˧ tsin˥]
菅蓁，蘆葦類植物；形容遲鈍不知轉變者。

【內山舉人】
[lai˨ suã˧ ki˥ zin˦]
清朝取士，對本省高山同胞有優遇，又因山地風氣較慢開化，故高山文士之舉止不似平地文士，易招人歧視。故本句是嘲笑人風度不佳。

【內山貿龍眼】
[lai˨ suã˥ bau˨ liŋ˧ kiŋ˥]
內山，指深山。在深山包購龍眼，扣除長途運費、本錢等，則消耗得太多。故本句意指消耗太多。

【內神通外鬼】
[lai˨ sin˦ t'ɔŋ˧ gua˨ kui˥]
內部有人與外面的歹徒互通聲氣做怪。

【內山猴，食樹子】
[lai˨ suã˧ kau˦ tsia˨ ts'iu˨ tsi˥]

諷鄉下人吃相不雅。

【內場較濟九腳】
[lai˨ tiũ˦ k'a˥ tse˨ kau˥ k'a˥]
內場，指商家；九腳，指顧客。生意清淡，店家的人手比上門的顧客多；喻兩者之間不成比例。

【內褲，穿顛倒邊】
[lai˨ k'ɔ˨ ts'iŋ˨ ten˧ to˥ piŋ˦]
戲謂男子去嫖妓，匆忙中回家把內褲穿反。

【內面家神，通外鬼】
[lai˨ bin˨ ke˧ sin˦ t'ɔŋ˧ gua˨ kui˥]
意同「內神通外鬼」。

【內科忌嗽，外科忌臭頭】
[lai˨ k'o˥ ki˨ sau˨ gua˨ k'o˥ ki˨ ts'au˥ t'au˦]
咳嗽雖是輕症，但其病源不易找出；臭頭也是小症，但不易醫治；這二種病均不好治療。

【全工扑鎖匙】
[tsuan˧ kaŋ˥ p'a˥ so˥ si˨]
喻專心做一件事。

【全食一支嘴】
[tsuan˧ tsia˨ tsit˩ ki˧ ts'ui˨]
全憑一張三寸不爛之舌謀生；或用以譏人只會動口不會動手。

【全食一腹膽】
[tsuan˧ tsia˨ tsit˩ pak˥ tã˥]
有勇無謀，行事衝動，全靠膽子大而蠻幹。

【全識全驚，毋識毋驚】
[tsuan˧ bat˩ tsuan˧ kiã˥ m˨ bat˩ m˨ kiã˥]
盡知事態的利害關係，必會瞻前顧後，有所顧忌；若完全不知，則一往直前，反而不會驚怕。

【全街抛抛趙，較輸水仙宮口三粒蟯】
[kui˧ ke˥ p'a˧ p'a˧ tio˦ k'a˥ su˧ tsui˥ sen˧ kiɔŋ˧ k'au˥ sã˧ liap˩ gio˦]
水仙宮口，指台北市桂林路口、環河南路一帶的綠燈户區。三粒蟯，指三個妓女。某年萬華七月半大普渡，由三個妓女舉行「藝旦普」，場面浩大，全街市的人都比不上。由此可見當年該地青樓之繁華也。

【兩姓合婚】
[liɔŋ˥ siŋ˨ hap˩ hun˥]
我國自周公制禮，即定下同姓不婚之制，故昔日男女結婚，一定是兩姓才可以合婚。

【兩敗俱傷】
[liɔŋ˥ pai˧ ku˨ siɔŋ˥]
雙方都有損失。

【兩眼無珠】
[liɔŋ˥ gan˥ bu˧ tsu˥]
指不識好歹。

【兩輪半就會】
[lɔŋ˨ len˥ puã˨ tio˨ e˧]
轉兩圈就能學會；喻容易學，容易處理。

【兩覆仔，開笑】
[liɔŋ˥ p'ak˥ ga˥ k'ui˧ ts'ioʔ˩]
謂賭博時，將骰子一擲以決定取牌之順序，各個賭徒皆笑著按順序拿牌，至於輸贏則有待分曉。

【兩下手就好勢】
[lɔŋ˨ e˨ ts'iu˥ tio˨ ho˥ se˨]
喻事情很好解決。

【兩耳垂肩大貴人】
[liaŋ˥ nĩ˥ sui˧ ken˥ tai˨ kui˥ zin˦]
面相家認爲耳長及肩者是大富大貴之

相；相傳劉備就是兩耳垂肩。

【兩輪半就好勢】
[ləŋ˩ len˥ puã˩ tio˩ ho˥ se˩]
意同「兩下手就好勢」。

【兩角找五錢——覺悟】
[ləŋ˩ kak˩ tsau˩ gɔ˩ sen˥ kak˥ gɔ˧]
歇後語。二角找回五錢，表示該物值一角五分，簡稱角五，音同覺悟。

【兩虎相爭，必有一傷】
[liɔŋ˥ hɔ˥ siɔŋ˧ tsẽ˥ pit˥ iu˥ it˥ siɔŋ˥]
比喻雙方僵持不下互不相讓，最後必有一方受傷害。

【兩個肩胛扛一個嘴】
[ləŋ˩ ge˧ kiŋ˧ kaʔ˩ kəŋ˧ tsit˩ le˧ ts'ui˩]
譏人嘴硬，光憑一張嘴。

【兩廂情願，好結親眷】
[liɔŋ˥ siɔŋ˥ tsiŋ˧ guan˧ ho˥ ket˥ ts'in˧ kuan˩]
指男女雙方兩情相悅，即可共結連理。

【兩人一般心，有錢堪買金】
[liɔŋ˥ zin˧ it˥ puã˧ sim˥ iu˥ ts'en˧ k'am˧ mãi˥ kim˥]
喻團結就是力量。

【兩人兩樣心，無錢通買針】
[ləŋ˩ laŋ˧ ləŋ˩ iũ˩ sim˥ bo˧ tsĩ˧ t'aŋ˧ be˥ tsiam˥]
人若不團結，連像買針那樣小的事都辦不成；喻團結最重要。

【兩歲乖，四歲礙，五歲上歹】
[ləŋ˩ hue˩ kuai˥ si˩ hue˩ gai˧ gɔ˩ hue˩ siɔŋ˩ p'ãi˥]
形容幼兒個性發展變化很大，兩歲時很乖，四歲時可能就不太聽話，到了五歲可能變成難以馴服。

【兩人三目，日後無長短腳話】
[ləŋ˩ laŋ˧ sã˧ bak˥ zit˩ au˧ bo˧ təŋ˧ te˥ k'a˧ ue˧]
意同「三人共五目，日後無長短腳話」，係為人作仲介之語，表示雙方要各看端詳，日後不可後悔。

【八珍燉雞】
[pat˥ tin˥ tim˩ ke˥]
中藥「十全」減兩味即為八珍，用八珍燉雞是上等補品。

【八兩笑半斤】
[pe˥ niũ˥ ts'io˥ puã˥ kin˥]
彼此相似，不應互相嘲笑。類似「龜笑鼈無尾」。

【八月半，田頭看】
[pe˥ gue˩ puã˩ ts'an˧ t'au˧ k'uã˩]
台中大肚諺語。昔日佃農能否繼續承租農田耕種，是在八月半左右決定，因此佃農到了中秋都要買禮物去巴結地主，故有此諺。

【八字，合著九字】
[pe˥ zi˧ ha˩ tio˩ kau˥ zi˧]
八字指出生年、月、日、時的天干地支共八字。此指不相搭的人卻配在一起。

【八十歲藝妲——荔枝】
[pe˥ tsap˩ hue˥ ge˩ tuã˩ nãi˩ tsi˥]
歇後語似的謎語。八十歲仍在當妓女，顯然她的「胑」(陰戶)是很耐用，「耐胑」音同「荔枝」。

【八字有合會做堆】
[pe˥ zi˧ u˩ ha˧ e˩ tso˥ tui˥]
謂男女八字相合才能結為夫妻。

【八面觀音，收羅漢】
[pe˥ bin˩ kuan˧ im˥ siu˧ lo˧ han˩]
比喻大吃小，強欺弱。

【八仙過海，隨人變通】
[pat˥ sen˥ kue˥˧ hai˥˧ sui˧ laŋ˧ pen˥˧ t'ɔŋ˥]
各人憑本領辦事。

【八芝蘭米糕——食知影】
[pat˥ tsi˧ lan˧ bi˥ ko˥ tsia˩ tsai˧ iã˥˧]
歇後語。八芝蘭，士林之古名稱。該地所產之米糕，有特殊味道，只能意會不可言傳，故只有吃者才明白。

【八月八，牽豆藤挽豆莢】
[pe˥˧ gue˩ peʔ˩ k'an˧ tau˩ tin˧˥ ban˥ tau˩ ŋẽ˩]
農諺。八月爲豆類秋收之時，男女老幼都忙於收成，故有此諺。

【八月大，草菜毋出門外】
[pe˥˧ gue˩ tua˧ ts'au˥ ts'ai˩ m˩ ts'ut˥ muĩ˧ gua˧]
農諺。八月如逢大月（三十天），則氣候將不順，農家所種蔬菜（草菜）將不夠賣出。

【八月八落雨，八個月無焦土】
[pe˥˧ gue˩ peʔ˩ lo˩ hɔ˧ pe˥˧ kɔ˥˧ gue˧ bo˧ ta˧ t'ɔ˧˥]
氣象諺。八月初八下雨，占久雨。

【六畜興旺】
[liɔk˩ t'iɔk˥ hiŋ˧ ɔŋ˧]
農家之希望，希望所養家禽家畜能快繁殖，快長大，好賺大錢。

【六頭三擔】
[lak˩ t'au˧˥ sã˧ tã˩]
彼此彼此，不分上下。

【六月賣火籠】
[lak˥ gue˩ be˩ hue˥ laŋ˥]
火籠，昔日冬天取煖之具。喻不合時宜。

【六月天，七月火】
[lak˩ gue˩ t'ĩ˥ ts'it˥ gue˩ hue˥˧]
氣象諺。六月雖是夏天當道，但還不如七月的暑氣炙人。

【六月六，扑藍碡】
[lak˩ gue˩ lak˥ p'a˥˧ nã˧ tak˥]
藍碡，中心如楊桃狀之農具，用牛拖曳，人立其上，行於水田中用以打攪泥漿以便插秧。台灣一年插兩次秧，六月正是第二季插秧的季節，故有此農諺。

【六月天，凍獪死】
[lak˩ gue˩ t'ĩ˥ taŋ˥˧ be˩ si˥˧]
六月已是夏季，自然凍不死人。譏人之吝嗇。

【六月水牛——等運】
[lak˩ gue˩ tsui˥ gu˧˥ tan˥ un˧]
歇後語。水牛最怕熱，尤其炎夏六月，更是一心盼望有溪溝或池塘可以「運落去」(躺下去)。喻在等好運。

【六月娶半年某】
[lak˥ gue˩ ts'ua˩ puã˥˧ nĩ˧ bɔ˥˧]
六月恰屬半年，恐怕將來會半途而散，故忌婚嫁。

【六月鯊，狗毋拖】
[lak˩ gue˩ sua˥ kau˥˧ m˩ t'ua˥]
鯊魚體積大，漁船若捕獲，因不能立刻出售，且六月天氣炎熱，魚肉容易腐壞，故連狗都不肯吃。

【六月芥菜——假有心】
[lak˩ gue˩ kua˥˧ ts'ai˩ ke˥ u˩ sim˥]
歇後語。芥菜，正常狀況是冬天才會抽心，六月則不會抽心，若有則是假的，故云「假有心」，意謂虛情假意。

【六月棉被，揀人蓋】
[lak˩ gue˩ mĩ˧ p'ue˧ kiŋ˥ laŋ˧ kaʔ˩]

表示有些事是因人而異，不可一概而論。

【六月霜，凍人鱠死】
[lak˨ gue˨ sɔŋ˥ taŋ˥˧ laŋ˧ be˨ si˥˧]
六月爲暑天，縱然降霜，很快便會消散，凍不死人的。譏人之吝嗇。

【六出祁山——拖老命】
[liɔk˨ ts'ut˥ ki˧ san˥ t'ua˧ lau˨ miã˧]
歇後語。《三國演義》，諸葛亮爲報先主劉備之恩，劉備薨後猶竭盡忠心輔佐後主劉禪。曾不惜生命六出祁山，希望往華北發展，直到最後去世爲止，眞是鞠躬盡瘁，拖著老命辦事。

【六十年風水輪流轉】
[lak˨ tsap˨ nĩ˧ hɔŋ˧ sui˥˧ lun˧ liu˧ tsuan˥˧]
天運有常，六十年一甲子，風水吉凶、運氣好壞，循環不已。

【六十無孫，老來無根】
[lak˨ tsap˥ bo˧ sun˥ lau˧ lai˨ bo˧ kin˥]
到了六十歲尚無孫兒，使人有無根之感，可見昔人重視傳宗接代的觀念有多強烈。

【六月六落雨，百日霜】
[lak˨ gue˨ lak˥ lo˨ hɔ˧ pa˥˧ zit˨ sɔŋ˥]
氣象諺。六月六日下雨，占當年秋冬會很冷。

【六月天蓋棉被——大甲】
[lak˨ gue˨ t'ĩ˥ ka˥˧ mĩ˧ p'ue˧ tai˨ kaʔ˨]
歇後語。六月大熱天而蓋棉被，眞是「大蓋」，音同「大甲」；大甲，地名，在台中縣。

【六月防初，七月防半】
[lak˥ gue˨ hɔŋ˧ ts'e˥ ts'it˥ gue˨ hɔŋ˧ puã˨]
農曆六月初及七月半附近，颱風多且強，最須提防。

【六月割青稻，無戇人】
[lak˥ gue˨ kua˥˧ ts'ẽ˧ tiu˧ bo˧ gɔŋ˨ laŋ˧˥]
六月爲早稻收穫之時，宜迅速收割，以免颱風來襲，心血化爲烏有。故此時割青稻者，必非愚者。

【六面骰仔，博無一面】
[lak˨ bin˨ tau˧ a˥˧ pua˨ bo˧ tsit˨ bin˧]
形容賭博擲骰子沒有半點勝算，比喻人兒子眾多，卻沒有一個有用的。

【六月十九，無風，水會哮】
[lak˨ gue˨ tsap˨ kau˥˧ bo˧ hɔŋ˥ tsui˥˧ e˨ hau˥˧]
氣象諺。六月十九日爲觀音菩薩得道日，民間相信凡是神明誕辰及慶典之日都會有風或有雨。

【六月六，做田人扑藍礡】
[lak˨ gue˨ lak˥ tso˥˧ ts'an˧ laŋ˧˥ p'a˥˧ nã˧ tak˥]
農諺。藍礡，一種狀如楊桃一葉一葉可旋轉的農具，係作打鬆田土之用。六月的氣候乾燥炎熱，田土堅硬，農人仍須辛苦勞動，從事耕作。

【六月六落雨，百日見霜】
[lak˨ gue˨ lak˥ lo˨ hɔ˧ pa˥˧ zit˥ kĩ˥˧ sɔŋ˥]
氣象諺。六月六日下雨，再一百天便會降霜。

【六月初一，一雷壓九颱】
[lak˨ gue˨ ts'e˧ it˥ tsit˨ lui˧˥ te˥˧ kau˥ t'ai˥]
氣象諺。六月初一若打雷，占是年颱風較少。

【六月初三，龍母教子日】
[lak˩ gue˨ ts'e˧ sã˥ liŋ˧ bo˥ ka˥ kiã˥ zit˩]
氣象諺。俗謂六月初三是龍母教龍子游泳的日子，是日海面一定會起大風大浪。

【六月初六落雨，百日霜】
[lak˩ gue˨ ts'e˧ lak˥ lo˨ ho˧ pa˥ zit˩ səŋ˥]
氣象諺。農曆六月六日下雨，占是年冬季大寒。

【六月𧊅，瘦到豬母毋治】
[lak˩ gue˨ ts'i˧ san˥ ka˥ ti˧ bo˥ m˨ ti˧]
澎湖諺語。六月裡𧊅仔和螃蟹都很瘦，瘦得連最不挑食的母豬都不想吃它們。

【六月無洗身軀——臭死了】
[lak˥ gue˨ bo˧ se˥ sin˧ k'u˥ ts'au˥ si˥ liau˥]
歇後語。六月已是大熱天，不洗澡則必臭氣薰人，故云「臭死了」，解為傲慢之意。

【六月初三雨，七十二雲風】
[lak˩ gue˨ ts'e˧ sã˥ ho˧ ts'it˥ tsap˩ zi˨ hun˧ həŋ˥]
氣象諺。指六月初三下雨時，必是烏雲密布，傾盆而下。

【六月起風颱，寒死囝仔栽】
[lak˥ gue˨ k'i˥ həŋ˧ t'ai˥ kuã˧ si˥ gin˥ nã˥ tsai˥]
氣象諺。六月雖炎熱，遇有颱風也相當冷，會凍死幼兒(囝仔栽)。

【六月曝田埕，較慘死阿娘】
[lak˥ gue˨ p'ak˩ ts'an˧ tiã˧ k'a˥ ts'am˥ si˥ a˧ niã˧]
農諺。六月收割稻穀，若將水田晒乾，第二季要耕種，便會非常辛苦。

【六月十二彭祖忌，無風也雨意】
[lak˩ gue˨ tsap˩ zi˧ p'ẽ˧ tsɔ˥ ki˧ bo˧ həŋ˥ ia˨ ho˨ i˨]
氣象諺。六月十二相傳是彭祖的忌辰，是日不颳颱風也會下雨。

【六月一雷破九颱，九月一雷九颱來】
[lak˥ gue˨ tsit˩ lui˧ p'o˥ kau˥ t'ai˥ kau˥ gue˨ tsit˩ lui˧ kau˥ t'ai˥ lai˧]
氣象諺。六月初一打雷，占是年颱風較少；九月初一打雷，占是年颱風頻繁。

【六月雷，七月湧，六月菝拔，七月龍眼】
[lak˩ gue˨ lui˧ ts'it˥ gue˨ iŋ˥ lak˩ gue˨ nã˥ pat˥ ts'it˥ gue˨ liŋ˧ kiŋ˥]
指六月中有打雷、七月有海鳴，此二者均為無颱風之兆，故芭樂（菝拔）、龍眼等水果可以豐收。

【六月厝頂雪，半天鸝鴿屎，貓腱水蛙毛】
[lak˩ gue˨ ts'u˥ tiŋ˥ seʔ˩ puã˥ t'ĩ˥ lai˨ hio˨ si˥ niãu˧ ken˧ tsui˥ ke˧ mõ˧]
這三件事都是不可能發生的，用以比喻人胡思亂想。

【六無小神仙，一斤八兩家治掀，身苦病痛叫皇天】
[lak˩ bo˧ sio˥ sin˧ sen˥ tsit˩ kin˧ pe˥ niũ˥ ka˧ ti˨ hen˥ sin˧ k'ɔ˥ pẽ˨ t'iã˨ kio˥ həŋ˨ t'en˥]
單身無家累（六無）平時固然快樂，一旦有了疾病無人照料，則叫苦不已。

【公親變事主】
[kəŋ˧ ts'in˥ pen˥ su˨ tsu˥]
公親，調解人；事主，肇事者。謂調

解不成，反而被牽扯不清；隱含和事佬難當之意。

【公家生理歹做】
[kɔŋ˧ ke˧ siŋ˧ li˥˧ p'ãi˥ tso˨˩]
生理，生意。合夥的生意不好做，因爲同苦容易共甘難。

【公衆錢，解私寄願】
[kɔŋ˧ tsiɔŋ˥˧ tsĩ˧˥ kai˥ su˧ k'ia˧ guan˧]
私寄，私人的；花公家的錢來酬私人所許的願；假公濟私。

【公道眠床鋪大路】
[kɔŋ˧ to˨˩ bin˧ ts'əŋ˧˥ p'ɔ˧ tua˨˩ lɔ˧]
鹿港諺語。公道就像道路一樣，只要行得正，不做虧心事，自然到處行得通。通常是自認有理而被人冤枉時，常用此語回敬對方。

【公修公行，婆修婆行】
[kɔŋ˥ siu˧ kɔŋ˥ hiŋ˧ po˧˥ siu˧ po˧˥ hiŋ˧]
各做各的，兩不相干。

【公車無車栓，公牛四人扛】
[kɔŋ˧ ts'ia˥ bo˧ ts'ia˧ səŋ˥ kɔŋ˧ gu˧˥ si˥˧ laŋ˧ kəŋ˥]
公用的車，常落得沒有車栓；公用的牛，常累得病死勞駕四人扛；喻大衆均不愛惜公物。

【公事無人當，公田放咧荒】
[kɔŋ˧ su˧ bo˧ laŋ˧ təŋ˥ kɔŋ˧ ts'an˧˥ paŋ˥˧ le˥ həŋ˥]
喻人人都自私，都想自己好，公事都放一邊。

【公媽疼大孫，爸母疼幼子】
[kɔŋ˧ mã˥˧ t'iã˥˧ tua˨˩ sun˥ pe˨˩ bu˥˧ t'iã˥˧ iu˥˧ kiã˥˧]
台俗，祖父母最疼長孫（祖父母之喪由長孫捧米斗），而父母則最疼屘子，所謂「續尾仔子，食較有乳」。

【公説公有理，婆説婆有理】
[kɔŋ˥ sue˥˧ kɔŋ˥ iu˥ li˥˧ po˧˥ sue˥˧ po˧˥ iu˥ li˥˧]
喻各執一理，相持不下。

【公學讀六冬，毋識屎桶枋】
[kɔŋ˧ hak˥ t'ak˩ lak˩ taŋ˥ m˨˩ bat˥ sai˥ t'aŋ˥ paŋ˥]
日治時代諺語。公學，日治時代的小學；六冬，六年。唸了六年小學，居然連糞桶板都認不得，可眞白受了教育。

【公學讀六冬，毋識屎礐仔枋】
[kɔŋ˧ hak˥ t'ak˩ lak˩ taŋ˥ m˨˩ bat˥ sai˥ hak˩ ga˥ paŋ˥]
屎礐仔枋，糞坑蓋板。意同上句，譏人唸了六年小學，卻是什麼都不懂。

【公衆某肥律律，公衆牛剩一支骨】
[kɔŋ˧ tsiɔŋ˥˧ bɔ˥˧ pui˧ lut˥ lut˩ kɔŋ˧ tsiɔŋ˥˧ gu˧˥ ts'un˧ tsit˩ ki˧ kut˩]
公衆某，娼妓也，恩客競相孝敬，吃得胖嘟嘟；公衆牛，公僕，衆人差遣，鎮日奔波，瘦得只剩皮包骨。

【共口灶】
[kaŋ˨˩ k'au˥ tsau˨˩]
用同一口灶，意指同一家人，常用以指夫妻關係。

【共有共無】
[kaŋ˨˩ u˧ kaŋ˨˩ bo˧˥]
喻不分彼此，一視同仁。

【共登天堂】
[kiɔŋ˨˩ tiŋ˧ t'en˧ tɔŋ˧˥]
一起昇天。

【共虎借膽】
[kaŋ˨˩ hɔ˥˧ tsio˥˧ tã˥˧]

罵人膽大妄爲。

【共天公借膽】
[kaŋ˨˩ t'ĩ˧ kɔŋ˥ tsio˥˧ tã˥˧]
言人膽大包天。

【共天，各樣月】
[kaŋ˨˩ t'ĩ˥ ko˥˧ iũ˨˩ gue˧]
天是一樣的，月則有陰晴圓缺。喻一樣是人，際遇卻各不相同。

【共穿一領褲】
[kaŋ˨˩ ts'iŋ˨˩ tsit˧ niã˥ k'ɔ˨˩]
喻彼此利害相關。

【共鬼哭無爸】
[kaŋ˨˩ kui˥˧ k'au˥˧ bo˧ pe˧]
向鬼哭訴自己無父的孤苦；意指有苦無處投訴。

【共款無共師父】
[kaŋ˨˩ k'uan˥˧ bo˧ kaŋ˨˩ sai˧ hu˧]
外表形式相同，師承卻不同；意謂乍看相似實則不然。

【共天那有各樣月】
[kaŋ˨˩ t'ĩ˥ nã˥ u˨˩ ko˥˧ iũ˨˩ gue˧]
謂天道至公至義，不會有所偏私。

【共稠牛，相知氣力】
[kaŋ˨˩ tiau˧ gu˧ sã˧ tsai˧ k'ui˥˧ lat˥]
同一個牛廄的牛，互相知道彼此有多少氣力；喻同在一個團體或環境中，對彼此的底細清楚了然。

【共頓乳頭較共心】
[kaŋ˨˩ tuĩ˥˧ liŋ˧ t'au˧˥ k'a˥˧ kaŋ˨˩ sim˥]
昔日婦人生男，同時再抱一個童養媳來撫育，一齊哺乳（同頓乳頭），俗信如此長大結婚比較會同心。

【共桌食，共床睏，嘛是緣份】
[kaŋ˨˩ toʔ˧ tsia˧ kaŋ˨˩ ts'əŋ˧˥ k'un˨˩ mã˨˩ si˨˩ en˧ hun˧]
能夠一起吃飯，一起睡覺，都是一種緣份。勸人要珍惜緣份。

【共棹食，共床睏，亦是緣份】
[kaŋ˨˩ tɔʔ˧ tsia˧ kaŋ˨˩ ts'əŋ˧˥ k'un˨˩ ia˨˩ si˨˩ en˧ hun˧]
能同桌共餐，同床共席，這是前生註定的緣份。

【共爸各母是該親，共母各爸是他人】
[kaŋ˨˩ pe˧ ko˥˧ bu˥˧ si˨˩ kai˧ ts'in˥ kaŋ˨˩ bu˥˧ ko˥˧ pe˧ si˨˩ t'ã˧ zin˧˥]
同父異母尚爲至親，同母異父（不同姓氏）則近乎他人。

【兵多糧足】
[piŋ˥ to˥ niũ˧˥ tsiɔk˧]
喻實力充足。

【再(擱)刷也是雞母毛，再(擱)裝也是赤嵌糖】
[ko˥ lu˨˩ ia˨˩ si˨˩ ke˧ bo˥ mõ˥ ko˥ tsəŋ˥ ia˨˩ si˨˩ ts'ia˥˧ k'am˥˧ t'əŋ˧˥]
喻本質如此，再怎麼裝扮還是一樣。

【冬頭冬尾】
[taŋ˧ t'au˧˥ taŋ˧ bue˥˧]
謂一年四季春冬之交。

【冬寒做大旱】
[taŋ˥ kuã˧˥ tso˥˧ tua˨˩ uã˧]
氣象諺。冬天如果很寒冷，就是要放晴。

【冬，山頭；春，海口】
[taŋ˥ suã˧ t'au˧˥ ts'un˥ hai˥ k'au˥˧]
氣象諺。在冬季晚上觀察東方山頭，春季晚上觀察西方海上，如有黑雲，則占翌日雨。

【冬瓜生毋著冬】
[taŋ˧ kue˥ sẽ˧ m˨˩ tio˨˩ taŋ˧]
喻生不逢辰。

【冬己卯風，稠內空】
[taŋ˥ ki˥ bau˥ hɔŋ˥ tiau˧ lai˨ k'ɔŋ˥]
農諺。冬季己卯日起大風，占家畜多病。

【冬瓜，好看，無好食】
[taŋ˧ kue˥ ho˥ k'uã˨ bo˧ ho˥ tsia˧]
喻外表好看不一定實用。

【冬節無舉箸——六圓】
[taŋ˧ tseʔ˩ bo˧ gia˧ ti˧ lak˩ iŋ˦]
歇後語。冬節即冬至，冬至依俗要拜湯圓，吃湯圓，吃湯圓而無箸(筷子)，則只能用手去抓，台語稱爲「攡圓」，與數錢單位「六圓」同音。

【冬甲子雨，牛羊凍死】
[taŋ˥ ka˥ tsu˥ u˥ gu˧ iũ˦ taŋ˥ su˥]
冬天甲子日下雨，占其年氣候劇寒。

【冬節月中央，無雪共無霜】
[taŋ˧ tseʔ˩ gue˨ tiɔŋ˥ əŋ˥ bo˧ seʔ˩ kaŋ˨ bo˧ səŋ˥]
冬節（冬至）在農曆十一月中旬，占是年冬季氣候平順不會太冷。

【冬節在月尾，烏寒正二月】
[taŋ˧ tseʔ˩ ti˨ gue˨ bue˥ ɔ˧ kuã˦ tsiã˧ zi˨ gue˧]
冬至在十一月底，占翌年正、二兩個月會很冷。

【冬節在月頭，烏寒在年兜】
[taŋ˧ tseʔ˩ ti˨ gue˨ t'au˦ ɔ˧ kuã˦ ti˨ nĩ˧ tau˥]
年兜，年底。冬至在十一月頭，占是年最冷的時刻在年底。

【冬節在月頭，烏寒在年兜；冬節月中央，無雪共無霜；冬節在月尾，烏寒正二月】
[taŋ˧ tseʔ˩ ti˨ gue˨ t'au˦ ɔ˧ kuã˦ ti˨ nĩ˧ tau˥ taŋ˧ tseʔ˩ gue˨ tiɔŋ˧ əŋ˥ bo˧ seʔ˩ kaŋ˨ bo˧ səŋ˥ taŋ˧ tseʔ˩ ti˨ gue˨ bue˥ ɔ˧ kuã˦ tsiã˧ zi˨ gue˧]
前面三句氣象諺，有時也有人將它們聯合起來一口氣唸完。

【冰糖嘴，麥芽膏手】
[piŋ˧ t'əŋ˧ ts'ui˨ be˨ ge˧ ko˧ ts'iu˥]
形容甜言蜜語。

【冷刀殺人】
[liŋ˥ to˥ sat˥ zin˦]
謂暗地裏害人。

【冷水挨體】
[liŋ˥ tsui˥ tsun˨ t'e˥]
諷刺人裸體用冷水沖澡。

【冷宮飼馬】
[liŋ˥ kiɔŋ˥ ts'i˨ be˥]
養精蓄銳。

【冷刀不殺人】
[liŋ˥ to˥ put˥ sat˥ zin˦]
喻不做陰險之事。

【冷喪不入莊】
[liŋ˥ sɔŋ˥ put˥ zip˩ tsəŋ˥]
台俗凡客死在外地者，屍柩不得抬進莊門治喪，只能在莊外搭寮停放處理。

【冷面搗人燒尻川】
[liŋ˥ bin˧ u˥ laŋ˧ sio˧ k'a˧ ts'uĩ˥]
沒有錢勢的人，一廂情願討好權貴，可憐，權貴卻又不理睬他，眞是自討沒趣。與北京話「熱臉貼人冷屁股」有異曲同工之妙。

【冷飯毋食，查某嫺的】
[liŋ˥ puĩ˧ m˨ tsia˧ tsa˧ bɔ˥ kan˥ ge˦]
查某嫺，女婢。剩飯是給女婢吃的。喻做人要認本分，不可推托。

【冷糜毋食，新婦仔的】
[liŋ˥ muãi˦ m˨ tsia˧ sim˧ pu˧ a˥

ge˧˥]
新婦仔，童養媳，昔日台灣的童養媳在家中的地位極低，介乎養女與女婢之間。新婦仔只配吃冷稀飯。喻做人要守本分，不可推托。

【凍霜客】
[taŋ˥˧ səŋ˧ k'eʔ˧˩]
喻吝嗇鬼。

【凍露水】
[taŋ˥˧ lɔ˥˧ tsui˥˧]
本指夜間在野外被露珠凍寒，後來專門用在指男女夜間到户外去約會。

【凍到毋成身命】
[taŋ˥˧ ka˥˧ m˨˩ tsiã˧ sin˧ miã˧]
簡直冷死了；極言其冰冷的程度。

【凍霜員外，大路狼狽】
[taŋ˥˧ səŋ˥ guan˧ gue˧ tua˨˩ lɔ˧ liɔŋ˧ pue˧]
凍霜，吝嗇。大路，用錢大方。吝嗇的人成爲員外（富翁）；慷慨大方的卻狼狽落魄。戒人勿過分慷慨，要節儉。

【凡事著存後步】
[huan˧ su˧ tio˨˩ ts'un˧ au˨˩ pɔ˧]
做事要留餘地。

【凡事須當三思】
[huan˧ su˧ su˧ tɔŋ˧ sam˧ su˥]
做事要謹慎，再三思考。

【凡事從實，得福自厚】
[huan˧ su˧ tsiɔŋ˧ sit˥ tit˥ hɔk˧˩ tsu˨˩ kau˧]
踏實做事，必有後福。

【凡事著看破，毋通佔便宜】
[huan˧ su˧ tio˨˩ k'uã˥˧ p'ua˨˩ m˨˩ t'aŋ˧ tsiam˥˧ pan˧ gi˧˥]
凡事都要看透，不要一心都想佔得好處。

【凡事當留餘地，得意不宜再往】
[huan˧ su˧ tɔŋ˧ liu˧ i˧ te˧ tik˥ i˨˩ put˥ gi˧ tsai˥˧ ɔŋ˥˧]
喻凡事要適可而止，得意不可忘形。

【凸風龜，食豆餡】
[p'ɔŋ˥˧ hɔŋ˧ ku˥ tsia˨˩ tau˨˩ ã˧]
凸風，吹牛。龜，米龜。米龜做得很發（凸風），事實上裡面的豆餡並不多。

【凸風龜，無底置】
[p'ɔŋ˥˧ hɔŋ˧ ku˥ bo˧ te˥ ti˨˩]
凸風龜，好吹牛的人。好吹牛的人大多數是沒有什麼本事的。

【凸風水蛙，刣無肉】
[p'ɔŋ˥˧ hɔŋ˧ tsui˥ ke˥ t'ai˧ bo˧ baʔ˧˩]
水蛙，田雞。肚子充滿空氣的水蛙，殺掉牠取不了多少肉。喻吹牛的人，無甚可取。

【凸風無底，蕃薯隨斤仔買】
[p'ɔŋ˥˧ hɔŋ˥ bo˧ te˥˧ han˧ tsi˧˥ sui˧ kin˧ nã˥ be˥˧]
吹牛的人，平時只會虛誇，其實生活上沒有根基，連買地瓜都沒錢，只好一斤一斤地買。

【出手落腳】
[ts'ut˥ ts'iu˥˧ lo˨˩ k'a˥]
插手管事，來回奔走。

【出嘴有字】
[ts'ut˥ ts'ui˨˩ u˨˩ zi˧]
一開口即引經據典，出口成章。

【出日甲落雨】
[ts'ut˥ zit˥ ka˥˧ lo˨˩ hɔ˧]
既出太陽也下著雨。

【出世無縛手】
[ts'ut˥ si˨˩ bo˧ pak˧˩ ts'iu˥˧]
形容個性活潑好動，雙手喜歡亂翻、亂摸東西。

【出門，相央見】
[ts'ut˙˥ muĩ˩˥ sio˧ iaŋ˧ kĩ˨˩]
出門彼此互相照應。

【出門無認貨】
[ts'ut˙˥ muĩ˩˥ bo˧ zin˨˩ hue˨˩]
謂貨品一經賣出，概不退換。

【出家擱帶枷】
[ts'ut˙˥ ke˥ ko˥ tua˥˧ ke˩˥]
出家做和尚又身帶罪業。

【出錢人，主意】
[ts'ut˙˥ tsĩ˧ laŋ˩˥ tsu˥ i˨˩]
出錢的人有權決定。

【出頭，著損角】
[ts'ut˙˥ t'au˩˥ tio˨˩ sun˥ kak˙˨˩]
愛出風頭，容易吃虧。喻不可鋒芒太露。

【出半篷，水流人】
[ts'ut˙˥ puã˥˧ p'aŋ˩˥ tsui˥˧ lau˧ laŋ˩˥]
氣象諺。半篷，指出斷虹。天空出斷虹，占大雨成災。

【出魯兄，食蘇餅】
[ts'ut˙˥ lɔ˥ hiã˥ tsia˨˩ sɔ˧ piã˥˧]
戲言做錯了事。

【出外，食兩蕊目睭】
[ts'ut˙˥ gua˧ tsia˨˩ ləŋ˨˩ lui˥ bak˙˨˩ tsiu˥]
在外頭跑，須要睜大眼睛觀察、辨別。

【出門，只講三分話】
[ts'ut˙˥ muĩ˩˥ tsi˥ kɔŋ˥ sã˧ hun˧ ue˧]
出門逢人講話，要保留，言多必失。

【出家如初，成佛有餘】
[ts'ut˙˥ ke˥ zu˧ ts'ɔ˥ siŋ˧ hut˙˥ iu˥ i˩˥]
出家修行若一本初衷，則必能修成正果，得證涅槃。引申爲持之以恆，必有所成。

【出去穿白褲，轉來穿花褲】
[ts'ut˙˥ k'i˨˩ ts'iŋ˨˩ pe˨˩ k'ɔ˨˩ tuĩ˥˧ lai˨˩ ts'iŋ˨˩ hue˧ k'ɔ˨˩]
戲謂男子出門嫖妓，穿錯內褲回家。

【出門看天色，入門看目色】
[ts'ut˙˥ muĩ˩˥ k'uã˥˧ t'ĩ˧ sik˙˨˩ zip˙˨˩ muĩ˩˥ k'uã˥˧ bak˙˨˩ sik˙˨˩]
出門要看氣象，進門要看屋內人的表情。喻人之處世，眼睛要銳利，方不致於吃虧。

【出虹掛關渡，風颱隨時到】
[ts'ut˙˥ k'iŋ˧ kua˥˧ kan˧ tau˧ hɔŋ˧ t'ai˥ sui˧ si˧ kau˨˩]
氣象諺。六、七月間，淡水河口若在黃昏出現彩虹，即預兆將有颱風。

【出山了，請醫生；火過了，纔炰芋】
[ts'ut˙˥ suã˧ liau˥˧ ts'iã˥ i˧ siŋ˥ hue˥˧ kue˥˧ liau˥˧ tsia˥ pu˧ ɔ˧]
出殯後才要爲死者請醫生看病，火已熄滅才要烤（炰）芋頭。喻已過了時機。

【出門甘若放毋見，轉來親像卻著】
[ts'ut˙˥ muĩ˩˥ kan˥ nã˥ p'aŋ˥˧ m˨˩ kĩ˨˩ tuĩ˥˧ lai˨˩ ts'in˧ ts'iũ˨˩ k'ioʔ˙˨˩ tio˨˩]
對於一出門便常常忘了回家的家人，父母常用這句話形容他。

【刀陳就見血】
[to˥ tan˩˥ tio˨˩ kĩ˥˧ hueʔ˙˨˩]
刀陳，刀聲響；喻判斷事情迅速又正確。

【刀仔嘴，豆腐心】
[to˧ a˥ ts'ui˨˩ tau˨˩ hu˨˩ sim˥]
喻嘴巴雖然鋒利，心腸則很仁慈。

【刀頭斧柄，由人心性】
[to˧ t'au˩˥ pɔ˥ pẽ˨˩ iu˧ laŋ˧ sim˧ siŋ˨˩]

刀、斧可以助人也可以害人，完全取決於持用者的心。

【分屍拆腿】
[hun˧ si˥ t'ia˥˧ t'ui˥˧]
四分五裂的局勢，形容事態嚴重，或指情況奇慘無比。

【分查某子哭腳尾】
[pun˧ tsa˧ bɔ˥˧ kiã˥˧ k'au˥˧ k'a˧ bue˥˧]
舊俗，人死後媳婦哭於頭部，女兒哭於腳部。無女者恐死後無人哭腳尾，便去抱養一個養女（分查某子）。

【分久必合，合久必分】
[hun˧ kiu˥˧ pit˥ hap˥ hap˩ kiu˥˧ pit˥ hun˥]
指天下之形勢，莫不是一分一合。

【分無平，扑到廿九暝】
[pun˧ bo˧ pẽ˧ p'a˥˧ kau˥˧ zi˨˩ kau˥ mẽ˧]
廿九暝，除夕夜。喻分配不公平，會從年頭到年尾一直吵鬧個不停。

【別人家神仔】
[pat˩ laŋ˧ ke˧ sin˧ nã˥˧]
此乃昔日父母罵女兒的話；因爲女兒長大出嫁，死後即是別人家的神（祖先），故如此罵她。

【別人的屎較芳】
[pat˩ laŋ˧ ge˧ sai˥˧ k'a˥˧ p'aŋ˥]
喻人總是認爲別人的東西比自己的好。

【別人的某較美】
[pat˩ laŋ˧ ge˧ bɔ˥˧ k'a˥˧ sui˥˧]
別人的太太比自己的太太漂亮。人總是覺得自己的東西沒有別人的好。

【別人廳，好請客】
[pat˩ laŋ˧ t'iã˥ ho˥ ts'iã˥ k'eʔ˩]
在別人家客廳內，拿東西請人吃；喻借花獻佛，慷他人之慨。

【別人的子死獪了】
[pat˩ laŋ˧ ge˧ kiã˥˧ si˥ be˨˩ liau˥˧]
別人家的孩子死不盡。罵人對別人毫無惻隱之心，不管別人的死活。

【別人的錢，開獪痛】
[pat˩ laŋ˧ ge˧ tsĩ˧ k'ai˧ be˨˩ t'iã˨˩]
花別人的錢，一點也不心疼。

【別人的尻川做面皮】
[pat˩ laŋ˧ ge˧ k'a˧ ts'uĩ˥ tso˥˧ bin˨˩ p'ue˧]
尻川，屁股；喻爲了裝門面而不擇手段。

【別人的本錢做生理】
[pat˩ laŋ˧ ge˧ pun˥ tsĩ˧ tso˥˧ siŋ˧ li˥˧]
自己沒有錢，向別人借貸來做生意（生理）。

【別人的卵鳥準火撈】
[pat˩ laŋ˧ ge˧ lan˨˩ tsiau˥˧ tsun˥ hue˥ la˧]
把別人的陰莖（卵鳥）當作火撈，伸進灶中去撥柴火，何其自私與不仁也？

【別人的某，獪過五更】
[pat˩ laŋ˧ ge˧ bɔ˥˧ be˨˩ kue˥˧ gɔ˨˩ kẽ˥]
與別人的老婆偷情，五更前便要趕回家去。喻別人的東西終究是別人的，無法長久佔用，而且也不能安心用它。

【別人的某，睏獪過五更】
[pat˩ laŋ˧ ge˧ bɔ˥˧ k'un˥˧ be˨˩ kue˥˧ gɔ˨˩ kẽ˥]
意同「別人的某，獪過五更」。

【別人的拳頭母揰石獅】
[pat˩ laŋ˧ ge˧ kun˧ t'au˧ bo˥˧ tsiŋ˧ tsio˨˩ sai˥]
揰，撞擊；拿別人的拳頭去撞擊石獅；

喻不珍惜別人的性命或財物。

【別人中進士，汝剝死羊母】
[pat˧ laŋ˧ tiɔŋ˥˧ tsin˥˧ su˧ li˥ pak˥
si˥ iũ˧ bo˥˧]
昔有人中進士，鄉人爭相前往道賀；一位牧羊人聽了也想趕去，但他的羊走得很慢，牧羊人心裡又急又氣，竟將他的一隻母羊（羊母）活活拉扯死了；謂別人有喜事，自己卻遭受損失。

【別人的某美，別人的子乖】
[pat˧ laŋ˧ ge˧ bɔ˥˧ sui˥˧ pat˧ laŋ˧ ge˧
kiã˥˧ kuai˥]
喻東西是別人的好。人總是自以爲自己的東西不如別人的好。

【別人的某美，家治的子乖】
[pat˧ laŋ˧ ge˧ bɔ˥˧ sui˥˧ ka˧ ti˩ ge˧
kiã˥˧ kuai˥]
別人的妻妾較美，自己的兒女較乖；這是人類的一種自私心態。

【別人的桌頂挾肉飼大家】
[pat˧ laŋ˧ ge˧ to˥˧ tiŋ˥˧ ŋẽ˥˧ baʔ˧ ts'i˩
ta˧ ke˥]
做媳婦的與婆婆（大家）同時赴宴，媳婦在宴席上挾肉孝養婆婆。比喻爲借花獻佛。

【別人懷寶劍，我有筆如刀】
[pat˧ laŋ˧ huai˧ po˥ kiam˩ ŋɔ̃˥˧ iu˥
pit˧ zu˧ to˥]
人各有長處；別人以武藝出名，我則以文章好擅場。

【別人的代誌會管得，屎礦會食得】
[pat˧ laŋ˧ ge˧ tai˩ tsi˩ e˩ kuan˥˧ tit˧
sai˥˧ mã˩ e˩ tsia˧ tit˧]
別人家的事若能干涉，則別人家的大便也就可以吃。喻明哲保身，莫管他人閒事。

【別人交陪攏是關公、劉備，阮交陪攏是林投、竹刺】
[pat˧ laŋ˧ kau˧ pue˧ lɔŋ˥ si˩ kuan˧
kɔŋ˥ lau˧ pi˧ guan˥ kau˧ pue˧ lɔŋ˥
si˩ nã˧ tau˧ tik˥ ts'i˩]
自怨結識的都是一些惡友，比不上別人所結交的都是講義氣的良友。

【利不及費】
[li˧ put˥ kip˧ hui˩]
利潤抵不上開銷，謂虧本。

【利錢灌母錢】
[li˩ tsĩ˧ kuan˥˧ bo˥ tsĩ˧]
即利息算入本金的複利方式。

【利入落去做母】
[li˧ zip˧ lo˩ k'i˥˧ tso˥˧ bo˥˧]
謂複利的算法，利息算入本金，利上加利的計利方式。

【利推母，母推利】
[li˧ t'ui˧ bo˥˧ bo˥˧ t'ui˧ li˧]
利息加本金算利，則本金越加越多，利息也越算越多。

【刣人放火】
[t'ai˧ laŋ˧ paŋ˥˧ hue˥˧]
無惡不做。

【刣豬屠羊】
[t'ai˧ ti˥ tɔ˧ iũ˧]
殺豬殺羊做牲醴，表示行大禮。或作「刣豬倒羊」。

【刣雞教猴】
[t'ai˧ ke˥ ka˥˧ kau˧]
罰小儆大。

【刣牛殺馬漢】
[t'ai˧ gu˧ sat˥ be˥ han˩]
喻生性殘酷的人。

【刣牛殺鳥漢】

[t'ai˧ gu˦ sat˥ tsiau˥ han˩]
謂心地殘忍的人。

【刣卵鱠出血】
[t'ai˧ lan˧ be˩ ts'ut˥ hueʔ˩]
此刀連拿來割陰莖（卵）都割不出血，極言刀之鈍也。

【刣雞，用牛刀】
[t'ai˧ ke˥ iɔŋ˩ gu˧ to˥]
喻小題大作。

【刣雞，雞仔細】
[t'ai˧ ke˥ ke˧ a˥ se˩]
客人來，想殺雞待客，雞還太小；言家貧客來之窘狀。

【刣椅仔煠木屐】
[t'ai˧ i˥ a˥ sa˩ bak˩ kia˧]
刣，殺；煠，用水煮；形容客人來，忙於準備燒菜煮飯請客，一時手忙腳亂，或者拿錯東西，或者講錯話的情形。

【刣豬錢，鱠過後代】
[t'ai˧ ti˧ tsĩ˦ be˩ kue˥ au˩ tai˧]
肉鋪賣豬肉，天天都要殺生，罪業重，所賺的錢無法留到後代。此爲宣揚佛教戒殺生者之說法。

【刣人賠命，欠錢還錢】
[t'ai˧ laŋ˦ pue˧ miã˧ k'iam˥ tsĩ˦ hiŋ˧ tsĩ˦]
冤有頭，債有主，逃不掉的。

【刣卵煮鴨母卵請你】
[t'ai˧ lan˧ tsi˥ a˥ bo˥ nuĩ˧ ts'iã˥ li˩]
把陰莖（卵）割下，與鴨蛋煮了請客。這是打賭時，常說的「切結話」。

【刣蝨母，嘛要賺腹內】
[t'ai˧ sap˥ bo˥ mã˩ be˥ t'an˥ pak˥ lai˧]
蝨母，極小之寄生蟲。連殺宰極小之蝨母蟲，他都想吞佔內臟；極言其貪而無饜。

【刣額，刣額，有刣無食】
[t'ai˧ hia˧ t'ai˧ hia˧ u˩ t'ai˦ bo˧ tsia˧]
澎湖諺語。刣額，一種石首魚科魚類之俗名。這種魚通常均很瘦，全身有鱗，殺了之後，沒有多少肉可以吃。

【刣狗嘛這身，拜醮嘛這身】
[t'ai˧ kau˥ mã˩ tsit˥ sin˥ pai˥ tsio˩ mã˩ tsit˥ sin˥]
謂其穿著，不管是殺狗或拜神，都無分別。勸人在不同的場合，要穿不同的衣服。

【刣魚刣到鰓，做人做透支】
[t'ai˧ hi˦ t'ai˧ ka˥ ts'i˥ tso˥ laŋ˦ tso˥ t'au˥ ki˥]
殺魚要從魚肚直殺到魚鰓，爲人處事要貫徹始終，不要虎頭蛇尾或半途而廢。

【刣豬公，無相請；嫁查某子，貺大餅】
[t'ai˧ ti˧ kɔŋ˥ bo˧ sio˧ ts'iã˥ ke˥ tsa˧ bɔ˥ kiã˥ hiŋ˧ tua˩ piã˥]
刣豬公請客，依例客人不須包禮；女兒訂婚，將其禮餅分贈親友，叫做「貺大餅」，受者依例必須包紅包送禮。譏人便宜的事不通知一聲，要破費的事則不相遺漏。

【刣頭生理有人做，了錢生理無人做】
[t'ai˧ t'au˧ siŋ˧ li˥ u˩ laŋ˧ tso˩ liau˥ tsĩ˧ siŋ˧ li˥ bo˧ laŋ˧ tso˩]
指做生意（生理）旨在獲利，利之所在，趨之若鶩，不管它是否會犯法。

【刣豬佪某大尻川，燒火炭佪某烏鼻穿】

[t'ai˧ ti˥ in˧ bɔ˦ tua˩ k'a˧ ts'əŋ˥ sio˧ hue˥ t'uã˩ in˧ bɔ˦ ɔ˧ p'ĩ˩ ts'əŋ˩]
殺豬的油水多，其妻多成胖子，屁股大（大尻川）；燒炭的環境髒，其妻在旁幫忙，鼻孔中也多炭灰。喻人的生活受環境影響極大。

【初出洞門】
[ts'ɔ˧ ts'ut˥ tɔŋ˩ muĩ˧]
初出茅蘆的社會新鮮人。

【初三四，月眉意】
[ts'e˧ sã˧ si˩ gue˩ bai˧ i˩]
每月初三、四，月亮的形狀像月眉。

【初十廿五——無你法】
[ts'e˧ tsap˩ zi˩ gɔ˧ bo˧ li˥ huat˩]
歇後語。若干年前台灣之理燙髮業，因十月十日、廿五日爲雙十節與光復節必須放假，遂商定以每月之十、廿五日爲公休日，這兩天不理髮（無理髮），無理髮與「無你法」拿你沒辦法同音。

【初一十五，食晝撐渡】
[ts'e˧ it˥ tsap˩ gɔ˧ tsia˩ tau˩ t'e˧ tɔ˧]
農曆初一、十五的中午（食晝）是漲潮時刻，最利於船行。

【初五隔開，初六挹肥】
[ts'e˧ gɔ˧ ke˦ k'ui˥ ts'e˧ lak˥ iũ˥ pui˧]
挹肥，舀糞便下田施肥；謂春節假期，到初五已是最後一天；初六一到，就得回原崗位，各盡其職了。

【初嫁從親，再嫁由身】
[ts'ɔ˧ ke˩ tsiɔŋ˧ ts'in˥ tsai˦ ke˩ iu˧ sin˥]
第一次嫁人是依父母之命，再婚時則全憑己意。

【初一放水燈，初二普王宮....】
[ts'e˧ it˩ paŋ˦ tsui˥ tiŋ˥ ts'e˧ zi˧ p'ɔ˥ ɔŋ˧ kiŋ˥]
鹿港諺語。敘述鹿港昔日七月普渡各個角頭輪值的日子，全諺是：初一放水燈，初二普王宮，初三米市街，初四文武廟，初五城隍宮，初六土城，初七七娘生，初八新宮邊，初九興化媽祖宮口，初十港底，十一菜園，十二龍山寺，十三衙門，十四梤鬼埕，十五舊宮，十六東石，十七郭厝，十八營盤地，十九杉行街，二十後寮仔，廿一後車路，廿二船仔頭，廿三街尾，廿四宮後，廿五許厝埔，廿六牛墟頭，廿七安平鎮，廿八婆仔寮，廿九通港普，卅日龜粿店。

【初來新娘，月內幼子——奥款待】
[ts'ɔ˧ lai˧ sin˧ niũ˧ gue˩ lai˧ iu˦ kiã˦ o˦ k'uã˥ tai˧]
歇後語。剛進門的新娘，初出生的嬰兒，一開始若過於放任，即成習慣；若過於嚴苛，又恐不近人情，所以説最難對待。

【初十、廿五，食下晝巡滬】
[ts'e˧ tsap˥ zi˩ gɔ˧ tsia˩ e˩ tau˩ sun˧ hɔ˧]
澎湖西嶼鄉諺語。農曆初十、廿五，白天中午退潮，吃過午飯再去巡滬、捕魚，時機最好。

【初一落，初二散，初三落，到月半】
[ts'e˧ it˩ lo˧ ts'e˧ zi˧ suã˩ ts'e˧ sã˥ lo˧ kau˦ gue˩ puã˩]
氣象諺。指初一下雨，到初二則停；初三下雨，就會下到十五日。

【初一落雨，初二散；初三落雨，到月半】
[ts'e˧ it˩ lo˩ hɔ˧ ts'e˧ zi˧ suã˩ ts'e˧ sã˥ lo˩ hɔ˧ kau˦ gue˩ puã˩]
氣象諺。意同上句。

【初三四，月眉意；十五六，月當圓；廿三四，月暗暝】
[ts'e˧ sã˧ si˨ gue˨ bai˧ i˨ tsap˩ go˨ lak˥ gue˧ tɔŋ˧ ĩ˦ zi˨ sã˧ si˨ gue˨ am˥ mĩ˦]
謂月初、月中、月底，月之形狀與光線都不同。

【初五張，初六池頭夫人，初七陳，初八黃，初九蔡，初十杜，十一眾莊，十二莊，十三鄭，十四王，十五大道公，十六周，十七林，十八李，十九楊，二十葉，廿一無，廿二無，廿三媽祖婆，廿六許，廿八吳】
[ts'e˧ gɔ˧ tiũ˥ ts'e˧ lak˥ ti˧ t'au˧ hu˧ zin˦ ts'e˧ ts'it˩ tan˦ ts'e˧ peʔ˩ əŋ˦ ts'e˧ kau˥ ts'uaʔ˩ ts'e˧ tsap˥ tɔ˧ tsap˩ it˩ tsiɔŋ˥ tsəŋ˥ tsap˩ zi˧ tsəŋ˥ tsap˩ sã˥ tĩ˧ tsap˩ si˨ ɔŋ˦ tsap˩ gɔ˧ tai˨ to˨ kɔŋ˥ tsap˩ lak˥ tsiu˥ tsap˩ ts'it˩ lim˦ tsap˩ peʔ˩ tsap˩ kau˥ iũ˦ zi˨ it˩ bo˦ zi˨ zi˧ bo˦ zi˨ sã˥ mã˥ tsɔ˥ po˦ zi˨ lak˥ k'ɔ˥ zi˨ peʔ˩ gɔ˦]
本省習慣在神佛誕辰之時，由地方上各姓輪流聚金演戲，稱為「字姓戲」。台北市保安宮吳眞人誕辰在三月，故自該月初五起，由張姓帶頭演戲慶祝，接著依序輪流，到廿八日由吳眞人本家吳姓殿後為止。

【到大門，相借問】
[kau˥ tua˨ muĩ˦ sio˧ tsio˥ muĩ˧]
相借問，互打招呼；到人家大門口去跟人打招呼，禮數週到。

【到嘴無到喉，到喉無到心肝頭】
[kau˥ ts'ui˨ bo˧ kau˥ au˦ kau˥ au˦ bo˧ kau˥ sim˧ kuã˧ t'au˦]
意即「小和尚唸經，有口無心」，只做表面工夫未能深入。

【剁後腳筋】
[tɔk˥ au˨ k'a˧ kin˥]
斬腳後筋使其不良於行，乃昔日施用於姦夫之刑罰。

【刺鞋，合人腳】
[ts'ia˥ e˦ ha˨ laŋ˧ k'a˥]
刺鞋，手工製鞋之謂。做鞋子要適合客人的腳。喻剛好適合。

【刺鞋合著腳】
[ts'ia˥ e˦ ha˨ tio˨ k'a˥]
刺鞋，用針縫製鞋子；事先沒有測量，製出來的鞋卻正合腳；喻恰巧。

【剃頭，照輪番】
[t'i˥ t'au˦ tsiau˥ lun˧ pan˧]
到剃頭店剃頭，要排隊照號碼來。喻做事要守秩序。

【剃頭的，飼畫眉】
[t'i˥ t'au˧ e˧ ts'i˨ ue˨ bi˦]
畫眉，名貴的小鳥。喻做不合身分的事。昔日，剃頭師傅社會地位很低，被畫歸下九流之列，所謂「第一衰，剃頭噴鼓吹」，故有此諺。

【剃頭刀，剉大欉樹】
[t'i˥ t'au˧ to˥ ts'o˥ tua˨ tsaŋ˧ ts'iu˧]
剉，砍倒。喻以小嬴大。

【剃一擺頭，三日緣投】
[t'i˥ tsit˩ pai˥ t'au˦ sã˧ zit˥ en˧ tau˦]
剃一次頭，可以瀟灑上三天。

【剃頭剃一平，欠錢無愛還】
[t'i˥ t'au˦ t'i˥ tsit˩ piŋ˦ k'iam˥ tsĩ˦ bo˧ ai˥ hiŋ˦]
昔日，小孩流行剃光頭。用刀剃髮，須先將髮洗濕再剃，刀口在頭皮上畫來畫去，滋味甚難受，常有剃到一半

而不願剃者；大人即以此諺嚇唬他說，剃頭只剃一邊，將來長大會變成欠錢不還的惡人。

【前去後空】
[tsiŋ˧˥ k'i˨˩ au˧ k'aŋ˥]
前腳踏出，後面的東西便被偷空；謂疏於防範。

【前世相欠債】
[tsiŋ˧ si˨˩ sio˧ k'iam˥˧ tse˨˩]
俗以夫妻、父子之間不和，爲上輩子互相欠債，才會如此。

【前人餓死後人】
[tsiŋ˧ laŋ˧˥ go˨˩ si˥ au˨˩ laŋ˧˥]
前人信用不好，斷了後人的生路。

【前頭講，後頭無】
[tsiŋ˧ t'au˧ kɔŋ˥˧ au˨˩ t'au˧ bo˧]
說話前後矛盾。

【前人栽花後人插】
[tsiŋ˧ laŋ˧˥ tsai˧ hue˥ au˨˩ laŋ˧˥ ts'aʔ˩]
前人種樹，後人乘涼。

【前手接錢，後手空】
[tsiŋ˧ ts'iu˥˧ tsiap˥ tsĩ˧˥ au˨˩ ts'iu˥˧ k'aŋ˥]
錢一進來就花光。

【前世有緣今世結】
[tsiŋ˧ si˨˩ u˨˩ en˧˥ kim˧ si˨˩ ket˩]
人會結爲夫妻，都是緣定前生。

【前世踏破棺材蓋】
[tsiŋ˧ si˨˩ ta˨˩ p'ua˥˧ kuã˧ ts'a˧ kua˨˩]
喻彼此性情不投合，無論怎麼也合不來。

【前氣接膾著後氣】
[tsiŋ˧ k'ui˨˩ tsiap˥ be˨˩ tio˨˩ au˨˩ k'ui˨˩]
上氣接不了下氣，形容倉皇奔走，匆忙急迫。

【前人栽樹，後人蔭影】
[tsiŋ˧ laŋ˧˥ tsai˧ ts'iu˧ au˨˩ laŋ˧˥ im˥˧ iã˥˧]
前人種樹，後人乘涼。

【前世無事，不成夫妻】
[tsiŋ˧ se˨˩ bo˧ su˧ put˥ siŋ˧ hu˧ ts'e˥]
意同「前世有緣今世結」。

【前世無冤，今世無仇】
[tsiŋ˧ se˨˩ bo˧ uan˥ kim˧ se˨˩ bo˧ siu˧˥]
謂彼此無冤無仇，爲何要找我麻煩？

【前棚傀儡，後棚大戲】
[tsiŋ˧ pẽ˧˥ ka˧ le˥˧ au˨˩ pẽ˧˥ tua˨˩ hi˨˩]
昔日望族之婚禮，前夕先謝神，演傀儡戲。女家備十二色禮品及戲綵來賀，男家僅受六色禮；若收其戲綵，即須加演大戲以爲答謝。

【前無救兵，後無糧草】
[tsiŋ˧˥ bo˧ kiu˥˧ piŋ˥ au˧ bo˧ niũ˧ ts'au˥˧]
彈盡援絕，窮途末路。

【前人子，毋敢食後母乳】
[tsiŋ˧ laŋ˧ kiã˥˧ m˨˩ kã˥ tsia˨˩ au˨˩ bo˥ liŋ˥]
世之繼母多虐待前妻之子（前人子），故前人子多畏怯，連繼母的奶都不敢吸。喻自己明瞭自己的身分，不敢輕舉妄動。

【前世撞破伊的黃金蓋】
[tsiŋ˧ si˨˩ lɔŋ˥˧ p'ua˥˧ i˧ e˧ hɔŋ˨˩ kim˧ kua˨˩]
夫妻不和，常出此語。以爲是前世打破他（她）的黃金甕的蓋子（骨甕蓋），積下重怨，才會如此。

【前山未是崎，後山較崎壁】

[tsiŋ˧ suã˥ bue˩ si˩ kia˧ au˩ suã˥
k'a˥ kia˩ piaʔ˩]
前山，指即將遇到的山；後山，指下一座山；崎，陡峭。前面一座山還不算陡，下一座才是比牆壁還陡。喻艱苦的事還在後頭。本諺或作「前嶺未是崎，後嶺較崎壁」。

【前門做佛事，後門起帖仔】
[tsiŋ˧ muĩ˧ tso˥ hut˩ su˧ au˩ muĩ˧
k'i˥ t'iap˥ ba˥]
前廳在爲亡夫做佛事，後廳即在爲再醮而發帖。喻紅白事同時進行。

【前某扑到死，後某毋甘比】
[tsiŋ˧ bɔ˥ p'a˥ ka˥ si˥ au˩ bɔ˥ m˩
kam˧ pi˥]
對前妻百般虐待，對後妻則寵愛有加；連做個打人的手勢都捨不得（毋甘比）。

【前廳做司功，後廳做媒人】
[tsiŋ˧ t'iã˥ tso˥ sai˧ kɔŋ˥ au˩ t'iã˥
tso˥ muãi˧ laŋ˧]
司功，喪事做功德。諷刺夫婦中的一方才新死不久，前廳正在做法事，後廳即有媒人在做媒了。

【前叩金，後叩銀，前叩後叩做總督】
[tsiŋ˧ k'ɔk˥ kim˥ au˧ k'ɔk˥ gin˧
tsiŋ˧ k'ɔk˥ au˩ k'ɔk˥ tso˥ tsɔŋ˥ tɔk˩]
指頭顱之形狀，有前突，有後突；男子前突象徵富有，後突亦然，若前後皆突，則富貴雙全，可位至總督大人。

【前叩金，後叩銀，前叩後叩做夫人】
[tsiŋ˧ k'ɔk˥ kim˥ au˧ k'ɔk˥ gin˧
tsiŋ˧ k'ɔk˥ au˩ k'ɔk˥ tso˥ hu˧ zin˧]
婦女頭顱不論前突或後突，皆主富有；若前後皆突，則不僅富有而且極有地位，可當一品夫人。

【前叩衰，後叩狼狽，雙平邊仔叩死厝邊頭尾】
[tsiŋ˧ k'ɔk˥ sue˥ au˧ k'ɔk˥ liɔŋ˧
pue˧ siaŋ˧ piŋ˧ pĩ˥ ã˥ k'ɔk˥ si˥
ts'u˥ pĩ˧ t'au˧ bue˥]
指頭顱前突者運不佳，後突者狼狽，左右突則會影響鄰居安危；這是對頭突者的另外一種解讀。

【剉竹遮筍】
[ts'o˥ tik˥ zia˧ sun˥]
喻迎新棄舊。

【剉尾狗假鹿】
[ts'o˥ bue˥ kau˥ ke˥ lɔk˥]
將狗尾巴斬掉冒充是鹿；僞裝。

【剉甘蔗著看後手】
[ts'o˥ kam˧ tsia˩ tio˩ k'uã˥ au˩
ts'iu˥]
砍甘蔗用利刀，必須觀前顧後，免得誤傷他人。

【剉竹遮筍，棄舊迎新】
[ts'o˥ tik˥ zia˧ sun˥ k'i˥ ku˧ ŋiã˧
sin˥]
喻爲迎合新的而放棄舊的。

【剝皮抽筋】
[pak˥ p'ue˧ t'iu˧ kin˥]
把人剝掉外皮，將肉筋一條條抽出。喻狠狠修理一番。

【剝皮貯粗糠】
[pak˥ p'ue˧ te˩ ts'ɔ˧ k'əŋ˥]
把人剝掉外皮，皮囊內裝粗糠。喻狠狠地懲罰。

【剖豆仙】
[p'o˥ tau˩ sen˥]
揶揄知識淵博口才好的人。

【剪內裾，補腳脊】
[ka˧ lai˩ ki˥ pɔ˥ k'a˧ tsiaʔ˩]
剪襯裡的布去補上衣背後的破洞。喻

截長補短。

【剪是樣，做是像】
[ka˥ si˩ iũ˧ tso˩ si˩ ts'iũ˧]
謂有些事物後來的模仿者，反而青出於藍。

【割喉而吊】
[kua˥˧ au˦ zi˩ tiau˩]
割斷喉嚨再吊起來，喻窮途末路。

【割喉無血】
[kua˥˧ au˦ bo˧ hueʔ˩]
連喉嚨都割不出血來。喻窮困至極。

【割舌賴和尚】
[kua˥˧ tsi˧ lua˩ hue˧ siũ˧]
昔日有一尼姑被人割舌而死，就有人誣賴是爲和尚所害，事實不然；日後便用以指莫須有之事或栽贓誣陷之詞。

【割人的稻仔尾】
[kua˥˧ laŋ˧ ge˧ tiu˧ a˥ bue˥˧]
稻仔尾，稻穗，他人辛苦耕耘，即將收成，持刀將其稻尾搶走；喻奪人辛苦耕耘之成果。或寫作「鍘人的稻仔尾」。

【割香𣍐記請佛】
[kua˥˧ hiũ˥ be˩ ki˥˧ ts'iã˥ hut˥˧]
割香，指甲廟的神明拜訪乙廟的神明，甲廟的信眾跟隨其神明到乙廟進香。割香的主角是神佛，卻忘了迎請神佛，眞是太健忘了。

【割雞何用牛刀】
[kua˥˧ ke˥ ho˧ iɔŋ˩ gu˧ to˥]
殺雞不必用牛刀。

【割手肚肉予人食，人嫌臭臊】
[kua˥˧ ts'iu˥ tɔ˥ baʔ˩ hɔ˩ laŋ˧ tsia˧ laŋ˧ hiam˧ ts'au˥˧ ts'o˥]
割下自己手肘的肉給人吃，別人還嫌腥膻。喻信而見疑，忠而被謗。

【割著歹稻望後冬，嫁著歹尪一世人】
[kua˥˧ tio˩ p'ãi˥ tiu˧ baŋ˩ au˩ taŋ˥ ke˥˧ tio˩ p'ãi˥ aŋ˥ tsit˩ si˥˧ laŋ˦]
農夫收成不好，還可期待來年；嫁到不好的丈夫（歹尪）可是要受苦一輩子。

【創治人】
[ts'ɔŋ˥˧ ti˧ laŋ˧]
捉弄人。

【創一頂大帽予伊戴】
[ts'ɔŋ˥˧ tsit˩ tiŋ˥ tua˩ bo˧ hɔ˩ i˧ ti˩]
指對人羅織罪名，即亂扣帽子。

【剩飯當枵人】
[ts'in˥˧ puĩ˧ təŋ˧ iau˧ laŋ˦]
枵人，飢餓的人。剩飯可以用來供飢餓的人食用。喻物盡其用。

【剩飯毋食，查某嫺的】
[ts'in˥˧ puĩ˧ m˩ tsia˧ tsa˧ bɔ˥ kan˥˧ ge˦]
剩飯不吃沒關係，有女婢（查某嫺）會吃；可見昔日主人對待女婢都很刻薄。

【劍潭龜聽杯聲】
[kiam˥˧ t'am˧ ku˥ t'iã˧ pue˧ siã˥]
台北市圓山大直附近有一劍潭古寺，昔日香火頗盛。寺前一放生池養龜無數，寺僧每早誦經擲聖杯後，必以飯飼龜，日久，諸龜聞有聖杯聲即競浮水面引頸待食。俗遂引此諺，以喻人之感覺敏銳也。

【劍光三錢，掌心雷兩錢】
[kiam˥˧ kɔŋ˥ sã˧ tsĩ˦ tsiaŋ˥ sim˧ lui˦ lən˩ tsĩ˦]
鹿港諺語。昔日鹿港有一名醫，非常

迷於布袋戲，尤其是「火燒紅蓮寺」一齣，更是百看不厭。某日下午，正在診所冥想該戲，一患者上門求診。他把脈後隨即開處方交徒弟抓藥，徒弟看了目瞪口呆，不會抓；交給師父抓，師父自己看了也目瞪口呆，因為處方上寫著「劍光三錢，掌心雷兩錢」。劍光、掌心雷都不是藥材名，而是布袋戲的術語。此諺用以描述戲迷迷戲之深且鉅。

【力尾結糖霜】
[lat˩ bue˥˧ ket˥ t'əŋ˧ səŋ˥]
力尾，瀕於老年階段；糖霜，指冰糖，因含有甜分，以象徵甜蜜。過去，稱人一生勞苦，在年邁之際，方因其子孫發達而得老來享福之謂。又謂，一生連得女兒或毫無生育，臨老才喜獲麟兒，亦稱之。

【力重千斤，智無一兩】
[lat˥ taŋ˧ ts'en˧ kin˥ ti˨˩ bo˧ tsit˩ niũ˥˧]
譏笑武夫有勇無謀。

【功夫卵包穗】
[kaŋ˧ hu˧ laŋ˧ pau˧ sui˥]
卵，陽具；包穗，包皮過長；諷刺人做事多此一舉。

【功勞較大天】
[kɔŋ˧ lo˩˧ k'a˥˧ tua˨˩ t'ĩ˥]
功勞很大。

【功德做在草仔埔】
[kɔŋ˧ tik˩ tso˥˧ ti˨˩ ts'au˥ a˥ pɔ˥]
功德，超渡亡魂的法事。喻白費心血。

【加油，加蒜】
[ke˧ iu˩˧ ke˧ suan˥˧]
炒菜時，加了油就要加蒜。喻凡事概略即可，免得增加麻煩。

【加嘴加舌】
[ke˧ ts'ui˨˩ ke˧ tsi˧]
形容人多嘴雜，不是意見紛歧，便是流言四竄。

【加人，加福氣】
[ke˧ laŋ˩˧ ke˧ hɔk˥ k'i˨˩]
人多福氣也多。

【加工擱落空】
[ke˧ kaŋ˥ ko˥˧ lak˥ k'aŋ˥]
畫蛇添足，多此一舉吃力不討好。

【加定，做小餅】
[ke˧ tiã˧ tso˥˧ sio˥ piã˥˧]
訂做的餅，反而做得小。

【加加油，厚厚蒜】
[ke˧ ke˧ iu˩˧ kau˨˩ kau˨˩ suan˥˧]
加點油、添點蒜；喻約略、大約。

【加食飯，減說話】
[ke˧ tsia˨˩ puĩ˧ kiam˥ kɔŋ˥ ue˧]
謂言多必失，少說話為妙。

【加減賺，較鱠散】
[ke˧ kiam˥ t'an˨˩ k'a˥˧ be˨˩ san˨˩]
不論賺多賺少都去做，比較不會窮（散）。

【加兩個角就是鬼】
[ke˧ ləŋ˨˩ ge˧ kak˩ tio˨˩ si˨˩ kui˥˧]
指面貌醜惡；或指陰險狡詐。

【加蚤做事，累蝨母】
[ka˧ tsau˥˧ tso˥˧ su˧ lui˨˩ sap˥ bo˥˧]
加蚤，跳蚤；蝨母，頭蝨；指遭池魚之殃，因人而受累。

【加人加業，少人澀疊】
[ke˧ laŋ˩˧ ke˧ giap˥ tsio˥ laŋ˩˧ siap˥ tiap˥]
人多事多，人少勞苦較少。

【加冠禮，較濟戲身銀】

[ka˧ kuan˧ le˥ k'a˥ tse˩ hi˥ sin˧ gin˦]
民間酬神演戲，依例須先演一小段跳加官（冠），再演本齣（戲身）。跳加官的禮金要得比本戲多。喻本末倒置。

【加官禮較濟過戲金銀】
[ka˧ kuan˧ le˥ k'a˥ tse˩ kue˥ hi˥ kim˧ gin˦]
扮仙戲的禮金比演戲的禮金還高，因爲好日子時請扮仙戲的人多。

【加水加豆腐，加子加新婦】
[ke˧ tsui˥ ke˧ tau˩ hu˧ ke˧ kiã˥ ke˧ sim˧ pu˧]
豆汁中多加水，就會多做出豆腐來；兒子多了，媳婦也會多，這是自然的道理，本無足怪。

【加食無滋味，加話毋值錢】
[ke˧ tsia˧ bo˧ tsu˧ bi˧ ke˧ ue˧ m˩ tat˩ tsĩ˦]
病從口入，禍從口出，飲食與語言都要節制。

【劫富助貧】
[kiap˥ hu˧ tsɔ˩ pin˦]
偷富人的錢財去幫助貧苦的人家。

【勉強成自然】
[ben˥ kiɔŋ˥ siŋ˧ tsu˩ zen˦]
很多習慣，最初都是勉強訓練的，久了就會自然。

【勇勇馬縛在將軍柱】
[iɔŋ˥ iɔŋ˥ be˥ pak˩ ti˥ tsiɔŋ˧ kun˧ t'iau˧]
將千里馬綁在石柱子上。喻懷才不遇，英雄無用武之地。

【勇勇馬縛在腐樹頭】
[iɔŋ˥ iɔŋ˥ be˥ pak˩ ti˥ au˥ ts'iu˩ t'au˦]
意同前句。

【動起干戈】
[taŋ˩ k'i˥ kan˧ ko˥]
喻發生爭吵或戰爭。

【勞而無功】
[lo˧ zi˩ bu˧ kɔŋ˥]
白忙一場。

【勞身勞命】
[lo˧ sin˧ lo˧ miã˧]
子女已長成，但經常在外惹是非，使年老的父母親煩憂，便是使他們「勞身勞命」。

【勞碌債，獪滿】
[lo˧ lɔk˩ tse˩ be˩ muã˥]
一輩子勞苦忙碌，沒有完了之謂。

【勞碌債還獪滇】
[lo˧ lɔk˩ tse˩ hiŋ˧ be˩ tĩ˧]
滇，溢滿，功德圓滿。吃苦勞累忙不完，難以解脫。

【勞動著工，體面著錢】
[lo˧ tɔŋ˧ tio˩ kaŋ˥ t'e˥ ben˧ tio˩ tsĩ˦]
要勞師動眾有所作爲須有人力配合，要求生活品質的享受須付出代價。

【勤儉，有補所】
[k'in˧ k'iam˧ u˩ pɔ˥ sɔ˥]
勤儉才會有成就。

【勤有功，戲無益】
[k'in˧ iu˥ kɔŋ˥ hi˩ bu˧ ik˩]
勤能補拙，而嬉戲則玩歲愒時沒有助益。語出《三字經》。

【勤儉纔有底，浪費不成家】
[k'in˧ k'iam˧ tsia˥ u˩ te˥ lɔŋ˩ hui˩ put˥ siŋ˧ ke˥]
勤儉成家，浪費敗家。

【勸人爬上樹，樓梯舉咧走】
[k'uĩ˥˧ laŋ˧ pe˥˧ tsiũ˨˩ ts'iu˧ lau˧ t'ui˥ gia˧ le˥ tsau˥˧]
罵人狡猾，設計害人。

【勸人和，無在勸人起相告】
[k'uĩ˥˧ laŋ˧ ho˧˥ bo˧ te˥˧ k'uĩ˥˧ laŋ˧ k'i˥ sio˧ ko˨˩]
處世為人，只可勸告有紛爭的雙方要和解，不可聳恿他們打官司告到底。

【勸君莫扑三春鳥，子在巢中盼母歸】
[k'uĩ˥˧ kun˥ bɔk˥ p'a˥˧ sam˧ ts'un˧ niãu˥˧ tsu˥˧ tsai˨˩ siu˨˩ tiɔŋ˥ p'an˥˧ bu˥˧ kui˥]
勸人春天勿打鳥，因為巢中有雛鳥等牠回家餵養。

【勸人尪某好，萬代功勛；弄人尪某歹，死子絕孫】
[k'uĩ˥˧ laŋ˧ aŋ˧ bɔ˥˧ ho˥˧ ban˨˩ tai˧ kɔŋ˧ hun˥ lɔŋ˨˩ laŋ˧ aŋ˧ bɔ˥˧ p'ãi˥˧ si˥ kiã˥˧ tsuat˥ sun˥]
成人之美得好報應，破壞人家的姻緣，罪過累及子孫。

【勿營華屋，勿謀良田】
[but˥ iŋ˧ hua˧ ɔk˥ but˥ bɔ˧˥ liɔŋ˧ ten˧˥]
營造華屋，留置良田，會寵壞兒孫，使其不知上進。

【包山包海】
[pau˧ suã˧ pau˧ hai˥˧]
形容涵括的範圍極廣闊。喻指包攬一切。

【包入房，無包一世人】
[pau˧ zip˥ paŋ˧˥ bo˧ pau˧ tsit˥ si˥˧ laŋ˧˥]
媒人的責任，只到新娘入洞房為止；至於未來的好壞，那就看男女雙方的祖德了。

【包入房，無包你生卵葩】
[pau˧ zip˥ paŋ˧˥ bo˧ pau˧ li˥ sẽ˧ lan˨˩ p'a˥]
卵葩，陰囊，在此代表男生。媒人的責任，只到新娘入洞房為止。至於，能不能生男生，則不在保證之內。喻為人做事，責任範圍有限。

【匏仔出世成葫蘆，幼柴浸水發香菇】
[pu˧ a˥˧ ts'ut˥ si˨˩ siŋ˧ hɔ˧ lɔ˧˥ iu˥˧ ts'a˧˥ tsim˥˧ tsui˥˧ huat˥ hiũ˧ kɔ˥]
喻英雄不論出身低，人之出身雖微賤，只要努力也能出類拔萃。

【匏仔光光滑滑，無削皮人嘛罵，苦瓜貓貓綿綿，削皮人嘛罵】
[pu˧ a˥˧ kuĩ˧ kuĩ˧ kut˥ kut˥ bo˧ sia˥˧ p'ue˧˥ laŋ˧ mã˨˩ mẽ˧ k'ɔ˥ kue˥ niãu˧ niãu˥ tsiu˥˧ tsiu˨˩ sia˥˧ p'ue˧˥ laŋ˧ mã˨˩ mẽ˧]
昔日有一笨媳婦，見匏瓜表皮光滑，未刨皮即下鍋烹煮，被翁姑罵；後來看到苦瓜表皮凹凹凸凸，便先將它刨皮再烹煮，又被翁姑罵。喻笨人自作聰明。或喻做事不順，不管怎麼做，都被人指責。

【鱠假會】
[be˧ ke˥ e˧]
不會裝會。

【鱠過心】
[be˨˩ kue˥˧ sim˥]
不忍心。

【鱠過目】
[be˨˩ kue˥˧ bak˥]
看不順眼，看不過去。

【鱠曉衰】

[be˨˩ hiau˥ sue˥]
諷刺人不知廉恥；或諷刺人腦筋忽然靈通竟會做一件像樣的事。

【𫢸見𫢸笑】
[be˨˩ ken˥˧ be˨˩ siau˨˩]
嘲諷人不要臉，不知羞恥。

【𫢸當收山】
[be˨˩ taŋ˥˧ siu˧ suã˥]
謂事情發展的結果很糟，難以收拾。

【𫢸食𫢸睏】
[be˨˩ tsia˨˩ be˨˩ k'un˨˩]
吃不下，睡不著。

【𫢸博假博】
[be˨˩ p'ɔk˩ ke˥ p'ɔk˩]
不懂裝懂。

【𫢸擔𫢸壓】
[be˨˩ tã˧ be˨˩ teʔ˩]
形容身體孱弱，不堪負重。

【𫢸食𫢸睏得】
[be˨˩ tsia˨˩ be˨˩ k'un˨˩ tit˩]
寢食難安。

【𫢸得通收山】
[be˨˩ tit˥ t'aŋ˧ siu˧ suã˥]
喻難以收拾。

【𫢸摸𫢸叩得】
[be˨˩ bɔŋ˧ be˨˩ k'ap˥ tit˩]
指不容許人隨便觸摸；或指經不起別人觸摸。

【𫢸生子賴媒人】
[be˨˩ sẽ˧ kiã˥˧ lua˨˩ muãi˧ laŋ˧˥]
自己無法生育，不怪自己，反而賴到媒人頭上；諷刺人愛遷怒。

【𫢸生牽拖厝邊】
[be˨˩ sĩ˥ k'an˧ t'ua˧ ts'u˥˧ pĩ˥]
厝邊，鄰居，自己不會生育，卻怪罪鄰居；諷刺人愛遷怒。

【𫢸伸腳出手得】
[be˨˩ ts'un˧ k'a˧ ts'ut˥ ts'iu˥˧ tit˩]
喻動彈不得，無法施展抱負。

【𫢸伸腳𫢸出手】
[be˨˩ ts'un˧ k'a˥ be˨˩ ts'ut˥ ts'iu˥˧]
意同「𫢸伸腳出手得」。

【𫢸虐蟳，要虐鱟】
[be˨˩ kaŋ˨˩ tsim˧˥ be˥ kaŋ˨˩ hau˧]
蟳有螯會傷人，鱟則無螯。虐，此處音 kaŋ˨˩，觸弄也。本諺意謂欺弱怕強。

【𫢸得生，𫢸得死】
[be˨˩ tit˥ sẽ˥ be˨˩ tit˥ si˥˧]
求生不能，求死不得，極其痛苦。喻進退兩難。

【𫢸掩得人的嘴】
[be˨˩ ɔm˧ tit˥ laŋ˧ ge˧ ts'ui˨˩]
欲要人不說，除非己不為。

【𫢸掛得無事牌】
[be˨˩ kua˥˧ tit˥ bo˧ su˨˩ pai˧˥]
沒有人能保證不發生意外之事。

【𫢸圍得人的嘴】
[be˨˩ uĩ˧ tit˥ laŋ˧ ge˧ ts'ui˨˩]
意同「𫢸掩得人的嘴」。

【𫢸準楹，𫢸準柱】
[be˨˩ tsun˥ ẽ˧˥ be˨˩ tsun˥ t'iau˧]
楹、柱皆房屋之結構。一根木材既不能當屋楹，也不能當房柱，表示無適當之用處。

【𫢸曉泅，嫌溪隘】
[be˨˩ hiau˥ siu˧˥ hiam˧ k'e˥ e˧]
自己本事差，常找藉口推諉。

【𫢸嘴焦先開井】
[be˨˩ ts'ui˥˧ ta˥ siŋ˧ k'ui˧ tsẽ˥˧]
還未口渴，先掘井以防患未然。未雨

綢繆。

【𪜶擔葱，𪜶算錢】
[be˩ tã˧ ts'aŋ˥ be˩ suĩ˥˧ tsĩ˧˥]
文的武的一無所長。

【𪜶虐佛，要虐和尚】
[be˩ kaŋ˩ hut˥ ai˥˧ kaŋ˩ hue˧ siũ˧]
虐，鬥也；喻不找主事者議論，卻找打雜跑腿的爭鬧。喻其欺軟怕硬，怕惡欺善。

【𪜶曉駛船嫌溪隘】
[be˩ hiau˥ sai˥ tsun˧˥ hiam˧ k'e˥ e˧]
自己技術欠佳不反求諸己，卻要歸咎於環境或他人。

【𪜶曉駛船嫌溪灣】
[be˩ hiau˥ sai˥ tsun˧˥ hiam˧ k'e˥ uan˥]
意同「𪜶曉駛船嫌船隘」。

【𪜶見笑才是好人客】
[be˩ ken˥˧ siau˩ tsia˥ si˩ ho˥ laŋ˧ k'eʔ˩]
賓客在主人家不拘束客套，不須主人刻意禮遇招呼，這才是好客人。或當作戲語，將見笑讀成「欠帳」(k'iam˥˧ siau˩)，謂不會欠帳才是好顧客。

【𪜶得枋開，𪜶得鋸脫】
[be˩ tit˥ paŋ˥ k'ui˥ be˩ tit˥ ki˩ t'uat˩]
用鋸子鋸木板(枋)，鋸子不利被木板卡住，板子鋸不開，鋸子取不下，眞是進退兩難。

【𪜶擋得兩下斧頭仔】
[be˩ tɔŋ˥˧ tit˥ ləŋ˩ e˩ pɔ˥ t'au˧ a˥˧]
喻不堪一擊。

【𪜶曉泅，嫌卵葩大球】
[be˩ hiau˥ siu˧˥ hiam˧ lan˩ p'a˥ tua˩ k'iu˧˥]
卵葩，男子之陰囊。不會游泳(泅)，怪自己的陰囊太大。喻自己沒本事卻要找藉口。

【𪜶比得范進士的旗杆】
[be˩ pi˥ tit˥ huan˩ tsin˥˧ su˧ e˧ ki˧ kan˥]
台南市諺語。康熙五十七年范學海中武進士，曾任武職於內地，後歸養台南，其宅第前有一對特大號的旗杆，其街後名范進士街。本諺謂無人比得上之意。

【𪜶仙假仙，牛卵假鹿鞭】
[be˩ sen˥ ke˥ sen˥ gu˧ laŋ˧ ke˥ lɔk˩ pen˥]
不懂佯裝內行，只是魚目混珠。牛卵，公牛之陰莖；鹿鞭，公鹿之陰莖；後者是補品，前者不值錢。諷刺人不懂裝懂，以假冒眞。

【𪜶生𪜶養，無彩人的潲】
[be˩ sẽ˧ be˩ iũ˥˧ bo˧ ts'ai˥ laŋ˧ ge˧ siau˧˥]
本指婦人不孕浪費丈夫的精液(潲)，用以比喻做虛功白費力。

【𪜶生毋値錢，要生性命相交纏】
[be˩ sẽ˥ m˩ tat˩ tsĩ˧˥ be˥ sẽ˥ sẽ˥˧ miã˧ sio˧ kau˧ tĩ˧˥]
傳統農業社會女人的地位因不能生育而被貶低，可是能生育，分娩之際又得渡過生死關頭。

【𪜶曉挨弦仔假絞線，𪜶曉噴吹假呸瀾】
[be˩ hiau˥ e˧ hen˧ nã˥˧ ke˥ ka˥ suã˩ be˩ hiau˥ pun˧ ts'ue˥ ke˥ p'ui˥˧ nuã˧]
因爲沒那種技藝，不會拉胡琴只好假裝絞線；不會吹嗩吶反倒噴口水。

【𪜶曉挨絃仔，顧捲線；𪜶曉唱曲，

顧噴瀾】
[be˩ hiau˥ e˧ hen˧ nã˥ kɔ˥ kuĩ˥ suã˩ be˩ hiau˥ ts'iũ˥ k'ik˩ kɔ˥ p'un˥ nuã˧]
不會拉胡琴，佯裝捲琴弦；不會唱曲調，只會噴口水。形容什麼也不會做，只是濫竽充數。

【北風找縫】
[pak˥ hɔŋ˥ ts'ue˩ p'aŋ˧]
喻處處鑽營、無孔不入。

【北港石壁——厚話】
[pak˥ kaŋ˥ tsio˩ piaʔ˩ kau˩ ue˧]
歇後語。北港媽祖廟上的石壁，畫了各種各樣的繪畫。厚畫諧音厚話，謂話很多。

【北港廟壁——畫（話）仙】
[pak˥ kaŋ˥ bio˩ piaʔ˩ ue˩ sen˥]
歇後語。北港朝天宮廟壁所畫多爲神仙故事，而畫、話諧音，畫（話）仙係譏人多言。

【北港媽祖——興外莊】
[pak˥ kaŋ˥ mã˥ tsɔ˥ hiŋ˧ gua˩ tsəŋ˥]
歇後語。據説北港朝天宮的媽祖，對外地的香客庇佑特多，故有此諺。

【北港媽祖，興外莊】
[pak˥ kaŋ˥ mã˥ tsɔ˥ hiŋ˧ gua˩ tsəŋ˥]
北港媽祖，在外地比在本地更受敬仰。喻人才在異地，往往比本地更受人敬重。

【北路觀音收羅漢】
[pak˥ lɔ˩ kuan˧ im˥ siu˧ lo˧ han˩]
喻善於制伏兇暴。

【北斗註死，南斗註生】
[pak˥ tau˥ tsu˥ si˥ lam˧ tau˥ tsu˥ sẽ˥]
台俗受道教信仰影響很深。相信北斗星司死，南斗星司生。

【北港媽祖香爐——眾人插】
[pak˥ kaŋ˥ mã˥ tsɔ˥ hiũ˧ lɔ˧ tsiŋ˥ laŋ˧ ts'aʔ˩]
歇後語。北港媽祖香火鼎盛，香客來自全省各地，香客拜拜皆將香支插在香爐當中，香爐是供眾人插香之處，而眾人插三字則寓有萬人妻之意。

【北風若行，哮呴的都知輸贏】
[pak˥ hɔŋ˥ nã˩ kiã˧ he˧ ku˥ e˥ tio˩ tsai˧ su˧ iã˧]
氣喘病人對氣候的變換很敏感，故寒冷的北風一來，氣喘病的人就有苦受了。

【十人，九痔】
[tsap˩ laŋ˧ kau˥ ti˧]
泛言人多患有痔瘡。

【十大，九獃】
[tsap˩ tai˧ kau˥ tai˥]
俗謂大塊頭多半無才能。

【十念八錢】
[tsap˩ liam˧ pe˥ tsĩ˧]
十念，謂常常唸；謂話説多遍就不值錢，沒有效用。

【十婦，九妒】
[tsap˩ hu˧ kau˥ tɔ˩]
謂婦女生性多善妒。

【十媒九誑】
[tsap˩ muãi˧ kau˥ kɔŋ˧]
十個媒人有九個説話浮誇不實。言媒人的話，根本不可信。

【十嘴，九貓】
[tsap˩ ts'ui˩ kau˥ niãu˥]
人多口雜，各説各話。

【十二月芥菜】
[tsap˩ zi˨ gue˨ kua˥ ts'ai˨]
芥菜至十二月即有心，不過此處是取其反面意思，即是「無心」，謂虛情假意。

【十九，月烏有】
[tsap˩ kau˥ gue˧ ɔ˧ iu˥]
農曆十九夜的月亮，等到深夜才能看到。

【十七兩——翹翹】
[tsap˩ ts'it˥ niũ˥ k'iau˥ k'iau˨]
歇後語。台斤每斤十六兩，十七兩比十六兩多出一兩，秤桿就會翹起來，故云翹翹；意謂死翹翹，或翹起來。

【十月，小陽春】
[tsap˥ gue˨ sio˥ iɔŋ˧ ts'un˥]
十月天氣有時會暖和如春。

【十巧無通食】
[tsap˩ k'a˥ bo˧ t'aŋ˧ tsia˧]
藝多不精，不如專攻一技。

【十步九回頭】
[tsap˩ pɔ˧ kau˥ hue˧ t'au˩]
謂猶豫不決或難分難捨。

【十身無夠死】
[tsap˩ sin˥ bo˧ kau˥ si˥]
謂實力相差懸殊，不可逞一時之勇，否則必敗（死）無疑。

【十限九無影】
[tsap˩ han˧ kau˥ bo˧ iã˥]
十之八九是假的，言其不可信。

【十軍，九頭目】
[tsap˩ kun˥ kau˥ t'au˧ bak˥]
比喻人人搶出風頭。

【十指，有長短】
[tsap˩ tsãi˥ u˨ təŋ˧ te˥]
十指各有長短，比喻人亦各有智愚賢不肖之別。

【十指透心肝】
[tsap˩ tsãi˥ t'au˥ sim˧ kuã˥]
喻父母疼愛子女心切。

【十賠九不足】
[tsap˩ pue˩ kau˥ put˥ tsiɔk˩]
賠償一事，終難滿足對方心意。

【十嘴，九尻川】
[tsap˩ ts'ui˨ kau˥ k'a˧ ts'uĩ˥]
人多意見紛歧。

【十嘴，九頭目】
[tsap˩ ts'ui˨ kau˥ t'au˧ bak˥]
意同「十軍九頭目」。

【十藝，九艙成】
[tsap˩ ge˧ kau˥ be˨ siŋ˩]
藝多不精。

【十二月，婚姻月】
[tsap˩ zi˧ gue˨ hun˧ in˧ gue˧]
十二月是臘月，農暇之餘，有錢沒錢的單身漢，都希望此刻娶個老婆回來過好年，因而是婚姻的旺季。

【十人肥，九人福】
[tsap˩ laŋ˧ pui˩ kau˥ laŋ˧ hɔk˩]
昔日以發胖爲福，當時必須有錢人才會營養過剩而發胖，故有此諺。

【十八羅漢愁眉】
[tsap˩ pe˥ lo˧ han˨ ts'iu˧ bai˩]
形容大家都爲他一人著急。

【十三升，做總兵】
[tsap˩ sã˧ siŋ˥ tso˥ tsɔŋ˥ piŋ˥]
清代閩南地區有陳化成者，本爲窮漢而從戎，因戰役建奇功，從掌旗員連升十三次而做到總兵官。今台北縣新莊市猶有化成路以紀念他。

【十三省嘛奥找】

[tsap˩ sã˧ siŋ˥ mã˨ o˥ ts'ue˧]
十三省，明代、清初將全國分為十三省。本句指在全國也找不到這種頑皮搗蛋之人。

【十支崙九個坑】
[tsap˩ ki˧ lun˧ kau˥ ge˧ k'ẽ˥]
台北縣石門鄉諺語。該鄉多山少平原，因而有這一句非常寫實的地形諺語。

【十身都無夠死】
[tsap˩ sin˥ to˧ bo˧ kau˥ si˥]
喻不是敵手，實力相差懸殊。

【十擺九擺無影】
[tsap˩ pai˥ kau˥ pai˥ bo˧ iã˥]
所說全是假話，喜歡騙人。

【十一月，挨圓仔粹】
[tsap˩ it˥ gue˨ e˧ ĩ˧ ã˥ ts'ue˥]
圓仔粹，糯米製成的湯圓生料。十一月裏有冬至這一個節日，家家户户都磨糯米，做圓仔粹，搓湯圓敬拜神明。

【十八，廿二，是青春】
[tsap˩ peʔ˩ zi˨ zi˧ si˨ ts'iŋ˧ ts'un˥]
男女到了十八至廿二歲這段時間，正是青春期。

【十二月卯，不見草】
[tsap˩ zi˨ gue˨ bau˥ put˥ ken˥ ts'au˥]
氣象諺。有二解：一謂立春若在十二月卯日，則占大寒，草木不生；另一解謂十二月卯時（早晨五點到七點）天尚暗，看不見草。

【十二月肉湯——穩當】
[tsap˩ zi˨ gue˨ ba˥ t'əŋ˥ un˥ taŋ˨]
歇後語。十二月天寒，肉湯一冷必會結凍，叫做「穩凍」，與「穩當」諧音。意謂絕對可靠。

【十二月南風——現報】
[tsap˩ zi˨ gue˨ lam˧ hɔŋ˥ hen˨ po˨]
歇後語。十二月若颳南風，海面馬上起暴濤（暴、報同音）。現報，比喻報應極速。

【十二月屎桶——盡拼】
[tsap˩ zi˨ gue˨ sai˥ t'aŋ˥ tsin˨ piã˨]
歇後語。十二月底將要過春節，須把屎桶清乾淨，故有此諺。意謂卯盡全力，或指將所有的事全盤托出。

【十二月，賣噴春花】
[tsap˩ zi˧ gue˨ be˨ pun˧ ts'un˧ hue˥]
噴春，即吹春，諧音「催春」，催趕春來冬去，有除舊佈新之意。十二月年關將近，小販拿著用三張圓形紅紙剪貼成的噴春花沿街叫賣。

【十二生肖變透透】
[tsap˩ zi˨ sẽ˧ siũ˨ pen˥ t'au˥ t'au˨]
形容各種行業都做過。

【十八金仔——全騙的】
[tsap˩ pe˥ kim˧ e˥ tsuan˧ p'en˨ le˨]
歇後語。純金為二十四 k，十八金只有十八 k；所以都是假的，即全騙人的。

【十二條身魂在宮】
[tsap˩ zi˨ tiau˧ sin˧ hun˧ tsai˨ kiɔŋ˥]
全神貫注，步步為營。

【十八港腳行透透】
[tsap˩ pe˥ kaŋ˥ k'a˥ kiã˧ t'au˥ t'au˨]
港腳指埠頭、碼頭，十八港腳形容其多。意謂跑過許多碼頭，足跡遍及各地。

【十二點敲十二下】
[tsap˩ zi˨ tiam˥ k'a˥ tsap˩ zi˨ e˧]
時鐘十二點敲十二響；喻一板一眼，分毫不差。

【十月鯁，肥到無頭】
[tsap˧ gue˨ tau˧ pui˧ ka˥ bo˧ t'au˦]
形容十月的鯁魚最肥。

【十全欠兩味——八珍】
[sip˧ tsuan˦ k'iam˥ ləŋ˨ bi˧ pat˥
tin˥]
歇後語。十全是中藥大補品，減兩味即成八珍，也是補藥；八珍另一個意思是三八，此處取三八之意。

【十個女人九個嫉】
[tsap˧ ge˧ li˥ zin˦ kau˥ ge˧ tsit˥]
十女九嫉，形容多數女人是醋罈子。

【十個囝仔十樣生】
[tsap˧ ge˧ gin˥ nã˥ tsap˧ iũ˨ sẽ˥]
人的個性各不相同。

【十個查某，九個嬈】
[tsap˧ ge˧ tsa˧ bɔ˥ kau˥ ge˧ hiau˦]
形容女子到了青春期無人不思春。

【十條命也無夠死】
[tsap˧ tiau˧ miã˧ ia˨ bo˧ kau˥ si˥]
表示與對方相比，實力懸殊，根本不是對手。

【十二月甘蔗，倒尾甜】
[tsap˧ zi˨ gue˨ kam˧ tsia˨ to˥ bue˥
tĩ˥]
十二月的甘蔗，由頭到尾都極甘甜。或說此時的甘蔗反而「倒尾甜」是尾比頭甜。喻苦盡甘來。

【十二月南風——當面報】
[tsap˧ zi˨ gue˨ lam˧ hɔŋ˥ təŋ˧ bin˨
po˨]
歇後語。意同「十二月南風——現報」。

【十二月厝尾頂——凍霜】
[tsap˧ zi˨ gue˨ ts'u˥ bue˥ tiŋ˥ taŋ˥
səŋ˥]
歇後語。在台灣十二月會降霜，故屋頂會凍霜。凍霜，形容此人是一毛不拔的吝嗇鬼。

【十二月無閒梳頭鬃】
[tsap˧ zi˧ gue˨ bo˧ iŋ˦ se˧ t'au˧
tsaŋ˥]
十二月除了忙農事；還要忙著準備過年，農婦常忙得無暇梳頭。

【十八歲查某子——夠格（嫁）】
[tsap˧ pe˥ hue˥ tsa˧ bɔ˥ kiã˥ kau˥
keʔ˧]
歇後語，十八歲的女孩，身心成熟，已經可以嫁人。「夠嫁」與「夠格」諧音；指其資歷夠。

【十女九帶，十男九淋】
[tsap˧ li˥ kau˥ tai˨ tsap˧ lam˦ kau˥
lim˦]
形容昔日衛生教育差，十個婦女有九個患白帶、赤帶等，十個男人有九個淋病。

【十月十，風吹落屎礐】
[tsap˧ gue˨ tsap˥ hɔŋ˧ ts'ue˥ lo˨
sai˥ hak˥]
十月不是放風箏的季節。

【十月燒，乞食睏破蓆】
[tsap˧ gue˨ sio˥ k'it˥ tsia˧ k'un˥
p'ua˥ ts'ioʔ˥]
十月若是天氣暖和，人人嗜睡，連乞丐都懶得去乞討，而睡在他那一張破蓆子上。

【十月懷胎，三年哺奶】
[tsap˧ gue˨ huai˧ t'ai˥ sã˧ nĩ˦ po˨
liŋ˥]
言母親懷孕、育嬰之辛勞。

【十兄弟欺負一個人】
[tsap˧ hiã˧ ti˧ k'i˧ hu˨ tsit˧ le˧ laŋ˦]
十兄弟，喻十根指頭；一個人，指陽

具；喻男子手淫。

【十男九瘡，十女九帶】
[tsap˨ lam˦ kau˥ ts'əŋ˥ tsap˨ li˥˧ kau˥ tai˨˩]
言昔日衛生教育差，十個男子九個患痔瘡，十個婦女九個患白帶、赤帶。

【十個臭頭，九個剖豆】
[tsap˨ ge˧ ts'au˥˧ t'au˦ kau˥ ge˧ p'o˥˧ tau˧]
剖豆，博學；諷刺禿頭者較有學問。

【十個鐘較輸一個鐸】
[tsap˨ ge˧ tsiŋ˥ k'a˥˧ su˧ tsit˨ le˧ tɔk˥]
喻多而無用。

【十瘦九貧，十肥九富】
[tsap˨ san˥˧ kau˥ pin˦ tsap˨ pui˦ kau˥ hu˨˩]
昔日有錢人才能吃得肥胖，故有此諺。

【十二月雷，毋免用豬鎚】
[tsap˨ zi˨˩ gue˨˩ lui˦ m˨˩ ben˥ iɔŋ˨˩ ti˧ t'ui˦]
十二月打雷，占次年有豬疫，因豬皆病死，故不必用豬鎚殺豬。

【十二月雷，眾牲免用槌】
[tsap˨ zi˨˩ gue˨˩ lui˦ tsiɔŋ˥˧ siŋ˥ ben˥ iɔŋ˨˩ t'ui˦]
十二月打雷，則主多瘟疫，眾牲不必搥打即死。

【十八般武藝，件件皆能】
[tsap˨ pe˥˧ puã˧ bu˥ ge˧ kiã˨˩ kiã˧ kai˧ liŋ˦]
形容一個人多才多藝。

【十八歲查某子，摸壁趖】
[tsap˨ pe˥˧ hue˥˧ tsa˧ bɔ˥ kiã˥˧ mɔŋ˧ pia?˨ so˦]
昔日女子到了十八歲青春期，開始關心自己的婚事，遇有長輩或親戚來家，一方面害羞不敢出面，但一方面卻關心是否來提親，因而會倚壁偷聽。

【十九嫁，會做壁腳邊狗】
[tsap˨ kau˥˧ ke˨˩ e˨˩ tso˥˧ pia˥˧ k'a˧ pĩ˧ kau˥˧]
台東縣綠島居民認爲逢九不利，故女子多不願在十九歲時出嫁。

【十大九呆，無呆總兵才】
[tsap˨ tua˧ kau˥ tai˥ bo˧ tai˥ tsɔŋ˥ piŋ˧ tsai˦]
個頭大的人多頭腦簡單，如果不是呆瓜便是大將之材。

【十月十，三界公來鑒納】
[tsap˨ gue˨˩ tsap˥ sam˧ kai˥˧ kɔŋ˥ lai˧ kam˥˧ lap˥]
十月已是農閒之時，故家家户户舂米做粿來敬神，以謝其庇佑之恩。

【十肥九呆，無呆狀元才】
[tsap˨ pui˦ kau˥ tai˥ bo˧ tai˥ tsiɔŋ˨˩ guan˧ tsai˦]
肥胖者不是傻子便是出人頭地的人。

【十個老人，九個當原差】
[tsap˨ ge˧ lau˨˩ laŋ˦ kau˥ ge˧ tɔŋ˧ guan˧ ts'e˥]
原差，本指緝捕犯人之捕快；此處借用它「原來的職位」這個意義，即謂原差都是老人在當。

【十九二十天，滿街安溪先】
[tsap˨ kau˥˧ zi˨˩ tsap˨ t'en˥ muã˥ ke˥ an˧ k'e˧ sen˥]
安溪先指自福建安溪縣移民來的人，台北地區淡水、萬華、大安、三峽、新店、坪林等地皆有安溪籍後裔，其守護神爲清水祖師。昔日萬華清水祖師廟七月十九日放水燈、二十普度，信徒自各地雲湧而至，故有此諺。

【十二月風吹——猜到無尾溜】
[tsap˙˩ zi˩ gue˩ hɔŋ˧ ts'ue˥ siau˥ ka˥ bo˧ bue˥ liu˥]
歇後語。台灣放風箏（風吹）的季節，農曆九月正當令，十二月不但天寒而且風強，若不識時宜還要玩此遊戲，就會被人笑：「瘋（猜）到無尾巴（尾溜）」。

【十八仔廿二，青春少年時】
[tsap˙˩ pe˥ a˥ zi˩ zi˧ ts'iŋ˧ ts'un˥ siau˥˧ len˧ si˧˥]
指男女到了十八至廿二歲間，正是青春時期。

【十三到十七，觀燈風最急】
[tsap˙˩ sã˥ kau˥˧ tsap˙˩ ts'it˙˩ kuan˧ tiŋ˥ hɔŋ˥ tsue˥˧ kip˙˩]
氣象諺。正月十三到十七是看花燈的時期，卻經常會風雨交加。

【十月忌初五，海豬會起舞】
[tsap˙˥ gue˩ ki˩ ts'e˧ gɔ˧ hai˥ ti˥ e˩ k'i˥ bu˥˧]
氣象諺。十月雖是小陽春，但須慎防初五會起風浪。

【十月雨連連，高山也是田】
[tsap˙˥ gue˩ u˥˧ len˧ len˧˥ ko˧ san˥ ia˩ si˩ ten˧˥]
形容下半年的十月雨水多，俗稱「雨來水深」。

【十年水流東，十年水流西】
[tsap˙˩ nĩ˧˥ tsui˥˧ lau˧ taŋ˥ tsap˙˩ nĩ˧˥ tsui˥˧ lau˧ sai˥]
以河道之會改變，比喻人的運氣也會輪流轉。

【十個老人，九個唱當初時】
[tsap˙˩ ge˧ lau˩ laŋ˧˥ kau˥ ge˧ ts'iũ˥˧ tɔŋ˧ ts'ɔ˧ si˧˥]
謂老人喜歡懷舊。

【十鳥在樹，不如一鳥在手】
[sip˙˩ niãu˥˧ tsai˩ ts'iu˧ put˙˥ zu˧ it˙˥ niãu˥˧ tsai˩ ts'iu˥˧]
在手上的東西才靠得住。勸人要務實。

【十二月吃菜頭，六月才轉嗽】
[tsap˙˩ zi˧ gue˩ tsia˩ ts'ai˥˧ t'au˧˥ lak˙˥ gue˩ tsia˥˧ tuĩ˥ sau˩]
俗信蘿蔔（菜頭）性冷，吃多會咳嗽。意謂只要種下前因，必定會產生後果。

【十二月春，有通食擱有通剩】
[tsap˙˩ zi˩ gue˩ ts'un˥ u˩ t'aŋ˧ tsia˧ ko˥˧ u˩ t'aŋ˧ ts'un˥]
農諺。立春在十二月，占來年作物豐收。

【十二月落霜，蕃薯較大油缸】
[tsap˙˩ zi˧ gue˩ lo˩ səŋ˥ han˧ tsi˧˥ k'a˥ tua˩ iu˧ kəŋ˥]
農諺。十二月若降霜，則隔年蕃薯生長茂盛。

【十二月芥菜蕊，較好食過閹雞腿】
[tsap˙˩ zi˩ gue˩ hiŋ˩ ts'ai˥˧ lui˥˧ k'a˥˧ ho˥ tsia˩ kue˥˧ iam˧ ke˧ t'ui˥˧]
芥菜屬於春夏才當令之蔬菜，葉嫩味美；冬天有霜害，無法種植，若能播種種出芥菜，在冬天裡，它的味道必勝過雞腿。

【十子十心婦，剩一個老寡婦】
[tsap˙˩ kiã˥˧ tsap˙˩ sim˧ pu˧ ts'un˧ tsit˙˩ le˧ lau˩ kua˥ hu˧]
子媳眾多，無人奉養，孤獨一人過活。用以譏誚老婦生性孤僻，無法和子媳和睦相處，其中亦含有嫉妒人多子之意在內。

【十支指頭，伸出來嘛鱠平長】
[tsap˙˩ ki˧ tsiŋ˥ t'au˧˥ ts'un˥ ts'ut˙˥ lai˩ mã˩ be˩ pẽ˧ təŋ˧˥]
喻同一父母所生的男女，各人資質不

同，發展及成就亦各異。

【十肥九富，無富就是小疕龜】
[tsap˧ pui˦ kau˥ hu˩ bo˧ hu˩ tio˩ si˩ siau˥ p'i˥ ku˥]
胖者多富，不富的一定是太吝嗇（小疕龜）所致。

【十二月戲無人請，只好學補鼎】
[tsap˧ zi˩ gue˩ hi˩ bo˧ laŋ˧ ts'iã˩ tsi˥ ho˥ o˩ pɔ˥ tiã˥]
農曆十二月沒人請戲，演員只好學補鍋維持生計。

【十月日生翅，懶爛查某領𠠎直】
[tsap˥ gue˩ zit˥ sẽ˧ sit˥ lam˥ nuã˩ tsa˧ bɔ˥ niã˥ be˩ tit˥]
十月晝短夜長，白天太陽很快便下山（日生翅），動作慢的農婦忙裡忙外，每天都忙不完。

【十一支仔博久無到，坐久人眞虛】
[tsap˧ it˥ ki˧ a˥ pua˩ ku˥ bo˧ kau˩ tse˩ ku˥ laŋ˧ tsin˧ hi˥]
形容賭博人人想贏，沒贏（無到）不肯罷休，熬久了把身體都熬壞了。

【十五支拐仔舉做兩手——七拐八拐】
[tsap˧ gɔ˩ ki˧ kuai˥ a˥ gia˧ tso˥ ləŋ˩ ts'iu˥ ts'it˥ kuai˥ pe˥ kuai˥]
歇後語，七拐八拐。意謂以花言巧語拐誘。

【十五仙土地下做兩平——七土八土】
[tsap˧ gɔ˩ sen˧ t'ɔ˥ ti˧ he˩ tso˥ ləŋ˩ piŋ˦ ts'it˥ t'ɔ˥ pe˥ t'ɔ˥]
歇後語。七土八土，形容人粗野莽直。

【十二十三讓你歹，十九二十你就知】
[tsap˧ zi˧ tsap˧ sã˥ niũ˩ li˥ p'ãi˥ tsap˥ kau˥ zi˩ tsap˥ li˥ tio˩ tsai˥]
昔日台北萬華七月十二、十三兩日爲頂郊人之龍山寺中元祭之期，是時滿街都是頂郊人，安溪人凡事都得忍讓。十九、二十兩天爲安溪人之祖師廟中元祭典之日，到處都是安溪人，則頂郊人處下風。本句可借喻爲以眾欺寡。

【十七八歲煩惱便，煩惱會老𠠎少年】
[tsap˧ ts'it˥ pe˥ hue˩ huan˧ lo˥ pen˧ huan˧ lo˥ e˩ lau˧ be˩ siau˥ len˦]
比喻無意義的煩惱。

【十二生肖排第九，毋是猩猩也是猴】
[tsap˧ zi˩ sẽ˧ siũ˩ pai˧ te˩ kau˥ m˩ si˩ siŋ˧ siŋ˥ ia˩ si˩ kau˦]
暗罵該人長相醜陋如猴（十二生肖第九屬猴）。

【十年窗下無人問，一舉成名天下知】
[sip˧ len˦ t'aŋ˧ ha˧ bu˧ zin˧ bun˧ it˥ ki˥ siŋ˧ biŋ˦ t'en˧ ha˩ ti˥]
讀書人長期默默苦讀，不受世人重視，一旦有了傑出表現，立刻揚名天下。

【十個小旦九個枵鬼，十的三花九個愛美】
[tsap˧ ge˧ sio˥ tuã˩ kau˥ ge˧ iau˧ kui˥ tsap˧ ge˧ sã˧ hue˥ kau˥ ge˧ ai˥ sui˥]
舞臺上的小旦看起來都很端莊，其實私底下都很愛吃；演小丑的在舞台上的粧扮很難看，但私下都很愛漂亮。

【千山萬水】
[ts'en˧ san˥ ban˩ sui˥]
喻路途遙遠。

【千口難分】
[ts'en˧ k'io˥ lan˧ hun˥]

百口莫辯，難以說清楚。

【千里送炭】
[ts'en˧ li˥ saŋ˥ t'uã˩]
比喻人情溫暖。

【千形萬狀】
[ts'en˧ hiŋ˦ ban˩ tsɔŋ˧]
各種形狀皆有。

【千辛萬苦】
[ts'en˧ sin˥ ban˩ k'ɔ˥]
非常辛苦。

【千言萬語】
[ts'en˧ gen˦ ban˩ gi˥]
形容有很多的話要說，一時之間不知從何說起。

【千門萬户】
[ts'en˧ muĩ˦ ban˩ hɔ˧]
喻人口聚集，市況熱鬧。

【千枝萬葉】
[ts'en˧ ki˥ ban˩ hio˧]
枝繁葉茂，形容子孫繁衍眾多。

【千思萬想】
[ts'en˧ su˥ ban˩ siɔŋ˥]
再三思考；想了又想。

【千富萬濺】
[ts'en˧ hu˩ ban˩ tsuã˧]
昔日幣值大，有一千圓便可稱富有，假如有一萬圓，那可眞是富得錢財四濺。

【千富萬爛】
[ts'en˧ hu˩ ban˩ nuã˧]
形容萬貫家財，耗費不盡。

【千慮一失】
[ts'en˧ li˧ it˥ sit˩]
智者千慮，必有一失。

【千年龜，萬年鼈】
[ts'en˧ nĩ˧ ku˥ ban˩ nĩ˧ piʔ˩]
相傳烏龜可以活到一千年，鼈更久，可以活上一萬年。

【千里送鵝毛】
[ts'en˧ li˥ saŋ˥ go˧ mɔ̃˥]
禮輕情意重。

【千日長，一日短】
[ts'en˧ zit˩ tɔŋ˦ tsit˩ zit˩ te˥]
形容人生總有不如意的時刻。

【千叮嚀，萬吩咐】
[ts'en˧ tiŋ˧ liŋ˦ ban˩ huan˧ hu˩]
再三交代。

【千年田，八百主】
[ts'en˧ nĩ˧ ts'an˦ pe˥ pa˥ tsu˥]
同一塊田，一千年內換了八百個主人；世間變化不可測。

【千里眼，順風耳】
[ts'en˧ li˥ gan˥ sun˩ hɔŋ˧ nĩ˥]
本爲媽祖身邊的兩尊侍衛神；借喻耳目敏捷。

【千算，毋值拄當】
[ts'en˧ sŋ˩ m˩ tat˩ tu˥ tŋ˧]
用心計較，不如碰到好運。

【千斤石板壓心頭】
[ts'en˧ kin˧ tsio˩ pan˥ te˥ sim˧ t'au˦]
形容心事極其沉重。

【千日剖柴，一日燒】
[ts'en˧ zit˩ p'ua˥ ts'a˦ tsit˩ zit˩ sio˥]
長期辛苦的結果，卻在短暫的時間內任意揮霍掉。

【千年田地八百主】
[ts'en˧ nĩ˧ ts'an˧ te˧ pe˥ pa˥ tsu˥]
同一塊田地，在一千年內經歷過八百個主人，比喻世事無常。

【千金小姐欠柴梳】

[ts'en˧ kim˧ sio˥ tsia˥ k'iam˥ ts'a˧ se˥]
富貴之軀的千金小姐，外出時忘了帶木梳，在途中要梳髮，卻無梳可用。意指人無論貧富都會有欠缺，不可掛「無事牌」。

【千金難買親生子】
[ts'en˧ kim˥ lan˧ be˥ ts'in˧ sẽ˧ kiã˥]
雖然富甲一方，無奈沒有生育，縱然花上千金也買不到一個親生兒子。

【千草藔土地——守鬼】
[ts'en˧ ts'au˥ liau˦ t'ɔ˥ ti˧ tsiu˥ kui˥]
歇後語。千草藔在今台南市南區千草里，昔日爲一片荒塚，有一土地廟供人寄放金斗，一般福德祠都是守土地、守田園，獨有這間土地廟是「守鬼」，守與酒台語諧音，故此諺眞正之意義是指「酒鬼」。

【千人所指，無病而死】
[ts'en˧ zin˦ sɔ˥ ki˥ bo˧ pẽ˧ zi˧ si˥]
形容輿論之可畏。

【千斤力，毋值一兩智】
[ts'en˧ kin˧ lat˥ m˩ tat˩ tsit˩ niũ˥ ti˩]
草莽武夫比不上一個斯文的智者。

【千斤力，毋值四兩命】
[ts'en˧ kin˧ lat˥ m˩ tat˩ si˥ niũ˥ miã˧]
傳統算命有稱人八字輕重之術，其說以四兩命之人最有福氣，有人深信命運之說，故云縱然有千斤的大力氣，也比不上四兩命的人享福。

【千里馬，縛在將軍柱】
[ts'en˧ li˥ be˥ pak˩ ti˩ tsiɔŋ˧ kun˧ t'iau˧]
意謂懷才不遇，有抱負而無法施展；或做「勇勇馬，縛在將軍柱」。

【千金易得，好語難求】
[ts'en˧ kim˥ i˥ tit˩ ho˥ gi˥ lan˧ kiu˦]
錢財容易賺，能對症下藥的逆耳忠言不易求得。

【千家富，觔顧一家散】
[ts'en˧ ke˧ hu˩ be˩ kɔ˥ tsit˩ ke˧ san˩]
富家雖多，但均自私自利，不會顧念少數的窮人。

【千書（經）萬典，孝義爲先】
[ts'en˧ su˥ (kiŋ˥)ban˩ ten˥ hau˥ gi˧ ui˧ sen˥]
孝與義爲百善之首。

【千滾無癀，萬滾無毒】
[ts'en˧ kun˥ bo˧ hɔŋ˦ ban˩ kun˥ bo˧ tɔk˥]
滾，將食物煮到沸點。任何食物皆應煮熟才吃，煮開了，就不會有病菌、病毒。

【千頭萬緒，一刀兩斷】
[ts'en˧ t'au˦ ban˩ su˧ it˥ to˥ liɔŋ˥ tuan˧]
面對諸多煩惱，必須果斷才能解決。

【千人見，毋值著一人識】
[ts'en˧ zin˧ kĩ˩ m˩ tat˩ tio˩ it˥ zin˧ sit˩]
與其一千個外行人看到皮毛，不如有一個行家能看到其精髓。

【千好萬好，毋值咱厝好】
[ts'en˧ ho˥ ban˩ ho˥ m˩ tat˩ lan˥ ts'u˩ ho˥]
世上只有家最好。

【千金小姐要出嫁——大庄】
[ts'en˧ kim˧ sio˥ tsia˥ be˥ ts'ut˥ ke˩ tua˩ tsəŋ˥]

歇後語。千金小姐要出嫁，一定會大肆化妝一番，大肆化妝省稱「大妝」，與地名「大庄」諧音。大庄在台灣是很普遍的地名，如台中梧棲便有大庄，該庄居民以王姓爲主。

【千金買厝，萬金買厝邊】
[ts'en˧ kim˥ be˥ t'su˩ ban˩ kim˥ be˥ ts'u˥˧ pĩ˥]
擇鄰而處，住家必須選擇好環境。

【千富萬富，毋值家治厝】
[ts'en˧ pu˥˧ ban˩ pu˩ m˩ tat˧ ka˧ ti˩ ts'u˩]
世上只有家最好。

【千算萬算，毋值天一劃】
[ts'en˧ suĩ˥˧ ban˩ suĩ˩ m˩ tat˧ t'ĩ˥ tsit˧ ue˧]
謀事在人，成事在天；有時人算反而不如天算。

【千變萬化，毋值著造化】
[ts'en˧ pen˥˧ ban˩ hua˩ m˩ tat˧ tio˩ tso˩ hua˩]
這是宿命論的説法，意謂任憑人再怎麼七十二變，翻一百個筋斗，也翻不出如來佛（命運）的手掌中。

【千里不同風，百年不同俗】
[ts'en˧ li˥˧ put˥ tɔŋ˧ hɔŋ˥ pa˥˧ nĩ˧˥ put˥ tɔŋ˧ siɔk˥]
時代不同，地區不同，風俗也會不同。

【千里路途三五步，百萬軍兵六七人】
[ts'en˧ li˥ lɔ˩ tɔ˧˥ sã˧ gɔ˩ pɔ˧ pa˥˧ ban˩ kun˧ piŋ˥ lak˧ ts'it˥ laŋ˧˥]
指歌仔戲舞臺上的象徵表演法。

【廿九三十下昏】
[zi˩ kau˥ sã˧ tsap˧ ẽ˧ huĩ˥]
農曆除夕不是廿九（小月）便是三十（大月），到了此日黃昏才想辦事，表示爲時已晚。

【廿二歲查某子】
[zi˩ zi˩ hue˥˧ tsa˧ bɔ˥ kiã˥˧]
廿二歲婚期已到，再不找對象嫁便會誤了終身。

【廿九暝，無枵新婦】
[zi˩ kau˥ mẽ˧˥ bo˧ iau˧ sim˧ pu˧]
廿九暝指除夕夜，是夜全家團聚圍爐吃年夜飯，平日操持家務，只能最後上桌吃剩菜殘羹的媳婦，是夜也破例一起上桌吃年夜飯，故有此諺。

【廿九暝，誤了大事】
[zi˩ kau˥ mẽ˧˥ gɔ˩ liau˥ tai˩ su˧]
廿九暝，農曆除夕夜之意；喻重要時刻，容易出錯。

【廿一點甲十點半，輸著傢伙了一半】
[zi˩ it˥ tiam˥˧ ka˥˧ tsap˧ tiam˥ puã˩ su˧ tio˧ ke˧ hue˥˧ liau˥ tsit˧ puã˩]
勸戒人莫賭博，賭輸了會傾家蕩產。

【廿四送神，廿五挽面，廿六要去阿媽兜，廿七要轉來食腥臊】
[zi˩ si˩ saŋ˥˧ sin˧˥ zi˩ gɔ˧ ban˥ bin˧ zi˩ lak˥ be˥ k'i˥˧ a˧ mã˥˧ tau˥ zi˩ ts'it˧ be˥ tuĩ˥ lai˧ tsia˩ ts'ẽ˧ ts'au˥]
描繪昔日兒童盼望過年的殷切。十二月廿四父母忙用糖果拜拜送神，廿五母親挽面化妝，廿六要去外婆家（外媽兜），廿七家中開始拜拜，要回來吃大餐（腥臊）。

【卅九的，問四十的】
[sam˧ kau˥˧ e˩ muĩ˩ si˥˧ tsap˧ e˩]
雖只長一歲，必多一智。

【卅不豪，四十不富，五十尋子助】
[sam˧ put˥ hau˧˥ si˥˧ tsap˥ put˥ hu˩

go˩ tsap˥ ts'ue˩ kiã˥ tso˧]
到了五十歲仍無成就，只有把希望寄託在下一代了。

【卅不豪，四十不富，五十尋死路】
[sam˧ put˥ hau˦ si˥ tsap˥ put˥ hu˩ go˩ tsap˥ ts'ue˩ si˥ lo˧]
人一生事業成就，全在三十到五十歲之間，過了五十仍一無所成，其餘便不足觀矣。

【午時水】
[go˩ si˧ tsui˥]
俗信端午節之午時（中午十一～一點)，汲取井中水儲於瓶中，經久不腐。如有發燒疾病，飲之，可以解熱退燒。

【午時水，食肥擱美】
[go˩ si˧ tsui˥ tsia˩ pui˦ ko˥ sui˥]
指端午節午時的水，對身體有益。

【午前日景，風起北平】
[ŋõ˥ tsen˦ zit˥ kiŋ˥ hoŋ˥ k'i˥ pak˥ piŋ˦]
氣象諺。日景，日暈；北平，北方。上午日有暈，占吹北風。

【午後日暈，風勢須防】
[ŋõ˥ au˧ zit˥ hun˥ hoŋ˧ se˩ su˧ hoŋ˦]
氣象諺。在下午太陽有暈出現，則占風勢強烈，須防備之。

【午後雲遮，夜雨滂沱】
[ŋõ˥ au˧ hun˦ zia˥ ia˩ u˥ poŋ˧ to˦]
氣象諺。下午有雲疾飛，其夜大雨滂沱。

【卅九日烏】
[siap˥ kau˥ zit˥ o˥]
連續四十九天陰雨；喻長期愁眉苦臉。

【卅九問五十】
[siap˥ kau˥ muĩ˩ go˩ tsap˥]
四十九歲的人向五十歲的人請教，年長一歲，必多經一事，多具一智。

【卅九日烏天，見著出大日頭】
[saip˥ kau˥ zit˥ o˧ t'ĩ˥ kĩ˥ tio˩ ts'ut˥ tua˩ zit˥ t'au˦]
氣象諺。台灣北部冬季經常陰霾久雨長達四、五十天，卅九日烏天即指長期下雨；見著出大日頭係指鬱卒的烏雲即將散開；即久雨之後即將出太陽。

【半掩門】
[puã˥ iam˥ bəŋ˦]
鹿港諺語，指半掩門扉拉客的私娼。

【半上路下】
[puã˥ tsiũ˩ lo˩ e˧]
指做事做到一半，半途而廢。

【半天秀才】
[puã˥ t'ĩ˧ siu˥ tsai˦]
罵小孩子短命。

【半天酒甕】
[puã˥ t'ĩ˧ tsiu˥ aŋ˩]
喻大傻瓜。

【半途而廢】
[puan˥ to˦ zi˧ hui˩]
做事做到一半便停止、放棄。

【半路夫妻】
[puã˥ lo˩ hu˧ ts'e˥]
謂男女有一方是再婚。

【半邊宗內】
[puã˥ piŋ˧ tsoŋ˧ lai˧]
聯宗之姓，如蘇與周、徐與余等，雖非同姓，卻算半邊宗親，不可通婚。

【半籠師仔】
[puã˥ laŋ˥ sai˧ a˥]
學藝學到一半的學徒。笑人技術不夠嫻熟。

【半天二五錢】
[puã˥ t'ĩ˥ zi˩ gɔ˩ tsĩ˧˥]
半天乃「半丁」之諧音，半丁二五錢，而「全丁」則爲五十錢。

【半天釣水蛙】
[puã˥ t'ĩ˥ tio˥ tsui˥ ke˥]
在半天高處垂繩要釣水蛙（青蛙之一種），成果一定很差。即「緣木求魚」之謂。

【半年，一千日】
[puã˥ nĩ˧˥ tsit˩ ts'iŋ˧ zit˥]
喻謂傻瓜，不知計算，以爲半年有一千天。

【半桶屎假溢】
[puã˥ t'aŋ˥ sai˥ ke˥ ik˩]
罵學術不精、技藝不專的人，都愛好表現出風頭。

【半路斷扁擔】
[puã˥ lɔ˧ tuĩ˩ pin˧ tã˥]
挑重擔的在半路折斷了扁擔。喻謂子女眾多，而在中年夫妻當中有一人死亡，使生活頓失重心。

【半路認老爸】
[puã˥ lɔ˧ zin˩ lau˩ pe˧]
認錯了對象，罵人唐突。

【半點不由人】
[puan˥ tiam˥ put˥ iu˧ zin˧˥]
宿命論者的說法；一切都是命中註定，人一點辦法都沒有。

【半天大鼓——叮咚】
[puã˥ t'ĩ˧ tua˩ kɔ˥ tiŋ˥ tɔŋ˩]
歇後語。懸吊在廟中的大鼓，槌打起來叮叮咚咚響。一個人看似傻里傻氣或遲鈍、散漫，都可說是「叮咚」。

【半掩門假書家】
[puã˥ iam˥ bəŋ˧˥ ke˥ su˧ ka˥]
鹿港諺語。謂身爲私娼卻又處處模仿藝旦或良家婦女。喻人故作姿態，假裝淑女以抬高身價。

【半桶屎擔咧泏】
[puã˥ t'aŋ˥ sai˥ tã˧ le˥ p'uaʔ˩]
謂一知半解便在那兒炫耀。

【半桶屎較賢潑】
[puã˥ t'aŋ˥ sai˥ k'a˥ gau˧ p'uaʔ˩]
識知道的很少卻愛吹噓的人。

【半桶屎擔咧蔡】
[puã˥ t'aŋ˥ sai˥ tã˧ le˥ tsuat˩]
蔡，溢出來；意同前句。

【半暝出一個月】
[puã˥ mẽ˧˥ ts'ut˥ tsit˩ le˧ gue˧]
雨夜忽晴，而現出一輪明月，蓋非始料所及。喻絕無此事。

【半暝死尪——梧棲】
[puã˥ mẽ˧˥ si˥ aŋ˥ gɔ˩ ts'e˥]
歇後語。半夜裡丈夫（尪）去世，眞是空誤了其妻春宵美夢，叫做「誤妻」，音同「梧棲」；梧棲，地名，在台中縣。

【半斤蝦仔，腐四兩】
[puã˥ kin˧ he˧ a˥ au˥ si˥ niũ˥]
半斤的蝦仔中，有四兩已腐壞；占了二分之一，眞是品質太差！

【半暝食西瓜，天光反症】
[puã˥ mẽ˧˥ tsia˩ si˧ kue˥ t'ĩ˥ kuĩ˥ huan˥ tsiŋ˩]
喻三心兩意，見異思遷。

【半暝刣豬，也是天光賣肉】
[puã˥ mẽ˧˥ t'ai˧ ti˥ ia˩ si˩ t'ĩ˥ kuĩ˥ be˩ baʔ˩]
半夜裏殺豬，還是得等到天亮後才能出售。本句指做事要合時，否則將無濟於事。勸人做事勿毛躁猴急。

【半暝報赢繳，天光報上吊】

[puã˥ mẽ˧ po˥ iã˧ kiau˥ t'ĩ˥ kuĩ˥ po˥ siɔŋ˩ tiau˩]
半夜傳聞他賭贏，天亮卻傳聞他賭輸且上吊自殺。謂賭博輸贏難料，將會走上絕路。

【半壁吊肉貓跋死，看有食無病相思】
[puã˥ piaʔ˩ tiau˥ baʔ˩ niãu˥ pua˩ si˥ k'uã˥ u˧ tsia˩ bo˧ pẽ˩ siũ˧ si˥]
高牆上吊一塊肉引誘貓兒奮躍，摔得半死。喻大餌引誘，可望不可及。

【卒仔過河】
[tsut˥ la˥ kue˥ ho˧]
下象棋，卒仔過河進入敵界後，只能前進不能後退。喻只能向前衝。

【卒仔食過河】
[tsut˥ la˥ tsia˩ kue˥ ho˧]
喻撈過界。

【卒業生，卻牛屎】
[ts'ut˥ giap˩ siŋ˥ k'io˥ gu˧ sai˥]
卒業生，指日治時期公學校的畢業生。畢業後沒有工作，只能去揀拾牛糞。

【南曲北讚】
[lam˧ k'ik˩ pak˥ tsan˩]
台灣南部的司功比較擅長唱曲（南管），北部的司功比較擅長龍華派的佛讚。

【南風驚鬼】
[lam˧ hɔŋ˥ kiã˧ kui˥]
喻捕風捉影。

【南蛇鑽竹籬】
[lam˧ tsua˧ tsəŋ˥ tik˥ li˧]
南蛇，指走霉運的人；全句指走霉運的人躲藏起來。

【南北二路行透透】
[lam˧ pak˥ zi˩ lɔ˧ kiã˧ t'au˥ t'au˩]
台灣在清代分成南北二路；形容人閱歷博深，走遍天下。

【南斗註生，北斗註死】
[lam˧ tau˥ tsu˥ sẽ˥ pak˥ tau˥ tsu˥ si˥]
俗信南斗星君掌管人之出生，北斗星君掌管人之死亡。

【南風轉北，王城去一角】
[lam˧ hɔŋ˥ təŋ˥ pak˩ ɔŋ˧ siã˧ k'i˥ tsit˩ kak˩]
台南市安平區諺語。颱風來襲，若由南風轉北風，風力特強，連堅固的王城（熱蘭遮城）都會被吹去一角。

【南閃斷半滴，北閃走觔離】
[lam˧ sĩ˩ tuĩ˩ puã˥ tiʔ˩ pak˥ sĩ˩ tsau˥ be˩ li˧]
氣象諺。在夜間，若看到南方有閃電則占晴天；北方有閃電則占大雨即時下。

【南壽宮的大將，一身食，三身相】
[lam˧ siu˩ kiɔŋ˥ ge˧ tai˩ tsiɔŋ˩ tsit˩ sin˥ tsia˧ sã˧ sin˥ siɔŋ˩]
相，凝視。一個人吃，三個人在看。嘲笑看別人吃東西的人。

【南廠新婦無外出，南廠查某做老大】
[lam˧ ts'iũ˥ sim˧ pu˧ bo˧ gua˩ ts'ut˩ lam˧ ts'iũ˥ tsa˧ bɔ˥ tso˥ lau˥ tua˧]
台南市諺語。南廠，在台南市西區之南邊，昔為一寒村。有一民營船廠，與北邊一軍工廠相對，因而得名。當地居民民風保守，對外來媳婦管教森嚴，不准步出門户。唯對自家女兒卻十分放縱，鄰里間發生糾紛，常挺身而出；出嫁後若與婆家發生齟齬，立即回娘家糾眾去興師問罪，以爭上風為快，因而產生本諺。

【博感情】
[pua˩ kam˥ tsiŋ˧˥]
謂看在朋友的情義上，別無目的。

【博繳傢伙了】
[pua˩ kiau˥˧ ke˧ hue˥˧ liau˥˧]
好賭博一定會傾家蕩產。

【博繳，聽尾聲】
[pua˩ kiau˥˧ t'ĩã˧ bue˥ siã˥]
博繳，賭博也。賭博，不必在現場看，只要聽其尾聲，便知道誰輸誰贏。喻與人商量事情，只要聽對方的聲勢，便可知其意向。

【博繳郎君，買賣賊】
[pua˩ kiau˥ lɔŋ˧ kun˥ be˥ be˩ ts'at˥]
賭徒依牌點定勝負，須用腦筋，有幾分才氣，故云「博繳郎君」；做買賣的常以賤賣貴，以假亂眞，行徑不正，故云「買賣賊」。

【博繳錢，赡做得傢伙】
[pua˩ kiau˥ tsĩ˧˥ be˩ tso˥˧ tit˥ ke˧ hue˥˧]
賭博贏來的錢，無法當財產；言其來得較容易，去得也快。

【博繳無底，食鴉片有底】
[pua˩ kiau˥˧ bo˧ te˥˧ tsia˩ a˧ p'en˩ u˩ te˥˧]
賭博的人不一定有錢，吃鴉片則多半是有錢人。或謂賭博會使萬貫家產一夜輸光，吃鴉片則只要家大業大不怕吃垮。

【博繳人，三更散，四更富】
[pua˩ kiau˥ laŋ˧˥ sã˧ kẽ˥ san˩ si˥˧ kẽ˥ hu˩]
博繳，賭博；散，窮；賭博勝敗輸贏變化無常。

【博繳有來去，大食無出嘴】
[pua˩ kiau˥˧ u˩ lai˧ k'i˩ tua˩ tsia˧ bo˧ ts'ut˥ ts'ui˩]
賭博有輸有贏（有來去），大吃大喝則是坐吃山空；謂坐吃山空，其害有甚於賭博。

【博繳是討債，點燻是應世】
[pua˩ kiau˥˧ si˩ t'o˥ tse˩ tiam˥ hun˥ si˩ iŋ˥˧ se˩]
討債，浪費也；賭博會輸錢外，有時還會損害身體，所以是浪費之舉。抽煙雖傷害身體，但爲了交際應酬只好勉而爲之。

【博繳蚋仔殼起，做賊偷搣米】
[pua˩ kiau˥˧ la˧ a˥ k'ak˩ k'i˥˧ tso˥˧ ts'at˥ t'au˧ mẽ˧ bi˥˧]
賭博起自用貝殼玩耍，做賊起自偷摸一把米。喻人的惡習係由小而大，慢慢養成；因此必須防微杜漸。

【博繳錢一陣煙，生理錢在眼前】
[pua˩ kiau˥ tsĩ˧˥ tsit˩ tsun˩ en˥ siŋ˧ li˥ tsĩ˧˥ tsai˩ gan˥ tsen˧˥]
賭博贏的錢像過路財沒多時又輸光了，而做生意經常買進賣出錢就在眼前流轉。

【博，三分擒；開查某，無采錢；食鴉片死了年】
[pua˧ sã˧ hun˧ k'ĩ˧˥ k'ai˧ tsa˧ bɔ˥˧ bo˧ ts'ai˥ tsĩ˧˥ tsia˩ a˧ p'en˩ si˥ liau˥ nĩ˧˥]
賭博只有三分勝算；嫖妓會得性病，失精又花錢；吃鴉片更是花錢傷身，無異尋死。

【博十胡繳，輸傢伙爛糊糊，傾家蕩產起糊塗】
[pua˩ tsap˩ hɔ˧ kiau˥˧ su˧ ke˧ hue˥˧ nuã˩ kɔ˧ kɔ˧˥ k'iŋ˧ ka˧ tɔŋ˩ san˥˧

k'i˥ hɔ˧ tɔ˦]
十胡，台灣一種賭博牌名。賭博輸光家產，日夜難安，最後會心神錯亂成爲精神病。

【博繳三分運，隨查某無彩錢，食鴉片死了年】
[pua˩ kiau˥˧ sã˧ hun˧ un˧ tue˥˧ tsa˧ bɔ˥˧ bo˧ ts'ai˥ tsĩ˦ tsia˩ a˧ p'en˩ si˥ liau˥ nĩ˦]
博繳，賭博；隨查某，追女人，養姘頭；食鴉片，吸食鴉片。賭博有輸有贏，靠三分運氣；養姘頭，純浪費錢財；抽鴉片，不只花錢更傷身。

【博繳錢一陣煙，生理錢在眼前，耕田錢萬萬年】
[pua˩ kiau˥ tsĩ˦ tsit˩ tsun˩ en˥ siŋ˧ li˥ tsĩ˦ tsai˩ gan˥ tsen˦ kiŋ˧ ten˧ tsĩ˦ ban˩ ban˩ len˦]
賭博的錢最不能守，生意人的錢次之，只有種田流血流汗換來的錢，才能傳諸久遠。

【占贏是數】
[tsiam˥˧ iã˦ si˩ siau˩]
惡霸的人，先占先贏。

【占贏，毋占輸】
[tsiam˥˧ iã˦ m˩ tsiam˥˧ su˥]
譏人輸不起。

【卯字運】
[bau˥ zi˩ un˧]
卯時爲早晨五時至七時，此刻天剛亮，太陽初昇，象徵由虛入盈，故指運氣不錯。

【卵毛拖沙】
[lan˩ mõ˥ t'ua˧ sua˥]
卵毛，陰毛；諷刺人毛病多，愛做怪。

【卵葩葩卵】
[lan˩ p'a˥ p'a˧ lan˧]
卵葩、葩卵，都是指男子之陰囊；喻同樣道理。

【卵耳聽石二】
[lan˩ hĩ˧ t'iã˧ tsio˩ zi˧]
耳朵不靈光（卵耳）的人，容易聽錯話。

【卵葩荷乎緊】
[lan˩ p'a˥ ha˧ hɔ˧ an˦]
荷，紮也。叫他人將陰囊紮好免遭意外。喻促人小心，要有所覺悟。

【卵葩，差葩卵】
[lan˩ p'a˥ ts'a˧ p'a˧ lan˧]
謂沒有差別。

【卵葩無歸袋】
[lan˩ p'a˥ bo˧ kui˧ te˧]
卵葩，男子之陰囊、睪丸；諷刺人東西亂擺，沒有放在固定的地方。

【卵神尪，三八某】
[lan˩ sin˧ aŋ˥ sam˧ pat˥ bɔ˥˧]
卵神、三八皆指愚笨，諷刺一對夫妻都是愚笨的人。

【卵鳥面，飼膏神】
[lan˩ tsiau˥ bin˧ ts'i˧ ko˧ sin˦]
指荒淫無道之人。飼膏神，登徒子好色之人。

【卵鳥入烏豆——假識】
[lan˩ tsiau˥˧ zip˩ ɔ˧ tau˧ ke˥ bat˩]
歇後語。卵鳥，陰莖也；陰莖口塞一顆黑豆，分明是假目（假的眼睛）；假目與「假識」諧音，意指佯裝知道。

【卵鳥，搵蜜予人舔】
[lan˩ tsiau˥˧ un˥˧ bit˩ hɔ˩ laŋ˧ tsĩ˧]
在陰莖上沾蜜，叫別人舔，分明是玩弄人家。

【卵葩毋講，講葩卵】

[lan˩ p'a˥ m˩ kɔŋ˨ kɔŋ˥ p'a˧ lan˧]
罵人講話愛做怪，說顚倒話。

【卵葩予椅仔挾著】
[lan˩ p'a˥ hɔ˩ i˥ a˨ giap˥ tio˩]
謂疼痛不堪，進退兩難。相信坐過老式板凳的男士，不少人有此經驗。

【卵鳥，要跟人比雞腿】
[lan˩ tsiau˨ be˥ ka˨ laŋ˧ pi˥ ke˧ t'ui˨]
拿陰莖與雞腿相比。喻天淵之別，比不來。

【卵葩去予虻叮著——歹扑】
[lan˩ p'a˥ k'i˨ hɔ˩ baŋ˨ tiŋ˩ tio˩ p'ãi˥ p'aʔ˩]
歇後語。陰囊被蚊子（虻）叮，很難打（對付）。喻投鼠忌器。

【卵葩著毋著割起來晃】
[lan˩ p'a˥ tiau˦ m˩ tiau˦ kua˨ k'i˨ lai˧ hãi˩]
陰囊連著好好的，偏偏將它割下來晃。罵人多此一舉，弄巧成拙。

【鉏祖辱宗】
[sia˨ tsɔ˨ ziɔk˩ tsɔŋ˥]
謂丟盡祖先的臉。

【谻猴屎】
[k'io˨ kau˧ sai˨]
喻揀到了小便宜。

【谻人屎尾】
[k'io˨ laŋ˧ sai˥ bue˨]
意指拾人牙慧，步人後塵。

【谻甘蔗頭】
[k'io˨ kam˧ tsia˨ t'au˦]
揀食別人丟棄的甘蔗頭來吃；喻將別人拋棄的女子娶來當妻子。

【谻肉油仔】
[k'io˨ ba˨ iu˧ a˨]
谻，揀拾；肉油仔，昔日屠宰場剝除豬隻內臟時會有碎油脂漏掉在地上，貧家小孩即提小罐子去揀回家炸油煮菜。喻揀小便宜。

【谻著死尪】
[k'io˨ tio˩ si˥ aŋ˥]
死尪，指寡婦。喻揀到便宜。

【谻著死魚】
[k'io˨ tio˩ si˥ hi˦]
意同前句。

【谻著死鱟】
[k'io˨ tio˩ si˥ hau˧]
謂揀到便宜。

【谻著破船】
[k'io˨ tio˩ p'ua˨ tsun˦]
澎湖諺語。謂揀到意外之財。

【谻零就總】
[k'io˨ liŋ˦ tsiu˩ tsɔŋ˨]
指積少成多。

【谻燈火屎】
[k'io˨ tiŋ˧ hue˥ sai˨]
昔日點油燈，燈心點久了偶爾會因油滯而爆出火花，稱爲燈火屎。喻本無學識，都是靠長期用功而累積出學問。

【谻火燒路仔】
[k'io˨ hue˥ sio˧ lɔ˧ a˨]
谻，揀拾；火燒路仔，經過火災後的貨品，有缺陷的；喻揀到便宜貨。

【谻鳥屎做肥】
[k'io˨ tsiau˥ sai˨ tso˨ pui˦]
喻節儉之至。

【谻骨頭，尋無路】
[k'io˨ kut˥ t'au˦ ts'ue˩ bo˧ lɔ˧]
台俗，人死葬後六年要揀（谻）骨，谻找不到舊路，此爲咒人之語。

【㧒骨頭，尋無墓】
[k'io˥ kut˥ t'au˦ ts'ue˨ bo˧ bɔŋ˧]
意同前句。

【㧒說唐朝李世民】
[k'a˥ sueʔ˨ tɔŋ˧ tiau˦ li˥ se˥ bin˦]
謂民間戲劇，大部分的題材一開始都是「話說唐朝有個李世民……」；喻三句不離本行。

【㧒錢，假行毋識路】
[k'io˥ tsĩ˦ ke˥ kiã˧ m˨ bat˥ lɔ˧]
㧒錢，撿到錢；路上拾金想佔爲己有，恐人發覺，裝做不曾認得這條路。

【㧒無屎，揁死牛屎龜】
[k'io˥ bo˧ sai˥ kɔŋ˥ si˥ gu˧ sai˥ ku˥]
牛屎龜，指生長在糞堆的甲蟲。揀不到糞便（昔日可賣錢），便憤而將牛屎龜打死。喻得不到所要的東西，因而遷怒他人。

【㧒無豬屎，揁牛屎龜出氣】
[k'io˥ bo˧ ti˧ sai˥ kɔŋ˥ gu˧ sai˥ ku˥ ts'ut˥ k'ui˨]
意同前句。

【㧒著美國屎，較贏討大海】
[k'io˥ tio˨ bi˥ kɔk˥ sai˥ k'a˥ iã˧ t'o˥ tua˨ hai˥]
澎湖諺語。國府遷台到中美斷交之前，台灣有美國第七艦隊協防，並設有美軍顧問團，澎湖西嶼等地設有美軍的招待所，美軍常將過期的食品及廢棄物品抛出，漁民揀來出售，有時獲利勝過捕魚之所得。

【厚字屎】
[kau˨ zi˨ sai˥]
文章中冗字太多。

【厚話，食臭焦餅】
[kau˨ ue˧ tsia˨ ts'au˥ ta˧ piã˥]
爲了多講話，忘了爐上正在煎餅，以致煎焦了；喻多言招禍。

【厚操煩，人緊老】
[kau˨ ts'au˧ huan˦ laŋ˦ kin˥ lau˧]
煩惱多，人容易老。

【厚蝨𣍐癢，厚債𣍐想】
[kau˨ sat˥ be˨ tsiũ˧ kau˨ tse˨ be˨ siũ˧]
蝨子多了反而不覺得癢，債多了反而不會去想；喻壞事做多了，習慣成自然，反而覺得無所謂。北京話叫做「債多不愁」。

【厝邊頭尾】
[ts'u˥ pĩ˧ t'au˧ bue˥]
左鄰右舍。

【厝內無祀姑婆】
[ts'u˥ lai˧ bo˧ ts'ai˨ kɔ˧ po˦]
謂未婚女性死後，其神主不可入家廟，連家裏也不予供奉，因而衍生出「冥婚」的習俗；今日若有此情形，多供奉於菜廟（寺）裡。

【厝內米缸在弄鐃】
[ts'u˥ lai˧ bi˥ kəŋ˥ le˥ laŋ˨ lau˦]
弄鐃，喪事功德中之特技表演，將器物抛至空中耍弄。米缸可以抛至空中耍弄，喻家無隔宿之糧。

【厝漏拄著透暝雨】
[ts'u˨ lau˧ tu˥ tio˨ t'au˥ mẽ˧ hɔ˧]
屋漏偏逢連夜雨。指時運不濟，禍患相連。

【厝頂尾披衫——三塊厝】
[ts'u˥ tiŋ˥ bue˥ p'i˧ sã˥ sã˧ te˥ ts'u˨]
歇後語。在屋頂上晒衣服，等於是用衣服壓房子，叫做「衫壓厝」，音同「三

塊厝」；三塊厝，地名，很普遍；台灣也有地名叫五塊厝、六塊厝、七塊厝的地方。

【厝漏擱拄著全日雨】
[ts'u˩ lau˧ ko˥ tu˥ tio˩ tsuan˧ zit˩ hɔ˧]
禍不單行。

【厝邊草，拄著延橫雨】
[ts'u˥ pĩ˧ ts'au˥ tu˥ tio˩ en˧ huĩ˧ hɔ˧]
喻雪上加霜。厝邊草本來就缺乏陽光，長不好，若再遇上長期下雨，情況更糟。

【厝內無，毋通飼大腳婆】
[ts'u˥ lai˧ bo˧ m˩ t'aŋ˧ ts'i˩ tua˩ k'a˧ po˧]
大腳婆，指鵝、鴨家禽，極耗飼料，家窮的人養不得。喻凡事要量力而爲。

【厝內無貓，老鼠煞蹺腳】
[ts'u˥ lai˧ bo˧ niãu˥ niãu˥ ts'i˥ sua˥ k'iau˧ k'a˥]
家裡無貓，老鼠造反；喻執法者不嚴，則盜賊猖獗。

【厝若有醋桶，免想娶細姨】
[ts'u˩ nã˩ u˩ ts'ɔ˥ t'aŋ˥ ben˥ siũ˩ ts'ua˩ se˥ i˧]
家裡有妒妻，即休想討小老婆(細姨)。

【去毛沒好】
[k'i˥ mõ˥ bo˧ ho˥]
去毛，指感覺或情緒，從日語的「キモチ」諧音而來；本句意指心情不好。

【去買來賣】
[k'i˥ be˥ lai˧ be˧]
順口溜。去買東西來賣。做生意人便是買無賣有。

【去尋貓朱葵】
[k'i˥ ts'ue˩ niãu˧ tsu˧ kui˧]
貓，麻面；貓朱葵，麻子朱葵，昔日專門爲人挖墓壙的土工；日後有人打瞌睡時，在旁者就會用此語挖苦打瞌睡者，意謂「你要死了嗎？」。

【去聽蟋蟀仔】
[k'i˥ t'iã˧ tɔ˩ pe˥ a˥]
指人過世了，到地底下去聽蟋蟀叫。

【去土州，賣鴨卵】
[k'i˥ t'ɔ˧ tsiu˥ be˩ a˥ nuĩ˧]
到地府去賣鴨蛋。謂那人已逝世了。

【去尋王連伯仔】
[k'i˥ ts'ue˩ ɔŋ˧ len˧ peʔ˩ a˩]
王連，昔日台北市人，在東部山地因過溪爲急流沖倒而溺死。日久，有友人尋找不著，後方知已過世多年。本句意指找尋死去之人。

【去尋神助皆仔】
[k'i˥ ts'ue˩ sin˧ tsɔ˩ kai˥ a˥]
神助皆仔，指已死去的人。謂人已死了，要找誰呢？

【去魯兄，食蘇餅】
[k'i˥ lɔ˥ hiã˥ tsia˩ sɔ˧ piã˥]
戲謂把事情弄砸了，完蛋了。

【去請戲，去買魚】
[k'i˥ ts'iã˥ hi˩ k'i˥ be˥ hi˧]
聽話粗心，將去請戲聽成去買魚，差了十萬八千里。

【去倒扑，差幾仔百】
[k'i˥ to˥ p'aʔ˩ ts'a˧ kui˥ a˩ paʔ˩]
謂互相損失，差額很大。

【去屎礐仔腳，旋旋咧】
[k'i˥ sai˥ hak˩ ga˥ k'a˥ se˩ se˧ le˩]
罵人滾開，到廁所邊（屎礐仔腳）繞一繞。

【去尋恁祖公食甜粿】

[k'i˥ ts'ue˩ lin˥ tsɔ˥ kɔŋ˥ tsia˩ tĩ˧ kue˥]
罵人去找死。

【反面無常】
[huan˥ bin˧ bu˧ siɔŋ˦]
謂情緒不穩定，起落很大。

【反起反倒】
[huan˥ k'i˥ huan˥ to˥]
喻見解顛顛倒倒；或喻病情不穩，時好時壞。

【反死狗仔車巴輪】
[huan˥ si˥ kau˥ a˥ ts'ia˧ pa˧ len˥]
謂任其旋轉。

【反照黃光，明日風狂】
[huan˥ tsiau˩ əŋ˧ kɔŋ˥ bin˧ zit˥ hɔŋ˥ kɔŋ˦]
氣象諺。日暮時反照發出黃光，占翌日必有狂風。

【友兮】
[iu˥ e˩]
光復後之新語。江湖道上朋友之互相稱呼，以示彼此爲同路人。

【受人酒禮，予人稽洗】
[siu˩ laŋ˧ tsiu˥ le˥ hɔ˩ laŋ˧ k'e˧ se˥]
稽洗，指譏嘲挖苦。謂常受人招待易被人輕視。

【受人錢財，爲人消災】
[siu˩ zin˧ tsĩ˧ tsai˦ ui˩ zin˦ siau˧ tsai˥]
拿人的錢，就須爲人做事。

【受尪欺，毋通受某治】
[siu˩ aŋ˥ k'i˥ m˩ t'aŋ˧ siu˩ bɔ˥ ti˧]
尪，丈夫；某，妻子。寧可有妻子被先生欺侮的事發生，不要聽到做先生的被妻子控制。謂做妻子的要以容忍爲德，做丈夫的應有大丈夫之氣概。戒牝雞司晨。

【口出蓮花】
[k'au˥ ts'ut˥ len˧ hue˥]
謂口惠而不實，缺乏誠意。

【口蜜腹劍】
[k'io˥ bit˥ pak˥ kiam˩]
嘴甜心毒。

【口是禍之門】
[k'io˥ si˩ ho˧ tsi˧ muĩ˦]
禍從口出。

【口是傷人斧，言是割舌刀】
[k'io˥ si˩ siɔŋ˧ zin˧ pɔ˥ gen˦ si˩ kua˥ tsi˩ to˥]
謂人言可畏。

【口說不如身逢，再聞不如目見】
[k'io˥ sueʔ˩ put˥ zu˧ sin˥ hɔŋ˦ tsai˥ bun˦ put˥ zu˧ bak˥ kĩ˩]
謂親身閱歷最爲重要。

【古井水蛙】
[kɔ˥ tsẽ˥ tsui˥ ke˥]
井底之蛙，見識淺薄。

【古井，掠準褲】
[kɔ˥ tsẽ˥ lia˩ tsun˥ k'ɔ˩]
將水井誤認做褲子，看錯事物。

【古燈照時舉】
[kɔ˥ tiŋ˥ tsiau˥ si˦ gia˦]
做事須因時制宜。

【古意看做卵神】
[kɔ˥ i˩ k'uã˥ tso˥ lan˩ sin˦]
做人老實，卻被別人當做是白痴（卵神）。

【古意，看做戇直】
[kɔ˥ i˩ k'uã˥ tso˥ gɔŋ˩ tit˥]
老實卻被當做傻瓜。

【古井死鮎鮘——臭水】
[kɔ˥ tsẽ˥˧ si˥ kɔ˧ tai˥ ts'au˥˧ tsui˥˧]
歇後語。昔人常在水井（古井）裡養鮎鮘（鯰魚），以吸收污滓；鮎鮘若死在井裡，則水必臭，故云「臭水」，臭水爲彰化秀水之舊稱。

【古井捷戽嘛會焦】
[kɔ˥ tsẽ˥˧ tsiap˩ hɔ˨˩ mã˨˩ e˨˩ ta˥]
井水不斷地舀也會舀光。喻一個人的錢財是有限的，不能只吃不賺。

【古井，艙離得捾桶】
[kɔ˥ tsẽ˥˧ be˨˩ li˨˩ tit˥ kuã˨˩ t'aŋ˥˧]
捾桶，從井裡打水的木桶。喻兩者不可相離。

【古井，捷捷戽嘛會焦】
[kɔ˥ tsẽ˥˧ tsiap˩ tsiap˩ hɔ˨˩ mã˨˩ e˨˩ ta˥]
意同「古井捷戽嘛會焦」。

【古井水，捷捷戽嘛會焦】
[kɔ˥ tsẽ˥ tsui˥˧ tsiap˩ tsiap˩ hɔ˨˩ mã˨˩ e˨˩ ta˥]
意同「古井捷戽嘛會焦」。

【古井水蛙，毋知天外大】
[kɔ˥ tsẽ˥ tsui˥ ke˥ m˨˩ tsai˧ t'ĩ˥ gua˨˩ tua˧]
井底之蛙，不知天有多大。譏人孤陋寡聞。

【古早人講的話，著用紙包去园】
[kɔ˥ tsa˥ laŋ˧˥ kɔŋ˥˧ e˧ ue˧ tio˨˩ iɔŋ˨˩ tsua˥˧ pau˧ k'i˥˧ k'əŋ˨˩]
古聖先賢所講的話，應拿紙包起來存放。喻應多聽長者之教誨。

【叫爸叫母】
[kio˥˧ pe˨˩ kio˥˧ bu˥˧]
人在危急中呼救狀。

【叫起叫睏】
[kio˥˧ k'i˥ kio˥˧ k'un˨˩]
台俗，人死入斂後，死者之妻或媳婦、女兒，每天早晚要在靈前捧飯祭拜，俗稱「叫起叫睏」。

【叫乞食婆阿媽】
[kio˥˧ k'it˥ tsia˨˩ po˧˥ a˧ mã˥˧]
認錯人。

【叫大舅，掠大龜】
[kio˥˧ tua˨˩ ku˧ lia˨˩ tua˨˩ ku˥]
順口溜的滑稽句。

【叫扛轎，去挽茄】
[kio˥˧ kəŋ˧ kio˧ k'i˥˧ ban˥ kio˧˥]
順口溜。

【叫天艙應，告地無門】
[kio˥˧ t'ĩ˥ be˨˩ in˨˩ ko˥˧ te˧ bo˧ muĩ˧˥]
喻處境極爲窘困。

【叫天艙應，叫地艙聽】
[kio˥˧ t'ĩ˥ be˨˩ in˨˩ kio˥˧ te˧ be˨˩ t'iã˥]
意同前句。

【叫豬叫狗，不如家治走】
[kio˥˧ ti˧ kio˥˧ kau˥˧ put˥ zu˧ ka˧ ti˨˩ tsau˥˧]
叫別人做，不如自己做較快。

【叫天天艙應，叫地地艙應】
[kio˥˧ t'ĩ˥ t'ĩ˥ be˨˩ in˨˩ kio˥˧ te˧ te˧ be˨˩ in˨˩]
意同「叫天艙應，告地無門」。

【叫天天艙應，叫地地艙聽】
[kio˥˧ t'ĩ˥ t'ĩ˥ be˨˩ in˨˩ kio˥˧ te˧ te˧ be˨˩ t'iã˥]
意同「叫天艙應，告地無門」。

【叫（教）豬，叫（教）狗，毋值著家治走】
[kio˥˧ (ka˥˧)ti˧ kio˥˧ (ka˥˧)kau˥˧ m˨˩ tat˩ tio˨˩ ka˧ ti˨˩ tsau˥˧]
與其叫別人做，不如自己做。

【只求平安，無想添福壽】
[tsi˥ kiu˧ piŋ˧ an˥ bo˧ siũ˩ t'iam˧ hɔk˥ siu˧]
喻只求有正常的發展，不敢有過分的妄想。

【只想免喘氣，就會活咧】
[tsi˥ siũ˩ ben˥ ts'uan˥ k'ui˩ tio˩ e˩ ua˧ le˩]
懶蟲妄想不呼吸就可活命，簡直懶到家；引申爲異想天開。

【只怕孤對門，毋驚大姓府】
[tsi˥ p'ã˩ kɔ˧ tui˥ tu˥ m˩ kiã˧ tua˩ sẽ˥ hu˥]
謂爭鬥時，不怕大姓人家（有錢人怕死），只怕一個對一個的硬拼。

【只驚跋落礐，毋驚火燒厝】
[tsi˥ kiã˧ pua˩ lo˩ hak˥ m˩ kiã˧ hue˥ sio˧ ts'u˩]
只怕穿新衣掉到糞坑(礐)而點蠟燭上茅坑，不怕家裡因此而容易發生火災；譏諷那些過分注重穿著打扮，喜歡浮面裝飾的人。

【只要家治上進，那怕他人看輕】
[tsi˥ iau˩ ka˧ ti˧ siɔŋ˩ tsin˩ nã˥ p'ã˩ t'ã˧ zin˧ k'uã˥ k'in˥]
勉人只要努力向上，有眞材實學就不怕別人看輕。

【只許男大一勻，不可女長一歲】
[tsi˥ hi˥ lam˧ tua˩ tsit˩ un˧ put˥ k'o˥ li˥ tiɔŋ˥ tsit˩ hue˩]
一勻，指十二生肖一輪，即十二歲；男女婚配，男的比女的年紀大很多無妨，但女的比男的大一歲就不行；此爲昔日之觀念。

【司功扑桌】
[sai˧ kɔŋ˥ p'a˥ toʔ˩]
喻嚇唬鬼。

【司功仔嘴】
[sai˧ kɔŋ˧ ŋã˥ ts'ui˩]
謂不可相信。

【司功，嚇鬼】
[sai˧ kɔŋ˥ hã˥ kui˥]
如道士之嚇鬼，喻空嚇一場。

【司功聖杯】
[sai˧ kɔŋ˧ sim˩ pue˥]
聖杯，神前憑以問神旨的一對竹（木）器。謂司功離不開聖杯，聖杯離不開司功；喻兩不相離。

【司功，三頓趕】
[sai˧ kɔŋ˥ sã˧ tuĩ˥ kuã˥]
道士做法事，目的只在趕三餐。喻只因有得吃，才趕工作。

【司功頭，和尚尾】
[sai˧ kɔŋ˧ t'au˧ hue˧ siũ˩ bue˥]
安溪人之風俗，人剛死開魂路都請司功（道士）去做，最後撤靈則請和尚（佛教）唸經懺，故有此諺。或指各地中元普渡法會，前兩天都請司功做法超渡，最後一天的普渡則請和尚來主持。

【司功嚇死鬼】
[sai˧ kɔŋ˥ hã˥ si˥ kui˥]
意同「司功嚇鬼」，虛張聲勢罷了。

【司功扑桌——嚇鬼】
[sai˧ kɔŋ˥ p'a˥ toʔ˩ hã˥ kui˥]
歇後語。司功，道士、法師也。做法事時，司功用響木拍（扑）桌，意在嚇退、敕退眾鬼，故云「嚇鬼」；引申爲嚇唬人。

【司功食，和尚睏】
[sai˧ kɔŋ˧ tsia˧ hue˧ siũ˩ k'un˩]
諷刺做法事時，司功只顧吃，和尚則只顧睡（打瞌睡）。

【司功較賢和尚】
[sai˧ kɔŋ˥ k'a˥ gau˧ hue˧ siũ˧]
道士的本事比和尚強？不過以前的百姓卻相信和尚的本事要比道士強。

【司功揀蓆拚眞步】
[sai˧ kɔŋ˥ kiŋ˥ ts'io?˥ piã˥ tsin˧ pɔ˧]
司功揀蓆，指司功要弄鎦，選好草蓆，準備施出眞功夫（眞步）；喻使出看家本領，工夫盡展。

【司功聖杯結相粘】
[sai˧ kɔŋ˧ sim˩ pue˥ kat˥ sio˧ liam˦]
司功，道士、法師；聖杯，神筊，用以卜問神意的兩片正反竹根；司功經常要使用聖杯，兩者關係極爲密切；即孟不離焦，焦不離孟。

【司功聖杯，契兄伙記】
[sai˧ kɔŋ˧ sim˩ pue˥ k'e˥ hiã˧ hue˥ ki˩]
司功與聖杯，契兄（姘夫）與伙記（姘婦）二者都是兩兩相連不離的。喻連在一起分不開。

【司功毋驚鬼，和尚毋畏佛】
[sai˧ kɔŋ˥ m˩ kiã˧ kui˥ hue˧ siũ˧ m˩ ui˥ hut˥]
喻常接觸就不害怕。

【吊猴】
[tiau˥ kau˦]
猴，指嫖客或偷婦女的姘夫，嫖客嫖妓付不出錢被鴇母扣住要債，或姘夫被男家捉姦逮著吊起來懲治，都叫做吊猴。

【吊鼎】
[tiau˥ tiã˥]
斷炊。

【吊肉跋死貓】
[tiau˥ ba?˩ pua˩ si˥ niãu˥]
謂只是給看不給吃，使之焦躁不已。

【吊脰，搶後腳】
[tiau˥ tau˧ ts'iũ˥ au˩ k'a˥]
吊脰，謂上吊自殺。他人上吊自殺，不加以援救，反而拉緊他的腳後跟加速其死亡。喻落井下石。

【吊猴，穿紙衫】
[tiau˥ kau˦ ts'iŋ˩ tsua˥ sã˥]
嫖客白嫖或姘夫被逮到，除了被吊起來懲治，還會被剝光衣服，最後只好用紙當做衣服蔽體溜走。

【吊鹹肉，摔死貓】
[tiau˥ kiam˧ ba?˩ siak˥ si˥ niãu˥]
意同「吊肉跋死貓」。

【吐目箭】
[t'ɔ˥ bak˩ tsĩ˩]
形容人急著找東西，而東西就擺在眼前卻沒看到之情狀。

【同姓不婚】
[tɔŋ˧ sẽ˩ put˥ hun˥]
姓氏相同，互不婚嫁。

【同病相憐】
[tɔŋ˧ pẽ˧ siɔŋ˧ len˦]
喻處境相同者比較能夠互相體諒。

【同氣相求】
[tɔŋ˧ k'i˩ siɔŋ˧ kiu˦]
物以類聚，性情相同者較易結爲朋友。

【同行，不如同命】
[tɔŋ˧ haŋ˦ put˥ zu˧ tɔŋ˧ biŋ˧]
謂同行則相忌，同命則相憐。

【各人伸手摸心肝】
[kɔk˥ laŋ˦ ts'un˧ ts'iu˥ bɔŋ˧ sim˧ kuã˥]
謂各人憑良心，各自反省。

【各項無扑𣍐成器，人無教𣍐成人】
[kɔk˥ haŋ˧ bo˧ p'aʔ˩ be˩ siŋ˧ k'i˩ laŋ˧ bo˧ ka˩ be˩ siŋ˧ zin˧]
玉不琢不成器，人不學不知義。

【合仔賺】
[hap˩ ba˥ t'an˩]
本錢與利潤各居其半的賺錢方式。如賣十元賺五元。

【合字，奥寫】
[kap˥ zi˩ o˥ sia˥]
喻與人合夥做事（做生意），是一件很不容易的事。

【合攻，破曹】
[hap˩ kɔŋ˥ p'ua˥ tso˧]
合力而攻，可破強敵。曹，曹操。

【合家大細】
[hap˩ ke˥ tua˩ se˩]
全家大小。

【合家平安】
[hap˩ ke˥ piŋ˧ an˥]
常在神明的平安符上看見此四字，全家大小平安，乃信徒共同之心願。

【合意較慘死】
[ka˥ i˩ k'a˥ ts'am˥ si˥]
形容喜歡（合意）一個人或東西，喜歡到了無以復加的極點。

【合藥，走去棺材店】
[kap˥ io˧ tsau˥ k'i˥ kuã˧ ts'a˧ tiam˩]
合藥，應到中藥舖抓中藥才對，結果卻跑去棺材店；謂倉惶做錯事。

【合理可作，小利莫爭】
[hap˩ li˥ k'o˥ tso˩ sio˥ li˧ bɔk˩ tsẽ˥]
有道理的事才可以做，不要爭蠅頭小利。

【吉人自有天相】
[ket˥ zin˧ tsu˩ iu˥ t'en˥ siɔŋ˩]
有福氣的人，老天會特別照顧他，使他逢凶化吉。

【吉凶未來，先有兆】
[ket˥ hiɔŋ˥ bi˩ lai˧ siŋ˧ iu˥ tiau˧]
不論吉事凶事，在發生之前一定先有徵兆。

【呑𣍐落喉】
[t'un˧ be˩ lo˩ au˧]
心中有事，如梗在喉，故食而無味；嚥不下肚。

【呑瀾才應伊】
[t'un˧ nuã˧ tsia˥ in˩ i˩]
先將口中唾液（瀾）吞下，再從容回答他（應伊）；喻胸有成竹，有絕對的把握。

【呑落三寸喉，變屎】
[t'un˧ lo˩ sã˧ ts'un˥ au˧ pen˥ sai˥]
譏諷任憑山珍海味吃下去，還不是變成大便排泄掉。

【呑瀾落去，白賊起來】
[t'un˧ nuã˧ lo˧ k'i˩ pe˩ ts'at˥ k'i˥ lai˩]
喻滿口謊言（白賊）。

【呂宋，嘎啦吧】
[li˩ sɔŋ˩ ha˧ la˥ pa˥]
本係「呂宋，馬尼拉」，呂宋即菲律賓。諷刺司功唸經，滿口別字之語。借喻牛頭不對馬嘴。

【呂宋錢好賺】
[li˩ sɔŋ˥ tsĩ˧ ho˥ t'an˩]
呂宋，即菲律賓，清朝時代那是一個移民最容易發財的地方，故說呂宋錢好賺。

【呂宋巴禮公，家治道】

[li˩ sɔŋ˩ pa˧ le˥ kɔŋ˥ ka˧ ti˩ to˧]
古代呂宋（菲律賓）有一個天主教神父名爲「巴禮」，很傲慢且自以爲是。後人即以此語形容剛愎自用之人。

【呂洞賓，顧嘴無顧身】
[li˩ tɔŋ˩ pin˥ kɔ˥˧ ts'ui˩ bo˧ kɔ˥˧ sin˥]
呂洞賓，八仙之一，爲乞丐之行神。譏人像乞丐一樣，只顧口腹之慾而不顧衣著打扮。

【呂祖廟燒金，糕仔艙記提】
[li˩ tsɔ˥ bio˧ sio˧ kim˥ ko˧ a˥˧ be˩ ki˥˧ t'e˧]
台南市諺語，譏諷不守婦道女子多藉口。呂祖廟在清代東安坊，今台南市警察局附近，廟中人常引良家婦女與人通姦，不少婦女至該廟燒香後，藉口糕仔忘記拿而潛赴廟内暗室與人相姦，後爲官府察覺，毀廟改爲引心書院，即日後之蓬壺書院。

【呂洞賓葫蘆内的藥，醫別人無醫家治】
[li˩ tɔŋ˩ pin˥ hɔ˧ lɔ˧ lai˧ e˧ io˧ i˧ pat˩ laŋ˦ bo˧ i˧ ka˧ ti˧]
喻有些事物不適用於自身。

【告厝了厝，告田了田】
[ko˥˧ ts'u˩ liau˥ ts'u˩ ko˥˧ ts'an˦ liau˥ ts'an˦]
與人打官司，即使勝了也等於敗。誡人勿與訟。

【含血霧天】
[kam˧ hueʔ˩ bu˩ t'ĩ˥]
霧，噴也。謂天大的冤枉。

【含慢兼偷食】
[ham˧ ban˧ kiam˧ t'au˧ tsia˧]
含慢，愚笨，工作能力差。工作能力差還想偷雞摸狗，會更加教人看不起。

【含頭摳——無錯】
[ham˩ t'au˦ k'au˥ bo˧ ts'o˩]
歇後語。含頭摳謂連根部一塊拔起，而不是用刀一刀刀剉，無剉與無錯同音。

【含消磁，較艙缺】
[ham˩ sau˧ hui˦ k'a˥˧ be˩ k'iʔ˩]
含消磁，指稍有罅隙的磁器；這種磁器用起來反而比較不會缺口破碎。喻身子雖有一點小毛病，卻比身體健壯者能活得更長壽。

【含消磁，較艙破】
[ham˩ sau˧ hui˦ k'a˥˧ be˩ p'ua˩]
意同上句。

【君子避醉人】
[kun˧ tsu˥˧ p'ia˥˧ tsui˥˧ zin˦]
醉人，醉漢。酒醉的人神智不清，說話顛三倒四，與他糾纏是有理也說不清，所以君子看到他會趕快閃避。

【君子成人之美】
[kun˧ tsu˥˧ siŋ˧ zin˦ tsi˧ bi˥˧]
有修養的君子，樂意幫助別人。

【君子無贏頭拳】
[kun˧ tsu˥˧ bo˧ iã˧ t'au˧ kun˦]
酒席上雙方划拳，第一回合後，贏的一方謙虛，稱對方爲君子，君子是禮讓第一回合的。

【君子廳，小人房】
[kun˧ tsu˥ t'iã˥ siau˥ zin˧ paŋ˦]
君子之間談論皆在大廳，小人則多躲在房間内竊竊私語；喻君子之交光明磊落，小人之交則否。

【君子動嘴無動手】
[kun˧ tsu˥˧ taŋ˩ ts'ui˩ bo˧ taŋ˩ ts'iu˥˧]
勸人要以理服人，莫動武逞匹夫之勇。

【君子無贏頭盤棋】

[kun˧ tsu˥ bo˧ iã˧ t'au˧ puã˧ ki˦]
雙方下棋，贏了第一盤的人對對方的謙稱。

【君子安貧，達人知命】
[kun˧ tsu˥ an˧ pin˦ tat˩ zin˦ ti˧ biŋ˧]
雖然萬般皆是命，但君子與達人卻能安貧樂道，不會輕舉妄動。

【君子絶交，不出惡聲】
[kun˧ tsu˥ tsuat˩ kau˥ put˥ ts'ut˥ ɔk˥ siã˥]
君子處事光明磊落，合情合理，即使與人絶交，亦不惡言相向。

【君子落魄，扁擔苦力】
[kun˧ tsu˥ lɔk˩ p'ik˩ pin˧ tã˥ ku˧ li˥]
君子固窮，即使落魄，也要靠勞力挑扁擔去當苦力謀食，絶不致淪爲雞鳴狗盜之徒。

【君子落魄，讀書教學】
[kun˧ tsu˥ lɔk˩ p'ik˩ t'ak˩ tsu˥ kau˥ hak˥]
喻君子即使窮途潦倒，也不會爲非做歹。

【君子愛財，取之有道】
[kun˧ tsu˥ ai˥ tsai˦ ts'u˥ tsi˩ iu˥ to˧]
賺錢之道貴在合法、合理、合情。

【君無戲言，臣無亂奏】
[kun˥ bu˧ hi˥ gen˦ sin˦ bu˧ luan˩ tsau˩]
君臣之間，言行不得輕率。

【君子之交淡如水，小人之交甜如蜜】
[kun˧ tsu˥ tsi˧ kau˥ tam˩ zu˧ tsui˥ siau˥ zin˦ tsi˧ kau˥ tĩ˧ zu˧ bit˥]
交友之道，君子之交可長久，小人之交難長久。

【君不正臣必不忠，父不慈子定不孝】
[kun˥ put˥ tsiŋ˩ sin˦ pit˥ put˥ tiɔŋ˥ hu˧ put˥ tsu˦ tsu˥ tiŋ˩ put˥ hau˩]
上樑不正下樑歪。

【吵到耳孔鬼要走出來】
[ts'a˥ ka˥ hĩ˩ k'aŋ˧ kui˥ be˥ tsau˥ ts'ut˥ lai˩]
根據道教《黃庭經》之說，吾人身內各種器官臟腑皆有一神。耳孔鬼，即耳朵內之神。本諺極言他人吵雜之至，連耳神都快受不住了。

【吟詩作對】
[gim˧ si˥ tso˥ tui˩]
唱詩、做對子。

【吳才假李乖】
[gɔ˧ tsai˦ ke˥ li˥ kuai˥]
日治初期，台南安平沿海，海盜群起，吳才是眾海盜首領之一。某次，日軍在海上巡弋，他冒稱自己是「李乖」方得脫身，後來日軍到他下山仔寮家鄉搜捕他，發現李乖非有其人，乃將錯就錯，逮走冒名者李乖；後凡假冒他人之名即稱是「吳才假李乖」。

【吳梓選省長——獪爽】
[gɔ˧ tsu˥ suan˥ siŋ˥ tiũ˥ be˩ sɔŋ˥]
歇後語。民國八十三年（1994），台灣第一次省長民選，國民黨提名宋楚瑜，民進黨提名陳定南。後來原屬國民黨之吳梓亦參與角逐，並將矛頭指向宋楚瑜，被視爲出賣宋楚瑜，簡稱「賣宋」，閩南語音同「獪爽」。

【吳仔墻好查某，陳番鴨好大鼓，火山巖好佛祖】
[gɔ˧ a˥ ts'iũ˦ ho˥ tsa˧ bɔ˥ tan˧

huan˧ aʔ.˩ ho˥ tua˩ kɔ˥ hue˥ suã˧ giam˦ ho˥ hut.˩ tsɔ˥]
指往日台南縣白河地區吳墻的婦人潑辣好鬥，番社的陳番鴨號召力大，一呼百諾，而六甲火山巖的佛祖極靈聖。

【呸嗺瀾，就淹死】
[p'ui˥ ts'ui˥ nuã˧ tio˩ im˧ si˥]
吐口水（呸嗺瀾）就會將對方淹死，猶如淝水之戰，符堅南攻，揚言投鞭可以斷江，是仗恃人多的豪語。

【呸嗺瀾，會淹死人】
[p'ui˥ ts'ui˥ nuã˧ e˩ im˧ si˥ laŋ˦]
意同前句。

【呸嗺瀾，激死鋤頭柄】
[p'ui˥ ts'ui˥ nuã˧ kik˥ si˥ ti˧ t'au˧ pẽ˩]
農夫手握鋤頭，久則乾滑，必須吐口水抹上去以增加澀性。喻握鋤頭工作很久。

【呸瀾予雞食，雞嘛會死】
[p'ui˥ nuã˧ hɔ˩ ke˥ tsia˧ ke˥ mã˩ e˩ si˥]
罵人心毒，連他所吐出來的口水，被雞吃了，雞都會被毒死。

【命喪三棺】
[miã˧ sɔŋ˧ sam˧ kuan˥]
清代至日治時期，台灣有極多人吸鴉片煙，鴉片煙槍多以竹管做成，謂之「竹棺」，賭壓寶者爲「銅棺」，狎妓者爲「肉棺」。此三者但有其一，即可命喪黃泉。

【命著骨，削艙捙】
[miã˧ tiau˧ kut.˩ sia˥ be˩ lut.˩]
個性是天生帶來的，改不掉。

【命中有兒，何在早晚】
[miã˩ tiɔŋ˥ iu˥ zi˦ ho˧ tsai˩ tsa˥ uã˩]
只要命中註定有男兒，又何須計較早生晚生？

【命中無財，毋通強求】
[miã˩ tiɔŋ˥ bo˧ tsai˦ m˩ t'aŋ˧ kiɔŋ˧ kiu˦]
勿求非分之財。

【命合喫麤飯，莫思重羅麵】
[miã˧ ha˩ ge˥ ts'ɔ˧ puĩ˧ bɔk.˩ su˧ tiɔŋ˧ lo˧ mĩ˧]
重羅麵，指非常美味的細麵；喻做事要合乎身分，不存非分之想。

【命裏有時終須有，命裏無時到底無】
[miã˩ lai˧ u˧ si˦ tsiɔŋ˧ su˧ u˧ miã˩ lai˧ bo˦ si˦ tau˥ te˥ bo˦]
人生一切，皆是命中註定。

【呵才艙臭臊】
[o˥ tsia˥ be˩ ts'au˥ ts'o˥]
要誇讚（呵），使他有榮譽心，才不會做壞事。

【呵咾的無買】
[o˧ lo˥ e˩ bo˧ be˥]
來看商品，一路稱讚到底的，都是不會買的客人。

【呵咾到會飛】
[o˧ lo˥ kau˥ e˩ pue˥]
極受誇讚。

【呵咾兄，呵咾弟】
[o˧ lo˥ hiã˥ o˧ lo˥ ti˧]
善於誇對方。

【呵咾到會礙舌】
[o˧ lo˥ ka˥ e˩ gai˩ tsi˧]
誇讚到舌頭打結，謂極爲讚賞。

【呵咾到會觸舌】
[o˧ lo˥ ka˥ e˩ tak˥ tsi˧]
意同上句。

【和氣生財】
[ho˧ k'i˩ siŋ˧ tsai˥]
事業要成，必須笑口常開。

【和尚弄尼姑】
[hue˧ siũ˧ laŋ˩ nĩ˧ kɔ˥]
謂不該有的事。

【和尚洲偎李】
[hue˧ siũ˩ tsui˥ ua˥ li˩]
和尚洲，今台北縣蘆洲鄉；該鄉居民以李姓爲多，昔日有一醫師姓許名仙，寓居此鄉，鄰人不查，以爲他也姓李名許仙，遂稱他爲李許仙醫師。後凡是不問眞僞以多數爲依歸者，便用此諺形容之。

【和尚騙囝仔】
[hue˧ siũ˧ p'en˩ gin˥ nã˩]
昔日不守清規之和尚，難熬性慾，有騙小孩雞姦之事，後人即以此諺喻雞姦、肛交。

【和尚卵，囝仔手】
[hue˧ siũ˩ lan˧ gin˥ nã˥ ts'iu˩]
謔稱和尚之陰莖與小孩之雙手同樣調皮。

【和尚倒筒仔米】
[hue˧ siũ˧ to˩ taŋ˧ ŋã˥ bi˩]
和尚沿門托缽，多取一筒之生米布施之，日久量多，家庭經濟也會受影響。

【和尚頭，光溜溜】
[hue˧ siũ˩ t'au˥ kuĩ˧ liu˧ liu˥]
笑禿頭者像和尚一樣有顆毫髮不生、光溜溜的頭。

【和尚頭，喫橄欖】
[hue˧ siũ˩ t'au˥ k'e˩ kan˧ lan˥]
把和尚頭放在橄欖堆裡；比喻很危險。

【和尚頭，掛橄欖】
[hue˧ siũ˩ t'au˥ kua˩ kan˧ lan˥]
在和尚頭上放橄欖，因無頭髮可擋，很快就會滾下來。

【和尚頭，尋蝨母】
[hue˧ siũ˩ t'au˥ ts'ue˩ sap˥ bo˩]
喻無理取鬧。

【和尚，不應該夢洩】
[hue˧ siũ˧ put˥ iŋ˧ kai˧ baŋ˩ siap˩]
出家人理該六根清淨，怎能再有色欲？

【和尚衫——無扭鈕仔】
[hue˧ siũ˩ sã˥ bo˧ liu˥ liu˥ a˩]
歇後語。和尚衫，只有兩條帶子用來打結，沒有鈕扣。「無扭鈕仔」，係暗喻「無了了」，意指沒有妻與子女，即孑然一身是也。

【和尚頭無毛通拽】
[hue˧ siũ˩ t'au˥ bo˧ mɔ̃˥ t'aŋ˧ ts'uaʔ˩]
喻無利可圖或無便宜可得。

【和尚篙船——無法度】
[hue˧ siũ˧ ko˩ tsun˥ bo˧ huat˥ tɔ˧]
歇後語。篙船，划船；和尚無髮，划船過河爲渡河；和尚篙船即無髮者渡河；謔稱無法度，即沒辦法之謂也。

【和尚頭，尋無蝨母】
[hue˧ siũ˩ t'au˥ ts'ue˩ bo˧ sap˥ bo˩]
和尚光頭怎麼會有頭蝨？謂勞而無益。

【和尚，無長頭毛通尋】
[hue˧ siũ˧ bo˧ təŋ˧ t'au˧ mɔ̃˥ t'aŋ˧ ts'ue˧]
意同「和尚頭無毛通拽」。

【和尚無長頭毛，通予人揪】
[hue˧ siũ˧ bo˧ təŋ˧ t'au˧ mɔ̃˥ t'aŋ˧ hɔ˩ laŋ˧ k'iu˩]
喻這個人只會騙人，不會被人騙。

【和好人行，有布通經；和歹人行，

有子通生】
[ham˩ ho˥ laŋ˧ kiã˧ u˩ po˩ t'aŋ˧ kẽ˥ ham˩ p'ãi˥ laŋ˧ kiã˧ u˩ kiã˥ t'aŋ˧ sẽ˥]
昔人勸誡婦女，與好人為伴，會勤於織布營生；與壞人為伍，會相率淫奔，私生孽子。是以女子擇友，不可不慎。

【呼虎威】
[hɔ˧ hɔ˥ ui˥]
狐假虎威。

【呼么喝六】
[hɔ˧ io˥ hua˥ liɔk˥]
任意叫罵。

【呼奴喚婢】
[hɔ˧ lɔ˧ huan˥ pi˧]
凡事都呼喚奴婢代勞；喻自己什麼事都不動。

【呼咻喝喊】
[hɔ˧ hiu˧ hua˥ hiam˩]
謂大聲喊叫；昔人在山巔水涯工作，空曠的地方，要呼叫同伴時，音量特別大。

【呼狗食家治】
[k'ɔ˧ kau˥ tsia˩ ka˧ ti˧]
係「元九食家治」的訛音，後用以戲稱被老闆炒魷魚的人。

【呼明明，拜亭亭】
[hɔ˧ biŋ˧ biŋ˧ pai˥ t'iŋ˧ t'iŋ˧]
指雙方到廟宇對神明起重誓。

【呼唐，無影跡宋】
[hɔ˧ tɔŋ˧ bo˧ iã˥ tsiaʔ˩ sɔŋ˩]
謂民間戲劇小說中動不動就說是「唐朝時代」、「宋朝時代」，實際都是隨便稱呼、無影無跡，純屬虛構的。

【呼狗轉去食家治】
[k'ɔ˧ kau˥ tuĩ˥ k'i˥ tsia˩ ka˧ ti˧]
謂被雇主開除回去吃自己。

【呴呴嗽，無食下晝】
[k'u˥ k'u˥ sau˩ bo˧ tsia˩ e˩ tau˩]
下晝，指午餐。當人家咳嗽時，戲問對方：你在咳嗽什麼？是不是還沒有吃午餐？

【呴呴嗽，無食飭壓嗽】
[k'u˥ k'u˥ sau˩ bo˧ tsia˧ be˩ te˥ sau˩]
對喋喋不休的人所說的開玩笑話。

【周厝土，不必謀】
[tsiu˧ ts'u˥ t'ɔ˧ put˥ pit˥ bɔ˧]
清末台北市諺語。清嘉慶年間周姓人氏自泉州府安溪縣來台北墾殖，卜居於今永康街一帶，後來勢力擴張，東至松山，西至古亭，派下人多勢眾，不僅一般盜匪，連土紳劣豪及官府，對周家的田產都不敢存有覬覦之心。

【周百萬用銀毋用錢】
[tsiu˧ pa˥ ban˧ iŋ˩ gin˧ m˩ iŋ˩ tsĩ˧]
台北市古諺語。形容人用錢揮霍無度。老周百萬本名周廷部，清嘉慶年間來台經商致富，死後其獨子周化龍為小周百萬，平日生活奢靡無度，即便生活上小買賣，也都使用銀元免找零，而不使用小錢（制錢）。等於今人買小東西都用千元大鈔，而且免找，未幾便傾家蕩產。

【咒死絕誓】
[tsiu˥ si˥ tsuat˩ se˩]
發重誓以己命為咒，表明心跡，叫人相信他。

【咒身絕命】
[tsiu˥ sin˧ tsuat˩ miã˧]
指天立誓，願以性命擔保，以取信於人。

【咒詛予別人死】
[tsiu˥ tsua˧ hɔ˨ pat˩ laŋ˧ si˥]
咒詛，謂立誓。喻為證明自己的清白，反而誣陷別人。

【咒詛錢，𣍐過暝】
[tsiu˥ tsua˨ tsĩ˦ be˨ kue˥ mĩ˦]
僥倖賺來的錢，很快就會花光，留不住的。

【品文品武】
[p'in˥ bun˦ p'in˥ bu˥]
品，比賽；要比賽文的或武的，意謂要打架爭勝負。

【品命底，毋通品好馬】
[p'in˥ miã˨ te˥ m˨ t'aŋ˧ p'in˥ ho˥ be˥]
品，比較。所騎的馬好，不如自己的命運好。謂能幹不如有福分。

【哈伊𣍐過】
[ha˥ i˧ be˨ kue˨]
管不了他之意。

【哄猴食雞膏】
[haŋ˥ kau˦ tsia˨ ke˧ ko˥]
恐嚇猴子（白嫖的嫖客）吃雞大便。威脅別人做難堪的事。

【哄、騙、術，氣、暢、忍】
[haŋ˥ p'en˨ sut˥ k'i˨ t'iɔŋ˨ lun˥]
用哄、騙、術等各種方法對付他，也會有生氣、高興（暢）、忍耐等各種心情。喻為了對付他，用盡各種方法，且能忍則忍。

【咸豐三，講到今】
[ham˧ hɔŋ˧ sã˥ kɔŋ˥ ka˥ tã˥]
咸豐三年（西元 1853 年），台北地區居民發生漳、泉分類械鬥，事態至為嚴重。意謂陳年往事，現在還提個什麼？

【咱的錢較細圓】
[lan˥ ge˧ tsĩ˦ k'a˥ se˥ ĩ˦]
我們的錢比較小型；指出了同樣的錢卻受到歧視，乃發出這句表示不公平的抗議。

【哀別離苦】
[ai˧ pet˩ li˨ k'ɔ˥]
死別讓人哀慟，生離令人心傷。

【哀爸叫母】
[ai˧ pe˨ kio˥ bu˥]
形容情況奇慘。

【咿唔是梭】
[i˧ u˥ si˨ so˧]
幾個人竊竊私語，密謀詭異之事之謂也。

【咬牙切齒】
[ka˨ ge˦ ts'et˥ k'i˥]
形容氣憤至極。

【咬扑鑼的】
[ka˨ p'a˥ lo˦ e˧]
打鑼本是要把老虎驅走，但老虎卻誤會了打鑼的人的原意而要咬他。喻遭受誤會。

【員林車頭——普通】
[uan˨ lim˧ ts'ia˧ t'au˦ p'ɔ˥ t'ɔŋ˥]
歇後語。流行於中部地區。昔日鐵路縱貫線員林車站新落成，民眾都認為相當不錯，異口同聲稱讚「普通」；以後凡提起員林車站，大家便知道要接「普通」二字，遂成歇後語。

【哺爸哺母，食爸食母】
[pɔ˨ pe˧ pɔ˨ bu˥ tsia˨ pe˧ tsia˨ bu˥]
哺，咀嚼。俗以嬰兒一出生便已發牙，主剋父母。產婦須將它拔取而吞下，並須將嬰兒送人為養子女。台俗人死後揀骨，亦須將屍骸之牙齒拔光，以

免「食子食孫」。

【唐山客】
[tɔŋ˧ suã˧ k'eʔ.˩]
唐山，指大陸。從唐山來的人。

【唐山屎，放獪離】
[tɔŋ˧ suã˧ sai˥ paŋ˥ be˩ li˧]
台灣人多自唐山移民而來，此謂因襲故鄉陋俗，惡性難改。

【唐山客，對半說】
[tɔŋ˧ suã˧ k'eʔ.˩ tui˥ puã˥ sueʔ.˩]
從大陸來的人，善於討價還價，經常要照五折做買賣。

【唐山出虎，台灣出番】
[tɔŋ˧ suã˥ ts'ut'˥ hɔ˥ tai˧ uan˦ ts'ut'˥ huan˥]
清代台灣的山胞有殺人獵頭的野俗，故以唐山會吃人的老虎和台灣的生番並稱，此二者皆令人可畏。

【唐山客，褲頭顛倒塞】
[tɔŋ˧ suã˧ k'eʔ.˩ k'ɔ˥ t'au˦ ten˧ to˥ seʔ.˩]
昔人褲子之穿法，在褲頭留有部分相疊再外折，然後用腰帶繫住。從唐山來的人，其褲頭之折法與台灣相反，故有此諺。

【唐山重地理，台灣重嘴美】
[tɔŋ˧ suã˥ tiɔŋ˩ te˩ li˥ tai˧ uan˦ tiɔŋ˩ ts'ui˥ sui˥]
地理，指看風水、堪輿。嘴美，用花言巧語惑亂眾人耳目。唐山人注重堪輿之學，但流傳到台灣已虛而不實，被渲染扭曲成愚騙迷信風水者的詭辭謬語。

【哥好毋值著嫂好】
[ko˥ ho˥ m˩ tat.˩ tio˩ so˥ ho˥]
言婦人賢慧極爲重要。

【哭爸】
[k'au˥ pe˧]
罵人亂說話。

【哭死賴人】
[k'au˥ si˥ lua˧ laŋ˧]
謂死賴皮。

【哭爸哭母】
[k'au˥ pe˩ k'au˥ bo˥]
罵人亂說話說個不停。

【哭無目屎】
[k'au˥ bo˧ bak.˩ sai˥]
有哭聲無眼淚，假哭；喻虛僞。

【哭到有天無日頭】
[k'au˥ ka˥ u˩ t'ĩ˥ bo˧ zit.˩ t'au˦]
謂哭到天昏地暗，表示沈痛之至。

【哼哼，食三碗半】
[him˩ him˧ tsia˩ sã˧ uã˥ puã˩]
哼哼，形容不聲不響，卻一下吃了三碗半的飯。喻外表不動聲色，卻在背後活動得很厲害，做出令人意料之外的事。

【唸潲唸濞】
[liam˩ siau˦ liam˩ p'ĩ˧]
潲，男子精液；濞，鼻涕。罵人嘮嘮叨叨唸經唸不完，很不中聽。

【唬人獪過手】
[hɔ˥ laŋ˦ be˩ kue˥ ts'iu˥]
唬人，騙人。天理昭彰，狡詐欺善的人，騙人騙不了，很快就會有報應。

【唬人獪過圖】
[hɔ˥ laŋ˦ be˩ kue˥ tɔ˦]
意同前句。

【啄鼻，啄死尪】
[tɔk.˩ p'ĩ˧ tɔk.˩ si˥ aŋ˥]
啄鼻，鷹鉤鼻。俗謂具有這種鼻子的婦女生性好淫，爲剋夫之相。

【唱曲予人聽】
[ts'iũ˥ k'ik˩ hɔ˩ laŋ˧ t'iã˥]
言者諄諄，聽者藐藐。與「對牛彈琴」義近。

【唱徹陽關上小舟，你也難留，我也難留】
[ts'iu˥ tet˥ iɔŋ˧ kuan˥ tsiũ˩ sio˥ tsiu˥ li˥ ia˩ lan˧ liu˧ gua˥ ia˩ lan˧ liu˧]
唱盡了送別之曲，彼此惜別。

【唱起唐山謠，目屎親像大雨落；唐山過台灣，血汗粒粒像飯丸】
[ts'iũ˥ k'i˥ tɔŋ˧ suã˧ iau˧ bak˩ sai˥ ts'in˧ ts'iũ˩ tua˩ hɔ˧ lo˧ tɔŋ˧ suã˥ kue˥ tai˧ uan˧ hue˥ kuã˧ liap˩ liap˩ ts'iũ˩ puĩ˩ uan˧]
本句係形容台胞的祖先，自唐山移民來此開墾的血淚辛酸。

【啥人討米，啥人落鼎】
[sia˥ laŋ˧ t'o˥ bi˥ sia˥ laŋ˧ lo˩ tiã˥]
誰賺錢買米，就由誰主導分配米糧下鍋（落鼎）；喻各司其政，各管其事。或作「隨人討米，隨人落鼎」。

【啥人門口能掛無事牌】
[sia˥ laŋ˧ muĩ˧ k'au˥ e˩ kua˥ bo˧ su˩ pai˧]
無事牌，保證沒有意外的大牌。人人做事要小心，慎防意外之發生。喻每個人都有可能遇到意外的困難。

【啥人爸母無疼子，啥人公媽無疼孫】
[sia˥ laŋ˧ pe˩ bu˥ bo˧ t'iã˥ kiã˥ sia˥ laŋ˧ kɔŋ˧ mã˥ bo˧ t'iã˥ sun˥]
言骨肉情深。

【啞口相罵】
[e˥ kau˥ sio˧ mẽ˧]
兩個啞巴(啞口)吵嘴，不知誰是誰非。

【啞口聽雷】
[e˥ kau˥ t'iã˧ lui˧]
啞與聾多半雙棲，他既聽不見，問他他又答不出，故借此以喻莫名其妙。

【啞口見爸母】
[e˥ kau˥ kĩ˥ pe˩ bu˥]
啞巴見父母，沒話說；喻有口難言。

【啞口食苦瓜】
[e˥ kau˥ tsia˩ k'ɔ˥ kue˥]
有苦說不出。

【啞口食黃蓮】
[e˥ kau˥ tsia˩ uĩ˧ len˧]
意同前句。

【啞口興講話】
[e˥ kau˥ hiŋ˥ kɔŋ˥ ue˧]
啞口，啞巴；啞巴卻喜歡（興）講話；喻不懂藏拙又愛現。

【啞口予蜂叮著】
[e˥ kau˥ hɔ˩ p'aŋ˥ tiŋ˩ tio˩]
意同「啞口食苦瓜」。

【啞口壓死子，有話無處講】
[e˥ kau˥ te˥ si˥ kiã˥ u˩ ue˧ bo˧ te˥ kɔŋ˥]
啞巴睡覺，夜半翻身，將身旁嬰兒壓死，眞是有苦難言。

【問東問西】
[muĩ˩ taŋ˧ muĩ˩ sai˥]
東問西問，想要探知事情之眞相。

【問㴸問㵐】
[muĩ˩ siau˧ muĩ˩ p'ĩ˧]
㴸，精液，與鼻涕（㵐）形似；形容不耐煩別人的東問西問。

【問路刣樵夫】
[muĩ˩ lɔ˧ t'ai˧ tsiau˧ hu˥]
誡人與善於猜忌者交，要謹愼提防，以免過河折橋，恩將仇報。

【問到一支柄要夯】
[muĩ˨˩ kau˥˧ tsit˩ ki˧ pẽ˨˩ be˥ gia˧˥]
罵人問話問太多，是不是想問到有一支柄好扛在肩上？

【問神就有毋著，請醫生著食藥】
[muĩ˨˩ sin˧˥ tio˨˩ u˨˩ m˨˩ tio˧ ts'iã˥ i˧ siŋ˥ tio˨˩ tsia˨˩ io˧]
有事去問神，結果一定會說有什麼地方不對（如墳墓或家宅）；有病去看醫生，醫生一定要你吃藥；這是世人自明的道理。

【單丁過代】
[tan˧ tiŋ˥ kue˥˧ te˧]
數代單傳。

【單人獨馬】
[tan˧ zin˧˥ tɔk˩ mã˥˧]
單槍匹馬。

【單夫隻妻】
[tan˧ hu˥ tsia˥˧ t'se˥]
形容沒有兒女的夫婦。

【單車無藥醫】
[tan˧ ki˥ bo˧ io˨˩ i˥]
下象棋最後只剩一隻車；喻處劣勢，恐難扭轉局面。

【喇鰫好食毋分孫】
[la˧ lun˥ ho˥ tsia˧ m˨˩ pun˧ sun˥]
喇鰫，海魚，味極美，美到阿公阿媽吃了都捨不得分給孫兒吃。

【喝大喝細】
[hua˥˧ tua˨˩ hua˥˧ se˨˩]
一會罵大人，一會罵小孩；喻情緒不佳。

【喝扒拉拳】
[hua˥˧ p'a˧ la˥ k'en˥˧]
扒拉拳，即日語パラケニ（日人酒席猜拳之一種）。本句指與人爭論。

【喝水會堅凍】
[hua˥˧ tsui˥˧ e˨˩ ken˧ taŋ˧˥]
喻極具影響力，能夠主控大局。

【喝聲無出力】
[hua˥˧ siã˥ bo˧ ts'ut˥ lat˧˥]
光說不練，裝模作樣。

【喝起雲，就是雨】
[hua˥˧ k'i˥ hun˧˥ tio˨˩ si˨˩ hɔ˧]
喻長官一聲令下，部屬立刻依令執行，不敢怠慢。

【喝囥喝，入城無較緊】
[huaʔ˩ bɔŋ˥ huaʔ˩ zip˩ siã˧˥ bo˧ k'a˥ kin˥˧]
喻流言過於事實。

【喉焦喙渴】
[au˧˥ ta˥ ts'ui˨˩ k'uaʔ˩]
口非常渴。

【喘大心氣】
[ts'uan˥ tua˨˩ sim˧ k'ui˨˩]
深深歎一口氣。

【喜不見喜】
[hi˥˧ put˥ ken˥˧ hi˥˧]
俗忌兩件喜事遇在一起，故迎親隊伍若在途中相遇，雙方新娘要互換頭上的花飾以破解之，俗稱「換花」。

【喜老號騷】
[hi˥ lo˥˧ ho˧ so˥]
指不約而行。

【善邪不兩立】
[sen˧ sia˧˥ put˥ liɔŋ˥ lip˥]
善惡分明。

【善有善報，惡有惡報】
[sen˧ iu˥ sen˨˩ po˨˩ ɔk˩ iu˥ ɔk˥ po˨˩]
種什麼因，得什麼果。

【善言半句，重值千金】

[sen˨˩ gen˧˥ puã˥˧ ku˨˩ taŋ˧ tat˧˨ ts'en˧
kim˥˥]
忠言之受用無窮。

【善心倒地枵，惡心戴紗帽】
[sen˨˩ sim˥˥ to˥˥ te˥˧ iau˥˥ ɔk˥˧ sim˥˥ ti˥˧
se˧ bo˧]
好心沒好報，善良的人吃虧倒楣，壞蛋反而當官掌權。

【善的掠來縛，惡的放伊去】
[sen˧ le˧ lia˨˩ lai˧ pak˥˧ ɔk˥˧ ge˨˩ paŋ˥˧
i˧ k'i˨˩]
謂官吏處事不公，欺善怕惡。

【嗄龜斬頭】
[he˧ ku˥˥ tsam˨˩ t'au˧˥]
嗄龜，或寫作「哮呴」，指氣喘病。氣喘病一發作起來非常痛苦，簡直要人命（斬頭）。

【嗯嗯食三碗半】
[nẽ˨˩ nẽ˧ tsia˨˩ sã˧ uã˥˥ puã˨˩]
沈默寡言不動聲色的人，暗地裏卻活動得很厲害，做出令人意料不到的事。

【嘴動嘴】
[ts'ui˥˧ taŋ˨˩ ts'ui˨˩]
偶然間談起。

【嘴尖舌利】
[ts'ui˨˩ tsiam˥˥ tsi˧ lai˧]
即能言善辯，說話刻薄。

【嘴食目看】
[ts'ui˨˩ tsia˧ bak˥˧ k'uã˨˩]
嘴巴已經在嚼食物，眼睛仍緊盯著盤中的食物，形容一個人很貪心。

【嘴食腹算】
[ts'ui˨˩ tsia˧ pak˧˨ suĩ˨˩]
嘴裏吃著東西，雖不動聲色，心裏卻清清楚楚；喻行事心中有數。

【嘴笑目笑】
[ts'ui˥˧ ts'io˥˧ bak˧˨ ts'ioʔ˧˨]
形容人眉開眼笑。

【嘴烏面毒】
[ts'ui˥˧ ɔ˧ bin˨˩ tɔk˥˧]
形容人憤怒不悅的面貌。

【嘴甜舌滑】
[ts'ui˨˩ tĩ˥˥ tsi˧ kut˥˧]
形容善用甜言蜜語哄騙他人。

【嘴焦喉渴】
[ts'ui˨˩ ta˥˥ au˧˥ k'uaʔ˧˨]
喉乾舌燥，口渴至極。

【嘴會生蟲】
[ts'ui˨˩ e˨˩ sẽ˧ t'aŋ˧˥]
罵人缺乏口德。

【嘴蜜腹劍】
[ts'ui˥˧ bit˥˧ pak˥˧ kiam˨˩]
嘴巴花言巧語，內心陰狠無比。

【嘴請，嘴請】
[ts'ui˥˧ ts'iã˥˥ ts'ui˥˧ ts'ia˥˧]
只是口頭請一請而已，沒有誠意。

【嘴齒脚癢】
[ts'ui˥˥ k'i˥˥ k'a˥˥ tsiũ˧]
美食當前，垂涎三尺，食指大動。

【嘴臊，嘴臊】
[ts'ui˥˧ ts'o˧ ts'ui˥˧ ts'o˥˥]
謂偷吃慣了。

【嘴歹，心無歹】
[ts'ui˨˩ bai˥˧ sim˥˥ bo˧ bai˥˧]
口德差，心性則不差。

【嘴甲心相柴】
[ts'ui˨˩ ka˥˧ sim˥˥ sio˧ ket˧˨]
心口不一，言行不一致。

【嘴甘若扑箒】
[ts'ui˨˩ kan˥˥ nã˥˥ p'a˥˧ tsiau˥˥]
箒，國樂中之樂器，由兩片竹片製成，

以竹面相擊出聲；喻愛講話。

【嘴若扑手鎗】
[ts'ui˩ nã˥ p'a˥˧ ts'iu˥ ts'iŋ˩]
罵人喋喋不休愛講話。

【嘴花磨倒人】
[ts'ui˥˧ hue˥ bua˧ to˥ laŋ˦]
伶牙俐嘴，辯才無礙，令人吃不消。

【嘴呼，二萬五】
[ts'ui˥˧ hɔ˥ zi˩ ban˩ gɔ˧]
空口無憑，漫天開價。

【嘴硬心肝軟】
[ts'ui˩ ŋẽ˧ sim˧ kuã˥ nuĩ˥˧]
講話雖犀利，心腸卻很軟。

【嘴硬尻川軟】
[ts'ui˩ ŋẽ˧ k'a˧ ts'uĩ˥ nuĩ˥˧]
嘴巴硬，説話狠，其實心腸不壞。或謂説話時疾言厲色，事實則懦弱得很。

【嘴硬，腳食軟】
[ts'ui˩ ŋẽ˧ k'a˥ tsia˩ nuĩ˥˧]
譏人嘴饞貪吃瀉肚以致腳軟。

【嘴飽，目無飽】
[ts'ui˩ pa˥˧ bak˥ bo˧ pa˥˧]
嘴巴吃飽，眼睛還很貪婪。

【嘴飽，目睭枵】
[ts'ui˩ pa˥˧ bak.˩ tsiu˥ iau˥]
意同前句。

【嘴齒一米籃】
[ts'ui˥˧ k'i˥˧ tsit.˩ bi˧ nã˦]
形容食之者眾。

【嘴內肉挖咧哺】
[ts'ui˥˧ lai˩ baʔ.˩ ɔ˥ le˥ pɔ˧]
喻起內鬨，自相殘殺。

【嘴，甘若青竹絲】
[ts'ui˩ kan˥ nã˥ ts'ẽ˧ tik˥ si˥]
喻滿口毒語。

【嘴食，尻川坐額】
[ts'ui˩ tsia˧ k'a˧ ts'uĩ˥ tse˩ gia˧]
嘴巴亂吃，結果拉痢讓屁股受苦。喻貪眼前快樂，必遭後殃。

【嘴是風，筆是蹤】
[ts'ui˩ si˩ hɔŋ˥ pit.˩ si˩ tsɔŋ˥]
口説無憑，用筆寫下來則留有證據。

【嘴是萬（無）底深坑】
[ts'ui˩ si˩ ban˩ (bo˧)te˥ ts'im˧ k'ẽ˥]
人的食慾是無止境的。喻人慾無窮。

【嘴唇皮，相款待】
[ts'ui˥˧ tun˧ p'ue˦ sio˧ k'uan˥ tai˧]
用嘴巴招呼一聲而已，不是誠意相請。

【嘴唸經，手摸乳】
[ts'ui˩ liam˩ kiŋ˥ ts'iu˥˧ bɔŋ˧ liŋ˥]
嘴巴唸佛經，手卻去摸婦女的乳房；謂言行不一致，口是心非，説的一套，做的是另外一套。

【嘴管較脿下頦】
[ts'ui˥˧ kɔŋ˥˧ k'a˥ lo˥˧ e˩ hai˦]
言其不可靠。

【嘴齒根，咬下得】
[ts'ui˥ k'i˥ kin˥ ka˩ he˧ tit.˩]
咬緊牙根，忍氣吞聲。

【嘴齒根咬予緊】
[ts'ui˥ k'i˥ kin˥ ka˩ hɔ˧ an˦]
大人罵調皮搗蛋的小孩得小心欠揍了，與「尻川皮繃予緊」同義。又謂咬緊牙關，渡過危機。

【嘴仔紅紅要講人】
[ts'ui˥ a˥˧ aŋ˧ aŋ˦ be˥ kɔŋ˥ laŋ˦]
一張嘴專撥弄口舌，道人是非。

【嘴，甘若雞母尻川】
[ts'ui˩ kan˥ nã˥ ke˧ bo˥ k'a˧ ts'uĩ˥]
罵人説話不實在，容易變來變去。

【嘴空紅紅，要食人】
[ts'ui˥ k'aŋ˥ aŋ˧ aŋ˦ be˥ tsia˨ laŋ˦]
指狡猾取利之徒。

【嘴食，予尻川坐帳】
[ts'ui˨ tsia˧ hɔ˨ k'a˧ ts'uĩ˥ tse˨ siau˨]
戒貪吃，謂濫吃會瀉肚子。

【嘴食尻川毋坐帳】
[ts'ui˨ tsia˧ k'a˧ ts'uĩ˥ m˨ tse˨ siau˨]
嘴巴吃了，屁股（尻川）卻不認帳；喻自己做事，卻給別人帶來麻煩。

【嘴無靈，耳孔無利】
[ts'ui˨ bo˧ liŋ˦ hĩ˨ k'aŋ˥ bo˧ lai˧]
嘴巴不是能言善道，又不懂得去察言觀色、耳聽八方，形容人反應遲鈍。

【嘴甲舌，嘛會相礙】
[ts'ui˨ ka˥ tsi˧ mã˨ e˨ sio˧ gai˧]
連嘴和舌關係那麼親密，偶而也會發生齟齬，更何況人與人之間？當然難免偶而也會有些小磨擦。

【嘴齒扑斷含血吞】
[ts'ui˥ k'i˥ p'a˥ tuĩ˧ kam˧ hueʔ˩ t'un˥]
不把自己的失敗告訴別人，自己放在心裏，強忍住痛苦。

【嘴齒扑斷連血吞】
[ts'ui˥ k'i˥ p'a˥ tuĩ˧ len˧ hueʔ˩ t'un˥]
意同前句。

【嘴齒咬沙——足礙蟯】
[ts'ui˥ k'i˥ ka˨ sua˥ tsio˥ gai˨ gio˧]
歇後語。牙齒咬到沙，沙沙作響；渾身都覺得不自在。「礙蟯」，指因某事而覺得渾身不自在。

【嘴𩛩靈，耳孔𩛩利】
[ts'ui˨ be˨ liŋ˦ hĩ˨ k'aŋ˥ be˨ lai˧]
形容人老五官逐漸不靈光。

【嘴巴角抹石灰——白食】
[ts'ui˥ p'e˥ kak˩ bua˥ tsio˨ hue˥ pe˨ tsia˧]
歇後語。嘴角沾「石灰」，顯然吃過白色之食物，故云「白食」。白食即「白痴」，係罵人的話。

【嘴仔紅紅，就要食人】
[ts'ui˥ a˥ aŋ˧ aŋ˦ tio˨ be˥ tsia˨ laŋ˦]
喻兇殘而貪婪。

【嘴會成人，嘛會傷人】
[ts'ui˨ e˨ ts'iã˧ laŋ˦ mã˨ e˨ sioŋ˧ laŋ˦]
嘴巴講出來的話，可以幫助人，反過來也可能傷害人。

【嘴甲舌，有時會咬著】
[ts'ui˨ ka˥ tsi˧ u˨ si˦ e˨ ka˧ tio˨]
意同「嘴甲舌，也會相礙」。

【嘴齒都會咬著嘴唇】
[ts'ui˥ k'i˥ to˧ e˨ ka˨ tio˨ ts'ui˥ tun˦]
牙齒偶而也會咬到嘴唇，喻至親之人偶而也會有磨擦或爭端。

【嘴笑目笑，細姨毋甘指】
[ts'ui˥ ts'io˥ bak˩ ts'ioʔ˩ se˥ i˦ m˨ kam˧ ki˥]
謂對太太百般虐待，對嫵媚妖嬌的姨太太（細姨）卻連用指頭指一指都捨不得。

【嘴鬚未白，是龍仔銀白】
[ts'ui˥ ts'iu˥ bue˨ pe˧ si˨ lioŋ˧ ŋã˥ gin˦ pe˧]
某翁登樓買妓，眾笑其年老，翁即以囊中龍銀示人，且誇言其鬚不算白，他的龍銀才是雪花花的白，眾人聞之無可奈何。喻有錢即是大爺。

【嘴水甲你抹，價錢無走差】
[ts'ui˥ tsui˥ ka˩ li˥ bua?˧ ke˥ tsĩ˧
bo˧ tsau˥ tsua˧]
店員講話有禮貌，好言相待（嘴水甲你抹）服務態度好而已，價錢卻是一毛不差。

【嘴歹尚厲害，心歹無人知】
[ts'ui˩ p'ãi˥ siɔŋ˩ li˩ hai˧ sim˥ p'ãi˥
bo˧ laŋ˧ tsai˥]
口德差，他人一聽即討厭；心術差，卻不一定立刻被人察覺；勸人講話要有口德。

【嘴食嘴嫌，臭酸食到生粘】
[ts'ui˥ tsia˧ ts'ui˥ hiam˧ ts'au˥ suĩ˥
tsia˩ kau˥ sẽ˧ liam˧]
本指吃東西很挑嘴，東挑西嫌，結果竟認為臭酸之物是好的，直吃到食物腐敗產生粘性。後來借喻只知吹毛求疵而無眞正辨別能力的人。

【嘴唇一粒珠，三暝毋認輸】
[ts'ui˥ tun˧ tsit˧ liap˧ tsu˥ sã˧ mẽ˧
m˩ zin˩ su˥]
俗謂上嘴唇中間有一粒肉球的人，性好辯，而且不願認輸，會辯上三天三夜。

【嘴唇一粒珠，講話毋認輸】
[ts'ui˥ tun˧ tsit˧ liap˧ tsu˥ kɔŋ˥ ue˧
m˩ zin˩ su˥]
意同前句。

【嘴唸阿彌陀，手舉刣牛刀】
[ts'ui˩ liam˩ ɔ˧ mĩ˥ to˧ ts'iu˥ gia˧
t'ai˧ gu˧ to˥]
佛口蛇心，口是心非，這種僞善的人最爲可怕。

【嘴開就予人看著嚨喉蒂】
[ts'ui˩ k'ui˥ tio˩ hɔ˩ laŋ˧ k'uã˥ tio˩
nã˧ au˧ ti˩]
嚨喉蒂，小喉蒂；喻一開口人家就已知道你要說什麼。

【嘴生在人的身，要講毋講由在人】
[ts'ui˩ sẽ˧ ti˥ laŋ˧ ge˧ sin˥ be˥ kɔŋ˥
m˩ kɔŋ˥ iu˧ tsai˩ laŋ˧]
謂人口難防。

【嘴食千百無人知，身上無衣被人欺】
[ts'ui˩ tsia˩ ts'en˧ pa?˧ bo˧ zin˧ ti˥
sin˥ siɔŋ˧ bo˧ i˥ pi˩ zin˧ k'i˥]
謂一般人常以外貌取人，不求內涵。

【噴雞胿】
[pun˧ ke˧ kui˥]
雞胿，指汽球也，狀似雞之胃囊，故稱之。謂吹牛也。

【噴鼓吹，送契兄】
[pun˧ kɔ˥ ts'ue˥ saŋ˥ k'e˥ hiã˥]
台南市諺語。昔有一鼓吹手，其妻極爲淫蕩，每趁其夫外出工作而引姘夫（契兄）至家作樂。一日正與姘夫姦淫，適其夫因事提前返家，其妻恐爲識破，乃欺騙其夫謂人云鼓吹手雙目被掩即吹不響，其夫不知是計，從其言以烏巾掩目，猛吹嗩吶（鼓吹），姘夫即趁機溜走。事傳街坊，遂有此諺。

【噴螺予人賣肉】
[pun˧ le˧ hɔ˩ laŋ˧ be˩ ba?˧]
昔日民間流動的豬肉販，每到一村莊必先吹螺呼集顧客；若吹了螺民眾不到本攤，而去別人的肉攤買肉，便適用本諺；後借喻爲爲人作嫁。

【噴鼓吹，勒死扛轎】
[pun˧ kɔ˥ ts'ue˥ lik˥ si˥ kəŋ˧ kio˧]
鼓吹，嗩吶。婚嫁、迎神賽會等場合，扛轎的人之腳步，悉依鼓吹手之節奏而行進，鼓吹手若加快節奏，扛轎的即須不停地快走，喘不過氣來。喻不

顧他人死活，只管從旁催促驅使。

【噴鼓吹，勒死扛香亭】
[pun˧ kɔ˥ ts'ue˥ lik˥ si˥ kəŋ˧ hiũ˧ tiŋ˧˥]
香亭，昔日出殯隊伍之一，扛香亭者之步伐須照鼓吹之節奏進行。意義與前句同。

【噴面假光顏——毋擔輸贏】
[pun˧ bin˧ ke˥ kɔŋ˧ gan˧˥ m˧˩ tam˧ su˧ iã˧˥]
歇後語。謂不認輸，強調是贏，強詞奪理。

【嚷到舉厝蓋】
[ziaŋ˥ kau˥˧ gia˧ ts'u˥˧ kua˧˩]
誇言人家嗓門大，力可掀屋頂。

【嚴父出孝子】
[giam˧ hu˧ ts'ut˥ hau˥˧ tsu˥˧]
父嚴子孝。

【嚴官府，出厚賊】
[giam˧ kuã˧ hu˥˧ ts'ut˥ kau˧˩ ts'at˥]
官府防守得嚴，盜賊反而更多，正如老子所謂「法令滋彰，盜賊多有」。喻管教過嚴，反而沒有好處。

【嚴官府出厚賊，嚴爸母出阿里不達】
[giam˧ kuã˧ hu˥˧ ts'ut˥ kau˧˩ ts'at˥ giam˧ pe˧˩ bu˥˧ ts'ut˥ a˧ li˥ put˥ tat˩]
官嚴，小偷多；父母管教過苛，子女不知所從，子女反而不成材（阿里不達）。

【四目相相】
[si˥˧ bak˥ sio˧ siɔŋ˧˩]
你看我，我看你。

【四目相對】
[si˥˧ bak˥ sio˧ tui˧˩]
兩人面面相覷，茫然不知所措。

【四目無親】
[si˥˧ bak˥ bo˧ ts'in˥]
身在他鄉，舉目無親。

【四時八節】
[su˥˧ si˧˥ pat˥ tset˩]
四時指春夏秋冬，八節指立春、春分、立夏、夏至、立秋、秋分、立冬、冬至。

【四通八達】
[su˥˧ t'ɔŋ˥ pat˥ tat˥]
形勢開闊，交通方便。

【四腳落地】
[si˥˧ k'a˥ lo˧˩ te˧]
指兩膝下跪雙手按地求饒，又用以罵人為豬為狗。

【四支卻一偎】
[si˥˧ ki˥ k'io˥˧ tsit˩ ua˥˧]
本是打麻將的術語，比喻樂不可支。

【四月娶死某】
[si˧˩ gue˧˩ ts'ua˧˩ si˥ bɔ˥˧]
台語四與死諧音，有人因此而忌諱於四月婚嫁。

【四兩仔甘甘】
[si˥˧ niũ˥ a˥ kam˧ kam˥]
形容非常捨不得的樣子。

【四兩破千斤】
[si˥˧ niũ˥˧ p'o˥˧ ts'en˧ kin˥]
以智取勝。

【四腳向上天】
[si˥˧ k'a˥ hiaŋ˥˧ tsiũ˧˩ t'ĩ˥]
四腳朝天，指摔了一個大跤。

【四邊無一偎】
[si˥˧ pĩ˥ bo˧ tsit˩ ua˥˧]
比喻人地生疏，無依無靠。

【四十四斷子蒂】

[si˥ tsap˩ si˨ tuĩ˨ kiã˥ ti˨]
意謂婦女到了四十四歲，卵巢收束，已不能生兒育女。

【四支釘，釘落去】
[si˥ ki˧ tiŋ˥ tiŋ˨ lo˨ k'i˨]
昔日棺材封釘用四支長釘，比喻人死萬事皆休。

【四支毋排，激坎】
[si˥ ki˥ m˨ pai˧ kik˥ k'am˨]
賭博時，手中有四支相連之牌，他卻不現牌，而佯裝無牌要蓋起來，以愚弄其他賭徒。

【四兩笎仔，無除】
[si˥ niũ˥ uĩ˥ a˥ bo˧ ti˧]
笎仔爲竹製小籃，昔日無磅稱，凡購物皆先置於笎中稱，算淨重時再將笎重扣除；此語比喻人不認清本分，不知道自己的缺點。

【四界逃，四界撞】
[si˥ ke˥ to˧ si˥ ke˥ lɔŋ˨]
四處流浪。

【四目相對亂紛紛】
[si˥ bak˥ sio˧ tui˨ luan˨ hun˧ hun˥]
謂男女雙方來電意亂情迷。

【四兩人講半斤話】
[si˥ niũ˥ laŋ˧ kɔŋ˥ puã˥ kin˧ ue˧]
形容人不自量力。

【四九兩月，枵人若旋】
[si˨ kau˥ lɔŋ˨ gue˧ iau˧ laŋ˧ nã˥ se˧]
旋，無所事事，四處游蕩。四九兩月是孟夏季秋，農閒時期，難以謀得一職，所以無業游民到處游走求職。

【四十錢提二厘——三八】
[si˥ tsap˩ tsĩ˧ t'e˧ lɔŋ˨ li˧ sam˧ pat˩]
歇後語，四十錢去掉二厘剩下三十八厘，罵人三八。

【四支釘若陳才會變（改）】
[si˥ ki˧ tiŋ˥ nã˨ tan˧ tsia˥ e˨ pĩ˨ (kai˥)]
或做「四支釘無陳𠕇變（改）」，意謂惡習沾染太深，除非死亡（四支釘指大殮封棺之釘），否則不會改變。

【四角磚，踏無一面著】
[si˥ kak˥ tsuĩ˥ ta˨ bo˧ tsit˩ bin˨ tio˧]
謂連邊都沒沾上，此事與我無關。

【四季流行，萬物化成】
[su˥ kui˨ liu˧ hiŋ˧ ban˨ but˥ hua˥ siŋ˧]
四季循環，萬物因而得以生長。

【四十九，生一個腳尾哮】
[si˥ tsap˩ kau˥ sẽ˧ tsit˩ le˧ k'a˧ bue˥ hau˥]
順口溜，形容婦女四十九歲生末胎女兒的景象；台俗謂若沒生女兒，將來死了沒人哭腳尾。

【四十三，生一個湊頭擔】
[si˥ tsap˩ sã˥ sẽ˧ tsit˩ le˧ tau˥ t'au˧ tã˥]
順口溜，婦女四十三歲時終產的景象。

【四十四，生一個上頭致】
[si˥ tsap˩ si˨ sẽ˧ tsit˩ le˧ tsiũ˨ t'au˧ ti˨]
順口溜，婦人四十四歲時終產的景象。

【四月二十六，海湧開目】
[si˥ gue˨ zi˨ tsap˩ lak˥ hai˥ iŋ˥ k'ui˧ bak˥]
氣象諺。四月二十六日爲台南縣北門鄉南鯤鯓代天府一年一度大祭典日（李府千歲聖誕），是日海面會起風浪。

【四月四，桃仔來李仔去】
[si˥ gue˨ si˨ t'o˧ a˥ lai˦ li˥ a˥ k'i˨]
謂到了四月，李子的產季已過，應時的水果是桃子。

【四月初八落到五日節】
[si˥ gue˨ ts'e˧ peʔ.˩ lo˨ ka˥ go˨ zit.˩ tseʔ.˩]
形容梅雨時節，陰雨綿綿，從四月初八下，會下到五月端午。

【四個恭喜，扛一個也罷】
[si˥ ge˧ kioŋ˧ hi˥ kəŋ˧ tsit.˩ le˧ ia˨ pa˧]
諷刺生男未必比生女好。昔時有一家生男，眾親友皆前往「恭喜」；其鄰生一女，眾親友聞之但說「也罷」。言罷，聞有吆喝聲，推門一望，乃四個轎夫抬一大轎，中坐縣太爺夫人，生女之家乃喟歎曰：「四個恭喜扛著一個也罷」，眾人默然。

【四腳馬有時也會著蹟】
[si˥ k'a˧ be˥ u˨ si˦ ia˨ e˨ tio˨ tat.˩]
比喻智者千慮仍將有一失的可能，或用以比喻身體健壯的人，有時也會生病。

【四月初一雨，有花結無子】
[si˥ gue˨ ts'e˧ it˥ ho˧ u˨ hue˥ ket˥ bo˧ tsi˥]
農諺。農曆四月初一下雨，占當年早冬收成不佳。

【四月初二雨，有粟做無米】
[si˥ gue˨ ts'e˧ zi˧ ho˧ u˨ ts'ik.˩ tso˥ bo˧ bi˥]
農諺。農曆四月初二下雨，占當年早冬收成不佳。

【四月初八雨，稻蒿曝到死】
[si˥ gue˨ ts'e˧ peʔ.˩ ho˧ tiu˨ ko˥ p'ak.˩ kau˥ si˥]
氣象諺。農曆四月初八下雨，占是年有旱災。

【四月初七落到五月十一】
[si˥ gue˨ t'se˧ ts'it.˩ lo˨ ka˥ go˨ gue˨ tsap.˩ it.˩]
氣象諺。梅雨若從四月初七下，會下到五月十一才出梅。

【四兩雞仔半斤頭——大頭家】
[si˥ niũ˥ ke˧ a˥ puã˥ kin˧ t'au˦ tua˨ t'au˧ ke˥]
歇後語。一隻雞，雞身只有四兩，而雞頭卻重達半斤，眞是大頭雞，「大頭雞」與「大頭家」諧音，指大老闆。

【四個人鬥牌，五個人要錢】
[si˥ ge˧ laŋ˦ tau˥ pai˦ go˨ ge˧ laŋ˦ ai˥ tsĩ˦]
意謂開賭場抽頭的人比賭博的人還多。

【四書熟律律，十句九句不】
[su˥ si˥ sik.˩ lut˥ lut.˩ tsap.˩ ku˨ kau˥ ku˥ put.˩]
形容人死讀書，如鸚鵡學語，會背四書文句，但問其意義卻全不了解。

【四腳馬仔，有時也會著蹟】
[si˥ k'a˧ be˥ a˥ u˨ si˦ ia˨ e˨ tio˨ tat.˩]
意同「四腳馬有時也會著蹟」。

【四月四日晴，稻蒿較大杉楹】
[si˥ gue˨ si˥ zit˥ tsĩ˦ tiu˨ ko˥ k'a˥ tua˨ sam˧ ĩ˦]
農諺。四月四日天氣晴，占早稻大豐收。

【四兩笐仔毋知除，除人半斤】
[si˥ niũ˥ uĩ˥ a˥ m˨ tsai˧ ti˦ ti˧ laŋ˧ puã˥ kin˥]
比喻不知自我檢點，反而挑剔別人。

【四兩雞仔，要啄半斤湆墓粿】
[si˥ niũ˥ ke˧ a˥ be˥ tɔk˥ puã˥ kin˧ am˥ bɔŋ˩ kue˥]
喻不估量自己的能力，妄作非分之想。

【四人扛，扛上山，落地掩，草皮安】
[si˥ laŋ˧ kəŋ˥ kəŋ˧ tsiũ˩ suã˥ lo˩ te˩ iam˥ ts'au˥ p'i˥ an˥]
順口溜，四句十二字，簡潔地道出昔日農村喪事扛棺、埋葬之事。

【四書讀透透，鱠曉寫黿鼇龜鼈竈】
[su˥ si˥ t'ak˩ t'au˥ t'au˩ be˩ hiau˥ sia˥ guan˧ go˧ ku˥ pi? ˩ tsau˩]
四書讀遍，卻不認識這些字，表示學得不夠徹底。或者借以表示漢字之艱深難學。

【四月芒種雨，五月無焦土，六月火燒埔】
[si˩ gue˩ bɔŋ˧ tsiŋ˥ hɔ˧ gɔ˧ gue˩ bo˧ ta˧ t'ɔ˧ lak˥ gue˩ hue˥ sio˧ pɔ˥]
氣象諺。四月芒種（二十四節氣之一）當天若下雨，占五月多雨，六月久旱。

【四十過，年年差；五十過，月月差；六十過，日日差】
[si˥ tsap˥ kue˩ nĩ˧ nĩ˧ ts'a˥ gɔ˩ tsap˥ kue˩ gue˩ gue˩ ts'a˥ lak˩ tsap˥ kue˩ zit˩ zit˩ ts'a˥]
形容人年紀大，健康及體力衰退，一年不如一年。

【四月初八生，一點水八尾蟲，一個娘仔九個尪】
[si˥ gue˩ ts'e˧ pe? ˩ sẽ˥ tsit˩ tiam˥ tsui˥ pe˥ bue˥ t'aŋ˧ tsit˩ le˧ niũ˧ a˥ kau˧ ge˧ aŋ˥]
指四月初八所生女子，可能會嫁許多次。

【四月初一透北風，松柏就企黃，討海的就摸尻川】
[si˥ gue˩ ts'e˧ it˩ t'au˥ pak˥ hɔŋ˥ ts'iŋ˧ pe? ˩ tio˩ k'ia˩ uĩ˧ t'o˥ hai˥ e˩ tio˩ bɔŋ˧ k'a˧ ts'uĩ˥]
氣象諺。謂四月初一若颳北風，樹木都會枯黃，漁夫（討海的）無法出海。

【四月四日晴，稻蒿較大楹；四月初八雨，稻蒿曝到死】
[si˥ gue˩ si˥ zit˥ tsĩ˧ tiu˩ ko˥ k'a˥ tua˩ ĩ˧ si˥ gue˩ ts'e˧ pe? ˩ i˥ tiu˩ ko˥ p'ak˩ ka˥ si˥]
農諺。四月初四晴天，占早稻豐收；四月初八下雨，占日後久旱欠收。

【四月初七落，落到五月十一；四月初八落，落到五日節】
[si˥ gue˩ ts'e˧ ts'it˩ lo˧ lo˩ ka˥ gɔ˩ gue˩ tsap˩ it˩ si˥ gue˩ ts'e˧ pe? ˩ lo˧ lo˩ ka˥ gɔ˩ zit˩ tse? ˩]
氣象諺。梅雨若從四月初七下，會下到五月十一；若從四月初八下，會下到端午節。

【四月做北登，行船的個某貼尻川；五月做南赤，討海的個某爬上壁】
[si˩ gue˩ tso˥ pak˥ təŋ˥ kiã˧ tsun˧ le˧ in˧ bo˥ ta˥ k'a˧ ts'əŋ˥ gɔ˧ gue˩ tso˥ lam˧ ts'ia? ˩ t'o˥ hai˥ e˩ in˧ bo˥ pe˥ tsiũ˩ pia? ˩]
澎湖諺語。白天颳北風晚上風息，叫「做北登」，最有利於靠風力行駛的貨船出航，可以日日見財，船伕太太心喜則用手拍屁股。五月分整天颳著大南風，叫「做南赤」，風大流強，不利於手划的小艪作業，魚伕的太太眼看先生沒有收入，窮得都快爬上牆壁。

【四月初一落雨，空歡喜；四月初二落雨，有花結無子；四月初三落雨，有粟終無米；四月初四落雨，落連

里】
[si˥ gue˩ ts'e˧ it˩ lo˩ hɔ˧ k'aŋ˧ huã˧ hi˥ si˥ gue˩ ts'e˧ zi˧ lo˩ hɔ˧ u˩ hue˥ ket˥ bo˧ tsi˥ si˥ gue˩ ts'e˧ sã˥ lo˩ hɔ˧ u˩ ts'ik˩ tsiɔŋ˧ bo˧ bi˥ si˥ gue˩ ts'e˧ si˩ lo˩ hɔ˧ lo˩ len˧ li˥]
農諺。農夫種田望四月初下長雨。四月初一下雨，稻子尚未結實徒然歡喜；初二下雨，雖開花卻未結果；初三下雨，有稻殼無米粒；初四若還下雨那就更慘了。

【囝仔花草物】
[gin˥ nã˥ hue˧ ts'au˥ mĩ˧]
謂小嬰孩像花草般脆弱，不可靠。

【囝仔騙大人】
[gin˥ nã˥ p'en˥ tua˩ laŋ˧]
大人反而被小孩子騙了。

【囝仔灌土猴】
[gin˥ nã˥ kuan˥ tɔ˩ kau˧]
土猴，蟋蟀也。入秋後，鄉間小孩往往提水桶去灌取蟋蟀，它被水灌後，出洞也死，不出洞也死。喻穩死不活。

【囝仔卵硬無久】
[gin˥ nã˥ lan˧ tiŋ˩ bo˧ ku˥]
囝仔卵，小孩子的陰莖，勃起不會太久；喻小孩子的毅力有限，無法持久。

【囝仔放尿——小港】
[gin˥ nã˥ paŋ˥ zio˧ sio˥ kaŋ˥]
歇後語。小孩子(囝仔)小便(放尿)，人小膀胱小，故水流亦小，叫「小港」，音同「小港」。小港，地名在高雄市。

【囝仔屎，放𣍐了】
[gin˥ nã˥ sai˥ paŋ˥ be˩ liau˥]
譏人稚氣未脫，長大後還做出小孩的舉動。

【囝仔，起大人事】
[gin˥ nã˥ k'i˥ tua˩ laŋ˧ su˧]
因小孩子的糾紛，造成大人的不和睦。

【囝仔起大人厄】
[gin˥ nã˥ k'i˥ tua˩ laŋ˧ eʔ˩]
雙方家長（大人）因小孩吵架而發生爭吵。

【囝仔無六月天】
[gin˥ nã˥ bo˧ lak˩ gue˩ t'ĩ˥]
舊日習俗，認爲小嬰兒怕冷不怕熱，即使六月間也要裹著厚衣。證以今日醫學常識，知道此俗有革除之必要，以免小嬰兒中暑。

【囝仔講大人話】
[gin˥ nã˥ kɔŋ˥ tua˩ laŋ˧ ue˧]
小孩子講話口氣像大人。

【囝仔人，有耳無嘴】
[gin˥ nã˥ laŋ˧ u˩ hĩ˧ bo˧ ts'ui˩]
傳統教育，誡兒童不要多嘴，只許聽人說話，不許從中插嘴。

【囝仔食毛蟹——興講】
[gin˥ nã˥ tsia˩ mɔ̃˧ he˧ hiŋ˥ kɔŋ˥]
歇後語。毛蟹，螃蟹；興講，愛講話。小孩子吃螃蟹最喜歡（興）咬蟹螯（管），興管與興講，台語諧音。

【囝仔食紅蟳——愛講】
[gin˥ nã˥ tsia˩ aŋ˧ tsim˧ ai˥ kɔŋ˥]
歇後語。小孩子（囝仔）吃紅蟳，最愛吃牠的螯管，就是愛管，愛管與台語「愛講」同音，意指别人愛講話，特别是指講一些無意義的話。

【囝仔怨無，無怨少】
[gin˥ nã˥ uan˥ bo˧ bo˧ uan˥ tsio˥]
小孩子分東西，只要有分到就滿意了。

【囝仔人，尻川三斗火】
[gin˥ nã˥ laŋ˧ k'a˧ ts'uĩ˥ sã˧ tau˥ hue˥]

尻川，屁股。冬天裡小孩要取暖，大人便說此諺，謂小孩氣血旺盛，不會怕冷。

【囝仔穿大人衫——大輸】
[gin˥ nã˥˧ ts'iŋ˨˩ tua˨˩ laŋ˧ sã˥ tua˨˩ su˥]
歇後語。小孩子穿大人衣服，尺寸不合，看來是「大襲」。大襲，大輸諧音，大輸是一敗塗地之意。

【囝仔穿大人衫——崁腳】
[gin˥ nã˥˧ ts'iŋ˨˩ tua˨˩ laŋ˧ sã˥ k'am˥˧ k'a˥]
歇後語。小孩子穿大人的衣服，會蓋住腳，叫做「蓋腳」，音同「崁腳」；崁腳，地名，很普遍，幾乎各縣市皆有。

【囝仔食田螺，啾啾叫】
[gin˥ nã˥˧ tsia˨˩ ts'an˧ le˧˥ tsiu˥˧ tsiu˥˧ kio˨˩]
田螺之吃法，先吸尾後取肉，小孩子吸田螺時，聲音特別大。

【囝仔跋倒——馬馬虎虎】
[gin˥ nã˥˧ pua˨˩ to˥˧ mã˥ mã˥ hu˧ hu˥]
歇後語。囝仔，小孩子；跋倒，摔跤；小孩摔跤，媽媽會趕緊去攙扶他，並撫慰他，諧音爲「馬馬虎虎」。

【囝仔戴大人帽——崁頂】
[gin˥ nã˥˧ ti˥˧ tua˨˩ laŋ˧ bo˧ k'am˥˧ tiŋ˥˧]
歇後語。小孩子人小頭小，戴起大人帽勢必將頭頂整個蓋住，故云「崁頂」；崁頂，很普遍的地名，幾乎各縣市皆有。

【囝仔人跳過溝，食三甌】
[gin˥ nã˥ laŋ˧˥ t'iau˥˧ kue˥˧ kau˥ tsia˨˩ sã˧ au˥]
謂小孩活動力大，消化好。

【囝仔手較賤過和尚卵】
[gin˥ nã˥ ts'iu˥˧ k'a˥˧ tsen˨˩ kue˥˧ hue˧ siũ˨˩ lan˧]
和尚卵，和尚之陽具；罵小孩子的手好動，愛亂摸東西。

【囝仔閃開，大人要展威】
[gin˥ nã˥˧ siam˥ k'ui˥ tua˨˩ laŋ˧˥ be˥ ten˥ ui˥]
叫小孩子走開，大人要坐下來。

【囝仔三歲著皮，五歲著骨】
[gin˥ nã˥˧ sã˧ hue˨˩ tiau˧ p'ue˧˥ go˨˩ hue˨˩ tiau˧ kut˧]
小時候做的事，容易養成習性無法革除。喻對小孩的教育要特別注意。

【囝仔看著娘，無事哭三場】
[gin˥ nã˥˧ k'uã˥˧ tio˨˩ niũ˧˥ bo˧ su˧ k'au˥˧ sã˧ tiũ˧˥]
小孩子愛撒嬌，一看到媽媽就哭著要親親抱抱，言其胡鬧。

【囝仔會走，大人逐到嗎嗎號】
[gin˥ nã˥˧ e˨˩ tsau˥˧ tua˨˩ laŋ˧˥ zik˥ ka˥ mã˥˧ mã˥˧ hau˥˧]
小孩學會走路，大人就要天天尾隨在後，深恐他發生危險。喻父母育子操勞之情。

【囝仔人，有耳無嘴，有尻川鱠放屁】
[gin˥ nã˥ laŋ˧˥ u˨˩ hĩ˧ bo˧ ts'ui˨˩ u˨˩ k'a˧ ts'uĩ˥ be˨˩ paŋ˥˧ p'ui˨˩]
意同「囝仔人，有耳無嘴」，多加「有尻川鱠放屁」是加重其教誨意義。

【囝仔嘴食到畏，纔有通落公媽嘴】
[gin˥ nã˥ ts'ui˨˩ tsia˨˩ ka˥ ui˨˩ tsia˥ u˨˩ t'aŋ˧ lo˨˩ koŋ˧ mã˥ ts'ui˨˩]
祖父、祖母疼愛孫兒，有可口的食物都先給他們吃，兒孫吃膩了，祖父母

才有得吃。

【囝仔嘴講無畏，舉屎耙給你拭嘴】
[gin˥ nã˥ ts'ui˨ kɔŋ˥ bo˧ ui˨ gia˧ sai˥ pe˥ ka˨ li˥ ts'it˥ ts'ui˨]
屎耙，昔日農村用以揩屁股的竹片。新年時小孩子童言無忌，若亂講不吉利的話，大人即講這句話來破除。

【囝仔歡喜新年到，大人心內亂糟糟】
[gin˥ nã˥ huã˧ hi˥ sin˧ nĩ˧ kau˨ tua˨ laŋ˧ sim˧ lai˧ luan˨ ts'au˧ ts'au˥]
謂兒童喜歡新年到，大人則爲有沒有錢過年？舊債幾時還？……等事物而感到心煩。喻兒童不知大人心中苦。

【回甲賠】
[hue˧ ka˥ pue˧]
形容做錯事的一方自知理虧，一再向對方回不是與賠罪。

【因禍得福】
[in˧ ho˧ tit˥ hɔk˧]
本是災禍，卻反而獲得福澤。

【囥間蕃薯】
[k'ɔŋ˥ kiŋ˧ han˧ tsi˧]
囥間，儲藏室。蕃薯採收後，擱置一段時日，待水分蒸發，再煮食更香甜美味。比喻經過歷練的人或加工的東西。

【囥酒會芳，囥柑仔爛歸籠】
[k'ɔŋ˥ tsiu˥ e˨ p'aŋ˥ k'ɔŋ˥ kam˧ mã˥ nuã˨ kui˧ laŋ˥]
酒越放越香，橘子放久則會全部爛光；喻人有可以終身交往的，有可一而不可再者。

【國泰民安】
[kɔk˥ t'ai˨ bin˧ an˥]
國家泰平，民生安樂。

【國正天心順】
[kɔk˧ tsiã˨ t'en˧ sim˥ sun˧]
國泰民安，風調雨順。

【國清才子貴，家富小兒驕】
[kɔk˧ ts'iŋ˥ tsai˧ tsu˥ kui˨ ka˥ hu˨ sio˥ zi˧ kiau˥]
政治清平，有才能之士才會受到重視；家庭富有，兒孫便會驕縱。

【國亂思良將，家貧思賢妻】
[kɔk˧ luan˧ su˧ liɔŋ˧ tsiɔŋ˨ ka˥ pin˧ su˧ hen˨ ts'e˥]
一旦國家危亡，才會想起良將之才可復國，家貧如洗了才想起只有糟糠之妻能同甘共苦。

【國家將興必有禎祥，國家將亡必有妖孽】
[kɔk˥ ka˥ tsiɔŋ˧ hiŋ˥ pit˥ iu˥ tsin˧ siɔŋ˧ kɔk˥ ka˥ tsiɔŋ˧ bɔŋ˧ pit˥ iu˥ iau˧ get˥]
事出必有因，無風不起浪。事情的發展必先有徵兆。

【園裏選瓜，越選越差】
[huĩ˧ lai˧ suan˥ kua˥ lu˥ suan˥ lu˥ ts'a˥]
在瓜園裏挑選瓜果，因爲目標眾多，容易眼花撩亂，左右不是，而越選越差。意同「揀啊揀，揀一個賣龍眼」；勸人早作決定，以免錯失良機。

【圓人會扁，扁人會圓】
[ĩ˧ laŋ˧ e˨ pĩ˥ pĩ˥ laŋ˧ e˨ ĩ˧]
目前運氣好走紅的人，有朝一日會不走運；目前運氣差的人，有朝一日可能也會走紅。

【圓仔炒大麵——搰搰纏】
[ĩ˧ a˥ ts'a˥ tua˨ mĩ˧ ko˧ ko˧ tĩ˧]

歇後語。將湯圓與麵條炒在一起，必然會滾來滾去，湯圓與麵條糾纏在一塊，故云搨搨纏。罵人死纏瞎纏不已。

【圓仔花毋知醜，大紅花醜毋知】
[ĩ˧ a˥ hue˥ m˩ tsai˧ bai˥ tua˩ aŋ˧ hue˥ bai˥ m˩ tsai˥]
大紅花，扶桑花；喻不知量力，自視過高。

【圓仔食一雙，生子生相公；圓仔食一粒，生子生卵核】
[ĩ˧ a˥ tsia˩ tsit˩ siaŋ˥ sẽ˧ kiã˥ sẽ˧ sioŋ˥ koŋ˥ ĩ˧ a˥ tsia˩ tsit˥ liap˥ sẽ˧ kiã˥ sẽ˧ lan˩ hut˥]
台灣傳統婚俗，結婚之夜，新郎新娘在洞房內吃「新娘圓」，媒人挾湯圓給新娘吃時，唸此吉祥語，吃一雙（兩個）會生相公。吃一粒會生男生（卵核，陰囊內之睪丸也）。

【土生金】
[t'ɔ˦ sẽ˧ kim˥]
陰陽學家認爲五行相生相剋，金是由土所生。

【土甲搖櫓】
[t'ɔ˥ ka˥ io˧ lɔ˥]
罵人土里土氣而且個性又暴躁。

【土州賣鴨卵】
[t'ɔ˧ tsiu˥ be˩ a˥ nuĩ˧]
到土州（地獄）去賣鴨蛋；謂死亡。

【土猴損五穀】
[tɔ˩ kau˦ sun˥ ŋɔ̃˥ kɔk˩]
土猴，指蟋蟀。蟋蟀是不吃五穀的。罵人浪費物品。如平常不抽煙的人向人要煙抽，即會被敬以此諺。

【土礱無換耳】
[t'ɔ˧ laŋ˦ bo˧ uã˩ hĩ˧]
土礱，古農具之一，用以脫去稻穀之殼，係竹製，兩邊各有棕製耳一隻，俾方便取卸其上半截，以便清掃殼灰。本句指父母因家中只有獨子，感歎若能多生一子，則可經常在兩家走走，故自喻「土礱無換耳」。

【土地公流清汗】
[t'ɔ˥ ti˩ koŋ˥ lau˧ ts'iŋ˥ kuã˧]
清汗，虛汗、盜汗也。謂財多者身虛。

【土地公癢腳底】
[t'ɔ˥ ti˩ koŋ˥ ŋiãu˧ k'a˧ te˥]
俗信事前若有莫名其妙的預感，是土地公從地下在搔我們腳底提醒我們。

【土豆剝開——愛人】
[t'ɔ˧ tau˧ pe˥ k'ui˥ ai˥ zin˦]
歇後語。剝開花生的目的是要筴中的仁，即要仁，「要仁」音諧「愛人」。

【土饅頭，覅起酵】
[t'ɔ˧ ban˥ t'o˦ be˩ k'i˥ kaʔ˩]
土饅頭，指墳墓。指人已入土爲安，無法再興風作浪，有所作爲了。

【土貝毋是三牲材】
[t'ɔ˧ pue˩ m˩ si˩ sam˧ siŋ˧ tsai˦]
土貝不能充當三牲的材料；嘲諷人不成材，上不了檯面。

【土牛入海——往而不返】
[t'ɔ˧ gu˦ zip˩ hai˥ ɔŋ˥ zi˩ put˥ huan˥]
歇後語。泥牛入海，定然溶化不見，一去不回頭。

【土水差寸，木匠差分】
[t'ɔ˧ tsui˥ ts'a˧ ts'un˩ bak˩ ts'iũ˧ ts'a˧ hun˥]
土水，泥水匠；各行各業所要求精準度不同，泥水匠誤差一寸，不致有大影響，而木匠則不能誤差一寸，至多只能差分而已。

【土豆落落豬血桶——廢人】
[t'ɔ˧ tau˧ lak˥ lo˩ ti˧ hue˥˧ t'aŋ˥˧ hui˥˧ zin˧˥]
歇後語。花生仁掉入豬血桶，必成鮮血淋漓的「血仁」。血仁與廢人諧音，諷說此人一無是處。

【土拳直扑，橫直撞著人】
[t'ɔ˥ kun˧˥ tit˧ p'aʔ˧ huãi˧ tit˥ lɔŋ˥˧ tio˩ laŋ˧˥]
土拳無章法，拳來腳去易傷人。喻若行事無原則可循，即容易冒犯他人。

【土水驚掠漏，醫生驚治嗽】
[t'ɔ˧ tsui˥˧ kiã˧ lia˩ lau˧ i˧ siŋ˥ kiã˧ ti˩ sau˩]
屋頂或牆壁漏水最難防治，久咳亦難治療，故有此諺。

【土地公毋敢收人隔年帖】
[t'ɔ˥ ti˩ kɔŋ˥ m˩ kã˥ siu˧ laŋ˧ ke˥˧ nĩ˧ t'iap˧]
天有不測風雲，人有禍患旦夕，即使是神，也不敢斷定明年的事，因此不敢預收第二年的帖子。

【土地公看傀儡——愈看愈花】
[t'ɔ˥ ti˩ kɔŋ˥ k'uã˥˧ ka˧ le˥˧ lu˥ k'uã˩ lu˥ hue˥]
歇後語。土地公本來就是老眼昏花，再教祂去看身上綁了許多繩線的傀儡，只會「愈看愈花」，看不清楚。

【土托剁剮，較贏魚鰡一尾】
[t'ɔ˧ t'uʔ˧ tɔk˥ kue˧ k'a˥˧ iã˧ hi˧ liu˥ tsit˧ bue˥˧]
土托魚很值錢，魚鰡則很便宜；土托剁一截便比整條魚鰡還貴。喻有錢人雖遭遇災難，他所有的家當仍比一般人多。

【土滾毋曾看見大蛇放尿】
[tɔ˩ kun˥˧ m˩ bat˥ k'uã˥˧ kĩ˥˧ tua˩ tsua˧˥ paŋ˥˧ zio˧]
土滾，蚯蚓也。譏人沒有見識，少見多怪。

【土地公無畫號，虎毋敢咬人】
[t'ɔ˥ ti˩ kɔŋ˥ bo˧ ue˩ hɔ˧ hɔ˥˧ m˩ kã˥ ka˩ laŋ˧˥]
土地公沒有畫記號的人，老虎不敢咬他。喻上司未批准的，部屬不敢動手整人。

【土地公白目眉，無人請家治來】
[t'ɔ˥ ti˩ kɔŋ˥ pe˩ bak˧ bai˧˥ bo˧ laŋ˧ ts'iã˥˧ ka˧ ti˩ lai˧˥]
謔稱事先未通知，便不請自來的不速之客。

【土地公，土地婆，許汝蟶、許汝蚵，到時逐項無】
[t'ɔ˥ ti˩ kɔŋ˥ t'ɔ˥ ti˩ po˧˥ he˩ li˥ t'an˥ he˩ li˥ o˧˥ kau˥˧ si˧˥ tak˧ haŋ˩ bo˧˥]
指不守信諾，未還願於神明。喻人輕諾寡信。

【地牛換肩】
[te˩ gu˧˥ uã˩ kiŋ˥]
俗信地下有一頭地牛，支撐整個地面，地震即地牛肩膀痠累，交換另一個肩膀撐持所致。

【地球是圓的，相拄，拄會著】
[te˩ kiu˧˥ si˩ ĩ˧˥ e˧ sio˧ tu˥˧ tu˥ e˩ tio˧]
地球是圓的，總會有機會再見；勸人做事要留後路。

【地上透風起土粉，天頂落雨起烏雲】
[te˩ sioŋ˧ t'au˥˧ hɔŋ˥ k'i˥ t'ɔ˧ hun˥˧ t'ĩ˥ tiŋ˥˧ lo˩ hɔ˧ k'i˥ ɔ˧ hun˧˥]
颳風則起塵，烏雲密布則下雨；謂事出有因，無風不起浪。

【在職怨職】
[tsai˩ tsit˩ uan˥ tsit˩]
在一行怨一行。

【在欉黃——無穩】
[tsai˩ tsaŋ˧ uĩ˧˥ bo˧ un˥]
歇後語。香蕉果實在樹上成熟而黃，爲自然黃；另外有一種方法則是先將綠果砍下，放進甕內加電土使它變黃，叫做「穩」；無穩另外一個意思是沒有把握，此諺即取此意。

【在彼個腳踏仔】
[ti˩ hit˥ le˧ k'a˧ ta˧ a˥]
謂大概是在那個程度；亦作「在彼個目局仔」。

【在彼睏，輪輪蜷】
[ti˩ hia˥ k'un˩ lin˥ lin˥ kun˩]
順口溜。在那兒睡，滾來滾去。

【在厝貴，出門賤】
[tsai˩ ts'u˩ kui˩ ts'ut˥ muĩ˧˥ tsen˧]
謂人在家可以養尊處優，出門則凡事必須自己動手。

【在厝賤，出厝貴】
[tsai˩ ts'u˩ tsen˧ ts'ut˥ ts'u˩ kui˩]
謂物在產地賤，離開產地才會值錢。

【在和尚頭，摸虱母】
[ti˩ hue˧ siũ˩ t'au˧˥ bɔŋ˧ sap˥ bo˥]
和尚是光頭，豈有頭蝨可抓？謂沒事找事做。

【在山靠山，在水靠水】
[tsai˩ suã˥ k'o˥ suã˥ tsai˩ tsui˥ k'o˥ tsui˥]
在什麼環境就要利用那環境的特色。

【在家從父，出嫁從夫】
[tsai˩ ka˥ tsiɔŋ˧ hu˧ ts'ut˥ ke˩ tsiɔŋ˧ hu˥]
傳統觀念中，女子未嫁要聽從父親的管教，出嫁則要聽從丈夫的管教。

【在楚爲楚，在秦爲秦】
[tsai˩ ts'ɔ˥ ui˩ ts'ɔ˥ tsai˩ tsin˧˥ ui˩ tsin˧˥]
入境隨俗，臨機應變。

【在職怨職，無職思職】
[tsai˩ tsit˩ uan˥ tsit˩ bo˧ tsit˩ su˧ tsit˩]
人對自己目前的職業多感不滿，不過一旦離職，反而會思念那個職業；此諺充分反應世人的職業心理。

【在皇帝尻川後罵皇帝】
[ti˩ hɔŋ˧ te˥ k'a˧ ts'uĩ˧ au˧ mẽ˩ hɔŋ˧ te˩]
放馬後砲。意同「尻川後姦死皇帝」。

【在水底睏，無一位是燒的】
[ti˩ tsui˥ te˥ k'un˩ bo˧ tsit˩ ui˩ si˩ sio˥ e˥]
水底本來就冷，若再經常換位置，更不容易溫暖。喻做事要固守崗位，要有恆心。

【在生無人認，死落歸大陣】
[tsai˩ sẽ˥ bo˧ laŋ˧ zin˧ si˥ lo˧ kui˧ tua˩ tin˧]
生前無人照顧，死後爲了爭遺產，來了一大群遺族。

【在生嫁九尪，死了尋原人】
[tsai˩ sẽ˥ ke˥ kau˥ aŋ˥ si˥ liau˥ ts'ue˩ guan˧ laŋ˧˥]
台俗相信，一個婦女，在世時即使嫁了九次，但她死後只能找尋第一次嫁的先生，其餘均爲路人。

【在厝千日好，出外一時難】
[tsai˩ ts'u˩ ts'en˧ zit˩ ho˥ ts'ut˥ gua˧ it˥ si˧ lan˧˥]
在家有人照顧，一切環境均很熟悉，

生活起來很愜意；出門則人生地不熟，當然沒在家來得方便。

【在厝日日好，出外朝朝難】
[tsai˩ ts'u˩ zit˧ zit˧ ho˥ ts'ut˥ gua˧ tiau˧ tiau˧ lan˦]
意同前句。

【在厝由爸母，出厝由丈夫】
[tsai˩ ts'u˩ iu˧ pe˩ bu˥ ts'ut˥ ts'u˩ iu˧ tiɔŋ˩ hu˥]
在厝，出嫁前住在家裡；出厝，出嫁離開娘家；女子出嫁前凡事要聽從父母的指示，出嫁以後，嫁雞隨雞飛，嫁狗隨狗走，得順從丈夫的決定。

【在厝有人客，出外有主人】
[tsai˩ ts'u˩ u˩ laŋ˧ k'eʔ˧ ts'ut˥ gua˧ u˩ tsu˥ laŋ˦]
在家時曾接待過外地來的客人，日後出外才會有人接待。謂禮尚往來，種什麼因得什麼果。

【在家腐刺桐，出家奇楠芳】
[tsai˩ ke˥ au˥ ts'i˥ tɔŋ˦ ts'ut˥ ke˥ ki˧ lam˧ p'aŋ˥]
在產地被視同像爛刺桐般不值錢，離開產地到異鄉，卻被視同像奇楠香那般珍貴。

【在厝蔭爸母，出嫁蔭丈夫】
[tsai˩ ts'u˩ im˥ pe˩ bu˥ ts'ut˥ ke˩ im˥ tiɔŋ˩ hu˥]
謂賢淑孝女福蔭娘家及婆家。

【在厝靠爸母，出外靠朋友】
[tsai˩ ts'u˩ k'o˥ pe˩ bu˥ ts'ut˥ gua˧ k'o˥ piŋ˧ iu˥]
謂人在社會活動，朋友的重要性不亞於父母。

【在細像茄栽，飼大羊鬃來】
[tsai˩ se˩ ts'iũ˩ kio˧ tsai˥ ts'i˩ tua˧ iũ˦ ts'ua˧ lai˩]
喻小時了了，大未必佳。

【在生不樂，死了給鬼揹包袱】
[tsai˩ sẽ˥ put˥ lɔk˥ si˥ liau˥ ka˩ kui˥ kuãi˩ pau˧ hɔk˥]
守財奴在世時不享受，死後只好為鬼背包袱。

【在生一粒豆，較贏死了拜豬頭】
[tsai˩ sẽ˥ tsit˧ liap˧ tau˧ k'a˥ iã˧ si˥ liau˥ pai˥ ti˧ t'au˦]
台俗，父母之喪大歛及出殯均須奠以豬頭。此謂父母在世時孝敬他一粒豆子，比死後才用豬頭拜他有用。喻菽水承歡勝過死後祭禮之豐。

【在唐山毋識字，來台灣會看日】
[ti˩ tɔŋ˧ suã˥ m˩ bat˥ zi˧ lai˧ tai˧ uan˦ e˩ k'uã˥ zit˥]
看日，指看太陽或算命擇日。此係源自清代一則巧合的笑話：有一位唐山人，在唐山目不識丁。到台灣後，命途多舛，一日盤纏已盡，坐在街頭晒太陽，遇一同鄉，問他以何為業？他答以：「看日（望太陽發呆）。」其友誤以為算命看日，乃逢人便說某某人在唐山不識字，來台灣會看日。後借喻為非始料所及。

【在厝強要無碗捧，出門驚死人】
[ti˩ ts'u˩ kiaŋ˧ be˥ bo˧ uã˥ p'aŋ˦ ts'ut˥ muĩ˦ kiã˧ si˥ laŋ˦]
在家窮得要死（快要沒飯吃），出門卻裝闊；打腫臉充胖子。

【在生毋祭嚨喉，死了纔孝棺柴頭】
[tsai˩ sẽ˥ m˩ tse˥ nã˧ au˦ si˥ liau˥ tsia˥ hau˥ kuã˧ ts'a˧ t'au˦]
父母在世不好好孝敬，死後才用大牲醴拜棺材，悔已莫及。

【在生食一粒豆，較贏死了孝豬頭】
[tsai˩ sẽ˥ tsia˩ tsit˧ liap˧ tau˧ k'a˥

iã˧ si˥ liau˥˧ hau˥˧ ti˧ t'au˧˥]
意同「在生一粒豆，較贏死了拜豬頭」。

【在生一粒土豆，較贏死了拜一個豬頭】
[tsai˩ sẽ˥ tsit˩ liap˩ t'ɔ˧ tau˧ k'a˥˧ iã˧ si˥ liau˥˧ pai˥˧ tsit˩ le˧ ti˧ t'au˧˥]
意同「在生一粒豆，較贏死了拜豬頭」。

【在生無通沃嚨喉，死落搭治哭棺材頭】
[tsai˩ sẽ˥ bo˧ t'aŋ˧ ak˥ nã˧ au˧˥ si˥ lo˧ taʔ˩ ti˥ k'au˥˧ kuã˧ ts'a˧ t'au˧˥]
活著的時候不能用一點湯水滋潤父母的喉嚨，父母死了以後才在棺材前哭，有什麼用？

【在生食一粒鴨母卵，較好死了拜一個豬頭】
[tsai˩ sẽ˥ tsia˩ tsit˩ liap˩ a˥˧ bo˥ nuĩ˧ k'a˥˧ ho˥ si˥ liau˥˧ pai˥˧ tsit˩ le˧ ti˧ t'au˧˥]
意同「在生一粒豆，較贏死了拜豬頭」。

【坎頭坎面】
[k'am˥ t'au˧ k'am˥˧ bin˧]
罵人不知好歹，不識相。

【坐井觀天】
[tse˩ tsẽ˥˧ kuan˧ t'en˥]
見識狹隘。

【坐乳母車】
[tse˩ liŋ˧ bu˥ ts'ia˥]
譏人尚嫩，有待磨鍊。

【坐食山崩】
[tse˩ tsia˧ suã˥ paŋ˥]
只消費不生產，像山那麼大的產業，也有耗盡的一天。

【坐井底看天】
[tse˩ tsẽ˥ te˥˧ k'uã˥˧ t'ĩ˥]
意同「坐井觀天」。

【坐在中堵船】
[tse˩ ti˩ tiɔŋ˧ tɔ˥ tsun˧˥]
中堵船，船艙之中央；比喻在家上有父母兄長在，生活安穩，無憂無慮。

【坐圓無坐扁】
[tse˩ ĩ˧˥ bo˧ tse˩ pĩ˥˧]
圓，象徵得勢者；扁，象徵失勢者。喻人性趨炎附勢，對沒權沒勢者則置之不理。

【坐毋坐，要惹厄】
[tse˧ m˩ tse˧ be˥ zia˥ eʔ˩]
罵人自找麻煩，惹事生非。

【坐正正，拜鱠倒】
[tse˩ tsiã˥˧ tsiã˩ pai˥˧ be˩ to˥˧]
只要心端正，不怕別人陷害。

【坐正正，得人疼】
[tse˩ tsiã˥˧ tsiã˩ tit˥ laŋ˧ t'iã˩]
女子訂婚戴戒指前，媒人都會唸這句話，要新娘子坐正，將來才會受丈夫疼愛。

【坐在將軍帳內】
[tse˩ ti˩ tsiɔŋ˧ kun˧ tiaŋ˩ lai˧]
坐在將軍的帳幕裏，有強勢的靠山，可以高枕無憂，安全無虞。

【坐咧食，山都崩】
[tse˩ le˥ tsia˧ suã˥ tio˧ paŋ˥]
坐吃山空。

【坐著食，倒著放】
[tse˩ tit˥ tsia˧ to˥ tit˥ paŋ˩]
形容好吃懶做之徒。

【坐人船，要人船走】
[tse˩ laŋ˧ tsun˧˥ ai˥˧ laŋ˧ tsun˧˥ tsau˥˧]
搭船的人，希望船能開得快；喻同舟共濟。

【坐毋坐，要拋車輪】
[tse˧ m˩ tse˧ be˥ p'a˧ ts'ia˧ lin˥]

有位子不好好地坐，偏要翻筋斗（抛車輪）。喻不循規蹈矩，偏要節外生枝。

【坐井看天，講天細】
[tse˨ tsẽ˦ k'uã˦ t'ĩ˥ koŋ˥ t'ĩ˥ se˨]
譏人見識淺陋。

【坐高椅，看馬相踢】
[tse˨ kuan˧ i˦ k'uã˦ be˦ sio˧ t'at˩]
旁觀爲快。

【坐的毋知企的艱苦】
[tse˧ e˧ m˨ tsai˧ k'ia˧ e˧ kan˧ k'ɔ˦]
有位子坐的人，不能體會無位子而站著的人的苦處。喻做人要設身處地爲他人著想。

【坐罔坐，看命要提錢】
[tse˧ bɔŋ˥ tse˧ k'uã˦ miã˧ ai˦ t'e˨ tsĩ˧]
提錢，拿錢、付費；算命的沒事時閒坐，有客人上門，一開口可是要給錢的。或謂與相士相處，聊天時歸聊天，若要請他算命，則須付費。

【坐人户碇頭，扑人的囝仔】
[tse˨ laŋ˧ hɔ˨ tiŋ˨ t'au˧ p'a˦ laŋ˧ ge˧ gin˥ nã˦]
户碇，門檻。坐在人家門檻上，打他家的小孩，分明是不知情義，欺人太甚。

【坐轎無人知，騎馬較嬈排】
[tse˨ kio˧ bo˧ laŋ˧ tsai˥ k'ia˨ be˦ k'a˥ hiau˧ pai˥]
嬈排，驕傲自得神氣貌。坐轎者藏在轎内，外邊人看不到；騎著高頭大馬走在路上，則可惹人側目。喻滿腹經綸，若不用以濟世，亦無人知曉。

【坐轎嫌艱苦，扛轎嘛嫌艱苦】
[tse˨ kio˧ hiam˧ kan˧ k'ɔ˦ kəŋ˧ kio˧ mã˨ hiam˧ kan˧ k'ɔ˦]
乘轎的嫌轎内空間小，屈坐其内，頗爲辛苦；扛轎的也嫌轎内的人太重，扛起來很苦；喻人心不知足，各有苦衷。

【垃圾鬼】
[la˦ sap˥ kui˦]
罵小孩子髒兮兮或罵大人品行不端操守不正。

【垃圾食垃圾肥，清氣食吐目蕾】
[la˦ sap˥ tsia˧ la˦ sap˥ pui˧ ts'iŋ˧ k'i˦ tsia˧ t'ɔ˥ bak˩ lui˧]
不挑嘴的人，什麼食物都吃，長得肥肥壯壯，而挑三撿四講究衛生可口的人，卻瘦得眼珠突出面削骨瘦。

【埃仔無廟，堀仔無做醮，墓庵無大轎，死樹仔王船放火燒】
[uã˥ a˥ bo˧ bio˧ k'ut˥ la˦ bo˧ tso˦ tsio˨ bɔŋ˨ am˥ bo˧ tua˨ kio˧ si˥ ts'iu˧ a˦ ɔŋ˧ tsun˧ paŋ˦ hue˦ sio˥]
台南市諺語。埃仔、堀仔、墓庵、死樹指今天台南市南區灣里附近的村莊。墓庵，爲「二公子墓」即鄭成功之子鄭睿、鄭發墓地之所在。古代有村落處，必有庵廟壇祠。埃仔無廟，應係其村莊之結成，是由墓庵之守墓者繁衍、延長，將一村變成兩村，原來的宗教中心仍留于墓庵，是以埃仔無廟。堀仔有廟奉祀保生大帝，不做醮乃因官方不許該地步罡踏斗，久之而形成風俗。後因村莊沒落，厲禁被忘，遂被猜測因貧窮而不做醮。迎神賽會，例出大轎，二公子墓祠不行巡迎，所以無神轎。死樹，即今喜樹，喜樹與墓庵相距頗遠，王船火燒應與鄭氏有關。

【埋無三個死囝仔，就要做土公頭】
[tai˧ bo˧ sã˧ ge˧ si˥ gin˥ nã˦ tio˨ be˥ tso˦ t'ɔ˥ kɔŋ˧ t'au˧]

土公，以埋葬爲業者。還沒埋過三個童屍（更別談大人屍體），就想在殯葬業裡稱老大。識人才識經驗尚淺，卻想自大，沒有資格。

【城隍廟老鼠】
[siŋ˧ hɔŋ˧ bio˧ niãu˥ ts'i˥˧]
喻能夠通神意。

【城隍爺尻川，無人敢摸】
[siŋ˧ hɔŋ˧ ia˧˥ k'a˧ ts'uĩ˥ bo˧ laŋ˧ kã˥ bɔŋ˥]
喻神聖不可侵犯。

【堂屋椅子輪流坐，新婦也有做婆時】
[təŋ˧ ɔk˥ i˥ a˥˧ lun˧ liu˧ tse˧ sim˧ pu˧ ia˩ u˩ tso˥˧ po˧˥ si˧˥]
勸爲人媳者別對婆婆囂張無禮，終有一天輪到自己當家主事時，就知曉個中滋味。

【堀裏無水艙飼得人的魚】
[k'ut˥ li˩ bo˧ tsui˥˧ be˩ ts'i˩ tit˥ laŋ˧ ge˧ hi˧˥]
池塘中無水，無法養魚；喻若兒子既死，就難以留養媳婦。

【堀仔內無水，艙飼得人的魚】
[k'ut˥ la˥ lai˧ bo˧ tsui˥˧ be˩ ts'i˩ tit˥ laŋ˧ ge˧ hi˧˥]
意同前句。

【培虎鬃】
[pue˩ hɔ˥ t'siu˥]
大伙要聚餐、喝酒，分攤出錢時，以抽簽來抓冤大頭的一種民俗活動。

【基隆無城，食飽就行】
[ke˧ laŋ˧˥ bo˧ siã˧˥ tsia˩ pa˥˧ tio˩ kiã˧˥]
清代基隆沒城牆，海盜來搶奪，搶奪完即逃跑，無法佔據。

【基隆雨，滬尾風，臺北日，安平湧】
[ke˧ laŋ˧ hɔ˧ hɔ˩ bue˥ hɔŋ˥ tai˩ pak˥ zit˥ an˧ piŋ˧ iŋ˥˧]
基隆多雨，淡水（滬尾）風大，台北日烈，安平浪猛，形容四地氣候之特徵。

【堅心扑石石成穿】
[ken˧ sim˥ p'a˥˧ tsioʔ˥ tsioʔ˥ siŋ˧ ts'uĩ˥]
有毅力打石頭，大石頭都會被打穿一個洞；喻精誠所至，金石爲開。

【執管窺天】
[tsip˥ kuan˥˧ k'ui˧ t'en˥]
由小見大，見識淺薄。

【報死灌水】
[po˥˧ si˥˧ kuan˥˧ tsui˥˧]
台俗爲人去報噩耗時，被通知之家必須拿茶水給通報者喝，有些地區還須給他吃一口糖。

【報田螺仔冤】
[po˥˧ ts'an˧ le˧ a˥ uan˥]
田螺能含水過冬，故以此借喻乘機報忍辱已久的舊怨。

【報老鼠仔冤】
[po˥˧ niãu˥ ts'i˥ a˥ uan˥]
意同前句。

【報伊食屎連尻川煞咬去】
[po˥˧ i˧ tsia˩ sai˥˧ len˩ k'a˧ ts'uĩ˥ sua˥˧ ka˧ k'i˩]
以狗爲譬喻，告訴牠某處有屎可吃（昔日狗皆吃人屎），牠竟連屁股（尻川）一起咬下去；喻恩將仇報。

【塘頭鼠、棧下牛、堂邊虎、蘇厝兔、後宅龍、埔仔蛇、紅窟馬、堂後羊、崙後猴、山仔雞、吳頭狗、後頭豬】
[təŋ˧ t'au˧ ts'u˥˧ tsan˥˧ ha˩ gu˧˥ təŋ˧

pĩ˧ hɔ˥ sɔ˧ ts'u˥ t'ɔ˩ au˩ t'e˩ liŋ˧ pɔ˧ a˥ tsua˧ aŋ˧ k'ut˥ be˥ təŋ˧ au˩ iũ˧ lun˩ au˩ kau˧ suã˧ a˥ kue˥ gɔ˧ t'au˧ kau˥ au˩ t'au˧ tu˥]
昔日鹿港大普諺語，以地名加十二生肖構成。

【塞城門，毋塞涵孔】
[t'at˥ siã˧ muĩ˧ m˩ t'at˥ am˧ k'aŋ˥]
涵孔，指水渠之暗孔。引水灌溉，要調節水之大小，必須將涵孔全塞、半塞或全開，如今不塞涵孔卻去塞城門，做的全是不相干之事。

【塡海無身屍】
[t'iam˩ hai˥ bo˧ sin˧ si˥]
澎湖諺語。婦人罵男子之惡毒語。咒罵負心男子遭遇海難，葬身海底，找不到屍體。

【墓仔埔老鼠】
[bɔŋ˧ ŋã˥ pɔ˧ niãu˥ ts'i˥]
謂吃死人，因死人之外再也沒有什麼可吃。

【墓仔埔，睏過瞑】
[bɔŋ˧ ŋã˥ pɔ˥ k'un˥ kue˥ mẽ˧]
形容爛醉如泥。

【墓仔埔毋講，講塚仔】
[bɔŋ˧ ŋã˥ pɔ˥ m˩ kɔŋ˥ kɔŋ˥ t'iɔŋ˥ ŋã˥]
謂故弄玄虛。

【墓仔埔放炮——驚死人】
[bɔŋ˧ ŋã˥ pɔ˥ paŋ˥ p'au˩ kiã˧ si˥ laŋ˧]
歇後語。在墓園裏放鞭炮，嚇著的全是躺在墳墓裏的死人；驚死人意謂出人意表、嚇人一跳。

【墓仔埔童乩——講鬼話】
[bɔŋ˧ ŋã˥ pɔ˧ taŋ˧ ki˥ kɔŋ˥ kui˥ ue˧]
歇後語。童乩爲靈媒之一種，係鬼神之代言人，墓仔埔只有鬼而無神，故該地之童乩所說全係鬼話。

【墨鰂仔頭——無血無目屎】
[bat˩ tsat˥ la˥ t'au˧ bo˧ hueʔ˩ bo˧ bak˩ sai˥]
歇後語。墨鰂仔，墨魚；墨魚無血亦無眼淚(目屎)，罵人沒有感情。

【壁裏有耳】
[pia˥ lai˧ u˩ hĩ˧]
隔牆有耳，講話要小心。

【壁裏有耳孔】
[pia˥ lai˧ u˩ hĩ˩ k'aŋ˥]
意同前句。

【壁孔字紙——假饒裕】
[pia˥ k'aŋ˧ zi˩ tsua˥ ke˥ ziau˧ zu˧]
歇後語。將字紙塞到牆壁縫中，紙便會縐縐的，「縐」音同「饒」，即富裕之謂，假饒裕是罵人裝闊。

【壁頂掛一尾魚，貓強強要跳死】
[pia˥ tiŋ˥ kua˥ tsit˩ bue˥ hi˧ niãu˥ kiɔŋ˧ kiɔŋ˧ be˥ t'iau˥ si˥]
在牆上吊一條魚，貓貪饞一直想跳上去吃，屢跳不成簡直都快摔死；喻以物誘人貪念。

【壓倒牆，要娶好姿娘，偷挽葱，嫁好尪】
[a˥ to˥ ts'iũ˧ be˥ ts'ua˩ ho˥ tsu˧ niũ˧ t'au˧ ban˥ ts'aŋ˥ ke˥ ho˥ aŋ˥]
昔日上元習俗，相傳男子翻人家的牆可娶得佳人（姿娘）爲妻；女子偷拔人家園中的葱，可嫁得好丈夫。

【壞米厚糠，醜女厚粧】
[p'ãi˥ bi˥ kau˩ k'əŋ˥ bai˥ li˥ kau˩ tsəŋ˥]
不好的米，粗糠特多；醜陋的女子則

特重妝扮。

【壞草鞋，好貼土礱腳】
[hai˨ ts'au˥ e˧ ho˥ t'iap˥ t'ɔ˧ laŋ˧ k'a˥]
土礱，昔日磨穀去殼之農具。草鞋穿壞了，還可以用來墊土礱之底部，使其平穩。喻廢物也有用處。

【壽數該終】
[siu˨ sɔ˨ kai˧ tsiɔŋ˥]
謂壽命到了應該結束的時候。喻合當如此，無可怨尤。

【壽數該盡】
[siu˨ sɔ˨ kai˧ tsin˧]
意同前句。

【壽昌尋無母】
[siu˨ ts'iɔŋ˥ ts'ue˨ bo˧ bu˥]
宋朝朱壽昌幼年喪父，母改嫁，及長始知此事，壽昌乃棄官尋母。此諺之「尋無母」乃商場之「血本無歸」之意。

【壽星唱曲——老調】
[siu˨ ts'ẽ˥ ts'iũ˥ k'ik˩ lau˨ tiau˧]
歇後語。壽星唱的歌，總是生日快樂歌這些老調；老調，指內容千篇一律。

【夏蟲毋識雪】
[ha˨ t'aŋ˧ m˨ bat˥ seʔ˩]
夏天的蟲，不知道冬天下的雪。譏人見識不廣。

【夏己卯風，樹尾空】
[ha˧ ki˥ bau˥ hɔŋ˥ ts'iu˨ bue˥ k'ɔŋ˥]
氣象諺。夏天己卯日若起風，其風必多，會將樹尾的葉子吹光。

【夏至，種秄毋免去】
[he˨ tsi˨ tsiŋ˥ tsi˥ m˨ ben˥ k'i˨]
農諺。夏至後，不可播種。

【夏甲子雨，搖船入市】
[ha˧ ka˥ tsu˥ hɔ˧ io˧ tsun˧ zip˩ ts'i˧]
氣象諺。夏天甲子日若下雨，其雨必大，雨潦成災，水鄉澤國，上街必須乘船。

【夕霞，明仔日雨】
[sik˥ ha˧ bin˧ nã˥ zit˥ hɔ˧]
氣象諺。傍晚出彩霞，占明日下雨。

【外攻內應】
[gua˨ kɔŋ˧ lai˨ iŋ˨]
外面攻打進去，內面呼應後也從中打出來，內外夾攻。

【外甥多像舅】
[gue˨ siŋ˥ to˧ ts'iũ˨ ku˧]
外甥的面孔、個性，多半會有點像娘舅。

【外頭家神仔】
[gua˨ t'au˧ ke˧ sin˧ nã˥]
昔日父母罵女兒的話；女兒長大出嫁，死了即是別人家的神（祖先），故如此罵她。

【外公外媽接腳】
[gua˨ kɔŋ˥ gua˨ mã˥ tsiap˥ k'a˥]
接腳，本省習俗嬰兒滿週歲時，外公、外婆須以衣物致贈外孫（外孫女則無），其中包括二隻雞腿，即是接腳，其意在使嬰兒容易長大。另一說爲：經由接腳必有口福，故凡無意間到親友家訪問，適逢其臨時請客，即可自我打諢說：「外媽有接腳」。

【外省仔麵——免啦】
[gua˨ siŋ˥ ŋã˥ mĩ˧ ben˥ la˨]
歇後語。外省人叫麵與閩南語「免啦」同音。

【外公早死失栽培】

[gua˩ kɔŋ˥ tsa˥ si˧ sit˥ tsai˧ pue˦]
笑謂幼年失學或沒有得到良好教育的人，都是外公早死之故。

【外省仔麵線——免錢】
[gua˩ siŋ˥ ŋã˥ mĩ˩ suã˩ ben˥ sen˧]
歇後語。外省人叫麵線與閩南語「免錢」同音。

【外甥點燈火——照舊】
[gue˩ siŋ˥ tiam˥ tiŋ˧ hue˧ tsiau˧ ku˧]
歇後語。外甥點燈爲舅舅照路；照舅、照舊諧音，指沿襲往例。

【外路仔錢毋通賺】
[gua˩ lɔ˧ a˥ tsĩ˦ m˩ t'aŋ˧ t'an˩]
不正當的錢，不可以賺。

【外行家長——夥計遭殃】
[gua˩ haŋ˧ ka˧ tiũ˧ hue˥ ki˩ tso˧ iɔŋ˥]
歇後語；老闆（家長）外行，整個工作便要落到夥計身上，故云夥計遭殃。

【外甥是狗，食了就要走】
[gue˩ siŋ˥ si˩ kau˧ tsia˩ liau˧ tio˩ be˥ tsau˧]
意謂外甥在娘舅家，可以無拘無束，任意來往。

【外甥食母舅，親像食豆腐】
[gue˩ siŋ˥ tsia˩ bo˥ ku˧ ts'in˧ ts'iũ˩ tsia˩ tau˩ hu˧]
母舅對外甥有照拂的義務，外甥接受母舅的照顧，好像是理所當然的。

【外甥食母舅，親像豬母哺豆腐；母舅食外甥，親像豬母哺鐵釘】
[gue˩ siŋ˥ tsia˩ bo˥ ku˧ ts'in˧ ts'iũ˩ ti˧ bo˧ pɔ˩ tau˩ hu˧ bo˥ ku˧ tsia˩ gue˩ siŋ˥ ts'in˧ ts'iũ˩ ti˧ bo˧ pɔ˩ t'i˧ tiŋ˥]
舅舅（母舅）是長輩，招待外甥吃飯是很自然的事，所以用餐輕鬆自在，氣氛融洽（餔豆腐）。可是反過來則不然，外甥對舅舅敬畏，請客吃飯總是要彬彬有禮，舅舅會覺得不自在得多，而有食不知味（哺鐵釘）的感覺。

【多(濟)牛踏無糞，多(濟)某無地睏】
[tse˩ gu˦ ta˩ bo˧ pun˩ tse˩ bɔ˧ bo˧ te˧ k'un˩]
謂人多無益。

【多藝多思藝不精，專精一藝可成名】
[to˧ ge˧ to˧ su˥ ge˧ put˥ tsiŋ˥ tsuan˧ tsiŋ˥ it˥ ge˧ k'o˥ siŋ˧ biŋ˦]
勸人要專精一藝，不要貪心妄想。

【夜昏，討無明仔早起頓】
[ẽ˧ huĩ˥ t'o˥ bo˧ bin˧ nã˥ tsai˥ k'i˥ tuĩ˩]
到了傍晚，還沒賺到翌日的早餐錢，形容生活極爲窮困。

【大袋】
[tua˩ te˧]
罵人不會計算。

【大耳神】
[tua˩ hĩ˩ sin˦]
罵人心思恍忽、聽而不聞；或罵人別人說什麼就信什麼而不加以思考。

【大官虎】
[tua˩ kuã˧ hɔ˧]
指掌握大權的大官，視大官如虎。

【大相狗】
[tua˩ siɔŋ˧ kau˧]
指不受歡迎的人。

【大面神】
[tua˩ bin˩ sin˦]

罵人厚臉皮。

【大細目】
[tua˨ se˥ bak˙˧]
罵人勢利眼，看到高官權貴則鞠躬哈腰，對貧窮低賤者則不屑一顧。

【大腱的】
[tua˨ ken˧ le˧]
喻魯鈍。

【大箍呆】
[tua˨ k'ɔ˧ tai˥]
指人身材肥胖、臃腫。

【大嚨喉】
[tua˨ nã˧ au˦]
大嗓門，大聲吆喝。

【大鐵齒】
[tua˨ t'i˥ k'i˥]
罵人固執、頑固。

【大人大種】
[tua˨ laŋ˧ tua˨ tsiŋ˥]
罵人已經是成人卻沒有成人的樣子。

【大牛惜力】
[tua˨ gu˦ sio˥ lat˙˧]
體格大，卻不肯出力。

【大牛換肩】
[tua˨ gu˦ uã˨ kiŋ˥]
昔人以爲地是四方，由四頭大牛（土牛）肩膀架住，大牛若翻身或換肩，便會產生地震。

【大主大意】
[tua˨ tsu˥ tua˨ i˨]
罵人未徵求別人同意而擅做主張。

【大本乞食】
[tua˨ pun˥ k'it˙˧ tsia˧]
昔日父母罵動輒討錢的孩子即用此語。

【大目新娘】
[tua˨ bak˙˧ sin˧ niũ˦]
本謂新娘初入婆家，環境不熟找東西常找不到；後借以譏諷人心不在焉，視而不見。

【大好大敗】
[tua˨ ho˥ tua˨ pai˧]
指事情之結果很極端，不是極好，就是極壞。

【大名望家】
[tua˨ biŋ˧ bɔŋ˨ ka˥]
指具有極高聲望之人士。

【大舌興啼】
[tua˨ tsi˧ hiŋ˥ t'i˦]
口吃（大舌）的人，卻偏偏喜歡講話。罵人不知藏拙，愛現醜。

【大炮放煏】
[tua˨ p'au˨ paŋ˥ piak˙˧]
故弄玄虛嚇唬人，結果西洋鏡被拆穿。

【大食親姆】
[tua˨ tsia˨ ts'ẽ˧ m˥]
親姆，親家母。戲稱飯量大的人。

【大眠小死】
[tua˨ bin˦ sio˥ si˥]
睡得爛熟就如死人一般；叫不動、搖不醒。

【大船入港】
[tua˨ tsun˦ zip˙˧ kaŋ˥]
大船，指從唐山來的商船，昔日台灣日用百貨大都從唐山（大陸）運來；喻好機會來了。

【大猴哄雞】
[tua˨ kau˦ haŋ˥ ke˥]
謂虛張聲勢以嚇唬人。

【大摸四界】
[tua˨ bɔŋ˥ si˥ ke˨]

形容東西很多，到處均有。

【大爺壁籠】
[tua˨ ia˧ pia˥ lɔŋ˥]
昔日官署中之小差役死亡，其屍體不能從正門推出，只能從壁孔中送出；喻卑賤的人，無用之人。

【大器小用】
[tai˨ k'i˨ sio˥ iɔŋ˧]
大材小用。

【大頭大面】
[tua˨ t'au˧ tua˨ bin˧]
指厚顏無恥者，大搖大擺，氣燄高張之貌。

【大嘴開開】
[tua˨ ts'ui˨ k'ui˧ k'ui˥]
形容無言以對，答不出話來。

【大嚨喉孔】
[tua˨ nã˧ au˧ k'aŋ˥]
形容人講話習慣很大聲。

【大人騙囝仔】
[tua˨ laŋ˦ p'en˥ gin˥ nã˥]
謂大欺小。

【大水流破布】
[tua˨ tsui˥ lau˧ p'ua˥ pɔ˨]
昔日婦人都在河邊洗衣服，破的廢布即棄入河中隨水流去，流到那兒就停到那兒，比喻生活漂泊。

【大孔掙艙痛】
[tua˨ k'aŋ˥ tsiŋ˧ be˨ t'iã˨]
大孔，喻有錢；掙，以拳擊打；有錢人花再多的錢也不會有什麼影響。

【大牛無惜力】
[tua˨ gu˦ bo˧ sio˥ lat˥]
喻埋頭苦幹，盡力而爲。

【大水蓋草埔】
[tua˨ tsui˥ k'am˥ ts'au˥ pɔ˥]
大水，指水災；草埔，草地；本是洪水氾濫之貌，卻謂引水灌溉，即粉飾太平是也。

【大日，曝死虎】
[tua˨ zit˥ p'ak˩ si˥ hɔ˥]
形容太陽非常灼熱，連老虎都會被活活曬死。

【大仙到滾龍】
[tua˨ sen˧ ka˥ kun˥ liɔŋ˦]
滾龍，指衣服滾邊；大仙，指架勢很大。譏人傲慢架勢大。

【大姊挽荔枝】
[tua˨ tsi˥ ban˥ nãi˨ tsi˥]
順口溜。

【大乳壓細子】
[tua˨ liŋ˥ te˥ se˥ kiã˥]
用大乳房去壓小幼兒；比喻大欺小，強欺弱。

【大風吹冇粟】
[tua˨ hɔŋ˥ ts'ue˧ p'ã˥ ts'ik˩]
冇粟，指有殼無米的穀子。形容一掃而空，亦借以比喻無實學的人是經不起考驗的。

【大格雞慢啼】
[tua˨ ke˥ ke˥ ban˨ t'i˦]
體型大的雞比較晚成熟，比喻大器晚成。

【大隻雞慢啼】
[tua˨ tsia˥ ke˥ ban˨ t'i˦]
意同「大格雞慢啼」。

【大莆林，璉寶】
[tua˨ pɔ˧ nã˦ len˧ po˥]
大莆林，地名；璉寶，賭博之名；賭博時莊家連續發出同樣的牌讓對手受困；借喻不甘受辱的強人。

【大港無人顧】
[tua˨˩ kaŋ˥˧ bo˧ laŋ˧ kɔ˨˩]
罵人去跳港自殺好了，類同「淡水河無蓋蓋」。

【大船奧起碇】
[tua˨˩ tsun˧˥ o˥˧ k'i˥ tiã˧]
大船開航起碇動作很慢，比喻坐久的人一下要起身不容易。

【大普，枵死鬼】
[tua˨˩ p'ɔ˥˧ iau˧ si˥ kui˥˧]
大普，指七月半大普渡。規模很大，招來一大群水陸無主孤魂，但祭品有限，反而會餓死了鬼。比喻徒具虛名，毫無實益。

【大暑，著要熱】
[tai˨˩ si˥˧ tio˨˩ ai˥˧ zua˧]
氣象諺。大暑（二十四節氣之一）當天一定要很炎熱，氣候才會正常。

【大猴哄小雞】
[tua˨˩ kau˧˥ haŋ˥ sio˥ ke˥]
比喻大人嚇唬小孩子。

【大腸告小腸】
[tua˨˩ təŋ˧˥ ko˥˧ sio˥ təŋ˧˥]
比喻飢腸轆轆。

【大腸透尾口】
[tua˨˩ təŋ˧˥ t'au˥˧ bue˥ k'au˥˧]
一條腸子通到底，指性情直爽、坦率的人。

【大腳假細鞋】
[tua˨˩ k'a˥ ke˥ se˥˧ e˧˥]
昔日富家婦女多纏小腳，有人從小未纏足，長大成大腳，上街買鞋假裝自己是小腳買小鞋。罵人裝模作樣。

【大腳假細蹄】
[tua˨˩ k'a˥ ke˥ se˥˧ te˧˥]
意同「大腳假細鞋」。

【大腳傷重鞋】
[tua˨˩ k'a˥ siɔŋ˧ tiɔŋ˨˩ e˧˥]
傷重，耗損得多；腳大的人，鞋子的耗用量比一般人多。

【大碗擱滿墘】
[tua˨˩ uã˥˧ ko˥˧ buan˥ kĩ˧˥]
買到的食物，不只用大碗裝，且裝滿到碗口爲止。比喻物美價廉，便宜到底。

【大暢就會痛】
[tua˨˩ t'iɔŋ˨˩ tio˨˩ e˨˩ t'iã˨˩]
暢，高興、快樂；大高興之後，緊接著可能就會大痛苦；喻樂極生悲。

【大頭，小尻川】
[tua˨˩ t'au˧˥ sio˥ k'a˧ ts'uĩ˥]
謂頭大尾小，體格不勻稱。

【大樹剉有柴】
[tua˨˩ ts'iu˧ ts'o˥˧ u˨˩ ts'a˧˥]
剉，砍伐。大樹枝繁葉茂、枝幹粗大，能砍得相當分量的木柴；喻大工程、大生意獲利較大。

【大樹會蔭人】
[tua˨˩ ts'iu˧ e˨˩ im˥˧ laŋ˧˥]
樹大影大可以供人乘涼；喻有地位、有財富的人可以有能力幫助別人。

【大樹會蔭影】
[tua˨˩ ts'iu˧ e˨˩ im˥˧ iã˥˧]
謂樹大蔭大可供多人乘涼，借喻有錢有勢的人常借權勢庇護其子弟及親友。

【大聲嚇死鬼】
[tua˨˩ siã˥ haŋ˥ si˥ kui˥˧]
形容人講話聲音很大，企圖以聲音壓過人。

【大人嘛著子扶】
[tua˨˩ laŋ˧˥ mã˨˩ tio˨˩ kiã˥˧ hu˧˥]

父母有時也得靠子女幫忙，比喻小孩有時也有他的貢獻。

【大人言，囝仔話】
[tua˨˩ laŋ˧ gen˦ gin˥ nã˥ ue˧]
謂大人所講的話，都是小孩模仿的材料，勸人在小孩面前講話要謹慎。

【大人言，君子口】
[tua˨˩ laŋ˧ gen˦ kun˧ tsu˥ k'au˥˧]
君子一言，駟馬難追，表示言出必行。

【大人趁囝仔邊】
[tua˨˩ laŋ˦ t'in˨˩ gin˥ nã˥ pĩ˥]
自己的小孩與別人的小孩吵架，結果大人也參加進去。喻與小孩一般見識。

【大人講囝仔話】
[tua˨˩ laŋ˦ kɔŋ˥ gin˥ nã˥ ue˧]
罵人幼稚。

【大丈夫，男子漢】
[tai˨˩ tiɔŋ˨˩ hu˥ lam˧ tsu˥ han˨˩]
具有眞的男子氣概。

【大孔欺負我軟】
[tua˨˩ k'aŋ˥ k'i˧ hu˨˩ gua˥ nuĩ˥˧]
嫖客罵妓女的話。

【大光明兼說明】
[tai˨˩ kɔŋ˧ biŋ˦ kiam˧ suat˥ biŋ˦]
大光明，係台北市延平北路早期電影院名稱；四十年前電影猶是默片，或者洋片而無翻譯文字，播映時，常請當時台語明星如矮仔財等人在現場旁白劇情發展，因而產生本諺。日後遂演變成爲罵人多嘴的俚語。

【大子啼，細子號】
[tua˨˩ kiã˥˧ t'i˦ se˥˧ kiã˥˧ hau˥˧]
形容事情急忙，而子女又纏身啼哭的樣子。

【大社欺負細社】
[tua˨˩ sia˧ k'i˧ hu˨˩ se˥˧ sia˧]
社，指聚落，台灣昔日有許多平埔族的聚落叫「蕃社」，後來移民也將自己的聚落叫「社」。比喻大欺小。

【大妗嘴，拭屎耙】
[tua˨˩ kim˨˩ ts'ui˨˩ ts'it˥ sai˥ pe˥]
大妗嘴，即大妗婆仔，指其人所言有預言性質。故若其所言爲凶事，則拿大便後擦屁股所用的屎耙擦其嘴，使凶事化無。

【大若豆，細若瘊】
[tua˧ nã˥ tau˧ se˥˧ nã˥ kau˦]
瘊，身上之疹子；喻東西很微小。

【大若鱟，細若豆】
[tua˧ nã˥ hau˧ se˨˩ nã˥ tau˧]
鱟，海中大甲魚。大的像鱟般，小的像綠豆般小。形容大小參差不齊。

【大是兄，細是弟】
[tua˧ si˨˩ hiã˥ se˨˩ si˨˩ ti˧]
謂依年齡大小排列，長幼有序。

【大海毋驚大水】
[tua˨˩ hai˥˧ m˨˩ kiã˧ tua˨˩ tsui˥˧]
大水，指洪水。比喻有容乃大，大肚量的人無所不容。

【大家互相褪褲】
[tai˨˩ ke˧ hɔ˨˩ siɔŋ˧ t'uĩ˥˧ k'ɔ˨˩]
指互相漏氣、揭瘡疤。

【大浪泵，謊謬王】
[tua˨˩ lɔŋ˨˩ pɔŋ˧ hɔŋ˧ bio˨˩ ɔŋ˦]
大浪泵，今台北市大龍峒；謊謬，即誇大妄語。「大浪泵謊謬王」即大龍峒保安宮所奉祀之大道眞人。凡廟宇均有鎮殿神佛長年坐鎮，不出廟門一步。保安宮之鎮殿神明，因排行第三，稱爲三帝或三祖，其金身乃組香木爲胎（即軟身者），衮冕龍袍，腰圍玉帶，垂拱端坐，足踏金獅，長約丈許，其

高大爲台北諸廟之冠。因其有過大之嫌，故借用爲誇大妄語之譏。

【大埕鳥（龜），艋舺龜（鳥）】
[tua˨ tiã˧ tsiau˦ （ku˥ ）baŋ˥ ka˦ ku˥ （tsiau˦）]
昔日台北大稻埕地區與萬華地區兒童互罵之語。大稻埕（今大同區一帶）與艋舺（萬華區）兩地因械鬥而結仇，兒童常相互詈罵，以鳥能啄龜眼之故，常以鳥自居，而罵對方是龜，如大稻埕兒童罵萬華人是：「大埕鳥，艋舺龜」。械鬥之仇，結自咸豐三年，至民國十四、五年始消仇。

【大格雞較慢啼】
[tua˨ ke˦ ke˥ k'a˥ ban˨ t'i˧˥]
比喻大器晚成。

【大敗必有大興】
[tai˨ pai˧ pit˥ iu˥ tai˨ hiŋ˥]
喻人生時常是有起有落。

【大細目，高低耳】
[tua˨ se˦ bak˥ kuan˧ ke˨ hĩ˧]
比喻處事不公，差別待遇。

【大麥較貴春種】
[tua˨ be˧ k'a˦ kui˦ ts'un˧ tsiŋ˦]
大麥，價賤。春種，指第二年秧苗所須之種子，價昂。比喻無用之人反居上位。

【大蛇過田岸——趖】
[tua˨ tsua˧˥ kue˦ ts'an˧ huã˧ so˧˥]
歇後語。蛇無足，爬過田埂是靠身體一伸一縮而行，閩南語叫「趖」，與動作緩慢之「趖」同音。

【大細漢差彼濟】
[tua˨ se˦ han˨ ts'a˧ hia˦ tse˧]
彼濟，那麼多；指受到差別待遇，而且相差很多。

【大尊大，細尊細】
[tua˧ tsun˧ tua˧ se˨ tsun˧ se˨]
謂家人相處要尊敬長輩，也要尊重幼輩。

【大貴必有大賤】
[tai˨ kui˨ pit˥ iu˥ tai˨ tsen˧]
喻爬得越高，跌得越重。或謂菜價大貴之後，由於農民搶種，馬上就會大賤。

【大硿飯，細鼎菜】
[tua˨ k'ã˧ puĩ˧ se˦ tiã˥ ts'ai˨]
煮飯，越大鍋越好吃；煮菜，越小鍋炒得越精緻。

【大暢就會大痛】
[tua˨ t'iɔŋ˨ tio˨ e˨ tua˨ t'iã˨]
暢，指快樂。謂樂極就會生悲。

【大箍人，好看頭】
[tua˨ k'ɔ˧ laŋ˧˥ ho˥ k'uã˦ t'au˧˥]
比喻中看不中用。大箍人，指大胖子。

【大箍才有病本】
[tua˨ k'ɔ˥ tsia˦ u˨ pẽ˨ pun˦]
大箍，身體胖；昔日選新娘，認爲身體胖，比較健康，生得起小病。

【大箍呆，鎮厝內】
[tua˨ k'ɔ˧ tai˥ tin˦ ts'u˦ lai˧]
謂大胖子佔地方，是嘲諷胖子的話。

【大箍健，勇身命】
[tua˨ k'ɔ˧ kiã˧ iɔŋ˧ sin˧ miã˧]
形容體格粗大健康。

【大箍菜頭有心】
[tua˨ k'ɔ˧ ts'ai˦ t'au˧˥ p'ã˦ sim˥]
空心大蘿蔔，虛有其表。

【大榕樹，好蔭影】
[tua˨ ts'iŋ˧ ts'iu˧ ho˥ im˦ iã˦]
比喻富人比較容易施恩澤。

【大鬧熱，大漏氣】
[tua˨ lau˨ zet˥ tua˨ lau˥ k'ui˨]
謂過分鋪張會招來禍端。戒人不要做非分的事。

【大樹倒，剖有柴】
[tua˨ ts'iu˧ to˥ p'ua˥ u˨ ts'a˧]
大樹枯倒，可以剖得很多柴燒。比喻富翁逝世會留下很多財產；或謂指富家分財產，其子弟每人均可分得很多。

【大頭傷重帽仔】
[tua˨ t'au˧ siɔŋ˧ tiɔŋ˨ bo˧ a˥]
傷重，耗損得多；頭形大者戴帽子比較容易壞。

【大欉樹，剖有柴】
[tua˨ tsaŋ˧ ts'iu˧ p'ua˥ u˨ ts'a˧]
意同「大樹倒，剖有柴」。

【大人嘛著囝仔扶】
[tua˨ laŋ˧ mã˨ tio˨ gin˥ nã˥ hu˧]
謂大人有時也須小孩的協助。

【大人較輸過囝仔】
[tua˨ laŋ˧ k'a˥ su˧ kue˥ gin˥ nã˥]
謂大人不如小孩。

【大丈夫能屈能伸】
[tai˨ tiɔŋ˨ hu˥ liŋ˧ k'ut˩ liŋ˧ ts'un˥]
謂大丈夫能隨環境調整自己，進退自如。

【大石嘛著細石鞏】
[tua˨ tsioʔ˥ mã˨ tio˨ se˥ tsioʔ˥ kiŋ˧]
比喻大人物也須有小人物的幫忙，陪襯。

【大石嘛著石仔鞏】
[tua˨ tsioʔ˥ mã˨ tio˨ tsio˧ a˥ kiŋ˧]
大石頭基部必須有小石頭撐著才不會滑動不穩。比喻大人物也須要有群眾的支持才能成功；今天民主政治，一切靠選舉，更顯出這句諺語的真實性。

【大兄無坐正——歪哥】
[tua˨ hiã˥ bo˧ tse˨ tsiã˨ uai˧ ko˥]
歇後語。大兄即哥哥，哥哥沒坐正即歪哥，歪哥在閩南語指貪污舞弊。

【大目新娘尋無灶】
[tua˨ bak˩ sin˧ niũ˧ ts'ue˨ bo˧ tsau˨]
新娘初進夫家對環境陌生，要做飯卻找不到灶；後用以調侃對目標龐大卻遍尋不著的人。

【大某子，細姨仔子】
[tua˨ bɔ˥ kiã˥ se˥ i˧ a˥ kiã˥]
比喻輕重有別。

【大家落水平平沈】
[tai˨ ke˧ lo˨ tsui˥ pẽ˧ pẽ˧ tim˧]
平平沈，指同樣沈到水中。比喻大家都遭遇困境，同是受害者。

【大索綁卵鳥——歹算】
[tua˨ soʔ˩ pak˩ lan˨ tsiau˥ p'aĩ˥ suĩ˨]
歇後語；卵鳥（陰莖）小條，大索大條，大索綁卵鳥當然不好（划）算。

【大鵬有翅恨天低】
[tai˨ p'iŋ˧ iu˥ sit˥ hun˨ t'ĩ˥ ke˧]
比喻懷有大志而受環境局限。

【大欉樹腳，好蔭影】
[tua˨ tsaŋ˧ ts'iu˨ k'a˥ ho˥ im˥ iã˥]
大樹之下陰影大，可供眾人乘涼。比喻要處身大地方才有益處。

【大人爬起，囝仔佔椅】
[tua˨ laŋ˧ pe˥ k'i˥ gin˥ nã˥ tsiam˥ i˥]
謂小孩不懂禮貌，大人才剛起身，便搶著佔位子。

【大水鱠流得石舂臼】
[tua˨ tsui˥ be˨ lau˧ tit˥ tsio˨ tsiŋ˧ k'u˧]

比喻地位堅固，穩若磐石。

【大目上粧，細目廢荒】
[tua˩ bak˙˥ tsiũ˩ tsəŋ˥ se˥ bak˙˥ hui˥ həŋ˥]
謂眼睛大的婦女適合化妝，會很美；眼睛小的則不然，不會引人注目。

【大北門外祭無頭鬼】
[tua˩ pak˙˥ muĩ˧ gua˧ tse˥ bo˧ t'au˧ kui˥]
大北門，指清代台南市之大北門，昔日設有刑場，凡判死刑者皆押到此處砍頭（無頭鬼）。此諺係罵世上白吃之徒，白吃俗稱「白孝」、「孝孤」。

【大目新娘，無看著灶】
[tua˩ bak˙˩ sin˧ niũ˧ bo˧ k'uã˥ tio˩ tsau˩]
新娘初到婆家，環境不熟找東西不易找到，有時誇張一點，甚至連偌大的灶也找不到。比喻在身邊很近的大東西卻看不見。

【大姊做鞋，二姊照樣】
[tua˩ tsi˥ tso˥ e˧ zi˩ tsi˥ tsiau˥ iũ˧]
謂上行下效。

【大狗爬牆，小狗看樣】
[tua˩ kau˥ pe˥ ts'iũ˧ sio˥ kau˥ k'uã˥ iũ˧]
謂有樣學樣，意同「歹粢頭」。

【大狗爬牆，小狗趁樣】
[tua˩ kau˥ pe˥ ts'iũ˧ sio˥ kau˥ t'an˥ iũ˧]
意同前句。

【大家平平是蕃薯子】
[tai˩ ke˧ pẽ˧ pẽ˧ si˩ han˧ tsi˧ kiã˥]
日治時代，本省人常以此言表示大家同是蕃薯子（因台灣形如蕃薯）須敵愾同仇，共禦外侮。

【大家有話，新婦無嘴】
[ta˧ ke˥ u˩ ue˧ sim˧ pu˧ bo˧ ts'ui˩]
大家，婆婆也；新婦，媳婦也；做媳婦的要善事公婆，即使有委屈，也不能頂撞。

【大家有嘴，新婦無嘴】
[ta˧ ke˥ u˩ ts'ui˩ sim˧ pu˧ bo˧ ts'ui˩]
昔日大家庭，長輩至上，不管如何，婆婆（大家）說的都是有道理，媳婦不能辯解（無嘴）。

【大浪泵張，蜘蚋仔楊】
[tua˩ lɔŋ˩ pɔŋ˩ tiũ˥ ka˧ la˧ a˥ iũ˧]
大浪泵（今台北市大同區一帶）昔日之居民以張、陳、吳、王四姓為大姓，四姓中又以張姓勢力最大。蜘蚋仔（今台北市雙園一帶）地區居民昔日以楊姓勢力為最大。

【大寒不寒，人馬不安】
[tai˩ han˧ put˙˥ han˧ zin˧ mã˥ put˙˥ an˥]
氣象諺。大寒（二十四節氣之一）若不寒冷，表示氣候不順，人畜會不平安。

【大富由天，小富由儉】
[tua˩ hu˩ iu˧ t'ĩ˥ sio˥ hu˩ iu˧ k'iam˧]
謂大富是上天安排，不可強求；小富則可由勤儉達成。

【大富由命，小富由勤】
[tua˩ hu˩ iu˧ miã˧ sio˥ hu˩ iu˧ k'in˧]
意同「大富由天，小富由儉」。

【大腹肚攬裙——無彩手】
[tua˩ pat˙˥ tɔ˥ laŋ˥ kun˧ bo˧ ts'ai˥ ts'iu˥]
歇後語；孕婦大肚無腰，裙子容易下

滑，拉了等於白拉，故云「無彩手」。

【大廟不收，小廟不留】
[tua˨ bio˧ put˥ siu˥ sio˥ bio˧ put˥ liu˦]
譏人不受歡迎。

【大樹蔭厝，老人蔭家】
[tua˨ ts'iu˧ im˥ ts'u˨ lau˨ laŋ˦ im˥ ke˥]
俗信大樹可庇蔭房子，老人可衛護家人，欲人尊老之言。

【大下小改，無戲搬傀儡】
[tua˨ he˧ sio˥ ke˥ bo˧ hi˨ puã˧ ka˧ le˥]
本來是許大願請戲班子酬神，結果有心無力，只好改小一點，請演一齣傀儡戲還願。引申爲信用打折之意。

【大丈夫，毋通一日無權】
[tai˨ tioŋ˨ hu˥ m˨ t'aŋ˧ tsit˩ zit˥ bo˧ k'uan˦]
謂大丈夫不可以一朝沒有權力在手。

【大目降牛販——先講先贏】
[tua˨ bak˩ kaŋ˥ gu˧ huan˨ siŋ˧ koŋ˥ siŋ˧ iã˦]
歇後語。大目降，即今天的台南縣新化鎮，昔日牛販買賣牛隻，誰先開口誰先成交，尤以大目降地區爲然，故有此諺。指先講先贏。

【大甲溪放草魚——有準無】
[tai˨ ka˥ k'e˥ paŋ˥ ts'au˥ hi˦ u˧ tsun˥ bo˦]
歇後語。沙鹿一帶之諺語。放魚苗，一般是放在自家池塘飼養，以便日後長大網撈食用；若將魚苗放飼在公眾所有且流域廣闊的大甲溪裡面，那可是「有準無」；意謂存著就算是有也要當做沒有的心理準備。

【大某管家，細姨舉鎖匙】
[tua˨ bo˥ kuan˥ ke˥ se˥ i˦ gia˧ so˥ si˨]
大某，正室、妻子；細姨，妾室。大老婆權掌全家大小，小老婆管財務，各有所司。

【大將跋落馬下——活踏死】
[tai˨ tsioŋ˨ pua˨ lo˨ be˥ ha˧ ua˧ ta˥ si˨]
歇後語。大將摔到馬下會被馬匹活活踏死，活踏死與日語「我」ワタシ諧音，故日治時期遂有此諧謔性之歇後語用以稱「我」。

【大船損破也有三擔釘】
[tua˨ tsun˦ koŋ˥ p'ua˨ ia˥ u˨ sã˧ tã˥ tiŋ˥]
喻基礎雄厚者即使衰落了，仍有可觀之處。

【大富由天小富由勤儉】
[tua˨ hu˨ iu˧ t'ĩ˥ sio˥ hu˨ iu˧ k'in˧ k'iam˧]
宿命論者之言，以爲人之所以能成爲大財主，全是上天所安排，命中註定，不過只要勤儉也能累積出小財富。

【大鼎未滾，細鼎沖沖滾】
[tua˨ tiã˥ bue˨ kun˥ se˥ tiã˥ ts'iaŋ˨ ts'iaŋ˨ kun˥]
罵小孩不懂說話的禮節，大人未開口，小孩便搶先開口。

【大鼎未滾，鼎仔沖沖滾】
[tua˨ tiã˥ bue˨ kun˥ tiã˥ a˥ ts'iaŋ˨ ts'iaŋ˨ kun˥]
大鍋的湯還未開，小鍋便先開；喻小孩不要比大人先開口講話。意同「大鼎未滾，細鼎沖沖滾」。

【大腳色給舉旗軍借錢】
[tua˨ k'a˧ siau˨ ka˨ gia˧ ki˧ kun˥

tsio˥ tsĩ˦]
大腳色，指戲團的男女主角；舉旗軍，指跑龍套的；前者收入雖多，花費也兇，後者收入雖少但知節儉，故有儲蓄，因此常有前者向後者借錢的故事發生。誡人不拘收入多少，務必節約，切莫浪費。

【大箍冬瓜，好看無好食】
[tua˩ k'ɔ˧ taŋ˧ kue˥ ho˧ k'uã˩ bo˧ ho˧ tsia˧]
比喻大而無當，不實用。

【大人咬一嘴，囝仔食到畏】
[tua˩ laŋ˦ ka˩ tsit˩ ts'ui˩ gin˥ nã˥ tsia˩ ka˥ ui˩]
謂大人少吃一口，便足夠讓小孩子吃到膩（食到畏），這是老人家疼愛小孩子常說的話。

【大人看棚頂，囝仔看棚腳】
[tua˩ laŋ˦ k'uã˥ pẽ˧ tiŋ˥ gin˥ nã˥ k'uã˥ pẽ˧ k'a˥]
昔日廟會演戲，大人小孩各依所好，各取所需；大人看戲棚頂上所演引人入勝的戲劇，小孩則看戲棚底下各種小攤販賣的玩偶、零食、李仔串等。

【大人亂操操，囝仔要年兜】
[tua˩ laŋ˦ luan˩ ts'au˧ ts'au˥ gin˥ nã˥ ai˥ nĩ˧ tau˥]
年關（年兜）快到，大人忙著辦年貨忙得不可開交（亂操操），小孩一心一意盼望著新年快來，可以穿新衣吃雞鴨魚肉，領壓歲錢，眞是一種年節兩樣心境。

【大工一下指，小工磨半死】
[tua˩ kaŋ˥ tsit˩ e˩ ki˥ sio˥ kaŋ˥ bua˧ puã˥ si˥]
上司（大工）一聲令下，部下（小工）要拼死拼活才得完成。謂發號施令很簡單，完成任務卻不容易。

【大工無人請，小工毋願行】
[tua˩ kaŋ˥ bo˧ laŋ˧ ts'iã˩ sio˥ kaŋ˥ m˩ guan˩ kiã˦]
謂人眼高手低，高不成低不就，結果無事可做。

【大五甲大七，毋免動手筆】
[tua˩ gɔ˧ ka˥ tua˩ t'sit˩ m˩ ben˥ taŋ˩ ts'iu˥ pit˩]
台俗以男子比女子大五歲或七歲最好，用不著請算命師卜算，必是好姻緣。

【大竹圍查某，無子𣍐定著】
[tua˩ tik˥ ui˧ tsa˧ bɔ˥ bo˧ kiã˥ be˩ tiã˩ tio˧]
大竹圍，在彰化近郊。昔日大竹圍地區的女子，個性活潑好動，直到嫁夫生子後，方能沈著靜心。

【大舌興講話，瘸腳興踢球】
[tua˩ tsi˧ hiŋ˥ kɔŋ˥ ue˧ k'ue˧ k'a˥ hiŋ˥ t'at˥ kiu˦]
口吃偏愛講話，瘸腳偏愛踢球；比喻不知藏拙，偏愛「獻」醜。

【大尾毋食餌，細尾刺刺跳】
[tua˩ bue˥ m˩ tsia˩ zi˧ se˥ bue˥ ts'iak˥ ts'iak˥ tio˦]
大尾，大魚也，喻指經驗老到的老江湖。細尾，小魚也，喻指初出茅蘆的小伙子。老江湖經過大風大浪，見多識廣不容易受騙，小伙子毛毛躁躁，好奇心強，容易受誘被勾引。

【大姑大若婆，小姑賽閻羅】
[tua˩ kɔ˥ tua˧ nã˥ po˦ sio˥ kɔ˥ sai˥ giam˧ lo˦]
大姑像婆婆一樣兇，小姑像閻羅王一般嚴，嫂嫂都怕她們。

【大事化小事，小事化無事】
[tua˩ su˧ hua˥ sio˥ su˧ sio˥ su˧ hua˥ bo˧ su˧]
謂凡事以息事寧人爲第一。

【大屎拼孩掉，卻鳥屎蔭肥】
[tua˩ sai˥ piã˥ hĩ˥ tiau˧ k'io˥ tsiau˥ sai˥ im˥ pui˧]
比喻捨本逐末。

【大食無出處，博繳有來去】
[tua˩ tsia˧ bo˧ ts'ut˥ ts'u˩ pua˩ kiau˥ u˩ lai˧ k'i˩]
謂遊手好閒，光圖口腹之慾，鎮日與賭徒爲伍，只是社會的寄生蟲而已。

【大某無權利，細姨舉鎖匙】
[tua˩ bo˥ bo˧ k'uan˧ li˧ se˥ i˧ gia˧ so˥ si˩]
謂側室僭越，姨太太掌權。

【大厝大海海，餓死無人知】
[tua˩ ts'u˩ tua˩ hai˥ hai˥ go˩ si˥ bo˧ laŋ˧ tsai˥]
有廣大的華廈，卻因三餐不繼而餓死。比喻虛有其表，外強中乾。

【大厝有硿硿，老皮鱠過風】
[tua˩ ts'u˩ u˩ k'ɔŋ˩ k'ɔŋ˧ lau˩ p'ue˧ be˩ kue˥ hɔŋ˥]
比喻歷經風霜的老人比較有能耐。

【大賊劫小賊，魷魚劫墨鰂】
[tua˩ ts'at˥ kiap˥ sio˥ ts'at˥ ziu˧ hi˧ kiap˥ bat˩ tsat˥]
大魚吃小魚，強中自有強中手。比喻黑吃黑。

【大鼻大卵司，闊嘴大胑腺】
[tua˩ p'ĩ˧ tua˩ lan˩ sai˥ k'ua˥ ts'ui˩ tua˩ tsi˧ bai˥]
由五官占男女之性器，男子鼻大占陰莖巨大，女子嘴寬占陰户寬廣。

【大丈夫一言放出，駟馬難追】
[tai˩ tiɔŋ˩ hu˥ it˥ gen˧ hɔŋ˥ ts'ut˩ su˥ mã˥ lan˧ tui˥]
謂講話必須有信用。駟馬難追，或者故意訛作「四領棕蓑」，以成戲言。

【大水流破布，流到彼，住到彼】
[tua˩ tsui˥ lau˧ p'ua˥ pɔ˩ lau˧ ka˥ hia˥ tua˥ ka˥ hia˥]
流浪者四處爲家；或謂隨波逐流者常見機行事。

【大好大敗，無好無歹纔久長】
[tua˩ ho˥ tua˩ pai˧ bo˧ ho˥ bo˧ bai˥ tsia˥ ku˥ təŋ˧]
暴起者亦必暴落，只有平平淡淡的才能長久。

【大好大敗，無好無歹纔長在】
[tua˩ ho˥ tua˩ pai˧ bo˧ ho˥ bo˧ bai˥ tsia˥ ts'iŋ˧ tsai˧]
意同「大好大敗，無好無歹纔久長」。

【大海水鱠焦，死窟仔水緊焦】
[tua˩ hai˥ tsui˥ be˩ ta˥ si˥ k'ut˥ la˥ tsui˥ kin˥ ta˥]
焦，乾也。比喻有限的錢（死窟仔水）很快就會用完。

【大人生日食肉，囝仔生日著扑】
[tua˩ laŋ˧ sẽ˧ zit˥ tsia˩ baʔ˩ gin˥ nã˥ sẽ˧ zit˥ tio˩ p'aʔ˩]
滑稽句。大人成家立業有功勞，故生日可以吃肉；小孩子因爲生日來出生，帶給父母辛勞，故生日要打一打。

【大人煩惱無錢，囝仔歡喜過年】
[tua˩ laŋ˧ huan˧ lo˥ bo˧ tsĩ˧ gin˥ nã˥ huã˧ hi˥ kue˥ nĩ˧]
大人煩惱沒錢辦年貨過新年，小孩子卻巴望趕緊過年可穿新衣，領壓歲錢，玩鞭炮，眞是一種新年兩種心境。

【大面好抹粉，大尻川好坐金屯】
[tua˨˩ bin˧ ho˥ bua˥˧ hun˥˧ tua˨˩ k'a˧ ts'uĩ˥ ho˥ tse˨˩ kim˧ tun˥˧]
婦人面大者容易化妝，屁股（尻川）大者則主富貴之命，可坐金屯。

【大紅花毋知醜，圓仔花醜毋知】
[tua˨˩ aŋ˧ hue˥ m˨˩ tsai˧ bai˥˧ ĩ˧ a˥ hue˥ bai˥ m˨˩ tsai˥]
諷刺人家不知道自己醜，還要自我炫耀。

【大厝是媽祖宮，曠床是戲臺頂】
[tua˨˩ ts'u˨˩ si˨˩ mã˥ tso˥ kiŋ˥ k'oŋ˥˧ ts'əŋ˦ si˨˩ hi˥˧ tai˧ tiŋ˥˧]
謂流浪漢無家可歸，以媽祖廟爲家，戲臺子爲床。

【大貴必有大賤，大敗必有大興】
[tai˨˩ kui˨˩ pit˥ iu˥ tai˨˩ tsen˧ tai˨˩ pai˧ pit˥ iu˥ tai˨˩ hiŋ˥]
謂人生貴賤與敗無常。

【大媽鎮殿，二媽食便，三媽出戰】
[tua˨˩ mã˥˧ tin˥˧ ten˧ zi˨˩ mã˥˧ tsia˨˩ pen˧ sã˧ mã˥˧ ts'ut˥ tsen˨˩]
節日慶典時，媽祖廟的大媽坐鎮大殿，指揮若定，二媽供善男信女供奉膜拜，食祿豐裕，三媽則出巡四境，征戰眾魔安頓百姓。大、二、三媽是媽祖化身成三個不同的形象，其任務亦是信徒附會而來。

【大道公甲媽祖婆鬥法，風雨齊到】
[tai˨˩ to˨˩ koŋ˥ ka˥˧ mã˥ tso˥ po˦ tau˥˧ huat˩ hoŋ˧ ho˧ tsiau˧ kau˨˩]
大道公即保生大帝，三月十五誕辰；媽祖即天上聖母，三月二十三日誕辰。三月間氣候不穩定，經常有風雨，民間即以爲是大道公與媽祖鬥法的結果。

【大妗婆仔賢講話，細妗婆仔賢跋杯】
[tua˨˩ kim˨˩ po˦ a˧ gau˧ koŋ˥ ue˧ se˥˧ kim˨˩ po˦ a˧ gau˧ pua˨˩ pue˥]
戲言大舅媽很會應酬講話，小舅媽則是求神拜佛，愛擲神筶。

【大隻水牛細條索，大漢新娘細漢哥】
[tua˨˩ tsia˥˧ tsui˥ gu˦ se˥˧ tiau˧ so?˩ tua˨˩ han˥˧ sin˧ niũ˦ se˥˧ han˥˧ ko˥]
以細繩索綁大牛及大個子新娘配一個袖珍新郎，比喻不相配。

【大路毋行行彎嶺，好人毋做做歹子】
[tua˨˩ lo˧ m˨˩ kiã˦ kiã˧ uan˧ niã˥˧ ho˥ laŋ˦ m˨˩ tso˨˩ tso˥˧ p'ai˥ kiã˥˧]
彎嶺，曲折的山路。歹子，不學無術的惡徒。正道不走走邪徑，好人不做做浪子，眞是自甘墮落，不可救藥。

【大本營發表，輸的攏記在敵人的帳——贏到食鱠了】
[tua˨˩ pun˥ iã˦ huat˥ piau˥˧ su˥ e˥ loŋ˥ ki˥˧ tsai˨˩ tik˩ zin˦ e˧ siau˨˩ iã˧ ka˥˧ tsia˨˩ be˨˩ liau˥˧]
歇後語。指日軍在二次世界大戰末期，其大本營所發佈的消息，總是戰果輝煌，將一切損失、傷亡都記在敵方帳上。事實上是「贏到食鱠了」吃不消也。

【大厝大輋輋，百年乃一喪，兄不見弟死，父不見子亡】
[tua˨˩ ts'u˨˩ tua˨˩ koŋ˧ koŋ˦ pa˥˧ nĩ˦ nãi˥ it˥ soŋ˥ hiŋ˥ put˥ ken˥˧ te˧ su˥˧ hu˧ put˥ ken˨˩ tsu˥˧ boŋ˦]
台俗，凡是喪事，買完棺材，運送喪家，抵喪家門口，必須先舉行「接棺」儀式；行儀式時，即唸此四句；謂棺木（大厝）非常堂皇，這户人家一百

年才會發生一次喪事，而且長幼有序，弟弟不會比哥哥早死，兒子不會比父母先亡，是接棺祝詞，也是禱祠。

【大道公想灑媽祖婆的花粉，媽祖婆欲吹大道公的龍袞】
[tai˩ to˩ kɔŋ˥ siũ˩ ia˩ mã˥ tsɔ˥ po˦ e˧ hue˧ hun˥˧ mã˥ tsɔ˥ po˦ be˥ ts'ue˧ tai˩ to˩ kɔŋ˥ ge˧ liɔŋ˧ kun˥˧]
台北市每年的三月有二次神明誕辰，一是三月十五日大龍峒保安宮保生大帝誕辰，一爲三月二十三日大稻埕慈聖宮媽祖誕辰。這兩天通常都有風雨。傳説，媒神本有意撮合大道公和媽祖婆。但媽祖婆看到母羊生小羊的苦楚而心生恐懼，遂辭謝婚事並造大道公的是非。大道公知道後非常生氣，遂揚言在媽祖誕辰時，要降雨來洗她的花粉。這件事爲媽祖知道後，遂先發制人，在三月十五日大道公的誕辰日，颳風吹開其龍袍。

【太古松柏——出樠】
[t'ai˥˧ kɔ˥ ts'iŋ˧ pik˩ ts'ut˥ miã˦]
歇後語。樠，能做火把之材；出樠與出名諧音。松柏含油脂，老松老柏含油脂更高，最適合取做火把之材料。

【太好就會賣命】
[t'ai˥˧ ho˥˧ tio˩ e˩ be˩ miã˧]
朋友太好，就會爲他賣命，夫婦感情太好，也會如此。

【太斟酌，去倒害】
[t'ai˥˧ tsim˧ tsiɔk˩ k'i˥ to˥˧ hai˧]
斟酌，細心；過度細心，優柔寡斷，當斷不斷，反受其亂。太細心，反而不好。

【太魯閣出來的】
[tai˥˧ lɔ˥ koʔ˩ ts'ut˥ lai˩ e˩]
昔日山胞常有不講理之行爲，太魯閣山內所住皆山胞，故罵人不講理時，即用此語。

【太公釣魚，願者上鉤】
[t'ai˥˧ kɔŋ˥ tio˥˧ hi˦ guan˧ tsia˩ tsiũ˩ kau˥]
太公，姜太公也；任憑君意，絶不強迫。

【夫唱婦隨】
[hu˥ ts'iaŋ˩ hu˧ sui˦]
夫妻生活，先生主導，妻子全力配合，合作無間。

【夫妻百百年】
[hu˧ ts'e˥ pa˥˧ pa˥˧ nĩ˦]
夫妻是一輩子的伴侶，天長而地久。

【夫婦，相敬如賓】
[hu˧ hu˧ siɔŋ˧ kiŋ˩ zu˧ pin˥]
親如夫婦，也須謹守基本的禮儀。

【夫死三年妻大孝】
[hu˥ si˥˧ sã˧ nĩ˦ ts'e˥ tua˩ ha˩]
夫死，妻以大孝之禮爲夫守喪三年。

【夫妻無隔夜之仇】
[hu˧ ts'e˥ bo˧ ke˥˧ ia˧ tsi˧ siu˦]
夫妻吵架，床頭吵床尾和，不會結冤成仇。

【夫妻相和合，琴瑟甲笙簧】
[hu˧ ts'e˥ siɔŋ˧ ho˧ hap˥ k'im˧ sik˩ ka˥˧ siŋ˧ hɔŋ˦]
結婚之祝賀詞。祝福新婚夫婦，從此夫唱婦隨，琴瑟和鳴。

【夫妻本是同林鳥，父子本是怨業潲】
[hu˧ ts'e˥ pun˥ si˩ tɔŋ˧ lim˧ niãu˥˧ hu˩ tsu˥˧ pun˥ si˩ uan˥˧ giap˩ siau˦]
潲，男人之精液。此諺是説夫妻、父子本無什麼特殊感情，夫妻只是同林鳥，大限來時各自飛；父子之間則只

是一時慾念精卵結合產生而已。

【天有目】
[t'ĩ˥ u˩ bak˙˥]
謂老天有眼，天理昭彰。

【天門開】
[t'ĩ˧ muĩ˧˥ k'ui˥]
俗信農曆六月七日開天門，百姓多於此日向天祈願。

【天無目】
[t'ĩ˥ bo˧ bak˙˥]
老天無眼，是非不分，善惡不明，以致道消魔長。

【天下火碗】
[t'en˧ ha˧ hue˥ uã˥˧]
火碗，火盆；在黑夜裡將火盆置于露天，光明歷歷可辨；喻消息靈通人士，無所不知。

【天大地大】
[t'ĩ˧ tua˩ te˩ tua˧]
謂關係重大，事態嚴重。

【天公地道】
[t'ĩ˧ kɔŋ˧ te˩ to˧]
非常公平或公道，毫無偏私。

【天反地亂】
[t'ĩ˧ huan˥ te˩ luan˧]
指時局動亂，四處烽火，人民流竄，社會不安。

【天公酒甕】
[t'ĩ˧ kɔŋ˧ tsiu˥ aŋ˩]
喻大笨蛋；或喻取之不竭，用之不盡。

【天公帳簿】
[t'ĩ˧ kɔŋ˧ siau˥˧ p'ɔ˧]
玉皇大帝（天公）對人間善惡都記在一本帳簿上。

【天生天化】
[t'en˥ siŋ˥ t'en˥ hua˩]
天地生養萬物，也化育萬物。

【天扑天成】
[t'ĩ˧ p'a˥˧ t'ĩ˧ ts'iã˧˥]
指人飲食無度，卻百病不生，故云其乃「天扑天成」。對於缺乏父母照顧而不易生病的小孩，亦可用此諺形容。

【天生地養】
[t'en˥ siŋ˥ te˧ iaŋ˥˧]
指自然生成之物。

【天地火碗】
[t'ĩ˧ te˧ hue˥ uã˥˧]
黑夜中露天底下的燈盞，周圍光明，歷歷可見；喻消息靈通人士，對人物動靜瞭若指掌。

【天地有目】
[t'ĩ˧ te˧ u˩ bak˙˥]
老天有眼，不可做壞事。

【天地無私】
[t'ĩ˧ te˧ bu˧ su˥]
天地沒有偏私。

【天兵扑著】
[t'en˧ pin˥ p'aʔ˩ tio˩]
被天兵打到，喻冒失鬼之莽撞。

【天災橫禍】
[t'en˧ tsai˥ huãi˧ ho˧]
天災奇禍。

【天長地久】
[t'en˧ tiaŋ˧˥ te˩ kiu˥˧]
永垂久遠。

【天無錯對】
[t'ĩ˥ bo˧ ts'o˥˧ tui˩]
天不會把姻緣亂配對。

【天網恢恢】
[t'en˧ bɔŋ˥˧ hue˧ hue˥]

天網雖大，疏而不漏，做壞事者必難逃天理之制裁。

【天數難逃】
[t'en˧ sɔ˩ lan˧ to˦]
命中註定之事，無法逃避。

【天龍地虎】
[t'en˧ liɔŋ˦ te˩ hɔ˥]
龍在天，虎在地；謂物各居其所宜之地。

【天翻地覆】
[t'en˧ huan˥ te˩ hɔk˩]
喻大動亂或大騷動。

【天獪害人】
[t'ĩ˥ be˩ hai˩ laŋ˦]
不做壞事，天不會害人。

【天邊海角】
[t'ĩ˧ pĩ˥ hai˥ kak˩]
非常遙遠偏僻的地方。

【天下君親師】
[t'en˧ ha˧ kun˥ ts'in˥ su˥]
天底下最重要的是君、親、師。

【天子無萬年】
[t'en˧ tsu˥ bo˧ ban˩ len˦]
不論貴賤，有生就有死。

【天天廿九暝】
[t'en˧ t'en˥ zi˩ kau˥ mẽ˦]
廿九暝，謂農曆除夕夜(農曆十二月經常是小月，只有廿九天)。喻天天都大吃大喝。

【天不從人願】
[t'en˥ put˥ tsiɔŋ˧ zin˧ guan˧]
謂事與願違。

【天公疼戇人】
[t'ĩ˧ kɔŋ˥ t'iã˥ gɔŋ˩ laŋ˦]
傻人有傻福；勸人不要耍小聰明。

【天公無目睭】
[t'ĩ˧ kɔŋ˥ bo˧ bak˩ tsiu˥]
抱怨惡人當道，沒有公理。

【天不奪人願】
[t'en˥ put˥ tuat˩ zin˧ guan˧]
老天幫人得償夙願。

【天地保忠厚】
[t'ĩ˧ te˧ po˥ tiɔŋ˧ hɔ˧]
天地會保佑忠厚之人。

【天地愛忠厚】
[t'ĩ˧ te˧ ai˥ tiɔŋ˧ hɔ˧]
老天喜歡忠厚的人。

【天財天送來】
[t'en˧ tsai˦ t'en˥ sɔŋ˥ lai˦]
意外之財乃上天所賜；即「小富由人，大富由天」之意也。

【天師壇出鬼】
[t'en˧ su˧ tuã˦ ts'ut˥ kui˥]
道教分全眞、正一兩大派，天師壇即正一派道教。正一爲符籙派，擅長捉鬼拿妖，結果道壇竟然鬧鬼；喻管教要適宜，否則反而會招致惡果。

【天，會光會暗】
[t'ĩ˥ e˩ kuĩ˥ e˩ am˩]
人生有幸有不幸。

【天會烏一邊】
[t'ĩ˥ e˩ ɔ˧ tsit˩ piŋ˦]
天大的冤枉。

【天塌高人拄】
[t'ĩ˥ lap˩ kuan˧ laŋ˦ tu˥]
喻極爲樂觀，凡事不用操心。

【天會落紅雨】
[t'ĩ˥ e˩ lo˩ aŋ˧ hɔ˧]
喻絕無此事。

【天公帳簿——大冊】

[t'ĩ˧ kɔŋ˧ siau˥ p'ɔ˧ tua˩ ts'eʔ˩˥]
歇後語。玉皇大帝用以記錄人間善惡的帳本，一定非常巨大，大冊與大嗟（怨憤），台語諧音。

【天未光，狗未吠】
[t'ĩ˥ bue˩ kuĩ˥ kau˥ bue˩ pui˧]
形容天將亮而未亮的時刻。

【天有不測風雲】
[t'en˥ iu˥ put˥ ts'ik˩ hɔŋ˧ hun˦]
人生禍福難測。

【天地，無餓死人】
[t'ĩ˧ te˧ bo˧ go˩ si˥ laŋ˦]
每個人各有謀生的方法。

【天要變，一時間】
[t'ĩ˥ be˥ pen˩ it˥ si˧ kan˥]
天有不測風雲，人有旦夕禍福。

【天秤尖，按去正】
[t'en˧ piŋ˧ tsiam˥ an˧ k'i˥ tsiã˩]
以天秤稱物，其尖鈕一定要置於中間，表示公正之意。

【天秤，捋到加一】
[t'en˧ piŋ˦ lut˥ ka˥ ka˧ it˩]
本謂以天秤稱物，要讓物多一點而將天秤尖加一；喻褒賞的比應有的還多。

【天無雨，人無路】
[t'ĩ˥ bo˧ hɔ˧ laŋ˦ bo˧ lɔ˧]
天若不下雨，人（尤其是農人）就沒有生路。或寫作「天無雨，人無步」。

【天無絕人之路】
[t'en˥ bo˧ tsuat˩ zin˦ tsi˧ lɔ˧]
人只要勤奮，必可生存。

【天無邊，海無角】
[t'ĩ˥ bo˧ pĩ˥ hai˥ bo˧ kak˩]
形容天地茫茫。

【天機不可漏洩】
[t'en˧ ki˥ put˥ k'o˥ lau˩ siap˩]
要謹守最高機密，以免惹禍。

【天下火碗平平大】
[t'en˧ ha˧ hue˥ uã˥ pẽ˧ pẽ˧ tua˧]
天下的燈盞都是同樣大；喻你是人，我也是人，大家平等。

【天，不生無祿之人】
[t'en˥ put˥ siŋ˧ bu˧ lɔk˩ tsi˧ zin˦]
凡人皆有福祿。

【天地神明做證據】
[t'ĩ˧ te˧ sin˧ biŋ˦ tso˥ tsiŋ˥ ki˩]
指天發誓。

【天空，地空，人也空】
[t'en˥ k'ɔŋ˥ te˧ k'ɔŋ˥ zin˦ ia˩ k'ɔŋ˥]
世俗佛家之說法，天、地、人一切皆空。

【天落紅雨，馬發角】
[t'ĩ˥ lo˩ aŋ˧ hɔ˧ be˥ huat˥ kak˩]
喻絕對不會發生的事。

【天上人間，方便第一】
[t'ẽ˧ siɔŋ˧ zin˧ kan˥ hɔŋ˧ pen˧ te˩ it˩]
喻做人首要在與人方便。

【天下無事，閑人擾取】
[t'en˧ ha˧ bo˧ su˧ iŋ˧ zin˦ ziau˥ ts'u˥]
天下本無事，庸人自擾之。

【天下遍遍，毋值福建】
[t'en˧ ha˧ p'en˥ p'en˩ m˩ tat˩ hɔk˥ ken˩]
福建人的自我中心觀，謂天下偌大，福建最好。

【天理昭昭，地理何在】
[t'en˧ li˥ tsiau˧ tsiau˥ te˩ li˥ ho˧ tsai˧]
地理，指風水吉凶的地理學說。天理

昭昭可見，至於地理吉凶之說，其證據何在？此乃勸人不要過份迷信地理風水之諺語。

【天頂無坎，嘛要爬去】
[t'ĩ˧ tiŋ˥˧ bo˧ k'am˥˧ mã˨˩ be˥ pe˧˥ k'i˨˩]
無孔不入，連天沒有階梯都想爬上去；喻常存非分之想，善於鑽營。

【天會賢得，人劊賢得】
[t'ĩ˥ e˨˩ gau˧˥ tit˧ laŋ˧˥ be˨˩ gau˧˥ tit˧]
人不能逞能。

【天頂天公，地下母舅公】
[t'ĩ˧ tiŋ˥˧ t'ĩ˧ kɔŋ˥ te˨˩ e˧ bo˥ ku˨˩ kɔŋ˥]
天界以玉皇大帝（天公）為最尊，人間則以母舅為最大。昔日台俗婚嫁喜宴必請母舅坐上位，兄弟分家亦必請母舅來公證，而母親之喪，若非經母舅親自看過則不得殮葬。

【天，會知咱的筋塊骨格】
[t'ĩ˥ e˨˩ tsai˧ lan˥ ge˧ kin˧ te˨˩ kut˥ keʔ˧]
人的一舉一動，上天都會知道得很清楚。

【天下無難事，只怕有心人】
[t'en˧ ha˧ bo˧ lan˧ su˧ tsi˥ p'ã˨˩ iu˥ sim˧ zin˧˥]
只要心志堅定，天下沒有不能達成的難事。

【天外起游絲，久晴便可期】
[t'ĩ˧ gua˧ k'i˥ iu˧ si˥ ku˥ tsiŋ˧˥ pen˨˩ k'o˥ ki˧˥]
氣象諺。在天邊起了如絲的雲翳（捲雲），即為久晴之兆。

【天地所設，毋是弟子作孽】
[t'ĩ˧ te˧ sɔ˥ set˥ m˨˩ si˨˩ te˨˩ tsu˥˧ tso˥˧ get˥]
此諺常用在新婚之夜行周公之禮前，謂此乃天地所規定，人之大倫；人圖藉此語以消除內心之道德束縛與羞恥感。

【天地圓輪輪，串餓是單身】
[t'ĩ˧ te˧ ĩ˧ lin˧ lin˥ ts'uan˥˧ go˧ si˨˩ tuã˧ sin˥]
串，偏偏；單身，上無父母，下無妻兒之人，即羅漢腳，這類人因無家累，反而懶惰而挨餓。天地之大，挨餓的偏偏是羅漢腳。

【天地圓輪輪，相拄拄會著】
[t'ĩ˧ te˧ ĩ˧ lin˧ lin˥ sio˧ tu˥˧ tu˥ e˨˩ tio˧]
地球是圓的，彼此日後總會相遇（相拄），做事不要做得太絕。

【天高未是高，人心節節高】
[t'ĩ˥ kuan˧˥ bue˨˩ si˨˩ kuan˧˥ zin˧ sim˥ tset˥ tset˥ kuan˧˥]
人的慾望無窮，言其深，比海深，言其高，比天還高。

【天頂百百仙，地下萬萬仙】
[t'ĩ˧ tiŋ˥˧ pa˥˧ pa˥˧ sen˥ te˨˩ e˧ ban˨˩ ban˨˩ sen˥]
喻自命不凡者無數。

【天頂無好叫，地下無好應】
[t'ĩ˧ tiŋ˥˧ bo˧ ho˥ kio˨˩ te˨˩ e˧ bo˧ ho˥ in˨˩]
本係山谷之回聲反應，在山上的人大聲叫，其回聲自然也大聲；後借喻在上位之父母、長官對待子女、部屬不好，其所得的回饋也不太好。

【天無照甲子，人無照天理】
[t'ĩ˥ bo˧ tsiau˥˧ ka˥˧ tsi˥˧ laŋ˧˥ bo˧ tsiau˥˧ t'ĩ˧ li˥˧]
甲子，謂六十甲子之干支，昔人以此計歲次。天（氣候）沒有照著季節反

應寒暑，人沒有照著天理在行事；比喻天災地變、人世混亂。

【天害人纔會死，人害人𣍐死】
[t'ĩ˥ hai˨˩ laŋ˧˥ tsia˥ e˨˩ si˥˧ laŋ˧˥ hai˨˩ laŋ˧˥ be˨˩ si˥˧]
若問心無愧，則被人陷害不死；若做事有違天理泯滅良心，則無所逃於天地之間。

【天頂有天公，地上有母舅公】
[t'ĩ˧ tiŋ˥˧ u˨˩ t'ĩ˧ kɔŋ˥ te˨˩ siɔŋ˧ u˨˩ bo˥ ku˨˩ kɔŋ˥]
喻親戚中以母舅地位最尊貴。

【天有萬物予人，人無一物予天】
[t'ĩ˥ u˨˩ ban˨˩ but˩ hɔ˨˩ laŋ˧˥ laŋ˧˥ bo˧ tsit˩ but˩ hɔ˨˩ t'ĩ˥]
喻人愧對於上天。

【天若要予人飼創，鐵槌槓𣍐死】
[t'ĩ˥ nã˨˩ be˥ hɔ˨˩ laŋ˧ ts'i˨˩ ts'ɔŋ˨˩ t'i˥˧ t'ui˧˥ kɔŋ˥˧ be˨˩ si˥˧]
飼創，指呼吸；對重病者之寬慰語。謂命不該死，就算用鐵槌也打不死。

【天時不如地利，地利不如人和】
[t'en˧ si˧˥ put˥ zu˧ te˨˩ li˧ te˨˩ li˧ put˥ zu˧ zin˧ ho˧˥]
天時、地利、人和三者以人和最爲重要。

【天有不測風雲，人豈無朝夕禍福】
[t'en˥ iu˥˧ put˥ ts'ik˩ hɔŋ˧ hun˧˥ zin˧˥ k'i˥ bo˧ tiau˧ sik˥ ho˧ hɔk˩]
天都有不測之風雲，更何況是人，難免也有朝夕之禍福。

【天頂出半節虹，要做風颱敢會成】
[t'ĩ˧ tiŋ˥˧ ts'ut˥ puã˥˧ tsat˥ k'iŋ˧ be˥ tso˥˧ hɔŋ˧ t'ai˥ kã˥ e˨˩ siŋ˧˥]
氣象諺。天上彩虹只出半節，占颶風。

【天無邊海無底，鴨仔出世無娘禮】
[t'ĩ˥ bo˧ pĩ˥ hai˥˧ bo˧ te˥˧ a˥ a˥˧ ts'ut˥ si˨˩ bo˧ niũ˧ le˥˧]
順口溜。喻指無父無母的孤兒。

【天飼人，肥律律；人飼人，剩一支骨】
[t'ĩ˥ ts'i˨˩ laŋ˧˥ pui˧ lut˩ lut˥ laŋ˧˥ ts'i˨˩ laŋ˧˥ ts'un˧ tsit˩ ki˧ kut˩]
肥律律，形容很肥胖。喻人力不及天惠。

【天上星多月不明，地上人多心不平】
[t'en˧ siɔŋ˧ siŋ˥ to˥ gue˧ put˥ biŋ˧˥ te˨˩ siɔŋ˧ zin˧˥ to˥ sim˥ put˥ piŋ˧˥]
喻人多心難平。

【天上無雲毋落雨，地下無媒毋成親】
[t'en˧ siɔŋ˧ bo˧ hun˧˥ m˨˩ lo˨˩ hɔ˧ te˨˩ ha˧ bo˧ muĩ˧˥ m˨˩ siŋ˧ ts'in˥]
天上積雲才能成雨，地下人兒想成親拜堂非有媒人撮合不成。

【天地日月相交易，由神由佛在推排】
[t'ĩ˧ te˧ zit˩ guat˥ sio˧ kau˧ ik˥ iu˧ sin˧˥ iu˧ put˥ le˥ t'ui˧ pai˧˥]
謂人一生之禍福，冥冥之中有神佛在安排。

【天做天擔當，毋免老婆擔水來沃秧】
[t'ĩ˥ tso˨˩ t'ĩ˥ tam˧ tɔŋ˥ m˨˩ ben˥ lau˨˩ po˧˥ tã˧ tsui˥˧ lai˧ ak˥ ɔŋ˥]
沃秧，用水澆秧苗；喻順其自然任其發展，用不著杞人憂天。

【天無寒暑無時令，人不炎涼不世情】
[t'ĩ˥ bo˧ han˧ su˥˧ bo˧ si˧ liŋ˧ zin˧˥ put˥ iam˧ liaŋ˧˥ put˥ se˥˧ tsiŋ˧˥]

連天都有四時的寒暑遞轉，人間有世態炎涼多變亦是自然，不足爲奇；勸人凡事要想開些。

【天國有門你毋入，地獄無門你闖入來】
[t'en˧ kɔk˧ u˩ muĩ˦ li˥ m˩ zip˥ te˩ gak˥ bo˧ muĩ˦ li˥ lɔŋ˩ zip˧ lai˩]
罵人自尋死路。

【夭壽骨】
[iau˥ siu˩ kut˧]
罵人短命夭折。

【夭壽短命】
[iau˥ siu˩ te˥ miã˧]
意同上句。

【夭壽死囝仔】
[iau˥ siu˩ si˥ gin˥ nã˥]
昔日大人罵小孩子的口頭禪。

【失食兼失德】
[sit˥ tsia˧ kiam˧ sit˥ tik˧]
雲林、嘉義一帶稱人沒有口福趕上某一場宴席，常用此諺形容之。

【失德錢，失德了】
[sit˥ tik˥ tsĩ˦ sit˥ tik˥ liau˥]
不義之財，會由不義的用法花光。

【失戀，食芎蕉皮】
[sit˥ luan˦ tsia˩ kin˧ tsio˧ p'ue˦]
揶揄之詞。香蕉（芎蕉）皮苦澀乏味，與失戀味道相似，正適合失戀者食用。

【央三托四】
[iɔŋ˧ sã˥ t'ɔk˥ si˩]
事情棘手無法自理，只好多方請託他人幫忙之謂。

【契兄公較大三界公】
[k'e˥ hiã˧ kɔŋ˥ k'a˥ tua˩ sam˧ kai˥ kɔŋ˥]
昔一不守婦道之婦人，上元日做粿要際拜三界公，其夫自田中返家肚子餓要吃粿，婦人以尚未拜三界公而阻之；後來其情郎（契兄公）來，也想吃粿，婦人允之，被其夫知悉，其夫心中忿忿不平，乃口出此語，流傳既久而成爲諺語，用喻婦人心中以情郎地位爲最高。

【奧頭奧面】
[au˥ t'au˧ au˥ bin˧]
碰了委屈或做事不順心，遂繃著一張鐵青的臉；謂臉色難看。

【奧婊若有情，廟佛就無靈】
[au˥ piau˥ nã˩ u˩ tsiŋ˦ bio˩ hut˥ tio˩ bo˧ liŋ˦]
娼妓對嫖客若有眞情，則神佛就不會有靈；謂娼妓絕無眞情，勸人勿迷戀。

【女人無善肉】
[li˥ zin˦ bo˧ sen˩ baʔ˧]
女人是禍水。

【女人心，海底針】
[li˥ zin˧ sim˥ hai˥ te˥ tsiam˥]
形容婦人心情善變，令人難以捉摸。

【女子無才便是德】
[li˥ tsu˥ bo˧ tsai˦ pen˩ si˩ tik˧]
昔日女子重德不重才。

【女大不可留，強留必有仇】
[li˥ tua˧ put˥ k'o˥ liu˦ kiɔŋ˧ liu˦ pit˥ iu˥ siu˦]
女兒大了，有自我主張，難免與父母意見相左，還是早點將她嫁出去，不要留在身邊嘔氣。

【女死男門斷，男死女轉厝】
[li˥ si˥ lam˧ muĩ˦ tuĩ˧ lam˦ si˥ li˥ tuĩ˥ ts'u˩]
指夫家與妻家之關係。結婚不久而妻子死亡，女家與男家之關係日漸疏遠

終至斷絶；至於若年輕未生育而夫即死者，女多半即回娘家再嫁。

【女兒坐頭胎，男兒隨後來】
[li˥ zi˧˥ tse˩ t'au˧ t'ai˥ lam˧ zi˧˥ sui˧ au˩ lai˧˥]
昔重男輕女，因而第一胎若生女，便對產婦說第二胎必會生男，以此安慰之。

【女兒要嫁尪，著會當飼尪】
[li˥ zi˧˥ be˥ ke˥˧ aŋ˥ tio˩ e˩ taŋ˥˧ ts'i˩ aŋ˥]
女孩子家要嫁人，得具備養家的能力才行。

【女人要嫁趁年輕，蝦要跳著趁生】
[li˥ zin˧˥ be˥ ke˩ t'an˥˧ nĩ˧˥ k'in˥ he˧˥ be˥ t'iau˩ tio˩ t'an˥˧ ts'ĩ˥]
謂女子要趁早嫁，不要等到年老色衰才嫁。

【奴欺主，食無久】
[lɔ˧˥ ki˧ tsu˥˧ tsia˩ bo˧ ku˥˧]
奴婢欺蔑主人，終必失敗；居下凌上，於理不容，安能久享？

【奴須用錢買，子須破腹生】
[lɔ˧˥ su˧ iŋ˩ tsĩ˧˥ be˥˧ kiã˥˧ su˧ p'ua˥˧ pak˩ sẽ˥]
奴婢必須用錢去買，子女必須是親腹所生。

【好手爪】
[ho˥ ts'iu˥ ziau˥˧]
手氣好，運氣佳。

【好手路】
[ho˥ ts'iu˥ lɔ˧]
手藝很好。

【好手勢】
[ho˥ ts'iu˥ si˩]
手氣好，做事很順。

【好男風】
[ho˥˧ lam˧ hɔŋ˥]
指男同性戀。

【好彩頭】
[ho˥ ts'ai˥ t'au˧˥]
好預兆。

【好鼻獅】
[ho˥ p'ĩ˩ sai˥]
指嗅覺非常靈敏之人。

【好嘴斗】
[ho˥ ts'ui˥˧ tau˥˧]
指不挑食、胃口好之人。

【好人奧做】
[ho˥ laŋ˧˥ o˥˧ tso˩]
做好人，容易被誤會，眞難當。

【好歹一句】
[ho˥ p'ãi˥˧ tsit˩ ku˩]
一句話可以使人好，也可以使人不好。

【好心好性】
[ho˥ sim˧ ho˥ hiŋ˧]
求人行善。

【好死毋死】
[ho˥ si˥˧ m˩ si˥˧]
本爲趨吉避凶的好話，後來卻變成長輩用以咒罵做壞事的小孩。

【好味好素】
[ho˥ bi˩ ho˥ sɔ˩]
喻喜歡獨攬做大事。

【好漢囥扑】
[ho˥ han˩ k'əŋ˥˧ p'aʔ˩]
大丈夫以忍辱爲貴。

【好礐無屎】
[ho˥ hak˥ bo˧ sai˥˧]
礐，廁所；譏人多方做事，竟無一成。

【好歹一句話】

[ho˥ p'ãi˦ tsit˩ ku˦ ue˧]
意同「好歹一句」。

【好月無常圓】
[ho˥ gue˧ bo˧ siɔŋ˧ ĩ˦]
好景不常。

【好歹由在天】
[ho˥ p'ãi˦ iu˧ tsai˨ t'ĩ˥]
聽天由命。

【好心害了心】
[ho˥ sim˥ hai˨ liau˥ sim˥]
好心沒好報，還被誤解，眞使人傷心。

【好心予雷唚】
[ho˥ sim˥ hɔ˨ lui˦ tsim˥]
予雷唚，被雷吻，指遭雷殛。謂好心反而沒好報。狗咬呂洞賓，不知好人心。

【好孔無咱份】
[ho˥ k'aŋ˥ bo˧ lan˥ hun˧]
好孔，好處。出錢賣力少不得我，吃香喝辣，抽成分紅的好處卻輪不到我。

【好孔無相報】
[ho˥ k'aŋ˥ bo˧ sio˧ po˨]
譏人自私，有福不與人同享。

【好叫無好應】
[ho˥ kio˨ bo˧ ho˥ in˨]
好禮相問，對方卻報以白眼。

【好花插牛屎】
[ho˥ hue˥ ts'a˦ gu˧ sai˦]
指佳人嫁給庸俗的醜男人。

【好物毋免濟】
[ho˥ mĩ˧ m˨ ben˥ tse˧]
濟，多也；好東西不須要多，一可當十。

【好花插頭前】
[ho˧ hue˥ ts'a˦ t'au˧ tsiŋ˦]
凡事要給人一個好印象。

【好看，無好食】
[ho˧ k'uã˨ bo˧ ho˧ tsia˧]
中看不中吃，謂外表好看，虛有其表，沒有內容。

【好面頭前堆】
[ho˥ bin˧ t'au˧ tsiŋ˧ tui˥]
攤販總將新鮮的水果擺在舖前。喻指人們專在人前講好聽的話，在背後說長道短。

【好馬不離鞍】
[ho˥ be˦ put˥ li˨ an˥]
喻安於本分，堅守崗位。

【好酒沈甕底】
[ho˥ tsiu˦ tim˧ aŋ˦ te˦]
壓軸好戲在後頭。

【好嘴甩死人】
[ho˥ ts'ui˨ sut˥ si˥ laŋ˦]
甜言蜜語（好嘴），可以騙死很多人。

【好嘴無蝕本】
[ho˥ ts'ui˨ bo˧ si˨ pun˦]
好嘴，指與人交談措辭多尊重對方。謂禮多人不怪，而且有好處。

【好貓管過家】
[ho˥ niãu˥ kuan˥ kue˦ ke˥]
家貓只管一家之鼠，如今竟管到別人家去；喻多管閒事。或做「好貓管八家」。

【好賺快活開】
[ho˥ t'an˨ k'uã˦ ua˨ k'ai˥]
指賺錢容易，生活享受高。

【好額仰百萬】
[ho˥ gia˧ əŋ˦ pa˦ ban˧]
仰，盼望；有錢人還想更有錢。

【好鐵毋扑釘】

[ho˥ t'iʔ˨ m˩ p'a˥˧ tiŋ˥]
喻尚有更佳的用途。

【好上元，好早冬】
[ho˥ siɔŋ˩ guan˧˥ ho˥ tsa˥ taŋ˥]
農諺。元宵（上元）天氣好，占第一期早稻會豐收。

【好上元，好官員】
[ho˥ siɔŋ˩ guan˧˥ ho˥ kuã˧ guan˧˥]
上元天氣好，占風調雨順。百姓好過，官員也清閒無事好過日子。

【好中秋，好晚冬】
[ho˥ tiɔŋ˧ ts'iu˥ ho˥ ban˩ taŋ˥]
農諺。中秋天氣好，占二期稻作豐收。

【好中秋，好塭稻】
[ho˥ tiɔŋ˧ ts'iu˥ ho˥ un˥˧ tiu˧]
塭稻，低窪的稻田。農諺，中秋當天晴空爽朗，月明如晝，占晚冬的塭稻豐收。

【好心予雷扑死】
[ho˥ sim˥ hɔ˩ lui˧˥ p'aʔ˨ si˩]
意同「好心予雷嘐」，做好事反而被獎善懲惡的雷公打死。

【好玩，擱鱠赶緊】
[ho˥ sɔŋ˥˧ ko˥˧ be˩ kuã˥ kin˥˧]
妓女接客，十之八九皆態度不佳，且多方催促，俾便趕快了事；若是態度溫婉，又不催人，則往往被嫖客視爲具有親和力者。喻平易近人，親和力佳。

【好新婦，歹後頭】
[ho˥ sim˧ pu˧ p'ãi˥ au˩ t'au˧˥]
新婦，媳婦；後頭，媳婦之娘家；媳婦很好，可是其娘家的父母或兄弟卻很嚕嗦難纏。

【好心，當作卵神】
[ho˥ sim˥ tɔŋ˥˧ tso˥˧ lan˩ sin˧˥]
心腸好，反而被人當做白痴。

【好歹錢，相合用】
[ho˥ p'ãi˥ tsĩ˧˥ sã˧ kap˥ iɔŋ˧]
大鈔、銅板都是錢，可以湊合著使用。喻天生我材必有用，懂得善用其才，即可發揮所長。

【好天存雨天糧】
[ho˥ t'ĩ˥ ts'un˧ hɔ˩ t'ĩ˧ niũ˧˥]
晴天時要預儲雨天的糧食；未雨綢繆。

【好生做，祛世命】
[ho˥ sẽ˧ tso˩ k'i˧ se˥˧ miã˧]
面貌姣好，命運卻多舛；指紅顏薄命。

【好朋友，睏牽手】
[ho˥ piŋ˧ iu˥˧ k'un˥˧ k'an˧ ts'iu˥˧]
睏，睡；牽手，妻子；譏罵與朋友之妻通姦的不義之徒。

【好膽去喝鈴瓏】
[ho˥ tã˥˧ k'i˥˧ hua˥˧ liŋ˧ lɔŋ˥]
喝鈴瓏，昔日賣化粧品及針線等小販，皆持一鈴鼓沿街叫賣。謂超過婚期，只好挑出去廉價叫賣，係嘲笑老處女的話。

【好面孔，歹肚桶】
[ho˥ bin˩ k'aŋ˥ p'ãi˥ tɔ˥ t'aŋ˥˧]
面善而心惡，如蛇蠍美人。

【好家教，歹厝邊】
[ho˥ ka˧ kau˩ p'ãi˥ ts'u˥˧ pĩ˥]
家教雖好，鄰居環境卻不好。

【好琵琶，吊在壁】
[ho˥ p'i˥ pe˧˥ tiau˥˧ ti˩ piaʔ˨]
懷才不遇，人不能盡其才。

【好詼諧，腐腹内】
[ho˥ k'ue˧ hai˧˥ au˥˧ pak˥ lai˧]
言辭動聽，内心卻險惡。

【好意變做歹意】

[ho˥ i˩ pĩ˥˧ tso˥˧ p'ãi˥ i˩]
好意反而變成仇意。

【好種只要一粒】
[ho˥ tsiŋ˥˧ tsi˥ iau˥˧ tsit˩ liap˥]
重質不重量；辣椒好，只要一顆便很辣。

【好駛牛，嘛著工】
[ho˥ sai˥ gu˧˥ mã˩ tio˩ kaŋ˥]
好駛牛，指耕田技巧熟練的牛。事情雖容易做，但仍須花人力和花錢。

【好駛牛，嘛著牽】
[ho˥ sai˥ gu˧˥ mã˩ tio˩ k'an˥]
喻凡事不能獨行，要有人互相幫助。

【好頭不如好尾】
[ho˥ t'au˧˥ put˥ zu˧ ho˥ bue˥˧]
好開頭不如貫徹始終好結局者。喻指不中途變卦，半途而廢。

【好頭也有好尾】
[ho˥ t'au˧˥ ia˩ u˩ ho˥ bue˥˧]
做人做事，要貫徹始終，有好的開始也要有好的結果。

【好額嬒過三代】
[ho˥ gia˧ be˩ kue˥˧ sã˧ tai˧]
好額，富有。富翁常富不過三代。第一代啖鹽醬醋，克勤克儉致富；第二代就會揮霍，穿長衫拖土；等到第三代更是不知生產，當田賣鋪。

【好天，著儉雨來糧】
[ho˥ t'ĩ˥ tio˩ k'iam˩ ho˩ lai˧ niũ˧˥]
平時應積蓄，未雨要綢繆。或作「好天，著存雨來糧」。

【好手段，一滾就爛】
[ho˥ ts'iu˥ tuã˧ tsit˩ kun˥˧ tio˩ nuã˧]
喻處理事情的技術很好。

【好好米飼臭頭雞】
[ho˥ ho˥ bi˥˧ ts'i˩ ts'au˥˧ t'au˧ ke˥]
喻白白浪費糧食。

【好尪歹尪總是尪】
[ho˥ aŋ˥ p'ãi˥ aŋ˥ tsɔŋ˥ si˩ aŋ˥]
好歹總是自己的丈夫。

【好物毋中飽人意】
[ho˥ mĩ˧ m˩ tiɔŋ˥˧ pa˥ laŋ˧ i˩]
對已經吃飽的人而言，再好吃的食物都無法引起他的興趣。喻意願已經達成，就不再對別的東西產生興趣。

【好花插著牛屎餅】
[ho˥ hue˥ ts'a˥˧ ti˩ gu˧ sai˥ p'iã˥˧]
牛屎餅，即牛糞也；謂美女嫁給醜男。

【好到褲帶結相黏】
[ho˥ ka˥˧ k'ɔ˥˧ tua˩ kat˥ sio˧ liam˧˥]
喻兩人友情彌篤。

【好食，好睏，好放屎】
[ho˥ tsia˧ ho˥ k'un˩ ho˥ paŋ˥˧ sai˥˧]
生活舒適，無憂無慮。

【好馬毋食回頭草】
[ho˥ be˥˧ m˩ tsia˩ hue˧ t'au˧ ts'au˥˧]
喻勇往直前，決不後悔退縮。

【好蜂毋採落地花】
[ho˥ p'aŋ˥ m˩ ts'ai˥ lo˩ te˩ hue˥]
好男兒不娶失節的女人。

【好話嬒過三人耳】
[ho˥ ue˧ be˩ kue˥˧ sã˧ laŋ˧ hĩ˧]
好事不出門，壞事傳千里。

【好頭好面，臭尻川】
[ho˥ t'au˧ ho˥ bin˧ ts'au˥˧ k'a˧ ts'uĩ˥]
外表好看而已，心地不好。

【好禮，毋值孔方兄】
[ho˥ le˥˧ m˩ tat˩ k'ɔŋ˥ hɔŋ˧ hiã˥]
孔方兄，指錢財也，古時錢幣中間有方孔。禮貌再好，也不會比送禮送錢

好。

【好也一句，歹也一句】
[ho˥˧ ia˨˩ tsit˩ ku˨˩ p'ãi˥˧ ia˨˩ tsit˩ ku˨˩]
好壞只是一句話，誡人要愼言。

【好也一頓，歹也一頓】
[ho˥˧ ia˨˩ tsit˩ tuĩ˨˩ p'ãi˥˧ ia˨˩ tsit˩ tuĩ˨˩]
好吃、不好吃的食物，吃到飽就是；再好吃的東西，也是吃到飽爲止，便吃不下去了。

【好歹在心内，毋通講】
[ho˥ p'ãi˥˧ tsai˨˩ sim˧ lai˧ m˨˩ t'aŋ˧ kɔŋ˥˧]
好壞放在心頭，不要說出，以免惹禍。

【好田地，不如好子弟】
[ho˥ ts'an˧ te˧ put˥ zu˧ ho˥ tsu˥ te˧]
出一個好兒子，勝過有一片好田地。或謂嫁女與其選男方的家產，不如揀男當事人的才德。

【好好鬻，刣到屎那流】
[ho˥ ho˥ hau˧ t'ai˧ ka˥ sai˥˧ nã˥ lau˧˥]
好好的鬻，不會宰，宰得糞便都流出來；喻不會做事，把事情弄得一團糟。

【好到欠一粒米會絶】
[ho˥ ka˥˧ k'iam˥˧ tsit˩ liap˩ bi˥˧ e˨˩ tsuat˥]
喻兩人感情要好，關係密切。

【好官不過多得錢耳】
[ho˥ kuã˥ put˥ ko˨˩ to˧ tit˥ tsĩ˧˥ nĩ˥˧]
所謂好官只是錢多薪高而已。

【好例要設，歹例無設】
[ho˥ le˧ ai˥˧ set˩ p'ãi˥ le˧ bo˧ set˩]
好傳統要保持，壞傳統要革除。

【好柴，流甗過安平港】
[ho˥ ts'a˧˥ lau˧ be˨˩ kue˥˧ an˧ piŋ˧ kaŋ˥˧]
好柴，指山洪暴發順流沖下的山材。安平港在溪流尾端，好柴早在上游便被人揀光，當然不可能流到安平。喻好東西早就被先下手的人挑走，剩下的都不是什麼好貨；或喻有才能的人，容易被發掘。

【好柴無流過干豆門】
[ho˥ ts'a˧˥ bo˧ lau˧ kue˥˧ kan˧ tau˨˩ muĩ˧˥]
新店溪、大漢溪山洪暴發所沖下來的好木材，早在新店、板橋等上、中游一帶即被居民揀走；不可能流（留）到下游的關渡（干豆門）。喻好東西早就被人挑走，剩下的都不是什麼好貨；或喻有才能的人容易被發掘。

【好柴無流過干豆缺】
[ho˥ ts'a˧˥ bo˧ lau˧ kue˥˧ kan˧ tau˨˩ k'iaʔ˩]
意同前句。

【好種不傳，歹種不斷】
[ho˥ tsiŋ˥˧ put˥ t'uan˧˥ p'ãi˥ tsiŋ˥˧ put˥ tuan˧]
好的品種不易傳，偏偏傳下不好的。

【好額到甗得落樓梯】
[ho˥ gia˨˩ ka˥ be˨˩ tit˥ lo˨˩ lau˧ t'ui˥]
嘲笑富有到負債累累，不敢下樓梯見人。

【好天也著準備雨來糧】
[ho˥ t'ĩ˥ ia˨˩ tio˨˩ tsun˥ pi˨˩ hɔ˨˩ lai˧ niũ˧˥]
喻未雨綢繆。

【好是觀音，歹是田相公】
[ho˥˧ si˨˩ kuan˧ im˥ p'ãi˥˧ si˨˩ ts'an˧ siɔŋ˥˧ kɔŋ˥]
喻人的性格好壞差異很大。

【好柴無通流過干豆口】
[ho˥ ts'a˦ bo˧ t'aŋ˧ lau˧ kue˥ kan˧ tau˨ k'au˥]
意同「好柴無流過干豆門」。

【好種毋傳，歹種咯咯傳】
[ho˥ tsiŋ˥ m˨ t'uan˦ p'ãi˥ tsiŋ˥ k'ɔk˩ k'ɔk˩ t'uan˦]
喻兒女不傳雙親的好處，偏偏傳其缺點。

【好種毋傳，歹種種𣍐了】
[ho˥ tsiŋ˥ m˨ t'uan˦ p'ãi˥ tsiŋ˥ tsiŋ˥ be˨ liau˥]
意同前句。

【好子毋免濟，一個頂十個】
[ho˥ kiã˥ m˨ ben˥ tse˧ tsit˩ le˦ tiŋ˥ tsap˩ ge˦]
好的兒子不用多生，一個好兒子抵得過十個。

【好子毋免濟，歹子不如無】
[ho˥ kiã˥ m˨ ben˥ tse˧ p'ãi˥ kiã˥ put˥ zu˧ bo˦]
好的兒子不用生多，不好的兒子不如不生。

【好子毋免濟，濟子餓死父】
[ho˥ kiã˥ m˨ ben˥ tse˧ tse˨ kiã˥ go˨ si˥ pe˧]
好兒子不用多生，多生了反而累死父母。

【好子毋當兵，好銅毋鑄鐘】
[ho˥ kiã˥ m˨ tɔŋ˧ piŋ˥ ho˥ taŋ˦ m˨ tsu˥ tsiŋ˥]
好男不當兵，古代當兵多屬無賴之徒。

【好子好迌迌，歹子不如無】
[ho˥ kiã˥ ho˥ t'it˥ t'o˦ p'ãi˥ kiã˥ put˥ zu˧ bo˦]
迌迌，玩耍。有好兒子，父母可以輕鬆，享受清福；若是壞兒子，為非作歹，令父母煩心，那倒不如沒有來得好。

【好子事爸母，好女事大家】
[ho˥ kiã˥ su˨ pe˨ bu˥ ho˥ li˥ su˨ ta˧ ke˥]
大家，婆婆；好兒子將來長大會侍奉父母，好女兒將來長大會侍奉舅姑。

【好牛毋出欄，好馬毋離鞍】
[ho˥ gu˦ m˨ ts'ut˥ lan˦ ho˥ be˥ m˨ li˨ an˥]
喻有才幹的人，不輕易離開工作崗位。

【好心倒咧餓，歹心戴紗帽】
[ho˥ sim˥ to˥ le˥ go˧ p'ãi˥ sim˥ ti˥ se˧ bo˧]
好人沒有好報，壞人反而當官出頭。

【好花不常開，好月不常圓】
[ho˥ hue˥ put˥ siɔŋ˧ k'ui˥ ho˥ gue˧ put˥ siɔŋ˧ ĩ˦]
喻好景不常，應當好好把握。

【好的掠來縛，歹的放伊走】
[ho˥ e˨ lia˨ lai˧ pak˥ p'ãi˥ e˨ paŋ˥ i˧ tsau˥]
把好人綁起來，把壞人放走；欺善怕惡，是非顛倒。

【好事不出門，惡事傳千里】
[ho˥ su˧ put˥ ts'ut˥ muĩ˦ ɔk˥ su˧ t'uan˧ ts'en˧ li˥]
不好的事情比好事容易張揚出去，蓋世人多數是愛聽「內幕」及「小道」消息。

【好事無相請，歹事才相尋】
[ho˥ su˧ bo˧ sio˧ ts'iã˥ p'ãi˥ su˧ tsia˥ sio˧ ts'ue˧]
有好事不來通知，壞事才來找麻煩。

【好狗無擋路，歹狗擋路頭】

[ho˥ kau˦ bo˧ tɔŋ˦ lɔ˧ p'ãi˥ kau˦ tɔŋ˦ lɔ˨ t'au˧˥]
罵人擋路妨害行事。

【好酒出深巷，嚴父出孝子】
[ho˥ tsiu˦ ts'ut˥ ts'im˧ haŋ˧ giam˧ hu˧ ts'ut˥ hau˦ tsu˦]
父親教育嚴謹，子女才會孝順。

【好酒沉甕底，好戲在後頭】
[ho˥ tsiu˦ tim˧ aŋ˦ te˦ ho˥ hi˨ ti˦ au˨ t'au˧˥]
精采的劇情都在後半段。

【好時是親家，歹時是冤家】
[ho˦ si˧˥ si˨ ts'in˧ ke˥ p'ãi˦ si˧˥ si˨ uan˧ ke˥]
喻脾氣時好時壞，難以捉摸。

【好無相置蔭，歹煞相連累】
[ho˦ bo˧ sio˧ ti˦ im˨ p'ãi˦ sua˦ sio˧ len˧ lui˧]
有好處獨自享用，有危難則來找麻煩。

【好頭蔭好面，好腳蔭好身】
[ho˥ t'au˧˥ im˦ ho˥ bin˧ ho˥ k'a˥ im˦ ho˥ sin˥]
喻上一代行善，可庇蔭下一代；下一代行善，可彰顯上一代的名聲。

【好額等後世，做官學搬戲】
[ho˥ gia˧ tan˥ au˨ si˨ tso˦ kuã˥ o˨ puã˧ hi˨]
謂今生今世做官發財都沒有希望，想發財須等下輩子；想做官只有去做戲，在戲裡過過官癮。

【好鐵毋鍊釘，好子毋當兵】
[ho˥ t'iʔ˩ m˨ len˨ tiŋ˥ ho˥ kiã˦ m˨ tɔŋ˧ piŋ˥]
昔日重文輕武，不重視軍人，從軍者多屬無賴之徒。

【好人講毋聽，歹人講溜溜行】
[ho˥ laŋ˧˥ kɔŋ˦ m˨ t'iã˥ p'ãi˥ laŋ˧˥ kɔŋ˦ liu˦ liu˦ kiã˧˥]
好人講的話不聽，偏偏要聽從惡人的話。

【好人予歹人炁，青暝予目金牽】
[ho˥ laŋ˧˥ hɔ˨ p'ãi˥ laŋ˧˥ ts'ua˧ ts'ẽ˧ mẽ˧˥ hɔ˨ bak˩ kim˥ k'an˥]
近朱者赤，近墨者黑。好人與壞人結交，久了會被壞人帶壞；瞎眼的（青暝）與明眼的在一起，出入都有眼明的帶路。

【好歹湯，一下燒；好歹某，一下笑】
[ho˥ p'ãi˥ t'ɔŋ˥ tsit˩ e˨ sio˥ ho˥ p'ãi˥ bɔ˦ tsit˩ e˨ ts'ioʔ˩]
下飯的湯，不管湯料好壞，只要熱的就好；妻子的容貌，不管美醜，只要笑口常開，便是好太太。

【好身穿，歹骨格；好生張，歹身穿】
[ho˥ sin˧ ts'iŋ˧ p'ãi˥ kut˥ keʔ˩ ho˥ sẽ˧ tiũ˥ p'ãi˥ sin˧ ts'iŋ˧]
富家子弟雖有得穿，但體格多半不好；反之，窮人子弟不少面貌清秀，體格瀟灑的人，卻沒有好的衣著可穿。

【好話無出門，歹話脹破腹肚腸】
[ho˥ ue˧ bo˧ ts'ut˥ bəŋ˧˥ p'ãi˥ ue˧ tiũ˦ p'ua˦ pat˥ tɔ˥ taŋ˧˥]
好事不出門，壞事傳千里，而且添油加醋，越傳越離譜。

【好歹粿著會甜，好歹查某著會生】
[ho˥ p'ãi˥ kue˦ tio˨ e˨ tĩ˥ ho˥ p'ãi˥ tsa˧ bɔ˦ tio˨ e˨ sĩ˥]
粿不管其內容的餡好壞，最要緊的是皮要甜的；婦女不管外表長得美醜如何，最要緊的是能生男育女。

【好鐵毋扑菜刀，好查某毋嫁痴哥】
[ho˥ t'iʔ˩ m˨ p'a˦ ts'ai˦ to˥ ho˥ tsa˧ bɔ˦ m˨ ke˦ ts'i˧ ko˥]

喻好女子不願嫁給不長進或愛情不專一的男子。

【好鐵毋扑菜刀，嫁著歹尪不如無】
[ho˥ t'iʔ˨ m˩ p'a˥ ts'ai˥ to˥ ke˥ tio˩ p'ãi˥ aŋ˥ put˥ zu˧ bo˧]
喻好女子被惡夫所拖累。

【好花也得好花盆，美娘也得美阿君】
[ho˥ hue˥ ia˩ tio˩ ho˥ hue˧ p'un˧ sui˥ niũ˧ ia˩ tio˩ sui˥ a˧ kun˥]
牡丹必須有綠葉相襯，才能相得益彰。

【好話一句三分軟，話獪投機六月寒】
[ho˥ ue˧ tsit˨ ku˩ sã˧ hun˧ nuĩ˥ ue˧ be˩ tau˧ ki˥ lak˨ gue˩ han˧]
一句話可以化敵爲友，也可以化友爲敵。

【好夢心適緊扑醒，人生得意有幾時】
[ho˥ baŋ˧ sim˧ sik˨ kin˥ p'a˥ ts'ẽ˥ zin˧siŋ˥ tik˥ i˩ u˩ kui˥ si˧]
心適，有趣、快樂。喻好夢易醒，人生好景不長。

【好額散赤到死煞，淨差伊較免拖磨】
[ho˥ gia˧ san˥ ts'iaʔ˨ kau˥ si˥ suaʔ˨ tsiŋ˧ ts'a˧ i˧ k'a˥ ben˥ t'ua˧ bua˧]
好額，富有；散赤，貧窮。人生活著有分貧富，一旦死亡便萬事皆休；所差者只是富人在世比較不用勞若而已。這是對窮人的寬慰語。

【好子毋免爸公業，好女毋免爸母嫁粧】
[ho˥ kiã˥ m˩ ben˥ pe˩ kɔŋ˧ giapʔ˥ ho˥ li˥ m˩ ben˥ pe˩ bu˥ ke˥ tsəŋ˥]
爸公業，祖上遺產。指有志氣的兒女，不會倚賴祖上的遺產或父母的嫁粧，而能自立自強，成家立業。

【好心好性，無衫通穿；做惡做毒，騎馬咯砣】
[ho˥ sim˧ ho˥ hiŋ˧ bo˧ sã˥ t'aŋ˧ ts'iŋ˧ tso˥ ɔk˨ tso˥ tɔk˥ k'ia˩ be˥ lɔk˨ k'ɔk˥]
心地善良者窮困到沒有衣服可穿，心地惡毒者卻享受高官厚祿；感歎天道無常，善惡無報。

【好柴無流過安平鎮，美查某無留置四鯤鯓】
[ho˥ ts'a˧ bo˧ lau˧ kue˥ an˧ piŋ˧ tin˩ sui˥ tsa˧ bɔ˥ bo˧ lau˧ tit˥ si˥ k'un˧ sin˥]
四鯤鯓，台南縣濱海漁村，昔年極爲窮困。山洪暴發所沖下之好木材早在中上游即被人撿拾，無法流到安平。四鯤鯓若有美麗的淑女，一長成便被台南市內的人娶走，沒有嫁給本地的。喻凡物之較佳者，居下位的絕無其分。

【好某無好漢，天下一大半；好漢無好某，天下一大堆】
[ho˥ bɔ˥ bo˧ ho˥ han˩ t'en˧ ha˧ tsit˨ tua˩ puã˩ ho˥ han˩ bo˧ ho˥ bɔ˥ t'en˧ ha˧ tsit˨ tua˩ tui˥]
謂天下不稱意的夫妻多的是，不必過分怨嘆。

【奸臣嘴】
[kan˧ sin˧ ts'ui˩]
形容人口蜜腹劍，滿口甜言蜜語，卻是胸懷機詐。

【奸臣面，花婆嘴】
[kan˧ sin˧ bin˧ hue˧ po˧ ts'ui˩]
爲人陰險，笑臉相迎，舌燦蓮花，實則詭計多端。

【奸奸巧巧，天不容】

[kan˧ kan˧ k'iau˥ k'iau˥ t'en˥ put˥ iɔŋ˧˥]
老天不容奸詐之人當道。

【奸曲到底天不容】
[kan˧ k'iau˥ kau˥ te˥ t'en˥ put˥ iɔŋ˧˥]
心術不正、奸詐狡猾的人，縱使一時得逞，最後仍難逃老天爺的制裁。

【如此，如此】
[zu˧ ts'u˥ zu˧ ts'u˥]
如此云云。

【如膠如漆】
[zu˧ ka˥ zu˧ ts'at˩]
喻關係非常親密。

【如影隨形】
[zu˧ iã˥ sui˧ hiŋ˧˥]
形容關係密切。

【妄自尊大】
[bɔŋ˩ tsu˩ tsun˧ tai˧]
過度自我膨脹。

【妒財，莫妒食】
[tɔ˥ tsai˧˥ bɔk˩ tɔ˥ tsia˧]
可以嫉妒他的財富，不能嫉妒他的日常飲食。

【妒財莫妒食，怨生莫怨死】
[tɔ˥ tsai˧˥ bɔk˩ tɔ˥ tsia˧ uan˥ sẽ˥ bɔk˩ uan˥ si˥]
台俗以為只能羡慕人家有錢，不能嫉妒人家吃好的；只能在人活著的時候生他的氣，死後便該一筆勾銷。

【妳若愛閒，且來嫁安平】
[li˥ nã˩ ai˥ iŋ˧˥ tsia˥ lai˧ ke˥ an˧ piŋ˧˥]
台南諺語。安平昔日為水師駐地，住民多是軍役，而非農夫，女子嫁到此處，可免耕田耘草之苦。

【妗仔仰伴手，姑仔仰等路】
[kim˧ mã˧ əŋ˥ p'uã˩ ts'iu˥ kɔ˥ a˥ əŋ˥ tan˥ lɔ˧]
妗仔，舅媽。伴手、等路均是禮物的別稱；昔日親友往來，都會順手帶一些小禮物，富有人情味。嚴格而言，客人帶來的禮物叫伴手，讓客人帶回去的禮物叫等路。

【妝旦會惜曲】
[tsəŋ˧ tuã˩ e˩ sio˥ k'ik˩]
妝旦，藝妓。喻功夫要留一手，有所保留，不可一次掏空。

【姑不終】
[kɔ˧ put˥ tsiɔŋ˥]
台俗，娘家嫂嫂去參加已出嫁小姑（大姑）之喪禮，送殯時只能送一小段路，不能送到終了；後引申為情非得已。或添字做「姑不二終」、「姑不二三終」。

【姑換嫂】
[kɔ˥ uã˩ so˥]
嫁女於子之妻的娘家，或娶女之夫之姊妹為媳之行為。

【姑丈變姊夫】
[kɔ˧ tiũ˧ pen˥ tsi˥ hu˥]
此諺描述人倫輩分之轉變情況。昔日姑姑與姑丈回來，家裡必留一間房屋供其休息、過夜。後來姑姑、姑丈年紀老了，而且祖父母也過世，他們很少回娘家便不再使用這個房間。但自己的姊姊同時也長大出嫁，該屋便由供姑丈過夜，改成供姊夫過夜，真是人世有代謝。

【姑成卵鳥放尿】
[kɔ˧ tsiã˧ lan˩ tsiau˥ paŋ˥ zio˧]
姑成，苦苦哀求、拜託；卵鳥，陰莖。罵人說，對他依賴沒有用。

【姑疼孫，共一姓】
[kɔ˥ t'iã˥ sun˥ kaŋ˩ tsit˩ sẽ˩]

姑姑比較會疼兄弟之子，因爲他們與姑姑同姓。

【姑成卵鳥毋放尿】
[kɔ˧ tsiã˧ lan˩ tsiau˥ m˩ paŋ˥ zio˧]
昔人帶小孩，臨睡前恐其尿床，要先爲他噓尿，噓了半天他卻不尿，還拼命地噓，好像在拜託（姑成）他似的。喻費盡口舌，苦求不得。

【姑表相趁，歸大陣】
[kɔ˧ piau˥ sio˧ t'in˧ kui˧ tua˩ tin˧]
台俗認爲姑表兄妹通婚，將有很多子孫（歸大陣）；但今日從優生學角度來看，姑表結婚並不恰當。

【姑換嫂，一頭好，一頭倒】
[kɔ˥ uã˩ so˥ tsit˧ t'au˧ ho˥ tsit˧ t'au˧ to˥]
民間以爲交換婚（甲家娶乙家之女爲媳，乙家亦娶甲家一女爲媳），對一邊好，對另一邊則不好，因此很少見。

【姑表骨頭親，姨表是他人】
[kɔ˧ piau˥ kut˥ t'au˧ ts'in˥ i˧ piau˥ si˩ t'ã˧ zin˦]
台俗認爲姑表兄弟姊妹親戚關係較深，不可通婚；姨表兄弟姊妹之間的關係較淺，可以通婚。

【姑丈送姨丈，送到天光共月上】
[kɔ˧ tiũ˧ saŋ˥ i˧ tiũ˧ saŋ˥ kau˥ t'ĩ˥ kuĩ˥ kaŋ˩ gue˧ tsiũ˧]
譏人過分多禮。

【姊姑姆仔，伴五娘賞花】
[tsi˥ kɔ˧ m˥ a˩ p'uã˩ gɔ˩ niũ˦ siũ˥ hue˥]
姊姑姆仔，醜女人，係豬哥姆仔之訛音；五娘，陳三五娘戲中之女主角，是一個美女；喻做事不顧身份。

【妻子似衣服】
[ts'e˧ tsu˥ su˧ i˧ hɔk˥]
妻子像衣服，新的時候很珍惜，舊了便愛理不理。

【妻妾切忌艷裝】
[ts'e˧ ts'iap˧ ts'et˥ ki˩ iam˩ tsɔŋ˥]
冶容誨淫，妻兒不要過份打扮，避免引起男女關係之混亂。

【妻死無過百日思】
[ts'e˥ si˥ bo˧ kue˥ pa˥ zit˧ su˥]
老婆死了，思念之情、哀痛之意不超過百日。譏人不重感情。

【妻賢夫禍少，子孝父心寬】
[ts'e˥ hen˦ hu˥ ho˧ siau˥ tsu˥ hau˩ hu˧ sim˥ k'uan˥]
太太賢慧，可以幫丈夫分憂解勞，則憂患少；而天下父母心，難免掛心子女，只要子女孝順，父母即可寬慰不少。

【妻子面前莫說眞，朋友面前莫說假】
[ts'e˧ tsu˥ bin˩ tsiŋ˦ bɔk˧ sue˥ tsin˥ piŋ˧ iu˥ bin˩ tsiŋ˦ bɔk˧ sue˥ ke˥]
同妻子說話要哄騙，免得夫妻不和；朋友相交誠信爲上，不得誆騙。

【姦】
[kan˥]
台語罵人粗話一字經。二字經爲「恁娘」。

【姦譙】
[kan˥ kiau˧]
用粗話罵人。

【姦恁娘】
[kan˥ lin˥ niã˦]
台語三字經，意同北京話「幹你媽」。

【姦公扗媽】
[kan˥ kɔŋ˧ tu˩ mã˥]
指用三字經罵人。

【姦恁老母】
[kan˥˧ lin˥ lau˨˩ bu˥˧]
姦，姦淫；恁老母，你的母親；台語四字經，昔日安溪人稱母親爲「老母」，因此這句四字經昔日常出自安溪人之口。或作「駛恁娘禮」。

【姦恁娘禮】
[kan˥˧ lin˥ niũ˧ le˥˧]
姦，奸淫；娘禮，閩南人稱母親爲娘禮；罵人的四字經。

【姦淫賭盜】
[kan˥ in˧˥ tɔ˥˧ to˧]
姦殺、淫褻、賭博、偷盜四者乃沾惹不得的惡行。

【姦恁娘(母)較好】
[kan˥˧ lin˥ niã˧˥ (bu˥˧)k'a˥˧ ho˥˧]
罵人粗話五字經。

【姦恁娘的(母啊)肞膣】
[kan˥˧ lin˥ niã˧˥ e˧ (bu˥˧ a˨˩)tsi˧ bai˥]
罵人粗話六字經。

【姦雄若曹操咧】
[kan˧ hiɔŋ˧˥ nã˥ tso˧ ts'o˨˩ le˨˩]
罵人像曹操般心狠手辣。

【姦恁老母的肞膣】
[kan˥˧ lin˥ lau˨˩ bu˥˧ e˧ tsi˧ bai˥]
罵人粗話七字經。

【姦恁老母的破肞膣】
[kan˥˧ lin˥ lau˨˩ bu˥˧ e˧ p'ua˥˧ tsi˧ bai˥]
罵人粗話八字經。

【姦破恁老母的老肞膣】
[kan˥˧ p'ua˥˧ lin˥ lau˨˩ bu˥˧ e˧ lau˨˩ tsi˧ bai˥]
罵人粗話的九字經。

【姦破恁老母的老肞膣脯】
[kan˥˧ p'ua˥˧ lin˥ lau˨˩ bu˥˧ e˧ lau˨˩ tsi˧ bai˧ pɔ˥˧]
罵人粗話十字經。它的十一字經是「駛姦破恁老母的老肞膣脯」。

【姦著大腹肚肞，較贏食雞肉絲】
[kan˥˧ tio˨˩ tua˨˩ pat˥ tɔ˥ tsi˥ k'a˥˧ iã˧ tsia˨˩ ke˧ ba˥˧ si˥]
肞，女陰；大腹肚肞，懷孕之婦女；俗謂孕婦性慾較平常強，與之交媾，趣味異於平常，故有此諺。

【姜太公釣魚，願者上鉤】
[kiaŋ˧ t'ai˥˧ kɔŋ˥ tio˥˧ hi˧˥ guan˧ tsia˨˩ tsiũ˨˩ kau˥]
相傳姜太公在渭水河邊釣魚，不但所使用的魚鉤是直的，而且離水面三寸，他想釣的是有心主動上鉤的魚（周文王）。喻等待有心人主動找上門。

【姜女送寒衣，沿路苦風霜】
[kiaŋ˧ li˥˧ saŋ˥˧ han˧ i˥ en˧ lɔ˧ k'ɔ˥ hɔŋ˧ sɔŋ˥]
姜女，即孟姜女；民間故事，傳說孟姜女千里送寒衣去給遠在他鄉築長城的夫君，沿途受盡風霜之苦；喻忠貞的妻子爲愛先生而受苦。

【姻緣天註定】
[im˧ en˧˥ t'en˥ tsu˥˧ tiã˧]
夫妻的緣分是上天註定的。

【姻緣五百年前註定】
[im˧ en˧˥ gɔ˨˩ pa˥˧ nĩ˧ tsiŋ˧˥ tsu˥˧ tiã˧]
今生會結爲夫婦，都是五百年前即已註定的事。

【姻緣到，毋是媒人賢】
[im˧ en˧˥ kau˨˩ m˨˩ si˨˩ muãi˧ laŋ˧˥ gau˧˥]
媒人自身謙詞。說這項婚姻能談成，完全是男女當事人的緣份到了，不是媒人的功勞。

【姻緣天註定，毋是媒人腳賢行】
[im˧ en˦ t'ĩ˥ tsu˨ tiã˧ m˩ si˩ muãi˧ laŋ˦ k'a˥ gau˧ kiã˦]
媒人自謙詞。兩姓締良緣，完全是上天之安排，不是媒人的功勞。

【姻緣相問著，一個揹被，一個揹蓆】
[im˧ en˦ sio˧ muĩ˧ tio˩ tsit˩ le˧ kuã˩ p'ue˧ tsit˩ le˧ kuã˩ ts'ioʔ˥]
只要姻緣相對，男女投合，或許會一個拿棉被，一個拿草蓆，一同私奔。

【威風凜凜，屎企得放】
[ui˧ hɔŋ˥ lim˥ lim˨ sai˨ k'ia˩ tit˥ paŋ˩]
譏小人得志，洋洋得意狀。

【威風凜凜，屎企得注】
[ui˧ hɔŋ˥ lim˥ lim˨ sai˨ k'ia˩ tit˥ tsu˩]
屎企得注，站著漏出大便；喻言行不一致，嘴巴說他多勇敢，一聽到有敵人來，卻嚇得屁滾尿流。

【威風凜凜，殺氣騰騰】
[ui˧ hɔŋ˥ lim˥ lim˨ sat˥ k'i˩ t'iŋ˧ t'iŋ˦]
意氣風發，盛氣凌人的樣子。

【娘，惜細子】
[niã˦ sio˨ se˨ kiã˨]
做媽媽的疼愛老么。

【娘緊做，嫺奧學】
[niã˦ kiŋ˥ tso˩ kan˨ o˨ o˧]
做老板娘，受人服侍，容易得很；做女婢（嫺）要服侍人，則不容易（奧）學。

【婢美妾嬌，非閨房之福】
[pi˧ sui˨ ts'iap˩ kiau˥ hui˧ kui˧ paŋ˦ tsi˧ hɔk˩]
美婢嬌妾，容易造成男女關係之紊亂，進而傷及夫妻間的感情。

【婊嘴契兄律】
[piau˥ ts'ui˩ k'e˨ hiã˧ lut˥]
妓女、姘夫盡講口不應心的甜言蜜語，提醒人莫錯把花言巧語當眞。

【婊子較興契兄】
[piau˥ tsu˨ k'a˨ hiŋ˨ k'e˨ hiã˥]
婊子，指偷男人之蕩婦；契兄，指偷女人之邪男；婊子比情夫更想偷情；喻內心很想要，但不表現於外。

【婊仔上門，家破人亡】
[piau˥ a˨ tsiũ˩ muĩ˦ ka˥ p'o˩ zin˦ bɔŋ˦]
妓女娶進門，會弄得家破人亡。

【婊仔送客——虛情假意】
[piau˥ a˨ saŋ˨ k'eʔ˩ hi˧ tsiŋ˦ ke˥ i˩]
歇後語。娼妓無情，殷勤送客，不過虛情假意。

【婊無情，賊無義，契兄無志氣】
[piau˨ bo˧ tsiŋ˦ ts'at˥ bo˧ gi˧ k'e˨ hiã˥ bo˧ tsi˨ k'i˩]
娼妓爲錢無情，小偷爲財失義，姘夫爲姦情而失去大丈夫之志氣。

【婆仔】
[po˧ a˨]
台俗，新娘出嫁，因不諳禮儀，必須請一位有經驗並且以此爲業之女人陪伴新娘，善予指導，以免貽笑大方，這位女人俗稱「婆仔」。南部沿海地區，人初死，爲屍體進行一些處理工作的老婦人，也叫做「婆仔」。

【婆姐屎，放鱠離】
[po˧ tsia˥ sai˨ paŋ˨ be˩ li˧]
婆姐，掌生育之女神也是嬰兒之守護神；笑人乳臭未乾。

【婆姐姆創治在室女】
[po˧ tsia˥ m˥ ts'ɔŋ˥ ti˨ tsai˨ sit˥ li˥]
婆姐姆，掌生育之女神；創治，戲弄；喻婆姐姆讓未婚少女懷孕。

【婆姐姆，戲弄在室女】
[po˧ tsia˥ m˥ hi˥ laŋ˨ tsai˨ sit˥ li˥]
意同前句，謂未婚女子與人私通而懷孕。

【婦人水性】
[hu˨ zin˧ tsui˥ siŋ˨]
婦人之性質如水一般樸實。

【婦人心海底針】
[hu˨ zin˧ sim˥ hai˥ te˥ tsiam˥]
婦人心思，深不可測。

【娶某來顧家】
[ts'ua˨ bɔ˥ lai˧ kɔ˥ ke˥]
娶妻才能無後顧之憂。

【娶媳求淑女】
[ts'ua˨ sit˥ kiu˧ siɔk˥ li˥]
娶媳婦要挑嫻淑有德的女子。

【娶某前，生子後】
[ts'ua˨ bɔ˥ tsiŋ˧ sẽ˧ kiã˥ au˧]
俗信男子在娶妻前及生子後，這段時間運氣最好。

【娶姊妹做娣姒——緊敗】
[ts'ua˨ tsi˥ muãi˧ tso˥ taŋ˧ sai˧ kin˥ pai˧]
歇後語。娣姒，兄弟之妻，即妯娌。從前農業社會，姐妹爲妯娌共處於大家庭中，難免摩擦生變，致使家道中落。喻指事情很快即失敗。

【娶妻娶德，娶妾娶色】
[ts'ua˨ ts'e˥ ts'ua˨ tik˩ ts'ua˨ ts'iap˩ ts'ua˨ sik˩]
娶妻要以德爲要，才能持家，若娶妾則以美色爲主。

【娶某師仔，飼某師父】
[ts'ua˨ bɔ˥ sai˧ a˥ ts'i˨ bɔ˥ sai˧ hu˧]
師仔，徒弟；師傅，師父。娶妻不算難，徒弟即可辦得到；養老婆、維持家庭日常生活才難，師父還不見得辦得好。

【娶某娶德而非娶色】
[ts'ua˨ bɔ˥ ts'ua˨ tik˩ zi˧ hui˥ ts'ua˨ sik˩]
美德勝於美色。

【娶著歹某，一世人散】
[ts'ua˨ tio˨ p'ãi˥ bɔ˥ tsit˩ si˥ laŋ˧ san˨]
娶到惡妻家不和，註定窮（散）一輩子。

【娶著好某，較好做祖】
[ts'ua˨ tio˨ ho˥ bɔ˥ k'a˥ ho˥ tso˥ tsɔ˥]
娶得好老婆比升格當曾祖父還好，誡人慎擇良偶。

【娶媳求淑女，勿計厚奩】
[ts'ua˨ sit˥ kiu˧ siɔk˥ li˥ but˩ ke˥ kau˨ liam˧]
娶妻娶德，不要計較女方的嫁粧多寡。

【娶一個新婦，過房一個子】
[ts'ua˨ tsit˩ le˧ sim˧ pu˧ kue˥ paŋ˧ tsit˩ le˧ kiã˥]
感嘆娶一個媳婦後，親子間的關係即淡薄了；好像把兒子過繼（過房）給別人似的。

【娶了施、黃、許，尊敬如天祖】
[ts'ua˨ liau˥ si˧ əŋ˧ k'ɔ˥ tsun˧ kiŋ˨ zu˧ t'ĩ˧ tsɔ˥]
鹿港諺語。施、黃、許爲鹿港三大姓，娶此三姓之女爲妻者，必須對妻格外尊敬，否則娘家必率人上門理論。

【娶某，册毋讀；嫁尪，腳毋縛】
[ts'ua˩ bɔ˥ ts'eʔ˧ m˩ t'ak˥ ke˥ aŋ˥ k'a˥ m˩ pak˥]
昔日結婚後人就懶了；男的不讀書，女的不纏小腳。

【娶某看娘禮，嫁尪看老爸】
[ts'ua˩ bɔ˥ k'uã˥ niũ˧ le˥ ke˥ aŋ˥ k'uã˥ lau˩ pe˧]
娘禮，母親；娶妻要看小姐的母親之品行；嫁先生，要看男子的父親之行爲，不可毫無探聽，草率結婚。

【娶婊做某，毋通娶某做婊】
[ts'ua˩ piau˥ tso˥ bɔ˥ m˩ t'aŋ˧ ts'ua˩ bɔ˥ tso˥ piau˥]
娶娼妓做妻子，是女子從良，與人爲善；娶妻讓妻子去爲娼，丈夫戴綠帽，最爲可恥。與主張男人婚前花無所謂婚後則不能花，有異曲同工之妙。

【娶某無師父，飼子纔是師父】
[ts'ua˩ bɔ˥ bo˧ sai˧ hu˧ ts'i˩ kiã˥ tsia˥ si˩ sai˧ hu˧]
娶妻不難，養妻子兒女才難。

【娶新婦房內紅，嫁查某子滿廳空】
[ts'ua˩ sim˧ pu˧ paŋ˧ lai˩ aŋ˧ ke˥ tsa˧ bɔ˥ kiã˥ muã˥ t'iã˧ k'aŋ˥]
娶媳婦，收到很多賀禮及母舅聯等，到處是紅紙，喜氣洋洋。嫁女兒，事前客廳擺了很多嫁妝，等到出嫁時全搬到男家去，顯得特別空蕩。一嫁一娶，兩般景況。

【娶新婦求女德，毋通計較嫁粧厚薄】
[ts'ua˩ sim˧ pu˧ kiu˧ li˥ tik˧ m˩ t'aŋ˧ ke˥ kau˥ ke˥ tsəŋ˥ kau˩ po˧]
選媳婦選德行，不可計較嫁粧有多少。

【娶著歹某一世人，做著歹田仰後冬】
[ts'ua˩ tio˩ p'ãi˥ bɔ˥ tsit˧ si˥ laŋ˧ tso˥ tio˩ p'ãi˥ ts'an˧ əŋ˥ au˩ taŋ˥]
稻子收成不好，還可寄望下一年；娶到惡妻，那將受一輩子苦。誡人擇偶必須謹慎。

【娶著歹某，較慘三代無烘爐、四代無茶砧】
[ts'ua˩ tio˩ p'ãi˥ bɔ˥ k'a˥ ts'am˥ sã˧ tai˧ bo˧ haŋ˧ lɔ˧ si˥ tai˧ bo˧ te˧ kɔ˥]
烘爐，爐灶；茶砧，茶壺。娶到惡妻最慘，其害比貧窮了三、四代，連爐灶、茶壺都沒有還苦。

【娶著好某較好做祖，娶著歹某一世人艱苦】
[ts'ua˩ tio˩ ho˥ bɔ˥ k'a˥ ho˥ tso˥ tsɔ˥ ts'ua˩ tio˩ p'ãi˥ bɔ˥ tsit˧ si˥ laŋ˧ kan˧ k'ɔ˥]
做祖，當曾祖父，喻福壽雙全。娶到好妻子，比當曾祖父還好；娶到惡妻，可要一輩子受苦。誡人擇偶必須謹慎，草率不得。

【媒人虎】
[muãi˧ laŋ˧ hɔ˥]
謂媒人言詞多誇大不實。

【媒人行腳跡】
[muãi˧ laŋ˧ kiã˧ k'a˧ tsiaʔ˧]
喻媒人勤於走動撮合雙方。

【媒人頭尾包】
[muãi˧ laŋ˧ t'au˧ bue˥ pau˥]
台俗，訂婚時媒人在前頭帶路，結婚時媒人在隊伍尾巴押後，並負責拿「尾擔」，故有此諺。

【媒人踏破户碇】
[muãi˧ laŋ˧ ta˩ p'ua˥ hɔ˩ tiŋ˧]
男女到了適婚年齡，即有許多媒人上門提親，將門檻都都踩扁掉。

【媒人嘴，糊流彪】
[muãi˧ laŋ˧ ts'ui˩ hɔ˧ liu˧ piu˥]
媒人講的話，多半誇大不實。

【媒人嘴，糊累累】
[muãi˧ laŋ˧ ts'ui˩ hɔ˧ lui˦ lui˩]
意同前句。

【媒人毋進無尾巷】
[muãi˧ laŋ˦ m˩ tsin˦ bo˧ bue˥ haŋ˧]
無尾巷，台南市的某一條街道，是條死巷道。媒人不進此巷以爲姻緣路將渾塞不通，做媒不利；後人罵守財奴錢財有進無出就說他是住在無尾巷的人。

【媒人婆，三日偎壁趖】
[muãi˧ laŋ˧ po˦ sã˧ zit˥ ua˥ piaʔ˩ so˦]
媒人每完成一樁婚事，可休息三天；後指任務完成，無事可做之謂。

【媒人包入房，無包生雙生】
[muãi˧ laŋ˦ pau˧ zip˩ paŋ˦ bo˧ pau˧ sẽ˧ siaŋ˧ sẽ˥]
婚姻，媒人之責任只負責到新娘入洞房爲止，不保證新娘能生雙胞胎(雙生)。借喻責任有限。

【媒人包入房，無包生查甫】
[muãi˧ laŋ˦ pau˧ zip˩ paŋ˦ bo˧ pau˧ sẽ˧ tsa˧ pɔ˥]
意同前句。借喻責任有限。

【媽祖婆飯食鱠厭】
[mã˥ tsɔ˥ po˧ pəŋ˧ tsia˩ be˩ ia˩]
安平諺語。指魚民出生入死在海上討生活，習以爲常，從來不會感到厭倦。漁民海上捕魚，須靠媽祖保佑，故稱其工作爲媽祖婆飯。

【媽祖宮起毋著向，厚猶人】
[mã˥ tsɔ˥ kiŋ˥ k'i˥ m˩ tio˩ hiã˩ kau˩ siau˥ laŋ˦]
俗謂媽祖廟若蓋錯方向，當地的精神病患就會比較多(厚)。

【媽祖講無情，大火燒拜亭】
[mã˥ tsɔ˦ kɔŋ˥ bo˧ tsiŋ˦ tua˩ hue˦ sio˧ pai˦ tiŋ˦]
民國元年，北港大火，全街付之一炬，朝天宮的拜亭亦被燒毀一角。後喻指請來大人物關說，依然毫不通融，公正執法。

【媽祖宮起毋著面，猶的出鱠盡】
[mã˥ tsɔ˥ kiŋ˥ k'i˥ m˩ tio˩ bin˧ siau˦ e˩ ts'ut˥ be˩ tsin˧]
順口溜。謂瘋子會那麼多，是因爲媽祖廟蓋錯了方向。

【媽祖宮看做當店，福德正神看做乾隆五年】
[mã˥ tsɔ˥ kiŋ˥ k'uã˦ tso˦ təŋ˦ tiam˩ hɔk˥ tik˥ tsiŋ˦ sin˦ k'uã˦ tso˦ k'en˧ liɔŋ˦ gɔ˩ nĩ˦]
指認錯了事物。

【嫁神主】
[ke˦ sin˧ tsi˦]
將未婚而死之閨女之神主，嫁給男子爲鬼妻之習俗。

【嫁女不賀】
[ke˦ li˦ put˥ ho˧]
本省之俗，女家嫁女不宴客，故顯得冷清。

【嫁子娶新婦】
[ke˦ kiã˦ ts'ua˩ sim˧ pu˧]
今人眼見男女平等，甚至丈夫多聽從妻子之語，因此每逢有人娶媳婦，便戲謂名爲娶媳婦，實則是嫁兒子，故有此諺。

【嫁女擇佳婿】

[ke˥˧ li˥˧ tik˧˨ ka˧ sai˨˩]
嫁女兒要選擇好女婿。

【嫁著歹尪絶三代】
[ke˥˧ tio˨˩ p'ãi˥ aŋ˥ tsuat˧˨ sã˧ tai˧]
若嫁給爲非做歹的人爲妻，將會絶三代。

【嫁雞隨雞，嫁狗隨狗】
[ke˥˧ ke˥ tue˥˧ ke˥ ke˥˧ kau˥˧ tue˥˧ kau˥˧]
謂夫唱婦隨。

【嫁女擇佳婿，勿索重聘】
[ke˥˧ li˥˧ tik˧˨ ka˧ sai˨˩ but˧˨ so˥˧ taŋ˨˩ p'iŋ˨˩]
嫁女兒要選好女婿，不要索求重聘。與「娶媳求淑女，勿計厚奩」同義，這兩句話反映昔日社會有看重嫁粧、聘禮的現象。

【嫁查某子較慘著賊偷】
[ke˥˧ tsa˧ bɔ˥ kiã˥˧ k'a˥˧ ts'am˥ tio˨˩ ts'at˧˨ t'au˥]
台俗，中上人家嫁女兒，爲顧顏面，多厚置妝奩（台南一帶尤甚），耗費不貲，故自我解嘲，嫁一個女兒比遭小偷光顧一次還慘。

【嫁著歹尪親像葬落墓】
[ke˥˧ tio˨˩ p'ãi˥ aŋ˥ ts'in˧ ts'iũ˨˩ tsɔŋ˥˧ lo˨˩ bɔŋ˧]
嫁了不成材的丈夫，如同進了墳墓，一生沒有希望。

【嫁女揀好尪，毋通索重聘】
[ke˥˧ li˥˧ kiŋ˥ ho˥ aŋ˥ m˨˩ t'aŋ˧ so˥ taŋ˨˩ p'iŋ˨˩]
嫁女須擇佳婿，勿求高昂的聘禮。

【嫁著生理尪，日日守空房】
[ke˥˧ tio˨˩ siŋ˧ li˥ aŋ˥ zit˧˨ zit˥ siu˥ k'aŋ˧ paŋ˧˥]
嫁給做生意的人，丈夫每天在外忙碌，會冷落妻子，使她空閨獨守。

【嫁著做田尪，汗酸臭味重】
[ke˥˧ tio˨˩ tso˥˧ ts'an˧ aŋ˥ kuã˨˩ suĩ˥ ts'au˥˧ bi˧ taŋ˧]
嫁給農夫，丈夫成天勞碌，滿身汗臭味。

【嫁著做田尪，無法梳頭鬃】
[ke˥˧ tio˨˩ tso˥˧ ts'an˧ aŋ˥ bo˧ huat˥ se˧ t'au˧ tsaŋ˥]
嫁給農夫，從早忙到晚，連梳理頭髮的時間都沒有。

【嫁著跛腳尪，行路若跳童】
[ke˥˧ tio˨˩ pai˥ k'a˧ aŋ˥ kiã˧ lɔ˧ nã˥ t'iau˥˧ taŋ˧˥]
嫁給跛子，跛子走路不平衡，彷彿廟裡的乩童。

【嫁著躼腳尪，死了斬腳胴】
[ke˥˧ tio˨˩ lo˥˧ k'a˧ aŋ˥ si˥ liau˥˧ tsam˨˩ k'a˧ taŋ˧˥]
嫁給高個子，將來丈夫死了，非斬腳（指屈腳）無法入殮。

【嫁著瘸手尪，行路若揲人】
[ke˥˧ tio˨˩ k'ue˧ ts'iu˥ aŋ˥ kiã˧ lɔ˧ nã˥ et˧˨ laŋ˧˥]
嫁給手殘廢的人，走路姿勢彷彿在招呼人。

【嫁著讀册尪，床頭床尾芳】
[ke˥˧ tio˨˩ t'ak˧˨ ts'e˥˧ aŋ˥ ts'əŋ˧ t'au˧˥ ts'əŋ˧ bue˥˧ p'aŋ˥]
嫁給讀書人，滿屋子都是書香。

【嫁擔葱賣菜，毋嫁半平婿】
[ke˥˧ tã˧ ts'aŋ˥ be˨˩ ts'ai˨˩ m˨˩ ke˥˧ puã˥˧ piŋ˧ sai˨˩]
半平婿，指與人共夫。謂寧可嫁給小菜販也不願與人共事一夫（指嫁給人

作側室)。

【㜺雞隨雞飛，㜺狗隨狗走】
[ke˥˧ ke˥ tue˥˧ ke˥ pue˥ ke˥˧ kau˥˧
tue˥˧ kau˥ tsau˥˧]
謂夫唱婦隨，認命隨緣。

【㜺來㜺去，㜺著一個老秀才】
[ke˥˧ lai˧ ke˥˧ k'i˨˩ ke˥˧ tio˨˩ tsit˨ le˧
lau˨˩ siu˥˧ tsai˧˥]
謂一個不如一個。

【㜺著刣豬尪，無油煮菜也芳】
[ke˥˧ tio˨˩ t'ai˧ ti˧ aŋ˥ bo˧ iu˧˥ tsi˥
ts'ai˨˩ ia˨˩ p'aŋ˥]
㜺給屠夫，煮菜用肉不須油自然會香。

【㜺著臭腳尪，捻棉被塞鼻孔】
[ke˥˧ tio˨˩ ts'au˥˧ k'a˧ aŋ˥ liam˥˧ mĩ˧
p'ue˧ t'at˥ p'ĩ˨˩ k'aŋ˥]
㜺給爛腳的（香港腳）為妻，臭氣難聞，睡覺要撕棉被被胎來塞鼻孔。

【㜺著臭頭尪，捻棉被塞鼻孔】
[ke˥˧ tio˨˩ ts'au˥˧ t'au˧ aŋ˥ liam˥˧ mĩ˧
p'ue˧ t'at˥ p'ĩ˨˩ k'aŋ˥]
㜺給癩痢頭為妻，臭味難聞，睡覺時須撕被胎的棉花塞鼻孔。

【㜺著粗皮尪，被孔內有米芳】
[ke˥˧ tio˨˩ ts'ɔ˧ p'ue˧ aŋ˥ p'ue˨˩ k'aŋ˧
lai˧ u˨˩ bi˥ p'aŋ˥]
㜺給皮膚粗的人為妻，被窩裡處處有皮膚屑彷彿是爆米花（米芳）。

【㜺著躼腳尪，要睏著斬腳胴】
[ke˥˧ tio˨˩ lo˥˧ k'a˧ aŋ˥ be˥ k'un˨˩ tio˨˩
tsam˨˩ k'a˧ taŋ˧˥]
㜺給高個子為妻，要睡時非斬其腳（指屈腳）床就不夠他睡。

【㜺著躼腳尪，舉柴刀斬腳胴】
[ke˥˧ tio˨˩ lo˥˧ k'a˧ aŋ˥ gia˧ ts'a˧ to˥
tsam˨˩ k'a˧ taŋ˧˥]
㜺給高個子為妻，高矮懸殊，恨不得拿柴刀截斷他的腳。

【㜺擔蔥賣菜，毋㜺雙人一婿】
[ke˥˧ tã˧ ts'aŋ˥ be˨˩ ts'ai˨˩ m˨˩ ke˥˧
siaŋ˧ laŋ˧˥ tsit˨ sai˨˩]
寧可㜺給窮菜販，也不願做人的側室。

【㜺出去查某子，像潑出去的水】
[ke˨˩ ts'ut˥ k'i˨˩ e˧ tsa˧ bɔ˥ kiã˥˧ ts'iũ˨˩
p'uaʔ˨ ts'ut˥ k'i˨˩ e˧ tsui˥˧]
女兒㜺出去，便是別人家的媳婦。

【㜺著曲佝尪，一領棉被撐布帆】
[ke˥˧ tio˨˩ k'iau˧ ku˧ aŋ˥ tsit˨ niã˥
mĩ˧ p'ue˧ t'ẽ˧ po˥˧ p'aŋ˧˥]
曲佝，指駝背。㜺給駝背先生，睡覺時棉被好像撐起帳篷（布帆）。

【㜺著曲佝尪，睏著被底會闊空】
[ke˥˧ tio˨˩ k'iau˧ ku˧ aŋ˥ k'un˥˧ tio˧
p'ue˨˩ te˥˧ e˨˩ laŋ˥˧ k'aŋ˥]
㜺了駝背的丈夫，睡覺時棉被會中空。

【㜺著有錢尪，驚伊變成採花蜂】
[ke˥˧ tio˨˩ u˨˩ tsĩ˧ aŋ˥ kiã˧ i˧ pen˥˧
siŋ˧ ts'ai˥ hue˧ p'aŋ˥]
㜺了有錢的先生，深恐他有錢到處拈花惹草（採花蜂）。

【㜺散尪，睏飽眠，㜺富尪，𣍐寧神】
[ke˥˧ san˥˧ aŋ˥ k'un˥˧ pa˥ bin˧˥ ke˥˧
hu˥˧ aŋ˥ be˨˩ liŋ˧ sin˧˥]
㜺給窮人，家事少，且丈夫無外遇之虞，夜裡可以安眠；㜺給富人，家事多，又擔心丈夫尋花問柳娶細姨，反而提心吊膽，精神不寧。

【㜺著青瞑尪，梳頭抹粉無彩工】
[ke˥˧ tio˨˩ ts'ẽ˧ mẽ˧ aŋ˥ se˧ t'au˧˥
bua˥˧ hun˥˧ bo˧ ts'ai˥ kaŋ˥]
㜺給瞎子（青瞑尪），即使妻子打扮得很美麗，丈夫也看不見，真是枉然（無彩工）。

【嫁著討海尪，三更半暝撈灶孔】
[ke˥ tio˩ t'o˥ hai˥ aŋ˥ sã˧ kẽ˧ puã˥ mẽ˧ la˩ tsau˥ k'aŋ˥]
嫁給漁夫，三更半夜捕魚回來，必須摸灶生火爲他煮魚熱飯。

【嫁著做工尪，日出日入纔見人】
[ke˥ tio˩ tso˥ kaŋ˧ aŋ˥ zit˥ ts'ut˩ zit˥ zip˥ tsia˥ kĩ˥ laŋ˧]
嫁給工人，爲生活而早出晚歸，夜裡才見到丈夫。

【嫁著做田尪，每日無閒梳頭鬃】
[ke˥ tio˩ tso˥ ts'an˧ aŋ˥ muĩ˥ zit˥ bo˧ iŋ˧ se˧ t'au˧ tsaŋ˥]
嫁給種田人，農事繁忙，經常忙得沒有時間梳理頭髮。

【嫁著啞口尪，比手畫刀驚死人】
[ke˥ tio˩ e˥ kau˥ aŋ˥ pi˥ ts'iu˥ ue˩ to˥ kiã˧ si˥ laŋ˧]
嫁給啞子，凡事皆須比手劃腳，别人還以爲是夫妻在吵架（驚死人）。

【嫁著矮仔尪，燒香點火叫别人】
[ke˥ tio˩ e˥ a˥ aŋ˥ sio˧ hiũ˥ tiam˥ hue˥ kio˥ pat˩ laŋ˧]
嫁給矮子，拜拜燒香點火，因爲神桌很高，都得請人幫忙。

【嫁著躼腳尪，要睏著先斬腳胴】
[ke˥ tio˩ lo˥ k'a˧ aŋ˥ be˥ k'un˩ tio˩ siŋ˧ tsam˩ k'a˧ taŋ˧]
嫁給高個子，睡前恐得將他的腳斬掉一部份，否則床舖怎麼夠長？這是滑稽句。

【嫁著讀册尪，三日無食也輕鬆】
[ke˥ tio˩ t'ak˩ ts'e˥ aŋ˥ sã˧ zit˥ bo˧ tsia˧ ia˩ k'in˧ saŋ˥]
嫁給讀書人，滿室書香，感到很光榮，即使三天不吃飯，也感到精神愉快。

【嫁一個查某子，較慘三年著賊偷】
[ke˥ tsit˩ le˧ tsa˧ bɔ˥ kiã˥ k'a˥ ts'am˥ sã˧ nĩ˧ tio˩ ts'at˩ t'au˥]
嫁一個女兒要賠上許多嫁妝，耗費之多，比三年連續遭竊盜還慘。

【嫁著扑金仔尪，扑到一頭金咚咚】
[ke˥ tio˩ p'a˥ kim˧ mã˥ aŋ˥ p'a˥ ka˥ tsit˩ t'au˧ kim˧ taŋ˧ taŋ˥]
嫁給銀樓老闆，滿頭金飾，金光閃閃，令人羡慕。

【嫁著有錢仔尪，驚伊變成採花峰】
[ke˥ tio˩ u˩ tsĩ˧ a˥ aŋ˥ kiã˧ i˧ pen˥ siŋ˧ ts'ai˥ hue˧ p'aŋ˥]
嫁給富人，擔心他拈花惹草另結新歡。

【嫁著風流尪，山珍海味也食鱠芳】
[ke˥ tio˩ hɔŋ˧ liu˧ aŋ˥ san˧ tin˥ hai˥ bi˧ ia˩ tsia˩ be˩ p'aŋ˥]
嫁給風流人士，即使三餐都是山珍海味，也是味同嚼蠟。

【嫁著臭耳尪，講話無聽，會氣死人】
[ke˥ tio˩ ts'au˥ hĩ˩ aŋ˥ kɔŋ˥ ue˧ bo˧ t'iã˥ e˩ k'i˥ si˥ laŋ˧]
嫁給聾子（臭耳尪），講話（尤其是枕邊細語）他聽不見，眞是氣死人。

【嫁著做衫尪，看人身軀是水咚咚】
[ke˥ tio˩ tso˥ sã˧ aŋ˥ k'uã˥ laŋ˧ siŋ˧ k'u˥ si˩ sui˥ taŋ˧ taŋ˥]
嫁給裁縫師，每天看顧客上門都穿得漂漂亮亮（水咚咚），眞令人羡慕。

【嫁著笨憚尪，儉腸餒肚也無彩工】
[ke˥ tio˩ pin˩ tuã˩ aŋ˥ k'iam˩ təŋ˧ nẽ˥ tɔ˧ ia˩ bo˧ ts'ai˥ kaŋ˥]
嫁給懶惰蟲（笨憚尪），即使妻子再怎麼省吃儉用也存不了錢，發不了財。

【嫁著博繳尪，一手揹肉，一手揹葱】

[ke˥ tio˩ pua˩ kiau˥ aŋ˥ tsit˩ ts'iu˥ kuã˩ baʔ˩ tsit˩ tsiu˥ kuã˩ ts'aŋ˥]
嫁給賭博（博繳）的人，賭贏時可以盡情享受，上菜市場又買肉又買葱。

【嫁著賣菜尪，三頓毋是菜就是葱】
[ke˥ tio˩ be˩ ts'ai˥ aŋ˥ sã˧ tuĩ˩ m˩ si˩ ts'ai˩ tio˩ si˩ ts'aŋ˥]
嫁給菜販爲妻，三餐全是蔬菜，罕有魚肉可吃。

【嫁著緣投仔尪，三日無食也輕鬆】
[ke˥ tio˩ en˧ tau˧ a˥ aŋ˥ sã˧ zit˥ bo˧ tsia˧ ia˩ k'in˧ saŋ˥]
嫁給英俊小生，縱然三天沒吃飯也感到精神愉快。

【嫁著酒鬼仔尪，酒醉相扑是揪頭鬃】
[ke˥ tio˩ tsiu˥ kui˥ a˥ aŋ˥ tsiu˥ tsui˩ sio˧ p'aʔ˩ si˩ k'iu˥ t'au˧ tsaŋ˥]
嫁給酒鬼，酒醉回來夫妻打架，總是抓住頭髮，苦不堪言。

【嫁著總舖尪，身軀油油，看著嬒輕鬆】
[ke˥ tio˩ tsɔŋ˥ p'ɔ˥ aŋ˥ sin˧ k'u˥ iu˧ iu˧ k'uã˥ tio˧ be˩ k'in˧ saŋ˥]
嫁給廚師（總舖），先生滿身油膩膩，看了心情不輕鬆。

【嫁著雜細仔尪，搖鈴鼓出門看查某】
[ke˥ tio˩ tsap˩ se˥ a˥ aŋ˥ io˧ liŋ˧ kɔ˥ ts'ut˥ muĩ˧ k'uã˥ tsa˧ bɔ˥]
嫁給賣婦女用品的小雜貨販（雜細仔），他一天到晚搖鈴鼓挨家挨户找女顧客兜售東西。

【嫁著做茶尪，十暝九暝空，第十暝親像死人】
[ke˥ tio˩ tso˥ te˧ aŋ˥ tsap˩ mẽ˧ kau˥ mẽ˧ k'aŋ˥ te˩ tsap˩ mẽ˧ ts'in˧ ts'iũ˩ si˥ laŋ˧]
茶農遇到採春茶，趕製茶葉，必須一氣呵成，夜以繼日，往往十天九天通宵無暇躺在床上睡覺，等到茶製成，早已筋疲力竭，倒頭便睡得如死人，故有此諺。

【嫁雞趁雞飛，嫁狗隨狗走，嫁乞食佩茭薦斗】
[ke˥ ke˥ t'an˥ ke˥ pue˥ ke˥ kau˥ tue˥ kau˥ tsau˥ ke˥ k'it˥ sia˧ p'ãi˧ ka˧ tsi˥ tau˥]
茭薦斗，用藺草編成的背袋，昔日乞丐皆背此袋行乞。意謂夫唱婦隨，縱使嫁給乞丐，也得背茭薦袋當乞食婆。

【嫁鳳隨鳳飛，嫁狗隨狗走，嫁予乞食，揹茭薦斗】
[ke˥ hɔŋ˧ tue˥ hɔŋ˧ pue˥ ke˥ kau˥ tue˥ kau˥ tsau˥ ke˥ hɔ˩ k'it˥ tsia˧ kuã˩ ka˧ tsi˥ tau˥]
茭薦斗，乞丐隨身所帶之草袋子；即夫唱婦隨之謂也。

【嫁著愛博尪，有時全身金咚咚，有時米缸空空空】
[ke˥ tio˩ ai˥ pua˩ aŋ˥ u˩ si˧ tsuan˧ sin˥ kim˧ taŋ˧ taŋ˥ u˩ si˧ bi˥ kəŋ˥ k'aŋ˧ k'aŋ˧ k'aŋ˥]
嫁給賭徒，賭贏時全身珠光寶氣，賭輸時米缸内沒有半粒米糧。

【嫁著博繳尪，博若贏，一手揹肉，一手揹葱；博若輸，當到空空空】
[ke˥ tio˩ pua˩ kiau˥ aŋ˥ pua˩ nã˩ iã˧ tsit˩ ts'iu˥ kuã˩ baʔ˩ tsit˩ ts'iu˥ kuã˩ ts'aŋ˥ pua˩ nã˩ su˥ təŋ˥ ka˥ k'aŋ˧ k'aŋ˧ k'aŋ˥]
嫁給賭徒，賭贏了可以買肉買葱好好享受，賭輸了家當全拿去當得光光的。

【嫌肝嫌腱】

[hiam˧ kuã˧ hiam˧ ken˧]
嫌東嫌西，囉哩叭嗦。

【嫌到臭屎】
[hiam˧ ka˥ ts'au˥ sai˥]
被人批評得很差，差到極點。

【嫌貨才是買貨人】
[hiam˧ hue˩ tsia˥ si˩ be˥ hue˥ laŋ˧]
會嫌的人，才是有意要買的人。

【嫌戲無請，請戲無嫌】
[hiam˧ hi˩ bo˧ ts'iã˩ ts'iã˥ hi˩ bo˧ hiam˧]
如果不喜歡這個戲班，就不要雇請；既然雇請來搬演，就以不嫌它爲宜。

【嫖、賭、飲，三字全】
[p'iau˧ tɔ˥ im˥ sã˧ zi˩ tsuan˧]
嫖妓、賭博、喝酒三種惡習皆具備。

【嫡全，庶半，螟蛉又半】
[tik˩ tsuan˧ si˩ puan˩ biŋ˧ liŋ˧ iu˩ puan˩]
謂台俗遺產之分配，庶子（姨太太生的）只有嫡子的二分之一，養子（螟蛉子）又是庶子的二分之一。

【嫩薑艙辣】
[tsĩ˥ kiũ˥ be˩ hiam˥]
嫩薑不會辣；喻小孩無心機，不必爲他的失言而難過。

【嫩瓜無囊，嫩子無腹腸】
[tsĩ˥ kue˥ bo˧ lɔŋ˧ tsĩ˥ kiã˥ bo˧ pat˥ tɔŋ˧]
嫩瓜還小，瓜內尚無子囊；小孩年幼，腹內尚無城府，天真無邪。

【嬌尪毋蓋被，嬌某毋食糜】
[kiau˧ aŋ˥ m˩ ka˥ p'e˧ kiau˧ bɔ˥ m˩ tsia˩ be˧]
恩愛夫妻互相撒嬌，老公故意踢被子，要老婆蓋，老婆嗔著不吃飯，要老公餵。

【嬲尻川】
[hiau˧ k'a˧ ts'uĩ˥]
嬲，指女子騷包；罵人三三八八，行爲不正經。

【嬲，著去江山樓】
[hiau˧ tio˩ k'i˥ kaŋ˧ san˧ lau˧]
罵女子騷包，就應去江山樓(昔日台北市延平北路風化區)賣淫。

【子婿，半子】
[kiã˥ sai˩ puan˥ tsu˥]
女婿等於半個兒子。

【子債父不知】
[tsu˥ tse˩ hu˧ put˥ ti˥]
謂家屬不得私自借債，倘有私借，家長一概不負償還之責。

【子女乃是眼前歡】
[tsu˥ li˥ nãi˥ si˩ gan˥ tsen˧ huan˥]
養兒育女，當其幼時，承歡膝下；當其長大，各自成家，父母常是晚景淒涼。

【子午卯酉，旋歸中】
[tsu˥ ŋɔ̃˥ bau˥ iu˥ tsuĩ˧ kui˧ tiɔŋ˥]
俗傳凡在子午卯酉四個時辰出生的人，其毛旋皆長於頭部中央。

【子啼子號子會大】
[kiã˥ t'i˧ kiã˥ hau˥ kiã˥ e˩ tua˧]
小孩子總是吵吵鬧鬧長大的。

【子嫁著捧人飯碗】
[kiã˥ ke˩ tio˩ p'aŋ˧ laŋ˧ puĩ˩ k'ã˥]
女兒出嫁，到婆家去就得服侍人家，因此未嫁以前要好好教導她。

【子龍一身攏是膽】
[tsu˥ liɔŋ˧ it˥ sin˥ lɔŋ˥ si˩ tã˥]
子龍，三國時趙雲；劉備曾說他一身是膽，用以形容人很有膽量。

【子弟虎，出門空腰堵】
[tsu˥ te˨˩ hɔ˥˧ ts'ut˥ muĩ˦˥ k'aŋ˧ io˧ tɔ˥˧]
子弟虎，指圍繞在富家子弟身旁的游蕩者。這些人出門都不帶錢，專看在富家子弟的身上。

【子無嫌母醜，狗無嫌家散】
[kiã˥˧ bo˧ hiam˧ bu˥˧ bai˥˧ kau˥˧ bo˧ hiam˧ ke˥ san˨˩]
天底下沒有兒子會嫌母醜，沒有那家的狗會嫌其主人窮。

【子若會走，母著逐到嗎嗎號】
[kiã˥˧ nã˨˩ e˨˩ tsau˥˧ bu˥˧ tio˨˩ zik˥ ka˥ mã˥˧ mã˥˧ hau˥˧]
幼兒長到會走路時，做母親的就得寸步不離跟在後面，以免發生意外。喻父母常爲兒女操心不已。

【子弟一下興，西裝褲穿顚倒平】
[tsu˥ te˧ tsit˩ le˨˩ hiŋ˥ se˧ tsɔŋ˧ k'ɔ˨˩ ts'iŋ˨˩ ten˧ to˥˧ piŋ˦˥]
北管子弟一高興把西裝褲穿反了都不自知。

【子婿一下到，雙腳攏攏做一灶】
[kiã˥ sai˨˩ tsit˩ le˨˩ kau˨˩ siaŋ˧ k'a˥ lɔŋ˧ lɔŋ˥ tso˥˧ tsit˩ tsau˨˩]
子婿，女婿；形容女婿一到岳母忙著歡迎款待忙中有錯的樣子。

【子婿緊昇狀元，新娘緊做大家】
[kiã˥ sai˨˩ kin˥ siŋ˧ tsiɔŋ˨˩ guan˦˥ sin˧ niũ˦˥ kin˥ tso˥˧ ta˧ ke˥]
新娘娶進門，拜過天地，由媒人扶新娘入洞房時，媒人口中即唸此吉祥語。預祝新郎早日中舉，祝新娘早日生子娶媳成爲婆婆（大家）。

【子孫自有子孫福，莫爲子孫做馬牛】
[tsu˥ sun˥ tsu˨˩ iu˥˧ tsu˧ sun˧ hɔk˩ bɔk˩ ui˨˩ tsu˥ sun˥ tso˥˧ be˥ gu˦˥]
兒孫自有兒孫福，做父母的不須要做牛做馬去爲兒孫辛苦存錢。

【子孫桶揹高高，生子生孫中狀元。
子孫桶揹震動，生子生孫做相公。
子孫桶過户碇，夫妻家和萬事成。
子孫桶揹入房，百年偕老心和同】
[tsu˥ sun˧ t'aŋ˥˧ kuã˨˩ kuan˧ kuan˦˥ sẽ˧ kiã˥˧ sẽ˧ sun˥ tiɔŋ˥˧ tsiɔŋ˨˩ guan˦˥ tsu˥ sun˧ t'aŋ˥˧ kuan˨˩ tin˥ taŋ˧ sẽ˧ kiã˥˧ sẽ˧ sun˥ tso˥˧ siɔŋ˥˧ kɔŋ˥ tsu˥ sun˧ t'aŋ˥˧ kue˥˧ hɔ˨˩ tiŋ˧ hu˧ ts'e˥ ka˥ ho˧ ban˨˩ su˨˩ siŋ˦˥ tsu˥ sun˧ t'aŋ˥˧ kuã˨˩ zip˩ paŋ˦˥ pa˥˧ nĩ˦˥ kai˧ lo˥˧ sim˥ ho˧ tɔŋ˦˥]
此爲結婚日，新娘嫁妝「尾擔」（新娘洗臉、洗下身的桶子）入門時所唸之吉祥語。

【孔八】
[k'ɔŋ˥ pat˩]
指賭場外之拉客者；昔日拉客者通常可得賭場主人百分之八的佣金，故名爲孔八。

【孔子媽教的】
[k'ɔŋ˥ tsu˥ mã˥˧ ka˨˩ e˨˩]
嘲諷讀錯書、寫別字的人，指其不是「孔子公」的嫡傳，而是「孔子媽」（孔太太）私下教出來的。

【孔子，生知之質】
[k'ɔŋ˥ tsu˥˧ siŋ˥ ti˥ tsi˧ tsit˩]
喻天生非常聰明。

【孔明氣死周瑜】
[k'ɔŋ˥ biŋ˦˥ k'i˥˧ si˥ tsiu˧ zu˦˥]
用計使人生怒。

【孔，一孔掠幾若尾】
[k'aŋ˥ tsit˩ k'aŋ˥ lia˨˩ kui˥ lo˨˩ bue˥˧]
好機會，有厚利可賺。

【孔子公，毋值得孔方兄】
[k'ɔŋ˥ tsu˥ kɔŋ˥ m˨˩ tat˦ tit˥ k'ɔŋ˥ hɔŋ˧ hiã˥]
金錢勝過學問，經濟掛帥，文章不值錢。

【孔子公放屁——文氣沖天】
[k'ɔŋ˥ tsu˥ kɔŋ˥ paŋ˥˧ p'ui˨˩ bun˧ k'i˨˩ ts'iɔŋ˧ t'en˥]
歇後語。孔子是文聖，他所放的屁自是文氣沖天。諷譃胸無點墨，卻好咬文嚼字、假斯文的人。

【孔子毋敢收人隔暝帖】
[k'ɔŋ˥ tsu˥˧ m˨˩ kã˥ siu˧ laŋ˧ ke˥˧ mẽ˧ t'iap˦]
即使是孔夫子，他也不敢收人次日的請帖，答應別人次日的事。極言人有旦夕禍福，未來的事不敢約定。

【孔子公，毋敢收人隔暝帖】
[k'ɔŋ˥ tsu˥ kɔŋ˥ m˨˩ kã˥ siu˧ laŋ˧ ke˥˧ mẽ˧ t'iap˦]
意同前句。

【孔子公請落去，財神爺請起來】
[k'ɔŋ˥ tsu˥ kɔŋ˥ ts'iã˥˧ lo˨˩ k'i˨˩ tsai˧ sin˧ ia˩˧ ts'iã˥ k'i˥˧ lai˩˧]
喻商人重利而輕義。

【字，屬人形】
[zi˧ siɔk˦ laŋ˧ hiŋ˩˧]
一個人寫的字，會表現出他的性格。

【字深，人貯屎】
[zi˧ ts'im˥ laŋ˩˧ te˨˩ sai˥˧]
學問深，但行爲惡劣；譏其滿肚子裝的不是經綸而是大便。

【字寫像狗母蛇】
[zi˧ sia˥ ts'iũ˨˩ kau˥ bo˥ tsua˩˧]
譏人字體寫得扭曲不正。

【字識我，我毋識字】
[zi˧ bat˥ gua˥˧ gua˥˧ m˨˩ bat˥ zi˧]
文盲者自稱之詞。

【字是隨身寶，財是國家珍】
[zi˧ si˨˩ sui˧ sin˧ po˥˧ tsai˩˧ si˨˩ kɔk˥ ka˧ tin˥]
本爲《昔時賢文》中之文句，現已成爲通俗之俚諺。學問是隨身之寶，人因之而貴，財富是國家之珍，國因之而強。

【存查甫，無存查某】
[ts'un˧ tsa˧ pɔ˥ bo˧ ts'un˧ tsa˧ bɔ˥˧]
存，剩下來的；有討不到老婆的男子，無嫁不出去的女子。這是昔日男女性別比例不平衡時的諺語，今則不然。

【存死的，肉丸加一粒】
[ts'un˧ si˥˧ e˨˩ ba˥˧ uan˩˧ ke˧ tsit˦ liap˥]
昔有一富人叫邱罔舍，本人非常節儉，兒子卻揮金如土，一日，失望之餘至路邊攤吃「切仔麵」，想到自己很節儉兒子卻很浪費，越想越氣：我何不也浪費一下？便對老板說：「存死的，肉丸加一粒。」一時流傳，成爲名諺。用以比喻人吝慳之性，很難改變，意同「殘殘豬肝切三錢」。

【孝屎】
[hau˥˧ sai˥˧]
孝，祭拜也；以前有人以屎一盒或馬紙浸水揉成團祭祀狗神忌日，因爲狗吃屎。後人借此罵人是畜牲，是狗。

【孝孤拄】
[hau˥˧ kɔ˧ tu˧]
本指七月半祭拜（孝）孤魂野鬼，後用做「吃飯」的譃稱，或者稱做「孝孤」。

【孝男攑棺】
[hau˥˧ lam˩˧ k'ĩ˧ kuan˥]

本係指喪禮中，孝男聚於棺材旁不捨其親出葬之狀；借喻糾纏不清之事。

【孝棺材頭】
[hau˥˧ kuã˧ ts'a˧ t'au˧˥]
孝，祭拜；在棺材前頭祭拜；父母親在世時不孝順，死後才要在棺材前祭拜，是沒有用的；此乃父母罵小孩之語。

【孝子感動天】
[hau˥˧ tsu˥˧ kam˥ tɔŋ˨˩ t'en˥]
百善孝爲先，孝子之孝行可以上感動天。

【孝男面，無人緣】
[hau˥˧ lam˧ bin˧ bo˧ laŋ˧ en˧˥]
孝男面，哭喪的臉容。指人面容若經常愁眉苦臉，會不得人緣。

【孤門獨市】
[kɔ˧ muĩ˧ tɔk˩ ts'i˧]
只此一家，別無分號的商店。

【孤屈絶種】
[kɔ˧ k'ut˩ tsuat˩ tsiŋ˥˧]
罵人過份自私將會絶子絶孫。

【孤弦獨吹】
[kɔ˧ hen˧˥ tɔk˩ ts'ue˥]
一個人拉弦，一個人吹奏，表示很吃力。

【孤屈歡無子】
[kɔ˧ k'ut˩ k'uĩ˥˧ bo˧ kiã˥˧]
孤屈、無子，皆是沒有兒女之人，孤屈歡慰無子，乃同病相憐也。

【孤鳥插人群】
[kɔ˧ tsiau˥˧ ts'a˥˧ laŋ˧ kun˧˥]
喻人生地不熟，人單力薄，敵方則人多勢眾。

【孤對頭仔削】
[kɔ˧ tui˥˧ t'au˧ a˥ siaʔ˩]
一對一單挑；抓對廝殺。即「釘孤枝」。

【孤雞毋食米】
[kɔ˥ ke˥ m˨˩ tsia˨˩ bi˥˧]
雞如果沒有伴，比較不吃食物。吃東西要有伴，比較會有食慾。

【孤貧苦，三字全】
[kɔ˥ pin˧˥ k'ɔ˥˧ sã˧ zi˨˩ tsuan˧˥]
謂人生所有的不幸，都發生在他身上。

【孤屈的，歡無子的】
[kɔ˧ k'ut˥ le˧ k'uĩ˥˧ bo˧ kiã˥˧ e˨˩]
意同「孤屈歡無子」。

【孤屈的歡絶種的】
[kɔ˧ k'ut˥ le˧ k'uĩ˥˧ tsuat˩ tsiŋ˥˧ ge˨˩]
孤屈、絶種，均指無子孫之人。意同「孤屈歡無子」，或謂譏人不反顧自己。

【孤貧夭三字，著占一字】
[kɔ˥ pin˧˥ iau˥ sã˧ zi˧ tio˨˩ tsiam˥˧ tsit˩ zi˧]
孤，無後；貧，貧窮；夭，夭壽；罵人無後、貧窮、夭壽這三種壞事一定會發生一件。

【孤貧百歲毋死，富貴三十早亡】
[kɔ˧ pin˧˥ pa˥˧ hue˨˩ m˨˩ si˥˧ hu˥˧ kui˨˩ sã˧ tsap˥ tsa˥ bɔŋ˧˥]
孤獨貧苦之人常活到七老八十，富有顯貴之人卻往往年輕即死亡。

【孫仔甲阿媽睏——鎮公所】
[sun˧ nã˥˧ ka˥˧ a˧ mã˥˧ k'un˨˩ tin˥˧ kɔŋ˧ sɔ˥˧]
歇後語；孫仔與阿媽同睡，則佔了阿公的床位，即佔了阿公的「所在」(地方)，其音與台語鎮公所諧音。

【屘子食較有乳】
[ban˧ kiã˥˧ tsia˨˩ k'a˥˧ u˨˩ liŋ˥]
最小的孩子(屘子)最受寵愛。

【學生戲仔手】
[hak˧ siŋ˥ hi˥ a˥ ts'iu˥˧]
學生很頑皮，像戲班中的跑龍套的人。

【學生戲仔猴】
[hak˧ siŋ˥ hi˥ a˥ kau˧˥]
嘲笑學生胡鬧，狀若猴子戲。

【學好三年，學歹三對時】
[o˨˩ ho˥˧ sã˧ nĩ˧˥ o˨˩ p'ãi˥˧ sã˧ tui˥˧ si˧˥]
三對時，三天；喻學好不容易，學壞卻極容易。

【孽落車畚斗】
[get˥ lau˥˧ ts'ia˧ pun˥ tau˥˧]
孽落乃英文get out之諧音；車畚斗，翻筋斗；此諺乃近年（光復後）才有，即叫人滾開之詼諧語。

【孽到若和尚卵】
[get˧ ka˥ nã˥ hue˧ siũ˨˩ laŋ˧]
卵，陰莖；罵人太頑皮。

【守孝男】
[tsiu˥ ha˥˧ lam˧˥]
謂如孝男守靈般寸步不離。

【守己安分】
[siu˥ ki˥˧ an˧ hun˧]
安分守己。

【守共宗的規定】
[tsiu˥ kaŋ˨˩ tsɔŋ˥ ge˧ kui˧ tiŋ˧]
同宗之間不能婚嫁，婚喪喜慶必須互相幫助，此即同宗之宗規。

【守錢爸，了尾子】
[tsiu˥ tsĩ˧ pe˧ liau˥ bue˥ kiã˥˧]
父親守住祖先的遺產，到了孩子這一代卻揮霍無度，傾家蕩產。

【守錢爸，了尾仔子】
[tsiu˥ tsĩ˧ pe˧ liau˥ bue˥ a˥ kiã˥˧]
意同前句。

【守口如瓶，防意如城】
[siu˥ k'io˥˧ zu˧ pan˧˥ hɔŋ˧ i˨˩ zu˧ siã˧˥]
謹言慎思。

【守分安命，順時聽天】
[siu˥ hun˧ an˧ biŋ˧ sun˨˩ si˧˥ t'iŋ˧ t'en˥]
勸人安天命，不要怨別人。

【守賊一更，做賊一暝】
[tsiu˥ ts'at˥ tsit˧ kĩ˥ tso˥˧ ts'at˥ tsit˧ mĩ˧˥]
謂防賊的工作非常困難。

【安清氣靈】
[an˧ ts'iŋ˧ k'i˥˧ liŋ˧˥]
民國七十年代以後，中南部沿海地區人士，出殯當天即撤除靈桌，只供奉魂帛，且在魂帛上貼一塊紅紙，表示已乾淨（清氣），無穢氣，俗稱安清氣靈。

【安平迎媽祖，臺南伏地虎】
[an˧ piŋ˧˥ ŋiã˧ mã˥ tsɔ˥˧ tai˨˩ lam˧˥ p'ak˥ te˨˩ hɔ˥˧]
台南市諺語。安平區媽祖生日大拜拜時，台南市區的人全湧去看熱鬧，萬人空巷。

【安平迎媽祖，百百旗有了了】
[an˧ piŋ˧˥ ŋiã˧ mã˥ tsɔ˥˧ pa˥˧ pa˥˧ ki˧˥ u˨˩ liau˥ liau˥˧]
台南安平區開台天后宮每年三月廿三日迎媽祖賽會，全台各地陣頭、獅陣等齊集，各式各樣的旗幟排列成長龍，非常壯觀，故云百百旗有了了，後來旗字引申為「奇」，就用來指無奇不有。

【安溪先有記認，食飽才洗面】
[an˧ k'e˧ sen˥ u˨˩ ki˥˧ zin˧ tsia˨˩ pa˥˧ tsia˥ se˥ bin˧]
台北市大安區、文山區一帶及台北縣

新店地區，居民多屬福建安溪人後裔。相傳昔日生活習慣，每日早晨是先工作、吃飯，然後才洗臉，故有此諺。

【完名全節】
[uan˧ miã˦ tsuan˧ tset˧˩]
指婦女操守堅貞，從一而終。

【官久則富】
[kuã˥ ku˥˧ tsik˥ hu˩]
爲官者不廉，營私舞弊，斂取民膏民脂，久之則成巨富。

【官有雙嘴】
[kuã˥ u˩ siaŋ˧ ts'ui˩]
本指「官」字下部具有兩個「口」，喻官員多操守不佳。雙嘴，兩口；一口收入爲薪俸，一口收入爲紅包；或謂指官員多兩舌，所説的話不可靠。

【官官相衛】
[kuan˧ kuan˥ sio˧ ui˧]
做官的彼此袒護。

【官好，衙門歹】
[kuã˥ ho˥˧ ge˧ muĩ˦ bai˥˧]
喻上級官員好，下級吏隸差，處處刁擾人民。眞是大官易見，小鬼難纏。

【官清，民自安】
[kuã˥ ts'iŋ˥ bin˦ tsu˩ an˥]
爲官者廉潔，則人民可以安心，地方就太平。

【官情薄如水】
[kuã˧ tsiŋ˦ pɔk˧˩ zu˧ tsui˥˧]
官府或依法行事，或枉法循私，兩者都是講人情，故云薄如水。

【官不威，牙爪威】
[kuã˥ put˥ ui˥ ge˧ ziau˥˧ ui˥]
即閻王不難纏，小鬼才難纏之意也。

【官可瞞不可欺】
[kuã˥ k'o˥ muã˦ put˥ k'o˥ k'i˥]
官員，你可以瞞騙他，但卻不行侮蔑他；官員好面子。

【官斷不如民願】
[kuã˧ tuan˧ put˥ zu˧ bin˧ guan˧]
由官方來強行裁判，不如百姓自願決定；喻尊重民意。

【官司好扑，狗屎好食】
[kuã˧ si˥ ho˥ p'aʔ˧˩ kau˥ sai˥˧ ho˥ tsia˧]
愛打官司者終必身敗名裂；誡人勿爭訟。

【官有正條，民有私約】
[kuã˥ u˩ tsiŋ˥˧ tiau˦ bin˦ u˩ su˧ iɔk˧˩]
官府有成文的法律條文，民間亦有不成文的規定。正條，成文的法律；私約，不成文的約定。

【官斷不能息，人願自能息】
[kuã˧ tuan˧ put˥ liŋ˧ sit˧˩ zin˧ guan˧ tsu˩ liŋ˧ sit˧˩]
有些爭端，由政府做裁決不一定能夠平息；倒是人民若能做出和解反而能夠平息。

【客鳥過枝】
[k'e˥˧ tsiau˥˧ kue˥˧ ki˥]
客鳥，喜鵲；喻嫖客周旋於衆妓女間。

【客來，主毋顧】
[k'eʔ˧˩ lai˦ tsu˥˧ m˩ kɔ˩]
客人來了，主人卻不照顧；諷刺主人待客不週。

【客人目眉——摸膣】
[k'e˥˧ laŋ˧ bak˧˩ bai˦ bɔŋ˧ bai˥]
歇後語。客語稱眉毛爲目眉，其音與閩南語摸女陰（肞膣）相近，故有此語。

【客人穿鞋——足壞】

[k'e˥ laŋ˦ ts'iŋ˩ e˦ tsiɔk˥ hai˧]
歇後語。客語穿鞋叫「著鞋」，與閩南語之「足壞」(眞糟糕)諧音。

【客人頭，福佬尾】
[k'e˥ laŋ˧ t'au˦ ho˩ lo˥ bue˥]
謂虎頭蛇尾。

【客鳥報毋著喜】
[k'e˥ tsiau˥ po˥ m˩ tio˩ hi˥]
客鳥，喜鵲；喻弄錯了事情或對象。

【客鳥報無分曉】
[k'e˥ tsiau˥ po˥ bo˧ hun˧ hiau˥]
鵲鳥(客鳥)報錯了訊息。

【客鳥咬毋著批去】
[k'e˥ tsiau˥ ka˩ m˩ tio˩ p'e˥ k'i˩]
批，信箋；相傳牛郎與織女本應七日見一次面，代爲傳信的鵲鳥傳錯信，而傳成每年七夕才能見一次面。

【客人食龍眼——死彥彥】
[k'e˥ laŋ˦ tsia˩ liŋ˧ kiŋ˥ si˥ gen˩ gen˧]
歇後語。客語「食龍眼」與閩南語「死彥彥」(死翹翹)諧音。

【客人做新衫——做一站】
[k'e˥ laŋ˦ tso˥ sin˧ sã˥ tso˥ tsit˩ tsam˧]
歇後語。客家話「做新衫」、「做衣衫」與閩南語「做一站」音近。

【客人種蕃薯——存扮死】
[k'e˥ laŋ˦ tsiŋ˥ han˧ tsi˦ ts'un˧ pan˩ si˥]
客家話「種蕃薯」的讀音與閩南話的「存扮死」相同，是一句借用式的歇後語。

【客人磨剪刀——無簡單】
[k'e˥ laŋ˦ bua˧ ka˧ to˥ bo˧ kan˥ tan˥]
歇後語。客語「磨剪刀」與閩南語「無簡單」諧音。

【客仔莊無死也黃酸】
[k'e˥ a˥ tsəŋ˥ bo˧ si˥ ia˩ əŋ˧ səŋ˥]
喻有得吃，一次便吃光。

【客來掃地，客去沖茶】
[k'eʔ˩ lai˦ sau˥ te˩ k'eʔ˩ k'i˩ ts'iɔŋ˧ te˦]
客人來了才要掃地，客人走了才要泡茶。喻做事緩慢，凡事慢半拍。

【客無親疏，來者當受】
[k'eʔ˩ bo˧ ts'in˧ so˥ lai˦ tsia˩ təŋ˧ siu˧]
喻來者爲客。應一視同仁，熱情款待。

【客人賣花矸——龠予人姦】
[k'e˥ laŋ˦ be˩ hue˧ kan˥ be˩ hɔŋ˦ kan˩]
歇後語。客人，即客家人。客家人叫賣花瓶：賣花矸！此三字之音與臺語「龠予人姦」(沒有用、不成材)諧音。

【客人噴鼓吹——答滴答滴】
[k'e˥ laŋ˦ pun˧ kɔ˥ ts'ue˥ tap˥ ti˥ tap˥ tiʔ˩]
歇後語。答滴答滴本係客家八音之聲，此處轉音爲「斷滴斷滴」，喻身不帶分文。

【客人顧五十六坎，內扑出】
[k'e˥ laŋ˦ kɔ˥ gɔ˩ tsap˩ lak˩ k'am˥ lai˧ p'a˥ ts'ut˩]
咸豐年間漳泉拼，在新莊的漳州人因人手不足，雇用了客家人幫忙對抗泉州人，不料泉州人買通客家人，放泉州人入攻漳州村，客家人趁機打劫街上五十六間(坎)店鋪。後人因而用此以罵人負義反背。

【宣帽無戴破，要予人扑破】
[suan˧ bo˧ bo˧ ti˥ p'ua˩ be˥ hɔ˩

laŋ˧ p'a˥ p'ua˩]
宣帽，羅紗帽；宣帽很少是戴到破的，而是被人打破的；比喻做事不能見機而做，而是後來才被人強迫來做。

【害人，害家治】
[hai˩ laŋ˦ hai˩ ka˧ ti˧]
欲害別人，反害了自己。

【害人害繪起，害了家治死】
[hai˩ laŋ˦ hai˩ be˩ k'i˥ hai˩ liau˥ ka˧ ti˩ si˥]
喻害人反害自己。

【害人之心不可有，防人之心不可無】
[hai˩ zin˦ tsi˧ sim˥ put˩ k'o˥ iu˩ hɔŋ˧ zin˦ tsi˧ sim˥ put˩ k'o˥ bo˦]
不可害人，亦不可被人害。

【家婆】
[ke˧ po˦]
罵人好管閒事。或寫成「雞婆」。

【家破人亡】
[ka˥ p'o˩ zin˦ bɔŋ˦]
形容遭逢浩劫巨變之後。

【家無二主】
[ka˥ bu˦ zi˩ tsu˥]
一個團體不能有兩個首領。

【家賊難防】
[ka˧ ts'at˩ lan˧ hɔŋ˦]
自家人做賊，由於對家中財物及人員動靜瞭若指掌，易於下手，故稱難防。借喻內部的小人難防。

【家治揀繪倒】
[ka˧ ti˩ sak˩ be˩ to˥]
喻自我陶醉。

【家和萬事成】
[ka˥ ho˦ ban˩ su˩ siŋ˦]
治家之道，和睦相處最為重要。

【家神通外鬼】
[ke˧ sin˦ t'ɔŋ˧ gua˩ kui˥]
自家人被別人唆使利用而窩裏反。

【家鬧，萬世窮】
[ka˥ nãu˧ ban˩ se˥ kiŋ˦]
家和萬事興之反語。

【家不和，防鄰欺】
[ka˥ put˩ ho˦ hɔŋ˧ lin˧ k'i˥]
家人不和，須防外侮。

【家不和，萬世窮】
[ka˥ put˩ ho˦ ban˩ si˥ kiŋ˦]
家中大小糾紛不斷，一定會困窮到底；治家以和為貴。

【家治刣，透腹內】
[ka˧ ti˩ t'ai˦ t'au˥ pak˩ lai˧]
自己人最清楚自家底細，所以發生內鬥時，場面火爆，兇殘絕寰。

【家治刣，賺腹內】
[ka˧ ti˩ t'ai˦ t'an˥ pak˩ lai˧]
昔日雞鴨類家禽請別人宰殺，其內臟物例由宰殺人獲得，若自己宰殺則可自己得到。喻自己一家人做，免得利益被別人賺去。其後又用以嘲諷兄弟內鬥，意同「家治刣，透腹內」。

【家治狗，咬無癀】
[ka˧ ti˩ kau˥ ka˩ bo˧ hɔŋ˦]
無癀，不會發炎腫脹。喻兄弟間的爭吵，應自我包涵。

【家治呵，繪臭臊】
[ka˧ ti˩ o˥ be˩ ts'au˥ ts'o˥]
呵，誇讚；自誇自讚，不嫌刺耳。

【家治屎毋知臭】
[ka˧ ti˩ sai˥ m˩ tsai˧ ts'au˩]
喻自己不易察覺自己的缺失。

【家治食，家治放】
[ka˧ ti˩ tsia˧ ka˧ ti˩ paŋ˩]

自作自受，自業自得。

【家治捧屎抹面】
[ka˧ ti˨ p'aŋ˧ sai˥ bua˥ bin˧]
喻自己給自己難看。

【家治呵咾面無貓】
[ka˧ ti˨ o˧ lo˥ bin˧ bo˧ niãu˥]
自己誇讚（呵咾）自己臉上無麻子（無貓）。

【家治看𣍐著耳仔】
[ka˧ ti˨ k'uã˥ be˨ tio˨ hĩ˧ ã˥]
喻自己看不見自己的缺點。

【家治貯飯食無飽】
[ka˧ ti˨ te˥ puĩ˧ tsia˨ bo˧ pa˥]
罵人愚蠢、做事能力差，飯由自己盛來吃(貯飯)還吃不飽，不笨爲何？喻事情任由你做，你還不滿足。

【家治開孔家治埋】
[ka˧ ti˨ k'ui˧ k'aŋ˥ ka˧ ti˨ tai˦]
自己挖洞埋自己；喻禍由自取，自食其果。

【家治鼎𣍐臭火路】
[ka˧ ti˨ tiã˥ be˨ ts'au˥ hue˥ lɔ˥]
自己的鍋子（鼎）煮東西不容易燒焦（臭火路），喻自己的東西較好用。

【家治擔肥毋知臭】
[ka˧ ti˨ tã˧ pui˦ m˨ tsai˧ ts'au˨]
擔肥，挑大便；喻自己的毛病自己不會察覺。

【家治燒香講好話】
[ka˧ ti˨ sio˧ hiũ˥ kɔŋ˥ ho˥ ue˧]
自己往臉上貼金。

【家治擔鮭，呵咾芳】
[ka˧ ti˨ tã˧ kue˥ o˧ lo˥ p'aŋ˥]
鮭魚味極腥臭，挑者卻自稱很香；喻人不知己臭。

【家蚤做事累蝨母】
[ka˧ tsau˥ tso˥ su˧ lui˨ sap˥ bo˥]
喻因他人而受累。

【家用長子，國用大臣】
[ka˥ iŋ˨ tioŋ˥ tsu˥ kɔk˥ iŋ˨ tai˨ sin˦]
家族重用嫡長子，國家則靠能立大功的重臣。

【家治四兩笎仔要除】
[ka˧ ti˨ si˥ niũ˥ uĩ˥ a˥ ai˥ ti˦]
四兩笎仔，昔日商家買賣用秤子，將物品先放進一個小竹器中，再鉤起來稱。稱後，要將此小竹器（笎仔）的重量扣除，才是淨重。比喻要自我檢討。

【家治的斧頭，𣍐削柄】
[ka˧ ti˨ e˧ pɔ˥ t'au˦ be˨ sia˥ pẽ˨]
斧頭不能削自己本身的柄，如謂醫生不能看自己的病；喻自己的問題自己無法解決。

【家治的墓，別人的某】
[ka˧ ti˨ e˧ bo˧ pat˥ laŋ˦ ge˧ bɔ˥]
墓地是自家的好，妻子是別人家的美。

【家治捧屎，家治抹面】
[ka˧ ti˨ p'aŋ˧ sai˥ ka˧ ti˨ bua˥ bin˧]
喻自己侮辱自己，自取其辱。

【家治提索仔箍頷滾】
[ka˧ ti˨ t'e˨ so˥ a˥ k'ɔ˧ am˨ kun˥]
自己拿繩子套住脖子（頷滾）；喻作繭自縛，害人反害己。

【家治跋倒，家治爬起】
[ka˧ ti˨ pua˨ to˥ ka˧ ti˨ pe˥ k'i˥]
喻人要自立，跌倒了自己爬起來。

【家治燒香無講歹話】
[ka˧ ti˨ sio˧ hiũ˥ bo˧ kɔŋ˥ p'ãi˥ ue˧]

喻自己往臉上貼金。

【家治騎馬，家治喝路】
[ka˧ ti˩ k'ia˩ be˥ ka˧ ti˩ hua˥ lɔ˧]
昔日官員騎馬駕車出門，前有開道皂隸大聲叫道:「迴避肅靜」，稱爲喝路。不是官員騎馬出門，也要喝路，自己來喝，豈不是自拉自唱，誰理你？

【家內無，毋通飼大腳婆】
[ke˧ lai˧ bo˧ m˩ t'aŋ˧ ts'i˩ tua˩ k'a˧ po˧]
大腳婆，指有蹼的鴨鵝，食量大；家窮，勿養鴨鵝，不然因吃得多，會得不償失。

【家內無貓，老鼠會蹺腳】
[ke˧ lai˧ bo˧ ba˧ niãu˥ ts'i˥ e˩ k'iau˧ k'a˥]
家中無貓，老鼠會猖狂；喻家長或首領不在，底下的人不受管束，莫不稱快取鬧。

【家治手底賺的才是錢】
[ka˧ ti˩ ts'iu˥ te˥ t'an˩ le˩ tsia˥ si˩ tsĩ˧]
勸誡年輕人要靠自己努力，不要徒羨別人的錢財。

【家治面細，嫌人尻川大】
[ka˧ ti˩ bin˧ se˩ hiam˧ laŋ˧ k'a˧ ts'uĩ˥ tua˧]
自己臉窄小卻嫌別人屁股大；喻自己不行卻怪別人好。

【家治開路，家治喝咿呵】
[ka˧ ti˩ k'ui˧ lɔ˧ ka˧ ti˩ hua˥ i˧ o˥]
自拉自唱，自言自語。

【家治舉指頭仔挖目睭】
[ka˧ ti˩ gia˧ tsiŋ˥ t'au˧ a˥ ɔ˥ bak˩ tsiu˥]
用自己的手指挖自己的眼精，喻對外人說自己的是非。

【家無主，掃帚就顛倒企】
[ka˥ bo˧ tsu˥ sau˥ ts'iu˥ tio˩ ten˧ to˥ k'ia˧]
家無主人，一切秩序都會紊亂。

【家中有一老，賽過一塊寶】
[ka˧ tiɔŋ˥ u˩ tsit˩ lo˥ sai˥ kue˥ tsit˩ te˥ po˥]
家中有一位老人，賽過身懷一塊寶。

【家有千金不如日進分文】
[ka˥ iu˥ ts'en˧ kim˥ put˥ zu˧ zit˥ tsin˩ hun˧ bun˧]
喻與其依靠祖產，不如憑自己努力每天都有收入。

【家有妒忌妻，休想娶細姨】
[ka˥ iu˥ tɔ˥ ki˩ ts'e˥ sio˥ siũ˩ ts'ua˩ se˥ i˧]
家妻善妒，千萬不要搞婚外情，更不要想娶姨太太。

【家治不能保，那能保他人】
[ka˧ ti˩ put˥ liŋ˧ po˥ nã˥ liŋ˧ po˥ t'ã˧ zin˧]
自身難保，更何況保他人？

【家治刣老爸，勸別人盡孝】
[ka˧ ti˩ t'ai˧ lau˩ pe˧ k'uĩ˥ pat˩ laŋ˧ tsin˩ hau˩]
自己拿刀殺父親，卻要勸人行孝；譏人不反顧自己。

【家治面無肉，怨人大尻川】
[ka˧ ti˩ bin˧ bo˧ baʔ˩ uan˥ laŋ˧ tua˩ k'a˧ ts'uĩ˥]
自己不爭氣，嫉妒別人成功。

【家治背黃金，爲人看風水】
[ka˧ ti˩ p'ãi˩ hɔŋ˩ kim˥ ui˩ laŋ˧ k'uã˥ hɔŋ˧ sui˥]
黃金，黃金甕，裝祖先骨骸的陶甕；

自己背著祖先的骨骸，尚未找到好風水，還想爲別人看風水。譏諷自己的事都辦不來，還想爲別人辦事。

【家治栽一欉，較贏看別人】
[ka˧ ti˩ tsai˧ tsit˩ tsaŋ˧ k'a˥ iã˧ k'uã˥ pat˩ laŋ˧]
自己種一棵果樹，到時結果就有得吃，不必看鄰居吃。喻要靠自己不要靠別人。

【家治做醫生，尻川爛一邊】
[ka˧ ti˩ tso˥ i˧ siŋ˥ k'a˧ ts'uĩ˥ nuã˩ tsit˩ piŋ˧]
自己當醫生，屁股卻爛了一半；喻工於謀人，拙於謀己。

【家治無肥，怨人腳肚生肉】
[ka˧ ti˩ bo˧ pui˧ uan˥ laŋ˧ k'a˧ to˥ sẽ˧ baʔ˩]
自己不爭氣，嫉妒別人成功。

【家和萬事成，冤家眞無閒】
[ka˥ ho˧ ban˩ su˩ siŋ˧ uan˧ ke˥ tsin˧ bo˧ iŋ˧]
家庭和睦，上下一心，謀事無有不成；若一天到晚吵架（冤家），忙（無閒）著吵架，那還有時間做正經事？

【家家阿彌陀，户户觀世音】
[ke˧ ke˥ a˧ mĩ˥ to˧ ho˩ ho˧ kuan˧ se˥ im˥]
形容阿彌陀佛、觀世音菩薩的信仰，非常普遍。

【家無浪蕩子，官對何處來】
[ka˥ bo˧ lɔŋ˩ tɔŋ˩ tsu˥ kuã˥ tui˥ ho˧ ts'u˩ lai˧]
謂浪子回頭，必大有作爲。

【家和萬事成，家不和萬世窮】
[ka˥ ho˧ ban˩ su˩ siŋ˧ ka˥ put˥ ho˧ ban˩ se˥ kiŋ˧]

強調家庭和樂與否影響深遠。

【家治睏桌腳，煩惱別人的厝漏】
[ka˧ ti˩ k'un˥ to˥ k'a˥ huan˧ lo˥ pat˩ laŋ˧ ge˧ ts'u˩ lau˧]
自顧不暇，還要爲別人操心，眞是庸人自擾。

【家要富子強父，家要成弟強兄】
[ka˥ be˥ hu˩ tsu˥ k'iaŋ˥ hu˧ ka˥ be˥ siŋ˧ te˧ k'iaŋ˥ hiã˥]
家中境遇要富且強，必須後代子孫青出於藍。

【家要齊，置雙犁；家要破，置雙妻】
[ka˥ be˥ tse˧ ti˥ siaŋ˧ le˧ ka˥ be˥ p'ua˩ ti˥ siaŋ˧ ts'e˥]
欲興家，置兩張犁，勤於耕作，自然會興；欲敗家，娶兩個老婆，日夜爭吵，自然破敗。

【家治四兩笐仔除起來纔講別人】
[ka˧ ti˩ si˥ niũ˥ uĩ˥ a˥ ti˧ k'i˩ lai˩ tsia˥ kɔŋ˥ pat˩ laŋ˧]
家治，自己；笐仔，昔日裝東西稱重量的小竹器；喻先要自我反省之後，再批評別人。

【家治自求財利，毋通過錢買胭脂】
[ka˧ ti˩ tsu˩ kiu˧ tsai˧ li˧ m˩ t'aŋ˧ kue˥ tsĩ˧ be˥ en˧ tsi˥]
指不可爲人作保。

【家雞扑著輾輾旋，野雞扑著滿天飛】
[ka˧ ke˥ p'a˥ tio˧ len˥ len˥ sue˧ ia˥ ke˥ p'a˥ tio˧ muã˥ t'ĩ˧ pue˥]
喻親生子再怎麼罵也無所謂，養子一罵就會跑回生家。或喻髮妻再怎麼責罵她都忍氣吞聲，姨太太稍微指責她就會鬧得滿城風雨。

【家治的飯食乎飽，毋通管別人的閒

事】
[ka˧ ti˩ e˧ puĩ˧ tsia˩ ho˧ pa˥ m˩ t'aŋ˧ kuan˥ pat˧ laŋ˦ ge˧ iŋ˧ su˧]
自己做好本分工作，莫管他人閒事，以免惹禍上身。

【家治腳後肚無生肉，怨妒人尻川佩大個】
[ka˧ ti˩ k'a˧ au˩ to˥ bo˧ sẽ˧ baʔ˧ uan˥ to˥ laŋ˧ k'a˧ ts'uĩ˧ p'e˥ tua˩ ge˦]
自己的小腿肚不長肉，卻怨別人的屁股很豐滿；喻自己不爭氣，嫉妒別人成功。

【家若要與姑侄仔嫁歸間，家若要敗姐妹仔做娣姒】
[ke˥ nã˩ be˥ hiŋ˥ ko˧ sun˧ nã˥ ke˥ kui˧ kiŋ˥ ke˥ nã˩ be˥ pai˧ tsi˥ muãi˧ a˥ tso˥ taŋ˧ sai˧]
謂姑侄同嫁一家，因為尊卑不同，故家業會興旺；姊妹同嫁一家做妯娌(娣姒)，因輩分相同，易斤斤計較發生爭執，故家業容易破敗。

【宰相肚內好撐船】
[tsai˥ sioŋ˩ to˩ lai˧ ho˥ t'ẽ˧ tsun˦]
稱人肚量大，容得下別人無心之過。

【宰相不出門，能知天下事】
[tsai˥ sioŋ˩ put˥ ts'ut˥ muĩ˦ liŋ˧ ti˧ t'en˧ ha˩ su˧]
由於幕僚的協助，宰相在家，即可了解天下大事。

【寄得不寄失】
[kia˥ tik˧ put˥ kia˥ sit˧]
受人委託，務必達成，不可違失。

【寄生佔露螺仔殼】
[kia˥ sẽ˥ tsiam˥ lo˩ le˧ a˥ k'ak˧]
寄生蟹佔住蝸牛殼；喻霸佔別人的東西。

【寄錢會減，寄話會加】
[kia˥ tsĩ˦ e˩ kiam˥ kia˥ ue˧ e˩ ke˥]
喻人見財易起貪佔之心，人有撥弄是非之性。

【寄物會減少，寄話會增加】
[kia˥ mĩ˧ e˩ kiam˥ tsio˥ kia˥ ue˧ e˩ tsiŋ˧ ka˥]
意同前句，喻傳遞語言往往會變質。

【寅葬，卯發】
[in˦ tsoŋ˩ bau˥ huat˧]
寅時(早上三～五點)下葬，卯時(早上五～七點)得福；極言墓地風水好，葬了一定立刻會有好運氣。

【寅申巳亥，父在房中，子慢哀】
[in˦ sin˥ tsi˧ hai˧ hu˧ tsai˩ paŋ˧ tioŋ˥ tsu˥ ban˩ ai˥]
昔日台俗相傳若在寅申巳亥四個時辰出生的孩子，而出生時其父又在家中者，則所生孩子易夭折。

【冤家糧債】
[uan˧ ke˧ niũ˧ tse˩]
本係好朋友，因借糧有所出入而發生糾紛。喻一般性之糾紛爭吵。

【冤家囉債】
[uan˧ ke˧ lo˧ tse˩]
形容雙方爭鬧失和，如同冤家索債。

【冤枉無地講】
[uan˧ oŋ˥ bo˧ te˥ koŋ˥]
有冤無處訴說。

【冤鬼抽舌根】
[uan˧ kui˥ t'iu˧ tsi˩ kin˥]
俗信冤死的人，其亡靈會使真正的罪犯俯首認罪。

【冤家路頭隘】
[uan˧ ke˥ lo˩ t'au˦ e˧]
喻仇家經常會在路上相逢。

【冤有家，債有主】
[uan˥ iu˥ ke˥ tse˨˩ iu˥ tsu˥˧]
冤有頭，債有主。

【冤可解，不可結】
[uan˥ k'o˥ kai˥˧ put˦ k'o˥ ket˨]
要廣結善緣，不可與人結仇。

【冤有頭，債有主】
[uan˥ u˨˩ t'au˨˦ tse˨˩ u˨˩ tsu˥˧]
冤仇與債務各有其主，不得亂加誣賴，連累他人。

【冤家變成親家】
[uan˧ ke˥ pen˥˧ siŋ˧ ts'in˧ ke˥]
由仇人變成好朋友。

【富貴在天】
[hu˥˧ kui˨˩ tsai˨˩ t'en˥]
富貴由命，不可強求。

【富貴，在手足】
[hu˥˧ kui˨˩ tsai˨˩ ts'iu˥ tsiɔk˨]
看相的人，認爲一個人的富貴可以從手足看出來。

【富貴財子壽】
[hu˥˧ kui˨˩ tsai˨˦ tsu˥ siu˧]
富有、顯貴、多財、多男子、長壽，即世人所謂的五福。

【富貴由命天註定】
[hu˥˧ kui˨˩ iu˧ miã˧ t'ĩ˥ tsu˥˧ tiã˧]
人生富貴與否，完全是上天早已安排好的。

【富貴由命，不由人】
[hu˥˧ kui˨˩ iu˧ miã˧ put˦ iu˧ zin˨˦]
富貴係由天註定，非人力所能強求。

【富貴兩字難得求】
[hu˥˧ kui˨˩ ləŋ˨˩ zi˧ lan˧ tit˦ kiu˨˦]
富貴皆由命定，無法強求。

【富貴寡婦，窮單身】
[hu˥˧ kui˥˧ kua˥ hu˧ kiŋ˧ tuã˧ sin˥]
寡婦因夫死無人養家，自奉儉約因而致富；單身漢因無家累而隨意花用反而變成窮光蛋。

【富貴三代，方知飲食】
[hu˥˧ kui˨˩ sam˧ tai˧ hɔŋ˧ ti˧ im˥ sit˦]
富貴三代之後，方知飲食的禮節與道理。

【富的富拄天，散的散寸鐵】
[hu˨˩ e˨˩ hu˥˧ tu˥ t'ĩ˥ san˨˩ e˨˩ san˥˧ ts'un˥˧ t'iʔ˨]
有錢人錢財多到堆積起來比天高，窮人卻窮得家無寸鐵；喻貧富差距懸殊。

【富從升合來，貧由毋算起】
[hu˨˩ tsiɔŋ˧ siŋ˧ kap˨ lai˨˦ pin˨˦ iu˧ m˨˩ suĩ˨˩ k'i˥˧]
富是由少而累積成的，貧則從浪費開始。

【富貴在手足，聰明在耳目】
[hu˥˧ kui˨˩ tsai˨˩ ts'iu˥ tsiɔk˨ ts'ɔŋ˧ biŋ˨˦ tsai˨˩ hĩ˨˩ bak˦]
相術語，人一生的貧富端看手腳之長相，智愚則取決於眼耳之長相。

【富嫌千口少，貧恨一身多】
[hu˨˩ hiam˨˦ ts'en˧ k'au˥˧ tsio˥˧ pin˨˦ hun˧ it˦ sin˥ to˥]
富有的家有千人仍嫌少，貧窮的則連自己一身都養不飽。比喻貧富差距懸殊。

【富標通莫如我，食博迌不讓人】
[hu˨˩ p'iau˥ t'ɔŋ˥ bɔk˨ zu˧ ŋõ˥˧ tsia˧ pua˧ t'it˦ put˦ ziaŋ˨˩ zin˨˦]
富有、才識、學問，旁人不如我；喝酒、賭博、玩樂（迌迌），不讓人專美於前。

【富在深山有遠親，貧在鬧市無人問】
[hu˧ tsai˨ ts'im˧ san˥ iu˥ uan˥ ts'in˥ pin˦ tsai˨ nãu˨ ts'i˧ bu˧ zin˧ muĩ˧]
喻一般人皆嫌貧愛富。或作「富在深山有遠親，貧在路邊無人問」

【寒門出孝子】
[han˧ muĩ˦ ts'ut˥ hau˥ tsu˥]
貧窮人家子弟，自幼目睹父母之辛苦工作，長大比較會有反哺之心。

【寒狗毋知熱巢】
[kuã˧ kau˥ m˨ tsai˧ zua˨ siu˧]
罵人天氣轉熱，尚穿冬衣，不辨寒暑。

【寒露麥，霜降豆】
[han˧ lɔ˨ be˧ sɔŋ˧ kaŋ˥ tau˧]
農諺。麥要在寒露過後，土豆（花生）要在霜降過後，才成熟美味可口。

【寒來暑往，秋收冬藏】
[han˦ lai˦ su˥ ɔŋ˥ ts'iu˥ siu˥ taŋ˥ tsɔŋ˦]
指天地四時運轉，萬物生長收成；此係《千字文》之句子。

【寒窯雖破避風雨，尪某恩愛苦嘛甜】
[han˧ io˦ sui˧ p'ua˨ p'ia˥ hɔŋ˧ hɔ˧ aŋ˧ bɔ˥ un˧ ai˨ k'ɔ˥ mã˨ tĩ˥]
喻精神生活勝於物質生活，愛情價值超過麵包。

【寧生早子，不養遲兒】
[liŋ˧ sẽ˧ tsa˥ tsu˥ put˥ iaŋ˥ ti˧ zi˦]
兒子越早生越好，晚年才生兒子，不是樂事，蓋恐無力栽培也。

【寧可清饑，不可濁飽】
[liŋ˨ k'o˥ ts'iŋ˧ ki˥ put˥ k'o˥ tɔk˩ pa˥]
寧願保持清高而忍受饑寒，不可出賣人格以圖飽暖；喻潔身自愛。

【寧可無官，不可無婚】
[liŋ˨ k'o˥ bo˧ kuã˥ put˥ k'o˥ bo˧ hun˥]
喻傳宗接代之重要性，超過升官發財。

【寧嫁散夫，毋作偏房】
[liŋ˧ ke˨ san˥ hu˥ m˨ tso˥ p'en˧ paŋ˦]
散夫，窮丈夫；寧可嫁給沒錢的做妻子，也不要嫁入豪門爲妾。

【寧飼賊子，毋飼呆子】
[liŋ˧ ts'i˨ ts'at˩ kiã˥ m˨ ts'i˨ tai˧ kiã˥]
賊子雖爲非作歹，容或有浪子回頭的一天；而白痴的孩子，永難變聰明，將成爲父母終生的包袱。

【寧願飼虎，毋願飼狗】
[liŋ˧ guan˨ ts'i˨ hɔ˥ m˨ guan˨ ts'i˨ kau˥]
寧可給虎吃，也不願給狗吃；喻兄弟爭遺產，寧可給別人拿去，也不甘心被自己兄弟拿走。

【寧可信其有，不可信其無】
[liŋ˨ k'o˥ sin˥ ki˧ iu˥ put˥ k'o˥ sin˥ ki˧ bu˦]
指對鬼魂神明之事，誠信則靈。

【寧爲屋上鳥，毋作房裏妾】
[liŋ˧ ui˨ ɔk˥ siɔŋ˨ niãu˥ m˨ tso˥ paŋ˧ lai˨ ts'iap˩]
寧做一隻沒人護育卻自由自在的飛鳥，也不做行動受限、凡事做不得主的妾。

【寧與千人好，莫與一人仇】
[liŋ˧ i˥ ts'en˧ zin˦ ho˥ bɔk˩ i˥ it˥ zin˦ siu˦]
與人相處，要廣結善緣。

【寧可順之而死，不可逆之而生】
[liŋ˨ k'o˥ sun˨ tsi˥ zi˧ si˥ put˥ k'o˥ gik˩ tsi˥ zi˧ siŋ˥]
謂寧可順天理而死，不當逆天理而活。

【寧欺八十老阿公，莫欺三歲小孩童】
[liŋ˧ k'i˥ pe˥ tsap˩ lau˨ a˧ kɔŋ˥ bɔk˩ k'i˥ sã˧ hue˨ sio˥ hai˧ tɔŋ˦]
寧可欺騙老人，也不該欺騙小孩，因小孩天眞無知，不便欺也。

【寧可和聰明人講話，毋和糊塗人讀冊】
[liŋ˨ k'o˥ ham˨ ts'ɔŋ˧ biŋ˧ laŋ˦ kɔŋ˥ ue˧ m˨ ham˨ hɔ˧ tɔ˧ laŋ˦ t'ak˩ ts'eʔ˩]
喻聰明人容易溝通，糊塗人難纏。

【寧可和散赤人做伙行，毋和皇帝做親情】
[liŋ˨ k'o˥ ham˨ san˥ ts'ia˥ laŋ˦ tso˥ hue˥ kiã˦ m˨ ham˨ hɔŋ˧ te˨ tso˥ ts'in˧ tsiã˦]
散赤人，貧窮人家；親情，姻親。與窮人交往，自在愜意，與皇帝攀結姻親，侯門深似海，動輒得咎，寧可不要。

【寡婦門前是非多】
[kua˥ hu˧ muĩ˧ tsiŋ˦ si˨ hui˥ to˥]
寡婦因夫死，易被不懷好意的男子糾纏而滋生事端。

【寡婦心腸，後娘手段】
[kua˥ hu˧ sim˧ tɔŋ˦ au˨ niũ˦ ts'iu˥ tuã˧]
喻其心狠手辣。

【寬事緊辦，緊事寬辦】
[k'uã˧ su˧ kin˥ pan˧ kin˥ su˧ k'uã˧ pan˧]
凡事雖是不急，卻不可疏忽；至於緊急的事，也不可因爲緊急就躐等不照步驟辦。

【寵到爬上天去】
[siŋ˨ ka˥ pe˥ tsiũ˨ t'ĩ˥ k'i˨]
大人嬌寵小孩，導致小孩撒野、胡作非爲。

【寵到爬上頭殼尾】
[siŋ˨ ka˥ pe˥ tsiũ˨ t'au˧ k'ak˥ bue˥]
意同前句。

【寵子不孝，寵某吵鬧】
[siŋ˨ kiã˥ put˥ hau˨ siŋ˨ bɔ˥ ts'au˥ nãu˧]
寵慣兒子長大會不孝，寵慣妻子日久易吵鬧。

【寵子不孝，寵豬上灶】
[siŋ˨ kiã˥ put˥ hau˨ siŋ˨ ti˥ tsiũ˨ tsau˨]
溺愛兒子長大會不孝；放縱豬隻不管，會跑到廚房去破壞爐灶。謂凡事不可放縱。

【寵豬上灶，寵子不孝】
[siŋ˨ ti˥ tsiũ˨ tsau˨ siŋ˨ kiã˥ put˥ hau˨]
意同前句。

【寵豬舉灶，寵子不孝】
[siŋ˨ ti˥ gia˧ tsau˨ siŋ˨ kiã˥ put˥ hau˨]
意同前句。

【寵錢會富，寵子賣厝】
[siŋ˨ tsĩ˦ e˨ hu˨ siŋ˨ kiã˥ be˨ ts'u˨]
寵錢，謂嗜錢如命。愛錢如命，捨不得花用則會致富，寵惜孩子，不加管教則可能變成浪子，會變賣家當。

【寵子不孝，寵狗爬上灶】
[siŋ˨ kiã˥ put˥ hau˨ siŋ˨ kau˥ pe˥ tsiũ˨ tsau˨]

澎湖諺語。對孩子太寵愛，長大會不孝；對狗太寵愛，牠就會爬到爐灶上去吃食物。

【寵到頭殼尾溜去放屎】
[siŋ˩ ka˥ t'au˧ k'ak˥ bue˥ liu˥ k'i˥ paŋ˥ sai˥]
喻寵過頭了。

【寵查某子膾落人家教】
[siŋ˩ tsa˧ bɔ˥ kiã˥ be˩ lo˩ laŋ˧ ka˧ kau˩]
過分溺寵女兒，將來出嫁後無法與夫家的家教配合。

【寵伊上踏枋，續要上眠床】
[siŋ˩ i˧ tsiũ˩ ta˩ paŋ˥ sua˥ be˥ tsiũ˩ bin˧ ts'ɔŋ˧]
踏板，昔日八腳眠床前皆有踏板藉以上床。只允許他上踏板，他卻進一步爬上床。喻得寸進尺。

【寵豬舉灶，寵子不孝，寵查某子膾落人的家教】
[siŋ˩ ti˥ gia˧ tsau˩ siŋ˩ kiã˥ put˥ hau˩ siŋ˩ tsa˧ bɔ˥ kiã˥ be˩ lo˩ laŋ˧ ge˧ ka˧ kau˩]
放縱豬隻，他會跑出豬稠進廚房去破壞爐灶；溺愛兒子，長大會不孝；溺愛女兒，長大出嫁之後，無法適應夫家的教養習慣。

【寶斗四面銅，無腳無手會剝人】
[po˥ tau˥ si˥ bin˩ taŋ˧ bo˧ k'a˥ bo˧ ts'iu˥ e˩ pak˥ laŋ˧]
喻賭博使人財迷心竅，會導致傾家蕩產，家破人亡。

【寸土屬王】
[ts'un˥ t'ɔ˥ siɔk˩ ɔŋ˧]
每一寸土地都屬於皇帝的，即「普天之下莫非王土」。

【寸絲爲定，千金不移】
[ts'un˥ si˥ ui˧ tiã˧ ts'en˧ kim˥ put˥ i˧]
只要講信用，即便只是用一寸絲做約定也可以；喻一諾值千金。

【射人先射馬，擒賊先擒王】
[sia˩ laŋ˧ siŋ˧ sia˩ be˥ k'im˧ ts'at˥ siŋ˧ k'im˧ ɔŋ˧]
兵家之學，先射傷坐騎，則馬上之人便會墜下，先擒王則群龍無主，才是致勝之道。

【將三改五】
[tsiɔŋ˧ sã˥ kai˥ gɔ˧]
把「三」塗改爲「五」，喻欺人之術。

【將心比心】
[tsiɔŋ˧ sim˥ pi˥ sim˥]
爲別人設想。

【將功補罪】
[tsiɔŋ˧ kɔŋ˥ pɔ˥ tsue˧]
以功勞來抵罪過。

【將的享的】
[tsiɔŋ˧ e˩ hiɔŋ˥ e˩]
泉州話的發端語，指這種的、那種的。

【將相無種】
[tsiɔŋ˥ siɔŋ˩ bu˧ tsiŋ˥]
宰相、大將軍，是沒有特殊遺傳的；喻凡人只要能立志奮發，都有可能成爲將相。

【將軍無在得，小君扑獵】
[tsiɔŋ˧ kun˥ bo˧ ti˧ tit˩ sio˥ kun˥ p'a˥ la˧]
喻老闆不在，部屬（夥計）就偷懶不專心。

【將軍無在咧，小鬼扑獵】
[tsiɔŋ˧ kun˥ bo˧ ti˧ le˩ sio˥ kui˥ p'a˥ la˧]

喻老闆不在，無人管束，員工無不稱快取鬧。

【將相本無種，男兒當自強】
[tsiɔŋ˥ siɔŋ˩ pun˥ bu˧ tsiŋ˥ lam˧ zi˦ tɔŋ˧ tsu˩ kiɔŋ˦]
意同「將相無種」。

【專驚專著】
[ts'uan˥ kiã˥ ts'uan˥ tio˧]
越是害怕這種事，越會遇到這種事。

【專驚五月十三，七月十八，毋驚三個大年節】
[ts'uan˥ kiã˥ gɔ˩ gue˩ tsap˩ sã˥ ts'it˥ gue˩ tsap˩ peʔ˩ m˩ kiã˧ sã˧ ge˧ tua˩ nĩ˧ tseʔ˩]
台南縣關廟鄉於五月十三關帝君誕辰，七月十八普渡，大肆慶祝，花費不貲，耗費多過新年、清明、冬至三個大年節，使鄉民感到懼怕。

【尋無孔】
[ts'ue˩ bo˧ k'aŋ˥]
找不到藉口。

【尋孔尋縫】
[ts'ue˩ k'aŋ˧ ts'ue˩ p'aŋ˧]
尋釁找藉口，即找碴。

【尋無寮仔門】
[ts'ue˩ bo˧ liau˧ a˥ bəŋ˦]
不得其門而入，亦即找不到問題的中心。或寫作「揣無寮仔門」，因音近或訛作「抓無貓仔毛」，眞是「一丈差九尺」。

【尊師重傳】
[tsun˧ su˥ tiɔŋ˩ hu˧]
尊師重道。

【對牛彈琴】
[tui˥ gu˦ tuã˧ k'im˦]
喻對不懂事的人講道理，白搭了。

【對牛讀經】
[tui˥ gu˦ t'ak˩ kiŋ˥]
意同「對牛彈琴」。

【對風講話】
[tui˥ hɔŋ˥ kɔŋ˥ ue˧]
馬耳東風，說了等於白說。

【對淺的上山】
[tui˥ ts'en˥ e˩ tsiũ˩ suã˥]
做事自淺顯處著手，由淺入深，按部就班，比較容易成功。

【對頭冤家主】
[tui˥ t'au˦ uan˧ ke˧ tsu˥]
指死對頭。

【對叨來，對這來】
[tui˥ to˥ lai˦ tui˥ tsia˥ lai˦]
順口溜；問人物從什麼地方來的？答以就從這兒來的，引申而有自然、巧合之意。

【對死的儉倒來】
[tui˥ si˥ e˩ k'iam˩ to˥ lai˦]
從死的邊緣往回節儉；喻非常節儉。

【對阿爹使目尾——割耙】
[tui˥ a˧ tia˥ sai˥ bak˩ bue˥ kua˥ pe˧]
歇後語。駛目尾，用眼角餘光瞪人，甚利，會割人；若用以對待爸爸則是割爸，割爸與「割耙」同音；割耙，昔日農家用以平整水田泥土之農具，係以木材爲框，有兩排瓣狀鐵片。

【對面親家，禮數原在】
[tui˥ bin˩ ts'in˧ ke˥ le˥ sɔ˩ guan˧ tsai˧]
不管多熟悉的親友，該有的禮節不能省略。亦做「隔壁親家，禮數原在」。

【對人講人話，對鬼講鬼話】
[tui˥ laŋ˦ kɔŋ˥ laŋ˧ ue˧ tui˥ kui˥

kɔŋ˥ kui˥ ue˧]
說話的內容，因人而異。

【對年，對哀哀；三年，無人知】
[tui˥˧ nĩ˩˧ tui˥˧ ai˧ ai˥ sã˧ nĩ˩˧ bo˧ laŋ˧ tsai˥]
台俗，父母死有三年之喪。做對年（週年）時，全家須舉哀再祭拜，左鄰右舍都可以聽見；做三年時，要變紅復吉，不再舉哀，故左鄰右舍聽不到哭聲，不知鄰人之喪已終。

【對鹽館入去，對染坊出來——鹹甲澀】
[tui˥˧ iam˧ kuan˥˧ zip˩ k'i˩ tui˥˧ nĩ˥ hɔŋ˥ ts'ut˥ lai˩ kiam˩˧ ka˥˧ siap˩]
歇後語。鹽館，賣鹽的舖子，它的環境很鹹；染坊，染布的工場，染料都很澀；從鹽館進去，再從染坊出來，則其人必又鹹又澀；諷刺人吝嗇到極點。

【小人得志】
[siau˥ zin˩˧ tit˥ tsi˩]
忘其所以，氣燄高張，得意忘形。

【小鬼仔面】
[siau˥ kui˥ a˥ bin˧]
與人相處，像小丑般嬉皮笑臉，帶貶抑之意。

【小題大做】
[sio˥ te˩˧ tai˩ tso˩]
把小事渲染成大事，大驚小怪。

【小貪戴雞籠】
[siau˥ t'am˥ ti˥˧ ke˧ lam˥]
雞籠，刑具。喻因小而失大。

【小人見利忘義】
[siau˥ zin˩˧ ken˥˧ li˧ bɔŋ˩ gi˧]
小人看到利益就置公義於不顧。

【小水不容大舟】
[sio˥ tsui˥˧ put˥ iɔŋ˩˧ tua˩ tsiu˥]
水淺無法通行大船；喻能力不足，擔當不起大任。

【小可錢，醫大病】
[sio˥ k'ua˥ tsĩ˩˧ i˧ tua˩ pẽ˧]
小可，微薄。只要對症下藥，用不著花大錢買名貴藥材，小偏方（花小錢）一樣能治好沈痾重病。

【小弟仔，害大兄】
[sio˥ ti˧ a˥˧ hai˩ tua˩ hiã˥]
弟弟連累大哥（大兄）。

【小所見，多所怪】
[sio˥ sɔ˥ ken˩ to˧ sɔ˥ kuai˩]
少見多怪。

【小雨鱠堪輒落】
[sio˥ hɔ˧ be˩ k'am˧ tsiap˩ lo˧]
輒落，謂連續下、常常下。小雨下多了仍會成災；喻勿以惡小而爲之，積多了仍會喪身。

【小人得志，若登天】
[siau˥ zin˩˧ tit˥ tsi˩ nã˥ tiŋ˧ t'en˥]
小人得意則忘形。

【小犬不知，嫌路隘】
[sio˥ k'en˥˧ put˥ ti˥ hiam˧ lɔ˧ e˧]
譏諷人自己無知，反而責怪別人。

【小兒的心，像佛心】
[sio˥ zi˩˧ e˧ sim˥ ts'iũ˩ hut˩ sim˥]
小孩天眞無邪，無善亦無惡，無分別意，故像佛菩薩之心。

【小船鱠堪得重載】
[sio˥ tsun˩˧ be˩ k'am˧ tit˥ taŋ˩ tsai˧]
小船超載會沈覆；喻人力有限，要適可而止。

【小暑，青粟，無青米】
[siau˥ si˥˧ ts'ẽ˧ ts'ik˩ bo˧ ts'ẽ˧ bi˥˧]
農諺。小暑，二十四節氣之一，在農

曆六月上半月；青粟，青的稻穀。稻穀到了小暑，縱使外殼仍青，而殼內米粒已硬，可以收割。

【小人得志，意氣揚揚】
[siau˥ zin˧˥ tit˙˥ tsi˩ i˥˧ k'i˩ iɔŋ˧ iɔŋ˧˥]
小人得意，趾高氣昂。

【小人得志，搖頭拌耳】
[siau˥ zin˧˥ tit˙˥ tsi˩ io˧ t'au˧˥ puã˩ hĩ˧]
小人得志，自鳴得意。

【小孔毋補，大孔叫苦】
[sio˥ k'aŋ˥ m˩ pɔ˥˧ tua˩ k'aŋ˥ kio˥˧ k'ɔ˥˧]
小洞不補，大洞成災。

【小旦跟扛籠的借錢】
[sio˥ tuã˩ ka˩ kəŋ˧ laŋ˥˧ ge˩ tsio˥˧ tsĩ˧˥]
收入高的小旦向扛戲箱的雜工借錢，表示沒這個道理；其實收入高的人若不節儉，這種事情也有可能發生。

【小時偷針，大時偷金】
[sio˥˧ si˧˥ t'au˧ tsiam˥ tua˧ si˧˥ t'au˧ kim˥]
小時候小偷，長大則變大賊；喻小孩要好好管教，不可姑息養奸。

【小錢毋去，大錢毋來】
[sio˥ tsĩ˧˥ m˩ k'i˩ tua˩ tsĩ˧˥ m˩ lai˧˥]
收入不多，僅足餬口。

【小生小旦目尾牽電線】
[sio˥ siŋ˥ sio˥ tuã˩ bak˙˩ bue˥˧ k'an˧ ten˩ suã˩]
小生、小旦演戲時注重眼神。

【小和尚唸經，有嘴無心】
[sio˥ hue˧ siũ˧ liam˩ kiŋ˥ u˩ ts'ui˩ bo˧ sim˥]
有口無心，心不在焉。

【小鬼毋識看見大豬頭】
[sio˥ kui˥˧ m˩ bat˙˥ k'uã˥˧ kĩ˥˧ tua˩ ti˧ t'au˧˥]
台俗，祭鬼神之供品有分等級，拜小鬼只能用小三牲（豆干、肉塊及一個蛋），不用牲醴，更不用豬頭。喻見識不廣，少見多怪。

【小鬼毋敢摸王爺尻川】
[sio˥ kui˥˧ m˩ kã˥ bɔŋ˧ ɔŋ˧ gia˧ k'a˧ ts'uĩ˥]
喻下屬不敢干犯上司。

【小鬼仔想要食閻羅王】
[sio˥ kui˥ a˥˧ siũ˩ be˥ tsia˩ giam˧ lo˧ ɔŋ˧˥]
喻不是對手、自不量力。

【小鬼仔，𣍐堪得大百金】
[sio˥ kui˥ a˥˧ be˩ k'am˧ tit˙˥ tua˩ pa˥˧ kim˥]
台俗，祭神用金紙；拜鬼用銀紙，不用金紙，更不用大百金。喻窮人不堪享福。

【小旦食雞腿，戲箱食涼水】
[sio˥ tuã˩ tsia˩ ke˧ t'ui˥˧ hi˥˧ siũ˥ tsia˩ liaŋ˧ tsui˥˧]
收入不豐卻迷戀戲班小旦的戲迷，常買雞腿送小旦吃，而自己只能坐在戲箱上（故稱戲箱）喝涼水。

【小叔扑兄嫂——一倒擱一倒】
[sio˥ tsik˙˩ p'a˥˧ hiã˧ so˥˧ tsit˙˩ to˥˧ ko˥˧ tsit˙˩ to˥˧]
歇後語。小叔出手打不守家規的兄嫂，兄嫂被打倒了，惡名彰揚出去，大哥也跟著倒了，故云一倒擱一倒。

【小鬼仔毋曾見著大豬頭】
[sio˥ kui˥ a˥˧ m˩ bat˙˥ kĩ˥˧ tio˩ tua˩ ti˧ t'au˧˥]
小鬼仔平常所受供物，均極稀少，未

曾享盛大牲醴。此語用以譬喻小人多得些許物品就大歡喜。

【小時是兄弟，長大各鄉里】
[sio˥ si˧˥ si˨˩ hiã˧ ti˧ tiɔŋ˥˧ tai˧ kɔk˙˩ hiɔŋ˧ li˥˧]
小時是手足兄弟，一起玩耍，長大後分道揚鑣，各奔前程，分散各地。

【小暑不見禾，大暑不見稿】
[sio˥˧ si˥˧ put˙˩ ken˥˧ ho˧ tai˨˩ si˥˧ put˙˩ ken˥˧ ko˥˧]
農諺。禾，稻穗；稿，稻稿，稻草。農家種植早稻，必須在小暑前收割稻穗完畢，在大暑前將稻草曝乾堆草棚，否則颱風季節一到，收藏不易。

【小錢毋願賺，大錢𣍐予伊姦】
[sio˥˧ tsĩ˧˥ m˨˩ guan˨˩ t'an˨˩ tua˨˩ tsĩ˧˥ be˨˩ hɔ˨˩ i˧ kan˨˩]
薪水少的不肯屈就，薪水高的因沒本事而做不了；高不成，低不就。

【小人報冤三日，君子報冤三年】
[siau˥˧ zin˧˥ po˥˧ uan˥˧ sã˧ zit˙˩ kun˧ tsu˥˧ po˥˧ uan˥˧ sã˧ nĩ˧˥]
小人急於報仇，君子則從長計議。

【小叔濟，鞋腳濟；大伯濟，禮貌濟】
[sio˥˧ tsik˙˨˩ tse˧ e˧˥ k'a˥˧ tse˧ tua˨˩ peʔ˙˨˩ tse˧ le˥˧ mãu˧ tse˧]
濟，多也；爲人妻者，對未婚之夫弟（小叔）必須照顧撫養，甚至爲他們縫製布鞋等，人多則鞋多；對已婚之夫兄（大伯），必須畢恭畢敬，人多禮貌亦多。

【小小恆春鎮，三間豆腐店，城裏扑尻川，城外聽得見】
[sio˥˧ sio˥˧ hiŋ˨˩ ts'un˧ tin˨˩ sã˧ kiŋ˧ tau˨˩ hu˨˩ tiam˨˩ siã˧ lai˧ p'a˥˧ k'a˧ ts'uĩ˥˧ siã˧ gua˧ t'iã˧ tit˙˩ kĩ˨˩]
舊時恆春小城，東西九百公尺，南北七百公尺，比一般城鎮還小，故能聲息相聞。

【少年人日頭長】
[siau˥˧ len˧ laŋ˧˥ zit˙˨˩ t'au˧ tɔŋ˧˥]
年輕人來日方長，有的是時間。

【少年得志大不幸】
[siau˥˧ len˧˥ tit˙˩ tsi˨˩ tua˨˩ put˙˩ hiŋ˧]
年輕得志，血氣未定，容易輕浮，放辟邪侈，無所不爲。

【少年梟倖，無尾溜】
[siau˥˧ len˧˥ hiau˧ hiŋ˧ bo˧ bue˥˧ liu˥˧]
被遺棄的女子罵負心漢的話。

【少年人擋無三個斧頭】
[siau˥˧ len˧ laŋ˧˥ tɔŋ˥˧ bo˧ sã˧ ge˧ pɔ˥˧ t'au˧˥]
年輕人較無能耐。

【少年查某無愛討老人】
[siau˥˧ len˧ tsa˧ bɔ˥˧ bo˧ ai˥˧ t'o˥˧ lau˨˩ laŋ˧˥]
年輕女人看不上老人。

【少年無風騷，食老才想錯】
[siau˥˧ len˧˥ bo˧ hɔŋ˧ so˥˧ tsia˨˩ lau˧ tsia˥˧ siũ˨˩ ts'o˨˩]
人生要趁年輕及時行樂，否則到了年老便會心有餘而力不足。

【少年𣍐曉想，食老毋成樣】
[siau˥˧ len˧˥ be˨˩ hiau˥˧ siũ˧ tsia˨˩ lau˧ m˨˩ tsiã˧ iũ˧]
年輕不知奮發向上，以致年老一事無成，不如別人。

【少食加滋味，加食無趣味】
[tsio˥˧ tsia˧ ke˧ tsu˧ bi˧ ke˧ tsia˧ bo˧ ts'u˥˧ bi˧]
飲食要適量，過量則不美。

【少飲是人參，加飲誤了身】
[tsio˥˧ im˥˧ si˨˩ zin˧ sim˥˧ ke˧ im˥˧ gɔ˨˩

liau˥ sin˥]
酒，少飲可以滋補身體，飲過量則會傷身誤事。

【少年某嫁老尪，梳妝抹粉無彩工】
[siau˨ len˧ bɔ˨ ke˨ lau˩ aŋ˥ se˧ tsəŋ˥ bua˨ hun˨ bo˧ ts'ai˥ kaŋ˥]
老夫少妻，少妻雖濃妝艷抹，亦難以引起老夫之注意與性慾，故有此諺。

【少年若無一擺戇，路邊那有有應公】
[siau˨ len˧ nã˩ bo˧ tsit˩ pai˥ gəŋ˧ lɔ˩ pĩ˥ nã˥ u˩ iu˥ iŋ˨ kɔŋ˥]
因為有些年輕人誤入歧途，家破人亡，餓死路旁，被善心人士收埋，才會有「有應公」。誡年輕人凡事要三思而後行，勿逞血氣之勇。

【尖草，自細尖】
[tsiam˧ ts'au˨ tsu˩ se˩ tsiam˥]
尖草，自幼草即尖；喻聰明人自幼就表現得很傑出。

【尖鑽，毋值拄擋】
[tsiam˧ tsəŋ˩ m˩ tat˩ tu˥ təŋ˩]
與其汲汲營營而一無所獲，還不如碰到好機會的人來得好。類似「選日不如撞日」。

【尪賺某理】
[aŋ˥ t'an˩ bɔ˨ li˨]
先生出外賺錢，太太在家裡理財，兩人分工合作，才能興家立業。

【尪仔頭無明】
[aŋ˧ ŋã˥ t'au˧ bo˧ biŋ˧]
尪仔頭，專指面貌；無明，不美不俊。

【尪某第一親】
[aŋ˧ bɔ˨ te˩ it˥ ts'in˥]
世間人際關係，以夫妻一倫最為親密。

【尪姨循話尾】
[aŋ˧ i˧ sun˧ ue˩ bue˨]
尪姨為靈媒之一種，常為人牽亡，探問死去的祖先的情況。她（他）經常根據問話者的問話（話尾）來揣測並加以回答，使人感覺若有其事。引申為人云亦云。

【尪仔某，食菜脯】
[aŋ˧ ŋã˥ bɔ˨ tsia˩ ts'ai˨ pɔ˨]
菜脯，蘿蔔乾；夫妻恩愛，縱使是吃稀飯配蘿蔔乾，也是很快樂。

【尪甲某，旗甲鼓】
[aŋ˥ ka˨ bɔ˨ ki˧ ka˨ kɔ˨]
謂夫妻地位相等，旗鼓相當。

【尪某，四目相對】
[aŋ˧ bɔ˨ si˨ bak˥ sio˧ tui˩]
形容夫妻親蜜狀。

【尪某同甘共苦】
[aŋ˧ bɔ˨ tɔŋ˧ kam˥ kiɔŋ˩ k'ɔ˨]
夫妻要同甘共苦。

【尪某同苦同甜】
[aŋ˧ bɔ˨ tɔŋ˧ k'ɔ˨ tɔŋ˧ tĩ˥]
夫妻要同甘共苦。

【尪會賺，某會穖】
[aŋ˥ e˩ t'an˩ bɔ˨ e˩ k'ĩ˧]
先生賺錢，老婆勤儉持家，兩相配合，家道才會興旺。

【尪會賺，某會儉】
[aŋ˥ e˩ t'an˩ bɔ˨ e˩ k'iam˧]
先生出外賣力賺錢，太太勤儉持家，賺多用少，自然會有錢。

【尪公顯，弟子了錢】
[aŋ˧ kɔŋ˥ hen˨ te˩ tsu˨ liau˥ sen˨]
尪公，神明名稱，即保儀大夫，台北市木柵、景美地區集應廟祀以為主神。顯，興盛。神佛興盛，祭典多，信徒反而要多花錢，故有此諺。

【尪公顯，弟子落臉】
[aŋ˧ kɔŋ˥ hen˦ te˨ tsu˦ lo˨ len˦]
落臉，變窮。意同前句。

【尪仔某是相欠債】
[aŋ˧ ŋã˥ bɔ˦ si˨ sio˧ k'iam˦ tse˨]
今世結爲夫妻，是因前世彼此互相欠債，不要怨天尤人。

【尪仔某無歹隔暝】
[aŋ˧ ŋã˥ bɔ˦ bo˧ p'ãi˥ ke˦ mẽ˧]
夫妻吵架，不多時即和好，不會持續到翌日（隔暝）。

【尪仔某無隔暝仇】
[aŋ˧ ŋã˥ bɔ˦ bo˧ ke˦ mẽ˧ siu˧]
尪仔某，夫妻；無隔暝仇，無隔夜之仇；喻夫妻應和睦相處，勿記嫌隙。

【尪死，拄著歹大家】
[aŋ˥ si˦ tu˥ tio˨ p'ãi˥ ta˧ ke˥]
大家，婆婆；丈夫死亡，婆婆又是一個很刁蠻的人；喻禍不單行。

【尪死擱招尪——後龍】
[aŋ˥ si˦ ko˦ tsio˧ aŋ˥ au˨ laŋ˧]
歇後語。先生（尪）死了再招夫，所招之夫閩南語叫「後郎」，音同「後龍」；後龍，地名，在苗栗縣。

【尪某相惜過一世】
[aŋ˧ bɔ˦ siɔŋ˧ sioʔ˨ kue˦ tsit˨ se˨]
勸人夫妻要和諧恩愛。

【尪姨仔嘴，糊溜溜】
[aŋ˧ i˧ a˥ ts'ui˨ hɔ˧ lui˦ lui˨]
尪姨，靈媒的一種，可爲人牽亡、解厄、栽花、換斗等。借喻雖善於辭令，其言多不可信。

【尪格桌頂，卻著柑】
[aŋ˧ ke˦ to˦ tiŋ˦ k'io˦ tio˨ kam˥]
尪格桌，神明供桌。謂此物必是偷竊得來而非撿到的。

【尪公聖毋値尪媽定】
[aŋ˧ kɔŋ˥ siã˨ m˨ tat˨ aŋ˧ mã˦ tiã˧]
尪公（即保儀大夫）雖聖，尚不及尪媽（即保儀大夫之夫人）篤定。比喻央託事情，央託主婦比央託主人更爲有效。

【尪生某旦，食飽相看】
[aŋ˥ siŋ˥ bɔ˦ tuã˨ tsia˨ pa˦ sio˧ k'uã˨]
形容郎才女貌，夫妻恩愛。

【尪仔某褲帶結相粘】
[aŋ˧ ŋã˥ bɔ˦ k'ɔ˦ tua˨ kat˥ sio˧ liam˧]
喻夫唱婦隨，形影不離。

【尪婆，床頭扑，床尾和】
[aŋ˧ po˧ ts'əŋ˧ t'au˧ p'aʔ˨ ts'əŋ˧ bue˦ ho˧]
夫妻（尪婆）之間吵架是常有的事，但不可認眞，要很快地言歸舊好。

【尪親某親，爸母車翻身】
[aŋ˧ ts'in˧ bɔ˥ ts'in˥ pe˨ bo˦ ts'ia˧ huan˧ sin˥]
喻兒女結婚後，變成另一半最親，兩老則撇一邊。

【尪死子細漢，無人通討賺】
[aŋ˥ si˦ kiã˦ se˦ han˨ bo˧ laŋ˧ t'aŋ˧ t'o˥ t'an˨]
夫死子幼，無人可以養家；極言其遭遇之悲慘。

【尪某保老，管伊外家死絕】
[aŋ˧ bɔ˦ po˥ lau˧ kuan˥ i˧ gue˨ ke˥ si˥ tsuat˥]
只要夫妻能白頭偕老，管他妻子娘家死活。

【尪姨循話尾，假童害眾人】
[aŋ˧ i˧ sun˧ ue˨ bue˦ ke˥ taŋ˧ hai˨ tsiŋ˦ laŋ˧]

尪姨，民間之靈（鬼）媒，專供人問亡人在陰間之生活情況，然多係抓著問者之話尾而述說，故云「順話尾」。假童，指假冒之乩童，這種人常裝神弄鬼，冒充神明下降，害人不淺。

【尪婆尪婆，床頭扑，床尾和】
[aŋ˧ po˧ aŋ˧ po˧ ts'əŋ˧ t'au˦ p'aʔ˧˩ ts'əŋ˧ bue˥ ho˦]
尪婆，夫妻；若在床頭吵架，到了床尾就要言和；勸人夫妻吵架，當不得眞，要快快和好。

【尪親某親，老婆仔抛車輪】
[aŋ˧ ts'in˧ bɔ˥ ts'in˥ lau˨˩ po˧ a˥ p'a˧ ts'ia˧ lin˥]
年輕的兒子與媳婦，感情甜甜蜜蜜，難免對父母（翁姑）的孝心就會有不週到之處；又因平日對兒子的寵愛，婆婆難免就會被看成老媽子，忙得團團轉。

【尪某相扑常事，講的人毋對】
[aŋ˧ bɔ˥ sio˧ p'aʔ˧˩ siɔŋ˧ su˧ kɔŋ˥ e˧ laŋ˦ m˨˩ tio˧]
講的人，指和事佬；夫妻吵架是常有的事，外人莫要插手勸解；喻清官難斷家務事。

【尪某相扑常事，勸的人奇事】
[aŋ˧ bɔ˥ sio˧ p'aʔ˧˩ siɔŋ˧ su˧ k'uĩ˨˩ e˧ laŋ˦ ki˧ su˧]
夫妻吵架是常有的事，外人切莫管閒事。

【尪穿草鞋出門，某要結鞋帶】
[aŋ˥ ts'iŋ˨˩ ts'au˥ e˦ ts'ut˥ muĩ˦ bɔ˥ be˥ kat˥ e˧ tua˨˩]
丈夫正穿草鞋要出去做工，太太隨後也在穿繡鞋，準備出去幽會。謂丈夫辛勞，妻子淫蕩不貞。

【尪親某親，老爸老母抛車輪】
[aŋ˧ ts'in˧ bɔ˥ ts'in˥ lau˨˩ pe˨˩ lau˨˩ bu˥ p'a˧ ts'ia˧ lin˥]
意同「尪親某親，老婆仔抛車輪」。

【尪親某親，管伊爸母抛車輪】
[aŋ˧ ts'in˧ bɔ˥ ts'in˥ kuan˥ i˧ pe˨˩ bu˥ p'a˧ ts'ia˧ lin˥]
結婚後，小倆口甜蜜恩愛，卻將兩老擺一邊，不加照料。

【尪親某親，老婆仔枵到抛車輪】
[aŋ˧ ts'in˧ bɔ˥ ts'in˥ lau˨˩ po˧ a˥ iau˧ ka˥ p'a˧ ts'ia˧ lin˥]
結婚後，疼惜太太，讓她吃好穿好，卻讓母親飢腸轆轆餓得發昏。

【尪親某親，毋值著荷包仔圓輪輪】
[aŋ˧ ts'in˧ bɔ˥ ts'in˥ m˨˩ tat˧˩ tio˨˩ ha˧ pau˧ a˥ ĩ˧ lin˧ lin˥]
不管夫妻多麼恩愛，必須自己荷包有錢，辦事才會方便。

【就做乞食，毋著死】
[tio˨˩ tso˥ k'it˥ tsia˧ m˧ tio˨˩ si˥]
罵凡事都不會的人。

【就伊的土糊伊的壁】
[tsiu˨˩ i˧ e˧ t'ɔ˦ kɔ˧ i˧ e˧ piaʔ˧˩]
意謂對方送多少禮金來，就拿這些禮金買禮物或辦酒席回謝他。有點類似「羊毛出在羊身上」或「禮尚往來」，但語氣則不同。

【就拎牛頭，毋通拎牛尾】
[tio˨˩ liŋ˧ gu˧ t'au˦ m˨˩ t'aŋ˧ liŋ˧ gu˧ bue˥]
要控制一頭牛，必須掌握住牛鼻（牛頭），拉牛尾是毫無用處的；喻做事要掌握要點。

【就擒牛頭，毋通擒牛尾】
[tio˨˩ k'im˧ gu˧ t'au˦ m˨˩ t'aŋ˧ k'im˧ gu˧ bue˥]

意同「就拎牛頭，毋通拎牛尾」。

【尺有所短，寸有所長】
[ts'ioʔ˩ iu˥ sɔ˥ te˦ ts'un˩ iu˥ sɔ˥ təŋ˧˥]
喻大材有大用，小材有小用。

【尼姑死契兄】
[nĩ˧ kɔ˥ si˥ k'e˦ hiã˥]
謂豈有此理，沒有這回事。

【尼姑和尚某】
[nĩ˧ kɔ˥ hue˧ siũ˩ bɔ˦]
絶配。

【尼姑做滿月】
[nĩ˧ kɔ˥ tso˦ muã˥ gue˧]
不可能的事。

【尼姑生子，害眾人】
[nĩ˧ kɔ˥ sẽ˧ kiã˦ hai˩ tsiŋ˦ laŋ˧˥]
尼姑沒有結婚卻懷孕生子，父親是誰？可害死週遭的人。

【尼姑和尚做尪某】
[nĩ˧ kɔ˥ hue˧ siũ˧ tso˦ aŋ˧ bɔ˦]
就如破鍋遇到補釘的鍋蓋；比喻很相當。

【尼姑和尚某，和尚尼姑奴】
[nĩ˧ kɔ˥ hue˧ siũ˩ bɔ˦ hue˧ siũ˧ nĩ˧ kɔ˧ lɔ˧˥]
昔日諷刺和尚尼姑間不正常的關係。

【尼姑做滿月——無彼號代誌】
[nĩ˧ kɔ˥ tso˦ muã˥ gue˧ bo˧ hit˥ ho˩ tai˩ tsi˩]
歇後語。尼姑須守五戒，怎麼有可能懷孕生子做滿月？

【尻川癢】
[k'a˧ ts'uĩ˥ tsiũ˧]
罵人多管閒事。

【尻川後話】
[k'a˧ ts'uĩ˧ au˩ ue˧]
尻川後，即人之背後。背後說人閒話。

【尻川染屎】
[k'a˧ ts'uĩ˥ bak˥ sai˦]
尻川，屁股；染屎，沾到大便；此諺係用在自己討厭的人送禮物又將他婉謝後，對別人所說的話。

【尻川安閃爁】
[k'a˧ ts'uĩ˥ an˧ sĩ˦ nã˩]
閃爁，閃電；喻惶惶不安，席不暇暖。

【尻川掛閃爁】
[k'a˧ ts'uĩ˥ kua˦ sĩ˦ nã˩]
意同前句。

【尻川裂到嘴】
[k'a˧ ts'uĩ˥ li˩ kau˦ ts'ui˩]
裂縫從嘴巴直裂到肛門，嘲笑人徹底的失敗。

【尻川塞大砲】
[k'a˧ ts'uĩ˥ tsĩ˧ tua˩ p'au˩]
喻催促甚急。

【尻川爛到面】
[k'a˧ ts'uĩ˥ nuã˩ kau˦ bin˧]
全身上下，一無是處，極言其壞。

【尻川後罵皇帝】
[k'a˧ ts'uĩ˧ au˧ mẽ˩ hɔŋ˧ te˩]
放馬後砲，只敢背後批評。

【尻川著安鐵片】
[k'a˧ ts'uĩ˥ tio˩ an˧ t'i˦ p'iã˦]
罵小孩屁股上得安一塊鐵板，即言非打他不可。

【尻川較勇城門】
[k'a˧ ts'uĩ˥ k'a˦ iɔŋ˥ siã˧ muĩ˧˥]
謂其屁股比城牆還堅固，不怕打。

【尻川頭，坐𣍐燒】

[k'a˧ ts'uĩ˧ t'au˧ tse˩ be˩ sio˥]
席不暇暖。謂工作繁忙，一刻不得閒。

【尻川頭鞏做伙】
[k'a˧ ts'uĩ˧ t'au˧ kiŋ˩ tso˥ hue˥]
尻川頭，屁股，臀部。大伙兒把屁股聚在一起，臉朝外，同心協力。

【尻川予明哥看見】
[k'a˧ ts'uĩ˥ ho˩ biŋ˧ ko˥ k'uã˩ kĩ˩]
明哥，人名；喻事態萌露。

【尻川予椅仔挾著】
[k'a˧ ts'uĩ˥ ho˩ i˥ a˥ giap˩ tio˩]
屁股被椅縫夾到；喻事情很麻煩，難以處理。

【尻川生粒仔——絕坐】
[k'a˧ ts'uĩ˥ sẽ˧ liap˩ a˥ tsuat˩ tse˧]
歇後語。粒仔，長疔瘡；臀部長疔瘡坐不得，故云「 絕坐」，意謂「差得遠」。

【尻川佩著綳予緊】
[k'a˧ ts'uĩ˧ p'e˥ tio˩ pẽ˧ ho˧ an˧]
尻川佩，臀部；大人警告小孩要當心，等會要吃竹筍炒肉絲（挨打）了。

【尻川後姦死皇帝】
[k'a˧ ts'uĩ˧ au˧ kan˥ si˥ hoŋ˧ te˩]
喻只敢背後批評，當面則連一聲屁都不敢放。

【尻川腐到鱠鼻的】
[k'a˧ ts'uĩ˥ au˥ ka˥ be˩ p'ĩ˧ tsi˩]
腐，腐爛；形容被人鄙視，無人願意接近。

【尻川挾火金姑——擲星】
[k'a˧ ts'uĩ˥ giap˩ hue˥ kim˧ ko˥ tẽ˥ ts'ẽ˩]
歇後語。尻川，屁股之肛門；火金姑，螢火蟲；擲，屙大便時之用力狀；把螢火蟲塞在肛門處再擠出，不是「擲屎」而是「擲星」，星即星星，台語與「青」同音，諧音後意思爲佯裝不知。

【尻川幾支毛看現現】
[k'a˧ ts'uĩ˥ kui˥ ki˧ mõ˧ k'uã˥ hen˩ hen˧]
言其有多少實力，是什麼身分，早已被看穿。

【尻川予人挖一孔亦不知】
[k'a˧ ts'uĩ˥ ho˩ laŋ˧ o˥ tsit˩ k'aŋ˥ ia˥ m˩ tsai˥]
喻帳目被人虧空陷害，還不知情。

【尻脊背痰罐——見在人呸嘴瀾】
[k'a˧ tsiaʔ˩ p'ãi˧ t'am˧ kuan˩ kĩ˥ tsai˩ laŋ˧ p'ui˥ ts'ui˥ nuã˧]
歇後語。尻脊，背後；背後背一只痰盂，正是要供人吐痰之用，故云「見在人呸嘴瀾」。見在人，任人，隨便他人；呸嘴瀾，吐痰，吐口水；意謂爲人所不齒。

【屎壺蜈蚣——驚人卵】
[zio˩ o˧ gia˧ kaŋ˥ kiã˧ laŋ˧ lan˧]
歇後語。屎壺內若有蜈蚣，欲小便者剛掏出陽具（卵）會嚇一跳！引申爲少吹牛，別人不會怕你的。

【屎壺內閼一個鬼——驚我卵】
[zio˩ o˧ lai˧ bi˥ tsit˩ le˧ kui˥ kiã˧ gua˥ lan˧]
歇後語。閼，躲藏。屎壺內藏一個鬼，要小便者看了會嚇一跳，趕緊將其陰莖（卵）塞進褲襠，故云「驚我卵」；其意實爲反訓：我怕個什麼？

【尾省，出聖佛】
[bue˥ siŋ˥ ts'ut˥ siŋ˥ hut˥]
尾省，指偏遠的省分、地區，因爲缺少物質引誘，反而出了大聖人。

【尾牙面憂憂，頭牙撚嘴鬚】
[bue˥ ge˧ bin˧ iu˧ iu˥ t'au˧ ge˧

len˥ ts'ui˦ ts'iu˥]
昔日，店東於尾牙時宣告伙計何人續雇，何人解雇，人人心懷不安，故面憂憂；至於二月初二頭牙，在場的伙計篤定可以安心樂業，故人人面露笑容「撚嘴鬚」。

【居人門，企人户】
[ki˧ zin˧ muĩ˩ k'ia˩ zin˧ hɔ˧]
指寄人籬下；或謂不能自立門户，須依靠他人。

【屈己待人】
[k'ut˥ ki˦ t'ai˩ zin˩]
委屈自己，厚待他人。

【屈打成招】
[k'ut˥ tã˦ siŋ˧ tsiau˥]
刑求犯人，逼他認罪。

【屈腳相就】
[k'ut˥ k'a˥ siɔŋ˧ tsiu˧]
屈腳，屈膝下跪；謂暫時屈服。

【屈死毋告狀，餓死毋做賊】
[k'ut˥ si˦ bo˧ ko˦ tsəŋ˧ go˩ si˦ bo˧ tso˦ ts'at˥]
喻容忍至極。

【屎滾】
[sai˦ kun˦]
滾，指高溫而滾開；謂事態嚴重。

【屎要比醬】
[sai˦ be˥ pi˥ tsiũ˩]
喻天淵之別。

【屎桶仔氣】
[sai˥ t'aŋ˥ ŋã˥ k'ui˩]
罵人有臭架子。

【屎礐水蛙】
[sai˥ hak˩ tsui˥ ke˥]
屎礐，糞坑；罵人傲慢又偏見。

【屎緊，毋驚鬼】
[sai˦ kin˦ m˩ kiã˧ kui˦]
事急則膽壯。

【屎礐仔水蛙】
[sai˧ hak˥ ga˥ tsui˥ ke˥]
所見無多又倨傲。

【屎毋是貓食的】
[sai˦ m˩ si˩ niãu˥ tsia˧ e˧]
屎是狗吃的，不是貓吃的；意謂內行人做錯了事。

【屎到嘴纔知臭】
[sai˦ kau˦ ts'ui˩ tsia˥ tsai˧ ts'au˩]
喻事到臨頭才知不妙，爲時已晚。

【屎桶開花——事大】
[sai˥ t'aŋ˦ k'ui˧ hue˥ su˧ tua˧]
歇後語。屎桶摔落地，到處屎滾尿流，糞便滿地，範圍廣，稱之爲「屎大」；台語屎大與事大音近，故取其義。

【屎桶，愈撈愈臭】
[sai˥ t'aŋ˦ lu˥ la˧ lu˥ ts'au˩]
糞桶越攪和越臭，喻醜事以不張揚爲妙，越揚越糟。

【屎緊才要開礐】
[sai˦ kin˦ tsia˦ be˥ k'ui˧ hak˥]
大便急了，才要興建廁所應急，比喻臨時抱佛腳，事到臨頭才要想辦法。與臨渴掘井有異曲同工之妙。

【屎礐仔，點電火】
[sai˥ hak˩ ga˦ tiam˥ ten˩ hue˦]
茅坑裡面點電燈，在昔日的社會，是屬於不合時宜的事，今則不然。

【屎礐仔蟲假清】
[sai˥ hak˩ ga˥ t'aŋ˩ ke˥ ts'iŋ˥]
茅坑的蛆蟲，佯裝自身很乾淨；喻已惹一身腥膻，還要假裝撇清。言其虛僞造作。

【屎礐無三日新】
[sai˥ hak˥ bo˧ sã˧ zit˩ sin˥]
譏諷把新東西、新衣服，一下子便弄髒了。

【屎礐，愈撈愈臭】
[sai˥ hak˥ lu˥ la˧ lu˥ ts'au˨]
意同「屎桶，愈撈愈臭」。

【屎較厚過林阿源】
[sai˥ k'a˥ kau˨ kue˥ lim˧ a˥ guan˧]
罵人名堂太多。

【屎桶仔彬假辜顯榮】
[sai˥ t'aŋ˥ ga˥ pin˥ ke˥ kɔ˧ hen˥ iŋ˧]
辜顯榮，日治時期鹿港之巨富；屎桶仔彬則係鹿港一破落户子弟。此諺係罵人狐假虎威。

【屎桶蜈蚣，驚人卵】
[sai˥ t'aŋ˥ gia˧ kaŋ˥ kiã˧ laŋ˧ lan˧]
叫人別吹牛的意思。

【屎塞尻川，纔要放】
[sai˥ t'at˥ k'a˧ ts'uĩ˥ tsia˥ be˥ paŋ˨]
喻事到臨頭，才慌張。

【屎緊，門閂挽鱠開】
[sai˥ kin˥ muĩ˧ ts'uã˨ ban˥ be˨ k'ui˥]
門閂，門栓。內急欲上廁所，偏偏門栓打不開，可眞急死人。

【屎緊，褲帶扑死結】
[sai˥ kin˥ k'ɔ˥ tua˨ p'a˥ si˥ kat˩]
昔日褲子是用棉繩打活結栓住。若是大便緊急，褲帶又打了死結；那可比燃眉之急還急。

【屎礐也有三日新】
[sai˥ hak˥ ia˨ u˨ sã˧ zit˩ sin˥]
喻只有五分鐘熱度。

【屎礐仔蟲擱泅清水】
[sai˥ hak˩ ga˥ t'aŋ˧ ko˥ siu˧ ts'iŋ˧ tsui˥]
譏人不知檢點，假清高。

【屎礐仔枋，鱠當做中脊楹仔】
[sai˥ hak˩ ga˥ paŋ˥ be˨ taŋ˥ tso˥ tiɔŋ˧ tsit˥ ẽ˧ ã˥]
中脊楹，傳統建築大廳的棟樑。喻朽木不可雕也。

【屎礐仔枋，鱠做得神主牌仔】
[sai˥ hak˩ ga˥ paŋ˥ be˨ tso˥ tit˥ sin˧ tsi˥ pai˧ a˥]
屎礐仔枋，指昔日蓋在糞坑口的木板，這種木板怎可拿來裁做神主牌位？喻朽木不可雕也。

【屎（尿）桶仔漏滓滓，大餅荖花扛倒退】
[sai˥ t'aŋ˥ ŋã˥ lau˨ ts'e˥ ts'e˨ tua˨ piã˥ lau˥ hue˥ kəŋ˧ to˥ t'e˨]
屎桶，昔日女子出嫁陪嫁品之一。大餅荖花，訂婚的禮餅，謂女子不願出嫁也。

【孱人厚事路】
[lam˥ laŋ˧ kau˨ su˨ lɔ˧]
能力差的人卻常碰到麻煩的事。

【孱牛厚屎尿】
[lam˥ gu˧ kau˨ sai˥ zio˧]
喻懶人遇事愛找藉口躲避。

【孱孱馬也有一步踢】
[lam˥ lam˥ be˥ ia˨ u˨ tsit˩ pɔ˨ t'at˩]
喻天生我材必有用。

【山蟉蠘】
[suã˧ ka˧ tsua˧]
蟉蠘，蟑螂。山蟉蠘，指在公共墓地佔地圖利的不肖分子；他們在公墓佔

地，遇有喪家尋地，即以高價出售。

【山崩地裂】
[suã˧ paŋ˧ te˩ li˧]
形容事態嚴重。

【山鳩無義】
[suã˧ ka˧ bo˧ gi˧]
山鳩不知恩義。

【山孔爆裂縫】
[suã˧ k'aŋ˥ pit˥ li˩ p'aŋ˧]
指深山峽谷之中。

【山狗較厚雞】
[suã˧ kau˦ k'a˦ kau˩ ke˥]
山狗，性好獵取雞隻；喻賣的比買的人多，引申為供過於求。

【山食都會崩】
[suã˥ tsia˧ to˧ e˩ paŋ˥]
只出無入，再大的產業也會吃光。

【山高水牛大】
[suã˧ kuan˦ tsui˥ gu˧ tua˧]
譏人誇口說大話。

【山高，皇帝遠】
[suã˥ kuan˦ hɔŋ˧ te˩ huĩ˧]
遠離世俗，無拘無束，誰也管不了。

【山崩，見太平】
[suã˥ paŋ˥ kĩ˦ t'ai˦ piŋ˦]
喻經過一番災難後，回復安定；雨過天晴。

【山貓想海魚】
[suã˧ niãu˥ siũ˩ hai˥ hi˦]
深山的貓想吃海魚，真是妄想。

【山雞想水鴨】
[suã˧ ke˥ siũ˩ tsui˥ aʔ˩]
不同族類，難以交配，喻非分之想。

【山內猴，食樹子】
[suã˧ lai˩ kau˦ tsia˩ ts'iu˩ tsi˦]
山內猴，鄉巴佬；罵人身分低、不配。

【山仔腳食菜豆】
[suã˧ a˥ k'a˥ tsia˩ ts'ai˦ tau˧]
昔漳州人多住在山邊，泉州人敢過去是自找死路，故有此諺。

【山中也有千年樹】
[suã˧ tiɔŋ˥ ia˩ u˩ ts'en˧ nĩ˧ ts'iu˧]
喻人不可目空一切。

【山可移，性不可改】
[san˥ k'o˥ i˦ siŋ˩ put˥ k'o˥ kai˦]
江山易改，本性難移。

【山猴想要挽仙桃】
[suã˧ kau˦ siũ˩ be˥ ban˥ sen˧ t'o˦]
喻非分之想。

【山豬毋曾食米糠】
[suã˧ ti˥ m˩ bat˥ tsia˩ bi˥ k'əŋ˥]
山豬是野居動物，當然不曾吃過一般人家餵豬的米糠。譏諷人家是外行人；或說此人閱歷少。

【山雞甲海鴨爭食】
[suã˧ ke˥ ka˦ hai˥ aʔ˩ tsẽ˧ tsia˧]
喻人不守本分，妄想撈過界。

【山孔，𣍐藏得隔暝卵】
[suã˧ k'aŋ˥ be˩ ts'aŋ˦ tit˥ ke˦ mẽ˧ nuĩ˧]
山窩蛇多，藏卵會被吃掉，故放不久。

【山外有山，天外有天】
[suã˧ gua˧ iu˥ suã˥ t'ĩ˧ gua˧ iu˥ t'ĩ˥]
喻強中自有強中手。

【山高水深，地瘦人貧】
[suã˥ kuan˦ tsui˦ ts'im˥ te˧ san˦ zin˦ pin˦]
土地貧瘠，居民窮困。

【山高水深，溪隘水急】

[suã˥ kuan˦ tsui˥˧ ts'im˥ k'e˧ e˧ tsui˥˧ kip˧˩]
喻有城府的人，不會亂説話。

【山中有直楰，世上無直人】
[san˧ tiɔŋ˥ iu˥ tit˧˩ hiu˩ se˥˧ siɔŋ˧ bo˧ tit˧˩ laŋ˦]
楰，樹名；山中有正直的楰樹，世上卻無正直的人；謂凡人皆有心機。

【山東響馬，看做呂宋嫖客】
[suã˧ taŋ˥ hiã˥ be˥˧ k'uã˥˧ tso˥˧ li˩ sɔŋ˩ p'iau˧ k'eʔ˧˩]
響馬，山東盜賊；呂宋嫖客，從菲律賓來的有錢嫖客；指認錯人了。

【山頂無好叫，山下無好應】
[suã˧ tiŋ˥˧ bo˧ ho˥ kio˩ suã˧ k'a˥ bo˧ ho˥ in˩]
人與人之往來是彼此相應的。對別人好，別人即以好相報，對別人不好，別人即以牙還牙。

【山裡鷓鴣羌，海裡馬鮍鯧】
[suã˥ nĩ˥ tsia˥˧ kɔ˧ k'iũ˥ hai˥˧ nĩ˩ be˥ ka˥ ts'iũ˥]
山珍海味；俗以鷓鴣鳥及羌獸為山產中最美味，以馬鮍魚及鯧魚為海產中之最美味。

【山醫命卜相，盡識是半仙】
[san˧ i˥ miã˩ pɔk˥ siɔŋ˩ tsin˩ bat˥ si˩ puan˥˧ sen˥]
山，地理；醫，醫術；命，算命；卜，卜卦；相，相命；五者若都能精通，就稱得上是半個神仙。

【山高毋免有神，大販毋免有錢】
[suã˥ kuan˦ m˩ ben˥ u˩ sin˦ tua˩ huan˩ m˩ ben˥ u˩ tsĩ˦]
大山不一定有神在裡頭，號稱大貿易商（大販）也不一定真的有錢；勸人不必被別人的外表或頭銜嚇到。

【山頂一蕊花，毋值平洋一枝草】
[suã˧ tiŋ˥˧ tsit˧˩ lui˥ hue˥ m˩ tat˧˩ pẽ˧ iũ˦ tsit˧˩ ki˧ ts'au˥˧]
喻人才還須要有良好的環境，才能有所發揮。

【山中自有千年樹，世上難逢百歲人】
[san˧ tiɔŋ˥ tsu˩ iu˥˧ ts'en˧ len˧ ts'iu˧ se˥˧ siɔŋ˧ lan˧ hɔŋ˧ pik˥ sue˥˧ zin˦]
警示當珍惜有限的人生歲月，有所作為，莫玩歲愒時。

【崁頭嵌面】
[k'am˥˧ t'au˧ k'am˥˧ bin˧]
罵人愚蠢。

【崁頭鱔魚】
[k'am˥˧ t'au˧ sen˩ hi˦]
崁頭，額頭突出者；鱔魚若崁頭則較遲鈍，後用以譏諷人遲鈍。

【工字無吐】
[kaŋ˥ zi˩ bo˧ t'ɔ˥˧]
本指「工」這個字一豎沒有出頭，借喻當工人一輩子不會有出息。

【工夫卵包穗】
[kaŋ˧ hu˧ lan˧ pau˧ sui˥]
卵，陰莖；包穗，包皮過長，將龜頭包住；罵人多此一舉。

【工字無出頭】
[kaŋ˥ zi˩ bo˧ ts'ut˥ t'au˦]
意同「工字無吐」。

【工作嚴，物配鹹】
[kaŋ˧ tsɔk˧˩ giam˦ mĩ˧ p'ue˥˧ kiam˦]
工作繁重，三餐食物又都很鹹；喻老板所給待遇苛刻。

【工夫在手，無論早晚】
[kaŋ˧ hu˥ tsai˩ ts'iu˥˧ bo˧ lun˩ tsa˥ uã˩]

只要功夫學得成，遲早沒關係。

【巧婦常伴拙夫眠】
[k'a˥ hu˧ siɔŋ˧ p'uã˩ tsuat˥ hu˥ ben˧˥]
美女常嫁醜丈夫。

【巧巧人，買一個漏酒甕】
[k'iau˥ k'iau˥ laŋ˧˥ be˥ tsit˩ le˧ lau˩ tsiu˥ aŋ˩]
巧巧人，聰明人。聰明人有時也會上當。

【巧的人出嘴，戇的人出手】
[k'iau˥˧ e˧ laŋ˧˥ ts'ut˥ ts'ui˩ gɔŋ˧ ge˧ laŋ˧˥ ts'ut˥ ts'iu˥˧]
聰明的人（巧的人）出主意，傻的人動手執行。喻精明的人唆使傻人做不正當的事。

【左營潭底禮，上無嘛著椅頭仔甲面桶架，若無甲你拖去潭底墘仔罟】
[tsɔ˥ iã˧˥ t'am˧ te˥ le˥˧ siɔŋ˩ bo˧˥ mã˩ tio˩ i˥ t'au˧ a˥˧ ka˥˧ bin˩ t'aŋ˥ ke˩ nã˩ bo˧˥ ka˩ li˥ t'ua˧ k'i˥˧ t'am˧ te˥ kĩ˧ a˥˧ le˥˧]
高雄市左營區之諺語。當地昔日婚俗，很重視新娘之嫁妝，至少也得有椅頭仔、面桶架，若毫無嫁妝，就會被拖去蓮池潭邊修理一番。

【差在天淵】
[ts'a˧ ti˥˧ t'en˧ en˥]
天壤之別。

【差一條線，就無命】
[ts'a˧ tsit˩ tiau˧ suã˩ tio˩ bo˧ miã˧]
生死之間，只一線之隔；形容危險之至。

【差之毫釐，失之千里】
[ts'a˥ tsi˩ ho˧ li˧˥ sit˥ tsi˩ ts'en˧ li˥˧]
開始一點點小過失，結果卻造成嚴重的大錯誤。

【差牛差狗，不如家治走】
[ts'e˧ gu˧˥ ts'e˧ kau˥˧ put˥ zu˧˥ ka˧ ti˩ ts'au˥˧]
派牛派狗去做，不如自己去做；喻求人不如求己。

【差牛去掠馬，馬去連牛無】
[ts'e˧ gu˧˥ k'i˥˧ lia˩ be˥˧ be˥˧ k'i˩ len˩ gu˧˥ bo˧˥]
喻算盤沒打好，連本帶利全數落空。

【巴里巴札】
[pa˧ li˥ pa˧ tsa˥]
指說話不清，不得要領。

【巷深狗惡】
[haŋ˧ ts'im˥ kau˥˧ ɔk˩]
把巷子築得很深，則狗就會變成很兇；而居於庭院深深中的小姐，也讓人很難接近與追求。

【巷仔口嫂，逐項好】
[haŋ˧ ŋã˥ k'au˥ so˥˧ tak˩ haŋ˩ ho˥˧]
逐項，每一件東西。昔有一婦人住在巷口，與人買菜，除討價還價外，成交之後還要求老板送蔥送薑送蒜，樣樣都想要；借喻人之貪婪無度。

【布袋頭掯起就行】
[pɔ˥˧ te˩ t'au˧˥ kuã˩ k'i˥˧ tio˩ kiã˧˥]
布袋，昔日裝物之袋子，裝好東西，必須從布袋口抓起再走，才是符合要領，抓布袋頭則不得要領；比喻聽別人講話不等說完，也沒抓到要點，便四處去傳播。

【布種紗，別人生子種大家】
[pɔ˩ tsiŋ˥ se˥ pat˩ laŋ˧˥ sẽ˧ kiã˥˧ tsiŋ˥ ta˧ ke˥]
種，繼承；大家，婆婆。有什麼樣的紗，就織出什麼樣的布；雖是別人所

生的女兒，嫁來日久，受婆婆影響，也會有婆婆的作風。喻潛移默化之重要。

【布袋戲上棚重講古，九甲戲上棚弄破鼓】
[pɔ˥˧ te˨˩ hi˨˩ tsiũ˨˩ pẽ˧˥ tiɔŋ˨˩ kɔŋ˥ kɔ˥˧ kau˥ ka˥˧ hi˨˩ tsiũ˨˩ pẽ˧˥ lɔŋ˥˧ p'ua˥˧ kɔ˥˧]
布袋戲上棚時重視口白的部分，九甲戲多武戲所以上棚時重視鑼鼓喧騰。

【布袋戲仔無㴙，粟鳥仔無啥㴙，囝仔毋成㴙】
[pɔ˥˧ te˨˩ hi˥ a˥˧ bo˧ siau˧˥ ts'ik˥ tsiau˥ a˥˧ bo˧ siã˥ siau˧˥ gin˥ nã˥˧ m˨˩ tsiã˧ siau˧˥]
布袋戲仔，小布偶；粟鳥仔，麻雀；囝仔，小孩子；㴙，精液。布偶，當然無精；麻雀體小，有亦甚微，小孩子未成年，有睪丸亦未成精。這是用以譏人沒有本事。

【師徒如父子】
[su˧ tɔ˧˥ zu˧ pe˨˩ kiã˥˧]
師生之情，儼如父子。

【師治有鬼病，佛化有緣人】
[sai˥ ti˨˩ iu˥ kui˥ pẽ˧ hut˥ hua˨˩ iu˥ en˧ zin˧˥]
道士、司功治人鬼魂纏身之病；神佛渡化有緣分之人。

【帶屎氣】
[tua˥˧ sai˥ k'ui˨˩]
指罵因某事而倒楣。

【帶衰氣】
[tai˥˧ sue˧ k'i˨˩]
自己做事不順利，有個人走過來，歸咎於他，便說是帶了霉運來害他，即用此語。今多訛為「帶衰去」。

【帶桃花驛馬】
[tai˥˧ t'o˧ hue˧ ia˨˩ be˥˧]
算命者謂女子八字有桃花、驛馬者較好嬉耍旅遊甚至淫亂；此諺專用以罵女人好交遊、騷包。

【帶雙刀，來出世】
[tua˥˧ siaŋ˧ to˥ lai˧ ts'ut˥ si˨˩]
指人具有害人之凶相。

【帶水睏無一位燒】
[tua˥˧ tsui˥˧ k'un˨˩ bo˧ tsit˨ ui˨˩ sio˥]
在水裡躺，經常換位置，則不會有一處被睡熱的；意同「滾石不生苔」。

【帶鉸刀平，鐵掃帚】
[tua˥˧ ka˧ to˧ piŋ˧˥ t'i˥˧ sau˥˧ ts'iu˥˧]
指女人帶凶相，會剋夫刑子，為相術家之語。

【帶桃花，煮飯過三家】
[tua˥˧ t'o˧ hue˥ tsi˥ puĩ˧ kue˥˧ sã˧ ke˥]
命帶桃花的人，不安於室；連煮一頓飯都要到左鄰右舍去饒舌。

【帶桃花驛馬，煮一頓飯，過三家】
[tua˥˧ t'o˧ hue˧ ia˨˩ be˥˧ tsi˥ tsit˨ tuĩ˥˧ puĩ˧ kue˥˧ sã˧ ke˥]
意同前句。

【常扑，若扑拍；常罵，若唱曲】
[tiã˨˩ p'aʔ˨ nã˥ p'a˥˧ p'et˨ tiã˨˩ mẽ˧ nã˥ ts'iũ˥˧ k'ik˨]
經常打，被打者把它當作是在打拍子；經常罵，被罵者把它當作是在唱歌曲。喻刑罰要適中，不可頻繁。

【幡仔舉上肩頭，才知哭】
[huan˧ nã˥˧ gia˧ tsiũ˨˩ kiŋ˧ t'au˧˥ tsia˥ tsai˧ k'au˨˩]
台俗，父母之喪，有一招魂幡，出山（葬）時孝男要舉在肩上。孝男平時

不聽父母之言，此時內心方悔恨萬分，有何益？只有哭泣與叫苦而已。喻大災難臨頭，方知悔悟，爲時晚矣。

【幡仔舉上肩胛頭，才知哭（苦）】
[huan˧ nã˥ gia˧ tsiũ˩ kiŋ˧ ka˥ t'au˧˥ tsia˥ tsai˧ k'au˩ (k'ɔ˥)]
意同前句。

【干證頭在人手裡，那使辯】
[kan˧ tsiŋ˥ t'au˧˥ ti˩ laŋ˧ ts'iu˥ li˩ nã˥ sai˥ pen˧]
干證頭，證據；對方已掌握你的證據，你還想辯什麼？喻事實勝於雄辯。

【平風沉湧】
[pẽ˧ hɔŋ˧ tiam˩ iŋ˥]
湧，海浪；風平浪靜，安寧無事。

【平平卅八棧】
[pẽ˧ pẽ˧ sã˧ m˩ pe˥ ts'en˥]
台北市大龍峒諺語。謂昔日保安宮前之普渡，彼此所出之供品相同，都是三十八分；棧，是普渡祭品所掛之竹木架。喻彼此相同。

【平地一聲雷】
[pẽ˧ te˧ tsit˩ siã˧ lui˧˥]
晴天霹靂。

【平地起風波】
[pẽ˧ te˧ k'i˥ hɔŋ˧ p'o˥]
無妄之災，無因而至。意指憑空揑造，使人無端受傷害。

【平平四十五棧】
[pẽ˧ pẽ˧ si˥ tsap˩ gɔ˩ ts'en˥]
過去，台北市龍山寺七月中元，十二日放水燈、十三日普渡。頂郊人於當日，須準備祭品前往祭拜，並將祭品疊成塔型，稱做「一棧」，共裝了四十五棧，供人爭槍，稱爲「搶孤」。而祖師廟亦於二十日普渡，安溪人不甘落後，也將祭品裝成四十五棧，以示抗衡。後用以喻勢均力敵之意。

【平平路，跋倒人】
[pẽ˧ pẽ˧ lɔ˧ pua˩ to˥ laŋ˧˥]
平坦的路面，有時也會有人摔跤；喻陰溝裡翻船。

【平平雙腳一雙手】
[pẽ˧ pẽ˧ siaŋ˧ k'a˥ tsit˩ siaŋ˧ ts'iu˥]
一樣是人，爲何我不如別人？

【平平路摔死戇豬母】
[pẽ˧ pẽ˧ lɔ˧ siak˥ si˥ gɔŋ˩ ti˧ bo˥]
罵人粗心大意，莽撞不小心。

【平平錢，掠豬較輸人】
[pẽ˧ pẽ˧ tsĩ˧˥ lia˩ ti˥ k'a˥ su˥ laŋ˥]
喻出同樣的價錢，做事卻輸別人；不服氣的話。

【平平錢掠豬仔，咬輸人】
[pẽ˧ pẽ˧ tsĩ˧˥ lia˩ ti˧ a˥ ka˩ su˧ laŋ˧˥]
出一樣的錢去買豬，應當是買到同樣的豬，不會咬輸人才對。常用在孩子參加學校考試而成績不如人之時；或用於出同樣的費用卻受到不同等的待遇。

【年久月深】
[nĩ˧ ku˥ gue˩ ts'im˥]
經年累月，時日久遠。

【年成年，節成節】
[nĩ˧˥ siŋ˧ nĩ˧˥ tseʔ˩ siŋ˧ tseʔ˩]
過年過節都照俗例做，家庭生活過得很平順。

【年若年，節若節】
[nĩ˧˥ nã˥ nĩ˧˥ tseʔ˩ nã˥ tseʔ˩]
指平日生活即很貧苦，遑論過年過節。

【年吹，月品，萬世絃】
[nĩ˧ ts'ue˥ gue˩ p'in˥ ban˩ se˥ hen˧˥]

吹，哨吶；品，竹笛；絃，大胡、二胡等絃樂器；學竹笛幾個月就會了，哨吶較難一些，大胡、二胡等最困難，要花一輩子工夫。

【年簫，月品，萬世絃】
[nĩ˧ siau˥ gue˩ p'in˥ ban˩ se˥ hen˦]
學簫要一年，學笛子要一個月，學胡琴要一萬世，表示胡琴是很難學的。

【年年防饑，夜夜防盜】
[nĩ˧ nĩ˦ hɔŋ˧ ki˥ ia˩ ia˧ hɔŋ˧ to˧]
有備無患。

【年驚中秋，人驚卌九】
[nĩ˦ kiã˧ tiɔŋ˧ ts'iu˥ laŋ˦ kiã˧ siap˥ kiu˥]
年過中秋，即將步入冬天；人到四十九歲，則將步入老年。

【年驚中秋，月驚十九】
[nĩ˦ kiã˧ tiɔŋ˧ ts'iu˥ gue˧ kiã˧ sip˩ kiu˥]
年到中秋，就快過去了；月到十九，一個月也快要過去了。

【年冬好收，查某人發嘴鬏】
[nĩ˧ taŋ˥ ho˥ siu˥ tsa˧ bɔ˥ laŋ˦ huat˥ ts'ui˥ ts'iu˥]
豐收時，農婦忙著篩粟，煮五頓；臉上黑黑的，好像長了鬍鬚。

【年冬好收，鳥仔食到外濟】
[nĩ˧ taŋ˥ ho˥ siu˥ tsiau˥ a˥ tsia˩ ka˥ gua˩ tse˧]
外濟，指有多少？既是豐收，就不怕麻雀到晒穀場來吃稻穀。

【年老心未老，人窮行莫窮】
[nĩ˦ lau˧ sim˥ bue˩ lau˧ zin˦ kiŋ˦ hiŋ˦ bɔk˩ kiŋ˦]
雖然年紀老大，但心境不可老態橫生、了無生氣；家境窘困的人，不可行事鄙瑣，要有大丈夫氣概。

【年頭飼雞栽，年尾做月內】
[nĩ˧ t'au˦ ts'i˩ ke˧ tsai˥ nĩ˧ bue˥ tso˥ gue˩ lai˧]
年初養雛雞（雞栽），年底新娘就會生產做月子；此爲婚禮之吉祥語。

【幼囝仔無六月】
[iu˥ gin˥ nã˥ bo˧ lak˩ gue˧]
舊時育嬰觀念，認爲初出生的嬰兒最怕冷，即使六月暑天也要裹著厚衣服。依今天的保健觀念，這句諺語不見得正確。

【幼囝仔無分六月天】
[iu˥ gin˥ nã˥ bo˧ hun˧ lak˩ gue˩ t'ĩ˥]
嬰兒的免疫系統發育不完全，故其衣著不分寒暑，須特別留意，以保持健康。

【幼嫁從親，再嫁由身】
[iu˥ ke˩ tsiɔŋ˧ ts'in˥ tsai˥ ke˩ iu˧ sin˥]
女子第一次出嫁係聽從父母之命，再嫁則全憑己意作主。

【幼毋通無母，老毋通無婆】
[iu˩ m˩ t'aŋ˧ bo˧ bo˥ lau˧ m˩ t'aŋ˧ bo˧ po˦]
男子幼年喪母，老年喪偶，乃人生之大不幸。

【幼瓜無囊，幼囝仔無腹腸】
[iu˥ kue˥ bo˧ ləŋ˦ iu˥ gin˥ nã˥ bo˧ pat˥ təŋ˦]
嫩瓜尚無瓜囊，小孩子尚無城府；喻兒童最爲天眞無邪。

【幼齒補目睭，粗牙顧筋骨】
[iu˥ k'i˥ pɔ˥ bak˩ tsiu˥ ts'ɔ˧ ga˦ kɔ˥ kin˧ kut˩]

戲謔語。謂嫖雛妓（幼齒）因其年輕身材好可以養眼，嫖老妓（粗牙）因其擅長床上功夫可以多運動保護筋骨。

【床頭位聖】
[ts'əŋ˧ t'au˧ ui˧ siã˩]
譏人唯妻言是聽。

【床前扑，床尾和】
[ts'əŋ˧ tsiŋ˦ p'aʔ.˩ ts'əŋ˧ bue˥ ho˦]
形容夫妻之間吵架，很快就會言歸舊好。

【床頭扑，床尾和】
[ts'əŋ˧ t'au˦ p'aʔ.˩ ts'əŋ˧ bue˥ ho˦]
意同前句。

【床頭金盡，琵琶別抱】
[ts'əŋ˧ t'au˦ kim˥ tsin˧ p'i˧ pe˦ pet.˩ p'o˧]
歡場女子用情不專，待情郎（恩客）錢包掏空，即反顏相向，送舊迎新。

【床頭相扑，床尾講和】
[ts'əŋ˧ t'au˦ sio˧ p'aʔ.˩ ts'əŋ˧ bue˥ kɔŋ˥ ho˦]
意同「床頭扑，床尾和」。

【床母公、床母婆，保庇阮子賢大漢、賢迌迌】
[ts'əŋ˧ bo˥ kɔŋ˥ ts'əŋ˧ bo˥ po˦ po˥ pi˥ guan˥ kiã˥ gau˧ tua˩ han˩ gau˧ t'it˥ t'o˦]
民間習俗，家有幼子，過年過節時要拜床母。此乃拜床母之禱詞。賢大漢，謂快快長大；賢迌迌，謂活潑健康會遊戲。

【序大無好叫，序細無好應】
[si˩ tua˧ bo˧ ho˥ kio˩ si˩ se˩ bo˧ ho˥ in˩]
長輩（序大）對晚輩（序細）不好，晚輩對長輩也不會有好臉色。

【序大無好樣，序細討和尚】
[si˩ tua˧ bo˧ ho˥ iũ˧ si˩ se˩ t'o˥ hue˧ siũ˧]
長輩沒做好榜樣，晚輩就不會有好品行。

【序細偷挽匏，序大偷牽牛】
[si˩ se˩ t'au˧ ban˥ pu˦ si˩ tua˧ t'au˧ k'an˧ gu˦]
序細，晚輩；序大，長輩；喻上樑不正下樑歪。

【度日若度年】
[tɔ˩ zit˥ nã˥ tɔ˩ nĩ˦]
人在落魄艱困時，感覺時間過得特別慢。

【度晬酒，無空手】
[tɔ˩ tse˥ tsiu˥ bo˧ k'aŋ˧ ts'iu˥]
度晬，小孩滿一週歲。吃週歲酒時，客人一定要帶賀禮前往，不可空手。

【庭栽棲鳳竹，池養化龍魚】
[tiŋ˦ tsai˧ ts'e˧ hɔŋ˩ tik.˩ ti˦ iaŋ˥ hua˥ liŋ˧ hi˦]
指富有而高雅之家，庭中多栽竹，池中多養魚。

【庵草祿叔公】
[am˧ ts'au˥ lɔk.˩ tsik˥ kɔŋ˥]
昔有庵草、黃阿祿，二人輩份相同。但庵草貧窮，黃阿祿富有。某次，某族人要找黃阿祿，恰在黃阿祿門前遇到庵草，就向其問道：「祿叔公在家嗎？」。庵草聽了憤慨不已，自思係因己窮被人輕視而被降了輩份。故本句係喻人欺貧重富。

【庸庸厚福】
[iɔŋ˧ iɔŋ˥ kau˩ hɔk.˩]
平凡人卻多福。

【廢寢忘餐】
[huiˋ k'imˋ bɔŋ˩ ts'an˥]
全心投入工作，忘了吃飯睡覺。

【廣東目鏡——在人適目】
[kuĩ˥ taŋ˧ bak˧ kiã˩ tsai˩ laŋ˧ sik˥ bak˥]
歇後語。目鏡，眼鏡；指見仁見智。

【廣官米，較輸瓦窰蕃薯】
[kuĩ˥ kuan˥ biˋ k'aˋ su˧ hia˩ io˧ han˧ tsi˧]
本句指屏東縣東港的廣官米，不如瓦窰的蕃薯味美。

【廳頭吊聯——看款】
[t'iã˧ t'au˧ tiauˋ len˧ k'uãˋ k'uanˋ]
歇後語。搬家時，把別人所贈賀聯吊在廳頭，須先看聯上的落款，再依序排之。看款指看情形之意。

【廳堂交椅輪流坐】
[t'iã˧ tɔŋ˧ kau˧ iˋ lun˧ liu˧ tse˧]
廳堂交椅，指當家的主位。喻風水輪流轉，十年流東十年流西，早晚都有當家的機會。

【廳掛茭薦——毋是畫】
[t'iã˥ kuaˋ ka˧ tsi˩ m˩ si˩ ue˧]
歇後語。掛在廳堂的應是畫幅，而所掛的是茭薦（草編的袋子），當然不是畫。台語話、畫兩字諧音，不是話（畫）即指不像話。

【迴天之力】
[hue˧ t'en˥ tsi˧ lat˥]
喻非常有辦法。

【建置江山別人的】
[kenˋ tiˋ kaŋ˧ san˥ pat˧ laŋ˧ ge˧]
爲別人打天下，徒勞而無功。

【弄樓】
[laŋ˩ lau˧]
台俗，喪事三七或五七時，法事當中請司功所做的特技表演，借喻變把戲。

【弄巧反拙】
[lɔŋ˩ k'aˋ huan˥ tsuat˧]
意同「弄巧成拙」。

【弄巧成拙】
[lɔŋ˩ k'aˋ siŋ˧ tsuat˧]
想求好，卻得了一個反效果。

【弄狗相咬】
[lɔŋ˩ kauˋ sio˧ ka˧]
唆使狗與狗打架；喻挑撥離間，坐觀成敗，以收漁翁之利。

【弄假成眞】
[lɔŋ˩ keˋ siŋ˧ tsin˥]
本是開玩笑，後來竟成爲眞實的。

【弄大支關刀】
[laŋ˩ tua˩ ki˧ kuan˧ to˥]
大事作弄。

【弄破瓷，錢銀一大堆】
[lɔŋˋ p'uaˋ hui˧ tsĩ˧ gun˧ tsit˧ tua˩ tui˥]
鹿港諺語。鹿港人過年時，若不小心打破碗盤，須用紅紙小心翼翼包裹；俟初五隔開後，再投入河水沖去不吉祥，投入時口中須唸此諺，以祈趨吉求財。

【弔脰搶後腳】
[tiauˋ tau˧ ts'iũ˥ au˩ k'a˥]
弔脰，即上弔；人家上弔，還去扯他後腿。意謂落井下石、趁虛而入。

【引鬼入宅】
[in˥ kuiˋ zip˧ t'e˧]
引狼入室，自尋煩惱。

【引線入針】
[in˥ suã˩ zip˧ tsiam˥]
穿針引線；喻居中媒介。

【弱人厚性地】
[lam˥ laŋ˦ kau˨ siŋ˥˧ te˧]
身體健康差的人，脾氣特別大。

【弱牛厚屎尿】
[lam˥ gu˦ kau˨ sai˥ zio˧]
喻不會做事的人，藉口特別多。

【弱弱馬也有一步踢】
[lam˥ lam˥ be˥˧ ia˨ u˨ tsit˨ po˨ t'at˨]
弱馬也會踢人，喻無用之庸人，有時也有其可取之處。

【弱弱查甫，較贏勇勇查某】
[lam˥ lam˥ tsa˧ po˥ k'a˥˧ iã˧ ioŋ˥ ioŋ˥ tsa˧ bo˥˧]
男人雖弱，其體力總比女人強。

【強詞奪正理】
[kioŋ˧ su˦ tuat˨ tsiŋ˥˧ li˥˧]
強辯。

【強龍不鬥地頭蛇】
[kioŋ˧ lioŋ˦ put˥ tau˨ te˨ t'au˧ tsua˦]
外來客再強，也不與當地人鬥狠逞能。

【強盜搶來，賊仔劫去】
[kioŋ˧ to˧ ts'iũ˥˧ lai˨ ts'at˨ la˥˧ kiap˥ k'i˨]
搶劫得來的贓物，又被小偷偷走；黑吃黑。

【強挽的瓜𣍐甜，強娶的某𣍐賢】
[kiaŋ˧ ban˥˧ le˧ kue˥ be˨ tĩ˥ kiaŋ˧ ts'ua˧ e˧ bo˥˧ be˨ gau˦]
未待時機成熟強採的的瓜果不會甜，勉強締結的婚姻不會美滿。

【強中自有強中手，惡人自有惡人磨】
[kioŋ˧ tioŋ˥ tsu˨ iu˥˧ kioŋ˧ tioŋ˧ ts'iu˥˧ ok˥ laŋ˦ tsu˨ iu˥˧ ok˥ laŋ˧ bua˦]
壞人雖然壞，還會有比他更壞的人駕馭他；人外有人；一物降一物。

【張持無蝕本】
[tiũ˧ ti˦ bo˧ si˨ pun˥˧]
謂警戒小心（張持）不會吃虧。

【張持𣍐蝕本】
[tiũ˧ ti˦ be˨ si˨ pun˥˧]
意同前句。

【張天師著鬼迷】
[tiũ˧ t'en˧ su˥ tio˨ kui˥ be˦]
喻內行反被外行騙。

【張尪毋蓋被，張某毋食糜】
[tiũ˧ aŋ˥ m˨ ka˥˧ p'e˧ tiũ˧ bo˥˧ m˨ tsia˨ be˦]
張，謂賭氣也。賭氣的先生半夜不蓋被子，賭氣的太太白天不吃稀飯；描繪夫妻賭氣的情狀。

【彌勒，嘴笑肚內憂】
[mĩ˥ lik˥ ts'ui˨ ts'io?˨ to˨ lai˧ iu˥]
嘴巴像彌勒佛般開口笑，肚子裡卻一大堆憂愁；形容強顏歡笑。

【彎邊六角縫】
[uan˧ pĩ˥ lak˨ kak˥ p'aŋ˧]
彎邊，轉角處；六角縫，角落。指窮鄉僻壤的偏僻地方。

【彎裡親戚，食飽著起行】
[uan˧ lai˧ ts'in˧ tsiã˦ tsia˨ pa˥˧ tio˨ k'i˥ kiã˦]
彎裡，地名，在嘉義市外，入市區須涉一溪，每逢市內迎神拜拜，入城吃飯，一吃完即走；蓋恐天黑下雨溪水暴漲，無法回家。

【彥錢彥圓圓，子孫大賺錢】
[gan˥˧ tsĩ˦ gan˥˧ ĩ˧ ĩ˦ kiã˥ sun˥ tua˨ t'an˥˧ tsĩ˦]
彥錢，在家中祭祀燒完金紙後，以酒

澆紙灰之俗。彥錢時，酒要繞著金爐洒成圓形，以祈子孫發財。

【彭祖，走到不死州，也是死】
[p'ẽ˧ tsɔ˥ tsau˥ ka˥ put˦ si˥ tsiu˥ ia˨ si˨ si˥]
人生最終必會死。

【彼號時舉彼號旗】
[hit˦ ho˨ si˦ gia˧ hit˦ ho˨ ki˦]
臨機應變，識時務者爲俊傑。

【彼號蛇，生彼號卵；彼號子，生𣍐斷】
[hit˦ ho˨ tsua˦ sẽ˧ hit˦ ho˨ nuĩ˧ hit˦ ho˨ kiã˥ sẽ˧ be˨ tuĩ˧]
譏壞人所生的都是壞孩子，惡根難除。

【彼號蛇傳彼號卵，彼號貨出𣍐斷】
[hit˦ ho˨ tsua˦ t'uan˧ hit˦ ho˨ nuĩ˧ hit˦ ho˨ hue˨ ts'ut˦ be˨ tuĩ˧]
喻壞人是永遠存在的，無法絶種。

【彼號花，結彼號子；彼號粟，出彼號米】
[hit˦ ho˨ hue˥ ket˦ hit˦ ho˨ tsi˥ hit˦ ho˨ ts'ik˦ ts'ut˦ hit˦ ho˨ bi˥]
開什麼花結什麼果，種什麼稻（粟）結什麼米。即「種瓜得瓜，種豆得豆」。

【彼號旗出彼號鼓，彼號尪出彼號某】
[hit˦ ho˨ ki˦ ts'ut˦ hit˦ ho˨ kɔ˥ hit˦ ho˨ aŋ˥ ts'ut˦ hit˦ ho˨ bɔ˥]
喻配合得恰到好處。

【征風戰水】
[tsiŋ˧ hɔŋ˥ tsen˥ tsui˥]
澎湖諺語。形容捕魚的人，每天與大海搏鬥，要征服強風，戰勝巨浪。

【征南走北，行東往西】
[tsiŋ˧ lam˦ tsau˥ pak˦ kiã˧ taŋ˥ ɔŋ˥ sai˥]
無法定居一地，常常須要東西南北奔波。

【後來居上】
[hio˨ lai˦ ki˧ siɔŋ˧]
慢起步的反而拔得頭籌。

【後壁山崎】
[au˨ pia˥ suã˥ kia˧]
喻人事背景雄厚，有大人物撐腰。

【後山錢好趁】
[au˨ suã˧ tsĩ˦ ho˥ t'an˨]
中央山脈縱貫本省南北，將本省分成爲東、西二部，故有後山、前山之稱。後山即東部，昔日因待墾之荒地多，故有此諺。

【後母，較做後母名】
[au˨ bo˥ k'a˥ tso˨ au˨ bo˥ miã˦]
舊俗對繼母之風評普遍不佳，因而單一個案特別以慈祥對待前妻之子，仍是免不了後母的惡名。

【後壁犁園毋知取】
[au˨ pia˥ le˧ huĩ˦ m˨ tsai˧ ts'u˥]
指好東西不易被人發現。

【後尾出世，先白卵毛】
[a˥ bue˥ ts'ut˦ si˨ siŋ˧ pe˨ lan˨ mõ˥]
白卵毛，謂陰毛先花白。譏諷晚輩不識身份，竟在長輩面前信口胡說。

【後尾出世，先白嘴鬏】
[a˥ bue˥ ts'ut˦ si˨ siŋ˧ pe˨ ts'ui˥ ts'iu˥]
嘴鬏，鬍鬚；意同前句。

【後尾落船，代先上山】
[a˥ bue˥ lo˨ tsun˦ tai˨ siŋ˧ tsiũ˨ suã˥]
最後上船，卻是最先登陸；喻未照順序，搶人鋒頭。

【後婚老婆，後婚漢，有就食，毋就煞】
[au˩ hun˧ lau˩ po˦ au˩ hun˧ han˩ u˧ lo˩ tsia˧ bo˧ lo˩ suaʔ˩]
再婚的夫妻，有錢時能快樂地相處；無錢時就各奔東西。

【後生哭家伙，新婦哭面皮，查某子哭骨髓】
[hau˩ sẽ˥ k'au˥˧ ke˧ hue˥˧ sim˧ pu˧ k'au˥˧ bin˩ p'ue˦ tsa˧ bɔ˥ kiã˥˧ k'au˥˧ kut˥ ts'ue˥˧]
父母之喪，兒子哭是爲了遺產，媳婦哭是爲了人情面子，女兒哭是眞的傷心。喻人之言行動機，各不相同。

【得手尾錢】
[tit˥ ts'iu˥ bue˥ tsĩ˦]
人知病危將死，自懷銀錢於身，死後由長輩分給諸子孫，俗稱得手尾錢，以示傳富給後輩之意。

【得隴望蜀】
[tit˥ liɔŋ˦ baŋ˩ su˥˧]
得到甘肅（隴），還想進一步得到四川（蜀）；喻人心貪婪。

【得人疼較好扑拼】
[tit˥ laŋ˧ t'iã˩ k'a˥˧ ho˥ p'a˥˧ p'iã˩]
自己埋頭苦幹，不如有長官提拔。

【得失土地公，飼無雞】
[tit˥ sit˥ t'ɔ˥ ti˩ kɔŋ˥ ts'i˩ bo˧ ke˥]
俗信農家飼養家禽須得土地公之庇佑，若得罪了祂則養不成。用以比喻從事各種行業都不能得罪當地的主管機關，否則生意便做不下去。

【得罪土地公，飼無雞】
[tit˥ tsue˩ t'ɔ˥ ti˩ kɔŋ˥ ts'i˩ bo˧ ke˥]
意同前句。

【得失頭前，毋通得失後尾】
[tit˥ sit˥ t'au˧ tsiŋ˦ m˩ t'aŋ˧ tit˥ sit˥ a˥˧ bue˥˧]
得失，謂得罪；寧可事前得罪，莫待事態嚴重才翻臉。本諺用在借貸場合最多。

【得忍且忍，得耐且耐；不忍不耐，小事成大】
[tit˥ zim˥˧ ts'ia˥ zim˥˧ tit˥ nãi˧ ts'ia˥ nãi˧ put˥ zim˥˧ put˥ nãi˧ sio˥ su˧ siŋ˧ tua˧]
勸人忍一時氣，則息事寧人，莫要逞一時之氣鬧事，把小事弄成大事。

【徙巢雞母生無卵】
[sua˥ siu˩ ke˧ bo˥˧ sẽ˧ bo˧ nuĩ˧]
罵人沒有定性，成不了大事，就彷彿母雞常常換巢就不會下蛋。

【徙高徙低，徙無一位通好坐】
[sua˥ kuan˦ sua˥ ke˧ sua˥ bo˧ tsit˩ ui˧ t'aŋ˧ ho˥ tse˧]
意同上句。

【微花娘】
[bi˧ hue˧ niũ˦]
指未成年而夭折之閨女；罵人之語，用於女兒或孫女頑皮時，屢次告誡且責打無效者。

【徼倖錢，失德了；冤枉錢，博輸繳】
[hiau˧ hiŋ˩ tsĩ˦ sit˥ tik˥ liau˥˧ uan˧ ɔŋ˥ tsĩ˦ pua˩ su˧ kiau˥˧]
不義之財，會因不義之行爲而失去；橫來之財，會因賭博而輸光（博輸繳）。

【心狂火熱】
[sim˧ kɔŋ˧ hue˥ zet˥]
形容焦急之至。

【心堅意切】
[sim˥ ken˥ i˩ ts'et˩]

意志堅定。

【心腹之交】
[sim˧ pak˩ tsi˧ kau˥]
知心相契的至交。

【心正毋驚邪】
[sim˥ tsiã˨ m˨ kiã˧ sia˦]
心地光明正大則不怕小人。

【心安草厝穩】
[sim˥ an˥ ts'au˥ ts'u˨ un˥˧]
只要心安理得，住在茅屋也安穩。

【心肝掠坦橫】
[sim˧ kuã˥ lia˨ t'an˥ huãi˦]
謂狠起心來。

【心肝較硬鐵】
[sim˧ kuã˥ k'a˥˧ tiŋ˨ t'iʔ˩]
鐵石心腸，殘忍苛刻。

【心涼脾吐開】
[sim˥ liaŋ˦ pi˦ t'ɔ˥˧ k'ui˥]
謂非常滿意與高興。

【心堅即是佛】
[sim˥ ken˥ tsik˥ si˨ hut˥]
凡事心志堅定，即可如願以償。

【心靜自然涼】
[sim˥ tsiŋ˧ tsu˨ zen˧ liaŋ˦]
心不浮躁，自然清涼。

【心頭掠乎定】
[sim˧ t'au˦ lia˨ hɔ˧ tiã˧]
勸人要拿定主意，勿徬徨不定。

【心肝十個五個】
[sim˧ kuã˥ tsap˩ ge˦ gɔ˨ ge˦]
喻心慌意亂、舉棋不定。

【心肝大，無造化】
[sim˧ kuã˥ tua˧ bo˧ tso˨ hua˨]
喻貪多必失。

【心肝若鐵扑的】
[sim˧ kuã˥ nã˥ t'iʔ˩ p'aʔ˩ e˨]
鐵石心腸，心性苛酷殘忍。

【心肝較大牛肺】
[sim˧ kuã˥ k'a˥˧ tua˨ gu˧ hi˨]
比喻人的貪婪無度。

【心無邪，毋驚鬼】
[sim˥ bo˧ sia˦ m˨ kiã˧ kui˥˧]
問心無愧則不怕鬼（小人）。

【心無定，銀無命】
[sim˥ bo˧ tiã˧ gin˦ bo˧ miã˧]
心神不定，就會破財敗事。

【心肝烏到若破布】
[sim˧ kuã˥ ɔ˧ ka˥˧ nã˥ p'ua˥˧ pɔ˨]
破布，指桌布、抹布；心地陰險毒辣，令人髮指。

【心肝較大過牛肺】
[sim˧ kuã˥ k'a˥˧ tua˨ kue˥˧ gu˧ hi˨]
喻貪慾、大膽。

【心肝較硬石仔蝦】
[sim˧ kuã˥ k'a˥˧ ŋẽ˨ tsioʔ˩ a˥ he˦]
台南市諺語。光緒年間，南市大西門內宮後街，有一苧麻舖，店東石蝦爲庶出，因生意興隆，其嫡兄石同遂自閩南來投靠。初，兄弟感情融洽，後因石蝦之妾許月娥與掌櫃陳阿九有姦情，被石同撞見。許氏恐事洩，反向其夫誣告石同非禮，石蝦信以爲眞，合力擊死石同。其後東窗事發，二人皆被官府判處死刑。此諺係罵人心腸狠毒。

【心肝親像彈月琴】
[sim˧ kuã˥ ts'in˧ ts'iũ˨ tuã˧ gue˨ k'im˦]
月琴所彈多爲悲調，比喻心情哀怨。

【心病只有心藥醫】

[sim˧ pẽ˧ tsi˥ u˩ sim˧ io˩ i˥]
心理因素所造成的疾病，必須針對心理因素去解決。

【心肝挖（剖）出來，狗毋鼻】
[sim˧ kuã˥ ɔ˦ (p'ua˩)ts'ut˥ lai˩ kau˦ m˩ p'ĩ˧]
形容人心地兇惡，將他的心肝剖出來，臭得狗都不肯嗅。

【心肝若好，風水免討】
[sim˧ kuã˥ nã˩ ho˦ hɔŋ˧ sui˦ ben˥ t'o˦]
勸人只要心地良善，修心積德，即可得天庇祐，不要歸咎風水好壞。

【心肝擾刺碴掠鱠著】
[sim˧ kuã˥ ŋiãu˩ ts'i˩ ts'a˧ lia˩ be˩ tiau˦]
心中亂紛紛，拿不定主意。

【心肝剖開狗都毋嚊】
[sim˧ kuã˥ p'ua˦ k'ui˥ kau˦ to˧ m˩ p'ĩ˧]
指人心腸惡毒至極，連畜生（狗）都不屑一顧。

【心肝齊向，神有鑒納】
[sim˧ kuã˥ tse˧ hiɔŋ˩ sin˦ u˩ kam˦ lap˥]
心誠則靈；一炷心香通法界，十方菩薩來護持。

【心思無定，抽籤算命】
[sim˧ su˥ bo˧ tiã˧ t'iu˧ ts'iam˥ suĩ˦ miã˧]
事有難決，求神問卜，此本庶民之一般現象，今則連高級知識分子亦難免俗。

【心歹無人知，嘴歹上厲害】
[sim˥ p'ãi˦ bo˧ laŋ˧ tsai˥ ts'ui˩ p'ãi˦ siɔŋ˩ li˩ hai˧]
心腸不好，不說出來，尚無人知；嘴巴講話口無遮攔，則成爲傷人利器，立刻被人察覺。誡人愼於言語。

【心肝有所貪，頭殼鑽雞籠】
[sim˧ kuã˥ iu˥ sɔ˥ t'am˥ t'au˧ k'ak˩ nuĩ˦ ke˧ lam˥]
鑽雞籠，比喻被判刑，關上囚車。心貪則將惹禍上身，吃上官司。

【心肝剖予人食，擱嫌臭臊】
[sim˧ kuã˥ p'ua˦ hɔ˩ laŋ˧ tsia˧ ko˦ hiam˧ ts'au˦ ts'o˥]
將心肝剖給人吃，別人還嫌腥羶；指坦誠相待，依然不見信於人。

【心頭若無定，錢就要無命】
[sim˧ t'au˦ nã˩ bo˧ tiã˧ tsĩ˦ tio˩ be˥ bo˧ miã˧]
心無定見，考慮不週，便容易破財敗事。

【心肝剖開予你食，你嫌臭臊】
[sim˧ kuã˥ p'ua˦ k'ui˥ hɔ˩ li˥ tsia˧ li˥ hiam˧ ts'au˦ ts'o˥]
喻不可與之推心置腹。

【心肝無想邪，雨傘要借人遮】
[sim˧ kuã˥ bo˧ siũ˩ sia˦ hɔ˩ suã˩ be˥ tsio˦ laŋ˧ zia˥]
心無邪念，就會與人方便。

【忍氣求財】
[zim˥ k'i˩ kiu˧ tsai˦]
忍氣求泰和，和氣便生財。

【忍氣吞聲】
[zim˥ k'i˩ t'un˧ siã˥]
受到委屈，不敢表示出來。

【忍嘴儉舌】
[zim˧ ts'ui˩ k'iam˩ tsi˧]
勸人少講話，省是非。

【忍字心頭一支刀】

[zim˥˧ zi˨˩ sim˧ t'au˩˧ tsit˩ ki˧ to˥]
「忍」字是在「心」字頭上加一個「刀」，喻要忍耐必須有很大的毅力。

【忍也忍，忍著金石輪】
[zim˥˧ ia˨˩ zim˥˧ zim˥ tio˨˩ kim˧ tsio˨˩ lun˥˧]
石輪，昔日糖廠碾蔗製糖之大石磨，巨大無比。喻能忍人之所不能忍，日後致富無可限量。

【忍氣生財，激氣相刣】
[zim˥ k'i˨˩ siŋ˧ tsai˩˧ kik˥ k'i˨˩ sio˧ t'ai˩˧]
能化怨憤之氣爲和氣，和氣自可生財；不能忍住怨憤之氣，且互不相讓，必演變成刀光劍影，互相廝殺。

【忍氣求財，激氣相刣】
[zim˥ k'i˨˩ kiu˧ tsai˩˧ kik˥ k'i˨˩ sio˧ t'ai˩˧]
容忍可化干戈爲玉帛，彼此火爆相對，則難免大動干戈，武士刀、蝴蝶刀甚至烏茲衝鋒槍都派上用場。

【忍也忍，忍著一個金石輪】
[zim˥˧ ia˨˩ zim˥˧ zim˥ tio˨˩ tsit˩ le˧ kim˧ tsio˨˩ lun˥˧]
意同「忍也忍，忍著金石輪」。

【忍一句，息一怒；饒一著，退一步】
[zim˥ tsit˩ ku˨˩ sit˥ tsit˩ nɔ̃˧ ziau˧ tsit˩ tio˧ t'e˥˧ tsit˩ pɔ˧]
勸人要寬恕待人，得饒人處且饒人，切勿盛氣逼人。

【忍得一時之氣，免得百日之憂】
[zim˥ tit˥ it˥ si˩˧ tsi˧ k'i˨˩ ben˥ tit˥ pa˥˧ zit˥ tsi˧ iu˥]
喻能忍則自安。

【念念有如臨敵日，心心常似過橋時】
[liam˨˩ liam˧ iu˥ zu˧ lim˧ tik˩ zit˥ sim˧ sim˥ siɔŋ˧ si˨˩ kue˥˧ kio˧ si˩˧]
勸人做事要小心戒愼。

【快染快褪】
[k'uai˥˧ nĩ˥˧ k'uai˥˧ t'e˨˩]
染絲染布，上色上得快，日後褪色也褪得快；喻做事不可草率。或作「緊染緊褪」。

【快興快退】
[k'uai˥˧ hiŋ˥ k'uai˥˧ t'e˨˩]
一時興起，興緻勃勃趕著去做；興頭一過，就變得意興闌珊。有如常言所說「三分鐘熱度」。

【快活若神仙】
[k'uã˥˧ ua˧ nã˥ sin˧ sen˥]
如神仙般快樂。

【忠孝兩全】
[tiɔŋ˧ hau˨˩ liɔŋ˥ tsuan˩˧]
忠於國家，孝於父母，兩全其美。

【忠厚，看做卵神】
[tiɔŋ˧ hɔ˧ k'uã˥˧ tso˥˧ lan˨˩ sin˩˧]
把忠厚的人看做傻瓜（卵神）。

【忠臣毋驚死，驚死非忠臣】
[tiɔŋ˧ sin˩˧ m˨˩ kiã˧ si˥˧ kiã˧ si˥˧ hui˧ tiɔŋ˧ sin˩˧]
忠心的臣子，是不顧自己的生死的。

【忠臣死在先，奸臣死後尾】
[tiɔŋ˧ sin˩˧ si˥ tai˨˩ siŋ˥ kan˧ sin˩˧ si˥ a˥˧ bue˥˧]
國有難，忠臣先死，奸臣後死；喻善人多吃虧。

【忠臣不事兩君，貞女不嫁兩夫】
[tiɔŋ˧ sin˩˧ put˥ su˨˩ liɔŋ˥ kun˥ tsin˧ li˥˧ put˥ ke˨˩ liɔŋ˥ hu˥]
有氣節的男子不做變節的臣子，有氣節的女子不做再嫁的妻子。

【忠言逆耳利于行，良藥苦口利于病】
[tiɔŋ˧ gen˦ gik˙˩ nĩ˥˧ li˩ i˧ hiŋ˦ liɔŋ˧ io˧ k'ɔ˥ k'io˥˧ li˩ i˧ pĩ˧]
對自己有用的眞心話，大都刺耳，不容易聽進去。

【忤逆頭】
[ŋɔ̃˥ gik˙˩ t'au˦]
指目無尊長，無理取鬧之輩。

【怕死是非忠臣】
[p'ã˥˧ si˥˧ si˩ hui˧ tiɔŋ˧ sin˦]
忠臣不怕死。

【怙惡毋過隘門】
[kɔ˧ ɔk˙˩ m˩ kue˥˧ e˩ muĩ˦]
隘門，昔日爲防盜賊入侵，有些城鎮巷道入口處設有門關，晝啓夜閉，遇有亂事，更是緊閉不開。有時角頭爭吵，敗者遁入自己的隘門，勝者追逐，最多也到隘門口爲止，任憑他再強也不敢擅闖隘門，以免被人甕中抓鼈。

【急事寬辦】
[kip˙˥ su˧ k'uã˧ pan˧]
雖是緊急的事，仍須按照步驟處理，不可草率。

【急急如律令】
[kip˙˥ kip˙˩ zu˧ lut˙˩ liŋ˧]
本係司功唸咒最後一句，用以比喻事情非常緊急。

【性命在我手中心】
[sẽ˥˧ miã˧ ti˩ gua˥ ts'iu˥ tiɔŋ˧ sim˥]
你的生死在我的掌握當中。

【怨生無怨死】
[uan˥˧ sẽ˥ bo˧ uan˥˧ si˥˧]
其人生前爲惡多端，令人生怨，今既死矣，即不再與他計較。謂既死不咎。

【怨無無怨少】
[uan˥˧ bo˧ bo˧ uan˥˧ tsio˥˧]
只抱怨沒有公平分配，不會抱怨分得太少；不患寡，只患不均。

【怨可解，不可結】
[uan˩ k'o˥ kai˥˧ put˙˥ k'o˥ ket˙˩]
怨只許化解，不許另外新結。

【怨虎連虎屎也怨】
[uan˥˧ hɔ˥˧ len˩ hɔ˥ sai˥˧ ia˩ uan˩]
極言恨之入骨。

【怨人大尻川，笑人無腿肚】
[uan˥˧ laŋ˧ tua˩ k'a˧ ts'uĩ˥ ts'io˥˧ laŋ˧ bo˧ t'ui˥ tɔ˥˧]
別人屁股（尻川）有肉你嫉妒他，別人小腿（腿肚）無肉你嘲笑他，可謂事事怨妒別人。

【怨生無怨死，怨死無道理】
[uan˥˧ sẽ˥ bo˧ uan˥˧ si˥˧ uan˥˧ si˥˧ bo˧ to˩ li˥˧]
人既死，所有恩怨一筆勾消；人既死對他還咬牙切齒餘恨不消，在人情上說不過去。

【恭喜生後生】
[kiɔŋ˧ hi˥ sẽ˧ hau˩ sẽ˥]
後生，兒子。恭賀人家添丁之喜。

【恨命莫怨天】
[hun˩ miã˧ bɔk˙˩ uan˥˧ t'en˥]
只能怪自己命不好，不能怨老天爺不公平。

【恨天無坎，恨地無圈】
[hun˩ t'ĩ˥ bo˧ k'am˥˧ hun˩ te˧ bo˧ k'en˥]
恨天無階梯（坎）可循級而登，恨地無把手（圈）可抓握而揪。

【恁兜死人】
[lin˥ tau˥ si˥ laŋ˦]
你家死人。罵人的話。

【恁娘大�星膍】
[lin˥ niã˧˥ tua˩ tsi˧ bai˥]
你媽媽陰户很大。罵人的話。

【恁爸卵鳥予你咬】
[lin˥ pe˧ lan˩ tsiau˥˧ hɔ˩ li˥ ka˧]
卵鳥，陰莖；喻我什麼都不怕你。

【恁某煮(肞)燒燒在等你】
[lin˥ bɔ˥˧ tsi˥ sio˧ sio˥ ti˧˥ tan˥˧ li˩]
本意爲你太太煮好飯菜，熱騰騰在等你回去用餐；諧音一歪，變成你太太在家發騷等你，是熟朋友之間的戲謔語。

【恁你厝賣火炭——烏鼻管】
[lin˥ ts'u˩ be˩ hue˥ t'uã˩ ɔ˧ p'ĩ˩ kɔŋ˥˧]
歇後語。賣木炭者鼻管易黑。烏鼻管台語與烏白講（胡亂說）諧音。

【恁祖公叫汝去食甜粿】
[liŋ˥ tsɔ˥ kɔŋ˥ kio˥˧ li˥ k'i˥˧ tsia˩ tĩ˧ kue˥˧]
甜粿，年糕；謂陽壽將盡，冥界的祖先即將來迎接；罵人死期快到之意。

【恁娘阮厝姑，牽牛來踏路】
[lin˥ niã˧˥ guan˥ ts'u˥˧ kɔ˥ k'an˧ gu˧˥ lai˧ ta˩ lɔ˧]
指姑表血緣近，常相往來。

【恁厝有金鉸刀，阮厝有金米籮】
[lin˥ ts'u˩ u˩ kim˧ ka˧ to˥ guan˥ ts'u˩ u˩ kim˧ bi˥ lua˧˥]
鉸刀，剪刀。米籮，裝稻穀（米）細目的圓形竹器。係譏人的家境也不過爾爾的話。

【恁公欠阮公的錢，恁媽欠阮媽腳尾棉】
[lin˥ kɔŋ˥ k'iam˥˧ guan˥ kɔŋ˥ ge˧ tsĩ˧˥ lin˥ mã˥˧ k'iam˥˧ guan˥ mã˥˧ k'a˧ bue˥ mĩ˧˥]
無中生有的藉口，找碴的。

【恩愛分鶅離】
[un˧ ai˩ pun˧ be˩ li˧]
兩情相悅，如膠似漆，難分難捨。

【恩愛生煩惱】
[un˧ ai˩ sẽ˧ huan˧ lo˥˧]
兩相恩愛，常替對方設想、擔憂，因而也滋生煩惱。

【情理跋倒泰山】
[tsiŋ˧ li˥˧ pua˩ to˥ t'ai˥˧ san˥]
有理的話，連泰山都要爲之傾倒，更何況是人。

【情理一條，無兩條】
[tsiŋ˧ li˥˧ tsit˩ tiau˧˥ bo˧ ləŋ˩ tiau˧˥]
是非道理只有一個，沒有雙重標準。

【情理人，褲家治褪】
[tsiŋ˧ li˥ laŋ˧˥ k'ɔ˩ ka˧ ti˩ t'uĩ˩]
懂情理的人，犯了錯，不消別人動手，自己脫了褲子請求責罰。

【惜花連枝惜】
[sio˥˧ hue˥ len˧ ki˥ sioʔ˩]
疼女兒也會疼女婿，愛屋及烏之謂也。

【惜花連盆，惜子連孫】
[sio˥˧ hue˥ len˧ p'un˧˥ sio˥˧ kiã˥˧ len˧ sun˥]
愛屋及烏。

【惡人，無膽】
[ɔk˩ laŋ˧˥ bo˧ tã˥˧]
壞人反而膽怯。

【惡女破家】
[ɔk˩ li˥˧ p'ua˥˧ ke˥]
言女人兇惡，會導致家庭失和破敗。

【惡人厚目屎】
[ɔk˩ laŋ˧˥ kau˩ bak˩ sai˥˧]

厚目屎，眼淚多，哭哭啼啼；喻壞人善於僞詐。

【惡夫令婦賤】
[ɔk˙˥ hu˥ liŋ˩ hu˧ tsen˧]
妻以夫貴，故丈夫若拙惡無能，會使太太受人輕鄙。

【惡馬，惡人騎】
[ɔk˙˥ be˥˧ ɔk˙˥ laŋ˧ k'ia˧˥]
喻一物降一物。

【惡蛇翻頭咬】
[ɔk˙˥ tsua˧˥ huan˧ t'au˧ ka˧]
毒蛇一下沒打死，回頭會咬人；姑息養奸，遺留後患。

【惡人自有惡人磨】
[ɔk˙˥ laŋ˧˥ tsu˩ iu˥˧ ɔk˙˥ laŋ˧ bua˧˥]
一物降一物。

【惡馬自有惡人騎】
[ɔk˙˥ be˥˧ tsu˩ iu˥˧ ɔk˙˥ laŋ˧ k'ia˧˥]
意同前句。

【惡蛇一日病三改】
[ɔk˙˥ tsua˧˥ tsit˙˩ zit˙˥ pẽ˩ sã˧ kai˥˧]
三改，三次；喻任何人都免不了生病。

【惡妻孽子，無法可治】
[ɔk˙˥ ts'e˥ get˙˩ tsu˥˧ bo˧ huat˙˥ k'o˥ ti˧]
清官難斷家務事，遇到悍妻逆子最難處理。

【惡恐人知，便是大惡】
[ɔk˙˩ k'iɔŋ˥ zin˧ ti˥ pen˩ si˩ tai˩ ɔk˙˩]
怕人家知道的壞事，就是大壞事。

【惡語傷人，痛如刀割】
[ɔk˙˥ gi˥˧ siɔŋ˧ zin˧˥ t'iã˩ zu˧ to˥ kuaʔ˙˩]
惡言相向，傷人無形，令人心痛如刀割；勸人三思而後言。

【惡心戴紗帽，善心倒在餓】
[ɔk˙˥ sim˥ ti˥˧ se˧ bo˧ sen˩ sim˥ to˥ ti˥˧ go˧]
邪惡不正、陰險之徒，當官作威作福，善良的正義之士卻挨餓受凍，被冷落摒棄。

【想孔想縫】
[siũ˩ k'aŋ˧ siũ˩ p'aŋ˧]
喻找機會到處鑽營。

【想貪鑽雞籠】
[siũ˩ t'am˥ nuĩ˥˧ ke˧ lam˥]
因小貪念做賊而被關進囚車（雞籠）；喻貪小而失大。

【想富散就到】
[siũ˩ hu˩ san˩ tio˩ kau˩]
空想致富而不勞動就會窮（散）。

【想貪著鑽雞籠】
[siũ˩ t'am˥ tio˩ nuĩ˥˧ ke˧ lam˥]
意同「想貪鑽雞籠」。

【想要三擔，失去六頭】
[siũ˩ be˥ sã˧ tã˩ sit˙˥ k'i˥˧ lak˙˩ t'au˧˥]
六頭就是三擔；言得不償失。

【想富，散到；想貪，屎漏】
[siũ˩ hu˩ san˩ kau˩ siũ˩ t'am˥ sai˥˧ lau˩]
勿貪財，勿貪吃；貪財會窮（散），貪吃會拉肚子（屎漏）。喻富貴不可強求。

【想要好額，敢會無通食】
[siũ˩ be˥ ho˥ gia˧ kã˥ e˩ bo˧ t'aŋ˧ tsia˧]
好額，富有。妄想發財，只怕最後連口飯都沒得吃。勸人腳踏實地，別作白日夢，妄想一步登天。

【想要好額，敢會變乞食】
[siũ˩ be˥ ho˥ gia˧ kã˥ e˩ pen˥˧ k'it˙˥ tsia˧]

想要致富(好額),說不定會變成乞丐;誡人不要妄想發財。

【想要好賺,就去縣口尾子人畫獅頭】
[siũ˩ be˥ ho˥ t'an˩ tio˩ k'i˥ kuan˩ k'au˥ bue˥ hɔ˩ laŋ˧ ue˩ sai˧ t'au˧]
縣口即台灣縣衙口,在今台南市赤崁樓邊,為清朝行政機關之所在,昔頗繁盛。傳說,曾有一綽號蟾蜍者,為人懶惰,不務正業,只要有利可圖,不論何種勾當都肯幹。他常於迎神賽會之日,跑到縣口,將自己的褲子穿個洞,露出屁股。找人在屁股上畫個獅頭,人伏在地面上作弄獅狀,以博觀眾歡笑,而求捨施以維持其生活。本句即譏諷不肯苦幹而想發大財者。

【想要扛轎步步進,無疑牽罟倒退行】
[siũ˩ be˥ kəŋ˧ kio˧ pɔ˩ pɔ˩ tsin˩ bo˧ gi˩ k'an˧ kɔ˥ to˥ t'e˥ kiã˧]
牽罟,台灣近海傳統捕魚法,在海中下一網,兩頭繫粗索,岸上人用手及腰力步步後退將網挽起以捕魚。喻本來想要往前進,不料事與願違卻往後退。

【惹著角蜂】
[zia˥ tio˩ kak˥ p'aŋ˥]
觸怒角蜂,喻惹到壞人。

【惹蝨頭癢耙】
[zia˥ sat˩ t'au˧ tsiũ˧ pei˧]
喻吹毛求疵,多此一舉。

【惹熊惹虎,毋通惹著赤查某】
[zia˥ him˧ zia˥ hɔ˥ m˩ t'aŋ˧ zia˥ tio˩ ts'ia˥ tsa˧ bɔ˥]
兇悍的婦女(赤查某),有甚於熊虎,千萬開罪不得。

【惻隱心比蘭芳,千斤鐘十里聞】
[ts'ik˥ un˥ sim˥ pi˥ lan˧ p'aŋ˥ ts'en˧ kun˧ tsiŋ˥ sip˩ li˥ bun˧]
鹿港諺語。清代有一郭姓少年至鹿港尋親不著,乃為人幫傭,一日遇一老嫗病倒龍山寺口,少年背她回家奉養,並延醫治病。後,老嫗之失蹤獨子,在外經商致富回鹿港。得知郭姓少年之義行,乃資助他在鹿港經商,日後成為巨富,並捐資重修龍山寺,且自浙江寧波訂製一口千斤巨鐘奉獻該寺,「龍山曉鐘」遂成鹿邑八景之一。

【愛利,連母無】
[ai˥ lai˧ len˩ bo˥ bo˧]
貪利息,會連本金都拿不回來;偷雞不著蝕把米。

【愛到流目油】
[ai˥ ka˥ lau˧ bak˩ iu˧]
從英文「I love you」諧音而生,謂很喜愛。

【愛到流嘴瀾】
[ai˥ ka˥ lau˧ ts'ui˥ nuã˧]
喜愛到流出口水,喻極喜愛。

【愛美三洽水】
[ai˥ sui˥ sã˧ kap˩ tsui˥]
三洽水,指桃園縣龍潭鄉與新竹縣新埔鎮毗連之地界。新埔以出美人聞名。

【愛某為某苦】
[ai˥ bɔ˥ ui˩ bɔ˥ k'ɔ˥]
疼愛太太就得為她受苦。

【愛飼也愛教】
[ai˥ ts'i˧ ia˩ ai˥ ka˩]
教育子女,要恩威並濟。

【愛嬈去枋寮】
[ai˥ hiau˧ k'i˥ paŋ˧ liau˧]
罵婦人想淫蕩就去當娼妓。

【愛戴火炭籠】

[ai˥ ti˥ hue˥ t'uã˥ laŋ˥]
火炭籠，裝木炭的竹籠，戴它脖子會黑，成爲「烏領滾」，就是「烏龜」，即指其妻在賣淫，從事特種行業，或偷漢子與人姘居。

【愛美毋驚流鼻水】
[ai˥ sui˥ m˩ kiã˧ lau˧ p'ĩ˩ tsui˥]
青年男女，爲了展現身材之美，冬天不願多穿衣服因而著涼感冒流鼻水。

【愛是金，毋愛是土】
[ai˩ si˩ kim˥ m˩ ai˩ si˩ t'ɔ˦]
愛之則視如珍寶，厭之則棄如糞土。喻物之價值因愛憎而有別。

【愛某美，給某擔水】
[ai˥ bɔ˥ sui˥ ka˩ bɔ˥ tã˧ tsui˥]
爲了讓太太青春永駐，捨不得讓太太去井邊挑水（昔日數户共用一口井的水）而自己去挑。

【愛某驚某苦三頓】
[ai˥ bɔ˥ kiã˧ bɔ˥ k'ɔ˥ sã˧ tuĩ˩]
疼愛太太怕她三餐吃不飽，努力做工賺錢。

【愛哭神兼孝男面】
[ai˥ k'au˥ sin˦ kiam˧ hau˥ lam˧ bin˧]
指一天到晚哭喪著臉的人。

【愛著緣投無尾鰡】
[ai˥ tio˩ en˧ tau˦ bo˧ bue˥ liu˥]
謂女子愛上俊美（緣投）男子，將不會有好結果；因爲俊男人人愛，糾紛特別多。

【愛博，仙賺獪快活】
[ai˥ pua˧ sen˧ t'an˩ be˩ k'uã˥ ua˧]
博，博繳、賭博也；仙賺，拼命賺錢。一個嗜賭的人，十賭九輸，他再怎麼拼命賺錢，生活也不會快樂。

【愛嬈就去豬哥寮】
[ai˥ hiau˦ tio˩ k'i˥ ti˧ ko˧ liau˦]
豬哥寮，今台北市靜修女中附近，昔日私娼很多。罵婦女愛淫蕩，就到豬哥寮去當私娼。

【愛死免驚無鬼好做】
[ai˥ si˥ ben˥ kiã˧ bo˧ kui˥ ho˥ tso˩]
罵人想死不用擔心沒鬼好當。

【愛花連盆，愛子及孫】
[ai˥ hue˥ len˧ p'un˦ ai˥ kiã˥ kip˨ sun˥]
喻愛屋及烏。

【愛某白，給某洗腳帛】
[ai˥ bɔ˥ pe˧ ka˩ bɔ˥ se˥ k'a˧ pe˧]
腳帛，昔日婦人的纏腳布。指丈夫疼愛妻子，甘心爲她做一切事情。

【愛相刣，擱驚了槍藥】
[ai˥ sio˧ t'ai˦ ko˥ kiã˧ liau˥ ts'iŋ˥ io˧]
嗜好打仗，又怕耗損彈藥；喻喜歡鋪張，卻又不肯花錢。

【愛食狗肉，獪得狗死】
[ai˥ tsia˩ kau˥ baʔ˨ be˩ tit˥ kau˥ si˥]
想吃狗肉，恨不得狗死；想要人家的東西或地位，恨不得他早日陷入困境。

【愛某美就替某擔水】
[ai˥ bɔ˥ sui˥ tio˩ t'e˥ bɔ˥ tã˧ tsui˥]
喻丈夫疼愛妻子，事事爲妻子代勞。

【愛都愛，王爺都毋派】
[ai˩ to˧ ai˩ ɔŋ˧ gia˦ to˧ m˩ p'ai˩]
心中有所企求，可是上司（上蒼）卻不肯成全。

【愛某美，給某捧腳桶水】
[ai˥ bɔ˥ sui˥ ka˩ bɔ˥ p'aŋ˧ k'a˧ t'aŋ˥

tsui˥˧]
疼愛太太，爲太太端洗腳水。

【愛尪爲尪煩，愛某爲某苦】
[ai˥˧ aŋ˥ ui˨˩ aŋ˥ huan˧˥ ai˥˧ bɔ˥˧ ui˨˩ bɔ˥˧ k'ɔ˥˧]
男女結爲夫妻，互相恩愛，難免會爲對方擔心受苦。

【愛某敬丈姆，愛子敬頭家】
[ai˥˧ bɔ˥˧ kiŋ˥˧ tiũ˨˩ m˥˧ ai˥˧ kiã˥˧ kiŋ˥˧ t'au˧ ke˥]
丈姆，岳母；頭家，指兒子工作處之老闆。喻愛屋及烏，推愛及人。

【愛是愛，王爺公著毋扑派】
[ai˨˩ si˨˩ ai˨˩ ɔŋ˧ gia˧ kɔŋ˥ tio˧ m˨˩ p'a˥˧ p'ai˨˩]
人有願望，極想達成而未能達成，便歸咎於王爺公未幫忙（指派），此諺流行於南部沿海王爺信仰區。

【愛情熱度，毋驚六月火燒埔】
[ai˥˧ tsiŋ˧˥ zet˧ tɔ˧ m˨˩ kiã˧ lak˧ gue˧ hue˥ sio˧ pɔ˥]
綠島諺語，謂熱戀中的情侶或新婚夫婦，其愛情熱度不輸六月盛暑的高溫（火燒埔）。

【愛某爲某苦，無某雙腳曲拐股】
[ai˥˧ bɔ˥˧ ui˨˩ bɔ˥˧ k'ɔ˥˧ bo˧ bɔ˥˧ siaŋ˧ k'a˥ k'iau˧ kuai˥ kɔ˥˧]
曲拐股，指翹著二郎腿。有妻室的人爲家奔波勞苦，無妻子的單身漢則悠哉閒逸，無事一身輕。結婚有結婚之苦，單身有單身之樂。

【愛情的熱度，親像六月的火燒埔】
[ai˥˧ tsiŋ˧˥ ge˧ zet˧ tɔ˧ ts'in˧ ts'iũ˨˩ lak˧ gue˧ ge˧ hue˥ sio˧ pɔ˥]
謂熱戀中的男女，其愛情熱度猶如六月天的酷暑，令人昏頭。

【愛某美，給某擔水；愛某白，給某洗腳帛】
[ai˥˧ bɔ˥˧ sui˥˧ ka˨˩ bɔ˥˧ tã˧ tsui˥˧ ai˥˧ bɔ˥˧ pe˧ ka˨˩ bɔ˥˧ se˥ k'a˧ pe˧]
疼愛太太，甘願爲太太效勞，替她挑水洗纏腳布。

【意馬心猿】
[i˨˩ mã˥˧ sim˥ uan˧˥]
心神不定。

【意氣揚揚】
[i˥˧ k'i˨˩ iaŋ˧ iaŋ˧˥]
非常得意的樣子。

【愈扑皮愈厚】
[lu˥ p'aʔ˧ p'ue˧˥ lu˥ kau˧]
小孩常打，打慣了，他就不怕打，不聽話。

【愈補愈大孔】
[lu˥ pɔ˥˧ lu˥ tua˨˩ k'aŋ˥]
越是補救，弊端越大。

【愈寵愈好款】
[lu˥ siŋ˧ lu˥ ho˥ k'uan˥˧]
越寵他，他就恃寵而驕，拿起蹻來。

【愈奸，愈巧，愈散】
[lu˥ kan˥ lu˥ k'iau˥˧ lu˥ san˨˩]
人越是奸詐險惡，算計別人，越是貧窮（散）。

【愈敢愈會，愈毋敢愈𣍐】
[lu˥ kã˥˧ lu˥ e˧ lu˥ m˨˩ kã˥˧ lu˥ be˧]
越敢嚐試，越會成功。意同「驚驚𣍐得一等」。

【愈奸愈巧愈貧窮，奸奸巧巧天不從】
[lu˥ kan˥ lu˥ k'iau˥˧ lu˥ pin˧ kiŋ˧˥ kan˧ kan˧ k'iau˥ k'iau˥˧ t'en˥ put˥ tsiɔŋ˧˥]
愈是奸詐機巧的人愈是貧窮潦倒，因

爲天公疼戇人，奸巧的人只會自食惡果。

【慈不掌兵，義不掌財】
[tsu˦ put˥ tsiaŋ˥ piŋ˥ gi˧ put˥ tsiaŋ˥ tsai˦]
心地善良者勿掌兵權，正義清廉者莫近錢櫃；喻勿做與自己個性不合之事。

【慢皮死龜】
[ban˧ p'ue˦ si˥ ku˥]
謂一味打罵，會造成無動於衷的結果。

【慢來滿台】
[ban˩ lai˦ buan˥ tai˦]
戲院的廣告詞，謂要看趁早。慢到者將會向隅，買不到票。

【慢牛厚屎尿】
[ban˧ gu˦ kau˩ sai˥ zio˧]
懶惰的牛不肯多做工，常藉要拉屎拉尿，張開後面兩條大腿，故意停頓一會兒。喻懶人多藉口。

【慢牛食濁水】
[ban˧ gu˦ tsia˩ lo˧ tsui˥]
慢到的牛只能喝濁水。喻慢到者吃虧。

【慢來罰三杯】
[ban˩ lai˦ huat˩ sã˧ pue˥]
酒席常規，慢到者要罰三杯酒。

【慢鈍搶無份】
[ban˩ tun˧ ts'iũ˥ bo˧ hun˧]
動作緩慢，搶不到東西吃。

【慢死尋無塚仔埔】
[ban˩ si˥ ts'ue˩ bo˧ t'iɔŋ˥ ŋã˥ pɔ˥]
塚仔埔，墳墓；喻動作慢者得不到好處。

【慕名食苦瓜】
[bɔ˩ miã˦ tsia˩ k'ɔ˥ kue˥]
喻徒慕虛榮做事，往往會自食惡果（苦瓜）。

【慣者爲師】
[kuan˩ tsia˩ ui˧ su˥]
喻熟能生巧，藝巧即可爲人師。

【慣練扑鎖匙】
[kuan˥ len˧ p'aʔ˩ so˥ si˩]
戲謂其對某事很熟練。

【慷慨，錢就了】
[k'ɔŋ˥ k'ai˩ tsĩ˦ tio˩ liau˥]
慷慨就得花大錢。

【慷慨丈夫志，生當忠孝門】
[k'ɔŋ˥ k'ai˩ tiɔŋ˩ hu˧ tsi˩ siŋ˥ tɔŋ˥ tiɔŋ˧ hau˥ muĩ˦]
慷慨有志之士，應當出生在忠孝之家。

【慘到聯馬扛轎】
[ts'am˥ ka˥ len˧ be˥ kəŋ˧ kio˧]
落魄到同馬一塊替人扛轎，意謂窮途末路、潦倒至極。

【憂頭結面】
[iu˧ t'au˧ kat˥ bin˧]
滿面憂愁。

【憑天候時】
[pəŋ˧ t'ĩ˥ hau˩ si˦]
喻等待好運。

【憑子睏，憑子食，憑子領雙額】
[pəŋ˩ kiã˥ k'un˩ pəŋ˩ kiã˥ tsia˧ pəŋ˩ kiã˥ niã˥ siaŋ˧ gia˧]
謂產婦或正在帶幼兒的母親，托要照顧幼嬰之福而睡得多、吃得多，有所分配也因孩子而多得一分。

【憐兒無功，憎兒得力】
[len˧ zi˦ bo˧ kɔŋ˥ tsiŋ˥ zi˦ tit˥ lik˥]
謂管教子女過於疼愛寵溺（憐兒），子女會沒出息（無功）；嚴格管教者（憎兒），子女反而會成材。

【憎伊憎九族】
[tsiŋ˥ i˧ tsiŋ˥ kiu˥ tsɔk˥]

喻恨人入骨。

【憨慢兼偷食】
[ham˧ ban˧ kiam˧ t'au˧ tsia˧]
能力差又要偷雞摸狗。

【憶著食，爭破額】
[it˥ tio˩ tsia˧ tsẽ˧ p'ua˥ hia˧]
一心想搶食物吃，把額頭都給爭破。

【憶著富，反轉窮】
[it˥ tio˩ hu˩ huan˥ tuĩ˥ kiŋ˧˥]
一心想發財，反而窮苦潦倒。

【憶著富，顛倒散】
[it˥ tio˩ hu˩ ten˧ to˥ san˩]
一心想發財，反而更窮。

【憶著金龜，害了性命】
[it˥ tio˩ kim˧ ku˥ hai˩ liau˥ sẽ˥ miã˧]
金龜，金龜子，一種綠殼甲蟲，兒童喜歡抓它綁線來玩；一心想抓金龜子，爬上樹去，不顧安全，竟摔下來丟了性命；喻只為目的，不顧安全。

【憶著草埔，誤了熟園】
[it˥ tio˩ ts'au˥ po˥ go˩ liau˥ sik˩ huĩ˧˥]
一心掛念著未開墾的地方（草埔），卻誤了已開墾的熟園。顧彼失此。此係墾荒時期移民的諺語。

【應答如流】
[in˥ tap˩ zu˧ liu˧˥]
口才很好。

【應嘴應舌】
[in˥ ts'ui˥ in˥ tsi˧]
指頂嘴。

【應人較慘欠人】
[in˥ laŋ˩ k'a˥ ts'am˥ k'iam˩ laŋ˩]
答應人家做事一定要實踐；否則，比欠債不還還嚴重。一諾千金。或作「允人較慘欠人」。

【應時勢，毋是老爸戇】
[iŋ˥ si˧ se˩ m˩ si˩ lau˩ pe˧ goŋ˧]
為順應時勢而委曲求全，並非愚痴糊塗而吃虧上當。

【懶惰人，講有話】
[pun˩ tuã˩ laŋ˧˥ koŋ˥ u˩ ue˧]
怠惰的人，特別有辯解的話說。懶人藉口多。

【懶懶爛爛，生著生歸捾】
[lam˥ lam˥ nuã˩ nuã˧ sẽ˧ tio˧ sẽ˧ kui˧ kuã˧]
懶散成性的婦女，卻生育一群小孩，結果懶上加懶，惡性循環。

【戇到有春】
[goŋ˩ ka˥ u˩ ts'un˥]
有春，有剩；罵人笨到極點。

【戇虎咬炮】
[goŋ˩ ho˥ ka˩ p'au˩]
喻蠻勇妄為。

【戇蟳等礐】
[goŋ˩ tsim˧˥ tan˥ hau˧]
意同「守株待兔」；喻人做事呆板，固執而不知變通。

【戇入無戇出】
[goŋ˩ zip˥ bo˧ goŋ˩ ts'ut˩]
戇，傻也。收進來（買進來）時，別人多付，裝傻不知道；但拿出去（賣出去）可是錙銖必較。形容人之貪心。

【戇狗咬破紙】
[goŋ˩ kau˥ ka˩ p'ua˥ tsua˥]
喻蠻勇妄為。

【戇狗逐飛鳥】
[goŋ˩ kau˥ zik˥ pue˧ tsiau˥]
喻做傻事。

【戇佛想食雞】
[gɔŋ˨˩ put˦ siũ˨˩ tsia˨˩ ke˥]
佛只吃素不吃葷；喻垂涎別人的美食。

【戇到𣍐扒癢】
[gɔŋ˨˩ ka˥˧ be˨˩ pe˧ tsiũ˧]
笨到極點。

【戇虻叮神明】
[gɔŋ˨˩ baŋ˥˧ tiŋ˥˧ sin˧ biŋ˩˧]
虻，蚊子；喻白費力氣。

【戇面猶狗目】
[gɔŋ˨˩ bin˧ siau˥ kau˥ bak˦]
罵人不識大體。

【戇猴撞石頭】
[gɔŋ˨˩ kau˩˧ lɔŋ˥˧ tsio˨˩ t'au˩˧]
喻徒勞無功。

【戇著生壟溝】
[gɔŋ˨˩ tsi˩˧ sẽ˧ liŋ˧ kau˥]
蕃薯要生在蕃薯壟上才有肥料可吸收，若生在壟溝間則長不大。強調擇地而處的重要性，環境差則品質不良。喻擇人而友。

【戇仔鯊，守珊瑚】
[gɔŋ˧ a˥ sua˥ tsiu˥ suan˧ ɔ˩˧]
愚笨的鯊魚守住珊瑚，罵人守財奴。

【戇狗食戇豬頭】
[gɔŋ˨˩ kau˥˧ tsia˨˩ gɔŋ˨˩ ti˧ t'au˩˧]
謂糊塗人做糊塗事。

【戇佛，𣍐曉食雞】
[gɔŋ˨˩ put˦ be˨˩ hiau˥ tsia˨˩ ke˥]
罵人很傻，有好東西不會吃。

【戇死囝仔睏中晝】
[gɔŋ˨˩ si˥ gin˥ nã˥˧ k'un˥˧ tiɔŋ˧ tau˨˩]
《論語》中，宰予晝寢，孔子有「朽木不可雕」之嘆。謂小孩子不知珍惜光陰，渾噩度日，終至老大徒傷悲。

【戇的也有一項會】
[gɔŋ˧ ge˧ ia˨˩ u˨˩ tsit˨ haŋ˨˩ e˧]
笨人多少總會做一些事，愚者千慮必有一得。

【戇的𣍐穿得蚊罩】
[gɔŋ˧ ge˧ be˨˩ ts'iŋ˨˩ tit˦ baŋ˥ ta˨]
蚊罩，蚊帳。喻吹牛。

【戇面𣍐曉看山色】
[gɔŋ˨˩ bin˧ be˨˩ hiau˥ k'uã˥˧ suã˧ sik˨]
愚笨到不會看周圍的形勢。

【戇著生在股溝底】
[gɔŋ˨˩ tsi˩˧ sẽ˧ ti˨˩ kɔ˥ kau˧ te˥˧]
諷刺笨人搭上壞朋友。意同「戇著生壟溝」。

【戇人公斷，賢人自斷】
[gɔŋ˨˩ laŋ˩˧ kɔŋ˧ tuan˧ gau˧ laŋ˩˧ tsu˨˩ tuan˧]
愚人遇糾紛難解則交由他人決斷，聰明人則憑己力自斷自決。

【戇入𣍐好，戇出會好】
[gɔŋ˨˩ zip˦ be˨˩ ho˥˧ gɔŋ˨˩ ts'ut˨ e˨˩ ho˥˧]
喻貪人便宜不會有好結果，讓人佔便宜才有善果；吃虧就是佔便宜。

【戇出有醫，戇入無醫】
[gɔŋ˨˩ ts'ut˨ u˨˩ i˥ gɔŋ˨˩ zip˦ bo˧ i˥]
愛讓人佔便宜的有救，處處想佔別人便宜的沒救。

【戇戇仔做，戇戇仔食】
[gɔŋ˨˩ gɔŋ˧ ŋã˥ tso˨˩ gɔŋ˨˩ gɔŋ˧ ŋã˥ tsia˧]
喻不問世事，以免煩心。

【戇面佬仔，有看雞，無看人】
[gɔŋ˨˩ bin˨˩ lau˥ a˥˧ u˨˩ k'uã˥˧ ke˥ bo˧ k'uã˥˧ laŋ˩˧]
傻小偷（戇面佬仔），一心想偷眼前的

雞，沒看見雞後站著雞主人。喻做事觀前不顧後。

【戇鳥毋知飛，戇柴破𣍐開】
[gɔŋ˨˩ tsiau˥˧ m˨˩ tsai˧ pue˥ gɔŋ˨˩ ts'a˧˥ p'ua˥˧ be˨˩ k'ui˥]
笨鳥遇災難，不曉得飛走；節目多的下等木柴，不容易剖開。罵人死腦筋不容易開竅。

【戇人拜公媽，愈看愈無來食】
[gɔŋ˨˩ laŋ˧˥ pai˥˧ kɔŋ˧ mã˥˧ lu˥ k'uã˨˩ lu˥ bo˧ lai˧ tsia˧]
愚人拜祖先（公媽），以爲祖先會來吃供品，越拜越沒看見，覺得很詫異。

【戇子，有看見雞毛，無看見人】
[gɔŋ˨˩ kiã˥˧ u˨˩ k'uã˥˧ kĩ˥˧ ke˧ mõ˥ bo˧ k'uã˥˧ kĩ˥˧ laŋ˧˥]
笨小偷只看見雞隻，沒看到黃雀在後的主人，有如「掩耳盜鈴」之徒。

【戇阿咩毋自量，用金箔扑觀音】
[gɔŋ˨˩ a˧ nĩ˧˥ m˨˩ tsu˨˩ liɔŋ˧ iɔŋ˨˩ kim˧ pɔk˥ p'a˥˧ kuan˧ im˥]
喻不自量其身份，做傻事。

【戇外媽搖外孫，戇雞母孵草墩】
[gɔŋ˨˩ gua˨˩ mã˥˧ io˧ gua˨˩ sun˥ gɔŋ˨˩ ke˧ bo˥˧ pu˨˩ ts'au˥ tun˥]
外媽，外婆；草墩，草堆；喻爲人作嫁，最後都是徒勞而無功。

【戇雞母孵鴨孫，戇外媽疼外孫】
[gɔŋ˨˩ ke˧ bo˥˧ pu˨˩ a˥˧ sun˥ gɔŋ˨˩ gua˨˩ mã˥˧ t'iã˥˧ gua˨˩ sun˥]
謂外婆無不疼愛外孫的。或謂外婆疼外孫是白疼的。

【成未成，食三頓】
[siŋ˧˥ bue˨˩ siŋ˧˥ tsia˨˩ sã˧ tuĩ˨˩]
做媒人的，不管成否，總有得吃。

【成鮭，免外濟鹽】
[siŋ˨˩ ke˧˥ ben˥ gua˨˩ tse˨˩ iam˧˥]
鮭，用鹽漬的小魚或蝦醬、蟹醬。半成品的鮭，不需要再多少鹽便可以了；喻事已做到一半，要完成它，只需再一點工夫即可。

【成事不足，敗事有餘】
[siŋ˧ su˧ put˥ tsiɔk˩ pai˨˩ su˧ iu˥ i˧˥]
成不了事，反而壞事。

【成事在天，謀事在人】
[siŋ˧ su˧ tsai˨˩ t'ĩ˥ bɔ˧ su˧ tsai˨˩ zin˧˥]
盡人事，聽天命。

【成者爲王，敗者爲賊】
[siŋ˧˥ tsia˨˩ ui˧ ɔŋ˧˥ pai˧ tsia˨˩ ui˧ ts'at˥]
以成敗論英雄。

【成也是蕭何，敗也是蕭何】
[siŋ˧˥ ia˨˩ si˨˩ siau˧ ho˧˥ pai˧ ia˨˩ si˨˩ siau˧ ho˧˥]
韓信之爲大將軍，出於蕭何推薦；韓信之被害死，其計謀亦出於蕭何。喻對某事之成全和破壞都是同一個人。

【成佛成仙，無非盡忠盡孝】
[siŋ˧ hut˥ siŋ˧ sen˥ bu˧ hui˥ tsin˨˩ tiɔŋ˥ tsin˨˩ hau˨˩]
仙佛之能修成正果，全因忠孝兩全。勸人要積德修業，勿想旁門左道走捷徑。

【成就一對夫妻，勝造七級浮屠】
[siŋ˧ tsiu˨˩ tsit˩ tui˥˧ hu˧ ts'e˥ siŋ˥˧ tso˨˩ ts'it˥ kip˥ p'u˧ tɔ˧˥]
媒撮一對姻緣，功德無量。

【我自用我法】
[ŋõ˥˧ tsu˨˩ iɔŋ˨˩ ŋõ˥ huat˩]
別人是別人，我是我，不受別人影響。

【我給你點油】

[gua˥˧ ka˨˩ li˥˧ tiam˥˧ iu˨˦]
點油，做記號；意謂你給我記住，日後我一定會報復。

【我不淫人婦，人不淫我妻】
[ŋõ˥˧ put˧ im˧ zin˧ hu˧ zin˨˦ put˧ im˧ ŋõ˥˧ ts'e˥˧]
我不犯人，人不犯我。

【我衫罩你衫，喝著頭瞻瞻】
[gua˥˧ sã˥˧ ta˥˧ li˥˧ sã˥˧ hua˥˧ tio˧ t'au˨˦ tã˧ tã˥˧]
台俗，新婚之夜，新郎或新娘在上床前，以為將自己的衣服脫下疊壓在對方的衣服上，口中並暗唸此諺，日後對方就會服服貼貼。

【我鞋疊你鞋，使著頭殼犁犁】
[gua˥˧ e˨˦ t'iap˧ li˥˧ e˨˦ sai˥˧ tio˧ t'au˧ k'ak˧ le˧ le˨˦]
新婚之夜，新人以為將自己的鞋壓在對方鞋上，並唸此諺，對方日後就會服服貼貼。

【截長補短】
[tset˧ təŋ˨˦ pɔ˥˧ te˥˧]
取長補短。

【戲仔圍鼓邊】
[hi˥˧ a˥˧ ui˧ kɔ˥˧ pĩ˥˧]
戲子演戲、學戲，常圍繞著大鼓四周；後用以形容小孩子圍成一群。

【戲無夠，仙來湊】
[hi˨˩ bo˧ kau˨˩ sen˥˧ lai˧ tau˨˩]
傳統戲劇中，劇情演不下去時，通常用神仙來接續。

【戲好看蚵仔出漿】
[hi˨˩ ho˥˧ k'uã˨˩ o˧ a˥˧ ts'ut˧ tsiũ˥˧]
迎神賽會時，攤販雲集。其中賣蚵仔麵線的蚵仔，係事先拌蕃薯粉，煮熟後用文火保持熱度。若戲台上的戲好看，則看戲的人專注看戲，就不會想吃蚵仔麵線。蚵仔放久了，就會出漿，因而縮小僵硬，就不好吃了。

【戲棚腳，企久人的】
[hi˥˧ pẽ˧ k'a˥˧ k'ia˨˩ ku˥˧ laŋ˧ ge˨˦]
企，站也。野台戲前的好位置，因無座椅，是用站的，站久了那個位置就屬於他的。喻有恆心才會成功。

【戲棚腳，揀無美查某】
[hi˥˧ pẽ˧ k'a˥˧ kiŋ˥˧ bo˧ sui˥˧ tsa˧ bɔ˥˧]
戲台下來看戲的美女如雲，個個都美，反而選不出一個來。喻園裡選瓜，愈選愈差。

【戲館邊的豬母也會扑拍】
[hi˥˧ kuan˥˧ pĩ˥˧ e˧ ti˧ bo˥˧ ia˨˩ e˨˩ p'a˥˧ p'et˧]
比喻環境對一個人的影響力極大。

【戲虎哈燒茶，司功虎穿破鞋】
[hi˥˧ hɔ˥˧ ha˧ sio˧ te˨˦ sai˧ kɔŋ˧ hɔ˥˧ ts'iŋ˨˩ p'ua˥˧ e˨˦]
有經驗的老演員都喜歡喝熱茶，因為要保護喉嚨；道士因需行走，所以要穿破鞋較合腳。

【戲做到老矣，嘴鬏擱提在手裏】
[hi˨˩ tso˥˧ ka˥˧ lau˧ a˧ ts'ui˥˧ ts'iu˥˧ ko˥˧ t'e˨˩ ti˥˧ ts'iu˥˧ li˨˩]
老演員，演到武打時，掛在嘴上的道具鬍鬚竟然忘了掛而拿在手上。喻年資已老，技術不過爾爾。

【戲好不離生、旦、丑，聲高必用仪、仩、伬】
[hi˨˩ ho˥˧ put˧ li˧ siŋ˥˧ tuã˨˩ t'iũ˥˧ siã˥˧ kuan˨˦ put˧ li˧ ts'e˥˧ siɔŋ˧ liu˥˧]
戲要好一定要有小生、小旦、小丑；高音必用到仪、仩、伬等音階。

【戴一個天，踏一個地】

[ti˥ tsit˩ le˧ t'ĩ˥ ta˩ tsit˩ le˧ te˧]
除了頭上的天與腳下的地外，所有的東西都是別人家的。喻自己身無一物。

【戳臭】
[t'u˥ ts'au˩]
揭人瘡疤。

【户蠅貪甜】
[hɔ˧ sin˦ t'am˧ tĩ˥]
諷刺愛吃甜食的人。

【户蠅弄屎耙】
[hɔ˧ sin˦ laŋ˩ sai˥ pe˥]
户蠅，蒼蠅；屎耙，古時大便後用以清潔肛門的竹片。小蒼蠅竟想揮動屎耙，喻不自量力。

【户蠅惹衰腳】
[hɔ˧ sin˦ zia˥ sue˧ k'a˥]
人倒楣時，連蒼蠅（户蠅）都惹你。

【户蠅跋落涪】
[hɔ˧ sin˦ pua˩ lo˩ am˥]
涪，稀飯湯；蒼蠅跌到粥湯中；喻被慾望吸引，反而苦了自己。

【户蠅舞燈挑】
[hɔ˧ sin˦ bu˥ tiŋ˧ t'iau˥]
户蠅，蒼蠅；燈挑，挑燈心之工具；喻自不量力。

【户碇較高門楣】
[hɔ˩ tiŋ˧ k'a˥ kuan˧ muĩ˧ bai˦]
門檻（户碇）比別人的門楣高；喻架子高，不易交往。

【户蠅沾棕蓑——食無】
[hɔ˧ sin˦ tsam˧ tsaŋ˧ sui˥ tsia˩ bo˦]
歇後語。户蠅，蒼蠅；蒼蠅停在蓑衣上，狀如吃毛，故諧音為食無，沒得吃。

【户蠅跋落鼎——吵死】
[hɔ˧ sin˦ pua˩ lo˩ tiã˥ ts'a˥ si˩]
歇後語。蒼蠅不小心跌入煎鍋中會被「炒死」，台語「吵死」與「炒死」諧音，指聲音非常吵雜，讓人受不了。

【户蠅戴龍眼乾殼】
[hɔ˧ sin˦ ti˥ liŋ˧ kiŋ˥ kuã˧ k'ak˩]
喻張冠李戴，規格不相符。

【户樞艙蛀，流水艙腐】
[hɔ˩ ts'u˥ be˩ tsiu˩ liu˧ sui˥ be˩ au˥]
户樞因常動而不會蛀，流水也因常動而不會腐臭（腐）。

【户口板仔釘住電火柱】
[hɔ˩ k'au˥ pan˥ nã˥ tiŋ˥ tua˥ ten˩ hue˥ t'iau˧]
户口板仔，日治時期每家户口資料寫在一圭形木板，釘在門後，供警察查驗；電火柱，電線桿。本諺形容居無定所或有路無厝。

【户口牌仔釘在腳頭肟】
[hɔ˩ k'au˥ pai˧ a˥ tiŋ˥ ti˥ k'a˧ t'au˧ u˥]
户口牌，户籍牌，昔日的户政牌子，本應釘在所住屋內以備警政人員查巡；今言釘在「腳頭肟」（膝蓋）上，即誇言他居無定所，比「户口板仔釘住電火柱」更誇張。

【户蠅食人艙死，穢人腸仔】
[hɔ˧ sin˦ tsia˩ laŋ˧ be˩ si˥ ue˥ laŋ˧ tɔŋ˧ ŋã˥]
蒼蠅雖不會吃死人，但會使人吃壞胃腸；喻為惡不大，但會亂人情緒。

【户蠅闖龍眼殼——炭頭炭面】
[hɔ˧ sin˦ bi˥ liŋ˧ kiŋ˥ k'ak˩ k'am˥ t'au˧ k'am˥ bin˧]
歇後語。户蠅，即蒼蠅。蒼蠅喜腥甜之物，龍眼是糖分頗高之水果，其殼中亦存有一些甜分。蒼蠅鑽到龍眼殼

中，因體小反被殼蓋住，即是崁頭崁面；用以形容人看起來傻里傻氣，呆頭呆腦或做人處事不得體，不知利害輕重。

【房頭仔內】
[paŋ˧ t'au˧ a˥ lai˧]
指同姓同祖之宗親。

【房裡毋見對面笑——失敬】
[paŋ˦ nĩ˩ m˩ kĩ˥ tui˥ bin˩ ts'ioʔ.˩ sit˙˥ kiŋ˩]
歇後語。在房間裡打破或遺失鏡子（對面笑），叫「失鏡」，與「失敬」諧音。

【房間內扑毋見褲，毋是尪就是某】
[paŋ˧ kiŋ˧ lai˧ p'a˥ m˩ kĩ˥ k'ɔ˩ m˩ si˩ aŋ˥ tio˩ si˩ bɔ˥]
家務事關乎自家人，與外人無涉。

【扁食底】
[pen˥ sit.˩ te˥]
扁食，餛飩；喻本性良好。

【扇頭扑人鱠痛，情理不該】
[sĩ˥ t'au˦ p'a˥ laŋ˦ be˩ t'iã˩ tsiŋ˧ li˥ put˙˥ kai˥]
比喻事雖小，也不可妄欺人。

【手尾】
[ts'iu˥ bue˥]
泛稱死人所遺留下來的東西。

【手尾錢】
[ts'iu˥ bue˥ tsĩ˦]
台灣習俗，於病人彌留之際，放置錢鈔在其口袋中，待斷氣後，將之分贈子孫，稱爲分手尾錢；即分遺產之意。

【手頭緊】
[ts'iu˥ t'au˦ an˦]
入不敷出，手上沒有現金。

【手頭鬆】
[ts'iu˥ t'au˦ liŋ˧]
收支綽綽有餘爲「手頭鬆」。

【手蹄賤】
[ts'iu˥ te˦ tsen˧]
罵人喜歡隨手摸弄他人物品，或指偷竊成性者。

【手去箴縛】
[ts'iu˥ k'i˩ bi˦ pak˙˥]
箴，竹篾，昔日農村製做用具最普遍的材料；手想去做事，才碰到竹箴就被綁住；喻不擅於工藝。

【手面賺食】
[ts'iu˥ bin˩ t'an˥ tsia˧]
謂家無恆產，靠做傭工過活者。

【手甘若箴縛】
[ts'iu˥ kan˥ nã˥ bi˧ pak˙˥]
一雙手像被竹箴綁住；喻不擅於手工藝。

【手頭在苦旱】
[ts'iu˥ t'au˦ ti˥ k'o˥ uã˧]
喻手頭拮据。

【手擱曲彎倒出】
[ts'iu˥ ko˥ k'iau˥ uan˧ to˥ ts'ut.˩]
手肘（手擱曲）反彎出去而不是彎進來，喻不幫自家人，倒幫外人。

【手曲，屈入，無屈出】
[ts'iu˥ k'iau˥ k'ut˙˥ zip˙˥ bo˧ k'ut˙˥ ts'ut.˩]
手肘只向內不向外彎；喻不管是非，袒護自己人。

【手舉大兄，嘴喝賊】
[ts'iu˥ gia˧ tua˩ hiã˥ ts'ui˩ hua˥ ts'at˙˥]
大兄，古代盜賊用以撬開他人門户之鐵棒。盜賊行劫，行跡敗露，混在人群中跟著喊抓賊，忘了手上卻還握著那根「大兄」。喻做賊喊捉賊。

【手舉扁擔予狗逐】
[ts'iu˥ gia˧ pin˧ tã˥ hɔ˩ kau˥ zik˥]
手中持有長扁擔，遇狗還被狗兒追；喻空有優勢而不知善加利用。

【手巾仔搵水雙頭湛】
[ts'iu˥ kin˧ nã˥ un˥ tsui˥ siaŋ˧ t'au˧ tam˦]
湛，濕也；喻人情世故，禮尚往來，結果是主客雙方都要破費。

【手空空覅當做人客】
[ts'iu˥ k'aŋ˧ k'aŋ˥ be˩ taŋ˥ tso˥ laŋ˧ k'eʔ˩]
喻做客須帶禮物。

【手後骬屈入無屈出】
[ts'iu˥ au˩ tẽ˥ k'ut˥ zip˥ bo˧ k'ut˥ ts'ut˩]
手後骬，手後肘；手肘都是往內彎而不往外彎；喻肥水不落外人田，或喻人天生都有偏袒自己護短之心。

【手舉孝杖，纔知苦哀】
[ts'iu˥ gia˧ ha˥ t'əŋ˧ tsia˥ tsai˧ k'ɔ˥ ai˥]
孝杖，父母之喪，孝男每人皆須持一竹（桐）杖。喻須等父母死後才知悲傷。

【手無舉刀，心內閒囉囉】
[ts'iu˥ bo˧ gia˧ to˥ sim˧ lai˧ iŋ˧ lo˧ lo˥]
只要不做壞事，內心便很清閒。

【手底也是肉，手盤也是肉】
[ts'iu˥ te˥ ia˩ si˩ baʔ˩ ts'iu˥ puã˦ ia˩ si˩ baʔ˩]
喻父母對子女之情是不分軒輕的。

【手舉刣豬刀，嘴唸阿彌陀】
[ts'iu˥ gia˧ t'ai˧ ti˧ to˥ ts'ui˩ liam˩ ɔ˧ mĩ˥ to˦]
心口不一，口說道德仁義的好聽話，盡做傷天害理的壞事。

【手抱孩兒，纔知父母疼咱時】
[ts'iu˥ p'o˩ hai˧ zi˦ tsia˥ tsai˧ pe˩ bu˥ t'iã˥ lan˥ si˦]
當自己爲人父母後，方能體會父母養育之恩。

【扎胸崁骨】
[tsa˥ hiŋ˧ k'am˥ kut˩]
胸崁骨，肋骨；謂自量能力有多少。

【扑斗四】
[p'a˥ tau˥ si˩]
朋友聞聚，分攤出錢，小飲一番，稱爲扑斗四。

【扑破鑼】
[p'a˥ p'ua˥ lo˦]
昔日有一種人，專門出入大地主、富紳之家打探消息，再出來打鑼宣告給他人周知，以賺取微薄酬金。喻傳聲筒。

【扑獵涼】
[p'a˥ la˥ liaŋ˦]
謂互作戲言。

【扑嘴鼓】
[p'a˥ ts'ui˥ kɔ˥]
指鬥嘴。

【扑死無走】
[p'a˥ si˥ bo˧ tsau˥]
喻朋友之情，忠貞不二；即死忠。

【扑死無退】
[p'a˥ si˥ bo˧ t'e˩]
奮不顧身，勇往直前。

【扑到掠到】
[p'a˩ kau˩ lia˧ kau˩]
指戰爭時，打到一個地方，占得土地，人民也跟著歸順。

【扑枋彈柱】
[p'a˥ paŋ˥ tuã˩ t'iau˧]
木匠用墨斗之繩彈量木板而碰到柱子；喻碰著。

【扑草驚蛇】
[p'a˥ ts'au˥ kiã˧ tsua˦]
打草驚蛇。

【扑破內場】
[p'a˥ p'ua˥ lai˩ tiũ˦]
購買東西超出預算，事到臨頭方才發現。或謂破壞行情、行規。

【扑退堂鼓】
[p'a˥ t'e˥ təŋ˧ kɔ˥]
古代，人民如有冤枉，可赴縣衙擊鼓指控。縣官即升堂訊案，如控告不實者，則罰打屁股並鳴鼓退堂。比喻對事應三思而行，千萬不可糊塗，以免居時後悔莫及。

【扑馬後炮】
[p'a˥ be˥ au˩ p'au˩]
幸災樂禍，唯恐天下不亂；即「放馬後炮」。

【扑繩彈柱】
[p'a˥ sin˦ tuã˩ t'iau˧]
木匠以墨斗彈線條時，必須墨繩碰到目的物才會留下線條；謂碰著。

【扑鐵順熱】
[p'a˥ t'iʔ˩ sun˩ zet˥]
打鐵趁熱，做事要把握良機。

【扑鐵趁燒】
[p'a˥ t'iʔ˩ t'an˥ sio˥]
意同前句。

【扑鑼哄鬼】
[p'a˥ lo˦ haŋ˥ kui˥]
虛張聲勢。

【扑人喝救人】
[p'a˥ laŋ˦ hua˥ kiu˥ laŋ˦]
打人者還要喊被人打，要人來救他；喻顛倒是非。

【扑人𣍐睏得】
[p'a˥ laŋ˦ be˩ k'un˩ tit˩]
打人會心不安神不寧。

【扑狗毋出門】
[p'a˥ kau˥ m˩ ts'ut˥ muĩ˦]
喻天氣極冷，狗寧可挨打也不肯出門。

【扑狗看主人】
[p'a˥ kau˥ k'uã˥ tsu˥ laŋ˦]
要打狗，必須看狗的主人是誰，不可亂打；喻凡事不可魯莽。

【扑虎著留林】
[p'a˥ hɔ˥ tio˩ lau˧ nã˦]
打虎者把老虎捕走，不要放火燒樹林，留下林木才會再有老虎來；喻本錢留著，只取利潤。

【扑拳賣膏藥】
[p'a˥ kun˦ be˩ kɔ˧ io˧]
膏藥，治跌打損傷的創藥。指沒有眞才實學，卻喜歡到處吹噓賣弄的人。就像是賣膏藥的江湖郎中，演練的是花拳繡腿，賣的是無效之藥。

【扑腳印手印】
[p'a˥ k'a˧ in˥ ts'iu˥ in˩]
蓋上手模腳印；喻一再保證。

【扑鼓聽尾聲】
[p'a˥ kɔ˥ t'iã˧ bue˥ siã˥]
扑鼓，打鼓；喻聽話要聽重點。

【扑鐵仔夠食】
[p'a˥ t'i˥ a˥ kau˥ tsia˧]
打鐵匠所賺不多，還能勉強過得去。喻生活還過得去。

【扑鑼無你分】
[p'a˥ lo˧ bo˧ li˥ hun˧]
謂其人人微言輕，出不得主意，言論不受人矚目。

【扑一枝予伊到】
[p'a˥ tsit˩ ki˧ hɔ˩ i˧ kau˩]
本為賭場之語，打出一支牌讓你難以出牌；後用以比喻讓他難堪。

【扑大門，開大户】
[p'a˥ tua˩ muĩ˧ k'ui˧ tua˩ hɔ˧]
謂公然行惡。

【扑石的無存後】
[p'a˥ tsio˧ e˧ bo˧ ts'un˧ au˧]
石匠在石頭山上打取石材，若不留後路則難以下山；譏人做事咄咄逼人，凌厲無比，未替自己留後路。

【扑虎著親兄弟】
[p'a˥ hɔ˥ tio˩ ts'in˧ hiã˧ ti˧]
扑虎，打老虎；從事打虎這種危險工作，必須（著）是親兄弟才能合作無間。

【扑是疼，罵是愛】
[p'aʔ˩ si˩ t'iã˩ mẽ˧ si˩ ai˩]
父母打罵子女，係疼愛的表現。

【扑頭就知轉尾】
[p'a˥ t'au˧ tio˩ tsai˧ tuĩ˥ bue˥]
指為人機敏。

【扑斷人耳孔毛】
[p'a˥ tuĩ˩ laŋ˧ hĩ˩ k'aŋ˧ mɔ̃˥]
喻所言聽來很不順耳。

【扑鐵鞭，賣膏藥】
[p'a˥ t'i˥ pen˥ be˩ kɔ˧ io˧]
指江湖賣膏藥郎中，既須表演武術（扑鐵鞭），嘴巴還要兼推銷員賣膏藥；喻一人兼扮多種角色。

【扑人，嬒食嬒睏得】
[p'a˥ laŋ˧ be˩ tsia˩ be˩ k'un˩ tit˩]
打人後會心神不寧、寢食難安。

【扑死先生，好散學】
[p'a˥ si˥ sen˧ sĩ˥ ho˥ suã˥ o˧]
別人把老師（先生）打死，就可以不用上學。喻偶然外來的機會，廢罷平日討厭的事。

【扑虎掠賊親兄弟】
[p'a˥ hɔ˥ lia˩ ts'at˥ ts'in˧ hiã˧ ti˧]
打老虎、抓小偷這兩件都是非常危險的工作，不是親兄弟是不能合作的；比喻兄弟手足至親，非外人所能比擬。

【扑狗無帶著主人】
[p'a˥ kau˥ bo˧ tua˥ tio˩ tsu˥ laŋ˧]
打狗沒有顧到主人情面；喻做事魯莽，不顧情面。

【扑蛇無死反報仇】
[p'a˥ tsua˧ bo˧ si˥ huan˥ po˥ siu˧]
俗信打蛇沒死，日後會報仇。喻禍根不除，後患無窮。

【扑蛇無死招後殃】
[p'a˥ tsua˧ bo˧ si˥ tsio˧ au˩ iɔŋ˥]
意同前句。

【扑鼓嬒曉聽尾聲】
[p'a˥ kɔ˥ be˩ hiau˥ t'iã˧ bue˥ siã˥]
喻不善於察言觀色。

【扑斷手骨顛倒勇】
[p'a˥ tuĩ˩ ts'iu˥ kut˩ ten˧ to˥ iɔŋ˥]
手臂打斷，接好後反而比原先強。喻經過一番失敗挫折之歷練後，對往日的處世接物反而有很大的幫助。

【扑斷嘴齒含血吞】
[p'a˥ tuĩ˩ ts'ui˥ k'i˥ kam˧ hueʔ˩ t'un˥]
牙齒被打斷，連血一起吞，喻忍辱含

恨。

【扑斷驢卵開公帳】
[p'a˥ tuĩ˩ li˧ lan˧ k'ai˧ kɔŋ˧ siau˩]
驢卵，驢的陰莖；喻假借名目花公款。

【扑鐵財仔的傢伙】
[p'a˥ t'i˥ tsai˦ a˧ e˧ ke˧ hue˥]
傢伙，財產；謂其財力雄厚，穩如泰山。

【扑鑼叫人去犒將】
[p'a˥ lo˧ kio˥ laŋ˧ k'i˥ k'o˥ tsiɔŋ˩]
犒將，台俗每月初一、十五，村民煮菜飯，持香燭等到地方廟前祭拜守境之天兵天將。意謂盡量讓別人出錢出力辦理廟會之事。引申爲精明的人只是出一張嘴，唆使他人去做自己不想做的事。

【扑一擺，較贏學九館】
[p'a˥ tsit˩ pai˥ k'a˥ iã˧ o˩ kau˥ kuan˥]
實際參與一場武林決鬥，比跟九家武館學習還重要；強調實習的重要。

【扑三門大銃無展翅】
[p'a˥ sã˧ muĩ˧ tua˩ ts'iŋ˩ bo˧ ten˥ sit˥]
這隻鳥，打了三發子彈，牠猶兀自停在那兒，未振動翅膀；喻沈著大膽或冥頑不靈。

【扑死乞食，好人賠命】
[p'a˥ si˥ k'it˥ tsia˧ ho˥ laŋ˦ pue˧ miã˧]
生命不分貴賤，殺人者即要一命償一命。

【扑死癩𤺪，好人賠命】
[p'a˥ si˥ t'ai˥ ko˥ ho˥ laŋ˦ pue˧ miã˧]
癩𤺪，痲瘋病患；殺人償命，不容例外。喻好人不值得與壞人打交道；或喻借別人的東西使用，不管它新舊，弄壞了就得賠人家一個新的。

【扑狗也著帶念主人】
[p'a˥ kau˥ ia˩ tio˩ tai˥ liam˩ tsu˥ laŋ˦]
打狗之前須先看看狗主人是誰；喻不看僧面也要看佛面。

【扑虎掠賊著親兄弟】
[p'a˥ hɔ˥ lia˩ ts'at˥ tio˩ ts'in˧ hiã˧ ti˧]
意同「扑虎掠賊親兄弟」。

【扑破人姻緣七代散】
[p'a˥ p'ua˥ laŋ˧ im˧ en˦ ts'it˥ tai˩ san˩]
破壞人家的姻緣，會七代窮（散）；君子成人之美，不成人之惡。

【扑蛇無死，反被蛇傷】
[p'a˥ tsua˦ bo˧ si˥ huan˥ pi˩ tsua˦ siɔŋ˥]
喻禍根不除，將來會有後患。

【扑鼓的累死噴吹的】
[p'a˥ kɔ˥ e˩ lik˥ si˥ pun˧ ts'ue˥ e˥]
打鼓的打太快，害得吹嗩吶的跟得很辛苦；表連累別人之意。

【扑一下尻川，褪一下褲】
[p'a˥ tsit˩ e˩ k'a˧ ts'uĩ˥ t'uĩ˥ tsit˩ e˩ k'ɔ˩]
喻芝麻小事，多所麻煩。

【扑死賣雜細，得無一枝針】
[p'a˥ si˥ be˩ tsap˩ se˩ tit˥ bo˧ tsit˩ ki˧ tsiam˥]
賣雜細，指賣女紅用具的小販；打死賣雜細，究竟也得不到什麼好處。喻處世不必與人斤斤計較。

【扑金仔，無透銅，會死丈人】

[p'a˥˧ kim˧ mã˥˧ bo˧ t'au˥˧ taŋ˧˥ e˨˩ si˥ tiũ˨˩ laŋ˧˥]
丈人，岳父；揶揄金匠，謂每一個金匠都會將銅屑入金子中打造，以牟利潤。

【扑某一下箠，害某三日毋食糜】
[p'a˥˧ bɔ˥˧ tsit˩ e˨˩ ts'e˧˥ hai˨˩ bɔ˥˧ sã˧ zit˥ m˨˩ tsia˨˩ be˧˥]
打了妻子一下，妻子便賭氣三天不吃稀飯（糜）。

【扛去山裡種】
[kəŋ˧ k'i˥˧ suã˥ li˥ tsiŋ˨˩]
把人抬到山上種，指埋葬，即指某人已死了。

【扛棺材，兼貿哭】
[kəŋ˧ kuã˧ ts'a˧˥ kiam˧ bau˨˩ k'au˨˩]
貿，指包辦。扛棺材的土公，竟連哭也要包辦。喻全部一手包辦。

【扛棺材，領路直】
[kəŋ˧ kuã˧ ts'a˧˥ niã˥ lɔ˨˩ tit˥]
扛棺材的人，目標墳場，心無旁騖；喻專注於某事。

【扛轎的無雙頭才】
[kəŋ˧ kio˧ e˧ bo˧ siaŋ˧ t'au˧ tsai˧˥]
抬轎的人，一個人不可能同時抬轎的兩頭；喻人要專心於一業，一心不能兩用。

【扛一個死和尚來答謝】
[kəŋ˧ tsit˩ le˧ si˥ hue˧ siũ˧ lai˧ tap˥ sia˧]
喻以怨報德，以仇報恩。

【扛轎毋扛轎，管新娘放尿】
[kəŋ˧ kio˧ m˨˩ kəŋ˧ kio˧ kuan˥ sin˧ niũ˧˥ paŋ˥˧ zio˧]
抬新娘轎子的轎夫，不好好抬轎卻思量轎內新娘能否小便？喻多管自己分外之事。

【扛轎喝艱苦，坐轎亦喝艱苦】
[kəŋ˧ kio˧ hua˥˧ kan˧ k'ɔ˥˧ tse˨˩ kio˧ ia˨˩ hua˥˧ kan˧ k'ɔ˥˧]
喻人各有立場各有苦處。

【批死，扑倒一百人】
[p'e˧ si˥˧ p'a˥˧ to˥ tsit˩ pa˥˧ laŋ˧˥]
一旦被判定死刑，把命豁出去；其勇狠可以打倒一百人；喻窮寇莫追。

【扶人卵葩】
[p'ɔ˧ laŋ˧ lan˨˩ p'a˥]
卵葩，陰囊也；喻逢迎諂媚。

【扶旺無扶衰】
[hu˧ ɔŋ˧ bo˧ hu˧ sue˥]
謂趨炎附勢。

【扶起無扶倒】
[hu˧ k'i˥˧ bo˧ hu˧ to˥˧]
意同前句。

【投天告地】
[tau˧ t'ĩ˥ ko˥˧ te˧]
四處訴苦伸冤。

【扭頭轉頷】
[ŋiũ˥ t'au˧ tsun˨˩ am˧]
扭著頭又轉著下巴，形容婦人說話時之模樣。

【扭頭轉脰】
[ŋiũ˥ t'au˧ tsun˨˩ tau˧]
形容人生氣轉頭就走的模樣。

【扭耳，食百二】
[giu˥ hĩ˧ tsia˨˩ pa˥˧ zi˧]
台俗，小孩跌倒或受驚時，大人一面扭其耳，一面口中即唸:「無驚！無驚！扭耳食百二」謂扭一扭耳朵，可以活到一百二十歲。

【扭伊耳，拖去戲】

[giu˥ i˧ hĩ˧ t'ua˧ k'i˥ hi˩]
順口溜，拉著他的耳朵去看戲，耳、戲二字音近。

【扭扭豆藤一大拖】
[giu˥ giu˥ tau˩ tin˧ tsit˩ tua˩ t'ua˥]
喻呼親引友齊聚一堂。

【找鬼哭無爸】
[ts'ue˩ kui˥ k'au˥ bo˧ pe˧]
喻認賊作父。

【找賊哭無爸】
[ts'ue˩ ts'at˥ k'au˥ bo˧ pe˧]
喻搜尋小偷搜尋得心慌。

【承著炸彈屁】
[sin˧ tio˩ tsa˥ tuã˧ p'ui˩]
喻遭受池魚之殃。

【承著拳頭屁】
[sin˧ tio˩ kun˧ t'au˧ p'ui˩]
意同前句。

【承著拳頭屑】
[sin˧ tio˩ kun˧ t'au˧ sap˩]
喻遭受池魚之殃、無妄之災。

【抑未擲山】
[ia˥ bue˩ tan˥ san˥]
謂事情還早得很，八字沒一撇。

【抑未臭尿破】
[ia˥ bue˩ ts'au˥ zio˩ p'ua˩]
台語常以「臭尿破味」形容一個人頗有一招半式的本事。尚未（抑未）有臭尿破味，則是比喻時機尚未成熟。

【拎糖無洗手】
[gim˧ t'əŋ˧ bo˧ se˥ ts'iu˥]
手伸進砂糖甕中去抓糖，手伸出來後沒有洗，一定沾滿糖粒，甜甜蜜蜜；喻兩人關係非常親蜜。

【拜灶君，起火𣍐熏，煮糜緊滾】
[pai˥ tsau˥ kun˥ k'i˥ hue˥ be˩ hun˥ tsi˥ muãi˧ kin˥ kun˥]
帶新娘拜灶王時所唸吉祥語。謂拜過灶君，日後生火時不會燻人，煮稀飯（糜）很快就熟了。

【抱么占六】
[p'o˩ io˥ tsiam˥ lak˥]
賭場術語，謂穩贏不輸；喻包賺不賠。

【抱子半眠，飼子半飽】
[p'o˩ kiã˥ puã˥ bin˧ ts'i˩ kiã˥ puã˥ pa˥]
睡時抱著孩子，只能半睡半醒；吃飯時又要餵小孩，只能半餓半飽；形容母親養育子女之辛勞。

【抱狗仔過户碇也要錢】
[p'o˩ kau˥ a˥ kue˥ hɔ˩ tiŋ˧ ia˩ ai˥ tsĩ˧]
户碇，門檻；喻死要錢，非錢不能辦事。

【抱子擱飼爸，好子毋免濟】
[p'o˩ kiã˥ ko˥ ts'i˩ pe˧ ho˥ kiã˥ m˩ ben˥ tse˧]
世人一結婚便忘了父母，更別談生兒育女之後。若有人生兒育女後，還能奉養父母，這種好兒子一兩個就夠了，不用多（毋免濟）。

【抱著子著嘐，入廟著燒金，食著死蟳著嗟心】
[p'o˩ tio˩ kiã˥ tio˩ tsim˥ zip˩ bio˧ tio˩ sio˧ kim˥ tsia˩ tio˩ si˥ tsim˧ tio˩ ts'e˥ sim˥]
嘐，親吻。孩子小的時候，母親呵護疼愛，每到寺廟都要爲他祈福求平安。沒想到，兒子大了，自個宵夜吃活蟳，卻留死蟳給老母親。「著嗟心」係感嘆孝道已淪喪。

【拄當會著】

[tu˥ təŋ˧ e˩ tio˧]
只要耐心等，總有讓人抓到把柄的時候。

【拚贏雞酒芳，拼輸六片枋】
[piã˥˧ iã˧˥ ke˧ tsiu˥˧ p'aŋ˥ piã˥˧ su˥ lak˥ p'ĩ˥˧ paŋ˥]
以前醫學不發達，婦女生產等於過生死關。順產的話，吃麻油雞酒坐月子；難產則一命嗚呼入棺（六片枋）。

【抹壁雙面光】
[bua˥˧ piaʔ˧˩ siaŋ˧ bin˩ kuĩ˥]
鏝刀抹牆壁，牆壁亮鏝刀也亮；喻兩方吵架，一人出來調停，說話令雙方均滿意。喻雙面討好。

【拖屎輾】
[t'ua˧ sai˥ len˩]
常被用來咒罵仇視之人晚景悽慘，久病纏身，不得好死，全身沾滿大便在病榻上翻來轉去。

【拖麻穿索】
[t'ua˧ muã˧˥ ts'iŋ˩ soʔ˧˩]
傳統孝服，孝男須穿麻衫，並以麻索爲腰帶。指人丁憂居喪。

【拖麻揞索】
[t'ua˧ muã˧˥ kuã˩ soʔ˧˩]
意同前句。

【拖竹刺遮路】
[t'ua˧ tik˥ ts'i˩ tsa˩ lɔ˧]
竹刺，昔日用刺竹紮成之路障。喻一刀兩斷，關係決裂，不再來往。

【拐人在室女，掠去油煮】
[kuai˥ laŋ˧ tsai˩ sit˥ li˥˧ lia˩ k'i˥˧ iu˧˥ tsi˥˧]
在室女，處女。誘姦處女者，應受下油鍋懲處之刑，罪不容恕。

【招入娶出】
[tsio˧ zip˥ ts'ua˩ ts'ut˧˩]
招贅婚姻的一種協議。初期，贅婿被招入女家，約定期滿，妻之女弟長大成人後，贅婿可以帶著妻兒獨立出來生活，稱爲招入娶出。

【招尪養尪】
[tsio˧ aŋ˥ iũ˥ aŋ˥]
清代民間流傳此風，原夫臥病無力謀生，再招一夫負擔生計。

【招軍買馬】
[tsio˧ kun˧ be˥ be˥˧]
招募人員成立隊伍；喻利誘他人不務正業。

【招尪娶某去】
[tsio˧ aŋ˥ ts'ua˩ bɔ˥˧ k'i˩]
招贅本可賺得一個女婿，不料女兒反倒被帶走，遭受損失。意同「偷雞不著蝕把米」。

【招尪養子，事出無奈】
[tsio˧ aŋ˥ iũ˥ kiã˥˧ su˧ ts'ut˥ bo˧ nãi˧]
台俗特重宗嗣，有女無子者，將來要爲她招婿生子；無子無女者則要抱養養子以傳後，此係出於不得已。

【招若招軍，扑若扑賊】
[tsio˥ nã˥ tsio˧ kun˥ p'aʔ˧˩ nã˥ p'a˥˧ ts'at˥]
招募時以禮相待，使用時卻不留情。

【折內裙，補尻脊】
[t'ia˥˧ lai˩ kun˧˥ pɔ˥ k'a˧ tsiaʔ˧˩]
折襯裙的布去補上衣靠背上（尻脊）的破洞；移東補西，義同「挖肉補瘡」。

【折東籬，補西壁】
[t'ia˥˧ taŋ˧ li˧˥ pɔ˥ sai˧ piaʔ˧˩]
折東補西，週轉週轉。

【折蚯罩，補床巾】

[t'ia˥˧ baŋ˥ taʔ˩ pɔ˥ ts'əŋ˧ kin˥]
蚊罩，睡覺時爲防蚊（虻）叮咬，在床四周搭起的網狀隔離物。本句喻廢物利用。

【折人的籬笆，著起牆仔賠人】
[t'ia˥˧ laŋ˧ ge˧ li˧ pa˥ tio˩ k'i˥ ts'iũ˧ a˥˧ pue˧˥ laŋ˧]
損壞別人的竹籬笆，要蓋磚圍牆賠人；喻因小過而生大損失。

【抽豬母稅】
[t'iu˧ ti˧ bo˥ sue˩]
從前有女而無子者，女兒長大後招夫入贅，並言明所生子女中若干人不姓父姓而抽回來從母姓，以便繼承香火者，稱爲抽豬母稅。

【押雞鱠成孵】
[a˥˧ ke˥ be˩ siŋ˧ pu˧]
若非自然而要強迫母雞到雞窩去孵蛋是做不到的；喻強迫無效，要因勢利導。

【押尾落船，先起山】
[a˥˧ bue˥ lo˩ tsun˧˥ siŋ˧ k'i˥ suã˥]
押尾，最後；落船，上船；起山，上岸；謂後來者居上。

【押尾出世，代先白卵毛】
[a˥˧ bue˥ ts'ut˥ si˩ tai˩ siŋ˧ pe˩ lan˩ mõ˥]
押尾，最後；代先，比人先；白卵毛，陰莖之毛；比別人晚出生，而陰毛比別人先白。喻晚生搶先生的風光。

【押倒牆，娶好某；偷挖蔥，嫁好尪】
[a˥˧ to˥ ts'iũ˧˥ ts'ua˩ ho˥ bɔ˥˧ t'au˧ ɔ˥ ts'aŋ˥ ke˥˧ ho˥ aŋ˥]
元宵之民俗，謂未婚男子能跳過牆，未婚女子能偷他人菜園中的蔥，都可找到好對象。

【押倒牆，要娶好姿娘，偷摳蔥，嫁好尪】
[a˥˧ to˥ ts'iũ˧˥ be˥ ts'ua˩ ho˥ tsu˧ niũ˧˥ t'au˧ k'au˧ ts'aŋ˥ ke˥˧ ho˥ aŋ˥]
意同前句。

【拱轎腳】
[kiŋ˩ kio˩ k'a˥]
本是甥女要出嫁，舅舅須送重禮作爲嫁粧，稱爲拱轎腳；後來也泛稱親友之添粧。

【拳頭砧胚】
[kun˧ t'au˧ tiam˧ p'ue˥]
看他出手，便知此人是擅長打架的人。

【拳頭母卷筐】
[kun˧ t'au˧ bo˥˧ kun˥ k'iŋ˥]
握緊拳頭，正要打架。

【拳頭驚石頭】
[kun˧ t'au˧˥ kiã˧ tsio˩ t'au˧˥]
喻你硬，我比你更硬。

【拳頭母掙石獅】
[kun˧ t'au˧ bo˥˧ tsiŋ˧ tsio˩ sai˥]
猶如雞蛋碰石頭，太自不量力了。

【拳頭高高在上】
[kun˧ t'au˧˥ ko˧ ko˥ tsai˩ siɔŋ˧]
拳頭，指武藝；強中自有強中手。

【拳頭母比大細粒】
[kun˧ t'au˧ bo˥˧ pi˥ tua˩ se˥˧ liap˥]
比拳頭看誰的大；喻動武，訴諸暴力。

【拳頭母無生目睭】
[kun˧ t'au˧ bo˥˧ bo˧ sẽ˧ bak˩ tsiu˥]
謂暴力是不講情理的。

【拳頭母擳到生汁】
[kun˧ t'au˧ bo˥˧ tẽ˧ ka˥˧ sẽ˧ tsiap˩]
極言其憤恨之至，把雙手都握起拳頭，握到流汗汁；意謂再忍不住就要打架

了。

【拳頭母收在手袂內】
[kun˧ t'au˧ bo˥˧ siu˧ tit˥ ts'iu˥ uĩ˥ lai˧]
拳頭藏在衣袖(手袂)裏；喻眞人不露相。

【拳頭是眞的，藥仔是假的】
[kun˧ t'au˧ si˨˩ tsin˥ le˥ io˧ a˥˧ si˨˩ ke˥˧ e˨˩]
謂江湖賣藝者的功夫（拳頭）是眞功夫，至於他們所賣的藥則是假藥，沒有效；喻媒介品是眞的，主題物則是騙人的。

【拳頭母鱠鑿過壁，酒鍾會剋過省】
[kun˧ t'au˧ bo˥˧ be˨˩ ts'ak˩ kue˥˧ piaʔ˩ tsiu˥ tsiŋ˥ e˨˩ k'at˥ kue˥˧ siŋ˥˧]
拳頭再強，無法打破牆壁；而善於喝酒者交情廣闊可達其他省分；喻用武力解決不了的事，有時雙方坐下來和談，反而容易有結果。

【指天突地】
[ki˥ t'ĩ˧ t'ɔk˩ te˧]
喻語言不通，比手畫腳。

【指天指地】
[ki˥ t'ĩ˧ ki˥ te˧]
謂發誓。

【指腹爲婚】
[tsi˥ pak˩ ui˧ hun˥]
舊式婚約的一種，二婦同孕，指腹約定，產後若一生男一生女，即結爲夫婦。

【指甲眉眞深】
[tsiŋ˥ ka˥˧ bai˧ tsin˧ ts'im˥]
指甲眉，指「指甲」。指甲長，掐物則深；用以比喻醫生（含其他收取謝禮金之行業）收費高昂。

【指頭仔磨成針】
[tsiŋ˥ t'au˧ a˥˧ bua˧ siŋ˧ tsiam˥]
比喻工作非常認眞。

【指頭伸出無平齊】
[tsiŋ˥ t'au˧ ts'un˧ ts'ut˥ bo˧ pẽ˧ tse˧]
十支手指伸出來，互有長短，比喻父母對子女的疼愛難免有小偏差。或謂子女各人的資質成就都不一樣。

【指頭仔，屈入無屈出】
[tsiŋ˥ t'au˧ a˥˧ k'ut˥ zip˥ bo˧ k'ut˥ ts'ut˩]
手指頭只會向內彎，不會向外彎；喻人都是袒護自己人。

【指頭仔，咬著逐支痛】
[tsiŋ˥ t'au˧ a˥˧ ka˨˩ tio˧ tak˩ ki˧ t'iã˨˩]
手指頭咬起來，每一支都會痛；比喻父母疼愛子女的心都是一樣平等。

【指頭仔咬落去，逐支痛】
[tsiŋ˥ t'au˧ a˥˧ ka˧ lo˨˩ k'i˨˩ tak˩ ki˧ t'iã˨˩]
意同前句。

【拾人屎尾】
[k'io˥˧ laŋ˧ sai˥ bue˥˧]
喻拾人牙慧，步人後塵。

【拾著死鴜】
[k'io˥˧ tio˨˩ si˥ hau˧]
碰到好運。

【拾燈火屎】
[k'io˥˧ tiŋ˧ hue˥ sai˥˧]
謂其沒有學問，都是由零星見聞學來的。

【拾著銀，假苦】
[k'io˥˧ tio˨˩ gin˧ ke˥ k'ɔ˥˧]
撿到錢，反而裝苦臉；喻表面裝假。

【拾著錢，假行毋識路】
[k'io˥˧ tio˨˩ tsĩ˧ ke˥ kiã˧ m˨˩ bat˥ lɔ˧]

識人撿到錢，卻佯裝不認識路。

【拾無屎，損死牛屎龜】
[k'io˥ bo˧ sai˥ kɔŋ˥ si˥ gu˧ sai˥ ku˥]
揀不到大便（昔人有以此爲業者），將牛屎龜打死；喻遷怒他人。

【按劍相防】
[an˥ kiam˩ siɔŋ˧ hɔŋ˦]
各懷敵意，爭鬥之勢，一觸即發。

【挖孔尋縫】
[ɔ˥ k'aŋ˥ ts'ue˩ p'aŋ˧]
窮思竭慮，找人家的岔子。

【挖肉，嘴裏哺】
[ɔ˥ baʔ˩ ts'ui˥ lai˩ pɔ˧]
挖自己的肉放進口內嚼；喻說自己人的壞話。

【捋予你清氣溜溜】
[lut˥ hɔ˩ li˥ ts'iŋ˧ k'i˥ liu˧ liu˥]
把你整得一乾二淨。

【捋到予你金閃閃】
[lut˥ ka˥ hɔ˩ li˥ kim˧ si˥ siʔ˩]
把你痛痛快快整一番。

【揩刀仔予別人相刣】
[hãi˥ to˥ a˥ hɔ˩ pat˩ laŋ˦ sio˧ t'ai˦]
挑動別人產生衝突，互相敵對。

【捕風掠影】
[pɔ˥ hɔŋ˥ lia˩ iã˥]
對毫無根底的事瞎猜。

【捏火罐】
[liam˥ hue˥ kuan˩]
喻接辦極燙手之事。

【挾著卵葩】
[giap˩ tio˩ lan˩ p'a˥]
卵葩，男子之陰囊，被東西挾到了；喻隱痛，進退兩難。

【挾鴨母蛋】
[ŋẽ˥ a˥ bo˥ nuĩ˧]
用筷子夾鴨蛋，必須格外留意，以免一溜手蛋便滾開了。喻人行事慢條斯理，太過謹慎小心。

【挾別人的肉飼大家】
[ŋẽ˥ pat˩ laŋ˧ ge˧ baʔ˩ ts'i˩ ta˧ ke˥]
大家，婆婆；媳婦挾別人家的肉奉養婆婆；喻借花獻佛。

【抄無稳頭】
[sa˧ bo˧ tsaŋ˥ t'au˦]
昔日農家割完稻，將稻草紮成一稳一稳，晒乾後集中去堆草棚，拿這些稻草必須從稳頭拿才拿得多，否則必事倍功半。喻抓不到要領。

【抄無寮仔門】
[sa˧ bo˧ liau˧ a˥ muĩ˦]
抄，抓也；寮仔門，昔日民間儲放器物之小屋叫「寮仔」，進寮仔只有一個出入口，稱爲「寮仔門」。喻行事莽撞，像無頭蒼蠅般抓不到竅門，不得要領。

【挽瓜流藤】
[ban˥ kue˥ liu˧ tin˦]
摘收長在地面上的瓜果時，要將瓜藤提高，從藤頭往藤尾拉一遍（台語稱爲「流」），以免漏摘。借喻做事追根究底。

【挽了菜頭孔原在】
[ban˥ liau˥ ts'ai˥ t'au˦ k'aŋ˥ guan˧ tsai˧]
菜頭，喻男陽；孔，喻女陰；謂女子不重視節操，視男女性關係爲隨便，對自己毫無損失。

【挽虎鬚挽著虎頭】
[ban˥ hɔ˥ ts'iu˥ ban˥ tio˩ hɔ˥ t'au˦]
喻運氣眞差，踢到鐵板。

【挨做堆】
[sak˥ tso˥˧ tui˥]
舊俗，家有童養媳者，成年後於除夕夜將她與所配對的兒子關在房內成親，稱爲「挨做堆」。

【挨大山，來壓我】
[sak˥ tua˨˩ suã˥ lai˧ ap˥ gua˨˩]
挨，推送；喻仗勢欺人。

【拼橄欖，予人卻】
[lɔŋ˥˧ kam˧ lam˦ hɔ˨˩ laŋ˧ k'ioʔ˨]
喻爭小失大。

【排八字】
[pai˧ pe˥˧ zi˧]
算命。以人的出生年、月、日、時之干支共八字去排算，故稱排八字。

【排路祭】
[pai˧ lɔ˨˩ tse˨˩]
昔日富家出殯，乞丐即以小三牲：魷魚、鴨蛋、麵乾等在路旁祭拜，以期喪家賞賜，謂之排路祭。

【排一個迷魂陣】
[pai˧ tsit˨ le˧ be˧ hun˧ tin˧]
設下一個令人迷惑不解的圈套。

【捧人飯碗】
[p'aŋ˧ laŋ˧ puĩ˨˩ uã˥˧]
喻替人工作。

【捧灰落棺材】
[p'ɔŋ˥ hue˥ lo˨˩ kuã˧ ts'a˦]
捧，用雙手取物；捧石灰放進棺材裡去；捧、謗諧音；喻吹牛。

【捻糍，比嘴】
[liam˥˧ tsi˦ pi˥ ts'ui˨˩]
糍，糒糍。做糒糍前，先量好客人嘴巴多大再做；喻做事之前，有詳細的規畫。

【掠生塞死】
[lia˨˩ sẽ˥ t'at˥ si˥˧]
喻以債養債。

【掠長補短】
[lia˨˩ təŋ˦ pɔ˥ te˥˧]
掠，截取。以有餘補不足。

【掠美市恩】
[liɔk˨ bi˥˧ ts'i˨˩ in˥]
搶奪別人的好處；借花獻佛。

【掠風吸影】
[lia˨˩ hɔŋ˥ k'ip˨ iã˥˧]
無中生有，拿毫無佐證的謠言中傷他人，意即「捕風捉影」。

【掠蟳走蝷】
[lia˨˩ tsim˦ tsau˥ ts'i˧]
蟳，紅蟳；蝷，蝷仔，都是海中蟹類，味美；抓住紅蟳跑了蝷仔，喻顧此失彼。

【掠雞抵鴨】
[lia˨˩ ke˥ tu˥ aʔ˨]
胡搞亂作，濫竽充數。

【掠龜走鱉】
[lia˨˩ ku˥ tsau˥ piʔ˨]
抓住烏龜跑了鱉；喻顧此失彼。

【掠秀才，擔擔】
[lia˨˩ siu˥˧ tsai˦ tã˧ tã˨˩]
叫讀書人來挑擔子；喻用人不當。

【掠蝨母相咬】
[lia˨˩ sap˥ bo˥˧ sio˧ ka˧]
喻閒得無聊。

【掠蝨，頭頂爬】
[lia˨˩ sat˨ t'au˧ tiŋ˥˧ pe˦]
喻喜歡惹事端。

【掠壁看做路】
[lia˨˩ piaʔ˨ k'uã˥˧ tso˥˧ lɔ˧]

把牆壁看成是通路，醉眼迷離，摸不清門路。

【掠雞寄山貓】
[lia˩ ke˥ kia˥˧ suã˧ niãu˥]
把雞子寄山貓管，簡直是送肉進虎口。

【掠人的嘴舌根】
[lia˩ laŋ˧ ge˧ ts'ui˥˧ tsi˩ kin˥]
故意抓人的話柄。

【掠水鬼，塞涵孔】
[lia˩ tsui˥ kui˥˧ t'at˥ am˧ k'aŋ˥]
抓水鬼來塞住渠孔；喻捉東補西，用別人來塞責了事。

【掠虎易，放虎難】
[lia˩ hɔ˥˧ i˩ paŋ˥˧ hɔ˥˧ lan˧˥]
捉虎容易，放虎困難；喻事情棘手，不易善後。

【掠閃吶拭白趙】
[lia˩ sĩ˥˧ nã˩ ts'it˥ pe˩ tio˩]
白趙，臉上之白癬；俗傳抓住閃電光來擦拭臉上，可以治白癬。比喻捕風捉影行爲，於事全然無補。

【掠著干豆琰仔】
[lia˩ tio˩ kan˧ tau˩ iam˧ mã˧]
干豆，今台北市北投區關渡；清代該地有一富豪名叫琰仔；抓到他即可敲一筆錢；喻偶爾發大財。

【掠蛇予蛇咬著】
[lia˩ tsua˧˥ hɔ˩ tsua˧˥ ka˧ tio˩]
捕蛇而被蛇咬著。喻自己惹禍。

【掠賊獪等交縣】
[lia˩ ts'at˥ be˩ tan˥ kau˧ kuan˧]
清代，抓到小偷要送到縣府去辦罪，可是從抓到的地點到縣府總有一段路，深怕他半途逃跑，內心很急；喻非常著急，一刻都不能等待。

【掠貓仔，看貓娘】
[lia˩ niãu˧ a˥˧ k'uã˥˧ niãu˧ niũ˧˥]
要抓小貓來飼養，須先看貓媽媽生性如何；喻有其父必有其子，由父母的個性即可推論其子女的特質。

【掠驚死，放驚飛】
[lia˧ kiã˧ si˥˧ paŋ˩ kiã˧ pue˥]
一隻鳥，捉在手上，怕把它給捏死；放了，又怕它一飛就沒有了。喻患得患失，猶豫不決。

【掠死人揁到無氣】
[lia˩ si˥ laŋ˧˥ kɔŋ˥˧ ka˥˧ bo˧ k'ui˩]
謂搞錯對象，徒勞無功，白費力氣。

【掠賊獪等得到縣】
[lia˩ ts'at˥ be˩ tan˥ tit˥ kau˥˧ kuan˧]
抓住小偷，等不及送到縣衙，半路就將他打得半死；欲速而來不及等。

【掠蝨母起刀牌鎗】
[lia˩ sap˥ bo˥˧ k'i˥ to˧ pai˧ ts'iŋ˩]
喻殺雞用牛刀，小題大作。

【掠蕃薯無準五穀】
[lia˩ han˧ tsi˧˥ bo˧ tsun˥ ŋɔ̃˥ kɔk˥]
因蕃薯價低，遂糟蹋浪費。引申爲不愛惜穀物。

【掠姦在床，掠賊在贓】
[lia˩ kan˥ tsai˩ ts'əŋ˧˥ lia˩ ts'at˥ tsai˩ tsəŋ˥]
捉姦要在現場，捉小偷要有贓物爲憑；喻捉罪犯要有確實的證據。

【掠龜走鱉，掠蟳走蚋】
[lia˩ ku˥ tsau˥ piʔ˥ lia˩ tsim˧˥ tsau˥ ts'i˧]
喻顧此失彼。

【掠人毋做穡，掠蜂毋做蜜】
[lia˩ laŋ˧˥ m˩ tso˥˧ sit˥ lia˩ p'aŋ˥ m˩ tso˥˧ bit˥]
捉來的人逼他做事他不肯做，捉來的

蜜蜂不會造蜜。喻要人做工，不可勉強。

【掠賊著有贓，掠姦著在床】
[lia˩ ts'at˥ tio˩ u˩ tsəŋ˥ lia˩ kan˥ tio˩ tsai˩ ts'əŋ˧˥]
意同「掠姦在床，掠賊在贓」。

【掠猴斬後腳筋，猴行躡腳尾】
[lia˩ kau˧˥ tsam˩ au˩ k'a˧ kin˥ kau˧ kiã˧˥ nẽ˥˧ k'a˧ bue˥˧]
抓到姦夫（猴），要將他的腳筋斬斷，使他跛足躡行，以後就不敢再胡作非爲了。

【掠魚的要煞，揹篙仔毋煞】
[lia˩ hi˧˥ e˧ be˥ suaʔ˩ kuã˩ k'a˧ a˥˧ m˩ suaʔ˩]
掠魚，抓魚；煞，收工；揹篙仔，替抓魚人拿竹器的人；喻當事人不想做了，而外人卻逼他要繼續下去。

【掛人目鏡】
[kua˥˧ laŋ˧ bak˩ kiã˩]
喻仗他人的權勢做人做事。

【掛手鍊，帶腳環】
[kua˥˧ ts'iu˥ len˧ tua˥˧ k'a˧ k'uan˧˥]
形容全身都是金飾，珠光寶氣。

【掛目鏡，假名士】
[kua˥˧ bak˩ kiã˩ ke˥ biŋ˧ su˧]
喻裝門面。

【掛羊頭，賣狗肉】
[kua˥˧ iũ˧ t'au˧˥ be˩ kau˥ baʔ˩]
譏人虛冒其名而不實。

【控臭頭疕】
[k'aŋ˥˧ ts'au˥˧ t'au˧ p'i˥˧]
疕，傷口所結的痂疕；喻揭揚他人的缺點。

【控鼻屎食鹹羶】
[k'aŋ˥˧ p'ĩ˩ sai˥˧ tsia˩ kiam˧ siam˥]
譏人吝嗇。

【掌中珠】
[tsiaŋ˥ tioŋ˧ tsu˥]
心所疼愛之物；常用以比喻女兒。

【捨毋得三字】
[sia˥˧ m˩ tit˥ sã˧ zi˧]
謂一般人皆捨不得三件事：嬌妻、良田、美宅。

【捨命食河豚】
[sia˥˧ miã˧ tsia˩ ho˧ t'un˧˥]
河豚，有劇毒，不會處理，吃了會喪命；爲了貪圖口腹之慾，而不顧生命安危。

【採花蜂】
[ts'ai˥ hue˧ p'aŋ˥]
指專門騙取女子貞操的負心漢。

【採了花心，過別欉】
[ts'ai˥ liau˥ hue˧ sim˥ kue˥˧ pat˩ tsaŋ˧˥]
女的罵負心男子，達到目的後就移情別戀，寡情薄義。

【掃地掃壁邊，洗面洗耳邊】
[sau˥˧ te˩ sau˥˧ pia˥˧ pĩ˥ se˥ bin˧ se˥ hĩ˩ pĩ˥]
喻做事要徹底，不應只做表面工夫。

【掃厝掃壁孔，洗面洗耳孔】
[sau˥˧ ts'u˩ sau˥˧ pia˥˧ k'aŋ˥ se˥ bin˧ se˥ hĩ˩ k'aŋ˥]
意同前句。

【掩人耳目】
[iam˥ laŋ˧ hĩ˩ bak˥]
遮住別人的耳朵和眼睛，謂秘密行事。

【掩來搓去】
[am˧ lai˧ ts'e˥ k'i˩]
謂截長補短。

【掩掩挾挾】
[uĩ˧ uĩ˧ iap˩ iap˥]
遮遮掩掩，怕人發覺。

【接竹篙】
[tsiap˥ tik˥ ko˥]
指弟娶亡兄之妻之謂也。

【接骨師傅——湊腳手】
[tsiap˥ kut˥ sai˧ hu˧ tau˥˧ k'a˧ ts'iu˥˧]
歇後語。接骨師專幫病患把打斷的手腳接回去，故云湊腳手，引申爲幫忙之意。

【捾麵線，去扭鴨】
[kuã˨˩ mĩ˨˩ suã˨˩ k'i˥˧ liu˥˧ aʔ˩]
拿麵線當繩索要去套引鴨隻，謂不可能成功的事。

【捾籃仔，假燒金】
[kuã˨˩ laŋ˧ ã˥˧ ke˥ sio˧ kim˥]
籃仔，指裝金箔香燭之謝籃。昔有婦女藉口攜謝籃上廟燒香，實則是去與人約會。喻假藉名目，實行他事。

【捾肉赤腳，食肉穿鞋】
[kuã˨˩ baʔ˩ ts'ia˥˧ k'a˥ tsia˨˩ baʔ˩ ts'iŋ˨˩ e˧˥]
赤腳，打赤腳之勞動者；穿鞋，指富裕之人。出勞力者未能享受成果，富裕者卻能安逸享福。

【捾桶仔鱠離得古井】
[kuã˨˩ t'aŋ˥ ŋã˥˧ be˨˩ li˨˩ tit˥ kɔ˥ tsẽ˥˧]
捾桶，昔日垂到井中汲水的小桶子；喻焦不離孟，孟不離焦，兩人交情非比尋常。

【揹金斗給人看風水】
[p'ãi˨˩ kim˧ tau˥˧ ka˨˩ laŋ˧ k'uã˥˧ hɔŋ˧ sui˥˧]
金斗，裝祖先骨骸之陶器；風水，藏放金斗之墳墓。喻自顧不暇，還四處爲別人張羅事情。

【提壺貯芋】
[t'e˨˩ ɔ˧˥ te˥ ɔ˧]
順口溜，壺，陶甕；壺、芋音近。

【提石頭鎮路】
[t'e˨˩ tsio˨˩ t'au˧˥ tin˥˧ lɔ˧]
一刀兩斷，義無反顧；或謂畫清界線，斷絕關係，不相往來。

【提桶來塞窗】
[t'e˨˩ t'aŋ˥˧ lai˧ t'at˥ t'aŋ˥]
拿水桶來塞孔，用途不一樣；不適合。

【提釣鉤，去鉤猴】
[t'e˨˩ tio˥˧ kau˥ k'i˥˧ kau˧ kau˧˥]
繞口令，鉤、猴兩字音近。

【提錢無準五角】
[t'e˨˩ tsĩ˧˥ bo˧ tsun˥ gɔ˨˩ kak˩]
此句係「拿蕃薯，無準五穀」訛變的句子。意即奢靡浪費，不知儉約。

【提薑母，拭目墘】
[t'e˨˩ kiũ˧ bo˥˧ ts'it˥ bak˩ kĩ˧˥]
薑母性辣，擦眼眶則會落淚；喻假哭，假同情。

【提火烌予人架腳】
[t'e˨˩ hue˥ hu˥ hɔ˨˩ laŋ˧ k'ue˥˧ k'a˥]
諷刺嬌寵太甚。

【提錢，買奴才來做】
[t'e˨˩ tsĩ˧˥ be˥ lɔ˧ tsai˧˥ lai˧ tso˨˩]
花錢買一個公職，做了才知不過是做人家的奴僕，何必多此一舉。

【提人錢財，要替人消災】
[t'e˨˩ laŋ˧ tsĩ˧ tsai˧˥ ai˥˧ t'e˥˧ laŋ˧ siau˧ tsai˥]
拿了人家的錢財，就要替人做事；不可白拿人錢財。

【提磚仔舉鑽仔，去某巷買某項】

[t'e˨ tsuĩ˧ ã˥ gia˧ tsuĩ˥ ã˥ k'i˥ bɔ˥ haŋ˧ be˥ bɔ˥ haŋ˧]
順口溜，磚仔、鑽仔諧音；某巷、某項諧音。

【提別人的尻川，做家治的面底皮】
[t'e˨ pat˩ laŋ˧ ge˧ k'a˧ ts'uĩ˥ tso˥ ka˧ ti˨ e˧ bin˨ te˥ p'ue˧]
拿別人的屁股（尻川）當做自己（家治）的面子，眞是不知羞恥。

【揮金如土】
[hui˧ kim˥ zu˧ t'ɔ˥]
極度浪費。

【換湯，無換藥】
[uã˨ t'əŋ˥ bo˧ uã˨ io˥˩]
喻一如從前，無所改變。

【換業較好飼畜】
[uã˨ giap˥ k'a˥ ho˥ ts'i˨ t'ik˩]
謂改變工作較好，不要老是一成不變。

【揪到䘥仔無手袂】
[k'iu˥ ka˥ ka˥ a˥ bo˧ ts'iu˥ uĩ˥]
主人拉客人，硬拉他，拉得客人的䘥仔都沒有袖子（手袂）；事實上䘥仔本來就沒有袖子。喻主人極爲熱情有禮。

【揪到馬掛無內裾】
[k'iu˥ ka˥ be˥ kua˨ bo˧ lai˨ ki˥]
主人待客非常誠意，客人不肯去，主人硬拉住他的馬褂要他去，拉拉扯扯，把客人馬掛的襯裡都拉壞了；比喻懇切有禮。

【揀人擻油】
[kiŋ˥ laŋ˧ sua˥ iu˧]
飲食店老闆，菜肴完全看顧客身分而放油，富者多，貧者少。喻勢利眼。

【揀佛燒香，揀菜擻油】
[kiŋ˥ put˥ sio˧ hiũ˥ kiŋ˥ ts'ai˨ sua˥ iu˧]
燒香要挑佛，下油要揀菜；喻做事東挑西撿，有欠公平。

【揀後住，毋免揀大富】
[kiŋ˥ au˨ tu˨ m˨ ben˥ kiŋ˥ tua˨ hu˨]
擇婿要挑人品，不要看在對方的財富。

【揀仔揀，揀著一個賣龍眼】
[kiŋ˥ a˨ kiŋ˥ kiŋ˥ tio˨ tsit˩ le˧ be˨ liŋ˧ kiŋ˥]
喻東挑西挑，最後還是挑了一個不理想的對象。

【插釘落榫】
[ts'a˥ tiŋ˥ lo˨ sun˥]
木材接頭處，不僅做好榫頭榫孔接縫，榫頭外還插上木釘，保證不會脱落；喻做事謹愼，完美無缺。

【插翅難飛】
[ts'a˥ sit˥ lan˧ pue˥]
走投無路。

【插翅難得飛】
[ts'a˥ sit˥ lan˧ tit˥ pue˥]
意同前句。

【插雉雞尾——假番】
[ts'a˥ t'i˧ ke˧ bue˥ ke˥ huan˥]
歇後語。雉雞，帝雉也，昔日山胞均喜歡取帝雉之羽毛編成冠戴在頭上；一般人若將雉雞尾插在頭上，顯然是冒充蕃人，故云「假番」。引申爲佯裝胡鬧，藉機滋事。

【插榕，較勇龍；插艾，會長命】
[ts'a˥ ts'iŋ˧ k'a˥ iɔŋ˥ liŋ˧ ts'a˥ hiã˧ e˨ təŋ˧ miã˧]
台俗，端午節家家户户門口皆插榕枝與艾草，以求身壯如龍，長命百歲。

【插榕較勇龍，插艾較勇健】
[ts'a˥ ts'iŋ˧ k'a˥ iɔŋ˥ liŋ˧ ts'a˥ hiã˧

k'a˥ iɔŋ˥ kiã˧]
意同前句。

【挪粟，兩人𠕆相切】
[ia˩ tsik˧ lɔŋ˩ laŋ˦ be˩ sio˧ ts'ik˧]
新娘將入門，媒人將稻穀（粟）向新人灑（挪）去，以求從此二人不會有衝突（𠕆相切）發生。

【搬嘴鼓】
[puã˧ ts'ui˥ kɔ˥]
指鬥嘴。

【搬屎過礐】
[puã˧ sai˥ kue˥ hak˥]
礐，糞坑；將甲糞坑的屎移到乙糞坑去，謂多此一舉。

【搬戲咧接服】
[puã˧ hi˩ le˥ tsiap˥ hɔk˥]
接服，替演員接換服裝；謂在戲班裡打雜。

【搬巢雞母生無蛋】
[puã˧ siu˩ ke˧ bo˥ sẽ˧ bo˧ nuĩ˧]
母雞若常換巢，便不易生蛋；喻浮躁不安，往往一事無成。

【搬石頭壓家治腳盤】
[puã˧ tsio˩ t'au˦ te˥ ka˧ ti˩ k'a˧ puã˦]
搬石頭砸自己的腳，自找麻煩。

【搬車新册仔舊曆日】
[puã˧ ts'ia˧ sin˧ ts'e˥ a˥ ku˩ la˩ zit˥]
搬車，翻箱倒櫃；新册仔，新書；舊曆日，舊的黃曆；喻挖人舊瘡疤並加以張揚。

【搬嘴小姑，缺嘴屎壺】
[puã˧ ts'ui˥ sio˥ kɔ˥ k'i˥ ts'ui˥ zio˩ hɔ˦]
搬嘴，指講話加油添醋或嚼舌。對嫂嫂而言愛搬嘴的小姑，對婦女而言壺口有缺口的屎壺，都是令人憎厭的。

【搭著賊船】
[ta˥ tio˩ ts'at˧ tsun˦]
賊船、黑店，一在海一在陸，都是會劫掠旅客財物甚至性命的人經營的；喻投靠非人。

【搶年搶節】
[ts'iũ˥ nĩ˧ ts'iũ˥ tseʔ˧]
謂生意人趁年節哄抬物價，大撈一筆。

【搶劫成家】
[ts'iũ˥ kiap˧ siŋ˧ ke˥]
罵人爲富不仁，以強橫手段發財。

【搶贏是帳】
[ts'iũ˥ iã˦ si˩ siau˩]
搶先者即佔便宜。

【搶灰連棺材續去】
[ts'iũ˥ hue˥ len˩ kuã˧ ts'a˦ sua˥ k'i˩]
昔日葬禮，除須有棺材外，還必須有石灰和土蓋在棺上；好賭者，將長輩葬禮的石灰錢拿去賭，賭輸了，連棺材本也賭進去。喻好賭者不知節制。

【搧大耳】
[sen˥ tua˩ hĩ˧]
以花言巧語引人上當。

【搧東風】
[sen˥ taŋ˧ hɔŋ˥]
指騙人空走一趟；或指男人帶女人夜間去野外幽會。

【搧緣投】
[sen˥ en˧ tau˦]
指婦女惑於男子之俊美（緣投）而倒貼他。

【搧著頂八卦】
[sã˥ tio˩ tiŋ˥ pak˥ kua˩]
被異性之美所吸引。

【搓無著癢】
[so˧ bo˧ tio˨ tsiũ˧]
沒搔到癢處；沒切中要害。

【搓圓仔湯】
[so˧ ĩ˧ a˥ t'əŋ˥]
本係冬至前，一家大小共搓湯圓之謂。今世則借以比喻公家機關重大工程招標廠商之舞弊行爲；想包工程者，事前與所有參加投標者暗中謀議，給其利益，以便能順利得標。近年來，連選舉也流行這個遊戲。

【搓圓捏扁】
[so˧ ĩ˦ liap˙˥ pĩ˥]
喻人手腕靈活，八面玲瓏，處事圓融。

【搓人頭殼碗髓】
[so˧ laŋ˧ t'au˧ k'ak˙˥ uã˥ ts'ue˥]
頭殼碗髓，指腦髓。喻無情之掠奪或剝削。

【搖唇觸舌】
[io˧ tun˦ tak˙˥ tsi˧]
喋喋不休。

【搖頭擺尾】
[io˧ t'au˦ pai˥ bue˥]
得意忘形。

【搖擺無落衰的久】
[hia˧ pai˥ bo˧ lak˙˥ sui˥ e˧ ku˥]
謂人生得意(搖擺)的時間，不會比失意的時間長。

【搖擺無落魄的久】
[hia˧ pai˥ bo˧ lɔk˙˨ p'ik˙˥ e˧ ku˥]
謂人生得意(搖擺)的時刻，不會比失意的時間長。

【搖人無才，搖豬無刣】
[io˧ laŋ˦ bo˧ tsai˦ io˧ ti˥ bo˧ t'ai˦]
坐著時不知不覺在搖動足部的人，占無才；走路會搖動的豬，表尚在成長中，尚未到宰殺（刣）時候。

【搖人無財，搖豬去刣】
[io˧ laŋ˦ bo˧ tsai˦ io˧ ti˥ k'i˥ t'ai˦]
搖，指無意間經常搖動身體某一部位，例如雙腿；俗信人常搖腿，無法聚財；豬隻常搖動身體，表示不會長大，要拖去殺（刣）。

【搖錢樹搖得高，生子生孫中狀元】
[io˧ tsĩ˧ ts'iu˧ io˧ tit˙˥ kuã˦ sẽ˧ kiã˥ sẽ˧ sun˥ tiɔŋ˥ tsiɔŋ˨ guan˦]
昔日喜慶或年節時，有人拿一棵樹（即搖錢樹），到百姓家門口去搖，並唸這十三個字的吉祥語，主人家即須賞予一個小紅包。

【搵豆油】
[un˥ tau˨ iu˦]
挾白斬雞（鴨）肉，沾一下醬油；形容時間短暫。

【搵鹽咬薑】
[un˥ iam˦ ka˨ kiũ˥]
喻吝嗇。

【搣鹽漬心肝】
[mẽ˧ iam˦ sĩ˨ sim˧ kuã˥]
拿鹽巴醃漬心肝；喻死掉這個念頭。

【搣雞屎食，毋知臭】
[mẽ˧ ke˧ sai˥ tsia˧ m˨ tsai˧ ts'au˨]
譏人乳臭未乾，不懂事。

【搰力食，笨惰做】
[kut˙˥ lat˙˨ tsia˧ pin˨ tuã˨ tso˨]
搰力，勤勞；做事很懶惰，吃飯卻很認眞。

【搰力食力，笨惰呑瀾】
[kut˙˥ lat˙˥ tsia˨ lat˙˥ pin˨ tuã˧ t'un˧ nuã˧]
努力（搰力）工作的人才有飯吃，懶惰的人只好流口水看人吃。

【搰力做，纔賺著好運】
[kut˥ lat˧ tso˨˩ tsia˥ t'an˥˧ tio˨˩ ho˥ un˧]
勤勞才能帶來好運氣、好結果。

【搰力食力，笨憚吞嘴瀾】
[kut˥ lat˥ tsia˨˩ lat˥ pin˨˩ tuã˧ t'un˧ ts'ui˥˧ nuã˧]
勤勞才有得吃。

【損硿仔，挨石磨】
[kɔŋ˥˧ k'ã˧ ã˥˧ e˧ tsio˨˩ bo˧]
損硿仔，指槌損槌，謂男子同性戀之性行為；挨石磨，指女同性戀之性行為。

【摸無孔頭】
[bɔŋ˧ bo˧ k'aŋ˧ t'au˧˥]
指找不到門路；或謂指抓不到把柄（藉口）。

【摸尻川，無越頭】
[bɔŋ˧ k'a˧ ts'uĩ˥ bo˧ uat˧ t'au˧˥]
尻川，屁股；越頭，回過頭來；罵人心狠手辣卑鄙無恥。

【摸著卵鳥痛命命】
[bɔŋ˧ tio˨˩ lan˨˩ tsiau˥˧ t'iã˥˧ miã˨˩ miã˧]
卵鳥，男子的陰莖；比喻舐犢情深。

【摸著箸籠，才知頭重】
[bɔŋ˧ tio˨˩ ti˨˩ laŋ˧ tsia˥ tsai˧ t'au˧˥ taŋ˧]
言女子出嫁，親自操持家事，才知家庭事務之繁重與辛勞。

【摸平平，看起來坎坎坷坷】
[bɔŋ˥ pẽ˧ pẽ˧˥ k'uã˨˩ k'i˨˩ lai˨˩ k'am˧ k'am˧ k'et˧ k'et˥]
文盲者自稱，文字摸起來是平平的，看起來卻高高低低。

【搋著屎罐】
[lak˧ tio˨˩ sai˥ kuan˨˩]
喻運氣很差。

【搋著暢脾】
[lak˧ tio˨˩ t'iɔŋ˥˧ pi˧˥]
謂搔著癢處。

【搋著一褲屎】
[lak˧ tio˨˩ tsit˧ k'ɔ˥˧ sai˥˧]
喻碰到棘手問題，難以解決。

【搋湛搋焦，搋屎搋尿】
[lak˧ tam˧˥ lak˧ ta˥ lak˧ sai˥ lak˧ zio˧]
形容父母養育幼兒抓屎抓尿、包尿片、洗尿布等之辛苦。

【摔鹽米】
[siak˥ iam˧ bi˥˧]
台俗道士常用摔鹽米去邪驅魔；被人摔鹽米，則是極度不受歡迎之人。

【摔椅摔桌】
[siak˥ i˥ siak˥ toʔ˧]
亂發脾氣。

【撥草尋親】
[pue˥ ts'au˥˧ ts'ue˨˩ ts'in˥]
撥開草叢要尋親，即刻意四處尋親。

【撥到直，無虛實】
[pue˥ ka˥˧ tit˥ bo˧ hi˧ sit˥]
喻與不講理的人相處，終究是耗事且費神。

【播田面憂憂，割稻撚嘴鬏】
[pɔ˥˧ ts'an˧˥ bin˧ iu˧ iu˥ kua˥˧ tiu˧ len˥ ts'ui˥˧ ts'iu˥]
插秧（播田）時很辛苦（面憂憂），到了稻穗成熟收割時，高興得手舞足蹈（撚嘴鬏）；喻辛勤播種，歡樂收割。

【撈糜鼎】
[la˨˩ muãi˧ tiã˥˧]
拿瓢子一直撈稀飯鍋（糜鼎）；形容昔

日窮人吃不起乾飯而吃稀粥之情景。

【撞破水缸】
[lɔŋ˥ p'ua˥ tsui˥ kəŋ˥]
比喻菜太鹹，吃後會非常口渴；渴到搶著找水喝，把水缸都打破。

【撐渡𣍐曉看風勢】
[t'e˧ tɔ˧ be˩ hiau˥ k'uã˥ hɔŋ˧ se˩]
開渡船（昔日多爲帆船）不會看風向；比喻不精於本行。

【擔屎，臭尻川】
[tã˧ sai˥ ts'au˥ k'a˧ ts'uĩ˥]
譏人被人背後說壞話。

【擔屎無偷飲】
[tã˧ sai˥ bo˧ t'au˧ lim˥]
屎臭當然不會偷飲，若是他物呢？譏人表面佯爲老實，其實不然。

【擔屎𣍐偷食】
[tã˧ sai˥ be˩ t'au˧ tsia˧]
意同前句。

【擔柴入內山】
[tã˧ ts'a˧ zip˩ lai˩ suã˥]
木柴是內山所出產，擔柴入內山無疑是愚蠢之行爲。

【擔屎的，臭尾後】
[tã˧ sai˥ e˩ ts'au˥ bue˥ au˧]
挑大便的，走過後會被人說很臭；喻被人背後說壞話。

【擔粟籠，挨土礱】
[tã˧ ts'ik˥ laŋ˥ e˧ t'ɔ˧ laŋ˧]
粟籠，裝穀子的竹籠；土礱，昔日去穀殼的器具；此係昔日鄉村順口溜。籠、礱諧音。

【擔屎，沃伊的松樹】
[tã˧ sai˥ ak˥ i˧ e˧ siɔŋ˧ ts'iu˧]
松樹本已蒼翠，澆（沃）上水肥會更好；喻讓有錢人更賺了錢。

【擔屎，家治毋知臭】
[tã˧ sai˥ ka˧ ti˩ m˩ tsai˧ ts'au˩]
喻人不知自己的缺點。

【擔籠，較熱過粧旦】
[tã˧ laŋ˥ k'a˥ zet˩ kue˥ tsəŋ˧ tuã˩]
擔籠，幫戲班挑道具的挑夫；粧旦，戲班中的女主角。喻旁觀者比當事人熱心。

【擔領一石米，毋擔領一個囝仔疕】
[tã˧ niã˥ tsit˩ tsio˩ bi˥ m˩ tã˧ niã˥ tsit˩ le˧ gin˥ nã˥ p'i˥]
擔領，謂保管；囝仔疕，謂小嬰兒，易哭鬧。寧願替人保管一石米，而不願替人臨時照顧一個小孩。

【擋無三下斧頭】
[tɔŋ˥ bo˧ sã˧ e˩ pɔ˥ t'au˧]
比喻能力、耐力很差。

【擋無三下斧，著喝艱苦】
[tɔŋ˥ bo˧ sã˧ e˩ pɔ˥ tio˩ hua˥ kan˧ k'ɔ˥]
喻弱不禁風，吃不了苦頭。

【擋無三下斧頭銎，著喝收兵】
[tɔŋ˥ bo˧ sã˧ e˩ pɔ˥ t'au˧ k'iŋ˥ tio˩ hua˥ siu˧ piŋ˥]
銎，指斧頭的鈍背處。喻不堪一擊。

【擒賊先擒王】
[k'im˧ ts'at˥ siŋ˧ k'im˧ ɔŋ˧]
要消滅盜賊，一定要先逮住賊王，抓到賊王，群龍無首，災亂便可平息。

【操心扒腹】
[ts'au˧ sim˧ pe˥ pak˩]
喻極度操心擔憂。

【擱較好，也會冤家】
[ko˥ k'a˥ ho˥ ia˩ e˩ uan˧ ke˥]
感情再怎麼好，也難免會吵架（冤家）。

【擱刷無好布，擱嫁無好某】
[ko˥ suat˙˥ bo˧ ho˥ po˩ ko˥ ke˩ bo˧ ho˥ bo˥]
擱，再也；昔日保守社會，輕視再嫁（擱嫁）婦人，謂再嫁者都做不了賢妻（好某）。

【搡鼻糊的】
[ts'əŋ˥ p'ĩ˧ ko˧ e˧]
用鼻涕黏的；喻不牢固。

【搡鼻糊，搵瀾貼】
[ts'əŋ˥ p'ĩ˧ ko˧ un˥ nuã˧ taʔ˩]
鼻，鼻涕；瀾，口水，以鼻涕、口水爲黏劑黏東西，當然是黏不牢；形容事情做得不牢固。

【攀牆爬壁】
[pĩ˧ ts'iũ˧ pe˥ piaʔ˩]
形容小孩子之頑皮，爬高爬低。

【擲驚死，放驚飛】
[tẽ˧ k'iã˧ si˥ paŋ˩ k'iã˧ pue˥]
擲，握在手中；放，放牠飛翔。握在手中怕握死，放牠飛又怕走失了。喻心神無主，優柔寡斷，患得患失。

【擲著驚死，放咧驚飛】
[tẽ˧ tio˩ kiã˧ si˥ paŋ˩ le˩ kiã˧ pue˥]
意同前句。

【攝兮清楚，大孔膾好】
[liap˙˥ e˩ ts'iŋ˧ ts'o˥ tua˩ k'aŋ˥ be˩ ho˥]
江湖行話，千曰清，萬曰楚；儉而節用曰攝；揮霍無度曰大孔；節儉可以致富，浪費不會有好結果。

【攝的成萬，大孔的成卵】
[liap˙˥ e˩ siŋ˧ ban˧ tua˩ k'aŋ˥ e˥ siŋ˧ lan˧]
意同前句。

【攢錢孔】
[tsuĩ˥ tsĩ˧ k'aŋ˥]
拼命找賺錢的門路。

【攪豆油，配豆脯】
[kiau˥ tau˩ iu˧ p'ue˥ tau˩ po˧]
豆油，醬油；豆脯，釀醬油的豆渣；吃飯和醬油配豆渣，形容家境不佳。

【攪潘，飼豬較大牛】
[kiau˥ p'un˥ ts'i˩ ti˥ k'a˥ tua˩ gu˧]
潘，餵豬之餿水；此爲新娘第一次調餿水餵豬之吉祥句。

【攬子半眠，飼子半飽】
[ka˥ kiã˥ puã˥ bin˧ ts'i˩ kiã˥ puã˥ pa˥]
在養育幼兒中的母親，睡眠常只睡一半，吃飯也常只吃半飽；形容母親育兒之苦。

【攬褲過溪——大寮】
[laŋ˥ k'o˩ kue˥ k'e˥ tua˩ liau˧]
歇後語。過淺水溪不須攬褲管，攬褲管而過，則是水很深，稱爲「大蹽（蹽溪）」，音同「大寮」；大寮，很普遍的地名，台北縣瑞芳鎮有大寮，高雄縣也有大寮鄉。

【擼高鯊】
[lu˥ kau˥ sua˥]
鯊魚身上之細鱗，猶如人類久未洗澡身上之污垢，是以有人即以「擼高鯊」來笑稱很少洗澡而洗澡的人。

【收租食產】
[siu˧ tso˥ tsia˩ san˥]
靠收田租、房租過生活。

【收瀾收焦焦，予恁老母後胎生卵葩。收瀾收離離，予你明年擱招小弟】
[siu˧ nuã˧ siu˧ ta˧ ta˥ hɔ˩ lin˥ lau˩ bu˥ au˩ t'e˥ sẽ˧ lan˩ p'a˥ siu˧ nuã˧

siu˧ li˩ li˧ hɔ˩ li˥ mẽ˧ nĩ˦ ko˨ tsio˧ sio˥ ti˧]
台俗，嬰兒出生滿四個月，要做「收瀾」儀式，使嬰兒不會老流口水。儀式是用紅線串十二個酥餅掛在嬰兒頸上，請一親友剝酥餅揩其嘴巴並唸本吉祥語，祈禱明年再添一壯丁。

【改頭換面】
[kai˥ t'au˦ uã˩ bin˧]
重新做人。

【放水燈】
[paŋ˨ tsui˥ tiŋ˥]
中元普渡前夕，信徒將紙紮屋狀水燈帶到水邊放水流走。俗信如此，可以將普渡訊息傳給水陸孤魂知曉。

【放雨白】
[paŋ˨ hɔ˩ pe˧]
氣象諺。時雨時晴，颱風來的前兆。

【放狗屁】
[paŋ˨ kau˥ p'ui˩]
吹大牛。

【放紙虎】
[paŋ˨ tsua˥ hɔ˨]
虎可傷人，紙虎為揭人陰私、攻訐人短之黑函。放紙虎即發黑函。

【放赦馬】
[paŋ˨ sia˨ be˨]
喪事司功儀節之一，由道士扮演，持紙紮赦官騎赦馬帶赦書去，要去赦免死者之罪過。

【放尿攪砂】
[paŋ˨ zio˧ kiau˥ sua˥]
尿無黏性，以之和砂，無法凝固；喻不能同心協力。

【放屎逆狗】
[paŋ˨ sai˨ gik˧ kau˨]
昔日狗常以人屎為主食，若有人拉屎故意拉到小洞中，讓狗吃不著，便是放屎逆狗；喻愛唱反調的人。

【放屎號跡】
[paŋ˨ sai˨ ho˩ ziaʔ˧]
罵人以無用之物佔地盤。今人常以破花盆在巷道佔停車位即屬此例。

【放濕濕仔】
[paŋ˨ sip˥ sip˧ a˩]
指漫不經心，毫不在乎。意同「激外外」。

【放尿加輪榫】
[paŋ˨ zio˧ ka˧ lun˥ sun˨]
加輪榫，指尿完身體會抽搐一下；俗謂尿後有此現象，表示此人還在發育中，仍會長高。

【放屁安狗心】
[paŋ˨ p'ui˩ an˧ kau˥ sim˥]
昔日狗多吃屎，放屁為拉屎之前奏。狗聞聲而來，豈知未見屎下。喻口惠而不實，虛情假意，畫餅充饑。

【放屁走風尾】
[paŋ˨ p'ui˩ tsau˥ hɔŋ˧ bue˨]
罵人不要當眾吹牛。

【放屁相連累】
[paŋ˨ p'ui˩ sio˧ len˧ lui˧]
泛指做事連累他人。

【放尿膾攪砂】
[paŋ˨ zio˧ be˩ kiau˥ sua˥]
尿水無黏性，無法將砂子聚合在一起；譏人兄弟不協和。

【放屎，拈鹹菜】
[paŋ˨ sai˨ nĩ˧ kiam˧ ts'ai˩]
借用別人家的廁所，臨走還偷拿鹹菜（酸菜）；喻順手牽羊。

【放屎逃性命】

[paŋ˥˧ sai˥˧ to˧ sẽ˥˧ miã˧]
懶惰的人常藉口大便而逃避工作。

【放屎無洗手】
[paŋ˥˧ sai˥˧ bo˧ se˥ ts'iu˥˧]
罵人運（手）氣差，都是因為大便沒洗手，沾了晦氣。

【放屎糊腳腿】
[paŋ˥˧ sai˥˧ kɔ˧ k'a˧ t'ui˥˧]
拉屎拉在自己的腿上；喻做事糊塗。

【放屎𣍐歸怹】
[paŋ˥˧ sai˥˧ be˨˩ kui˧ pu˧˥]
歸怹，指成堆；拉大便四處拉而不成堆；喻做事散漫沒有目標與恆心。

【放扇無相見】
[paŋ˥˧ sĩ˨˩ bo˧ sio˧ kĩ˨˩]
出嫁時，新娘將扇子往轎（車）外丟，表示不回頭，只嫁一次。或說放扇（性）落地，不會將歹性地（壞脾氣）帶去婆家。

【放屁，走去風尾】
[paŋ˥˧ p'ui˨˩ tsau˥ k'i˥˧ hɔŋ˧ bue˥˧]
罵人不要吹牛，要吹牛到風尾去。

【放風吹，旋尾螺】
[paŋ˥˧ hɔŋ˧ ts'ue˥ se˨˩ bue˥ le˧˥]
風吹；風箏；旋尾螺，如旋渦狀自空中墜下。形容放風箏之樂。

【放屎，無拭尻川】
[paŋ˥˧ sai˥˧ bo˧ ts'it˥ k'a˧ ts'uĩ˥]
罵人做事糊塗，有頭無尾。

【放臭屁，安狗心】
[paŋ˥˧ ts'au˥˧ p'ui˨˩ an˧ kau˥ sim˥]
意同「放屁安狗心」；先給對方一個空頭承諾，聊安其心。

【放尿𣍐顧得攬褲】
[paŋ˥˧ zio˧ be˨˩ kɔ˥˧ tit˥ laŋ˥ k'ɔ˨˩]
喻事情繁多，手忙腳亂以致顧此失彼。

【放屎𣍐出怨豬母】
[paŋ˥˧ sai˥˧ be˨˩ ts'ut˧ uan˥˧ ti˧ bo˥˧]
喻不自我反省卻還怒他人。

【放屎躡腳尾——大墩】
[paŋ˥˧ sai˥˧ nẽ˥˧ k'a˧ bue˥˧ tai˨˩ tun˥]
歇後語。墊起腳來屙大便，叫做「大蹲」，音同「大墩」；大墩為台中市之舊名。

【放一下屁，褪一下褲】
[paŋ˥˧ tsit˧ e˨˩ p'ui˨˩ t'uĩ˥˧ tsit˧ e˨˩ k'ɔ˨˩]
喻多此一舉。

【放一個影，生兩個子】
[paŋ˥˧ tsit˧ le˧ iã˥˧ sẽ˧ ləŋ˨˩ ge˧ kiã˥˧]
喻捕風捉影，添油加醋。

【放手尾錢，富貴萬年】
[paŋ˥˧ ts'iu˥ bue˥ tsĩ˧˥ hu˥˧ kui˨˩ ban˨˩ nĩ˧˥]
喪俗，入斂前在死者衣袖中藏制錢（硬幣）一百二十枚，從袖中滑入米斗中，象徵死者留下很多遺產給子孫；子孫每人拿一枚串布條，帶在手腕上，此儀式稱為放手尾錢。做儀式時，司公要唸此吉祥語。

【放出監，較大水牛人】
[paŋ˥˧ ts'ut˥ kam˨˩ k'a˥˧ tua˨˩ tsui˥ gu˧ laŋ˧˥]
被監管的人，一旦釋放出來，就覺得一身如水牛般大，自由自在。

【放屎向東——駛你後壁】
[paŋ˥˧ sai˥˧ hiaŋ˥˧ taŋ˥ sai˥ li˥ au˨˩ piaʔ˧]
歇後語。大便時面向東，則西在後面，台語與「駛你後壁」諧音，係罵人的話。

【放尿攪砂，無相黏蒂帶】

[paŋ˥˧ zio˧ kiau˥ sua˥ bo˧ sio˧ liam˧ ti˥˧ tua˨˩]
屎無黏性，與砂石無法攪和為一體。引申為兩不相干或是無法團結。

【放屎拄著風飛砂——錫口】
[paŋ˥˧ sai˥˧ tu˥ tio˨˩ hɔŋ˧ pue˧ sua˥ siak˥ k'au˥˧]
歇後語。拉大便遇到風飛砂，會將肛門口塞住，叫「塞口」，音同「錫口」，錫口為台北市松山之古地名。

【放屎煞著給伊拭尻川】
[paŋ˥˧ sai˥˧ sua˥˧ tio˨˩ ka˨˩ i˧ ts'it˥ k'a˧ ts'uĩ˥]
別人拉屎，竟要替他擦屁股；喻留下爛攤子叫人收拾。

【放五虎利，存錢𣍐過後代】
[paŋ˥˧ ŋɔ̃˥ hɔ˥ lai˧ ts'un˧ tsĩ˧ be˨˩ kue˥˧ au˨˩ tai˧]
五虎利，昔日一種以日計息的高利貸；放高利貸的人，就算能賺錢也無法傳到下一代。

【放尿閃水面，有賺無錢剩】
[paŋ˥˧ zio˧ siam˥˧ tsui˥ bin˧ u˨˩ t'an˨˩ bo˧ tsĩ˧ sin˧]
昔日台灣近海之人，率多捕魚維生，朝夕工作於波濤之上，但均鮮能積蓄，故有此諺。

【放屎煞落去給伊拭尻川】
[paŋ˥˧ sai˥˧ sua˥˧ lo˨˩ k'i˥˧ ka˨˩ i˧ ts'it˥ k'a˧ ts'uĩ˥]
喻為人收拾爛攤。

【放落全無代，提起千萬般】
[paŋ˥˧ lo˧ tsuan˧ bo˧ tai˧ t'e˨˩ k'i˥˧ ts'en˧ ban˨˩ puã˥]
凡事存乎一心，放得下則毫無芥蒂安然無事；反之，事事在乎，則動輒得咎、橫生枝節。

【放屁腹內風，毋驚你大伯甲叔公】
[paŋ˥˧ p'ui˨˩ pak˥ lai˨˩ hɔŋ˥ m˨˩ kiã˧ li˥ tua˨˩ peʔ˩ ka˥˧ tsik˥ kɔŋ˥]
放屁乃是生理反應，管你是那號大人物都不怕，照放不誤。

【敗筆假老手】
[pai˨˩ pit˩ ke˥ lau˨˩ ts'iu˥˧]
字寫不好，還佯稱老手。

【教狗亦會踏碓】
[ka˥˧ kau˥˧ ia˨˩ e˨˩ ta˨˩ tui˨˩]
碓，昔日磨穀去殼之工具。意謂連狗只要教牠，牠都會踏碓磨穀，更何況是人？

【教子泅，毋教子上樹】
[ka˥˧ kiã˥˧ siu˧ m˨˩ ka˥˧ kiã˥˧ tsiũ˨˩ ts'iu˧]
游泳尚有防身救命之用，爬樹卻沒有一點益處，有時且有危險。

【教若會變，狗母舉葵扇】
[ka˥˧ nã˨˩ e˨˩ pĩ˨˩ kau˥ bo˥˧ gia˧ k'ue˧ sĩ˨˩]
父母對無法管教的孩子說的話；若這個孩子能教得過來，連母狗都會拿葵扇搧風。喻江山易改，本性難移。

【教豬教狗，不如家治走】
[ka˥˧ ti˧ ka˥˧ kau˥˧ put˥ zu˧ ka˧ ti˨˩ tsau˥˧]
昔日父母親教小孩子去辦事或跑腿，小孩子不肯走動，便出此語。引申為求人不如求己。

【教子學泅，毋通教子上樹】
[ka˥˧ kiã˥˧ o˨˩ siu˧ m˨˩ t'aŋ˧ ka˥˧ kiã˥˧ tsiũ˨˩ ts'iu˧]
意同「教子泅，毋教子上樹」。

【救蟲毋通救人】
[kiu˥˧ t'aŋ˧ m˨˩ t'aŋ˧ kiu˥˧ laŋ˧]

民間傳說，有人救了遇難的蟲隻，日後此蟲知義報恩；救了遇難的人，被救者卻不知感恩圖報，反而陷害恩公，故有此諺。暗喻人不如蟲。

【救人一命勝造七級浮屠】
[kiu˥˧ laŋ˧ tsit˩ miã˧ siŋ˥˧ tso˨˩ ts'it˥ kip˥ p'u˧ tɔ˦]
喻救人一命，功德無量。

【敢作，敢當】
[kã˥ tso˨˩ kã˥ tɔŋ˥]
勇於負責。

【敢食汽油】
[kã˥ tsia˨˩ k'i˥˧ iu˦]
喻不怕死。

【敢食敢使】
[kã˥ tsia˧ kã˥ sai˥˧]
喻敢花錢。

【敢賺敢了】
[kã˥ t'an˨˩ kã˥ liau˥˧]
生意有賺有賠，既然可以賺錢，就不怕賠錢。

【敢，籐抽去】
[kã˥˧ tin˦ t'iu˥ k'i˨˩]
有膽子，就把籐抽走；昔日籐是生長在內山生番所住地區，入山採籐，極其危險；敢去採者，必是非常大膽之人。

【敢死快做媽】
[kã˥ si˥˧ k'uai˥˧ tso˥˧ mã˥˧]
做媽，做祖母；女孩若不害羞，勇於表達(即敢死)，則婚姻大多可以順利，很快就能當母親，當祖母。

【敢死，鬼著驚】
[kã˥ si˥˧ kui˥˧ tio˧ kiã˥]
奮不顧身，置死生於度外的人，連鬼都怕他。

【敢死驚做鬼】
[kã˥ si˥˧ kiã˧ tso˥˧ kui˥˧]
譏人敢做壞事卻怕受罰。

【敢食，毋驚毒】
[kã˥ tsia˧ m˨˩ kiã˧ tɔk˥]
喻敢做即不怕危險。

【敢就快做媽】
[kã˥ tio˨˩ k'uai˥˧ tso˥˧ mã˥˧]
意同「敢死快做媽」。

【敢死有鬼通做】
[kã˥ si˥˧ u˨˩ kui˥˧ t'aŋ˧ tso˨˩]
譏諷人逞血氣之勇，易受挫失敗。

【敢死的提去食】
[kã˥ si˥˧ e˨˩ t'e˨˩ k'i˥˧ tsia˧]
不怕死、敢冒險的人奪得成功的果實。

【敢車拚就艙散】
[kã˥ ts'ia˧ piã˨˩ tio˨˩ be˨˩ san˨˩]
散，窮；肯努力工作，就不會貧窮；愛拚才會贏。

【敢講，無人敢聽】
[kã˥ kɔŋ˥˧ bo˧ laŋ˧ kã˥ t'iã˥]
意謂你大言不慚，沒有人會相信你。

【敢死，驚無鬼通做】
[kã˥ si˥˧ kiã˧ bo˧ kui˥˧ t'aŋ˧ tso˨˩]
敢做敢爲，不怕被人恥笑。

【敢來放蕩，破了錢】
[kã˥ lai˧ hɔŋ˥˧ tɔŋ˧ p'ua˥˧ liau˥ tsĩ˦]
敢放蕩冶遊，就會破費花錢。

【敢講毋驚天聽見】
[kã˥ kɔŋ˥˧ m˨˩ kiã˧ t'ĩ˥ t'iã˥ kĩ˨˩]
所言屬實，不怕老天爺聽見。俗傳若講謊言被老天爺聽見，會遭天打雷劈。

【敢講毋驚瀾梗死】
[kã˥ kɔŋ˥˧ m˨˩ kiã˧ nuã˧ kẽ˥˧ si˨˩]
瀾，口水；罵人毫不思索地說假話，

不怕被口水梗住而窒息。

【敢，快做媽；空，快做公】
[kã˥ k'uai˥ tso˥ mã˥ k'ɔŋ˥ k'uai˥ tso˥ kɔŋ˥]
男女若敢豪放，很快就會當父母，當祖父母；喻敢做事則容易成功。

【敢放屁，毋敢做屁主】
[kã˥ paŋ˥ p'ui˨ m˨ kã˥ tso˥ p'ui˥ tsu˥]
譏人敢做不敢當。

【敢做匏杓，毋驚湆燒】
[kã˥ tso˥ pu˧ hia˥ m˨ kiã˧ am˥ sio˥]
匏杓，昔日舀稀飯、舀水的容器，係用匏瓜晒乾剖半製成。敢做匏杓，就不怕稀飯湯（湆）燙。喻敢做敢當。

【敢開飯店，毋驚大食】
[kã˥ k'ui˧ puĩ˨ tiam˨ m˨ kiã˧ tua˨ tsia˧]
敢開餐廳，就不怕顧客飯量大。喻敢做敢當。

【敢食敢脹，毋驚人鄙相】
[kã˥ tsia˧ kã˥ tiũ˨ m˨ kiã˧ laŋ˧ p'i˥ siɔŋ˨]
謂典衣換食之輩，不怕人瞧不起。

【敢做牛，毋驚無犁好拖】
[kã˥ tso˥ gu˧ m˨ kiã˧ bo˧ le˧ ho˥ t'ua˥]
只要肯去做，不怕沒事做。

【敢予人燒金，驚無糕仔通食】
[kã˥ hɔ˨ laŋ˧ sio˧ kim˥ kiã˧ bo˧ ko˧ a˥ t'aŋ˧ tsia˧]
喻敢做敢當，不怕他人取笑。

【敢死，驚做鬼；敢做匏杓，驚滾湆燒】
[kã˥ si˥ kiã˧ tso˥ kui˥ kã˥ tso˥ pu˧ hia˥ kiã˧ kun˥ am˥ sio˥]
嘲諷人家敢做壞事卻怕受罰。

【散，散我本項】
[san˨ san˥ gua˥ pun˥ tiŋ˥]
散，窮；本項，本領；窮，窮我的本領；意謂窮人有窮人的志氣，有事自己擔當。

【散人有好額親】
[san˥ laŋ˧ u˨ ho˥ gia˨ ts'in˥]
散人，窮人；好額，富有；謂窮人幸虧有富親可以相助。

【散鬼勿受得搰力】
[san˥ kui˥ be˨ siu˨ tit˥ kut˥ lat˥]
搰力，勤勞也；窮鬼最怕勤勞人，人只要勤勞就不會窮。

【散無散種，富無富長】
[san˨ bo˧ san˥ tsiŋ˥ hu˨ bo˧ hu˥ təŋ˧]
人生貧富無常。

【散良人毋知死，買魚加了米】
[san˥ liɔŋ˧ laŋ˧ m˨ tsai˧ si˥ be˥ hi˧ ke˧ liau˥ bi˥]
散良人，窮人；窮人不知死活，買魚回家做菜，因魚是海鮮，美味可口，促進家人的食慾，胃口大增，吃了很多飯（加了米），加重了家庭的負擔。

【敬老尊賢】
[kiŋ˥ lo˥ tsun˧ hen˧]
對年老及有才能的人，要特別尊重。

【敬酒毋實食，食罰酒】
[kiŋ˥ tsiu˥ m˨ tsia˧ tsia˨ huat˩ tsiu˥]
喻不識抬舉，不識好歹。

【敬酒毋飲，要飲罰酒】
[kiŋ˥ tsiu˥ m˨ lim˥ be˥ lim˧ huat˩ tsiu˥]
意同前句。

【敬天公跋無杯——上大代(事)死煞】
[kiŋ˧˥ t'ĩ˧ kɔŋ˥ pua˨˩ bo˧ pue˥ siɔŋ˨˩ tua˨˩ tai˧ si˥˧ suaʔ˨˩]
歇後語。本省人祭拜天公後，要跋筊問神是否歡喜？如聖筊不允，便說最大的懲罰不過是死，死了就算了，以自我安慰。

【敲西風】
[k'au˧ se˧ hɔŋ˥]
藉故向長輩或友朋詐財。

【敲碗敲箸】
[k'a˥˧ uã˥ k'a˥˧ ti˧]
俗傳吃飯前以筷子敲碗，將落得無飯可吃，變成叫化子。

【數佛做粿】
[suĩ˥˧ put˥ tso˥˧ kue˥˧]
算幾尊佛，做多少粿；謂適宜安排。

【數斤，十六兩】
[suĩ˥˧ kin˥ tsap˨ lak˨ niũ˥˧]
謂一一數落別人的短處。

【文東武西】
[bun˧˥ taŋ˥ bu˥˧ sai˥]
文武分列，昔日朝廷或官衙，文官武將要依文東武西排列；戲劇之後場，文武場也是如此排列。

【文戲金，武戲土】
[bun˧ hi˨˩ kim˥ bu˥ hi˨˩ t'ɔ˧˥]
文戲比武戲來得有價值，內行人愛看文戲。

【文王拖車——一步一步好】
[bun˧ ɔŋ˧˥ t'ua˧ ts'ia˥ tsit˨ pɔ˧ tsit˨ pɔ˨˩ ho˥˧]
歇後語。俗傳周文王在渭水濱為姜太公拖車，因年紀大走得很慢，但每走一步即代表周朝國脈一年，文王總共走了八百多步，故周祚八百餘載。喻別嫌動作慢，做一步有一步的好處。

【文毋成童生，武毋成鐵兵】
[bun˧˥ m˨˩ tsiã˧ tɔŋ˧ siŋ˥ bu˥˧ m˨˩ tsiã˧ t'i˥˧ piŋ˥]
說文不文，說武不武，文武都無成。

【文官不愛錢，武將不惜死】
[bun˧ kuan˥ put˥ ai˥˧ ts'en˧˥ bu˥ tsiɔŋ˨˩ put˥ sio˥˧ su˥˧]
此係國泰民安兩個要件。

【文章風水茶，識的無幾個】
[bun˧ tsiɔŋ˥ hɔŋ˧ sui˥ te˧˥ bat˥ le˨˩ bo˧ kui˥ ge˧˥]
謂文章、風水、茶道之奧妙見仁見智，眞正精通者不多。

【文艫鰻何賜卿，武艫鰻高老榮】
[bun˧ lɔ˧ muã˧˥ ho˧ su˥˧ k'iŋ˥ bu˥ lɔ˧ muã˧˥ ko˧ lau˥ iŋ˧˥]
台北萬華諺語，艫鰻是大尾鰻，借喻大流氓，此處則指豪傑。日治初期在萬華一帶，令日本警方頭痛的有何賜卿、高老榮，何為知識分子，高屬市井豪傑。

【斗米三錢】
[tau˥ bi˥˧ sam˧ ts'en˧˥]
一斗米僅賣三錢，喻豐年米價便宜。

【斜厝企鱠富】
[ts'ua˨˩ ts'u˨˩ k'ia˨˩ be˨˩ hu˨˩]
堪輿學家認為房屋歪斜不正，則主人無法致富。借喻人亦須正直坦蕩，才能揚名立萬。

【斤雞斗米】
[kin˧ ke˥ tau˥ bi˥˧]
養一斤雞要花一斗米；喻得不償失，不划算。

【斤雞兩鼈】

[kin˧ ke˥ niũ˥ piʔ˩]
雞要一斤以上，鼈要十兩以上，才適合吃。

【斬草除根】
[tsam˥ ts'au˥˧ ti˧ kin˥]
要斷絶後患；喻徹底解決。

【斬頭短命】
[tsam˩ t'au˧ te˥ miã˧]
昔日婦人罵薄情郎之語。咒罵對方人頭落地，夭壽不得好死。

【斬尾狗假虎】
[tsam˥ bue˥ kau˥˧ ke˥ hɔ˥˧]
把狗尾斬掉冒充老虎，謂狐假虎威，仗勢凌人。

【斬尾狗假鹿】
[tsam˥ bue˥ kau˥˧ ke˥ lɔk˥]
忘其本分學人樣。

【斬竹遮筍，棄舊迎新】
[tsam˩ tik˩ zia˧ sun˥˧ k'i˥˧ ku˧ ŋiã˧ sin˥]
筍農為讓筍子長得嫩，便須斬老竹枝來遮護幼筍；喻為了迎合新的而犧牲舊的。

【新娘一日大】
[sin˧ niũ˧ tsit˩ zit˩ tua˧]
俗謂結婚當天，新娘有新娘神，非常大，路上遇到地方官，地方官員的車駕都要迴避她。

【新人客，舊肞䏾】
[sin˧ laŋ˧ k'eʔ˩ ku˩ tsi˧ bai˥]
昔有一娼妓離開舊妓院，不久另換花名又回該妓院工作，被人發覺，遂有此諺。喻換湯不換藥。

【新冊仔舊曆日】
[sin˧ ts'e˥ a˥˧ ku˩ la˩ zit˥]
舊曆日，舊的黃曆；新書加上舊黃曆，謂挖人新舊瘡疤，加以張揚。

【新年頭，舊年尾】
[sin˧ nĩ˧ t'au˧ ku˩ nĩ˧ bue˥˧]
年底與年初是關鍵性的日子，不可以有吵鬧等不吉利的事發生。

【新屎礐，好放屎】
[sin˧ sai˥ hak˥ ho˥ paŋ˥˧ sai˥˧]
譏人喜新厭舊。

【新烘爐，新茶砧】
[sin˧ haŋ˧ lɔ˧ sin˧ te˧ kɔ˥˧]
喻新婚夫妻甜蜜蜜。

【新新婦，洗灶額】
[sin˧ sim˧ pu˧ se˥ tsau˥˧ hia˧]
新媳婦剛入門，為了討得婆婆的歡心，故做事勤快且特別小心，連灶孔口的黑磚（灶額），都洗刷得很乾淨。

【新來長工，洗犁壁】
[sin˧ lai˧ təŋ˧ kaŋ˥ se˥ le˧ piaʔ˩]
長工，昔日地主所雇長期工人。犁壁，犁頭之一部分。喻新來年資淺的長工，要從最基本、最細部的地方做起。

【新娘毋食，婆仔額】
[sin˧ niũ˧ m˩ tsia˧ po˧ a˧ gia˧]
昔日台俗，新娘出嫁，有一知禮婦人陪她，俗稱「婆仔」。結婚當天，新娘害羞不敢多吃食物，所備的多送給婆仔，故有此諺。借喻此物你不要我要。

【新婦教大家轉臍】
[sim˧ pu˧ ka˥˧ ta˧ ke˥ tuĩ˥ tsai˧]
新婦，媳婦；大家，婆婆；轉臍，嬰兒初出生，要先將臍帶紮緊，再用剪刀剪斷。晚輩對長輩說了類似教訓的話，引起長輩不悅時，長輩常以此語訓晚輩。

【新婦頭查某子腳】
[sim˧ pu˩ t'au˧ tsa˧ bɔ˥ kiã˥ k'a˥]

台俗，父母之喪，屍體頭上之事，如梳頭、戴帽等，例由媳婦負責；屍體腳下之事，如穿襪、穿鞋等，例由女兒負責。

【新的毋來，舊的毋去】
[sin˥ le˥ m˩ lai˦ ku˧ e˧ m˩ k'i˩]
希望舊人（物）快走，新人（物）快來。

【新例無設，舊例無滅】
[sin˧ le˧ bo˧ set˨ ku˩ le˧ bo˧ bet˥]
舊傳統不可不傳下去，新的例子不可以開創；謂舊傳統習俗根深蒂固。

【新來新娘，月內幼子】
[sin˧ lai˦ sin˧ niũ˦ gue˩ lai˧ iu˥˧ kiã˥˧]
新入門的媳婦與剛出生的嬰兒，這兩種人最難侍候，待之不可過嚴也不可以過寬，因爲這是一切的新開始。

【新港老虎，北港媽祖】
[sin˧ kaŋ˥ lau˩ hɔ˥˧ pak˥ kaŋ˥ mã˥ tsɔ˥˧]
昔日，新港所祀的虎爺及北港媽祖的祭典，同樣盛況空前，無出其右。

【新雷毋知，舊雷熟悉】
[sin˧ lui˦ m˩ tsai˥ ku˩ lui˦ sik˨ sai˧]
昔人相信爲惡會遭雷殛，若有惡人遭人指責，他就會以此諺回答。意謂新到任的雷公還不認識他，至於舊的雷公他早已熟稔；喻爲惡而有所恃也。

【新烘爐，新茶砧，熱沸沸】
[sin˧ haŋ˧ lɔ˦ sin˧ te˧ kɔ˥˧ zet˨ p'ut˨ p'ut˥]
喻新婚夫妻愛情正是甜甜蜜蜜。

【新婦大家，查某子娘禮】
[sim˧ pu˧ ta˧ ke˥ tsa˧ bɔ˥ kiã˥ niũ˧ le˥˧]
媳婦（新婦）不像媳婦，反倒像婆婆（大家）；女兒（查某子）不像女兒，反倒像母親（娘禮）。喻大逆不道。

【新竹出枇杷，東港出大蝦】
[sin˧ tik˨ ts'ut˥ p'i˧ pe˦ taŋ˧ kaŋ˥˧ ts'ut˥ tua˩ he˦]
喻各地有各地的特產。

【新來的新娘，月內的幼子】
[sin˧ lai˦ e˧ sin˧ niũ˦ gue˩ lai˧ e˧ iu˥˧ kiã˥˧]
不要太寵愛新入門的媳婦和剛出生的嬰兒，以免日後難教導。

【新娘水咚咚，褲底破一空】
[sin˧ niũ˦ sui˥ taŋ˧ taŋ˥ k'ɔ˥˧ te˥˧ p'ua˥˧ tsit˨ k'aŋ˥]
童諺，形容新娘嬌美漂亮。

【新娘娶入來，進丁甲發財】
[sin˧ niũ˦ ts'ua˩ zip˨ lai˦ tsin˥˧ tiŋ˥ ka˥˧ huat˥ tsai˦]
恭賀人家娶媳婦，將會添丁發財的吉祥話。

【新娘娶進房，媒人拋過牆】
[sin˧ niũ˦ ts'ua˩ tsin˥˧ paŋ˦ muãi˧ laŋ˦ p'au˧ kue˥˧ ts'iũ˦]
喻事過境遷，便過河拆橋。

【新娘娶過門，媒人踢出門】
[sin˧ niũ˦ ts'ua˩ kue˥˧ muĩ˦ muãi˧ laŋ˦ t'at˥ ts'ut˥ muĩ˦]
意同前句。

【新娘睏坦笑，新郎睏坦仆】
[sin˧ niũ˦ k'un˥˧ t'an˥ ts'ioʔ˨ sin˧ lɔŋ˦ k'un˥˧ t'an˥ p'ak˨]
形容新婚之夜，閨中鳳凰于飛。女的仰著睡（睏坦笑），男的趴著睡（睏坦仆）。

【新雷也毋知，舊雷本熟悉】

[sin˧ lui˧˥ ia˥˧ m˩ tsai˥ ku˩ lui˧˥ pun˥ sik˩ sai˧]
新的雷公不認識我，找不到我；舊的雷公本來就與我很熟悉，不會劈我。當有人蹧蹋五穀時，老一輩會罵他會被雷公打，他就會以此諺回敬老人家。或用以比喻自己在官場人面很熟，很有辦法。

【新的未來，毋知舊的好保惜】
[sin˥ le˥ bue˩ lai˧˥ m˩ tsai˧ ku˧ e˧ ho˥ po˥ sioʔ˩]
勸人要珍惜現在擁有的。

【新來新娘，月內囝仔，極快慣勢】
[sin˧ lai˧˥ sin˧ niũ˧˥ gue˩ lai˩ gin˥ nã˥˧ kik˩ k'uai˥˧ kuan˥˧ si˩]
新入門媳婦、剛出生嬰兒，雖是初到新環境，但很快就會養成新習慣，因此要特別小心調教。

【新新婦洗灶額，新長工洗犁壁】
[sin˧ sim˧ pu˧ se˥ tsau˥˧ hia˧ sin˧ təŋ˧ kaŋ˥ se˥ le˧ piaʔ˩]
喻新來的人做事都比較勤快、小心，以博取主人之信任與歡心。

【新婦親戚床頭坐，大家親戚門前過】
[sim˧ pu˩ ts'in˧ tsiã˧˥ ts'əŋ˧ t'au˧˥ tse˧ ta˧ ke˧ ts'in˧ tsiã˧˥ muĩ˧ tsĩ˧˥ kue˩]
由媳婦掌權時，對自個親戚熱絡招待，對婆婆的親戚卻置之不理。這也是一種世代交替。

【新營有廟毋作醮，查畝營有錢毋起廟，鹽水有錢毋造橋】
[sin˧ iã˧˥ u˩ bio˧ m˩ tso˥˧ tsio˩ tsa˧ bo˥ iã˧˥ u˩ tsĩ˧˥ m˩ k'i˥ bio˧ kiam˧ tsui˥˧ u˩ tsĩ˧˥ m˩ tso˩ kio˧˥]
新營、查畝營、鹽水，均在台南縣境內，三地各有其風俗傳統。

【斷銅青】
[tuĩ˩ taŋ˧ ts'ĩ˥]
喻身無分文。

【斷理不斷親】
[tuan˩ li˥˧ put˥ tuan˩ ts'in˥]
法律的判斷依據是合不合理而不是人情親疏之分。

【斷虹早掛，有風毋驚】
[tuĩ˩ k'iŋ˧ tsa˥ kua˩ u˩ hɔŋ˥ m˩ kiã˥]
氣象諺。清晨，天有斷虹，即使有風也不會下雨。

【斷虹晚見，不明天變】
[tuĩ˩ k'iŋ˧ uã˥˧ kĩ˩ put˥ biŋ˧˥ t'ĩ˥ pĩ˩]
氣象諺。黃昏天出斷虹，占次日晴雨不定。

【斷掌查甫做秀江，斷掌查某守空房】
[tuĩ˩ tsiaŋ˥ tsa˧ pɔ˥ tso˥˧ siu˥˧ kaŋ˥ tuĩ˩ tsiaŋ˥ tsa˧ bɔ˥˧ siu˥ k'aŋ˧ paŋ˧˥]
斷掌，指掌中有一粗紋橫貫左右。俗信女子斷掌，個性強會剋先生；男子斷掌，有大志可以做相公。

【斷掌查某剋死尪，斷掌查甫做相公】
[tuĩ˩ tsiaŋ˥ tsa˧ bɔ˥˧ k'ik˥ si˥ aŋ˥ tuĩ˩ tsiaŋ˥ tsa˧ pɔ˥ tso˥˧ siɔŋ˥˧ kɔŋ˥]
意同前句。

【方人便馬】
[hɔŋ˧ zin˧˥ pen˩ mã˥˧]
即方便人馬，與人方便之謂。

【施黃許，赤查某，娶了施黃許，敬如天公祖】
[si˧ əŋ˧ k'ɔ˥˧ ts'ia˥˧ tsa˧ bɔ˥˧ ts'ua˩ liau˥ si˧ əŋ˧ k'ɔ˥˧ kiŋ˥˧ zu˧ t'ĩ˧ kɔŋ˧

tsɔ˥˩]
鹿港諺語。施黃許爲鹿港三大姓，娶此三姓女子爲妻者，必須小心翼翼款待，否則會惹來娘家人馬來興師問罪，故有此諺。

【旋金龜遨】
[se˩ kim˧ ku˧ go˧˥]
金龜，昆蟲，金龜子；旋、遨，指旋轉而暈眩。喻因昏昧困惑而團團轉。

【既昏便息，關鎖門户，必親自檢點】
[ki˥˩ hun˥ pen˩ sit˨ kuãi˧ so˥ muĩ˧ hɔ˧ pit˥ ts'in˧ tsu˩ kiam˥ tiam˥˩]
晚上臨睡前，必親自檢查門户，以防宵小。

【日暮途窮】
[zit˨ bɔ˧ tɔ˧˥ kiŋ˧˥]
窮途末路。

【日長如少年】
[zit˥ təŋ˧˥ zu˧ siau˥˩ len˧˥]
謂年輕人來日方長。

【日頭當要上】
[zit˨ t'au˧˥ təŋ˧ be˥ tsiũ˧]
喻年輕人正如旭日初升，應高尚其志，努力奮發。

【日頭曝尻川】
[zit˨ t'au˧˥ p'ak˨ k'a˧ ts'uĩ˥]
時候不早，日上三竿。多戲謔貪睡者。

【日本婆仔耳鉤】
[zip˨ pun˥ po˧ a˥ hĩ˩ kau˥]
謂從來就沒有的事。

【日本銅鼎——無才（臍）】
[zip˨ pun˥ taŋ˧ tiã˥˩ bo˧ tsai˧˥]
歇後語。銅鼎，鋁鍋；無才，指心浮氣躁，不穩重。本句指日本家庭所用的鋁鍋，係一體成型，鍋底無臍眼，即無鼎臍，簡稱無臍。台語無臍與無才諧音。

【日猶雞，暝猶狗】
[zit˥ siau˥ ke˥ mẽ˧˥ siau˥ kau˥˩]
猶，瘋狂也；譏人無主見，朝三暮四。

【日圍箍，火燒埔】
[zit˥ ui˧ k'ɔ˥ hue˥ sio˧ pɔ˥]
氣象諺。太陽四周如有圓形雲翳圍住，占長期苦旱。

【日圍箍，曝草埔】
[zit˥ ui˧ k'ɔ˥ p'ak˨ ts'au˥ pɔ˥]
氣象諺，意同前句。

【日頭要落的人】
[zit˨ t'au˧˥ be˥ lo˧ e˧ laŋ˧˥]
日薄崦嵫，指老年人、不得志的人。

【日頭當上的人】
[zit˨ t'au˧˥ təŋ˧ tsiũ˧ e˧ laŋ˧˥]
日正當中，指年輕力壯，正是得志之人。

【日頭曝到尻川】
[zit˨ t'au˧˥ p'ak˨ kau˥˩ k'a˧ ts'uĩ˥]
罵人睡懶覺，太陽已升高到可以晒到屁股了。

【日本仔保正——好勢】
[zip˨ pun˥ nã˥ po˥ tsiã˩ ho˥ se˩]
歇後語。清代十户爲牌，十牌爲甲，立一甲長；十甲爲保，立保正一人。日本治台，沿用此制；保正大約相當於今天的村里長，在一般百姓心中頗有分量。「保正」二字用日語唸起來和台語的「好勢」近似，而「好勢」則是「萬事OK」之意。

【日出，著存雨來糧】
[zit˥ ts'ut˨ tio˩ ts'un˧ hɔ˩ lai˧ niũ˧˥]
晴天時，要預存雨天的糧食；喻未雨綢繆。

【日色暗紅，無雨必風】

[zit˙˩ sik˙˥ am˥˧ hɔŋ˧˥ bo˧ hɔ˧ pit˙˥ hɔŋ˥]
氣象諺。早晨日初出時色暗紅，占是日不下雨也會颳風。

【日紅如灼，三日必雨】
[zit˙˥ aŋ˧˥ zu˧ tsik˙˩ sã˧ zit˙˥ pit˙˥ hɔ˧]
氣象諺。太陽顏色像蠟燭（灼）般紅，占三日內會下雨。

【日飲百盃，夜吟千首】
[zit˙˥ im˥˧ pa˥˧ pue˥ ia˧ gim˧˥ ts'en˧ siu˥˧]
飲酒誦詩，指騷人墨客之豪邁胸懷。

【日圖三餐，夜圖一宿】
[zit˙˥ tɔ˧˥ sam˧ ts'an˥ ia˧ tɔ˧˥ it˙˥ siɔk˙˩]
人生無大志，但求飽食安眠而已。

【日子未到，毋是天道無報】
[zit˙˩ tsi˥˧ bi˨˩ to˨˩ m˨˩ si˨˩ t'en˧ to˧ bo˧ po˨˩]
喻因果報應必無爽失。

【日之卯，遇雲無雨也天陰】
[zit˙˥ tsi˧ bau˥˧ tu˥ hun˧˥ bo˧ hɔ˧ ia˨˩ t'ĩ˥ im˥]
氣象諺。日出於卯時，若被雲遮住，占下雨或陰天。

【日時走拋拋，暝時守燈腳】
[zit˙˩ si˧˥ tsau˥ p'a˧ p'a˥ mẽ˧ si˧˥ tsiu˥ tiŋ˧ k'a˥]
白天四處跑，晚上才要點燈用功。

【日時走拋拋，暝時抱佛腳】
[zit˙˩ si˧˥ tsau˥ p'a˧ p'a˥ mẽ˧ si˧˥ mɔ̃˥˧ put˙˩ k'a˥]
白天不用功，四處亂跑，夜晚才要抱佛腳。謂平時不努力，臨時才用功。

【日落胭脂紅，無雨也有風】
[zit˙˥ lo˧ en˧ tsi˧ hɔŋ˧˥ bo˧ hɔ˧ ia˨˩ u˨˩ hɔŋ˥]
氣象諺。日落時天色呈胭脂紅，占風雨。

【日頭赤炎炎，隨人顧性命】
[zit˙˩ t'au˧˥ ts'ia˥˧ iã˨˩ iã˧ sui˧ laŋ˧˥ kɔ˥˧ sẽ˥˧ miã˧]
喻世人各忙於己事，泥菩薩過河，無法去管他人的事。或喻社會上普遍缺乏團結心，人人只圖一己之私而已。

【日時毋通講人，暝時毋通講鬼】
[zit˙˩ si˧˥ m˨˩ t'aŋ˧ kɔŋ˥ laŋ˧˥ mẽ˧ si˧˥ m˨˩ t'aŋ˧ kɔŋ˥ kui˥˧]
白天不可說人壞話，隔牆有耳；夜晚不可說鬼的壞話，因為俗信晚上是鬼魂出遊的時刻。

【日時走咚咚，暝時補衫騙老尪】
[zit˙˩ si˧˥ tsau˥ taŋ˧ taŋ˥ mẽ˧ si˧˥ po˥ sã˥ p'en˥˧ lau˨˩ aŋ˥]
指不守婦道之妻子，白天趁先生不在時跑出去遊蕩，晚上先生在家，便偽裝很忙，忙著補衣縫扣。

【日暴一，暝暴七，雞仔啼暴十一】
[zit˙˥ po˥˧ it˙˩ mẽ˧˥ po˥˧ ts'it˙˩ ke˧ a˥˧ t'i˧˥ po˥˧ tsap˙˩ it˙˩]
澎湖諺語。暴，冬季暴風；冬季東北季風若是白天增強，占會颳一日強風；夜裡增強，占連颳七天；若是清晨雞鳴才增強，占連颳十一天強風。

【日日食肉也獪肥，月月流血也獪死】
[zit˙˩ zit˙˥ tsia˨˩ baʔ˙˩ ia˨˩ be˨˩ pui˧˥ gue˨˩ gue˧ lau˧ hueʔ˙˩ ia˨˩ be˨˩ si˥˧]
日日食肉指陰户與陰莖之交合，月月流血指月經；用此二事以喻女陰。

【日出紅霞，水淋頭哪；日落紅霞，曬死老爺】
[zit˙˥ ts'ut˙˩ aŋ˧ ha˧˥ tsui˥˧ lam˧ t'au˧

nã˥ zit˥ lo˧ aŋ˧ ha˧ p'ak˩ si˥ lau˩ ia˧˥]
氣象諺。早霞占雨，晚霞占晴。

【早日毋成天】
[tsa˥ zit˥ m˩ tsiã˧ t'ĩ˥]
氣象諺。一大早出大太陽，不一定會好天氣。

【早春慢播田】
[tsa˥ ts'un˥ ban˩ po˥ ts'an˧˥]
農諺。立春早（早春），在十二月，因雨水多，播種插秧（播田）反而會遲。

【早婚添一代】
[tsa˥ hun˥ t'iam˧ tsit˩ tai˧]
早一點結婚，可以早一點添加一代。

【早出日，𣍐好天】
[tsa˥ ts'ut˥ zit˥ be˩ ho˥ t'ĩ˥]
氣象諺。一大早就出大太陽，不一定會好天氣。

【早冬雨，晚冬露】
[tsa˥ taŋ˧ hɔ˧ ban˩ taŋ˧ lɔ˧]
春季的稻作要靠雨水，秋季的穀物要靠露水，才會豐收。

【早起討無下昏頓】
[tsa˥ k'i˥ t'o˧ bo˧ ẽ˧ huĩ˧ tuĩ˩]
早上還沒賺到晚餐（下昏頓）的錢；形容窮苦狀。

【早雷毋過午時雨】
[tsa˥ lui˧˥ m˩ kue˥ gɔ˩ si˧ hɔ˧]
清晨打雷，當天中午以前一定會下雨。

【早白暮赤，飛沙走石】
[tsa˥ pe˧ bɔ˧ ts'iaʔ˩ pue˧ sua˥ tsau˥ tsioʔ˥]
氣象諺。早晨日白，黃昏日赤，占會起狂風飛動沙石。

【早早磨，毋通慢慢拖】
[tsa˥ tsa˥ bua˧˥ m˩ t'aŋ˧ ban˩ ban˩ t'ua˥]
做事要趁早，不要拖到最後無法收拾。

【早雨早晴，暗雨著暝】
[tsa˥ hɔ˧ tsa˥ tsẽ˧˥ am˥ hɔ˧ tiau˧ mẽ˧˥]
氣象諺。早上下的雨早放晴，晚上才開始下的雨會下整個晚上。

【早看東南，晚看西北】
[tsa˥ k'uã˩ taŋ˧ lam˧˥ am˩ k'uã˩ sai˧ pak˩]
氣象諺。占晴雨法，早上看東南方以占當天的天氣，晚上看西北方以占翌日之天氣。

【早時雷，無過午時雨】
[tsa˥ si˧ lui˧˥ bo˧ kue˥ gɔ˩ si˧ hɔ˧]
氣象諺。早上打雷，雨不會下到午後。

【早間日珥，狂風即起】
[tsa˥ kan˥ zit˥ nã˩ kɔŋ˧ hɔŋ˥ tsik˥ k'i˥]
氣象諺。日珥，氣在日旁直射；則占該日將起狂風。

【早落早晴，暗雨著暝】
[tsa˥ lo˧ tsa˥ tsẽ˧˥ am˥ hɔ˧ tiau˧ mẽ˧˥]
氣象諺。夏天的西北雨如在中午之前下，則立刻放晴；如在黃昏時才下，到了夜晚仍是一片滂沱。

【早日毋成天，暗雨會著暝】
[tsa˥ zit˥ m˩ tsiã˧ t'ĩ˥ am˥ hɔ˧ e˩ tiau˧ mĩ˧˥]
氣象諺。指梅雨季節一大早便出太陽，當日天氣會不順，傍晚下雨，會一直下個不停。

【早春好迌迌，早夏粒米無】
[tsa˥ ts'un˥ ho˥ t'it˥ t'o˧˥ tsa˥ he˧ liap˩ bi˥ bo˧˥]

農諺。立春早，占豐年，農民可以好好遊春；立夏早，占二期稻作歉收。

【早起精神爽，思多血氣衰】
[tsa˥ k'i˥˩ tsiŋ˧ sin˦ sɔŋ˥˩ su˥ to˥ het˥ k'i˩ sue˥]
養生之道，勸人每天要早起，思慮不要太多。

【早落，早好天；慢落，到半暝】
[tsa˥ lo˧ tsa˥ ho˥ t'ĩ˥ ban˩ lo˧ kau˥˩ puã˥˩ mĩ˦]
氣象諺。意同「早雨早晴，暗雨著暝」。

【早早也三個子，慢慢也三個子】
[tsa˥ tsa˥˩ ia˩ sã˧ ge˧ kiã˥˩ ban˩ ban˧ ia˩ sã˧ ge˧ kiã˥˩]
兒女的多少是命中註定的，早婚晚婚都一樣。

【旱天做雨意】
[uã˩ t'ĩ˥ tso˥˩ hɔ˩ i˩]
久旱之後，看見天有烏雲，即以爲就要下雨了。

【旱天假雨意，笨憚人假要死】
[uã˩ t'ĩ˥ ke˥ hɔ˩ i˩ pin˩ tuã˩ laŋ˦ ke˥ be˥ si˥˩]
久旱之天，忽而幾絲雲彩，彷彿要下意，實則不然；懶惰的人，爲了逃避工作，常裝病，說他快死了。

【明媒正娶】
[biŋ˧ muĩ˦ tsiã˥˩ ts'ua˧]
經過公開合法正式手續而結合的婚姻。

【明鏡高懸】
[biŋ˧ kiã˩ ko˧ hen˦]
喻判決公正。

【明人不做暗事】
[biŋ˧ laŋ˦ put˥ tso˥˩ am˥˩ su˧]
光明正大的人，不會做虧心事。

【明明五百十三】
[biŋ˧ biŋ˦ gɔ˩ pa˥˩ tsap˩ sã˥]
是非之非草字寫成「𠃍」，與台灣民間記帳之數字五百十三「𠃍」相近。昔日甲乙兩造議論是非之時，常以此諺表示對方錯了。

【明理人，褲著家治褪】
[biŋ˧ li˥ laŋ˦ k'ɔ˩ tio˩ ka˧ ti˩ t'uĩ˩]
明理的人犯了錯，自己自動脫褲子接受杖罰。

【明知山有虎，故作採樵人】
[biŋ˧ ti˥ san˥ iu˥ hɔ˥˩ kɔ˥˩ tso˥˩ ts'ai˥ tsiau˧ zin˦]
明知有危險性，仍然照做；喻固執。

【明知山有虎，偏向虎山行】
[biŋ˧ ti˥ san˥ iu˥ hɔ˥˩ p'en˧ hiɔŋ˥˩ hɔ˥ san˥ hiŋ˦]
喻個性固執。

【明知毋是伴，事急暫相偎】
[biŋ˧ tsai˧ m˩ si˩ p'uã˧ su˧ kip˩ tsiam˩ sio˧ ua˥˩]
明知不是好伴侶，事急無奈，暫且相依共處。

【明槍容易躲，暗箭最難防】
[biŋ˧ ts'iũ˥ iɔŋ˧ i˥˩ to˥˩ am˥˩ tsĩ˩ tsue˥˩ lan˧ hɔŋ˦]
陰險中傷，最難提防。

【易如反掌】
[i˩ zu˧ huan˥ tsiɔŋ˥˩]
反掌，將手掌翻面；喻非常容易。

【易得易失】
[i˥˩ tit˩ i˥˩ sit˩]
容易得到的，便也容易失去。

【易興易退】
[i˥˩ hiŋ˥ i˥˩ t'e˩]
凡容易熱衷某一事物，卻也容易失去

興趣，就像一場颱風。

【星光月現】
[ts'ẽ˥ kuĩ˥ gue˧ hen˧]
晚上天上星星很亮；或月亮當空高照；喻事情明明白白，非常清楚。

【春天後母面】
[ts'un˧ t'ĩ˥ au˩ bo˥ bin˧]
春天氣候善變，好像繼母的臉。

【春牛姛，逆天】
[ts'un˧ gu˧ kan˥ gik˩ t'ĩ˥]
喻做事不著邊際或事事與人做對。

【春暴東南發】
[ts'un˧ po˩ taŋ˧ lam˧ huat˩]
氣象諺。春天的暴風雨都是從東南方發起。

【春蟳，冬毛蟹】
[ts'un˥ tsim˧ taŋ˥ mɔ̃˧ he˧]
蟳在春天最甘美，螃蟹則在秋天肉最肥。

【春鮸，冬鰗鰡】
[ts'un˥ ben˥ taŋ˥ ka˧ la˧]
春天的鮸魚，冬天的鰗鰡，味道最鮮美。

【春茫罩死鬼】
[ts'un˧ bɔŋ˧ ta˥ si˥ kui˥]
氣象諺。謂春霧極濃，在台灣北部地區真是如此。

【春山頭，冬海口】
[ts'un˥ suã˧ t'au˧ taŋ˥ hai˥ k'au˥]
氣象諺。春天觀察山嶺，冬天觀看海口的雲勢，來預測晴雨。

【春分暝日對分】
[ts'un˧ hun˥ mẽ˧ zit˥ tui˥ pun˥]
春分，二十四節氣之一，當天晝夜時間相等，都是十二小時。

【春雨寒，冬雨靜】
[ts'un˧ hɔ˧ kuã˧ taŋ˧ hɔ˧ tsiŋ˧]
氣象諺。春雨則寒冷，冬雨則風息而寂靜。

【春景老爸——戇想】
[ts'un˧ kiŋ˥ lau˩ pe˧ gɔŋ˩ siũ˧]
歇後語。昔有艋舺人春景，其父名戇尚。台語戇尚與戇想諧音，戇想作產生非分之念頭解。

【春暴頭，冬暴尾】
[ts'un˥ po˥ t'au˧ taŋ˥ po˥ bue˥]
氣象諺。春天的風暴來在雨前，冬天的風暴則來在雨後。

【春己卯風，稻尾空】
[ts'un˥ ki˥ bau˥ hɔŋ˥ tiu˩ bue˥ k'ɔŋ˥]
春天在己卯日前後颱風，會把稻尾吹折，以致沒有結果。

【春己卯風，稻尾落土】
[ts'un˥ ki˥ bau˥ hɔŋ˥ tiu˩ bue˥ lo˩ t'ɔ˧]
意同前句。

【春分秋分，暝日對分】
[ts'un˧ hun˥ ts'iu˧ hun˥ mẽ˧ zit˥ tui˥ pun˧]
春分、秋分當天，晝夜時間一樣長。

【春甲子雨，赤地千里】
[ts'un˥ ka˥ tsu˥ hɔ˧ ts'ia˥ te˧ ts'en˧ li˥]
氣象諺。春天甲子日下雨，占其年苦旱。

【春看海口，冬看山頭】
[ts'un˥ k'uã˥ hai˥ k'au˥ taŋ˥ k'uã˥ suã˧ t'au˧]
氣象諺。由於地理位置不同，因此占雨晴看的方向也不同；有些地區是「春

看山頭，冬看海口」，有些地區則是「春看海口，冬看山頭」。

【春暴畏始，冬暴畏終】
[ts'un˧ po˩ ui˥ si˥ taŋ˧ po˩ ui˥ tsiɔŋ˥]
氣象諺。暴，台語稱暴風雨爲「暴頭」。春天的暴風雨起時較強，冬天的暴風雨則在快結束時較強。

【春南夏北，無水通磨墨】
[ts'un˧ lam˦ he˩ pak˧ bo˧ tsui˥ t'aŋ˧ bua˧ bak˥]
氣象諺。春天吹南風，夏天吹北風，均占大旱。

【春南夏北，無一滴通磨墨】
[ts'un˧ lam˦ he˩ pak˧ bo˧ tsit˧ ti˥ t'aŋ˧ bua˧ bak˥]
氣象諺。意同前句。

【春茫曝死鬼，夏茫做大水】
[ts'un˧ bɔŋ˦ p'ak˧ si˥ kui˥ he˩ bɔŋ˦ tso˥ tua˩ tsui˥]
氣象諺。茫，霧也。春日濃霧占大旱，夏天濃霧占大雨。

【春寒雨若泉，冬寒雨四散】
[ts'un˥ kuã˦ hɔ˧ nã˥ tsuã˦ taŋ˥ kuã˦ hɔ˧ si˥ suã˩]
氣象諺，春天寒冷則雨多如泉，冬天寒冷則雨水散光，下不來。

【春寒雨若濺，冬寒做大旱】
[ts'un˥ kuã˦ hɔ˧ nã˥ tsuã˧ taŋ˥ kuã˦ tso˥ tua˩ uã˧]
氣象諺。春天若氣溫低，則雨水連綿；冬天若氣溫低，則將乾旱不已。

【春寒雨綿綿，冬寒苦大旱】
[ts'un˥ kuã˦ hɔ˧ mĩ˧ mĩ˧ taŋ˥ kuã˦ k'ɔ˥ tua˩ uã˧]
氣象諺。春寒主雨，冬寒主晴。

【春夏風不勝帆，秋冬帆不勝風】
[ts'un˧ he˧ hɔŋ˥ put˥ siŋ˥ p'aŋ˦ ts'iu˧ taŋ˥ p'aŋ˦ put˥ siŋ˥ hɔŋ˥]
春夏間平時風小，船家不須掛帆；秋冬間風大，雖掛帆也難支撐。

【是伊的天年】
[si˩ i˧ e˧ t'ĩ˧ nĩ˦]
指人處於志得意滿、有權有勢之時。

【是毋是，扑家治】
[si˧ m˩ si˧ p'a˥ ka˧ ti˧]
自家人與外人發生爭吵時，不論誰是誰非，應先責備自家人（家治），如此才可能息事寧人。

【是毋是，罵家治】
[si˧ m˩ si˧ mẽ˩ ka˧ ti˧]
孩子與人吵架，不管是非如何，應先責怪自己的孩子。喻凡事宜先自我反省。

【是橫是直要撥直】
[si˩ huãi˦ si˩ tit˥ ai˥ puat˧ tit˥]
是非曲直，必須弄個清楚。

【是你興，毋是我手搶】
[si˩ li˥ hiŋ˩ m˩ si˩ gua˥ ts'iu˥ ts'iŋ˩]
負心男子採花成功後，對痴情女子之無情語。

【是害人孔，毋是暢孔】
[si˩ hai˩ laŋ˧ k'aŋ˥ m˩ si˩ t'iɔŋ˥ k'aŋ˥]
警世語。害人孔、暢孔，指女陰，引申爲女色；謂女色會害人，不要沈迷其中。

【是稻就留，是草就摳】
[si˩ tiu˧ tio˩ lau˦ si˩ ts'au˥ tio˩ k'au˥]
下田拔草，是稻作便留，是雜草便除

去；意謂鋤奸剷暴，良莠要分。

【是牛，牽到北京也是牛】
[si˩ gu˦˩ k'an˧ kau˥˧ pak˥ kiã˥ ia˩ si˩ gu˦˩]
喻本性難移；亦有罵人不開竅之意在內。

【是在跳童，掠做好勢人】
[si˩ te˥˧ t'iau˥˧ taŋ˦˩ lia˩ tso˥˧ ho˥ se˥˧ laŋ˦˩]
跳童，謂乩童經神明附體後之扭動；好勢人，正常人；謂看錯了。

【是親毋是親，非親卻是親】
[si˩ ts'in˥ m˩ si˩ ts'in˥ hui˧ ts'in˥ k'iɔk˥ si˩ ts'in˥]
罵人該親近的親人不親近，卻去和一些不該親近的人密切往來。昔日社會倫理觀念中，此諺多用以責備不與兄弟親，而去與妻族親的男子。

【晉江驢】
[tsin˥˧ kaŋ˧ li˦˩]
晉江，泉州也；罵人愚笨。

【時到屎漏】
[si˦˩ kau˩ sai˥˧ lau˩]
到了重要關頭卻漏氣。

【時到，花便開】
[si˦˩ kau˩ hue˥ pen˩ k'ui˥]
喻時來運轉。

【時窮見節義】
[si˦˩ kiŋ˦˩ ken˥˧ tset˥ gi˧]
亂世出忠臣。

【時也，命也，運也】
[si˦˩ ia˩ biŋ˧ ia˩ un˧ ia˩]
都是時機、命運所致，無可奈何。

【時、運、命，三字全】
[si˦˩ un˧ miã˧ sã˧ zi˩ tsuan˦˩]
時機、命運、天命三項條件皆齊全。

【時行人講時行話】
[si˧ kiã˧ laŋ˦˩ kɔŋ˥ si˧ kiã˧ ue˧]
時行，指時髦、流行；謂時髦的人講時髦的話。

【時到要哭就無目屎】
[si˦˩ kau˩ be˥ k'au˩ tio˩ bo˧ bak˩ sai˥˧]
喻要事先計畫，否則屆時便後悔莫及。

【時到時當，無米煮蕃薯湯】
[si˦˩ kau˩ si˧ tɔŋ˥ bo˧ bi˥˧ tsi˥ han˧ tsi˧ t'ɔŋ˥]
到時候再説；隨機應變，沒有米可以煮蕃薯湯吃。

【時到時擔當，無米煮蕃薯湯】
[si˦˩ kau˩ si˧ tam˧ tɔŋ˥ bo˧ bi˥˧ tsi˥ han˧ tsi˧ t'ɔŋ˥]
意同前句。

【晚行早歇】
[uã˥˧ kiã˦˩ tsa˥ heʔ˩]
晚一點上路，早一點休息；此係對旅行者之戒言。

【晚啼雞，眞大格】
[uã˥˧ t'i˧ ke˥ tsin˧ tua˩ keʔ˩]
體型大的雞，比較晚啼；比喻大器晚成。

【晚霧隨收，晴天可求】
[am˥˧ bu˧ sui˧ siu˥ tsiŋ˧ t'ĩ˥ k'o˥ kiu˦˩]
氣象諺。黃昏出霧又即刻散去，占翌日天晴。

【晴天築漏，雨天照舊】
[tsiŋ˧ t'ĩ˥ tiɔk˥ lau˧ hɔ˩ t'ĩ˥ tsiau˥˧ ku˧]
喻勞而無功。

【晴天毋肯去，等待雨淋頭】
[tsiŋ˧ t'ĩ˥ m˩ k'iŋ˥ k'i˩ tan˥ t'ai˩

hɔ˧ lam˧ t'au˦]
有好時機不做事，偏等良機已過才肯動手。

【晴不作雨具，健不作病糧】
[tsiŋ˦ put˙˩ tso˥˩ u˥ k'u˧ ken˧ put˙˩ tso˥˩ pẽ˨˩ niũ˦]
晴時不預作雨具，健康時不預存生病之糧食，是無深謀遠慮之人。

【暗光鳥】
[am˥˩ kɔŋ˧ tsiau˥˩]
暗光鳥，貓頭鷹；指白天去玩，晚上才要熬夜工作的人。

【暗箭傷人】
[am˥˩ tsĩ˨˩ siɔŋ˧ zin˦]
罵人陰險。

【暗箭會傷人】
[am˥˩ tsĩ˨˩ e˨˩ siɔŋ˧ zin˦]
明槍易躲，暗箭難防。

【暗暗摸，生查甫】
[am˥˩ am˥ bɔ˥ sẽ˧ tsa˧ pɔ˥]
女子出嫁後，第三天要與新郎一起回娘家，俗稱「雙人轉」。娘家設宴款待，等到黄昏後一對壁人才回夫家。俗信在天色黑暗中回家，一路上浪漫，「性趣」高昂，比較會生男孩。

【暗路行濟會拄著鬼】
[am˥˩ lɔ˧ kiã˧ tse˧ e˨˩ tu˥ tio˨˩ kui˥˩]
夜路走多會遇到鬼；喻壞事做多了，總有敗露的一天。

【暗路敢行，錢銀無愛】
[am˥˩ lɔ˧ kã˥ kiã˦ tsĩ˧ gin˦ bo˧ ai˨˩]
喻敢嫖妓就不會愛惜錢財。

【暗路敢行，錢銀勿痛】
[am˥˩ lɔ˧ kã˥ kiã˦ tsĩ˧ gin˦ be˨˩ t'iã˨˩]
喻敢嫖就不怕花錢。

【暗路輒行，會拄著鬼】
[am˥˩ lɔ˧ tsiap˙˩ kiã˦ e˨˩ tu˥ tio˨˩ kui˥˩]
意同「暗路行濟會拄著鬼」。

【暗路敢行，爸母就毋驚】
[am˥˩ lɔ˧ kã˥ kiã˦ pe˨˩ bu˥˩ tio˨˩ m˨˩ kiã˥]
浪子把心一横去做壞事，就不管什麼天地君親師了。

【暗頭食西瓜，半暝反症】
[am˥˩ t'au˦ tsia˨˩ si˧ kue˥ puã˥˩ mẽ˦ huan˥ tsiŋ˨˩]
傍晚（暗頭）吃下西瓜，半夜病情轉劇。喻事態變化很快。

【暗昏無叔孫，天光排字匀】
[am˥˩ hun˥ bo˧ tsik˙˩ sun˥ t'ĩ˥ kuĩ˥ pai˧ zi˨˩ un˦]
夜晚不論倫理，白天才談排行。譏人帷薄不修，如妓女不擇嫖客，父子同麀等。

【暗飯減食一口；活到九十九】
[am˥˩ puĩ˧ kiam˥ tsia˨˩ tsit˙˩ k'au˥˩ ua˨˩ ka˥˩ kau˥ tsap˙˩ kau˥˩]
養生之道，晚飯以少吃爲宜。

【暗頭仔食西瓜，暝尾仔反症】
[am˥˩ t'au˧ a˥˩ tsia˨˩ si˧ kue˥ mẽ˧ bue˥ a˥˩ huan˥ tsiŋ˨˩]
意同「暗頭食西瓜，半暝反症」。

【暗路敢行，錢銀無愛，爸母毋驚】
[am˥˩ lɔ˧ kã˥ kiã˦ tsĩ˧ gin˦ bo˧ ai˨˩ pe˨˩ bu˥˩ m˨˩ kiã˥]
喻敢嫖妓，就不愛惜金錢，也不怕父母罵。

【暝時目屎浸被蓆】
[mẽ˧ si˦ bak˙˩ sai˥˩ tsim˥˩ p'ue˨˩ ts'ioʔ˙˩]

漫漫長夜，日子難熬。

【暝暗討無明仔早起頓】
[mẽ˧ am˩ t'o˥ bo˧ biŋ˧ ga˥ tsai˥ k'i˥ tuĩ˩]
今天已夜晚了，明天早餐卻還沒有著落；形容三餐不繼。

【暢暢仔死】
[t'iɔŋ˥˧ t'iɔŋ˥ a˥ si˥˧]
諷刺被人譏笑、欺騙，卻渾然不知，還歡天喜地的人。

【暢到兩粒卵核相叩】
[t'iɔŋ˥˧ ka˥˧ ləŋ˩ liap˩ lan˩ hut˥ sio˧ k'ɔk˥]
卵核，指睪丸。高興（暢）到兩顆睪丸相碰撞（相叩），形容高興的不得了。

【暢到卵核仔，糾糾入去】
[t'iɔŋ˥˧ ka˥˧ lan˩ hut˩ la˥˧ kiu˧ kiu˥ zip˩ k'i˩]
暢，極高興；卵核仔，睪丸；糾糾，縮也。形容高興到極點。

【暮看西北烏，半夜起風雨】
[bɔ˧ k'uã˩ sai˧ pak˥ ɔ˥ puã˥˧ mẽ˧ k'i˥ hɔŋ˧ hɔ˧]
氣象諺。日暮時分，西北方有黑雲，到半夜就會有風雨。

【暫裏卻著魚】
[tsiam˩ lai˧ k'io˥˧ tio˩ hi˧]
從破爛堆裏撿到好東西，指意外的收穫。

【曲佝相偃——歹勢】
[k'iau˧ ku˥ sio˧ en˥˧ p'aĩ˥ se˩]
歇後語。偃，摔角。兩個駝背的摔角，其勢面可想而知不好看，即寓指「歹勢」。歹勢謂客套地謙稱抱歉。

【曲佝行落崎——在在】
[k'iau˧ ku˥ kiã˧ lo˩ kia˧ tsai˩ tsia˧]
歇後語。駝背的人走下坡路容易「倒頭栽」（翻筋斗），故有此歇後語意在。在在台語音與「知知」相近，意謂我很清楚，少騙我。

【曲佝跋落海——冤仇】
[k'iau˧ ku˥ pua˩ lo˩ hai˥˧ uan˧ siu˧]
歇後語。曲佝，駝背，身體彎曲者；駝子掉到海裡（跋落海），不管懂不懂水性，都要拼命泅水（游泳）；因爲身子不直，游水時之姿勢爲「彎泅」與「冤仇」同音。

【曲佝嫁著大腹肚】
[k'iau˧ ku˥ ke˥˧ tio˩ tua˩ pat˥ tɔ˥˧]
戲謂駝背的女人嫁給大肚子的男人，剛好一對。

【曲佝放屁，彎彎曲曲】
[k'iau˧ ku˥ paŋ˥˧ p'ui˩ uan˧ uan˧ k'iau˧ k'iau˥]
曲佝，指駝背的人；諷刺人說話故意拐彎抹角。

【曲館邊的豬母，會扑拍】
[k'ik˥ kuan˥ pĩ˥ e˧ ti˧ bo˥˧ e˩ p'a˥˧ p'et˥]
曲館，昔日教唱南北管的戲館。謂環境的潛移默化力量很大。近朱者赤，近墨者黑。

【曲佝拄著大腹肚——密仔密】
[k'iau˧ ku˥ tu˥ tio˩ tua˩ pat˥ tɔ˥˧ ba˧ a˥˧ ba˧]
歇後語。駝子（曲佝）後背突，孕婦前腹突，兩人相遇，剛巧密合，故有此諺。或作「穩龜仔拄著大腹肚——密仔密」，或謂「缺嘴賣蛤仔肉——密仔密」。

【曲佝的抛車輪——著力兼歹看】
[k'iau˧ ku˥ e˥ p'a˧ ts'ia˧ len˥ tio˩ lat˥ kiam˧ p'ãi˥ k'uã˩]

歇後語。曲佝的，指駝背的人。抛車輪，翻筋斗。駝子翻筋斗，的確是費力（著力），而且不好看（兼歹看）；引申爲做事吃力不討好。

【曲館的豬母𣍐吹簫，也會扑拍】
[k'ik˥ kuan˥ e˧ ti˧ bo˥ be˨ ts'ue˧ siau˥ ia˨ e˨ p'a˥ p'et˥]
戲館旁的豬母因環境使然，聽久了即使不會吹簫，也會跟著打拍子；表示環境對人影響之深。

【曳尾豬，𣍐做得豬公】
[iap˥ bue˥ ti˥ be˨ tso˥ tit˥ ti˧ kɔŋ˥]
尾端扁平的豬，不能做爲祭祀的豬公；喻人選不佳、不夠資格。

【書是隨身寶，財是國家珍】
[tsu˥ si˨ sui˧ sin˧ po˥ tsai˧ si˨ kɔk˥ ka˧ tin˥]
知識對個人而言是寶貝，財貨對國家而言是珍奇。或者謔變爲「肞是隨身寶，卵在褲腳振」。

【曹操兵，死𣍐了】
[tso˧ ts'o˥ piŋ˥ si˥ be˨ liau˥]
形容人多勢眾。

【曹操戴董卓帽】
[tso˧ ts'o˨ ti˥ taŋ˥ to˥ bo˧]
曹操、董卓均是東漢末年的奸臣。本諺意指此人是雙料奸臣。

【替身尪仔】
[t'e˥ sin˧ aŋ˧ ŋã˥]
紙製人身，男白面、女紅臉。道士以此當替身，爲人消災解厄。或解爲替死鬼。

【替人拭尻川】
[t'e˥ laŋ˧ ts'it˥ k'a˧ ts'uĩ˥]
拭尻川，擦屁股，喻替人收拾殘局。

【替別人看風水，家治的無地葬】
[t'e˥ pat˩ laŋ˧ k'uã˥ hɔŋ˧ sui˥ ka˧ ti˨ ge˧ bo˧ te˥ tsɔŋ˨]
能爲人打算，卻不能爲自己處事；工於謀人，拙於謀己。

【曾拄著，纔知影豬母肉潤擱脆】
[bat˥ tu˥ tio˨ tsia˥ tsai˧ iã˥ ti˧ bo˥ baʔ˩ zun˧ ko˥ ts'e˨]
知影，知道；喻身歷其境，方知個中甘苦。

【曾記少年騎竹馬，轉眼便白頭翁】
[tsan˧ ki˥ siau˥ len˧ k'ia˧ tik˥ be˥ tsuan˥ gan˥ pen˨ si˨ pik˩ t'io˧ ɔŋ˥]
日月如梭，光陰似箭之感歎。

【會死會活】
[e˨ si˥ e˨ ua˧]
虛僞造作，很會演戲。

【會捐囥捐】
[e˨ ko˧ bɔŋ˥ ko˧]
能揩油便儘量撈些便宜；或謂能混且混。

【會算無貫】
[e˨ suĩ˨ bo˧ kuĩ˨]
算，算術；貫，古代的錢是用繩子串成一貫一貫；喻懷才不遇。

【會吠𣍐咬人】
[e˨ pui˧ be˨ ka˨ laŋ˧]
會叫的狗不會咬人；虛張聲勢而已。

【會食，毋識算】
[e˨ tsia˧ m˨ bat˥ suĩ˨]
只會吃用而不會打算。

【會哀，還會醫】
[e˨ ai˥ ia˥ e˨ i˥]
傷患還會喊痛，還可以醫治；若不能喊，則表氣絕。對常訴苦發牢騷的人，可告以此句，意思說還好，不見得那麼糟。

【會食，𣍐相咬】
[e˨ tsia˧ be˨ sio˧ ka˧]
罵人飯桶，只會吃、不會做事。

【會甲𣍐，腳手濟】
[e˧ ka˥ be˧ k'a˧ ts'iu˥ tse˧]
𣍐，不會；濟，多。會做事和不會做事的人，都在一起幫忙。喻兒女眾多，做事方便。

【會好也𣍐完全】
[e˨ ho˥ ia˨ be˨ uan˧ tsuan˦]
指身心受到打擊或創傷，即使復原依舊有後遺症，無法完好如初。

【會好也𣍐擔粗】
[e˨ ho˥ ia˨ be˨ tã˧ ts'ɔ˥]
大病之後，即使康復，也無法再幹粗活（擔粗）。

【會社故障——無錯】
[hue˨ sia˧ kɔ˥ tsiɔŋ˥ bo˧ ts'o˨]
歇後語。日治時期簡稱糖廠(製糖株式會社)為「會社」，會社故障則甘蔗不採收，即是「無剉」。臺語「無剉」、「無錯」諧音，即正確無誤之謂。

【會飛天，會鑽地】
[e˨ pue˧ t'ĩ˥ e˨ tsuĩ˥ te˧]
指其潛逃之神通廣大也。

【會做官，會察理】
[e˨ tso˥ kuã˥ e˨ ts'at˥ li˥]
會做官的人，應當能善察情理。

【會曉食，𣍐曉算】
[e˨ hiau˥ tsia˧ be˨ hiau˥ suĩ˨]
只會消費，不會精打細算。

【會咬人的狗，𣍐吠】
[e˨ ka˨ laŋ˦ ge˧ kau˥ be˨ pui˧]
喻城府深沈、陰險狡猾之人不輕易說話。

【會食酒，毋免濟菜】
[e˨ tsia˨ tsiu˥ m˨ ben˥ tse˨ ts'ai˨]
會喝酒的人，佐酒菜不須多(濟)；喻會做事的人，不須雇用很多人。

【會予(予人)姦，來咬阮卵】
[e˨ hɔŋ˧ kan˨ lai˧ ka˨ gua˥ lan˧]
卵，陰莖；謂有種你就放馬過來，乃挑釁之語。

【會曉𣍐曉無董看】
[e˨ hiau˥ be˨ hiau˥ bo˧ taŋ˥ k'uã˨]
無董看，無從判斷；意謂分不出會或不會。

【會生子身，𣍐生子心】
[e˨ sẽ˧ kiã˥ sin˥ be˨ sẽ˧ kiã˥ sim˥]
父母只能生出兒女的形骸，無法生出他們的心；喻兒女的心理，父母很難控制。

【會扛轎，才通開轎間】
[e˨ kəŋ˧ kio˧ tsia˥ t'aŋ˧ k'ui˧ kio˨ kiŋ˥]
喻開店要自己內行才行。

【會，迌成迌；𣍐，受大勞】
[e˧ t'it˥ siŋ˧ t'o˦ be˧ siu˨ tua˨ lo˦]
迌迌，日夜嬉戲遨遊。俗信能整日游手好閒、無所事事者是好命人。而無緣玩耍者則是一生都要勞碌。

【會若迌迌，𣍐受大勞】
[e˧ nã˥ t'it˥ t'o˦ be˧ siu˨ tua˨ lo˦]
喻會做的一點也不吃力，像玩耍（迌迌）；不會做的則要非常勞苦。

【會得枋開，𣍐得鋸脫】
[e˨ tit˥ paŋ˥ k'ui˥ be˨ tit˥ ki˨ t'uat˩]
鋸木材，鋸子被夾住，奮力將木材拉開，鋸子卻仍拔不下來。喻陷入苦境，進退兩難。

【會得開刀，𣍐得入鞘】

[e˩ tit˥ k'ui˧ to˥ be˩ tit˥ zip˩ siu˩]
刀子拔得出來，事後卻插不進刀鞘；形容騎虎難下。

【會發做糕，𣍐發做粿】
[e˩ huat˥ tso˥ ko˥ be˩ huat˥ tso˥ kue˥]
發，發酵。米漿會發酵，則拿來做發糕；否則就用來做米粿。喻因材適用，看著辦。

【會遮著頭，𣍐遮著尾】
[e˩ zia˧ tio˩ t'au˧ be˩ zia˧ tio˩ bue˥]
能遮得了頭，卻遮不了尾；謂露出馬腳。捉襟見肘。

【會曉行路，毋驚早晚】
[e˩ hiau˥ kiã˧ lɔ˧ m˩ kiã˧ tsa˥ uã˩]
走慣的人，不怕時間早晚。

【會曉呼雞，𣍐曉噴火】
[e˩ hiau˥ k'ɔ˧ ke˥ be˧ hiau˥ pun˧ hue˥]
形容筋疲力竭，有氣無力，所剩的那一丁點力量若拿來呼叫雞隻，即無法再走到灶前去吹火（噴火）。

【會曉洗面，免外濟水】
[e˩ hiau˥ se˥ bin˧ ben˥ gua˩ tse˩ tsui˥]
會洗臉的人，不須太多（外濟）水；喻做事得法，不須動用太多材料，而且事半功倍。

【會曉偷食，𣍐曉拭嘴】
[e˩ hiau˥ t'au˧ tsia˧ be˩ hiau˥ ts'it˥ ts'ui˩]
會偷吃東西，卻不曉得擦嘴滅跡。喻做事不會善後。

【會離門户，𣍐離腸肚】
[e˩ li˩ muĩ˧ hɔ˧ be˩ li˩ tɔŋ˧ tɔ˧]
家雖可以離開，肚腸卻不能離開；喻人不能不吃飯，民以食爲天。或謂兒女長大出門就業，而做父母的對他們卻仍然經常牽腸掛肚。

【會顧得前，𣍐顧得後】
[e˩ kɔ˥ tit˥ tsiŋ˧ be˩ kɔ˥ tit˥ au˧]
形容異常忙碌，無法前後兼顧。

【會的迌迌，𣍐的受大勞】
[e˧ e˧ t'it˥ t'o˧ be˧ e˧ siu˩ tua˩ lo˧]
意同「會若迌迌，𣍐受大勞」。

【會做雞母就會清火炔】
[e˩ tso˥ ke˧ bo˥ tio˩ e˩ ts'iŋ˥ hue˥ hu˥]
清火炔，在燃燒過的稻草灰中，尋找爆米花供小雞吃。喻事物各有本性，各有所長。

【會算𣍐除，糶米換蕃薯】
[e˩ suĩ˩ be˩ ti˧ t'io˥ bi˥ uã˩ han˧ tsi˧]
罵人愚笨不會打算盤，賣米去和人家換蕃薯，怎麼划算？

【會曉扑算，較好在走賺】
[e˩ hiau˥ p'a˥ suĩ˩ k'a˥ ho˥ ti˥ tsau˥ t'an˩]
會盤算的人，比四處做工謀生（走賺）的人強；喻鬥智勝於鬥力，善於理財勝過以勞力賺錢。

【會生得子身，𣍐生得子心】
[e˩ sẽ˧ tit˥ kiã˥ sin˥ be˩ sẽ˧ tit˥ kiã˥ sim˥]
意同「會生子身，𣍐生子心　」。

【會行行晬一，𣍐行行晬七】
[e˩ kiã˧ kiã˧ tse˥ it˩ be˩ kiã˧ kiã˧ tse˥ ts'it˩]
晬，度晬，指嬰兒出生周歲。幼兒學步，快者周歲後一個月就會走，慢者

要遲至周歲七個月才會走。

【會的人使嘴，戇的人出力】
[e˧ e˧ laŋ˧ sai˥ ts'ui˩ gɔŋ˧ ge˧ laŋ˧ ts'ut˥ lat˥]
有才能的人用口才下命令，沒有才能的人則只能用雙手出力去做事。

【會食才會大，會哭才會活】
[e˩ tsia˧ tsia˥ e˩ tua˧ e˩ k'au˩ tsia˥ e˩ ua˧]
小孩會哭會吃才會長大。

【會替你扑達，魩替你出力】
[e˩ t'e˥ li˥ p'a˥ tat˥ be˩ t'e˥ li˥ ts'ut˥ lat˥]
雖能替你擬計畫（扑達），但不能代替你出力。

【會堪得偏人，魩堪得予人】
[e˩ k'am˧ tit˥ p'ĩ˥ laŋ˥ be˩ k'am˧ tit˥ hɔ˧ laŋ˧]
偏人，佔人便宜；譏人喜歡佔人家的便宜。

【會揀揀人頭，魩揀揀門頭】
[e˩ kiŋ˥ kiŋ˥ laŋ˧ t'au˧ be˩ kiŋ˥ kiŋ˧ muĩ˧ t'au˧]
喻選女婿人品重於門第。

【會揀揀新郎，魩揀揀田莊】
[e˩ kiŋ˥ kiŋ˥ sin˧ lɔŋ˧ be˩ kiŋ˥ kiŋ˥ ts'an˧ tsɔŋ˥]
選婿，要以人品才德為尚，而不是看對方產業多寡。

【會過獅仔頭，魩過干豆缺】
[e˩ kue˥ sai˧ a˥ t'au˧ be˩ kue˥ kan˧ tau˩ k'iaʔ˩]
獅仔頭，地名，在台北縣五股鄉；干豆缺，地名，在台北市關渡，比獅仔頭更在淡水河之下。喻過得了這一關，過不了下一關。

【會說說都市，魩說說屋裏】
[e˩ sueʔ˩ sue˥ tɔ˧ ts'i˧ be˩ sueʔ˩ sue˥ ɔk˥ li˩]
會說話的人，見多識廣，可以說些各大都市的風光；不會說話的，沒什麼話說，盡說些家裡的事。

【會講講都市，魩講講厝裏】
[e˩ kɔŋ˥ kɔŋ˥ tɔ˧ ts'i˧ be˩ kɔŋ˥ kɔŋ˥ ts'u˩ li˩]
會說話的人，話題盡挑外頭的花花世界、社會百態來講。不會說話的人，則盡掏自家的醜事外揚。

【會顧得東嶽，魩顧得城隍】
[e˩ kɔ˥ tit˥ taŋ˧ gak˥ be˩ kɔ˥ tit˥ siŋ˧ hɔŋ˧]
東嶽、城隍，神明及廟名（台南市有嶽帝廟及城隍廟）。顧得此神即顧不了彼神，謂一身無法兼顧。

【會嬈的毋嬈，魩嬈的咯咯嬈】
[e˩ hiau˧ e˧ m˩ hiau˧ be˩ hiau˧ e˧ k'ɔk˥ k'ɔk˥ hiau˧]
長大可以談情說愛的不去談情說愛；還沒長大，不可以談情說愛的，卻偏偏跑去與人談情說愛。借喻有本事的人不出面，沒本事的人則呱呱叫。

【會講的講一句，魩講的講十句】
[e˩ kɔŋ˥ e˩ kɔŋ˥ tsit˩ ku˩ be˩ kɔŋ˥ e˩ kɔŋ˥ tsap˩ ku˩]
謂要言不煩。

【會做大家是清閒，魩做大家跍灶前】
[e˩ tso˥ ta˧ ke˥ si˩ ts'iŋ˧ iŋ˧ be˩ tso˥ ta˧ ke˥ k'u˧ tsau˥ tsiŋ˧]
大家，婆婆。會當婆婆的，善於教導媳婦，自得清閒；不會做婆婆的，必須三餐都蹲在灶前教媳婦生火煮飯。喻做事須有要領。

【會做新婦兩頭瞞，獪曉做的兩頭傳】
[e˨ tso˥ sim˧ pu˧ ləŋ˨ t'au˧ muã˦ be˨ hiau˥ tso˨ e˨ ləŋ˨ t'au˧ t'uan˦]
兩頭，指婆家和娘家。好媳婦懂得兩頭瞞，使兩家相安無事；否則兩頭傳話，易引起磨擦或誤會而影響兩家的感情。

【會得兩人睏共枕，較好露水凍花心】
[e˨ tit˥ ləŋ˨ laŋ˦ k'un˥ kaŋ˨ tsim˥ k'a˥ ho˥ lɔ˥ tsui˥ taŋ˥ hue˧ sim˥]
長年苦戀，終能鴛鴦夢成眞者的心聲之語。

【會過得鐵支路，也獪過得烏隘門仔】
[e˨ kue˥ tit˥ t'i˥ ki˧ lɔ˧ ia˨ be˨ kue˥ tit˥ ɔ˧ e˥ bəŋ˧ a˥]
民初，有班傀儡戲在龍山寺公演，大稻埕人聞其演技精湛，也想邀其演出。但艋舺人不依，致生毆鬥。雙方相打時，因有人力車伕參與，從此，艋舺的人力車，載客至北門口鐵路爲界，不敢超越。如闖進大稻埕，到了石橋仔頭的烏隘門仔，必遭毆打。後來用以比喻無法躲避之事。

【會曉小姑大家額，獪曉小姑無地食】
[e˨ hiau˥ sio˥ kɔ˥ ta˧ ke˧ gia˧ be˨ hiau˥ sio˥ kɔ˥ bo˧ te˥ tsia˧]
小姑，夫之姊妹；大家，婆婆。言姑嫂之間的互動關係，聰明伶俐待嫂嫂好的小姑，嫂嫂幾乎會以婆婆的分量（額）對待她；對嫂嫂不好的小姑，會被以牙還牙，就連吃都休想得到。

【會做的迫眞濟迫，獪做的討眞濟功勞】
[e˨ tso˨ e˨ t'it˥ tsin˧ tse˨ t'o˦ be˨ tso˨ e˨ t'o˥ tsin˧ tse˨ kɔŋ˧ lo˦]
眞濟，很多也；能幹的人，工作勝任愉快，有多餘的時間可以玩樂；能力差的人，調度不來，還經常訴苦邀功。

【會做媒的罵兩頭，獪曉做媒的兩頭罵】
[e˨ tso˥ muãi˦ e˧ mẽ˨ ləŋ˨ t'au˦ be˨ hiau˥ tso˥ muãi˦ e˧ ləŋ˨ t'au˧ mẽ˧]
兩頭，指嫁娶的男女雙方。會做媒的能罵男女雙方的不是，不會做的反被雙方所罵。

【會賺的，紅目的賺去，無通著到闔耳的】
[e˨ t'an˨ le˨ aŋ˧ bak˥ ge˧ t'an˨ k'i˨ bo˧ t'aŋ˧ tio˨ kau˥ hap˥ hĩ˧ e˧]
紅目，指猴子；闔耳，指豬哥。《西遊記》裏，好處全給孫悟空佔盡，那輪得著豬八戒的分？

【會聽話的聽話頭，獪曉聽話的聽話尾】
[e˨ t'iã˧ ue˧ e˧ t'iã˧ ue˨ t'au˦ be˨ hiau˥ t'iã˧ ue˧ e˧ t'iã˧ ue˨ bue˥]
會聽話的人，聞一以知十；不會聽話的人，必須從頭聽到尾才知道意思。

【月光遍天下】
[gue˨ kuĩ˥ p'en˥ t'en˧ ha˧]
月光普照大地。

【月娘若破缺】
[gue˨ niũ˦ nã˥ p'ua˥ kiaʔ˩]
氣象諺。月亮形狀若有破缺，占三日內下雨。

【月上講到月落】
[gue˧ tsiũ˧ kɔŋ˥ kau˥ gue˧ lo˧]
終宵長談。

【月光下看光影】

[gue˩ kuĩ˧ e˧ k'uã˥ kuĩ˧ iã˥]
夜晚，就著月光看地上的人影，是又長又大；喻妄自尊大。

【月光，𣍐曝得粟】
[gue˩ kuĩ˥ be˩ p'ak˩ tit˥ ts'ik˩]
月亮再亮，沒有熱度，無法晒乾稻穀。喻婦女再強也比不上男子。

【月圍箍，火燒埔】
[gue˧ ui˧ k'ɔ˥ hue˥ sio˧ pɔ˥]
氣象諺。月亮四週有光暈圍繞，占苦旱連連。

【月圍箍，要落雨】
[gue˧ ui˧ k'ɔ˥ be˥ lo˩ hɔ˧]
氣象諺。月暈占雨。

【月仔崎，米粟相揶】
[gue˧ a˥ kia˧ bi˥ ts'ik˩ sio˧ ia˧]
農諺。月仔崎，謂初三之弦月也。米粟相揶，形容稻穀豐收而價賤。

【月仔光咚咚，賊仔偷挖孔】
[gue˧ a˥ kuĩ˧ taŋ˧ taŋ˥ ts'at˩ la˥ t'au˧ ɔ˥ k'aŋ˥]
童諺。謂月兒明亮，小偷（賊仔）會偷挖牆壁侵入民宅偷竊。

【月仔光映映，賊仔偷挖壁】
[gue˧ a˥ kuĩ˧ hiã˥ hiã˩ ts'at˩ la˥ t'au˧ ue˥ piaʔ˩]
月光很亮，小偷偷挖牆壁；童謠。

【月娘下，看影仔——自看自大】
[gue˩ niũ˧ e˧ k'uã˥ iã˥ a˥ tsu˩ k'uã˩ tsu˩ tua˧]
歇後語。月光下看自己的影子比自身大，意謂妄自尊大。

【月圍箍，予雨沃；月圍笠，予日曝】
[gue˧ ui˧ k'ɔ˥ hɔ˩ hɔ˧ ak˩ gue˧ ui˧ le˧ hɔ˩ zit˥ p'ak˥]
氣象諺。月暈占雨，月被雲遮住而顯得朦朧（月圍笠），占晴。

【月到十五光明少，人到中年萬事休】
[gue˧ kau˥ tsap˩ gɔ˧ kɔŋ˧ biŋ˧ tsio˥ laŋ˧ kau˥ tiɔŋ˧ len˧ ban˩ su˩ hiu˥]
人到中年以後，將如十五以後的月亮，漸趨黯淡。

【有花字】
[u˩ hue˧ zi˧]
別有企圖，居心不良之謂。

【有夠衰】
[u˩ kau˥ sue˥]
喻倒楣透頂。

【有嘴花】
[u˩ ts'ui˥ hue˥]
謂舌燦蓮花，口才好。

【有人，有分】
[u˩ laŋ˧ u˩ hun˧]
謂有幾個人就有幾分。或者戲作「有人有分，大腹肚（孕婦）雙分」。

【有入，有出】
[u˩ zip˥ u˩ ts'ut˩]
謂有收入有支出，收支可以平衡。

【有七無八】
[u˩ ts'it˩ bo˧ peʔ˩]
零零碎碎，拉拉雜雜，不完整。

【有入無出】
[u˩ zip˥ bo˧ ts'ut˩]
只有收入，沒有支出；形容極其節儉之人。

【有孔無榫】
[u˩ k'aŋ˥ bo˧ sun˥]
木匠製木器，常須鑿洞（孔），以方便插榫；若做了半天只有鑿洞而未削榫，表示做事很沒效率；後常借喻無根由之事。

【有出無入】
[u˩ ts'ut˩ bo˧ zip˥]
謂只有支出沒有收入。

【有年無月】
[u˩ nĩ˦ bo˧ gue˧]
計算時間，以大單位的年計而非月；比喻該事遙遙無期，難以指望。

【有名無實】
[iu˥ biŋ˦ bu˧ sit˥]
空有其名，徒具虛名。

【有耳無嘴】
[u˩ hĩ˧ bo˧ ts'ui˩]
訓斥小孩，當大人在談論事情時，小孩只能用耳朵聽(有耳)，不能插嘴(無嘴)。

【有求必應】
[iu˥ kiu˦ pit˥ iŋ˩]
向神明所祈求的願望，全部靈驗；此四字常見書寫於紅布條上，懸在鄉間萬善堂（百姓公）廟前。

【有志竟成】
[iu˥ tsi˩ kiŋ˥ siŋ˦]
有志氣就會成功。

【有形無形】
[iu˥ hiŋ˦ bu˧ hiŋ˦]
指看得見與看不見的，具體的與抽象的；喻人與鬼神。

【有來有去】
[u˩ lai˦ u˩ k'i˩]
謂禮尚往來。

【有底有蒂】
[u˩ te˥ u˩ ti˩]
有根基很可靠。

【有底有蓋】
[u˩ te˥ u˩ kua˩]
喻有錢又有學識。

【有始無終】
[iu˥ su˥ bu˧ tsiɔŋ˥]
有頭無尾，沒有恆心，不能貫徹始終。

【有枝無葉】
[u˩ ki˥ bo˧ hio˧]
謂不夠完備。

【有衫無褲】
[u˩ sã˥ bo˧ k'ɔ˩]
謂不齊全。

【有勇無謀】
[iu˥ iɔŋ˥ bu˧ bɔ˦]
光有勇力、沒有智謀；戇勇。

【有站有節】
[u˩ tsam˩ u˩ tsat˩]
知所進退，有所節制。

【有厝無路】
[u˩ ts'u˩ bo˧ lɔ˧]
謂有家，但告貸無門。

【有魚毋食】
[u˩ hi˦ m˩ tsia˧]
比喻不知足，貪得無厭。

【有條有段】
[iu˥ tiau˦ iu˥ tuã˧]
井井有條，脈絡分明。

【有眼無珠】
[iu˥ gan˥ bu˧ tsu˥]
識人沒有見識，不知好壞。

【有虛無實】
[u˩ hi˥ bo˧ sit˥]
虛僞浮華，不實在。

【有粧有差】
[u˩ tsəŋ˥ u˩ ts'a˥]
有化粧與沒化粧相差很多。

【有福同享】
[iu˥ hɔk˩ tɔŋ˧ hiaŋ˥]

有好處大家一起分享。

【有甋無瓨】
[u˨ t'ui˦ bo˧ k'əŋ˨]
喻不中用，沒有用處。

【有路無厝】
[u˨ lɔ˧ bo˧ ts'u˨]
指流浪漢。

【有置無棄】
[u˨ ti˨ bo˧ k'i˨]
傳統觀念謂不動產一旦買入就不可賣出。

【有算無貫】
[u˨ suĩ˨ bo˧ kuĩ˨]
會算，但沒錢(清代的錢是一貫貫的算)。

【有魂無影】
[u˨ hun˦ bo˧ iã˥]
全無其事。

【有樣趁樣】
[u˨ iũ˧ t'an˥ iũ˧]
謂有例可循。

【有頭有尾】
[u˨ t'au˧ u˨ bue˥]
謂有始有終，做事本本分分。

【有頭有面】
[u˨ t'au˧ u˨ bin˧]
指具有社會地位的人士。

【有錢有勢】
[u˨ tsĩ˦ u˨ se˨]
指有財有勢。

【有嘴無舌】
[u˨ ts'ui˨ bo˧ tsi˧]
謂缺乏口才。

【有頭無尾】
[u˨ t'au˦ bo˧ bue˥]
指有始無終，缺乏恆心毅力。

【有嘴無捾】
[u˨ ts'ui˨ bo˧ kuã˧]
謂陶瓷器或玻璃器皿有口卻缺乏手提之處。比喻爲人不要長舌，要守口如瓶。

【有聲有色】
[u˨ siã˧ u˨ sik˩]
謂生動逼眞。

【有人就有錢】
[u˨ laŋ˦ tio˨ u˨ tsĩ˦]
謂留得青山在，不怕沒柴燒。

【有工就有夫】
[u˨ kaŋ˥ tio˨ u˨ hu˥]
勤勞就不會窮。

【有手伸無路】
[u˨ ts'iu˥ ts'un˧ bo˧ lɔ˧]
謂無處求援，告貸無門。

【有天無日頭】
[u˨ t'ĩ˥ bo˧ zit˩ t'au˦]
謂暗無天日，沒有道理的事。

【有功扑無勞】
[u˨ kɔŋ˥ p'a˥ bo˧ lo˦]
有功勞，卻未被表揚。

【有生若無孵】
[u˨ sẽ˥ nã˥ bo˧ pu˧]
昔日父母對子女失望到絕頂時常口出此語。

【有可無不可】
[u˨ k'o˥ bo˧ put˥ k'o˥]
有也好，沒有也好，無所謂。

【有生就有死】
[u˨ sẽ˥ tio˨ u˨ si˥]
生死是必然之事。

【有功變冒功】

[iu˥ kɔŋ˥ pen˦ mɔ̃˨ kɔŋ˥]
眞正立下汗馬功勞，卻被誣指爲混水摸魚之無功者。

【有好毋識寶】
[u˨ ho˦ m˨ bat˥ po˦]
謂人不知其有好處。

【有合必有離】
[iu˥ hap˥ pit˥ iu˥ li˧]
謂離合聚散爲人世之所常見。

【有，亦要較有】
[u˧ ia˦ be˥ k'a˦ u˧]
有了還要更多，形容人心不知足。

【有肉嫌無菜】
[u˨ baʔ˨ hiam˧ bo˧ ts'ai˨]
形容不知足，得隴更望蜀。

【有孝無燒金】
[iu˥ hau˨ bo˧ sio˧ kim˥]
嘴巴説孝順祖先，實際上卻不曾對祖先燒香祭拜；譏諷有名無實，假仁假義之人。

【有花插頭前】
[u˨ hue˥ ts'a˦ t'au˧ tsiŋ˧]
有美麗的花要插在前面，不要插在背後；喻想對人送禮，要在事前送。

【有孝感動天】
[iu˥ hau˨ kam˥ tɔŋ˨ t'en˥]
謂孝心可以感動上天，使人逢凶化吉。

【有幸，有不幸】
[u˨ hiŋ˧ u˨ put˥ hiŋ˧]
人，有的幸福，有的不幸福，各不相同。

【有法無伊法】
[u˨ huat˨ bo˧ i˧ huat˨]
謂沒有方法對付他（伊）。

【有風毋驚流】
[u˨ hɔŋ˥ m˨ kiã˧ lau˧]
流，指海流；風，指海風。古時行帆船靠風力，沒有風則怕海流，但若有風則不怕。比喻有學問有財勢就不怕有什麼橫逆了。

【有食甲有掠】
[u˨ tsia˧ ka˦ u˨ lia˧]
有吃有喝之外，還可以帶回去；喻優待之至，佔盡便宜。

【有食半暝糜】
[u˨ tsia˨ puã˦ mẽ˧ muãi˧]
半夜吃了稀飯才來做事的人；喻做事老道、有經驗，非常有能力。

【有苦無地講】
[u˨ k'ɔ˦ bo˧ te˦ kɔŋ˦]
謂投訴無門。

【有氣無地透】
[u˨ k'ui˨ bo˧ te˦ t'au˦]
謂無處訴苦。

【有魚毋食蝦】
[u˨ hi˧ m˨ tsia˨ he˧]
有魚就不屑吃蝦，謂人挑嘴、貪心。

【有巢有鳥歇】
[u˨ siu˧ u˨ tsiau˦ heʔ˨]
有鳥巢，就會有鳥來棲宿；謂物盡其用。

【有魚無食頭】
[u˨ hi˧ bo˧ tsia˨ t'au˧]
有魚，只吃魚身不吃魚頭。

【有船無港路】
[u˨ tsun˧ bo˧ kaŋ˥ lɔ˧]
比喻有才華卻未受賞識，懷才不遇。

【有量才有福】
[u˨ liɔŋ˧ tsia˦ u˨ hɔk˨]
肚量大才會有福氣，謂得饒人處且饒人。

【有湊柄——好舉】
[u˨ tau˥ pẽ˨ ho˥ gia˧]
歇後語。凡刀斧有裝把柄便好舉(拿)，好舉與好額（富有）台語諧音。

【有福毋知惜】
[u˨ hɔk˩ m˨ tsai˧ sioʔ˩]
身在福中不知福。

【有鼓扑無鑼】
[u˨ kɔ˥ p'a˥ bo˧ lo˦]
係「有功扑無勞」之諧音戲語。

【有腳行有路】
[u˨ k'a˥ kiã˧ u˨ lɔ˧]
路是人走出來的，要勤勞才會成功。

【有腳行無路】
[u˨ k'a˥ kiã˧ bo˧ lɔ˧]
謂走投無路。

【有福住城國】
[u˨ hɔk˩ tua˥ siã˧ kɔk˩]
有福氣的人才能住在城郭裡，享受都市生活的便利。

【有福食外國】
[u˨ hɔk˩ tsia˨ gua˨ kɔk˩]
昔日謂能吃到外國貨是有福氣之人。

【有路莫登船】
[u˨ lɔ˧ bɔk˩ tiŋ˧ tsun˦]
有陸路可達，即應走陸路，勿搭船以免危險。(昔人之旅遊危險觀念)

【有路莫搭船】
[u˨ lɔ˧ bɔk˩ ta˥ tsun˦]
意同「有路莫登船」。

【有話無地講】
[u˨ ue˧ bo˧ te˥ kɔŋ˥]
謂有苦無處訴。

【有過鹹的人】
[u˨ kue˥ kiam˦ e˧ laŋ˦]
指有漂洋過海（過鹹水）的人，見識不淺。

【有錢好講話】
[u˨ tsĩ˦ ho˥ kɔŋ˥ ue˧]
謂有錢人的意見容易被人採納。

【有擱要較有】
[u˧ ko˥ be˥ k'a˥ u˧]
有還要更多，指人心不知足。

【有樹無鳥歇】
[u˨ ts'iu˧ bo˧ tsiau˥ heʔ˩]
喻有職缺，卻無人來應徵。

【有錢，會使鬼】
[u˨ tsĩ˦ e˨ sai˥ kui˥]
有錢就有辦法。

【有嘴講無話】
[u˨ ts'ui˨ kɔŋ˥ bo˧ ue˧]
謂投訴無門。

【有麝自然芳】
[u˨ sia˧ tsu˨ zen˧ p'aŋ˥]
麝，麝香。謂有好的行爲，自然會有美譽。

【有一好，無兩好】
[u˨ tsit˩ ho˥ bo˧ ləŋ˨ ho˥]
謂福無雙至。

【有毋食，也是戇】
[u˧ m˨ tsia˧ ia˨ si˨ gɔŋ˧]
有錢而不吃不用，也是傻瓜。

【有去路，無來路】
[u˨ k'i˥ lɔ˧ bo˧ lai˧ lɔ˧]
謂只有開支，沒有收入。

【有，出錢；無，出工】
[u˧ ts'ut˥ tsĩ˦ bo˦ ts'ut˥ kaŋ˥]
有錢出錢，沒錢出力。

【有，出錢；無，扛藝】
[u˧ ts'ut˥ tsĩ˦ bo˦ kəŋ˧ ge˧]

迎神賽會時，有錢的人出錢，沒錢的人出力去抬藝閣。

【有出錢，無布目】
[u˨ ts'ut˙˥ tsĩ˦ bo˧ pɔ˥ bak˙˥]
謂有出錢，卻得不到效果。

【有全魚，毋食頭】
[u˨ tsuan˧ hi˦ m˨ tsia˨ t'au˦]
有整條的魚，便只吃魚身，不吃沒有肉的魚頭。

【有身穿，好行走】
[u˨ sin˧ ts'iŋ˧ ho˥ kiã˧ tsau˥]
有好衣服可穿，走起路來自然挺拔有風度。有好行頭，方便應酬。

【有卵鳥，無卵核】
[u˨ lan˨ tsiau˥ bo˧ lan˨ hut˙˥]
罵人沒種。卵核，指睪丸。卵鳥，指陰莖。

【有形頭，好行走】
[u˨ hiŋ˧ t'au˦ ho˥ kiã˧ tsau˥]
謂儀表帥，走路就有精神。

【有所貪，鑽雞籠】
[iu˥ sɔ˥ t'am˥ nuĩ˥ ke˧ lam˥]
雞因貪吃而被雞籠罩住，勸戒人不要貪心，否則也會被枷鎖綁住。

【有食就會惹餌】
[u˨ tsia˧ tio˨ e˨ zia˥ zi˧]
謂人得意時容易忘形。

【有前蹄無後爪】
[u˨ tsiŋ˧ te˦ bo˧ au˨ ziau˥]
謂將工具用到那兒，丟到那兒，不懂得物歸原處。

【有，食鯰；無，免食】
[u˧ tsia˨ ben˥ bo˦ ben˥ tsia˧]
有錢時買鯰魚(極珍貴之海魚)來吃，沒錢時即什麼都沒得吃。比喻不會支配金錢。

【有病死，無餓死】
[u˨ pẽ˨ si˥ bo˧ go˨ si˥]
謂人不會餓死，都是病死的。

【有時勞，無時苦】
[u˨ si˧ lo˦ bo˧ si˧ k'ɔ˥]
形容父母教育子女之不易。

【有病奧家治醫】
[u˨ pẽ˧ o˥ ka˧ ti˨ i˥]
奧，難；家治，自己；自己有病，自己不容易醫好。喻事關己身，反而難下主張。

【有眼不識泰山】
[iu˥ gan˥ put˙˥ sik˙˥ t'ai˥ san˥]
比喻辨識力太差。

【有開井，有挽泉】
[u˨ k'ui˧ tsẽ˥ u˨ ban˥ tsuã˦]
比喻同行越多，分得到的生意越少。

【有著食，無著煞】
[u˧ tio˨ tsia˧ bo˦ tio˨ suaʔ˙˨]
有得吃就吃，沒得吃就算了；謂凡事順其自然，不強求。

【有棺材，無靈位】
[u˨ kuã˧ ts'a˦ bo˧ liŋ˧ ui˧]
指有名無實。

【有勢不可盡量】
[u˨ se˨ put˙˥ k'o˥ tsin˨ liɔŋ˧]
有勢力者不可傾囊用出，謂凡事表現八分即可。

【有福，毋通享盡】
[u˨ hɔk˙˨ m˨ t'aŋ˧ hiaŋ˥ tsin˧]
雖有福氣不可享盡，享盡反會受災厄。

【有準無，無準有】
[u˧ tsun˥ bo˦ bo˦ tsun˥ u˧]
可有可無，將就隨意。

【有勢，硿仔大個】

[u˨ se˨ k'ã˧ ã˥ tua˨ ge˦]
硿仔，戲稱屁股，如台語稱同性戀之男人即稱「硿仔仙」。此諺戲稱有權有勢者威風凜凜。

【有出錢，有布目】
[u˨ ts'ut˩ tsĩ˦ u˨ pɔ˥ bak˩]
謂有錢才做得了事。

【有錢用無布目】
[u˨ tsĩ˦ iɔŋ˨ bo˧ pɔ˥ bak˩]
不能有效運用金錢。

【有錢，豈無光景】
[u˨ tsĩ˦ k'i˥ bo˧ kɔŋ˧ kiŋ˥]
只要有錢，什麼事都做得成。

【有頭獅，無尾艪】
[u˨ t'au˧ sai˥ bo˧ bue˥ lɔ˥]
獅，舳也，有船首；艪，艫也，小舟，無船尾。罵人有始無終。

【有嘴講到無瀾】
[u˨ ts'ui˨ kɔŋ˥ ka˥ bo˧ nuã˧]
謂說破了嘴，口水（瀾）都講乾了。

【有囉置，無囉棄】
[u˧ lo˨ ti˨ bo˦ lo˨ k'i˨]
謂有錢則置田買業，無錢則賣田棄業。

【有聽聲，無看影】
[u˨ t'iã˧ siã˥ bo˧ k'uã˥ iã˥]
但聞其聲，不見其人。喻指謠傳不實之事。

【有人情，扑無狗肝】
[u˨ zin˧ tsiŋ˦ p'a˥ bo˧ kau˥ kuã˥]
有人情反而被誣為沒有人情。

【有山頭，就有鷓鴣】
[u˨ suã˧ t'au˦ tio˨ u˨ lai˨ hio˧]
鷓鴣，指老鷹。比喻有埠頭就有地頭蛇。

【有心扑鐵，鐵成針】
[u˨ sim˥ p'a˥ t'iʔ˩ t'iʔ˩ siŋ˧ tsiam˥]
只要有恆心，再難的事也可做成功。

【有天理，也有地理】
[u˨ t'ĩ˧ li˥ ia˨ u˨ te˨ li˥]
做事要循天理人情才會有好報應。

【有天理，纔有地理】
[u˨ t'ĩ˧ li˥ tsia˥ u˨ te˨ li˥]
意同「有天理，也有地理」。

【有其父必有其子】
[iu˧ ki˧ hu˧ pit˩ iu˧ ki˧ tsu˥]
有什麼樣的父親就會有什麼樣的兒子。

【有的著住媽祖宮】
[u˨ e˧ tio˨ tua˥ muã˥ tsɔ˥ kiŋ˥]
謂無家可歸，借住廟宇。

【有風，毋通駛盡帆】
[u˨ hɔŋ˥ m˨ t'aŋ˧ sai˥ tsin˨ p'aŋ˦]
海上行帆船，有風不可駛盡帆，否則易翻覆。比喻人得意之時，不可過分驕奢，否則易覆敗。

【有食，有食的工夫】
[u˨ tsia˧ u˨ tsia˧ e˧ kaŋ˧ hu˥]
有得吃，做法便與沒得吃不同。比喻另外送好處，就會得到特別的照顧。

【有前蹄，無後腳爪】
[u˨ tsiŋ˧ te˦ bo˧ au˨ k'a˧ ziau˥]
意同「有前蹄無後爪」，謂東西用完忘了歸還原處。

【有骨頭著會生肉】
[u˨ kut˩ t'au˦ tio˨ e˨ sẽ˧ baʔ˩]
只要有真才實學，便不怕無法出頭天。

【有通食，有通靠腳】
[u˨ t'aŋ˧ tsia˧ u˨ t'aŋ˧ k'ue˥ k'a˥]
請女婿的歸寧宴，在開宴前，岳母拿一張小椅子給女婿擱腳，象徵終身富裕。

【有通食，擱會吶咧】
[u˩ t'aŋ˧ tsia˧ ko˦ e˩ la˧ le˥]
有得吃以後，還會拿蹻，説風涼話。喻佔了便宜還賣乖。

【有鳥巢就有鳥歇】
[u˩ tsiau˥ siu˧ tio˩ u˩ tsiau˦ heʔ˩]
有鳥巢便會有鳥來歇宿；喻再醜的女人也會有人要。

【有開井著會挽泉】
[u˩ k'ui˧ tsẽ˦ tio˩ e˩ ban˥ tsuã˧˥]
地下水是互通的，多開一口井，舊井的泉水難免會被新井吸收一部分；喻同行難免會有競爭。

【有湖絲客，大本錢】
[u˩ ɔ˧ si˧ k'eʔ˩ tua˩ pun˥ tsĩ˧˥]
形容做貴的生意，須要大資本。

【有路毋行，行山坪】
[u˩ lɔ˧ m˩ kiã˧˥ kiã˧ suã˧ p'iã˧˥]
平坦的路不走，偏偏要走崎嶇的山路。比喻捨易從難。

【有路毋行，行山嶺】
[u˩ lɔ˧ m˩ kiã˧˥ kiã˧ suã˧ niã˦]
有平路不走，偏要走山嶺無路；喻做事喜愛標新立異，與眾不同。

【有經霜雪，有逢春】
[u˩ kiŋ˧ sɔŋ˧ seʔ˩ u˩ hɔŋ˧ ts'un˥]
謂先苦後甘。

【有錢人，乞食性命】
[u˩ tsĩ˧˥ laŋ˧˥ k'it˥ tsia˩ sẽ˦ miã˧]
罵吝嗇的富人。指富翁苛儉成性，過著像乞丐般的生活。

【有錢使鬼會挨磨】
[u˩ tsĩ˧˥ sai˥ kui˦ e˩ e˧ bo˧]
有錢可以叫鬼推石臼（挨磨）；比喻金錢萬能。

【有頭殼，驚無紗帽】
[u˩ t'au˧ k'ak˩ kiã˧ bo˧ se˧ bo˧]
有本事（頭殼），不怕沒有烏紗帽可戴。

【有一個人去，一直去】
[u˩ tsit˩ le˧ laŋ˧ k'i˩ it˥ tit˩ k'i˩]
一應百諾。

【有人做戲，有人看戲】
[u˩ laŋ˧ tso˦ hi˩ u˩ laŋ˧ k'uã˦ hi˩]
人生扮演各種不同角色。

【有子是勞，無子是苦】
[u˩ kiã˦ si˩ lo˧˥ bo˧ kiã˦ si˩ k'ɔ˦]
有兒女的要勞苦養育，沒有兒女的要寂寞孤苦。

【有心扑石，石會成磚】
[u˩ sim˥ p'a˦ tsioʔ˥ tsioʔ˥ e˩ siŋ˧ tsuĩ˥]
謂天下無難事，只怕有心人。

【有心做牛，驚無犁拖】
[u˩ sim˥ tso˦ gu˧˥ kiã˧ bo˧ le˧˥ t'ua˥]
比喻想要做事不怕沒事做。

【有功無賞，扑破著賠】
[iu˥ kɔŋ˥ bo˧ siũ˦ p'a˦ p'ua˩ tio˩ pue˧˥]
有功勞得不到獎賞，稍有錯誤卻要賠償。比喻多一事不如少一事，多做多錯不如不做。

【有百年厝，無百年主】
[u˩ pa˦ nĩ˧ ts'u˩ bo˧ pa˦ nĩ˧ tsu˦]
有百年歷史的老屋依然站立不倒，卻沒有長命百歲的屋主人；感喟人生苦短。

【有尪某名無尪某行】
[u˩ aŋ˧ bɔ˥ miã˧˥ bo˧ aŋ˧ bɔ˥ kiã˧˥]
謂夫妻之間有名無實，名存實亡。

【有男歸男，無男歸女】
[u˩ lam˧˥ kui˧ lam˧˥ bo˧ lam˧˥ kui˧

liㄚ]
父母死亡，有兒子的，其喪事歸兒子辦理；沒有兒子只有女兒的，則歸女兒辦理。

【有的毋講，無的品視】
[u˧ e˧ m˨ kɔŋ˥ bo˧ e˧ p'in˥ si˧]
識人不自檢點。

【有來有往，無來清爽】
[u˨ lai˧ u˨ ɔŋ˥ bo˧ lai˧ ts'iŋ˧ sɔŋ˥]
指人與人之間的應酬，沒有來往反而輕鬆，謂少來往爲妙。

【有事通摸，無錢通趁】
[u˨ su˧ t'aŋ˧ bɔŋ˥ bo˧ tsĩ˧ t'aŋ˧ t'an˨]
有事要做，卻沒錢可賺；喻只能盡義務，卻不能享權利。

【有的無講，無的膨風】
[u˧ e˧ bo˧ kɔŋ˥ bo˧ e˧ p'ɔŋ˥ hɔŋ˥]
膨風，吹牛。眞才實學的人虛懷若谷，不願意誇張吹噓；而胸無點墨或半吊子的人反喜歡添油加醋，自吹自擂。

【有後台才行有腳步】
[u˨ au˨ tai˧ tsia˥ kiã˧ u˨ k'a˧ pɔ˧]
後台，戲台後供戲班子休息之處，後引申爲靠山之意。有靠山撐腰，辦起事來則得心應手，暢行無阻。

【有食在面，有穿在身】
[u˨ tsia˧ tsai˨ bin˧ u˨ ts'iŋ˧ tsai˨ sin˥]
吃得好，穿得好，從外表便可以看得見。

【有看針鼻，無看城門】
[u˨ k'uã˥ tsiam˧ p'ĩ˧ bo˧ k'uã˥ siã˧ muĩ˧]
針鼻，指針孔。見小而不見大，即明察秋毫，而不見輿薪。

【有神救助，有神不佑】
[u˨ sin˧ kiu˥ tsɔ˧ u˨ sin˧ put˦ iu˧]
人有災難，神明便依其平日爲人善惡而決定救助或不救助。

【有若摸蛤，無若洗褲】
[u˧ nã˥ bɔŋ˧ la˧ a˥ bo˧ nã˥ se˥ k'ɔ˨]
有摸到蛤就當做來摸蛤，沒摸到蛤就當做來洗褲子。比喻有無收穫皆無所謂。

【有害人放符，有人收】
[u˨ hai˨ laŋ˧ paŋ˥ hu˧ u˨ laŋ˧ siu˥]
謂世上有害人的人，也有救人的人。

【有唐山公，無唐山媽】
[u˨ tɔŋ˧ suã˧ kɔŋ˥ bo˧ tɔŋ˧ suã˧ mã˥]
清代限制男子攜眷渡台，壯丁來台後常犯禁娶蕃婦爲妻，因而形成「有唐山公，無唐山媽」；民國三十八年政府遷台，許多隻身來台者四十年來也在台灣娶妻生子，這又形成了另一個時代的「有唐山公，無唐山媽」。

【有時月光，有時星光】
[u˨ si˧ gue˧ kuĩ˥ u˨ si˧ ts'ẽ˥ kuĩ˥]
農曆月半前後，夜空只有月光；月頭、月尾天上見不到月光，只有星光閃爍。比喻有時小人物也會走紅。

【有借有還，擱借不難】
[u˨ tsioʔ˦ u˨ han˧ ko˥ tsioʔ˦ put˦ lan˧]
向人借東西，必須如期歸還，下次再借，人家才肯借。

【有，做一站；無，虎撐頷】
[u˧ tso˥ tsit˦ tsam˧ bo˧ hɔ˥ t'ẽ˥ am˧]
有許多食物時未加分配，一口氣吃光，以致日後毫無食物，只能像餓虎空撐

著下頷。戒人對於資源要善加分配預算。

【有魚有肉，也著菜甲】
[u˩ hi˥ u˩ baʔ˩ ia˩ tio˩ ts'ai˥˧ kaʔ˩]
光吃魚肉葷腥不好，必須配吃蔬菜等清口的食物。

【有，做虎食；無，做虎架】
[u˧ tso˥˧ hɔ˥ tsia˧ bo˧ tso˥˧ hɔ˥ ke˩]
沒有節制，有食物時猛吃不留，以致無食物時空腹。

【有通食擱會喝咿哦】
[u˩ t'aŋ˧ tsia˧ ko˥˧ e˩ hua˥˧ i˧ o˧]
有得吃還會指使人，說些風涼話。比喻佔了便宜還賣乖。

【有福傷財，無福損己】
[u˩ hɔk˩ siɔŋ˧ tsai˥ bo˧ hɔk˩ sun˥ ki˥˧]
有福氣者遇到事故，只是破財消災；沒有福氣者不僅破財還會傷害健康甚至性命。

【有賒豬羊，無賒新娘】
[u˩ sia˧ ti˧ iũ˥ bo˧ sia˧ sin˧ niũ˥]
買豬買羊可以欠帳，娶新娘聘禮則不可欠帳。或作「賒豬賒羊，無賒新娘」。

【有樣看樣，有例趁例】
[u˩ iũ˧ k'uã˥˧ iũ˧ u˩ le˧ t'an˥˧ le˧]
別人怎麼做，我們就照樣做；蕭規曹隨。

【有躼旗富，無躼旗厝】
[u˩ lo˥˧ ki˧ hu˩ bo˧ lo˥˧ ki˧ ts'u˩]
台南安平諺語。躼旗係日治時期安平巨富盧經堂的綽號，他不但家財萬貫，而且有一片大宅第，爲他人所無法比擬。

【有錢人子，有食無磨】
[u˩ tsĩ˧ laŋ˧ kiã˥˧ u˩ tsia˧ bo˧ bua˥]
紈褲子弟吃現成的，不用勞苦（磨）。

【有錢成子，無錢賣子】
[u˩ tsĩ˥ ts'iã˧ kiã˥˧ bo˧ tsĩ˥ be˩ kiã˥˧]
昔日生育眾多，有錢的人生下孩子，便將孩子養育長大；沒錢的養不起，只好賣給別人當養子。

【有錢通摸，無錢通賺】
[u˩ tsĩ˥ t'aŋ˧ bɔŋ˥ bo˧ tsĩ˥ t'aŋ˧ t'an˩]
謂過路財神；事情多，但賺不到錢。

【有錢補冬，無錢補縫】
[u˩ tsĩ˥ pɔ˥ taŋ˥ bo˧ tsĩ˥ pɔ˥ p'aŋ˧]
補冬，立冬吃補品；補縫，立冬縫補冬衣。比喻重視美食甚於穿著。

【有錢辦生，無錢辦死】
[u˩ tsĩ˥ pan˩ sẽ˥ bo˧ tsĩ˥ pan˩ si˥˧]
貪官之惡行，百姓賄賂即判無罪，沒有賄賂就判死刑。

【有應公童乩——講鬼話】
[iu˥ iŋ˥˧ kɔŋ˧ taŋ˧ ki˥ kɔŋ˥ kui˥ ue˧]
歇後語。童乩爲神明之代言人，有應公爲孤魂野鬼之廟，其童乩所講的話非鬼話爲何？

【有賺虎呑，無賺虎睏】
[u˩ t'an˩ hɔ˥ t'un˥ bo˧ t'an˩ hɔ˥ k'un˩]
意同「有做一站，無虎撐領」，勸人要量入爲出。

【有濫滲生，無濫滲死】
[u˩ lam˩ sam˥ sẽ˥ bo˧ lam˩ sam˥ si˥˧]
濫滲，胡亂。台灣人之生死觀，認爲人未註生先註死，凡是死亡，無論長

短壽夭，都是註定的。

【有聽著聲，無看著影】
[u˩ t'iã˧ tio˩ siã˥ bo˧ k'uã˥ tio˩ iã˥]
有聲無蹤。

【有罐無蓋，大硿無底】
[u˩ kuan˩ bo˧ kua˩ tua˩ k'ã˥ bo˧ te˥]
罐子缺蓋，大硿缺底，謂配件不足或殘破之器具，空有其物，毫無用處。

【有人興酒，有人興豆腐】
[u˩ laŋ˧ hiŋ˥ tsiu˥ u˩ laŋ˧ hiŋ˥ tau˩ hu˧]
興，喜歡；各人嗜好不同。

【有妝有差，無妝瘦卑巴】
[u˩ tsəŋ˥ u˩ ts'a˥ bo˧ tsəŋ˥ san˥ pi˧ pa˥]
有妝扮則花容月貌，素著臉則只是瘦巴巴的一個軀架；強調妝扮對女子的重要性。

【有的毋做，無的假品謗】
[u˧ e˧ m˩ tso˩ bo˧ e˧ ke˥ p'in˥ pəŋ˧]
眼前該做的事不做，沒有的事則空張羅。

【有若摸蝦仔，無若洗浴】
[u˧ nã˥ bəŋ˧ he˧ a˥ bo˧ nã˥ se˥ ik˥]
走下河溝去抓蝦，抓到最好，抓不到就當是去洗澡；謂不管結果如何，總要嘗試一下；姑且一試。

【有祖接祖，無祖接石鼓】
[u˩ tsə˥ tsiap˥ tsə˥ bo˧ tsə˥ tsiap˥ tsio˩ kə˥]
石鼓，石頭。本省習俗，母喪須向其娘家報喪。如果，母親無舅家或娘舅在遠方謀生，亦無義舅代表，則須到郊外或僻處搬一塊石頭回喪家充代。

【有眞師父，無傳眞功夫】
[u˩ tsin˧ sai˧ hu˧ bo˧ t'uan˧ tsin˧ kaŋ˧ hu˥]
昔日授藝之人，多有留一手之劣習，不肯傾囊傳授給學生。

【有，做一站；無，做虎撐領】
[u˧ tso˥ tsit˥ tsam˧ bo˧ tso˥ hə˥ t'ẽ˥ am˧]
意同「有，做一站；無，虎撐領」。有錢的時候一次花光，沒錢的時候只好乾瞪眼。

【有理無理，干證先扑起】
[u˩ li˥ bo˧ li˥ kan˧ tsiŋ˩ siŋ˧ p'a˥ k'i˥]
過去，兩方相訟，打起官司，證人往往先受苛責。喻證人難爲。

【有樣看樣，無樣看世上】
[u˩ iũ˧ k'uã˥ iũ˧ bo˧ iũ˧ k'uã˥ se˥ siəŋ˧]
謂循例從俗。

【有樣看樣，無樣家治想】
[u˩ iũ˧ k'uã˥ iũ˧ bo˧ iũ˧ ka˧ ti˩ siũ˧]
有範例依範例，無範例自己（家治）創造。比喻模倣與創造可以並行而不悖。

【有錢出錢，無錢出扛藝】
[u˩ tsĩ˧ ts'ut˥ tsĩ˧ bo˧ tsĩ˧ ts'ut˥ kəŋ˧ ge˧]
扛藝，迎神賽會時扛藝閣。謂有錢就出錢，沒有錢就出力。

【有嘴講人，無嘴講家治】
[u˩ ts'ui˩ kəŋ˥ laŋ˧ bo˧ ts'ui˩ kəŋ˥ ka˧ ti˧]
只知批評別人，不知道自我檢討。

【有一碗通食，毋肯予人招】
[u˩ tsit˩ uã˥ t'aŋ˧ tsia˧ m˩ k'iŋ˥ hɔ˩ laŋ˧ tsio˥]
台俗，有女無男之家，常以其女招贅一婿，贅婿要冠妻姓，爲妻家賣命，社會地位很低，故家境稍微過得去的人家（有一碗通食），絶不肯入贅。

【有子有子命，無子天註定】
[u˩ kiã˥ u˩ kiã˥ miã˧ bo˧ kiã˥ t'ĩ˥ tsu˥ tiã˧]
有沒有孩子，都是上天註定的。

【有三年狀元，無三年伙計】
[u˩ sã˧ nĩ˧ tsiɔŋ˩ guan˦ bo˧ sã˧ nĩ˧ hue˥ ki˩]
三年可以培養出一個狀元，但培養不出一個好伙計。比喻好的工作幹部不易找。

【有山便有水，有神便有鬼】
[iu˥ san˥ pen˩ iu˥ sui˥ iu˥ sin˦ pen˩ iu˥ kui˥]
這是一種相對論，比喻有正的便有反的，有善的（神）便有惡的（鬼）。

【有子傍子勢，無子做到死】
[u˩ kiã˥ pɔŋ˩ kiã˥ si˩ bo˧ kiã˥ tso˥ ka˥ si˥]
有兒子，到了老年可以托兒子的福氣；沒有兒子的，只有勞碌到死爲止。

【有子萬事足，無官一身輕】
[u˩ kiã˥ ban˩ su˧ tsiɔk˩ bo˧ kuã˥ it˥ sin˥ k'in˥]
謂有兒子便有無窮的希望，沒有官職心理便沒有牽掛。

【有心江邊偎，毋驚浪淘沙】
[u˩ sim˥ kaŋ˧ pĩ˥ ua˥ m˩ kiã˧ lɔŋ˧ to˧ sua˥]
只要有心靠岸，不怕前面浪大；喻勇於任事，不怕人說長短。

【有心開酒店，毋驚酒錢賒】
[u˩ sim˥ k'ui˧ tsiu˥ tiam˩ m˩ kiã˧ tsiu˥ tsĩ˦ sia˥]
敢開酒店，便不怕客人賒賬；喻想做大事，便不怕有人找小麻煩。

【有存，在刀砧；無存，在灶額】
[u˩ ts'un˦ ti˩ to˧ tiam˥ bo˧ ts'un˦ ti˩ tsau˥ hia˧]
想好好招待客人，主人便會忙著準備砧板切菜烹飪；不想招待，主人則直蹲在灶口繼續忙他的。形容招待客人有沒有誠意，可以從對方的舉動看出來。

【有良心解差，無良心犯人】
[u˩ liɔŋ˧ sim˧ kai˥ ts'e˥ bo˧ liɔŋ˧ sim˧ huan˩ laŋ˦]
解差，指押解人犯的官差。官差有良心善待人犯，人犯反而藉機脫逃，使官差蒙罪。比喻對人好，反而給自己添麻煩。

【有的人毋講，無的人品褒】
[u˧ e˧ laŋ˦ m˩ kɔŋ˥ bo˦ e˧ laŋ˦ p'in˥ po˥]
有才或有錢的人客氣謙虛，深藏不露；拙劣無能者卻洋洋得意，誇耀炫示。

【有狀元學生，無狀元先生】
[u˩ tsiɔŋ˩ guan˧ hak˩ siŋ˥ bo˧ tsiɔŋ˩ guan˧ sen˧ sĩ˥]
昔日私塾老師多半是老秀才中不了狀元的人，但他的學生中日後卻有可能成爲狀元的。比喻青出於藍，後生可畏。

【有風毋駛船，無風才要激】
[u˩ hɔŋ˥ m˩ sai˥ tsun˦ bo˧ hɔŋ˥ tsia˥ be˥ kik˩]
昔日行船（帆船）都靠風力，有風時不開航，沒風才硬要啓碇。比喻不能

順應時勢，反而要逆勢做事。

【有食有食鑽，無食濫滲刺】
[u˩ tsia˧ u˩ tsia˩ ui˥ bo˧ tsia˧ lam˩ sam˥ ts'ak˥]
老闆提供三（五）餐請人做蓑衣，工人即認眞編織；若不提供三（五）餐，則隨便（濫滲）刺一刺交差。

【有食有食縛，無食亂亂刺】
[u˩ tsia˧ u˩ tsia˩ pak˥ bo˧ tsia˧ luan˩ luan˩ ts'ak˥]
過去農家的蓑衣，都是請工人直接到家製作。如果雇主供應的三餐不錯，則做蓑衣就結實耐用，若三餐爲粗茶淡飯，蓑衣就鬆散不經久。本諺乃形容人之現實。

【有食，有食鑽；無食，濫滲鑽】
[u˩ tsia˧ u˩ tsia˩ ui˥ bo˧ tsia˧ lam˩ sam˥ ui˥]
鑽，指用針扎的工作，如醫生，閹豬的人等。報酬高或有送紅包，便仔細做事；報酬低或未送紅包，則胡亂地（濫滲）做一遍。

【有時人講我，有時我講人】
[u˩ si˧˥ laŋ˧ kɔŋ˥ gua˥˧ u˩ si˧˥ gua˥ kɔŋ˥ laŋ˧˥]
謂每個人都有被人批評的時候。

【有厝無人住，有路無人行】
[u˩ ts'u˩ bo˧ laŋ˧ tua˩ u˩ lɔ˧ bo˧ laŋ˧ kiã˧˥]
形容戰亂之後荒涼的情景。

【有財堪出行，無衣懶出門】
[u˩ tsai˧˥ k'am˧ ts'ut˥ hiŋ˧˥ bo˧ i˥ lan˥ ts'ut˥ muĩ˧˥]
有錢出外才方便，沒有像樣的衣服可穿的人，則懶得出門。

【有酒當面飲，有話當面講】
[u˩ tsiu˥˧ tɔŋ˧ bin˩ lim˥ u˩ ue˧ tɔŋ˧ bin˩ kɔŋ˥]
有話當面説，不要背後批評。

【有飯食到老，無飯食到死】
[u˩ puĩ˧ tsia˩ kau˥˧ lau˧ bo˧ puĩ˧ tsia˩ kau˥˧ si˥˧]
昔日小孩糟蹋食物時，大人常罵此語，意謂沒有那麼多飯給你吃到死。

【有福死尪前，無福死尪後】
[u˩ hɔk˩ si˥ aŋ˧ tsiŋ˧˥ bo˧ hɔk˩ si˥ aŋ˧ au˧]
台俗，謂婦女有福氣者要比先生先死，若比先生後死者則是無福之人，必須守寡孤獨過餘生。

【有當著形骸，無當著腹內】
[u˩ tɔŋ˩ tio˩ hiŋ˧ hai˧˥ bo˧ tɔŋ˩ tio˩ pak˥ lai˧]
有遇到對方的形體，沒遇到對方的內心（腹內）；形容人心莫測。

【有諸葛亮，也著有子龍將】
[u˩ tsu˧ kak˥ liɔŋ˧ ia˩ tio˩ u˩ tsu˥ liɔŋ˧ tsiɔŋ˩]
諸葛亮，諸葛孔明；子龍將，猛將趙子龍；賢才也要有人幫助，才能有成就。

【有錢日日節，無錢節節空】
[u˩ tsĩ˧˥ zit˩ zit˩ tset˩ bo˧ tsĩ˧˥ tset˥ tset˥ k'aŋ˥]
有錢，天天都像在過節，山珍海味；沒錢，縱使逢年過節也空空如也。

【有錢有人扛，無錢臭尻川】
[u˩ tsĩ˧˥ u˩ laŋ˧ kəŋ˥ bo˧ tsĩ˧˥ ts'au˥˧ k'a˧ ts'əŋ˥]
有錢有勢的人，趨炎附勢者多；無錢無勢者則受人鄙視、排斥。

【有錢的出錢，無錢的扛轎】
[u˩ tsĩ˧˥ e˧ ts'ut˥ tsĩ˧˥ bo˧ tsĩ˧˥ e˧ kəŋ˧ kio˧]

謂迎神賽會時，有錢的人出錢，沒有錢的人即出力扛神轎，各盡所能。

【有錢買棺材，無錢買藥仔】
[u˩ tsĩ˧˥ be˥ kuã˧ ts'a˧˥ bo˧ tsĩ˧˥ be˥ io˧ a˥˧]
比喻用錢不當；也可比喻不見棺材不落淚。

【有錢踏金獅，無錢狗也來】
[u˩ tsĩ˧˥ ta˩ kim˧ sai˥ bo˧ tsĩ˧˥ kau˥˧ ia˩ lai˧˥]
有錢時踏金獅子，沒有錢時只好連狗也騎了。

【有錢講有話，無錢講無話】
[u˩ tsĩ˧˥ kɔŋ˥ u˩ ue˧ bo˧ tsĩ˧˥ kɔŋ˥ bo˧ ue˧]
有錢一切事情都好說。

【有嘴講別人，無嘴講家治】
[u˩ ts'ui˩ kɔŋ˥ pat˧ laŋ˧˥ bo˧ ts'ui˩ kɔŋ˥ ka˧ ti˧]
只會講別人的缺點，不會自己反省，自己的缺點卻不講。

【有龜毋食牽，無龜牽嘛好】
[u˩ ku˥ m˩ tsia˩ k'an˥ bo˧ ku˥ k'an˥ mã˩ ho˥˧]
龜，指紅龜粿，體積較大餡較多；牽，長條形的粿，印著一串圓圈象徵古錢幣，體積小且常無餡；全句意同「無魚蝦嘛好」，有得挑，便選好的；沒得挑則將就將就。

【有麝自然芳，何必東方立】
[u˩ sia˧ tsu˩ zen˧ p'aŋ˥ ho˧ pit˥ taŋ˧ hɔŋ˧ lip˧]
喻只要有眞本事，自然會有美譽。

【有花，毋插頭前，要插尻脊後】
[u˩ hue˥ m˩ ts'a˥˧ t'au˧ tsiŋ˧˥ be˥ ts'a˥˧ k'a˧ tsia˥˧ au˧]
尻脊，背後也。謂送禮給人，要在事前送，莫等事後送；亦即用錢要用在事前，否則沒有效果。

【有姑是姑丈，無姑是野和尚】
[u˩ kɔ˥ si˩ kɔ˧ tiũ˧ bo˧ kɔ˥ si˩ ia˥ hue˧ siũ˧]
小姑在世，稱他是姑丈；小姑去世或離緣(婚),此人若來找她(小姑之嫂)，則是「野和尚」(罵男人之語)。意謂姻親間的關係容易斷。

【有食有食撥，無食駛耙仔尾】
[u˩ tsia˧ u˩ tsia˩ pue˥˧ bo˧ tsia˧ sai˥ pe˧ a˥ bue˥˧]
澎湖諺語。農家請人來協助收成花生，若有供應午餐，工人即努力用耙仔在沙土中耙花生莢；否則只無精打采輕輕耍一下耙尾，不肯認眞做。

【有毒入，無毒出，無食較鬱卒】
[u˩ tɔk˧ zip˥ bo˧ tɔk˧ ts'ut˧ bo˧ tsia˧ k'a˥˧ ut˥ tsut˧]
形容人之貪吃。

【有食，有行氣；有燒香，有保庇】
[u˩ tsia˧ u˩ kiã˧ k'i˩ u˩ sio˧ hiũ˥ u˩ po˥ pi˩]
本謂有吃藥，氣血便會順；有燒香，多少會獲得神明的庇佑；後來借喻有送紅包賄賂打通關節，辦事果然方便許多。

【有看見針鼻，無看見大西門】
[u˩ k'uã˥˧ kĩ˥˧ tsiam˧ p'ĩ˧ bo˧ k'uã˥˧ kĩ˥˧ tua˩ se˧ bəŋ˧˥]
台南諺語。大西門爲昔日台南城八大門中最大者，原位於西門路與民權路之交叉路口，建於乾隆年間，毀於日治初期。城門寬大，進出人馬極多。針鼻，指針孔。只看見細小的針孔，卻看不見大門，比喻人心胸狹窄，注

意別人細微之點而忽略其廣大之處，意同「明察秋毫，不見車薪」。

【有看見針鼻，無看見打狗缺】
[u˨ k'uã˥ kĩ˥ tsiam˧ p'ĩ˧ bo˧ k'uã˥ kĩ˥ tã˥ kau˥ k'iaʔ˨]
打狗缺，高雄港口；看得見小針孔，卻沒看到大港口；喻但見秋毫，不見車薪。

【有眠床毋睏，要住得拋車輪】
[u˨ bin˧ ts'əŋ˧ m˨ k'un˨ be˥ tua˥ tit˨ p'a˧ ts'ia˧ lin˥]
喻不安於室者，在外做事也不會成功。

【有錢買蚊仔香，無錢買蚊罩】
[u˨ tsĩ˧ be˥ baŋ˥ ŋã˥ hiũ˥ bo˧ tsĩ˧ be˥ baŋ˥ taʔ˨]
蚊仔香，蚊香；蚊罩，蚊帳。昔日住屋環境衛生條件差，防止蚊咬最根本的方法是掛蚊帳，點蚊香既費錢又不是根本的辦法。比喻用錢不當。

【有人山裏趁食，有人海裏趁食】
[u˨ laŋ˧ suã˥ li˥ t'an˥ tsia˧ u˨ laŋ˧ hai˥ li˨ t'an˥ tsia˧]
趁食，謀生也。謂各人有各人的謀生方式。

【有了直抱的娘，忘了橫抱的娘】
[u˨ liau˥ tit˨ p'o˧ e˧ niã˧ bɔŋ˨ liau˥ huãi˧ p'o˧ e˧ niã˧]
直抱的娘，指同床共枕之妻子；橫抱的娘，指將孩兒橫抱在胸前的母親；謂有了老婆忘了娘。

【有人舉燈看路，無人舉燈看肚】
[u˨ laŋ˧ gia˧ tiŋ˥ k'uã˥ lɔ˧ bo˧ laŋ˧ gia˧ tiŋ˥ k'uã˥ tɔ˧]
謂人不可以貌相，須審慎觀察。

【有予伊，無予我，腹肚邊生飛蛇】
[u˨ hɔ˨ i˥ bo˧ hɔ˨ gua˥ pat˨ tɔ˥ pĩ˥ sẽ˧ pue˧ tsua˧]
腹肚邊生飛蛇，指醫學上的流行性腰間帶狀疱疹。本諺意指，分物不公的人將生出流行性疱疹。

【有毛食到棕簑，無毛食到秤錘】
[u˨ mɔ̃˥ tsia˨ kau˥ tsaŋ˧ sui˥ bo˧ mɔ̃˥ tsia˨ kau˥ ts'in˥ t'ui˧]
棕簑，棕皮所製之雨具。譏人貪得無饜。

【有的驚子毋食，無的驚子大食】
[u˧ e˧ kiã˧ kiã˥ m˨ tsia˧ bo˧ e˧ kiã˧ kiã˥ tua˨ tsia˧]
富貴人家怕兒女不吃餓著肚子，貧寒人家卻怕兒女胃口好把存糧吃光。

【有錢姑半路接，無錢姑嘴若口】
[u˨ tsĩ˧ kɔ˥ puã˥ lɔ˧ tsiap˨ bo˧ tsĩ˧ kɔ˥ ts'ui˨ nã˥ k'au˥]
家境富有的姑姑回家，未到家其親人就在半路上歡迎。家境貧窮的姑姑回到娘家，除了父母外，都得看人臉色。

【有錢姑半路接，無錢姑嘴頭微】
[u˨ tsĩ˧ kɔ˥ puã˥ lɔ˧ tsiap˨ bo˧ tsĩ˧ kɔ˥ ts'ui˥ t'au˧ bi˧]
意同前句。

【有燒香，有保庇，有食藥，有行氣】
[u˨ sio˧ hiũ˥ u˨ po˥ pi˨ u˨ tsia˨ io˧ u˨ kiã˧ k'i˨]
意同「有食有行氣，有燒香有保庇」。

【有賺，腳鬆手弄，無賺，面青目紅】
[u˨ t'an˨ k'a˥ saŋ˥ ts'iu˥ laŋ˧ bo˧ t'an˨ bin˧ ts'ẽ˥ bak˨ aŋ˧]
謂有賺錢則滿面春風，沒賺錢則灰頭土臉，垂頭喪氣。

【有米籠會借著粟仔，但借膾著字】
[u˨ bi˥ laŋ˥ e˨ tsio˥ tio˨ ts'ik˨ a˥ tan˨ tsio˥ be˨ tio˨ zi˧]
謂學問與知識必須靠自己追求，無法

用借的。

【有眠床毋睏，要在蛤仔殼車畚斗】
[u˩ bin˧ ts'əŋ˦ m˩ k'un˩ be˥ ti˩ la˧ a˥ k'ak˧ ts'ia˧ pun˥ tau˥˧]
有床舖不睡，偏要在蛤殼上翻筋斗（車畚斗）；譏人好管分外的閒事，自討苦吃。

【有劉卻富，也無劉卻的子兒新婦】
[u˩ lau˧ k'ioʔ˧ hu˩ ia˩ bo˧ lau˧ k'ioʔ˧ e˧ kiã˥ zi˧ sim˧ pu˧]
昔有劉卻者，居於埔仔頂（今北市貴陽街二段基督教堂對面），爲人富有且兒媳滿堂，爲時人所羡慕。本諺喻富而多子。

【有樹就有鳥歇，有埔頭就有鵰鴞】
[u˩ ts'iu˧ tio˩ u˩ tsiau˥˧ hioʔ˧ u˩ pɔ˧ t'au˦ tio˩ u˩ lai˩ hio˧]
謂每一個地方，均會有知多識廣的領導人物（頭人）。

【有賺腳鬆手弄，無賺就垂頭喪氣】
[u˩ t'an˩ k'a˥ saŋ˥ ts'iu˥˧ laŋ˧ bo˧ t'an˩ tio˩ ts'ui˧ t'au˦ sɔŋ˧ k'i˩]
意同「有賺腳鬆手弄，無賺面青目紅」。

【有子的人散𪐞久，無子的人富𪐞長】
[u˩ kiã˥˧ e˧ laŋ˦ san˥˧ be˩ ku˥˧ bo˧ kiã˥˧ e˧ laŋ˦ hu˥˧ be˩ təŋ˦]
有生男兒之人，未來男兒長大勤勞工作，不會窮（散）太久；沒有兒子之人，縱使富有，也只不過是一代而已，故云「富𪐞長」。

【有爸有母初二三，無爸無母頭𥍉𥍉】
[u˩ pe˩ u˩ bu˥˧ ts'e˧ zi˩ sã˥ bo˧ pe˩ bo˧ bu˥˧ t'au˦ tã˧ tã˥]
此爲新年之俗。台俗出嫁女兒於農曆正月初二、三返娘家，此爲父母在世之景況；若是父母均已謝世，兄嫂不親，加以兄弟分爨後，不知去誰家好？每到新年，徬徨猶豫，不知要去誰家才好？回或不回娘家？故有此諺。

【有食有食的工夫，無食無食的工夫】
[u˩ tsia˧ u˩ tsia˧ e˧ kaŋ˧ hu˥ bo˧ tsia˧ bo˧ tsia˧ e˧ kaŋ˧ hu˥]
雇主提供三（五）餐便做得精一點，雇主未提供三（五）餐則潦草一點；喻視酬勞而決定工作態度，臨機應變。

【有通食穿好了了，百般爲著腹肚枵】
[u˩ t'aŋ˧ tsia˩ ts'iŋ˧ ho˥ liau˥ liau˥˧ pa˥˧ puã˥ ui˩ tio˩ pat˥ tɔ˥˧ iau˥]
謂人生基本需求是吃得飽，穿得暖，吃穿沒問題，萬事均可解決。

【有食燒酒穿破裘，無食燒酒也穿破裘】
[u˩ tsia˩ sio˧ tsiu˥˧ ts'iŋ˩ p'ua˥˧ hiu˦ bo˧ tsia˩ sio˧ tsiu˥˧ ia˩ ts'iŋ˩ p'ua˥˧ hiu˦]
有酒喝時穿破外套，沒酒喝時也是穿破外套；喻節儉無效，存不了錢。

【有意栽花花不發，無心插柳柳成陰】
[iu˥ i˩ tsai˧ hua˥ hua˥ put˥ huat˧ bu˧ sim˥ ts'a˥˧ liu˥˧ liu˥˧ siŋ˧ im˥]
存心要做的事做不成，不存心做的事卻成功了；正打歪著，歪打正著。

【有緣千里來相會，無緣對面不相逢】
[iu˥ en˦ ts'en˧ li˥˧ lai˧ siɔŋ˧ hue˧ bu˧ en˦ tui˥˧ bin˧ put˥ siɔŋ˧ hɔŋ˦]
謂男女或人與人之間，若有緣分，即使各住在千里之外，也會相聚在一起；若是無緣，即使面對面擦肩而過，也

不會相識。

【有錢切莫娶後婚，一個床上兩條心】
[u˩ tsĩ˧˥ ts'et˥ bɔk˩ ts'ua˩ au˩ hun˥ tsit˩ le˧ ts'ɔŋ˧ siɔŋ˧ lɔŋ˩ tiau˧ sim˥]
富翁喪偶切勿再續絃，否則女貪男財，男貪女色，同床異夢，命運難卜。

【有錢有酒多兄弟，急難何曾見一人】
[iu˥ ts'en˧˥ iu˥ tsiu˥˧ to˧ hiŋ˧ te˧ kip˥ lan˧ ho˧ tsan˧ ken˥˧ it˥ zin˧˥]
酒肉朋友只能同享樂，不能共患難。

【有錢烏龜坐大廳，無錢秀才人人驚】
[u˩ tsĩ˧ ɔ˧ ku˥ tse˩ tua˩ t'iã˥ bo˧ tsĩ˧ siu˥˧ tsai˧˥ laŋ˧ laŋ˧ kiã˥]
烏龜，指戴綠帽或縱容妻子去賣淫的人。譏諷世人盡是笑貧不笑娼。

【有錢講話會大聲，無錢講話人毋聽】
[u˩ tsĩ˧˥ kɔŋ˥ ue˧ e˩ tua˩ siã˥ bo˧ tsĩ˧˥ kɔŋ˥ ue˧ laŋ˧ m˩ t'iã˥]
謂有錢人說話聲音特別大，沒錢的人講話行不通。欺貧重富。

【有錢講話較會響，無錢講話著𣍐通】
[u˩ tsĩ˧˥ kɔŋ˥ ue˧ k'a˥˧ e˩ hiaŋ˥˧ bo˧ tsĩ˧˥ kɔŋ˥ ue˧ tio˩ be˩ t'ɔŋ˥]
意同前句。

【有錢講話陳腔腔，無錢講話眞𣍐通】
[u˩ tsĩ˧˥ kɔŋ˥ ue˧ tan˧ k'ɔŋ˧ k'ɔŋ˥ bo˧ tsĩ˧˥ kɔŋ˥ ue˧ tsin˧ be˩ t'ɔŋ˥]
意同前句。

【有錢講話纔會重，無錢講話𣍐輕鬆】
[u˩ tsĩ˧˥ kɔŋ˥ ue˧ tsia˥ e˩ taŋ˧ bo˧ tsĩ˧˥ kɔŋ˥ ue˧ be˩ k'in˧ saŋ˥]
意同前句。

【有孝後生來弄鐃，有孝查某子來弄猴】
[iu˥ hau˥˧ hau˩ sẽ˥ lai˧ laŋ˩ lau˧˥ iu˥ hau˥˧ tsa˧ bɔ˥ kiã˥˧ lai˧ laŋ˩ kau˧˥]
弄鐃，喪事功德後所附之特技或雜耍表演。弄猴，喪事功德中一些插科打諢的功德戲，因其鄙野，故稱爲「弄猴」。此句謂父母之喪，有孝心的兒子會請人來「弄鐃」(做功德)，有孝心的出嫁女兒也會在「三七」(女兒七)請人來「弄猴」(做功德)。

【有食燒酒穿破裘，無食燒酒也穿破裘】
[u˩ tsia˩ sio˧ tsiu˥˧ ts'iŋ˩ p'ua˥˧ hiu˧˥ bo˧ tsia˩ sio˧ tsiu˥˧ ia˩ ts'iŋ˩ p'ua˥˧ hiu˧˥]
破裘，破棉襖。有錢可喝酒時穿著破裘，沒錢可喝酒時也穿破裘，不會將酒錢省下來買新裘；即謂節儉不來。

【有柴有米是夫妻，無柴無米是別人的】
[u˩ ts'a˧˥ u˩ bi˥˧ si˩ hu˧ ts'e˥ bo˧ ts'a˧˥ bo˧ bi˥˧ si˩ pat˩ laŋ˧ ge˧˥]
男人家中有柴有米才留得住女人(妻子)，倘若沒柴沒米，生活不下去，妻子就會求去(像朱買臣的妻子)。

【有倒回豬無倒回牛，倒回查某絕後嗣】
[u˩ to˥˧ hue˧ ti˥ bo˧ to˥˧ hue˧ gu˧˥ to˥˧ hue˧ tsa˧ bɔ˥˧ tsuat˩ hio˩ su˧˥]
覆水難收；妻子自求下堂，日後又想破鏡重圓，絕無其事。

【有志氣查甫會掌志，有志氣查某會伶俐】

[u˩ tsi˥˧ k'i˥˧ tsa˧ pɔ˥ e˩ tsiaŋ˥ tsi˩ u˩ tsi˥˧ k'i˥˧ tsa˧ bɔ˥˧ e˩ liŋ˥ li˧]
掌志，會立志有出息。謂有志氣的男子會有出息，有志氣的婦女則會勤勞賢慧。

【有坡心富，無榮泰厝；有榮泰厝，無坡心富】
[u˩ pi˧ sim˧ hu˩ bo˧ iŋ˧ t'ai˥˧ ts'u˩ u˩ iŋ˧ t'ai˥˧ ts'u˩ bo˧ pi˧ sim˧ hu˩]
台北市大安區坡心一帶諺語。榮泰厝即林安泰古厝。清代林家極爲富有，宅第更是富麗堂皇（現因開路被拆移建於新生公園內），當時其他富豪，若其財差可比侔林安泰，則其厝無法比擬；若其宅第差可比擬，則其財亦無法比侔。此諺極言林安泰家之富有。

【有錢時，逐個攏欽仰，無錢時，逐個攏避嫌】
[u˩ tsĩ˧˥ si˧˥ tak˩ ge˧˥ lɔŋ˥ k'im˧ iɔŋ˥˧ bo˧ tsĩ˧˥ si˧˥ tak˩ ge˧˥ lɔŋ˥ p'ia˥˧ hiam˧˥]
人若有錢，人人願與他結交；人若無錢，人人避之唯恐不及。

【有錢死某親像換新衫，無錢死某著哭哼哼】
[u˩ tsĩ˧˥ si˥ bɔ˥˧ ts'in˧ ts'iũ˩ uã˩ sin˧ sã˥ bo˧ tsĩ˧˥ si˥ bɔ˥˧ tio˩ k'au˥˧ hã˧ hã˥]
有錢人死了老婆，輕易就可再娶，有如換新衣一般；沒錢人死了老婆則悲傷不已。

【有粧有差，四兩茶仔油金金抹，有戲毋看要看我】
[u˩ tsəŋ˥ u˩ ts'a˥ si˥˧ niũ˥ te˧ a˥ iu˧˥ kim˧ kim˧ buaʔ˩ u˩ hi˩ m˩ k'uã˩ be˥ k'uã˥˧ gua˥˧]
茶仔油，昔日婦女用以護髮之天然植物油。此諺係譏人不自知醜陋，濃粧豔抹，成爲眾所矚目之焦點。

【有樓仔内厝，無樓仔内富；有樓仔内富，無樓仔内厝】
[u˩ lau˧ a˥ lai˩ ts'u˩ bo˧ lau˧ a˥ lai˩ hu˩ u˩ lau˧ a˥ lai˩ hu˩ bo˧ lau˧ a˥ lai˩ ts'u˩]
台南市諺語。樓仔内厝，指道光年間吳春貴之宅第，佔地極廣，南北由四春園旅社至市立圖書館，東西自上帝廟港至中山堂止，内有華廈(樓仔厝)、花園、魚池，極爲引人入勝。以吳春貴當時之財富及宅第，冠甲一方，無人可與他比擬，故有此諺。

【有孝查某子轉來哭媽媽，不孝的查某子轉來摸肉硿】
[iu˥ hau˥˧ tsa˧ bɔ˥ kiã˥˧ təŋ˥ lai˧ k'au˥˧ mã˧ mã˥ put˥ hau˩ e˧ tsa˧ bɔ˥ kiã˥˧ təŋ˥ lai˧ bɔŋ˥˧ ba˥˧ k'ã˥]
鹿港諺語。謂母親去世之喪，有孝心的出嫁女回到娘家，哀慟至極，只知悲號；沒有孝心的女兒回到家，只知趕緊到廚房（灶腳）去找肉鍋（肉硿）吃。

【有客去客，無客去尋永來伯；有孔去孔，無孔去尋盧阿香】
[u˩ k'eʔ˩ k'i˥˧ k'eʔ˩ bo˧ k'eʔ˩ k'i˥˧ ts'ue˩ iŋ˥ lai˧ peʔ˩ u˩ k'aŋ˥ k'i˥˧ k'aŋ˥ bo˧ k'aŋ˥ k'i˥˧ ts'ue˩ lɔ˧ a˥ p'aŋ˥]
孔，指女陰。相傳永來伯爲娼女盧阿香的恩客，兩人情好互不妒忌。阿香有客時陪客，無則往尋永來伯。永來伯有新歡時，往新歡處，無新歡則尋阿香。

【有茅港尾許媽超，就無北港媽祖；有北港媽祖，就無茅港尾許媽超】

[u˨ mɔ̃˧ kaŋ˥ bue˥ k'ɔ˥ mã˥ ts'au˥ tio˨ bo˧ pak˙˥ kaŋ˥ mã˥ tsɔ˥ u˨ pak˙˥ kaŋ˥ mã˥ tsɔ˥ tio˨ bo˧ mɔ̃˧ kaŋ˥ bue˥ k'ɔ˥ mã˥ ts'au˥]
傳說，六甲的毛蘇香受無賴李闊欺侮，求援於許媽超。許應允排解，但李不聽。適北港媽祖之隨駕進香人群，將於二月十三日夜半至茅港尾，十四日入府城。李、許兩方人馬混入人群中打鬧，李方不敵敗走。許氏居上風，驕態畢露。香客因途爲之塞，都斥許氏驚鬧香陣，對神明大不敬，異口同聲地說出本諺。許見眾怒難犯，且驚動神明，只好快逃而去。

【有爸有母初二三，無爸無母頭瞻瞻；有兄有弟初三四，無兄無弟看人去】
[u˨ pe˨ u˨ bu˥ ts'e˧ zi˨ sã˥ bo˧ pe˨ bo˧ bu˥ t'au˧ tã˧ tã˥ u˨ hiã˧ u˨ ti˧ ts'e˧ sã˧ si˨ bo˧ hiã˧ bo˧ ti˧ k'uã˥ laŋ˧ k'i˨]
指農曆新年時節，出嫁的女兒，若娘家父母尚健在，則在初二或初三時便要回娘家；父母已去世者唯有翹首空望。但如兄妹感情好的，還是會來相邀請，便在初三、四時回去；若年紀已老，兄弟皆已不在者，則只有看人回娘家的分而已。

【朋友要相照顧，毋通相䙓褲】
[piŋ˧ iu˥ ai˥ sio˧ tsiau˥ kɔ˨ m˨ t'aŋ˧ sio˧ t'uĩ˥ k'ɔ˨]
朋友之間要互相幫忙，不可以互相漏氣(䙓褲)。

【朋友某無大家，朋友查某公家的】
[piŋ˧ iu˥ bɔ˥ bo˧ tai˨ ke˥ piŋ˧ iu˥ tsa˧ bɔ˥ kɔŋ˧ ke˧ ge˧]
朋友妻不可侵犯，朋友之「女人」則相反。

【朋友若要好，著要誠懇湊陣】
[piŋ˧ iu˥ nã˨ be˥ ho˥ tio˨ ai˥ siŋ˧ k'un˨ tau˥ tiŋ˧]
本謂朋友相處之道，以誠懇兩字爲最高原則。唯因誠懇兩字與「先睏」閩南語發音相似，遂成雙關語。

【望天落雨】
[baŋ˨ t'ĩ˥ lo˨ hɔ˧]
看天種田的農友之心理。喻宿命心態。

【望梅止渴】
[baŋ˨ muĩ˧ tsi˥ k'uaʔ˨]
喻以空洞的希望安慰人心。

【望冬生鵝卵】
[baŋ˨ taŋ˥ sẽ˧ go˧ nuĩ˧]
望冬，鳥名，體型很小。本諺指個頭小的女人，生出個頭大的嬰兒。

【望食㴙就褲底摳】
[baŋ˨ tsia˨ siau˧ tio˨ k'ɔ˥ te˥ k'au˥]
㴙，男子之精液。想吃㴙得到人家的褲底去摳出來。喻無利可圖。

【望做忌，毋通望賺飼】
[baŋ˨ tso˥ ki˧ m˨ t'aŋ˧ baŋ˨ t'an˥ ts'i˧]
謂晚年得子，無法指望在世時受其奉養(賺飼)，只望其在忌辰時能不忘祭拜即可。

【望日二十三，風颱眞可怕】
[baŋ˨ zit˥ zi˨ tsap˨ sã˥ hɔŋ˧ t'ai˥ tsin˧ k'o˥ p'ã˨]
氣象諺。發生在月半(望日)或二十三日之颱風，一定很大；尤其是月半海水漲潮，此時颳颱風對沿海住户而言，最爲可怕。

【望家治腳肪肚生肉，才有路用】
[baŋ˨ ka˧ ti˨ k'a˧ u˨ tɔ˥ sẽ˧ baʔ˨ tsia˥ u˨ lɔ˨ iɔŋ˧]

家治，自己；腳肵肚，小腿肚；勸誡世人不要徒羨他人富有，而妄想投機取巧；必須要靠自己努力才有用。

【望開尻腈較省本，透風落雨知天文】
[baŋ˩ k'ai˧ k'a˧ sau˥ k'a˥ siŋ˥ pun˥ t'au˥ hɔŋ˧ lo˩ hɔ˧ ti˧ t'en˧ bun˦]
尻腈，指私娼或供人雞姦之男子。省本，省錢。指好色者去嫖私娼，本以爲可以省錢；豈知得了性病年紀大了以後變成風濕症，每遇氣候變化即發作，有如氣象台（知天文）。

【朝代尾】
[tiau˧ te˩ bue˥]
末世紀，或謂國家將亡之時。

【朝霞，暝重露】
[tiau˧ he˦ mẽ˦ taŋ˩ lɔ˧]
氣象諺。秋天早上出紅霞，夜晚露水重。

【朝内無人莫作官】
[tiau˧ lai˧ bo˧ laŋ˦ bɔk.˩ tso˥ kuã˥]
沒有權勢的人在中央，做官不易出頭。

【朝廷口裏，無虛言】
[tiau˧ tiŋ˦ k'au˥ li˩ bo˧ hi˧ gen˦]
君無戲言。

【朝日烘天，晴風必揚】
[tiau˧ zit˥ haŋ˧ t'ĩ˥ tsiŋ˧ hɔŋ˥ pit˥ iɔŋ˦]
氣象諺。朝日如有烘天之勢，占是日天晴而風大。

【朝日烘地，細雨必至】
[tiau˧ zit˥ haŋ˧ te˧ se˥ u˥ pit˥ tsi˩]
氣象諺。朝日照地如灼，是日必有細雨。

【朝看東南烏，午前風雨急】
[tiau˥ k'uã˩ taŋ˧ lam˧ ɔ˥ ŋɔ̃˥ tsen˦ hɔŋ˧ u˥ kip.˩]
氣象諺。早晨東南方有烏雲，占上午風雨交加。

【木生火】
[bɔk˥ siŋ˧ hue˥]
陰陽五行學說，以爲五行相生相剋，其中木可以生火。

【木蝨食客】
[bat.˩ sat˥ tsia˩ k'eʔ.˩]
喻主人不請客人，反而被客人請，吃用客人的東西。主客顛倒。

【木蝨笑尿螕】
[bat.˩ sat˥ ts'io˥ zio˩ pi˥]
即五十步笑百步。

【木蝨笑樹䰣】
[bat.˩ sat˥ ts'io˥ ts'iu˩ ui˧]
樹䰣，昆蟲之一種，與木蝨同類。喻同類相輕蔑。

【本地香鱠芳】
[pun˥ te˩ hiũ˥ be˩ p'aŋ˥]
本地的東西不好，要外來的才好。遠來和尚會唸經。

【本地薑，鱠辣】
[pun˥ te˩ kiũ˥ be˩ hiam˥]
本地人都嫌本土產的生薑不辣，喻外來和尚會唸經。

【本錢，落蕃薯船】
[pun˥ tsĩ˦ lo˩ han˧ tsi˧ tsun˦]
以蕃薯刳成船，將本錢放進船內，孤注一擲，結果往往沈入大海。

【本錢落在蕃薯園】
[pun˥ tsĩ˦ lo˩ ti˥ han˧ tsi˧ huĩ˦]
澎湖諺語。投資種蕃薯園，獲利極微。喻將心血花在不該花的地方。

【本地司功治本地鬼】
[pun˧ te˩ sai˧ kɔŋ˥ ti˩ pun˧ te˩

kui˥]
司功，泛指道士；喻以本地出身的官員治理本地，比較合適。

【未卜先知】
[bi˩ pɔk˥ sen˧ ti˥]
稱人有先見之明。

【未仙假仙】
[bue˩ sen˥ ke˥ sen˥]
對事物只懂皮毛，卻說得口沫橫飛。輪到實際工作時，因無從著手，便露出馬腳。

【未肥喝喘】
[bue˩ pui˧˥ hua˥˧ ts'uan˥˧]
還沒胖便叫容易喘。形容虛張聲勢。

【未入孔子門】
[bue˩ zip˩ k'ɔŋ˥ tsu˥ muĩ˧˥]
指還未受教育，或進退失宜、不懂禮數者。

【未窮，出窮屍】
[bue˩ kiŋ˧˥ ts'ut˥ kiŋ˧ si˥]
謂尚未貧窮卻先出了一個浪蕩子。

【未生子，先號名】
[bue˩ sẽ˧ kiã˥˧ siŋ˧ ho˩ miã˧˥]
小孩未出生即先爲他取名，形容操之過急，或做事顛倒次序。

【未行軍，先行糧】
[bue˩ hiŋ˧ kun˥ siŋ˧ hiŋ˧ niũ˧˥]
喻凡事須預作準備。

【未存贏，先存輸】
[bue˩ ts'un˧ iã˧˥ siŋ˧ ts'un˧ su˥]
喻凡事不能皆打理想牌，而是須要有最壞的打算，如此，遇事才不會不知所措。

【未見山，未見水】
[bue˩ kĩ˥˧ suã˥ bue˩ kĩ˥˧ tsui˥˧]
喻事未見端倪。

【未放屎，先呼狗】
[bue˩ paŋ˥˧ sai˥˧ siŋ˧ k'ɔ˧ kau˥˧]
昔日家犬兼吃幼兒所拉之糞便，故有此諺。喻操之過急。

【未娶某，先娶妾】
[bue˩ ts'ua˩ bɔ˥˧ siŋ˧ ts'ua˩ ts'iap˩]
喻做事顛倒順序。

【未註生，先註死】
[bue˩ tsu˥˧ sẽ˥ siŋ˧ tsu˥˧ si˥˧]
還沒出生，便先註定死期；蓋謂凡人必有死，無一能免。

【未學司，先學術】
[bue˩ o˩ sai˥ siŋ˧ o˩ sut˥]
還未學道士的工作，就先學方術；謂學習順序前後顛倒。

【未驚蟄，卌九日】
[bue˩ kẽ˧ tit˥ siap˥ kau˥ zit˥]
驚蟄，二十四節氣之一，約當農曆二月上半月。未驚蟄即打雷，占會下長雨（四十九天），此爲氣象諺。

【未死，嘴內先生蟲】
[bue˩ si˥˧ ts'ui˥˧ lai˧ siŋ˧ sẽ˧ t'aŋ˧˥]
罵人嘴巴不乾淨。

【未到五元，食六元】
[bue˩ kau˥˧ gɔ˩ k'ɔ˥ tsia˩ lak˩ k'ɔ˥]
謂不懂得量入爲出。

【未娶某抑是囝仔】
[bue˩ ts'ua˩ bɔ˥˧ ia˥ si˩ gin˥ nã˥˧]
沒有結婚的男人不算成人。昔日風俗，男子於結婚前夕須舉行「上頭」（冠禮）之成年禮。

【未曾學行，就學飛】
[bue˩ tsiŋ˩ o˩ kiã˧˥ tio˩ o˩ pue˥]
誡兒童做事要有秩序，不可躐等。

【未曾輸贏先想輸】
[bue˩ tsiŋ˩ su˧ iã˧˥ siŋ˧ siũ˩ su˥]

尚未戰鬥（比賽）之前，須先想好若失敗了要怎麼善後？喻凡事須有最壞的打算。

【未出天子，先出朝臣】
[bue˩ ts'ut˥ t'en˧ tsu˥˧ siŋ˧ ts'ut˥ tiau˧ sin˧˥]
領導人物還沒產生，先產生幕僚人員。

【未出後母，先出後爸】
[bue˩ ts'ut˥ au˩ bo˥˧ siŋ˧ ts'ut˥ au˩ pe˧]
在繼母尚未虐待前妻遺子以前，父親卻比繼母先兇起來，宛若一副繼父（後爸）相。

【未起大厝，先起護龍】
[bue˩ k'i˥ tua˩ ts'u˩ siŋ˧ k'i˥ hɔ˩ liŋ˧˥]
台灣傳統三合院，有如冂字形，橫的一排五間或七間，稱為大厝或正身，兩側前延伸出來的，稱為護龍。蓋屋的順序是先蓋正身（大厝），再蓋護龍。本諺譏人未娶妻先娶妾，做事順序顛倒。

【未做大家官，摛摛蔡】
[bue˩ tso˥˧ ta˧ ke˧ kuã˥ lak˩ lak˩ ts'uaʔ˩]
意同「毋曾做大家，腳手肉摛摛蔡」。大家官，媳婦對公公的稱呼。此諺本係用以嘲笑那些未曾辦過喜事而張皇失措的人，後用以譏笑凡事沒經驗而心慌意亂的人。

【未曾燒香，扑斷佛手】
[bue˩ tsiŋ˩ sio˧ hiũ˥ p'a˥˧ tuĩ˩ hut˩ ts'iu˥˧]
尚未燒香禮佛，卻先把菩薩的手打斷。比喻成事不足敗事有餘。

【未落湳，先食落湳米】
[bue˩ lo˩ lam˩ siŋ˧ tsia˩ lo˩ lam˧ bi˥˧]
落湳，長期下雨。尚未長期下雨便先吃發霉的米。比喻運氣倒楣。

【未仙假仙，牛卵假鹿鞭】
[bue˩ sen˥ ke˥ sen˥ gu˧ lan˧ ke˥ lɔk˩ pen˥]
還未到成仙的地步，卻要冒充是神仙，宛如拿牛的陰莖要冒充鹿的陰莖一般；譏人本事不夠卻愛表現。

【未娶某，毋通講人某嬈】
[bue˩ ts'ua˩ bɔ˥˧ m˩ t'aŋ˧ kɔŋ˥ laŋ˧ bɔ˥˧ hiau˧˥]
尚未娶妻者，不可批評別人的老婆花俏（嬈），以為自己留餘地。

【未娶某，彩旗鼓嚱嘑叫】
[bue˩ ts'ua˩ bɔ˥˧ ts'ai˥ ki˧ kɔ˥˧ hi˥˧ hu˥˧ kio˩]
喻人講話不給自己留後路。

【未曾斷尾溜，就會作孽】
[bue˩ tsiŋ˩ tuĩ˩ bue˥ liu˥ tio˩ e˩ tsɔk˥ get˥]
譏諷乳臭未乾，就與異性發生關係的人。

【未上三寸水，著要扒龍船】
[bue˩ tsiũ˩ sã˧ ts'un˥˧ tsui˥˧ tio˩ be˥ pe˧ liɔŋ˧ tsun˧˥]
扒龍船，划龍船。譏人無謀。

【未去朝天子，先來謁相公】
[bue˩ k'i˥˧ tiau˧ t'en˧ tsu˥˧ siŋ˧ lai˧ et˥ siɔŋ˥˧ kɔŋ˥]
新科進士放榜，要先去拜見主考官再去朝天子；比喻做事要按照先後順序。

【未行台灣路，先食台灣米】
[bue˩ kiã˧ tai˧ uan˧ lɔ˧ siŋ˧ tsia˩ tai˧ uan˧ bi˥˧]
清代台灣盛產稻米，運銷大陸東南各

地，因而有此諺語。

【未看見藝旦，免講大稻埕】
[bue˨ k'uã˥ kĩ˥ ge˨ tuã˨ ben˥ kɔŋ˥ tua˨ tiu˨ tiã˦]
大稻埕，今日台北市延平北路、迪化街一帶。日治時期，該地商業繁榮，秦樓楚館頗多，最享盛名者爲江山樓，藝旦很多，艷名四播。

【未食直直隨，食了嫌腐貨】
[bue˨ tsia˧ tit.˩ tit.˩ tue˨ tsia˨ liau˥ hiam˧ au˥ hue˨]
還沒吃到以前，頻頻跟隨；一旦吃到口，卻嫌東西腐敗（腐）；常用以形容男人追求女人之始亂終棄。

【未娶是母生，娶後是某生】
[bue˨ ts'ua˧ si˨ bo˥ sẽ˥ ts'ua˨ au˧ si˨ bɔ˥ sẽ˥]
形容懼內的男人。

【未娶某雞嘴，娶某變鴨嘴】
[bue˨ ts'ua˨ bɔ˥ ke˧ ts'ui˨ ts'ua˨ bɔ˥ pĩ˥ a˥ ts'ui˨]
雞嘴，口尖利，喜歡批評別人；鴨嘴，扁平緊抿，不敢再批評別人。誡人未娶妻之前不要妄說別人妻子長短，以防自己所娶妻子將來也被人說長短。

【未富出富兒，未窮出窮屍】
[bue˨ hu˨ ts'ut˥ hu˥ zi˦ bue˨ kiŋ˦ ts'ut˥ kiŋ˧ si˥]
將富還沒富有，會生出賢能的子孫；將窮尚未窮困，會生出不肖子孫；喻凡事皆有其預兆。

【未食五日節粽，破裘毋甘放】
[bue˨ tsia˨ gɔ˨ zit.˩ tse˥ tsaŋ˨ p'ua˥ hiu˦ m˨ kam˧ paŋ˨]
五日節，端午節。端午節前，台灣仍處在梅雨季節當中，一旦鋒面過境，氣溫便會陡然下降，故端午節以前冬衣（破裘）仍不可收箱。

【未肥假喘，未有錢假好額人款】
[bue˨ pui˦ ke˥ ts'uan˥ bue˨ u˨ tsĩ˦ ke˥ ho˥ gia˨ laŋ˧ k'uan˥]
好額人，有錢人。沒有胖，假冒氣喘的樣子；沒有錢，卻裝做有錢人的模樣。譏人愛慕虛榮，裝模作樣。

【未娶是母的子，娶後是某的子】
[bue˨ ts'ua˧ si˨ bo˥ e˧ kiã˥ ts'ua˨ au˧ si˨ bɔ˥ e˧ kiã˥]
意同「未娶是母生，娶後是某生」。

【未做衫先做領，未嫁尪先生子】
[bue˨ tso˥ sã˥ siŋ˧ tso˥ niã˥ bue˨ ke˥ aŋ˥ siŋ˧ sẽ˧ kiã˥]
未裁衣先做領子，未嫁丈夫先生孩子；喻不按規矩辦事，違反常態。

【未娶某散散銀，未飼豬滿滿潘】
[bue˨ ts'ua˨ bo˥ suã˥ suã˥ gun˦ bue˨ ts'i˨ ti˥ muã˥ muã˥ p'un˥]
潘，淘米水及吃剩的食物、湯水之類。尚未娶妻，身邊常有錢用，結婚後就入不敷出；未養豬時，感覺吃剩的廢料很多，養豬後，廢料卻不夠豬吃。比喻事情未發生前的估計和事情發生以後的狀況常常不一致。

【未曾食三日清菜，就要上西天】
[bue˨ tsiŋ˨ tsia˨ sã˧ zit.˩ ts'iŋ˧ ts'ai˨ tio˨ be˥ tsiũ˨ se˧ t'en˥]
還吃不到三天的齋（清菜），就妄想登上西天；好高騖遠。

【未曾做著大家，腳手肉攄攄蔡】
[bue˨ tsiŋ˨ tso˥ tio˨ ta˧ ke˥ k'a˧ ts'iu˥ baʔ.˩ lak.˩ lak.˩ ts'uaʔ.˩]
未曾當過婆婆，沒有經驗，手腳發抖。笑人做事沒經驗，心理緊張。

【未埋三個死囝仔，就想要做土公

頭】
[bue˨˩ tai˧ sã˧ ge˧ si˥ gin˥ nã˥˧ tio˨˩ siũ˨˩ be˥ tso˥˧ t'ɔ˥ kɔŋ˧ t'au˧˥]
土公，專門爲人辦喪事的人；經手埋葬的個案，都還未達三個童屍，就妄想當土公頭；喻經驗不足卻急著想當首領。

【未娶是母生，娶後是某生，毋是母生】
[bue˨˩ ts'ua˧ si˨˩ bo˥˧ sẽ˥ ts'ua˨˩ au˧ si˨˩ bɔ˥˧ sẽ˥ m˨˩ si˨˩ bo˥˧ sẽ˥]
意同「未娶是母生，娶後是某生」。

【未冬節都在搓圓仔，冬節那會無搓圓仔】
[bue˨˩ taŋ˧ tseʔ˨˩ to˧ te˥˧ so˧ ĩ˧ a˥˧ taŋ˧ tseʔ˨˩ nã˥ e˨˩ bo˧ so˧ ĩ˧ a˥˧]
冬節，冬至，民俗此日必須搓湯圓祭拜祖先。平時不是冬至尚且搓湯圓吃，更何況是冬至，豈有不搓的道理？比喻沒有機會他都會找藉口做，更何況是理由充分呢？

【未曾曾未，亦著學三年四月日纔會出師】
[bue˧ tsiŋ˨˩ tsiŋ˧ bue˧ ia˥˧ tio˨˩ o˨˩ sã˧ nĩ˧˥ si˥˧ gue˨˩ zit˥ tsia˥˧ e˨˩ ts'ut˥ sai˥]
昔日傳統，拜師學手藝，不論那一行均須三年四個月才可以畢業（出師）。本諺是說你的功夫還早得很，必須從頭拜師好好學習。

【未生子，毋通笑人子枵；未娶某，毋通笑人某嬈】
[bue˨˩ sẽ˧ kiã˥˧ m˨˩ t'aŋ˧ ts'io˥˧ laŋ˧ kiã˥˧ iau˥ bue˨˩ ts'ua˨˩ bɔ˥˧ m˨˩ t'aŋ˧ ts'io˥˧ laŋ˧ bɔ˥˧ hiau˧˥]
未生孩子以前，不要笑別人能力差讓孩子挨餓（枵）；未娶妻以前，不要笑別人的妻子花俏。即勸人凡是自己未經驗之事，不可隨便批評別人，因爲自己日後可能也會有同樣的遭遇。

【未富，毋通想要起大厝；未有，毋通想要娶新婦】
[bue˨˩ hu˨˩ m˨˩ t'aŋ˧ siũ˨˩ be˥ k'i˥ tua˨˩ ts'u˨˩ bue˨˩ u˧ m˨˩ t'aŋ˧ siũ˨˩ be˥ ts'ua˨˩ sim˧ pu˧]
蓋大房子（起大厝）、娶媳婦（娶新婦），均須花費鉅款，沒錢絕對不可以做。誡人做事勿操之過急。

【未娶某，毋通笑人某嬈；未生子，毋通笑人子不肖】
[bue˨˩ ts'ua˨˩ bɔ˥˧ m˨˩ t'aŋ˧ ts'io˥˧ laŋ˧ bɔ˥˧ hiau˧˥ bue˨˩ sẽ˧ kiã˥˧ m˨˩ t'aŋ˧ ts'io˥˧ laŋ˧ kiã˥˧ put˥ siau˨˩]
不肖，不孝、不賢也；除此以外，意同下句。

【未娶某，毋通笑人某賢走；未生子，毋通笑人子愛號】
[bue˨˩ ts'ua˨˩ bɔ˥˧ m˨˩ t'aŋ˧ ts'io˥˧ laŋ˧ bɔ˥˧ gau˧ tsau˥˧ bue˨˩ sẽ˧ kiã˥˧ m˨˩ t'aŋ˧ ts'io˥˧ laŋ˧ kiã˥˧ ai˥˧ hau˥˧]
未娶妻以前，不可笑別人家妻子愛東跑西跑；未生孩子以前，不可笑別人家的孩子怎麼這麼愛哭。

【未歸三尺土，難保百年身；已歸三尺土，難保百年墳】
[bi˨˩ kui˧ sam˧ ts'io˥˧ t'ɔ˧˥ lan˧ po˥ pa˥˧ nĩ˧ sin˥ i˥ kui˧ sam˧ ts'io˥˧ t'ɔ˧˥ lan˧ po˥ pa˥˧ nĩ˧ p'un˧˥]
未死常煩惱能不能活到一百歲？死後又要煩惱墳墓能否保持一百年不被破壞？喻人之煩惱永無止境。

【朴仔腳香爐——大耳】
[p'o˥ a˥ k'a˧ hiũ˧ lɔ˧˥ tua˨˩ hĩ˧]
歇後語。朴子腳，嘉義縣朴子市；朴子媽祖廟昔日有一只大香爐，配一對

大爐耳。大耳，指耳根輕。喻傻人易受人煽動。

【朽木，鱠刻得尪仔】
[hiu˥ bɔk˥ be˩ k'ik˥ tit˥ aŋ˧ ŋã˥˧]
尪仔，木偶。腐木無法刻成木偶。腐敗的東西，無法可救。

【朱池仔好榜路，耀堅仔好腹肚】
[tsu˧ ti˧ a˥˧ ho˥ pɔŋ˥ lɔ˧ iau˩ ken˥ nã˥ ho˥ pat˥ tɔ˥˧]
台北市諺語。榜路，昔日科舉考試之參考書稱爲「榜仔」。朱池，周朱池；耀堅，陳耀堅；二人皆清代大龍峒人，二人應舉，朱池才不及耀堅，但因善用榜路而中試，耀堅雖滿腹經綸（好腹肚）卻落榜，時人惋惜，故有此諺。

【李五放你山東債】
[li˥ ŋɔ̃˥˧ paŋ˥˧ li˥ suã˧ taŋ˧ tseʔ˩]
昔有一山東人名李五，四處遊蕩，四處舉債，皆有借而無還，其債主多因而破產。喻遭人倒了鉅額債款。

【杞人憂天】
[ki˥ zin˧˥ iu˧ t'en˥]
擔心太多。

【材料夠，毋是新婦賢】
[tsai˧ liau˧ kau˩ m˩ si˩ sim˧ pu˧ gau˧˥]
菜的材料好，不是媳婦烹調技術高明（賢）；喻謙虛不敢居功。

【東掛博，死較快活】
[tɔŋ˥ kua˥˧ pua˧ si˥˧ k'a˥˧ k'uã˥˧ ua˧]
東，開賭場抽頭；博，博繳，賭博也；掛，兼也。既開賭場抽頭，又要賭，最糟糕。

【東港無魚，西港拋】
[taŋ˧ kaŋ˥˧ bo˧ hi˧˥ sai˧ kaŋ˥˧ p'a˥]
撒網的魚夫，在東港沒網到魚，即到西港去下網（拋）；喻此處不留爺，自有留爺處；甲地討不到生活，到乙地去討。

【東至普普，西至霧霧】
[taŋ˥ tsi˥˧ p'u˥ p'u˥˧ sai˥ tsi˥˧ bu˩ bu˧]
普普、霧霧，形容極遠之處，遠到視力看不太清楚。指空間遼闊，視力所不及見之境界也。相傳澎湖瓦硐富翁張百萬曾到彰化購置田園，人問其多廣大，他即答以此八字。

【東埔蚋衙門——無在聽】
[taŋ˧ pɔ˧ la˥ ge˧ muĩ˧˥ bo˧ te˥˧ t'iã˥]
歇後語。南投竹山諺語。東埔蚋，竹山鎮地名，日治時期，此處警察不管百姓去報什麼案，完全不加理會，故有此諺。

【東原謙記，秀英罔市】
[tɔŋ˧ guan˧˥ k'iam˧ ki˩ siu˥˧ iŋ˥ bɔŋ˥ ts'i˧]
台南市諺語。咸豐、同治年間，南市城西有二巨商，一爲東原，姓陳，居內南濠街（在今西區新安里）；一爲謙記，姓黃，居宮後街（今西區水仙里）。當時城西有二紅妓，即秀英與罔市，極負豔名，東原與秀英，謙記與罔市，各相結識，情投意合，且各爲贖身藏嬌，一時傳爲佳話。

【東舖裁衣，西舖落價】
[taŋ˧ p'ɔ˥ ts'ai˧ i˥ sai˧ p'ɔ˥ lɔ˩ ke˩]
顧客至東舖裁製衣服，做定後至西舖詢價，西舖即故意告以很低的價錢，此乃生意人之競爭心理。後用以形容商人彼此間之競價促銷。

【東吉出查某，西吉出菜脯】
[taŋ˧ ket˩ ts'ut˥ tsa˧ bɔ˥˧ sai˧ ket˩ ts'ut˥ ts'ai˥˧ pɔ˥˧]

澎湖諺語。東吉、西吉為澎湖縣望安鄉兩個島嶼；東吉島水質美，出美女；西吉島生活較苦，三餐多吃蘿蔔乾（菜脯）。

【東南卯無雲，雨落不移時】
[taŋ˧ lam˦ bau˥ bo˧ hun˦ hɔ˧ lo˧ put˥ i˧ si˦]
氣象諺。東南方在卯時如果沒雲，占不久會下雨。

【東風透過洋，六月粟免颺】
[taŋ˧ hɔŋ˥ t'au˥ kue˥ iũ˦ lak˥ gue˩ ts'ik˥ ben˥ iũ˦]
農諺。春夏之際，東風颼颼，占早稻粒粒皆有，不用箕揚。

【東閃無半屑，西閃走鱠離】
[taŋ˧ sĩ˩ bo˧ puã˥ sut˥ sai˧ sĩ˩ tsau˥ be˩ li˧]
氣象諺。閃電出現於東方，只是空雷不會下半滴雨(無半屑)；出現於西方，則即刻會下雨，躲雨的人來不及逃（走鱠離）。

【林拔仔，上三界壇】
[nã˥ pat˩ la˥ tsiũ˩ sam˧ kai˥ tuã˦]
林拔仔，蕃石榴；人吃其果，種子自肛門排出，落地發芽，長成小樹又會結出果來，故以為性賤。不可用以祭拜神明，當然也不能上三界壇拜三界公。喻賤物不得上檯面。

【林道乾，鑄槍扑家治】
[lim˧ to˩ k'en˦ tsu˥ ts'iŋ˩ p'a˥ ka˧ ti˧]
林道乾，明嘉靖年間海寇，曾被俞大猷剿討，匿居台南，走呂宋，落腳婆羅洲，在此鑄製槍砲，試射時炸膛炸死自己。喻害人害己，自作自受。

【林投葉拭尻川——去倒裂】
[nã˧ tau˧ hio˧ ts'it˥ k'a˧ ts'uĩ˥ k'i˥ to˥ li˧]
歇後語。林投葉帶刺，用以揩屁股（尻川），肛門會被林投葉鋸齒狀的刺割得洞更大，故有此諺。去倒裂，意謂反而更糟。

【枝尾拔，葉下檨】
[ki˧ bue˥ pat˥ hio˩ ha˩ suãi˧]
拔，指蕃石榴（芭樂）；檨，芒果。生在枝尾的蕃石榴與生在葉下的芒果，都很好吃。

【枕頭神最靈聖】
[tsim˥ t'au˧ sin˦ siɔŋ˩ liŋ˧ siã˩]
枕頭神，指妻子；妻子的枕邊細語，最易為丈夫所接受。

【枕頭鬼，勝過三界公】
[tsim˥ t'au˧ kui˥ siŋ˥ kue˥ sam˧ kai˥ kɔŋ˥]
意同前句。

【松柏長青】
[siɔŋ˧ pik˩ tiaŋ˧ ts'iŋ˥]
像松柏般不會枯黃，四季長青；形容人有骨氣，不會變節。

【松柏點火較光油】
[ts'iŋ˧ pik˩ tiam˥ hue˥ k'a˥ kuĩ˧ iu˦]
松柏，外表醜陋，然其材含油脂性高，燃燒時比油燈亮。喻人不可貌相。

【枉案，無枉人】
[ɔŋ˥ an˩ bo˧ ɔŋ˥ laŋ˦]
某人某案雖冤枉，但另犯他案則有罪。

【某大姊，好到死】
[bɔ˥ tua˩ tsi˥ ho˥ ka˥ si˥]
妻之年紀大於夫，她會像照顧弟弟般照顧夫，夫也會如慕姊姊般慕妻，故兩口子的婚姻一定會美滿。

【某大姊，金交椅】
[bɔ˥ tua˩ tsi˥ kim˧ kau˧ i˥]

娶歲數大的妻子（某大姊），丈夫會受到很好的照顧，彷彿坐在金質的太師椅上。

【某子著寄人飼】
[bɔ˥˧ kiã˥˧ tio˨˩ kia˥˧ laŋ˧ ts'i˧]
沒錢養妻子兒女，只好託人養。戲言景氣蕭條，做生意無利可圖。

【某會不如尪賢】
[bɔ˥˧ e˧ put˥ zu˧ aŋ˥ gau˨˦]
夫賢能比妻賢能更要緊。戒牝雞司晨。

【某死擱看著屎桶蓋】
[bɔ˥˧ si˥˧ ko˥˧ k'uã˥˧ tio˨˩ sai˥ t'aŋ˥ kua˨˩]
妻既死，則其平日所用馬桶蓋要不要留下，還有何重要性？喻重要的已失去，何能顧及瑣小的事物？

【某若會食氣，尪著會掌志】
[bɔ˥˧ nã˨˩ e˨˩ tsia˨˩ k'i˨˩ aŋ˥ tio˨˩ e˨˩ tsiaŋ˥ tsi˨˩]
妻若能吃苦，夫也會力爭上游；賢妻相夫，成就事業。

【某賢尪戹少，子孝父心寬】
[bɔ˥˧ gau˨˦ aŋ˧ eʔ˨ tsio˥˧ tsu˥˧ hau˨˩ hu˨˩ sim˥ k'uan˥]
賢妻能相夫，避免他誤入歧途；孝子可以娛親，避免父親心煩。喻家庭和睦，最爲重要。

【某是玉皇上帝，父母是囝仔大細】
[bɔ˥˧ si˨˩ giɔk˨ hɔŋ˨˦ siɔŋ˨˩ te˨˩ pe˨˩ bu˥˧ si˨˩ gin˥ nã˥ tua˨˩ se˨˩]
嘲人懼內且不孝，把妻子（某）看成天公，把父母當做小孩子（囝仔大細）。

【柳葉眉，杏核眼，櫻桃嘴，瓜子面，楊柳腰】
[liu˥ iap˨ bai˨˦ hiŋ˨˩ k'ak˥ gan˥˧ iŋ˧ t'o˧ ts'ui˨˩ kue˧ tsi˥ bin˧ iɔŋ˧ liu˥ io˥]
對美人面貌、身材的形容。

【枯楊生稊】
[kɔ˧ iɔŋ˨˦ sẽ˧ t'e˥]
稊，枯樹生出的新枝；指老男子娶少女爲妻。

【枵來飽去】
[iau˥ lai˨˦ pa˥˧ k'i˨˩]
饑餓時才來求食，吃飽了就走開；罵人無情。

【枵腸枵肚】
[iau˧ tәŋ˨˦ iau˧ tɔ˧]
飢餓之至。

【枵腸餒肚】
[iau˧ tәŋ˨˦ nẽ˥˧ tɔ˧]
意同前句。

【枵蟳相挾】
[iau˧ tsim˨˦ sio˧ giap˥]
窮人爭食之狀。

【枵蟹相夾】
[iau˧ he˧ sio˧ giap˥]
比喻飢餓者爲了食物，不向外謀生，卻與境遇相同者，爭奪少量之食物，以至發生激烈的爭鬥。

【枵鬼食破家】
[iau˧ kui˥˧ tsia˨˩ p'ua˥˧ ke˥]
貪吃會坐吃山空。

【枵鬼假細膩】
[iau˧ kui˥˧ ke˥ se˥˧ zi˧]
細膩，客氣；表面裝得很客氣，其實嘴很饞。

【枵無，無枵少】
[iau˧ bo˨˦ bo˧ iau˧ tsio˥˧]
只要有得吃就好，不論多少。不患寡，患不均。

【枵貓想水魚】
[iau˧ niãu˥ siũ˩ tsui˥ hi˧˥]
枵貓，饑餓的貓；餓貓妄想吃水底的魚。喻癩蛤蟆妄想吃天鵝肉。

【枵雞毋畏箠】
[iau˧ ke˥ m˩ ui˥˧ ts'e˧˥]
饑餓的雞爲了想找食物塡肚子，不怕有人拿竹箠打牠；窮苦的人爲求生存，常冒險犯難。

【枵雞無惜箠】
[iau˧ ke˥ bo˧ sio˥˧ ts'e˧˥]
餓雞爲了塡飽肚子，偷吃糧食，顧不了主人會拿竹箠打牠。喻爲了生存，不得已低聲下氣。

【枵雞擶壁腳】
[iau˧ ke˥ ts'iŋ˥ pia˥˧ k'a˥]
擶，以爪撥土也。比喻窮人餓極，到處找食物。

【枵雞嗆壁孔】
[iau˧ ke˥ ts'əŋ˥ pia˥˧ k'aŋ˥]
意同前句。

【枵人無顧面皮】
[iau˧ laŋ˧˥ bo˧ kɔ˥˧ bin˩ p'ue˧˥]
饑餓的人（枵人）求生存第一，無暇顧及面子問題（面皮）；眞如管仲所說衣食足方能知榮辱。

【枵鬼要隨人走】
[iau˧ kui˥˧ be˥ tue˥˧ laŋ˧ tsau˥˧]
罵人爲了貪吃而跟人跑。

【枵鬼較濟餓勞】
[iau˧ kui˥˧ k'a˥˧ tse˩ go˧ lo˧˥]
餓勞，饑餓的勞動工人。形容貪吃的人一大群。

【枵過飢，脹沖脾】
[iau˥ kue˥˧ ki˥ tiũ˩ ts'iɔŋ˧ pi˧˥]
指三餐不正常，有時餓得過頭，有時則暴飲暴食。

【枵雞無惜面皮】
[iau˧ ke˥ bo˧ sio˥˧ bin˩ p'ue˧˥]
意同「枵雞無惜箠」。

【枵狗猶想豬肝骨】
[iau˧ kau˥˧ siau˥˧ siũ˩ ti˧ kuã˧ kut˩]
餓狗妄想吃豬肝裡面的骨頭；喻癩蛤蟆想吃天鵝肉。

【枵貓猶想水底魚】
[iau˧ niãu˥ siau˥˧ siũ˩ tsui˥ te˥ hi˧˥]
喻空思妄想，想入非非。

【枵簫飽品清心絃】
[iau˧ siau˥ pa˥ p'in˥˧ ts'iŋ˧ sim˧ hen˧˥]
簫，洞簫；品，竹笛；絃，大管絃；餓的時候（枵），最適合吹簫；飽的時候適合吹笛；拉胡琴則必須清心才拉得出好曲子。

【枵一管米，散一百錢】
[iau˥ tsit˩ kuĩ˥ bi˥˧ san˩ tsit˩ pa˥˧ tsĩ˧˥]
餓（枵）的人，一管米即可使他免於飢餓；窮（散）的人，只要一百錢，便可解決他的燃眉之急；誡人勿浪費，不要小看一管米、一百錢。

【枵貓毋敢想水底魚】
[iau˧ niãu˥ m˩ kã˥ siũ˩ tsui˥ te˥ hi˧˥]
喻不敢做非分之想。

【枵戇狗猶想豬肝骨】
[iau˧ gɔŋ˩ kau˥˧ siau˥˧ siũ˩ ti˧ kuã˧ kut˩]
即癩蛤蟆想吃天鵝肉。

【枵孱飽孱，食飽叫艱難】
[iau˥ ts'an˥ pa˥˧ ts'an˥ tsia˩ pa˥˧ kio˥˧ kan˧ lan˧˥]

肚子餓叫苦，吃飽了也叫苦，事事叫苦。

【枵貓毋敢猶想水底魚】
[iau˧ niãu˥ m˩ kã˥ siau˥ siũ˩ tsui˥ te˥ hi˧]
喻不敢存有非分之想，明哲保身。

【枵枵一罐米，散散一千銀】
[iau˧ iau˥ tsit˩ kuan˥ bi˥ san˥ san˩ tsit˩ ts'iŋ˧ gin˧]
意同「枵一管米，散一百錢」。

【枵雞無惜箠，枵人無顧面皮】
[iau˧ ke˥ bo˧ sio˥ ts'e˧ iau˧ laŋ˧ bo˧ ko˥ bin˩ p'e˧]
餓雞爲找食物，不怕人拿竹箠打；窮人爲了生活，也只好不顧面子；人窮志短。喻爲生存，不惜放下身段。

【枵雞獪畏箠，枵人無惜面底皮】
[iau˧ ke˥ be˩ ui˥ ts'e˧ iau˧ laŋ˧ bo˧ sio˥ bin˩ te˥ p'e˧]
意同前句。

【枵鬼契兄食食叫，未曾落鼎就喝燒】
[iau˧ kui˥ k'e˥ hiã˥ tsia˩ tsia˩ kio˩ bue˩ tsiŋ˩ lo˩ tiã˥ tio˩ hua˥ sio˥]
契兄，情夫。喻偷情的情夫與情婦見面，一股難熬的情慾湧上心頭，急著要與情婦雲雨纏綿，豈知尚未接觸而情夫即已山崩水洩。喻猴急的人辦不了事。

【查某子七】
[tsa˧ bɔ˥ kiã˥ ts'it˩]
台俗人死初終做七個七，其中閩南人以三七爲女兒七（查某子七），出嫁女要負擔祭拜之經費；桃竹苗之客家則以四七爲女兒七。

【查某子賊】
[tsa˧ bɔ˥ kiã˥ ts'at˥]
台俗以女兒出嫁要陪嫁，費用多，嫁一個女兒像被賊偷一次，故有此諺。出嫁的女兒回娘家，順手帶些娘家出產的東西回婆家時，也適用此諺。

【查某孫仔七】
[tsa˧ bɔ˥ sun˧ nã˥ ts'it˩]
台俗人死初終做七個七，其中第五個七爲孫女（侄女）七，出嫁之孫女（侄女）要回去祭拜，並負擔其經費。

【查某子，灰甲吹】
[tsa˧ bɔ˥ kiã˥ hue˥ ka˥ ts'ue˥]
台俗，父母之喪，出殯行列前之一對鼓吹（幼吹）與埋葬時所用之石灰土，要由出嫁女兒出錢。

【查某子嫁大爺】
[tsa˧ bɔ˥ kiã˥ ke˥ tua˩ ia˧]
大爺，指昔日衙門的差役。嘲笑賤人喜歡誇耀尊貴。

【查某子算忌辰】
[tsa˧ bɔ˥ kiã˥ suĩ˥ ki˩ sin˧]
昔日農業時代，女兒一旦出嫁，往往不容易回娘家，故有此諺。

【查某體，愛人詈】
[tsa˧ bɔ˥ t'e˥ ai˥ laŋ˧ le˥]
詈，罵也。係女人罵男人愛多管女人事。

【查甫人夢洩——走精】
[tsa˧ pɔ˧ laŋ˧ baŋ˩ siap˩ tsau˥ tsiŋ˥]
歇後語。男人（查甫人）夢洩，就是遺精、走精；走精另一個意思指變了樣，本諺即取變了樣這個意義。

【查甫子溜秋食睭】
[tsa˧ pɔ˧ kiã˥ liu˧ ts'iu˥ tsia˩ tsiu˥]
男子漢大丈夫，要成就大事業，必須靠銳利的雙眼，明是非、辨善惡、有

遠見。

【查某人，三世無厝】
[tsa˧ bɔ˥ laŋ˧˥ sã˧ se˩ bo˧ ts'u˩]
謂女大當嫁。

【查某子賊，恨無力】
[tsa˧ bɔ˥ kiã˥ ts'at˥ hiŋ˩ bo˧ lat˥]
喻出嫁的女兒，嫌嫁粧不夠多。

【查某人嘴齒——你的】
[tsa˧ bɔ˥ laŋ˧ ts'ui˥ k'i˥ li˥ ge˧˥]
歇後語。女人的牙齒省稱「女牙」，與「你的」諧音。本諺常用在反訓，當某人較貪心，常佔別人之物以為己物而發生爭執時，便可用此諺回敬他。

【查某囝仔十八變】
[tsa˧ bɔ˥ gin˥ nã˥ tsap˩ pe˥ pen˩]
女孩子從小到大，面貌和個性都會有出人意料之外的改變。

【查某囝仔哭腳尾】
[tsa˧ bɔ˥ gin˥ nã˥ k'au˥ k'a˧ bue˥]
台俗，父母之喪，女兒須於死者腳尾號泣。

【查某囝仔韮菜命】
[tsa˧ bɔ˥ gin˥ nã˥ ku˥ ts'ai˥ miã˧]
韮菜長大就被割取，女孩子也一樣，長大就離開父母嫁給別人。

【查某人放尿𣍐上壁】
[tsa˧ bɔ˥ laŋ˧˥ paŋ˥ zio˧ be˩ tsiũ˩ piaʔ˩]
男人小便可以射上牆壁；女人小便無法射上牆去；喻女人做事比不上男人。

【查甫賺錢，查某理家】
[tsa˧ pɔ˥ t'an˥ tsĩ˧˥ tsa˧ bɔ˥ li˥ ke˥]
男主外，女主內。

【查某子，外頭家神仔】
[tsa˧ bɔ˥ kiã˥ gua˩ t'au˧ ke˧ sin˧ nã˥]
謂女兒長大出嫁為別人之媳，死後則為別人家之祖先。

【查某子，別人的家神】
[tsa˧ bɔ˥ kiã˥ pat˩ laŋ˧ ge˧ ke˧ sin˧˥]
女兒長大出嫁，從夫姓，死後成為夫家的神。

【查某子，教老母轉臍】
[tsa˧ bɔ˥ kiã˥ ka˥ lau˩ bu˥ tuĩ˥ tsai˧˥]
查某子，女兒；轉臍，生產時將胎兒的臍帶打結再剪斷；喻經驗少的菜鳥反倒要教經驗老道的老鳥。

【查某子，教娘禮轉臍】
[tsa˧ bɔ˥ kiã˥ ka˥ niũ˧ le˥ tuĩ˥ tsai˧˥]
意同前句。

【查某放尿，濺𣍐上壁】
[tsa˧ bɔ˥ paŋ˥ zio˧ tsuã˩ be˩ tsiũ˩ piaʔ˩]
男人小便，可以射上牆壁；女人小便，無法射上牆去；喻女人做事比不上男人。

【查某闊嘴，免叫產婆】
[tsa˧ bɔ˥ k'ua˥ ts'ui˩ ben˥ kio˥ san˥ po˧˥]
俗謂女子嘴闊，下陰及產道亦闊，分娩容易，不須產婆（助產士）幫忙。

【查甫人跍置飲酒——龜穗】
[tsa˧ pɔ˧ laŋ˧˥ k'u˧ ti˥ lim˧ tsiu˥ ku˧ sui˥]
歇後語。男人之陰莖台語一名「卵穗」，簡稱「穗」；跍、龜台語諧音。男人蹲著飲酒其穗當然是「跍穗」（龜穗）。龜穗指一個人做事畏畏縮縮的樣子。

【查某囝仔，上轎十八變】
[tsa˧ bɔ˥ gin˥ nã˥ tsiũ˩ kio˧ tsap˩

peᅦ pen˩]
喻女大十八變。

【查某囝仔，油麻菜籽命】
[tsa˧ bɔ˥ gin˥ nã˦ iu˧ muã˧ ts'ai˦ tsi˥ miã˧]
女孩子之命運，視隨所嫁丈夫好壞而好壞，有如油麻菜籽，隨風而飄，落在肥地即長得很好，落在貧地即長得很差。

【查某囝仔，無才便是德】
[tsa˧ bɔ˥ gin˥ nã˦ bo˧ tsai˧ pen˩ si˩ tik˩]
女子嫁夫隨夫，不必有什麼特殊技能。

【查某子嫁大爺，好名好聲】
[tsa˧ bɔ˥ kiã˦ ke˦ tua˩ ia˧ ho˥ miã˧ ho˥ siã˥]
大爺，清代官衙中的差役。嘲諷下賤人裝貴氣。

【查某毋認醜，查甫毋認戇】
[tsa˧ bɔ˦ m˩ zin˩ bai˦ tsa˧ pɔ˥ m˩ zin˩ gɔŋ˧]
女子不承認自己醜，男子不承認自己笨。譏人不自檢點。

【查某坐頭胎，查甫隨後來】
[tsa˧ bɔ˦ tse˩ t'au˧ t'e˥ tsa˧ pɔ˥ sui˧ au˩ lai˧]
安慰頭胎生女孩的產婦的話。

【查某人屎耙——一擺撥雙孔】
[tsa˧ bɔ˥ laŋ˧ sai˥ pe˥ tsit˩ pai˦ pue˥ siaŋ˧ k'aŋ˥]
歇後語。屎耙，昔日鄉間沒有衛生紙，鄉民常用竹片或木棒揩肛門，俗稱「屎耙」。婦女的生理結構，陰道口與肛門口毗鄰，用屎耙揩肛門會順道刮過陰道口，故云「一擺撥雙孔」，引申而有一箭雙鵰、一舉兩得之意。

【查某嫺揹肉，生看，熟無份】
[tsa˧ bɔ˥ kan˦ kuã˩ baʔ˩ ts'ẽ˥ k'uã˩ sik˥ bo˧ hun˧]
女婢為主人上街買肉，只能看到生的，煮熟就沒有她的分兒可吃。喻為人效勞而分不到好處。

【查甫仰予人請，查某仰生子】
[tsa˧ pɔ˥ əŋ˦ hɔ˩ laŋ˧ ts'iã˦ tsa˧ bɔ˦ əŋ˦ sẽ˧ kiã˦]
仰，巴望也。昔日生活困苦，三餐無油無臊，想吃好的，男子必須等人請客，女子則只有做月子才能吃麻油雞酒等。

【查某囝仔人，捻頭飼嘛會活】
[tsa˧ bɔ˥ gin˥ nã˥ laŋ˧ liam˦ t'au˧ ts'i˧ mã˩ e˩ ua˧]
捻頭，把頭去掉。往昔重男輕女，認為女孩子不要去管她也會長大。

【查甫人查某體，無死泄恁娘禮】
[tsa˧ pɔ˧ laŋ˧ tsa˧ bɔ˥ t'e˦ bo˧ si˦ sia˦ lin˥ niũ˧ le˦]
罵男人好管女人的事，不死的話也會丟他母親（娘禮）的面子。

【查甫大到廿五，查某大到大肚】
[tsa˧ pɔ˥ tua˩ kau˦ zi˩ gɔ˧ tsa˧ bɔ˦ tua˩ kau˦ tua˩ tɔ˧]
俗謂男子可以發育到二十五歲，女子可以發育到懷孕的時候。

【查甫子得田園，查某子得嫁粧】
[tsa˧ pɔ˧ kiã˦ tit˥ ts'an˧ həŋ˧ tsa˧ bɔ˥ kiã˦ tit˥ ke˦ tsəŋ˥]
男兒繼承父母的不動產，女兒則在出嫁時獲得一分粧奩。此為台灣民間的繼承習慣。

【查某人擱卡賢，放尿嘛𣍐上壁】
[tsa˧ bɔ˥ laŋ˧ ko˦ k'a˦ gau˧ paŋ˦ zio˧ mã˩ be˩ tsiũ˩ piaʔ˩]

昔日男子鬥不過女子時，即口出此語。表示女子再能幹，小便時也無法像男人一樣，可以澆到牆壁上。

【查某子五花孝，橄仔孫紅抛抛】
[tsa˧ bɔ˥ kiã˥ gɔ˩ hue˧ ha˩ kan˧ nã˥ sun˥ aŋ˧ p'a˥ p'a˩]
台俗父母之喪，子女須帶孝，子帶麻，女子未嫁者亦帶麻，已嫁者帶苧，已嫁者三七（旬）即換孝，未嫁者七七（旬）或百日才換，參差不齊，故稱「五花孝」。橄仔孫指第四代孫，其孝服紅色，表示子孫繁昌，福壽全歸。

【查某囝仔人，乞食工藝嘛著學】
[tsa˧ bɔ˥ gin˥ nã˥ laŋ˧ k'it˥ tsia˩ kaŋ˧ ge˧ mã˩ tio˩ o˧]
喻女孩子什麼事都要學。

【查某囝五花孝，橄仔孫紅抛抛】
[tsa˧ bɔ˥ gin˥ gɔ˩ hue˧ ha˩ kan˧ nã˥ sun˥ aŋ˧ p'a˥ p'a˩]
意同「查某子五花孝，橄仔孫紅抛抛」。

【查某孫擔來看，查某子收一半】
[tsa˧ bɔ˥ sun˥ tã˧ lai˧ k'uã˩ tsa˧ bɔ˥ kiã˥ siu˧ tsit˩ puã˩]
台俗父母之喪，已出嫁的女兒、孫女，於出殯當天須備五牲祭拜，由於親疏有別，服喪義務也不同，因此拜完後女兒的牲禮可以收下一半，至於孫女的則全部不收。

【查甫莫學百里奚，查某莫學買臣妻】
[tsa˧ pɔ˥ bɔk˩ o˩ pa˥ li˥ k'e˥ tsa˧ bɔ˥ bɔk˩ o˩ mãi˥ sin˧ ts'e˥]
百里奚爲求功名而休妻，朱買臣之妻因不甘清苦生活而求去，故男人不可學百里奚，女人不可學朱買臣妻。

【查某飼大就給嫁，毋通剃頭做尼姑】
[tsa˧ bɔ˥ ts'i˩ tua˧ tio˩ ka˧ ke˩ m˩ t'aŋ˧ t'i˥ t'au˧ tso˥ nĩ˧ kɔ˥]
喻女大當嫁，不要誤了婚期。

【柴空，米糧盡】
[ts'a˧ k'aŋ˥ bi˥ niũ˧ tsin˧]
喻家貧無以爲炊。

【柴耙踏薑芽】
[ts'a˧ pe˧ ta˩ kiũ˧ ge˧]
柴耙，大腳丫；薑芽，纏足。大腳踏纏足的，喻丫環氣燄蓋過小姐。

【柴嘴甲石耳】
[ts'a˧ ts'ui˩ ka˥ tsio˩ hĩ˧]
甲，與、和。一張像木頭般的嘴和一副石頭似的耳朵，喻不聰明。

【柴頭來關也會發】
[ts'a˧ t'au˧ lai˧ kuan˥ ia˩ e˩ huat˩]
關，關輦、關童乩之關；發，發童，即起乩也。喻善於口舌，連木頭都會被他說動。

【染布放屎——擲青】
[nĩ˥ pɔ˩ paŋ˥ sai˥ tẽ˥ ts'ĩ˥]
歇後語。昔日染布都是用靛青，染布工人待在染布坊久了，屙屎都會有青色，故云擲青，與台語裝蒜諧音。

【柚仔萬，楊桃萬】
[iu˧ a˥ ban˧ iũ˧ t'o˧ ban˧]
柚及楊桃之一部分，稱爲瓣，音與「萬」同。笑人沒錢，所謂的萬只是柚仔、楊桃的「瓣」而已。

【桃花驛馬】
[t'o˧ hue˧ ia˩ be˥]
男性除老婆外，在外面搞七捻三；或女性除丈夫外，在外還有姘頭，即稱帶「桃花驛馬」。

【桐油桶，貯桐油】
[t'aŋ˧ iu˧ t'aŋ˥ te˥ t'aŋ˧ iu˧]

喻本性難移。

【栗子若老家治開，石榴若老家治破】
[lat˩ tsi˥ nã˩ lau˧ ka˧ ti˩ k'ui˥ sia˩ liu˦ nã˩ lau˧ ka˧ ti˩ p'ua˩]
栗子成熟自己會開，石榴成熟自己會破；喻男女長大，情竇自然會開。

【根深毋驚風搖動】
[kin˥ ts'im˥ m˩ kiã˧ hɔŋ˥ io˧ taŋ˧]
喻做得正，站得穩，不怕他人蜚短流長。

【根深不怕風搖動，樹正何愁月影斜】
[kin˥ ts'im˥ put˥ p'ã˩ hɔŋ˥ io˧ taŋ˧ ts'iu˧ tsiã˩ ho˧ siu˧ gue˩ iã˥ ts'ia˦]
喻只要自身行事立得正，不必害怕別人的流言。

【桀斷人耳孔毛】
[ket˥ tuĩ˩ laŋ˧ hĩ˩ k'aŋ˧ mõ˥]
喻説話逆耳。

【校長兼損鐘】
[hau˩ tiũ˥ kiam˧ kɔŋ˥ tsiŋ˥]
校長兼工友（損鐘），喻一人公司，一個人身兼數職，從上包到下。

【桌頂拈柑】
[to˥ tiŋ˥ nĩ˧ kam˥]
從桌上拿橘子，喻輕而易舉。

【桌頂點白燈】
[to˥ tiŋ˥ tiam˥ pe˩ tiŋ˥]
順口溜，桌頂之頂與白燈之燈押韻。

【桌頂食到桌尾】
[to˥ tiŋ˥ tsia˩ ka˥ to˥ bue˥]
喻從頭吃到底。

【桌頂食飯，桌腳放屎】
[to˥ tiŋ˥ tsia˩ puĩ˧ to˥ k'a˥ paŋ˥ sai˥]
在桌上吃飯，卻在桌下大便。喻忘恩負義。

【桌頂食飯，桌腳講話】
[to˥ tiŋ˥ tsia˩ puĩ˧ to˥ k'a˥ kɔŋ˥ ue˧]
吃了人家的飯，卻在背後説那人的壞話。喻忘恩負義。

【栽花換斗】
[tsai˧ hue˥ uã˩ tau˥]
婦女結婚多年不能生育或只生女而不生男，便尋求尪姨、符仔仙做法以期生男育女如其所願，這種法術稱爲「栽花換斗」。台俗以婦女爲花欉，開白花爲生男孩，開紅花爲生女兒。

【桑條從小鬱，長大鬱觔屈】
[sɔŋ˧ tiau˦ tsiɔŋ˩ sio˥ ut˩ tiɔŋ˥ tai˧ ut˥ be˩ k'ut˩]
喻小孩要從小教育，小不教，長大就教不動。

【桶無離井】
[t'aŋ˥ bo˧ li˩ tsẽ˥]
桶，揞桶，在井中汲水之木桶；喻焦不離孟，孟不離焦。

【梟又強】
[hiɔŋ˦ ko˥ kiɔŋ˦]
罵人心狠手辣。

【梧桐落葉心毋死】
[gɔ˧ tɔŋ˦ lo˩ hio˧ sim˥ m˩ si˥]
喻雖遇困境，志氣不可消沈。

【棚頂美，棚下鬼】
[pẽ˧ tiŋ˥ sui˥ pẽ˧ k'a˥ kui˥]
演員化粧在台上演出都很漂亮，但下台卸粧後都醜得像鬼。

【棚頂的皇帝——做無久】
[pẽ˧ tiŋ˥ ge˧ hɔŋ˧ te˩ tso˥ bo˧ ku˥]

歇後語。因爲扮演戲中皇帝只是暫時的，故云做不久。

【棚腳條條會，上棚句句生】
[pẽ˧ k'a˥ tiau˧ tiau˧ e˧ tsiũ˩ pẽ˧ ku˥˩ ku˥˩ sẽ˥]
觀眾批評演員的演技很容易，但自己上場則不知所措。

【棚頂做到流汗，棚腳嫌歹看】
[pẽ˧ tiŋ˥˩ tso˥˩ ka˥ lau˧ kuã˧ pẽ˧ k'a˥ hiam˧ p'ãi˥ k'uã˩]
戲台上（棚頂）演員演得流汗，台下觀眾仍嫌不好看。喻吃力不討好。

【棚頂做到流汗，棚腳嫌到流瀾】
[pẽ˧ tiŋ˥˩ tso˥˩ ka˥ lau˧ kuã˧ pẽ˧ k'a˥ hiam˧ ka˥ lau˧ nuã˧]
意同前句。

【棚頂有彼號人，棚腳也有彼號人】
[pẽ˧ tiŋ˥˩ u˩ hit˥ lo˩ laŋ˧˥ pẽ˧ k'a˥ ia˩ u˩ hit˥ lo˩ laŋ˧˥]
戲裡有那種人，現實社會也有那種人；喻人生如戲，戲如人生。

【棚頂有彼種人，棚腳就有彼種人】
[pẽ˧ tiŋ˥˩ u˩ hit˥ tsiɔŋ˥ laŋ˧˥ pẽ˧ k'a˥ tio˩ u˩ hit˥ tsiɔŋ˥ laŋ˧˥]
一樣米養百樣人，什麼樣的人都有；舞台上有的那種人，在現實人生中也有。

【棺材內唱曲】
[kuã˧ ts'a˧ lai˧ ts'iũ˥˩ k'ik˩]
喻不知死活，仍逍遙自在。

【棺材鑽一半】
[kuã˧ ts'a˧˥ nuĩ˥˩ tsit˩ puã˩]
罵人年紀已一大把，仍一事無成。

【棺材老鼠——吵死人】
[kuã˧ ts'a˧ niãu˥ ts'i˥˩ ts'a˥ si˥ laŋ˧˥]
歇後語。孩子吵鬧時，大人常用此語。

【棺材老鼠，食死人】
[kuã˧ ts'a˧ niãu˥ ts'i˥˩ tsia˩ si˥ laŋ˧˥]
罵人貪婪刻薄。

【棺材釘釘，就改變】
[kuã˧ ts'a˧ tiŋ˥˩ tiŋ˥ tio˩ kai˥ pen˩]
除非死亡裝進棺材，四角釘上鐵釘，否則是不會改變其個性的；喻這一輩子是改不了的。

【棺材貯死無貯老】
[kuã˧ ts'a˧˥ te˥ si˥˩ bo˧ te˥ lau˧]
喻人之死亡，是不限年齡老幼的。

【棺材貯臭無貯老】
[kuã˧ ts'a˧˥ te˥ ts'au˩ bo˧ te˥ lau˧]
意同前句。

【棺材鑽一半較加】
[kuã˧ ts'a˧˥ nuĩ˥˩ tsit˩ puã˥˩ k'a˥˩ ke˥]
罵人人生已過了一半以上，在世之日已無多。

【棺材底放炮——驚死人】
[kuã˧ ts'a˧ te˥˩ paŋ˥˩ p'au˩ kiã˧ si˥ laŋ˧˥]
歇後語。在棺木底下放鞭炮，驚嚇到棺中的死人，即驚死人，即嚇死人之意。

【棺材裏伸手——死愛錢】
[kuã˧ ts'a˧ lai˧ ts'un˧ ts'iu˥˩ si˥ ai˥˩ tsĩ˧˥]
歇後語。棺材裏躺的是死人，死人還伸手要錢，眞是「死愛錢」。

【棺材扛上山，無埋也著燒】
[kuã˧ ts'a˧˥ kəŋ˧ tsiũ˩ suã˥ bo˧ tai˧˥ ia˩ tio˩ sio˥]
棺材既出殯，扛到墓地，不是土葬便是火化；喻事情既已發生，總要處理，不能放置不問。

【棺材扛上山，無燒也著埋】

[kuã˧ ts'a˦ kəŋ˧ tsiũ˩ suã˥ bo˧ sio˥ ia˩ tio˩ tai˦]
意同前句。

【棺材店裏咬牙——恨人艙死】
[kuã˧ ts'a˧ tiam˥˧ lai˧ ka˩ ge˦ hin˩ laŋ˧ be˩ si˥˧]
歇後語。開棺材店的商人，爲了賺錢，自然希望有人死亡，才能多賣幾具棺木。

【棋局，酒量】
[ki˧ kiɔk˥˩ tsiu˥ liɔŋ˧]
下棋、飲酒都應有限量。喻做事須有分寸。

【棄桅失舵】
[k'i˥˧ ui˦ sit˥˩ tai˧]
昔日，航行於台灣海峽的船隻，都是依靠風力的帆船。帆船以桅張帆才會有動力，並以舵來掌握方向；若無桅又無舵，則是完全失去依靠。

【棕蓑户蠅——食無】
[tsaŋ˧ sui˧ hɔ˧ sin˦ tsia˩ bo˧]
歇後語。棕蓑，昔日農夫耕田之雨具，以棕皮製成，邊緣鬚鬚如毛。蒼蠅（户蠅）停於其上有如吃毛，吃毛與吃無（食無）台語諧音。

【楠仔坑布店——公安】
[lam˧ mã˥ k'ẽ˧ pɔ˥˧ tiam˩ kɔŋ˧ an˥]
歇後語。昔日，高雄楠仔坑有家店名廣安的布店。台語廣安、公安諧音，公安之意爲祖公平安，做安穩解。

【極樂世界】
[kik˩ lɔk˩ se˥˧ kai˩]
指天堂、西方阿彌陀佛世界。

【楊本縣，敗地理】
[iũ˧ pun˥ kuan˧ pai˩ te˩ li˥˧]
昔日民間傳說，台灣本有帝王之氣，清廷乃派一楊姓人士到台灣當知縣（本縣）。楊知縣精通地理，明察暗訪，將所有好地理全破壞殆盡，以致台灣出不了帝王。案：清代台灣的楊姓知縣只有楊桂森一人，曾任彰化縣知縣，爲官清廉、政通人和，應非敗地理之人。

【楊阿鱸鰻落衰】
[iũ˧ a˥ lɔ˧ muã˦ lak˥˩ sue˥]
昔日，有人名楊鱸鰻，以打拳賣膏藥爲生，常到艋舺開場。某次開場時，因過於誇口，在場的觀眾聽了光火，就令他當場出醜。「楊阿鱸鰻落衰」就傳遍艋舺。後以本句比喻丟臉。

【槍子扑入卵鳥空——註死】
[ts'iŋ˥˧ tsi˥˧ p'a˥˧ zip˩ lan˩ tsiau˥ k'aŋ˥ tsu˥˧ si˥˧]
歇後語。槍子，子彈；卵鳥空，男子尿道口；子彈從尿道口打進去，眞是該死（註死）。

【槍子扑著肚臍孔——註死的】
[ts'iŋ˥˧ tsi˥˧ p'a˥˧ tio˩ tɔ˩ tsai˧ k'aŋ˥ tsu˥˧ si˥˧ e˩]
歇後語。槍子，子彈；子彈打進肚臍眼，眞是命中註定該死，故云「註死的」。

【槌摃鐵】
[t'ui˦ kɔŋ˥˧ t'iʔ˩]
謂旗鼓相當。

【槌烏豆馬脤】
[tui˧ ɔ˧ tau˧ mã˥ mẽ˩]
馬脤，與日語豆子諧音。槌烏豆，意謂與人説短長。

【槌仔舉起無論爸】
[t'ui˧ a˥˧ gia˧ k'i˥˧ bo˧ lun˩ pe˧]
在武藝場上比武，父子不相讓。

【榮影，戴雞毛筅】
[iŋ˧ iã˥ ti˥ ke˧ mɔ̃˧ ts'iŋ˥]
拿雞毛撣子戴在頭上彷彿官帽，以過官癮；形容虛榮心很強的人。

【榮華富貴皆由命】
[iŋ˧ hua˦ hu˥ kui˩ kai˧ iu˧ miã˧]
人生福禍，皆是命中註定之事。

【樂極生悲】
[lɔk.˩ kik.˩ siŋ˧ pi˥]
快樂到極點，容易疏忽，就會產生悲劇。

【槽內蟲，槽內死】
[tso˧ lai˩ t'aŋ˦ tso˧ lai˩ si˥]
謂在什麼地方討生活，就死在什麼地方。

【橫行直衝】
[huãi˧ kiã˦ tit.˩ ts'iɔŋ˥]
形容人走路不拘細節，邁步前行。

【橫人，理路直】
[huãi˧ laŋ˦ li˥ lɔ˧ tit'˩]
雖是蠻橫之人，講起道理來，也有一套。

【橫柴舉入灶】
[huãi˧ ts'a˦ gia˧ zip.˩ tsau˩]
罵人蠻橫不講理。

【橫草無拈，直草無捻】
[huãi˧ ts'au˥ bo˧ nĩ˥ tit.˩ ts'au˥ bo˧ liam˩]
從來不偷不拿別人家的東西。喻老實人。

【機事不密則害成】
[ki˧ su˧ put'˥ bit'˥ tsik'˥ hai˩ siŋ˦]
商討重要的機密，若走漏風聲，馬上會招來禍害。

【橋過拐核揀】
[kio˦ kue˩ kuai˥ hĩ˥ sak.˩]
昔日鄉間多小橋，過橋人爲求平衡與安全，須拄拐杖；過了橋即將柺扙丟棄，喻很快就將對己有恩的人忘卻。

【橋過柺擲揀】
[kio˦ kue˩ kuai˥ tan˥ sak.˩]
意同「橋過柺棄揀」。

【橋未過，柺先抽】
[kio˦ bue˩ kue˩ kuai˥ siŋ˧ t'iu˥]
罵人奸詐、陰險，善於陷害人。

【橋過，拐仔就放掉】
[kio˦ kue˩ kuai˥ a˥ tio˩ paŋ˥ tiau˧]
過了險橋，就將賴以過橋的拐杖丟掉；罵人忘恩負義，利用過後就將人一腳踢開。

【樹大招風】
[ts'iu˧ tua˧ tsio˧ hɔŋ˥]
地位高、名氣大，就會招人批評。

【樹大影大】
[ts'iu˧ tua˧ iã˥ tua˧]
地位高收入多者，需要他照料、支出的地方也多。

【樹大，會蔭人】
[ts'iu˧ tua˧ e˩ im˥ laŋ˦]
有財勢才能幫助人。

【樹大，蔭也大】
[ts'iu˧ tua˧ əŋ˥ ia˩ tua˧]
有權有勢，受其庇護的人也多。

【樹高較受風】
[ts'iu˧ kuan˦ k'a˥ siu˩ hɔŋ˥]
樹高容易受風吹，喻地位高容易受嫉妒。

【樹尾無風艙搖】
[ts'iu˩ bue˥ bo˧ hɔŋ˥ be˩ io˦]
喻事出有因。

【樹欉大，風也大】

[ts'iu˩ tsaŋ˦ tua˧ hɔŋ˥ ia˩ tua˧]
意同「樹大招風」。

【樹大分枝，人大分家】
[ts'iu˧ tua˧ pun˧ ki˥ laŋ˦ tua˧ pun˧ ke˥]
喻兒子長大，各自獨立門户，乃自然之事。

【樹影西斜，離根不遠】
[ts'iu˩ iã˥ se˧ ts'ia˦ li˩ kin˥ put˥ uan˥]
比喻離結束不遠、不能持久。

【樹身企正，毋驚樹尾風】
[ts'iu˩ sin˥ k'ia˩ tsiã˩ m˩ kiã˧ ts'iu˩ bue˥ hɔŋ˥]
喻只要本身行得正，不怕別人風風雨雨。

【樹彼呢大，影也彼呢大】
[ts'iu˧ hia˥ nĩ˩ tua˧ iã˥ ia˩ hia˥ nĩ˩ tua˧]
喻收入多，開支亦多。

【樹身企得正，毋驚樹尾人搖風】
[ts'iu˩ sin˥ k'ia˩ tit˥ tsiã˩ m˩ kiã˧ ts'iu˩ bue˥ laŋ˧ io˧ hɔŋ˥]
意同「樹身企正，毋驚樹尾風」。

【樹頭企乎在，毋驚樹尾做風颱】
[ts'iu˩ t'au˦ k'ia˩ hɔ˧ tsai˧ m˩ kiã˧ ts'iu˩ bue˥ tso˥ hɔŋ˧ t'ai˥]
比喻做人只要腳步站得穩，不怕別人蜚短流長。

【樹欲靜，風不息；子欲養，父母不在】
[ts'iu˧ iɔk˩ tsiŋ˧ hɔŋ˥ put˥ sit˩ tsu˥ iɔk˩ iɔŋ˥ hu˩ bio˥ put˥ tsai˧]
樹要靜，風不停，子要養父母，父母卻已不在；喻為人子女若欲行孝，須趁父母在世時。

【檢新婦檢一個，檢子婿檢一家】
[kiŋ˥ sim˧ pu˧ kiŋ˥ tsit˩ le˦ kiŋ˥ kiã˥ sai˩ kiŋ˥ tsit˩ ke˥]
檢，選擇；新婦，媳婦；子婿，女婿。選媳婦，只要看她本人即可；選女婿，因係女兒要去跟他們一家子過活，須連對方全家人都考慮才可以。

【櫻桃嘴，柳葉眉】
[iŋ˧ t'o˧ ts'ui˩ liu˥ iap˩ bai˦]
形容美女的嘴形、眉狀。

【欠人教示】
[k'iam˥ laŋ˧ ka˥ si˧]
罵人缺乏教養。

【欠久著害】
[k'iam˥ ku˥ tio˩ hai˧]
欠久了，就會賴賬。

【欠角是鬼】
[k'iam˥ kak˩ si˩ kui˥]
罵人醜惡狡猾。

【欠豬狗債】
[k'iam˥ ti˧ kau˥ tse˩]
謂因前世的孽緣欠債，才結成今世的父子或夫妻關係。

【欠字兩頭低】
[k'iam˩ zi˩ lɔŋ˩ t'au˧ ke˧]
喻無債一身輕，有債終身煩。

【欠債，怨財主】
[k'iam˥ tse˩ uan˥ tsai˧ tsu˥]
欠債反而怨恨債權人。

【欠錢行店後】
[k'iam˥ tsĩ˦ kiã˧ tiam˥ au˧]
沒現金，買東西用賒賬，不敢走店面，只敢從後門進去賒。後來用以諷刺那些不顧信用而又怕露臉的人。

【欠錢，走主顧】
[k'iam˥ tsĩ˦ tsau˥ tsu˥ kɔ˩]

主顧由於賒帳太多久而未還，不敢再上門，因而流失。

【欠子債，舉子枷】
[k'iam˥ kiã˥ tse˩ gia˧ kiã˥ ke˦]
台俗認爲做父母的都是上輩子欠了子女的債，這輩子才須爲他們勞碌。

【欠兩支角是鬼】
[k'iam˥ ləŋ˩ ki˧ kak˩ si˩ kui˥]
指陰險狡猾之人。

【欠錢大王，討錢司傅】
[k'iam˥ tsĩ˧ tai˩ ɔŋ˦ t'o˥ tsĩ˧ sai˧ hu˧]
司傅，喻高手；欠別人錢賴著不還，借錢給別人卻急著要回。

【欠債怨債主，不孝怨爸母】
[k'iam˥ tse˩ uan˥ tse˥ tsu˥ put˥ hau˩ uan˥ pe˩ bu˥]
欠錢的怨債主，不孝順的孩子常抱怨父母。

【欲加之罪，何患無詞】
[iɔk˩ ka˧ tsi˧ tsue˧ ho˧ huan˩ bu˧ su˦]
想要處罰他，不怕找不到罪名。

【欲借人死，毋借人生】
[be˥ tsio˥ laŋ˧ si˥ m˩ tsio˥ laŋ˧ sẽ˥]
此爲民俗心理，相傳人死會留福，而一個新生命之出生則須借福。昔日省民普受此一心理之影響，故容許他人借屋辦喪事，而不許可女兒回娘家生小孩。

【欲廣心田，須平心地】
[iɔk˩ kɔŋ˥ sim˧ ten˦ su˧ piŋ˧ sim˧ te˧]
喻心地純良才會有福氣。

【欺貧重富】
[k'i˧ pin˦ tiɔŋ˩ hu˧]
勢利眼。

【欺妻，一世貧】
[k'i˧ ts'e˥ it˥ se˥ pin˦]
大丈夫而欺凌妻子，則一輩子貧苦。

【欺負爛土無刺】
[k'i˧ hu˩ nuã˩ t'ɔ˦ bo˧ ts'i˩]
喻欺負軟弱的人。

【歌仔三日無練爬上樹】
[kua˧ a˥ sã˧ zit˥ bo˧ len˧ pe˥ tsiũ˩ ts'iu˧]
熟能生巧，只有勤學苦練，才能使技藝純熟。

【歉世查某，夫人命】
[k'iam˥ se˥ tsa˧ bɔ˥ hu˧ zin˧ miã˧]
貌醜的女子，由於心善，往往能貴爲一品夫人。

【歡喜借，歡喜還】
[huã˧ hi˥ tsioʔ˩ huã˧ hi˥ hĩ˦]
好借好還。

【歡喜到獅尾舉半天】
[huã˧ hi˥ ka˥ sai˧ bue˥ gia˧ puã˥ t'ĩ˥]
高興得尾巴翹得半天高；喻受奉承、讚揚而喜不自勝。

【正包倒包】
[tsiã˥ pau˥ to˥ pau˥]
正，右也；倒，左也；喻東敲西擊。

【正剾倒削】
[tsiã˥ k'au˥ to˥ siaʔ˩]
剾、削，本指刨木材之動作；借喻從正反面去譏諷一個人。

【正蟳二蚷】
[tsiã˧ tsim˦ zi˩ ts'i˧]
澎湖諺語。正月的紅蟳、二月的蚷仔，最爲肥美。

【正手入，倒手出】
[tsiã˥ ts'iu˥ zip˥ to˥ ts'iu˥ ts'ut˦]
正手（右手）進，倒手（左手）出，一入一出，沒有剩餘。

【正月蔥，二月韮】
[tsiã˧ gue˨ ts'aŋ˥ zi˨ gue˨ ku˥]
農諺。正月的蔥，二月的韮菜，最當令，最幼嫩好吃。

【正月新娘無出門】
[tsiã˥ gue˨ sin˧ niũ˦ bo˧ ts'ut˥ muĩ˦]
喻新年全家團聚。

【正路毋行，行偏路】
[tsiã˥ lɔ˧ m˨ kiã˧ kiã˧ p'en˧ lɔ˧]
不走正道走邪門，喻自貶身價。

【正月正，媒人無出廳】
[tsiã˧ gue˨ tsiã˥ muãi˧ laŋ˦ bo˧ ts'ut˥ t'iã˥]
正月裡，人人爲自家之事而忙，無暇顧及旁人之事，連媒人也不例外。

【正月查某，二月簡古】
[tsiã˥ gue˨ tsa˧ bɔ˥ zi˧ gue˨ kan˥ kɔ˥]
澎湖諺語。正月分，女人因過年過節，都穿得很美；二月分，烏賊（簡古）因要游近淺礁區產卵，正好誘捕。

【正著放債，跪著討債】
[tsiã˥ te˥ paŋ˥ tse˨ kui˨ te˥ t'o˥ tse˨]
喻討債不易。或作「企著放債，跪著討債」。

【正月正，牽新娘，出大廳】
[tsiã˧ gue˨ tsiã˥ k'an˧ sin˧ niũ˦ t'sut˥ tua˨ t'iã˥]
本省人年終結婚者特多，新正（年初一）全家人要拜天地神祇時，新娶的新娘，因不諳室內路徑，且古時之房屋採光差，白天亦暗，户樞巷路又多，唯恐新娘跌倒，故須由人牽引出廳禮拜。

【正月初至八，行船過還泊】
[tsiã˧ gue˨ ts'e˥ tsi˥ peʔ˦ kiã˧ tsun˦ kue˨ ia˨ p'a˥]
正月初一至初八，潮水急，駛船須隨潮水，時行時停。

【正月狷查甫，二月狷查某】
[tsiã˥ gue˨ siau˥ tsa˧ pɔ˥ zi˧ gue˨ siau˥ tsa˧ bɔ˥]
狷，瘋狂，相當於英文的 crazy；形容正月、二月農暇，男男女女玩得很快樂。

【正腳跪紅紅，倒腳拜死人】
[tsiã˥ k'a˥ kui˨ aŋ˧ aŋ˦ to˥ k'a˥ pai˥ si˥ laŋ˦]
正腳，右腳；倒腳，左腳。台俗跪拜之禮，拜神明、拜天公等喜事，先出左腳、跪右腳，再收左腳下跪。喪事，則是先出右腳、跪左腳，再收右腳下跪。吉凶有別。

【正月雷，二月雪，三月無水過田岸】
[tsiã˧ gue˨ lui˦ zi˨ gue˨ seʔ˦ sã˥ gue˨ bo˧ tsui˥ kue˥ ts'an˧ huã˧]
氣象諺。正月打雷，二月下雪，占三月無雨缺水。

【正月寒死豬，二月寒死牛，三月寒死播田夫】
[tsiã˥ gue˨ kuã˧ si˥ ti˥ zi˧ gue˨ kuã˧ si˥ gu˦ sã˥ gue˨ kuã˧ si˥ pɔ˥ ts'an˧ hu˥]
氣象諺。謂正、二、三月間台灣之氣候仍很寒冷。

【正月狷查某，二月狷蛤鼓，三月狷�株魚，四月狷蟾蜍】

[tsiã˥ gue˩ siau˥ tsa˧ bɔ˥˧ zi˧ gue˩ siau˥ kap˩ kɔ˥˧ sã˥ gue˩ siau˥ tai˧ hi˧˥ si˩ gue˩ siau˥ tsiũ˧ tsi˧˥]
猜，思春也。正月已步入春季，女人多有病春之象，在此期受孕者多。二、三、四月，則分別爲田蛙（蛤鼓）、魠魚、蟾蜍之受孕期。

【此世做，後世收】
[tsit˥ se˩ tso˩ au˩ se˩ siu˥]
佛家因果報應說。

【此溪無魚，別溪釣】
[tsit˥ k'e˥ bo˧ hi˧˥ pak˩ k'e˥ tio˩]
這條溪沒有魚，到另一條溪去釣。意同「東港無魚，西港拋」。

【此巷無路，看做北港魚落】
[ts'u˥ haŋ˧ bo˧ lɔ˧ k'uã˥˧ tso˥˧ pak˥ kaŋ˥˧ hi˧˥ lo˧]
戲謂認錯了字，把「此巷無路」看成「北港魚落」。

【此事予你識，鴨卵攏要鑽孔】
[tsit˥ su˧ hɔ˩ li˥ bat˩ a˥˧ nuĩ˧ lɔŋ˥ ai˥˧ tsuĩ˥˧ k'aŋ˥]
識人見識少，無法了解這一件事。

【此科若中，是天無目；此科若無中，是主考無目】
[tsit˥ k'o˥ nã˩ tiɔŋ˩ si˩ t'ĩ˥ bo˧ bak˥ tsit˥ k'o˥ nã˩ bo˧ tiɔŋ˩ si˩ tsu˥ k'o˥˧ bo˧ bak˥]
此爲金門才子許獬某年考科舉時所寫之名言，蓋其屢試不中，又頗自負，懷疑主考官之鑑別能力，故有此語。

【步罡踏斗】
[pɔ˩ kɔŋ˥ ta˩ tau˥˧]
原指道士作法時所走之步法；後用以形容做事拘泥不知變通。

【武字，無一撇】
[bu˥˧ zi˩ bo˧ tsit˩ p'et˩]
本謂武字之正確寫法右邊沒有一撇；借以譏諷武人多目不識丁，沒有本事。

【武松，歇毋著店】
[bu˥ siɔŋ˧˥ he˥˧ m˩ tio˩ tiam˩]
《水滸傳》武松投宿十字坡邊酒店，險些受害。喻所居地方不宜，住錯了地方。

【歪腰】
[uai˧ io˥]
很累，吃不消。

【歪哥仙】
[uai˧ ko˧ sen˥]
謂官場貪污舞弊之徒。

【歪哥市毛】
[uai˧ ko˧ ts'i˩ ts'ua˧]
形容東西不端正或者事情陷入亂七八糟的狀況。

【歪哥刺斜】
[uai˧ ko˧ tsi˩ ts'ua˧]
意同前句；形容東西橫豎亂七八糟放置，沒有條理。

【歪嘴正食】
[uai˧ ts'ui˩ tsiã˥˧ tsia˧]
歪嘴者吃東西時也是正著吃；喻人即使犯過過錯或有缺點，但是該他做的事他還是會做。

【歪歪講，正正著】
[uai˧ uai˧ kɔŋ˥˧ tsiã˥˧ tsiã˥˧ tio˧]
硬將無理之事說成有理。

【歪嘴雞，串食好米】
[uai˧ ts'ui˥˧ ke˥ ts'uan˥˧ tsia˩ ho˥ bi˥˧]
傻人有傻福。

【歪嘴雞，串食大粒米】
[uai˧ ts'ui˥˧ ke˥ ts'uan˥˧ tsia˩ tua˩ liap˩ bi˥˧]

意同前句。

【歪嘴雞，想要食好米】
[uai˧ ts'ui˥ ke˥ siũ˧ be˥ tsia˨ ho˥ bi˥]
喻癩蛤蟆想吃天鵝肉。

【歲濟，賣無錢】
[hue˨ tse˧ be˨ bo˧ tsĩ˦]
俏皮話，本係指「貨濟，賣無錢」，貨多應該可以賣很多錢，何以是賣無錢？原來是自歎「歲濟」，年紀大了，沒有用。

【歸欉好好——無錯】
[kui˧ tsaŋ˦ ho˥ ho˥ bo˧ ts'o˨]
歇後語。錯，台語稱砍樹、砍柴為「銼」；整棵樹（歸欉）好好，表示沒砍（無剉），剉、錯台語同音；喻一點也沒錯。

【歹手爪】
[p'ãi˥ ts'ui˥ ziau˥]
指偷取他人東西的不乾淨行為。

【歹手路】
[p'ãi˥ ts'iu˥ lɔ˧]
手藝不佳。

【歹性地】
[p'aĩ˥ siŋ˥ te˧]
謂脾氣很壞。

【歹焉頭】
[p'ãi˥ ts'ua˨ t'au˦]
壞榜樣、帶壞他人。

【歹剃頭】
[p'ãi˥ t'i˥ t'au˦]
喻不好辦，難以應付。棘手之事。

【歹頭彩】
[p'ãi˥ t'au˧ ts'ai˥]
壞預兆。

【歹子飼父】
[p'ãi˥ kiã˥ ts'i˨ pe˧]
浪子回頭，尚能奉養父母。

【歹尻川底】
[p'ãi˥ k'a˧ ts'uĩ˧ te˥]
指素行不良的人。

【歹落樓梯】
[p'ãi˥ lo˨ lau˧ t'ui˥]
喻騎虎難下。

【歹戲拖棚】
[p'ãi˥ hi˨ t'ua˧ pẽ˦]
不會做戲的，偏要拖延時間。歹或音「au˨」。

【歹人長歲壽】
[p'ãi˥ laŋ˦ təŋ˧ hue˥ siu˧]
壞人反而長命。

【歹子串飼父】
[p'ãi˥ kiã˥ ts'uan˥ ts'i˨ pe˧]
有些兒子雖然小時候不乖、不成材，但只要能反悔改正，有時比乖兒子更能孝養父母。

【歹心予雷嘎】
[p'ãi˥ sim˥ hɔ˨ lui˦ tsim˥]
嘎，吻，劈打。做壞事的人會被雷打死。

【歹田望後冬】
[p'ãi˥ ts'an˦ baŋ˨ au˨ taŋ˥]
佃農這次種到不好的田歉收，希望下次能種到好田豐收。

【歹竹出好筍】
[p'ãi˥ tik˧ ts'ut˥ ho˥ sun˥]
不好看或才能不好的父母，生出俊美或才能傑出的子女。

【歹到無人問】
[p'ãi˥ ka˥ bo˧ laŋ˧ muĩ˧]
為人太壞，走在路上無人與之打招呼。亦做「惡到無人問」。

【歹面好交關】
[p'ãi˥ bin˧ ho˥ kau˧ kuan˥]
長相雖醜，與他接觸卻很好商量；面惡心善。

【歹勢轉生氣】
[p'ãi˥ se˨ tuĩ˥ siũ˨ k'i˨]
惱羞成怒。

【歹戲賢拖棚】
[au˥ hi˨ gau˧ t'ua˧ pẽ˦]
不精采的戲，演出時間又拖得很長。

【歹歹尪，食鱠空】
[p'ãi˥ p'ãi˥ aŋ˥ tsia˨ be˨ k'aŋ˥]
丈夫雖然不好，還是可以依靠生活。

【歹歹尪，食鱠焦】
[p'ãi˥ p'ãi˥ aŋ˥ tsia˨ be˨ ta˥]
丈夫雖然不好，但衣食無缺。

【歹囝仔厚瀾頭】
[p'ãi˥ gin˥ nã˥ kau˨ nuã˨ t'au˦]
不學好的孩子，喜歡編出許多理由來掩飾其過錯。

【歹厝神，通外鬼】
[p'ãi˥ ts'u˥ sin˦ t'ɔŋ˧ gua˨ kui˥]
自己人（厝神）將內部的祕密，洩漏給外人（外鬼）；喻內外勾結。

【歹戲要穿好鞋】
[p'ãi˥ hi˨ be˥ ts'iŋ˨ ho˥ e˦]
不會做事的人，偏要挑好的工具。

【歹人鱠出好子孫】
[p'ãi˥ laŋ˦ be˨ ts'ut˥ ho˥ kiã˥ sun˥]
壞人其後代「有樣學樣」也必不好。

【歹子兒，好人成持】
[p'ãi˥ kiã˥ zi˦ ho˥ laŋ˦ ts'iã˧ ti˦]
成持，栽培；孩子雖壞，因有好人栽培也會變成好人。近朱者赤，近墨者黑。

【歹歹也是狀元骨】
[bai˥ bai˥ ia˨ si˨ tsiɔŋ˨ guan˧ kut˩]
英雄雖然一時落魄，但風骨猶存。

【歹歹也是進士骨】
[bai˥ bai˥ ia˨ si˨ tsin˥ su˨ kut˩]
意同「歹歹也是狀元骨」。

【歹馬也有一步踢】
[p'ãi˥ be˥ ia˨ u˨ tsit˩ pɔ˨ t'at˩]
再差的馬也有一些基本能力；喻天生我材必有用；人各有其專長。

【歹船拄著好港路】
[p'ãi˥ tsun˦ tu˥ tio˨ ho˥ kaŋ˥ lɔ˧]
喻運氣好，碰到好的遭遇。

【歹粟下落好米籮】
[p'ãi˥ ts'ik˩ he˨ lo˨ ho˥ bi˥ lua˦]
米籮，圓口巨腹大型竹器；喻不配。

【歹錢攏是瘦炎的】
[p'ãi˥ tsĩ˦ lɔŋ˥ si˨ san˥ iam˧ ge˦]
清代，北市有瘦炎者，專收購銅錢來偷鑄歹錢。凡市面上發現歹錢，大家都推說是瘦炎的。後來，本句用以比喻推諉。

【歹戲拄著神明生】
[p'ãi˥ hi˨ tu˥ tio˨ sin˧ biŋ˧ sẽ˥]
過去神明生日，必演戲酬神，熱鬧一番，故戲班供不應求。一些不入流的戲班，也濫竽充數派上用場。喻應時勢造化。

【歹人子兒，好人成持】
[p'ãi˥ laŋ˦ kiã˥ zi˦ ho˥ laŋ˦ ts'iã˧ ti˦]
意同「歹子兒，好人成持」。

【歹司功，拄著好日子】
[p'ãi˥ sai˧ kɔŋ˥ tu˥ tio˨ ho˥ zit˩ tsi˥]
司功，道士。道行差的司功，碰到好

日子，也會有人聘請，收入豐富。

【歹尪罵某，歹鑼累鼓】
[p'ãi˥ aŋ˥ mẽ˨˩ bɔ˥˧ p'ãi˥ lo˧˥ lui˨˩ kɔ˥˧]
喻不好的丈夫會累及妻子，女子擇偶，豈可不慎。

【歹某孽子，無法通治】
[p'ãi˥ bɔ˥˧ get˨ tsu˥˧ bo˧ huat˥ t'aŋ˧ ti˧]
不守婦道的妻子及孽子無法管束；清官難斷家務事。

【歹旗累鼓，歹尪累某】
[p'ãi˥ ki˧˥ lui˨˩ kɔ˥˧ p'ãi˥ aŋ˥ lui˨˩ bɔ˥˧]
不好的丈夫會拖累妻子；如同遊行隊伍裡，掌旗的不會掌旗，會拖累後面的鼓手。

【歹鑼累鼓，歹尪累某】
[p'ãi˥ lo˧˥ lui˨˩ kɔ˥˧ p'ãi˥ aŋ˥ lui˨˩ bɔ˥˧]
打鑼的不好好打會連累司鼓的，不好的丈夫會連累到妻子。

【歹瓜厚子，歹人厚言語】
[p'ãi˥ kue˥ kau˨˩ tsi˥˧ p'ãi˥ laŋ˧˥ kau˨˩ gen˧ gi˥˧]
厚，特別多；不好的瓜，瓜子特多，不好的人話語特別多。就是《易經》所說吉人之辭寡，躁人之辭多。

【歹油厚滓，歹人厚目屎】
[p'ãi˥ iu˧˥ kau˨˩ tai˥˧ p'ãi˥ laŋ˧˥ kau˨˩ bak˨ sai˥˧]
不好的油，沈澱物特別多；壞人則特別會喬裝，因而眼淚便特別多（容易哭）。

【歹竹出好筍，好竹出龜崙】
[p'ãi˥ tik˨ ts'ut˥ ho˥ sun˥˧ ho˥ tik˨ ts'ut˥ ku˧ lun˧˥]
不好的竹子長出好竹筍，好的竹子反而長出彎彎曲曲的筍子。喻壞父母生出好子女，好父母反而生出壞子女。

【歹油厚滓，歹查某厚目屎】
[p'ãi˥ iu˧˥ kau˨˩ tai˥˧ p'ãi˥ tsa˧ bɔ˥˧ kau˨˩ bak˨ sai˥˧]
壞油油滓多，壞女人眼淚多。

【歹鳥不知飛，歹柴剖𣍐開】
[p'ãi˥ tsiau˥˧ put˥ ti˧ hui˥ p'ãi˥ ts'a˧˥ p'ua˥˧ be˨˩ k'ui˥]
喻壞東西沒有用處。

【歹粿要會甜，歹某要會生】
[bai˥ kue˥˧ ai˥˧ e˨˩ tĩ˥ bai˥ bɔ˥˧ ai˥˧ e˨˩ sĩ˥]
不好看的粿，粿皮要會甜，才能下口；不好看的妻子要會生男育女，才會受公婆重視。喻婦女的生育能力非常重要。

【歹錢相合用，歹衫相合穿】
[bai˥ tsĩ˧˥ sã˧ kap˨ iŋ˧ bai˥ sã˥ sã˧ kap˨ ts'iŋ˧]
喻同舟共濟，共渡難關。

【歹食是歹食，卻是米粉底的】
[p'ãi˥ tsia˧ si˨˩ p'ãi˥ tsia˧ k'iɔk˥ si˨˩ bi˥ hun˥ te˥˧ e˨˩]
烹調技術雖然不好，食物的質料可是不差。

【歹貓，賢嚊尋；歹查某，厚姊妹】
[p'ãi˥ niãu˥ gau˧ p'ĩ˨˩ ts'ue˧ p'ãi˥ tsa˧ bɔ˥˧ kau˨˩ tsi˥ bue˧]
壞貓，鼻子靈，主人藏的魚肉均難逃其「法鼻」，嗅到後，便跑去偷吃；壞女人，乾姊妹特別多，相聚為非。

【歹歹人客，較贏一個好好親家】
[p'ãi˥ p'ãi˥ laŋ˧ k'eʔ˨ k'a˥˧ iã˧ tsit˨ le˧ ho˥ ho˥ ts'in˧ ke˥]

顧客雖壞，只要來買東西，一定有利潤可賺，可是親家一來就得破費請客。

【歹查甫，厚同年；歹查某，厚姑姨】
[p'ãi˥ tsa˧ pɔ˥ kau˩ taŋ˧ nĩ˦ p'ãi˥ tsa˧ bɔ˥ kau˩ kɔ˧ i˦]
壞男子同年之交特多，壞女人乾姊妹、姑姨（三姑六婆）特多；喻素行不良的人，同類相聚為惡。

【歹歹新婦三頓燒，有孝查某子路頭搖】
[p'ãi˥ p'ãi˥ sim˧ pu˧ sã˧ tuĩ˥ sio˥ iu˥ hau˥ tsa˧ bɔ˥ kiã˥ lɔ˩ t'au˧ io˦]
媳婦雖然是外人，經常讓公婆批評，可是她卻能將公婆的三餐都照顧得好好的； 自己的女兒，雖然自認為她很孝順，可是已出嫁為人媳，路頭遙遠，無法常侍左右。

【歹心烏胳肚，要死初一、十五，要埋風甲雨】
[p'ãi˥ sim˥ ɔ˧ lɔk˧ tɔ˧ be˥ si˥ t'se˧ it˧ tsap˧ gɔ˧ be˥ tai˦ hɔŋ˥ ka˥ hɔ˧]
罵人的順口溜，詛咒壞人要死就死在初一、十五，要埋葬的時候，風雨交加，難以掩埋。

【歹心肝、烏腸肚，要死就初一、十五，要埋風甲雨，要卻骨尋無墓仔埔】
[p'ãi˥ sim˧ kuã˥ ɔ˧ tɔŋ˧ tɔ˧ be˥ si˥ tio˩ ts'e˧ it˧ tsap˧ gɔ˧ be˥ tai˦ hɔŋ˥ ka˥ hɔ˧ be˥ k'io˥ kut˧ ts'ue˩ bo˧ bɔŋ˧ ŋã˥ pɔ˥]
罵人順口溜。比前例多出一句，要卻骨（檢骨）的時候找不到墳墓。

【死人直】
[si˥ laŋ˧ tit˧]
俗信人剛死之時，茫茫渺渺，一無所知，很直。

【死人物】
[si˥ laŋ˧ mĩ˥]
指無用處的東西。

【死鱠變】
[si˥ be˩ pĩ˩]
形容一個人執迷不悟到了極點。

【死人，活虎】
[si˥ laŋ˦ ua˩ hɔ˥]
令人畏懼的兩種東西。

【死人無嘴】
[si˥ laŋ˦ bo˧ ts'ui˩]
人死後不會說話，就像沒有嘴般。即死無對證。

【死坐活食】
[si˥ tse˧ ua˩ tsia˧]
罵人好吃懶做，坐吃山空。

【死來活去】
[si˥ lai˧ ua˩ k'i˩]
死去活來，形容傷心到極點。

【死狗爛羊】
[si˥ kau˥ nuã˩ iũ˦]
喻做事不積極，糾纏不清。

【死狗爛貓】
[si˥ kau˥ nuã˩ niãu˥]
意同前句。

【死蛇遠舉】
[si˥ tsua˦ huĩ˩ gia˦]
死蛇應拿到遠處丟棄，喻壞人應滾得愈遠愈好。

【死予狗拖】
[si˥ hɔ˩ kau˥ t'ua˥]
女罵男的話，謂死了如羅漢腳，無人收埋，任憑野狗啃噬。

【死張活廖】
[si˥ tiũ˥ ua˩ liau˧]

台灣之廖姓分單廖、雙廖二系；前者生、死皆姓廖，後者活著姓廖，死後神主牌上則姓張。因為其先祖張原仔公本係軍人，於元代入贅詔安富翁廖三元之獨生女，其所生之子女，生姓廖，死姓張，即所謂死張活廖。

【死豬鎮稠】
[si˥ ti˥ tin˦ tiau˧˥]
鎮稠，指徒然佔住豬舍。譏人尸位素餐。

【死人快過日】
[si˥ laŋ˧˥ k'uai˦ kue˦ zit˙˥]
人死之後，所做之旬（七），本係每七天一祭，然習俗上多係前後算，有時甚至減日做七，故有此諺。

【死人拖節氣】
[si˥ laŋ˧˥ t'ua˧ tset˙˥ k'ui˨˩]
俗以為病重的人（死人），很難拖過四季的節氣（一年有二十四節氣，平均每月兩個），謂一旦拖過一個，便可再殘喘一陣子。

【死了是君妻】
[si˥ liau˦ si˨˩ kun˧ ts'e˥]
謂活著不知珍惜，死後才念念不忘。

【死人望功德】
[si˥ laŋ˧˥ baŋ˨˩ kɔŋ˧ tik˙˩]
俗信人生在世，多少均有罪愆，須請道士做功德加以超渡，故有此諺。或比喻為靠不住的期望。

【死人莫死豬】
[si˥ laŋ˧˥ bɔk˙˩ si˥ ti˥]
人可以死，豬不可以死；喻要錢不要命。

【死人無閏月】
[si˥ laŋ˧˥ bo˧ lun˨˩ gue˧]
我國傳統喪禮，三年之喪，不計閏月，以閏月為虛月；台灣習俗則視閏月為實月，例如當年若閏六月，死者五月死，翌年四月即為其舉行對年祭，故稱死人無閏月。

【死人無認屍】
[si˥ laŋ˧˥ bo˧ zin˨˩ si˥]
俗信人死了之後，魂歸魂，屍歸屍。

【死人舉桃枝】
[si˥ laŋ˧˥ gia˧ t'o˧ ki˥]
桃枝避邪，傳自殷周。台俗，人死入斂，於死者手上置一桃枝，供其過冥界惡狗岡時驅狗之用。或謂係供死者報冤仇之用，此蓋源於桃花女鬥周公，桃花女被害，手拿桃枝，囑彭祖在靈柩送出門檻過半之時喊殺之聲，她自然會起來與周公決鬥的故事。

【死目毋願瞌】
[si˥ bak˙˥ m˨˩ guan˨˩ k'eʔ˙˩]
人若有心願未達成，死時雙目不會合起來，比喻極其不甘心。

【死主鱠扶得】
[si˥ tsu˦ be˨˩ hu˧˥ tit˙˩]
昏庸之人，無法輔佐。

【死狗鎮路頭】
[si˥ kau˦ tin˦ lɔ˨˩ t'au˧˥]
謂妨礙別人的行動。譏人尸位素餐。

【死某換新衫】
[si˥ bɔ˦ uã˨˩ sin˧ sã˥]
妻子死了可以再娶，猶如換新衣。

【死蛇活尾溜】
[si˥ tsua˧˥ ua˨˩ bue˥ liu˥]
將蛇打死，一時之間，其尾巴仍然會動。比喻事情尚未告一段落，還留著一個尾巴。

【死無人哭的】
[si˥ bo˧ laŋ˧ k'au˨˩ e˨˩]

女罵男的話。罵人會絕後，死後無人哭。

【死子烏鴉拖】
[si˥ hɔ˩ ɔ˧ a˥ t'ua˥]
昔日婦人罵人語。謂死後無人收屍，任鳥獸啄食。

【死，驚食艙著】
[si˥ kiã˧ tsia˩ be˩ tio˧]
謂怕快死了來不及吃。此為昔日大人罵小孩饞嘴貪吃的話。

【死人仔無知代】
[si˥ laŋ˧ ŋã˥ bo˧ ti˩ tai˧]
罵人像死了一般，對於事情置若罔聞。

【死也目睭艙瞌】
[si˥ ia˩ bak˩ tsui˥ be˩ k'eʔ˩]
死不瞑目。

【死人仔艙斷氣】
[si˥ laŋ˧ ŋã˥ be˩ tuĩ˩ k'ui˩]
比喻面臨絕境。

【死子乖，走魚大】
[si˥ kiã˥ kuai˥ tsau˥ hi˧ tua˧]
謂孩子在世時，常咒罵其不肖，死後卻說其很乖很孝順；網住的魚不覺其大，特別對漏網的魚說是很大，此乃人之常情。用以形容失去了的東西，偏會覺得好。

【死水蛙一肚風】
[si˥ tsui˥ ke˥ tsit˩ tɔ˥ hɔŋ˥]
譏諷說話誇張者。

【死目毋甘願瞌】
[si˥ bak˥ m˩ kam˧ guan˩ k'eʔ˩]
俗謂死者心中有怨恨未消或有心願未了，則雙眼不合。比喻心有未甘、怨恨難消。

【死囝仔墓——無向】
[si˥ gin˥ nã˥ bɔŋ˧ bo˧ hiaŋ˩]
歇後語。台俗，幼兒死亡不立碑不堆土為墓，看不出其座向。

【死囝仔篡祖墳】
[si˥ gin˥ nã˥ ts'uan˥ tsɔ˥ p'un˧]
死囝仔本來是草草埋葬了事，若隆重處理且侵佔祖墳，則是以小篡大而有失體統。

【死車卻著一活】
[si˥ ki˥ k'io˥ tio˩ tsit˩ ua˧]
車，象棋子之一；在危難中得救，眞是絕處逢生。

【死虎做活虎扑】
[si˥ hɔ˥ tso˥ ua˩ hɔ˥ p'aʔ˩]
病重已無醫治之希望，但仍盡力醫治；即死馬當做活馬醫。比喻明知不可為而為之。

【死鳥仔飛艙過】
[si˥ tsiau˥ a˥ pue˧ be˩ kue˩]
昔日有一人上無片瓦下無立錐之地，人問其有多少田產，他即戲言其田產之大，死鳥飛艙過，死馬走艙透。

【死無葬身之地】
[si˥ bo˧ tsɔŋ˥ sin˥ tsi˧ te˧]
比喻處境極慘。

【死新婦好風水】
[si˥ sim˧ pu˧ ho˥ hɔŋ˧ sui˥]
昔日婆媳相處不睦，婆婆恨媳婦，詛咒媳婦，說死了媳婦是好風水。

【死罪，無枵罪重】
[si˥ tsue˧ bo˧ iau˧ tsue˧ taŋ˧]
百姓饑荒（枵罪）無糧可吃，揭竿造反，就不怕刑法的死罪了。

【死槌損死蟉蠘】
[si˥ t'ui˧ kɔŋ˥ si˥ ka˧ tsua˧]
蟉蠘，蟑螂。喻人要變通，廢物也有它的用途。

【死鴨仔硬嘴耙】
[si˥ a˥ a˥ ŋẽ˨ ts'ui˥ pe˥]
鴨子死後，嘴巴特別硬；罵人固執強辯不認輸。

【死了江山讓別人】
[si˥ liau˥ kaŋ˥ san˥ niũ˨ pat˩ laŋ˦]
人一旦死亡，一切努力成果都得拱手讓給別人。勸人得過且過，不要太計較。

【死人講到變活人】
[si˥ laŋ˦ kɔŋ˥ ka˥ pĩ˥ ua˨ laŋ˦]
比喻善於吹噓，講得天花亂墜。

【死毋敢，逐項都敢】
[si˥ m˨ kã˥ tak˩ haŋ˧ tio˧ kã˥]
除了死之外，什麼事都敢做，無所不爲。

【死某才憶著屎桶】
[si˥ bɔ˥ tsia˥ it˥ tio˨ sai˥ t'aŋ˥]
夫妻感情不睦，妻死後，夫見其馬桶，方觸景傷情。

【死馬當作活馬醫】
[si˥ be˥ tɔŋ˥ tso˥ ua˨ be˥ i˥]
明知不可爲仍盡力去做，比喻盡人事而後聽天命。

【死蛇，食到飯匙倩】
[si˥ tsua˦ tsia˨ ka˥ puĩ˨ si˧ ts'iŋ˨]
病急亂投醫，什麼藥都試，連眼鏡蛇（飯匙倩）都嚐過。

【死蛇，較貴烏耳鰻】
[si˥ tsua˦ k'a˥ kui˥ ɔ˧ hĩ˨ muã˦]
烏耳鰻，非常珍貴的鰻魚。死蛇所要的價超過烏耳鰻，形容貨品粗惡價錢卻很貴。

【死豬仔肉，吊高價】
[si˥ ti˧ a˥ baʔ˩ tiau˥ kuan˧ ke˨]
病死的豬，肉價還懸得很高。比喻故意刁難。

【死龜，要賣三十二】
[si˥ ku˥ be˥ be˨ sã˧ tsap˩ zi˧]
不值錢的東西要賣很貴的價錢。

【死龜諍到變活鱉】
[si˥ ku˥ tsẽ˥ ka˥ pĩ˥ ua˨ piʔ˩]
諍，指強辯。譏人強詞奪理。

【死生有命，富貴在天】
[su˥ siŋ˥ iu˥ biŋ˧ hu˥ kui˨ tsai˨ t'en˥]
人的生死、富貴完全是命中註定，由老天爺安排的。

【死到無人燒香點火】
[si˥ ka˥ bo˧ laŋ˧ sio˧ hiũ˧ tiam˥ hue˥]
燒香點火，指初一、十五及過年過節的祭祀活動。此諺係罵人的話，罵人絕後嗣。

【死皇帝，毋值活乞食】
[si˥ hɔŋ˧ te˨ m˨ tat˩ ua˨ k'it˥ tsia˧]
謂人死萬事休。

【死得合時，生氣猶存】
[si˥ tit˥ ha˨ si˦ sẽ˧ k'i˨ iu˧ ts'un˦]
謂死得其時，留得英名。

【死窟水無外濟通舀】
[si˥ k'ut˥ tsui˥ bo˧ gua˨ tse˧ t'aŋ˧ iũ˥]
比喻薪水是固定的收入，就像一池無泉的水，開支必須有計畫，否則很容易窮竭。

【死寡易守，活寡難熬】
[si˥ kua˥ i˨ siu˥ ua˨ kua˥ lan˧ au˦]
夫死可以斷念，故較易守節；至於夫妻生生離別（活寡），其閨房的寂寞就令人難熬了。

【死蟳活鱟，未死先臭】

[si˥ tsim˦ ua˩ hau˧ bue˩ si˥˧ siŋ˧ ts'au˩]
蟳與鱟本爲可滋補人身的海鮮；死蟳活鱟，在此比喻爲富不仁的富翁。此諺係譏諷爲富不仁之惡財主，雖然有萬貫家財，也掩蓋不了其惡名。

【死人肉，觔走得仟作手】
[si˥ laŋ˧ baʔ˧ be˩ tsau˥ tit˥ ŋɔ̃˥ tsɔk˥ ts'iu˥˧]
意謂：你這死小鬼，想跑走不讓我打。你逃得了一時，逃不了一世。

【死囝仔儕，食飽毋顧家】
[si˥ gin˥ nã˥ tse˥ tsia˩ pa˥˧ m˩ kɔ˥˧ ke˥]
昔日大人罵小孩不看家的話語。

【死，死道友；毋是死貧道】
[si˥˧ si˥ to˩ iu˥˧ m˩ si˩ si˥ pin˧ to˧]
遇有危難，自己不做反而推給別人，或唆使別人去做，使其受害。

【死人扛上山，無燒也著埋】
[si˥ laŋ˧ kɔŋ˧ tsiũ˩ suã˥ bo˧ sio˥ ia˩ tio˩ tai˦]
屍體抬到山上，不火葬也得土埋；或做「棺材扛上山，無燒也著埋」；比喻事到如此，不得不有所處理。

【死人快做七，活人快過日】
[si˥ laŋ˦ k'uai˥˧ tso˥˧ ts'it˧ ua˩ laŋ˦ k'uai˥˧ kue˥˧ zit˥]
人死後，剛開始每七天一奠，叫「做七」，台俗常加以縮減日子，故很快就會將七個七做完；死者之家屬將死者喪事料理完後各就各業，日復一日，時光過得很快。比喻喪家的日子過得很快。

【死人醫到活，活人醫到死】
[si˥ laŋ˦ i˧ ka˥˧ ua˧ ua˩ laŋ˦ i˧ ka˥˧ si˥˧]
謂醫療的結果，完全由醫生的醫術來決定。

【死母路頭遠，死爸路頭斷】
[si˥ bo˥˧ lɔ˩ t'au˦ huĩ˧ si˥ pe˧ lɔ˩ t'au˦ tuĩ˧]
此爲出嫁女兒的心境，母親亡故後，父女話少，便不常回娘家，故有上半句話；父親亡故後，因有遺產問題，常起糾紛，不但不常回娘家，更可能因此而斷絕來往，故有下半句諺語。

【死某換新衫，死尪換飯硿】
[si˥ bɔ˥˧ uã˩ sin˧ sã˥ si˥ aŋ˥ uã˩ puĩ˩ k'ã˥]
妻死再娶有如換新衣（衫），夫死再嫁有如換飯桶（飯硿爲昔日裝飯之陶器）。此諺係謂續絃與再嫁乃人間不得已而常見之事。

【死某換新衫，死尪斷扁擔】
[si˥ bɔ˥˧ uã˩ sin˧ sã˥ si˥ aŋ˥ tuĩ˩ pin˧ tã˥]
男人死了妻子再娶猶如換件新衫，婦人死了先生，生活頓失依賴，有如挑伕斷了扁擔。

【死某踏破磚，死爸無人問】
[si˥ bɔ˥˧ ta˩ p'ua˥˧ tsuĩ˥ si˥ pe˧ bo˧ laŋ˧ muĩ˧]
太太死時，弔客盈門；父親死時，卻無人過問。

【死豬毋畏湯，嫖客毋畏瘡】
[si˥ ti˥ m˩ ui˥˧ t'əŋ˥ p'iau˧ k'eʔ˧ m˩ ui˥˧ ts'əŋ˥]
死豬不會有怕燒水的道理，嫖客既然敢上娼寮也抱著不怕性病的心理。意謂來者不善，善者不來。

【死豬全家福，死牛全家祿】
[si˥ ti˥ tsuan˧ ke˧ hɔk˧ si˥ gu˦ tsuan˧ ke˧ lɔk˥]

豬死可宰來吃，全家有口福；牛死台俗農夫不吃牛肉，不但無肉可吃，而且平常靠牛隻做的事都要改由人來做，故稱全家碌。

【死貓吊樹頭，死狗放水流】
[si˥ niãu˥ tiau˦ ts'iu˩ t'au˨ si˥ kau˦ paŋ˦ tsui˦ lau˨]
昔日不衛生的習俗。貓死要配上紙錢掛在樹枝上，狗死則放入溪流。

【死毋通學，其他項項攏通學】
[si˦ m˩ t'aŋ˧ o˧ ki˧ t'ã˥ haŋ˩ haŋ˧ lɔŋ˥ t'aŋ˧ o˧]
比喻人貴好學。

【死某扛去埋，死尪等後頭來】
[si˥ bɔ˦ kəŋ˧ k'i˦ tai˨ si˥ aŋ˥ tan˥ au˩ t'au˨ lai˨]
妻死，夫埋之；夫死，妻欲改嫁，須由娘家的人（後頭）出面來料理。

【死太太踏破廳，死老爺人人驚】
[si˥ t'ai˦ t'ai˩ ta˩ p'ua˦ t'iã˥ si˥ lau˩ ia˨ laŋ˧ laŋ˧ kiã˥]
太太先丈夫而死，弔客會很多；丈夫先太太而死，則「人在人情在，人死人情亡」，弔客就很稀疏。

【死爸扛去埋，死母等待後頭來】
[si˥ pe˧ kəŋ˧ k'i˦ tai˨ si˥ bo˦ tan˥ t'ai˩ au˩ t'au˨ lai˨]
台俗，父死子女可以做主治喪，母死則必須等外家（後頭）來看過之後，才可處理。

【死查甫死一房，死查某死一人】
[si˥ tsa˧ pɔ˥ si˥ tsit˩ paŋ˨ si˥ tsa˧ bɔ˦ si˥ tsit˩ laŋ˨]
台俗遵循宗法制度，一個兒子代表一房，兩個代表兩房，死了一個男子即倒了一房；女兒不能代表一房，故女兒死只是死她本身而已。

【死查甫扛去埋，死查某等外家來】
[si˥ tsa˧ pɔ˥ kəŋ˧ k'i˦ tai˨ si˥ tsa˧ bɔ˦ tan˥ gue˩ ke˥ lai˨]
丈夫（男人）死了，兄弟作主便可治喪；妻子（婦女）死了，則須等娘家（外家）人來檢視，確定不是死於非命，才可以入斂治喪。

【死新婦，好風水；死後生，折腳腿】
[si˥ sim˧ pu˧ ho˥ hɔŋ˧ sui˦ si˥ hau˩ sẽ˥ tsik˥ k'a˧ t'ui˦]
古時輕視媳婦，死了媳婦說是風水好，祖先庇佑；若是死了兒子，則比打斷雙腿還悽慘。

【死某若割韮菜，死尪若換破草蓆】
[si˥ bɔ˦ nã˥ kua˦ ku˥ ts'ai˩ si˥ aŋ˥ nã˥ uã˩ p'ua˦ ts'au˥ ts'ioʔ˥]
謂妻死再娶有如割韮菜，割了又生；夫死再嫁有如換草蓆，破了一張再換一張。

【死爸死母眾人扛，死尪死某割心腸】
[si˥ pe˩ si˥ bo˦ tsiŋ˦ laŋ˧ kəŋ˥ si˥ aŋ˧ si˥ bɔ˦ kua˦ sim˧ təŋ˨]
父母死亡，眾兄弟姊妹一起治喪分攤責任；夫或妻死亡，屬於自己家的喪事，一切由自己做主，旁人無法分攤，特別淒苦。

【死爸死母眾人扛，死著親尪割心腸】
[si˥ pe˩ si˥ bo˦ tsiŋ˦ laŋ˧ kəŋ˥ si˥ tio˩ ts'in˧ aŋ˥ kua˦ sim˧ təŋ˨]
意同「死爸死母眾人扛，死尪死某割心腸」。

【死某甘若割韮菜，死尪甘若換破蓆】
[si˥ bɔ˦ kan˥ nã˥ kua˦ ku˥ ts'ai˩ si˥ aŋ˥ kan˥ nã˥ uã˩ p'ua˦ ts'ioʔ˥]

謂夫死或妻死，就好比換破草蓆或割韮菜一般。這通常是寬慰人喪夫或喪妻的話語。

【死尪親像割韮菜，死了一個擱一個來】
[si˥ aŋ˥ ts'in˧ ts'iũ˩ kua˥ ku˥ ts'ai˩ si˥ liau˥ tsit˧ le˦ ko˥ tsit˧ le˧ lai˦]
謂先生死了可以再嫁，就彷彿韮菜割了會再生。

【殘殘豬肝切三錢】
[ts'an˧ ts'an˦ ti˧ kuã˥ ts'et˥ sã˩ sen˩]
昔有一極節儉之父親，看到其子用錢無度，很傷心；有一天他自已去吃陽春麵，他說他也要好好地揮霍，叫菜來吃，便對老板說：「狠狠地切個三毛錢的豬肝給我。」喻習性難改。

【殺牲的人，無尾】
[sat˥ siŋ˥ ge˧ laŋ˦ bo˧ bue˥]
勸世語，殺牲畜的人會絕後嗣。

【殺人可恕，情理難容】
[sat˥ zin˦ k'o˥ si˩ tsiŋ˧ li˥ lan˧ ioŋ˦]
雖然殺死人，只要合於情理，還是可以饒恕；反過來說，雖然是小事，只要違反情理，還是不能饒恕。

【殺人償命，欠債還錢】
[sat˥ zin˦ ts'iaŋ˧ biŋ˧ k'iam˥ tse˩ hiŋ˧ tsĩ˦]
殺死人要拿自己的命相賠，欠人家債務要用錢清償。

【毋成人】
[m˩ tsiã˧ laŋ˦]
不成器，非正人君子。

【毋猜嬈】
[m˩ siau˥ hiãu˩]
謂不自量力。

【毋識目】
[m˩ bat˥ bak˥]
喻判斷能力不足。

【毋知好歹】
[m˩ tsai˧ ho˥ p'aĩ˥]
不知利害。

【毋知艱苦】
[m˩ tsai˧ kan˧ k'ɔ˥]
指缺乏閱歷，不知世事之艱苦。

【毋當你看】
[m˩ təŋ˧ li˥ k'uã˩]
謂不值一看。

【毋擔輸贏】
[m˩ tam˧ su˧ iã˦]
喻輸不起。

【毋識泰山】
[m˩ bat˥ t'ai˥ san˥]
不認得鼎鼎有名的人物。

【毋識麒麟】
[m˩ bat˥ ki˧ lin˦]
麒麟，相傳爲吉祥獸之一；喻善惡不分。

【毋知好了了】
[m˩ tsai˥ ho˥ liau˥ liau˥]
謂有些事不知其情反而好，知道了也無益處。

【毋通虎獅提(拿)】
[m˩ t'aŋ˧ hɔ˥ sai˧ t'e˧]
不要像老虎、獅子般兇猛搶奪。

【毋識，看告示】
[m˩ bat˧ k'uã˥ ko˥ si˧]
不識字，還湊熱鬧跟人看公告；喻不懂裝懂。

【毋驚落下頦】
[m˩ kiã˧ lau˥ e˩ hai˦]

落下頦，下巴脱臼；罵人説話大言不慚，不怕下巴會脱臼。

【毋成三，毋成兩】
[m˨˩ tsiã˧ sã˥ m˨˩ tsiã˧ ləŋ˧]
謂混淆不清，似是而非。

【毋成粗，毋成幼】
[m˨˩ tsiã˧ t'sɔ˥ m˨˩ tsiã˧ iu˨˩]
粗活幹不了，精細的事也做不成；喻高不成，低不就。

【毋成猴，白尾溜】
[m˨˩ tsiã˧ kau˧˥ pe˨˩ bue˥ liu˥]
猴子無白尾巴者，用以比喻人好作怪。

【毋成銅，毋成鐵】
[m˨˩ tsiã˧ taŋ˧˥ m˨˩ tsiã˧ t'iʔ˨]
言人高不成、低不就，不成材。

【毋成聲，毋成調】
[m˨˩ tsiã˧ siã˥ m˨˩ tsiã˧ tiau˧]
指唱歌不成曲調，沒有一個譜。

【毋成鰻，毋成鯏】
[m˨˩ tsiã˧ muã˧˥ m˨˩ tsiã˧ ts'uã˧]
鰻，大鱸鰻，指大流氓；鯏，比鰻小，喻小流氓；此係罵人既不像個大流氓，也不像小流氓，只是個小癟三。

【毋知是熊抑虎】
[m˨˩ tsai˧ si˨˩ him˧˥ ia˨˩ hɔ˥˧]
摸不清對方之底細。

【毋知路，舉頭旗】
[m˨˩ tsai˧ lɔ˧ gia˧ t'au˧ ki˧˥]
不知道路，卻好當嚮導。

【毋是好食果子】
[m˨˩ si˨˩ ho˥ tsia˨˩ kue˥ tsi˥˧]
指棘手難纏的人或事。

【毋識一字一劃】
[m˨˩ bat˥ tsit˨ zi˧ tsit˨ ue˧]
目不識丁。

【毋識芋仔蕃薯】
[m˨˩ bat˥ ɔ˧ a˥ han˧ tsi˧˥]
毋識，不能辨別。連芋頭與蕃薯都無法分辨。比喻不懂事，不能分辨是非。

【毋識芳，毋識臭】
[m˨˩ bat˥ p'aŋ˥ m˨˩ bat˥ ts'au˨˩]
罵人不知世事，不知天高地厚。

【毋識潲，毋識濞】
[m˨˩ bat˥ siau˧˥ m˨˩ bat˥ p'ĩ˧]
潲，男子之精液；濞，鼻涕。無法區分精液與鼻涕，罵人不懂事。

【毋驚官，只驚管】
[m˨˩ kiã˧ kuã˥ tsi˥ kiã˧ kuan˥˧]
不怕他官大，只怕他是頂頭上司。

【毋成狗仔吐卵穗】
[m˨˩ tsiã˧ kau˥ a˥˧ t'ɔ˥ lan˨˩ sui˥]
本指小狗尚未長大即吐出其陰莖（卵穗），藉以罵人尚未長大成人即一副趾高氣昂的樣子。

【毋成狗仔，走坦橫】
[m˨˩ tsiã˧ kau˥ a˥˧ tsau˥ t'an˥ huãi˧˥]
罵人像一隻不像話的狗橫著走路。

【毋成雞仔，打咯雞】
[m˨˩ tsiã˧ ke˧ a˥˧ p'a˥˧ kɔk˨ ke˥]
還未長大的雞子竟然也會啼鳴；譏人年紀尚嫩，竟做了不配稱的事。

【毋知天地幾斤重】
[m˨˩ tsai˧ t'ĩ˧ te˧ kui˥ kin˧ taŋ˧]
不知天高地厚。

【毋值一文歹錢疕】
[m˨˩ tat˨ tsit˨ bun˧ p'ãi˥ tsĩ˧ p'i˥˧]
不值一分錢。

【毋值人一隻腳毛】
[m˨˩ tat˨ laŋ˧ tsit˨ ki˧ k'a˧ mõ˥]
喻微不足道，無足輕重。

【毋通閹雞趁鳳飛】
[m˨˩ t'aŋ˧ iam˧ ke˥ t'an˥˧ hɔŋ˧ pue˥]
比喻婚姻要門當户對。

【毋通講爛土無刺】
[m˨˩ t'aŋ˧ kɔŋ˥ nuã˨˩ t'ɔ˨˦ bo˧ ts'i˨˩]
喻不可一味欺侮弱小，弱小有時也會反抗。

【毋識字兼無衛生】
[m˨˩ bat˥ zi˧ kiam˧ bo˧ ue˨˩ siŋ˥]
譏人極無知識。

【毋聽你猶狗咧吠】
[m˨˩ t'iã˧ li˥ siau˥ kau˥˧ le˥ pui˧]
不聽你的胡言亂語。

【毋驚你尻川無肉】
[m˨˩ kiã˧ li˥ k'a˧ ts'uĩ˥ bo˧ baʔ˨]
喻不怕人賴帳。

【毋驚你舉天來坎】
[m˨˩ kiã˧ li˥ gia˧ t'ĩ˥ lai˧ k'am˨˩]
不怕你用權勢來壓迫我。

【毋去無米，要去烏陰】
[m˨˩ k'i˨˩ bo˧ bi˥˧ be˥ k'i˨˩ ɔ˧ im˥]
無產階級的「賺食人」，不出門去做工則家裡已經無米可以煮飯；要出門去則天空已烏雲密布，去也去不得。比喻遭遇困境，進退兩難。

【毋成牛，愛食畚箕索】
[m˨˩ tsiã˧ gu˨˦ ai˥˧ tsia˨˩ pun˥˧ ki˧ soʔ˨]
畚箕索，綁在畚箕兩旁用以提拿的繩索。營養不良的牛，不認份偏好吃壞東西。

【毋成童生，毋成銃兵】
[m˨˩ tsiã˧ tɔŋ˧ siŋ˥ m˨˩ tsiã˧ ts'iŋ˥˧ piŋ˥]
童生，清代有資格考秀才的人叫童生；銃兵，軍人；喻文武都不行。

【毋成雞，擱放五色屎】
[m˨˩ tsiã˧ ke˥ ko˥˧ paŋ˥˧ ŋɔ̃˥ sik˥ sai˥˧]
喻人不自量力。

【毋知天外高，地外闊】
[m˨˩ tsai˧ t'ĩ˥ gua˨˩ kuan˨˦ te˧ gua˨˩ k'uaʔ˨]
不知天高地厚，謂年輕人初出茅廬，不知人心險惡。

【毋知菜頭生在欉裏】
[m˨˩ tsai˧ ts'ai˥˧ t'au˨˦ sẽ˧ ti˥˧ tsaŋ˧ lai˧]
菜頭，蘿蔔；喻見識淺薄，不明究裏。

【毋知路，擱要舉頭旗】
[m˨˩ tsai˧ lɔ˧ ko˥˧ be˥ gia˧ t'au˧ ki˨˦]
不曉得路線，還要帶頭領路。喻人不自量力。

【毋食牛犬，功名不顯】
[m˨˩ tsia˨˩ gu˧ k'en˥˧ kɔŋ˧ biŋ˨˦ put˥ hen˥˧]
清代，本省士人盛行殺狗以祭魁星。祭後並分其肉而食，以求功名有望，故有此諺。

【毋恨雞母，要扑鷹鴞】
[m˨˩ hin˨˩ ke˧ bo˥˧ be˥ p'a˥˧ lai˨˩ hio˧]
鷹鴞，老鷹；不怪母雞將小雞帶到野外去，以致讓老鷹攫走，卻要怪老鷹不守規矩；喻怪錯對象。

【毋曾看大隻猴放屎】
[m˨˩ bat˥ k'uã˥˧ tua˨˩ tsia˥˧ kau˨˦ paŋ˥˧ sai˥˧]
毋曾，不曾；比喻少見多怪，不曾見過大場面。

【毋曾看過大蛇放屎】
[m˨˩ bat˥ k'uã˥˧ kue˥˧ tua˨˩ tsua˨˦ paŋ˥˧ sai˥˧]

意同「毋曾看大隻猴放屎」。

【毋曾剃頭，拄著鬍鬏】
[m˩ bat˥ t'i˥˩ t'au˧˥ tu˥ tio˩ hɔ˧ ts'iu˥]
鬍鬏，大鬍子。學剃頭的徒弟，第一次幫客人剃頭即遇到一個胳腮鬍，眞棘手。

【毋趕雞母，要扑鷹鴞】
[m˩ kuã˥ ke˧ bo˥˩ be˥ p'a˥˩ lai˩ hio˧]
母雞帶小雞四處遊蕩，容易被老鷹(鷹鴞)捕食。比喻人不自我反省，卻要遷怒別人。

【毋關雞母，扑人鷹鴞】
[m˩ kuãi˧ ke˧ bo˥˩ p'a˥˩ laŋ˧ lai˩ hio˧]
母雞帶小雞四處遊蕩，容易被老鷹(鷹鴞)捕食。比喻人不自我反省，卻要指責別他人。

【毋識一個芋仔蕃薯】
[m˩ bat˥ tsit˩ le˧ ɔ˧ a˥ han˧ tsi˧˥]
連芋頭與蕃薯都分辨不出來。罵人沒有見識。

【毋識一箍芋仔蕃薯】
[m˩ bat˥ tsit˩ k'ɔ˧ ɔ˧ a˥ han˧ tsi˧˥]
意同前句。

【毋識字，擱要激喉管】
[m˩ bat˥ zi˧ ko˥˩ be˥ kik˥ au˧ kuĩ˥˩]
不認識字還裝腔作勢。

【毋驚你奸，只驚你堅】
[m˩ kiã˧ li˥ kan˥ tsi˥ kiã˧ li˥ ken˥]
不怕你奸險狡詐，只怕你意志堅決。鼓勵人行事要果決，有志者事竟成。

【毋驚你富，只驚好後堵】
[m˩ kiã˧ li˥ hu˩ tsi˥ kiã˧ ho˥ au˩ tuʔ˩]
不怕你現在有錢有勢，只怕你有好的後裔；喻富不可恃，子孝孫賢才能源遠流長。

【毋去無頭路，要去無法度】
[m˩ k'i˩ bo˧ t'au˧ lɔ˧ be˥ k'i˩ bo˧ huat˥ tɔ˧]
不去就失業(無頭路)，要去則路途遙遠或與自己專長不合，眞是進退兩難。

【毋知好了了，不見爲清淨】
[m˩ tsai˥ ho˥ liau˥ liau˥˩ put˥ ken˩ ui˧ ts'iŋ˧ tsiŋ˧]
眼不見，心不煩；心不知，萬事好。

【毋曾剃頭，煞拄著鬍鬏的】
[m˩ bat˥ t'i˥˩ t'au˧˥ sua˥˩ tu˥ tio˩ hɔ˧ ts'iu˥ e˥]
鬍鬏的，指長胳腮鬍的人。不曾爲人剃頭，開張第一個客人竟是個最棘手的大鬍子。比喻生手遇到大難題。

【毋識一箍㴙，允人貼香條】
[m˩ bat˥ tsit˩ k'ɔ˧ siau˧˥ in˥ laŋ˧ ta˥˩ hiũ˧ tiau˧˥]
㴙，精液。貼香條，指神明繞境時，其路線經執事人員規劃妥當，路過而不進入的村莊，香條(神明所派的平安符咒)就直貼；直接進入村內巡視，香條要斜貼，由方向的不同來辨別。有些人對神明事物略懂皮毛，就答應貼香條之事，常鬧出笑話。故凡對事件不明究裡、曲直不分，就「允人貼香條」，往往會弄得灰頭土臉、醜態百出。

【毋驚七月鬼，驚七月半水】
[m˩ kiã˧ ts'it˥ gue˩ kui˥˩ kiã˧ ts'it˥ gue˩ puã˥˩ tsui˥˩]
七月鬼不足畏，七月半大風大雨所帶來的洪水才是令人可畏。

【毋驚子兒晚，只驚壽數短】

[m˩ kiã˧ kiã˥ zi˧ ban˧ tsi˥ kiã˧ siu˩ sɔ˩ te˥]
不怕子女生得晚，只怕自己壽命短，無法將他們養育成人。

【毋驚火燒厝，驚跋落屎礐】
[m˩ kiã˧ hue˥ sio˧ ts'u˩ kiã˧ pua˩ lo˩ sai˥ hak˥]
不怕家裡被火燒，只怕跌到糞坑（屎礐）去；謂除了身上之衣著外沒有家產的人。

【毋驚毋識字，只驚毋識人】
[m˩ kiã˧ m˩ bat˥ zi˧ tsi˥ kiã˧ m˩ bat˥ laŋ˧]
不識字可以請人代讀，對於所來往的人，不知其好歹那可就麻煩大了。

【毋聽老人言，食苦在眼前】
[m˩ t'iã˧ lau˩ laŋ˧ gen˧ tsia˩ k'ɔ˥ tsai˩ gan˥ tsen˧]
老人的話是由經驗累積出來的，值得年輕人記取，否則會吃虧。

【毋驚咬人虎，驚人雙面語】
[m˩ kiã˧ ka˩ laŋ˧ hɔ˥ kiã˧ laŋ˧ siaŋ˧ bin˩ gi˥]
挑撥是非的人比會咬人的老虎還可怕。

【毋驚輸得苦，只驚斷了賭】
[m˩ kiã˧ su˧ tit˥ k'ɔ˥ tsi˥ kiã˧ tuĩ˩ liau˥ tɔ˥]
職業賭徒不怕輸，最怕的是賭場關門沒得賭。另有一解爲：誤入歧途賭輸了，沒關係，只要能戒掉賭，人生終必有重見光明之日。

【毋曾卻著豬屎，拄著豬漏屎】
[m˩ bat˥ k'io˥ tio˩ ti˧ sai˥ tu˥ tio˩ ti˥ lau˥ sai˥]
不曾去揀豬屎做肥料，第一次出去揀便遇到豬拉稀，眞是倒楣。

【毋曾看過馬，嘛曾看過馬蹄】
[m˩ bat˥ k'uã˥ kue˥ be˥ mã˩ bat˥ k'uã˥ kue˥ be˥ te˧]
不曾看過馬匹，也應曾看過馬蹄跡；喻至少也應有些基本常識。

【毋曾做大家，腳手肉攄攄蔡】
[m˩ bat˥ tso˥ ta˧ ke˥ k'a˧ ts'iu˥ baʔ˩ lak˩ lak˩ ts'uaʔ˩]
大家，婆婆；攄攄蔡，形容手腳發抖貌。初次娶兒媳，做母親的因無經驗，手忙腳亂。比喻凡事因初次沒有經驗而緊張的樣子。

【毋免你這枝死尾竹，也會成筏】
[m˩ ben˥ li˥ tsit˥ ki˧ si˥ bue˥ tik˩ ia˩ e˩ siŋ˧ huat˩]
死尾竹，竹子一旦開花，便會自枯而死。筏，竹筏。比喻不欠缺無用之人（物）。

【毋是號，就是笑，毋是屎，就是尿】
[m˩ si˩ hau˥ tio˩ si˩ ts'ioʔ˩ m˩ si˩ sai˥ tio˩ si˩ zio˧]
形容養兒育女之辛勞。

【毋通笑我散，炮仔聲陳你就知】
[m˩ t'aŋ˧ ts'io˥ gua˥ san˩ p'au˥ a˥ siã˥ tan˧ li˥ tio˩ tsai˥]
瑞芳九分之諺語。散，窮。九分舊俗，挖到金礦者須鳴炮誌慶。意謂不要看我現在窮，那天讓我挖到金礦，看你怎麼辦。

【毋曾食豬肉，也曾看見豬行路】
[m˩ bat˥ tsia˩ ti˧ baʔ˩ ia˩ bat˥ k'uã˥ kĩ˥ ti˥ kiã˧ lɔ˧]
雖然沒有吃過豬肉，至少也曾看過豬走路的樣子。比喻即使不曾親身經歷，至少也風聞一點相關的知識。

【毋敢教猴爬樹，豈敢放虎歸山】
[m˩ kã˥ ka˥ kau˧ pe˥ ts'iu˧ k'i˥ kã˥

paŋ˥ hɔ˥ kui˧ san˥]
比喻小事都做不好，如何辦得了大事？

【毋識銀，請人看；毋識人，死一半】
[m˩ bat˥ gin˦ ts'iã˥ laŋ˧ k'uã˩ m˩ bat˥ laŋ˦ si˥ tsit˩ puã˩]
不識貨（銀錠）之真假，尚可以請專家鑑別；若不知人之良莠，則將會吃很多虧。

【毋驚虎生三個嘴，只驚人懷雙樣心】
[m˩ kiã˧ hɔ˥ sẽ˧ sã˧ ge˧ ts'ui˩ tsi˥ kiã˧ laŋ˧ huai˧ siaŋ˧ iũ˩ sim˥]
老虎長三個嘴巴尚不可怕，人懷二心最爲可怕。

【毋食牛犬，功名不顯，食了牛犬，地獄難免】
[m˩ tsia˩ gu˧ k'en˥ kɔŋ˧ biŋ˦ put˥ hen˥ tsia˩ liau˥ gu˧ k'en˥ te˩ gak˥ lan˧ ben˥]
俗信吃了牛肉、犬肉的人，宦途比較平順；又信吃了牛肉、犬肉的人將難免要下地獄。比喻事之兩難。

【母子嫁父子】
[bo˥ kiã˥ ke˥ pe˩ kiã˥]
寡婦帶子女再嫁給有子女的鰥夫，彼此兒女又互相婚嫁，稱爲「母子嫁父子」，或稱「桃花夾竹」。

【母子對父子】
[bo˥ kiã˥ tui˥ pe˩ kiã˥]
意同「母子嫁父子」。

【母舅坐大位】
[bo˥ ku˧ tse˩ tua˩ ui˧]
台俗特重母舅，家有吉事宴客，必請母舅坐首席（大位）。

【母舅了聯無了錢】
[bo˥ ku˧ liau˥ len˦ bo˧ liau˥ ts'en˦]
舊俗，外甥結婚，母舅要送對聯和紅包；但外甥只能收對聯，不可收紅包，故有此諺。今天則變成「母舅了聯擱了錢」。

【母舅公較大三界公】
[bo˥ ku˩ kɔŋ˥ k'a˥ tua˩ sam˧ kai˥ kɔŋ˥]
三界公，三官大帝。喻母舅地位極爲尊貴。

【母死眾家喪，某死割人腸】
[bo˥ si˥ tsiɔŋ˥ ka˧ sɔŋ˥ bɔ˥ si˥ kua˥ laŋ˧ tŋ˦]
母親之喪，兄弟一齊服喪分憂；妻子死了則只是自己家之事，爲夫者必肝腸寸斷，泣而不止。

【每時定住丈姆厝，萬年攏免想富】
[mui˥ si˦ tiã˩ tua˥ tiũ˩ m˥ ts'u˩ ban˩ nĩ˦ lɔŋ˥ ben˥ siũ˩ hu˩]
丈姆厝，岳母家；男人婚後常依賴岳家，靠老婆，絕對不會成功。

【比拳頭母】
[pi˥ kun˧ t'au˧ bo˥]
解決事情，不講曲直，動輒以武力解決。

【比嘴切肉】
[pi˥ ts'ui˩ ts'et˥ baʔ˩]
同「比嘴做粿」，凡事要先計劃、安排。

【比嘴做粿】
[pi˥ ts'ui˩ tso˥ kue˥]
做粿的人，按食客嘴巴大小去決定粿型之大小。喻考慮週到、預先套招、奉承迎合。

【比乞食較濟】
[p'iŋ˩ k'it˥ tsia˧ k'a˥ tse˧]
濟，多也；戲稱人很多。

【比上不足，比下有餘】

[pi˥ siɔŋ˧ put˥ tsiɔk˩ pi˥ ha˧ iu˥ i˦]
喻凡事宜知足。

【毛孔出汗的錢】
[mɔ̃˧ k'ɔŋ˥ ts'ut˥ kuã˧ e˧ tsĩ˦]
憑勞力流汗所賺的錢。

【毛管孔流汗的錢】
[mɔ̃˧ kuĩ˥ k'aŋ˥ lau˧ kuã˧ e˧ tsĩ˦]
謂血汗錢，賺來不易，要珍惜。

【毛管孔出汗賺的錢】
[mɔ̃˧ kuĩ˥ k'aŋ˥ ts'ut˥ kuã˧ t'an˩ le˧ tsĩ˦]
意同「毛管孔流汗的錢」。

【毛蟹無腳，袂行得路】
[mɔ̃˧ he˧ bo˧ k'a˥ be˩ kiã˧ tit˥ lɔ˧]
螃蟹沒腳便無法走路，引申爲一個人做事，若無其他人的配合與協助，就無法做得好。

【毛呼龜粿粽，紅包由你送】
[mɔ̃˧ hɔ˥ ku˧ kue˥ tsaŋ˩ aŋ˧ pau˥ iu˧ li˥ saŋ˩]
毛呼、龜、粿、粽，都是七月普渡棧上所掛的糕粽類食品。七月普渡，道士挨家挨户唸經，唸過，主人即送他紅包。此諺是諷刺道士唸經不專心，眼中只有祭品，口中隨便唸唸，主要目的是在賺紅包。

【毛尾甲毛尾，八個結做夥，縛在樹仔尾】
[mɔ̃˧ bue˥ ka˥ mɔ̃˧ bue˥ pe˥ ge˦ kat˥ tso˥ hue˥ pak˩ ti˥ ts'iu˧ a˥ bue˥]
清代，台南城西五大姓，各自樹黨恃強凌弱，以壟斷市利。傳說，五大姓中的南勢街郭，在其附近包庇淫窟。勾引淫嫗逃婢，或迫負債者出女爲娼，以斂取其賣笑之資。某日，一青年前來遊玩，因細故與人發生口角，南勢街郭就令八條猛漢圍打該青年。青年初不敢回手，避入雞舍，但八條猛漢仍追至雞舍內揮打。青年奈不住，直奔出來，發揮其功夫，把八條猛漢打倒，將他們的辮子結在一起，吊在樹上示眾。

【毬到若蝨母脯】
[k'iu˧ ka˥ nã˥ sap˥ bo˥ pɔ˥]
吝嗇到極點。

【毬甲儉，枵鬼兼雜唸】
[k'iu˦ ka˥ k'iam˧ iau˧ kui˥ kiam˧ tsap˩ liam˧]
諷刺吝嗇鬼，既一毛不拔，又心存貪念，且喋喋不休。

【民國世界，自由戀愛】
[bin˧ kɔk˩ se˥ kai˩ tsu˩ iu˦ luan˩ ai˩]
昔日婚姻全憑父母之命，媒妁之言；進入民國之後，流行男女自由戀愛，故有此諺。

【氣死驗無傷】
[k'i˥ si˥ giam˩ bo˧ siɔŋ˥]
勸人不要生氣以免傷身。

【氣人有，笑人無】
[k'i˥ laŋ˧ u˧ ts'io˥ laŋ˧ bo˦]
有錢的你氣他，沒錢的你笑他；譏人善妒。

【氣死吳阿抄，笑死王阿老】
[k'i˥ si˥ gɔ˧ a˥ ts'au˥ ts'io˥ si˥ ɔŋ˧ a˧ lo˥]
吳阿抄、王阿老爲昔時艋舺富户，即吳源昌、王益興二大行郊（公司）主持人。吳家之女允嫁王家，並準備了豐盛的粧奩陪嫁。爲顧及雙方面子，吳家要求王家完聘之物不能馬虎。不料，王家所送之完聘禮物未盡人意。吳阿抄一見氣個半死，王阿老聞後，

只是哈哈大笑。本諺，後用以譏人無信之謂。

【氣死無告狀，餓死無典當】
[k'i˥˧ si˥˧ bo˧ ko˥˧ tsəŋ˧ go˨˩ si˥˧ bo˧ ten˥ təŋ˨˩]
氣死、餓死的人都不應怨天尤人，應自我檢討。

【水生木】
[tsui˥˧ siŋ˧ bɔk˥]
傳統五行相生學說，認爲水可以生木，木可以生火，火可以生土，土可以生金，金可以生水。

【水守爺】
[tsui˥ siu˥ ia˧˥]
水守爺，台南南鯤鯓王爺之王船水手，昔日台南市一帶娼寮皆祀奉祂，以期生意昌隆。

【水火無情】
[tsui˥ hue˥˧ bo˧ tsiŋ˧˥]
勸人要小心水火。

【水牛漏屎】
[tsui˥ gu˧˥ lau˥˧ sai˥˧]
比喻積蓄多年，一時耗盡。

【水性楊花】
[tsui˥ siŋ˨˩ iaŋ˧ hua˥]
形容女人淫蕩輕薄，生張熟李，朝秦暮楚。

【水按圳行】
[tsui˥˧ an˥˧ tsun˨˩ kiã˧˥]
水按秩序流。安慰喪家子孫，謂老者先死，乃自然之順序，宜節哀。

【水流破布】
[tsui˥˧ lau˧ p'ua˥˧ pɔ˨˩]
像水中的破布，流到那兒停在那兒。喻到處流浪，隨遇而安。

【水鬼羅漢】
[tsui˥ kui˥˧ lo˧ han˨˩]
喻四處流浪，居無定所。

【水清魚現】
[tsui˥˧ ts'iŋ˥ hi˧˥ hen˧]
事情告一段落，黑白自然分明，水落石出。

【水源木本】
[tsui˥ guan˧˥ bɔk˩ pun˥˧]
喻飲水思源。

【水會治火】
[tsui˥˧ e˨˩ ti˨˩ hue˥˧]
喻柔能克剛。

【水潑落地】
[tsui˥˧ p'ua˥˧ lo˨˩ te˧]
喻無法收回。

【水牛連角吞】
[tsui˥ gu˧˥ len˧ kak˥ t'un˥]
比喻人的貪婪無度。

【水尖，定鱗肉】
[tsui˥ tsiam˥ tiŋ˨˩ lan˧ baʔ˩]
澎湖諺語。水尖，珍貴的高級魚；定鱗，銀漢魚，二者之肉質相近，而價格相差十倍。

【水鬼叫交替】
[tsui˥ kui˥˧ kio˥˧ kau˧ t'e˨˩]
台俗相信溺死之鬼，必須再抓一個人溺死來代替他，他才能出冤死城去投胎；爲防悲劇重演，凡有人溺死，地方人士多會集資做法事「出煞」以超渡之。

【水鬼陞城隍】
[tsui˥ kui˥˧ siŋ˧ siŋ˧ hɔŋ˧˥]
喻出身卑微，但因得有力人士拔擢，一月三升，成爲高官。又喻升遷很快。

【水鬼掠交替】
[tsui˥ kui˥˧ lia˨˩ kau˧ t'e˨˩]

意同「水鬼叫交替」。

【水鬼舉重枷】
[tsui˥ kui˦ gia˧ taŋ˨ ke˧˥]
溺死變水鬼，已經很苦，還要再舉重枷，眞是苦上加苦。

【水鬼騙城隍】
[tsui˥ kui˦ p'en˦ siŋ˧ hɔŋ˧˥]
小鬼妄想欺大神。

【水清，魚就定】
[tsui˦ ts'iŋ˥ hi˧˥ tio˨ tiã˧]
水濁魚亂闖，水清魚就安靜。

【水清無大魚】
[tsui˦ ts'iŋ˥ bo˧ tua˨ hi˧˥]
溪水太清藏不住大魚；喻做人太精打細算，謀不了大利，交不了大朋友。

【水著一路透】
[tsui˦ tio˨ tsit˩ lɔ˨ t'au˨]
做事要有始終。

【水碓無糙米】
[tsui˥ tui˨ bo˧ ts'o˦ bi˦]
水碓，磨穀去殼之水車。水碓磨穀由粗轉精，不會有糙米，無糙音同無錯。

【水井內的水蛙】
[tsui˥ tsẽ˥ lai˧ e˧ tsui˥ ke˥]
水蛙，田雞。井底之蛙。

【水母汀，石雨傘】
[tsui˥ bo˥ tiŋ˥ tsio˨ hɔ˨ suã˨]
台東諺語。水母汀，在台東長濱之八仙洞，狀似水母與女陰；石雨傘，亦在長濱，狀似男子陽具。

【水底無一位燒】
[tsui˥ te˦ bo˧ tsit˩ ui˨ sio˥]
喻世態炎涼，沒有一處（一位）溫暖。

【水鬼叫跛腳瑞】
[tsui˥ kui˦ kio˦ pai˥ k'a˧ sui˧]
水鬼要拖人下水，叫跛腳瑞（人名）去溺斃，以便他去投胎。喻誘人行惡。

【水鬼擱舉重枷】
[tsui˥ kui˦ ko˦ gia˧ taŋ˨ ke˧˥]
溺死做水鬼已夠苦，還須舉著重枷鎖，眞是苦上加苦。

【水鬼、羅漢、乞食】
[tsui˥ kui˦ lo˧ han˨ k'it˥ tsia˧]
羅漢，單身流浪漢。此三者為最不善之輩。

【水淺不容大魚】
[tsui˦ ts'en˦ put˥ iɔŋ˧ tua˨ hi˧˥]
喻要有良好的環境，才能容納賢才。

【水蛙、鱔魚、鼈，假龜】
[tsui˥ ke˥ sen˨ hi˧˥ piʔ˩]
指淡水魚類中的珍饈美味。

【水蛙發尾——假龜】
[tsui˥ ke˥ huat˥ bue˦ ke˥ ku˥]
歇後語。水蛙，田雞，蛙類；儘管長尾巴，終究不是烏龜，故云假龜；譏人假冒。

【水晶鏡照玻璃】
[tsui˥ tsĩ˧ kiã˨ tsio˦ po˧ le˧˥]
比喻事情不須調查已清晰自現，一覽無遺。

【水牛肉灌水——答滴】
[tsui˥ gu˧ baʔ˩ kuan˦ tsui˦ tap˥ tiʔ˩]
歇後語。不肖牛肉商賣牛肉前先灌水，牛肉吊在肉架上，水會點點滴滴落下，台語叫答滴；比喻做人處事不能把握大原則而瑣瑣碎碎。

【水水查某守空房】
[sui˥ sui˥ tsa˧ bɔ˦ tsiu˥ k'aŋ˧ paŋ˧˥]
喻美人獨守空閨，紅顏而薄命。

【水牛過溪厚屎尿】
[tsui˥ gu˧˥ kue˦ k'e˥ kau˨ sai˥ zio˧]

喻做事不乾脆，拖泥帶水。

【水鬼升城隍——升格】
[tsui˥ kui˥˧ siŋ˧ siŋ˧ hɔŋ˦ siŋ˧ keʔ˩˨]
歇後語。水鬼，小鬼；城隍爺，地方司善惡之神，由水鬼而升爲城隍爺，當然是升格。

【水淹到領滾——拄著】
[tsui˥˧ im˧ kau˥˧ am˨˩ kun˥˧ tu˥˧ tio˨˩]
歇後語。水淹到脖子（領滾），已碰到下巴，就是「拄著」，謂遇到了、碰上了。

【水潑落地難得收】
[tsui˥˧ p'ua˥˧ lo˨˩ te˧ lan˧ tit˥ siu˥]
覆水難收。

【水缸破損，壺仔序大】
[tsui˥ kəŋ˥ p'ua˥˧ sun˥˧ ɔ˧ a˥˧ si˨˩ tua˧]
水缸、壺仔，陶製容器，水缸大壺仔小；破損，打破；序大，長輩；水缸破了，壺仔就算大的。即蜀中無大將，廖化做先鋒；意同「水底無魚，三界娘爲王」。

【水缸損破，壺仔序大】
[tsui˥ kəŋ˥ kəŋ˥˧ p'ua˨˩ ɔ˧ a˥˧ si˨˩ tua˧]
損破，打破。序大，變長輩。意同前句。

【水鬼騙城隍——瞞不了】
[tsui˥ kui˥˧ p'en˥˧ siŋ˧ hɔŋ˦ muã˧ put˥ liau˥˧]
歇後語。小水鬼騙不了大城隍，故云瞞不了。

【水蛙跳來緊，沈來久】
[tsui˥ ke˥ t'iau˥˧ lai˨˩ kin˥˧ tim˧ lai˨˩ ku˥˧]
水蛙，田雞。緊，快也。喻暴發户雖然一夜之間致富，但若不能善加運用，其富也不容易持久。

【水搬過甌，也會消身】
[tsui˥˧ puã˧ kue˥˧ au˥ ia˨˩ e˨˩ siau˧ sin˥]
水從這杯倒過那杯，難免會消失一部分。喻凡事物經過搬遷，難免有小損。或喻經常改變職業、住所，缺乏好處。

【水搬過碗，也會消蝕】
[tsui˥˧ puã˥ kue˥˧ uã˥˧ ia˨˩ e˨˩ siau˧ sit˥]
意同「水搬過甌，也會消身」。

【水漲東北，南風隨覆】
[tsui˥˧ tiũ˥˧ taŋ˧ pak˩˨ lam˧ hɔŋ˥ sui˧ p'ak˩˨]
氣象諺。水漲東北方，如有南風吹，則水旋退，可以行船。

【水，三年流東，三年流西】
[tsui˥˧ sã˧ nĩ˧ lau˧ taŋ˥ sã˧ nĩ˧ lau˧ sai˥]
喻世事變化，好壞輪流。

【水水無十全，醜醜膾全醜】
[sui˥ sui˥˧ bo˧ sip˩˨ tsuan˦ bai˥ bai˥˧ be˨˩ tsuan˧ bai˥˧]
水水，美麗也；人無十全十美者，也沒有一無是處的人。

【水花在人欉，水某在人房】
[sui˥ hue˥ tsai˨˩ laŋ˧ tsan˦ sui˥ bɔ˥˧ tsai˨˩ laŋ˧ paŋ˦]
水花，美麗的花；水某，美麗的太太。美麗的花都長在別人家的樹上，美麗的太太都在別人家的閨房，完全是一種欣羡之心，只羡慕別人的東西，不知道珍惜自己所擁有的。

【水底無魚，三界娘仔做大】
[tsui˥ te˥˧ bo˧ hi˦ sam˧ kai˥˧ niũ˧ a˥˧ tso˥˧ tua˧]

三界娘，淡水中一種小魚，又稱大肚魚。沒有別的人比自己大的時候，自己稱王。喻蜀中無大將，廖化做先鋒。

【水流破布——行到彼，磕到彼】
[tsui˥˧ lau˧ p'ua˥˧ pɔ˨˩ kiã˧ kau˥˧ hia˥ k'ap˥˧ kau˥˧ hia˥]
歇後語。廢棄之破布，拋入河流之後，隨水下流，遇到河中淤淺之樹枝或突出之石頭，破布就會掛在上面一陣子，日後水勢大時被沖走；若遇到樹枝、石頭仍會再掛住，故云「行到彼，磕到彼」，比喻人愛惹事生非，走到那兒便要鬥到那兒。

【水牛無牽過溪，屎尿毋甘放】
[tsui˥ gu˧ bo˧ k'an˧ kue˥˧ k'e˥ sai˥ zio˧ m˨˩ kam˧ paŋ˨˩]
農夫欲叫水牛大小便，皆須將牠牽到溪中誘導牠。喻法官不用手段，嫌犯不肯認罪。

【水尚清就無魚，人尚急就無智】
[tsui˥˧ siũ˧ ts'iŋ˥ tio˨˩ bo˧ hi˧˥ laŋ˧˥ siũ˧ kip˧ tio˨˩ bo˧ ti˨˩]
人的性子急，會失去理智而誤了事。

【水搬過碗會少，話搬過嘴會加】
[tsui˥˧ puã˧ kue˥˧ uã˥˧ e˨˩ tsio˥˧ ue˧ puã˧ kue˥˧ ts'ui˨˩ e˨˩ ke˥]
水從這碗倒到那碗，會越倒越少，而傳話會越傳越多；喻做人要實在，不可搬弄是非。

【水將杖探知淺深，人用財交便見心】
[tsui˥˧ tsiɔŋ˨˩ tiaŋ˧ t'am˨˩ ti˧ ts'im˧ ts'en˥˧ zin˧˥ iɔŋ˨˩ tsai˧˥ kau˥ pen˨˩ ken˥˧ sim˥]
謂朋友交情是眞是假，用錢財一試便知道。

【水蛙愈老愈出音，哥仔愈老愈有心】
[tsui˥ ke˥ lu˥ lau˧ lu˥ ts'ut˥ im˥ ko˥ a˥ lu˥ lau˧ lu˥ u˨˩ sim˥]
水蛙，田雞；田雞愈老叫得愈大聲，男人愈老愈能疼惜女人。

【水缺做久無換變田崩，長工做久無換變老尪】
[tsui˥ k'iaʔ˧ tso˥˧ ku˥˧ bo˧ uã˧ pĩ˥˧ ts'an˧ paŋ˥ təŋ˧ kaŋ˥ tso˥˧ ku˥˧ bo˧ uã˧ pĩ˥˧ lau˨˩ aŋ˥]
水缺（閘），指水田與水田間通水的缺口；田崩，指梯田坍方，爲農夫所最畏。水缺，每年都要換個地方，免得日久土爛易坍方；長工也要隔段時間更換，免得與東家婦女日久生情，滋生孽緣。

【永春蘆竹，管小孔大】
[iŋ˥ ts'un˧ lɔ˧ tik˧ kɔŋ˥˧ se˨˩ k'aŋ˥ tua˧]
喻虛有其表而不實際。

【永來伯九條茄，毋値著盧阿香一粒蟯】
[iŋ˥ lai˧ peʔ˧ kau˥ tiau˧ kio˧˥ m˨˩ tat˧ tio˨˩ lɔ˧ a˥ p'aŋ˥ tsit˧ liap˧ gio˧˥]
茄，象陰莖，喻男子；蟯，淡水貝蚌，象陰户，喻女子。永來伯、盧阿香爲台北新莊山腳（今泰山鄉）人。永來伯務農，有子九人，卻不及盧阿香一人賣笑的收入。

【求人若吞三尺劍】
[kiu˧ laŋ˧˥ nã˥ t'un˧ sã˧ ts'io˥˧ kiam˨˩]
喻求人幫忙之困難。

【求平安，無想添福壽】
[kiu˧ piŋ˧ an˥ bo˧ siũ˨˩ t'iam˧ hɔk˥˧ siu˧]
只求平安順利，不敢有額外的奢求。

【求道恨無早，無閒食到飽】
[kiu˧ to˧ hin˩ bo˧ tsa˥ bo˧ iŋ˦ tsia˩ ka˥ pa˥]
喻求道不嫌早，越早越好；後半句只是押韻，無特別意義。

【求人須求大丈夫，濟人須濟急時無】
[kiu˧ zin˦ su˧ kiu˧ tai˩ tiɔŋ˩ hu˥ tse˥ zin˦ su˧ tse˥ kip˥ si˧ bu˦]
有事求人要向正人君子求助；要幫助別人必須在他事急求助無門之時。

【汗流屑滴】
[kuã˩ lau˧ sap˨ tiʔ˨]
汗流浹背。

【江仔井，好派頭】
[kaŋ˧ ŋã˥ tsẽ˥ ho˥ p'ai˥ t'au˦]
江仔井，昔日人名，為人甚講排場，走路都有風，故有此諺。

【江仔魚一水肥】
[kaŋ˧ ŋã˥ hi˦ tsit˨ tsui˥ pui˦]
一水，一回；喻總有出頭的一天。

【江湖無行僫出名】
[kaŋ˧ ɔ˦ bo˧ kiã˦ be˩ ts'ut˥ miã˦]
碼頭是闖出來的，江山是打出來的。

【江湖一點訣，妻女不可說】
[kaŋ˧ ɔ˦ tsit˨ tiam˥ kuat˨ ts'e˧ li˥ put˥ k'o˥ suat˨]
江湖秘訣，父子相傳，傳子不傳女，也不與妻子說，恐其走漏也。

【江湖一點訣，講破毋值三文】
[kaŋ˧ ɔ˦ tsit˨ tiam˥ kuat˨ kɔŋ˥ p'ua˩ m˩ tat˨ sã˧ bun˦]
江湖秘訣，全憑那一點技巧，講開了便不值錢。

【江湖郎中的道理，媒人口中的男女】
[kaŋ˧ ɔ˦ lɔŋ˧ tiɔŋ˥ ge˧ to˩ li˥ muãi˧ laŋ˦ k'au˥ tiɔŋ˥ ge˧ lam˧ li˥]
謂其言不可信。

【池內無水僫飼得魚】
[ti˧ lai˧ bo˧ tsui˥ be˩ ts'i˩ tit˥ hi˦]
池裡沒有水，魚就養不活。喻兒子既死，就很難留住媳婦。

【池內無魚，三界娘仔為王】
[ti˧ lai˧ bo˧ hi˦ sam˧ kai˥ niũ˧ a˥ ui˧ ɔŋ˦]
三界娘仔，淡水中小魚，又名大肚魚仔。池內無大魚，三界娘仔便稱王。蜀中無大將，廖化做先鋒。

【污穢貓咬錢鼠】
[ue˥ sue˥ niãu˥ ka˩ tsĩ˧ ts'i˥]
正常貓應該咬一般老鼠，錢鼠因身上有臭味，一般的貓是不會去咬牠來吃；喻飢不擇食。

【沒面沒皮】
[bo˧ bin˩ bo˧ p'ue˦]
即厚臉皮。

【沒存好生，也存好死】
[bo˧ ts'un˧ ho˥ sẽ˥ ia˩ ts'un˧ ho˥ si˥]
存，存心、著想；好生，好好過活；好死，壽終正寢。若不想好好過活，也得圖個壽終正寢。昔日用以罵做事缺德之人的話。

【沈魚落雁】
[tim˧ hi˦ lɔk˥ gan˧]
形容女子之美。

【沖沖滾】
[ts'iaŋ˩ ts'iaŋ˩ kun˥]
謂事情正熱鬧得很。

【沖著伊的馬頭】
[ts'iɔŋ˧ tio˩ i˧ e˧ be˥ t'au˦]

無意中觸犯、得罪別人。

【沙西米，假腐魚】
[sa˧ si˥ mĩ˨ ke˥ au˥ hi˧]
沙西米，日語，生魚片；生魚片切開來一片片紅紅白白，彷彿不新鮮的魚肉，故有此諺。

【沙母粒，挾就有油】
[sua˧ bo˥ liap˥ giap˥ to˨ u˨ iu˧]
喻欠債人雖貧，如硬要討，多少可以討回一點。

【法蘭西水，食一點氣】
[huat˥ lan˧ se˧ tsui˥ tsia˨ tsit˩ tiam˥ k'ui˨]
法蘭西水，昔日彈珠汽水；汽水能解渴全靠其中之氣，沒氣泡就只是糖水而已。謂全憑一點氣。

【法蘭西香水——食一點氣】
[huat˥ lan˧ se˧ p'aŋ˧ tsui˥ tsia˨ tsit˩ tiam˥ k'ui˨]
歇後語。法蘭西香水，法國香水；香水之香是靠氣味；食一點氣，即謂做人也是憑一點氣。

【河裡浮鴨卵】
[ho˧ li˨ p'u˧ a˥ nũi˧]
指浪蕩子。

【河厝巡查——松（傷）本】
[ho˧ ts'u˨ sun˧ tsa˥ siɔŋ˧ pun˥]
歇後語。南投竹山諺語。河厝，竹山地名，日治時期此處有一巡查叫松本，此二字以台語發音與「傷本」（浪費大）同音。

【河隘水緊，人急計生】
[ho˧ e˧ tsui˥ kin˥ zin˧ kip˩ ke˨ siŋ˥]
水無石，流不激，人不急，計不生。人在緊急時，會想出辦法來對付，即急中生智。

【河溪對門路，也有蕃薯也有芋】
[ho˧ k'e˥ tui˥ muĩ˧ lɔ˧ ia˨ u˨ han˧ tsi˧ ia˨ u˨ ɔ˧]
地理師認為河水象徵錢財，門口有溪水流過，主富有；喻形勢大好。

【泉孔，透水窟】
[tsuã˧ k'aŋ˥ t'au˥ tsui˥ k'ut˩]
喻一點小事也弄得全城人都曉得。

【泉北郊雀雀趯，較輸大腳卻一粒蟯】
[tsuan˧ pak˥ kau˥ ts'iak˥ ts'iak˥ tio˧ k'a˥ su˧ tua˨ k'a˧ k'ioʔ˩ tsit˩ liap˩ gio˧]
郊，清代之郊商，猶今之貿易商；泉郊以對福州之貿易為主，北郊以對天津、上海、寧波之貿易為主。大腳卻，清末萬華綠燈戶著名之老鴇，旗下有豔妓數十。蟯，指婦女。清末某年萬華七月普渡，泉郊、北郊貿易商聯合出資普渡，自以為場面浩大，無與倫比，自鳴得意（雀雀趯），豈知輪到凹肚仔（今萬華區寶斗里）時，大腳卻出面一呼，嫖客紛紛解囊，所辦之普渡場面，遠勝過泉北郊，令其黯然失色。

【洩世症】
[sia˥ si˥ tsiŋ˨]
丟面子。或作「洩四正」。

【洩體面】
[sia˥ t'e˥ ben˧]
丟面子。

【油洗洗】
[iu˧ se˥ se˥]
喻很好賺，很有錢。

【油炸粿】

[iu˧ ts'ia˧ kue˥˧]
本爲痛恨秦檜害死岳飛，故將此食品以「油炸檜」命名，即油條也。

【油鬃現領，個兜吊鼎】
[iu˧ tsaŋ˥ hen˥˧ niã˥˧ in˧ tau˥ tiau˥˧ tiã˥˧]
頭髮抹得一片油蠟，穿著領口外現西式新衣的人，家裡頭往往是三餐不顧的。比喻本末倒置，棄家庭生活於不顧，只重視虛浮的外表。

【油湯賺油湯食，無賺做乞食】
[iu˧ t'əŋ˥ t'an˨˩ iu˧ t'əŋ˥ tsia˧ bo˧ t'an˨˩ tso˥˧ k'it˥ tsia˧]
家無恒產，只靠擺飲食攤過活，若賺不了錢，只好去當乞丐。

【洞簫掛鬏振動搖】
[tɔŋ˨˩ siau˥ kua˥˧ ts'iu˥ tin˨˩ tɔŋ˨˩ io˧˥]
在洞簫外加一些裝飾品，吹起來東飄西飄，反而礙手礙腳；喻因外飾而增添麻煩，畫蛇添足。

【洞房花燭夜，金榜題名時】
[tɔŋ˨˩ pɔŋ˧˥ hua˧ tsiɔk˥ ia˧ kim˧ pəŋ˥˧ te˧ miã˧ si˧˥]
此爲人生最快樂的兩個時刻。

【活蛇添腳】
[ua˨˩ tsua˧˥ t'iam˧ k'a˥]
喻喜歡誹謗人家，惹事生非。

【活人尋死路】
[ua˨˩ laŋ˧˥ ts'ue˨˩ si˥ lɔ˧]
謂有才能的人不循正途而走邪徑。或作「活人尋死窟」。

【活馬縛死樹】
[ua˨˩ be˥˧ pak˩ si˥ ts'iu˧]
喻懷才不遇，壯志難伸。

【活到老，學到老】
[ua˨˩ kau˥˧ lau˧ o˨˩ kau˥˧ lau˧]
喻人要終生學習。

【活人慘，死人落湳】
[ua˨˩ laŋ˧˥ ts'am˥˧ si˥ laŋ˧˥ lo˨˩ lam˨˩]
對死人對活人都不好；喻不管怎樣做，都是有困難的。

【活人慘，死人落籠】
[ua˨˩ laŋ˧˥ ts'am˥˧ si˥ laŋ˧˥ lo˨˩ laŋ˥˧]
喻大家都慘透了。

【活泉食齣焦，死泉食會了】
[ua˨˩ tsuã˧˥ tsia˨˩ be˨˩ ta˥ si˥ tsuã˧˥ tsia˨˩ e˨˩ liau˥˧]
喻要開源節流，不可坐吃山空。

【活毋祭嚨喉，死才要祭棺柴頭】
[ua˧ m˨˩ tse˥˧ nã˧ au˧˥ si˥˧ tsia˥ be˥ tse˥˧ kuã˧ ts'a˧ t'au˧˥]
謂父母活著不奉以甘美之食物，死了才在棺材前排滿祭品，有何實益？

【洗腳上床】
[se˥ k'a˥ tsiũ˨˩ ts'əŋ˧˥]
萬事俱備，只待進行。

【洗面，礙著耳】
[se˥ bin˧ gai˨˩ tio˨˩ hĩ˧]
洗臉的時候，無意間傷到耳朵。喻講話不慎，傷到局外人。

【洗面礙著鼻】
[se˥ bin˧ gai˨˩ tio˨˩ p'ĩ˧]
洗臉時碰到了鼻子；喻講話時不小心得罪到別人。

【洗面洗耳邊，掃地掃壁邊】
[se˥ bin˧ se˥ hĩ˨˩ pĩ˥ sau˥˧ te˨˩ sau˥˧ pia˥˧ pĩ˥]
平常人家越疏忽的地方，越要小心注意。

【洗面在剃頭店，睏，睏在豬肉砧】
[se˥ bin˧ ti˨˩ t'i˥˧ t'au˧ tiam˨˩ k'un˨˩ k'un˥˧ ti˨˩ ti˧ ba˥˧ tiam˥]

以理髮店爲洗臉所，以屠宰商肉砧爲床鋪，喻無家可歸的流浪漢。

【洲仔尾陳，扑人粗殘，食肉食三層，看戲看亂彈】
[tsiu˥ a˥ bue˥ tan˩ p'a˥ laŋ˩ ts'ɔ˧ ts'an˩ tsia˩ baʔ˩ tsia˩ sam˧ tsan˩ k'uã˥ hi˩ k'uã˥ lan˩ t'an˩]
洲仔尾，在今台北縣蘆洲鄉。粗殘，殘忍；三層，肥瘦相間之肉；亂彈，即北管戲。過去，洲仔尾陳姓爲強族，稱霸一方，打人絶不留情，生活十分享受。

【洋裝現領，厝内吊鼎，講話無影】
[iũ˧ tsɔŋ˥ hen˥ niã˥ ts'u˥ lai˧ tiau˥ tiã˥ kɔŋ˥ ue˧ bo˧ iã˥]
穿洋服裝闊，又愛說大話，事實上家裡窮得甕無儲米（吊鼎）。

【浦頭芋粿——歹粿切細塊】
[pɔ˧ t'au˧ ɔ˩ kue˥ p'ãi˥ kue˥ ts'et˥ se˥ te˩]
歇後語。漳州城東門外，有一地名叫東浦頭。因離城遠，自成一市集，中有賣芋粿者，因製品不佳且人口少，故購買者稀少。爲了厚利，出售之芋粿切得較小，如此反較別地昂貴，故有本諺。

【浮世若夢，轉眼成空】
[hu˧ se˩ ziɔk˩ baŋ˧ tsuan˥ gan˥ siŋ˧ k'aŋ˥]
喻人生短暫。

【浪溜漣】
[lɔŋ˩ liu˥ len˥]
整天不務正業，無所事事；即不長進。

【浪子回頭金不換】
[lɔŋ˩ tsu˥ hue˧ t'io˩ kim˥ put˥ huan˩]
人非聖賢，孰能無過，過而能改，善莫大焉。

【流水無瘟】
[liu˧ sui˥ bo˧ hɔŋ˩]
瘟，毒氣；流動的水不會腐臭，因而沒有毒氣。

【流水纔艙臭去】
[liu˧ sui˥ tsia˥ be˩ ts'au˩ k'i˩]
常常流動的水不會發臭。

【流水無毒，流人艙惡】
[liu˧ sui˥ bo˧ tɔk˥ liu˧ zin˩ be˩ ɔk˩]
流水不腐，在外鄉闖過的人（流人），見識廣脾氣好，有耐性能寬容。

【流芳百世，遺臭萬年】
[liu˧ hɔŋ˥ pa˥ se˩ ui˧ ts'au˩ ban˩ len˩]
好人死後，英名可以流傳百世；壞人死後，臭名也會流傳很久。

【流幾百粒汗，纔賺到幾個錢】
[lau˧ kui˥ pa˥ liap˩ kuã˧ tsia˥ t'an˥ ka˥ kui˥ ge˧ tsĩ˩]
賺錢不易，應加珍惜。

【海口仙】
[hai˥ k'au˥ sen˥]
謂長於外交辭令之人。

【海底摸針】
[hai˥ te˥ bɔŋ˧ tsiam˥]
喻做事茫無目標。

【海水劃宮前】
[hai˥ tsui˥ ue˩ kiŋ˧ tsiŋ˩]
鹿港諺語。宮前指鹿港北頭天后宮前，原爲碼頭，可以停泊海船。喻滄海桑田。

【海岸，卻著鱟】
[hai˥ huã˧ k'io˥ tio˩ hau˧]
卻著，謂揀到。喻碰到好運氣。

【海胡椒，雜插】
[hai˥ hɔ˧ tsio˥ tsap˧˩ ts'ap˧˩]
喻樣樣都要干預。

【海龍王辭水】
[hai˧ liŋ˧ ɔŋ˩˥ si˧ tsui˥˧]
海龍王辭退海水，矛盾之事莫此爲甚；喻人之行爲一反常態，令人感到矛盾。

【海尾仔人搗湘】
[hai˥ bue˥ a˥ laŋ˩˥ u˥˧ siau˩˥]
彰化線西一帶諺語，係對海邊人家的一種輕蔑語。

【海翁娶三界娘】
[hai˥ aŋ˥ ts'ua˨˩ sam˧ kai˥˧ niũ˩˥]
海翁指鯨魚；三界娘，溪中小魚名；比喻大娶小不相稱，又比喻非門當户對之意。

【海口查某——厚沙屑】
[hai˥ k'au˥ tsa˧ bɔ˥˧ kau˨˩ sua˧ sap˥]
歇後語。海口，指海濱、海邊。住在濱海漁村的婦女，由於環境的關係，身上難免沾上沙粒，加以衛生落後，蝨子繁殖較快。有了沙粒和虱子，兩者合起來，台語稱爲沙蝨；數量多，即厚沙蝨。台語厚沙屑與厚沙蝨諧音，係指做事喜歡挑毛病的人。

【海裡無魚第一魴】
[hai˥˧ nĩ˨˩ bo˧ hi˩˥ te˨˩ it˧˩ haŋ˥]
當海中都沒有魚時，魴魚便屬第一；蜀中無大將，廖化做先鋒。

【海水會焦，石頭會爛】
[hai˥ tsui˥˧ e˨˩ ta˥ tsio˨˩ t'au˩˥ e˨˩ nuã˧]
情人間發誓的誓言，謂海枯石爛此情不渝。

【海裏無魚，蝦蛄起價】
[hai˥˧ li˨˩ bo˧ hi˩˥ he˧ kɔ˥ k'i˥ ke˨˩]
喻趁機哄抬物價。

【海龍王辭水——假細膩】
[hai˥ liŋ˧ ɔŋ˩˥ si˧ tsui˥˧ ke˥ se˥˧ zi˧]
歇後語。海龍王管水又住在水中，現在裝做要辭水、離開水，分明是裝出來的客氣，故云假細膩。

【海口囝仔，出門無激行】
[hai˥ k'au˥ gin˥ nã˥˧ ts'ut˥ muĩ˩˥ bo˧ kik˥ kiã˩˥]
海口地貧，居民勤儉，因此其子弟外出做事，均很勤勞，不會偷懶。

【海底無魚，狗格仔爲王】
[hai˥ te˥˧ bo˧ hi˩˥ kau˥ ke˥ a˥˧ ui˧ ɔŋ˩˥]
喻蜀中無大將，廖化做先鋒。

【海底無魚，三界娘仔爲王】
[hai˥ te˥˧ bo˧ hi˩˥ sam˧ kai˥˧ niũ˧ a˥˧ ui˧ ɔŋ˩˥]
三界娘仔，淡水中小魚之名；喻在座沒有人比他資格老，他就趁此機會炫誇一番。

【海枯終見底，人死不知心】
[hai˥˧ kɔ˥ tsiɔŋ˧ ken˥˧ te˥˧ zin˩˥ si˥˧ put˥ ti˧ sim˥]
海乾枯畢竟會見底，而人心不足，卻是至死都不知它的底部有多深。

【海翁一年貼大鯊三擔肉】
[hai˥ aŋ˥ tsit˧˩ nĩ˩˥ t'iap˥ tua˨˩ sua˥ sã˧ tã˥˧ baʔ˧˩]
海翁，鯨魚，鯨魚最終都是被肉食性的鯊魚所吃，故有此諺。喻出娘胎便註定是債務人。

【海結仔無抹油——坎頭坎面】
[hai˥ kat˥ la˥˧ bo˧ bua˥˧ iu˩˥ k'am˥˧ t'au˧ k'am˥˧ bin˧]
歇後語。海結仔是日治時期外來語，

即 hair-cut 之譯音。留西裝頭而不抹油，頭髮向下垂，就會把頭臉蓋住，即「坎頭坎面」；意謂做事沒有睜亮眼睛。

【海中若無魚，三界娘仔爲王】
[hai˥ tiɔŋ˥ nã˨ bo˧ hi˧ sam˧ kai˥ niũ˧ a˥ ui˧ ɔŋ˧]
意同「海底無魚，三界娘仔爲王」。

【海水雖闊，船頭也會相拄著】
[hai˥ tsui˥ sui˧ k'uaʔ˨ tsun˧ t'au˧ ia˨ e˨ sio˧ tu˥ tio˨]
海面雖闊，船和船有時都會相撞。喻冤家路窄，狹路相逢。

【海湧仔㧎腳做豆乳，金蠅捻翅變蔭豉】
[hai˥ iŋ˥ ŋã˥ au˥ k'a˥ tso˥ tau˨ zi˥ kim˧ sin˧ liam˥ sit˥ pen˥ im˥ si˧]
西皮派標誌是沙蟹，如果把沙蟹的腳㧎下來就像豆乳，這是福祿派罵西皮派所言；而西皮派罵福祿派則說他們的標誌像金蠅一般，把翅膀捻下就如同蔭豉，此話爲互相詆毀之言。

【浸水綿紗——歹紡】
[tsim˥ tsui˥ mĩ˧ se˥ p'ãi˥ p'aŋ˥]
歇後語。綿紗泡水之後即不好紡織。歹紡，意謂事情不妙、不好處理。

【浸水蠔，排面頂】
[tsim˥ tsui˥ o˧ pai˧ bin˨ tiŋ˥]
商人將浸水泡大的牡蠣排在最上層。喻在別人面前，擺出最美麗的外表。

【消瘦落肉】
[siau˧ san˥ lo˨ baʔ˨]
指人因病或勞累而在短時間內瘦下去。

【消息無通光】
[siau˧ sit˨ bo˧ t'aŋ˧ kuĩ˥]
消息不靈光。

【淡水河，無坎蓋】
[tam˨ tsui˥ ho˧ bo˧ k'am˥ kua˨]
罵人想尋死可以去跳淡水河，淡水河沒有加蓋。

【淡冬節，好年兜】
[tam˧ taŋ˧ tseʔ˨ ho˥ nĩ˧ tau˥]
氣象諺。淡，濕也；冬節，冬至；年兜，快過年前幾天。謂冬至若是下雨，占當年過年前幾天會好天氣。

【淡水魚，入鹹水港】
[tsiã˥ tsui˥ hi˧ zip˨ kiam˧ tsui˥ kaŋ˥]
喻做自己分外的事，因而陷於困境。

【淡水是種天，雨傘偎門邊】
[tam˨ tsui˥ si˨ tsiɔŋ˥ t'ĩ˥ hɔ˨ suã˨ ua˥ muĩ˧ pĩ˥]
淡水，清代所謂淡水是泛指台灣北部地區，當時行政區域叫「淡水廳」；種，「這種」之合併音；謂台灣北部多雨，雨傘爲家家户户必備之雨具。

【淡水這號天，雨傘偎門邊】
[tam˨ tsui˥ tsit˥ ho˨ t'ĩ˥ hɔ˨ suã˨ ua˥ muĩ˧ pĩ˥]
意同前句。

【淡水河若無扒龍船，當年一定增加新孤魂】
[tam˨ tsui˥ ho˧ nã˨ bo˧ pe˧ liɔŋ˧ tsun˧ tɔŋ˧ nĩ˧ it˥ tiŋ˨ tsiŋ˧ ka˧ sin˧ kɔ˧ hun˧]
扒，划。傳說不划龍船，就會有人溺死，即是水鬼「掠交替」。若划龍船，水鬼可獲得超渡，就不必掠交替了。

【添丁進財】
[t'iam˧ tiŋ˥ tsin˥ tsai˧]
昔日大眾的共同希望：生很多兒子（添

丁），發很多財（進財）。

【添頭貼尾】
[t'ĩ˧ t'au˦ t'iap˙˥ bue˥˧]
貼補貼補，湊足斤兩或款項。

【涼傘雖破，骨格原在】
[niũ˧ suã˩ sui˧ p'ua˩ kut˙˥ ke?˙˩ guan˧ tsai˧]
喻人雖失敗，骨氣猶存。

【涵孔內龜】
[am˧ k'aŋ˧ lai˩ ku˥]
涵孔，田岸之涵管，其中空間小且黑暗；意同「井底之蛙」。

【混混食雙糕潤】
[hun˩ hun˧ tsia˩ siaŋ˧ ko˧ zun˧]
雙糕潤，糕餅名；謂未經他人允許，擅自使用別人的東西。

【淨油壓火】
[tsiŋ˩ iu˦ te˥˧ hue˥˧]
淨油，指道士做過法後的油；淨油可以鎮壓火災。

【淺腸淺肚】
[ts'en˥ təŋ˦ ts'en˥ tɔ˧]
即直腸子，經人詢問就和盤托出，守不住秘密。

【淺籬薄壁，隔牆有耳】
[ts'en˥ li˦ po˩ pia?˙˩ ke˥˧ ts'iũ˦ iu˥ nĩ˥˧]
謂環境不隱密，難守秘密。

【清國奴】
[ts'iŋ˧ kɔk˙˥ lɔ˦]
日治時期，日本人對心思祖國(大清帝國)的台胞之謔稱。

【清水煮白米】
[ts'iŋ˧ tsui˥˧ tsi˧ pe˩ bi˥˧]
言其清淨潔白。

【清厝才會富】
[ts'iŋ˧ ts'u˩ tsia˥ e˩ hu˩]
南台灣的諺語，指每年農曆十二月二十四日家家户户都要大清掃才會富有。

【清明前，栽竹平】
[ts'iŋ˧ biŋ˧ tsiŋ˦ tsai˧ tik˙˥ piŋ˦]
農諺。清明節前後最適合種植果子樹木。

【清官難斷家內事】
[ts'iŋ˧ kuã˥ lan˧ tuan˩ ke˧ lai˩ su˧]
家務事之是非曲直，即使清官也不易判斷。

【清氣小姑碗蓋屎】
[ts'iŋ˧ k'i˥˧ sio˥ kɔ˥ uã˥˧ k'am˥˧ sai˥˧]
鹿港諺語。昔日有一女子，見侄子拉屎，大嫂要她代爲處理，她嫌髒而不願；日後女子出嫁並爲人母，替自己兒子擦屁股換尿片，從來不覺得髒。一日，大嫂來做客，正逢小孩在飯桌下拉大便，此女（小姑）一面爲其子擦屁股，一面怕大便被大嫂看到，乃順手自飯桌上拿一個碗將地上大便蓋住，事聞全鎮，因成此諺。喻不要輕易譏笑別人，因爲一旦自己遇上糗事，自己也會有意料之外的舉動。

【清朝錢，明朝進士】
[ts'iŋ˧ tiau˧ tsĩ˦ biŋ˧ tiau˧ tsin˥˧ su˧]
明朝科舉極嚴格，要中進士很難；清代則自康熙八年以後，可以捐輸買到官位，故有此諺。喻最被珍視的東西。

【清明穀雨，寒死虎母】
[ts'iŋ˧ biŋ˦ kɔ˥ u˥˧ kuã˧ si˥ hɔ˥ bu˥˧]
氣象諺。清明、穀雨雖是春季，有時天氣仍然很冷，會凍壞人。

【清早不落池，黃昏不殺雞】

[ts'iŋ˧ tsa˥ put˥˧ lo˧˩ ti˧˥ hɔŋ˧˩ hun˥˩
put˥˧ sat˥˧ ke˥˩]
清早池水尚冷，黃昏雞已入稠，此時縱有貴客來，也不捕魚、不殺雞。

【清朝重風水，民國重嘴水】
[ts'iŋ˧ tiau˧˥ tiɔŋ˧˩ hɔŋ˧ sui˥ bin˧
kɔk˩ tiɔŋ˧˩ ts'ui˥ tsui˥]
清朝政府重視風水地理，民國政府重視口才能言善道；謂善於吹噓逢迎的人往往會佔些便宜。

【清朝起海雲，風雨霎時興】
[ts'iŋ˧ tiau˥˩ k'i˥˩ hai˥˩ hun˧˥ hɔŋ˧ hɔ˧
sui˧ si˧ hiŋ˥˩]
氣象諺。早晨海上起雲層，眨眼間風雨即到。

【清朝陳仔博，日本蔡仔谷】
[ts'iŋ˧ tiau˧˥ tan˧ nã˥˩ p'ɔk˩ zip˩ pun˥
ts'ua˥ a˥˩ kɔk˩]
陳仔博、蔡仔谷，台南善化人，前者爲清末當地最有勢力之人，後者爲日治時期最有力量之人。

【清明無轉厝無祖，過年無轉厝無某】
[ts'iŋ˧ biŋ˧˥ bo˧ tuĩ˥˩ ts'u˧˩ bo˧ tsɔ˥
kue˥ nĩ˧˥ bo˧ tuĩ˥˩ ts'u˧˩ bo˧ bɔ˥]
清明若不返鄉掃墓，就是數典忘祖；農曆除夕若不回家與家人團聚，就像沒有老婆的人。由此諺可看出過年過節在國人心中的重要性。

【清清之水爲土所防，濟濟之士爲酒所傷】
[ts'iŋ˧ ts'iŋ˥˩ tsi˧ sui˥ ui˧˩ t'ɔ˧˥ sɔ˥˩ hɔŋ˧˥
tse˥ tse˧˩ tsi˧ su˧ ui˧˩ tsiu˥ sɔ˥˩ siɔŋ˥˩]
清水因泥土之阻擋而不能遠流，濟濟之士因貪酒而誤了前程；誡人勿貪杯。

【清秀才郎倒配不良某；乖巧查某反招愚拙夫】
[ts'iŋ˧ siu˧˩ tsai˧ lɔŋ˧˥ to˥ p'ue˥ put˥˧
liɔŋ˧ bɔ˥ kuai˧ k'a˥˩ tsa˧ bɔ˥ huan˥˩
tsio˧ gi˧ tsuat˥˧ hu˥˩]
謂正人君子娶一個不守婦道之人，賢慧淑女倒嫁一個莽漢；姻緣配錯對。

【深犁重耙，較好放橫債】
[ts'im˧ le˧˥ taŋ˧˩ pe˧˥ k'a˥ ho˥˩ paŋ˥
huãi˧ tse˧˩]
深犁重耙，謂努力耕種，獲利會比放高利貸還多。勸人要勤勞。

【深耕重耙，較好放後世債】
[ts'im˧ kiŋ˥˩ taŋ˧˩ pe˧˥ k'a˥ ho˥˩ paŋ˥
au˧˩ si˥ tse˧˩]
放後世債，謂放高利貸；勤勞耕種，勝過放高利貸。

【深惻惻，不能新婦著；新婦著，褲頭帶目藥】
[ts'im˧ ts'ik˥˧ ts'ik˩ put˥˧ liŋ˧ sim˧ pu˧
tio˧ sim˧ pu˧ tio˧ k'ɔ˥ t'au˧˥ tua˥
bak˩ io˧]
形容爲了娶個媳婦，找遍各地；等到媳婦入門後，卻常被她氣得流眼淚。

【淫，勯過三十】
[im˧˥ be˧˩ kue˥ sã˧ tsap˥˧]
荒淫過度，活不了三十歲。

【湯有分，汁也有分】
[t'əŋ˥˩ u˧˩ hun˧ tsiap˥˧ ia˧˩ u˧˩ hun˧]
喻凡事喜歡插上一腳的多管閒事者。

【港底無坎蓋】
[kaŋ˥˩ te˥ bo˧ k'am˥ kua˧˩]
罵人要死就去死，港面沒有加蓋，去跳港好了。

【渴時一點如甘露，醉後添杯不如無】
[k'uaʔ˩ si˧˥ tsit˩ tiam˥ zu˧ kam˧ lɔ˧
tsui˥ au˧ t'iam˧ pue˥˩ put˥˧ zu˧ bo˧˥]

喻對人的援助，要及時才有效；錢要用在刀口上。

【游方和尚】
[iu˧ hɔŋ˥ hue˧ siũ˧]
譏諷四處向人乞討之人。

【湳一滴冷水，予你生十二隻水水】
[lam˧ tsit˩ ti˥˧ liŋ˥ tsui˥˧ hɔ˨˩ li˥ sẽ˧ tsap˩ zi˨˩ tsiaʔ˩ sui˥ sui˥˧]
昔日牽豬哥的人，當自己的種豬與客戶的母豬交配完畢後，便用一臉盆冷水澆在牠們身上，並唸此諺，祝福母豬能一次生下十二隻美麗（水水）的小豬。

【凑相共】
[tau˥˧ sã˧ kaŋ˧]
指相幫助。

【凑腳手】
[tau˥˧ k'a˧ ts'iu˥˧]
腳手，指人手、人員；意同「凑相共」，亦是凑和凑和相幫助之謂也。

【滅卻心頭火，點起佛前燈】
[bet˩ k'iɔk˥ sim˧ t'au˧ hue˥˧ tiam˥ k'i˥˧ hut˩ tsen˧ tiŋ˥]
勸人應平心靜氣，多做善事。

【溜溜秋秋，食兩粒目睭】
[liu˧ liu˧ ts'iu˧ ts'iu˥ tsia˨˩ ləŋ˨˩ liap˩ bak˩ tsiu˥]
溜溜秋秋，形容人眼睛靈活的樣子。意謂此人精明，從兩顆眼睛的眼神便可以看出來。

【滾笑扶後腳】
[kun˥ ts'ioʔ˩ p'ɔ˧ au˨˩ k'a˥]
滾笑，開玩笑；扶後腳，扯後腿。本句指玩笑開得太大。適度的玩笑可帶來歡樂的氣氛，過分的玩笑會在無意中傷害人。其間尺度的拿捏，則全憑己心了。

【溪水洗𣍐清】
[k'e˧ tsui˥˧ se˥ be˨˩ ts'iŋ˥]
跳到黃河都洗不清。

【溪水顛倒頭流】
[k'e˧ tsui˥˧ ten˧ to˥˧ t'au˧ lau˧˥]
謂幼輩或年紀小者比長輩或年紀大者先死。

【溪無欄，井無坎】
[k'e˥ bo˧ lan˧˥ tsẽ˥˧ bo˧ k'am˨˩]
罵人要死就去跳溪、投井，溪無欄干，井未加蓋，無人會阻止。

【溪邊田，路邊厝】
[k'e˧ pĩ˧ ts'an˧˥ lɔ˨˩ pĩ˧ ts'u˨˩]
謂此二物要不得，住不得；溪邊田容易被洪水沖失，路邊厝吵雜且易被綠林中人打劫。

【溪邊魚，路邊鳥】
[k'e˧ pĩ˧ hi˧˥ lɔ˨˩ pĩ˧ tsiau˥˧]
本省習俗，認爲在溪邊、路邊可撿到的魚、鳥，必定是遭受瘟病，是不祥的象徵。如果撿拾，會帶來災厄，故不可拾之。

【溪砂埔，扑干樂——週轉不靈】
[k'e˧ sua˧ pɔ˥ p'a˥˧ kan˧ lɔk˥ tsiu˧ tsuan˥˧ put˥ liŋ˧˥]
歇後語。干樂，陀螺。在河邊砂灘上打陀螺，當然轉不了。

【溪底蕃薯厚根，平埔番仔厚親】
[k'e˧ te˥ han˧ tsi˧˥ kau˨˩ kin˥ pẽ˧ pɔ˧ huan˧ nã˥˧ kau˨˩ ts'in˥]
溪底因潮濕，所種地瓜鬚根特多；平埔族與漢族通婚，因欲向漢族學習農耕文化，故經常帶許多親戚來走動。

【溪中船仔眾人撐，花開阿娘眾人的】

[k'e˧ tiɔŋ˧ tsun˧ nã˥ tsiŋ˥ laŋ˧ t'e˥ hue˥ k'ui˥ a˧ niũ˧ tsiŋ˥ laŋ˧ ge˧]
以渡船渡來往旅客喻妓女朝秦暮楚生張熟魏，不拒生冷。

【準牛屎也拂㑐了】
[tsun˥ gu˧ sai˥ ia˩ put˥ be˩ liau˥]
就算是牛糞也搬不完；極言其分量之多。

【準神成神，準佛成佛】
[tsun˥ sin˧ siŋ˧ sin˧ tsun˥ hut˥ siŋ˧ hut˥]
喻由於見仁見智，可以兩圓其說。

【滄海桑田】
[ts'ɔŋ˧ hai˥ sɔŋ˧ ten˧]
昔日的大海，變成一片桑田；喻世事無常，變化很大。

【滄海變桑田】
[ts'ɔŋ˧ hai˥ pen˥ sɔŋ˧ ten˧]
意同「滄海桑田」。

【滿山白】
[muã˥ suã˧ pe˧]
謂福壽全歸者之葬禮，滿山都是穿白孝服之子孫與弔客。

【滿四公界】
[muã˥ si˥ kɔŋ˧ kai˩]
四處可見，到處都有；或簡稱為「滿四界」、「滿滿是」。

【滿面春風】
[muã˥ bin˧ ts'un˧ hɔŋ˥]
得意的樣子。

【滿流直界】
[muan˥ lau˧ tit˥ kai˩]
形容東西（液體）很多，多到快要溢出來。

【滿天全金條】
[muã˥ t'ĩ˥ tsuan˧ kim˧ tiau˧]
形容頭部被撞擊，或猛然抬頭血液循環不良時，眼前所見之萬道金光也。

【滿面全豆花】
[muã˥ bin˧ tsuan˧ tau˩ hue˥]
喻狼狽不堪。

【滿面全螞蟻】
[muã˥ bin˧ tsuan˧ kau˥ hia˧]
滿臉螞蟻，拂也拂不去。喻狼狽不堪。

【滿面錢貫痕】
[muã˥ bin˧ tsĩ˧ kuĩ˥ hun˧]
錢貫，清代銅錢中有方孔，用繩穿起來，叫一貫。指滿身銅臭之人。

【滿天全金條，要抄無半條】
[muã˥ t'ĩ˥ tsuan˧ kim˧ tiau˧ be˥ sa˥ bo˧ puã˥ tiau˧]
猛然抬起頭來一看，眼前全是金星，動手要抓，抓不到半個。形容人身體虛弱，會頭暈目眩。

【漏屎馬】
[lau˥ sai˥ be˥]
罵人做事不負責。

【漏泄天機】
[lau˩ siap˥ t'en˧ ki˥]
泄漏最高機密。

【漏氣漏觸】
[lau˥ k'ui˥ lau˥ tak˥]
也做「失氣失觸」，意謂丟盡面子。

【漏去到八罩】
[lau˥ k'i˥ ka˥ pue˥ tau˩]
澎湖諺語。昔日大人用以詈罵貪吃的小孩，會拉肚子，一泄千里，從澎湖本島泄到八罩(望安、七美海面)。

【漏屎馬也要征遼東】
[lau˥ sai˥ be˥ ia˩ be˥ tsiŋ˧ liau˧ taŋ˥]
漏屎馬，指瘸腳三；譏諷庸才不識本

分。

【漏胎，無三月日空腹肚】
[lau˥˧ t'e˥ bo˧ sã˧ gue˨˩ zit˩ k'aŋ˧ pat˥ tɔ˥˧]
俗謂流產（漏胎）容易再懷孕。

【滬尾舵工】
[hɔ˨˩ bue˥ tai˨˩ kɔŋ˥]
滬尾，淡水之古名；相傳淡水的舵工飯量大，比別人會吃。

【滬尾油車——斗量有限】
[hɔ˨˩ bue˥ iu˧ ts'ia˥ tau˥ liɔŋ˧ iu˥ han˧]
歇後語。滬尾，今之淡水；淡水北方近海處，有地名油車口。油車，榨油之機器，昔日之設備不大，每次能倒進去的「豆」量有限，諧音即為斗量有限，謂數量不多之意。

【漸入佳境】
[tsiam˨˩ zip˩ ka˧ kiŋ˥˧]
慢慢地進入良好的狀況。

【滯在苦瓜園，三頓串食苦瓜湯】
[tua˥˧ ti˨˩ k'ɔ˥ kue˧ huĩ˧˥ sã˧ tuĩ˨˩ ts'uan˥˧ tsia˧ k'ɔ˥ kue˧ t'əŋ˥]
言家境不好，生活淒苦。

【漳泉拚】
[tsiaŋ˧ tsuan˧ piã˨˩]
清代台灣移民社會，常發生泉州籍移民與漳州籍移民間之分類械鬥。尤以咸豐三年，台灣北部之械鬥最為激烈，死傷遍地。

【漬鹽短命】
[sĩ˨˩ iam˧˥ te˥ miã˧]
昔日意外死亡者，欲待仵作驗屍，有用鹽巴先醃漬以防腐臭之說；謂死得不好看。或謂口味重，鹽巴吃多的人易短命。

【漬鹽，灌水銀】
[sĩ˨˩ iam˧˥ kuan˥˧ tsui˥ gin˧˥]
形容用鹽醃漬且灌進水銀再賣；喻慳吝到極點。

【演武亭的粟鳥仔，毋驚鎗】
[en˥ bu˥ tiŋ˧˥ ge˧ ts'ik˥ tsiau˥ a˥˧ m˨˩ kiã˧ ts'iŋ˨˩]
靶場旁的麻雀（粟鳥仔）不怕鎗。喻司空見慣。

【演武亭的粟鳥仔——無展翅】
[en˥ bu˥ tiŋ˧˥ ge˧ ts'ik˥ tsiau˥ a˥˧ bo˧ ten˥ sit˥]
歇後語。演武亭邊的麻雀，看慣人來人往，聽慣槍聲刀聲，遇到普通狀況，嚇不了牠，不須展翅驚飛。喻不在乎。

【潘安再世】
[p'uã˧ an˥ tsai˥˧ se˨˩]
形容男子長得俊美，宛若潘安第二。

【潘公子現清】
[p'uã˧ kɔŋ˧ tsu˥˧ hen˨˩ ts'iŋ˥]
指事情要當面解決清楚。

【澎湖人，台灣牛】
[p'ẽ˧ ɔ˧ laŋ˧˥ tai˧ uan˧ gu˧˥]
昔日澎湖人像台灣的水牛一樣，做事認真、操勞。

【澎湖菜瓜——雜唸】
[p'ẽ˧ ɔ˧ ts'ai˥˧ kue˥ tsap˩ liam˧]
歇後語。澎湖列島的菜瓜與台灣的菜瓜外形不同，台灣菜瓜（絲瓜）外形呈圓筒狀，澎湖菜瓜外形有稜線，共計十稜，台語十稜音諧「雜（捷）唸」，故有此諺。雜唸，指多嘴、嘮叨。

【澎湖查某，台灣牛】
[p'ẽ˧ ɔ˧ tsa˧ bɔ˥˧ tai˧ uan˧ gu˧˥]
昔日澎湖地瘠民窮，加以重男輕女，女子經常被賣到台灣當女婢，為人做

牛做馬，故有此諺。

【澎湖若有路，台灣會做帝都】
[p'ẽ˧ ɔ˦ nã˨ u˨ lɔ˧ tai˧ uan˦ e˨ tso˩ te˩ tɔ˥]
古時，台灣海峽潮流甚急，難以自由通往，故有此諺以譬況之。

【潲潲濞濞】
[siau˧ siau˧ p'ĩ˨ p'ĩ˧]
潲，男子之精液。濞，鼻涕。罵人囉哩囉嗦，瑣瑣碎碎。

【濃霧烈日】
[lɔŋ˧ bu˧ let˨ zit˥]
氣象諺。早晨出濃霧，近午則烈日當空。

【激屎】
[kik˥ sai˩]
裝出一副高傲的樣子。

【激丹田】
[kik˥ tan˧ ten˦]
指非常會搞笑的人。

【激外外】
[kik˥ gua˨ gua˧]
罵人置身事外，不理不睬。

【激話骨】
[kik˥ ue˨ kut˨]
講話故意拐彎抹角令對方費猜疑。

【激嗯嗯】
[kik˥ hm˨ hm˧]
喻裝成一副不知情的樣子。

【激濕濕】
[kik˥ sip˥ sip˨]
意同「激嗯嗯」。

【激骨，食肉屑】
[kik˥ kut˨ tsia˨ ba˩ sut˥]
喻性情偏激者，與人相處會吃虧。

【濫糝食濫糝肥，清氣食吐目蕾】
[lam˨ sam˥ tsia˧ lam˨ sam˥ pui˦ ts'iŋ˧ k'i˩ tsia˧ t'ɔ˥ bak˨ lui˦]
吃東西不要挑剔，太挑剔反而會有害健康。

【濟丁，奪財】
[tse˨ tiŋ˥ tuat˨ tsai˦]
丁，男子、兒子。兒子多，養育的費用也多。

【濟嘴濟舌】
[tse˨ ts'ui˩ tse˨ tsi˧]
濟，多也；愛講話，饒舌。

【濟人好吃物】
[tse˨ laŋ˦ ho˥ tsia˨ mĩ˧]
很多人一起用餐時，平常覺得不好吃的東西，此時會感到特別好吃。

【濟子，毋識散】
[tse˨ kiã˩ m˨ bat˥ san˨]
兒子多，養育時雖然耗費很兇，但將來長大，個個成爲壯丁，各有成就，做父母的必會致富，故只是一時窮(散)，不會窮太久。

【濟子濟新婦】
[tse˨ kiã˩ tse˨ sim˧ pu˧]
兒子多，媳婦也多，福氣也會多。

【濟子濟福氣】
[tse˨ kiã˩ tse˨ hɔk˥ k'i˨]
兒子多，福分多。

【濟子餓死爸】
[tse˨ kiã˩ go˨ si˥ pe˧]
子女眾多，爲了養育他們，父親要常常夜以繼日辛勤工作，並且省吃儉用。

【濟牛踏無糞】
[tse˨ gu˦ ta˨ bo˧ pun˨]
牛多，反而踏不出多少肥料；喻人多，反而因無專責成不了事。

【濟男就多懼】
[tse˨ lam˦ tio˨ to˧ k'u˧]
做父母的，兒子生得越多就越煩惱。

【濟戲，濟人看】
[tse˨ hi˨ tse˨ laŋ˧ k'uã˨]
戲多，看的人也多；喻做生意的人多，買的人也多。

【濟嘴，食火燒餅】
[tse˨ ts'ui˨ tsia˨ hue˥ sio˧ piã˥]
濟，多也；濟嘴，多言，話多；話多是召禍之源。

【濟子濟業，少子較蹼蹀】
[tse˨ kiã˥ tse˨ giap˥ tsio˥ kiã˥ k'a˥ siap˥ tiap˥]
蹼蹀，輕鬆。子女多，勞累多；子女少，較輕鬆。

【濟子毋認散，歹子不如無】
[tse˨ kiã˥ m˨ zin˨ san˨ p'ãi˥ kiã˥ put˥ zu˧ bo˦]
子女多，即使窮，將來個個長大成材，便不會窮；假如是不成材的不肖子，那倒不如不生。

【濟牛踏無糞，濟某無地睏】
[tse˨ gu˦ ta˨ bo˧ pun˨ tse˨ bɔ˥ bo˧ te˥ k'un˨]
牛多，糞不多；老婆多，無處可過夜；喻人多，互相推諉，反而無濟於事。

【濟水濟豆腐，濟草濟火烌】
[tse˨ tsui˥ tse˨ tau˨ hu˧ tse˨ ts'au˥ tse˨ hue˥ hu˥]
製豆腐業者在豆花中加水，便會多出豆腐；燒草時多燒一點，灰燼便會多一些；喻多生枝節，反而使事情更複雜。

【濟食無滋味，濟話毋值錢】
[tse˨ tsia˧ bo˧ tsu˧ bi˧ tse˨ ue˧ m˨ tat˩ tsĩ˦]
病從口入，禍從口出，飲食與語言都要節制。

【濟蝨就𣍐癢，濟債就𣍐想】
[tse˨ sat˥ tio˨ be˨ tsiũ˧ tse˨ tse˨ tio˨ be˨ siũ˧]
身上的蝨子多，麻痺了便不感覺癢，債臺高築便賴皮不管；意同國語「債多不愁」。

【濟子濟扒腹，濟新婦濟推托】
[tse˨ kiã˥ tse˨ pe˥ pak˩ tse˨ sim˧ pu˧ tse˨ t'e˧ t'ɔk˩]
扒腹，指操心；子女多，做父母的多操心；媳婦多，做事卻一個個互相推諉。

【濟子餓死爸，濟新婦磨死大家】
[tse˨ kiã˥ go˨ si˥ pe˧ tse˨ sim˧ pu˧ bua˧ si˥ ta˧ ke˥]
濟，多也；新婦，媳婦；大家，婆婆；子女眾多，做爸爸的要拼命賺錢，省吃儉用，挨凍受飢；媳婦多，不聽話，沒人肯做事，做婆婆的不得清閒，反而勞累不堪。

【濟子濟女濟冤家，無子無女活菩薩】
[tse˨ kiã˥ tse˨ li˥ tse˨ uan˧ ke˥ bo˧ kiã˥ bo˧ li˥ ua˨ p'ɔ˨ sat˩]
冤家，指吵架。兒女眾多，不易和睦，天天煩心，不如沒兒沒女，沒有煩惱，倒像個活菩薩。

【濕冬至，焦年兜】
[tam˧ taŋ˧ tseʔ˩ ta˧ nĩ˧ tau˥]
氣象諺。冬至有雨，則占歲暮必晴。

【瀾呸到面，家治拭起來】
[nuã˧ p'ui˥ kau˥ bin˧ ka˧ ti˨ ts'it˥ k'i˨ lai˨]
被人吐痰，自己擦乾；喻能忍人之所

不能忍。

【灌土猴】
[kuan˥˧ tɔ˩ kau˦]
土猴，蟋蟀；本指灌蟋蟀；後來借喻飲酒者之乾杯豪飲，酒不沾唇，直接入腹。

【灌水牛肉】
[kuan˥˧ tsui˥ gu˧ baʔ˩]
昔日不肖肉商常在牛肉中灌水以增加重量；喻虛張聲勢。

【灌水牛肉——答答滴滴】
[kuan˥˧ tsui˥ gu˧ baʔ˩ tap˥ tap˩ ti˥˧ tiʔ˩]
歇後語；昔日不肖肉商在牛肉中灌水以增加重量，結果牛肉吊在肉攤子上會滴水，答答滴滴，滴不停。喻囉囉嗦嗦、麻煩。

【火車狗】
[hue˥ ts'ia˧ kau˥˧]
喻無人理睬之人。

【火花去】
[hue˥˧ hua˥ k'i˩]
花去，指熄滅；喻事情完蛋了。

【火炔性】
[hue˥ hu˧ siŋ˩]
火炔，稻草灰，遇風即飛揚；喻脾氣不好，容易發怒。

【火雞母】
[hue˥ ke˧ bu˥˧]
火雞母成群活動時，咯咯叫不停；用喻喋喋不休的婦女。

【火雞鼻】
[hue˥ ke˧ p'ĩ˧]
火雞鼻子長且下垂，用以比喻貪而無饜之人。

【火光，佛現】
[hue˥˧ kuĩ˥ put˥ hen˧]
喻正者必現。

【火燒路仔】
[hue˥ sio˧ lɔ˧ a˥˧]
火災之後便宜拍賣的貨品。喻揀到小便宜。

【火燒鼎臍】
[hue˥ sio˧ tiã˥ tsai˦]
鼎臍，鼎的背面中央，有一突出之圓形，稱之。本句指應該照顧家庭，負擔家計責任。

【火龜爛肚】
[hue˥ ku˥ nuã˩ tɔ˧]
火龜，即火鍋，傳統火鍋中間為燒炭處及煙囪孔，四周環狀溝渠則為熱食物之處，這種火鍋多半是鋁合金，日久易由中間腐爛，故有此諺。喻凡物之腐壞，皆由內部開始。

【火馬雙頭弄】
[hue˥ be˥˧ siaŋ˧ t'au˧ laŋ˧]
火馬，竹製民俗祭具，頭尾雙管，時時吐出煙火。喻夫妻同時抽鴉片，再富有也會窮。

【火過才匏芋】
[hue˥˧ kue˩ tsia˥ pu˧ ɔ˧]
火熄了才要烤芋頭；喻錯過時機。

【火燒乞食營】
[hue˥˧ sio˧ k'it˥ tsia˩ iã˦]
比喻狼狽不堪。

【火燒厝——趣味】
[hue˥ sio˧ ts'u˩ ts'u˥˧ bi˧]
歇後語。厝被火燒，便會有味道跑出來，稱為厝味，厝味與趣味，台語諧音。

【火燒腳後蹔】
[hue˥˧ sio˧ k'a˧ au˩ tẽ˥]

腳後蹶，腳後跟；喻事到臨頭，燃眉之急。

【火燒山，連累猴】
[hue˥ sio˧ suã˥ len˧ lui˨ kau˦]
山區大火，猴群勢必傾巢逃亡；喻池魚之殃。

【火燒甘蔗——無合】
[hue˥˧ sio˧ kam˧ tsia˨ bo˧ ha˧]
歇後語。甘蔗經過火燒之後就沒有葉，即無葉。台語無合、無葉諧音，係兩事不合之意。

【火燒罟寮——無望】
[hue˥˧ sio˧ kɔ˧ liau˦ bo˧ baŋ˧]
歇後語。罟寮，昔日海邊用以儲存網罟之草寮，此寮經火燒則網不存，無網與無望，台語諧音。

【火燒厝，燒過間】
[hue˥ sio˧ ts'u˨ sio˧ kue˥˧ kiŋ˥]
喻無妄之災，殃及他人。

【火燒腳，隨人撥】
[hue˥ sio˧ k'a˥ sui˧ laŋ˧ pue˥˧]
腳，指牆腳、屋腳；撥，撥開、扒開。房屋發生火災，火熄滅後，各人只顧整理自己的地方，不曾想過互相幫忙，共同重建家園。

【火炭做枕頭——烏龜】
[hue˥ t'uã˨ tso˥˧ tsim˥ t'au˦ ɔ˧ ku˥]
歇後語。用火炭當枕頭，頸子一定會變黑，即烏規。台語烏規與烏龜諧音，即罵人戴綠帽。

【火燒心頭無藥醫】
[hue˥˧ sio˧ sim˧ t'au˦ bo˧ io˨ i˥]
男女相愛，愛到最高點，已非理智所能控制。

【火燒竹林——無的確】
[hue˥˧ sio˧ tik˥ nã˦ bo˧ tik˥ k'ak˩]
歇後語。竹籜，台語叫竹殼，音同「的確」；火燒竹林，連竹殼亦燒滅，故云無的確；意謂不一定。

【火燒林投——鱠死心】
[hue˥˧ sio˧ nã˧ tau˦ be˨ si˥ sim˥]
歇後語。林投，濱海防風植物，葉細長，葉緣有刺，耐旱；遇火災，枝葉被焚後，仍能自中心復活，故有此諺。喻不會氣餒，將東山再起。

【火燒茶砧店——落衰】
[hue˥˧ sio˧ te˧ kɔ˥ tiam˨ lak˥ sui˥]
歇後語。茶砧，即茶壺。發生火災，茶壺店的茶壺必然遭殃。火勢燃燒時間一久，壺嘴會先掉落，台語稱爲「落嘴」。運氣很差，遇到倒楣的事，台語叫「落衰」。落嘴與落衰諧音。

【火燒雞寮——芳貢貢】
[hue˥˧ sio˧ ke˧ liau˦ p'aŋ˧ kɔŋ˥˧ kɔŋ˨]
歇後語。雞寮，雞舍；發生火災，雞自不能倖免於難，雞肉經過火燒，自是香味撲鼻（芳貢貢）。

【火車坐到基隆——盡磅】
[hue˥ ts'ia˥ tse˨ kau˥˧ ke˧ laŋ˦ tsin˨ pɔŋ˧]
歇後語。本省縱貫線鐵路之終點站爲基隆站，故火車坐到基隆爲盡磅。盡磅，即終點、盡頭、結束、沒辦法之意。

【火燒豬頭，半面相熟】
[hue˥˧ sio˧ ti˧ t'au˦ puã˥˧ bin˨ sioŋ˧ sik˥]
豬頭只熟半面，即與人只一面相熟而已。

【火葬場的大鼎——吵死人】
[hue˥ tsɔŋ˥˧ tiũ˦ e˧ tua˨ tiã˥˧ ts'a˥ si˥ laŋ˦]
歇後語。火葬場的大鍋用以炒死人，

炒、吵同音。

【火燒豬頭平——面熟面熟】
[hue˥ sio˧ ti˧ t'au˧ piŋ˦ bin˩ sik˥ bin˩ sik˥]
歇後語。豬頭平，即豬頭皮，豬面是也。經火燒過，自然是面熟，面熟就是曾經見過面有一點印象的意思。

【火燒金紙店，攏予土地公】
[hue˥ sio˧ kim˧ tsua˥ tiam˩ lɔŋ˥ hɔ˩ t'ɔ˥ ti˩ kɔŋ˥]
金紙店，專賣祭神的金銀紙；金紙店著火，因無特定祈拜對象，燒去的金銀紙，只有管區土地公能獲得。喻利益全歸他人所有。

【火冽炎無外久，火炭燒過變火炔】
[hue˥ le˥ iam˧ bo˧ gua˩ ku˥ hue˥ t'uã˩ sio˥ kue˩ pĩ˥ hue˥ hu˥]
喻人生好景不長，好景過後是暗淡。

【灶腳老鼠】
[tsau˥ k'a˧ niãu˥ ts'i˥]
灶腳，廚房；喻專門偷三拈四之人。

【灶雞仔先】
[tsau˥ ke˧ a˥ sen˥]
指不學無術之庸醫，一如灶雞一樣料小無用，且誤人不淺，被人唾棄不已。

【灶，較冷鼎仔】
[tsau˩ k'a˥ liŋ˥ tiã˥ a˥]
謂其已無興趣。

【灶孔炰鱔魚——相瞞】
[tsau˥ k'aŋ˥ pu˧ sen˩ hi˦ sio˧ muã˦]
歇後語。把鱔魚放進灶中燒煨，台語稱「炰鱔魚」；又鱔魚狀似鰻魚，且炰有煨之意，故又稱「燒鰻」。台語相瞞與燒鰻諧音，為欺騙、說謊之意。

【灶燻公上天——奏話】
[tsau˥ hun˧ kɔŋ˥ tsiũ˩ t'ĩ˥ tsau˥ ue˧]
歇後語。灶燻公，灶君；灶君之話簡稱灶話，音同奏話，謂向長官報告別人之長短話。

【灶孔內炰田蛤——相合】
[tsau˥ k'aŋ˧ lai˧ pu˧ ts'an˧ kap˩ sio˧ kap˩]
歇後語；在灶內炰田蛤為「燒蛤」，「燒蛤」台語音同「相合」，謂男女交媾也。

【灶燻公，三日上一擺天】
[tsau˥ hun˧ kɔŋ˥ sã˧ zit˥ tsiũ˩ tsit˩ pai˥ t'ĩ˥]
灶燻公，灶君。俗信灶神三天上一次天庭奏報人間善惡，誡人勿為惡。

【炁尿，換泄屎】
[ts'ua˩ zio˧ uã˩ siam˥ sai˥]
炁尿，尿失禁；泄屎，大便失禁；比喻越換越糟糕。

【烈女不嫁兩尪】
[let˩ li˥ put˥ ke˩ liɔŋ˥ aŋ˥]
有貞節的婦女不改嫁。

【烈爐添炭，著力兼歹看】
[let˩ lɔ˦ t'ĩ˧ t'uã˩ tio˩ lat˥ kiam˧ p'ãi˥ k'uã˩]
爐火既烈，又要加木炭，烈上加烈，加炭不易且食物會烤焦。凡事適可而止，否則畫蛇添足，無益反害。

【烏魚】
[ɔ˧ hi˦]
台南麻豆一帶大人罵小孩刁鑽之語。

【烏皮豬】
[ɔ˧ p'ue˧ ti˥]
鹿港諺語，戲稱丟下正事不做，到處趕場捧戲班女伶的男子。

【烏面賊】
[ɔ˧ bin˩ ts'at˥]

謂看不清底細。要買一件東西，對它不內行時，常用此語。

【烏焦瘦】
[ɔ˧ ta˧ san˥˧]
形容人黝黑又乾瘦，指營養不良或染了重病。

【烏牛大影】
[ɔ˧ gu˧˥ tua˨˩ iã˥˧]
水牛經日光照射，映影必大，其實不然；喻有名無實。

【烏天暗地】
[ɔ˧ t'ĩ˧ am˥˧ te˧]
天昏地黑，形容光線極暗或政治極差。

【烏肞白粒】
[ɔ˧ tsi˧ pe˨˩ liap.˩]
謂胡說八道。

【烏油暗漆】
[ɔ˧ iu˧˥ am˥˧ ts'at.˩]
形容大户人家屋宇油漆得發亮，很氣派。

【烏魚塡海】
[ɔ˧ hi˧˥ t'iam˨˩ hai˥˧]
婦女怒罵男人之惡語。

【烏雲失暗】
[ɔ˧ hun˧˥ sit˥ am˨˩]
天地晦暗。

【烏魯木齊】
[ɔ˧ lɔ˥ bɔk.˩ tse˧˥]
烏魯木齊，又名迪化，新疆省會，離台灣極遠，昔日若有人説是烏魯木齊人或到過烏魯木齊去過，聞者必以爲信口雌黃，日久烏魯木齊遂成馬馬虎虎、粗製濫造之意。

【烏貓烏狗】
[ɔ˧ niãu˥ ɔ˧ kau˥˧]
謂穿著時髦談情説愛之青年男女；烏貓指女子，烏狗指男子。

【烏龜生理】
[ɔ˧ ku˧ siŋ˧ li˥˧]
商人對顧客要有烏龜般的耐性，才能和氣生財。

【烏龜雜種】
[ɔ˧ ku˥ tsap.˩ tsiŋ˥˧]
烏龜，妻子偷人之男子，其與情夫偷情播種所生之子即爲雜種。

【烏仔魚箭水】
[ɔ˧ a˥ hi˧˥ tsĩ˥˧ tsui˥˧]
箭水，逆水也；烏仔魚逆流而游，即不認輸之意。

【烏狗拖鹹魚】
[ɔ˧ kau˥˧ t'ua˧ kiam˧ hi˧˥]
形容服裝不整。

【烏狗逐烏貓】
[ɔ˧ kau˥˧ zik.˩ ɔ˧ niãu˥]
指男人追女人。

【烏秋騎水牛】
[ɔ˧ ts'iu˥ k'ia˨˩ tsui˥ gu˧˥]
烏秋，鳥名，常棲息在牛背上。喻矮小的丈夫娶了魁梧的妻子。

【烏鴉刺盪清】
[ɔ˧ a˥˧ ts'i˨˩ tɔŋ˨˩ ts'iŋ˥]
意同「伊哦唏嗦」，爲長輩罵晚輩成群結隊不務正業之語。

【烏鴉笑豬烏】
[ɔ˧ a˥˧ ts'io˥˧ ti˥ ɔ˥]
烏鴉本身一團漆黑，卻取笑豬的外表黝黑。其實是半斤八兩，相差無幾。

【烏龜，宰相量】
[ɔ˧ ku˥ tsai˥ sioŋ˥˧ lioŋ˧]
烏龜，龜公也；指戴綠帽之人，其肚量大如宰相，譏諷人之語。

【烏龜假大爺】
[ɔ˧ ku˥ ke˥ tua˩ ia˦]
烏龜，指妓院之老闆。譏人假充大爺。

【烏毛企到白毛】
[ɔ˧ mɔ̃˥ k'ia˩ kau˨ pe˩ mɔ̃˥]
從黑頭髮住到頭髮發白，表示在當地住了很久。

【烏卒仔食過河】
[ɔ˧ tsut˥ la˨ tsia˩ kue˨ ho˦]
喻撈過界，越權行事。

【烏鴉啄，鸝鷂拖】
[ɔ˧ a˨ tɔk˥ lai˩ hio˧ t'ua˥]
婦人罵男人之語。詛咒對方要死在荒郊野外，頭顱暴露在外，任由烏鴉、老鷹（鸝鷂）去啄去拖。

【烏鴉無隔暝蛋】
[ɔ˧ a˨ bo˧ ke˨ mẽ˧ nuĩ˧]
喻當天賺來當天花光。

【烏鴉嘴，客鳥心】
[ɔ˧ a˥ ts'ui˩ k'e˨ tsiau˥ sim˥]
喻心直口快。

【烏鴉嘴，講𣍐畏】
[ɔ˧ a˥ ts'ui˩ kɔŋ˥ be˩ ui˩]
等於「童言無忌」之類用來化解不吉利的話。意謂說者所言，向來是一派胡言，不足採信，也不會應驗，用不著害怕。

【烏鬏留到白鬏】
[ɔ˧ ts'iu˥ lau˧ ka˥ pe˩ ts'iu˥]
從少到老。

【烏仔魚，雙個鼻孔】
[ɔ˧ a˥ hi˦ siaŋ˧ ge˧ p'ĩ˩ k'aŋ˥]
喻討好雙方。

【烏耳鰻，毋曾人摔】
[ɔ˧ hĩ˩ muã˦ m˩ bat˥ laŋ˧ lut˥]
殺鰻須先去其表皮之黏液，稱爲「摔」；喻未曾被人教訓去其暴戾之氣。

【烏貓烏狗一大拖】
[ɔ˧ niãu˥ ɔ˧ kau˨ tsit˩ tua˩ t'ua˥]
謂彼此臭味相投；一大拖，指一群人。

【烏鴉好鳥毋通扑】
[ɔ˧ a˨ ho˥ tsiau˨ m˩ t'aŋ˧ p'aʔ˩]
烏鴉能反哺有孝行，勿撲殺。

【烏鴉怎能配鳳凰】
[ɔ˧ a˨ tsuã˥ liŋ˧ p'ue˨ hɔŋ˩ hɔŋ˦]
譏笑窮小子一無所有，怎能配富家女？此句意同「癩蛤蟆想吃天鵝肉」。

【烏鴉嘴歹，心無歹】
[ɔ˧ a˨ ts'ui˩ p'aĩ˨ sim˥ bo˧ p'ãi˨]
喻忠言逆耳。

【烏雞母，生白雞卵】
[ɔ˧ ke˧ bo˨ sẽ˧ pe˩ ke˧ nuĩ˧]
不足爲怪，愼勿以爲稀奇。

【烏龜食老會做公】
[ɔ˧ ku˥ tsia˩ lau˧ e˩ tso˨ kɔŋ˥]
比喻人生有幾何？

【烏龜燒酒三頓推】
[ɔ˧ ku˥ sio˧ tsiu˨ sã˧ tuĩ˨ t'ui˥]
諷刺戴綠帽吃軟飯的男人。

【烏仔魚箭水——毋認輸】
[ɔ˧ a˥ hi˦ tsĩ˨ tsui˨ m˩ zin˩ su˥]
歇後語。箭水，逆水而游，正表示不服輸之精神。

【烏仔魚𣍐堪濁水激】
[ɔ˧ a˥ hi˦ be˩ k'am˧ lo˧ tsui˨ kik˩]
譏諷稍受嘲罵即動肝火的人。

【烏狗拖上，白狗拖落】
[ɔ˧ kau˨ t'ua˧ tsiũ˧ pe˩ kau˨ t'ua˧ lo˧]
婦人罵負心漢之語。詛咒他要死在野外，屍體任由野狗拖來拖去。

【烏狗偷食，白狗受罪】
[ɔ˧ kau˥˧ t'au˧ tsia˧ pe˩ kau˥˧ siu˩ tsue˧]
李代桃僵，無故受屈。

【烏面璋犯著囝子厄】
[ɔ˧ bin˩ tsiɔŋ˥ huan˩ tio˩ gin˥ nã˥ eʔ˩]
《五龍二虎傳》中的黑面璋所向無敵，但每次遇到小孩子，他都戰敗，表示一物剋一物。

【烏雲遮日，雨即傾滴】
[ɔ˧ hun˧ zia˧ zit˥ hɔ˧ tsik˩ k'in˧ tiʔ˩]
氣象諺。烏雲遮住太陽，隨時會下大雨。

【烏龜湳，湳到二九暗】
[ɔ˧ ku˧ lam˩ lam˥˧ ka˥ zi˩ kau˥ am˩]
氣象諺。俗以農曆十二月初三日爲烏龜精之生日。湳，久雨導致道路泥濘。十二月初三下大雨，會一直久雨不晴，直到十二月二十九。

【烏矸仔貯豆油——看繪出】
[ɔ˧ kan˧ nã˥˧ te˥ tau˩ iu˧ k'uã˥˧ be˩ ts'ut˩]
歇後語。醬油色黑，瓶子（矸仔）亦黑，看不出內有容物，藏「看繪出」三個字。

【烏貓白肚，值錢兩千五】
[ɔ˧ niãu˥ pe˩ tɔ˧ tat˩ tsĩ˧ lɔŋ˩ ts'iŋ˧ gɔ˧]
俗謂黑貓而肚子部位有白毛，最能帶給主人福運，但因這種貓很少見，故特別值錢；喻物以稀爲貴。

【烏貓白肚，趁錢藏無路】
[ɔ˧ niãu˥ pe˩ tɔ˧ t'an˥˧ tsĩ˧ ts'aŋ˥˧ bo˧ lɔ˧]
養烏背白腹的貓，會帶來好財運。

【烏龜聖，毋值著普庵定】
[ɔ˧ ku˥ siã˩ m˩ tat˩ tio˩ p'ɔ˥ am˧ tiã˧]
氣象諺。普庵，指普庵祖師生日，農曆十二月十三日；烏龜湳從十二月初三下起，若十二月十三放晴不下，則占此後放晴直到年底，因而說普庵祖師比烏龜精更靈。

【烏魚出，見著王城肥律律】
[ɔ˧ hi˧ ts'ut˩ kĩ˥˧ tio˩ ɔŋ˧ siã˧ pui˧ lut˥ lut˩]
台南安平諺語。烏魚是一種信魚，每年冬至前後應信游到台灣西部沿海，若南下游到安平（王城）一帶，則是正當烏魚最肥（肥律律）之時。

【烏雲飛上山，棕蓑提來幪】
[ɔ˧ hun˧ pue˧ tsiũ˩ suã˥ tsaŋ˧ sui˥ t'e˩ lai˧ muã˥]
氣象諺。滿天烏雲飛上山頂，占有雨，出門下田，必須攜帶雨衣。

【烏雲飛落海，棕蓑覆狗屎】
[ɔ˧ hun˧ pue˧ lo˩ hai˥˧ tsaŋ˧ sui˥ p'ak˥ kau˥ sai˥˧]
氣象諺。滿天烏雲，若飛向海邊，占轉晴，雨具（棕蓑）可以收起來不用。

【烏雲接日，明朝不如今日】
[ɔ˧ hun˧ tsiap˥ zit˥ biŋ˧ tiau˥ put˥ zu˧ kim˧ zit˥]
氣象諺。日落時，黑雲近日，占翌日天氣會變壞。

【烏龜宰相量，賊仔狀元才】
[ɔ˧ ku˥ tsai˥ siɔŋ˥˧ liɔŋ˧ ts'at˩ a˥˧ tsiɔŋ˩ guan˧ tsai˧]
譏謂妓女戶的老闆看似有宰相的氣度（宰相肚裏能撐船），小偷卻又像有狀元的才智。

【烏魚頭鵲硞，串食簪仔頭托】
[ɔ˧ hi˦ t'au˦ k'ɔk˥ k'ɔk˧ ts'uan˥˧ tsia˧ tsiam˧ mã˥ t'au˧ t'ɔk˧]
頭鵲硞，指烏魚頭頭大之狀。鹿港沿海婦女除勤於作家庭手工之外，每到冬天也愛吃烏魚頭，花掉不少她們用來買胭脂、凸粉、簪仔頭托的私房錢。

【烏狗諍論烏羊，大枝熏吹諍看大量】
[ɔ˧ kau˥˧ tsẽ˥˧ lun˨˩ ɔ˧ iũ˦ tua˨˩ ki˧ hun˧ ts'ue˥ tsẽ˥˧ k'uã˥˧ tua˨˩ niũ˧]
錯把烏狗看作烏羊，將大枝煙斗看作大秤，看錯了還要和人爭論。

【烏面祖師公白目眉，無人請家治來】
[ɔ˧ bin˨˩ tsɔ˥ su˧ kɔŋ˥ pe˨˩ bak˧ bai˦ bo˧ laŋ˧ ts'iã˥˧ ka˧ ti˨˩ lai˦]
喻不速之客，不請自來。

【烏貓穿裙無穿褲，烏狗穿褲激拖土】
[ɔ˧ niãu˥ ts'iŋ˨˩ kun˦ bo˧ ts'iŋ˨˩ k'ɔ˨˩ ɔ˧ kau˥˧ ts'iŋ˨˩ k'ɔ˨˩ kik˥ t'ua˧ t'ɔ˦]
往時諷刺時髦青年男女的七字歌，謂女的大膽，穿裙卻不著內褲，男的穿長褲，褲管又故意放得長長拖在地面。

【烏龜食到肥脺脺，白龜餓到嘴開開】
[ɔ˧ ku˥ tsia˨˩ ka˥ pui˧ tsut˥ tsut˧ pe˨˩ ku˥ go˨˩ ka˥ ts'ui˨˩ k'ui˧ k'ui˥]
老鴇（烏龜）吃得白白胖胖，妓女（白龜）則被壓榨得挨飢受餓。

【烏熏食著腳曲曲，親像老猴噴洞簫】
[ɔ˧ hun˥ tsia˨˩ tiau˦ k'a˥ k'iau˧ k'iau˥ ts'in˧ ts'iũ˨˩ lau˨˩ kau˦ pun˧ tɔŋ˨˩ siau˥]
諷刺鴉片煙吃上癮者，狀若猴子（瘦弱）吹洞簫。

【君豬肚】
[kun˧ ti˧ tɔ˧]
妓女一夜同時留兩位嫖客渡夜，必須以烹調豬肚爲藉口，才能兩頭應付。

【焦瘦落肉】
[ta˧ san˥ lo˨˩ baʔ˧]
形容人因疾病或勞累而枯瘦。

【焦柴拄著烈火】
[ta˧ ts'a˦ tu˥ tio˨˩ let˧ hue˥˧]
喻曠男怨女相遇，慾火一觸即發。

【無毛雞】
[bo˧ mɔ̃˧ ke˥]
喻沒有資格而硬要假冒之人。

【無卡蛇】
[bo˧ k'a˥˧ tsua˧]
沒有用。

【無死主】
[bo˧ si˥ tsu˥˧]
謂不服輸。

【無卵葩】
[bo˧ lan˨˩ p'a˥]
罵人沒有膽量，沒有氣概。

【無的確】
[bo˧ tik˥ k'ak˧]
說不定，不一定。

【無按算】
[bo˧ an˥˧ suĩ˨˩]
未在計畫之內。

【無氣虎】
[bo˧ k'i˥˧ hɔ˥˧]
無限量的，常用以形容貪婪無度。

【無捨施】
[bo˧ sia˥ si˨˩]
處在困境又無人肯施捨，其情可憫。

或寫成「無寫四」。

【無路用】
[bo˧ lɔ˨ iɔŋ˧]
沒有用。

【無路駛】
[mɔ̃˨ nɔ̃˥ sai˦]
沒有用。取福州話無路駛三字之發音與一般講法不同，以顯其無奈。

【無疑悟】
[bo˧ gi˧ gɔ˧]
出乎意料之外。

【無嘴花】
[bo˧ ts'ui˥ hue˥]
喻沒有口才。

【無頭神】
[bo˧ t'au˧ sin˦]
形容因健忘而丟三落四、錯誤百出的人。

【無人情狗】
[bo˧ zin˧ tsiŋ˧ kau˥]
忘恩負義的人。

【無七無八】
[bo˧ ts'it˥ bo˧ peʔ˧]
謂做事不按規矩，或犯不該犯的錯誤。

【無大無細】
[bo˧ tua˨ bo˧ se˨]
大、細，指長幼尊卑；罵人沒有倫理觀念。

【無天無地】
[bo˧ t'ĩ˧ bo˧ te˧]
喻無天可呼，無地可容。或罵人目無天地，目無尊長。

【無孔尋縫】
[bo˧ k'aŋ˥ ts'ue˨ p'aŋ˧]
喻吹毛求疵，故意找碴；或喻盡量找機會、想辦法。

【無牛駛馬】
[bo˧ gu˦ sai˥ be˥]
無牛可耕，以馬代用；喻退而求其次，以之代用。

【無包餡粿】
[bo˧ pau˧ ã˨ kue˥]
凡粿皆要包餡，沒餡即沒內容。

【無名小卒】
[bo˧ miã˧ sio˥ tsut˧]
指毫無聲譽的平凡人。

【無肉無突】
[bo˧ ba˥ bo˧ t'ut˥]
形容瘦骨嶙峋，皮包骨的身材。或指有骨無肉之食物，如雞肋是也。

【無字無眼】
[bo˧ zi˨ bo˧ gan˥]
毫無意義。

【無因無端】
[bo˧ in˧ bo˧ tuã˥]
無緣無故。

【無事惹禍】
[bo˧ su˧ zia˥ ho˧]
無緣無故製造事端。

【無空無榫】
[bo˧ k'aŋ˧ bo˧ sun˥]
子虛烏有，沒那回事。

【無面無目】
[bo˧ bin˨ bo˧ bɔk˥]
謂不顧面子。

【無洗無蕩】
[bo˧ se˥ bo˧ təŋ˧]
沒有洗滌（盥洗），通常是指人很懶，沒有洗澡之謂。

【無兩無賞】

[bo˧ niũ˥ bo˧ siũ˦]
對他人所分析的事物，認爲沒有分量，不當一回事，沒放在心上。

【無相帶著】
[bo˧ sio˧ tua˦ tio˧]
謂沒有看在交情上，而減免或有所優待。

【無某無猴】
[bo˧ bɔ˥ bo˧ kau˧˥]
昔日有一耍猴戲的人，爲追求一女子爲妻，孰知上了別人的圈套，不但失去賴以維生的猴子，而且沒娶到妻子。後即以此語形容沒有妻子的單身漢。

【無要無緊】
[bo˧ iau˥ bo˧ kin˦]
謂態度不積極。

【無風駛艪】
[bo˧ hɔŋ˥ sai˥ lɔ˦]
有風可以張帆開帆船，無風則只好用槳划小船（艪）。

【無哼哈著】
[bo˧ hĩ˦ hãi˥ tio˨˩]
謂還早得很，未損及毫髮。

【無病無疼】
[bo˧ pẽ˨˩ bo˧ t'iã˨˩]
身心健康，沒有病痛。

【無骨無屑】
[bo˧ kut˙˥ bo˧ sut˙˥]
本用以形容一塊肉，沒有骨頭；全是肉，很實在。後用以比喻一件東西，全部都有利用價值。

【無根無蒂】
[bo˧ kin˧ bo˧ ti˨˩]
形容四處飄遊，孤獨無伴之人。

【無舵之舟】
[bo˧ tai˧ tsi˧ tsiu˥]
喻寡婦的生活失去依憑。

【無兜無哨】
[bo˧ tau˥ bo˧ sau˨˩]
形容人做事不切實。

【無答無屑】
[bo˧ tap˙˥ bo˧ sap˙˥]
謂極少量。

【無話無句】
[bo˧ ue˨˩ bo˧ ku˨˩]
形容人老實木訥，寡於言語。

【無雷無槌】
[bo˧ lui˧ bo˧ t'ui˧˥]
民間相傳做壞事會被雷公用槌子打死；喻目無尊長，不畏法紀。

【無煩惱公】
[bo˧ huan˧ lo˥ kɔŋ˥]
毫無煩惱的一家之主。

【無攄水錢】
[bo˧ lak˙˥ tsui˥ tsĩ˧˥]
喻不義之財。

【無影無跡】
[bo˧ iã˥ bo˧ tsiaʔ˙˩]
說話不實在。

【無錢吊鼎】
[bo˧ tsĩ˧˥ tiau˦ tiã˦]
謂一貧如洗，無以爲炊。

【無嘴無水】
[bo˧ ts'ui˦ bo˧ tsui˦]
嘴水，指口才；謂無口才。

【無緣無故】
[bo˧ en˧ bo˧ kɔ˨˩]
毫無理由的。

【無擂無搥】
[bo˧ lui˧ bo˧ tui˧˥]
指目無尊長及法紀。

【無鬏老大】
[bo˧ ts'iu˧ lau˥ tua˧]
寺廟中之耆老多留鬚，他們不但董理廟務且爲人調理糾紛，偶爾有無鬚的中、青年，年資聲望均不足，卻好當和事佬，常常無法把事情擺平，他人即譏其爲「無鬏老大」。

【無一長可取】
[bo˧ it˥ tiaŋ˦ k'o˥ ts'u˥]
一無可取。

【無刀會刣人】
[bo˧ to˥ e˩ t'ai˧ laŋ˦]
喻殺人不見血。

【無三不成禮】
[bu˧ sam˥ put˥ siŋ˧ le˥]
凡事以一而再，再而三爲禮，且表示慎重。

【無功不受祿】
[bu˧ kɔŋ˥ put˥ siu˩ lɔk˥]
喻不貪非分之財或賞賜。

【無田禁鴨母】
[bo˧ ts'an˦ kim˥ a˥ bo˥]
昔人養鴨母生蛋牟利，平日鴨母都放養於水田中，但遇剛插秧及稻子結實後這兩個階段則不可放田，因恐鴨母吃稻苗或稻穗。既無田，則不須關禁鴨母；喻沒有那種必要；做不配稱身分的事。

【無因那有果】
[bo˧ in˥ nã˥ u˩ ko˥]
凡事都是有因才有果。

【無米兼閏月】
[bo˧ bi˥ kiam˧ lun˩ gue˧]
閏月，陰曆三年一閏，閏年多出一個月叫閏月。米已不夠吃，卻又遭遇到多出來的一個月，眞是屋漏偏逢連夜雨。

【無奶假病子】
[bo˧ liŋ˥ ke˥ pẽ˩ kiã˥]
昔日育兒皆用母奶，若懷孕則奶汁便會減少，有母親無乳汁便假冒懷孕（病子）。譏人裝模作樣。

【無死麼埋得】
[bo˧ si˥ be˩ tai˦ tit˩]
不死不能埋葬；喻把你幹掉。

【無邪不怕鬼】
[bo˧ sia˦ put˥ p'ã˥ kui˥]
心中正，何須怕鬼？

【無官一身輕】
[bu˧ kuan˥ it˥ sin˥ k'in˥]
身上無職務，就不會有壓力。

【無法度收山】
[bo˧ huat˥ tɔ˩ siu˧ suã˥]
無法度，沒辦法；謂無法收拾善後。

【無金燒竹葉】
[bo˧ kim˥ sio˧ tik˥ hio˧]
金，指金紙。託神明保佑，達成心願，無金紙可資謝恩，乃用竹葉代替。

【無枷舉交椅】
[bo˧ ke˦ gia˧ kau˧ i˥]
交椅，即太師椅；無枷好舉去舉交椅，謂自找麻煩，庸人自擾。

【無風麼起湧】
[bo˧ hɔŋ˥ be˩ k'i˥ iŋ˥]
湧，海浪；喻事出有因。

【無某攬被鼓】
[bo˧ bɔ˥ lam˥ p'ue˩ kɔ˥]
戲笑沒有老婆的人，晚上睡覺只好抱棉被聊以自慰。

【無針不引線】
[bo˧ tsiam˥ put˥ in˥ suã˩]

謂事出有因。

【無烏亦蜅葱】
[bo˧ ɔ˥ ia˨ p'u˥ ts'aŋ˥]
喻好像如此，卻又好像不是這麼一回事。

【無鬼𣍐死人】
[bo˧ kui˦ be˨ si˥ laŋ˧]
謂背後有人煽動，才會害死人。

【無鬼舉重枷】
[bo˧ kui˦ gia˧ taŋ˨ ke˧]
謂自作自受，自尋苦吃。

【無厝邊隔壁】
[bo˧ ts'u˦ pĩ˧ ke˦ piaʔ˩]
罵人孤僻，無守望相助的左鄰右舍。

【無眠兼旋神】
[bo˧ bin˧ kiam˧ se˨ sin˧]
形容人睡眠不足，精神恍惚。

【無婦不成家】
[bo˧ hu˧ put˥ siŋ˧ ke˥]
主婦料理家務，是家中不可或缺的重心。

【無掛牛嘴籠】
[bo˧ kua˦ gu˧ ts'ui˦ lɔm˥]
農夫用牛耕田，爲防止牠偷吃田邊之禾苗，須用竹籠套住牛嘴，使牠不能得逞。喻小孩貪吃東西而亂吃一通，好像牛未縛嘴籠。或罵人口不擇言，好歹都說。

【無啥潲路用】
[bo˧ sã˥ siau˧ lɔ˨ iɔŋ˧]
潲，男子精液。譏人一無是處。

【無魚，蝦嘛好】
[bo˧ hi˧ he˧ mã˨ ho˦]
喻退而求其次，有總比沒有好。

【無掛籠頭馬】
[bo˧ kua˦ lɔŋ˧ t'au˧ be˦]
人以籠頭（絡頭）來控制馬之行進方向；喻小孩子沒有教養。

【無猴通變弄】
[bo˧ kau˧ t'aŋ˧ pĩ˦ laŋ˧]
謂已無計可施，陷入困境。

【無福不成衙】
[bo˧ hɔk˩ put˥ siŋ˧ ge˧]
清代台灣的官吏及幕僚，大多數是福州人，故有此諺。

【無話講加籮】
[bo˧ ue˧ kɔŋ˥ ka˧ lo˦]
意同「無話講傀儡」，即沒話找話說。

【無話講傀儡】
[bo˧ ue˧ kɔŋ˥ ka˧ le˦]
傀儡，以線縷控制之木偶戲。謂沒話題硬找話題說。

【無澎不成簽】
[bo˧ p'ẽ˧ put˥ siŋ˧ kam˦]
簽，簽仔店，即雜貨站；澎湖地瘠，男子多到台南及高雄一帶當店員，由於動作勤勞，薪水低廉，故雜貨店老闆均樂意雇用，遂有此諺。

【無齒食豆腐】
[bo˧ k'i˦ tsia˨ tau˨ hu˧]
謂恰恰好。

【無貓無加鴒】
[bo˧ niãu˥ bo˧ ka˧ liŋ˧]
加鴒，鳥名；貓也沒，加鴒也沒有；謂一無所有，上當了。

【無影鎗拄死】
[bo˧ iã˥ ts'iŋ˨ tu˧ si˨]
喻被加上莫須有之罪名。

【無錢人上驚】
[bo˧ tsĩ˧ laŋ˧ siɔŋ˨ kiã˥]
世人最怕窮人（窮親戚），怕他們上門

來借錢。

【無錢甲陸路】
[bo˧ tsĩ˦ ka˥ liɔk˥ lɔ˧]
喻辛苦做事卻存不了錢。

【無縛牛嘴籠】
[bo˧ pak˩ gu˧ ts'ui˥ lɔm˥]
意同「無掛牛嘴籠」。

【無錢行無路】
[bo˧ tsĩ˦ kiã˧ bo˧ lɔ˧]
出門，步步要錢，沒有錢便難以出門。

【無錢兼陸路】
[bo˧ tsĩ˦ kiam˧ liɔk˥ lɔ˧]
喻辛苦做事，卻存不了錢。

【無錢假大扮】
[bo˧ tsĩ˦ ke˥ tua˩ pan˧]
沒有錢又充闊。

【無錢娶老某】
[bo˧ tsĩ˦ ts'ua˩ lau˩ bɔ˥]
沒有錢只好娶一個年紀大一點的女子爲妻；喻姑且將就。

【無錢摸粿墘】
[bo˧ tsĩ˦ bɔŋ˧ kue˥ kĩ˦]
沒錢，買不起粿，只能摸一下粿邊過乾癮。喻欲而不得。

【無錢講無話】
[bo˧ tsĩ˦ kɔŋ˥ bo˧ ue˧]
人窮志短，沒錢講話沒人聽。

【無簳不雇澎】
[bo˧ kam˥ put˥ kɔ˥ p'ẽ˦]
簳，即簳仔店（雜貨舖）。澎湖地瘠，人們克儉勤勉，不求高薪，昔日高雄台南等地雜貨店喜雇用之。或說「無澎不成簳」。

【無鱟瀟無講】
[bo˧ hau˧ siau˦ bo˧ kɔŋ˥]
鱟瀟，謊言；俏皮話，謂無謊言則不開口，每開口必是說謊。

【無鬚仔老大】
[bo˧ ts'iu˧ a˥ lau˥ tua˧]
意同「無鬚老大」。

【無一隻鳥仔膽】
[bo˧ tsit˩ tsia˥ tsiau˥ a˥ tã˥]
謂膽子小得比鳥膽還小。

【無一粒鼻屎大】
[bo˧ tsit˩ liap˩ p'ĩ˩ sai˥ tua˧]
極言其渺小。

【無人管，無人留】
[bo˧ laŋ˧ kuan˥ bo˧ laŋ˧ liu˦]
無人管教或照顧的人，無依無靠。

【無毛雞，假大格】
[bo˧ mɔ̃˧ ke˥ ke˥ tua˩ keʔ˩]
沒有羽毛的雞子偏要逞威；譏人一無所有，卻還要裝氣派。

【無功毋敢受賞】
[bo˧ kɔŋ˥ m˩ kã˥ siu˩ siũ˥]
沒有功勞，不敢受獎。

【無出頭的日子】
[bo˧ ts'ut˥ t'au˦ e˧ zit˩ tsi˥]
指生活在沒有希望的日子裡；沒有希望，沒有未來。

【無在甲伊槙卵】
[bo˧ te˥ ka˩ i˧ hiu˥ lan˧]
完全不理他。

【無好兄，累小弟】
[bo˧ ho˥ hiã˥ lui˩ sio˥ ti˧]
哥哥不好，會連累小弟。

【無法伸腳出手】
[bo˧ huat˥ ts'un˧ k'a˧ ts'ut˥ ts'iu˥]
喻英雄無用武之地。

【無法佛，虐和尚】

[bo˧ huat˥ put˥ gik˩ hue˧ siũ˧]
對佛無法抵抗，只好虐待和尚；想報復對方，卻無能爲力，只能報復對方手下的人出氣而已。

【無食酒，講酒話】
[bo˧ tsia˩ tsiu˥˧ kɔŋ˥ tsiu˥ ue˧]
沒有喝酒，卻酒話連篇。

【無後壁山通靠】
[bo˧ au˩ pia˥˧ suã˥ t'aŋ˧ k'o˩]
風水地理之說，認爲房屋能背山面水最好，無後山可依靠者，會顯得無力而不穩。引申爲，人無良好背景做後盾，則須完全靠自己努力、自求多福。

【無穿褲，伐大步】
[bo˧ ts'iŋ˩ k'ɔ˩ hua˩ tua˩ pɔ˧]
喻沒有實力卻愛出鋒頭。

【無枷舉門扇板】
[bo˧ ke˧˥ gia˧ muĩ˧ sĩ˥˧ pan˥˧]
喻自找麻煩，自討苦吃。

【無恩不敢受惠】
[bo˧ in˥ put˥ kam˥ siu˩ hui˧]
無功不受祿。

【無師請祖師公】
[bo˧ sai˥ ts'iã˥ tsɔ˥ su˧ kɔŋ˥]
罵人庸人自擾。

【無通天子萬年】
[bo˧ t'aŋ˧ t'en˧ tsu˥˧ ban˩ len˧˥]
無法當萬年皇帝；喻不可能永遠得意。

【無彩飯，予狗食】
[bo˧ ts'ai˥ puĩ˧ hɔ˩ kau˥˧ tsia˧]
無彩，可惜也。把飯給狗吃，未免太可惜；喻給不中用者好處，未免太蹧蹋了。

【無開花會結子】
[bo˧ k'ui˧ hue˥ e˩ ket˥ tsi˥˧]
沒有開花，卻能結出果來。

【無想長，無存後】
[bo˧ siũ˩ tɔŋ˧˥ bo˧ ts'un˧ au˧]
只顧眼前的享受，不顧及將來。

【無落種，無收成】
[bo˧ lo˩ tsiŋ˥˧ bo˧ siu˧ siŋ˧˥]
無因即無果。

【無話講松柏蕊】
[bo˧ ue˧ kɔŋ˥ ts'iŋ˧ pe˥˧ lui˥˧]
沒話找話說。意同「無話講傀儡」。

【無錢換腹肚圓】
[bo˧ tsĩ˧˥ uã˩ pat˥ tɔ˥˧ ĩ˧˥]
喻以做工換個溫飽，不計工資高低。

【無輸無贏的話】
[bo˧ su˧ bo˧ iã˧˥ e˧ ue˧]
喻只是說一說而已。

【無錢齣曉慷慨】
[bo˧ tsĩ˧˥ be˩ hiau˥ k'ɔŋ˥ k'ai˩]
沒有錢就不會慷慨；喻浪費成性。

【無講半句鱟潲】
[bo˧ kɔŋ˥ puã˥˧ ku˥˧ hau˧ siau˧˥]
戲謂不曾講半句謊言(鱟潲)，所講都是一整句。

【無賺錢，先開錢】
[bo˧ t'an˥˧ tsĩ˧˥ siŋ˧ k'ai˧ tsĩ˧˥]
還沒有賺錢，就先花錢。

【無錢燻，大把吞】
[bo˧ tsĩ˧ hun˥ tua˩ pe˥ t'un˥]
不要錢的香煙(燻)，大把大把地抽；喻慷他人之慨；譏人貪饞，不知自制。

【無一個雀鳥仔膽】
[bo˧ tsit˩ le˧ ts'ik˥ tsiau˥ a˥ tã˥˧]
雀鳥仔，麻雀也；膽子比麻雀小；謂膽小。

【無刀刣苙萊——咬目】
[bo˧ to˥ t'ai˧ ɔŋ˧ lai˧˥ ka˩ bak˥]

歇後語。鳳梨表皮如龜殼一目一目，要吃鳳梨而沒有刀，只能用口去咬，一目一目地咬，稱爲「咬目」；咬目的另一層意思指藥物滲到眼睛而不舒服，此諺取這一層意思，即指眼睛不舒服；喻看不順眼。

【無人通燒香點火】
[bo˧ laŋ˧ t'aŋ˧ sio˧ hiũ˧ tiam˥ hue˥]
罵人絶子絶孫，無以傳承香火。

【無人緣，臭乞食皭】
[bo˧ laŋ˧ en˦ ts'au˥ k'it˥ tsia˩ hen˩]
乞食皭，乞丐味道；譏人醜惡，沒有人緣。

【無三牲，扛觔出門】
[bo˧ sam˧ siŋ˥ kəŋ˧ be˩ ts'ut˥ muĩ˦]
台俗未滿十六歲而卒者，出殯時不可用三牲拜;此語係罵人已經是成人了，還在玩小孩的把戲。

【無天理，就無地理】
[bo˧ t'ĩ˧ li˥ tio˩ bo˧ te˩ li˥]
不講天理人倫，就得不到好風水（地理）；或謂對父母不孝，自已的子女也會不孝。

【無功勞，嘛有苦勞】
[bo˧ kɔŋ˧ lo˦ mã˩ u˩ k'ɔ˥ lo˦]
即使未立大功，也曾流汗辛苦，不應忽視；含有憤憤不平之意。

【無米毋敢留人客】
[bo˧ bi˥ m˩ kã˥ lau˧ laŋ˧ k'eʔ˩]
喻凡事要量力，不可以勉強。

【無交財，無成買主】
[bo˧ kau˧ tsai˦ bo˧ siŋ˧ be˥ tsu˥]
謂還沒有交錢，買賣還不能確定。

【無好家神通外鬼】
[bo˧ ho˥ ke˧ sin˦ t'ɔŋ˧ gua˩ kui˥]
謂有内奸與外賊相應。

【無好厝邊，相連累】
[bo˧ ho˥ ts'u˥ pĩ˥ sio˧ len˧ lui˧]
不好的鄰居，做了壞事會相連累。

【無事不入三寶殿】
[bo˧ su˧ put˥ zip˩ sam˧ po˥ ten˧]
有事相求，才會來訪。

【無法家神，通外鬼】
[bo˧ huat˥ ke˧ sin˦ t'ɔŋ˧ gua˩ kui˥]
意同「無好家神通外鬼」。

【無法魚，摔破戽斗】
[bo˧ huat˥ hi˦ siak˥ p'ua˥ hɔ˥ tau˥]
戽斗，用以竭澤捕魚之竹器；捕不到魚而將戽斗摔破；喻遷怒於人。

【無某小叔若像牛】
[bo˧ bɔ˥ sio˥ tsik˩ nã˥ ts'iũ˩ gu˦]
無某小叔，尚未娶妻的夫弟。尚未成家的夫弟，在嫂嫂眼中，像牛般活蹦亂跳，無拘無束。

【無後台，行無腳步】
[bo˧ au˩ tai˦ kiã˧ bo˧ k'a˧ pɔ˧]
後台，在戲台後面伴奏的文武場。沒有文武場的伴奏配樂，演員即演不來。喻孤掌則難鳴。或作「無後場行無腳步」。

【無要探聽汝狗吠】
[bo˧ ai˥ t'am˥ t'iã˧ li˥ kau˥ pui˧]
輕蔑語；謂不想再聽你像狗吠般説下去。

【無風無雨做大水】
[bo˧ hɔŋ˧ bo˧ hɔ˦ tso˥ tua˩ tsui˥]
沒颱風，沒下雨，卻洪水氾濫；喻横禍。

【無風無搖倒大樹】
[bo˧ hɔŋ˧ bo˧ io˦ to˥ tua˩ ts'iu˧]
喻無疾而終。此諺又可當作歇後語，藏「埔頭」一詞，地名，在今台北縣

三芝鄉，高雄縣內門鄉亦有此地名。

【無索仔會扑干樂】
[bo˧ so˥ a˥˧ e˩ p'a˥˧ kan˧ lɔk˥]
干樂，陀螺；打陀螺須靠繩索；喻身懷絕技。

【無時無候二九老】
[bo˧ si˧ bo˧ hau˧ zi˩ kau˥ lau˧]
俗謂十二月廿四日送神過後，便百無禁忌，尤其是十二月二十九日除夕，更被認爲黃道吉日，不必特別挑選，即可以結婚，而且必能白頭偕老。因此昔日盛行童養媳時，皆用此日成婚「揀做堆」。

【無夠一個扑咳嗆】
[bo˧ kau˥˧ tsit˩ le˧ p'a˥˧ k'a˧ ts'iũ˩]
扑咳嗆，謂打噴嚏。喻非常差勁，根本不是對手。

【無彩好花插牛屎】
[bo˧ ts'ai˥ ho˥ hue˥ ts'a˥˧ gu˧ sai˥˧]
無彩，可惜；眞可惜，好花插在牛糞上；喻美女配醜夫。

【無落種就無收成】
[bo˧ lo˩ tsiŋ˥˧ tio˩ bo˧ siu˧ siŋ˧˥]
未下種自無收穫可言。

【無想貪，著免信神】
[bo˧ siũ˩ t'am˥ tio˩ ben˥ sin˥˧ sin˧˥]
一般信神者，都是有利慾之念，有所求於神，故有是語。

【無禁無忌，食百二】
[bo˧ kim˥˧ bo˧ ki˧ tsia˩ pa˥˧ zi˧]
百無禁忌，就可以活到一百二十歲，民間多忌諱，偶有觸諱處，即以此語自寬自慰。

【無蓋牛嘴籠——亂食】
[bo˧ k'am˥˧ gu˧ ts'ui˥˧ lɔm˥ luan˩ tsia˧]
歇後語。農夫習慣於下田前爲牛套上牛嘴籠（掛在牛嘴的竹籠），以防其一邊耕田一邊亂吃農作物。

【無罰佛，無罰和尚】
[bo˧ huat˩ put˥ bo˧ huat˩ hue˧ siũ˧]
喻凡事要自責，不能怨尤他人。

【無齒食豆腐——適合】
[bo˧ k'i˥˧ tsia˩ tau˩ hu˧ sik˥ hap˥]
歇後語。軟綿綿的豆腐，給沒有牙齒啃嚙的人進食，再合適不過了。

【無錢，欣羡粿大塊】
[bo˧ tsĩ˧˥ him˧ sen˩ kue˥˧ tua˩ te˩]
沒有錢，卻垂涎人家大塊的粿。

【無錢契兄，假公規】
[bo˧ tsĩ˧ k'e˥˧ hiã˥ ke˥ kɔŋ˧ kui˥]
沒有錢的姘夫，卻比有錢的姘夫還要兇威，儼若丈夫。喻冒充的比正牌的還要揚威。

【無大你年，嘛大你月】
[bo˧ tua˩ li˥ nĩ˧˥ mã˩ tua˩ li˥ gue˧]
誡小輩不可對長輩無禮。謂縱然年歲沒比你大，至少月分比你大。

【無扑是土，有扑是金】
[bo˧ p'aʔ˩ si˩ t'ɔ˧˥ u˩ p'aʔ˩ si˩ kim˥]
鐵不打不成鋼，人不打不成器。

【無目賙嘛有兩個窟】
[bo˧ bak˩ tsiu˥ mã˩ u˩ ləŋ˩ ge˧ k'ut˩]
沒有眼睛也有兩個眼窩；罵人不長眼睛。

【無名無姓，問鋤頭柄】
[bo˧ miã˧ bo˧ sẽ˩ muĩ˩ ti˧ t'au˧ pẽ˩]
問路時，沒有稱謂不夠禮貌，就會被人用這句話回敬。

【無共飯硿，無共箸籃】

[bo˧ kaŋ˩ pũi˩ k'ã˥ bo˧ kaŋ˩ ti˩ nã˦]
飯碇，裝飯之陶器；箸籃，裝筷子之竹器；謂不同一家人，毫無關係。

【無行暗路，獪拄著鬼】
[bo˧ kiã˧ am˥ lɔ˧ be˩ tu˥ tio˩ kui˥]
不做虧心事，不怕鬼。

【無肝無腱，食一把膽】
[bo˧ kuã˧ bo˧ ken˧ tsia˩ tsit˩ pe˥ tã˥]
腱，飛禽之胃；譏人沒有才能，純憑有膽量而平步青雲，位至顯要。

【無的生痛，較好識藥】
[ban˩ i˩ sẽ˧ t'iã˩ k'a˥ ho˥ bat˥ io˧]
生痛，長疔瘡；不要生疔瘡，比生了疔瘡而知道塗什麼藥才能治癒還好。

【無彼囉心，有彼囉嘴】
[bo˧ hit˥ lo˧ sim˥ u˩ hit˥ lo˧ ts'ui˩]
虛情假意的甜言蜜語。

【無某無猴，做賊做鬣】
[bo˧ bɔ˥ bo˧ kau˦ tso˥ ts'at˥ tso˥ hau˧]
喻單身漢（無某無猴），因無牽掛，生活放縱，甚至為非做惡，故靠不住。

【無風無搖，倒大欉樹】
[bo˧ hɔŋ˧ bo˧ io˦ to˥ tua˩ tsaŋ˧ ts'iu˧]
謂無疾而終。

【無猜想你的鹹豆花】
[bo˧ siau˥ siũ˩ li˥ ge˧ kiam˧ tau˩ hue˥]
喻不想再跟你來往。

【無彩，好花插下牛屎】
[bo˧ ts'ai˥ ho˥ hue˥ ts'a˥ he˩ gu˧ sai˥]
意同「無彩好花插牛屎」。

【無彩個媽千針萬線】
[bo˧ ts'ai˥ in˧ mã˥ ts'en˧ tsiam˥ ban˩ suã˩]
無彩，白費，可惜；個媽，他祖母；喻枉費心機。

【無冤無家，無成夫妻】
[bo˧ uan˧ bo˧ ke˥ bo˧ siŋ˧ hu˧ ts'e˥]
謂天下沒有不吵架的夫妻，夫妻吵架乃是家庭常事。

【無夠塞一下腹肚角】
[bo˧ kau˥ t'at˥ tsit˩ le˩ pat˥ tɔ˥ kak˩]
形容東西（食物）數量太少。

【無夠塞一下嘴齒縫】
[bo˧ kau˥ t'at˥ tsit˩ le˩ ts'ui˥ k'i˥ p'aŋ˧]
意同前句。

【無想好死，也要好生】
[bo˧ siũ˩ ho˥ si˥ ia˩ ai˥ ho˥ sẽ˥]
舊俗以為人要行善才能好死，孕婦要行善才會好生（順產）；此諺為昔日翁姑罵不孝媳婦之語。

【無腸無肚，食一把膽】
[bo˧ təŋ˧ bo˧ tɔ˧ tsia˩ tsit˩ pe˥ tã˥]
喻毫無私心，敢拚敢幹。

【無疑誤，就去摸鯊肚】
[bo˧ gi˧ gɔ˧ tio˩ k'i˥ bɔŋ˧ sua˧ tɔ˧]
沒想到（無疑誤）竟然溺死（摸鯊肚）。

【無錢，敢食人大塊粿】
[bo˧ tsĩ˦ kã˥ tsia˩ laŋ˧ tua˩ te˥ kue˥]
沒有錢卻敢吃人大塊的餅；喻不自量力。

【無錢，著對淺處(位)上山】
[bo˧ tsĩ˦ tio˩ tui˥ ts'en˥ ui˧ tsiũ˩

suã˥]
沒有錢的人，須從簡易省本的地方做起，不可好高騖遠。

【無應生痛，較好識藥】
[bo˧ iŋ˥˧ sẽ˧ t'iã˨˩ k'a˥˧ ho˥ bat˥ io˧]
不要生病，比生了病而知道什麼藥有效更好；喻不要發生毛病，比有毛病再補救好。

【無田無園，盡看鹿耳門】
[bo˧ ts'an˧ bo˧ həŋ˨˦ tsin˨˩ k'uã˨˩ lɔk˩ nĩ˥ bəŋ˨˦]
鹿耳門，在台南市安南區，昔日地勢低窪，一片汪洋，沒有田園可資耕種，全靠捕魚為生，故有此諺。

【無卵葩的人纔予人招】
[bo˧ lan˨˩ p'a˥ e˧ laŋ˨˦ tsia˥˧ hɔ˨˩ laŋ˧ tsio˥]
以前的人，非不得已不讓人招贅。故稱被招贅的人是沒有男子氣概，才會依靠裙帶關係，寄人籬下，仰人鼻息。

【無柴，也敢允人煠牛卵】
[bo˧ ts'a˨˦ ia˨˩ kã˥ in˥ laŋ˧ sa˨˩ gu˧ lan˧]
牛卵，牛的陰莖，頗為巨大又韌，非常耗柴火。沒有木柴，竟敢答應為人煮牛陰莖。譏人做不到的事也答應人家。

【無通生食，那有通曝乾】
[bo˧ t'aŋ˧ ts'ẽ˧ tsia˧ nã˥ u˨˩ t'aŋ˧ p'ak˩ kuã˥]
果菜生吃都還不夠，那有多餘的可以晒乾？喻現賺的錢都不夠用，那裡談得上儲蓄？

【無冤受屈，掠貓來折骨】
[bo˧ uan˥ siu˨˩ k'ut˩ lia˨˩ niãu˥ lai˧ tsik˥ kut˩]
喻遷怒於他人；謂自己受冤屈，找他人出氣。

【無摸著肉，吉普了兩百】
[bo˧ bɔŋ˧ tio˨˩ baʔ˩ tsit˥ pu˨˩ liau˥ ləŋ˨˩ paʔ˩]
昔有一人至宜蘭礁溪溫泉鄉冶遊，召一妓，不滿意欲更換，該妓依例索討小費（吉普）二百元，該人士頗感冤枉，出口成此諺，流行於北台灣。

【無飼無畜，傢伙做艙上】
[bo˧ ts'i˧ bo˧ t'ik˩ ke˧ hue˥˧ tso˥˧ be˨˩ tsiũ˧]
傢伙，財產；昔日家庭最主要副業是飼養家禽家畜，若不飼養禽畜，便無法致富。

【無三寸水，就想欲扒龍船】
[bo˧ sã˧ ts'un˥˧ tsui˥˧ tio˨˩ siũ˨˩ be˥ pe˧ liɔŋ˧ tsun˨˦]
水深不到三寸，就想利用此水划龍船。譏人不自量力。

【無日毋知晝，無鬏毋知老】
[bo˧ zit˥ m˨˩ tsai˧ tau˨˩ bo˧ ts'iu˥ m˨˩ tsai˧ lau˧]
沒有陽光，不知何時中午（晝），沒有蓄鬚，不知人已老邁。

【無米有舂臼，無子抱新婦】
[bo˧ bi˥˧ u˨˩ tsiŋ˧ k'u˧ bo˧ kiã˥˧ p'o˧ sim˧ pu˧]
舂臼，昔日舂米之杵臼。新婦，童養媳。沒有米，到舂臼去舂就會有；沒有生兒子，那就想辦法抱養一個童養媳，日後再招婿來傳後。此為舊俗。

【無事天下闊，有事天下隘】
[bo˧ su˧ t'en˧ ha˧ k'uaʔ˩ u˨˩ su˧ t'en˧ ha˧ e˧]
心中無事，感覺海闊天空，任我遨遊；一旦有事，處處碰壁，便覺天地很窄，竟無我容身之處。

【無彼號尻川，食彼號瀉藥】
[bo˧ hit˙˥ ho˩ k'a˧ ts'uĩ˥ tsia˩ hit˙˥ ho˩ sia˥˧ io˧]
尻川，屁股；喻沒有那種本領，竟敢做那種事。

【無食烏豆，叫伊放烏豆屎】
[bo˧ tsia˩ ɔ˧ tau˧ kio˥˧ i˧ paŋ˥˧ ɔ˧ tau˩ sai˥˧]
吃黑豆才會拉黑豆屎，沒吃黑豆如何拉出黑豆屎？喻誣賴人家，強要人家招認他所沒有做的事。

【無食假扑噎，無穿假超策】
[bo˧ tsia˧ ke˥ p'a˥˧ ik˙˩ bo˧ ts'iŋ˧ ke˥ ts'iau˧ ts'ik˙˩]
扑噎，打嗝；超策，穿著好衣服顯得飄逸；沒有吃東西卻裝著打嗝；沒穿什麼好衣服卻裝出飄逸狀。

【無相棄嫌，菜脯根罔咬鹹】
[bo˧ sio˧ k'i˥˧ hiam˧˥ ts'ai˥˧ pɔ˥ kin˥ bɔŋ˥ ka˩ kiam˧˥]
菜脯根，蘿蔔乾；謂大家有緣，若不嫌棄，彼此湊和湊和一起過日子。常用在夫妻之間。

【無針不引線，做媒才成親】
[bo˧ tsiam˥ put˙˥ in˥ suã˩ tso˥˧ muãi˧˥ tsia˥ siŋ˧ ts'in˥]
婚姻大事，須靠媒妁穿針引線，始可完成。

【無師不說聖，無尪不說健】
[bo˧ sai˥ put˙˥ sue˥˧ siã˩ bo˧ aŋ˥ put˙˥ sue˥˧ kiã˧]
每個司功（師）都說他的法術最靈驗（聖），每個丈夫（尪）都說他的身體很健康；喻人人都會自誇自負。

【無彩一壇功德做置草埔】
[bo˧ ts'ai˥ tsit˙˩ tuã˧ kɔŋ˧ tik˙˩ tso˥˧ ti˩ ts'au˥ pɔ˥]
無彩，可惜也；一般功德都是做給亡魂或祖先，若做到荒郊野外去，眞是可惜了。喻做白工。

【無婦不成家，無夫難爲室】
[bo˧ hu˧ put˙˥ siŋ˧ ke˥ bo˧ hu˥ lan˧ ui˧ sit˙˩]
有夫有婦，才能構成一個家庭。

【無賒不成店，賒了店不成】
[bo˧ sia˥ put˙˥ siŋ˧ tiam˩ sia˧ liau˥˧ tiam˩ put˙˥ siŋ˧˥]
喻生意難做。

【無講半句饗澢，串講歸句】
[bo˧ kɔŋ˥ puã˥˧ ku˥˧ hau˧ siau˧˥ ts'uan˥˧ kɔŋ˥˧ kui˧ ku˩]
俏皮話。饗澢，謊言；謂不講半句謊言，只講全句（歸句）的。

【無髻戴匏杓，無轎坐牛車】
[bo˧ kue˩ ti˥˧ pu˧ hia˥ bo˧ kio˧ tse˩ gu˧ ts'ia˥]
舊俗新娘出嫁要戴鳳髻、乘花轎，若無則改戴匏杓，改乘牛車。喻無其物，用別的取代。

【無二步七仔，毋敢過虎尾溪】
[bo˧ zi˩ pɔ˩ ts'it˙˥ la˩ m˩ kã˥ kue˥˧ hɔ˥ bue˥ k'e˥]
二步七仔，謂一招半武；虎尾溪，清代稱濁水溪爲虎尾溪，地當南北要衝，時有綠林人物打劫商賈，故謂沒有一點武功的人不敢硬闖濁水溪。喻沒有把握，就不敢輕易冒險。

【無三擔柴，敢允人煠牛卵核】
[bo˧ sã˧ tã˥˧ ts'a˧˥ kã˥ in˥ laŋ˧ sa˩ gu˧ lan˩ hut˙˥]
牛卵核（睪丸）很大，必須很多柴火才煮得熟；比喻沒有本事不可隨便答應爲人做事。

【無踏著伊的尾，𣍐咬咱的腳】
[bo˧ lap˙l tio˩ i˧ ge˧ bue˥ be˩ ka˩ lan˥ ge˧ k'a˥]
我們沒踩到狗的尾巴，狗就不會咬我們的腳；謂我不惹人，人不犯我。

【無錢通買藥，有錢通買棺材】
[bo˧ tsĩ˦ t'aŋ˧ be˥ io˧ u˩ tsĩ˦ t'aŋ˧ be˥ kuã˧ ts'a˦]
父母生病不花小錢買藥醫，卻等他們去世才花大錢去買棺材；喻應當用錢不肯用，卻用於不應當用的地方。

【無賺你的湯，也無賺你的粒】
[bo˧ t'an˥ li˥ ge˧ t'əŋ˥ ia˩ bo˧ t'an˥ li˥ ge˧ liap˙l]
粒，指菜湯中之固體，如菜葉、骨肉....等。喻純粹服務，沒有從中賺取利潤。

【無子毋通靠侄，無褲毋通靠裙】
[bo˧ kiã˥ m˩ t'aŋ˧ k'o˥ sun˥ bo˧ k'ɔ˩ m˩ t'aŋ˧ k'ɔ˥ kun˦]
侄，台語或讀與孫同音；喻有些事物是無法取代的。

【無冬節都要搓圓仔，無講冬節】
[bo˧ taŋ˧ tseʔ˩ to˧ be˥ so˧ ĩ˧ a˥ bo˧ kɔŋ˥ taŋ˧ tseʔ˩]
冬節，冬至，習俗須搓湯圓祭神祀祖。言其平時都愛好的東西，一旦逢其時，必定會更作一番舖張而不會放棄此一絕好機會。

【無閒刺刺，煎蟳炒蚻，焄雞煠鼈】
[bo˧ iŋ˧ ts'i˥ ts'i˩ tsen˧ tsim˦ ts'a˥ ts'i˧ kun˧ ke˥ sa˩ piʔ˩]
蚻，俗稱「蚻仔」；焄，燉也；煠，用白水煮熟食物；形容準備請客很忙碌的樣子。

【無飼豬體體潘，無娶某體體銀】
[bo˧ ts'i˩ ti˥ t'e˥ t'e˥ p'un˥ bo˧ ts'ua˩ bɔ˥ t'e˥ t'e˥ gun˦]
潘，餵豬之淘米水及剩菜剩湯。不養豬，到處是餿水；未討老婆，到處是銀錢。反之，等養豬、娶妻後可就完全不是如此了。

【無刣奸臣予人看，看戲的毋願散】
[bo˧ t'ai˧ kan˧ sin˦ hɔ˩ laŋ˧ k'uã˩ k'uã˥ hi˩ e˩ m˩ guan˩ suã˩]
傳統戲劇大多以團圓為結局，若善沒善報，惡沒惡報的話，觀眾不願罷休。

【無彼號尻川，要甲人食彼款瀉藥】
[bo˧ hi˥ lo˩ k'a˧ ts'uĩ˥ be˥ ka˥ laŋ˧ tsia˩ hi˥ k'uan˥ sia˥ io˧]
身材不胖，沒有胖子的大屁股，怎能服胖子所用的瀉藥；喻做事沒衡量自己的能力。

【無人嫁尪正業債，十世無尪毋敢嫁】
[bo˧ laŋ˧ ke˥ aŋ˥ tsia˥ giap˩ tse˩ tsap˩ se˩ bo˧ aŋ˥ m˩ kã˥ ke˩]
此為婚後一再為夫背債、還債的人的感歎話；謂與其嫁人為妻，為人還債，不如不嫁。

【無食人的家內飯，毋知人的家內事】
[bo˧ tsia˩ laŋ˧ ge˧ ke˧ lai˩ puĩ˧ m˩ tsai˧ laŋ˧ ge˧ ke˧ lai˩ su˧]
清官難斷家務事，勸人少管他人家務事。

【無錢𣍐曉假大扮，無力𣍐曉假好漢】
[bo˧ tsĩ˦ be˩ hiau˥ ke˥ tua˩ pan˧ bo˧ lat˙l be˩ hiau˥ ke˥ ho˥ han˩]
喻凡事不易假冒。

【無欠無債無成爸子，無冤無仇無成尪某】
[bo˧ k'iam˥ bo˧ tse˩ bo˧ siŋ˧ pe˩ kiã˥ bo˧ uan˧ bo˧ siu˦ bo˧ siŋ˧ aŋ˧

bɔ˥]
俗謂今世會成父子，都是因爲前世互相欠債；今世會成夫妻，都是前世互相有恩仇。

【無毛雞，假大格，無米留人客，無食假打噎】
[bo˧ mɔ̃˧ ke˥ ke˥ tua˩ keʔ˩ bo˧ bi˥ lau˧ laŋ˧ k'eʔ˩ bo˧ tsia˧ ke˥ p'a˥ ik˩]
此語比喻無資格者，勉強僞裝，立即露出馬腳之意。

【無冬節都要搓圓仔，無講冬節那無搓圓仔】
[bo˧ taŋ˧ tseʔ˩ to˧ be˥ so˧ ĩ˧ a˥ bo˧ kɔŋ˥ taŋ˧ tseʔ˩ nã˥ bo˧ so˧ ĩ˧ a˥]
意同「無冬節都要搓圓仔，無講冬節」。

【無錢共查某講無話，無酒共神明跋無杯】
[bo˧ tsĩ˧ kaŋ˩ tsa˧ bɔ˥ kɔŋ˥ bo˧ ue˧ bo˧ tsiu˥ kaŋ˩ sin˧ biŋ˧ pua˩ bo˧ pue˥]
謂與歡場女子打交道，非錢不可；祭祀神明，無酒則不誠。

【煩惱十三代子孫，無米通煮】
[huan˧ lo˥ tsap˩ sã˧ tai˧ kiã˥ sun˥ bo˧ bi˥ t'aŋ˧ tsi˥]
喻杞人憂天。

【煉仙扑嘴鼓】
[len˩ sen˥ p'a˥ ts'ui˥ kɔ˥]
即談天說地、閒話家常。

【煉仙兼激骨】
[len˩ sen˥ kiam˧ kik˥ kut˩]
即談天說地、瞎說鬼扯，無所不談。

【煠熟狗頭】
[sa˩ sik˩ kau˥ t'au˧]
指喜愛親近女人的人。

【照步數來】
[tsiau˥ pɔ˩ sɔ˥ lai˧]
意謂凡事依照規矩做。

【照起工來】
[tsiau˥ k'i˥ kaŋ˥ lai˧]
意謂凡事依照規矩做。

【照樣畫葫蘆】
[tsiau˥ iũ˧ ue˩ hɔ˧ lɔ˧]
喻保守、守舊。

【照井水，面較水】
[tsio˥ tsẽ˥ tsui˥ bin˧ k'a˥ sui˥]
相傳元宵夜，女子到井邊去照一照井水，會變得更美。

【照爸梳頭，照母縛髻】
[tsiau˥ pe˧ se˧ t'au˧ tsiau˥ bo˥ pak˩ kue˩]
沿襲父母舊規行事。

【煮油淨宅】
[tsi˥ iu˧ tsiŋ˩ t'e˧]
火災後，請道士做法，煮油驅除邪氣，使屋宅清淨吉祥。

【煞鼎煞灶】
[sua˥ tiã˥ sua˥ tsau˩]
灶中仍有火，鍋子才用過尚未洗，可以順便炒煮食物；喻順手做一件事。

【煞手拈鹹菜】
[sua˥ ts'iu˥ nĩ˧ kiam˧ ts'ai˩]
指順手做一椿事。

【煞壇，省紅包】
[sua˥ tuã˧ siŋ˥ aŋ˧ pau˥]
壇，指做法事；別人做法事，做完後，鄰居順便請司功也去做一場法事，可以省下一些紅包。喻連續做的事可以節省成本。

【煞尾仔子，食較有乳】
[sua˥ bue˥ a˥ kiã˥ tsia˨ k'a˥ u˨ liŋ˥]
老么，無人爭吃奶水，故母親可以盡量哺育他。喻父母偏憐老么。

【煙花嘴】
[en˧ hue˧ ts'ui˨]
青樓妓女（煙花女）講的話，不可相信。形容妓女的巧言。

【煙筒坎蓋——艙沖】
[en˧ taŋ˧ k'am˥ kua˨ be˨ ts'iŋ˨]
歇後語。煙囪口加蓋，煙即沖不上去，意謂無法囂張，不能得意。

【煙筒破孔——歹講】
[en˧ taŋ˧ p'ua˥ k'aŋ˥ p'ãi˥ kɔŋ˥]
歇後語。煙囪是管狀物，破了洞就是壞掉的管(歹管)，台語歹管與歹講諧音。

【煙火好看無外久】
[e˧ hue˥ ho˥ k'uã˨ bo˧ gua˨ ku˥]
喻好景不常，富貴易逝。

【煙筒口吊八粒李仔——八里坌】
[en˧ taŋ˧ k'au˥ tiau˥ pe˥ liap˨ li˥ a˥ pat˥ li˥ hun˥]
歇後語。煙囪上（煙筒口）吊著八個李子，即煙燻八李之謂；「八李燻」與「八里坌」音同；八里坌，台北縣八里鄉之古名。

【熊咬竹管】
[him˧ ka˨ tik˥ kɔŋ˥]
喻弄錯了。

【熊聲虎叫】
[him˧ siã˥ hɔ˥ kio˨]
喻說話粗厲。

【熟能生巧】
[sik˥ liŋ˧ siŋ˧ k'a˥]
技術純熟才能生出巧妙。

【熟童緊關】
[sik˨ taŋ˧ kin˥ kuan˥]
童，乩童。緊，快也。熟練的乩童，容易降神。喻熟練者容易了解。

【熟牛闊犁後】
[sik˨ gu˧ bi˥ le˧ au˧]
熟牛，指嫻熟於犁田技巧之牛，犁田時，牛應走在犁前而非犁後。喻會做事的人都偷懶怠惰。

【熟皮包戇餡】
[sik˨ p'ue˧ pau˧ gɔŋ˨ ã˧]
皮，粿皮；餡，粿餡。喻長得一副聰明樣，卻儘做些傻事。

【熟悉食厝内】
[sik˨ sai˧ tsia˨ ts'u˥ lai˧]
喻越熟悉的顧客越可以欺騙。

【熟悉騙厝内】
[sik˨ sai˧ p'en˥ ts'u˥ lai˧]
意同前句。

【熟悉人行生份禮】
[sik˨ sai˨ laŋ˧ kiã˧ sẽ˧ hun˨ le˥]
雖是熟人，卻行如對陌生人一般的禮節。喻禮節隆重，或喻見外。

【熟熟人買漏酒甕】
[sik˨ sik˨ laŋ˧ be˥ lau˨ tsiu˥ aŋ˨]
精明人到陶瓷行卻買回來一個破酒甕；喻老練精明的人偶爾也會失算。

【熟熟戲跋落棚腳】
[sik˨ sik˨ hi˨ pua˨ lo˨ pẽ˧ k'a˥]
熟練的演員，有時也會馬失前蹄，從戲台（棚）上摔下來。

【熟熟戲跋落戲棚腳】
[sik˨ sik˨ hi˨ pua˨ lo˨ hi˥ pẽ˧ k'a˥]
陰溝裏翻船，明明是很熟的戲，還演到跌落戲棚下。

【熱爐添炭，著力兼歹看】
[zet˩ lɔ˦ t'ĩ˧ t'uã˩ tio˩ lat˥ kiam˧ p'ãi˥ k'uã˩]
在旺熱的爐火上再添炭，吃力不討好，不但費勁還不容易做。

【熬在壁角】
[au˧ ti˩ pia˥ kak˩]
喻不被重用。

【燈心撐石磨】
[tiŋ˧ sim˥ t'ẽ˥ tsio˩ bo˧]
燈心，既細且軟，如何撐得住石磨？喻發生不了作用。

【燈心獪撐得石磨】
[tiŋ˧ sim˥ be˩ t'ẽ˥ tit˥ tsio˩ bo˧]
螳臂難以當車。

【燒糜損菜】
[sio˧ muãi˦ sɔŋ˥ ts'ai˩]
吃熱稀飯（糜），比較耗菜。

【燒火炭，賢生殖】
[sio˧ hue˥ t'uã˩ gau˧ sẽ˧ t'uã˩]
世俗以新娘將入男家門，先跨過一爐炭火，象徵如此便很會生育。

【燒山毒窟，絕子絕孫】
[sio˧ suã˥ tɔk˩ k'ut˩ tsuat˩ kiã˥ tsuat˩ sun˥]
燒山，放火燒山以打獵；毒窟，在水窟中施毒以捕魚；這兩種作法都極為不道德，這麼做的人，會得到絕子絕孫的報應。

【燒好香，通娶好姿娘】
[sio˧ ho˥ hiũ˥ t'aŋ˧ ts'ua˩ ho˥ tsu˧ niũ˦]
燒好香才能娶到淑女。喻積善才有餘慶。

【燒面搗人的冷尻川】
[sio˧ bin˧ u˥ laŋ˧ ge˧ liŋ˥ k'a˧ ts'uĩ˥]
用自己的熱臉去貼別人冷冰冰的屁股。比喻一廂情願，一頭熱。

【燒瓷食缺，織蓆睏椅】
[sio˧ hui˦ tsia˩ k'iʔ˩ tsit˥ ts'ioʔ˥ k'un˥ i˥]
喻凡做生意的人，自己反而節儉捨不得用自己的商品。陶瓷廠主人，捨不得用好碗而用有缺口的次級品；開織蓆廠的人，自己捨不得睡蓆子而睡在椅子上。

【燒糜傷重菜，美某損子婿】
[sio˧ muãi˦ sioŋ˧ tioŋ˩ ts'ai˩ sui˥ bo˥ sɔŋ˥ kiã˥ sai˩]
吃熱稀飯，速度慢故配的菜也較多；美麗的妻子，先生寵愛她，常為她損神失眠，乃至損害身體。

【燻茶炭，換濞瀾】
[hun˥ te˧ t'uã˩ uã˩ p'ĩ˧ nuã˧]
客人來了，請吃煙、喝茶、烤爐火，結果卻換來客人隨地吐痰、擤鼻涕；謂招待客人，卻一無益處。

【爛土無刺】
[nuã˩ t'ɔ˦ bo˧ ts'i˩]
喻為人溫順沒有脾氣。

【爛秧，富粟倉】
[nuã˩ əŋ˥ hu˥ ts'ik˥ ts'əŋ˥]
農諺。春天插秧，若突遇寒害致使秧苗凍傷，其秋收必豐。因為，霜雪可以凍死潛伏的稻蟲。

【爛土獪糊得壁】
[nuã˩ t'ɔ˦ be˩ kɔ˧ tit˥ piaʔ˩]
喻爛東西沒有用處。

【爬床抗蓆】
[pe˧ ts'əŋ˦ k'aŋ˥ ts'ioʔ˥]
在床上爬來爬去，用指甲挖摳草蓆，

此乃病痛在床之狀，係詛咒人家的話。

【爬籬趴壁】
[pe˧ li˧ k'et˩ pia?˩]
喻喜歡爬高爬低。

【爬愈高，跋愈死（重、深）】
[pe˧ lu˥ kuan˦ pua˩ lu˥ si˦
（taŋ˧ 、ts'im˥)]
爬得越高，跌得越慘。喻地位越高反而越危險。

【爬過三貂嶺，就無想厝内的某子】
[pe˦ kue˦ sam˧ tiau˧ niã˦ tio˩ bo˧
siũ˩ ts'u˦ lai˧ e˧ bɔ˥ kiã˦]
三貂嶺，爲昔日從台北進入宜蘭必經之地。昔日宜蘭地區剛剛開發，地沃物豐，容易生活，且出美女，故一到該地，有人就會將家中的妻小棄置不顧。

【爭天奪國】
[tsiŋ˧ t'ĩ˥ tuat˩ kɔk˩]
互相爭奪地盤，瓜分勢力範圍。

【爭死爭活】
[tsẽ˧ si˥ tsẽ˧ ua˧]
喻競爭激烈。

【爭氣，不爭財】
[tsẽ˧ k'i˩ put˥ tsẽ˧ tsai˦]
喻名譽重於財富。

【爭妻奪田，見死如眠】
[tsiŋ˧ ts'e˥ tuat˩ ten˦ ken˦ si˦ zu˧
ben˦]
爭奪別人的妻室田產，看到屍陳山野，將他當做在那兒睡眠，這種人必是心性奸狠無比。

【爭得貓子，失卻牛腳】
[tsiŋ˧ tit˥ niãu˧ kiã˦ sit˥ k'iɔk˥ gu˧
k'a˥]
爭小失大，得不償失。

【爲非作歹】
[ui˧ hui˥ tso˦ p'ãi˦]
專做壞事。

【爲人子毋通毋知醫】
[ui˧ zin˧ tsu˦ m˩ t'aŋ˧ m˩ tsai˧ i˥]
喻爲人子女須略具醫藥常識，才能侍養年老的父母。

【爲人掃廳，毋叫人兄】
[ui˩ laŋ˧ sau˦ t'iã˥ m˩ kio˦ laŋ˧
hiã˥]
喻寧願吃苦自食其力，不願阿諛奉承別人。

【爲著某，雙腳擂戰鼓】
[ui˩ tio˩ bɔ˦ siaŋ˧ k'a˥ lui˩ tsen˦
kɔ˦]
男人爲了養育妻小，必須馬不停蹄，四處奔波，勞苦地賺錢。

【爲朘散，爲朘死，爲朘走千里】
[ui˩ tsi˥ san˩ ui˩ tsi˥ si˦ ui˩ tsi˥
tsau˥ ts'en˧ li˦]
朘，朘膜，女陰也；散，窮也。英雄難過美人關，多少男子爲了美女而傾家蕩產，萬里奔波，甚至可以不愛江山愛美人，或者爲了紅顏而打開山海關。

【爲別人看風水，家治的無地葬】
[ui˩ pat˩ laŋ˦ k'uã˦ hɔŋ˧ sui˦ ka˧ ti˩
ge˦ bo˧ te˦ tsɔŋ˩]
能爲別人占選墓地，自己的祖先卻無地可葬。喻工於謀人，拙於謀己。

【父母生成】
[pe˩ bo˥ sẽ˧ tsiã˦]
指遺傳、無法改的性情。

【父慈子孝】
[hu˧ tsu˦ tsu˦ hau˩]
父母慈祥，子女一定會孝順。

【父債子還】
[hu˨ tse˨ kiã˥ hiŋ˦]
兄弟分家後，父母之債其子亦應負責償還。

【父精母血】
[pe˨ tsiŋ˥ bo˥ het˨]
人之成胎，是由父之精母之血所構成；指遺傳而言。

【父子情輕，師尊情重】
[pe˨ kiã˥ tsiŋ˦ k'in˥ su˧ tsun˥ tsiŋ˦ taŋ˧]
師恩重於親情，俗謂父子之親只是一世，而師生之親則是三代。

【父債子還，父業子得】
[hu˨ tse˨ kiã˥ hiŋ˦ hu˨ giap˥ kiã˥ tit˨]
父親的債務由兒子償還，父親的產業亦由兒子繼承。比喻理所當然，毋庸置疑。

【父母天地心，大小無厚薄】
[hu˨ bio˥ t'en˧ te˨ sim˧ tua˨ sio˥ bo˧ kau˨ po˧]
形容父母愛護子女之心，不分彼此，有如天地之至公無私。

【父母無捨施，送子去學戲】
[pe˨ bu˥ bo˧ sia˥ si˨ saŋ˥ kiã˥ k'i˥ o˨ hi˨]
以前的父母因爲家境不好，就送孩子去學戲。

【父業子掌，父債子還，子債父不知】
[hu˨ giap˥ tsu˥ tsiaŋ˥ hu˨ tse˨ tsu˥ hiŋ˦ tsu˥ tse˨ hu˧ put˥ ti˥]
父親的產業由兒子繼承掌理，父親的債務由兒子代爲償還，可是兒子的債務要他自己或孫子負責，做父親的用不著清楚。

【父母恩深終有別，尪某義重也分離】
[hu˨ bio˥ un˥ ts'im˥ tsiɔŋ˧ iu˥ pet˥ aŋ˧ bɔ˥ gi˧ tiɔŋ˧ ia˨ hun˧ li˦]
不管如何情深義重，依然有生離死別之日，謂世事難料。

【爸欠子債】
[pe˧ k'iam˥ kiã˥ tse˨]
俗謂兒子都是父親上一輩子的債主。

【爸公置蔭】
[pe˨ kɔŋ˥ ti˥ im˨]
譏人不是靠自己的努力，而是享受祖先的餘蔭。

【爸老子幼】
[pe˨ lau˧ kiã˥ iu˨]
因晚婚而晚生，父親年紀已大而子女尚幼，危機甚重。

【爸頭母骨】
[pe˨ t'au˦ bo˥ kut˨]
謂人之相貌形軀，都是父母的複製品。

【爸一頭，母一擔】
[pe˧ tsit˨ t'au˦ bo˥ tsit˨ tã˨]
父母教育子女，責任重大，尤其是做母親的更是比父親重（父只一頭，母是雙頭兩擔）。

【爸欠子債，尪欠某債】
[pe˧ k'iam˥ kiã˥ tse˨ aŋ˥ k'iam˥ bɔ˥ tse˨]
俗以爲上輩子欠了他的債，這一輩子要還他，才會做他的父親或先生（尪）。

【爸母死上山，傢伙由人搬】
[pe˨ bo˥ si˥ tsiũ˨ suã˥ ke˧ hue˥ iu˧ laŋ˧ puã˥]
喻父母去世，家財盡失。

【爸母疼細子，公媽疼大孫】
[pe˨ bu˥ t'iã˥ se˥ kiã˥ kɔŋ˧ mã˥

t'iã˥ tua˨ sun˥]
細子，老么，因最晚出世，故得到父母的寵愛；長孫因係使祖父母（公媽）突然升上一輩的小孩，且是他們死後要為他們捧香爐的人，故特別受祖父母的疼愛。

【爸母著孝順，兄弟著協和】
[pe˨ bu˥ tio˨ hau˥ sun˧ hiã˧ ti˧ tio˨ hiap˩ ho˦]
要孝順父母，友愛兄弟。

【爸母無捨施，送子去做戲】
[pe˨ bu˥ bo˧ sia˥ si˨ saŋ˥ kiã˥ k'i˥ tso˥ hi˨]
舊時，除非萬不得已，三餐無以為繼，才會送孩子去學唱戲。喻情非得已。

【爸無嫌子無，子無嫌爸散】
[pe˧ bo˧ hiam˧ kiã˥ bo˦ kiã˥ bo˧ hiam˧ pe˧ san˨]
散，窮也；父子骨肉天性使然。即使貧賤，也毫無怨言，不會互相嫌棄。

【爸一頭，母一擔，公婆一菜籃】
[pe˧ tsit˩ t'au˦ bo˥ tsit˩ tã˨ koŋ˧ po˦ tsit˩ ts'ai˥ nã˦]
喻管教子女的責任，父母都要負責；而嫁出去的女兒，做人媳婦沒做好，除了娘家父母外，公公婆婆也有責任。

【爸子和家𣍐退，兄弟和家𣍐分】
[pe˨ kiã˥ ho˦ ke˥ be˨ t'ue˨ hiã˧ ti˧ ho˦ ke˥ be˨ hun˥]
父子和睦家道興旺，兄弟和睦家業不會分析。

【爸子是相欠債，尪某是結冤仇】
[pe˨ kiã˥ si˨ sio˧ k'iam˥ tse˨ aŋ˧ bo˥ si˨ ket˥ uan˧ siu˦]
今世做父子、夫妻，都是因為上輩子彼此互相欠債結仇。

【爸母之情，愛子之心，無所不至】
[pe˨ bu˥ tsi˧ tsiŋ˦ ai˥ kiã˥ tsi˧ sim˥ bu˧ so˥ put˥ tsi˨]
舐犢情深，愛護備至。

【爸母疼子長流水，子惜爸母樹尾風】
[pe˨ bu˥ t'iã˥ kiã˥ təŋ˧ liu˧ sui˥ kiã˥ sio˥ pe˨ bu˥ ts'iu˨ bue˥ hoŋ˥]
父母疼愛子女，像河水長流不斷；子女孝順父母，宛若樹梢的風，一陣子就過去了；因為等子女能孝順父母時，父母都已年高體弱，有如風中殘燭，來日無多。

【爽勢無落衰的久】
[soŋ˥ se˨ bo˧ lak˥ sui˥ e˧ ku˥]
爽勢，驕傲；落衰，倒楣。得志的時間不會比失意倒楣的時間長。誡人榮枯無常，得意時莫仗勢欺人。

【爽就好，姿勢歹無要緊】
[soŋ˥ tio˨ ho˥ tsu˧ se˨ bai˥ bo˧ iau˥ kin˥]
本謂男女交媾只要能夠達到高潮即可，至於姿勢好不好看則不須計較；喻只要結果是好的，不用管過程是如何。

【爽勢無食銀，碰壁倒咧睏】
[soŋ˥ se˨ bo˧ tsia˨ gun˦ poŋ˨ pia?˩ to˥ le˥ k'un˨]
得意時待人跋扈；失意時，有事求人則到處碰壁。

【牆壁有耳】
[ts'iũ˧ pia?˩ u˨ hĩ˧]
喻說話要小心，以防外洩。

【牆有縫，壁有耳】
[ts'iũ˦ u˨ p'aŋ˧ pia?˩ u˨ hĩ˧]
隔牆有耳，不要亂說話。

【牌仔曝焦焦，三腳欠一腳】
[pai˧ a˥ p'ak˩ ta˧ ta˥ sã˧ k'a˥ k'iam˥ tsit˩ k'a˥]
牌搭子形容三缺一的順口溜。

【牙齒根咬下得】
[ge˧ k'i˥ kin˥ ka˨ he˧ tit˩]
咬緊牙根，忍耐。

【牛腳梢】
[gu˧ k'a˧ sau˥]
腳梢，指暗娼、私娼；牛肉之最劣者爲牛腳骨間之碎肉，娼妓之最劣等者爲暗娼，故以牛腳梢名之，私娼寮因此常被稱爲「牛灶」、「腳梢間仔」、「暗間仔」。

【牛皮賊骨】
[gu˧ p'ue˦ ts'at˩ kut˩]
形容小孩頑皮、鬼靈精。或用以罵人頑劣成性。

【牛車馬載】
[gu˧ ts'ia˥ be˥ tsai˨]
台俗，人死須燒庫錢，庫錢之數依死者之十二生肖而有所不同，屬牛者燒三十八萬，屬馬者燒三十六萬，此二生肖最多，故有此諺。

【牛腸馬肚】
[gu˧ tɔŋ˦ be˥ tɔ˧]
喻食量奇大。

【牛腳馬蹄】
[gu˧ k'a˧ be˥ te˦]
喻走路用力很重，很快就會把鞋子穿壞。

【牛鼻馬目】
[gu˧ p'ĩ˧ be˥ bak˥]
形容人愚笨。

【牛頭六卒】
[gu˧ t'au˧ liɔk˩ tsut˩]
罵人沒教養，無法無天。

【牛頭馬面】
[gu˧ t'au˦ be˥ bin˧]
喻醜陋兇惡之人。

【牛聲馬吼】
[gu˧ siã˥ be˥ au˦]
罵人大聲吼叫，或譏人歌聲難聽。

【牛心灣秋清】
[gu˧ sim˧ uan˥ ts'iu˧ ts'in˨]
澎湖諺語。牛心灣，西嶼鄉地名，爲一古墓葬區。到牛心灣納涼(秋清)，即指死亡。

【牛仔毋識虎】
[gu˧ a˥ m˨ bat˥ hɔ˥]
牛仔，小牛；喻因無知、涉世不深而不知道利害關係。

【牛仔未貫鼻】
[gu˧ a˥ bue˨ kuĩ˥ p'ĩ˧]
牛約在三歲左右爲牠穿鼻洞，以便綁牛繩犁田、拉車；喻放任不羈，不知天高地厚。

【牛車駛落崎】
[gu˧ ts'ia˥ sai˥ lo˨ kia˧]
比喻人的歌聲非常難聽。

【牛面前讀冊】
[gu˧ bin˨ tsiŋ˦ t'ak˩ ts'eʔ˩]
對牛彈琴，毫無作用。

【牛面前讀經】
[gu˧ bin˨ tsiŋ˦ t'ak˩ kiŋ˥]
喻對牛彈琴。

【牛屎龜湊流】
[gu˧ sai˥ ku˥ tau˥ lau˦]
牛屎龜，糞坑中的小甲蟲；罵人愛湊熱鬧。

【牛嘆出日頭】

[gu˧ t'an˥ ts'ut˥ zit˩ t'au˧]
喻勞苦太甚。

【牛知死毋知走】
[gu˧ tsai˧ si˥ m˩ tsai˧ tsau˥]
牛被牽至屠宰場，自知會被宰，即掉下眼淚，但卻不會逃走。喻愚鈍。

【牛郎東，織女西】
[gu˧ lɔŋ˧ taŋ˥ tsit˥ li˥ sai˥]
牛郎星在銀河東，織女星在銀河西；喻夫婦分居兩地。

【牛屎龜亂亂茹】
[gu˧ sai˥ ku˥ luan˩ luan˩ zu˧]
喻亂幹一場，胡鬧一番。

【牛屎龜，撐石枋】
[gu˧ sai˥ ku˥ t'ẽ˥ tsio˩ paŋ˥]
牛屎龜，糞坑中的小甲蟲，妄想用力撐大石板，無疑是螳螂以臂當車的同類。

【牛稠內惡牛母】
[gu˧ tiau˧ lai˧ ɔk˥ gu˧ bo˥]
牛稠，牛欄；罵人只會在家展威風，欺負自己人。

【牛稠內觸牛母】
[gu˧ tiau˧ lai˧ tak˥ gu˧ bo˥]
意同「牛稠內惡牛母」。

【牛會料，人𣍐料】
[gu˧ e˩ liau˧ laŋ˧ be˩ liau˧]
牛有牛繩索可以牽引，可以預料；人則是人心難測，難以預料。或作「牛有料，人無料」。

【牛會哺棉績被】
[gu˧ e˩ pɔ˩ mĩ˧ tsio˥ p'ue˧]
牛怎麼可能吃棉被？喻絕無此事。

【牛過溪，厚屎尿】
[gu˧ kue˥ k'e˥ kau˩ sai˥ zio˧]
喻嚕哩嚕嗦，不好應付。

【牛鼻拄著賊手】
[gu˧ p'ĩ˧ tu˥ tio˩ ts'at˩ ts'iu˥]
牛鼻所綁的牛繩遇到小偷，註定要被偷牽及受控制。喻極爲不幸或遇人不淑。

【牛蜱——有入無出】
[gu˧ pi˥ u˩ zip˥ bo˧ ts'ut˩]
歇後語。牛蜱，牛的外寄生蟲，常寄生在牛的皮膚上，吸牛的血液，吸到飽滿後再落到草叢中產卵化育。因牛蜱吸血是只入不出，故云「有入無出」；意謂只會進不會出，引申爲只吸收不付出，只顧賺錢而不肯消費；吝嗇貪婪。

【牛頭無對馬嘴】
[gu˧ t'au˧ bo˧ tui˥ be˥ ts'ui˩]
喻文不對題。

【牛仔出世十八跋】
[gu˧ a˥ ts'ut˥ si˩ tsap˩ pe˥ pua˧]
小牛出生落地，必須連跌十幾次，才站得穩；喻人生必須經過些許挫折，才能成長。

【牛食稻草，鴨食粟】
[gu˧ tsia˩ tiu˩ ts'au˥ aʔ˩ tsia˩ ts'ik˩]
喻各人嗜好不同。

【牛甲馬哭無共聲】
[gu˧ ka˥ be˥ k'au˥ bo˧ kaŋ˩ siã˥]
共聲，同樣的聲調；謂聲調不同、意見不一。

【牛卵拄土——毋是腳色】
[gu˧ lan˧ tu˥ t'ɔ˧ m˩ si˩ k'a˧ siau˩]
歇後語。牛卵，指公牛之陰莖，甚長，發情時中莖外吐更長，甚至可以觸地（拄土）；但無論再怎麼長，終是肉管而非四肢之一，不能湊數也算一支腳；簡言之不是腳數（腳帳），與「毋是腳色」諧音。諷刺人不夠分量，不成材。

【牛尾掩膾滿牛尻川】
[gu˧ bue˥ ɔm˧ be˩ muã˥ gu˧ k'a˧ ts'uĩ˥]
喻凡事終有水落石出的一天。

【牛牽到叨位都是牛】
[gu˦ k'an˧ kau˥ ta˥ ui˧ to˧ si˩ gu˦]
喻江山易改，本性難移。

【牛鼻毋拎，要拎牛尾】
[gu˧ p'ĩ˧ m˩ liŋ˦ be˥ liŋ˧ gu˧ bue˥]
要駕御牛隻必須控制牛鼻，此諺喻人做事不得要領。

【牛鼻毋牽，要牽牛耳】
[gu˧ p'ĩ˧ m˩ k'an˥ be˥ k'an˧ gu˧ hĩ˧]
意同前句。

【牛瘦無力，人散白賊】
[gu˦ san˥ bo˧ lat˥ laŋ˦ san˩ pe˩ ts'at˥]
白賊，説謊。人窮講話沒人相信，就會被認爲是在説謊。

【牛無牽過溪，屎尿毋願放】
[gu˦ bo˧ k'an˧ kue˥ k'e˥ sai˥ zio˧ m˩ guan˩ paŋ˩]
喻非用手段，對方不肯説實話。不打不招。

【牛就是牛，牽到北京還是牛】
[gu˦ tio˩ si˩ gu˦ k'an˧ kau˥ pak˥ kiã˥ ia˩ si˩ gu˦]
喻江山易改，本性難移。

【物啊巴】
[mĩ˥ a˩ pa˩]
指有的沒有的東西，或不特定的東西。

【物輕意重】
[mĩ˧ k'in˥ i˩ taŋ˧]
禮輕情意重。

【物離鄉貴，人出鄉賤】
[but˥ li˧ hiaŋ˥ kui˩ zin˦ ts'ut˥ hiaŋ˥ tsen˧]
東西在產地因量多而價賤，一到他鄉便貴；人在家鄉因固有人脈之關係而能受鄉人之尊重，一旦出鄉，對異鄉人而言他只是一個陌生的路客，因而與在鄉相比，便顯得卑賤。

【物賣張三，來尋李四討錢】
[mĩ˧ be˩ tiũ˧ sam˥ lai˧ ts'ue˩ li˥ su˩ t'o˥ tsĩ˦]
喻弄錯對象。

【牴著毛蟲刺】
[tu˥ tio˩ mɔ̃˧ t'aŋ˧ ts'i˩]
遇到壞人，碰上麻煩事。

【牽豬哥】
[k'an˧ ti˧ ko˥]
昔日行業之一，家裡養一頭種豬（豬哥）；有人養母豬須配種，即將種豬趕至客户家配種。或借喻爲做媒的人。

【牽山伴林】
[k'an˧ suã˥ p'uã˩ nã˦]
談天説地。

【牽被蓋腳】
[k'an˧ p'ue˧ ka˥ k'a˥]
牽棉被來蓋腳，長短適中；喻剛好。

【牽絲挽藤】
[k'an˧ si˥ ban˥ tin˦]
糾纏不清。

【牽親挽戚】
[k'an˧ ts'in˥ ban˥ ts'ik˩]
沾親帶故拉關係。

【牽馬穿好衫】
[k'an˧ be˥ ts'iŋ˩ ho˥ sã˥]
馬伕穿好衣服，不相配。

【牽豬哥賺暢】
[k'an˧ ti˧ ko˥ t'an˥˧ t'iɔŋ˨˩]
暢，快樂；趕種豬到客戶家，讓公豬、母豬交配，既可賺錢，又可看動物行樂，故有此諺。或借喻做媒亦自有樂趣在其中。

【牽親挽豆藤】
[k'an˧ ts'in˥ ban˥ tau˨˩ tin˧˥]
喻利用私心，進用一大堆親戚朋友來做事。

【牽尫仔補雨傘】
[k'an˧ aŋ˧ ŋã˥˧ pɔ˥ hɔ˨˩ suã˨˩]
牽尫仔，操作木偶；喻談天說地，窮聊。

【牽別人的手掠蛇】
[k'an˧ pat˩ laŋ˧ ge˧ ts'iu˥˧ lia˨˩ tsua˧˥]
喻唆使別人去做危險的事。

【牽豬哥摸卵賺暢】
[k'an˧ ti˧ ko˥ bɔŋ˧ lan˧ t'an˥˧ t'iɔŋ˨˩]
卵，豬之陰莖；意同「牽豬哥賺暢」。

【牽牛食伊的墓仔草】
[k'an˧ gu˧˥ tsia˨˩ i˧ ge˧ bɔŋ˧ ŋã˥ ts'au˥˧]
放牛吃別人祖墳上的墓草；喻做人不喜歡做的事。

【牽、抄、拉、披，講到一大拖】
[k'an˥ sa˥ la˥ p'ua˧ kɔŋ˥ ka˥˧ tsit˩ tua˨˩ t'ua˥]
謂話多，東拉西扯，講得一大堆，令人心煩。

【牽罟落廍，艙離得半步】
[k'an˧ kɔ˥ lo˨˩ p'ɔ˧ be˨˩ li˨˩ tit˥ puã˥˧ pɔ˧]
牽罟，昔日近海放網捕魚的一種方法；落廍，到糖廍製糖；這兩件工作，一旦開始，便不能中間停止，必須寸步不離，直到完成，否則即前功盡棄。

【牽牛踏破個祖公的金斗甕仔蓋】
[k'an˧ gu˧˥ ta˨˩ p'ua˥˧ in˧ tsɔ˥ kɔŋ˥ ge˧ kim˧ tau˥ aŋ˥ ŋã˥ kua˨˩]
金斗甕仔，裝祖先骨骸的陶甕；喻重重地得罪過對方。

【牽手是寶貝，丈姆是萬歲；見著老母是腐柴皮】
[k'an˧ ts'iu˥˧ si˨˩ po˥ pue˨˩ tiũ˨˩ m˥˧ si˨˩ ban˨˩ sue˨˩ kĩ˥˧ tio˨˩ lau˨˩ bu˥˧ si˨˩ au˥˧ ts'a˧ p'ue˧˥]
譏人婚後，心中只有嬌妻、岳家，而忘了親娘。

【犀牛望月】
[sai˧ gu˧˥ baŋ˨˩ gue˧]
喻希望渺茫。

【犀牛照角】
[sai˧ gu˧˥ tsio˥˧ kak˩]
睨目而視，形容男女眉目傳情之狀。

【犒將】
[k'o˥˧ tsiɔŋ˨˩]
俗信王爺等神明底下有許多天兵天將，保境安民。除王爺生日外，每月初一、十五下午，都要備辦牲醴、菜飯及馬水、馬草（祭神馬之用）祭拜，名之爲「犒將」，或稱「犒軍」。

【犬嘴無有飯粒落下】
[k'en˥ ts'ui˨˩ bo˧ u˨˩ puĩ˨˩ liap˥ lak˥ lue˨˩]
喻吝嗇至極。

【犯勢犯勢】
[huan˨˩ se˥˧ huam˨˩ se˨˩]
沒有把握，也許會也許不會，純粹是一種或然率。

【犯法心無主】
[huan˨˩ huat˩ sim˥ bo˧ tsu˥˧]

做賊心虛，六神無主。

【犯著天吊神】
[huan˨ tio˨ t'en˧ tiau˥˧ sin˦]
遭遇意外的災禍。

【犯著差仔鬼】
[huan˨ tio˨ ts'e˧ a˥ kui˥˧]
差仔鬼，鬼差役；遇到難纏之人。

【犯官欺，毋通犯眾議】
[huan˨ kuã˧ k'i˥ m˨ t'aŋ˧ huan˨ tsiɔŋ˥˧ gi˧]
寧可被官欺，不可違背輿情；眾怒不可犯。

【狂狗食無屎】
[kɔŋ˧ kau˥˧ tsia˨ bo˧ sai˥˧]
昔日狗以人屎爲食物，倉皇的狗，即使有屎也看不見，當然也吃不到。誡人做事勿魯莽。

【狗吠雷】
[kau˥˧ pui˨ lui˦]
像狗狂吠雷聲一般，無效。

【狗來散】
[kau˥˧ lai˧ san˨]
散，窮；俗謂有流浪狗兒上門，是窮衰之兆。

【狗相帶】
[kau˥ sio˧ tuau˨]
指公狗與母狗交媾，屁股與屁股連帶在一起。

【狗舐屎】
[kau˥˧ tsi˨ sai˥˧]
謂做事沾三拈四不專一。

【狗惜鼻】
[kau˥˧ sio˥˧ p'ĩ˧]
狗以鼻部最脆弱，最忌被人擊打；喻稍受挫折即裹足不前。

【狗變虎】
[kau˥˧ pen˥˧ hɔ˥˧]
狗假虎威，類似「斬尾狗，假虎」。

【狗攬屎】
[kau˥˧ lam˥ sai˥˧]
譏諷小孩霸道，吝嗇與人分享東西。

【狗兄狗弟】
[kau˥ hiã˥ kau˥ ti˧]
難兄難弟。

【狗扑咳嗆】
[kau˥˧ p'a˥˧ k'a˧ ts'iũ˨]
罵人說話如狗在打噴嚏，不中人聽。

【狗肉忌蔥】
[kau˥ baʔ˨ ki˨ ts'aŋ˥]
俗謂狗肉與蔥一起烹調會中毒；喻互相忌剋。

【狗吠火車】
[kau˥˧ pui˨ hue˥ ts'ia˥]
清光緒十七年，台灣新設鐵路通車，引來群犬狂吠，因生此諺。喻少見多怪、白費力氣。

【狗吠燒湆】
[kau˥˧ pui˨ sio˧ am˥˧]
燒湆，滾熱的稀飯湯。昔人餵狗，皆以稀飯，湯若太燙，狗便對它狂吠，不知情者不知牠在吠什麼。借以罵人狂言一通，或用以形容人南蠻鴃舌不知所云。

【狗咬司功】
[kau˥˧ ka˨ sai˧ kɔŋ˥]
謂不會辨別對方，亂咬一通。

【狗咬老鼠】
[kau˥˧ ka˨ niãu˥ ts'i˥˧]
白費力氣。

【狗咬衰人】
[kau˥˧ ka˨ sue˧ laŋ˦]

狗咬倒楣人，禍不單行。

【狗食麥米】
[kau˥ tsia˩ be˩ bi˥]
俗謂狗吃了麥米完全不會消化，會原樣排泄出來；喻死頭腦，不知變通的人。

【狗憑虎威】
[kau˥ pəŋ˩ hɔ˥ ui˥]
狗假虎威。

【狗頭抹屎】
[kau˥ t'au˧ bua˥ sai˥]
聞得到而吃不到。

【狗毋食芋皮】
[kau˥ m˩ tsia˩ ɔ˩ p'ue˧]
狗都不認分不吃芋頭皮；譏人不顧身分而擇美衣美食。

【狗仔爭墓壙】
[kau˥ a˥ tsẽ˧ bɔŋ˩ k'ɔŋ˩]
喻爭權奪利，爭先恐後。

【狗咬乞食腳】
[kau˥ ka˩ k'it˥ tsia˩ k'a˥]
喻人生不如意，偏偏又再碰上不如意之事。

【狗屎也是寶】
[kau˥ sai˥ ia˩ si˩ po˥]
把狗屎也當做寶；譏人將無用之物也收藏起來，不肯丟棄。

【狗咬呂洞賓】
[kau˥ ka˩ li˩ tɔŋ˩ pin˥]
呂洞賓，八仙之一，道教中的神仙人物。喻不知好人心。

【狗無下晝頓】
[kau˥ bo˧ e˩ tau˥ tuĩ˩]
俗謂狗若吃午餐會亂咬人，故中午不餵狗。

【狗頭，老鼠耳】
[kau˥ t'au˧ niãu˥ ts'i˥ hĩ˧]
形容貌醜。

【狗聲乞食號】
[kau˥ siã˥ k'it˥ tsia˩ hau˧]
形容人唱歌歌聲極難聽，如狗之吠，如乞丐之哀號。

【狗毋吠，撈狗嘴】
[kau˥ m˩ pui˧ la˩ kau˥ ts'ui˩]
狗靜靜在一旁，你偏要用棍子觸牠的嘴巴，叫牠吠；喻好惹事端。

【狗食秫米——艙變】
[kau˥ tsia˩ tsut˩ bi˥ be˩ pĩ˩]
歇後語。秫米，糯米（穀）；糯穀與一般粳穀不同，要曝晒較久，使其變成乳白色，稱爲「變」。秫米未晒乾，由狗吃進肚中，依然不會「變」；艙變，意同不會變通，頑固。

【狗屎埔，狀元地】
[kau˥ sai˥ pɔ˥ tsiɔŋ˩ guan˧ te˧]
指極不值錢之地與很值錢之地。

【狗無晝，貓無暗】
[kau˥ bo˧ tau˩ niãu˥ bo˧ am˩]
民間養貓狗之俗，狗不給午餐以免亂咬人；貓不給晚餐，以免夜裡不捕鼠。

【狗無嫌主人散】
[kau˥ bo˧ hiam˧ tsu˥ laŋ˧ san˩]
狗最講忠義，不會嫌主人窮（散）。

【狗會吠，艙咬人】
[kau˥ e˩ pui˧ be˩ ka˩ laŋ˧]
會叫的狗不咬人，咬人的狗不會叫；喻不露聲色的人最陰險。

【狗也毋給伊濺尿】
[kau˥ ia˩ m˩ ka˩ i˧ tsuã˩ zio˧]
連狗都不屑一顧，何況是人？罵賤婦之語。

【狗母蛇仔一畚箕】
[kau˥ bo˥ tsua˧ a˥˧ tsit˩ pun˥˧ ki˥]
喻多而無用。

【狗有四脚褲通穿】
[kau˥˧ u˩ si˥˧ k'a˧ k'ɔ˩ t'aŋ˧ ts'iŋ˧]
喻不可能有的事。

【狗肉扶起無扶倒】
[kau˥ baʔ˩ hu˧ k'i˥˧ bo˧ hu˧ to˥˧]
身體強健者吃了狗肉會更強健，身體虛弱者吃了狗肉則會更虛弱；喻世人錦上添花者多，雪中送炭者少。

【狗肉扶起無扶落】
[kau˥ baʔ˩ hu˧ k'i˥˧ bo˧ hu˧ lo˧]
意同前句。

【狗屎食入脾也芳】
[kau˥ sai˥˧ tsia˩ zip˩ pi˧˥ ia˩ p'aŋ˥]
嗜痂之癖，指奇特之嗜好。譏人偏愛，即使連狗屎吃下去也說很香（芳）。

【狗食麥片——獪消化】
[kau˥˧ tsia˩ be˩ p'ĩ˩ be˩ siau˧ hua˩]
歇後語。狗吃麥片，會消化不良，寓意會吃不消。

【狗會記得久長屎】
[kau˥˧ e˩ ki˥˧ tit˥ ku˥ təŋ˧ sai˥˧]
喻陳年往事仍舊難以忘懷。

【狗頭滴著烏麻油】
[kau˥ t'au˧˥ ti˥˧ tio˩ ɔ˧ muã˧ iu˧˥]
謂聞得到吃不到，或謂亂闖一通。

【狗頭滴著麻油滓】
[kau˥ t'au˧˥ ti˥˧ tio˩ muã˧ iu˧ tai˥˧]
麻油香味撲鼻誘人，卻怎麼也吃不著，謂無可奈何。

【狗頭獪做得三牲】
[kau˥ t'au˧˥ be˩ tso˥˧ tit˥ sam˧ siŋ˥]
狗頭不可做爲牲醴拜神。喻妾室未便做爲正妻。

【狗母胶，芳到三鄉里】
[kau˥ bo˥ tsi˥ p'aŋ˧ ka˥ sã˧ hiɔŋ˧ li˥˧]
春天母狗發情，常引來方圓數里之公狗掛號排隊；罵淫婦淫名遠播。

【狗死，狗蝨也著無命】
[kau˥˧ si˥˧ kau˥ sat˥ ia˩ tio˩ bo˧ miã˧]
喻皮之不存，毛將焉附？唇亡則齒寒，兩敗俱傷。

【狗咬老鼠，勞而無功】
[kau˥˧ ka˩ niãu˥ ts'i˥˧ lo˧˥ zi˩ bu˧ kɔŋ˥]
咬老鼠是貓的工作而非狗的責任；喻徒勞而無功。

【狗食落豬肝，腹內知】
[kau˥˧ tsia˩ lo˩ ti˧ kuã˥ pak˥ lai˧ tsai˥]
自己的行爲好壞，自己心裡最清楚。

【狗急跳牆，人急吊樑】
[kau˥˧ kip˩ t'iau˥˧ ts'iũ˧˥ laŋ˧˥ kip˩ tiau˥˧ niũ˧˥]
喻不可逼人太甚。

【狗咬鐵釘火，毋甘放】
[kau˥˧ ka˩ t'i˥˧ tiŋ˧ hue˥˧ m˩ kam˧ paŋ˩]
喻雖知不利於己亦與之死拼到底。

【狗舐煎盤，嗅有食無】
[kau˥˧ tsi˩ tsen˧ puã˧˥ p'ĩ˩ u˧ tsia˩ bo˧˥]
只能聞香，無法吃到。

【狗啣赦書，君子跪受】
[kau˥˧ ham˧ sia˥˧ su˥ kun˧ tsu˥˧ kui˩ siu˧]
喻君子以禮對待地位卑微的人。

【狗嘴那有通失落屎】

[kau˥ ts'ui˩ nã˥ u˩ t'aŋ˧ sit˥ lo˩ sai˥˧]
昔日農村的狗常吃小孩拉出的屎；狗一看到人屎即刻衝上前去占爲己有，不與其他的狗分享。喻獨吞利益。

【狗母放屎，後腳軟落去】
[kau˥ bo˥˧ paŋ˥˧ sai˥˧ au˩ k'a˥ nuĩ˥˧ lo˩ k'i˩]
狗欲拉屎，後面兩腳一跨再半蹲，有如軟腳；喻後繼無力，餘力盡失。

【狗相咬，車倒蚵仔糜擔】
[kau˥˧ sio˧ ka˧ ts'ia˧ to˥ o˧ a˥ muãi˧ tã˩]
喻兩人相爭，波及他人。

【狗頭未見，狗尾震動核】
[kau˥ t'au˧˥ bue˩ kĩ˩ kau˥ bue˥˧ tin˩ tɔŋ˩ hĩ˩]
謂搖尾巴乞憐之狀。

【狗尾搖伊伊，人尾看嬒見】
[kau˥ bue˥˧ io˧ ĩ˥˧ ĩ˩ laŋ˧ bue˥˧ k'uã˥˧ be˩ kĩ˩]
狗會搖尾，牠的內心看得出來；人心隔一層肚皮，無從知道。

【狗都食無夠，亦通輪到豬】
[kau˥˧ to˧ tsia˩ bo˧ kau˩ ia˩ t'aŋ˧ lun˧ kau˥˧ ti˥]
有好處時，強者尚瓜分不足，遑論他人？

【狗仔睏通路櫃，有福毋知惜】
[kau˥ a˥˧ k'un˥˧ t'ɔŋ˧ lɔ˩ kui˧ u˩ hɔk˩ m˩ tsai˧ sioʔ˩]
狗睡在櫃上還不滿足；喻身在福中不知福。

【狗母若無搖獅，狗公毋敢來】
[kau˥ bo˥˧ nã˩ bo˧ io˧ sai˥ kau˥ kaŋ˥ m˩ kã˥ lai˧˥]
搖獅，搖尾而現其陰部。母狗挑情引誘，公狗才敢找上門來。喻若非女子有意誘惑，男的不敢親近。又喻兩廂情願的事，不宜偏責一方。

【狐群狗黨】
[hɔ˧ kun˧˥ kau˥ tɔŋ˥˧]
成群的不良朋友。

【狐藉虎威】
[hɔ˧ tsio˥˧ hɔ˥ ui˥]
喻借他人之威風，長自己之志氣。

【狐狸精，愛錢無愛人】
[hɔ˧ li˧ tsiã˥ ai˥˧ tsĩ˧˥ bo˧ ai˥˧ laŋ˧˥]
娼妓愛的只是錢而不是人。

【猜的驚扑】
[siau˥˧ e˩ kiã˧ p'aʔ˩]
俗信瘋子怕人打。

【猜入，無猜出】
[siau˥ zip˥ bo˧ siau˥ ts'ut˩]
只顧收入，不顧支出；只能打自己的算盤，不能替人家打算。

【猜狗爭墓壙】
[siau˥ kau˥˧ tsiŋ˧ bɔŋ˩ k'ɔŋ˩]
喻爭權奪利，爭先恐後。

【猜佛想食雞】
[siau˥ hut˥ siũ˩ tsia˩ ke˥]
佛家吃素，竟想沾葷（吃雞），謂癡心妄想。

【猜的騙戇的】
[siau˥˧ e˩ p'en˥˧ gɔŋ˧ ge˧]
瘋子騙傻子，未必騙得了。

【猜戲無大簿】
[siau˥ hi˩ bo˧ tua˩ p'ɔ˧]
以丑角爲主的戲，不必根據劇本演出。

【猜入嬒好，猜出會好】
[siau˥ zip˥ be˩ ho˥˧ siau˥ ts'ut˩ e˩

ho˥˧]
猜入，佔人便宜；猜出，被人佔便宜。讓人佔便宜，結果會好；佔人便宜，結果不好。

【猜貓會號，猜狗會走，猜查某會戳嘴下斗】
[siau˥ niãu˥ e˨˩ hau˥˧ siau˥ kau˥˧ e˨˩ tsau˥˧ siau˥ tsa˧ bɔ˥˧ e˨˩ t'u˥˧ ts'ui˥˧ e˨˩ tau˥˧]
為了異性而癡迷而思春，貓會狂叫，狗會狂奔，男人則表現出一副相思落寞之貌。

【狼狽尾】
[liɔŋ˧ pue˨˩ bue˥˧]
形容浪蕩子將祖先辛苦積攢的產業，揮霍殆盡，變成破落户的慘狀。

【狼心狗行】
[lɔŋ˧ sim˥ kau˥ hiŋ˧]
指人殘忍惡毒，如狼的心、狗的行為。

【狼狽相依】
[liɔŋ˧ pue˧ siɔŋ˧ i˥]
喻有缺陷者相依為命。

【狼不狼，獸不獸】
[lɔŋ˨˦ put˥ lɔŋ˨˦ siu˨˩ put˥ siu˨˩]
謂狼群狗黨。

【猛虎添牙】
[biŋ˥ hɔ˥˧ t'iam˧ ge˨˦]
形容惡人加添幫手助陣。

【猛虎添翅】
[biŋ˥ hɔ˥˧ t'iam˧ sit˥]
喻壞人更得到助力。

【猛日曝菜脯——快官】
[mẽ˥ zit˥ p'ak˨ ts'ai˥˧ pɔ˥˧ k'uai˥˧ kuã˥]
歇後語。猛日晒蘿蔔乾（菜脯），很快就會變成菜脯乾，叫做「快乾」，與「快官」同音；快官，地名，在彰化市。

【猛虎𫝛對得猴群】
[biŋ˥ hɔ˥˧ be˨˩ tui˥˧ tit˥ kau˧ kun˨˦]
雖是猛虎也敵不過猴群；喻寡不敵眾。

【猛虎難敵大陣猴】
[biŋ˥ hɔ˥˧ lan˧ tik˨ tua˨˩ tin˨˩ kau˨˦]
喻團結力量大，猴子雖小，數目眾多，團結起來，老虎雖猛也無可如之何。

【猛虎𫝛對得大陣頭】
[biŋ˥ hɔ˥˧ be˨˩ tui˥˧ tit˥ tua˨˩ tin˨˩ t'au˨˦]
喻寡不敵眾。

【猛虎𫝛對得拳頭濟】
[biŋ˥ hɔ˥˧ be˨˩ tui˥˧ tit˥ kun˧ t'au˨˦ tse˧]
濟，多也；喻寡不敵眾。

【猛虎滯在房間內，半暝展威無人知】
[biŋ˥ hɔ˥˧ tua˥˧ ti˨˩ paŋ˧ kiŋ˧ lai˧ puã˥˧ mẽ˨˦ ten˥ ui˥ bo˧ laŋ˧ tsai˥]
喻有河東獅，做丈夫的滋味不好受。

【猴咬猴】
[kau˨˦ ka˨˩ kau˨˦]
比喻情夫間的相鬥。

【猴牙無弄】
[kau˧ ge˨˦ bo˧ laŋ˧]
戲言人家好動，弄壞器物之謂。

【猴食薄荷】
[kau˨˦ tsia˨˩ pɔk˨ ho˨˦]
嘲笑平時不會抽菸的人，抽菸嗆氣的糗相。

【猴咬斷索】
[kau˨˦ ka˨˩ tuĩ˨˩ soʔ˨]
喻事情遇變，碰上挫折。

【猴傍虎威】

[kau˦ pəŋ˨ hɔ˥ ui˥]
猴子仗著老虎做後盾而發威。

【猴精照日】
[kau˧ tsiã˥ tsio˦ zit˥]
譏嘲窮人無衣可穿，冬天裡在陽光下曝日取暖。

【猴頭鼠耳】
[kau˧ t'au˦ ts'i˥ hĩ˧]
形容小人之相貌。

【猴孔相閬通】
[kau˧ k'aŋ˥ sio˧ laŋ˦ t'aŋ˥]
喻彼此互相勾結。

【猴行躡腳尾】
[kau˧ kiã˦ nẽ˦ k'a˧ bue˦]
猴子走路躡起腳後跟；喻死翹翹。

【猴腳戲仔手】
[kau˧ k'a˥ hi˥ a˥ ts'iu˦]
謂小孩頑皮好動，狀如猴子的腳，做戲的手。

【猴頭老鼠耳】
[kau˧ t'au˦ niãu˥ ts'i˥ hĩ˧]
形容貌醜。

【猴爬上旗杆尾】
[kau˦ pe˦ tsiũ˨ ki˧ kuã˧ bue˦]
已到盡頭，再也無路可走。

【猴穿衫變做人】
[kau˦ ts'iŋ˨ sã˥ pen˦ tso˦ laŋ˦]
罵人家人面獸心。

【猴也會跋落樹腳】
[kau˦ ia˨ e˨ pua˨ lo˨ ts'iu˨ k'a˥]
喻專家也有出錯的時候。誡人做事不可大意。

【猴扑去，毋是手槍】
[kau˦ p'aʔ˨ k'i˨ m˨ si˨ ts'iu˥ ts'iŋ˨]
猴子的手淫，不算手淫（手槍）。不知道而犯錯之人，常以此為自我解嘲。

【猴齊天，七十二變】
[kau˧ tse˧ t'en˥ ts'it˥ tsap˨ zi˨ pen˨]
猴齊天，《西遊記》中的孫悟空，會七十二變。喻善於變化。

【猴死，豬哥也著無命】
[kau˦ si˦ ti˧ ko˥ ia˨ tio˨ bo˧ miã˧]
孫悟空（猴）與豬八戒（豬哥）火拼，孫悟空若死了，豬八戒也活不成。喻兩敗俱傷。

【猴咬猴，咬到血若流】
[kau˦ ka˨ kau˦ ka˨ kau˦ hueʔ˨ nã˥ lau˦]
譏情夫間爭風吃醋打架，打得兩敗俱傷。

【猴管豬哥，豬哥管猴】
[kau˦ kuan˥ ti˧ ko˥ ti˧ ko˥ kuan˥ kau˦]
猴，孫悟空；豬，豬八戒；喻彼此牽制。

【猴敢死，豬哥甲毋敢無命】
[kau˦ kã˥ si˦ ti˧ ko˥ ka˦ m˨ kã˥ bo˧ miã˧]
喻他敢做，我也敢做。

【猴咬猴，狗咬狗，猴走，狗嘛走】
[kau˦ ka˨ kau˦ kau˦ ka˨ kau˦ kau˦ tsau˦ kau˦ mã˨ tsau˦]
揶揄蕩婦之情夫眾多，彼此不期而遇，互相吵鬧一番的情形。

【獅手石角】
[sai˧ ts'iu˦ tsio˨ kak˨]
像獅般之手加上如石之角；喻如虎添翼。

【獅刀魚無腸無肚，食一把膽】
[sai˧ to˧ hi˦ bo˧ təŋ˧ bo˧ tɔ˧ tsia˨ tsit˨ pe˥ tã˦]

獅刀魚，魚名，長帶形，脊為綠色；喻全憑膽識。

【獨木不成林】
[tɔk˩ bɔk˥ put˥ siŋ˧ lim˦]
光一棵樹不能成為樹林；喻人數少沒有影響力。

【王見現】
[ɔŋ˦ ken˥˧ hen˧]
主要人物已露相。王牌對王牌。

【王公仔保】
[ɔŋ˧ kɔŋ˧ ŋã˥ po˥˧]
與人合謀事情，不對人言，極端守密，縱使父母妻子皆不可說，逮至最後始被發現，即稱為「王公仔保」。

【王哥柳哥】
[ɔŋ˦ ko˨˩ liu˥˧ ko˨˩]
指打扮舉止與眾不同，又無固定職業的江湖惡少。也稱為「鹿哥東哥」。

【王見王——死期】
[ɔŋ˦ ken˥˧ ɔŋ˦ si˥ ki˦]
歇後語。象棋若王見王則為死棋，死棋與死期台語諧音。

【王哥配柳哥】
[ɔŋ˦ ko˨˩ p'ue˥˧ liu˥˧ ko˨˩]
王哥是胖子，柳哥是瘦子，指一胖一瘦的哥倆好。或謂浪蕩子與浪蕩子湊在一起。

【王管甫，顧扑】
[ɔŋ˧ kuan˥ pɔ˥ kɔ˥˧ p'aʔ˩]
台南安平諺語。清代將當兵的人叫「管甫」，王管甫不知其名，常自恃武技而好打人；喻蠻橫不講理。

【王振南——無辦法】
[ɔŋ˧ tsin˥˧ lam˦ bo˧ pan˨˩ huat˩]
歇後語。王振南，清末民初，閩南龍溪縣人，其口頭禪為「無辦法」。後人常在碰到困難事時，便脫口而出：「王振南」。

【王爺馬也敢騎】
[ɔŋ˧ gia˧ be˥˧ ia˨˩ kã˥ k'ia˦]
喻目無法紀，胡作非為。又大膽妄為，不計後果。

【王爺馬，騎在走】
[ɔŋ˧ gia˧ be˥˧ k'ia˨˩ ti˥˧ tsau˥˧]
假公濟私。

【王不見王，將不見將】
[ɔŋ˧ put˥ ken˥˧ ɔŋ˦ tsiɔŋ˨˩ put˥ ken˥˧ tsiɔŋ˨˩]
匹敵的雙方，主帥暫避，不面對面。

【王廷幹看錢無看案】
[ɔŋ˧ t'iŋ˧ kan˨˩ k'uã˥˧ tsĩ˦ bo˧ k'uã˥˧ an˨˩]
王廷幹，咸豐三年為鳳山縣知縣，民間流傳他為官貪墨，誅求無饜，故有此諺。

【王城神，人哈你也哈】
[ɔŋ˧ siã˧ sin˦ laŋ˧ ha˥ li˥ ia˨˩ ha˥]
台南安平諺語。王城四週昔日房屋櫛比鱗次，在城內大呼一聲，四週即刻有迴音；喻人無主見，人云亦云。

【王爺尻川，無人敢摸】
[ɔŋ˧ gia˧ k'a˧ ts'uĩ˥ bo˧ laŋ˧ kã˥ bɔŋ˥]
喻對方權勢大，炙手可熱，沒有人敢動他。

【王爺貪食，尻川予火燒】
[ɔŋ˧ gia˧ t'am˧ tsia˧ k'a˧ ts'uĩ˥ hɔ˨˩ hue˥˧ sio˥]
喻只圖眼前利益，不顧嚴重後果。

【王氏家廟，看做土民豕朝】
[ɔŋ˧ si˨˩ ka˧ bio˧ k'uã˥˧ tso˥˧ t'ɔ˧ bin˦ si˥ tiau˦]

識人淺學，看錯了字，把王氏家廟看成土民豕朝。

【王候將相，管𠢕著子孫浪蕩】
[ɔŋ˧ hio˧˥ tsiɔŋ˦ siɔŋ˨˩ kuan˥ be˨˩ tio˨˩ tsu˥ sun˥ lɔŋ˨˩ tɔŋ˧]
王候將相雖然掌握大權，攸關國家興亡，但對自己子孫的教育，卻用不上力；喻人的能力有限，亦有鞭長莫及之處。

【王爺公無保庇，害死蘇有志】
[ɔŋ˧ gia˧ kɔŋ˥ bo˧ po˥ pi˨˩ hai˨˩ si˥ sɔ˧ iu˥ tsi˨˩]
蘇有志，大目降（新化）之名人，民國四年支持西來庵事件主角余清芳；余氏號召義民抗日，聲稱只要貼上王爺公符，即可刀槍不入，事件發生，王爺公符並無神效；事敗，蘇有志等被捕，下獄處決。

【珍珠看作老鼠屎】
[tsin˧ tsu˥ k'uã˦ tso˦ niãu˥ ts'i˥ sai˦]
喻把珍貴的物品看成不值錢的東西。

【珍珠予你看做老鼠屎，人參予你看做菜頭脯】
[tsin˧ tsu˥ hɔ˨˩ li˥ k'uã˦ tso˦ niãu˥ ts'i˥ sai˦ zin˧ sim˥ hɔ˨˩ li˥ k'uã˦ tso˦ ts'ai˦ t'au˧ pɔ˦]
喻不識貨。

【班頭假老爺】
[pan˧ t'au˧˥ ke˥ lo˥ ia˧˥]
班頭，昔日知縣身邊跟班的領頭人；老爺，知縣。喻狐假虎威。

【理氣眾人的】
[li˥ k'i˨˩ tsiŋ˦ laŋ˧ ge˧˥]
是非曲直自有公斷，公道自在人心。

【理長毋驚講，情理屬眾人】
[li˦ tɔŋ˧˥ m˨˩ kiã˧ kɔŋ˦ tsiŋ˧ li˦ siɔk˩ tsiŋ˦ laŋ˧˥]
有理走遍天下，公道自在人心。

【現食現好】
[hen˨˩ tsia˧ hen˨˩ ho˦]
只重眼前的利益，不管其他。

【現賺現食】
[hen˨˩ t'an˦ hen˨˩ tsia˧]
賺多少，花多少，沒有積蓄。

【瓜細子熟】
[kue˥ se˨˩ tsi˦ sik˥]
瓜雖小（細），子卻已成熟；喻女生個子雖小，卻已是個成熟的女性，而且饒富膽識。

【瓜田不納履，李下不整冠】
[kua˧ ten˧˥ put˥ lap˩ li˦ li˥ ha˧ put˥ tsiŋ˥ kuan˥]
避免嫌疑。

【瓦破人無破，錢銀拄厝蓋】
[hia˧ p'ua˨˩ laŋ˧˥ bo˧ p'ua˨˩ tsĩ˧ gin˧˥ tu˥ ts'u˦ kua˨˩]
結婚吉祥語。台俗，新娘將入夫家門，首先須踩破一片紅瓦，以祛除不祥，並求吉利。拄厝蓋，形容錢多到頂到屋頂。

【甌仔疊碟仔，碟仔疊甌仔】
[au˧ a˦ t'aʔ˩ ti˧ a˦ ti˧ a˦ t'aʔ˩ au˧ a˦]
器具之收藏，應該是甌仔與甌仔疊在一起，碟仔與碟仔疊在一起，如今卻交錯相疊，顯然是類別錯亂；喻家庭近親亂倫。

【甕肚】
[aŋ˦ tɔ˧]
罵人心腸很壞，詭計多端。

【甕內蛇】

[aŋ˥ lai˩ baŋ˥]
虻，蚊子；喻不識時務，見聞狹隘。

【甕內走鼈】
[aŋ˥ lai˧ tsau˥ piʔ˩]
甕裡的鼈，肯定是逃不掉的。

【甕底水蛙】
[aŋ˥ te˥ tsui˥ ke˥]
同「古井仔水蛙」，不知天有多大；譏人見識淺薄。

【甕底無豆菜】
[aŋ˥ te˥ bo˧ tau˩ ts'ai˩]
喻內容空乏無物。

【甕嘴毋縛，缸嘴縛無路】
[aŋ˥ ts'ui˩ m˩ pak˥ kəŋ˧ ts'ui˩ pak˩ bo˧ lɔ˧]
甕口小，缸口大；喻事情還沒鬧大以前要先處理，等鬧大了就無法收拾。

【甌仔磕汝油缸】
[taŋ˧ ŋã˥ k'ap˥ li˥ iu˧ kəŋ˥]
甌仔，小陶甕，指窮人；油缸，裝油之大甕，指富人；謂窮人與富人發生爭吵，不會有任何損失。

【甘若行灶腳】
[kan˥ nã˥ kiã˧ tsau˥ k'a˥]
灶腳，廚房。形容來往頻繁，對其瞭若指掌。

【甘蔗老頭甜】
[kam˧ tsia˩ lau˩ t'au˧ tĩ˥]
甘蔗生在老株的較甜；比喻愈老愈有名聲。

【甘蔗隨目齧】
[kam˧ tsia˩ sui˧ bak˩ k'eʔ˩]
吃甘蔗要一節節地啃；喻做事要循序漸進，按部就班。

【甘蔗雙頭甜】
[kam˧ tsia˩ siaŋ˧ t'au˧ tĩ˥]
媒人對男女雙方都說好話。

【甘爛毋甘煎】
[kam˧ nuã˧ m˩ kam˧ tsuã˥]
寧可放著讓它腐爛，不肯煎汁施捨別人；喻吝慳之至。

【甘若雞母尻川】
[kan˥ nã˥ ke˧ bo˥ k'a˧ ts'uĩ˥]
甘若，好像；尻川，肛門；罵人言語善變，忽東忽西，像母雞的肛門一樣。

【甘蔗粕，哺無汁】
[kam˧ tsia˥ p'oʔ˩ po˩ bo˧ tsiap˩]
甘蔗渣，嚼不出汁來；喻無油可揩。

【甘蔗無雙頭甜】
[kam˧ tsia˩ bo˧ siaŋ˧ t'au˧ tĩ˥]
甘蔗沒有頭尾都甜的；喻凡事有利即有弊，不可能十全十美。

【甘蔗好食雙頭甜】
[kam˧ tsia˩ ho˥ tsia˧ siaŋ˧ t'au˧ tĩ˥]
形容愛情甜蜜，男女兩情相悅。

【甘願無官，毋通無婚】
[kam˧ guan˩ bo˧ kuã˥ m˩ t'aŋ˧ bo˧ hun˥]
可以不做官，不能不結婚。

【甘願飼虎，毋願飼狗】
[kam˧ guan˩ ts'i˩ hɔ˥ m˩ guan˩ ts'i˩ kau˥]
喻手足反目，好處寧可給別人，不肯給自家兄弟。

【甘心做牛，驚無犁通拖】
[kam˧ sim˥ tso˥ gu˧ kiã˧ bo˧ le˧ t'aŋ˧ t'ua˥]
只要願意當牛，豈怕無犁可拖？喻只要肯賣力，不必擔心沒有事可以做。

【甘草自來甜，黃蓮照舊苦】
[kam˧ ts'ɔ˥ tsu˩ lai˧ tĩ˥ uĩ˧ len˧ tsiau˥ ku˩ k'ɔ˥]

原性不改，品質始終不變。

【甘蔗嫩的較淡，老的較甜】
[kam˧ tsia˨ tsĩ˥ e˨ k'a˥ tsiã˥ lau˧ e˧ k'a˥ tĩ˥]
喻人是閱歷深的較有能耐。

【甘蔗自來甜，黃蓮照舊苦】
[kam˧ tsia˨ tsu˨ lai˧ tĩ˥ uĩ˧ len˦ tsiau˥ ku˨ k'ɔ˥]
喻本性不改。

【甘願做牛，毋驚無犁好拖】
[kam˧ guan˨ tso˥ gu˦ m˨ kiã˧ bo˧ le˦ ho˥ t'ua˥]
只要決心努力，不怕沒事可做。

【甘願擔菜賣蔥，毋願甲人公家尪】
[kam˧ guan˨ tã˧ ts'ai˨ be˨ ts'aŋ˥ m˨ guan˨ ka˥ laŋ˧ kɔŋ˧ ke˧ aŋ˥]
女子寧願賣菜辛苦過活，不願嫁人做妾。

【甘願悉一營兵，也毋管一個戲班】
[kam˧ guan˨ ts'ua˨ tsit˩ iã˧ piŋ˥ ia˨ m˨ kuan˥ tsit˩ le˧ hi˥ pan˥]
喻戲班難以管理，寧可帶兵也不願管戲班。

【甘願擔蔥賣菜，毋願甲人公家尪婿】
[kam˧ guan˨ tã˧ ts'aŋ˥ be˨ ts'ai˨ m˨ guan˨ ka˥ laŋ˧ kɔŋ˧ ke˧ aŋ˧ sai˨]
意同「甘願擔菜賣蔥，毋願甲人公家尪」。

【甘願擔領一石米，毋願擔領一個囝仔疕】
[kam˧ guan˨ tã˥ niã˥ tsit˩ tsio˨ bi˥ m˨ guan˨ tã˥ niã˥ tsit˩ le˧ gin˥ nã˥ p'i˥]
因爲小孩頑皮不好看管，所以寧願看管一石米，不願答應幫人看一個小孩。

【甜皮鹹餡】
[tĩ˧ p'ue˦ kiam˧ ã˧]
外表與內容不一致。

【甜鹹淡，無嫌】
[tĩ˧ kiam˧ tsiã˥ bo˧ hiam˦]
喻不挑剔，隨便都可以。

【甜粿過年，發粿發錢，包仔包金，菜包食點心】
[tĩ˧ kue˥ kue˥ nĩ˦ huat˩ kue˥ huat˩ tsĩ˦ pau˧ a˥ pau˧ kim˥ ts'ai˥ pau˥ tsia˨ tiam˥ sim˥]
甜粿（年糕）、發粿、包仔、菜包四種都是過年的民俗食品，各有象徵吉祥的意義在內。

【生面虎】
[ts'ẽ˧ bin˨ hɔ˥]
指容易發怒的人。

【生言造語】
[sẽ˧ gen˦ tso˨ gi˥]
謂不修口德、造謠傷人。

【生枝發葉】
[sẽ˧ ki˧ huat˩ hio˧]
謂繁衍子嗣。

【生根釘著】
[sẽ˧ kin˥ tiŋ˥ tiau˦]
喻下定決心留在該地。

【生擒活掠】
[ts'ẽ˧ k'im˦ ua˨ lia˧]
抓活的動物或逃犯，對方一定會反抗；因喻動作粗魯。

【生頭清面】
[ts'ẽ˧ t'au˦ ts'iŋ˥ bin˧]
一臉怒容，滿心不高興。

【生頭發尾】
[sẽ˧ t'au˧ huat˩ bue˥]

形容身上長疔瘡、傷口潰爛的人。

【生頭發角】
[sẽ˧ t'au˧ huat˥ kak˩]
意同前句。

【生蟳活掠】
[ts'ẽ˧ tsim˦ ua˨ lia˧]
蟳爲蟹類，極靈活，不易生擒；借喻事前毫無準備，臨時抱佛腳，一時間手忙腳亂。

【生蟲造語】
[sẽ˧ t'aŋ˧ tso˨ gi˥]
罵那些不修口德的人，是嘴巴生蟲，才會惡意造謠傷人。

【生人尋死窟】
[sẽ˧ laŋ˦ ts'ue˨ si˥ k'ut˩]
謂自尋死路。

【生看，熟無份】
[ts'ẽ˥ k'uã˨ sik˥ bo˧ hun˧]
生的時候供你看，煮熟的時候卻沒有你的分，乾過癮。

【生理子奧生】
[siŋ˧ li˥ kiã˥ o˥ sẽ˥]
奧，不容易；生意人雖受氣也要對客人賠笑臉，不容易做到，故有此諺。

【生緣免生美】
[sẽ˧ en˦ ben˥ sẽ˧ sui˥]
只要有人緣即可，美醜在其次；意謂緣分比容貌重要。

【生頭毋識分】
[sẽ˧ t'au˦ m˨ bat˥ hun˧]
表示素不相識。

【生薑老的辣】
[ts'ẽ˧ kiũ˥ lau˧ e˧ hiam˥]
比喻還是老人有經驗。

【生人某，死人墓】
[sẽ˧ laŋ˧ bo˥ si˥ laŋ˧ boŋ˧]
謂活人之妻，死人之墳，這兩件東西千萬不可冒犯。

【生牛仔毋識虎】
[ts'ẽ˧ gu˧ a˥ m˨ bat˥ ho˥]
初生之犢不畏虎。

【生目睭毋曾看】
[sẽ˧ bak˩ tsiu˥ m˨ bat˥ k'uã˨]
長眼睛（目睭）以來不曾看過，比喻未曾有的事物。

【生米已成熟飯】
[ts'ẽ˧ bi˥ i˥ siŋ˧ sik˩ puĩ˧]
比喻事情已成定局，難以挽回。

【生同生，死同死】
[sẽ˥ toŋ˧ sẽ˥ si˥ toŋ˧ si˥]
共生死，同甘苦。喻友情濃厚，生死至交。

【生有時，死有日】
[sẽ˥ u˨ si˦ si˥ u˨ zit˥]
生死的時日，都是命中註定的。

【生狂狗，食無屎】
[ts'ẽ˧ koŋ˧ kau˥ tsia˨ bo˧ sai˥]
比喻性情毛躁慌亂的人，得不到好處。昔日狗皆吃人屎，故有此諺。

【生命在我手中】
[sẽ˥ miã˧ ti˨ gua˥ ts'iu˥ tioŋ˥]
生命掌握在我手裡。

【生面虎，倒咬狗】
[ts'ẽ˧ bin˨ ho˥ to˥ ka˨ kau˥]
罵人性格陰險詭詐。

【生理人，騙熟悉】
[siŋ˧ li˥ laŋ˦ p'en˥ sik˩ sai˧]
生意人取巧，偏偏喜歡欺騙平日熟識的顧客。類同「熟悉騙厝內」。

【生理賣(𠢕)無賺坐（濟）】

[siŋ˧ li˥˧ be˨˩ bo˧˥ t'an˥˧ tse˧]
生意人的俏皮話，由於是雙關語，可解釋爲沒生意，整天坐在那兒；也可解做生意不錯，賺很多（濟）

【生歸清，死歸明】
[siŋ˥ kui˧ ts'iŋ˥ si˥˧ kui˧ biŋ˧˥]
昔日台灣人的反清復明意識。活著時穿清代的服裝，死的時候，入斂則改穿明裝入棺。

【生子叫別人阿爹】
[sẽ˧ kiã˥˧ kio˥˧ pat˨ laŋ˧˥ a˧ tia˥]
謂非正式的結合，生下來的兒女名義上不屬於自己的。

【生目睭毋曾看過】
[sẽ˧ bak˨ tsiu˥ m˨˩ bat˥ k'uã˨˩ kue˨˩]
長眼睛以來從未見過；指從不曾有之事（物）。

【生子性命在溝墘】
[sẽ˧ kiã˥˧ sẽ˥˧ miã˧ ti˨˩ kau˧ kĩ˧˥]
昔日醫學不發達，分娩是一件賭命的危險事情，故有此諺。

【生理𠢕無，顛倒好】
[siŋ˧ li˥˧ be˨˩ bo˧˥ ten˧ to˥˧ ho˥˧]
雙關語，從字面上看是生意不錯，越來越好；因「𠢕無」與「賣無」諧音，「顛倒」與「店倒」音近，遂成爲生意很差，店讓它倒算了，這種反面的意思。

【生齒日繁，生事端】
[sẽ˧ k'i˥˧ zit˨ huan˧˥ siŋ˧ su˨˩ tuan˥]
人數多了，便容易產生糾紛。

【生不帶來，死不帶去】
[siŋ˥ put˥ tai˥˧ lai˧˥ si˥˧ put˥ tai˥˧ k'i˨˩]
謂錢財乃身外之物。

【生不認魂，死不認屍】
[sẽ˥ put˥ zin˨˩ hun˧˥ si˥˧ put˥ zin˨˩ si˥]
活著時候，魂在軀殼之內，死後魂逸出軀殼之外，兩不相認。比喻生死之難解。

【生狂卵拚破肞脧膽】
[ts'ẽ˧ kɔŋ˧ lan˧ lɔŋ˥˧ p'ua˥˧ tsi˧ bai˧ tã˥˧]
生狂卵，指魯莽之男子；卵，陰莖；肞脧，女陰；全句謂做事倉皇魯莽會嚇壞他人。

【生狂鬼，揀倒菜羹飯】
[ts'ẽ˧ kɔŋ˧ kui˥˧ sak˥ to˥ ts'ai˥˧ kẽ˧ puĩ˧]
形容粗魯莽撞。

【生言造語，無刀刣人】
[sẽ˧ gen˧˥ tso˨˩ gi˥˧ bo˧ to˥ t'ai˧ laŋ˧˥]
刣人指殺人；造謠誹謗會殺人於無形。

【生爲正人，死爲正神】
[siŋ˥ ui˨˩ tsiŋ˥˧ zin˧˥ si˥˧ ui˨˩ tsiŋ˥˧ sin˧˥]
喻始終如一，貫徹到底。

【生，無人認；死，一大陣】
[sẽ˥ bo˧ laŋ˧ zin˧ si˥˧ tsit˨ tua˨˩ tin˧]
生前寂寞無人理睬，死後奠禮中卻來了一大堆親友。

【生菜夾餅，由人所愛】
[ts'ẽ˧ ts'ai˨˩ giap˥ piã˥˧ iu˧ laŋ˧ sɔ˥ ai˨˩]
或吃生蔬菜，或吃餅，隨各人之嗜好。

【生，請一邊；養，較大天】
[sẽ˥ ts'iã˥ tsit˨ pĩ˥ iaŋ˥˧ k'a˥˧ tua˨˩ t'ĩ˥]
謂養父母的恩情比生身父母深厚。

【生雞卵無，放雞屎有】
[sẽ˧ ke˧ nuĩ˧ bo˧˥ paŋ˥˧ ke˧ sai˥˧ u˧]
喻不會帶來好處，只會帶來害處。

【生食無夠，那有通曝乾】
[ts'ẽ˧ tsia˧ bo˧ kau˩ nã˥ u˩ t'aŋ˧ p'ak˩ kuã˥]
生吃已嫌不夠，那有多餘的可以晒乾？比喻收入有限，僅夠開銷，無法儲蓄。

【生位好賺錢，熟位好過年】
[ts'ẽ˧ ui˧ ho˥ t'an˥˩ ts'ĩ˧˥ sik˩ ui˧ ho˥ kue˥˩ nĩ˧˥]
在陌生地方，不用忌諱人情，比較方便做生意賺錢；在故鄉彼此熟悉，感情熱絡，過年過節比較熱鬧。

【生，做萬人某；死，做無尪鬼】
[sẽ˥ tso˥˩ ban˩ laŋ˧ bɔ˥˩ si˥˩ tso˩ bo˧ aŋ˧ kui˥˩]
指娼妓。

【生贏雞酒香，生輸四片枋】
[sẽ˧ iã˧˥ ke˧ tsiu˥˩ p'aŋ˥ sẽ˧ su˥ si˥˩ p'ĩ˥˩ paŋ˥]
雞酒，指麻油雞酒；四片枋指棺材。謂婦女安產則可吃麻酒雞酒，若難產則會死亡被裝進棺木中。形容婦女生產是處在生死關頭。

【生十個缺嘴，毋生一個破額】
[sẽ˧ tsap˩ ge˧ k'i˥˩ ts'ui˩ m˩ sẽ˧ tsit˩ le˧ p'ua˥˩ hia˧]
缺嘴，指兔唇；破額，指額頭有裂痕，爲破敗之相，相學上最忌諱之。意謂寧生兔唇，不生破額。

【生目睭毋曾看過後斗叩仔】
[sẽ˧ bak˩ tsiu˥ m˩ bat˥ k'uã˥˩ kue˥˩ au˩ tau˥ k'ɔk˥ ga˥˩]
目睭，眼精；後斗叩仔，後腦袋杓；自己的眼睛看不見自己的後腦袋杓；意謂從來沒看過。

【生毋看滿清天，死毋踏滿清地】
[sẽ˥ m˩ k'uã˥˩ buan˥ ts'iŋ˧ t'ĩ˥ si˥˩ m˩ ta˩ buan˥ ts'iŋ˧ te˧]
清代，台灣地區漢人均有反清復明的情懷。故婚禮時新娘子上下轎門，要用一個米篩遮天；喪禮中，爲死者著衣，先請其長子站在板凳上「套衫」，數件一起套好，再讓死者穿上；這就是生不看滿清天，死不踏滿清地。

【生在蘇杭二州，死在福建泉州】
[sẽ˥ tsai˩ sɔ˧ haŋ˧˥ zi˩ tsiu˥ si˥˩ tsai˩ hɔk˥ ken˩ tsuan˧ tsiu˥]
蘇州杭州景色好，生活富裕，生要生在此地；福建泉州，喪儀特別隆重，死要死在此地。

【生的請一邊，飼的人情較大天】
[sẽ˥ e˥ ts'iã˥ tsit˩ pĩ˥ ts'i˧ e˧ zin˧ tsiŋ˧˥ k'a˥˩ tua˩ t'ĩ˥]
昔日養女感念養父母之情而埋怨生身父母之遺棄自己時，常口出此語。

【生的請一邊，養的功勞較大天】
[sẽ˥ e˥ ts'iã˥ tsit˩ pĩ˥ iaŋ˥˩ ge˩ kɔŋ˧ lo˧˥ k'a˥˩ tua˩ t'ĩ˥]
謂養父母養育之恩大過生身父母生育之恩。

【生緣免生水，生水無緣上克虧】
[sẽ˧ en˧˥ ben˥ sẽ˧ sui˥˩ sẽ˧ sui˥˩ bo˧ en˧˥ siɔŋ˩ k'ik˥ k'ui˥]
女人不一定要長的美，但一定要有人緣；長的很美，卻沒有人緣，嫁不出去，最爲可惜。

【生查某免悲傷，生查甫免歡喜】
[sẽ˧ tsa˧ bɔ˥˩ ben˥ pi˧ siɔŋ˥ sẽ˧ tsa˧ pɔ˥ ben˥ huã˧ hi˥˩]
查甫，指男兒；查某，指女兒。謂生男生女都一樣，不要重男輕女。

【生理錢三十年，流汗錢萬萬年】
[siŋ˧ li˥ tsĩ˧˥ sã˧ tsap˩ nĩ˧˥ lau˧ kuã˩ tsĩ˧˥ ban˩ ban˩ nĩ˧˥]
古代重農輕商思想之諺語。做生意賺

來的錢，因得來容易，也容易花，頂多三十年便會花光；辛苦流汗賺來的錢，因得來不易，就會好好保守，直到永遠。

【生一個囝仔，落九枝花；勞一個囝仔，落九領皮】
[sẽ˧ tsit˩ le˧ gin˥ nã˥ lak˩ kau˥ ki˧ hue˥ lo˧ tsit˩ le˧ gin˥ nã˥ lak˩ kau˥ niã˥ p'ue˧˥]
形容女人生兒育女最易憔悴老化。

【生子纔知父母恩，叉手抱子兒，纔知父母飼咱時】
[sẽ˧ kiã˥ tsia˥ tsai˧ pe˩ bu˥ un˥ ts'a˥ ts'iu˥ p'o˩ kiã˥ zi˧˥ tsia˥ tsai˧ pe˩ bu˥ ts'i˩ lan˥ si˧˥]
謂等自己當了孩子的父母時，才體會到父母養育自己的辛苦。

【產婆摸尻川——外行】
[san˥ po˧˥ bɔŋ˧ k'a˧ ts'uĩ˥ gua˩ haŋ˧˥]
歇後語。產婆，助產士；助產士要看孕婦或幫產婦助產，不摸肚子而去摸屁股（尻川），是十足的外行產婆。

【用鬼掠鬼】
[iɔŋ˩ kui˥ lia˩ kui˥]
以鬼抓鬼，將計就計。

【用肉包扑狗】
[iɔŋ˩ ba˥ pau˥ p'a˥ kau˥]
用肉包打狗，必被狗吃掉；喻用物不當，沒有回音。

【用香搗人肉】
[iɔŋ˩ hiũ˥ u˥ laŋ˧ baʔ˩]
用火點香，拿香頭去炙人，這是苦刑。

【用飯匙拄貓】
[iɔŋ˩ puĩ˩ si˧˥ tu˥ niãu˥]
以此抵彼，了結一筆賬。

【用錢若用水】
[iɔŋ˩ tsĩ˧˥ nã˥ iɔŋ˩ tsui˥]
喻揮霍無度。

【用錢無隔暝】
[iɔŋ˩ tsĩ˧˥ bo˧ ke˥ mẽ˧˥]
身上有錢一定花光，無法留到翌日（隔暝）。

【用肚臍想嘛知】
[iɔŋ˩ tɔ˩ tsai˧˥ siũ˧ mã˩ tsai˥]
喻道理至為淺顯。

【用麵線去扭鴨】
[iɔŋ˩ mĩ˩ suã˩ k'i˥ giu˥ aʔ˩]
以麵線去牽鴨子，做法不對；喻愚笨之至。

【用林投刺拭尻川】
[iɔŋ˩ nã˧ tau˧ tsi˩ ts'it˥ k'a˧ ts'uĩ˥]
尻川，屁股；用林投樹帶刺的葉子擦屁股，不但擦不乾淨，反而會刮傷屁股；喻不但無益，反而有害。

【用林投葉拭尻川】
[iɔŋ˩ nã˧ tau˧ hio˧ ts'it˥ k'a˧ ts'uĩ˥]
林投葉，邊緣有刺，用它擦屁股（尻川），必定受傷。喻把事情弄得更糟。

【用腳頭肟想嘛知】
[iɔŋ˩ k'a˧ t'au˧ u˥ siũ˧ mã˩ tsai˥]
用膝蓋（腳頭肟）想都可以想出答案；喻道理極為淺顯。

【用龍眼殼拭尻川】
[iɔŋ˩ liŋ˧ kiŋ˥ k'ak˩ ts'it˥ k'a˧ ts'uĩ˥]
尻川，屁股；意同「用林投刺拭尻川」，愈弄愈糟。

【用一頂大帽予伊戴】
[iɔŋ˥ tsit˩ tiŋ˥ tua˩ bo˧ hɔ˩ i˧ ti˩]
拿一頂大帽子給他戴，煽動他，好讓他多出錢出力，如成立獎學金委員會

時，請他當主任委員等。

【用火炭做枕頭——烏龜】
[iɔŋ˩ hue˥ t'uã˩ tso˧ tsim˥ t'au˦ ɔ˧ ku˥]
歇後語。以木炭（火炭）爲枕，必會使脖子變黑，黑脖子（烏龜）在台語乃笑人戴綠帽子之語。

【用四方紙包起來囥】
[iɔŋ˩ su˧ hɔŋ˧ tsua˧ pau˧ k'e˧ lai˧ k'ɔŋ˩]
形容這句話很重要，要謹記在心頭。

【用伊的土，糊伊的壁】
[iɔŋ˩ i˧ e˧ t'ɔ˧ kɔ˧ i˧ e˧ piaʔ˩]
喻羊毛出在羊身上，如嫁女兒時，用對方所送聘金買嫁粧即是一例。

【用別人卵鳥做火撈】
[iɔŋ˩ pat˩ laŋ˧ lan˩ tsiau˧ tso˧ hue˥ la˧]
卵鳥，陰莖；火撈，昔日燒柴火時用以撥灰燼之鐵棒；喻慷他人之慨。

【用卵葩皮，磨剃頭刀】
[iɔŋ˩ lan˩ p'a˧ p'ue˦ bua˧ t'i˧ t'au˧ to˥]
卵葩皮，陰囊也。喻非常危險。

【用別人尻川做面體皮】
[iɔŋ˩ pat˩ laŋ˧ k'a˧ ts'uĩ˥ tso˧ bin˩ t'e˥ p'ue˦]
利用別人的屁股（尻川）做面子；喻利用別人圖利自己；掠人之美。

【用別人的本錢做生理】
[iɔŋ˩ pat˩ laŋ˧ ge˧ pun˥ tsĩ˦ tso˧ siŋ˧ li˧]
用別人的錢做生意。

【用別人的拳頭母摃石獅】
[iɔŋ˩ pat˩ laŋ˧ ge˧ kun˧ t'au˧ bo˧ tsiŋ˧ tsio˩ sai˥]

慷他人之慨，損失的不是自己。

【用彩旗鼓迎毋行，戴帕仔巾隨人走】
[iɔŋ˩ ts'ai˥ ki˧ kɔ˧ ŋiã˦ m˩ kiã˦ ti˧ p'a˥ a˥ kin˥ tue˧ laŋ˧ tsau˧]
譏女子明媒正娶不從，卻要偷偷與人私奔。

【甭插潲】
[mãi˧ ts'ap˩ siau˦]
不要理他。

【甭戇矣】
[mãi˧ gɔŋ˧ ŋã˧]
別傻了；不要做白日夢。

【甭講較鱠厭氣】
[mãi˧ kɔŋ˧ k'a˧ be˩ en˧ k'i˩]
不要多講，講多了反而漏氣；越描越黑。

【田螺痛尾】
[ts'an˧ le˦ t'iã˧ bue˧]
吃田螺要把殼尾尖處咬破，再吸出其肉，故說尾痛；解爲痛苦的事在後頭；寓有會後悔之意。

【田螺痛尾溜】
[ts'an˧ le˦ t'iã˧ bue˥ liu˥]
意同「田螺痛尾」。

【田嬰摸石柱】
[ts'an˧ ẽ˥ bɔŋ˧ tsio˩ t'iau˧]
田嬰，蜻蜓；摸，捧動。意同「蚍蜉撼樹」，不自量力。

【田螺趖有痕】
[ts'an˧ le˦ so˧ u˩ tsua˧]
所做所爲會留下痕跡。

【田螺趖有續】
[ts'an˧ le˦ so˧ u˩ suaʔ˩]
謂禍不單行。

【田無溝，水無流】
[ts'an˦ bo˧ kau˥ tsui˨ bo˧ lau˦]
謂彼此毫無關係，風馬牛不相及。

【田螺含水過冬】
[ts'an˧ le˦ kam˧ tsui˨ kue˨ taŋ˥]
昔日農夫爲了便於收割，當稻子成熟之後，便將田水晒乾。此時田螺必須含住水分，忍受乾旱，直到收割完再放田水進來。喻窮人忍苦度日，等待時機。

【田頭田尾土地公】
[ts'an˧ t'au˦ ts'an˧ bue˨ t'ɔ˨ ti˩ kɔŋ˥]
奉祀土地公，具有保佑風調雨順五穀豐登的作用，因此農村田野間處處可見土地公的小廟。

【田螺吐子爲子死】
[ts'an˧ le˦ t'ɔ˨ kiã˨ ui˩ kiã˨ si˨]
田螺生子是整個螺肉爬出殼外，遇到風吹水動便無法爬回殼內，死路一條，故有此諺；喻母性之光輝。

【田無一區，海無一堵】
[ts'an˦ bo˧ tsit˩ k'u˥ hai˨ bo˧ tsit˩ tu˥]
喻一無所有。

【田蛤仔跳在三弦頂】
[ts'an˧ kap˥ ba˨ t'iau˨ ti˨ sam˧ hen˧ tiŋ˨]
田蛤仔，青蛙；三弦，琴名；青蛙跳上三弦亂彈琴。喻胡亂瞎扯。

【田嬰結堆，著穿棕簑】
[ts'an˧ ẽ˥ ket˥ tui˥ tio˩ ts'iŋ˩ tsaŋ˧ sui˥]
氣象諺。田嬰，蜻蜓；若遇蜻蜓成隊低飛，表示快要下雨，出門須穿雨具。

【田螺含水過冬——等時機】
[ts'an˧ le˦ kam˧ tsui˨ kue˨ taŋ˥ tan˥ si˧ ki˥]
歇後語。昔日到了夏天，農家收割時，會將田水放乾，田螺必須含著水藏在草下，以等候收割完再放田水來。等時機，等待時機。

【田嬰經著蜘蛛網——眞不幸】
[ts'an˧ ẽ˥ kẽ˧ tio˩ ti˧ tu˧ baŋ˧ tsin˧ put˥ hiŋ˧]
歇後語。田嬰，蜻蜓；經著蜘蛛網，指被蜘蛛網黏住，動彈不得，而且會被蜘蛛蠶食，眞是不幸。

【田螺死一個殼，活也一個殼】
[ts'an˧ le˦ si˨ tsit˩ le˧ k'ak˩ ua˧ ia˩ tsit˩ le˧ k'ak˩]
喻死活都一樣，無所謂，不在乎。

【田園厝地萬無數，十年勝敗外濟人】
[ts'an˧ huĩ˦ ts'u˨ te˧ ban˩ bo˧ sɔ˩ tsap˩ nĩ˦ siŋ˨ pai˧ gua˩ tse˩ laŋ˦]
外濟人，多少人。喻人世之盛衰、變遷，很快、很大。

【田螺吐子爲子死，生子性命在溝墘】
[ts'an˧ le˦ t'ɔ˨ kiã˨ ui˩ kiã˨ si˨ sẽ˧ kiã˨ sẽ˨ miã˧ ti˩ kau˧ kĩ˦]
喻孩子的生命，是以母親的生命換得來的。

【甲鬼把手面】
[ka˩ kui˨ pe˥ ts'iu˥ bin˧]
喻註定要失敗。

【甲魔神仔講】
[ka˩ mɔ̃˧ sin˧ nã˨ kɔŋ˨]
謂根本沒有聽過這種話。

【甲人做番仔牛】
[ka˩ laŋ˧ tso˨ huan˧ nã˥ gu˦]
爲人賣命，卻得不到好處。

【甲孔子公諍字】
[ka˥ k'ɔŋ˥ tsu˥ kɔŋ˥ tsẽ˥ zi˧]
班門弄斧。

【甲子半眠，飼子半飽】
[ka˥ kiã˥ puã˥ bin˧ ts'i˩ kiã˥ puã˥ pa˥]
在養育幼兒中的母親，睡眠常只睡一半，吃飯也常只吃半飽；形容母親育兒之苦。

【申後日珥，明日有雨】
[sin˧ au˧ zit˩ hĩ˧ bin˧ zit˥ u˩ hɔ˧]
氣象諺。申時，下午三至五時；此時太陽周圍若有光暈則占翌日有雨。

【由天推排】
[iu˧ t'ĩ˥ t'ui˧ pai˧]
聽天由命。

【由淺入深】
[iu˧ ts'en˥ zip˩ ts'im˥]
循序漸進，由易而難。

【由在伊去】
[iu˧ tsai˩ i˧ k'i˩]
任由他去。

【由布店入去，從鹽館出來】
[iu˧ pɔ˥ tiam˩ zip˩ k'i˩ ui˥ iam˧ kuan˥ ts'ut˥ lai˩]
布店，染布店；鹽館，賣鹽的商店；喻鹹澀之至，非常吝嗇。

【男正女倒】
[lam˧ tsiã˩ li˥ to˩]
正，正邊，大廳中靠神明那邊；倒，倒邊，大廳中靠公媽牌那邊。台俗，父母去世，父親要停靈於大廳之正邊，母親倒邊。

【男倒女正】
[lam˧ to˩ li˥ tsiã˩]
台俗父母之喪，在居喪期內要帶孝。帶孝之法，父之喪帶在左臂（倒手），母之喪帶在右臂（正手）。

【男清女明】
[lam˧ ts'iŋ˥ li˥ biŋ˧]
清代，婚禮當天，男著清朝長衫馬褂，女著明朝鳳冠蟒襖爲禮服，此即所謂男清女明；男降女不降。

【男貪女愛】
[lam˧ t'am˥ li˥ ai˩]
謂歡樂場中男貪色，女愛錢。

【男愛女貪】
[lam˧ ai˩ li˥ t'am˥]
意同前句。

【男人賺，女人理】
[lam˧ zin˧ t'an˩ li˥ zin˧ li˥]
丈夫賺錢，太太理家；男主外，女主內。

【男天平，女下閣】
[lam˧ t'en˧ piŋ˧ li˥ e˩ kɔk˩]
面相學上說，男子以額頭（天平）寬闊，女子以下顎（下閣）豐滿者爲有福相。

【男忌早，女忌飽】
[lam˧ ki˩ tsa˥ li˥ ki˩ pa˥]
謂男女交媾，男子忌於早晨行房，婦女忌於飯後敦倫。

【男重精，女重血】
[lam˧ tiɔŋ˩ tsiŋ˥ li˥ tiɔŋ˩ het˩]
男性要珍惜精子，女性要珍惜血液。

【男無義，女無情】
[lam˧ bo˧ gi˧ li˥ bo˧ tsiŋ˧]
野合姘居之男女，難以持久。

【男大須婚，女大須嫁】
[lam˧ tua˧ su˧ hun˥ li˥ tua˧ su˧ ke˩]
男孩、女孩長大，都須要婚嫁。

【男大當婚，女大當嫁】
[lam˦ tua˧ tɔŋ˧ hun˥ li˥˧ tua˧ tɔŋ˧ ke˨˩]
男女須及時婚嫁。

【男生女手，免儉自有】
[lam˦ sẽ˧ li˥ ts'iu˥˧ ben˥ k'iam˧ tsu˨˩ iu˥˧]
看相，以爲男人之手而如女手者，一生不須勞苦。

【男生女相，貴不可量】
[lam˦ sẽ˧ li˥ siɔŋ˨˩ kui˨˩ put˥ k'o˥ liɔŋ˧]
看相，以男人而有女相爲貴相。

【男命無假，女命無眞】
[lam˧ miã˧ bo˧ ke˥˧ li˥ miã˧ bo˧ tsin˥]
台俗，凡嬰兒出生滿月即至命相館去看命。因重男輕女之故，男兒之八字皆據實推算；而女兒之命，爲防日後論及婚嫁時八字與人相剋，因此皆有變更僞造之處，故有此諺。

【男粧必嫖，女粧必嬈】
[lam˦ tsɔŋ˥ pit˥ p'iau˦ li˥˧ tsɔŋ˥ pit˥ hiau˦]
青年男女知道打扮自己，都是有了性的意識之後，有思慕異性之傾向，故有此諺。

【男驚運頭，女驚運尾】
[lam˦ kiã˧ un˨˩ t'au˦ li˥˧ kiã˧ un˨˩ bue˥˧]
依八字算命之說，流年運氣每五年循環一次，而男子以其初年、女子以其末年爲厄運。

【男人女體，無死，誤個娘禮】
[lam˧ zin˦ li˥ t'e˥˧ bo˧ si˥˧ gɔ˨˩ in˧ niũ˧ le˥˧]
個娘禮，他母親；罵男人而做女態者，最爲可恥。

【男大到十七，女大到十八】
[lam˦ tua˨˩ kau˥˧ tsap˩ ts'it˩ li˥˧ tua˨˩ kau˥˧ tsap˩ peʔ˩]
俗以男女發育生長年限，男子長到十七，女子長到十八歲。

【男大當說親，女大當受聘】
[lam˦ tua˧ tɔŋ˧ sue˥˧ ts'in˥ li˥˧ tua˧ tɔŋ˧ siu˨˩ p'iŋ˨˩]
男大當婚，女大當嫁。

【男人七寶之身，女人五漏之體】
[lam˧ zin˦ ts'it˥ po˥˧ tsi˧ sin˥ li˥ zin˦ ŋɔ̃˥ lau˧ tsi˧ t'e˥˧]
男子身上有七件東西要珍惜：心、肝、脾、腦、髓、精、血；女子身上有五個洞會漏泄眞氣：左右乳房、肛門、尿道、產道；凡是男女皆應知曉七寶五漏，才能攝生養身。

【男無妻，家無主，女無夫，身無主】
[lam˦ bo˧ ts'e˥ ka˥ bo˧ tsu˥˧ li˥˧ bo˧ hu˥ sin˥ bo˧ tsu˥˧]
男子無妻，家事無人負責；女子無夫，出外無人可以憑依。

【男人三十一枝花，女人三十老人家】
[lam˧ zin˦ sã˧ tsap˥ tsit˩ ki˧ hue˥ li˥ zin˦ sã˧ tsap˥ lau˨˩ zin˧ ke˥]
謂女人比男人容易衰老。

【男大不婚，女大不嫁，終會弄出大笑詼】
[lam˦ tua˧ put˥ hun˥ li˥˧ tua˧ put˥ ke˨˩ tsiɔŋ˧ e˨˩ lɔŋ˨˩ ts'ut˥ tua˨˩ ts'io˥˧ k'ue˥]
男女到了適婚年齡，若不婚嫁，恐怕會有花邊新聞傳出來。

【畏某大丈夫，扑某豬狗牛】

[ui˥˧ bo˥˧ tai˨˩ tiɔŋ˨˩ hu˥ p'a˥˧ bo˥˧ ti˧ kau˥ gu˨˦]
畏，敬畏；能尊重老婆的男人是大丈夫，動粗打老婆的男人，與豬狗牛等禽獸一樣。嘲笑懼內的人。

【留目看你拖屎輾】
[lau˧ bak˙˥ k'uã˥˧ li˥ t'ua˧ sai˥ len˨˩]
拖屎輾，指重病在床無法起身，加以大小便失禁，身體和著排泄物滾來滾去，此爲人生境遇之最慘者。此係昔日女子罵負心漢之惡毒語，謂要親眼看你沒得好下場。

【番仔直目】
[huan˧ nã˥˧ tit.˥ bak˙˥]
喻戇直單純。

【番仔酒矸】
[huan˧ nã˥ tsiu˥ kan˥]
盜亦有道，妓女亦有義。日治時期，本省妓女義不接日本客，凡違義接日本客者，即被冠上「番仔酒矸」之諢號。

【番仔割鮖鈉】
[huan˧ nã˥˧ kua˥˧ ka˧ la˧]
番仔，指平埔族或高山族；鮖鈉，一種名貴的海魚。山胞因未見海魚，不會殺，常殺得不成樣。喻不會做事。

【番婆仔抹粉】
[huan˧ po˧ a˥˧ bua˥˧ hun˥˧]
罵醜女愛化妝，醜人多做怪。

【番勢李仔春】
[huan˨˩ se˨˩ li˥ a˥ ts'un˥]
番勢，本係洋番勢力之意，清朝同治年間北台巨富李春生（李仔春），因靠英商杜特之助而致富，故有此諺。意謂說不定有可能像李春生一樣發起來。

【番仔怨無無怨少】
[huan˧ nã˥˧ uan˥˧ bo˨˦ bo˧ uan˥˧ tsio˥˧]
番仔兄弟只怕無，不恨少。

【番婆快牽，三腳鼎奧安】
[huan˧ po˨˦ k'uai˥˧ k'an˥ sã˧ k'a˧ tiã˥˧ o˥˧ an˥]
昔日平地人娶平埔族或高山族，頗爲容易成功，但每年必須設宴一次招待其族人，殺豬宰羊，烹調請客，負擔奇重，故有此諺。奧安，難以安置。

【畫山水】
[ue˨˩ san˧ sui˥˧]
花言巧語。

【畫虎卵】
[ue˨˩ hɔ˥ lan˧]
虎卵，虎之陰莖；喻花言巧語。

【畫山畫水】
[ue˨˩ san˧ ue˨˩ sui˥˧]
胡亂吹噓，亂吹亂蓋。

【畫（話）膣畫（話）卵】
[ue˨˩ tsi˧ ue˨˩ lan˧]
畫，或寫作話，同音而雙關；膣，女陰；卵，卵鳥，男子陽具。嘲人聊天言不及義，無話找話說。或作「畫膣刻卵」。

【畫烏漆白】
[ue˨˩ ɔ˧ ts'at˙˥ pe˧]
指演戲扮演大花臉的人，在臉上塗黑抹白；後借以嘲諷過分濃妝艷抹之人。

【畫蛇添腳】
[ue˨˩ tsua˨˦ t'ĩ˧ k'a˥]
自做聰明，惹事生非。

【畫餅充饑】
[ue˨˩ piã˥˧ ts'iɔŋ˧ ki˥]
給人一個空洞的安慰。

【畫龍畫鳳】
[ue˩ lioŋ˧˥ ue˩ hoŋ˧]
花言巧語。

【畫虎不成反爲犬】
[ue˩ hɔ˥˧ put˥ siŋ˧˥ huan˥ ui˧ k'en˥˧]
模仿不成，反而走樣，變成其他東西。

【畫虎不成反類狗】
[ue˩ hɔ˥˧ put˥ siŋ˧˥ huan˥ lui˩ kau˥˧]
意同「畫虎不成爲反爲犬」。

【畫虎畫皮難畫骨】
[ue˩ hɔ˥˧ ue˩ p'ue˧˥ lan˧ ue˩ kut˩]
畫老虎，畫其外觀容易，但不容易畫出其精神，喻知人知面不知心。

【畫虎無成變成貓】
[ue˩ hɔ˥˧ bo˧ siŋ˧˥ pen˥˧ siŋ˧ niãu˥]
意同「畫虎不成反爲犬」。

【畫虎畫皮無畫骨，知人知面不知心】
[ue˩ hɔ˥˧ ue˩ p'ue˧˥ bo˧ ue˩ kut˩ ti˧ zin˧˥ ti˧ bin˧ put˥ ti˧ sim˥]
謂人心難測。

【當朝一品】
[tɔŋ˧ tiau˧˥ it˥ p'in˥˧]
指當權之大官。

【當今錢做人】
[tɔŋ˧ kim˥ tsĩ˧˥ tso˥˧ laŋ˧˥]
一切向錢看。

【當忍耐三思】
[tɔŋ˧ zim˥ nãi˧ sam˧ su˥]
勸人再三思考，想遠一點。

【當今出有梟雄人】
[tɔŋ˧ kim˥ ts'ut˥ u˩ hiau˧ hiŋ˩ laŋ˧˥]
眼前有些人心狠手辣，生性殘暴。

【當頭白日看到鬼】
[təŋ˧ t'au˧ pe˩ zit˥ k'uã˥˧ tio˩ kui˥˧]
白晝見鬼，謂胡說八道。或作「當時白日看到鬼」。

【當局者迷，旁觀者清】
[tɔŋ˧ kiɔk˩ tsia˩ be˧˥ pɔŋ˧ kuan˥ tsia˩ ts'iŋ˥]
當事人限於主觀，看事情不易看得清楚。

【當頭白日搶關帝廟】
[təŋ˧ t'au˧ pe˩ zit˥ ts'iũ˥ kuan˧ te˥˧ bio˧]
譏男女白晝行房，台俗以爲男女交媾應係夜間之事。

【疏不間親】
[sɔ˥ put˥ ken˥˧ ts'in˥]
關係較疏遠的人，不可以去離間關係較親密的人。

【疏財重義】
[sɔ˧ tsai˧˥ tioŋ˩ gi˧]
重義輕財。

【疑生怪】
[gi˧˥ sẽ˧ kuai˩]
內心多疑，就會覺得很奇怪。

【疑人不成賊】
[gi˧ laŋ˧˥ put˥ siŋ˧ ts'at˥]
只是懷疑，沒有證據，不能說他是賊。

【疑心生暗鬼】
[gi˧ sim˥ sẽ˧ am˥˧ kui˥˧]
內心多疑，就會不自在，甚至會做怪。

【疑者莫用，用者莫疑】
[gi˧˥ tsia˩ bɔk˩ iɔŋ˧ iɔŋ˧ tsia˩ bɔk˩ gi˧˥]
既重用他，就要推心置腹，否則就不用。

【疥藥離不得硫磺】
[kai˥˧ io˧ li˧ put˥ tik˥ liu˧ hɔŋ˧˥]
治療疥瘡的藥，一定會用到硫磺。

【病人拖節氣】
[pẽ˩ laŋ˧˥ t'ua˧ tse˥˧ k'ui˩]
俗謂病人最怕遭逢節氣（一年有二十四個節氣），如果能夠越過節氣，尚可保住老命。

【病子寒，大肚熱】
[pẽ˩ kiã˥ kuã˧˥ tua˩ tɔ˥ zua˧]
懷孕初期怕冷，臨盆前期怕熱。

【病無藥，死無草蓆】
[pẽ˧ bo˧ io˧ si˥˧ bo˧ ts'au˥ ts'ioʔ˥]
窮厄而死。

【疳瘡起，㾀仔止】
[kam˧ ts'əŋ˥ k'i˥˧ suãi˧ ã˥˧ tsi˥˧]
疳瘡、㾀仔，皆是性病之名。形容人身上污穢多病。

【痞痞食保庇】
[p'i˧ p'i˧˥ tsia˩ po˥ pi˩]
謂臉皮厚一點，就有得吃。

【痛一擺，毋通痛兩擺】
[t'iã˥˧ tsit˩ pai˥˧ m˩ t'aŋ˧ t'iã˥˧ ləŋ˩ pai˥˧]
喻遇事要徹底解決，不可苟且拖延。

【痧疥卵，看做眞珠小刀柄】
[sa˧ kai˥˧ lan˧ k'uã˥˧ tso˥˧ tsin˧ tsu˥ sio˥ to˧ pẽ˩]
痧疥卵，指長了疥癬之陰莖，卻將它看成鑲了眞珠的小刀柄。喻把爛東西看成好東西，沒眼光。

【瘴病斬頭】
[he˧ ku˥ tsam˩ t'au˧˥]
瘴病，指氣喘病。氣喘病一發作起來，非常痛苦，簡直要人命（斬頭）。

【瘴病，獪忍得嗽】
[he˧ ku˥ be˩ zim˥ tit˥ sau˩]
氣喘（瘴病）的人，忍不住咳嗽。喻個性毛噪，忍不住。

【瘦人厚火】
[san˥ laŋ˧˥ kau˩ hue˥˧]
瘦人火氣大。昔日瘦子多係營養不良，體弱多病，故脾氣較大。

【瘦人厚膏】
[san˥ laŋ˧˥ kau˩ ko˥]
瘦子比較有耐力，可以持久。

【瘦牛相挨】
[san˥ gu˧˥ sio˧ e˥]
喻窮人彼此無法把錢融通。

【瘦狗挖沙】
[san˥ kau˥˧ ɔ˥ sua˥]
譏窮人爲發財而焦躁。

【瘦到像猴】
[san˥ ka˥˧ ts'iũ˩ kau˧˥]
瘦得不成人形；昔日流行肺癆病，一旦染病，便會消瘦，甚至死亡，因此忌諱在小孩面前講「猴」，以免「著猴」，即「瘦到像猴」。

【瘦馬厚筋】
[san˥ be˥˧ kau˩ kin˥]
喻窮人多心。

【瘦擱薄板】
[san˥˧ ko˥˧ po˩ pan˥˧]
形容人瘦瘠沒有肉。

【瘦蟳相挾】
[san˥ tsim˧˥ sio˧ giap˥]
喻彼此沒有能力相助。

【瘦人較牽挽】
[san˥ laŋ˧˥ k'a˥˧ k'an˧ ban˥˧]
喻瘦子較有耐力。

【瘦田賢熄水】
[san˥ ts'an˧˥ gau˧ so˥˧ tsui˥˧]
貧瘠的田比較會吸水分；喻瘦子食量大。

【瘦狗主人羞】
[san˥ kau˥˧ tsu˥ laŋ˧˥ siu˥]
狗瘦主人會丟臉。

【瘦狗洩主人】
[san˥ kau˥˧ sia˥˧ tsu˥ laŋ˧˥]
洩，羞辱。狗瘦弱，丟主人的臉。

【瘦的騙猶的】
[san˥˧ e˩ p'en˥˧ siau˥˧ e˩]
喻互相愚弄，自欺欺人。

【瘦帳肥算盤】
[san˥ siau˩ pui˧ suĩ˥˧ puã˧˥]
喻積少成多。

【瘦較有牽挽】
[san˥˧ k'a˥˧ u˩ k'an˧ ban˥˧]
人雖瘦，做事卻能耐久；或喻瘦子房事比較耐久。

【瘦豬擲定屎】
[san˥ ti˥ tẽ˥˧ tiŋ˩ sai˥˧]
擲硬屎，用力痾出硬屎；喻窮人卻出手大方。

【瘦馬也有一步踢】
[san˥ be˥˧ ia˩ u˩ tsit˩ pɔ˩ t'at˩]
瘦弱的人也有他的用處。

【瘦人無財，瘦豬無刣】
[san˥ laŋ˧˥ bo˧ tsai˧˥ san˥ ti˥ bo˧ t'ai˧˥]
瘦人沒有財氣，瘦豬沒有肉殺了不划算。

【瘦牛厚皮，瘦人厚筋】
[san˥ gu˧˥ kau˩ p'ue˧˥ san˥ laŋ˧˥ kau˩ kin˥]
喻瘦子的修養較差，容易發脾氣。

【瘦，瘦在身；肥，肥在面】
[san˥˧ san˥ ti˩ sin˥ pui˧˥ pui˧ ti˩ bin˧]
指中年以後之婦女，若瘦，從身子先瘦；若肥則從臉上先長肉。

【瘦蟳相挾，瘦牛相挨】
[san˥ tsim˧˥ sio˧ giap˥ san˥ gu˧˥ sio˧ e˥]
喻窮人無法互相救濟。

【瘦人賢食飯，瘦田賢燥水】
[san˥ laŋ˧˥ gau˧ tsia˩ puĩ˧ san˥ ts'an˧˥ gau˧ so˥˧ tsui˥˧]
瘦子食量大，貧瘠的田容易吸水；喻設備不佳，容易磨損。

【瘸腳興踢球】
[k'ue˧ k'a˥ hiŋ˥˧ t'at˥ kiu˧˥]
興，喜歡；罵人不知藏拙，反而愛獻醜。

【癡人畏婦，賢女敬夫】
[ts'i˧ zin˧˥ ui˩ hu˧ hen˧ li˥˧ kiŋ˥˧ hu˥]
懼怕老婆的是痴漢，懂得敬重夫君的是賢婦。

【癢的毋耙，痛的抓到血滴】
[tsiũ˧ e˧ m˩ pe˧˥ t'iã˩ e˩ ziau˥˧ ka˥˧ hue˥˧ tiʔ˩]
癢的地方不抓，抓到痛的地方，且抓得血一直滴；喻做事不得要領。

【癢的毋耙，無癢的叩叩耙】
[tsiũ˧ e˧ m˩ pe˧˥ bo˧ tsiũ˧ e˧ k'ɔk˥ k'ɔk˥ pe˧˥]
意同前句。

【癢的毋扒，鱠癢的扒到破皮】
[tsiũ˧ e˧ m˩ pe˧˥ be˩ tsiũ˧ e˧ pe˧ ka˥˧ p'ua˥˧ p'e˧˥]
喻做事沒抓到重點。

【癩痦鬼】
[t'ai˥ ko˧ kui˥˧]
骯髒。

【癩痦爛耳】
[t'ai˥ ko˧ nuã˩ hĩ˧]

指頭與臉長滿疔瘡。

【癩痦食鶖雞】
[t'ai˥ ko˥ tsia˩ ts'io˧ ke˥]
鶖雞，未閹的公雞；俗謂癩病吃鶖雞，病會加重。喻不自量力而妄爲，會使事態更惡化。

【癩痦爛上面】
[t'ai˥ ko˥ nuã˩ tsiũ˩ bin˧]
病入膏肓，謂事已至不可收拾的地步。

【癩痦癩上面】
[t'ai˥ ko˥ t'ai˥ tsiũ˩ bin˧]
喻惡事顯露，隱瞞不了。

【癩痦松柏——出名】
[t'ai˥ ko˧ ts'iŋ˧ peʔ˩ ts'ut˥ miã˦]
歇後語。出樠，樹名，形似松柏，極爲常見，卻比不上松柏之珍貴，故云癩痦松柏。出樠，音同出名，即有名氣之謂。

【癩痦無惜鼻粘骨】
[t'ai˥ ko˥ bo˧ sio˨ p'ĩ˧ liam˧ kut˩]
癩痦，痲瘋病；喻身體孱弱卻不想保養。

【癩痦無惜鼻粘瀾】
[t'ai˥ ko˥ bo˧ sio˨ p'ĩ˧ liam˧ nuã˧]
譏人不顧身分，想入非非。

【發大枝毛】
[huat˥ tua˩ ki˧ mɔ̃˥]
喻耀武揚威。

【發號施令】
[huat˥ ho˧ si˧ liŋ˧]
指揮一切。

【白賊七】
[pe˩ ts'at˩ ts'it˩]
說謊的人。

【白手成家】
[pe˩ ts'iu˨ siŋ˧ ke˥]
赤手空拳創業立業。

【白日昇天】
[pe˩ zit˥ siŋ˧ t'en˥]
喻很早就出道成名。

【白淡無味】
[pe˩ tsiã˥ bo˧ bi˧]
謂淡而無味。

【白髮紅顏】
[pik˩ huat˩ hɔŋ˧ gan˦]
譏諷婚姻上的老少配，老少配在台灣的傳統觀念中被認爲是不合人道的。

【白頭偕老】
[pik˩ t'io˦ kai˧ lo˨]
夫妻結婚相偕到老。

【白水煮白魚】
[pe˩ tsui˨ tsi˥ pe˩ hi˦]
喻妄想無本圖利。

【白布染到烏】
[pe˩ pɔ˩ nĩ˥ ka˨ ɔ˥]
比喻被人誣賴、屈打成招。比較更口語化的說法是:「白白布予你染到烏」。

【白紙寫烏字】
[pe˩ tsua˨ sia˥ ɔ˧ zi˧]
口是風，筆是蹤，凡是重要的約定，除去口頭談定之外，一定要立下契約，各執一分，白紙寫黑字，證據明確，不容悔改。

【白玉毋驚剁痕】
[pe˩ giɔk˥ m˩ kiã˧ pit˥ hun˦]
眞金不怕火煉，好貨不怕專家鑑定。

【白白布染到烏】
[pe˩ pe˩ pɔ˩ nĩ˥ ka˨ ɔ˥]
意同「白布染到烏」。

【白目佛，興外境】

[pe˩ bak˩ put˥ hiŋ˧ gua˩ kiŋ˥]
比喻在外地比本地更吃香，類同「北港媽祖興外庄」。

【白布衫，白布裙】
[pe˩ pɔ˥ sã˥ pe˩ pɔ˥ kun˧]
此爲昔日婦女出嫁貼身的褻衣，以象徵潔白如玉。新婚之夜後洗淨不再穿，俟年老壽終入殮前再穿在裡面，稱爲「貼肉綾」，象徵一生潔白無瑕。

【白腳蹄，狐狸精】
[pe˩ k'a˧ te˧ hɔ˧ li˧ tsiã˥]
指婦女的貧相與剋相。

【白露毋通撓土】
[pe˩ lɔ˧ m˩ t'aŋ˧ hiau˧ t'ɔ˧]
農諺。白露（二十四節氣之一，在農曆八月初左右）前後不可翻動土壤，以免傷害農作物的根部。

【白露水，濁死鬼】
[pe˩ lɔ˩ tsui˥ tɔk˩ si˥ kui˥]
白露，二十四節氣中，秋之節氣。一過白露，秋氣濃厚，天地轉寒，忌飲生水，否則易感寒生病致死而變成鬼。

【白鬃孫，土腳叔】
[pe˩ ts'iu˧ sun˥ t'ɔ˧ k'a˧ tsik˩]
白鬃孫，鬚髮盡白是侄子（孫）；土腳叔，在地上爬的小孩是叔父。昔人生育年齡很長，長子與幼子相差二十歲者極爲常見；婆婆與媳婦同時做月子的，也屢見不鮮。幾代之後，堂侄與堂叔相差五、六十歲的情形便會出現。另一諺語「細房出叔公」也是同一個道理。

【白豆腐講出血來】
[pe˩ tau˩ hu˧ kɔŋ˥ ts'ut˥ hueʔ˩ lai˩]
形容善於說謊（白賊）的人。

【白雞母生烏雞卵】
[pe˩ ke˧ bo˥ sẽ˧ ɔ˧ ke˧ nuĩ˧]
豈有此理。

【白狗偷食，烏狗受罪】
[pe˩ kau˥ t'au˧ tsia˧ ɔ˧ kau˥ siu˩ tsue˧]
李代桃僵，冤枉受罪。

【白蝦奔波，風起便和】
[pe˩ he˧ pun˧ p'o˥ hɔŋ˥ k'i˥ pen˩ ho˧]
氣象諺。白蝦成群浮游海面，縱然起風浪，不久便會停。

【白蹄豬，豈你有而已】
[pe˩ te˧ ti˥ k'i˥ li˥ iu˥ zi˧ i˥]
戲稱你有的東西，別人也有。

【白白米提去飼忍病雞】
[pe˩ pe˩ bi˥ t'e˩ k'i˥ ts'i˩ gim˥ ku˧ ke˥]
忍病雞，奄奄一息的雞；喻蹧蹋東西。

【白目眉，無人請家治來】
[pe˩ bak˩ bai˧ bo˧ laŋ˧ ts'iã˥ ka˧ ti˩ lai˧]
不速之客。或作「土地公白目眉，無人請家治來」，又作「紅關公白目眉，無人請家治來」、「烏面祖師公，白目眉，無人請家治來」，上半句沒有特殊意義，純爲押韻，重點在下半句。

【白矸仔貯豆油——看出出】
[pe˩ kan˧ nã˥ te˥ tau˩ iu˧ k'uã˥ ts'ut˥ ts'ut˩]
歇後語。豆油，醬油，色黑，裝在黑瓶（烏矸仔）是看艙出，裝在白瓶可是一望便知，故云「看出出」；喻一目了然，無可保留。

【白紙寫烏字，任拭著艙去】
[pe˩ tsua˥ sia˥ ɔ˧ zi˧ zin˩ ts'it˥ tio˧ be˩ k'i˩]
謂有憑有據，無法抵賴。

【白鴒絲，飛到胭脂巷，也是白】
[pe˨ liŋ˨ si˥ pue˧ kau˥ en˧ tsi˧ haŋ˧ ia˨ si˨ pe˧]
白鷺鷥飛進胭脂巷還是白白的，比喻本性（本來的面目）難改。類同「牛就是牛，牽到北京也是牛」。

【白鴒絲，飛到胭脂巷，嘛是白鴒絲】
[pe˨ liŋ˨ si˥ pue˧ ka˥ en˧ tsi˧ haŋ˧ mã˨ si˨ pe˨ liŋ˨ si˥]
白鴒絲，白鷺鷥；胭脂巷，紅胭脂的巷子；喻本性難改。

【白鴒絲，較賢討食，嘛無腳後肚肉】
[pe˨ liŋ˨ si˥ k'a˥ gau˧ t'o˥ tsia˧ mã˨ bo˧ k'a˧ au˨ to˥ baʔ˧]
白鷺鷥天生瘦峭，任憑再怎麼善於找食物吃，小腿後（腳後肚）也長不出肉來。借喻本性難移。

【百百頭】
[pa˥ pa˥ t'au˦]
人人爭出鋒頭，個個都想做頭。

【百巧，百了】
[pa˥ k'iau˥ pa˥ liau˥]
耍小聰明，反而招致失敗。太會鑽營，經營項目太多，結果反而一事無成。

【百行，百了】
[pa˥ haŋ˦ pa˥ liau˥]
做過一百種行業，一百種行業全虧本。

【百發百中】
[pik˥ huat˧ pik˥ tioŋ˨]
命中率百分之百。

【百歲年老】
[pa˥ hue˥ nĩ˧ lau˧]
謂壽終正寢。

【百行孝爲先】
[pik˥ hiŋ˦ hau˨ ui˧ sen˥]
孝爲諸德之首。

【百聞不如一見】
[pik˥ bun˦ put˥ zu˧ it˥ ken˨]
耳聞不如親眼目睹。

【百般頭路起頭難】
[pa˥ puã˧ t'au˧ lɔ˧ k'i˥ t'au˧ lan˦]
比喻創業維艱。

【百歲奴，事三歲主】
[pa˥ hue˥ lɔ˦ su˨ sã˧ hue˥ tsu˥]
百歲的老奴才侍候三歲的小主人。

【百歲曾無百歲人】
[pik˥ sue˨ tsiŋ˧ bu˧ pik˥ sue˥ zin˦]
天地時光有百年，人間卻罕見有百歲長壽的人。

【百姓，百姓，無扒無通食】
[pe˥ sẽ˥ pe˥ sẽ˨ bo˧ pe˦ bo˧ t'aŋ˧ tsia˧]
人要勞動才有飯吃。

【百般工藝，毋值鋤頭落地】
[pa˥ puã˧ kaŋ˧ ge˧ m˨ tat˧ ti˧ t'au˦ lo˨ te˧]
傳統社會勸人耕農的話語。

【百般生理路，毋值掘田土】
[pa˥ puã˧ siŋ˧ li˥ lɔ˧ m˨ tat˧ kut˧ ts'an˧ t'ɔ˦]
意義同前句。

【百姓，百姓，無扒無通食，無做無通食】
[pe˥ sẽ˥ pe˥ sẽ˨ bo˧ pe˦ bo˧ t'aŋ˧ tsia˧ bo˧ tso˨ bo˧ t'aŋ˧ tsia˧]
人要勞動才有飯吃。

【皇帝尿壺——國鼈】
[hoŋ˧ te˥ zio˨ o˦ kok˥ piʔ˧]
歇後語。尿壺又名尿鼈，皇帝爲一國之君，其尿壺即爲國鼈，國鼈即非常滑稽之謂也。

【皇帝也會欠庫銀】
[hɔŋ˧ te˩ ia˩ e˩ k'iam˥ k'ɔ˥ gin˧˥]
即使是皇帝，有時也會欠錢用。誡人用錢要量入為出，不可揮霍無度。

【皇帝無急，急死太監】
[hɔŋ˧ te˩ bo˧ kip˩ kip˥ si˥ t'ai˥ kam˩]
當事人不急，旁觀人反而著急。

【皮在癢】
[p'ue˧˥ tit˥ tsiũ˧]
昔日父母罵小孩之語，寓意「欠打」。

【皮無著骨】
[p'ue˧˥ bo˧ tiau˧ kut˩]
著，附著；皮應與肉一起附著在骨頭上；皮無著骨，係罵人散漫不羈，做事不積極。

【皮皮食保庇】
[p'i˧ p'i˧˥ tsia˩ po˥ pi˩]
厚著臉皮敢做就有好處。

【皮面假光眼】
[p'i˧ bin˧ ke˥ kɔŋ˧ gan˥]
皮面，指不知羞恥之徒，卻佯裝很害臊（光眼）。

【皮著繃予緊】
[p'ue˧˥ tio˩ pẽ˧ hɔ˧ an˧˥]
昔日父母罵小孩之語，寓意「等著挨打」。

【皮皮食到漏糍】
[p'i˧ p'i˧˥ tsia˩ kau˥ lau˥ tsi˧˥]
皮皮，指寡廉鮮恥；漏糍，指下巴豐腴；罵人不知廉恥，不顧別人批評，還是照吃不誤，吃得肥肥胖胖的。

【皮烏、肉粗、骨大箍】
[p'ue˧˥ ɔ˥ baʔ˩ ts'ɔ˥ kut˩ tua˩ k'ɔ˥]
形容身體粗壯。

【盆水潑落地，難收】
[p'un˧ tsui˥ p'ua˥ lo˩ te˧ lan˧ siu˥]
覆水難收。

【益著要長，予鬼仔掠去挽毛】
[it˥ tio˩ be˥ tɔŋ˧˥ hɔ˩ kui˥ a˥ lia˩ k'i˥ ban˥ bɔŋ˧˥]
喻弄巧成拙，得不償失。

【盡看這擺】
[tsin˩ k'uã˩ tsit˥ pai˥]
成敗就看這一回，孤注一擲。

【盡賺盡食】
[tsin˩ t'an˩ tsin˩ tsia˧]
賺多少、吃多少；沒有存錢。

【盡攻六銜門】
[tsin˩ kɔŋ˥ lak˥ ge˧ bɔŋ˧˥]
台南諺語，六銜門，鹿耳門之訛音。清代乾隆、嘉慶年間，海盜蔡牽曾屢次攻打鹿耳門，極力想攻佔此地；喻志在必得。

【盡人事，聽天命】
[tsin˩ zin˧ su˧ t'iŋ˧ t'en˧ biŋ˧]
盡了人力之後，由天安排。

【盡心唱，嫌無聲】
[tsin˩ sim˧ ts'iũ˩ hiam˧ bo˧ siã˥]
喻已盡心盡力，仍被人嫌。

【盡忠死，無棺材】
[tsin˩ tiɔŋ˥ si˥ bo˧ kuã˧ ts'a˧˥]
諷刺忠者反而吃虧。

【盡忠的，死在先】
[tsin˩ tiɔŋ˥ ge˥ si˥ tai˩ siŋ˥]
盡忠的人反而先死，投機的人留著享福；大有憤憤不平之慨。

【盡忠難以盡孝】
[tsin˩ tiɔŋ˥ lan˧ i˥ tsin˩ hau˩]
忠孝難以兩全。

【盡識五斤大花】
[tsin˩ bat˥ go˩ kin˧ tua˩ hue˥]
昔日稱東西都用秤子，物品有多重，要從秤桿上的「秤仔花」來辨認。秤仔花的單位有十斤、五斤「大花」易認，也有一斤、半斤，乃至兩的「細花」較難認。喻見識少，懂得不多。

【目無尊長】
[bak˥ bu˧˥ tsun˧ tiɔŋ˥˧]
罵人桀傲不馴。

【目睭甩蚊】
[bak.˩ tsiu˥ sut˥ baŋ˥˧]
甩蚊，打蚊子；形容眼皮下垂、打瞌睡的樣子。

【目睭拖窗】
[bak.˩ tsiu˥ t'ua˥˧ t'aŋ˥]
罵人眼睛(力)有問題，看不清眞相。

【目睭重巡】
[bak.˩ tsiu˥ tiŋ˧ sun˧˥]
重巡，兩條線；謂雙眼皮。

【目睭起濁】
[bak.˩ tsiu˥ k'i˥ lo˧˥]
心亂意迷，爲利慾所誘。

【目睭坎蓋】
[bak.˩ tsiu˥ k'am˥˧ kua˩]
沒有眼識。

【目睭瞌瞌】
[bak.˩ tsiu˥ k'e˥˧ k'eʔ.˩]
眼睛閉起來，沒睜開眼睛。

【目頭尚高】
[bak.˩ t'au˧˥ siũ˧ kuan˧˥]
眼光太高。

【目今錢做人】
[bɔk.˩ kim˥ tsĩ˧˥ tso˥˧ laŋ˧˥]
一切向錢看。

【目屎四淋垂】
[bak.˩ sai˥˧ si˥˧ lam˧ sue˧˥]
目屎，眼淚；淚水縱橫。

【目屎若雲雨】
[bak.˩ sai˥˧ nã˥ hun˧ hɔ˧]
意同前句。

【目屎準飯吞】
[bak.˩ sai˥˧ tsun˥ puĩ˧ t'un˥]
眼淚當飯吞，謂整日以淚洗面。

【目睭扑三角】
[bak.˩ tsiu˥ p'a˥˧ sã˧ kak.˩]
斜眼看人，心懷敵意。

【目睭剝乎金】
[bak.˩ tsiu˥ pe˥˧ hɔ˧ kim˥]
誡人做人做事要處處小心謹愼。

【目睭會講話】
[bak.˩ tsiu˥ e˩ kɔŋ˥ ue˧]
喻頻送秋波，賣弄風情。又用以形容吃到酸的食物，眼球直轉之貌。

【目睭箍大蕊】
[bak.˩ tsiu˧ k'ɔ˥ tua˩ lui˥˧]
婦女罵男子傲慢無禮。

【目睭雞濟搣】
[bak.˩ tsiu˥ ke˧ tse˥˧ mẽ˥]
雞濟搣，雞子夜盲，入夜即頻頻眨眼；形容人雙眼如入夜之雞子，眼睛睜不開而想睡。

【目蝨爬到砂】
[bat.˩ sat˥ pe˧ kau˥˧ sua˥]
喻難找。

【目鏡掛歸邊】
[bak.˩ kiã˩ kua˥˧ kui˧ piŋ˧˥]
眼鏡戴向一邊；識人不公平，眼睛只看重一邊。

【目眉毛無漿涪】

[bak˩ bai˧ mɔ̃˥ bo˧ tsiũ˧ am˥˩]
漿涪，本爲以飯湯漿衣服，使衣服硬挺之謂。此處謂眉毛若也漿涪必可硬挺，增加眼力；喻眼光不靈活。

【目眉尾挾户蠅】
[bak˩ bai˧ bue˥˩ giap˩ hɔ˧ sin˧˩]
形容老人家魚尾紋很深，足以挾住蒼蠅（户蠅）。

【目屎流，目屎滴】
[bak˩ sai˥ lau˧˩ bak˩ sai˥ tiʔ˩]
目屎，眼淚；形容一把眼淚一把鼻涕的可憐相。

【目屎流由鬢邊】
[bak˩ sai˥˩ lau˧ ui˥˩ pin˥˩ pĩ˥]
謂有苦難言。

【目睭毛抄無起】
[bak˩ tsiu˧ mɔ̃˥ sa˧ bo˧ k'i˥˩]
喻有眼不識泰山。

【目睭出火金星】
[bak˩ tsiu˥ ts'ut˥ hue˥ kim˧ ts'ẽ˥]
眼前火星直冒，即見錢眼開，見色眼瞇也。

【目睭皮無漿涪】
[bak˩ tsiu˧ p'ue˧˩ bo˧ tsiũ˧ am˥˩]
漿涪，以飯湯漿衣服，衣服會較挺。謂眼皮若漿涪，也會較挺，較有眼識；罵人不識相。

【目睭看耽秤花】
[bak˩ tsiu˥ k'uã˥˩ tã˧ ts'in˥˩ hue˥]
看耽，看錯了；秤花，秤桿上計斤兩的花點；看錯了事物。

【目睭看對天唉】
[bak˩ tsiu˥ k'uã˥˩ tui˥˩ t'ĩ˥ e˥]
眼睛長在頭上，或用以形容人做事不專心，眼睛不往事物上看而看到天空去。

【目睭予屎糊著】
[bak˩ tsiu˥ hɔ˩ sai˥˩ kɔ˧˩ tio˩]
罵人不長眼睛，看不清楚事物。

【目睭無掛斗概】
[bak˩ tsiu˥ bo˧ kua˥˩ tau˥ kai˩]
斗概，昔日用斗量物，以一木棍從斗口概過以取其平，此棍稱爲「斗概」。此諺用以比喻眼睛未睜亮，未好好看個清楚。

【目睭無帶瞳子】
[bak˩ tsiu˥ bo˧ tua˥˩ tɔŋ˧ tsu˥˩]
喻沒有分辨事物的能力。

【目睭噴熄燈火】
[bak˩ tsiu˥ pun˧ sit˥ tiŋ˧ hue˥˩]
眼睛一眨可將燈火吹熄；比喻觀察力鋭利。

【目地無鮎鮘春仔】
[bak˩ te˧ bo˧ kɔ˧ tai˧ ts'un˥ nã˥]
鮎鮘春仔，清朝台灣一富豪，初以家貧捕鮎鮘（淡水魚）爲業，被人看不起，後來發跡致富。喻人不可隨便輕視窮人。

【目屎流入，無流出】
[bak˩ sai˥˩ lau˧ zip˥ bo˧ lau˧ ts'ut˩]
喻強忍悲痛。

【目屎流上額頭頂】
[bak˩ sai˥˩ lau˧ tsiũ˩ hia˩ t'au˧ tiŋ˥˩]
形容悲慘至極。

【目屎流落，準飯吞】
[bak˩ sai˥˩ lau˧ lo˧ tsun˥ puĩ˧ t'un˥]
以淚洗面，悲傷至極。

【目睭去予屎糊著】
[bak˩ tsiu˥ k'i˥˩ hɔ˩ sai˥˩ kɔ˧˩ tio˩]
喻有眼無珠，判斷錯誤。

【目睭生在頭殼頂】
[bak˩ tsiu˥ sẽ˧ ti˥˩ t'au˧ k'ak˥ tiŋ˥˩]

罵人眼睛長在頭頂上，只看高而不看低。

【目睭金金，人傷重】
[bak˙˩ tsiu˥ kim˧ kim˥ laŋ˦ siɔŋ˧ tiɔŋ˧]
病入膏肓，一副死相，只剩兩隻眼睛睜開，口已不能言，手已不能動，莫可奈何。

【目睭看在雙糕潤】
[bak˙˩ tsiu˥ k'uã˥˧ ti˥˧ siaŋ˧ ko˧ zun˩]
喻醉翁之意不在酒。

【目睭看高無看低】
[bak˙˩ tsiu˥ k'uã˥˧ kuan˦ bo˧ k'uã˥˧ ke˧]
喻目中只有長官貴人，不理會下屬或平輩。勢利眼。

【目睭看過七重壁】
[bak˙˩ tsiu˥ k'uã˥˧ kue˥˧ ts'it˥˧ tiŋ˧ piaʔ˙˩]
喻眼力好，眼識高。

【目睭看過三里壁】
[bak˙˩ tsiu˥ k'uã˥˧ kue˥˧ sã˧ li˥ piaʔ˙˩]
喻目光如炬，極有遠見。

【目睭貯在褲袋內】
[bak˙˩ tsiu˥ te˩ ti˩ k'ɔ˥˧ te˩ lai˧]
罵人眼瞎不長眼睛。

【目睭透過雙重壁】
[bak˙˩ tsiu˥ t'au˥˧ kue˥˧ siaŋ˧ tiŋ˧ piaʔ˙˩]
目光敏銳。

【目睭會睨甲會降】
[bak˙˩ tsiu˥ e˩ nĩʔ˙˩ ka˥˧ e˩ kaŋ˩]
睨，閃爍；降，瞪大眼睛看人；形容咬牙切齒狀。

【目睭瞌瞌嘛贏你】
[bak˙˩ tsiu˥ k'e˥˧ k'eʔ˙˩ mã˩ iã˦ li˧]
雙方比賽，其中一方自以爲力量懸殊，高過對方很多時，常半開玩笑說此諺。

【目睭予龍眼殼換去】
[bak˙˩ tsiu˥ hɔ˩ liŋ˧ kiŋ˥ k'ak˙˩ uã˧ k'i˩]
罵人眼瞎，視而不見，看錯事物。

【目金的予青瞑悉路】
[bak˙˩ kim˥ e˥ hɔ˩ ts'ẽ˧ mẽ˦ ts'ua˩ lɔ˧]
青瞑，瞎子；眼明的反而由瞎眼的帶路，後果堪虞。

【目睭掩咧，卵核閹去】
[bak˙˩ tsiu˥ uĩ˥ le˩ lan˩ hut˥˧ iam˥ k'i˩]
卵核，睪丸；喻掩耳盜鈴。

【目睭𣍐貯得一粒砂】
[bak˙˩ tsiu˥ be˩ te˥ tit˥˧ tsit˙˩ liap˙˩ sua˥]
眼中容不了一粒沙，喻度量狹小。

【目眉毛短短，交人無尾】
[bak˙˩ bai˧ mɔ̃˥ te˥ te˥˧ kau˧ laŋ˦ bo˧ bue˥˧]
面相家稱眉尾短少者交情薄。

【目睭去予蛤仔肉糊著】
[bak˙˩ tsiu˥ k'i˥˧ hɔ˩ la˧ a˥ baʔ˙˩ kɔ˦ tio˩]
喻判斷錯誤，有眼不識泰山。

【目睭看在粿，腳踏在火】
[bak˙˩ tsiu˥ k'uã˥˧ ti˥˧ kue˥˧ k'a˥ ta˩ ti˥˧ hue˥˧]
眼睛只看著可以吃的美食（粿），沒注意到腳快要踩到火堆裏去。喻只顧眼前利益，而未顧及危險的後果。

【目睭花花，匏仔看做菜瓜】
[bak˙˩ tsiu˥ hue˧ hue˥ pu˧ a˥˧ k'uã˥˧ tso˥˧ ts'ai˥˧ kue˥]

戲謂眼花，將匏瓜看成絲瓜（菜瓜）。

【目睭掛斗概，看人物就愛】
[bak˧ tsiu˥ kua˩ tau˥ kai˨ k'uã˩ laŋ˧ mĩ˧ tio˨ ai˨]
斗概，昔日以斗計穀物之容量，將稻穀倒入斗內，再以斗概（木棒）從斗面畫過，即可得到正確的斗量。喻心中存有貪念，看見別人的東西就想佔爲己有。

【目睭啄啄，什麼事也敢摻】
[bak˧ tsiu˥ tɔk˥ tɔk˧ sia˥ mĩ˥ su˧ ia˨ kã˥ ts'ap˥]
啄啄，突出貌。罵人沒睜開眼睛，亂參與（干涉）別人的事。

【目眉先生，鬏後生，先生不及後生長】
[bak˧ bai˦ sen˧ siŋ˥ ts'iu˥ hio˨ siŋ˧ sen˧ siŋ˥ put˥ kip˧ hio˨ siŋ˥ tŋ˦]
喻後生可畏，英雄出少年，後來居上。

【直腸透尻川】
[tit˧ tŋ˦ t'au˩ k'a˧ ts'uĩ˥]
直腸子的個性。

【直到若菜瓜鬏】
[tit˧ ka˩ nã˥ ts'ai˩ kue˧ ts'iu˥]
菜瓜鬏，絲瓜鬚，狀如彈簧，豈是直線？用以反諷一個人富心機，做事喜歡拐彎抹角。

【直到若菜瓜藤】
[tit˧ ka˩ nã˥ ts'ai˩ kue˧ tin˦]
菜瓜藤，粗而直；嘲諷愚笨憨直的人。

【直直柴，刣到曲】
[tit˧ tit˧ ts'a˦ t'ai˧ ka˥ k'iau˥]
直直的木料，竟削到彎彎曲曲不成材；喻把好好的事情給弄砸了。

【直草無拈，横草無捻】
[tit˧ ts'au˩ bo˧ nĩ˥ huãi˧ ts'au˩ bo˧ liam˨]
喻不做不正當的事。

【看日的】
[k'uã˩ zit˥ le˧]
病入膏肓，拖不了幾天，準備請看日先生了。

【看著鬼】
[k'uã˩ tio˨ kui˩]
罵人行動倉惶魯莽。

【看誑頭】
[k'uã˩ kɔŋ˧ t'au˦]
喻無緣無故發怒。

【看千看萬】
[k'uã˩ ts'iŋ˧ k'uã˩ ban˧]
喻見識多矣。

【看天食飯】
[k'uã˩ t'ĩ˥ tsia˨ puĩ˧]
憑老天爺的臉色，決定有沒有飯吃；喻老實度日子。

【看伊食穿】
[k'uã˩ i˧ tsia˨ ts'iŋ˧]
吃穿全靠他。

【看有食無】
[k'uã˩ u˧ tsia˨ bo˦]
看得到，吃不到。

【看風駛船】
[k'uã˩ hɔŋ˥ sai˥ tsun˦]
依風向而張帆開船。喻隨機應變。

【看破世情】
[k'uã˩ p'ua˩ se˩ tsiŋ˦]
看穿人情冷暖。

【看破腳手】
[k'uã˩ p'ua˩ k'a˧ ts'iu˩]
表示沒有什麼本領，被人看穿了；即黔驢技窮之意。

【看耽秤花】
[k'uã˥ tã˧ ts'in˥ hue˥]
看耽，看錯；秤花，秤桿上標注斤兩的白點；看錯了秤上的刻度；沒看清楚，判斷錯誤。

【看無目地】
[k'uã˥ bo˧ bak˩ te˧]
瞧不起。

【看無夠重】
[k'uã˥ bo˧ kau˥ taŋ˧]
瞧不起。

【看𣍐上目】
[k'uã˥ be˩ tsiũ˩ bak˥]
看不上眼。

【看𣍐過心】
[k'uã˥ be˩ kue˥ sim˥]
看不過去。

【看𣍐落腹】
[k'uã˥ be˩ lo˩ pak˩]
看不順眼。

【看人的頭面】
[k'uã˥ laŋ˧ ge˧ t'au˧ bin˧]
指做事須看別人的臉色。

【看人食，喝燒】
[k'uã˥ laŋ˧ tsia˧ hua˥ sio˥]
看人吃東西，而在一旁喊東西太燙。喻嫉妒他人。

【看人無目地】
[k'uã˥ laŋ˧ bo˧ bak˩ te˧]
罵人目中無人，瞧不起他人。

【看久會臭腐】
[k'uã˥ ku˥ e˩ ts'au˥ p'u˩]
形容看久了會生膩。

【看字旁就臆】
[k'uã˥ zi˩ piŋ˧ tio˩ ioʔ˩]
臆，猜測；雖不認識這個字，卻可以從其部首或偏旁來猜測其意義。

【看有，無看無】
[k'uã˥ u˧ bo˧ k'uã˥ bo˧]
喻眼中只有富翁，沒有窮人；勢利眼。

【看沒三寸遠】
[k'uã˥ bo˧ sã˧ ts'un˥ huĩ˧]
喻目光如豆，短視。

【看破做電化】
[k'uã˥ p'ua˩ tso˥ ten˩ hua˩]
基隆市諺語。光復初期，沒有什麼好職業，姑且去台電、台肥等工廠當工人；喻不得已將就將就。

【看高無看低】
[k'uã˥ kuan˧ bo˧ k'uã˥ ke˧]
喻趨炎附勢，捧上面的人，不顧底下的人。

【看到目火就著】
[k'uã˥ tio˧ bak˩ hue˥ tio˩ to˧]
一看便發火。

【看俺公食雞腱】
[k'uã˥ an˥ kɔŋ˥ tsia˩ ke˧ ken˧]
雞腱，雞肫，多筋不易咀嚼；喻自己做起來簡單的事，對別人（俺公）而言卻是困難的很。

【看會到，用𣍐到】
[k'uã˥ e˩ tio˧ iɔŋ˩ be˩ tio˧]
擁有很多的錢，卻因吝嗇或身染重病而不能花用，這兩種人都是可憐人。

【看戲看到大肚】
[k'uã˥ hi˩ k'uã˥ kau˥ tua˩ tɔ˧]
看戲看到被演員所勾引而懷孕，表示很離譜。

【看人放屎喉就滇】
[k'uã˥ laŋ˧ paŋ˥ sai˥ au˧ tio˩ tĩ˧]
滇，滿也。讖人眼紅。

【看人賺錢目孔赤】
[k'uã˥ laŋ˧ t'an˥ tsĩ˦ bak˩ k'aŋ˥ ts'iaʔ˩]
看人發財就起嫉妒心。

【看土面甭看人面】
[k'uã˥ t'ɔ˧ bin˧ mãi˥ k'uã˥ laŋ˧ bin˧]
農夫種田，與其看別人的面子，不如努力看地面的作物，較會成功。喻做事要盡本分；又喻人應自食其力，自力更生，不倚靠他人。

【看什麼司功企壇】
[k'uã˥ sia˥ mĩ˥ sai˧ kɔŋ˥ k'ia˩ tuã˦]
司功，道士；企壇，做法事的主持人（中尊），一般均須高功或道長。喻凡事之成敗，與領導者之能力高低成正比。

【看地面甭看人面】
[k'uã˥ te˩ bin˧ mãi˥ k'uã˥ laŋ˧ bin˧]
意同「看土面甭看人面」。

【看有食無乾焦癮】
[k'uã˥ u˧ tsia˩ bo˦ kan˧ ta˧ gen˩]
看得見吃不到，空歡喜，空過癮。

【看形骸，無看腹內】
[k'uã˥ hiŋ˧ hai˦ bo˧ k'uã˥ pak˥ lai˧]
只看重外表，不管他有無真才實學。

【看花容易畫花難】
[k'uã˥ hue˥ iɔŋ˧ i˩ ue˩ hue˥ lan˦]
喻說容易做困難。

【看花容易繡花難】
[k'uã˥ hue˥ iɔŋ˧ i˩ siu˥ hue˥ lan˦]
說得容易，做起來難。

【看鵁鴒，無看屎礐】
[k'uã˥ ka˧ tsiau˥ bo˧ k'uã˥ sai˥ hak˥]
鵁鴒，鳥名；屎礐，糞坑；一心只想捕捉鵁鴒鳥，沒看到糞坑在眼前。喻為利所蒙蔽。

【看人放屎，嚨喉就滇】
[k'uã˥ laŋ˧ paŋ˥ sai˥ nã˧ au˦ tio˩ tĩ˧]
譏人善妒。

【看人講話，看事跋杯】
[k'uã˥ laŋ˦ kɔŋ˥ ue˧ k'uã˥ su˧ pua˩ pue˥]
跋杯，在神前擲杯問吉凶。說話要隨機應變，不要拘泥不知變通。

【看田面，毋通看人面】
[k'uã˥ ts'an˧ bin˧ m˩ t'aŋ˧ k'uã˥ laŋ˧ bin˧]
意同「看土面，甭看人面」。

【看見俗俗，摸而觔著】
[k'uã˥ kĩ˩ siɔk˩ siɔk˥ bɔŋ˥ zi˩ be˩ tio˧]
看起來很便宜，要買卻買不起；喻知易行難。

【看花看梗，看親看頸】
[k'uã˥ hue˥ k'uã˥ kuãi˥ k'uã˥ ts'in˥ k'uã˥ kun˥]
選花要選花梗好的花才耐久，選妻要選頸子清潔健康的女子，才能百年好合。

【看命無褒，食水都無】
[k'uã˥ miã˧ bo˧ po˥ tsia˩ tsui˥ tio˧ bo˦]
算命的若不會說顧客的好話，必定門可羅雀，無錢可賺，連喝水都成問題。喻與顧客講話，不妨誇他兩句。

【看俺公食雞腱，脆脆】
[k'uã˥ an˥ kɔŋ˥ tsia˩ ke˧ ken˧ ts'e˥ ts'e˩]
雞腱，雞肫，狀如小葫蘆，中間脆脆，兩頭多筋。看老公公吃雞腱，似乎很

脆很容易吃，其實不然。喻看似容易，其實不然。

【看見樹梅，就會止嘴焦】
[k'uã˥ kĩ˥ ts'iu˩ m˧ tio˩ e˩ tsi˥ ts'ui˥ ta˥]
樹梅，果實小而酸，是做鹹酸甜的上等材料。謂望梅止渴。

【看某美，無酒也天天醉】
[k'uã˥ bɔ˥ sui˥ bo˧ tsiu˥ ia˩ t'en˧ t'en˧ tsui˩]
家有嬌妻，天天陶醉。

【看人食肉，毋通看人相扑】
[k'uã˥ laŋ˧ tsia˩ baʔ˩ m˩ t'aŋ˧ k'uã˥ laŋ˧ sio˧ p'aʔ˩]
喻遠離是非之地，以免遭受池魚之殃。

【看人食肉，毋通看人剖柴】
[k'uã˥ laŋ˧ tsia˩ baʔ˩ m˩ t'aŋ˧ k'uã˥ laŋ˧ p'ua˥ ts'a˧]
可以看人吃肉，不可以（毋通）看人剖柴；前者或許還可以揀到些便宜，後者運氣差可能會被木柴屑傷到。

【看人食魚食肉，毋看人相扑】
[k'uã˥ laŋ˧ tsia˩ hi˧ tsia˩ baʔ˩ m˩ k'uã˥ laŋ˧ sio˧ p'aʔ˩]
看別人吃山珍海味，頂多落得嘴饞之名；看別人打架（相扑），則有遭受池魚之殃的危險。

【看要死豬哥，抑是要死豬母】
[k'uã˥ be˥ si˥ ti˧ ko˥ ia˩ si˩ be˥ si˥ ti˧ bo˥]
揚言來一場生死決鬥，看是你死或是我死。意氣之語。

【看有食無乾乾癮，親像佛祖蒸油煙】
[k'uã˥ u˧ tsia˩ bo˧ kan˧ kan˧ gen˩ ts'in˧ ts'iũ˩ hut˩ tsɔ˥ ts'iŋ˥ iu˧ en˥]
看得到吃不到，只能想入非非而已，有如寺廟中的佛祖，吃不到供物，只能受供物的熱油煙烘薰而已。

【看有食無癮仙哥，半壁吊肉貓跋倒】
[k'uã˥ u˧ tsia˩ bo˧ gen˥ sen˧ ko˥ puã˥ piaʔ˥ tiau˥ baʔ˩ niaũ˥ pua˩ to˥]
看得到吃不到，乾過癮；就彷佛把肉吊在牆上，貓想偷吃，屢跳吃不著而摔倒（跋倒）。

【看戲看到扛戲籠，開查某開到做當番】
[k'uã˥ hi˩ k'uã˥ kau˥ kəŋ˧ hi˥ laŋ˥ k'ai˧ tsa˧ bɔ˥ k'ai˧ kau˥ tso˥ təŋ˧ pan˥]
嘲笑人沉迷於看戲、嫖妓，落得沒錢只好去當小工，爲戲班扛道具，爲妓女戶打工。當番是日語，此諺是日治以後才有。

【相甩路】
[sio˧ sut˥ lɔ˧]
指兩人在路上相錯開，沒有碰面。

【相耽誤】
[sio˧ tã˧ gɔ˧]
互相誤會。

【相粘蒂帶】
[sio˧ liam˧ ti˥ tua˩]
兩個以上相膠著並蒂的事物；喻互相有情分的關係。

【相扑雞仔】
[sio˧ p'aʔ˩ ke˧ a˥]
指生性好鬥之人。

【相湊孔仔】
[sio˧ tau˥ k'aŋ˧ ŋã˥]
互相勾結套招，以騙別人。

【相點相瞬】
[sio˧ tiam˥ sio˧ sut˧˩]
指兩人以眼神傳遞心意。

【相扑無好代】
[sio˧ p'aʔ˧˩ bo˧ ho˥ tai˧]
打架沒有任何好處。

【相爭一粒骰】
[sio˧ tsẽ˧ tsit˧˩ liap˧˩ tau˧]
喻數女共爭一男，豔福不淺。

【相看駛死牛】
[sio˧ k'uã˨˩ sai˥ si˥ gu˦]
彼此推諉不做，儘管你看我，我看你，結果害死了牛。喻該做的人不做，累壞了他人。

【相推駛死牛】
[sio˧ t'e˥ sai˥ si˥ gu˦]
意同前句。

【相尊食有剩】
[sio˧ tsun˥ tsia˨˩ u˨˩ ts'un˥]
朋分東西，互相謙讓，則人人有分，而且有得剩；否則，不僅有人分不到，而且不夠分。

【相拄，拄會著】
[sio˧ tu˥ tu˥ e˨˩ tio˧]
報復的機會有的是，後會有期。

【相扑無過田岸】
[sio˧ p'aʔ˧˩ bo˧ kue˥ ts'an˧ huã˧]
雙方爭吵或打架，不分輸贏，結果對彼此均無好處。喻勢均力敵。或喻五十步笑百步。

【相扑雞，頭無冠】
[sio˧ p'a˥ ke˥ t'au˦ bo˧ kue˨˩]
相扑雞，鬥雞，因常互鬥，把雞冠都鬥掉了。喻好訴訟好打架的人，對雙方都有損害。

【相合米煮有額】
[sã˧ kap˧˩ bi˥ tsi˥ u˨˩ gia˧]
你出一點米，我出一點米，合鍋同煮，比分開煮所得的飯量多；比喻合夥能互惠。

【相爭做乞食頭】
[sio˧ tsẽ˧ tso˥ k'it˥ tsia˨˩ t'au˦]
搶著當乞丐頭；喻爭小利。

【相敬，不如從令】
[sio˧ kiŋ˨˩ put˥ zu˧ tsiɔŋ˧ liŋ˧]
恭敬不如從命。

【相諍就要氣力】
[sio˧ tsẽ˨˩ tio˨˩ ai˥ k'ui˥ lat˥]
喻不要費力氣爭辯（相諍）。

【相扑尋見一下捏】
[sio˧ p'aʔ˧˩ ts'ue˨˩ kĩ˥ tsit˧˩ e˨˩ liam˨˩]
打架之後在找被人捏的地方；被打是大事不講，而計較被人捏的小事；謂大事不談，光談一些小事情。

【相爭做乞食頭路】
[sio˧ tsẽ˧ tso˥ k'it˥ tsia˨˩ t'au˧ lɔ˧]
喻爭做小事。

【相罵也要有相罵本】
[sio˧ mẽ˧ ia˨˩ ai˥ u˨˩ sio˧ mẽ˨˩ pun˥]
喻要罵人也必須要師出有名。

【相分食有剩，相搶食無分】
[sio˧ pun˥ tsia˨˩ u˨˩ ts'un˥ sio˧ ts'iũ˥ tsia˨˩ bo˧ hun˧]
吃飯時，互相謙讓，食物會有剩餘；若不相讓而相搶，則會有人吃不到東西。勸人要互讓。

【相扑無扑額，相罵無罵食】
[sio˧ p'aʔ˧˩ bo˧ p'a˥ hia˧ sio˧ mẽ˧ bo˧ mẽ˨˩ tsia˧]
打架不可打人額頭，吵架不可計較對方曾吃過你的食物；喻不以卑劣手段

打擊對方。

【相扑無好拳，相罵無好話】
[sio˧ p'aʔ.˩ bo˧ ho˥ kun˧˥ sio˧ mẽ˧ bo˧ ho˥ ue˧]
互相打架，不會有什麼好拳法；互相吵罵，不會有什麼好言辭。誡人勿打架吵罵。

【相扑無讓手，相罵無讓罵】
[sio˧ p'aʔ.˩ bo˧ niũ˩ ts'iu˥˧ sio˧ mẽ˧ bo˧ niũ˩ mẽ˧]
打架打到底，吵架罵到底，結果是兩敗俱傷。

【相輸毋曾贏，相諍毋曾輸】
[sio˧ su˥ m˩ bat˥ iã˧˥ sio˧ tsẽ˩ m˩ bat˥ su˥]
相輸，互相打賭;相諍，爭辯。形容人好與人打賭，可是每回皆輸;好與人爭論，沒有一回承認自己錯了。

【相識滿天下，知心能幾人】
[siɔŋ˧ sit.˩ buan˥ t'en˧ ha˧ ti˧ sim˥ liŋ˧ ki˥ zin˧˥]
喻人生知己難求。

【相師能相他人，不能相自己】
[siɔŋ˥˧ su˥ liŋ˧ siɔŋ˥˧ t'ã˧ zin˧˥ put˥ liŋ˧ siɔŋ˥˧ tsu˩ ki˥˧]
看相的人能爲別人看相，卻不能看自己的相；喻工於謀人拙於謀己。

【省一注錢】
[siŋ˥ tsit.˩ tu˥˧ tsĩ˧˥]
省下一筆錢。

【省事事省】
[siŋ˥ su˧ su˩ siŋ˥˧]
省略繁雜，務求簡化；又喻凡事宜忍耐，免得惹出麻煩。

【眠床底，㧌著被】
[bin˧ ts'əŋ˧ te˥˧ k'io˥˧ tio˩ p'ue˧]
棉被本來就在床上，怎麼算撿到的？謂所撿的東西並非撿到的，而是本來就在那邊。

【眠床腳，䆀發粟】
[bin˧ ts'əŋ˧ k'a˥ be˩ huat˥ ts'ik.˩]
床腳下不會長出稻穀；罵年輕人不知工作只知享樂。

【眠床腳放風吹——䆀沖】
[bin˧ ts'əŋ˧ k'a˥ paŋ˥˧ hɔŋ˧ ts'ue˥ be˩ ts'iŋ˩]
歇後語。床鋪底下（眠床腳）放風箏（放風吹），無論如何都放不起來，即是䆀沖，意謂神氣不起來。

【眠床腳，㧌著破草鞋】
[bin˧ ts'əŋ˧ k'a˥ k'io˥˧ tio˩ p'ua˥˧ ts'au˥ e˧˥]
草鞋，昔人上山下海做事所穿的做工鞋；㧌著，揀到；在床腳下揀到破草鞋；喻不足爲奇之事。

【眠床內失落褲，毋是尪就是某】
[bin˧ ts'əŋ˧ lai˧ sit˥ lo˩ k'ɔ˩ m˩ si˩ aŋ˥ tio˩ si˩ bɔ˥˧]
在床鋪上遺失了褲子，被誰藏了？不是先生便是老婆。喻不做第二人想。

【眞死肉】
[tsin˧ si˥ baʔ.˩]
死肉，肌肉失去感覺之謂；本係打小孩，小孩不怕痛時，罵小孩的話；引申爲不會痛定思痛之謂。

【眞米眞酵】
[tsin˧ bi˥ tsin˧ kau˩]
眞材實料，上等貨色。

【眞金毋驚火】
[tsin˧ kim˥ m˩ kiã˧ hue˥˧]
喻眞理經得起考驗，愈辯愈明。

【眞商無眞本】

[tsin˧ siɔŋ˥ bo˧ tsin˧ pun˥˩]
喻眞正會經商的人，不須太多的本錢。

【眞人，看做直入】
[tsin˧ zin˧˥ k'uã˥˩ tso˥˩ tit˩ zip˥]
不認識字，看錯字。

【眞人風，媽祖婆雨】
[tsin˧ zin˧˥ hɔŋ˥ mã˥ tso˥ po˧ hɔ˧]
氣象諺。眞人，吳眞人，即保生大帝，神誕日爲農曆三月十五日；媽祖之神誕日爲三月二十三日。傳說，兩位神仙在彼此生日時會互相捉弄對方，吳眞人生日時，媽祖會召風神颳風吹吳眞人之帽子；媽祖生日時，吳眞人會召雨神下雨淋濕媽祖的粉面。按：農曆三月晚春時期，氣候不穩定，時風時雨，民間附會神明故事，而有此諺。

【眞仙無救無命人】
[tsin˧ sen˥ bo˧ kiu˥˩ bo˧ miã˩ laŋ˧˥]
命中註定要死的人，連神仙都救不了。或作「眞仙無救無命子」。

【眞人面前，無講假話】
[tsin˧ laŋ˧˥ bin˩ tsiŋ˧˥ bo˧ kɔŋ˥ ke˥ ue˧]
謠言止於智者。

【眞珠囥到變老鼠屎】
[tsin˧ tsu˥ k'əŋ˥˩ ka˥ pĩ˥˩ niãu˥ ts'i˥ sai˥˩]
有用的東西，死藏的結果會變成廢物。

【眞賢算，剩一條錢貫】
[tsin˧ gau˧ suĩ˩ ts'un˧ tsit˩ tiau˧ tsĩ˧ kuĩ˩]
錢貫，清代錢幣中間有方孔，積許多錢後用繩索貫串，此繩索即名「錢貫」。善於計算的人，年頭擬定好一分生活計畫，但因憑空擬出，加以不善執行，到了年尾只剩下一條空錢貫而已。喻憑空作計畫，不切實際。

【眞久無相看，這拜較肥】
[tsin˧ ku˥˩ bo˧ sio˧ kan˩ tsi˧ bai˥ k'a˥˩ pui˧˥]
戲謔語。「相看」音被歪成「相姦」，「這拜」台語音近女陰「肞膍」。

【眞施捨，無哩驚假和尚】
[tsin˧ si˧ sia˩ bo˧ li˥ kiã˧ ke˥ hue˧ siũ˧]
眞的有心施捨，不擔心有人假冒和尚來化緣；喻但求盡其在我，不必杞憂他人。

【眞藥醫假病，眞病無藥醫】
[tsin˧ io˧ i˧ ke˥ pẽ˧ tsin˧ pẽ˧ bo˧ io˩ i˥]
一般的藥只能醫一般的病，重病就沒有藥可以醫治了。

【眾人嘴毒】
[tsiŋ˥˩ laŋ˧˥ ts'ui˩ tɔk˥]
喻眾口鑠金。

【眾口難消】
[tsiɔŋ˥˩ k'io˥˩ lan˧ siau˥]
喻眾怒難犯。

【眾志成城】
[tsiɔŋ˥˩ tsi˩ siŋ˧ siã˧˥]
大家團結一致，做事一定會成功。

【眾人喪，無人扛】
[tsiŋ˥˩ laŋ˧ sɔŋ˥ bo˧ laŋ˧ kəŋ˥]
擇日術上有所謂「重喪日」，如正月之甲日、二月之乙日……，俗信若於是日出殯，將會連續有人死亡，故找不到人來扛棺。

【眾人扛山山會動】
[tsiŋ˥˩ laŋ˧˥ kəŋ˧ suã˥ suã˥ e˩ taŋ˧]
喻眾志成城。

【眾口難消，寸水無魚】
[tsiɔŋ˥˩ k'io˥˩ lan˧ siau˥ ts'un˥˩ tsui˥˩

bu˧ hi˦]
喻無法用強迫的手段改變輿論，而沒有相當多好的德行，也不會招來好的朋友。

【眾軍殺人，罪及主帥】
[tsiɔŋ˥˧ kun˥ sat˙˩ zin˦ tsue˧ kip˙˩ tsu˥ sue˨˩]
部屬犯錯，連累長官。

【眾鳥食番仔通的屎】
[tsiɔŋ˥˧ tsiau˥˧ tsia˨˩ huan˧ nã˥ t'ɔŋ˥ e˧ sai˥˧]
喻全由一個人負擔。

【眾人放屎攪沙鱠做堆】
[tsiŋ˥˧ laŋ˦ paŋ˥˧ zio˧ kiau˥ sua˥ be˨˩ tso˥˧ tui˥]
喻烏合之眾，意見無法一致。

【眾星朗朗，不如孤月獨明】
[tsiɔŋ˥˧ ts'ẽ˥ lɔŋ˥ lɔŋ˥˧ put˙˩ zu˧ kɔ˧ guat˙˩ tɔk˙˩ biŋ˦]
喻眾多匹夫匹婦，不如一個英雄豪傑。

【眾人面前扑掃帚頭，行到門後回毋著】
[tsiŋ˥˧ laŋ˦ bin˨˩ tsiŋ˦ p'a˥˧ sau˥˧ ts'iu˥ t'au˦ kiã˧ kau˥˧ muĩ˧ au˧ hue˨˩ m˨˩ tio˧]
在眾人面前用掃把的竹柄打他，後來卻走到門後向他賠不是；喻前倨後恭。

【眼中釘】
[gan˥ tiɔŋ˧ tiŋ˥]
心裡最看不順眼的人物。

【眼精手快】
[gan˥˧ tsiŋ˥ ts'iu˥˧ k'uai˨˩]
眼明手快。

【眼不見爲淨】
[gan˥˧ put˙˩ ken˨˩ ui˧ tsiŋ˧]
不看還好，看了會令人噁心。

【眼前面赤，背後得力】
[gan˥ tsen˦ bin˧ ts'iaʔ˙˩ pue˨˩ hio˧ tit˙˩ lat˙˩]
面赤，因慚愧而臉紅；謂能知廉恥，日後就會戮力上進。知恥近乎勇。

【睏籠】
[k'un˥˧ laŋ˥˧]
鹿港人將不用的東西放在箱子或櫃子內稱爲睏籠；喻勿花錢買無用之物，以免既花錢又費神保管。

【睏定著平】
[k'un˥˧ tiã˨˩ tio˨˩ piŋ˦]
固定一個方向睡覺；喻頑固不通，拘謹。

【睏晚晚，燒火炭】
[k'un˥˧ uã˥˧ uã˨˩ sio˧ hue˥ t'uã˨˩]
光復初期，公務員朝八暮五，不必像農夫起早爬晚，且有配給的木炭煮飯，不必燒草焚柴，許多人因而感到很滿足。

【睏空舖，無死尪，亦死某】
[k'un˥˧ k'aŋ˧ p'ɔ˥ bo˧ si˥ aŋ˥ ia˨˩ si˥ bɔ˥˧]
台俗結婚前夕，在洞房內先安新床，稱爲「安床」。安床後，不可空著，也不可只有一個人睡，必須兩個人睡，通常是準新郎再找一個屬龍的小弟或侄子陪他睡；否則傳說會不吉利，將來新郎新娘中有一個會先死。

【睏破三領草蓆，心肝掠鱠著】
[k'un˥˧ p'ua˥˧ sã˧ niã˥ ts'au˥ ts'ioʔ˙˩ sim˧ kuã˥ lia˨˩ be˨˩ tio˧]
夫妻相處，已睡破了三張草蓆，尚無法料出對方的心理。

【睏破三領蓆，掠君心肝鱠得著】
[k'un˥˧ p'ua˥˧ sã˧ niã˥ ts'ioʔ˙˩ lia˨˩ kun˥ sim˧ kuã˥ be˨˩ tit˙˩ tio˧]

意同前句。夫妻相處多年，已經在一起睡破了三張草蓆，尚無法摸清對方的想法。

【瞞夫騙婿】
[muã˧ hu˥ p'en˦˥ sai˨˩]
謂婦人不貞，瞞著夫婿與情夫交往。

【瞞爸騙母】
[muã˧ pe˨˩ p'en˦˥ bu˥˧]
謂兒女到了青春期，遇到有關異性的事，便會開始瞞騙父母。

【瞞官騙鬼】
[muã˧ kuã˥ p'en˦˥ kui˥˧]
喻欺騙的技巧高明，不但騙得了官，還騙得了鬼。

【瞞神騙鬼】
[muã˧ sin˧˥ p'en˦˥ kui˥˧]
喻欺上瞞下。

【瞞生人目，答死人恩】
[muã˧ sẽ˧ laŋ˧ bak˥ tap˥ si˥ laŋ˧ in˥]
譏諷為人子女父母在世不盡孝心，死後卻為他們辦舖張的喪禮。

【瞞者瞞不識，識者不可瞞】
[muã˧˥ tsia˨˩ muã˧ put˥ sit˩ sit˥ tsia˨˩ put˥ k'o˥ muã˧˥]
只能騙外行，無法騙內行人。

【知法怕法】
[ti˧ huat˩ p'ã˥˧ huat˩]
越是懂得法律的人，越是怕觸犯刑法。

【知子莫若父】
[ti˧ tsu˥˧ bɔk˩ ziɔk˩ hu˧]
做父母的最了解兒女的心性。

【知進毋知退】
[tsai˧ tsin˨˩ m˨˩ tsai˧ t'e˨˩]
嘲人不知進退，不知變通。

【知人知面不知心】
[ti˧ zin˧˥ ti˧ bin˧ put˥ ti˧ sim˥]
人心隔肚皮。

【知人臭頭，掀人帽】
[tsai˧ laŋ˧ ts'au˥˧ t'au˧˥ hen˧ laŋ˧ bo˧]
臭頭，癩痢頭；喻故意揭人瘡疤。

【知改過者為聖賢】
[ti˧ kai˥ ko˨˩ tsia˨˩ ui˧ siŋ˥˧ hen˧˥]
知過能改，即是聖賢。

【知其一不知其二】
[ti˧ ki˧ it˩ put˥ ti˧ ki˧ zi˧]
對事情所知有限，不徹底。

【知己知彼，將心比心】
[ti˧ ki˥˧ ti˧ pi˥˧ tsiɔŋ˧ sim˥ pi˥ sim˥]
與人相處，應多了解對方，常設身處地為人著想。

【知己知彼，百戰百勝】
[ti˧ ki˥˧ ti˧ pi˥˧ pik˥ tsen˨˩ pik˥ siŋ˨˩]
凡事宜事先了解彼此狀況，才有把握成功。

【知止終止，終身不恥】
[ti˧ tsi˥˧ tsiɔŋ˧ tsi˥˧ tsiɔŋ˧ sin˥ put˥ t'i˥˧]
知所進退，則不會自取其辱。

【知足常足，終身不辱】
[ti˧ tsiɔk˩ siɔŋ˧ tsiɔk˩ tsiɔŋ˧ sin˥ put˥ ziɔk˥]
知足而不貪婪，就不會自取其辱。

【知子莫若父，知臣莫若君】
[ti˧ tsu˥˧ bɔk˩ ziɔk˩ hu˧ ti˧ sin˧˥ bɔk˩ ziɔk˩ kun˥]
為人父母最了解兒女心性，為人上司最了解部屬的作為。

【知子莫若父，知弟莫若師】
[ti˧ tsu˥˧ bɔk˩ ziɔk˩ hu˧ ti˧ te˧ bɔk˩ ziɔk˩ su˥]

爲人父母最了解兒女心性，爲人老師最了解學生行爲。

【知我臭頭，你纔要給我掀】
[tsai˧ gua˥ ts'au˥ t'au˦ li˥ tsia˥ be˥ ka˩ gua˥ hen˥]
明知我癩痢頭，故意將我的帽子掀開；喻明知對方有缺點，故意讓他出醜。

【知你腳細，纔要舉出來弄】
[tsai˧ li˥ k'a˥ se˩ tsia˥ be˥ gia˧ ts'ut˥ lai˧ laŋ˧]
謂我知道你是三寸金蓮，才會故意露出來現；譏諷，我知道你有本事，請勿誇耀。

【知進毋知退，識算毋識除】
[tsai˧ tsin˩ m˩ tsai˧ t'e˩ bat˥ suĩ˩ m˩ bat˥ ti˦]
謂人淺慮，只知其一不知其二。

【知伊月内，纔要扑伊的房門】
[tsai˧ i˧ gue˩ lai˧ tsia˥ be˥ p'a˥ i˧ e˧ paŋ˧ muĩ˦]
月内，指產婦生產一個月之内，俗以月内房污穢，忌進入。喻故意揭開別人的隱私。

【知進退爲英雄，識時務爲豪傑】
[ti˧ tsin˥ t'e˩ ui˧ iŋ˧ hiɔŋ˦ sit˥ si˧ bu˧ ui˧ ho˧ ket˥]
能知何時該伸何時該屈的人才是英雄；能知天下局勢與大劫之所趨者才是豪傑。

【知人知面不知心，畫虎畫皮難畫骨】
[ti˧ zin˦ ti˧ bin˧ put˥ ti˧ sim˥ ue˩ hɔ˥ ue˩ p'ue˦ lan˧ ue˩ kut˩]
喻人心難測。

【矮人厚行】
[e˥ laŋ˦ kau˩ hiŋ˧]
矮個子詭計多。

【矮人厚性地】
[e˥ laŋ˦ kau˩ siŋ˥ te˧]
矮子脾氣大。

【矮人過溪——拄卵】
[e˥ laŋ˦ kue˥ k'e˥ tu˩ lan˧]
歇後語。矮人過溪，溪深，其陰莖(卵)即泡在水中，其音曰「拄卵」，即忿恨不平之意也。

【矮人過溪——堵南】
[e˥ laŋ˦ kue˥ k'e˥ tu˩ lan˧]
歇後語。矮個子涉水過溪，其陰莖(卵)鮮有不泡在水中者也，稱爲「堵卵」，音同「拄南」；堵南，地名，在基隆市七堵區。

【矮仔毒，蚼毛惡】
[e˥ a˥ tɔk˥ k'iu˧ mɔ̃˦ ɔk˩]
俗謂個子矮及頭髮蜷曲的人，心腸較爲惡毒。

【矮人看場，隨時嘆賞】
[e˥ laŋ˦ k'uã˥ tiũ˦ sui˧ si˦ t'an˥ siũ˥]
矮子身材短，看不見戲台演什麼，卻跟著別人哀嘆或讚賞。喻人云亦云。

【矮人無行，天下太平】
[e˥ laŋ˦ bo˧ hiŋ˧ t'en˧ ha˧ t'ai˥ piŋ˦]
俗謂矮人厚行，若是矮人不會厚行，則天下即太平。

【矮人無伴，天下太平】
[e˥ laŋ˦ bo˧ p'uã˧ t'en˧ ha˧ t'ai˥ piŋ˦]
矮子沒有人跟他一起走，反而落得一身清閒，沒人與他相爭，則天下太平。

【矮人無恨，天下太平】
[e˥ laŋ˦ bo˧ hin˧ t'en˧ ha˧ t'ai˥

piŋ˦]
俗謂矮子工於心計，矮子若無遺憾之處，不以心計害人，則天下無事。

【矮仔狗，敢食高桌物】
[e˥ a˥ kau˥˧ kã˥ tsia˩ kuan˧ to˥˧ mĩ˧]
譏人敢做能力以外的事。

【矮鼓尪，初一十五燒香請別人】
[e˧ kɔ˥ aŋ˥ ts'e˧ it˥ tsap˩ gɔ˧ sio˧ hiũ˥ ts'iã˥˧ pat˩ laŋ˦]
矮鼓尪，矮丈夫。台俗初一、十五早晚要對神明及祖先燒香，香爐高高在上，丈夫若個子不高，插香便須央請別人。滑稽句。

【石內鏨字】
[tsio˩ lai˧ tsam˥ zi˧]
喻斬釘截鐵，做事果斷。

【石沈大海】
[tsioʔ˥ tim˦ tua˩ hai˥˧]
喻毫無消息。

【石磨仔心】
[tsio˩ bo˧ a˥ sim˥]
石磨仔，昔日農家磨粿之石製用具，其中心之木樁，飽受上下擠壓之苦；喻介於兩者之間受苦。

【石頭公生的】
[tsio˩ t'au˧ kɔŋ˥ sẽ˥ e˧]
昔日兒女問父母他是從何處來的？因爲性教育不發達，不易解釋，便以此語搪塞。

【石頭狗，膾吠】
[tsio˩ t'au˧ kau˥˧ be˩ kio˩]
喻木訥寡言之人。

【石獅也驚人告】
[tsio˩ sai˥ ia˩ kiã˧ laŋ˧ ko˩]
連石獅都怕被人控告；喻訴訟之可怕。

【石獅食到爛肚】
[tsio˩ sai˥ tsia˩ ka˥ nuã˩ tɔ˧]
喻貪婪無饜。

【石頭公爆出來的】
[tsio˩ t'au˧ kɔŋ˥ piak˩ ts'ut˥ lai˩ e˩]
意同「石頭公生的」。

【石加祿出來的——戇番】
[tsio˩ ka˧ lɔk˥ ts'ut˥ lai˩ e˩ gɔŋ˩ huan˥]
新竹地區歇後語。石加祿，或做石加路，古代新竹地區番社名。戇番，笑人戇直沒見識。

【石頭浸久無爛嘛臭】
[tsio˩ t'au˦ tsim˥˧ ku˥˧ bo˧ nuã˧ mã˩ ts'au˩]
石頭泡在水中很久，不爛也臭；喻任何人物都不堪長久折磨。

【破少年】
[p'ua˥˧ siau˥˧ len˦]
謂不像個正常的年輕人，指身體差。

【破天荒】
[p'ua˥˧ t'en˧ hɔŋ˥]
前所未有，第一次。

【破脆雷】
[p'ua˥˧ ts'e˥˧ lui˦]
指夏天所打的巨雷；喻聲嘶力竭，大聲疾呼。

【破鼓救月】
[p'ua˥˧ kɔ˥˧ kiu˥˧ gue˧]
古人以爲月蝕必須擊破鼓以救之，故破鼓亦有用處。喻天下沒有無用之物。

【破雨傘，興展】
[p'ua˥˧ hɔ˩ suã˩ hiŋ˥˧ ten˥˧]
譏人沒本事又愛炫耀。

【破扇引清風】
[p'ua˥˧ sĩ˩ in˥ ts'iŋ˧ hɔŋ˥]

扇雖破尚可搖風；喻廢物尚可利用。

【破棺材鎮塚】
[p'ua˥ kuã˧ ts'a˦ tin˥ t'iɔŋ˥]
喻尸位素餐，空佔名額。

【破鼓好救月】
[p'ua˥ kɔ˥ ho˥ kiu˥ gue˧]
意同「破鼓救月」。

【破蓆蓋豬屎】
[p'ua˥ ts'ioʔ˥ k'am˥ ti˧ sai˥]
喻廢物也有廢物的用處。

【破粿當乞食】
[p'ua˥ kue˥ təŋ˧ k'it˥ tsia˧]
破損的粿，不方便祭神，但當乞丐上門時正可以施捨給他。喻不好的東西可以給不好的客人。

【破棉績，假氈】
[p'ua˥ mĩ˧ tsioʔ˩ ke˥ t'an˥]
窮人所蓋的棉被，沒有被單，光有被胎，日子久了，被胎棉線下的棉花會散露出來，好像毛氈的外表；棉被便宜，毛氈較貴；喻把下等的東西當作上等的東西炫耀。

【破鞋假硬躑】
[p'ua˥ e˦ ke˥ ŋẽ˩ tẽ˥]
喻善於掩飾；或謂善於充門面。

【破茭薦，好塞壁】
[p'ua˥ ka˧ tsi˩ ho˥ t'at˥ piaʔ˩]
茭薦，昔日用以盛物之草袋，茭薦雖破，還可用來塞牆縫。

【破笠仔好遮身】
[p'ua˥ le˧ a˥ ho˥ zia˧ sin˥]
斗笠雖破，不能遮雨，至少可以遮身；喻廢物也有它的用處。

【破鞋亦會掛腳】
[p'ua˥ e˦ ia˩ e˩ k'ue˥ k'a˥]
喻廢物尚有可利用之處。

【破柴連砧也煞破】
[p'ua˥ ts'a˦ len˧ tiam˥ ia˩ sua˥ p'ua˩]
破柴，用斧頭剖柴；砧，柴砧；剖柴只破柴片，砧只是用來墊置用，不可剖，不意竟連砧也剖掉。用以說人罵人時，不應該連自己人也罵進去，累及無辜。或謂某甲提供消息你才得以指責某乙，而指責某乙時你竟將某甲加以曝光，也可用此諺形容。

【破船過海較贏泅】
[p'ua˥ tsun˦ kue˥ hai˥ k'a˥ iã˧ siu˦]
喻有工具比沒工具強。

【破病無藥，死無草蓆】
[p'ua˥ pẽ˧ bo˧ io˧ si˥ bo˧ ts'au˥ ts'ioʔ˥]
生病無錢可買藥，死亡無錢買草蓆裹屍，形容窮困之至。

【破厝漏鼎，苦死某子】
[p'ua˥ ts'u˩ lau˩ tiã˥ k'ɔ˥ si˥ bɔ˥ kiã˥]
破房子與漏鍋子，苦死一家大小；形容家境貧苦。

【破船病某，一世人艱苦】
[p'ua˥ tsun˦ pẽ˩ bɔ˥ tsit˩ si˥ laŋ˦ kan˧ k'ɔ˥]
流行於河海地區的台諺。漁夫若是有一艘時常須要修補的破船，或者一位長年久病的妻子，註定一輩子辛苦。

【破雞籠，毋敢入白絨雞】
[p'ua˥ ke˧ lam˥ m˩ kã˥ zip˩ pe˩ ziɔŋ˧ ke˥]
破雞籠不敢供珍貴的白絨雞住；喻匹配不上。

【破心肝予人食，亦嫌臭臊】
[p'ua˥ sim˧ kuã˥ hɔ˩ laŋ˧ tsia˧ ia˥ hiam˧ ts'au˥ ts'o˥]

把心肝剖出來給對方吃，對方還嫌腥臭；喻為人竭盡心力，尚被對方嫌惡，不能滿足對方。

【破婊若有情，神主就無靈】
[p'ua˥ piau˥ nã˨ u˨ tsiŋ˦ sin˧ tsu˥ tio˨ bo˧ liŋ˦]
妓女如果有眞情，家裡的祖先就不靈。

【破尿壺要比玉器，蓄著簽要比魚翅】
[p'ua˥ zio˨ ɔ˦ be˥ pi˥ gik˩ k'i˨ han˧ tsi˧ ts'iam˥ be˥ pi˥ hi˧ ts'i˨]
喻根本是天淵之別，不堪比擬。

【破厝偏逢連夜雨，小船正拄強風颱】
[p'ua˥ ts'u˨ p'en˧ hɔŋ˧ len˧ ia˨ hɔ˧ sio˥ tsun˦ tsiã˥ tu˥ kiɔŋ˧ hɔŋ˧ t'ai˥]
喻禍不單行，處境極窘。

【砧皮鞋，食毛】
[tiam˧ p'ue˧ e˦ tsia˨ mõ˥]
砧皮鞋，補皮鞋；收入微薄，難以養家活口。食毛，即食無。

【砧皮鞋，補雨傘】
[tiam˧ p'ue˧ e˦ pɔ˥ hɔ˨ suã˨]
砧，補鞋底；指從事小手藝餬口。

【硌硞馬無掛鞍】
[lɔk˥ k'ɔk˥ be˥ bo˧ kua˥ uã˥]
喻在外遊蕩，游手好閒的女子。

【研槽做陰門】
[giŋ˥ tso˦ tso˥ im˧ muĩ˦]
研槽，中藥舖研磨藥粉的工具；陰門，指女陰；以研槽代替陰門，但卻無法達到其原有之效果。

【硐仔頭掛橄欖】
[taŋ˧ ŋã˥ t'au˦ kua˥ kan˧ lan˦]
硐仔頭，圓蓋子；在圓的東西上放圓的東西（橄欖），喻一定會滾下來。

【硫仔拄著衝仔】
[liu˧ a˥ tu˥ tio˨ ts'iɔŋ˥ ŋã˥]
硫仔、衝仔，二人名；喻際遇好機會。

【硬攻硬刧】
[ŋẽ˨ kɔŋ˧ ŋẽ˨ kiap˩]
強行奪取。

【硬鎚，扑硬錚】
[ŋẽ˨ t'ui˦ p'a˥ ŋẽ˨ tsiŋ˥]
喻剛愎自用。

【硿仔仙】
[k'ã˧ a˥ sen˥]
指男同性戀者。

【硿仔底煠龜，腳走出來】
[k'ã˧ a˥ te˥ sa˨ ku˥ k'a˥ tsau˥ ts'ut˥ lai˨]
想遮掩卻遮掩不了，露出形跡。

【碗面人】
[uã˥ bin˨ laŋ˦]
指有頭有臉的知名人士。

【碗公煎茶】
[uã˥ kɔŋ˥ tsuã˧ te˦]
碗公是磁器，不堪直接用火燒來煎茶；喻危險之事。

【碗仔疊碟仔】
[uã˥ a˥ t'a˨ ti˧ a˥]
碗應與碗疊在一起，碟仔與碟仔疊在一起，才有秩序，如今交錯疊在一塊則是失去秩序；喻亂倫。

【碗細塊，箸大腳】
[uã˥ se˥ te˨ ti˧ tua˨ k'a˥]
喻丈夫體格大，妻子體格小。

【碗碟落水會相磕】
[uã˥ ti˧ lo˨ tsui˥ e˨ sio˧ k'ap˩]
喻自家人也難免會爭吵。

【碟子栽花，根淺】

[ti˧ a˥ tsai˧ hue˥ kin˥ ts'en˥]
喻發展有限。

【磕著就司功媽姨】
[k'ap˥ tio˧ tio˩ sai˧ kɔŋ˥ mã˥ i˦]
司功，道士；媽姨，指先生媽、尪姨，女巫也。動不動就要請司功、先生媽、尪姨解決；喻大驚小怪，小題大作。

【磁窯籬笆——艙攀】
[hui˧ io˧ li˧ pa˥ be˩ pẽ˥]
歇後語，南投竹山諺語。磁窯四周籬笆，皆以燒壞的磁器疊成，未用水泥或石灰黏著，不可攀爬。

【磨老龜】
[bua˧ lau˩ ku˥]
年老還得操勞。

【磨刀恨不利，刀利傷人指】
[bua˧ to˥ hun˩ put˥ li˧ to˥ li˧ siɔŋ˧ zin˧ tsi˥]
磨刀希望刀利，刀子鋒利又怕傷害人手指；喻矛盾。

【磧甜，快生後生】
[te˥ tĩ˥ k'uai˥ sẽ˧ hau˩ sĩ˥]
婦人害喜之初期，愛吃蜜餞鹹酸甜，是以出嫁時，母親都會在女兒嫁奩中放蜜餞，俗稱「磧甜」，以祈早日生男兒。

【磚仔廳，艙發粟】
[tsuĩ˧ ã˥ t'iã˥ be˩ huat˥ ts'ik˩]
磚仔廳，昔人大廳地面大都鋪以八角紅磚，縱然有穀粒掉在牆角磚縫，也無法發芽。喻窮底子無法有什麼好發展。

【磚的，徙去石的】
[tsuĩ˥ e˥ sua˥ k'i˥ tsioʔ˥ e˧]
昔日有錢人住磚蓋的「大瓦厝」，窮人始住土墼蓋或就地取材以石頭堆成的房屋。喻搬遷的結果，越搬越差。

【神不久停】
[sin˦ put˥ kiu˥ t'iŋ˦]
與不常見面的朋友道別時常說的客套話。

【神甲人同】
[sin˦ ka˥ zin˦ tɔŋ˦]
神意與人意同，人之所惡，神亦必厭之。

【神不可盡信】
[sin˦ put˥ k'o˥ tsin˩ sin˩]
勸人不可一味迷信鬼神。

【神不知，鬼不覺】
[sin˦ put˥ ti˥ kui˥ put˥ kak˩]
喻非常祕密。

【神明興，弟子窮】
[sin˧ biŋ˦ hiŋ˥ te˩ tsu˥ kiŋ˦]
神明靈聖，祂的信徒就會窮；因爲神明靈聖，祭典就多，信徒經常要備牲醴祭拜，浪費金錢。

【神得金，人得飲】
[sin˦ tit˥ kim˥ zin˦ tit˥ im˥]
拜拜時，神明獲得金紙，人們則可享受祭後之佳肴飲食。

【神仙奧料五穀價】
[sin˧ sen˥ o˥ liau˩ ŋɔ̃˥ kɔk˥ ke˩]
就算是神仙，也難以預料糧食的價格。喻物價起落，無法預料。

【神仙艙救無命人】
[sin˧ sen˥ be˩ kiu˥ bo˧ miã˩ laŋ˦]
生死有命，雖是神仙也救不了沒有命的人。

【神仙難救無命子】
[sin˧ sen˥ lan˧ kiu˥ bo˧ miã˩ kiã˥]
意同前句。

【神明會保庇好的人】
[sin˧ biŋ˧˥ e˨˩ po˥ pi˥˧ ho˥˧ e˧ laŋ˧˥]
神佑善人。

【神不可不信，不可盡信】
[sin˧˥ put˙˥ k'o˥ put˙˥ sin˨˩ put˙˥ k'o˥ tsin˨˩ sin˨˩]
盡信神往往誤事。

【神毋通無信，毋通盡信】
[sin˧˥ m˨˩ t'aŋ˧ bo˧ sin˨˩ m˨˩ t'aŋ˧ tsin˨˩ sin˨˩]
人不能不信神，但也不可過度迷信。

【神明也會成人，也會敗人】
[sin˧ biŋ˧˥ ia˨˩ e˨˩ ts'iã˧ laŋ˧˥ ia˨˩ e˨˩ pai˨˩ laŋ˧˥]
神會助善人，會敗惡人。

【祖公仔屎食會了】
[tso˥ koŋ˧ ŋã˥ sai˥˧ tsia˨˩ e˨˩ liau˥˧]
祖宗遺產再多，若不奮發，總有坐吃山空之日。

【祖先雖遠，祭祀毋通無誠】
[tso˥ sen˥ sui˧ uan˥˧ tse˥˧ su˧ m˨˩ t'aŋ˧ bo˧ siŋ˧˥]
要以虔誠之心，追祀遠祖。

【祿哥束哥】
[lɔk˙˩ ko˨˩ sɔk˙˥ ko˨˩]
指有的或沒有的那一些雜物雜事。

【禁屎𣍐枵，禁尿下痟】
[kim˥˧ sai˥˧ be˨˩ iau˥ kim˥˧ zio˧ ha˨˩ siau˥]
枵，飢餓；下痟，腎臟病。此諺告誡世人，憋大便的副作用是消化不良，不會餓；憋小便的副作用可就麻煩，會得腎臟病。

【福至心靈】
[hɔk˙˥ tsi˨˩ sim˥ liŋ˧˥]
運氣來了，腦筋忽然開竅，適時想到做事的好方法。

【福地福人居】
[hɔk˙˥ te˧ hɔk˙˥ zin˧ ki˥]
謂不積德而無福之人，休想得到吉地福穴。

【福州城——假驚】
[hɔk˙˥ tsiu˧ siã˧˥ ke˥ kiã˥]
歇後語。福州城不是眞的帝京，是假京，與假驚諧音。

【福祿壽三字全】
[hɔk˙˥ lɔk˙˩ siu˧ sã˧ zi˨˩ tsuan˧˥]
福、祿、壽，三樣齊備；既有福氣（如兒子多等）、又有官爵（祿），且長壽健康。或作「財子壽三字全」。

【福建總督，管兩省】
[hɔk˙˥ ken˥˧ tsɔŋ˥ tɔk˙˩ kuan˥ lɔŋ˨˩ siŋ˥˧]
清康熙廿三年，台灣收入中國版圖，設一府三縣，隸屬福建，當時設閩浙總督。光緒十一年，台灣設省，以劉銘傳爲巡撫，閩浙分治，設福建總督，統轄福建、台灣兩省。後用以比喻兩頭管。

【福建完完，毋值漳泉】
[hɔk˙˥ ken˨˩ uan˧ uan˧˥ m˨˩ tat˙˩ tsiaŋ˧ tsuan˧˥]
福建地雖寬，但均屬高山丘陵，只有漳、泉二府地域較爲富庶。

【福建雞鳴，基隆可聽】
[hɔk˙˥ ken˨˩ ke˥ biŋ˧˥ ke˧ laŋ˧˥ k'o˥ t'iã˥]
形容福建與台灣地理位置很近。

【福無雙至，禍不單行】
[hɔk˙˩ bu˧˥ siaŋ˧ tsi˨˩ ho˧ put˙˥ tan˧ hiŋ˧˥]
好事很少結伴而來，壞事卻常接踵而

至。

【福而不足，狗仔睏烘爐櫃】
[hɔk˩ zi˩ put˥ tsiɔk˩ kau˥ a˥ k'un˥ haŋ˧ lɔ˧ kui˧]
狗本來是睡在狗窩，若將爐灶前之火灰扒平給狗睡，狗應感謝才對，結果牠竟不滿足；喻不知足。

【福州靴，泉州舍，廈門金頂】
[hɔk˥ tsiu˧ hia˥ tsuan˧ tsiu˧ sia˩ e˩ muĩ˦ kim˧ tiŋ˥]
指昔日福州人大都穿長筒靴，泉州人出門愛打扮（阿舍，本指官人、舉人之子），廈門人喜歡釘有金飾的帽子。

【禍不單行】
[ho˧ put˥ tan˧ hiŋ˦]
壞事常常是接踵而來。

【禍對天頂跋落來】
[ho˧ tui˥ t'ĩ˧ tiŋ˥ pua˧ lo˩ lai˩]
禍從天降。

【禍對天裏交落落來】
[ho˧ tui˥ t'ĩ˥ li˥ ka˧ lau˧ lo˩ lai˩]
禍從天降。

【禮多必詐】
[le˥ to˥ pit˥ tsaʔ˩]
對我多禮者，必有所求於我。

【禮數在人】
[le˥ sɔ˩ tsai˩ laŋ˦]
禮數厚薄，因人不同。

【禮數當然】
[le˥ sɔ˩ tɔŋ˧ zen˦]
禮當如此。

【禮多人必詐】
[le˥ to˥ zin˦ pit˥ tsaʔ˩]
多禮之人，必有所求，須防他詐騙。

【禮下於人，必有所求】
[le˥ ha˩ i˧ zin˦ pit˥ iu˥ sɔ˥ kiu˦]
無事不登三寶殿，來送禮者必有所請求。

【禿頭禿無起，跋一下半小死】
[t'u˥ t'au˦ t'u˥ bo˧ k'i˥ pua˩ tsit˩ le˧ puã˥ sio˥ si˥]
滑稽語。十個禿子九個富，若是未禿透，則可慘了。

【秀才驚歲考】
[siu˥ tsai˦ kiã˧ sue˥ k'o˥]
歲考，指兩年一次的考試；若未達到標準，則會被摘去秀才的頭銜。

【秀才人情，紙一張】
[siu˥ tsai˦ zin˧ tsiŋ˦ tsua˥ tsit˩ tiũ˥]
禮輕情意重。

【秀才拄著兵，有理講勿清】
[siu˥ tsai˦ tu˥ tio˩ piŋ˥ u˩ li˥ kɔŋ˥ be˩ ts'iŋ˥]
謂有學問的人，遇到沒學問的人，有理也講不清；不可理喻。

【秀才枵死毋賣書，壯士枵死毋賣劍】
[siu˥ tsai˦ iau˧ si˥ m˩ be˩ tsu˥ tsɔŋ˥ su˧ iau˧ si˥ m˩ be˩ kiam˩]
喻人窮志不可窮。

【秋毫無犯】
[ts'iu˧ ho˧ bu˧ huan˧]
一點也未加侵犯。

【秋甲子雨，稻生兩耳】
[ts'iu˥ ka˥ tsu˥ ho˧ tiu˧ sẽ˧ ləŋ˩ hĩ˧]
秋甲子日下雨，占「爛冬」，稻子的根與穀實會同時長芽。

【秋茄白露應，較毒飯匙倩】
[ts'iu˧ kio˦ pe˩ lɔ˩ iŋ˩ k'a˥ tɔk˩ puĩ˩ si˧ ts'iŋ˩]

白露，二十四節氣中，秋之節氣；飯匙倩，毒蛇名，即眼鏡蛇。入秋以後的茄子，白露以後的應菜（空心菜），俗以爲產季已過，有毒不可吃。

【秋至山清色自秀，春來無處不花香】
[ts'iu˥ tsi˨ san˥ ts'iŋ˥ sik˥ tsu˨ siu˨ ts'un˥ lai˧ bu˧ ts'u˨ put˥ hua˥ hiɔŋ˥]
形容春秋時節之佳景。

【秤錘拖尾】
[ts'in˥˧ t'ui˧ t'ua˧ bue˥˧]
用秤子秤物，東西輕則秤錘下滑有如拖尾；喻境遇每況愈下。

【秤頭就是路頭】
[ts'in˥˧ t'au˧ tio˨ si˨ lɔ˨ t'au˧]
謂生意人秤東西要足斤足兩，人們日後才會再上門買東西，秤頭若不足，從此便會斷路頭。

【秤錘磕你油硿】
[ts'in˥˧ t'ui˧ k'ap˥ li˥ iu˧ k'ã˥]
用秤錘打你的油硿，是划得來的；喻窮人與富人打架是划得來的。

【秤斤十六兩，一斤一斤算】
[ts'in˥˧ kin˥ tsap˩ lak˩ niũ˥˧ tsit˩ kin˥ tsit˩ kin˧ suĩ˨]
喻一一數説別人的短處。

【移山倒海】
[i˧ san˧ to˥ hai˥˧]
喻能力超強、法術無邊。

【稂不稂，莠不莠】
[lɔŋ˧ put˥ lɔŋ˧ iu˨ put˥ iu˨]
稂、莠皆是害草之名；喻不成材的人。

【稀罕子，量剩孫】
[hi˧ han˥ kiã˥˧ liɔŋ˨ siŋ˨ sun˥]
兒子數目不多（稀罕），可是到了孫輩便數目眾多（量剩）；喻子孫繁衍極快。

【程咬金仔，福將】
[t'iã˧ ka˨ kim˥ mã˥ hɔk˥ tsiɔŋ˨]
喻幸運者。

【程咬金，陣陣出】
[t'iã˧ ka˨ kim˥ tin˨ tin˨ ts'ut˩]
譏人好出鋒頭。

【程咬金，三日皇帝】
[t'iã˧ ka˨ kim˥ sã˧ zit˩ hɔŋ˧ te˨]
喻好景不常。

【程咬金，擋無一下斧頭】
[t'iã˧ ka˨ kim˥ tɔŋ˥˧ bo˧ tsit˩ le˨ pu˥ t'au˧]
喻弱將擋不住一下斧頭。

【程咬金仔笑死，程鐵牛哭死】
[t'iã˧ ka˨ kim˥ mã˥ ts'io˥˧ si˥˧ t'iã˧ t'i˥˧ gu˧ k'au˥˧ si˥˧]
程鐵牛，程咬金之子。相傳程咬金聽到好消息，高興過度致死；其子程鐵牛生性至孝，見景哀傷過度，哭號而死。喻樂極生悲。

【稗仔掠準稻仔】
[p'e˧ a˥˧ lia˨ tsun˥ tiu˧ a˥˧]
判斷錯誤。

【種著蕃薯五萬條，豬母豬仔一大陣，等到當時會出頭】
[tsiŋ˥˧ tio˨ han˧ tsi˧ gɔ˨ ban˨ tiau˧ ti˧ bo˥˧ ti˧ kiã˥˧ tsit˩ tua˨ tin˧ tan˥ ka˥˧ taŋ˧ si˧ e˨ ts'ut˥ t'au˧]
形容昔日農家克勤克儉，一心一意期待改善生活。

【稱王稱帝】
[ts'iŋ˧ ɔŋ˧ ts'iŋ˧ te˨]
指與世無爭，過著閒雲野鶴的生活，此時自己便是王便是帝。

【稻仔大肚驚風颱】
[tiu˧ a˥˧ tua˨ tɔ˧ kiã˧ hɔŋ˧ t'ai˥]

喻人要愛惜羽毛。

【稻尾割去連頭挽】
[tiu˩ bue˥˧ kuaʔ˩ k'i˩ len˩ t'au˧˥ ban˥˧]
罵人事情做得太絕。

【穀雨補老母，立夏補老爸】
[kɔ˥ u˥˧ pɔ˥ lau˩ bu˥˧ lip˩ he˧ pɔ˥ lau˩ pe˧]
穀雨、立夏，都是二十四節氣名。舊俗出嫁的女兒，穀雨日要買補品回家給母親補營養，立夏則補父親。

【積惡滅身】
[tsik˥ ɔk˩ bet˩ sin˥]
做了很多的壞事，最後一定會引來毀滅自己的災禍。

【積穀防飢】
[tsik˥ kɔk˩ hɔŋ˧ ki˥]
積存稻穀以預防饑荒；喻預先防備。

【積微爲山】
[tsik˥ bi˧˥ ui˧ san˥]
積少成多，積小成大。

【積少會成濟】
[tsik˥ tsio˥˧ e˩ siŋ˧ tse˧]
積少成多(濟)。

【積惡之家有餘殃】
[tsik˥ ɔk˥ tsi˧ ka˥ iu˥ i˧ iaŋ˥]
做了很多壞事的人一定會有災殃。

【積善之家有餘慶】
[tsik˥ sen˧ tsi˧ ka˥ iu˥ i˧ k'iŋ˩]
做了很多善事的人，一定會獲得很多喜樂。

【積善成名，積惡滅身】
[tsik˥ sen˧ siŋ˧ miã˧˥ tsik˥ ɔk˩ bet˩ sin˥]
多行善事，可以獲得美名(榮譽)；多行惡事，終將毀滅自己。

【積金千萬兩，不如明解經書】
[tsik˥ kim˥ ts'en˧ ban˩ niũ˥˧ put˥ zu˧˥ biŋ˧ kai˥ kiŋ˧ tsu˥]
與其積存黃金，不如汲取知識。

【積善之家必有餘慶，積不善之家必有餘殃】
[tsik˥ sen˧ tsi˧ ka˥ pit˥ iu˥ i˧ k'iŋ˩ tsik˥ put˥ sen˧ tsi˧ ka˥ pit˥ iu˥ i˧ iaŋ˥]
好事做多了，一定會有許多喜樂；壞事做多了，一定會有許多災殃。

【穩食穩睏】
[un˥ tsia˩ un˥ k'un˩]
喻高枕無憂。

【穩甲阿媽睏】
[un˥ ka˥˧ a˧ mã˥˧ k'un˩]
阿媽，祖母；祖母疼孫，孫子與祖母同睡，一定安全。喻事情成功在望。

【空手扑虎】
[k'aŋ˧ ts'iu˥˧ p'a˥˧ hɔ˥˧]
赤手空拳打老虎。喻大膽；暴虎憑河。

【空雷無雨】
[k'aŋ˧ lui˧˥ bo˧ hɔ˧]
有言無實，口惠不實。

【空嘴哺舌】
[k'aŋ˧ ts'ui˩ pɔ˩ tsi˧]
空談，信口無憑。

【空氣在人激】
[k'ɔŋ˧ k'i˩ tsai˩ laŋ˧ kik˩]
喻人家喜歡怎麼做，是他的自由。

【空手收單刀】
[k'aŋ˧ ts'iu˥˧ siu˧ tan˧ to˥]
喻沒有本錢卻做大生意。

【空紙寫白字】
[k'aŋ˧ tsua˥˧ sia˥ pe˩ zi˧]

喻雖有契約，但沒有用，等於是在空紙上寫白字。

【空粟租，清氣散】
[k'aŋ˧ ts'ik˥˧ tsɔ˥ ts'iŋ˧ k'i˥˧ san˨˩]
散，窮；喻與其有租收也有久債，不如窮卻沒有債。

【空辰雷，無過午時雨】
[k'aŋ˧ sin˧ lui˧˥ bo˧ kue˥˧ ŋɔ̃˥ si˧ hɔ˧]
氣象諺。辰時（早上七～九時）打雷，午前一定會下雨。

【空的無藥，三八的定著】
[k'ɔŋ˥ ge˥ bo˧ io˧ sam˧ pat˨ le˨˩ tiã˨˩ tio˧]
天生白痴的，沒有藥可以醫；個性三八的，遇事時反而能沈著。

【穿孝服銀】
[ts'iŋ˨˩ ha˥˧ hɔk˨ gin˧˥]
孝服，喪服；指父母死後分到遺產時才能還的債，這種債利息通常都很高，會舉這種債的人，十之八九都是不肖子，台灣會有「好不過三代」之諺，便是有錢人家都很容易出這種敗家子。

【穿便食便】
[ts'iŋ˨˩ pen˧ tsia˨˩ pen˧]
喻生活無憂無慮。

【穿紅嫁尪】
[ts'iŋ˨˩ aŋ˧˥ ke˥˧ aŋ˥]
昔日婚禮，新娘是穿紅色禮服出嫁。穿紅、嫁尪，押韻。

【穿在身，美在面】
[ts'iŋ˨˩ ti˥˧ sin˥ sui˥ ti˥˧ bin˧]
人須靠衣裝及化妝才會顯得漂亮。

【穿烏衫，占烏柱】
[ts'iŋ˨˩ ɔ˧ sã˥ tsiam˥˧ ɔ˧ t'iau˧]
喻物以類聚。

【穿燒較贏食補】
[ts'iŋ˨˩ sio˥ k'a˥˧ iã˧ tsia˨˩ pɔ˥˧]
冬天裏身上穿暖和一些，比靠進補來保暖要實際多了。

【穿衫見爸，褪衫見尪】
[ts'iŋ˨˩ sã˥ kĩ˥˧ pe˧ t'uĩ˥˧ sã˥ kĩ˥˧ aŋ˥]
喻夫妻關係是赤裸的，沒有什麼好遮掩隱瞞的。

【穿雙領褲，要隨人走】
[ts'iŋ˨˩ siaŋ˧ niã˥ k'ɔ˨˩ be˥ tue˥˧ laŋ˧ tsau˥˧]
諷刺穿兩條褲子的人，問他是否要與人私奔；諷刺倉皇失態者。

【穿破才是衣，到老才是妻】
[ts'iŋ˨˩ p'ua˨˩ tsia˥˧ si˨˩ i˥ kau˥˧ lau˧ tsia˥˧ si˨˩ ts'e˥]
衣服要到穿破才是衣服，妻子要到年老才算妻子；喻世事難料，中途多變。

【穿破是君衣，死了是君妻】
[ts'iŋ˨˩ p'ua˨˩ si˨˩ kun˧ i˥ si˥ liau˥˧ si˨˩ kun˧ ts'e˥]
衣服穿破了才算是你的，妻子直到死了才算你的妻子；喻世事多變而難料。

【窒城門，毋窒涵孔】
[t'at˥ siã˧ muĩ˧˥ m˨˩ t'at˥ am˧ k'aŋ˥]
不塞住小的(涵孔)，只塞大的(城門)，仍無法解決問題。

【窟仔水輒輒舀也會焦】
[k'ut˥ la˥ tsui˥˧ tsiap˥ tsiap˥ hɔ˨˩ ia˨˩ e˨˩ ta˥]
沒有源頭的窟仔水，不斷地舀，日久便會乾（焦）。喻要開源節流。

【窮文富武】
[kiŋ˧ bun˧˥ hu˥˧ bu˥˧]

學文的多半窮途潦倒，學武的多半顯達。

【窮(散)借富還】
[san˩ tsioʔ˨ hu˩ hiŋ˦]
窮時所借，一旦富有一定要還。喻有借必須有還。

【窮(散)擱拉閒】
[san˩ ko˥ la˥ iŋ˦]
譏人貧窮又不肯勤勞幹活。

【窮(散)人無富親】
[san˥ laŋ˦ bo˧ hu˥ ts'in˥]
沒錢人，大家都怕他上門借錢，不敢認他是親戚；富人尤其怕他，更是不敢認。

【窮(散)人請人驚】
[san˥ laŋ˦ ts'iã˧ laŋ˧ kiã˥]
人窮大家見了都怕。

【窮(散)秀無窮(散)舉】
[san˥ siu˩ bo˧ san˥ ki˥]
清朝科舉時代，若只有秀才資格尚不易脫離窮困生活；但若能考上舉人，由於身分提高，再上一階便是進士，因此生活上便不致匱乏。

【窮(散)厝無窮(散)路】
[san˥ ts'u˩ bo˧ san˥ lɔ˧]
在家窮不會不便，出門窮可是寸步難行；喻出門路費應多帶一點，以防萬一。

【窮(散)無窮(散)栽，富無富種】
[san˩ bo˧ san˥ tsai˥ hu˩ bo˧ hu˥ tsiŋ˥]
貧富皆無種，最重要的是自己要努力奮鬥。

【窮(散)人想要富，再添三年窮(散)】
[san˥ laŋ˦ siũ˩ be˥ hu˩ tsai˥ t'iam˧ sã˧ nĩ˧ san˩]
窮人想富，反而越窮。

【窮(散)人無富親，瘦牛相挨身】
[san˥ laŋ˦ bo˧ hu˥ ts'in˥ san˥ gu˦ sio˧ e˧ sin˥]
謂窮人本已沒有富親可以告貸，偏偏還有窮朋友上門要借錢。

【窮(散)也無窮(散)種，富也無富栽】
[san˩ ia˩ bo˧ san˥ tsiŋ˥ hu˩ ia˩ bo˧ hu˥ tsai˧]
貧窮不會一輩子貧窮，富裕的也不會一輩子的富裕。

【立秋，緊丟丟】
[lip˨ ts'iu˥ kin˥ tiu˧ tiu˥]
到了立秋，一年已過了一半以上，便覺得時間過得很快，好像馬上就要過年似的。

【立地成佛——放殺】
[lip˨ te˧ siŋ˧ hut˨ paŋ˥ sat˨]
歇後語。放下屠刀立地成佛，放棄殺人，簡稱「放殺」；台俗稱男人拋棄女子爲「放殺」。

【立夏土，毋通摸】
[lip˨ he˩ t'ɔ˦ m˩ t'aŋ˧ bɔŋ˥]
農諺。立夏之後，天旱土堅，不可耘土，否則會使植物根部水分流失，導致枯萎。

【立秋無雨上堪憂】
[lip˨ ts'iu˥ bo˧ hɔ˧ sioŋ˩ k'am˧ iu˥]
氣象諺。立秋日若不下雨，占是年雨少，農作物欠收，堪憂。

【立春落雨到清明】
[lip˨ ts'un˥ lo˩ hɔ˧ kau˥ ts'iŋ˧ biŋ˦]
氣象諺。立春當天若下雨，占雨天會很長，會一直下到清明爲止。

【立立一窟，坐坐一窟】
[lip˩ lip˥ tsit˩ k'ut˩ tse˨ tse˧ tsit˩ k'ut˩]
喻呆板遲鈍，不會隨機應變。

【立夏小滿，雨水相趕】
[lip˩ he˧ sio˥ muã˥ ho˨ tsui˥ sio˧ kuã˥]
氣象諺。立夏與小滿，正是台灣梅雨季節，雨水充沛。

【立夏雨水潺潺，米粟割到無地下】
[lip˩ he˧ ho˨ tsui˥ ts'e˥ ts'e˨ bi˥ ts'ik˩ kua˥ ka˥ bo˧ te˥ he˧]
農諺。立夏日雨多，占五穀豐收，無地可以儲藏。

【童生腳，筆塞手】
[toŋ˧ siŋ˧ k'a˥ pit˥ t'at˥ ts'iu˥]
像童生般（清代秀才候選人）的腳，手上也拿著筆，看起來就不像勞動者的樣子。

【童僕勿用俊秀】
[toŋ˧ pok˩ but˩ iŋ˨ tsun˥ siu˨]
童僕用俊秀之人，易生花邊新聞，破壞家風。

【竹篙鬼】
[tik˥ ko˧ kui˥]
指身材瘦高的人。

【竹風蘭雨】
[tik˥ hoŋ˥ lan˧ ho˧]
新竹地方風大，宜蘭地方雨多。

【竹篙湊菜刀】
[tik˥ ko˥ tau˥ ts'ai˥ to˥]
喻廢話多。

【竹仔枝，炒豬肉】
[tik˥ ga˥ ki˥ ts'a˥ ti˧ baʔ˩]
戲謂用竹枝打小孩。

【竹篙量布，錢銀走差】
[tik˥ ko˥ niũ˧ po˨ tsĩ˧ gin˦ tsau˥ tsua˧]
用竹竿而不用尺量布，尺寸難免不精確，當然價錢也難免有出入。喻做事草率。

【竹管仔底，挾土豆仁——一粒一】
[tik˥ koŋ˥ ŋã˥ te˥ ŋẽ˥ t'o˧ tau˨ zin˦ it˥ liap˩ it˩]
歇後語。在竹管裡（竹管仔底）挾花生米，必須一粒一粒地挾，「一粒一」乃形容朋友關係極為要好、親密。

【竹仔箸，毋敢挾人香菇肉】
[tik˥ ga˥ ti˧ m˨ kã˥ ŋẽ˥ laŋ˧ hiũ˧ ko˧ baʔ˩]
用竹製的粗筷子，不敢挾人家的好肉；謙稱自己不夠資格。

【竹篾街儉腸餒肚拚倒四福户】
[tik˥ bi˨ ke˥ k'iam˨ təŋ˦ nẽ˥ to˧ piã˥ to˥ su˥ hok˥ ho˧]
彰化市諺語。竹篾街一帶居民較窮，四福户較富。在祭典上為了爭面子，竹篾街居民省吃儉用，累積下來不少錢財，果然一舉使四福户臉色黯然。

【笑面虎】
[ts'io˥ bin˨ ho˥]
指表面親切、和藹，私底下卻心懷不軌。

【笑中有刀】
[ts'io˥ tioŋ˥ iu˥ to˥]
笑裏藏刀。

【笑中藏劍】
[ts'io˥ tioŋ˥ ts'aŋ˥ kiam˨]
笑裏藏刀。

【笑破人的嘴】
[ts'io˥ p'ua˥ laŋ˧ ge˧ ts'ui˨]

喻會被人大大取笑。

【笑貧不笑賤】
[ts'io˥ pin˦ bo˧ ts'io˥ tsen˧]
有錢便是大爺，不管他賺錢的手段是多麼卑賤。

【笑人散，怨人富】
[ts'io˥ laŋ˧ san˩ uan˥ laŋ˧ hu˩]
散，窮也；謂人心難測，既喜笑人窮，又愛妒人富。

【笑做你笑，簡單阮有子通叫】
[ts'ioʔ˩ tso˥ li˥ ts'ioʔ˩ kan˧ tã˧ guan˥ u˩ kiã˥ t'aŋ˧ kio˩]
簡單，僅有也；指識笑由人，利益歸我得之。

【笑頭笑面，有通吃擱有通剩】
[ts'io˥ t'au˧ ts'io˥ bin˧ u˩ t'aŋ˧ tsia˧ ko˥ u˩ t'aŋ˧ sin˧]
喻笑口常開，無往不利。

【笨港蝦米】
[pun˩ kaŋ˥ he˧ bi˥]
笨港，溪名；此地所產之蝦米，昔日極爲有名；借喻臭屁、囂張。

【笨憚呑瀾】
[pin˩ tuã˧ t'un˧ nuã˧]
形容人的懶惰。

【笨憚擱攬瀾】
[pin˩ tuã˧ ko˥ lam˥ nuã˧]
既懶惰又不衛生。

【笨憚牛厚屎尿】
[pin˩ tuã˩ gu˦ kau˩ sai˥ zio˧]
懶牛懶耕田，時常拖著犁耙走沒兩步，即張開兩條後腿要大小便；喻懶人常藉故逃避工作。

【第三報仔】
[te˩ sã˧ po˩ a˩]
罵人會死母親；昔日罵人說：第一報草鞋禮，第二報搧嘴巴，第三報死娘禮。

【第一戇，做爸母】
[te˩ it˥ gɔŋ˧ tso˥ pe˩ bu˥]
天下父母心，爲子女操煩，幾至愚傻的程度。

【第三查某子，食命】
[te˩ sã˧ tsa˧ bɔ˥ kiã˥ tsia˩ miã˧]
俗信第三個女兒命運好，可靠自己的福氣，一生幸福。

【第一門風，第二祖公】
[te˩ it˩ muĩ˧ hɔŋ˥ te˩ zi˧ tsɔ˥ kɔŋ˥]
昔日擇婿擇媳，首先必須看對方的家風（家庭教育、家庭風評），其次要看對方祖上是否有積德，若都不錯即可進一步發展下去。

【第一醫生，第二賣冰】
[te˩ it˩ i˧ siŋ˥ te˩ zi˧ be˩ piŋ˥]
最好賺錢的行業，第一是當醫生，第二是賣冰水，都是一本萬利。

【第三查某子韮菜命】
[te˩ sã˧ tsa˧ bɔ˥ kiã˥ ku˥ ts'ai˥ miã˧]
第一個女兒是千金，第二個女兒也還新鮮，第三胎仍是女兒，通常這個女兒便比較不易獲得父母疼愛，會像韮菜一樣任人宰割。

【第一好過番，第二好過台灣】
[te˩ it˥ ho˥ kue˥ huan˥ te˩ zi˩ ho˥ kue˥ tai˧ uan˦]
古時閩粵地方貧窮，人民大都往海外發展，到南洋（過番）被認爲最好，其次則是到台灣來。

【第一食，第二穿，第三看光景】
[te˩ it˩ tsia˧ te˩ zi˧ ts'iŋ˧ te˩ sã˥ k'uã˥ kɔŋ˧ kiŋ˥]

此爲民國七十年（1981）以後特別應景之諺語，此時民生富裕，興起觀光潮，國人除了吃、穿之外，最熱衷的便是觀光（看光景），而且由島內觀光發展到赴國外觀光。

【第一食，第二穿，第三做人情】
[te˨˩ it˩ tsia˧ te˨˩ zi˧ ts'iŋ˧ te˨˩ sã˥ tso˥˧ zin˧ tsiŋ˧˥]
昔日國民以吃、穿爲民生最重要兩件事，第三是人際間之應酬往來。

【第一戇做老爸，第二戇做頭家】
[te˨˩ it˥ gɔŋ˧ tso˥˧ lau˨˩ pe˧ te˨˩ zi˨˩ gɔŋ˧ tso˥˧ t'au˧ ke˥]
當父親的必須煩惱全家人的食、衣、住、行；當老闆（頭家）的必須爲所有工人、伙計謀利益，責任重大，還常招埋怨，故有此諺。

【第一戇，做皇帝；第二戇，做老爸】
[te˨˩ it˥ gɔŋ˧ tso˥˧ hɔŋ˧ te˨˩ te˨˩ zi˨˩ gɔŋ˧ tso˥˧ lau˨˩ pe˧]
世間第一傻是做皇帝，時時要警戒，處處受束縛；第二傻是當父母，無時無刻不爲子女操心。

【第一娶美某，第二飼闊牛，第三起大厝】
[te˨˩ it˩ ts'ua˨˩ sui˥ bɔ˥˧ te˨˩ zi˧ ts'i˧ ts'uan˥˧ gu˧˥ te˨˩ sã˥ k'i˥ tua˨˩ ts'u˨˩]
此指農人一生中的三大願望。

【第一醫生，第二賣冰，第三開查某間】
[te˨˩ it˩ i˧ siŋ˥ te˨˩ zi˧ be˨˩ piŋ˥ te˨˩ sã˥ k'ui˧ tsa˧ bɔ˥ kiŋ˥]
世間最有利潤之行業，第一是當醫生，其次是賣冰，第三是開妓女户，做色情行業。

【第一戇車鼓馬，第二戇飼人某子娘禮】
[te˨˩ it˥ gɔŋ˧ ts'ia˧ kɔ˥ be˥˧ te˨˩ zi˨˩ gɔŋ˧ ts'i˨˩ laŋ˧ bɔ˥ kiã˥˧ niũ˧ le˥˧]
車鼓馬，指由一個人扮演馬，讓一個花旦騎在他背上演戲，不但被花旦騎，還要付錢給花旦，此爲第一等傻事；其次是包養帶有母親及兒女的情婦；這些兒女長大不會認養育的人爲父親，故也是傻事。

【第一食，第二穿，第三看光景，第四賺錢著來用】
[te˨˩ it˩ tsia˧ te˨˩ zi˧ ts'iŋ˧ te˨˩ sã˥ k'uã˥˧ kɔŋ˧ kiŋ˥˧ te˨˩ si˨˩ t'an˥˧ tsĩ˧˥ tio˨˩ lai˧ iŋ˧]
謂人生有錢即當花，莫待無錢空歎息。

【第一好，張得寶；第二好，黃仔祿嫂；第三好，馬笑哥】
[te˨˩ it˥ ho˥˧ tiũ˧ tik˥ po˥˧ te˨˩ zi˨˩ ho˥˧ əŋ˧ ŋã˥ lɔk˩ so˥˧ te˨˩ sã˧ ho˥˧ mã˥ ts'io˥˧ ko˥]
清末台北市諺語，謂當時（約咸豐、同治年間）台北有三大富豪，第一是張得寶商行（行主爲張秉鵬）；第二是經營樟木生意的黃祿，祿死，產業由其妻黃仔祿嫂經營；第三是經營泉郊，人稱馬笑哥的王益興。

【第一戇，選舉替人運動，第二戇，種甘蔗予會社磅】
[te˨˩ it˥ gɔŋ˧ suan˥ ki˥˧ t'e˥˧ laŋ˧ un˨˩ tɔŋ˧ te˨˩ zi˨˩ gɔŋ˧ tsiŋ˥˧ kam˧ tsia˨˩ hɔ˨˩ hue˨˩ sia˧ pɔŋ˧]
此爲日治時期諺語，世間第一傻是選舉時當候選人的助選員，吃力而不討好；第二傻是種甘蔗給蔗糖公司（會社），隨便磅稱，大打折扣。

【第一門風，第二財寶，第三才幹，第四美醜，第五健康】
[te˨˩ it˩ muĩ˧ hɔŋ˥ te˨˩ zi˧ tsai˧ po˥˧

te˩ sã˥ tsai˧ kan˩ te˩ si˩ sui˥ bai˦
te˩ gɔ˧ ken˩ k'ɔŋ˥]
此爲昔日擇婿的五個條件。

【第一好，製枝仔冰，喝水會堅凍；第二好，做醫生，水道水賣有錢；第三好，客人庄做壯丁，威勢奪人】
[te˩ it˥ ho˦ tse˦ ki˧ a˥ piŋ˥ hua˦ tsui˦ e˩ ken˧ taŋ˧ te˩ zi˩ ho˦ tso˦ i˧ siŋ˥ tsui˥ to˩ tsui˦ be˩ u˩ tsĩ˧ te˩ sã˧ ho˦ k'e˦ laŋ˧ tsəŋ˥ tso˦ tsɔŋ˦ tiŋ˥ ui˧ se˩ tuat˩ zin˧]
水道水，自來水；謂做枝仔冰(冰棒)、當醫生、當壯丁，這三種人最好賺錢且有威風。

【第一戇，選舉替人運動，第二戇，種甘蔗予會社磅，第三戇，恚查某囝仔搧東風，第四戇，撞球相碰，第五戇，食燻噴風，第六戇，哺檳榔呸紅】
[te˩ it˥ gɔŋ˧ suan˥ ki˦ t'e˦ laŋ˧ un˩ tɔŋ˧ te˩ zi˩ gɔŋ˧ tsiŋ˦ kam˧ tsia˩ hɔ˩ hue˩ sia˧ pɔŋ˧ te˩ sã˧ gɔŋ˧ ts'ua˩ tsa˧ bɔ˥ gin˥ nã˦ sen˦ taŋ˧ hɔŋ˥ te˩ si˦ gɔŋ˧ lɔŋ˦ kiu˧ sio˧ pɔŋ˧ te˩ gɔ˩ gɔŋ˧ tsia˩ hun˥ pun˧ hɔŋ˥ te˩ lak˩ gɔŋ˧ pɔ˩ pin˧ ləŋ˧ p'ui˦ hɔŋ˧]
日治時期，此諺只有前兩句，爾後隨著社會開放與發展，自由戀愛、娛樂消遣逐漸風行，近年來乃增加出後面四戇；謂帶女朋友約會「凍露水」、「搧東風」是一件傻事，打司諾克球碰球要花錢，抽紙煙(燻)只是吸一口煙吐一口風，嚼檳榔則是花錢來吐血(呸紅)，更是傻事一樁，

【等扛戲棚枋】
[tan˥ kəŋ˧ hi˦ pẽ˧ paŋ˥]
看戲看到戲結束了還不走；表示看戲之沈迷。

【等大毋通等娶】
[tan˥ tua˧ m˩ t'aŋ˧ tan˥ ts'ua˧]
昔日貧窮的人家，付不起龐大的聘金禮物，於是有兒子的人便領養童養媳，等長大後再於除夕夜送做堆便算成親了。本諺告誡一般人，要領童養媳來養比較容易，等待有錢才娶較困難。

【等物奧到，等人快老】
[tan˥ mĩ˧ o˦ kau˩ tan˥ laŋ˧ k'uai˦ lau˧]
奧，難也；等人容易老，等東西則難到。

【等候卻到銀，才來置業】
[tan˥ hau˩ k'io˦ tio˩ gin˧ tsia˦ lai˧ ti˦ giap˥]
等到揀到錢才要置產業，眞是空思妄想，異想天開。

【管伊天地幾斤重】
[kuan˥ i˧ t'ĩ˧ te˧ kui˥ kin˧ taŋ˧]
管他三七二十一。

【管伊嘴鬏，留叨一邊】
[kuan˥ i˧ ts'ui˦ ts'iu˥ lau˧ to˥ tsit˩ piŋ˧]
喻別人的事，與我無關。

【算佛做粿】
[suĩ˦ put˥ tso˦ kue˦]
算幾尊佛，做多少粿；謂適宜安排。

【算眞人散】
[suĩ˦ tsin˥ laŋ˧ san˩]
太會精打細算，反而會窮（散）。

【算街路石】
[suĩ˦ ke˧ lɔ˩ tsioʔ˥]
游手好閒，沒事幹，走路算著舖在街道上的石板有幾塊。

【算電火柱】

[suĩ˥˧ ten˨˩ hue˥ t'iau˧]
游手好閒，吃飽沒事幹，走在街道上算著兩旁的電線桿（電火柱）有幾枝。

【算斤十六兩】
[suĩ˥˧ kin˥ tsap˩ lak˩ niũ˥˧]
喻一一數落別人的缺點。

【算盤摕過徑】
[suĩ˥˧ puã˧˥ t'u˥˧ kue˥˧ kiŋ˨˩]
打算盤打過格；喻估計太高，或過分占有。

【算盤扑過徑——誤算】
[suĩ˥˧ puã˧˥ p'a˥˧ kue˥˧ kiŋ˨˩ gɔ˨˩ suĩ˨˩]
歇後語。打算盤打過格，就是算錯了，算錯又叫「誤算」,「誤算」含有計畫錯誤之意在內。

【算盤掛在頷滾下】
[suĩ˥˧ puã˧˥ kua˥˧ ti˨˩ am˨˩ kun˥ e˧]
頷滾，脖子也；把算盤掛在脖子下，以便隨時計算。形容人精打細算。

【算命若有靈，世上無散人】
[suĩ˥˧ miã˧ nã˨˩ u˨˩ liŋ˧˥ se˥˧ siɔŋ˧ bo˧ san˥˧ laŋ˧˥]
散人，窮人；謂算命人的話，不可盡信。

【節水撐篙】
[tsat˩ tsui˥˧ t'ẽ˧ ko˥]
行船須計量水的深度來撐篙；喻經濟上要量入為出。

【節前無閑，節後就辦】
[tse˥˧ tsĩ˧˥ bo˧ iŋ˧˥ tse˥˧ au˧ tsiu˨˩ pan˧]
過節前很忙碌，過節後即開工營業。

【箭嘴箭舌】
[tsĩ˥˧ ts'ui˥˧ tsĩ˥˧ tsi˧]
指人好發言，言詞多。或作「諍嘴諍舌」。

【篙放落，著是槳】
[ko˥ paŋ˥˧ lo˧ tio˨˩ si˨˩ tsiũ˥˧]
船夫將竹竿放下，就馬上忙於划槳；喻片刻不停，忙於工作。

【篾絲牛犺力】
[bi˨˩ si˥ gu˧ kaŋ˥ lat˩]
篾絲，竹皮削成一條條的形狀；牛犺，公牛；昔日不管公牛母牛，牛鼻常以篾絲編成，並以此指揮驅策牛隻；篾絲雖小，卻可控制大牛；有如小兵可以立大功；四兩可以撥千斤。

【簽簽到，看看報，談天時間到】
[ts'iam˧ ts'iam˧ to˨˩ k'uã˥˧ k'uã˥˧ po˨˩ tam˧ t'en˥ si˧ kan˥ to˨˩]
此語係諷刺公務人員辦事不力，浪費百姓的血汗錢。

【籃仔形的】
[nã˧ a˥ hiŋ˧˥ e˧]
指女人奇形怪狀，不像樣。

【籠床貓，顧粿】
[laŋ˧ sɔŋ˧ niãu˥ kɔ˥˧ kue˥˧]
粿，用以比喻女陰，象徵妻子。戲言鎮日守著老婆的丈夫，好似怕她被人搶走似的。

【籠床坎蓋——{勿會}沖】
[laŋ˧ sɔŋ˧ k'am˥˧ kua˨˩ be˨˩ ts'iŋ˨˩]
歇後語。蒸籠蓋上蓋子，熱氣便無法往上沖，即「{勿會}沖」，寓意「不會神氣」。

【籠裏雞公恨咱命】
[laŋ˥ lai˨˩ ke˧ kaŋ˥ hun˨˩ lan˥ miã˧]
雞公，公雞；喻自恨命運不佳。

【籠床蓋坎無密——漏氣】
[laŋ˧ sɔŋ˧ kua˨˩ k'am˥˧ bo˧ bat˩ lau˥˧ k'ui˨˩]
歇後語。籠床，蒸籠也；用蒸籠蒸食物，是靠鍋內水蒸氣蒸熱，若蓋子未

蓋密，就會漏氣，蒸不熟了；指漏氣丟臉，獻醜。

【籠透底，頭盔金脫脫，戲服新補，鞋無講，小旦三個十八歲】
[laŋ˥˧ t'au˥˧ te˥˧ t'au˧ k'ue˥ kim˧ t'uat˥ t'uat˧ hi˥˧ hɔk˥ sin˧ pɔ˥˧ e˧˥ bo˧ kɔŋ˥˧ sio˥ tuã˨˩ sã˧ ge˧˥ tsap˧ pe˥˧ hue˨˩]
有一個戲班用這句話當噱頭，結果眞正來演時發現道具、戲服都很破舊，小旦年齡高達五十四歲！這是一句暗藏玄機的雙關語。

【籤擔擔布袋——雙頭土】
[ts'iam˧ tã˥ tã˧ pɔ˥˧ te˧ siaŋ˧ t'au˧ t'ɔ˥˧]
歇後語。籤擔，兩頭都削得很尖之竹棍，昔日農家用以挑薪草等體積大重量輕之物；兩個布袋用籤擔一叉必然兩個尖頭都會吐出來，故云「雙頭吐」；吐、土音近；昔日罵人雙方都很粗野，就是「雙頭土」。

【籬傍籬，壁傍壁】
[li˧˥ pəŋ˨˩ li˧˥ piaʔ˧ pəŋ˨˩ piaʔ˧]
喻互相幫忙，彼此相依。

【米斗孫】
[bi˥ tau˥ sun˥]
長孫也。台俗祖父母死，葬後返主，魂帛置於米斗中，由長孫捧持，故稱長孫爲米斗孫。

【米糕相】
[bi˥ ko˧ siũ˧˥]
米糕係用糯米所製，性粘；喻男子好色，看到美女即像米糕般要挑逗人，要粘人。今人則稱之爲「撒隆巴斯」。

【米缸弄鐃】
[bi˥ kəŋ˥ laŋ˨˩ lau˧˥]
弄鐃，喪事做功德時，司功把器皿丟到空中耍弄之特技表演；喻家無粒米。

【米成飯纔講】
[bi˥˧ siŋ˧ puĩ˧ tsia˥ kɔŋ˥˧]
事情已成定局了才說，爲時已晚。

【米甕扑銅鐘】
[bi˥ aŋ˨˩ p'a˥˧ taŋ˧ tsiŋ˥]
米甕空空，可以當做鐘來敲出聲；喻貧窮如洗。

【米甕缸在弄鐃】
[bi˥ aŋ˨˩ te˥ laŋ˨˩ lau˧˥]
意同「米缸弄鐃」。

【米粉筒——百百孔】
[bi˥ hun˥ taŋ˧˥ pa˥˧ pa˥˧ k'aŋ˥]
歇後語。做米粉的筒子上有很多小孔，以使米粉擠出而成形。筒上許多的小孔即可稱爲「百百孔」，以喻毛病很多。

【米煮成飯，纔講毋】
[bi˥˧ tsi˥˧ siŋ˧ puĩ˧ tsia˥ kɔŋ˥ m˧]
喻已經成爲事實，才提出異議。

【米飯一粒著卻起，扑損五穀雷摃死】
[bi˥ puĩ˧ tsit˧ liap˥ tio˨˩ k'io˥˧ k'i˥˧ p'a˥˧ səŋ˥ ŋɔ̃˥ kɔk˧ lui˧˥ kɔŋ˥˧ si˥˧]
卻起，揀起；米飯是農民血汗的結晶，若加以蹧蹋，會遭天打雷劈。

【粒仔堅疕，鱠記得痛】
[liap˧ a˥˧ ken˧ p'i˥˧ be˨˩ ki˥˧ tit˥ t'iã˨˩]
粒仔，指皮膚上所長膿皰、潰瘍的疾病；喻事過境遷，忘記當初的痛苦。

【粒仔破孔，才看著人頭】
[liap˧ a˥˧ p'ua˥˧ k'aŋ˥ tsia˥ k'uã˥˧ tio˨˩ laŋ˧ t'au˧˥]
粒仔，膿胞；膿頭，與人頭台語同音。諷刺人遇事躲藏，等到事情不可收拾，才被迫露面。

【粗桶蚋夯】
[ts'ɔ˧ t'aŋ˥ la˧ gia˧˥]

粗桶，馬桶也；蚋夯，狀如蜘蛛而體形比蜘蛛大好幾倍的害蟲，常出現在馬桶附近。比喻世上好管閒事的人。

【粗魚奧大】
[ts'ɔ˧ hi˦ o˥ tua˧]
粗魚，不值錢的魚；奧大，難以長大；祈望語，指不值錢的不要長得太快，反面的意思是值錢的要長快一點。

【粗菜薄酒】
[ts'ɔ˧ ts'ai˩ po˩ tsiu˥]
請客時的謙詞。指所準備的只是粗俗之物。

【粗磁耐礙】
[ts'ɔ˧ hui˦ nãi˩ gai˧]
粗製的磁器反而耐用。

【粗嘴野道】
[ts'ɔ˧ ts'ui˩ ia˥ to˧]
形容人說話三句不離三字經。

【粗糠搓索仔】
[ts'ɔ˧ k'əŋ˥ so˧ so˥ a˥]
粗糠，穀殼，怎能搓成繩索呢？喻徒勞無功、白費心力。又民間傳說，鄭成功有一支神劍落在台北劍潭中，若有人能以粗糠搓索仔，即能將它打撈起來。

【粗糠取都有油】
[ts'ɔ˧ k'əŋ˥ ts'u˥ to˧ u˩ iu˦]
喻任何東西都有用處。

【粗人鱠做得幼粿】
[ts'ɔ˧ laŋ˦ be˩ tso˥ tit˥ iu˥ kue˥]
粗俗之人，做不出精緻的點心；狗嘴吐不出象牙。

【粗人鱠做得功課】
[ts'ɔ˧ laŋ˦ be˩ tso˥ tit˥ kəŋ˧ k'o˩]
粗漢做不了精巧的事。

【粗粗腹，毋敢食茯苓糕】
[ts'ɔ˧ ts'ɔ˧ pak˧ m˩ kã˥ tsia˩ p'u˧ liŋ˧ ko˥]
謙遜之語，指菜很好不敢動筷子。

【粧神成神，粧鬼成鬼】
[tsəŋ˧ sin˦ siŋ˧ sin˦ tsəŋ˧ kui˥ siŋ˧ kui˥]
裝什麼像什麼，學什麼像什麼。

【粟倉做眠床】
[ts'ik˥ ts'əŋ˥ tso˥ bin˧ ts'əŋ˦]
把穀倉（粟倉）當床舖；倉、床押韻的順口溜。

【精神皮，戇餡】
[tsiŋ˧ sin˧ p'ue˦ gəŋ˩ ã˧]
皮，粿皮；餡，粿餡；喻外表看起來很聰明，其實很愚笨。

【精神狗吠五更】
[tsiŋ˧ sin˧ kau˥ pui˧ go˩ kẽ˥]
比喻方法不對，所報消息錯誤。

【精於藝，而亡於藝】
[tsiŋ˧ i˧ ge˧ zi˩ bəŋ˧ i˧ ge˧]
謂人精於某藝，結果一生便盡瘁於此藝。

【精的出嘴，戇的出手】
[tsiŋ˥ ge˥ ts'ut˥ ts'ui˩ gəŋ˧ ge˧ ts'ut˥ ts'iu˥]
聰明的人出嘴說話，發號施令；傻子則拼命出手做事；比喻傻子常被聰明人利用。

【糖霜嘴，砒霜心】
[t'əŋ˧ səŋ˧ ts'ui˩ p'i˧ səŋ˧ sim˥]
形容人嘴甜心毒。

【糜飯鱠食，湆鱠吞】
[muãi˧ puĩ˧ be˩ tsia˧ am˥ be˩ t'un˥]
湆，稀飯湯；形容病情沈重，已無法進食。昔日病重至此，只有等死；今日靠打葡萄糖針，尚可維持一段生命。

【糞堆石頭】
[pun˥ tui˧ tsio˩ t'au˦]
喻丟棄大量的東西。

【糞箕甲舂箕】
[pun˥ ki˥ ka˥ ts'un˧ ki˥]
糞箕，用來裝糞土、垃圾；舂箕，糕餅店用來裝餅食；喻兩者有天淵之別。

【糞掃桶假洋服櫥】
[pun˥ so˥ t'aŋ˥ ke˥ iũ˧ hɔk˩ tu˦]
糞掃桶，垃圾桶；洋服櫥，衣櫥；譏諷娼妓僞裝爲藝旦的模樣。

【糞箕買入，零星稱出】
[pun˥ ki˥ be˥ zip˥ lan˧ san˥ ts'in˥ ts'ut˩]
進貨時大批買入，則價錢便宜，出售時則零星地賣出，價格就比進貨的價錢貴多了。

【糞箕，逐個大家要揢有耳的，誰要揢無耳的】
[pun˥ ki˥ tak˥ ge˧ be˥ kuã˩ u˩ hĩ˧ e˧ siaŋ˦ be˥ kuã˩ bo˧ hĩ˧ e˧]
糞箕，分有耳及無耳兩種，使用前者手不易弄髒；逐個，每一個人；喻大家都會選擇對自己有利的工具。

【糟心迫腹】
[tso˧ sim˧ pik˥ pak˩]
指麻煩事接二連三而來，使人十分煩惱。

【糟糠之妻不下堂】
[tso˧ k'ɔŋ˥ tsi˧ ts'e˥ put˥ ha˩ tɔŋ˦]
共嘗苦辛的元配妻子，不可以離婚。

【糒糍手內出】
[muã˧ tsi˦ ts'iu˥ lai˩ ts'ut˩]
糒糍，一種以糯米做成外沾花生粉等的點心食品，無定形，大小完全由做的人控制；喻大權完全操在他手裡，寬嚴鬆緊，任由其安排。

【糴米賣布，賺錢有數】
[tia˩ bi˥ be˩ pɔ˩ t'an˥ tsĩ˦ iu˥ sɔ˩]
謂奔馳於鄉村間的米販和布販，利潤有限。

【糾甘若蜈蜞脯】
[k'iu˧ kan˥ nã˥ ŋɔ̃˧ k'i˧ pɔ˥]
糾，緊縮；甘若，宛若；罵人非常吝嗇，緊縮得像蜈蜞（水蛭）乾。

【紅肉內李】
[aŋ˧ ba˥ lai˩ li˥]
本指紅肉李子；後借爲嘲弄語，指婦女內穿紅衣、外穿白衣。

【紅膏赤肥】
[aŋ˧ ko˧ ts'ia˥ ts'i˧]
形容人容光煥發，滿臉紅潤。

【紅顏薄命】
[hɔŋ˧ gan˦ pɔk˩ biŋ˧]
美人多半福薄。

【紅天赤日頭】
[aŋ˧ t'ĩ˥ ts'ia˥ zit˩ t'au˦]
指黃昏時之天象。

【紅衫穿一邊】
[aŋ˧ sã˥ ts'iŋ˩ tsit˩ piŋ˦]
紅衫，指古代犯人所穿紅色囚衣。平時循規蹈矩，在不知不覺當中作出犯法之事，在未被察覺究辦前，被親近之人所發現，則稱之。後來用以比喻從事危險行業的人，如飛行員、卡車司機、水手、礦工等。

【紅面快落籠】
[aŋ˧ bin˧ k'uai˥ lo˩ laŋ˥]
紅面，指布袋戲中紅臉之忠臣，因「忠臣死在先，奸死臣後尾」，忠臣必先被奸臣害死，就先從戲檯上消失，放落戲籠裡面。或用以比喻性子急容易臉

紅的人，心較直，容易說服。

【紅美，烏大辦】
[aŋ˦ sui˥ ɔ˥ tua˩ pan˧]
在布料顏色的選擇上，老一輩的審美觀念，認爲紅的美豔，黑的大方，各有千秋。

【紅無烏的久】
[aŋ˦ bo˧ ɔ˥ e˧ ku˥]
指人得意的時期，沒有失意的長。

【紅龜包鹹菜】
[aŋ˧ ku˥ pau˧ kiam˧ ts'ai˩]
紅龜指麵製的祭品，裡面包的只是鹹菜，包不起肉餡或豆餡。比喻外表好看而已。

【紅鮭魚予嘴誤】
[aŋ˧ kue˥ hi˦ hɔ˩ ts'ui˩ gɔ˧]
紅鮭魚因貪吃魚餌容易被釣到，借以警戒世人禍從口出，切莫多言招怨。

【紅龜抹油——水面】
[aŋ˧ ku˥ bua˥ iu˦ sui˥ bin˧]
歇後語。紅龜，紅龜粿；紅龜粿做好之後，爲防風乾裂開並求美觀，須在表面抹上土豆油（花生油）。表面漂亮叫「水面」。

【紅目有仔，湊鬧熱】
[aŋ˧ bak˩ iu˥ a˩ tau˥ lau˩ zet˥]
鹿港諺語。紅目有仔爲昔日鹿港地區專好到辦紅白事家去幫襯的人。此諺是形容人好管閒事，愛湊熱鬧。

【紅花獪芳，芳花獪紅】
[aŋ˧ hue˥ be˩ p'aŋ˥ p'aŋ˧ hue˥ be˩ aŋ˦]
鮮豔的花不香，清香的花並不一定鮮豔。借喻有本事的人並不一定會炫耀。

【紅柿好食，啥人起蒂】
[aŋ˧ k'i˧ ho˥ tsia˧ sia˥ laŋ˦ k'i˥ ti˩]
吃紅柿必須先將果蒂拔起（起蒂），台語起蒂之音與起致（開始）同，此語用意在提醒世人要飲水思源，莫忘根本。

【紅柿好食，對叨起蒂】
[aŋ˧ k'i˧ ho˥ tsia˧ tui˥ to˩ k'i˥ ti˩]
意同前句。

【紅柑殼，下置涵孔角】
[aŋ˧ kam˧ k'ak˩ he˩ ti˥ am˧ k'aŋ˧ kak˩]
繞口令。把紅柑的殼放在涵孔的角落。

【紅龜包鹹菜——無好貨】
[aŋ˧ ku˥ pau˧ kiam˧ ts'ai˩ bo˧ ho˥ hue˩]
歇後語。紅龜粿應該要包豆餡才好吃，包了鹹菜便不對味，故有此歇後語。

【紅柿出頭，羅漢腳目屎流】
[aŋ˧ k'i˧ ts'ut˥ t'au˦ lo˧ han˥ k'a˥ bak˩ sai˥ lau˦]
紅柿上市是秋天時節，入秋後天氣漸涼，流浪漢的日子從此難挨。

【紅雲日出生，勸君莫出行】
[aŋ˧ hun˦ zit˥ ts'ut˥ siŋ˥ k'uĩ˥ kun˥ bɔk˩ ts'ut˥ hiŋ˦]
氣象諺。夏秋二季，早晨日出時有紅雲，是颱風徵兆，所以不要外出。

【紅頂四轎扛獪行，透暝隨人去】
[aŋ˧ tiŋ˥ si˥ kio˧ kəŋ˧ be˩ kiã˦ t'au˥ mẽ˦ tue˥ laŋ˧ k'i˩]
本指姑娘有人明媒正娶不從，偏偏與人野合私奔；借喻光明正大之事不做，偏做些見不得人的勾當。

【紅管獅，白目眉，無人請，家治來】
[aŋ˧ kɔŋ˥ sai˥ pe˩ bak˩ bai˦ bo˧ laŋ˧ ts'iã˥ ka˧ ti˩ lai˦]
紅管獅，煮熟的蟹螯；白目眉，白眉

毛；家治，自己；指未經主人的邀請，就自己赴席的不速之客。

【紅頭嬰仔白特特，愛食家治切】
[aŋ˧ t'au˧ ẽ˥ a˥ pe˨ t'et˥ t'et˩ ai˥ tsia˧ ka˧ ti˨ ts'et˩]
紅頭嬰仔，男子龜頭之隱語；白特特，赤裸裸的；謂要做就自己動手。

【紅目都食無夠，亦通輪到蓋耳的】
[aŋ˧ bak˥ tio˧ tsia˨ bo˧ kau˨ ia˨ t'aŋ˧ lun˧ ka˥ k'am˥ hĩ˧ e˧]
紅目，即孫悟空，指事先已虎視眈眈者；喻凡有好處總是強者捷足先登，弱者（蓋耳的，即豬八戒）只能揀食其殘餘。

【紅妝帶妝同心結，勸君勿釣金龜婿】
[aŋ˧ tsəŋ˧ tua˨ tsəŋ˧ təŋ˧ sim˧ kat˩ k'uĩ˥ kun˥ but˩ tio˨ kim˧ ku˧ sai˨]
謂嫁夫要嫁能永結同心者，勿貪男子之多財。

【紅頂四轎扛艙行，戴帕仔巾隨人碌碌走】
[aŋ˧ tiŋ˥ si˥ kio˧ kəŋ˧ be˨ kiã˦ ti˥ p'a˧ a˥ kin˥ tue˥ laŋ˧ lɔk˩ lɔk˩ tsau˥]
意同「紅頂四轎扛艙行，透瞑隨人走」。

【約人定定，誤人空行】
[iɔk˥ laŋ˧ tiã˨ tiã˧ gɔ˨ laŋ˧ k'aŋ˧ kiã˦]
已與人約好卻不守約，害人空跑一趟。喻口惠而實不至。

【納小租】
[lap˩ sio˥ tsɔ˥]
納租，繳稅；昔日台灣農田之繳稅，分成大租、小租兩項；大租是地價稅，小租是水利稅；因此小租又稱水租，後來便以納小租來代稱「小便」，而以納大租代稱「大便」。

【納大租】
[lap˩ tua˨ tsɔ˥]
喻上廁所解大便。

【紙上談兵】
[tsua˥ siɔŋ˧ tam˧ piŋ˥]
不切實際的空談。

【紙包艙著火】
[tsua˥ pau˧ be˨ tiau˧ hue˥]
喻眞相無法隱藏，惡事一定會顯露。

【紙船鐵舵公】
[tsua˥ tsun˦ t'i˥ tai˨ kɔŋ˥]
舵公，舵手；喻工具雖差，人才卻能幹。意同「鈍刀使利手」。

【紙被趁人煤蝨母】
[tsua˥ p'ue˧ t'an˥ laŋ˧ sa˨ sap˥ bo˥]
紙被也要像人家的布被放進水漿中去燙死蝨子；喻愚笨的行爲。

【紙頭無伊的名字，紙尾亦無伊的名字】
[tsua˥ t'au˦ bo˧ i˧ e˧ miã˧ zi˧ tsua˥ bue˥ ia˨ bo˧ i˧ e˧ miã˧ zi˧]
契約書上，從頭到尾都沒有他的名字；謂他完全沒分，與他毫無關係。

【紋銀變做馬口鐵】
[bun˧ gin˦ pen˥ tso˥ be˥ k'au˥ t'iʔ˩]
白花花的銀子變成不值錢的馬口鐵。

【細子無六月】
[se˥ kiã˥ bo˧ lak˩ gue˧]
細子，指嬰兒；六月天氣雖然非常炎熱，但嬰兒須特別保護，不可讓他穿太少衣服。這是昔日的育嬰觀念，今天不見得適用。

【細膩枵家治】
[se˥ zi˧ iau˧ ka˧ ti˧]
細膩，客氣；枵，餓；家治，自己；

赴宴時若過分客氣不敢動箸；受罪的是自己的五臟廟（吃不飽）。

【細囝仔無六月】
[se˥ gin˥ nã˥ bo˧ lak˩ gue˧]
意同「細子無六月」。

【細姨生子大某的】
[se˥ i˦ sẽ˧ kiã˥ tua˩ bɔ˥ ge˦]
細姨，側室、妾；大某，正室；古人娶妾目的在傳後代，所生兒女，名義都歸在正室名下。

【細姨仔子大某的】
[se˥ i˧ a˥ kiã˥ tua˩ bɔ˥ ge˦]
意同前句。

【細項物件急時用】
[se˥ haŋ˩ mĩ˩ kiã˧ kip˥ si˦ iŋ˧]
喻小東西有時可以發揮大功效；偏方有時可以醫大病。

【細孔毋補，大孔叫苦】
[se˥ k'aŋ˥ m˩ pɔ˥ tua˩ k'aŋ˥ kio˥ k'ɔ˥]
小洞不補，變成大洞就得叫苦連天。勸人要防微杜漸。

【細，偷挽匏；大，偷牽牛】
[se˩ t'au˧ ban˥ pu˦ tua˧ t'au˧ k'an˧ gu˦]
匏，匏瓜；牛，水牛；小時候犯小錯，若不及時教訓，長大便可能犯大錯。

【細漢母親，大漢某親】
[se˥ han˩ bo˥ ts'in˥ tua˩ han˩ bɔ˥ ts'in˥]
小時候依賴母親，母子感情融洽；長大娶妻後只記得枕邊人，卻忘了養育自己的母親了。

【細孔毋防，大孔補𣍐滇】
[se˥ k'aŋ˥ m˩ hɔŋ˦ tua˩ k'aŋ˥ pɔ˥ be˩ tĩ˧]
滇，滿也；意同「細孔毋補，大孔叫苦」。要補小漏，以免日後無法補救。

【細漢老母生，大漢某生】
[se˥ han˩ lau˩ bu˥ sẽ˥ tua˩ han˩ bɔ˥ sẽ˥]
譏人結婚以後全聽妻子的話，不再聽從母親的意見。

【細漢毋責督，大漢做硌硞】
[se˥ han˩ m˩ tsik˥ tɔk˩ tua˩ han˩ tso˥ lɔk˥ k'ɔk˩]
小時候（細漢）不管教，長大（大漢）會變成浪蕩子。

【細漢爸母生，大漢變某生】
[se˥ han˩ pe˩ bu˥ sẽ˥ tua˩ han˩ pen˥ bɔ˥ sẽ˥]
譏人婚前對父母百依百順，婚後則是太太至高無上。

【細漢是兄弟，大漢各鄉里】
[se˥ han˩ si˩ hiã˧ ti˧ tua˩ han˩ kɔk˥ hiɔŋ˧ li˥]
小時候兄弟共住共吃，長大爲了謀生，各奔前程。

【細漢偷挽匏，大漢偷牽牛】
[se˥ han˩ t'au˧ ban˥ pu˦ tua˩ han˩ t'au˧ k'an˧ gu˦]
小時候會偷匏瓜，長大就可能變成偷牛的大賊，因此小孩的言行管教，非常重要。

【細漢若無熨，大漢著熨𣍐屈】
[se˥ han˩ nã˩ bo˧ ut˩ tua˩ han˩ tio˩ ut˥ be˩ k'ut˩]
凡人小時候若不加以管教，長大了就教不來。

【細漢是母的子，大漢成某的子】
[se˥ han˩ si˩ bu˥ e˧ kiã˥ tua˩ han˩ siŋ˧ bɔ˥ e˧ kiã˥]

謂小時候是媽媽生的，結婚後變成太太生的。

【細膩貓踏破瓦，細膩查某走過社】
[se˥ zi˨ niãu˥ ta˨ p'ua˥ hia˧ se˥ zi˨ tsa˧ bɔ˥ tsau˥ kue˥ sia˧]
細膩，指非常客氣謹慎；社，庄社；本諺謂性格從外表看不太出來，看起來很溫順的女人，竟會偷偷跑到別村去找男人，就像平時乖順的貓，一發起春情，簡直要把屋瓦給踩破一般。

【終身遊四海，到處不求人】
[tsiɔŋ˧ sin˥ iu˧ su˥ hai˥ to˥ ts'u˨ put˥ kiu˧ zin˦]
指藝人、文士等周遊各地以過活。

【給人吊大燈】
[ka˨ laŋ˧ tiau˥ tua˨ tiŋ˥]
吊大燈，過去結婚時，由樂隊伴奏，前有一對燈籠引導，新娘進門後，該對燈籠則掛在大廳的燈樑上。後借喻家貧無力娶妻，被他人收養爲養子或入贅爲婿者。本句即指入贅爲婿或爲子。

【給天公借膽】
[ka˨ t'ĩ˧ kɔŋ˥ tsio˥ tã˥]
罵人做事太大膽。

【給伊掠過馬】
[ka˨ i˧ lia˨ kue˥ be˥]
爲了他而換乘另一匹馬；喻被某人過份占了便宜。

【給別人厝吊大燈】
[ka˨ pat˩ laŋ˧ ts'u˨ tiau˥ tua˨ tiŋ˥]
意同「給人吊大燈」。

【給我扒癢亦嫌醜】
[ka˨ gua˥ pe˧ tsiũ˧ ia˥ hiam˧ bai˥]
爲我抓癢我都嫌他醜，醜到家了。

【給你鬧熱麻布燈】
[ka˨ li˥ lau˨ zet˩ muã˧ pɔ˥ tiŋ˥]
麻布燈，喪事的孝燈；此爲女人罵移情別戀的男人之惡毒語，謂當你結婚時，再送一對麻布燈去祝賀。

【給（予）狗食，也會搖尾】
[hɔ˨ kau˥ tsia˧ ia˨ e˨ io˧ bue˥]
給狗吃，狗還會搖尾感謝，更何況是人？罵人忘恩負義。

【結髮夫妻】
[ket˥ huat˩ hu˧ ts'e˥]
元配的夫妻。

【結交須勝己，似我不如無】
[ket˥ kau˥ su˧ siŋ˥ ki˥ su˨ ŋɔ̃˥ put˥ zu˧ bo˦]
「三人行必有我師焉」，結交朋友須對自己有助益者。即「無友不如己者」之謂。

【結髮夫妻醜也好，粗線縫衣衣也牢】
[ket˥ huat˩ hu˧ ts'e˥ bai˥ ia˨ ho˥ ts'ɔ˧ suã˨ paŋ˧ i˥ i˥ ia˨ lo˦]
勸人要珍惜夫妻感情。

【絲線吊銅鐘】
[si˧ suã˨ tiau˥ taŋ˧ tsiŋ˥]
一髮繫千斤。形容處境危急。

【絲絲卻，較好借】
[si˧ si˧ k'io?˩ k'a˥ ho˥ tsio?˩]
絲絲，一點一點；卻，揀拾；一點一點地累積，積少成多，要用時就不須向人借貸。

【經一事，長一智】
[kiŋ˧ it˥ su˧ tiɔŋ˥ it˥ ti˨]
多一次經驗，多一種知識。

【緊早慢】
[kin˥ tsa˨ ban˧]
謂遲早一定會發生。

【緊事緩辦】
[kin˥ su˧ k'uã˧ pan˧]
越是緊要的事，越須謹慎辦理。

【緊斟緊飲】
[kin˥ t'in˦ kin˥ lim˥]
本指飲茶（酒）時，邊斟邊喝；喻做事動作要快一點。

【緊行無好步】
[kin˥ kiã˦ bo˧ ho˥ pɔ˧]
喻做事太急躁，反而沒有好處。

【緊事三分輸】
[kin˥ su˧ sã˧ hun˧ su˥]
凡事不能急，欲速則不達。

【緊嫁無好大家】
[kin˥ ke˩ bo˧ ho˥ ta˧ ke˥]
大家，婆婆；緊嫁，草率出嫁；女孩子的婚事操之過急，找不到好婆家。

【緊事緩辦，緩事緊辦】
[kin˥ su˧ k'uã˧ pan˧ k'uã˧ su˧ kin˥ pan˧]
緊事，緊急的事；緊急的事，要從容地處理，才不會忙中有錯；緩慢的事，要定下日程表盯著辦，才不致因鬆懈而忘了處理。

【緊火冷灶，米心那會透】
[kin˥ hue˥ liŋ˥ tsau˩ bi˥ sim˥ nã˥ e˩ t'au˩]
喻做事不可太急，否則效果很差。

【緊事緩辦，毋通剋虧人】
[kin˥ su˧ k'uã˧ pan˧ m˩ t'aŋ˧ k'ik˥ k'ui˧ laŋ˦]
做事要冷靜處理，遇到要事更得謹慎而行，方不至損害他人。

【緊行緩行，前程只有外濟路】
[kin˥ kiã˦ k'uã˧ kiã˦ tsen˧ tiŋ˦ tsi˥ u˩ gua˩ tse˩ lɔ˧]
外濟，多少；不論快走慢走，該走的路都要走完，就像人的命運一般。

【緊紡無好紗，緊嫁無好大家】
[kin˥ p'aŋ˥ bo˧ ho˥ se˥ kin˥ ke˩ bo˧ ho˥ ta˧ ke˥]
大家，婆婆也；紡紗紡得快，紡不出好紗；結婚結得倉促，找不到好婆家；喻做事勿操之過急，以免失之草率。

【緊毋生慢毋生，弄到火種無火星】
[kin˥ m˩ sẽ˥ ban˧ m˩ sẽ˥ lɔŋ˥ kau˥ hue˥ tsiŋ˥ bo˧ hue˥ ts'ẽ˥]
形容待產的焦急狀。

【綿被毋睏，蚵殼拋車輪】
[mĩ˧ p'ue˧ m˩ k'un˩ o˧ k'ak˩ p'a˧ ts'ia˧ lin˥]
不居安而居危，不睡在棉被上，偏偏要睡在蚵仔殼上輾轉反側睡不著。

【綿績被毋睏，要在蚵殼頂車畚斗】
[mĩ˧ tsio˥ p'ue˧ m˩ k'un˩ be˥ ti˥ o˧ k'ak˥ tiŋ˥ ts'ia˧ pun˥ tau˥]
意同前句。

【緩緩過五關】
[k'uã˧ k'uã˥ kue˥ ŋɔ̃˥ kuan˥]
《三國演義》有關公過五關斬六將之故事；喻輕輕鬆鬆即通過重重考驗。

【線穿針——拄好】
[suã˩ ts'uĩ˧ tsiam˥ tu˥ ho˥]
歇後語。以線穿針，必須剛剛好瞄準才穿得過，剛剛好即「拄好」。

【緣投仔骨，水晶卵核】
[en˧ tau˧ a˥ kut˩ tsui˥ tsĩ˧ lan˩ hut˥]
卵核，睪丸也；嘲笑美男子，豔福不淺。

【緣投骨，酒甌仔卵核】
[en˧ tau˧ kut˩ tsiu˥ au˧ a˥ lan˩

hut˥]
卵核，睪丸；形容男子長得瀟灑可愛。

【縛腳縛手】
[pak˩ k'a˧ pak˩ ts'iu˥]
指行事受箝制，處處掣肘，不得一伸所長。

【縛褲腳做人】
[pak˩ k'ɔ˥ k'a˥ tso˥ laŋ˦]
譏人不會做人。

【縛虎容易縱虎難】
[pak˩ hɔ˥ iɔŋ˧ i˨ tsiɔŋ˥ hɔ˥ lan˦]
捉虎容易放虎難。

【縛褲腳，家治做人】
[pak˩ k'ɔ˥ k'a˥ ka˧ ti˨ tso˥ laŋ˦]
喻孤獨主義者。

【縛籠床，有食有功夫】
[pak˩ laŋ˧ sɔŋ˦ u˨ tsia˧ u˨ kaŋ˧ hu˥]
籠床，即蒸籠也。請工人紮蒸籠，若有送點心給他吃，他即紮得仔細些，否則即草草紮完。

【縣口豬血，炫户蠅】
[kuan˨ k'au˥ ti˧ hueʔ˩ siã˧ hɔ˧ sin˦]
昔日縣衙前市井多係屠户，常有豬血招惹蒼蠅；用以比喻淫賤婦女常當街勾引登徒子。猶如近年台北萬華西園路一帶的「企壁的」。

【縮頭紐領】
[kiu˧ t'au˦ liu˥ am˧]
謂縮頭縮尾。

【繡毬親手抛】
[siu˥ kiu˦ ts'in˧ ts'iu˥ p'au˥]
古代有抛繡毬自己選擇夫婿的故事；喻自己選擇的事，絕對不能嫌棄或懊悔。

【織蓆的睏椅】
[tsit˥ ts'io˧ e˧ k'un˥ i˥]
織草蓆的人自己捨不得用草蓆而睡在椅子上。

【繳風，拳頭謗】
[kiau˥ hɔŋ˥ kun˧ t'au˦ pɔŋ˧]
繳，賭博；風，膨風，自稱很會賭博、打拳者，十之八九都是吹牛的。

【繳鬼較美戲旦】
[kiau˥ kui˥ k'a˥ sui˥ hi˥ tuã˨]
戲言賭博比任何東西都迷人。

【繳棍穿旗竿夾】
[kiau˥ kun˨ ts'iŋ˨ ki˧ kuã˧ giap˩]
繳棍，賭徒；旗竿夾，昔日舉人宅前所立旗竿座上兩片石頭；喻陰溝裡翻船；再老練的人也有失手的時候。

【繳場無論爸子】
[kiau˥ tiũ˦ bo˧ lun˨ pe˨ kiã˥]
情雖父子，在繳場（賭場）上是互不相讓，宛若路人；縱使在自家打麻將也如此。

【繳輸報台灣反】
[kiau˥ su˥ po˥ tai˧ uan˦ huan˥]
昔有一官吏，因賭輸錢虧空公款，意圖賴帳，竟向朝廷謊報台灣百姓造反。喻謊報。

【繳棍拄著賭時運】
[kiau˥ kun˨ tu˧ tio˨ tɔ˥ si˧ un˧]
繳棍，賭徒也。指賭徒的手氣佳，遇到好時運。

【繳仙程，勵叔，文通叔公】
[kiau˥ sen˧ t'iã˦ le˨ tsik˩ bun˧ t'ɔŋ˧ tsik˥ kɔŋ˥]
繳仙，愛賭博的人；昔有三兄弟，名爲：程、勵、文通，程因嗜賭而一貧如洗，勵家小康，文通最富有，鄰里間對三兄弟之稱呼爲「繳仙程，勵叔，

文通叔公」，此中含有褒貶與勢利之意在內。

【纏腳絆手】
[tĩ˧ k'a˧ puã˥ ts'iu˥]
謂綁手綁腳，糾纏不清。

【纏纏豆藤一大拖】
[tĩ˧ tĩ˦ tau˩ tin˦ tsit˩ tua˩ t'ua˥]
喻親朋好友一大堆。

【缺嘴咬著走】
[k'i˥ ts'ui˩ ka˩ tit˥ tsau˥]
缺嘴，兔唇；嘴已缺，卻能用嘴咬著走，形容不可能的事。

【缺嘴流目油】
[k'i˥ ts'ui˩ lau˧ bak˩ iu˦]
喻品質粗劣殘缺者。

【缺嘴興噴火】
[k'i˥ ts'ui˩ hiŋ˥ pun˧ hue˥]
兔唇卻喜歡吹火；識人不知藏拙，猶如「大舌擱興啼」。

【缺嘴興講話】
[k'i˥ ts'ui˩ hiŋ˥ kɔŋ˥ ue˧]
缺嘴，兔唇患者；興，喜歡；喻不懂藏拙，偏愛獻醜。

【缺嘴的食麵——看現現】
[k'i˥ ts'ui˩ e˩ tsia˩ mĩ˧ k'uã˥ hen˩ hen˧]
歇後語。缺嘴，兔唇。兔唇吃東西（食麵），含在嘴中的食物，外人看得很清楚，故云「看現現」。寓意一清二楚。

【缺嘴食米粉——看現現】
[k'i˥ ts'ui˩ tsia˩ bi˥ hun˥ k'uã˥ hen˩ hen˧]
歇後語。缺嘴，兔唇而露牙者；指事不容巧言蒙蔽，眞相自會暴露。

【缺嘴的食肉丸——內扑出】
[k'i˥ ts'ui˩ e˩ tsia˩ ba˥ uan˦ lai˧ p'a˥ ts'ut˩]
歇後語。缺嘴的，指兔唇，唇顎裂之患者；彼吃肉丸時，因肉丸體圓易滾動，不經意即會從嘴巴裏滑落出來，故云「內扑出」，引申爲從內部爆發弊端、家醜外揚。

【缺嘴仔賣蛤仔肉——密仔密】
[k'i˥ ts'ui˩ e˩ be˩ la˧ a˥ baʔ˩ ba˧ a˥ ba˧]
歇後語。缺嘴仔，兔唇；兔唇講話會漏氣，「蛤仔肉」容易叫成「密仔密」；密仔密，指巧合、絕配。

【缺嘴興翿鬆，跛腳興踢球】
[k'i˥ ts'ui˩ hiŋ˥ hɔ˧ ts'iu˥ pai˥ k'a˥ hiŋ˥ t'at˥ kiu˦]
兔唇卻偏愛留翿鬚，跛腳偏好踢球；識人不知藏拙。

【缺嘴的哺加蚤——毋死嚇驚一下】
[k'i˥ ts'ui˩ e˩ pɔ˩ ka˧ tsau˥ m˩ si˥ mã˩ kiã˧ tsit˩ e˧]
歇後語。缺嘴的，兔唇；兔唇因唇顎裂，昔日醫學不夠發達，無法縫合而看得見牙齒；這種人若將跳蚤（加蚤）抓去咀嚼（哺），跳蚤即使未被咀嚼死而奪縫跳出，也會嚇掉半條命。喻餘悸猶存。

【罕得幾時，天落紅雨】
[han˥ tit˥ kui˥ si˦ t'ĩ˥ lo˩ aŋ˧ hɔ˧]
喻很少有的機會。

【罕得幾時，三姑做滿月】
[han˥ tit˥ kui˥ si˦ sã˧ kɔ˥ tso˥ muã˥ gue˧]
姑姑生產做月子請吃雞酒、油飯，不是經常有的事；喻難得的機會。

【罕得幾時，尼姑做滿月】
[han˥ tit˥ kui˥ si˦ nĩ˧ kɔ˥ tso˥ muã˥ gue˧]

戲謂機會難再。

【罔賺纔𣍐散】
[bɔŋ˥ t'an˨ tsia˦ be˨ san˨]
不要計較工作與工資，勤勞謀生，才不致窮苦。有機會賺錢，就要去賺。

【置之度外】
[ti˦ tsi˧ tɔ˨ gua˧]
置身事外，不理不睬。

【罩霧罩𣍐開，戴笠仔，幪棕蓑】
[ta˦ bu˧ ta˦ be˨ k'ui˥ ti˦ le˧ a˦ muã˧ tsaŋ˧ sui˥]
氣象諺。夏季濃霧不散，出門必須帶雨具，要戴斗笠，穿蓑衣。

【罵大罵細】
[mẽ˨ tua˨ mẽ˨ se˨]
不分青紅皂白，從大到小，一塊兒罵。

【罵會變，雞母嘛會舉葵扇】
[mẽ˨ e˨ pĩ˨ ke˧ bo˦ mã˨ e˨ gia˧ k'ue˧ sĩ˨]
比喻孺子不可教。意謂假如教得會，則連母雞都會拿扇子搧風。

【罵你，𣍐暢；講你，掠人金金相】
[mẽ˧ li˨ be˨ t'iɔŋ˨ kɔŋ˦ li˨ lia˨ laŋ˧ kim˧ kim˧ siɔŋ˨]
用罵的嘛你不高興，用講的嘛你也一副不高興的樣子。

【羅漢腳】
[lo˧ han˦ k'a˥]
清代稱單身渡台者為羅漢腳；後因羅漢腳們無家庭負擔，容易放蕩，平時為丐，亂時為寇，於是羅漢腳即被用以指游手好閒之莠民。

【羅漢請觀音】
[lo˧ han˨ ts'iã˥ kuan˧ im˥]
謂主人多客人少。

【羊仔見青好】
[iũ˧ a˦ kĩ˦ ts'ĩ˥ ho˦]
羊兒只要看見青草，到處都好；喻好奇無止境。

【羊肉包扑狗】
[iũ˧ ba˦ pau˥ p'a˦ kau˦]
被打者不但沒有害處，反而有好處。

【羊哥面快反】
[iũ˧ ko˧ bin˧ k'uai˦ huan˦]
反，反來覆去；比喻人善變、易怒。

【羊仔笑牛無鬆】
[iũ˧ a˦ ts'io˦ gu˦ bo˧ ts'iu˥]
喻五十步笑百步。

【羊毛出在羊身上】
[iũ˧ mɔ̃˦ ts'ut˥ tit˥ iũ˧ sin˥ siɔŋ˨]
喻所享用的全是從自己身上出的錢。

【羊有跪乳之恩，鴉有反哺之義】
[iũ˦ u˨ kui˨ liŋ˥ tsi˧ in˥ aʔ˩ u˨ huan˥ pɔ˦ tsi˧ gi˧]
禽獸尚知孝順，更何況是人？

【美人無美命】
[sui˥ laŋ˦ bo˧ sui˥ miã˧]
人美命不美，喻紅顏多薄命。

【美國船入港】
[bi˥ kɔk˥ tsun˦ zip˩ kaŋ˦]
喻財神爺降臨，此諺在台灣處於美援時期最流行。

【美國西裝——大輸】
[bi˥ kɔk˥ se˧ tsɔŋ˥ tua˨ su˥]
歇後語。美國人身材高大，他們所穿的西裝和咱們台灣人的身材比起來，特別大襲（套）；大襲和大輸諧音。意謂輸得一蹋糊塗。

【美人快死，好針快斷】
[sui˥ laŋ˦ k'uai˦ si˦ ho˥ tsiam˥ k'uai˦ tuĩ˧]
好東西使用頻率高，容易折損。

【美的毋嬈；嬈的毋美】
[suiˋ e˩ m˩ hiau˦ hiau˦ e˩ m˩ suiˋ]
漂亮的人麗質天生，不必多打扮；醜人爲引人注目，就得多花心思去打扮了。

【美查某子傷重子婿】
[sui˥ tsa˧ bɔ˥ kiãˋ siɔŋ˧ tiɔŋ˩ kiã˥ sai˩]
女兒美麗，女婿貪慾，往往因而戕性害命。

【美花在人欉，美某在人房】
[sui˥ hue˥ tsai˩ laŋ˧ tsaŋ˦ sui˥ bɔˋ tsai˩ laŋ˧ paŋ˦]
别人的花、别人的老婆都比自己的漂亮；外國的月亮比較圓。

【美醜無地比，合意較慘死】
[sui˥ baiˋ bo˧ teˋ piˋ kaˋ i˩ k'aˋ ts'am˥ siˋ]
美醜是主觀的，很難比較，只要雙方互相欣賞，情投意合即可，所謂「情人眼裡出西施」是也。

【美毋美，故鄉水；親毋親，故鄉人】
[suiˋ m˩ suiˋ kɔˋ hiɔŋ˧ tsuiˋ ts'in˥ m˩ ts'in˥ kɔˋ hiɔŋ˧ zin˦]
對離鄉在外的遊子而言，故鄉的人、事、物最親切、可愛。

【美花在别人欉，美某在别人房】
[sui˥ hue˥ tsai˩ pat.l laŋ˧ tsaŋ˦ sui˥ bɔˋ tsai˩ pat.l laŋ˧ paŋ˦]
意同「美花在人欉，美某在人房」。

【美醜在肢骨，不在梳粧三四齣】
[sui˥ baiˋ tsai˩ ki˧ kut.l put˥ tsai˩ se˧ tsɔŋ˥ sã˧ siˋ ts'ut.l]
美醜是天生的，非由化妝可改變。(麗質天生)

【翅股頭仔焦啊】
[sit.l kɔ˥ t'au˧ aˋ ta˥ a˥]
父母訓誡子女之語，意謂你翅膀硬了，可以獨立飛翔而不聽話了嗎？

【習慣成自然】
[sip.l kuan˩ siŋ˧ tsu˩ zen˦]
一旦養成習慣，做起來便很自然。

【翻天覆地】
[huan˧ t'en˥ hɔk˥ te˧]
大動亂，大騷動。

【翻雲覆雨】
[huan˧ hun˦ hɔk˥ uˋ]
指人情反覆無常。

【翻舊柴槽】
[huan˧ ku˩ ts'a˧ tso˦]
在爐槽中點火。

【翻山過嶺的人】
[puã˧ suã˥ kueˋ niãˋ e˧ laŋ˦]
喻涉世已深，不是初出茅廬等閒之輩。

【翻落舖，生查甫，翻過來，生秀才，翻過去，生進士】
[piŋ˥ lo˩ p'ɔ˥ sẽ˧ tsa˧ pɔ˥ piŋ˥ kueˋ lai˦ sẽ˧ siuˋ tsai˦ piŋ˥ kueˋ k'u˩ sẽ˧ tsinˋ su˧]
舊俗娶親之前要安床及「翻舖」，請一個生肖屬龍的小男孩在床上翻滾，並唸此諺，以祈弄璋，生出一個讀書種子。

【翹乃十一指】
[k'iauˋ nãiˋ tsap.l it˥ tsãiˋ]
謂死亡，即翹辮子也。

【翹腳捻嘴鬏】
[k'iau˧ k'a˥ len˥ ts'uiˋ ts'iu˥]
形容安樂狀。

【耀武揚威】
[iau˩ buˋ iɔŋ˧ ui˥]
作威作福。

【老古董】
[lau˩ kɔ˥ tɔŋ˥˧]
指人食古不化或個性固執。

【老步定】
[lau˩ pɔ˩ tiã˧]
精神穩健，不慌不亂。

【老古樹頭】
[lau˩ kɔ˥ ts'iu˩ t'au˧˥]
比喻年老長者。

【老瓜熟子】
[lau˩ kue˥ sik.˩ tsi˥˧]
瓜老則瓜內之子必成熟；喻老謀而深算。

【老瓜澀蒂】
[lau˩ kue˥ siap˙˩ ti˩]
喻薑是老的辣。

【老爸扛轎】
[lau˩ pe˧ kəŋ˧ kio˧]
形容孩子在父母保護中的安然狀。

【老狗長屎】
[lau˩ kau˥˧ təŋ˧ sai˥˧]
喻久病不癒。

【老神在在】
[lau˩ sin˧˥ tsai˩ tsai˧]
飽經世故，遇事泰然自若。喻很有定力，信心十足。

【老馬展鬃】
[lau˩ be˥˧ ten˥ tsaŋ˥]
喻老而益壯。

【老鼠哭貓】
[niãu˥ ts'i˥˧ k'au˥˧ niãu˥]
譏人假慈悲。

【老戲拖棚】
[lau˩ hi˩ t'ua˧ pẽ˧˥]
喻辦事拖拖拉拉。

【老戲鬥猴】
[lau˩ hi˩ tau˥˧ kau˧˥]
喻合股做生意。

【老人囝仔性】
[lau˩ laŋ˧˥ gin˥ nã˥ siŋ˩]
謂人年紀大了以後，想法脾氣都會像小孩一樣天真。

【老人像囝仔】
[lau˩ laŋ˧˥ ts'iũ˩ gin˥ nã˥˧]
人老了個性會像小孩一樣。

【老人像細子】
[lau˩ laŋ˧˥ ts'iũ˩ se˥˧ kiã˥˧]
老人的脾氣有時會像小孩子一樣。

【老牛食幼草】
[lau˩ gu˧˥ tsia˩ iu˥˧ ts'au˥˧]
謂老夫娶少妻，即老少配。

【老牛展春草】
[lau˩ gu˧˥ ten˥ ts'un˧ ts'au˥˧]
老牛卻要像春草般展示盛氣；諷刺人年紀大了卻要佯裝年輕體力好之謂。

【老尻川歹摸】
[lau˩ k'a˧ ts'uĩ˥ p'ãi˥ bɔŋ˥]
尻川，屁股也；少年男子，年輕時一時興趣，可能淪爲供人摸屁股的相公，待年長而有社會地位，此時昔日伴侶想再一摸其臀，其可得乎？

【老仔假光棍】
[lau˥ a˥˧ ke˥ kɔŋ˧ kun˩]
謂偷東西的人（老仔）；被主人發覺，便藉口是羅漢腳，要借用一下。

【老的老步定】
[lau˧ e˧ lau˩ pɔ˩ tiã˧]
年紀大，經驗多，做事比較沈著。

【老虎咬炮紙】
[lau˩ hɔ˥˧ ka˩ p'au˥˧ tsua˥˧]
喻愚笨。

【老酒沈甕底】
[lau˨ tsiu˥ tim˧ aŋ˥ te˥]
好酒沈甕底；喻好戲在後頭。

【老猴無粉頭】
[lau˨ kau˦ bo˧ hun˥ t'au˦]
人上了年紀，風采大不如從前。

【老猴噴洞簫】
[lau˨ kau˦ pun˧ tɔŋ˨ siau˥]
昔日吸食鴉片者，都是體形瘦瘠如猴，而他手上拿著長煙斗吸食鴉片時，就活像是老猴在吹洞簫一般。

【老鼠入牛角】
[niãu˥ ts'i˥ zip˨ gu˧ kak˨]
喻陷入絶境，已無退路。

【老鼠泅過溪】
[niãu˥ ts'i˥ siu˧ kue˥ k'e˥]
喻人人討厭的鼠輩。

【老鼠搬薑母】
[niãu˥ ts'i˥ puã˧ kiũ˧ bo˥]
喻常搬家，搬東搬西。

【老雞母好踏】
[lau˨ ke˧ bo˥ ho˥ lap˨]
踏，指公雞踏在母雞背上交尾也；小母雞愛掙扎，老母雞則不掙扎。喻老人易欺侮。或謂老娼妓交媾較容易。

【老牛想食幼草】
[lau˨ gu˦ siũ˨ tsia˨ iu˥ ts'au˥]
譏人做非分之想。

【老甘蔗頭——根節】
[lau˨ kam˧ tsia˥ t'au˦ kin˧ tsat˨]
歇後語。甘蔗頭部節目特别密。比喻老年人涉世已深，循規蹈矩，處世小心謹愼。

【老罔老，半暝後】
[lau˧ bɔŋ˥ lau˧ puã˥ mẽ˧ au˧]
謂老年人的性活動，都在午夜過後，而且一旦發起威來還很有辦法，帶有不服老的意思。

【老狗記久長屎】
[lau˨ kau˥ ki˥ ku˥ təŋ˧ sai˥]
譏人舊事一再重提。

【老爸過渡——該載】
[lau˨ pe˧ kue˥ tɔ˧ kai˧ tsai˨]
歇後語。渡夫的父親要過河，渡夫應當載之，故稱該載。該載與台語佳哉諧音，即爲幸好之意。

【老婆無空厝間】
[lau˨ po˦ bo˧ k'aŋ˧ ts'u˥ kiŋ˥]
謂兒子結婚後，連個空房都不給母親（老婆）住。

【老猴跋落樹腳】
[lau˨ kau˦ pua˨ lo˨ ts'iu˨ k'a˥]
猴子最擅長爬樹，老猴子經驗豐富，居然會摔到樹下！喻做人難免有失敗的時候。

【老鼠仔躡石枋】
[niãu˥ ts'i˥ a˥ nẽ˥ tsio˨ paŋ˥]
老鼠力量很小，爲了達成目的，不惜拼命頂起石板。意謂咬緊牙關做某事。

【老鼠跋落灰間】
[niãu˥ ts'i˥ pua˨ lo˨ hue˧ kiŋ˥]
諷刺醜婦偏愛抹粉打扮。

【老鼠跋落屎礐】
[niãu˥ ts'i˥ pua˨ lo˨ sai˥ hak˥]
意同前句。

【老嬈戴竹筍殼】
[lau˨ hiau˦ ti˥ tik˥ sun˥ k'ak˨]
譏罵淫婦人盡可夫。

【老雞母食去風】
[lau˨ ke˧ bo˥ tsia˨ k'i˥ hɔŋ˥]
譏老婦亦可供男子洩慾。

【老人食麻油——鬧熱】
[lau˨˩ laŋ˧˥ tsia˨˩ muã˧ iu˧˥ lau˨˩ zet˥]
歇後語。麻油性熱，老人吃之，必然老熱，老熱與鬧熱台語諧音。

【老牛想食嫩竹筍】
[lau˨˩ gu˧˥ siũ˨˩ tsia˨˩ tsĩ˥ tik˥ sun˥˧]
喻老不羞，老年人還妄想年輕的美嬌娘。

【老牛想食幼菅筍】
[lau˨˩ gu˧˥ siũ˨˩ tsia˨˩ iu˥˧ kuã˧ sun˥˧]
幼菅筍，嫩的蘆葦苗；喻老男子想娶（嫖）小女孩。

【老甘蔗頭——假根節】
[lau˨˩ kam˧ tsia˥˧ t'au˧˥ ke˥ kin˧ tsat˨˩]
歇後語。老的甘蔗頭，可以仿冒竹的根節，故稱「假根節」，其音與「假謹節」（假裝很小心）同。

【老肉配你冷肉擔】
[lau˨˩ baʔ˨˩ p'ue˥˧ li˥ liŋ˥ ba˥˧ tã˨˩]
老命豁出去，跟你拼了。

【老肉配你清肉擔】
[lau˨˩ baʔ˨˩ p'ue˥˧ li˥ ts'in˥˧ ba˥˧ tã˨˩]
意同前句。

【老罔老，較有牽挽】
[lau˧ bɔŋ˥ lau˧ k'a˥˧ u˨˩ k'an˧ ban˥˧]
儘管年紀大，卻比年輕人更有耐心。

【老虎行路無盹眠】
[lau˨˩ hɔ˥˧ kiã˧ lɔ˧ bo˧ tun˥˧ bin˧˥]
喻精神安寧，做事富有機警性。

【老爸扛轎，子坐轎】
[lau˨˩ pe˧ kəŋ˧ kio˧ kiã˥˧ tse˨˩ kio˧]
喻父母親勞碌終身，而兒女卻坐享其成。

【老狗記得久長屎】
[lau˨˩ kau˥˧ ki˥˧ tit˥ ku˥ təŋ˧ sai˥˧]
老狗一直難忘多年前與人爭吃屎之事；罵人老是惦記著陳年往事。

【老鼠毋敢食貓乳】
[niãu˥ ts'i˥˧ m˨˩ kã˥ tsia˨˩ niãu˧ liŋ˥]
喻害怕不敢親近。

【老鼠拖貓上竹篙】
[niãu˥ ts'i˥˧ t'ua˧ niãu˥ tsiũ˨˩ tik˥ ko˥]
哄騙小孩的話，正確的情形應該是「貓拖老鼠上竹篙」。

【老鼠食油目睭金】
[niãu˥ ts'i˥˧ tsia˨˩ iu˧˥ bak˨˩ tsiu˥ kim˥]
老鼠之精靈全靠一雙眼睛（目睭），吃了油（油很亮）之後，豈不更亮（金）？喻全憑一雙明亮的眼睛。

【老鼠哭貓——假有心】
[niãu˥ ts'i˥˧ k'au˥˧ niãu˥ ke˥ u˨˩ sim˥]
歇後語；喻假仁假義。

【老鼠哭貓——假慈悲】
[niãu˥ ts'i˥˧ k'au˥˧ niãu˥ ke˥ tsu˧ pi˥]
歇後語。貓死，老鼠哭泣，眞是裝出來的慈悲。

【老鼠哭貓——假盡情】
[niãu˥ ts'i˥˧ k'au˥˧ niãu˥ ke˥ tsin˨˩ tsiŋ˧˥]
歇後語。老鼠哭貓不是眞心眞意，只不過是佯裝同情而已。

【老鼠哭貓——無目屎】
[niãu˥ ts'i˥˧ k'au˥˧ niãu˥ bo˧ bak˨˩ sai˥˧]
歇後語；指假仁假義。

【老鼠給貓做生日】
[niãu˥ ts'i˥˧ ka˨˩ niãu˥ tso˥˧ sẽ˧ zit˥]
老鼠與貓是死對頭，怎會替牠做生日？故爲假心假意之謂。

【老戲跋落戲棚腳】

[lau˩ hi˩ pua˩ lo˩ hi˥ pẽ˧ k'a˥]
老演員摔到舞台下；喻內行人也會有差錯的時候。

【老人食紅蟳——講無效】
[lau˩ laŋ˦ tsia˩ aŋ˧ tsim˦ kɔŋ˥ bo˧ hau˧]
歇後語。老人吃紅蟳，無牙無法咬螯腳（管），故管對他而言沒有用，管無效與講無效台語諧音。

【老膣皺皺，老卵無潲】
[lau˩ tsi˥ ziau˧ ziau˦ lau˩ lan˧ bo˧ siau˦]
膣，女陰；潲，精液；謂人老生理機能亦老化不中用。

【老罔老，擱會哺土豆】
[lau˧ bɔŋ˥ lau˧ ko˥ e˩ pɔ˩ t'ɔ˧ tau˧]
老年人的年紀雖已一大把，但精神、體力仍非常健康，甚至牙齒還會吃花生。

【老鼠孔當做圓拱門】
[niãu˥ ts'i˥ k'aŋ˥ tɔŋ˥ tso˥ uan˧ kɔŋ˧ muĩ˦]
把老鼠洞看做圓拱門；喻小題大做，大驚小怪。

【老鼠孔變成圓拱門】
[niãu˥ ts'i˥ k'aŋ˥ pen˥ siŋ˧ uan˧ kɔŋ˧ muĩ˦]
小事不處理，日久變成大事。

【老鼠企得，舉頭舉耳】
[niãu˥ ts'i˥ k'ia˧ tit˩ gia˧ t'au˦ gia˧ hĩ˧]
企得，站著；老鼠即使站著不動，也會探頭探腦；用以形容人站立不定，四處張望的毛躁狀。

【老鼠膣，泄無外濟尿】
[niãu˥ ts'i˥ tsi˥ siam˥ bo˧ gua˩ tse˩ zio˧]
膣，女陰；外濟，多少；譏罵婦人，沒有什麼了不得。

【老鼠泅過溪，人人喝扑】
[niãu˥ ts'i˥ siu˧ kue˥ k'e˥ laŋ˧ laŋ˦ hua˥ p'aʔ˩]
喻人人討厭的鼠輩。

【老生驚中箭，小旦驚猾戲】
[lau˩ siŋ˥ kiã˧ tiɔŋ˥ tsĩ˩ sio˧ tuã˩ kiã˧ siau˥ hi˩]
老生最怕演中箭的戲碼，因那種動作很大；小旦在舞台上非常端莊，所以很怕演笑鬧劇，因不易表演。

【老伙仔叫囝仔阿叔——崙背】
[lau˩ hue˥ a˥ kio˥ gin˥ nã˥ a˧ tsik˩ lun˩ pue˩]
歇後語。老年人叫小孩為叔父，此係依輩分而叫，稱為「論輩」，音同「崙背」；崙背，地名，在雲林縣。

【老尪疼嫩某，嫩尪不如無】
[lau˩ aŋ˥ t'iã˥ tsĩ˥ bɔ˥ tsĩ˥ aŋ˥ put˥ zu˧ bo˦]
年紀大的丈夫會特別疼愛年輕的妻子，相反地年輕的丈夫會瞧不起年紀大的妻子，因此最好不要嫁年少的丈夫。

【老虎毋展威，看做家內貓】
[lau˩ hɔ˥ m˩ ten˥ ui˥ k'uã˥ tso˥ ke˧ lai˩ niãu˥]
老虎不發威，被人當成病貓；強人不展現實力，被人當做是懦夫。

【老的老步定，少年較蕩晃】
[lau˧ e˧ lau˩ pɔ˩ tiã˧ siau˥ len˦ k'a˥ taŋ˥ hiã˥]
老人做事沉著而穩健，年輕人做事輕浮而不定。

【老的老步定，少年較響影】
[lau˧ e˧ lau˩ pɔ˩ tiã˧ siau˥ len˦ k'a˥

hiaŋ˥ iã˥˧]
意同前句。

【老猴跋落樹腳，眞正漏氣】
[lau˨˩ kau˦˥ pua˨˩ lo˨˩ ts'iu˨˩ k'a˥ tsin˧ tsiã˥˧ lau˥˧ k'ui˨˩]
喻丟人丟到家。

【老鼠趖竹篙，一目過一目】
[niãu˥ ts'i˥˧ so˧ tik˥ ko˥ tsit˩ bak˥ kue˥˧ tsit˩ bak˥]
趖，爬行；喻做事應按部就班。

【老實到一條腸仔透尻川】
[lau˥ sit˩ ka˥ tsit˩ tiau˧ təŋ˧ ŋã˥˧ t'au˥˧ k'a˧ ts'uĩ˥]
形容老實人心腸直。

【老戲賢扑鼓，老尪疼嫩某】
[lau˨˩ hi˨˩ gau˧ p'a˥˧ kɔ˥˧ lau˨˩ aŋ˥ t'iã˥˧ tsĩ˥ bɔ˥˧]
有經驗的鼓手很會打鼓，打起來，有板有眼；上了年紀的丈夫，則特別會疼愛年紀輕的妻子。

【老的食名聲，少年的靠扑拚】
[lau˧ e˧ tsia˨˩ miã˧ siã˥ siau˥˧ len˦˥ e˧ k'o˥˧ p'a˥˧ piã˨˩]
謂老年人的生意（工作）端看其多年所累積的聲譽；年輕人出道未久，尚無聲譽可言，全靠自家努力。

【老鼠仔嫁查某子——嗤嗤呲呲】
[niãu˥ ts'i˥ a˥˧ ke˥˧ tsa˧ bɔ˥ kiã˥˧ ts'i˧ ts'i˥ ts'u˨˩ ts'u˧]
歇後語。嗤嗤呲呲，指輕聲細語。傳說，農曆正月初三日爲老鼠娶親之日，想像中，老鼠嫁女兒的情況，應是輕聲細語，不可能大聲喧嘩。本句係指人們在談話時交頭接耳，道人長短、談論秘密……均可稱之。

【老母無腳帛通縳，買鞋予戲旦穿】
[lau˨˩ bu˥˧ bo˧ k'a˧ pe˧ t'aŋ˧ pak˥ be˥ e˧ hɔ˨˩ hi˥˧ tuã˨˩ ts'iŋ˧]
喻對別人慷慨，對自己卻吝嗇。

【老生俊仔，拚死倒銅旗；貓仔性鍾，有酒好未是】
[lau˨˩ siŋ˧ tsun˨˩ nã˨˩ piã˥˧ si˥˧ to˥ taŋ˧ ki˦˥ niãu˧ a˥ siŋ˥˧ tsiɔŋ˥ u˨˩ tsiu˥˧ ho˥ bi˨˩ si˧]
老生俊仔指鬚生名角張俊，其善演「秦瓊倒銅旗」一劇，但常因須費大力氣而臥病，到晚年雖奉多金，亦婉謝不演。貓仔性鍾，指陳性鍾，其身材魁梧但爲麻面，故謔稱爲「貓」；爲清末童生，性詼諧，精醫術，擅書畫、嗜酒；人有所求，但奉以酒，無所不應。本諺，上半句喻奮不顧身；下半句喻爲事事聽從。

【耙鱠著癢】
[pe˧ be˨˩ tio˨˩ tsiũ˧]
指搔不到癢處。

【耕者有其田】
[kiŋ˥ tsia˨˩ iu˥ ki˧ ten˦˥]
台灣昔日農田都是少數大地主佔有，耕者均是佃農；民國四十年代，國民政府實施耕者有其田政策，使耕者能擁有自己的田地，大大改善農民之生活。

【耕者耕，讀者讀】
[kiŋ˥ tsia˨˩ kiŋ˥ t'ɔk˩ tsia˨˩ t'ɔk˥]
喻各人謹守工作崗位。

【耕作著認路，田園著照顧】
[kiŋ˧ tso˨˩ tio˨˩ zin˨˩ lɔ˧ ts'an˧ huĩ˦˥ tio˨˩ tsiau˥˧ kɔ˨˩]
認路，要照規矩認眞做；勉人要勤於耕耘，不可荒廢。

【耳孔重】
[hĩ˨˩ k'aŋ˥ taŋ˧]
聽力很差。

【耳孔輕】
[hĩ˩ k'aŋ˧ k'in˥]
耳朵軟，容易聽信別人的話。

【耳孔塞破布】
[hĩ˩ k'aŋ˥ t'at˥ p'ua˥ pɔ˩]
喻充耳不聞。

【耳孔鬼仔在癢】
[hĩ˩ k'aŋ˧ kui˥ a˥ ti˥ tsiũ˧]
俗以耳朵癢為有人在思念之兆；左耳占男子，右耳兆女子在思念。

【耳孔麵粉做的】
[hĩ˩ k'aŋ˥ mĩ˩ hun˥ tso˩ e˩]
謂耳根軟，輕信人言。

【耳聞不如目見】
[nĩ˥ bun˧ put˥ zu˧ bɔk˥ ken˩]
聽別人說，不如自己親眼看到可信。

【耳孔予牛踏凹去】
[hĩ˩ k'aŋ˥ hɔ˩ gu˧ ta˩ lap˥ k'i˩]
罵人有耳朵卻沒聽見，充耳不聞。

【耳孔癢，敢是有人在念】
[hĩ˩ k'aŋ˥ tsiũ˧ kã˥ si˩ u˩ laŋ˧ ti˥ liam˧]
俗以耳朵癢是有人在念他。

【耳後若無銑，查甫查某著會變】
[hĩ˩ au˧ nã˩ bo˧ sen˥ tsa˧ pɔ˧ tsa˧ bɔ˥ tio˩ e˩ pen˩]
銑，體垢也；男女若長大到知道將耳後根洗乾淨，表示已自覺長大了，自知不潔為可恥，且會惹異性嫌，已開始有性的自我意識。

【聘金來聘金去】
[p'iŋ˥ kim˥ lai˧ p'iŋ˥ kim˥ k'i˩]
謂男方送多少聘金來，女方即陪多少嫁粧去。

【聖公仔嘴】
[siã˥ kɔŋ˧ ŋã˥ ts'ui˩]
謂說話可信度極低。

【聖到會食糕仔】
[siã˥ ka˥ e˩ tsia˩ ko˧ a˥]
戲謂神明很靈驗，靈到連供奉的糕餅都會被吃掉。

【聖佛嗅芳香】
[siã˥ hut˥ p'ĩ˩ p'aŋ˧ hiũ˥]
喻高貴的人得到好的地位。

【聖佛無論大細仙】
[siã˥ hut˥ bo˧ lun˩ tua˩ se˥ sen˥]
神明只問祂靈不靈，不計其金身之大小。

【聖，聖到像北港媽】
[siã˩ siã˥ ka˥ ts'iũ˩ pak˥ kaŋ˥ mã˥]
指北港媽祖最靈驗。

【聖賢言語，神欽鬼服】
[siŋ˥ hen˧ gen˧ gi˥ sin˧ k'im˥ kui˥ hɔk˥]
道德高超的人所講的話，能令神明欽佩鬼怪服氣。

【聖聖佛，拄著空崁弟子】
[siã˥ siã˥ hut˥ tu˥ tio˩ k'ɔŋ˧ k'am˥ te˩ tsu˥]
靈驗的神佛卻遇到痴呆的信徒；喻聰明的主人，卻遇到傭人愚笨而受累。

【聞風而逃】
[bun˧ hɔŋ˥ zi˧ to˧]
聽到風聲就逃跑了。

【聞風破膽】
[bun˧ hɔŋ˥ p'ua˥ tã˥]
形容非常恐懼。

【聞風喪膽】
[bun˧ hɔŋ˥ sɔŋ˧ tã˥]
形容非常恐懼。

【聞名不如見面】

[bun˧ biŋ˦ put˥ zu˧ kĩ˥ bin˧]
光耳朵聽到名字，不如親眼目睹丰采。

【聽明自誤】
[ts'ɔŋ˧ biŋ˦ tsu˩ gɔ˧]
自恃聰明，便會誤了自己。

【聽明在耳目】
[ts'ɔŋ˧ biŋ˦ ti˩ hĩ˩ bak˥]
俗以耳長眼亮者爲聰明之相。

【聽明一世，糊塗一時】
[ts'ɔŋ˧ biŋ˦ it˥ se˩ hɔ˧ tɔ˦ it˥ si˦]
喻智者千慮，有時難免一失。

【聽天由命】
[t'iŋ˧ t'en˥ iu˩ biŋ˧]
一切聽從老天（上帝）的安排。

【聽耳聽壁】
[t'iã˧ hĩ˩ t'iã˧ piaʔ˩]
謂隔牆有耳。

【聽召，毋聽宣】
[t'iã˧ tiau˩ m˩ t'iã˧ suan˥]
謂當事人直接來請（召），應立刻去；若是轉手請別人來找，可以不去。

【聽香卜佳婿】
[t'iã˧ hiũ˥ pɔk˥ ka˧ sai˩]
元宵，有聽香之俗，先在自家神前燒香禱告所要卜的事及應走方向，乃循該方向，找到第一户或所遇第一人，竊聽其談話内容，以其第一句話占所卜之事之徵兆；昔日婦女常以此卜自己未來之夫婿如何。

【聽某嘴，大富貴】
[t'iã˧ bɔ˥ ts'ui˩ tua˩ hu˥ kui˩]
懼内者自嘲語。聽老婆的話，包準大富大貴。

【聽某嘴，乖骨肉】
[t'iã˧ bɔ˥ ts'ui˩ kuai˧ kut˥ ziɔk˥]
專聽老婆的話，會使兄弟姊妹手足之情乖離。

【聽落會扑咳嗆】
[t'iã˧ lo˧ e˩ p'a˥ k'a˧ ts'iũ˩]
嘲笑人家好吹牛。

【聽話頭，知話尾】
[t'iã˧ ue˩ t'au˦ tsai˧ ue˩ bue˥]
別人說話時，只聽前幾句便知其意；喻人之聰明。

【聽落會起雞母皮】
[t'iã˧ lo˧ e˩ k'i˥ ke˧ bo˥ p'ue˦]
譏人愛吹牛。

【聽某令，較好拜神明】
[t'iã˧ bɔ˥ liŋ˧ k'a˥ ho˥ pai˥ sin˧ biŋ˦]
凡事聽命於妻，比向神明祈求更好。譏嘲懼内者之話。或作「聽某令，較好信神明」。

【聽某令，較贏敬神明】
[t'iã˧ bɔ˥ liŋ˧ k'a˥ iã˧ kiŋ˥ sin˧ biŋ˦]
懼内者自嘲語。老婆的話是至高無上，聽她的話包準沒錯，比敬神明還重要。

【聽未入布袋耳，就揹得走】
[t'iã˧ bue˩ zip˩ pɔ˥ te˩ hĩ˧ tio˩ kuã˩ te˥ tsau˥]
譏笑耳食之徒，話還沒聽完，就急著要現買現賣去了。

【聽母嘴無敗害，聽某嘴絶三代】
[t'iã˧ bo˥ ts'ui˩ bo˧ pai˩ hai˧ t'iã˧ bɔ˥ ts'ui˩ tsuat˩ sã˧ tai˧]
聽母親的話沒有害處，聽老婆的話則禍延三代。

【肉眼無珠】
[ziɔk˩ gan˥ bu˧ tsu˥]
有眼無珠，沒有見識。

【肉包仔扑狗——有去無回】

[ba˥ pau˧ a˥ p'a˥ kau˥ u˩ k'i˩ bo˧ hue˧˥]
歇後語。用肉包打狗，一定是有去無回。

【肉要予人食，骨毋予人囓】
[ba?˩ be˥ hɔ˩ laŋ˧ tsia˧ kut˩ m˩ hɔ˩ laŋ˧ k'e˩]
謂凡事忍耐總有限度，不能忍耐過甚；自己人總不能受到外人的欺負；台俗婚禮，男方要送豬腿（前腿），女家只能切下腿肉，不能連腳骨都切下，即屬此諺之實踐。

【肉要予人食，骨頭毋予人囓】
[ba?˩ be˥ hɔ˩ laŋ˧ tsia˧ kut˥ t'au˧˥ m˩ hɔ˩ laŋ˧ k'e˩]
台俗婚禮，男家要送轎前豬腳給女家，女家只切下肉來，豬蹄連骨則須還男家，故有此諺。引申爲可以讓人小欺侮，但不可傷及尊嚴。

【肚內勯翻車】
[tɔ˩ lai˧ be˩ huan˧ ts'ia˥]
喻頑固不能變通。

【肚內攏勯翻車】
[tɔ˩ lai˧ lɔŋ˥ be˩ huan˧ ts'ia˥]
肚子裡頭一點迴旋的空間都沒有；喻頑固不通。

【肚臍抹粉——歹才】
[tɔ˩ tsai˧˥ bua˥ hun˥ bai˥ tsai˧˥]
歇後語。須抹粉之肚臍一定很醜；醜臍，台語叫「歹臍」音與「歹才」同，謂情況不佳。

【肚臍抹粉——中庄】
[tɔ˩ tsai˧˥ bua˥ hun˥ tiɔŋ˧ tsəŋ˥]
歇後語。肚臍在人身之中，加以抹粉化妝，叫「中妝」，音同「中庄」；中庄，地名，非常普遍。與頂庄、下庄是相對的名稱。

【肚腸貯無半粒砂】
[tɔ˩ təŋ˧˥ te˥ bo˧ puã˥ liap˩ sua˥]
喻度量狹小。

【肚臍開花，蜘蛛吐絲】
[tɔ˩ tsai˧˥ k'ui˧ hue˥ ti˧ tu˥ t'ɔ˥ si˥]
鹿港諺語。指戲班拚戲，使出絕活，互別苗頭。

【肚飢勿向飽人講，心酸勿在路頭啼】
[tɔ˥ ki˥ but˩ hiɔŋ˥ pa˥ laŋ˧˥ kɔŋ˥ sim˥ səŋ˥ but˩ ti˩ lɔ˩ t'au˧˥ t'i˧˥]
喻男子漢大丈夫必須面對現實，承擔一切。

【肚臍深深要貯金，肚臍凸凸愛得某】
[tɔ˩ tsai˧˥ ts'im˧ ts'im˥ be˥ te˥ kim˥ tɔ˩ tsai˧˥ t'ɔ˥ t'ɔ˥ ai˥ ti˩ bɔ˥]
古人相信肚臍深者有財氣，肚臍凸出者會早婚。

【肞覕腫矣】
[tsi˧ bai˥ tsiŋ˥ a˩]
事情糟糕了。

【肞歪牽拖屎桶漏】
[tsi˥ uai˥ k'an˧ t'ua˧ zio˩ t'aŋ˥ lau˧]
罵人愛遷怒。昔日台灣婦女小便都是坐在屎桶前屎，有人因陰户歪而將屎屎屎到桶外去，卻怪說是屎桶漏水，眞是不知檢討。義同「勯曉駛船嫌溪隘」。

【肥霜瘦雪】
[pui˧ səŋ˥ san˥ se?˩]
農諺。冬天下霜，則占來年五穀豐收；下雪則占五穀欠收。

【肥水無流過坵】
[pui˧ tsui˥ bo˧ lau˧ kue˥ k'u˥]
肥水不落外人田。

【肥到𠢕穿蚊罩】
[pui˧ ka˥ be˩ ts'iŋ˩ baŋ˥ taʔ˩]
肥到連蚊帳（蚊罩）都穿不下去；譏人吹牛吹得過分。

【肥從口入，智從心生】
[pui˧ tsiɔŋ˧ k'io˥ zip˥ ti˩ tsiɔŋ˧ sim˥ siŋ˥]
人肥，皆因吃得多；人聰明皆因心裡會思考。

【背後有英雄】
[pue˩ au˧ u˩ iŋ˧ hiɔŋ˧]
謂背後有人支持。

【胡三食餅屑】
[ɔ˧ sam˥ tsia˩ piã˥ sap˥]
傳說明末清初有一文盲胡三，因長年失業，到廈門欲找短工維生，在碼頭附近恰有商船擬招船長，但無人應徵，胡三糊裏糊塗去報名，因只一人報名故予錄取，並通知其上船。胡三被帶到船長室，以爲是等待分派工作，久之不見動靜。因肚餓，見桌上有包酥餅，以爲是大人物之點心，遂將餅屑倒在手中，欲以此充飢。不料，當時風浪正大，操舵船員跑到船長室外請示操舵方向，久候無回音，故大喊：「胡三吃什麼」，意指船該走什麼方向。胡三誤以爲吃餅屑之事被發現，遂回答：「吃餅屑（餅屑與丙戌同音）」，舵手依言遵羅盤上丙戌方向而行，竟平安無事。同時自廈門出航之船隻，因行駛方向不同均告沉沒。當船隻平安靠岸，該船公司即大放鞭炮慶祝。窮光蛋的胡三，自此時來運轉，成爲富翁。後來本諺被借喻爲韜光養晦，時來運轉之語。

【胡椒辣毋免濟】
[hɔ˧ tsio˥ hiam˥ m˩ ben˥ tse˧]
毋免濟，不用多；好胡椒只要一點點就會辣，不用多；有用之物只要一點就夠了；好兒子一個就夠了。

【胡椒較少也會辣】
[hɔ˧ tsio˥ k'a˥ tsio˥ ia˩ e˩ hiam˥]
喻有用的東西不須多。

【能者多勞】
[liŋ˧ tsia˩ to˧ lo˧]
有能力的人，請他幫忙的人很多，他也因而比別人勞苦。

【能糊罔糊】
[e˩ kɔ˧ bɔŋ˥ kɔ˧]
指夫妻間勉強維持感情，或壞了的東西能夠修補則修補。即得過且過。

【能者不盡展】
[liŋ˧ tsia˩ put˥ tsin˩ ten˥]
有能力的人，不會鋒芒盡露。

【能生得子身，𠢕生得子心】
[e˩ sẽ˧ tit˥ kiã˥ sin˥ be˩ sẽ˧ tit˥ kiã˥ sim˥]
父母能生兒女之身，卻無法掌握兒女的心理。

【胸坎親像樓梯，腹肚親像水櫃】
[hiŋ˧ k'am˥ ts'in˧ ts'iũ˩ lau˧ t'ui˥ pat˥ tɔ˥ ts'in˧ ts'iũ˩ tsui˥ kui˧]
胸前肋骨一根根突現像樓梯，肚子凸出像個水櫃，形容人營養不良消瘦不堪之模樣。

【脆脆做兩塊】
[ts'e˥ ts'e˩ tso˥ ləŋ˩ te˩]
很乾脆地切一做二；喻做事剛毅果決。

【腐在壁角】
[au˧ ti˥ pia˥ kak˩]
喻默默無聞，不受重視。

【腐鮭炫蠅】
[au˥ kue˥ siã˧ sin˧]
腐臭的鮭魚常引來一大堆蒼蠅。喻妓

女好賣弄風騷引誘嫖客。

【腐鮭無除笎】
[au˥ kue˥ bo˧ ti˧ uĩ˥]
笎，昔日秤東西時的竹容器，稱完必須扣除其重量；喻不反顧自己，反而要說別人的壞處。

【腐鮭腐人食】
[au˥ kue˥ au˥ laŋ˧ tsia˧]
腐鮭也有人吃；喻賤妓也有人去嫖。

【腐戲賢拖棚】
[au˥ hi˩ gau˧ t'ua˧ pẽ˧]
戲演得很爛，演員又在內容上灌水，一再拖延時間；喻沒本事又愛拖延時間。

【腐鹹魚炫户蠅】
[au˥ kiam˧ hi˧ siã˧ hɔ˧ sin˧]
譏嘲妓女賣弄風騷勾搭嫖客。

【腐鹹魚，腐人食】
[au˥ kiam˧ hi˧ au˥ laŋ˧ tsia˧]
喻下賤的暗娼自有低俗的嫖客去嫖。

【腐草花也有滿開】
[au˥ ts'au˥ hue˥ ia˩ u˩ muã˥ k'ui˥]
譏謂窮人家也會有福氣的時候。

【腐柴艙刻得尪仔】
[au˥ ts'a˧ be˩ k'ik˥ tit˥ aŋ˧ ŋã˥]
尪仔，木偶；喻朽木不可雕也。

【腐柴艙做得器具】
[au˥ ts'a˧ be˩ tso˥ tit˥ k'i˥ k'u˧]
朽木沒有用處；喻朽木不可雕也。

【腐婊若有情，神主就無靈】
[au˥ piau˥ nã˩ u˩ tsiŋ˧ sin˧ tsu˥ tio˩ bo˧ liŋ˧]
妓女如果有情，祖先就不靈；喻妓女不會有眞情。

【脹死大膽，餓死小膽】
[tiũ˥ si˥ tua˩ tã˥ go˩ si˥ sio˥ tã˥]
膽子大敢冒險者賺錢多，膽子小的只好餓肚皮。

【脹豬肥，脹狗瘦，脹人黃疸】
[tiũ˥ ti˧ pui˧ tiũ˥ kau˥ san˥ tiũ˥ laŋ˧ uĩ˧ tã˥]
誡人勿吃太多，吃太多對身體反而有害。

【脹豬肥，脹狗瘦，脹囝仔黃痠疸】
[tiũ˥ ti˧ pui˧ tiũ˥ kau˥ san˥ tiũ˥ gin˥ nã˥ uĩ˧ suĩ˧ tã˥]
多給豬吃豬會肥，多給狗吃狗會瘦，多給小孩吃小孩會得疳癪症（幼兒因營養不良而引起的腸胃病）。

【腹肚做藥櫥】
[pat˥ tɔ˥ tso˥ io˩ tu˧]
喻久病常服藥。

【腹肚嗔雷公】
[pat˥ tɔ˥ tan˧ lui˧ kɔŋ˥]
嗔，響也；指肚子唱空城計。

【腹肚縛草索】
[pat˥ tɔ˥ pak˩ ts'au˥ soʔ˩]
指生活困苦，無以果腹。

【腹肚內一把火】
[pat˥ tɔ˥ lai˧ tsit˩ pe˥ hue˥]
謂怒火中燒，心煩氣躁。

【腹肚內沖沖滾】
[pat˥ tɔ˥ lai˧ ts'iaŋ˩ ts'iaŋ˩ kun˥]
謂怒氣沖天。

【腹肚撐篾仔枝】
[pat˥ tɔ˥ t'ẽ˥ bi˧ a˥ ki˥]
形容人之憤怒狀。

【腹肚內紡車仔輪】
[pat˥ tɔ˥ lai˧ p'aŋ˥ ts'ia˧ a˥ len˥]
肚子裡像紡紗輪般翻滾不停；喻焦急狀。

【腹肚內，著會翻車】
[pat˥ tɔ˥ lai˧ tio˧ e˩ huan˧ ts'ia˥]
喻人要有通融性。

【腹肚是無底深坑】
[pat˥ tɔ˥ si˩ bo˧ te˥ ts'im˧ k'ẽ˥]
肚子是無底洞，每天三餐填三次，永遠填不飽；喻慾海難填。

【腹肚甲尻脊相貼】
[pat˥ tɔ˥ ka˥ k'a˧ tsiaʔ˩ sio˧ taʔ˩]
尻脊，背脊；形容人很瘦的樣子。

【腹肚內貯無三粒砂】
[pat˥ tɔ˥ lai˧ te˥ bo˧ sã˧ liap˩ sua˥]
形容人度量極小。

【腹肚內無半點墨水】
[pat˥ tɔ˥ lai˧ bo˧ puã˥ tiam˥ bak˩ tsui˥]
譏人沒有學問，目不識丁。

【腹肚內》貯得三粒砂】
[pat˥ tɔ˥ lai˧ be˩ te˥ tit˥ sã˧ liap˩ sua˥]
度量小無法容忍別人的小過錯。

【腹肚腸無一枝草管大】
[pat˥ tɔ˥ təŋ˧ bo˧ tsit˩ ki˧ ts'au˥ kuĩ˥ tua˧]
形容人度量非常狹小。

【腹肚貯牛肉，嘴念阿彌陀佛】
[pat˥ tɔ˥ te˥ gu˧ baʔ˩ ts'ui˩ liam˩ ɔ˧ mĩ˥ tɔ˩ hut˩]
譏偽善者。

【腹肚》堪得，毋通想要食瀉藥】
[pat˥ tɔ˥ be˩ k'am˥ tit˩ m˩ t'aŋ˧ siũ˩ be˥ tsia˩ sia˥ io˧]
不要做沒有把握的事。

【腳手猛】
[k'a˧ ts'iu˥ mẽ˥]
謂動作很快。

【腳尖手幼】
[k'a˧ tsiam˧ ts'iu˥ iu˩]
指不須做粗活，手腳纖細。

【腳來手去】
[k'a˧ lai˧ ts'iu˥ k'i˩]
指男人對女人毛手毛腳。

【腳來手來】
[k'a˧ lai˧ ts'iu˥ lai˧]
意同「腳來手去」。

【腳長手短】
[k'a˥ təŋ˧ ts'iu˥ te˥]
指小偷。

【腳痠手軟】
[k'a˧ suĩ˧ ts'iu˥ nuĩ˥]
手腳痠軟無力。

【腳較大身】
[k'a˥ k'a˥ tua˩ sin˥]
腳比身大，腳重身輕，喻雜費比主要名目的開支多。

【腳踏馬屎】
[k'a˥ ta˩ be˥ sai˥]
古代做官的人才有馬可騎，故以馬屎象徵權勢。喻仗勢欺人。

【腳手撆做夥】
[k'a˧ ts'iu˥ kiŋ˩ tso˥ hue˥]
彼此團結合作，共渡難關。

【腳長有食福】
[k'a˥ təŋ˧ u˩ tsia˩ hɔk˩]
用來指正在吃好東西時而上門的朋友，來得正好，可以分享美味。

【腳風舉重枷】
[k'a˧ hɔŋ˥ gia˧ taŋ˩ ke˧]
兩腳的風濕病發作起來很痛苦，有如監獄的犯人舉著重木枷。

【腳脊佩痰罐】

[k'a˧ tsiaʔ˩ p'ãi˩ t'am˧ kuan˩]
喻眾人所唾棄。

【腳脊做眠床】
[k'a˧ tsiaʔ˩ tso˥ bin˧ ts'əŋ˦]
腳脊，背後；眠床，床鋪；指婦女生育眾多，連年不斷，經常將背上當孩子的床鋪，把孩子背在背上。

【腳細擱舉高】
[k'a˥ se˩ ko˥ gia˧ kuan˦]
腳細，指纏足後的腳；過去認爲腳細爲一種美。腳細已是美，又把腳抬高以吸引別人的目光，就有驕傲的含意了。所以本句指已知容貌勝人，又何必自傲。

【腳湛手臭臊】
[k'a˥ tam˦ ts'iu˥ ts'au˥ ts'o˥]
指漁夫之生活，兩腳從海裡走上來濕濕的(湛湛)，兩手提過魚蝦，充滿魚腥味。

【腳湛嘴臭臊】
[k'a˥ tam˦ ts'ui˩ ts'au˥ ts'o˥]
勞而有得吃；指打魚的人，多少總會打一些魚回來。

【腳緊手毋緊】
[k'a˥ kin˥ ts'iu˥ m˩ kin˥]
腳緊，與「較緊」(快一點)同音，戲謂你要我快，但我快不起來，腳想快，手卻快不起來。

【腳在人肩胛頭】
[k'a˥ ti˩ laŋ˧ kiŋ˧ ka˥ t'au˦]
腳在別人的肩膀上，就無法自主，只能聽人擺佈。

【腳尾飯，腳尾紙】
[k'a˧ bue˥ puĩ˧ k'a˧ bue˥ tsua˥]
台俗，人剛死，要在其腳尾供一碗盛得很尖的白米飯，上置一蛋並插一雙箸，是爲腳尾飯；另外要不斷地燒銀紙給他做爲冥府之路費，是爲腳尾錢。

【腳底抹粉——庄腳】
[k'a˧ te˥ bua˥ hun˥ tsəŋ˧ k'a˥]
歇後語。抹粉即是化妝，省稱「妝」，腳底抹粉便是「妝腳」，與「庄腳」諧音，指鄉下地方。

【腳無停，手無歇】
[k'a˥ bo˧ t'iŋ˦ ts'iu˥ bo˧ heʔ˩]
手腳不停地做事，不敢怠慢。

【腳頭肟戴宣帽】
[k'a˧ t'au˧ u˥ ti˥ suan˧ bo˧]
腳頭肟，膝蓋；譏人沐猴而冠，有人樣而不算是人。

【腳手混鈍食無份】
[k'a˧ ts'iu˥ hun˩ tun˧ tsia˩ bo˧ hun˧]
行動遲鈍就沒有飯吃；人要勤快才有得吃；常用以戲言，趕快上桌，否則就吃不到。

【腳後肚筋彈三絃】
[k'a˧ au˩ tɔ˥ kin˥ tuã˩ sam˧ hen˦]
小腿像彈三絃般顫抖；喻非常害怕。

【腳脊背葫蘆——假仙】
[k'a˧ tsiaʔ˩ p'ãi˩ hɔ˧ lɔ˦ ke˥ sen˥]
歇後語。背上背葫蘆，冒充是神仙。

【腳踏馬屎傍官勢】
[k'a˥ ta˩ be˥ sai˥ pəŋ˩ kuã˧ se˩]
腳踏馬屎，指爲官員駕車的馬伕，泛指與官家有關係的人；喻依靠官勢，仗勢欺人，作威作福。

【腳來手來，大某扑到死】
[k'a˧ lai˧ ts'iu˥ lai˦ tua˩ bo˥ p'a˥ ka˥ si˥]
對姨太太百般寵愛，對正妻則百般凌虐。

【腳帛掛竹篙——麼奇都有】

[k'a˧ pe˧ kua˥˧ tik˥ ko˥ mĩ˥˧ ki˦ to˧ u˧]
歇後語。把纏腳布(腳帛)掛在竹竿上，眞的是無奇(旗)不有。

【腳踏人的地，頭戴人的天】
[k'a˥ ta˩ laŋ˧ ge˧ te˧ t'au˦ ti˥˧ laŋ˧ ge˧ t'ĩ˥]
在別人的地盤內，無法獨立。

【腳踏恁的地，頭戴恁的天】
[k'a˥ ta˩ lin˥ ge˧ te˧ t'au˦ ti˥˧ lin˥ ge˧ t'ĩ˥]
恁的，你們的；謂身在別人的勢力範圍內只有聽憑處置。

【腳頭肟戴宣帽——毋是人面】
[k'a˧ t'au˧ u˥ ti˥˧ suan˧ bo˧ m˩ si˩ laŋ˧ bin˧]
歇後語。膝蓋即使戴上帽子，也不是人面。喻猴子戴上帽子仍不是人，壞人再怎麼裝還是壞人。

【腳脊背黃金，替別人看風水】
[k'a˧ tsiaʔ˩ p'ãi˩ hɔŋ˩ kim˥ t'e˥˧ pat˩ laŋ˧ k'uã˥˧ hɔŋ˧ sui˥˧]
黃金，貯放先人骨骸的黃金斗甕；譏諷風水先生背後背著自己先人的遺骸，自己找不到好風水，卻要爲別人找風水；喻自顧不暇，還想幫人忙。

【腳焦手焦，高椅坐，低腳椅掛腳，食飯配豬腳】
[k'a˧ ta˧ ts'iu˥ ta˥ kuan˧ i˥˧ tse˧ ke˩ k'a˧ i˥˧ k'ue˥˧ k'a˥ tsia˩ puĩ˧ p'ue˥˧ ti˧ k'a˥]
訂婚戴戒指之吉祥語，指新娘坐在高椅上，又有一矮椅翹腳，婚後生活會很舒服，不用自己洗衣煮飯，而且三餐都有魚肉可吃。

【腫胿】
[tsiŋ˥ kui˥]
胿，脖子；脖子腫起來，形容一個人常與別人爭辯到臉紅脖子粗。或借喻一個人說謊，不實在。

【腫頷】
[tsiŋ˥ am˧]
意同「腫胿」。

【腰帶著繫緊】
[io˧ tua˩ tio˩ ha˧ an˦]
著，須要；繫緊，勒緊；指須要節儉。

【膨肚短命】
[p'ɔŋ˥˧ tɔ˩ te˥ miã˧]
昔日婦女罵丈夫或負心漢之惡語，意謂早日死亡。

【膨大海，噴雞胿】
[p'ɔŋ˥˧ tua˩ hai˥˧ pun˧ ke˧ kui˥]
吹牛。

【膨風龜食豆餡】
[p'ɔŋ˥˧ hɔŋ˧ ku˥ tsia˩ tau˩ ã˧]
譏人吹牛吹得過頭，就像把一個粿(昔日之粿皆印有龜紋)吹得太大而吹破粿皮，只好吃包在裡面的豆餡。

【膨風龜無底置】
[p'ɔŋ˥˧ hɔŋ˧ ku˥ bo˧ te˥ ti˩]
譏人好吹牛，其爲人一點根底都沒有。

【膨肚短命路傍屍】
[p'ɔŋ˥˧ tɔ˩ te˥ miã˧ lɔ˩ pɔŋ˩ si˥]
婦人詈罵負心男人之語，詛咒他腹脹而死，客死他鄉，死在路邊無人認。

【膨風龜行路看身軀】
[p'ɔŋ˥˧ hɔŋ˧ ku˥ kiã˧ lɔ˧ k'uã˥˧ siŋ˧ k'u˥]
浮華無實的人，走路唯恐不引人注目。

【膨風無底，蕃薯隨斤買】
[p'ɔŋ˥˧ hɔŋ˥ bo˧ te˥˧ han˧ tsi˦ sui˧ kin˧ be˥˧]
其人好吹牛不務實，一點根底都無，

連日常生活主食蕃薯，都是一斤一斤地零買，沒有錢一口氣多買一點。

【臍歪肞腫】
[tsai˦ uai˥ tsi˥ tsiŋ˦˨]
肞，女陰；指事情非常糟糕，弄得人肚臍扭歪，陰部發腫。

【臨渴掘泉】
[lim˧ k'uaʔ˩ kut˩ tsuã˦]
口渴才想挖井；臨時抱佛腳。

【臨春失犁，臨老失妻】
[lim˧ ts'un˥ sit˥ le˦ lim˧ lau˧ sit˥ ts'e˥]
春天到要耕田，卻遺失了犁，一年生活將無著落；臨老而喪妻，老年生活將淒涼無比。

【臨淵羨魚，不知退而結網】
[lim˧ en˥ hen˦˨ hi˦ put˥ zu˧ t'ue˨˩ zi˨˩ ket˥ baŋ˧]
謂光是觀望無濟於事，要付諸行動。

【自作自受】
[tsu˨˩ tso˨˩ tsu˨˩ siu˧]
自己造因，自己嚐果。

【自作自當】
[tsu˨˩ tso˨˩ tsu˨˩ tɔŋ˥]
自己做事，自己承擔。

【自唱自彈】
[tsu˨˩ ts'iũ˨˩ tsu˨˩ tuã˦]
自說自話。

【自暴自棄】
[tsu˨˩ po˨˩ tsu˨˩ k'i˨˩]
自己看輕自己，不肯振作。

【自病不能醫】
[tsu˨˩ pẽ˧ put˥ liŋ˧ i˥]
醫生不能醫自己的病，顧慮太多。

【自恨命，無怨天】
[tsu˨˩ hin˨˩ biŋ˧ bo˧ uan˦˨ t'en˥]
自己認命，不怨別人。

【自動車輾死牛——大丈夫】
[tsu˨˩ tɔŋ˨˩ ts'ia˥ kau˦˨ si˥ gu˦ tai˧ zio˦˨ bu˨˩]
歇後語。日治時代汽車（自動車）輾斃農夫賴以耕田的水牛，仍說：「だいじょうぶ」（大丈夫）沒問題，足見日人之蠻橫。其後遂成爲本省之歇後語：意謂無所謂。

【自己不能保，焉能保他人】
[tsu˨˩ ki˦˨ put˥ liŋ˧ po˦˨ en˧ liŋ˦ po˥ t'ã˧ zin˦]
無法自救，豈有餘力救他人？自顧不暇。

【自小多才學，平生志氣高】
[tsu˨˩ sio˦˨ to˧ tsai˧ hak˥ piŋ˧ siŋ˥ tsi˦˨ k'i˨˩ ko˥]
形容人自幼即努力向學，有抱負有理想。

【自己種一欉，較贏看別人】
[tsu˨˩ ki˦˨ tsiŋ˦˨ tsit˩ tsaŋ˦ k'a˦˨ iã˧ k'uã˦˨ pat˩ laŋ˦]
自己種一棵果樹，到時開花結果便有得吃，不必羨慕別人家。喻爲人要自立自強。

【自身不能保，焉能保他人】
[tsu˨˩ sin˥ put˥ liŋ˧ po˦˨ en˧ liŋ˦ po˥ t'ã˧ zin˦]
意同「自己不能保，焉能保他人」。

【自恨枝無葉，莫怨太陽偏】
[tsu˨˩ hin˨˩ ki˥ bo˧ hio˧ bɔk˩ uan˦˨ t'ai˦˨ iɔŋ˦ p'en˥]
應怪自己沒才學，不要怪別人不提拔你。

【自你做乞食，毋曾扑你的碰管】
[tsu˨˩ li˥ tso˦˨ k'it˥ tsia˧ m˨˩ bat˥ p'a˦˨

li˥ ge˧ p'ɔŋ˩ kɔŋ˩]
碰管，昔日乞丐行乞所帶的竹筒。譏謂自從你有錢，從來沒有向你借過錢。

【自細毋通無母，食老毋通無某】
[tsu˩ se˩ m˩ t'aŋ˧ bo˧ bu˥ tsia˩ lau˧ m˩ t'aŋ˧ bo˧ bɔ˥]
幼喪母，老喪妻，爲人生之大不幸。

【臭乳呆】
[ts'au˥ liŋ˧ tai˥]
罵人稚氣未脫。

【臭羊公巚】
[ts'au˥ iũ˧ kɔŋ˧ hen˩]
巚，味道也；指狐臭。

【臭尿破味】
[ts'au˥ zio˩ p'ua˥ bi˧]
罵人尿味還很重。

【臭青龜仔】
[ts'au˥ ts'ẽ˥ ku˧ a˥]
本爲稻田中一種小昆蟲，形小色青，味甚臭；婦女常以此謾罵乳臭未乾的輕浮青年。

【臭柑渡籠】
[ts'au˥ kam˥ tɔ˥ laŋ˥]
一個臭橘子會把整籠橘子全傳染。喻惡事易感染。

【臭頭仔博】
[ts'au˥ t'au˧ a˥ p'ɔk˩]
譏人只是一知半解，並非眞正博學。

【臭頭厚藥】
[ts'au˥ t'au˧ kau˩ io˧]
頭生瘡塗了很多種藥，仍醫不好；謂有病的人愛吃藥，藥多卻不見得有效。

【臭臊炫蠅】
[ts'au˥ ts'o˥ siã˧ sin˧]
有腥味的食物，易招來蒼蠅；喻事出有因。

【臭到無人嚊】
[ts'au˥ ka˧ bo˧ laŋ˧ p'ĩ˧]
喻不受歡迎的人物。

【臭柑排店面】
[ts'au˥ kam˥ pai˧ tiam˥ bin˧]
罵人不識相。

【臭棺材鎮塚】
[ts'au˥ kuã˧ ts'a˧ tin˥ t'iɔŋ˥]
臭棺材，指埋葬後揀骨而清挖出來之廢棺，理應焚化，但常被山蟑螂（墓地掮客）藉以佔地，好向喪家敲詐。喻佔著茅坑不拉屎。

【臭焦掩無熟】
[ts'au˥ ta˥ iam˧ bo˧ sik˩]
煎煮食物，有的煎過火而臭焦，有的則沒煎熟，只好以前者來掩飾後者；喻以此掩彼。

【臭腳擱踢被】
[ts'au˥ k'a˥ ko˥ t'at˩ p'ue˧]
喻糟糕透了。

【臭鮭臭人食】
[ts'au˥ kue˥ ts'au˥ laŋ˧ tsia˧]
謂下流貨自有下流人吃；喻暗娼自有低俗之嫖客光顧。

【臭鮭無除笎】
[ts'au˥ kue˥ bo˧ ti˧ uĩ˥]
笎，昔日秤東西時用來盛物的竹器，秤後要扣除其重量；喻只說人家壞處，不知自己也有缺點。

【臭尻川，畏人挖】
[ts'au˥ k'a˧ ts'uĩ˥ ui˥ laŋ˧ ɔ˥]
喻做了虧心事，怕被別人揭露。

【臭尻川，驚人掩】
[ts'au˥ k'a˧ ts'uĩ˥ kiã˧ laŋ˧ uĩ˥]
屁股長瘡發臭，味道令人難以忍受，看到別人掩鼻避開，又惱羞成怒。喻

怕被人看出弱點，揭穿眞相。

【臭耳人，賢彎話】
[ts'au˥ hĩ˩ laŋ˧ gau˧ uan˧ ue˧]
罵人耳朵聾了常常把話聽錯了。

【臭耳人，興聽話】
[ts'au˥ hĩ˩ laŋ˧ hiŋ˥ t'iã˧ ue˧]
臭耳人，聾子；聾子偏偏愛聽別人講話；指做徒勞無功之事；又喻不知藏拙，自暴其短。

【臭嘴去，芳嘴來】
[ts'au˥ ts'ui˩ k'i˩ p'aŋ˧ ts'ui˩ lai˧]
小兒週歲當天，用爆米花輕揩嬰兒的嘴唇，並唸此吉祥語。

【臭蕃薯，渡過間】
[ts'au˥ han˧ tsi˧ tɔ˥ kue˥ kiŋ˥]
一顆蕃薯臭（爛）了，其汁碰到別顆，別顆也會跟著爛，甚至從這間倉庫影響到別間倉庫。喻惡人污染他人。

【臭鹹魚，無除笂】
[ts'au˥ kiam˧ hi˧ bo˧ ti˧ uĩ˥]
意同「臭鮭無除笂」；喻只說別人長短，不反顧自己。

【臭耳人毋驚大銃】
[ts'au˥ hĩ˩ laŋ˧ m˩ kiã˧ tua˩ ts'iŋ˩]
聾子不怕槍；喻因無知故不怕。

【臭耳人尪，青瞑某】
[ts'au˥ hĩ˩ laŋ˧ aŋ˥ ts'ẽ˧ mẽ˧ bɔ˥]
夫妻之間，要如聾夫盲妻，凡事勿過分計較，互相容忍，才能得到快樂。

【臭草花也有滿開】
[ts'au˥ ts'au˥ hue˥ ia˩ u˩ muã˥ k'ui˥]
草花也有盛開的時候，醜人也有行大運的時候。

【臭鼻毋甘割擲掉】
[ts'au˥ p'ĩ˧ m˩ kam˧ kua˥ tan˥ tiau˧]
喻孩子雖然不肖，爲人父母的卻不忍心拋棄不顧。

【臭頭戴帽子——風神】
[ts'au˥ t'au˧ ti˥ bo˧ a˥ hɔŋ˧ sin˧]
歇後語。臭頭，瘌痢頭，容易引來户蠅（蒼蠅），若戴帽子則可封住户蠅的刁擾，簡稱「封蠅」，音同「風神」；風神意謂愛出鋒頭。

【臭頭驚人掀龜蓋】
[ts'au˥ t'au˧ kiã˧ laŋ˧ hen˧ ku˧ kua˩]
諱疾忌醫。

【臭臊神掠較有魚】
[ts'au˥ ts'o˧ sin˧ lia˩ k'a˥ u˩ hi˧]
臭臊神，指身上帶有魚腥味的人，捉魚捉得比別人多。喻有人緣做事比較容易成功。

【臭屁獪陳，陳屁獪臭】
[ts'au˥ p'ui˩ be˩ tan˧ tan˧ p'ui˩ be˩ ts'au˩]
臭屁不響，響屁不臭。

【臭耳人聽到，啞口講的】
[ts'au˥ hĩ˩ laŋ˧ t'iã˥ tio˩ e˥ kau˥ kɔŋ˥ e˩]
聾子（臭耳人）聽到啞巴（啞口）講的話；喻絕無此事。

【臭頭和尚，做無好功德】
[ts'au˥ t'au˧ hue˧ siũ˧ tso˥ bo˧ ho˥ kɔŋ˧ tik˩]
喻心地壞做不出好事。

【臭耳人賊，無聽著狗在吠】
[ts'au˥ hĩ˩ laŋ˧ ts'at˩ bo˧ t'iã˧ tio˩ kau˥ te˥ pui˧]
聾賊聽不見狗叫，譏人是眞的聽不到還是充耳不聞。

【臭頭無死主，彎角無軟牛】
[ts'au˥ t'au˧ bo˧ si˥ tsu˥ uan˧ kak˩

bo˧ nuĩ˥ gu˦]
無死主，謂有主張也；牛角較彎之水牛，個性較強悍；喻見其貌知其人。

【至親莫如爸子】
[tsi˥ ts'in˥ bɔk˩ zu˧ pe˩ kiã˥]
天底下父子之親最深。

【至公至正，無偏無私】
[tsi˥ kɔŋ˥ tsi˥ tsiã˩ bu˧ p'en˥ bu˧ su˥]
公正無私。

【臺北彪】
[tai˩ pak˥ piu˥]
鹿港諺語。鹿港在日治時期，有一群臺北去的藝妲，由於作風大膽，穿著入時，在娛樂界擅場多時，席捲大量錢財。來勢比虎豹還兇，人稱「臺北彪」。

【臺灣土軟】
[tai˧ uan˧ t'ɔ˦ nuĩ˥]
臺灣物產豐饒，移民視為樂土，居而忘返，即以臺灣的土軟富有黏性喻之。

【臺北三粒五】
[tai˩ pak˩ sã˧ liap˩ gɔ˧]
清咸豐年間，板橋的林國芳，大龍峒的陳維藩，士林的潘老五，三人皆排行第五，故有是稱。三人皆是名門望族之後，性豪放而好管事，是以引起「漳泉拚」。

【臺灣梟堆山】
[tai˧ uan˦ hiau˧ tui˧ suã˥]
清代移民中，不少人到臺灣後，棄故鄉元配妻子不顧而於臺灣另娶番女為妻，故遺棄者憎恨之而連累到臺灣，便說臺灣是「梟堆山」。

【臺北日，安平湧】
[tai˩ pak˥ zit˥ an˧ piŋ˧ iŋ˥]
氣象諺。台北地方日暖，安平港口浪大。

【臺灣錢淹肞朘】
[tai˧ uan˧ tsĩ˦ im˧ tsi˧ bai˥]
昔日形容臺灣社會富有是用「臺灣錢淹腳目」，1980年以後臺灣經濟起飛，社會繁榮，色情行業也跟著猖獗，臺北市中山區幾成不夜城的銷金窟，故有此極粗鄙卻極寫實的新諺語。

【臺灣錢淹腳目】
[tai˧ uan˧ tsĩ˦ im˧ k'a˧ bak˥]
形容臺灣極富有，很容易賺錢，到處是錢，錢多到可以淹沒腳踝（腳目）。

【臺北彪，無錢就溜】
[tai˩ pak˥ piu˥ bo˧ tsĩ˦ tio˩ liu˥]
日治時期南部的諺語，譏臺北去的妓女只愛錢不愛人。

【臺灣無三日好光景】
[tai˧ uan˧ bo˧ sã˧ zit˩ ho˥ kɔŋ˧ kiŋ˥]
比喻臺灣多變，昔日雖然氣候良好，土壤肥沃出產多，但三年一小反五年一大亂，故有此諺；近年在生意方面一有新產品出現，同行馬上一窩蜂仿冒、殺價，故此諺仍然適用。

【臺灣無好過三代人】
[tai˧ uan˦ bo˧ ho˥ kue˥ sã˧ tai˩ laŋ˦]
臺灣地肥物豐，移民來墾，很容易致富，但經過二、三代後大半都沒落了。探其緣由，第一代雖努力創業，第二、三代卻多不知創業艱難，只圖享受，很快便坐吃山空。

【臺灣無城，食飽就行】
[tai˧ uan˦ bo˧ siã˦ tsia˩ pa˥ tio˩ kiã˦]
以前臺灣未設防衛措施（無城），所以

各地海賊，土匪紛起，任意掠奪，他們吃飽喝足後，抹嘴即走。

【臺上有人，臺下也有人】
[tai˧ siɔŋ˧ u˨ laŋ˦ tai˧ e˧ ia˨ u˨ laŋ˦]
有人做戲，就有人看戲。

【臺南迎媽祖——麼奇嘛有】
[tai˨ lam˦ ŋiã˧ mã˥ tsɔ˩ mĩ˩ ki˦ mã˨ u˧]
歇後語。臺南迎媽祖各種陣頭、旗隊從各地雲湧而入，「什麼旗都有」，音諧「麼奇嘛有」，意爲「無奇不有」。

【臺頂有人，臺腳也有人】
[tai˧ tiŋ˩ u˨ laŋ˦ tai˧ k'a˧ mã˨ u˨ laŋ˦]
謂其官場人事關係非常好，處處有人關照。

【臺灣地，好鱠過三代人】
[tai˧ uan˧ te˧ ho˥ be˨ kue˩ sã˧ tai˨ laŋ˦]
臺灣地淺，不重視教育，富人無法傳承到三代。

【臺灣糖籠——有去無回頭】
[tai˧ uan˧ t'əŋ˧ laŋ˩ u˨ k'i˨ bo˧ hue˧ t'au˦]
歇後語。昔日糖廠（糖廍）製糖外銷，盛糖之竹籠皆未回收，故有此諺。

【臺北潘永清，新竹許紹英】
[tai˨ pak˨ p'uã˧ iŋ˥ ts'iŋ˥ sin˧ tik˨ k'ɔ˥ siau˨ iŋ˥]
潘永清、許紹英二人皆前清舉人，不怕權勢，好打抱不平，人人敬畏。

【臺灣土快焦，臺灣查某快過腳】
[tai˧ uan˧ t'ɔ˦ k'uai˩ ta˥ tai˧ uan˧ tsa˧ bɔ˩ k'uai˩ kue˩ k'a˥]
清代諺語。謂臺灣晴天多，雨後土地很快就乾燥，臺灣的婦女失去丈夫之後，也很容易便再改嫁。

【臺灣路緊焦，臺灣查某緊過腳】
[tai˧ uan˧ lɔ˧ kin˥ ta˥ tai˧ uan˧ tsa˧ bɔ˩ kin˥ kue˩ k'a˥]
謂臺灣固多雨，因排水好故路面快乾（焦）；臺灣女子性浮華，所以也很容易誘惑到手。

【臺北金龜，有食罔迌，無食走過坵】
[tai˨ pak˥ kim˧ ku˥ u˨ tsia˧ bɔŋ˧ u˥ bo˧ tsia˧ tsau˥ kue˩ k'u˥]
日治時期諺語。臺北的妓女唯利是圖，有錢可賺時姑且留下，沒錢可賺立即轉移陣地。

【臺灣地，好鱠過三代，頭代鹽薑醬醋，二代長衫拖土，三代當田賣租】
[tai˧ uan˧ te˧ ho˥ be˨ kue˩ sã˧ tai˧ t'au˧ tai˧ iam˧ kiũ˥ tsiũ˩ ts'ɔ˨ zi˨ tai˧ təŋ˧ sã˥ t'ua˧ t'ɔ˦ sã˧ tai˧ təŋ˩ ts'an˦ be˨ tsɔ˥]
臺灣土地肥沃，但富豪之家常富不過三代。第一代辛勤成家，所吃盡是醃漬之物；第二代卻開始逸樂奢侈，到了第三代更是敗家子，當田產以渡日。

【舂粿做粿】
[tsiŋ˧ tsi˦ tso˩ kue˩]
搗米做糒粿、紅龜粿等；謂準備過年過節。

【舅仔爺探房】
[ku˧ a˥ ia˦ t'am˩ paŋ˦]
過去新人結婚，洞房之後，例由新娘之兄弟（即舅仔爺）探房取回其姊妹的褻褲，交由其母驗明是否處女，若是則感光榮，否則耿耿不安。今已無此俗。

【與天公借膽】
[ka˨ t'ĩ˧ kɔŋ˥ tsio˩ tã˩]

膽大包天。

【與鬼把手面】
[ka˩ kui˥ pe˥ ts'iu˥ bin˧]
喻與他相爭，只有害處沒有好處。

【與人做番仔牛】
[ka˩ laŋ˧ tso˩ huan˧ nã˥ gu˦]
任人指使，爲其效命。

【與乞食，把手面】
[ka˩ k'it˥ tsia˧ pe˥ ts'iu˥ bin˧]
與乞丐相爭沒有好處；與對方講道理對方不聽，跟你講也沒有用。

【與孔子公諍字】
[ka˥ k'ɔŋ˥ tsu˥ kɔŋ˥ tsẽ˥ zi˧]
不顧自己才疏學淺，而要和比自己有學問的人相爭。

【與卵鳥把手面】
[ka˩ lan˩ tsiau˥ pe˥ ts'iu˥ bin˧]
卵鳥，陰莖。喻與之相爭也無用處。

【與佪祖公借膽】
[ka˩ in˧ tsɔ˥ kɔŋ˥ tsio˥ tã˥]
謂那兒來的那麼大的膽量。

【與恁祖公借膽】
[ka˩ lin˥ tsɔ˥ kɔŋ˥ tsio˥ tã˥]
從那兒來那麼大的膽子。若出自女人的口中，則要改成「與恁祖媽借膽」。

【與你乞食把手面】
[ka˩ li˥ k'it˥ tsia˧ pe˥ ts'iu˥ bin˧]
跟你這個乞丐相爭有什麼好處？喻程度不同的人，彼此很難溝通；講很多次，對方都聽不懂時，用此諺。

【與你捽到金閃閃】
[ka˩ li˥ lut˩ ka˥ kim˧ si˥ si˩]
喻將你整得光溜溜。

【與你點油做記號】
[ka˩ li˥ tiam˥ iu˦ tso˥ ki˥ ho˧]
在你身上點油做標誌，喻將會永遠記得你；通常是你得罪了對方以後，對方才會這麼說。

【與腳頭肟講較贏】
[ka˩ k'a˧ t'au˧ u˥ kɔŋ˥ k'a˥ iã˦]
跟自己的膝蓋（腳頭肟）講還比較有效；喻和他講沒有用，說不通。

【與伊戰到乃亨成及享】
[ka˥ i˧ tsen˥ kau˥ naĩ˥ hiŋ˥ siŋ˧ kip˩ hiaŋ˥]
指舉辦到底。

【與好人行，有布通經；與歹人行，有子通生】
[ka˥ ho˥ laŋ˦ kiã˦ u˩ pɔ˩ t'aŋ˧ kẽ˥ ka˥ p'ãi˥ laŋ˦ kiã˦ u˩ kiã˥ tãŋ˧ sẽ˥]
經，織布。女子與好人爲友，她會教妳如何紡織，有布可以織；與壞人爲友；則可能會私奔淫合生出孽子。喻與益友交有益處，與損友交有害處。

【興化腰肚】
[hiŋ˧ hua˥ io˧ tɔ˥]
興化人之錢袋一般都很寬大，繫在腰間；喻太過豪華，不合身分。

【興興戴雞毛筅】
[hiŋ˥ hiŋ˩ ti˥ ke˧ mõ˧ ts'iŋ˥]
喜歡在頭上戴雞毛撣子；喻沐猴而冠。

【興家親像針挑土，敗家親像水推舟】
[hiŋ˧ ke˥ ts'in˧ ts'iũ˩ tsiam˥ ŋiãu˥ t'ɔ˦ pai˩ ke˥ ts'in˧ ts'iũ˩ tsui˥ t'ui˧ tsiu˥]
喻敗家容易興家難，後世子孫須戒愼。

【舉車輪】
[gia˧ ts'ia˧ len˥]
詛咒人被車子壓死。

【舉目無親】
[ki˥ bak˥ bu˧ ts'in˥]

孤獨一人在異鄉，沒有任何親友。

【舉筆忘字】
[gia˧ pit˙˩ bɔŋ˩ zi˧]
喻才思枯竭，江郎才盡，難以成書。

【舉順風旗】
[gia˧ sun˩ hɔŋ˧ ki˧]
喻做人見風轉舵。

【舉旗軍仔】
[gia˧ ki˧ kun˧ nã˥]
指不足爲道的小卒。

【舉旗桿仔】
[gia˧ ki˧ kan˧ nã˥]
本指歌仔戲台上，身穿兵卒戲服，在主帥麾下搖旗吶喊的小兵。喻微不足道的等閒之輩。

【舉頭看天】
[gia˧ t'au˧ k'uã˥ t'ĩ˥]
叫人舉頭看天反省天理，不要做昧了良心的事。

【舉頭舉耳】
[gia˧ t'au˧ gia˧ hĩ˧]
罵人不孝順。

【舉刀探病牛】
[gia˧ to˥ t'am˥ pẽ˩ gu˧]
喻內心險惡。

【舉大支關刀】
[gia˧ tua˩ ki˧ kuan˧ to˥]
指重要人物或身負重任者。

【舉天來崁人】
[gia˧ t'ĩ˥ lai˧ k'am˥ laŋ˧]
指無中生有，誣賴他人。

【舉卵鳥接鼻】
[gia˧ lan˩ tsiau˥ tsiap˙˥ p'ĩ˧]
卵鳥，陰莖；喻愚笨的舉止，自己把自己弄到倒霉。

【舉香來隨拜】
[gia˧ hiũ˥ lai˧ tue˥ pai˩]
指跟隨人，處處模仿人家。

【舉香隨司功】
[gia˧ hiũ˥ tue˥ sai˧ kɔŋ˥]
司功，道士。指盲目跟從。

【舉管蓁做枴】
[gia˧ kuã˧ tsin˥ tso˥ kuai˥]
管蓁，蘆葦桿子，無法負重；枴，枴杖；喻所靠非人。

【舉飯匙拄貓】
[gia˧ puĩ˩ si˧ tu˥ niãu˥]
昔日有甲乙二人，甲向乙吹牛，稱其家有一隻珍貴的烏貓白肚，價值二千五，乙即回答說，他家也有一支飯匙，是傳家之寶，匙中還有一隻眼睛，價值二千六；此諺後來用作很技巧地抵制別人吹牛之喻。

【舉箸著遮目】
[gia˧ ti˧ tio˩ zia˧ bak˙˥]
拿筷子，要遮住眼睛；做壞事，要遮住人眼。

【舉橫柴入灶】
[gia˧ huãi˧ ts'a˧ zip˙˩ tsau˩]
指人做事蠻橫，不講理也不守法。

【舉鐵鎚損額】
[gia˧ t'i˥ t'ui˧ kɔŋ˥ hia˧]
喻自己惹來的災禍。

【舉公刀報私仇】
[gia˧ kɔŋ˧ to˥ po˥ su˧ siu˧]
本指演員在演出時以劇團的刀槍痛打自己不喜歡的人；後來用以指假藉公務以報私仇。

【舉石頭壓大路】
[gia˧ tsio˩ t'au˧ te˥ tua˩ lɔ˧]
喻惡人當道；或謂藉此表示斷絕來往，

絕交。

【舉石頭壓心肝】
[gia˧ tsio˩ t'au˧˥ te˥˧ sim˧ kuã˥]
將石頭壓在心肝上，即動彈不得。引喻爲死心不再想。

【舉門扇，對門遮】
[gia˧ muĩ˧ sĩ˩ tui˥˧ muĩ˧ zia˥]
舊俗，女兒出嫁時，用門扇將門遮住，以防福氣被她帶走。

【舉雨傘，濕一半】
[gia˧ hɔ˩ suã˩ tam˧ tsit˩ puã˩]
喻聊勝於無。

【舉斧頭哄死鬼】
[gia˧ pɔ˥ t'au˧˥ haŋ˥ si˥ kui˥˧]
喻虛張聲勢。

【舉旗予人做賊】
[gia˧ ki˧˥ hɔ˩ laŋ˧ tso˥˧ ts'at˥]
煽動別人做壞事。

【舉手毋扑笑面虎】
[gia˧ ts'iu˥˧ m˩ p'a˥˧ ts'io˥˧ bin˩ hɔ˥˧]
伸手不打笑臉人。

【舉卵，毋知通轉肩】
[gia˧ lan˧ m˩ tsai˧ t'aŋ˧ tuĩ˥ kiŋ˥]
卵，陰莖；譏人不能變通。或作「舉卵，毋知通換肩」。

【舉耙拂，家治損額】
[gia˧ pe˧ put˩ ka˧ ti˩ kɔŋ˥˧ hia˧]
耙拂，晒穀農具，柄極長，用以翻晒穀子；喻自做自受。

【舉頭三尺有神明】
[gia˧ t'au˧˥ sã˧ ts'ioʔ˩ u˩ sin˧ biŋ˧˥]
誡人做事審慎，不可欺神。

【舉燈毋知腳下暗】
[gia˧ tiŋ˥ m˩ tsai˧ k'a˧ e˧ am˩]
拿油燈的人，自己不知道腳下是暗的，燈照不到；喻自己不知道自己的缺點。

【舉刀探病牛——無好意】
[gia˧ to˥ t'am˥˧ pẽ˩ gu˧˥ bo˧ ho˥ i˩]
歇後語。到牛欄探視生病的牛，手中卻拿著刀，是不懷好意（即無好意），想殺掉牠。借喻表面掩飾得很好，卻心懷不軌之人。

【舉卵，毋知通好換肩】
[gia˧ lan˧ m˩ tsai˧ t'aŋ˧ ho˥ uã˩ kiŋ˥]
意同「舉卵，毋知通轉肩」。

【舉筆比舉鋤頭較重】
[gia˧ pit˩ pi˥ gia˧ ti˧ t'au˧˥ k'a˥˧ taŋ˧]
斥罵不愛唸書寫字的小孩，叫他拿筆寫字比拿鋤頭還重。

【舉椅仔拱別人的腳】
[gia˧ i˥ a˥˧ kiŋ˩ pat˩ laŋ˧ ge˧ k'a˥]
喻女兒養大了就出嫁去孝順別人，太不值得。

【舉頭叉，入門死大家】
[gia˧ t'au˧ ts'e˥ zip˩ muĩ˧˥ si˥ ta˧ ke˥]
俗傳女子額頭上髮際有毛旋，占個性倔強，做人媳婦，容易與婆婆（大家）爭吵，以致氣死婆婆。

【舉量仔量棺材——大交關】
[gia˧ niũ˧ a˥˧ niũ˩ kuã˧ ts'a˧˥ tua˩ kau˧ kuan˥]
歇後語。量仔，大秤；以大秤之鉤去鉤棺木來稱，叫大鉤棺，音同大交關，謂大買賣。

【舊囚食新囚】
[ku˩ siu˧˥ tsia˩ sin˧ siu˧˥]
舊囚犯欺侮新入監獄的囚犯；喻舊人欺新人。

【舊柴槽，緊著火】
[ku˩ ts'a˧ tso˧ kin˥ to˩ hue˥]
老舊的木柴，比較容易燃燒；喻老手做起事來動作比較快。

【舊書不厭百回讀】
[ku˩ tsu˥ put˥ ia˩ pa˥ hue˧ t'ɔk˥]
舊書不妨反覆讀；溫故而知新。

【舊年食菜頭，今年纔轉嗽】
[ku˩ nĩ˧ tsia˩ ts'ai˥ t'au˧ kin˧ nĩ˧ tsia˥ tuĩ˥ sau˩]
去年（舊年）吃蘿蔔（菜頭），今年才咳嗽；譏人反應遲鈍；或謂舊事重提，翻老帳。

【舊柴草緊著火，舊籠床好炊粿】
[ku˩ ts'a˧ ts'au˥ kin˥ to˩ hue˥ ku˩ laŋ˧ səŋ˧ ho˥ ts'ue˧ kue˥]
積放多年的柴草容易燃燒，舊的蒸籠用熟了好蒸粿。喻老工具駕輕就熟比較好用。

【舵公做𣍐歇，海水有時會飲著】
[tai˩ kɔŋ˥ tso˥ be˩ hioʔ˥ hai˥ tsui˥ u˩ si˧ e˩ lim˥ tio˩]
喻危險的事做久了，總難免會有遭遇災厄的時候。

【船開啊】
[tsun˧ k'ui˥ a˥]
戲言宴席已開始了。

【船破海坐底】
[tsun˧ p'ua˩ hai˥ ts'e˩ te˥]
喻代人還債，爲人收拾殘局。

【船過水無痕】
[tsun˧ kue˩ tsui˥ bo˧ hun˧]
喻忘恩負義。

【船仔蚊罩——無毛】
[tsun˧ nã˥ baŋ˥ taʔ˥ bo˧ bəŋ˧]
歇後語。船上的蚊帳（蚊罩）沒有門，省稱「無門」，與「無毛」諧音。

【船破也著卻釘】
[tsun˧ p'ua˩ ia˩ tio˩ k'io˥ tiŋ˥]
船破了也須把鐵釘拾起來；喻雖是破東西，也要善於收拾利用。

【船到橋頭自然直】
[tsun˧ kau˥ kio˧ t'au˧ tsu˩ zen˧ tit˥]
到時候事情自然會有解決的辦法。

【船未靠岸抄起亂濺】
[tsun˧ bue˩ k'o˥ huã˧ sa˧ k'i˥ luan˩ tsuã˧]
喻男子早洩，尚未入門即射精。

【艋舺查某，滬尾風，雞籠雨，郎去郎來容易死】
[baŋ˥ ka˥ tsa˧ bɔ˥ hɔ˩ bue˥ hɔŋ˥ ke˧ laŋ˧ hɔ˧ laŋ˧ k'i˩ laŋ˧ lai˧ iɔŋ˧ i˥ si˥]
謂萬華綠燈户女子，被淡水（滬尾）、基隆（雞籠）等各地來的嫖客任意玩弄，故都早死。

【良辰美景】
[liɔŋ˧ sin˧ bi˥ kiŋ˥]
美好的時光與環境；花好月圓。

【良不良，莠不莠】
[liɔŋ˧ put˥ liɔŋ˧ iu˩ put˥ iu˩]
謂好壞均有，參差不齊。

【良人自斷，愚人公斷】
[liɔŋ˧ zin˧ tsu˩ tuan˧ gi˧ zin˧ kɔŋ˧ tuan˧]
聰明的人自己決斷，愚笨的人則聽人之決斷。

【良藥苦口，忠言逆耳】
[liɔŋ˧ io˧ k'ɔ˥ k'io˥ tiɔŋ˧ gen˧ gik˥ nĩ˥]
有效的藥總是苦的，有益的話聽起來總是讓人不舒服的。

【良田萬頃，日食一升；大廈千間，夜眠八尺】
[liɔŋ˧ ten˧ ban˩ k'iŋ˥ zit˥ sit˩ it˥ tsin˥ tai˩ ha˧ ts'en˧ kiŋ˥ ia˧ ben˧ pat˥ ts'ioʔ˩]
億萬富翁，擁有再多的田產房屋，他眞正所能享受的還是非常有限，只不過是一個胃的容量，一具軀體的面積；勸人要知足。

【艱難受苦】
[kan˧ lan˧ siu˩ k'ɔ˥]
受盡艱苦。

【艱苦有時過】
[kan˧ k'ɔ˥ u˩ si˧ kue˩]
苦難總是會過去的。

【艱苦頭，快活尾】
[kan˧ k'ɔ˥ t'au˧ k'uã˥ ua˩ bue˥]
開始很辛苦，結尾則很快樂。

【艱苦出身會成人】
[kan˧ k'ɔ˥ ts'ut˥ sin˥ e˩ tsiã˧ laŋ˧]
從苦環境當中奮鬥出來的人，比較會成功。

【艱苦永有出頭時】
[kan˧ k'ɔ˥ iŋ˥ u˩ ts'ut˥ t'au˧ si˧]
永有，終有。只要肯吃苦，最後總會有出頭的一天。

【艱苦的人較長壽】
[kan˧ k'ɔ˥ e˧ laŋ˧ k'a˥ tiaŋ˧ siu˧]
辛苦工作的人比較長壽、健康。

【色字頭一支刀】
[sik˩ zi˩ t'au˧ tsit˩ ki˧ to˥]
誡人勿貪女色。

【色是刮骨利刀】
[sik˩ si˩ kua˥ kut˥ lai˩ to˥]
沉迷女色，耗精過多，會損人性命。

【色後酒九十九，酒後色無藥救】
[sik˥ au˩ tsiu˥ kiu˥ sip˩ kiu˥ tsiu˥ au˩ sik˩ bo˧ io˧ kiu˩]
行房後飲酒可以活到九十九，酒後行房則大大戕害健康。

【芒種蝶，討無食】
[bɔŋ˧ tsiŋ˥ ia˧ t'o˥ bo˧ tsia˧]
農諺。過了芒種（二十四節氣之一），已經是農曆五月，花都謝了，蝴蝶已無食物可吃。

【芒種雨，六月火燒埔】
[bɔŋ˧ tsiŋ˥ hɔ˧ lak˥ gue˩ hue˥ sio˧ pɔ˥]
氣象諺。芒種當天下雨，占六月苦旱。

【芎蕉吐子，害母身】
[kin˧ tsio˥ t'ɔ˥ kiã˥ hai˩ bo˥ sin˥]
芎蕉，香蕉；香蕉樹開花結果成熟後就會枯死；喻慈母偉大，往往爲兒女而犧牲。

【芎蕉吐子爲子死】
[kin˧ tsio˥ t'ɔ˥ kiã˥ ui˩ kiã˥ si˥]
香蕉長出香蕉果後，本株即枯死；喻母親常以自己的生命換取孩子的成長。

【芎蕉好食在腹內】
[kin˧ tsio˥ ho˥ tsia˧ ti˩ pat˥ lai˧]
比喻人不可貌相。

【芎蕉好食兩頭鉤】
[kin˧ tsio˥ ho˥ tsia˧ ləŋ˩ t'au˧ kau˥]
喻愛情雖然甜蜜，必須是兩廂情願。

【芎蕉皮也會滑倒人】
[kin˧ tsio˧ p'ue˧ ia˩ e˩ kut˩ to˥ laŋ˧]
香蕉皮雖是無用之物，但也會使人滑倒。喻人各有一技之長，不可小看他。

【芋薯焦焦大】

[ɔ˨˩ tsi˧˥ ta˧ ta˧ tua˧]
種芋頭、地瓜（薯）不須用水灌溉（焦焦）即可長大；喻本錢少，不用特別照顧之事或生意。

【芋梗煮湯，時到時當】
[ɔ˨˩ huãi˧˥ tsi˥ t'əŋ˥ si˧˥ kau˨˩ si˧ təŋ˥]
芋梗，芋頭之葉莖，亦可食用；即「船到橋頭自然直」，到時候再說。

【芋粿曲，食勿枵，米粉炒，食到飽】
[ɔ˨˩ kue˥ k'iau˥ tsia˨˩ be˨˩ iau˥ bi˥ hun˥ ts'a˥˧ tsia˨˩ ka˥ pa˥˧]
芋粿曲可以充饑，炒米粉也可以充饑。

【芙蓉開花會結子】
[p'u˧ ziɔŋ˧˥ k'ui˧ hue˥ e˨˩ ket˥ tsi˥˧]
比喻女子對男子之相許與痴情。

【花天月地】
[hua˧ t'en˥ guat˨ te˧]
花街柳巷。

【花毋著枝】
[hue˥ m˨˩ tiau˧ ki˥]
昔日將婦女喻爲花欉，將孩子喻爲花朵，男兒爲白花，女兒爲紅花；所謂花毋著枝，指懷孕後胚胎不能著盤，頻頻流產。

【花言巧語】
[hua˧ gen˧˥ k'a˥ gi˥˧]
用不實的話哄騙他人。

【花紅柳綠】
[hue˧ aŋ˧˥ liu˥ lik˥]
形容美女衣著裝扮。

【花不迷人人自迷】
[hua˥ put˥ be˧ zin˧˥ zin˧˥ tsu˨˩ be˧˥]
色不迷人人自迷。

【花美勿芳，芳花勿美】
[hue˥ sui˥˧ be˨˩ p'aŋ˥ p'aŋ˧ hue˥ be˨˩ sui˥˧]
喻凡事無法十全十美。

【花若離樹，勿能再續】
[hue˥ nã˨˩ li˨˩ ts'iu˧ bue˨˩ iŋ˧˥ tsai˥˧ sua˨˩]
花若離枝，無法再回復；喻事情一旦發生之後，很難再復原；或喻時光難倒流。

【花無錯開，姻緣無錯對】
[hue˥ bo˧ ts'o˥˧ k'ui˥ im˧ en˧˥ bo˧ ts'o˥˧ tui˨˩]
花皆適時而開，姻緣也都是天註定的。

【花愛插頭前，毋通插後壁】
[hue˥ ai˥˧ ts'a˥˧ t'au˧ tsiŋ˧˥ m˨˩ t'aŋ˧ ts'a˥˧ au˨˩ piaʔ˨]
花朵要插在額前，不要插在腦後。喻要酬謝人，須酬謝於事前，才會更有效果。

【芥菜開花會抽心】
[kua˥˧ ts'ai˨˩ k'ui˧ hue˥ e˨˩ t'iu˧ sim˥]
喻花爲君開，也爲君結子。

【芥菜無割勿成欉】
[kua˥˧ ts'ai˨˩ bo˧ kuaʔ˨ be˨˩ siŋ˧ tsaŋ˧˥]
芥菜必須不斷把葉子割下才會長新的葉子。喻玉不琢不成器，小孩子不打不知義。

【芥菜對內甲割出來】
[kua˥˧ ts'ai˨˩ tui˥˧ lai˨˩ kaʔ˨ kua˥˧ ts'ut˥ lai˧˥]
割芥菜應由外葉（甲）往內割，若由內往外，則是顛倒順序。

【芥菜開花會抽心，芙容開花會結子】
[kua˥˧ ts'ai˨˩ k'ui˧ hue˥ e˨˩ t'iu˧ sim˥ p'u˧ ziɔŋ˧˥ k'ui˧ hue˥ e˨˩ ket˥ tsi˥˧]

比喻女子傾慕男子，花爲君開，子爲君結。

【茅草菰利，出世會刺人】
[hm˧ ts'au˥ kɔ˥ lai˧ ts'ut˥ si˨ e˨ ts'ak˥ laŋ˨]
茅草芽很利，才冒出土面，便會刺人；喻聰明的人，從小就勝人一籌。

【茅草菰若利，出世就會割人】
[hm˧ ts'au˥ kɔ˥ nã˨ lai˧ ts'ut˥ si˨ tio˨ e˨ kuaʔ˨ laŋ˨]
茅草菰，指茅草之幼芽，很尖銳。喻聰明的人，小時候就比別人聰明。

【苗從地發，樹向枝分】
[miãu˧ tsiɔŋ˧ te˧ huat˨ ts'iu˧ hiɔŋ˥ ki˥ hun˥]
喻子孫雖然同源，長大自然應該分家。

【范丹妻，殺九夫】
[huan˨ tan˧ ts'e˥ sat˥ kiu˥ hu˥]
范丹之妻，嫁他之前，已嫁過九次，而九個丈夫皆不幸早死，她因此而欲投水自盡，被范丹所救，感恩而嫁給范，且過著美好的生活。

【苓雅寮囝仔，鱠曉見笑】
[liŋ˧ ŋã˥ liau˧ gin˥ nã˥ be˨ hiau˥ ken˥ siau˨]
高雄諺語。指苓雅寮的孩子不怕羞。又「苓雅寮」訛音念成「乳仔寮」，亦作不害羞解。

【苦債鱠盡】
[k'ɔ˥ tse˨ be˨ tsin˧]
終生勤勞，也難以償清這筆債。

【苦力子，假軟弱】
[ku˧ li˥ kiã˥ ke˥ ləŋ˥ tsiã˥]
諷刺做粗工的人，懶惰不出力，故意裝做一副弱不禁風的樣子。

【苦力，無雙重財】
[ku˧ li˥ bo˧ siaŋ˧ tiŋ˧ tsai˧]
勞工只能賣力，不易賺到賣力以外的錢財。

【苦勞不該飲酒】
[k'ɔ˧ lo˧ put˥ kai˧ lim˧ tsiu˥]
苦勞，昔日以勞力爲人幫傭的人，即苦力是也；別人勸酒時，苦勞即自稱自己只是傭工，不該喝酒；自謙身分低微，不敢高攀。

【苦藍盤假松心】
[k'ɔ˥ nã˧ puã˧ ke˥ ts'iŋ˧ sim˥]
苦藍盤，鄉間常見的灌木，其根極苦，可以做藥材。意謂內心極苦卻裝做沒這回事。

【苦瓜母生苦瓜子】
[k'ɔ˥ kue˧ bu˥ sẽ˧ k'ɔ˥ kue˧ kiã˥]
孕婦懷胎期間，若成天愁眉苦臉，將來會生出一個愁眉苦臉的孩子。

【苦瓜無油苦啾啁】
[k'ɔ˥ kue˥ bo˧ iu˧ k'ɔ˥ tsiu˥ tsiu˨]
譏人好吹噓拍馬。

【苦債鱠盡，業債鱠滿】
[k'ɔ˥ tse˨ be˨ tsin˧ giap˨ tse˨ be˨ muã˥]
人一旦負債，怎麼勞苦節儉，都不易清償；誡人莫欠債。

【苦匏連根苦，甜瓜透蒂甜】
[k'ɔ˥ pu˧ len˧ kin˥ k'ɔ˥ tĩ˧ kue˥ t'au˥ ti˨ tĩ˥]
喻事情有一貫性，好就全好，壞就全壞。

【苦戰而敗，遠勝輕易之成功】
[k'ɔ˥ tsen˨ zi˧ pai˧ uan˥ siŋ˥ k'in˧ i˨ tsi˧ siŋ˧ kɔŋ˥]
喻成敗有時不足論英雄。

【苦瓜雖苦共一籐，兄弟雖呆共一

心】
[k'ɔ˥ kue˥ sui˧ k'ɔ˦ kaŋ˩ tsit˩ tin˦
hiã˧ ti˧ sui˧ tai˥ kaŋ˩ tsit˩ sim˥]
謂兄弟同氣連心。

【苦勞做久就成精，老大做久就食錢】
[k'ɔ˧ lo˧ tso˦ ku˦ tio˩ siŋ˧ tsiã˥
lau˥ tua˧ tso˦ ku˦ tio˩ tsia˩ tsĩ˦]
苦勞，雇用的勞工；老大，地方社會的領袖；公司雇用的勞工日久就會偷懶耍花招，地方社會的老大，做久就會貪污（食錢）。

【茄仔開黃花——變性】
[kio˧ a˦ k'ui˧ uĩ˧ hue˥ pen˦ siŋ˩]
歇後語。茄仔開的花是紫色，若是黃花，則是突變，故云變性。

【茄腳也茄，茄頂也茄】
[kio˧ k'a˥ ia˩ kio˦ kio˧ tiŋ˦ ia˩
kio˦]
茄子之上是茄子，茄子之下也是茄子；隱語，謂昔日婦人暗中以茄子自慰之事。

【若土牛】
[nã˥ t'ɔ˧ gu˦]
罵人不清潔，不愛乾淨。

【若拄西魯】
[nã˥ tu˥ se˧ lɔ˦]
西魯，即魯西亞，俄羅斯也；像遇到俄羅斯的兵；喻對手極強，非常難抵抗。

【若琉球番】
[nã˥ liu˧ kiu˧ huan˥]
指孩子任性，非常煩人，有理說不清。

【若華子龍】
[nã˥ hua˧ tsu˥ liɔŋ˦]
華子龍，昔日之浪蕩子；謂像華子龍般浪蕩。

【若犁屎豬】
[nã˥ le˧ sai˥ ti˥]
譏諷人低頭俯行。

【若傀儡呢】
[nã˥ ka˧ le˦ nĩ˩]
像傀儡戲偶般，任人操縱。

【若石裡鏨字】
[nã˥ tsioʔ˥ nĩ˩ tsam˩ zi˧]
像在石板上刻字；喻一言九鼎。

【若死了未埋】
[nã˥ si˥ liau˦ bue˩ tai˦]
像屍體一般動也不動；罵懶惰之人。

【若狗見著虎】
[nã˥ kau˦ kĩ˦ tio˩ hɔ˦]
喻非常驚恐。

【若像糢糍糊】
[nã˥ ts'iũ˩ muã˧ tsi˧ kɔ˦]
婦人罵死命糾纏的男性之語。

【若鴨仔聽雷】
[nã˥ a˥ a˦ t'iã˧ lui˦]
聽不懂，有聽沒有懂。

【若大本乞食呢】
[nã˥ tua˩ pun˥ k'it˥ tsia˧ nĩ˩]
對強行乞求者所罵的話。

【若老鼠見著貓】
[nã˥ niãu˥ ts'i˦ kĩ˦ tio˩ niãu˥]
像老鼠遇到貓，非常慌張、恐懼。

【若要好，大做細】
[nã˩ be˥ ho˦ tua˧ tso˦ se˩]
婆媳關係若要好，婆婆要反過來疼愛媳婦，尊重媳婦。

【若親像陳三咧磨鏡】
[nã˥ ts'in˧ ts'iũ˩ tan˧ sã˥ le˥ bua˧
kiã˩]

陳三，《荔鏡記》中的男主角，爲親近女主角五娘而喬裝爲磨鏡工人；比喻其工作不熟練。

【若閒何不予慶貴嫂仔招】
[nã˩ iŋ˦ ho˧ put˥ hɔ˩ k'iŋ˥ kui˥ so˥ a˩ tsio˥]
慶貴嫂係鴇母，性淫蕩，每次招夫不久即告仳離，後無人敢被其招贅。但凡其贅夫，每日在家無所事事，坐享其樂。故本句即譏人遊手好閒。

【若會出錢，鼎臍都敲予你】
[nã˩ e˩ ts'ut˥ tsĩ˦ tiã˥ tsai˦ tio˧ k'a˥ hɔ˧ li˧]
鼎臍，鍋心；喻物各有價。

【若要好額，就要尻川插叉仔】
[nã˩ be˥ ho˥ gia˧ to˩ ai˥ k'a˧ ts'uĩ˥ ts'a˥ ts'e˧ a˥]
好額，有錢也；與「好舉」同音；尻川，屁股，肛門；肛門內插木叉子，將人比喻成肉塊，此時便很好舉，故云「若要好額，就要尻川插叉仔」。

【若有影，恁父刣卵煮鴨母卵請你】
[nã˩ u˩ iã˥ lin˥ pe˧ t'ai˧ lan˧ tsi˥ a˥ bo˥ nuĩ˧ ts'iã˥ li˩]
若眞有其事，你老子就將陰莖（卵）切下連同鴨蛋煮來請你；表示言者不相信眞有其事的「鐵齒話」。

【若有影，恁父頭殼剁起來予你做椅仔坐】
[nã˩ u˩ iã˥ lin˥ pe˧ t'au˧ k'ak˩ tɔk˥ k'e˥ lai˧ hɔ˩ li˥ tso˥ i˥ a˥ tse˧]
若眞有其事，你老子就將腦袋瓜切下來給你當小板凳坐；表示言者非常不相信會有這種事。

【若照你寫的字看起來，你的字識眞深】
[nã˩ tsiau˥ li˥ sia˥ e˧ zi˧ k'uã˩ k'i˩ lai˩ li˥ e˧ zi˧ bat˥ tsin˧ ts'im˥]
雙關語。本指依你的字體看起來，你認的字很多，學問很深；若是諧音一歪，則是說對方的陰户很深。

【英雄不論出身低】
[iŋ˧ hiɔŋ˦ put˥ lun˩ ts'ut˥ sin˥ ke˧]
喻人貴有志。

【英雄背後有英雄】
[iŋ˧ hiɔŋ˦ pue˩ hio˧ iu˥ iŋ˧ hiɔŋ˦]
另有高人。

【英雄無用武之地】
[iŋ˧ hiɔŋ˦ bu˧ iŋ˩ bu˥ tsi˧ te˧]
因環境所限，有才能卻無法施展。

【英雄行險道，富貴踏危機】
[iŋ˧ hiɔŋ˦ kiã˧ hiam˥ to˧ hu˥ kui˩ ta˩ ui˧ ki˥]
不冒險不能成英雄，不面對危險無法富貴。

【英雄難過美人關，美人難過金錢關】
[iŋ˧ hiɔŋ˦ lan˧ kue˥ bi˥ zin˧ kuan˥ bi˥ zin˦ lan˧ kue˥ kim˧ tsĩ˧ kuan˥]
謂英雄可用美人加以俘虜，美人可用金錢加以攻破。

【茫茫四海人無數，那個男兒是丈夫】
[bɔŋ˧ bɔŋ˦ su˥ hai˥ zin˦ bu˧ sɔ˩ nã˥ ko˦ lam˧ zi˦ si˩ tiɔŋ˩ hu˥]
芸芸眾生當中，那個人夠資格稱得上大丈夫？

【荒荒廢廢】
[huĩ˧ huĩ˧ hi˥ hi˩]
指任田園荒蕪，或指不專心照應，使事業無法發展。

【荒年無六親】
[huĩ˧ nĩ˦ bo˧ liɔk˩ ts'in˥]

謂荒年無收成，經濟差，無法與親戚應酬往來。

【茭薦流去——管亦無路用】
[ka˧ tsi˨ lau˦ k'i˨ kɔŋ˥ ia˨ bo˧ lɔ˨ iŋ˧]
歇後語；昔日乞丐行乞之道具有二：一爲茭薦（草編袋子），一爲竹管（用來敲打出聲）；過河時茭薦被水流去，無袋子裝東西，管亦無用處；管與講同音，遂變成「講亦講不聽」之意。

【茶砧安金也是磁】
[te˧ kɔ˥ an˧ kim˥ ia˨ si˨ hui˦]
磁茶壺縱然貼金，其本質還是磁。

【草地親家】
[ts'au˥ te˨ ts'in˧ ke˥]
謂人俗禮不俗。

【草地鑼鼓】
[ts'au˥ te˨ lo˧ kɔ˥]
喻境遇一年不如一年。

【草鞋叫（套）襪】
[ts'au˥ e˦ t'ap˧ bue˧]
穿草鞋還穿襪子，不配合。

【草地發靈芝】
[ts'au˥ te˧ huat˧ liŋ˧ tsi˥]
喻小地方出大人物。

【草花籠——濟蓋】
[ts'au˥ hue˧ laŋ˥ tse˨ kua˨]
歇後語。草花籠，做花的籠子，蓋子很多，台語稱蓋子多叫「濟蓋」，音與「悽慘坐卦」之坐卦同音，指連連遭遇許多不幸的事。

【草索看做蛇】
[ts'au˥ soʔ˧ k'uã˥ tso˥ tsua˦]
喻倉惶看錯事物。

【草仔人情罔放】
[ts'au˥ a˥ zin˧ tsiŋ˦ bɔŋ˥ paŋ˨]
能施恩惠給人時，盡量施恩。

【草地客，對半說】
[ts'au˥ te˨ k'eʔ˧ tui˥ puã˥ seʔ˧]
草地客，指鄉下人。因鄉下人純樸可欺，商家往往將物品的定價加倍，以供其討價還價。

【草厝掛玻璃窗】
[ts'au˥ ts'u˨ kua˥ po˧ le˧ t'aŋ˥]
喻不調和。

【草地聖旨——無影跡】
[ts'au˥ te˨ siŋ˥ tsi˥ bo˧ iã˥ tsiaʔ˧]
歇後語。草地，指鄉下人；從鄉下傳來皇帝的聖旨，謂沒有這回事。

【草地親家，坐大位】
[ts'au˥ te˨ ts'in˧ ke˥ tse˨ tua˨ ui˧]
草地，鄉下。喻人俗禮不俗。

【草花仔蛇領雙痙】
[ts'au˥ hue˧ a˥ tsua˦ niã˥ siaŋ˧ hɔŋ˦]
喻無特殊的才幹，卻一身兼兩職。

【草厝湊煙筒——稀罕】
[ts'au˥ ts'u˨ tau˥ en˧ taŋ˦ hi˧ han˥]
歇後語。煙筒，煙囪；住瓦屋才須要也才有能力配裝煙囪，住茅屋則不須要，故云稀罕。

【草人救火——自身難保】
[ts'au˥ laŋ˦ kiu˥ hue˥ tsu˨ sin˥ lan˧ po˥]
歇後語。草人要救火，等於是泥菩薩過江，自顧尚且不暇，那有餘力兼顧他人？

【草枝有時會絆倒人】
[ts'au˥ ki˥ u˨ si˦ e˨ puan˨ to˥ laŋ˦]
雖是小草枝，有時也會絆倒人；喻不可輕視小東西。

【草厝仔搬去後車路】

[ts'au˥ ts'u˥ a˦ puã˧ k'i˥ au˩ ts'ia˧ lɔ˧]
鹿港諺語。草厝仔，昔日鹿港不入流的私娼集中地；後車路，昔日鹿港較具水準的藝妲區；揶揄別人工作升級之語。

【草埔尾風，番薯寮雨】
[ts'au˥ pɔ˧ bue˥ hɔŋ˥ han˧ tsi˧ liau˧ hɔ˧]
草埔尾、番薯寮，二者都是台北縣淡水鎮之地名。謂因地勢不同，風雨也不同。

【草蓆捲籤擔——雙頭土】
[ts'au˥ ts'ioʔ˥ kuĩ˥ ts'iam˧ tã˥ siaŋ˧ t'au˧ t'ɔ˦]
歇後語。籤擔，昔日挑柴草之長竹棍，兩頭削尖以便插進柴草擔中，草蓆短無法包住長籤擔，兩頭都會突出；雙頭突（吐），諧音甲乙雙方都很土，個性都很烈。

【草地親戚，食飽就起行】
[ts'au˥ te˩ ts'in˧ tsiã˨ tsia˩ pa˦ tio˩ k'i˥ kiã˨]
諷刺鄉下（草地）的親戚不懂禮貌，吃飽了就走。

【草仔枝，有時也會跋倒人】
[ts'au˥ a˥ ki˥ u˩ si˨ ia˩ e˩ pua˩ to˥ laŋ˨]
小草有時也會把人絆倒，喻勿輕視小人物。

【草地人驚掠，府城人驚食】
[ts'au˥ te˩ laŋ˨ kiã˧ lia˧ hu˥ siã˧ laŋ˨ kiã˧ tsia˧]
府城，指台南市內；草地，指台南市以外的鄉下地區。鄉下人很少見過官員，一聽到官差出門抓人，便臉色蒼白；府城人經常看見官員、官差，已不懼怕，但因平日吃美食，每餐所煮之量不多，因而很怕臨時有客人上門，尤其是怕飯量大的草地人上門。

【草尖自細尖，草利自細利】
[ts'au˦ tsiam˥ tsu˩ se˩ tsiam˥ ts'au˦ lai˧ tsu˩ se˩ lai˧]
喻賢者自小就賢能。

【草索拖俺公，草索拖俺爸】
[ts'au˥ soʔ˩ t'ua˧ an˥ kɔŋ˥ ts'au˥ soʔ˩ t'ua˧ an˥ pe˧]
出乎爾者反乎爾。昔日有一三代同堂之家，祖父病重之時，父親用草繩（草）將他捆住，祖父死後，父親欲將草繩丟棄，其孫卻將它拾回，父問其故，子答以將留著日後捆綁其父，其父聞之愧疚不已。

【草鞋咬入來，豬肚咬出去】
[ts'au˥ e˨ ka˩ zip˩ lai˨ ti˧ tɔ˧ ka˩ ts'ut˥ k'i˩]
笨狗將他人穿破的草鞋啣回家，卻將主人剛買回的豬肚啣出去；喻得不償失。

【草蜢仔弄雞公，雞公噗噗跳】
[ts'au˥ mẽ˥ a˦ laŋ˩ ke˧ kaŋ˥ ke˧ kaŋ˥ p'ɔk˥ p'ɔk˥ t'iau˩]
喻女子扭腰拋媚眼戲弄男人，使得男人坐立不安。

【草地戶蠅也想要食縣口芳餅】
[ts'au˥ te˩ hɔ˧ sin˨ ia˩ siũ˩ be˥ tsia˩ kuan˩ k'au˥ p'aŋ˧ piã˦]
戶蠅，蒼蠅；指人作過分妄想。

【草地戶蠅，毋曾食著縣口芳餅】
[ts'au˥ te˩ hɔ˧ sin˨ m˩ bat˥ tsia˩ tio˩ kuan˩ k'au˥ p'aŋ˧ piã˦]
前清台南市諺語。台灣縣衙門之遺址，為今之成功國小，縣口街在今日赤崁樓前，原有餅舖數家，鄉下人初次進

城吃餅，津津有味，稱讚不已。此爲城市人嘲笑鄉下人少見多怪之狀。

【草地親家坐大位——人戇禮數戇】
[ts'au˥ te˨ ts'in˧ ke˥ tse˨ tua˨ ui˧ laŋ˦ gɔŋ˧ le˥ be˨ gɔŋ˧]
歇後語。草地親家坐在婚宴的大位上，看起來雖土里土氣，但對應有的禮儀絲毫不減。本句指不應由外表來判斷人的內涵。

【草蜢仔弄雞公，雞公一下跳，草蜢仔死翹翹】
[ts'au˥ mẽ˥ a˥ laŋ˨ ke˧ kaŋ˥ ke˧ kaŋ˥ tsit˩ le˨ t'iau˨ ts'au˥ mẽ˥ a˥ si˥ k'iau˥ k'iau˨]
草蜢，蝗蟲類；草蜢大膽挑逗公雞，公雞跳起來便將它咬死。喻飛蛾撲火，自招災禍。

【草埔尾，風；蕃薯寮，雨；灰磘仔，爛糊糊；後厝，出查某】
[ts'au˥ pɔ˧ bue˥ hɔŋ˥ han˧ tsi˧ liau˧ hɔ˧ hue˧ io˧ a˥ nuã˨ kɔ˧ kɔ˦ au˨ ts'u˨ ts'ut˥ tsa˧ bɔ˥]
草埔尾、蕃薯寮、灰磘仔、後厝爲淡水與三芝間的四個地名，指該地多風、多雨、亂糟糟、多女性。

【莫管人的閒仔代】
[bɔk˩ kuan˥ laŋ˧ ge˧ iŋ˧ ŋã˥ tai˧]
莫管閒事。

【莫看古大春無目地】
[bɔk˩ k'uã˥ kɔ˥ tai˨ ts'un˥ bo˧ bak˩ te˧]
無目地，指輕視。古大春，一名林大春，關渡人，少微賤，身矮，貌不揚，爲鄉人所鄙視。古大春以篙師（船夫）起家，于大稻埕開船頭行，躋列士紳，有名於時，曾捐巨款修關渡媽祖宮，爲關渡出身者之翹楚。本諺喻不可以貌取人。

【莫罵酉時妻，一夜受孤棲】
[bɔk˩ mã˨ iu˧ si˧ ts'e˥ it˥ ia˧ siu˨ kɔ˧ ts'e˥]
酉時，下午五點到七點。黃昏罵老婆，晚上老婆嘔氣不理人，則丈夫得孤枕獨眠。

【莫謂蒼天無報應，舉頭三尺有神明】
[bɔk˩ ui˥ ts'ɔŋ˧ t'en˥ bo˧ po˥ iŋ˨ gia˧ t'au˧ sã˧ ts'ioʔ˩ u˨ sin˧ biŋ˦]
人的一言一行，都有神明在鑒察。

【荷蘭豆性——快熟】
[ho˧ lan˧ tau˨ siŋ˨ k'uai˥ sik˥]
歇後語。荷蘭豆，豆莢扁薄，火熱油燙，下鍋後兩三鏟便熟，故云「快熟」，用以形容人平易近人，很快能與陌生人打成一片。

【荷人治城，漢人治野】
[ho˧ zin˦ ti˨ siã˦ han˥ zin˦ ti˨ ia˥]
台灣在荷蘭人佔領時期，荷蘭人只能管熱蘭遮城及普蘭遮城人民的事，城外的人與事便管不了，而由漢人進行墾拓管理。

【莊腳人三項寶】
[tsəŋ˧ k'a˧ laŋ˦ sã˧ haŋ˨ po˥]
鄉下人有三件寶：醜妻、破棉襖、厝邊地。

【莊腳傖，街裡戇】
[tsəŋ˧ k'a˧ sɔŋ˦ ke˧ li˥ gɔŋ˧]
鄉下人沒見過世面，穿著比較土，故被稱爲傖；都市人四體不勤五穀不分，故被稱爲戇。

【莊裏住到無竹圍】
[tsəŋ˧ lai˧ tua˥ ka˥ bo˧ tik˥ ui˦]
昔人立莊，都在莊外種刺竹護莊，稱

爲竹圍；後來人口多了，安全性高，便將竹圍廢了來蓋房屋。比喻在當地住了很久。

【莊腳人驚掠，城內人驚食】
[tsəŋ˧ k'a˧ laŋ˩ kiã˧ lia˧ siã˧ lai˨ laŋ˩ kiã˧ tsia˧]
意同「草地人驚掠，府城人驚食」。

【莊仔頭掠豬，莊仔尾狗羼咧吠】
[tsəŋ˧ ŋã˥ t'au˩ lia˨ ti˥ tsəŋ˧ ŋã˥ bue˥ kau˥ ts'am˧ le˥ pui˧]
比喻連無關的人也加進來吵。

【萍水相逢】
[p'iŋ˧ sui˥ sioŋ˧ hoŋ˩]
偶然的相遇。

【菩薩面，羅漢腳】
[p'ɔ˨ sat˥ bin˧ lo˧ han˥ k'a˥]
外表仁慈，其實則爲一無賴漢。

【菱角嘴，無食大心悸】
[liŋ˧ kak˥ ts'ui˨ bo˧ tsia˧ tua˨ sim˧ k'ui˨]
菱角嘴，指嘴角先向上翹再向下垂者，這種人都很貪婪無度。

【菅蓁鱠做得拐仔】
[kuã˧ tsin˥ be˨ tso˥ tit˥ kuai˥ a˥]
菅蓁，山地所產之植物，蘆葦類，無法負重。喻不可信用之人。

【菁仔欉，毋知驚】
[ts'ẽ˧ ã˥ tsaŋ˩ m˨ tsai˧ kiã˥]
菁仔欉，檳榔樹；女子罵不懂事的男人，笨到不懂得怕人。

【菜金菜土】
[ts'ai˥ kim˥ ts'ai˥ t'ɔ˩]
形容蔬菜之價格因供需情況而起伏很大，有時貴得像金價，有時賤得像糞土。

【菜頭蒜節】
[ts'ai˥ t'au˩ suan˥ tsat˩]
喻親疏要有所分別。

【菜裡卻著肉】
[ts'ai˥ lai˧ k'io˥ tio˨ baʔ˩]
卻，拾到；在蔬菜當中撿到肉；喻在不好的東西裡找到值錢的物品，這是不可能的事。

【菜籃貯砂——沙鹿】
[ts'ai˥ nã˩ te˥ sua˥ sua˧ lak˥]
歇後語。用菜籃裝砂，砂一定會漏，叫「砂漏」，音同「沙鹿」；沙鹿，地名，在台中縣。

【菜瓜損狗去一節】
[ts'ai˥ kue˥ koŋ˥ kau˥ k'i˥ tsit˩ tsat˩]
用絲瓜（菜瓜）打狗，結果斷了一節；指多管閒事反而受損。

【菜頭挽掉——孔原在】
[ts'ai˥ t'au˩ ban˥ tiau˧ k'aŋ˥ guan˧ tsai˧]
歇後語。菜頭，蘿蔔也；蘿蔔成熟拔起，洞依然在，即「孔原在」，沒有損失之謂也。常用在野合男女，交媾之後，男子對女子之揶揄詞。

【菜蟲吃菜，菜腳死】
[ts'ai˥ t'aŋ˩ tsia˨ ts'ai˨ ts'ai˥ k'a˥ si˥]
吃菜的蟲終會死在菜腳下；喻英雄劍下亡。

【菜手剁肉予人食，擱嫌臭臊】
[ts'ai˥ ts'iu˥ tɔk˥ baʔ˩ hɔ˨ laŋ˧ tsia˧ ko˥ hiam˧ ts'au˥ ts'o˥]
用吃齋人的手剁肉給人吃，別人還嫌會腥；喻人心不足，爲人犧牲對方還不滿意，枉費一片心意。

【落下頦】
[lau˥ e˨ hai˩]
原指下巴（下頦）脫臼；罵人胡說八

道。

【落翅仔】
[lau˥˧ sit˧ la˥˧]
雞禽發情時皆會揚尾落（下滑）翅，近年即以落翅仔來暗喻妓女，尤其指在街上拉客之私娼。

【落井下石】
[lo˨˩ tsẽ˥˧ ha˨˩ tsioʔ˧]
人掉進井裡還要丟石頭下去砸他；喻人情冷酷。

【落花流水】
[lɔk˧ hua˥ liu˧ sui˥˧]
一副殘敗破落的樣子。

【落人嘴唇皮】
[lo˨˩ laŋ˧ ts'ui˥˧ tun˧ p'ue˧˥]
被別人料到、猜著。

【落土八字開】
[lo˨˩ t'ɔ˧˥ pe˥˧ zi˧ k'ui˥]
八字，指人之命運。謂人之命運一出生便註定。

【落水平平沉】
[lo˨˩ tsui˥˧ pẽ˧ pẽ˧ tim˧˥]
掉到水裡，雙方都會沉下去；喻兩敗俱傷。

【落水隨人爬】
[lo˨˩ tsui˥˧ sui˧ laŋ˧ pe˧˥]
掉到水裡，各人（隨人）自己設法向岸上掙扎；喻臨危時，每人都是只求自救自保。

【落十八重地獄】
[lo˨˩ tsap˧ pe˥˧ tiŋ˧ te˨˩ gak˧]
罵人罪惡深重，死後會下到第十八層地獄。

【落土時，八字命】
[lo˨˩ t'ɔ˧ si˧˥ pe˥˧ zi˨˩ miã˧]
八字，指出生的年、月、日、時之干支合起來共八字。俗信人一生命運，在出生時便註定。

【落車頭無探聽】
[lo˨˩ ts'ia˧ t'au˧˥ bo˧ t'am˥˧ t'iã˥]
落車頭，下了車站。下車入境時，竟沒有打聽當地人物勢力；識人有眼不識泰山。

【落水纔知長腳人】
[lo˨˩ tsui˥˧ tsia˥˧ tsai˧ təŋ˧ k'a˧ laŋ˧˥]
不幸掉到水裡去，才知高個子（長腳人）的好處。

【落花有意，流水無情】
[lɔk˧ hua˥ iu˥ i˨˩ liu˧ sui˥˧ bu˧ tsiŋ˧˥]
指男女之間，自作多情，一個有意思，另一個卻沒有意願。

【落魄的鳳凰不如雞】
[lɔk˧ p'ik˧ ge˧ hɔŋ˨˩ hɔŋ˧˥ put˧ zu˧ ke˥]
此一時彼一時也。

【落水叫三界，上水叫無代】
[lo˨˩ tsui˥˧ kio˥˧ sam˧ kai˨˩ tsiũ˨˩ tsui˥˧ kio˥˧ bo˧ tai˧]
罵人事過境遷即忘恩負義。三界，三界公，即天官、地官、水官，三官大帝；人一溺水即大呼三界公救命，獲救後卻說沒那回事。

【落水叫三界，上天叫無代】
[lo˨˩ tsui˥˧ kio˥˧ sam˧ kai˨˩ tsiũ˨˩ t'ĩ˥ kio˥˧ bo˧ tai˧]
意同「落水叫三界，上水叫無代」。

【落水平平沈，全無重頭輕】
[lo˨˩ tsui˥˧ pẽ˧ pẽ˧ tim˧˥ tsuan˧ bo˧ taŋ˨˩ t'au˧ k'in˥]
喻兩敗俱傷，誰也沒佔便宜。

【落霜有日照，烏寒死無藥】
[lo˨˩ səŋ˥ u˨˩ zit˧ tsio˨˩ ɔ˧ kuã˧˥ si˥

bo˧ io˧]
氣象諺。下霜之日若有日照，還有溫暖；若是陰天，則必酷寒之至。

【葫蘆內的藥仔】
[hɔ˧ lɔ˧ lai˧ e˧ io˧ a˥˧]
喻內情不詳。

【葫蘆墩白米——無錯】
[hɔ˧ lɔ˧ tun˥ pe˨˩ bi˥˧ bo˧ ts'o˨˩]
歇後語。葫蘆墩，豐原市之古名，此地所產稻穀一碾即全白，無一粒糙米；無糙音同無錯，意謂沒有錯。

【著猴】
[tio˨˩ kau˧˥]
昔日貧家幼兒因營養不良，易得肺結核，骨瘦如柴，俗稱「著猴」；用以罵行爲魯莽失態者。

【著笑脾】
[tio˨˩ ts'io˥˧ pi˧˥]
一直笑，笑個不停。

【著死囝仔災】
[tio˨˩ si˥ gin˥ nã˥ tse˥]
災，瘟疫；罵小孩子會得瘟疫。此諺，昔日鄉間經常可以聽到。

【著毋著割起來晃】
[tiau˧˥ m˨˩ tiau˧˥ kua˥˧ k'i˥˧ lai˧ hãi˨˩]
罵人不安分，弄巧成拙。

【著做乞食，毋，著死】
[tio˨˩ tso˥˧ k'it˥ tsia˧ m˧ tio˨˩ si˥˧]
罵人說去做乞丐，不然就去死吧！

【著等大，毋通等娶】
[tio˨˩ tan˥ tua˧ m˨˩ t'aŋ˧ tan˥ ts'ua˧]
清代台灣男婚女嫁所須聘禮、妝奩至爲龐大，貧苦之家往往逾時而無力嫁娶，尤以娶者爲難。因此有人生出兒子，不多久便抱養童養媳，長大之後利用除夕夜，將他們「揀做堆」即算成婚，可以節省很多經費。此諺即勸告清寒人家要抱童養媳來養大，勿奢望等男兒長大再去明媒正娶。

【著予尪欺，那通予某治】
[tio˨˩ hɔ˨˩ aŋ˥ k'i˥ nã˥ t'aŋ˧ hɔ˨˩ bo˥˧ ti˧]
寧可妻子被丈夫欺侮，不可丈夫被妻子驅使。喻婦女要有女德。

【著擒牛頭，毋通擒牛尾】
[tio˨˩ k'im˧ gu˧ t'au˧˥ m˨˩ t'aŋ˧ k'im˧ gu˧ bue˥˧]
做事要有要領，擒牛頭，牛才可能聽指揮，拉牛尾是沒有用的。

【著擰牛鼻，毋通擰牛尾】
[tio˨˩ liŋ˧ gu˧ p'ĩ˧ m˨˩ t'aŋ˧ liŋ˧ gu˧ bue˥˧]
喻做事要抓住重點、關鍵。

【著關雞母，毋通扑鷗鴞】
[tio˨˩ kuãi˧ ke˧ bo˥˧ m˨˩ t'aŋ˧ p'a˥˧ lai˨˩ hio˧]
母雞帶小雞至野外，容易招來老鷹（鷗鴞）的攻擊，老鷹我們管不了，只好管母雞。借喻男女偷情通姦，我們管不了對方，只好責管己方。

【葉落九州，根同一處】
[iap˩ lɔk˩ kiu˥ tsiu˥ kin˥ tɔŋ˧˥ it˥ ts'u˨˩]
落葉即使隨風飄揚，遍灑天下（九州），但它們的根源還是相同的。常用以形容子孫散居各地者。

【葉無挽毋成欉，囝仔無摃毋成人】
[hio˧ bo˧ ban˥˧ m˨˩ tsiã˧ tsaŋ˧˥ gin˥ nã˥˧ bo˧ kɔŋ˨˩ m˨˩ tsiã˧ laŋ˧˥]
菜葉（如芥菜、萵苣）不拔就不會成長，小孩不打則不會成材。意謂玉不琢，不成器。

【萬古流傳】
[ban˩ kɔ˥ liu˧ t'uan˦]
可以流傳得很久的事。

【萬年久遠】
[ban˩ nĩ˧ kiu˥ uan˥]
喻千秋萬世，直到永遠。

【萬無一失】
[ban˩ bu˦ it˥ sit˩]
絶對不會出差錯。

【萬事有起頭】
[ban˩ su˧ u˩ k'i˥ t'au˦]
喻凡事都有一個開頭。

【萬事起頭難】
[ban˩ su˧ k'i˥ t'au˧ lan˦]
凡事開頭較麻煩，經久就熟練了。

【萬惡口爲首】
[ban˩ ɔk˩ k'io˥ ui˧ siu˥]
嘴巴最毒，多少禍端都從惡口中生出。

【萬善孝爲先】
[ban˩ sen˧ hau˩ ui˧ sen˥]
修德積善以孝順父母爲首要。

【萬惡淫爲首】
[ban˩ ɔk˩ im˦ ui˧ siu˥]
淫是最壞的行爲。

【萬金良藥，不如無病】
[ban˩ kim˥ liɔŋ˧ io˧ put˥ zu˧ bo˧ pẽ˧]
身體強健比有什麼仙丹都好。

【萬應公仔童乩——講鬼話】
[ban˩ iŋ˥ kɔŋ˧ ŋã˥ taŋ˧ ki˥ kɔŋ˥ kui˥ ue˧]
此爲歇後語，萬應公爲專祀孤魂野鬼之小廟，此廟之代言人所說的當然就是鬼話。

【萬事分已定，浮生空自忙】
[ban˩ su˧ hun˧ i˥ tiŋ˧ p'u˧ siŋ˥ k'ɔŋ˧ tsu˩ baŋ˦]
萬般都是命定，不須空忙。

【萬應公廟的神杯——結相粘】
[ban˩ iŋ˥ kɔŋ˧ bio˧ e˧ sim˩ pue˥ kat˥ sio˧ liam˦]
歇後語。萬應公廟，鄉村中祭祀無主枯骨的小廟，又叫有應公或百姓公，因平日乏人照料，廟中的神杯（聖筶）怕落單遺失，皆用繩索綁成一副一副，故云「結相粘」；意謂連結在一起，形影片刻不離。

【萬事不由人計較，算來攏是命安排】
[ban˩ su˧ put˥ iu˧ zin˦ ke˥ kau˩ suĩ˥ lai˦ lɔŋ˥ si˩ miã˧ an˧ pai˦]
凡事皆由天安排，人無從與天計較。

【萬事不由人計算，一身攏是命擔當】
[ban˩ su˧ put˥ iu˧ zin˦ ke˥ sɔŋ˩ tsit˩ sin˥ lɔŋ˥ si˩ miã˧ tam˧ tɔŋ˥]
意同前句。

【萬兩黃金未爲貴，大家安樂值千金】
[ban˩ niũ˥ ɔŋ˧ kim˥ bi˩ ui˧ kui˩ tai˩ ke˧ an˧ lɔk˥ tat˩ ts'en˧ kim˥]
一家安和樂利勝過萬貫家財。

【萬項總是罔罔是，度這腹肚𧩣枵飢】
[ban˩ haŋ˧ tsɔŋ˥ si˩ bɔŋ˥ bɔŋ˥ si˧ tɔ˩ tse˥ pat˥ tɔ˥ be˩ iau˧ ki˥]
人生但求餬口度日，沒有大志。

【蒙頭坎面】
[muã˧ t'au˧ k'am˥ bin˧]
把整個臉覆住；喻不明事理。

【蓋棺論定】

[kai˥˧ kuan˥ lun˨˩ tiŋ˧]
可以下結論。

【蒯通仔嘴】
[kuãi˥ tɔŋ˧ ŋã˥ ts'ui˨˩]
蒯通，楚漢之際之說客。謂善於花言巧語拐騙之人。

【蒜仔渡肉油】
[suan˥ nã˥˧ tɔ˥˧ ba˥˧ iu˨˦]
喻以小利誘大利。

【蓮花嘴】
[len˧ hue˧ ts'ui˨˩]
謂巧言不可靠。

【蔡伯喈，拜別人的墓】
[ts'ua˥˧ pik˥ kai˥ pai˥˧ pat˩ laŋ˨˦ ge˧ bɔŋ˧]
相傳蔡伯喈因自己家的墓小而難看，反而拜別人的墓；喻違背祖先。

【蔡拄蔡，神主損損破】
[ts'uaʔ˩ tu˥ ts'uaʔ˩ sin˧ tsu˥˧ kɔŋ˥˧ kɔŋ˨˩ p'ua˨˩]
台南市諺語。清代台南市五條港地區行郊（公司）林立，碼頭工人分成五大集團，由黃、蔡、許、郭、盧五姓各據一區。後來，蔡姓內部分成兩支相爭，甚至械鬥，搗毀對方祖厝神主牌位，驚動官府出面調停，且立碑示禁。喻同宗相殘，貽笑大方。

【蔭屍蔭家治】
[im˥˧ si˥ im˥˧ ka˧ ti˧]
蔭屍，埋葬多年仍未腐化之屍體。俗謂屍體未化，只有對死者本身較好而已。

【蔭屍蔭家治，對子孫不利】
[im˥˧ si˥ im˥˧ ka˧ ti˧ tui˥˧ tsu˥ sun˥ put˥ li˧]
蔭屍，指埋葬多年而未腐化之屍體；台俗，人死埋葬六年便開棺揀骨，若是蔭屍，則以爲對死者本身很好，但對子孫則不吉。

【蕃仔刣傀儡】
[huan˧ nã˥˧ t'ai˧ ka˧ le˥˧]
清代將台灣之先住民分成生蕃（高山族）與熟蕃（平埔族）；蕃仔，指熟蕃；傀儡，指生蕃。熟蕃殺生蕃，即亂來之意。

【蕃仔蕃哄咖】
[huan˧ nã˥˧ huan˧ ki˥˧ ka˨˩]
喻有理講不清。

【蕃仔蕃哄嗬】
[huan˧ nã˥˧ huan˧ ki˧ ko˨˦]
喻有理講不清。

【蕃薯看做芋】
[han˧ tsi˨˦ k'uã˥˧ tso˥˧ ɔ˧]
看錯東西。

【蕃薯屎——緊性】
[han˧ tsi˧ sai˥˧ kin˥ siŋ˨˩]
歇後語。昔人常以蕃薯（地瓜）爲主食，因易於消化，入肚後不久即會放屁，想拉大便，故云「緊性」，謂性子急。

【蕃蕃講，正正著】
[huan˧ huan˧ kɔŋ˥˧ tsiã˥˧ tsiã˥˧ tio˧]
蠻橫不講理，自以爲是。

【蕃薯出，定鱗肥】
[han˧ tsi˧ ts'ut˩ tiŋ˨˩ lan˨˦ pui˨˦]
澎湖諺語。定，硬也；定鱗，即銀漢魚，每年六，七月蕃薯成熟之際，定鱗魚最肥美。

【蕃薯三塊湯照配】
[han˧ tsi˨˦ sã˧ te˨˩ t'əŋ˥ tsiau˥˧ p'ue˨˩]
喻彼此不分大小、平均分攤。

【蕃薯對細條先掘】

[han˧ tsi˦ tui˥ se˥ tiau˦ siŋ˧ kut˥˩]
按常理言，蕃薯應從大條的先掘，而今卻先挖小的；喻本末倒置、不照先後次序辦事。

【蕃仔哭老父——密仔密】
[haun˧ nã˥ k'au˥ lau˨˩ pe˧ ba˧ a˥ ba˧]
歇後語。昔日蕃仔哭「爸爸」，因爲音不準而常哭成「密仔密」，成爲「剛巧」「湊巧」的意思。

【蕃薯葉也有一候芽幼】
[han˧ tsi˧ hio˧ ia˨˩ u˨˩ tsit˩ hau˨˩ ge˦ iu˨˩]
蕃薯葉也有一番嫩芽的時候；喻失意人也曾有得意時。

【蕗蕎面，十八重】
[lɔ˨˩ gio˨˩ bin˧ tsap˩ pe˥ tiŋ˦]
蕗蕎，類似蒜頭，常用以製做醬菜。罵人臉皮厚。

【蕗蕎葱——不成蒜】
[lɔ˨˩ gio˨˩ ts'aŋ˥ put˥˩ siŋ˨˩ suan˨˩]
歇後語。蕗蕎不能算是蒜，故云不成蒜；不成蒜與台語發育不良之音相同。

【蕗蕎葱，假大瓣】
[lɔ˨˩ gio˨˩ ts'aŋ˥ ke˥ tua˨˩ pan˧]
蕗蕎之塊莖雖是一瓣瓣的，但不大；罵人冒充上流人士，假大方。

【蕭壠金瓜——大肚桶】
[siau˧ laŋ˧ kim˧ kue˥ tua˨˩ tɔ˥ t'aŋ˥]
歇後語。蕭壠，今臺南縣佳里鎮。過去該地瘧疾流行，患者之脾腫大，變成大肚桶。故譏人爲大肚桶即以此語稱之。

【薄情郎——高雄】
[pɔk˩ tsiŋ˧ laŋ˦ ko˧ hiɔŋ˦]
歇後語。薄情郎是男對女無情，就是「哥雄（梟雄）」音同「高雄」。

【薄薄酒，食會醉】
[po˨˩ po˨˩ ts'iu˥ tsia˨˩ e˨˩ tsui˨˩]
雖是薄酒，喝多還是會醉。

【薄柴仔打桶——假功夫】
[po˨˩ ts'a˧ a˥ tã˥ t'aŋ˥ ke˥ kaŋ˧ hu˥]
歇後語。薄柴仔，指用四片薄木板做成之棺木。打桶，即停殯於家；用不好的棺木收斂父母的屍體，又要打桶停殯，眞是「假功夫」，假愼重。

【薑辣自細辣】
[kiũ˥ hiam˥ tsu˨˩ se˨˩ hiam˥]
喻人的習慣是從小養成的。

【薑較講嘛是老的較辣】
[kiũ˥ k'a˥ kɔŋ˥ mã˨˩ si˨˩ lau˧ e˧ k'a˥ hiam˥]
薑是老的辣。

【藤條舉上手，毋管親戚甲朋友】
[tin˧ tiau˦ gia˧ tsiũ˨˩ ts'iu˥ m˨˩ kuan˥ ts'in˧ tsiã˦ ka˥ piŋ˧ iu˥]
藤條，刑具；一旦手拿起藤條，不分是誰，都一律給予教訓。

【藝眞人貧】
[ge˧ tsin˥ zin˦ pin˦]
技藝非常好的人通常很貧窮，因技藝好壞與貧富無關。

【藝精人散】
[ge˧ tsiŋ˥ laŋ˦ san˨˩]
散，窮；人之富裕和他技藝好壞不一定有必然的關係。

【藥店甘草——逐項雜插】
[io˨˩ tiam˥ kam˧ ts'o˥ tak˩ haŋ˨˩ tsap˩ ts'ap˩]
歇後語。中藥店配藥方，幾乎每帖藥都會加上一味甘草，故云「逐項雜插」；諷刺人好管閒事，每件事都要沾邊。

【藥是眞的，拳頭是假的】
[io˧ si˨ tsin˥ le˥ kun˧ t'au˦ si˨ ke˥ e˨]
走江湖賣膏藥的人所說的套句，謂其所賣的藥，具有眞功效。

【藥會醫假病，酒艙解眞愁】
[io˧ e˨ i˧ ke˥ pẽ˧ tsiu˥ be˨ kai˥ tsin˧ ts'iu˦]
喝酒無法解憂愁。

【蘇秦假不第】
[sɔ˧ tsin˦ ke˥ put˥ te˧]
指會而裝做不會的樣子。

【蘇州目鏡，在人合目】
[sɔ˧ tsiu˧ bak˩ kiã˨ tsai˨ laŋ˧ ka˥ bak˥]
喻事物合適與否，完全取決於各人本身的條件。

【蘇秦拜祖，周氏提古】
[sɔ˧ tsin˦ pai˥ tsɔ˥ tsiu˥ si˨ t'e˨ kɔ˥]
喻嚐甘憶苦。

【蘇州婆假有義，提薑母拭目墘】
[sɔ˧ tsiu˧ po˦ ke˥ u˨ gi˧ t'e˨ kiũ˧ bo˥ ts'it˥ bak˩ kĩ˦]
以薑母擦眼眶，人就會流淚；喻假仁假義。

【虎卵】
[hɔ˥ lan˧]
虎卵，公老虎的陽具，即虎鞭也；譏人所言是吹牛皮。

【虎卵仙】
[hɔ˥ lan˨ sen˥]
吹牛專家。

【虎姑婆】
[hɔ˥ kɔ˧ po˦]
指潑辣的婦人。

【虎豹母】
[hɔ˥ pa˥ bu˥]
指婦女潑辣難纏。

【虎毋驚狗】
[hɔ˥ m˨ kiã˧ kau˥]
老虎不怕狗，喻權貴不怕小老百姓。

【虎生豹兒】
[hɔ˥ sẽ˧ pa˥ zi˦]
傳說老虎生小虎，三隻當中必有一隻是豹兒。

【虎無咬子】
[hɔ˥ bo˧ ka˨ kiã˥]
虎毒不食子。

【虎獅盤牆】
[hɔ˥ sai˥ puã˧ ts'iũ˦]
像老虎、獅子般翻牆，比喻小孩很有體力能爬高爬低。

【虎龍豹彪】
[hɔ˥ liɔŋ˦ pa˥ piu˥]
喻兇惡殘暴之徒。

【虎頭蛇眼】
[hɔ˥ t'au˦ tsua˧ gan˥]
喻兇神惡煞之人的外表。

【虎頭燕頷】
[hɔ˥ t'au˦ en˥ am˧]
指人相貌堂堂，具有將相之姿。

【虎人艙過手】
[hɔ˥ laŋ˦ be˨ kue˥ ts'iu˥]
詐騙別人騙不了。

【虎咬扑鑼的】
[hɔ˥ ka˨ p'a˥ lo˦ e˧]
打鑼的本是要趕走老虎，老虎誤以爲要害牠而咬他；喻會錯意、誤會。

【虎瘴水牛厭】
[hɔ˥ sen˧ tsui˥ gu˦ ia˨]

瘰，疲乏也；喻人困馬乏。

【虎過纔當鎗】
[hɔ˥ kue˩ tsia˥ tɔŋ˧ ts'iŋ˩]
老虎走了才把鎗拿出來；喻事過不足爲用。

【虎頭老鼠尾】
[hɔ˥ t'au˦ niãu˥ ts'i˥ bue˥]
喻做事有頭無尾，有始無終。

【虎耳草——伴光景】
[hɔ˥ hĩ˩ ts'au˥ p'uã˩ kɔŋ˧ kiŋ˥]
歇後語。虎耳草爲最不值錢的花卉，所以只能「伴光景」，陪伴別人作客。

【虎行路，鰌甽龜】
[hɔ˥ kiã˧ lɔ˧ be˩ tu˥ ku˥]
喻絕不給人佔便宜，做事不會有差錯。

【虎尾囡，顧本身】
[hɔ˥ bue˥ in˥ kɔ˥ pun˥ sin˥]
喻自身要緊，顧不了他人。

【虎是百獸之尊】
[hɔ˥ si˩ pa˥ siu˩ tsi˧ tsun˥]
虎是百獸之王。

【虎無給子吞食】
[hɔ˥ bo˧ ka˩ kiã˥ t'un˧ tsia˧]
指父母無害子女之心；或勸父母管教子女不要過嚴。

【虎頭柑，排頭面】
[hɔ˥ t'au˧ kam˥ pai˧ t'au˧ bin˧]
識人雇醜婦看店面。

【虎永無咬子之理】
[hɔ˥ iŋ˩ bo˧ ka˩ kiã˥ tsi˧ li˥]
永，終歸；老虎雖毒不食子。喻父母總是疼愛子女。

【虎行路，那有甽龜】
[hɔ˥ kiã˧ lɔ˧ nã˥ u˩ tu˥ ku˥]
喻做事不會有差錯。

【虎卵相交一擺定】
[hɔ˥ lan˧ sio˧ kau˥ tsit˩ pai˥ tiã˧]
相傳老虎交媾一次便可懷孕，不必來兩次；引申爲一次就決定。

【虎落平陽，被狗欺】
[hɔ˥ lo˩ piŋ˧ iɔŋ˦ pi˩ kau˥ k'i˥]
英雄失志，被凡夫看不起。

【虎沙過面，逼虎傷人】
[hɔ˥ sua˥ kue˥ bin˧ pik˩ hɔ˥ siɔŋ˧ zin˦]
地理師之語。虎沙，指房屋或風水之右翼，若右翼太侵向中央，則占這家人會有災厄。

【虎就是虎，狗就是狗】
[hɔ˥ tio˩ si˩ hɔ˥ kau˥ tio˩ si˩ kau˥]
事物不可混同而論。

【虎雖刦，無掠子咬食】
[hɔ˥ sui˧ kiap˩ bo˧ lia˩ kiã˥ ka˩ tsia˧]
虎毒不食子。

【虎沙簒堂，子孫少年亡】
[hɔ˥ sua˥ ts'uan˥ tɔŋ˦ tsu˥ sun˥ siau˥ len˧ bɔŋ˦]
堪輿師之言。墳墓的右翼（虎邊）若超過正中央，占其子孫夭壽。

【虎母雖歹，無連虎子咬食】
[hɔ˥ bo˥ sui˧ p'ãi˥ bo˧ len˩ hɔ˥ kiã˥ ka˩ tsia˧]
虎毒不食子。

【虎雖是歹，也無食子的心肝】
[hɔ˥ sui˧ si˩ p'ãi˥ ia˩ bo˧ tsia˩ kiã˥ e˧ sim˧ kuã˥]
虎毒不食子。

【處處君子，處處小人】
[ts'u˥ ts'u˩ kun˧ tsu˥ ts'u˥ ts'u˩ siau˥ zin˦]

戒人做事要小心謹慎，勿粗心大意。

【處世戒多言，言多必失】
[ts'u˥ se˩ kai˥ to˧ gen˦ gen˦ to˥ pit˥ sit˨]
與人相處，不可多言，以免禍從口出。

【虻仔咬佛】
[baŋ˥ ŋã˥ ka˩ hut˥]
虻仔，蚊子；喻無利可圖。

【虻仔腳踢著】
[baŋ˥ ŋã˥ k'a˥ t'at˥ tio˩]
虻仔腳，蚊子腳；被蚊子腳踢到，小事一樁。

【虻仔叮卵葩——歹扑】
[baŋ˥ ŋã˥ tiŋ˥ lan˩ p'a˥ p'ãi˥ p'aʔ˨]
歇後語。卵葩，陰囊也；蚊子叮在要害，打也不是，不打也不是，眞是左右爲難，難打！

【虻仔入牛角——穩篤篤】
[baŋ˥ ŋã˥ zip˨ gu˧ kak˨ un˥ tak˥ tak˨]
歇後語。虻仔，蚊子；蚊子飛進牛角尖裏，這是十拿九穩可以打到牠了。

【虻仔叮牛角——無彩工】
[baŋ˥ ŋã˥ tiŋ˥ gu˧ kak˨ bo˧ ts'ai˥ kaŋ˥]
歇後語。牛角奇硬無比，叮了等於白叮，白費工夫。

【虹落雨雷，晴朗可期】
[k'iŋ˧ lo˩ hɔ˩ lui˦ tsiŋ˧ lɔŋ˥ k'o˥ ki˦]
氣象諺。彩虹高懸，雖有雷雨，也是短暫，數日內會轉晴。

【虹若罩海，雨落到𣍐放屎】
[k'iŋ˧ nã˩ ta˥ hai˥ hɔ˧ lo˩ ka˥ be˩ paŋ˥ sai˥]
氣象諺。彩虹若出現在海中，則占霪雨不止。

【蚋仔港，洗身軀】
[la˧ a˥ kaŋ˥ se˥ siŋ˧ k'u˥]
當年閩南漳泉械鬥，蚋仔港多住漳人，泉州人敢去蚋仔港洗澡（洗身軀），等於尋死。

【蚵蜆仔較瘴蟶】
[o˧ hen˥ nã˥ k'a˥ sen˩ t'an˥]
瘴，台語疲乏；喻懶得動，你累我比你更累。

【蚵仔麵線投，好人來相交】
[o˧ a˥ mĩ˩ suã˥ tau˦ ho˥ laŋ˦ lai˧ sio˧ kau˥]
閩南舊俗，元宵要吃蚵仔麵線，並唸此諺，以祈交到好朋友。

【蛇入竹筒】
[tsua˦ zip˨ tik˥ taŋ˦]
喻一點辦法都沒有，只能任人擺佈。

【蛇大，孔大】
[tsua˦ tua˧ k'aŋ˥ tua˧]
喻收入多者支出也多。

【蛇孔透水窟】
[tsua˧ k'aŋ˥ t'au˥ tsui˥ k'ut˨]
喻壞人互相勾結。

【蛇無頭𣍐行】
[tsua˦ bo˧ t'au˦ be˩ kiã˦]
喻一個團體，沒有領袖，就無法運作。

【蛇出孔，要落雨】
[tsua˦ ts'ut˥ k'aŋ˥ be˥ lo˩ hɔ˧]
蛇爬出洞外來，占即將下雨。

【蛇傷虎厄，註定】
[tsua˧ siɔŋ˥ hɔ˥ eʔ˨ tsu˥ tiã˧]
俗信被老虎及毒蛇咬的，都是命中註定之事。

【蛇在孔裡弄出來】

[tsua˦ ti˥ k'aŋ˥ li˨ laŋ˧ ts'ut˥ lai˨]
蛇本居在洞裡，你多事將牠弄出來；引蛇出洞。

【蛇傷虎厄，天地數】
[tsua˧ siɔŋ˥ hɔ˥ eʔ˩ t'ĩ˧ te˨ sɔ˨]
被蛇咬、被老虎咬，都是命中註定的。

【蛇像草索，草索像蛇】
[tsua˦ ts'iũ˨ ts'au˥ soʔ˩ ts'au˥ soʔ˩ ts'iũ˨ tsua˦]
指極相似，無法分辨。

【蛇無頭鱠行，草無根鱠生】
[tsua˦ bo˧ t'au˦ be˨ kiã˦ ts'au˥ bo˧ kin˥ be˨ sẽ˥]
打蛇要打頭，斬草要除根。

【蛇都食矣，那有鱔魚通留咧活】
[tsua˦ to˧ tsia˧ a˨ nã˥ u˨ sen˨ hi˦ t'aŋ˧ lau˧ le˥ ua˧]
言其兇狠殘忍。

【蜂目獅聲】
[p'aŋ˧ bak˥ sai˧ siã˥]
形容人外表兇惡，聲音又很粗暴。

【蜂蟻識君臣】
[p'aŋ˧ hia˧ sit˥ kun˧ sin˦]
連蜜蜂、螞蟻等小昆蟲都了解有君臣之組織與禮節。

【蜈蜞吸血】
[ŋɔ̃˧ k'i˦ k'ip˥ hueʔ˩]
蜈蜞，水蛭，最喜吸食人獸之血；比喻人的貪婪。

【蜈蜞咬蛤】
[ŋɔ̃˧ k'i˦ ka˨ kap˩]
蜈蜞，水蛭；蛤，青蛙；水蛭遇生物即群予包圍以吸其血；喻以眾暴寡。

【蜈蚣蛤仔蛇】
[gia˧ kaŋ˥ kap˥ ba˥ tsua˦]
蛇吃青蛙，青蛙剋蜈蚣，蜈蚣又剋蛇；比喻對頭冤家無法相處。

【蜈蚣，田蛤仔，蛇】
[gia˧ kaŋ˥ ts'an˧ kap˥ ba˥ tsua˦]
意同前句。

【蜈蚣咬，雞母哈】
[gia˧ kaŋ˥ ka˧ ke˧ bo˥ haʔ˩]
被蜈蚣咬到的傷口，用母雞的口水擦在患處即可痊癒。

【蜈蚣腳，蛤仔手】
[gia˧ kaŋ˧ k'a˥ kap˥ ba˥ ts'iu˥]
蛤仔，青蛙；指烏合之眾。

【蜈蚣走入螞蟻巢】
[gia˧ kaŋ˥ tsau˥ zip˩ kau˥ hia˨ siu˧]
喻走入死路，註定失敗。

【蜈蚣、蛤仔、蛇，三不服】
[gia˧ kaŋ˥ kap˥ ba˥ tsua˦ sam˧ put˥ hɔk˥]
蜈蚣、青蛙（蛤仔）、蛇三者相剋；指合不來或不能共事之人。

【蜈蚣走入螞蟻巢——該死】
[gia˧ kaŋ˥ tsau˥ zip˩ kau˥ hia˨ siu˧ kai˧ si˥]
歇後語。螞蟻巢，螞蟻窩；蜈蚣雖毒，碰到剋星：雄雞與螞蟻，即難逃一死，尤其是闖入螞蟻窩，更是必死，故云「該死」。

【蜈蚣咬，雞母哈，杜定咬，買棺材】
[gia˧ kaŋ˥ ka˧ ke˧ bo˥ haʔ˩ tɔ˨ tiŋ˧ ka˧ be˥ kuã˧ ts'a˦]
杜定，四腳蛇；俗謂被蜈蚣咬，塗母雞唾液可以治療，但被杜定咬就無藥可醫治。

【蜈蜞鉤鱠出來，弄弄予死在孔裡】
[ŋɔ̃˧ k'i˦ kau˧ be˨ ts'ut˥ lai˨ laŋ˨ laŋ˧ hɔ˧ si˥ ti˥ k'aŋ˧ lai˧]

喻意氣用事。

【蜜婆偎來偎去】
[bit˙l po˦ ua˥ lai˧ ua˥ k'i˩]
蜜婆，蝙蝠；喻趨炎附勢。

【蜻蜓（田嬰）扶石柱】
[ts'an˧ ẽ˥ p'ɔ˧ tsio˩ t'iau˧]
喻螂臂當車。

【蜻蜓（田嬰）結堆，著穿棕簑】
[ts'an˧ ẽ˥ ket˥ tui˥ tio˩ ts'iŋ˩ tsaŋ˧ sui˥]
氣象諺。蜻蜓成堆，爲下雨之前兆。

【蝴蝶貪花花腳死】
[ɔ˧ tiap˥ t'am˧ hue˥ hue˧ k'a˥ si˥]
喻貪色者終會因色而死。

【蝦仔兵，草蜢將】
[he˧ a˥ piŋ˥ ts'au˥ mẽ˥ tsiɔŋ˩]
喻盡爲一些不中用的東西。

【蝦米蝦，橄欖跳】
[he˧ bi˥ he˦ kam˧ lam˧ t'iau˩]
指彎腰叩頭，對人諂媚之狀。

【蝦要跳，著趁生】
[he˦ be˥ t'iau˩ tio˩ t'an˥ ts'ĩ˥]
喻女人要嫁，要趁年輕。

【蝦蟆跳在三絃頂】
[he˧ bɔ˦ t'iau˥ ti˥ sam˧ hen˧ tiŋ˥]
罵不高明的作曲家，所寫的曲調不和絃。

【蝦看倒彈，毛蟹看噴瀾】
[he˦ k'uã˩ to˥ tuã˧ mɔ̃˧ he˧ k'uã˩ p'un˥ nuã˧]
喻任誰看了都討厭。

【蝨母拌㪒捙】
[sap˥ bo˥ puã˩ be˩ lut˥]
拌㪒捙，揮不掉；喻惹上麻煩，擺脫不掉。

【蝨母衫褪掉】
[sap˥ bo˥ sã˥ t'uĩ˥ tiau˧]
把長滿了蝨子的衣服脫掉；喻擺脫麻煩。

【蝨母趖走溪沙】
[sap˥ bo˥ so˧ tsau˥ k'e˧ sua˥]
比喻沒有賺到錢。

【蝨母走去沙內，無食犁破肚】
[sap˥ bo˥ tsau˥ k'i˥ sua˧ lai˧ bo˧ tsia˧ le˧ p'ua˥ tɔ˧]
喻不僅無利可圖，反而損兵折將。

【蝕本財主，無蝕本腳夫】
[si˩ pun˥ tsai˧ tsu˥ bo˧ si˩ pun˥ k'a˧ hu˥]
蝕本，虧本；生意虧本，只是貨主虧本，腳夫工資照拿。

【蝕本頭家，無蝕本辛勞】
[si˩ pun˥ t'au˧ ke˥ bo˧ si˩ pun˥ sin˧ lo˦]
蝕本，虧本；辛勞，夥計；生意虧本，只虧老板，不會虧夥計。

【蝕兄弟，僥伙計，賺錢㪒過後世】
[si˩ hiã˧ ti˧ hiau˧ hue˥ ki˩ t'an˥ tsĩ˦ be˩ kue˥ au˩ si˩]
蝕，呑沒；僥，辜負；與人合夥做生意，呑沒別人的股分，還刻薄夥計，這種人所賺的錢，無法傳過第二代。

【蝟蝟陣陣】
[ue˧ ue˧ tin˩ tin˧]
形容行人繁多，絡繹於途的樣子。

【螞蟻扛大餅】
[kau˥ hia˧ kəŋ˧ tua˩ piã˥]
做超過自己力量以外的事，不自量力。

【螞蟻拜天地】
[kau˥ hia˧ pai˥ t'ĩ˧ te˧]
謂身分差太多，不能相比。

【蝸蟻上樹——隨人爬】
[kau˥ hia˧ tsiũ˨ ts'iu˧ sui˧ laŋ˧ peʔ˩]
歇後語。蝸蟻上樹，各爬各的；即各奔前程，各走各的意思。

【蝸蟻食蜜，户蠅食臭臊】
[kau˥ hia˧ tsia˨ bit˥ hɔ˧ sin˦ tsia˨ ts'au˥ ts'o˥]
喻各有所好。

【蟳無脚艙行路】
[tsim˦ bo˧ k'a˥ be˨ kiã˧ lɔ˧]
喻大人物做事非有部下幫忙不可。

【蟲入蝸蟻巢】
[t'aŋ˦ zip˩ kau˥ hia˨ siu˧]
謂自尋死路，必敗無疑。

【蟲要命，鼠要命】
[t'aŋ˦ ai˥ miã˧ ts'i˥ ai˥ miã˧]
連小蟲、小老鼠都要命，更何況是人？

【蟲合來會驚死人】
[t'aŋ˦ hap˩ lai˨ e˨ kiã˧ si˥ laŋ˦]
雖是小蟲，只要群集起來，也足以嚇死人。

【蟲豸也過一世人】
[t'aŋ˧ ti˥ ia˨ kue˥ tsit˩ si˥ laŋ˦]
即使是蟲類也是過它的一輩子。

【蟲飛入火，自損其身】
[t'aŋ˦ pue˧ zip˩ hue˥ tsu˨ sun˥ ki˧ sin˥]
夏夜許多蚊蟲及飛蛾都有向光性，常往火光撲去，自焚死亡；喻自取滅亡。

【蝓蠶咬蟉蠘】
[au˧ iu˧ ka˨ ka˧ tsua˧]
蝓蠶，即木虱，不會咬主人只會咬客人。蟉蠘，蟑螂。

【行短路】
[kiã˧ te˥ lɔ˧]
自殺。

【行脚花】
[kiã˧ k'a˧ hue˥]
指人們馬不停蹄穿梭於兩地之間。

【行情通光】
[haŋ˧ tsiŋ˦ t'aŋ˧ kuĩ˥]
消息靈通，資訊充足。

【行路有風】
[kiã˧ lɔ˧ u˨ hɔŋ˥]
指爲人囂張。或指得意、得勢之貌。

【行艙開脚】
[kiã˧ be˨ k'ui˧ k'a˥]
指人含恨以終。或指分不開身。

【行著卯字運】
[kiã˧ tio˨ bau˥ zi˨ un˧]
好運當頭。

【行著好字運】
[kiã˧ tio˨ ho˥ zi˨ un˧]
碰到好運氣。

【行船，無等爸】
[kiã˧ tsun˦ bo˧ tan˥ pe˧]
由於潮水不等人，因此開船時，誰都不等，一等就會誤了時辰。

【行時無失時久】
[kiã˧ si˦ bo˧ sit˥ si˦ ku˥]
人生走運的時期不會比不走運的時期久。

【行船拄著對頭風】
[kiã˧ tsun˦ tu˥ tio˨ tui˥ t'au˧ hɔŋ˥]
行船遇逆風；喻做事遇到困境。

【行莫嫖，坐莫博繳】
[hiŋ˦ bɔk˩ p'iau˦ tse˧ bɔk˩ pua˨ kiau˥]
繳，賭博；戒人勿賭博嫖妓。

【行路，若踏死蝸蟻】
[kiã˧ lɔ˧ nã˥ ta˨ si˥ kau˥ hia˧]

指走路慢吞吞地。

【行船走馬無三分命】
[kiã˧ tsun˦ tsau˥ be˧ bo˧ sã˧ hun˧ miã˧]
謂從事交通運輸行業的人，生命的風險很高。

【行人的船，愛人的船賢走】
[kiã˧ laŋ˧ ge˧ tsun˦ ai˧ laŋ˧ ge˧ tsun˦ gau˧ tsau˧]
澎湖諺語。替船東開船的人稱爲行船人，他們受雇於船東，希望船隻走得快、生意好，勞資雙方都有利。

【行到六甲頂，腳冷手也冷】
[kiã˧ kau˧ lak˩ ka˧ tiŋ˧ k'a˥ liŋ˧ ts'iu˧ ia˩ liŋ˧]
六甲頂，位在府城（台南）之北。昔日鄉下人到府城必須經此地，該地地勢險惡且賊人橫行，故經過此地均會膽顫心驚。

【行得夜路濟，一定拄著鬼】
[kiã˧ tit˥ ia˩ lɔ˧ tse˧ it˥ tiŋ˩ tu˥ tio˩ kui˧]
濟，多也；拄著，遇到。喻壞事做多，難免東窗事發。

【行路偎壁邊，做事較大天】
[kiã˧ lɔ˧ ua˥ pia˧ pĩ˥ tso˧ su˧ k'a˧ tua˩ t'ĩ˥]
做事陰險的人，平時行動很詭秘。

【行暗路：一錢、二緣、三美、四少年】
[kiã˧ am˧ lɔ˧ it˩ tsĩ˦ zi˧ en˦ sã˥ sui˧ si˩ siau˧ len˦]
要得到歡場女子的青睞，必須具備四個條件：一有錢，二有緣分，三長得帥，四要年輕。

【街婦進房，家破人亡】
[ke˧ hu˧ tsin˧ paŋ˦ ka˥ p'o˩ zin˦ bɔŋ˦]
街婦，指阻街女郎（妓女）；謂男子若娶煙花女爲妻，必會鬧得家破人亡。

【街仔人驚食，莊腳人驚掠】
[ke˧ a˥ laŋ˦ kiã˧ tsia˧ tsəŋ˧ k'a˧ laŋ˦ kiã˧ lia˧]
都市人怕被人吃，鄉下人怕被官府的人捉去；都市人因常看官衙的人，日久而不怕；鄉下人因平時即是大鍋吃飯，故不怕臨時有客人上門。

【衙門中好修行】
[ge˧ muĩ˧ tiɔŋ˥ ho˥ siu˧ hiŋ˧]
做官要有好德性，才不會貽害他人。

【衙門八字開，無錢莫入來】
[ge˧ muĩ˦ pe˧ zi˩ k'ai˥ bo˧ tsĩ˦ bɔk˩ zip˩ lai˩]
誡人莫興訟，一旦告到官府，步步都要花錢。或謂做官的多半貪污，百姓沒錢切莫打官司。

【衝著伊的馬頭】
[ts'iɔŋ˧ tio˩ i˧ e˧ be˥ t'au˦]
冒犯了他；觸怒了他。

【衣冠禽獸】
[i˧ kuan˥ k'im˧ siu˩]
罵人不是人。

【衣冠見父母，赤身見夫子】
[i˧ kuan˥ kĩ˧ pe˩ bu˧ ts'ia˧ sin˥ kĩ˧ hu˧ tsu˧]
夫子，丈夫；夫妻之間最爲親暱且無顧忌，父母與子女之間，則必須遵禮而行。

【衫長手袂短】
[sã˥ təŋ˦ ts'iu˥ uĩ˧ te˧]
喻不勻稱。

【衫仔裾借我揪】

[sã˧ a˥ ki˥ tsio˦ gua˥ giu˦]
扭，拉；有人請張三，李四沒人請，張三將出發，李四開玩笑要張三帶他去，即說此諺。

【衫著新，人著舊】
[sã˥ tio˩ sin˥ laŋ˧ tio˩ ku˧]
衣服越新越好，人的交情則是越久越好。

【袂摳到䘥仔無手】
[uĩ˦ k'iu˥ ka˦ ka˥ a˦ bo˧ ts'iu˦]
袂，袖子；䘥仔，背心式上衣；請客時，客人不去，主人一定要他去，因而一直用力拉扯，拉到衣袖都扯破看見背心；喻盛情難卻。正確而老實的說法是：「䘥仔摳到無手袂」

【衰尾道人】
[sue˧ bue˥ to˩ zin˧]
衰尾道人本為布袋戲《雲州大儒俠中之人物》，只要他一出現便會有倒霉事情發生，後即用以稱倒霉人物、掃把星。

【衰到落頭毛】
[sue˧ ka˦ lak˥ t'au˧ mõ˥]
謂倒霉透頂。

【衰到卵毛落了了】
[sue˧ ka˦ lan˩ mõ˥ lak˥ liau˥ liau˦]
卵毛，男子之陰毛；喻倒霉到極點。

【被內臆旦】
[p'ue˩ lai˧ io˦ tuã˩]
旦，戲班之女主角；躺在被窩裡，瞎猜戲班女主角之長相與演技；謂沒有實際觀察而妄下斷語。

【袪世查某夫人命】
[k'i˧ se˦ tsa˧ bɔ˦ hu˧ zin˧ miã˧]
袪世查某，貌醜命賤的女人，這種人往往反而會有當夫人的命；烏鴉有時會變鳳凰，灰姑娘也會成為王妃。

【裂絨現䘥】
[li˩ ziɔŋ˧ hen˦ kaʔ˩]
外面的絨布衣被撕裂，露出裏面的䘥仔（內衣），形容事情糟得很。

【裁縫司傅穿破衫，做木匠的無眠床】
[ts'ai˧ hɔŋ˧ sai˧ hu˧ ts'iŋ˩ p'ua˦ sã˥ tso˦ bak˩ ts'iũ˧ e˧ bo˧ bin˧ ts'ɔŋ˧]
製造器具者本身，往往用不到自己所製造的好東西。

【補冬補嘴孔】
[pɔ˥ taŋ˥ pɔ˥ ts'ui˦ k'aŋ˥]
補冬，民俗每年立冬當天要吃補藥以補冬；不信此說者便認為這只是老饕貪吃的藉口而已。

【補綿績，換挨礱】
[pɔ˥ mĩ˧ tsioʔ˩ uã˩ e˧ laŋ˧]
補綿被與挨土礱（舂米）同樣是很辛苦、空氣品質很差的工作，由補綿被工換成舂米工，意謂雖換工作，卻同樣辛苦。

【補胎較好做月內】
[pɔ˥ t'ai˥ k'a˦ ho˥ tso˦ gue˩ lai˧]
懷孕期間多注意保健與營養，比產後做月子做得好還重要。

【裙裾交落】
[kun˧ ki˥ ka˧ lau˧]
昔日婦女生產，要穿「生子裙」遮著下身；由裙邊掉下來（交落），即指親生子女。

【裝身命】
[tsɔŋ˧ sin˧ miã˧]
識人愛打扮。

【裝神成神，裝鬼成鬼】
[tsɔŋ˧ sin˧ siŋ˧ sin˧ tsɔŋ˧ kui˦ siŋ˧

kuiㄚ]
喻人能臨機應變，幹那一行像那一行。

【褪褲卵】
[t'uĩㄚ k'ɔㄚ lan˧]
指赤身裸體（男女通用），不穿衣服。

【褪褲扑的】
[t'əŋㄚ k'ɔ˨ p'aʔ˩ e˨]
鹿港諺語。稱人赤手空拳的白手起家。

【褪褲放屁】
[t'uĩㄚ k'ɔ˨ paŋㄚ p'ui˨]
屁是氣體，不用脫褲子即可洩出；褪褲放屁眞是多此一舉。

【褪褲去圍海】
[t'uĩㄚ k'ɔ˨ k'iㄚ ui˧ haiㄚ]
譏人誇言妄做一番大事業。

【褪褲掠加蚤】
[t'uĩㄚ k'ɔ˨ lia˨ ka˧ tsauㄚ]
喻閒得沒事做。

【褪一下褲，扑一下尻川】
[t'uĩㄚ tsit˩ le˨ k'ɔ˨ p'aㄚ tsit˩ le˨ k'a˧ ts'uĩ˥]
喻多此一舉。

【褪赤腳逐鹿，穿鞋食肉】
[t'uĩㄚ ts'iaㄚ k'a˥ zik˩ lɔk˥ ts'iŋ˨ e˦ tsia˨ baʔ˩]
褪赤腳，打赤腳，喻窮人；穿鞋，喻富人；謂窮人辛苦所得，供富人豪華享受。

【褪赤腳的逐鹿，穿鞋仔的食肉】
[t'uĩㄚ ts'iaㄚ k'a˥ e˥ zik˩ lɔk˥ ts'iŋ˨ e˧ aㄚ e˨ tsia˨ baʔ˩]
勞苦者吃不到肉，安逸者反而享福。

【褲袋仔四角】
[k'ɔㄚ te˧ aㄚ siㄚ kak˩]
本謂褲袋形狀是四角形，戲謂褲內有四角錢，實際上是沒有半毛錢。

【褲袋仔空空】
[k'ɔㄚ te˧ aㄚ k'aŋ˧ k'aŋ˥]
身無分文。

【褲帶結相連】
[k'ɔㄚ tua˨ kat˥ sio˧ liam˦]
形影相隨，常在一起；焦不離孟，孟不離焦。

【褲袋仔貯磅子】
[k'ɔㄚ te˧ aㄚ te˨ pɔŋ˨ tsiㄚ]
磅子，炸彈；戲謂口袋裡空空如也，一毛錢也沒有。

【褲腳內攏是鬼】
[k'ɔㄚ k'a˧ lai˧ lɔŋ˥ si˨ kuiㄚ]
謂鬼計多端。

【褲頭結火烌——閒卵】
[k'ɔㄚ t'au˦ kat˥ hue˥ hu˥ iŋ˧ lan˧]
歇後語。在褲頭結稻草灰（火烌）袋，草灰飛揚台語音「英」與「閒」同，故有此諺；閒卵，指閒著無用的傢伙。

【褲頭結香火——卵神】
[k'ɔㄚ t'au˦ kat˥ hiũ˧ hueㄚ lan˨ sin˦]
歇後語。香火，神明之象徵，結在褲頭與陰莖（卵）相近，故稱「卵神」，意謂無用的傢伙。

【西北雨——大落】
[sai˧ pak˥ hɔ˧ tua˨ lo˧]
歇後語。西北雨是驟雨，一來便如傾盆而下，「大落」一詞與商品行情暴跌同音。

【西瓜偎大平】
[si˧ kue˥ ua˥ tua˨ piŋ˦]
看人西瓜一切爲二，有大有小，他就靠大的那一部分；喻趨炎附勢，勢利眼。

【西瓜藤，搭菜瓜棚】
[si˧ kue˧ tin˦ taㄚ ts'aiㄚ kue˧ pẽ˦]

西瓜不須搭棚而搭棚，明明是愛出風頭。

【西北雨，溪魚滿沙埔】
[sai˧ pak˥ hɔ˧ k'e˧ hi˦ muã˥ sua˧ pɔ˥]
指台南曾文溪下游，雨來魚也來，溪魚滿灘。

【西北雨，落艙過田岸】
[sai˧ pak˥ hɔ˧ lo˩ be˩ kue˥ ts'an˧ huã˧]
夏日驟雨，往往是區域性的，甲地下，乙地沒下。喻力量有限，或分配不均。

【西北雨，落艙過車路】
[sai˧ pak˥ hɔ˧ lo˩ be˩ kue˥ ts'ia˧ lɔ˧]
意同前句。

【西北做了，粘睞回南】
[sai˧ pak˩ tso˥ liau˥ liam˧ mĩ˧ hue˧ lam˦]
粘睞，一霎那，一眨眼。西北雨下了一陣，很快就會停止，轉爲南風。喻紛爭只是一時，很快就會息止。

【西皮濟，不如福祿齊】
[se˧ p'i˦ tse˧ put˥ zu˧ hɔk˥ lɔ˧ tse˦]
這是福祿派所說的：西皮派人多勢眾，但福祿派較團結。

【西嶼響，半暝起來嚷】
[sai˧ su˩ hiɔŋ˥ puã˥ mẽ˦ k'i˥ lai˧ ziɔŋ˥]
澎湖諺語。西嶼，本名魚翁島，居民多靠打魚維生，打魚須視潮水而定，經常是半夜（半暝）才返航，由於要處理魚獲、吆喝家人幫忙，聲音很大，故有此諺。謂西嶼人嗓門特別大。

【西皮倨官，福祿走入山】
[se˧ p'i˦ ua˥ kuã˥ hɔk˥ lɔ˧ tsau˥ zip˩ suã˥]
宜蘭西皮、福祿之爭：西皮派依靠官方，福祿派領袖陳輝煌則率領大家跟隨羅大春去開發蘇花公路。

【西仔反前就有扒，西仔反年再造新】
[se˧ a˥ huan˥ tsiŋ˦ tio˩ u˩ pe˦ se˧ a˥ huan˥ nĩ˦ tsai˥ tso˩ sin˥]
西仔反，指中、法戰爭；扒，划龍船；謂在中、法戰爭之前，台灣北部盛行划龍舟比賽。

【西仔反後在滬尾，提督叫龍船去彼扒，第一賢扒是洲尾，赢過十三莊頭家】
[se˧ a˥ huan˥ au˧ tsai˩ hɔ˩ bue˥ t'e˧ tɔk˩ kio˥ liɔŋ˧ tsun˦ k'i˥ hia˥ pe˦ te˩ it˥ gau˧ pe˦ si˩ tsiu˧ bue˥ iã˧ kue˥ tsap˩ sã˧ tsɔŋ˧ t'au˧ ke˥]
西仔反，指中法戰爭。滬尾，今淡水；提督，指劉銘傳。清光緒十年，中法戰爭的戰場擴及台灣，清廷令劉氏來台督辦軍務。當時，台北地區划龍船的人手，多半是洲尾、社仔、水湳、和尚洲、加蚋仔、溪洲的船夫、漁夫，其中以洲尾爲個中翹楚。

【要予你好看】
[be˥ hɔ˩ li˥ ho˥ k'uã˩]
要讓你難堪。

【要去予人姦】
[be˥ k'i˥ hɔ˩ laŋ˧ kan˩]
意謂不要去。

【要去替人死】
[be˥ k'i˥ t'e˥ laŋ˧ si˥]
罵人不該去那個地方。

【要去替人歪】
[be˥ k'i˥ t'e˥ laŋ˧ uai˥]
意同前句。

【要生著湊扳】
[be˥ sẽ˥ tio˨˩ tau˥˧ pẽ˥]
婦女生產，必須有助產者，故稱「要生著湊扳」。後借喻一件事若欲圓滿成功，必須各人同心協力以赴。

【要知就尚慢】
[be˥ tsai˥ tio˨˩ siũ˧ ban˧]
要知，謂悔不當初；才說悔不當初已太晚了。

【要食毋振動】
[be˥ tsia˧ m˨˩ tin˥ taŋ˧]
罵人好吃懶做。

【要食毋討賺】
[be˥ tsia˧ m˨˩ t'o˥ t'an˨˩]
只想坐享其成。

【要食毋剝殼】
[be˥ tsia˧ m˨˩ pe˥˧ k'ak·˩]
想吃東西卻不想出力。喻只想坐享其成。

【要哭無目屎】
[ai˥˧ k'au˨˩ bo˧ bak·˩ sai˥˧]
受到委屈很深，想哭都哭不出淚來。

【要嫁纔縛腳】
[be˥ ke˨˩ tsia˥ pak·˩ k'a˥]
昔日女子以纏小腳三寸金蓮為美，臨出嫁才要開始纏小腳，為時晚矣；喻臨渴掘井，臨時抱佛腳。

【要講若毋講】
[be˥ kɔŋ˥˧ nã˥ m˨˩ kɔŋ˥˧]
講話吞吞吐吐。

【要上轎，纔縛腳】
[be˥ tsiũ˨˩ kio˧ tsia˥˧ pak·˩ k'a˥]
縛腳，昔日為讓婦女嬌美，有自幼纏小腳以博取男子歡心之俗；小時候未纏小腳，臨出嫁要上花轎才要纏，意謂臨時抱佛腳，來不及啦！

【要成伊，反害著】
[be˥ tsiã˧˥ i˨˩ huan˥ hai˧ tio˨˩]
想幫助他，反而害了他。

【要死牽拖鬼掠】
[be˥ si˥˧ k'an˧ t'ua˧ kui˥˧ lia˧]
命運註定該死，卻推說是鬼來抓的；推諉責任。

【要死𠕆得斷氣】
[be˥ si˥˧ be˨˩ tit·˥ tuĩ˨˩ k'ui˨˩]
要死卻苦於無法斷氣，形容事情擱在半路進退兩難。

【要治錢，毋治命】
[be˥ ti˨˩ tsĩ˧˥ m˨˩ ti˨˩ miã˧]
指要錢不要命。

【要想貪，免信神】
[be˥ siũ˨˩ t'am˥ ben˥ sin˥˧ sin˧˥]
戒人勿貪心。

【要去予人姦尻川】
[be˥ k'i˥˧ hɔ˨˩ laŋ˧ kan˥˧ k'a˧ ts'uĩ˥]
尻川，肛門；罵人不該去那個地方。

【要死才放一個屁】
[be˥ si˥˧ tsia˥ paŋ˥˧ tsit·˩ le˧ p'ui˨˩]
譏人平時不正經，到了最後才說好話；臨急才說好話。

【要死也著做飽鬼】
[be˥ si˥˧ ia˨˩ tio˨˩ tso˥˧ pa˥ kui˥˧]
不可餓肚皮。

【要死欠一條索仔】
[be˥ si˥˧ k'iam˥˧ tsit·˩ tiau˧ so˥ a˥˧]
喻已臨絕境。

【要吃烏魚毋穿褲】
[be˥ tsia˨˩ ɔ˧ hi˧˥ m˨˩ ts'iŋ˨˩ k'ɔ˨˩]
鹿港諺語。形容鹿港人嗜吃烏魚，寧可外出沒有褲子穿，也不能不吃烏魚。

【要好，蕃薯生顛倒】

[be˥ ho˦ han˧ tsi˦ sẽ˧ ten˧ to˨]
謂希望時來運轉。

【要知，世間無散人】
[be˥ tsai˥ se˦ kan˥ bo˧ san˦ laŋ˦]
此爲每逢有人放馬後砲說：「早知道......」，就會有人答以此諺，意謂若每一個人都能預知天下事，則世界上便無窮人（散人）。

【要是金，毋要是土】
[ai˨ si˨ kim˥ m˨ ai˨ si˨ t'ɔ˦]
需要的時候很器重，不需要時卻視如糞土。

【要唚，掠做要咬你】
[be˥ tsim˥ lia˨ tso˦ be˥ ka˧ li˧]
要吻（唚）你卻被誤會爲要咬你，狗咬呂洞賓，不知好人心。

【要買魚，拄著風颱】
[be˥ be˥ hi˦ tu˥ tio˨ hɔŋ˧ t'ai˥]
拄著，遇到；掩飾其沒錢生活困苦的託辭。

【要刣也著食一頓飽】
[be˥ t'ai˦ ia˨ tio˨ tsia˨ tsit˨ tuĩ˦ pa˦]
即使是死囚，要砍頭也得讓他飽餐一頓；喻手下留情，讓人喘一口氣。

【要食好魚著近水墘】
[be˥ tsia˨ ho˥ hi˦ tio˨ kin˨ tsui˥ kĩ˥]
水墘，水邊。喻凡事要占地利。

【要食狗，𠯗得通狗死】
[be˥ tsia˨ kau˦ be˨ tit˥ t'aŋ˧ kau˦ si˦]
想吃狗肉，恨不得狗早點死；罵人心地不好。

【要做猴頭，毋做會頭】
[be˥ tso˦ kau˧ t'au˦ m˨ tso˦ hue˨ t'au˦]
猴頭，拉皮條的，只怕警察，其他則無所顧忌；互助會的會頭則隨時怕會腳倒會，要負起賠償的責任。

【要做飽鬼，毋做枵鬼】
[be˥ tso˦ pa˥ kui˦ m˨ tso˦ iau˧ kui˦]
要死也要先吃飽。民以食爲天。

【要做雞頭，毋做牛尾】
[be˥ tso˦ ke˧ t'au˦ m˨ tso˦ gu˧ bue˦]
寧可當一個小團體的首領，不當一個大團體中沒沒無聞的人。

【要買肉，拄著人禁屠】
[be˥ be˥ baʔ˨ tu˥ tio˨ laŋ˧ kim˦ tɔ˦]
禁屠，昔日政府規定每月有兩天不殺豬牛不賣肉；掩飾沒錢買肉生活困苦的託辭。

【要買菜，拄著掘菜股】
[be˥ be˥ ts'ai˨ tu˥ tio˨ kut˨ ts'ai˦ kɔ˦]
掘菜股，翻耕菜園。掩飾沒錢買菜生活困苦的託辭。

【要飼賊子，毋飼癡兒】
[be˥ ts'i˨ ts'at˨ tsu˦ m˨ ts'i˨ ts'i˧ zi˦]
寧可養個機伶的賊兒子，也不養個憨傻的癡呆兒。

【要顧無褲，毋顧可惡】
[be˥ kɔ˨ bo˧ k'ɔ˨ m˨ kɔ˨ k'ɔ˥ ɔ˨]
人情世故若要面面俱到，則家中連條褲子都留不下來；如想不顧，在情理上又說不過去，眞是難爲。

【要死緊死，毋死食了米】
[be˥ si˦ kin˥ si˦ m˨ si˦ tsia˨ liau˥ bi˦]

要死快死，免得浪費糧食。

【要刣頭，也著食三碗飯】
[be˥ t'ai˧ t'au˦ ia˩ tio˩ tsia˩ sã˧ uã˥ puĩ˧]
殺頭以前，也要給他吃個飽；喻管教子女，嚴雖要嚴，但有時也要寬鬆一下。

【要疼汝，汝扑算要咬汝】
[be˥ t'iã˩ li˩ li˥ p'a˨ suĩ˨ be˥ ka˧ li˩]
喻一番好意被人誤解。

【要甲千人好，毋甲一人歹】
[be˥ ka˨ ts'iŋ˧ laŋ˧ ho˨ m˩ ka˨ tsit˩ laŋ˧ p'ãi˨]
冤可解，不可結。

【要守守得清，要嫁嫁得明】
[be˥ siu˨ siu˥ tit˥ ts'iŋ˥ be˥ ke˩ ke˨ tit˥ biŋ˦]
謂女子喪夫，要守寡就得守徹底，要改嫁就得嫁個清楚。

【要好，龜爬壁；要敗，水崩山】
[be˥ ho˨ ku˥ pe˨ pia?˩ be˥ pai˧ tsui˨ paŋ˧ suã˥]
賺錢，像烏龜爬壁，慢而不易；賠錢，卻似洪水沖崩山丘那樣快。成功難，失敗易。

【要知下山路，要問過路人】
[be˥ tsai˧ ha˩ san˧ lɔ˧ ai˨ muĩ˩ kue˨ lɔ˩ laŋ˦]
喻前人的經驗很可貴。

【要來，無躊躇；要去，無相辭】
[be˥ lai˦ bo˧ tiũ˧ ti˦ be˥ k'i˩ bo˧ sio˧ si˦]
要來不預先通知，要走不互道再見；指喪事弔客與主人之間來往，完全是來匆匆，去匆匆。

【要借一樣面，要還一樣面】
[be˥ tsio?˩ tsit˩ iũ˩ bin˧ be˥ hiŋ˦ tsit˩ iũ˩ bin˧]
要來借錢時一種臉色，向他要債時他就擺出另外一種臉色；意謂放債容易討債難。

【要敗水崩山，要好龜上壁】
[be˥ pai˧ tsui˨ paŋ˧ suã˥ be˥ ho˨ ku˥ tsiũ˩ pia?˩]
水崩山，形容其快；龜上壁，形容其慢；要成功很慢，要垮台很快。

【要做頂司狗，毋做下司官】
[be˥ tso˨ tiŋ˥ si˧ kau˨ m˩ tso˨ e˩ si˧ kuã˥]
寧爲雞首，不爲牛後。長官易當，部屬難爲，凡是基層公務員必能深知個中滋味。

【要做台灣豬，毋做澎湖人】
[be˥ tso˨ tai˧ uan˧ ti˥ m˩ tso˨ p'ẽ˧ ɔ˧ laŋ˦]
澎湖諺語。寧可做台灣本島的豬，不願做澎湖群島的人。昔日澎湖生活艱苦，故有此諺。

【要娶嘉義人，要嫁台南尪】
[be˥ ts'ua˩ ka˧ gi˩ laŋ˦ be˥ ke˨ tai˩ lam˧ aŋ˥]
嘉義人嫁女兒嫁妝多，台南人娶媳婦對娘家友善，故有此諺。

【要替人舉枷，毋替人認債】
[be˥ t'e˨ laŋ˧ gia˧ ke˦ m˩ t'e˨ laŋ˧ zin˩ tse˩]
舉枷，指自找麻煩。寧願自找麻煩，也不願意替人作保而負債。誡人不可爲人做保。

【要博博大繳，要開開大婊】
[be˥ pua˧ pua˩ tua˩ kiau˨ be˥ k'ai˥ k'ai˧ tua˩ piau˨]

大繳，賭大的；喻不做則已，要做則做大事。

【要富散就到，要食屎就漏】
[be˥ hu˩ san˩ tio˩ kau˩ be˥ tsia˧ sai˥˧ tio˩ lau˩]
想富卻窮，想吃卻拉；沒有福氣，事事多齟齬。

【要號無目屎，要哭無路來】
[be˥ hau˥˧ bo˧ bak˨ sai˥˧ be˥ k'au˩ bo˧ lɔ˩ lai˦]
欲哭無淚，有苦難言。

【要死初一、十五，要埋風甲雨】
[be˥ si˥˧ ts'e˧ it˥ tsap˨ gɔ˧ be˥ tai˦ hɔŋ˥ ka˥˧ hɔ˧]
昔日咒人之辭。俗以初一、十五及風雨天忌埋葬。

【要生查某子，才有人哭腳尾】
[ai˥˧ sẽ˧ tsa˧ bɔ˥ kiã˥˧ tsia˥ u˩ laŋ˧ k'au˥˧ k'a˧ bue˥˧]
查某子，女兒；台俗，父母去世，女兒須跪在腳尾舉哀哭號以送終。

【要允人山裡豬，毋允人海裡魚】
[be˥ in˥ laŋ˧ suã˧ li˥ ti˥ m˩ in˥ laŋ˧ hai˥ li˥ hi˦]
可以答應預售一頭豬給別人，但不能預售一條海魚給別人；前者可以掌控，後者難以預料。

【要去紅膏赤肥，轉來鼻流瀾滴】
[be˥ k'i˩ aŋ˧ ko˧ ts'ia˥˧ ts'i˧ tuĩ˥˧ lai˩ p'ĩ˧ lau˦ nuã˧ tiʔ˨]
去的時候氣色很好，回來的時候面目全非；乘興而往，敗興而返。

【要死就要做飽鬼，毋通做枵鬼】
[be˥ si˥˧ tio˩ ai˥˧ tso˥˧ pa˥ kui˥˧ m˩ t'aŋ˧ tso˥˧ iau˧ kui˥˧]
謂不論如何，總得先吃個飽。

【要食蛤，蛤糊土；要食肉，肉禁屠】
[be˥ tsia˩ la˧ la˧ kɔ˧ t'ɔ˦ be˥ tsia˩ baʔ˨ baʔ˨ kim˥˧ tɔ˦]
喻運氣不佳。

【要剪麻布七尺二，予妳掛轎邊】
[be˥ ka˧ muã˧ pɔ˩ ts'it˥ ts'io˥˧ zi˧ hɔ˩ li˥ kua˥˧ kio˩ pĩ˥]
此係男人對負心女子的惡毒咒語，麻布是喪事才用的物品，豈可掛在婚轎上？

【要娶，娶頭婚的，毋通娶二婚的】
[be˥ ts'ua˧ ts'ua˩ t'au˧ hun˥ le˥ m˩ t'aŋ˧ ts'ua˩ zi˩ hun˥ le˥]
娶妻，要娶未結過婚的，不可娶離婚或喪夫的人。

【要嫁城市乞食，毋嫁草地好額】
[be˥ ke˥˧ siã˧ ts'i˩ k'it˥ tsia˧ m˩ ke˥˧ ts'au˥ te˩ ho˥ gia˧]
草地，鄉下；好額，富翁。寧願嫁城市的乞丐，不嫁鄉下的富翁。都市生活浮華，農村富翁多數是地主，生活勤苦，故有此諺。

【要嫁都市乞食，毋嫁草地好額】
[be˥ ke˥˧ tɔ˧ ts'i˩ kit˥ tsia˧ m˩ ke˥˧ ts'au˥ te˩ ho˥ gia˧]
意同前句。

【要嫁擔蔥賣菜，毋嫁甲人共尪婿】
[be˥ ke˥˧ tã˧ ts'aŋ˥ be˩ ts'ai˩ m˩ ke˥˧ ka˥˧ laŋ˧ kaŋ˩ aŋ˧ sai˩]
寧可嫁給小販，也不嫁給富翁當姨太太。

【要食就食竹塹餅，要行就行絲線嶺】
[be˥ tsia˧ tio˩ tsia˩ tik˥ ts'am˥˧ piã˥˧ be˥ kiã˦ tio˩ kiã˧ si˧ suã˥˧ niã˥˧]
台北新莊諺語。竹塹餅，新竹餅，最可口；絲線嶺，由林口通往下福的山

路，處在稜線上，最爲驚險。

【要給賢人拚屎壺，毋給憨慢做軍師】
[be˥ ka˨ gau˧ laŋ˦ piã˥ zio˨ ɔ˦ m˨ ka˨ ham˧ ban˧ tso˥ kun˧ su˥]
賢人，有才能的人；憨慢，笨拙的人；寧可爲賢能的人倒馬桶，也不肯爲笨人出計謀。與賢者在一起比與笨人在一起快樂。

【要死就死在大樹頂，毋通死在芭蕉欉】
[be˥ si˥ tio˨ si˥ ti˨ tua˨ ts'iu˨ tiŋ˥ m˨ t'aŋ˧ si˥ ti˨ pa˧ tsiau˧ tsaŋ˦]
大樹爲木本，芭蕉爲空心；喻人要找依靠，必須找牢固的，不可找軟弱的。

【要生查某子，才艙雙腳橐做一支褲腳管】
[ai˥ sẽ˧ tsa˧ bɔ˥ kiã˥ tsia˥ be˨ siaŋ˧ k'a˥ lɔk˥ tso˥ tsit˩ ki˧ k'ɔ˥ k'a˧ kɔŋ˥]
台俗，父母之喪，小殮穿壽衣，媳婦負責穿上衣，女兒（查某子）負責穿褲子，若無女兒而由媳婦代作，因非親生，常會恐懼潦草，將兩支腳套進同一支褲管中，故有此諺。

【要甲生粒仔的睏共床，毋甲癩瘍企對門】
[be˥ ka˥ sẽ˧ liap˩ a˥ e˨ k'un˥ kaŋ˨ ts'əŋ˦ m˨ ka˥ t'ai˥ ko˥ k'ia˨ tui˥ bəŋ˦]
寧可與生疥瘡（粒仔）的人睡在一起，也不願與痲瘋病人住對門；痲瘋可怕，人人忌之。

【要死初一、十五，要埋風甲雨，要㧒骨尋無墓仔埔】
[be˥ si˥ ts'e˧ it˥ tsap˩ gɔ˧ be˥ tai˦ hɔŋ˥ ka˥ hɔ˧ be˥ k'io˥ kut˥ ts'ue˧ bo˧ bɔŋ˧ ŋã˥ pɔ˥]
昔日咒人之詞，俗以初一、十五及風雨天均不利於喪葬，而要揀骨時找不到墳墓更是子孫最忌諱之事。

【要尋好的子婿，就毋通貪聘金；要娶好的新婦，就毋通貪嫁粧】
[be˥ ts'ue˨ ho˥ e˧ kiã˥ sai˨ tio˨ m˨ t'aŋ˧ t'am˧ p'iŋ˥ kim˥ be˥ ts'ua˨ ho˥ e˧ sim˧ pu˧ tio˨ m˨ t'aŋ˧ t'am˧ ke˥ tsəŋ˥]
花蓮諺語。因東部開發晚，大富人家不多，一般的家庭對聘金、嫁粧的負擔有困難，故有此諺，勸人勿貪聘金、嫁粧。

【覆水難收】
[hɔk˥ sui˥ lan˧ siu˥]
潑在地上的水，無法再收回盆中；喻已成定局，無法改變；已經離婚，無法復舊。

【見鬼見怪】
[kĩ˥ kui˥ kĩ˥ kuai˨]
根本沒有這回事，卻說得天花亂墜。

【見景傷情】
[ken˥ kiŋ˥ siɔŋ˧ tsiŋ˦]
看到舊日景物，引起內心的傷感。

【見君大三分】
[kĩ˥ kun˥ tua˨ sã˧ hun˥]
見君，謂女孩與男子發生肉體關係；俗信女子與男子初次雲山巫雨之後會長高一些。

【見事一重膜】
[kĩ˥ su˧ tsit˩ tiŋ˧ mɔ̃˧]
凡事都有一層外表遮蓋，如果看透這一層就會明白其眞相。

【見面三分情】
[kĩ˥ bin˧ sã˧ hun˧ tsĩ˦]

親自見面，總是有人情可言。

【見笑家治想】
[ken˥˧ siau˨˩ ka˧ ti˨˩ siũ˧]
謂可恥（見笑）或不可恥，完全是當事人自己（家治）的心理作用。

【見笑轉想氣】
[ken˥˧ siau˨˩ tuĩ˥ siũ˨˩ k'i˨˩]
惱羞成怒。

【見拄拄著鬼】
[ken˥˧ tu˥˧ tu˥ tio˨˩ kui˥˧]
每次所遇到的都是鬼；喻倒楣到極點。

【見頭三分補】
[kĩ˥˧ t'au˧˥ sã˧ hun˧ po˥˧]
台灣人相信吃什麼補什麼，吃頭可以補頭，吃心可以補心，因此凡是魚頭、雞頭、鴨頭都被認為吃了會很補。

【見小利，失大事】
[kĩ˥˧ sio˥ li˧ sit˥ tai˨˩ su˧]
因小失大。

【見面無好相看】
[kĩ˥˧ bin˧ bo˧ ho˥ sio˧ k'uã˨˩]
謂兩人一碰面，就怒目相視。

【見眞張就毋敢】
[kĩ˥˧ tsin˧ tiũ˥ tio˨˩ m˨˩ kã˥˧]
謂眞正該你上場時，你反而不敢上場。

【見鬼司功，白賊戲】
[kĩ˥˧ kui˥ sai˧ kɔŋ˥ pe˨˩ ts'at˩ hi˨˩]
喻子虛烏有之事。

【見著大兵屎就漏】
[kĩ˥˧ tio˨˩ tua˨˩ piŋ˥ sai˥˧ tio˨˩ lau˨˩]
比喻沒有膽量。

【見著眞命就踞腳】
[kĩ˥˧ tio˨˩ tsin˧ miã˧ tio˨˩ k'u˧ k'a˥]
遇到眞場面反而害怕（踞腳）了。

【見著腳目水就蹽】
[kĩ˥˧ tio˨˩ k'a˧ bak˩ tsui˥˧ tio˨˩ liau˧˥]
腳目水，指很淺的水，僅及腳踝而已；淺水，喻錢很少；謂看到別人賄賂，只是小錢便見錢眼開。

【見小利則大事不成】
[ken˥˧ siau˥ li˧ tsik˥ tai˨˩ su˧ put˥ siŋ˧˥]
為人若貪小利，則成不了大事。

【見交攏是王哥柳哥】
[ken˥˧ kau˥ lɔŋ˥ si˨˩ ɔŋ˧˥ ko˨˩ liu˥˧ ko˨˩]
喻所交盡是一些不三不四不上道的朋友。

【見笑𣍐死，慣習就好】
[ken˥˧ siau˨˩ be˨˩ si˥˧ kuan˥˧ si˨˩ tio˨˩ ho˥˧]
受羞辱不會死，習慣了就好。

【見靈不哀，不如無來】
[ken˥˧ liŋ˧˥ put˥ ai˥ put˥ zu˧˥ bo˧ lai˧˥]
來弔喪而無哀悼之意，不如不來。

【見色起淫心，報在妻女】
[ken˥˧ sik˩ k'i˥ im˧ sim˥ po˥˧ tsai˨˩ ts'e˧ li˥˧]
好色之淫徒，會使其妻女受到報應。

【見著棺材頭，就攬咧哭】
[kĩ˥˧ tio˨˩ kuã˧ ts'a˧ t'au˧˥ tio˨˩ lam˥ le˥ k'au˨˩]
識人輕率認錯事物。

【見官莫向前，作客莫在後】
[ken˥˧ kuan˥ bɔk˩ hiɔŋ˥˧ tsen˧˥ tso˥˧ k'eʔ˩ bɔk˩ tsai˨˩ hio˧]
喻官僚人人怕。

【見事莫說，聞事莫知，閒事莫管，無事早歸】
[ken˥˧ su˧ bɔk˩ suat˩ bun˧ su˧ bɔk˩

ti˥ iŋ˧ su˧ bɔk˩ kuan˥ bu˧ su˧ tsa˥ kui˥]
閒事少說、少聽、少管，早點回家；此係昔日父母叮嚀子女的話。

【親姨，娘禮面】
[ts'in˧ i˧ niũ˧ le˥ bin˧]
親阿姨的面貌與母親會有幾分像，謂姊妹容貌相像。

【親家帶著親】
[ts'in˧ ke˥ tua˥ tio˩ ts'in˥]
指凡事須看情分。

【親欺極無醫】
[ts'in˥ k'i˥ kik˩ bo˧ i˥]
自己人互相欺騙是最要不得的事。

【親兄弟明算帳】
[ts'in˧ hiã˧ ti˧ biŋ˧ suĩ˥ siau˩]
即使親兄弟也要明算帳。

【親家較興親姆】
[ts'in˧ ke˥ k'a˥ hiŋ˥ ts'ẽ˧ m˥]
親姆，親家母；親家公比親家母更有興致。

【親家變成冤家】
[ts'in˧ ke˥ pen˥ siŋ˧ uan˧ ke˥]
人情反覆無常，親友有時也會變成仇人。

【親淺人，怯勢命】
[ts'in˧ ts'en˥ laŋ˧ k'i˧ se˥ miã˧]
喻紅顏薄命。

【親像牡丹花當紅】
[ts'in˧ ts'iũ˩ bɔ˥ tan˧ hue˥ tɔŋ˧ aŋ˧]
喻正值青春年華。

【親像予鷹鴞挾去】
[ts'in˧ ts'iũ˩ hɔ˩ lai˩ hio˧ giap˩ k'i˩]
鷹鴞，老鷹；好像被老鷹挾走了；喻人因突發之病而去世。

【親生子毋值荷包錢】
[ts'in˧ sẽ˧ kiã˥ m˩ tat˩ ha˧ pau˧ tsĩ˧]
譏守財奴視錢比兒子還寶貴。

【親家對門，禮數原在】
[ts'in˧ ke˥ tui˥ muĩ˧ le˥ sɔ˩ guan˧ tsai˧]
喻關係雖親密，彼此往來的禮儀仍不可忽略。

【親生子毋值著荷包財】
[ts'in˧ sẽ˧ kiã˥ m˩ tat˩ tio˩ ha˧ pau˧ tsai˧]
意同「親生子毋值荷包錢」。

【親堂，好，相置蔭；歹，相連累】
[ts'in˧ tɔŋ˧ ho˥ sio˧ ti˥ im˩ p'ãi˥ sio˧ len˧ lui˧]
親堂，指同姓之族人；謂親族之間是榮辱與共。

【親戚是親戚，隨人顧生命】
[ts'in˧ tsiã˧ si˩ ts'in˧ tsiã˧ sui˧ laŋ˧ kɔ˥ sẽ˥ miã˧]
喻只有自己才最可靠。

【親戚是親戚，錢數要分明】
[ts'in˧ tsiã˧ si˩ ts'in˧ tsiã˧ tsĩ˧ sɔ˩ ai˥ hun˧ miã˧]
喻與人錢財往來，必須公私分明。

【親生子毋值自己財，自己財毋值荷包內】
[ts'in˧ sẽ˧ kiã˥ m˩ tat˩ tsu˩ ki˥ tsai˧ tsu˩ ki˥ tsai˧ m˩ tat˩ ha˧ pau˧ lai˧]
謂老人家荷包有錢最實在。

【觀山玩水】
[kuan˧ san˥ uan˥ sui˥]
遊山玩水，賞心悅事。

【觀星望斗】
[kuan˧ ts'ẽ˧ baŋ˩ tau˥]

觀望天象，以窺人間變局。

【觀前顧後】
[kuan˧ tsiŋ˦ kɔ˥ au˧]
形容做事很謹慎。

【觀前無顧後】
[kuan˧ tsiŋ˦ bo˧ kɔ˥ au˧]
喻思慮欠週密。

【觀音請羅漢】
[kuan˧ im˥ ts'iã˥ lo˧ han˨]
主人少而客人多。

【觀音媽食鹹鮭】
[kuan˧ im˧ mã˥ tsia˨ kiam˧ ke˦]
觀音是吃素的，怎會吃葷的？謂冤枉，絶無此事。

【觀音媽面前，無好囝仔】
[kuan˧ im˧ mã˥ bin˨ tsiŋ˦ bo˧ ho˥ gin˥ nã˥]
須到觀音佛祖前求懺悔，求收為義子的人，都是犯過錯的孩子。

【觀今須鑒古，無古不成今】
[kuan˧ kim˥ su˧ kam˥ kɔ˥ bo˧ kɔ˥ put˥ siŋ˧ kim˥]
凡事要鑒古方能知今。

【觀音抱大屯，招婿多不返】
[kuan˧ im˥ p'o˨ tai˨ tun˦ tsio˧ sai˨ to˧ put˥ huan˥]
台北盆地，觀音山對面即是大屯山，盆地內土肥水美，閩南移民至此被招贅之後，多不願再回去大陸。

【角蜂看做筍龜】
[kak˥ p'aŋ˥ k'uã˥ tso˥ sun˥ ku˥]
角蜂，會叮人；筍龜，不會叮人，抓來烤可以吃，味甚美；喻將惡人誤認爲善人。

【解鈴還須繫鈴人】
[kai˥ liŋ˦ ia˥ su˧ he˨ liŋ˧ zin˦]
要解決問題，必須由製造問題者出面。

【觸景傷情】
[ts'iɔk˥ kiŋ˥ siɔŋ˧ tsiŋ˦]
看到四週景物，引發內心的感觸。

【觸著毛蟲刺】
[tak˥ tio˨ mɔ̃˧ t'aŋ˧ ts'i˨]
被毛毛蟲的刺刺到，皮膚會敏感長庖；喻極其倒霉。

【言多必失】
[gen˦ to˥ pit˥ sit˩]
話多無益。

【言聽計從】
[gen˦ t'iŋ˥ ke˨ tsiɔŋ˦]
全部採信他的計謀。

【言多必失，禮多必詐】
[gen˦ to˥ pit˥ sit˩ le˥ to˥ pit˥ tsaʔ˩]
誡人勿多言，並提防過分多禮的人。

【訂死豬仔價】
[tiŋ˥ si˥ ti˧ a˥ ke˨]
喻不能再討價還價。

【討舉枷】
[t'o˥ gia˧ ke˦]
自找麻煩，自己找枷鎖來舉。

【討海無時海】
[t'o˥ hai˥ bo˧ si˧ hai˥]
澎湖諺語。謂捕魚無固定時候，只要經常出海，對準潮流，即可豐收。

【討腳乞路行】
[t'o˥ k'a˥ k'it˥ lɔ˧ kiã˦]
畫蛇添足。

【討海無三日生】
[t'o˥ hai˥ bo˧ sã˧ zit˩ ts'ĩ˥]
澎湖諺語。謂只要下海學三天，有關捕魚的技術就不會生疏了。

【討錢等到蓄仔樓倒】

[t'o˥ tsĩ˦ tan˥ ka˥ huan˧ nã˥ lau˦ to˥˧]
台南市諺語。蕃仔樓，指由紅毛蕃所建之普羅民遮堡壘，即今之赤崁樓，因台基牢固而不易倒。賭徒欠債，遇債主逼急，即應以此語。

【討海人，尪富某毋知，尪死某無代】
[t'o˥ hai˥ laŋ˦ aŋ˥ pu˩ bɔ˥˧ m˩ tsai˥ aŋ˥ si˥˧ bɔ˥˧ bo˧ tai˧]
澎湖諺語。漁夫在海上捕魚，一時之間在海上捕到珍貴海產，他在陸上的妻子無法立即知道；漁夫不幸在海上遇難，死僅死漁夫本人，妻子在陸上不會有災難。

【記帶壁裏】
[ki˥˧ tua˥˧ pia˥˧ lai˧]
把帳記在牆壁上；謂休想要帳之意。

【許天許地】
[he˩ t'ĩ˧ he˩ te˧]
向天地許願，祈求保佑；這通常是遇到大事時才會如此。

【許人一物，千金不移】
[he˩ laŋ˧ tsit˩ mĩ˧ ts'en˧ kim˥ put˩ i˦]
一諾千金。既與人約定，自當信守諾言，堅定不移。

【設仙，搬猴齊天】
[set˩ sen˥ puã˧ kau˧ tse˧ t'en˥]
猴齊天，孫悟空；做遊戲以排遣無聊。

【註死扑無藥單】
[tsu˥˧ si˥˧ p'a˥˧ bo˧ io˩ tuã˥]
買藥治病的藥方弄丟了，眞是命中註定要死；喻倒霉透頂。

【註死的扑毋見藥單】
[tsu˥˧ si˥˧ e˩ p'a˥˧ m˩ kĩ˥˧ io˩ tuã˥]
扑毋見，遺失；意同前句。

【註生娘娘，毋敢食無子油飯】
[tsu˥˧ sẽ˧ niũ˧ niũ˦ m˩ kã˥ tsia˩ bo˧ kiã˥ iu˧ puĩ˧]
俗以註生娘娘掌管人間生男育女之事，凡無子女者皆求於祂，應驗則以花、粉、油飯、雞酒等祭拜還願；喻無功不受祿。

【該老該壽】
[kai˧ lɔ˥ kai˧ siu˧]
台俗稱享壽八十以上而過世的人叫「該老該壽」。

【話無講𣍐明】
[ue˧ bo˧ kɔŋ˥˧ be˩ biŋ˦]
有話要直說。

【話較濟狗毛】
[ue˧ k'a˥˧ tse˩ kau˥ mɔ̃˥]
濟，多也；指說話時喋喋不休。

【話較濟貓毛】
[ue˧ k'a˥˧ tse˩ niãu˧ mɔ̃˥]
喋喋不休，話太多。

【話醜道理端】
[ue˧ bai˥˧ to˩ li˥˧ tuan˥]
話雖說得難聽，道理卻很端正。

【話是風，字是蹤】
[ue˧ si˩ hɔŋ˥ zi˧ si˩ tsɔŋ˥]
話說過便沒有痕跡，白紙寫黑字才能留下證據。

【話減講，較無虻】
[ue˧ kiam˥ kɔŋ˥˧ k'a˥˧ bo˧ baŋ˥˧]
虻，蚊子；勸人少說話，以免禍從口出。

【話不投機，半句濟】
[ue˧ put˩ tau˧ ki˥ puã˥˧ ku˩ tse˧]
濟，多也；喻話不投機，寧可不說。

【話屎較濟貓仔毛】
[ue˩ sai˥˧ k'a˥˧ tse˩ niãu˧ a˥ mɔ̃˥]

喋喋不休，話太多。

【話三尖六角，角角會傷人】
[ue˧ sã˧ tsiam˧ lak˩ kak˩ kak˥ kak˥ e˩ siɔŋ˧ zin˦]
說話帶刺，句句話都會傷害人。

【話若講透機，目屎拭𣍐離】
[ue˧ nã˩ kɔŋ˥ t'au˥ ki˥ bak˩ sai˥ ts'it˥ be˩ li˧]
話說原委，觸及傷心處，眼淚漣漣。

【話無講𣍐明，鼓無扑𣍐響】
[ue˧ bo˧ kɔŋ˥ be˩ biŋ˦ kɔ˥ bo˧ p'aʔ˥ be˩ hiaŋ˥]
喻有話須直講，否則事理難明。

【誠意食水甜】
[siŋ˧ i˩ tsia˩ tsui˥ tĩ˥]
喻請客貴在有誠意。

【詩、課、字，三字全】
[si˥ k'o˩ zi˧ sã˧ zi˩ tsuan˦]
稱人詩詞、文章（課）、書法三樣都很好。

【試看覓纔知鹹淡】
[ts'i˥ k'uã˥ bai˧ tsia˥ tsai˧ kiam˧ tsiã˥]
試一試才知道工夫深淺如何。

【試看，才會知豬母肉】
[ts'i˥ k'uã˩ tsia˥ e˩ tsai˧ ti˧ bo˥ baʔ˩]
喻實際試一試，才會知道高下。

【認賊作老爸】
[zin˩ ts'at˥ tso˥ lau˩ pe˧]
識人把奸匪當作親人看。

【認錢無認人】
[zin˩ tsĩ˦ bo˧ zin˩ laŋ˦]
沒有錢的話，即使至親也會變成陌生人。

【誣賴觀音媽偷食鹹鮭】
[bu˧ lua˩ kuan˧ im˧ mã˥ t'au˧ tsia˩ kiam˧ ke˦]
觀音媽乃是一方神明，而且是吃素的佛祖，怎會做偷食鹹鮭之事？根本是子虛烏有、絕無此事，冤枉了好人。

【誤戲誤三牲】
[gɔ˩ hi˩ gɔ˩ sam˧ siŋ˥]
耽誤演戲，等於耽誤整個神明祭典之儀式，因爲戲劇就是宗教儀式的一部分。喻一事差錯，以致延誤他事。

【談天說地】
[tam˧ t'en˥ suat˥ te˧]
隨便聊天。

【請鬼醫病】
[ts'iã˥ kui˥ i˧ pẽ˧]
喻所請非人。

【請鬼顧更】
[ts'iã˥ kui˥ kɔ˥ kẽ˥]
請鬼守夜，自找死路。

【請賊守更】
[ts'iã˥ ts'at˥ siu˥ kẽ˥]
請小偷來守夜，自找麻煩。

【請法師入廟】
[ts'iã˥ huat˥ su˥ zip˩ bio˧]
施展工夫，迎人入彀。

【請鬼帶藥單】
[ts'iã˥ kui˥ tua˥ io˩ tuã˥]
生病時請鬼幫忙拿藥方，簡直是將自己送上鬼門關。眞是自尋死路，所託非人。

【請賊顧粟倉】
[ts'iã˥ ts'at˥ kɔ˥ ts'ik˥ ts'əŋ˥]
請小偷來看守穀倉；喻引狼入室。

【請人哭，無目屎】
[ts'iã˥ laŋ˧ k'au˩ bo˧ bak˩ sai˥]

台俗，喪儀有請人哭之俗。惟因事不關己，故只有哭聲而無眼淚（目屎）。喻凡事要靠自己才眞實，不可依賴別人。

【請乞食講好話】
[ts'iã˥ k'it˥ tsia˧ kɔŋ˥ ho˥ ue˧]
台俗遇有喜事，常請福壽雙全的人講吉祥話，若是請乞丐講吉祥話，便是不吉祥且殺風景。

【請歹人，治歹人】
[ts'iã˥ p'ãi˥ laŋ˦ ti˨ p'ãi˥ laŋ˦]
以毒攻毒，以牙還牙。

【請媽祖，討大租】
[ts'iã˥ mã˥ tsɔ˥ t'o˥ tua˨ tsɔ˥]
大租，昔日佃農須交給大地主的租穀（金）；搬請媽祖去向佃農討大租，費用反而多，划不來。

【請東請西，無請朘膍】
[ts'iã˥ taŋ˧ ts'iã˥ sai˥ bo˧ ts'iã˥ tsi˧ bai˥]
朘膍，女陰。謂朋友之間可以互相請客，唯獨嫖妓不可請客；俗信由朋友出錢嫖妓者，一定會走霉運。

【請東請西，無請彼代】
[ts'iã˥ taŋ˧ ts'iã˥ sai˥ bo˧ ts'iã˥ hit˥ tai˧]
係女對男所說的話，請什麼東西都可以，唯獨那回事不能請客。

【請毋行，罩帕仔巾來逐】
[ts'iã˥ m˨ kiã˦ ta˥ p'a˥ a˥ kin˥ lai˧ zik˥]
以禮相請，你不肯來；事後不請你，你卻罩著頭巾自己追上門來；爲何前倨而後恭？

【諍到頷仔滾筋大條】
[tsẽ˥ ka˥ am˧ mã˥ kun˥ kin˥ tua˨ tiau˦]
諍，強辯；與人強辯到臉紅脖子粗。

【誰人背後無人說，那個人前不說人】
[sui˧ zin˦ pue˨ hio˧ bu˧ zin˧ suat˨ nã˥ ko˦ zin˧ tsen˦ put˥ suat˥ zin˦]
喻人常有在人前人後說別人長短的壞習慣。

【謀財害命】
[bɔ˧ tsai˦ hai˨ biŋ˧]
爲奪人錢財而殺害人。

【謀事在人，成事在天】
[bɔ˧ su˧ tsai˨ zin˦ siŋ˧ su˧ tsai˨ t'en˥]
盡人事，聽天命。

【諱疾忌醫，終身痼疾】
[hui˥ tsit˨ ki˨ i˥ tsiɔŋ˧ sin˥ kɔ˥ tsit˥]
有病問醫生，頂多只是一時之恥；若不問，則會造成終身之遺憾；喻有問題，應發問。

【講玩的】
[kɔŋ˥ sɔŋ˥ e˨]
說著玩的，不算數。

【講暢的】
[kɔŋ˥ t'iɔŋ˨ e˨]
意同「講玩的」。

【講天講地】
[kɔŋ˥ t'ĩ˧ kɔŋ˥ te˧]
隨便聊天。

【講，若米管】
[kɔŋ˥ nã˥ bi˥ kuĩ˥]
米管，盛米的竹器；謂說也沒有用，只是徒費口舌。

【講東講西】
[kɔŋ˥ taŋ˧ kɔŋ˥ sai˥]
講一些無關緊要的閒言閒語。

【講蛇就喧】
[kɔŋ˥ tsua˦ tio˨ sua˦]
人家講到「蛇」字，你就喧騰說好像有蛇爬過來了；喻盲從附會，庸人自擾。

【講蛇就戰】
[kɔŋ˥ tsua˦ tio˨ tsen˨]
意同「講蛇就喧」。

【講無孔的】
[kɔŋ˥ bo˧ k'aŋ˥ ge˥]
講一些沒有道理的話。

【講無輸贏】
[kɔŋ˥ bo˧ su˧ iã˦]
說著好玩，不要將他當眞。

【講頭知尾】
[kɔŋ˥ t'au˦ tsai˧ bue˥]
聞一以知十。

【講天掠皇帝】
[kɔŋ˥ t'ĩ˥ lia˨ hɔŋ˧ te˨]
隨便天南地北聊天。

【講天說皇帝】
[kɔŋ˥ t'ĩ˥ sue˥ hɔŋ˧ te˨]
隨便聊天。

【講，甘若腳咧】
[kɔŋ˥ kan˥ nã˥ k'a˥ le˨]
「講」與螃蟹之腳爲「管」同音，故戲稱別人所說之話沒有用處，講了等於白講，即用此諺。

【講你落下頦】
[kɔŋ˥ li˥ lau˥ e˨ hai˦]
落下頦，下巴脫臼；罵人胡說八道。

【講空免算點】
[kɔŋ˥ k'aŋ˥ ben˥ suĩ˥ tiam˥]
講空話不必負責任，譏人大言不慚。

【講到牽山林】
[kɔŋ˥ ka˥ k'an˧ suã˧ nã˦]
喻講話內容天馬行空，不著邊際。

【講鬼鬼就到】
[kɔŋ˥ kui˥ kui˥ tio˨ kau˨]
說曹操，曹操就到。

【講話臭乳呆】
[kɔŋ˥ ue˧ ts'au˥ liŋ˧ tai˥]
罵人講話未脫稚氣。

【講話無半折】
[kɔŋ˥ ue˧ bo˧ puan˥ tset˨]
講話內容不實在，不可信。

【講話脹死狗】
[kɔŋ˥ ue˧ tiũ˥ si˥ kau˥]
吹大牛，牛皮大得像死後膨脹的狗。牛皮又大又臭。

【講話無坎蓋】
[kɔŋ˥ ue˧ bo˧ k'am˥ kua˨]
吹牛不打草稿。

【講話會入港】
[kɔŋ˥ ue˧ e˨ zip˨ kaŋ˥]
彼此談話很投機。

【講，管甘若腳】
[kɔŋ˥ kɔŋ˥ kan˥ nã˥ k'a˥]
俏皮話，別人說「講」，你故意將他聽歪成「管」，再說毛蟹「管」很像「腳」。意謂講了沒有效。

【講仙，搬猴齊天】
[kɔŋ˥ sen˥ puã˧ kau˧ tse˧ t'en˥]
猴齊天，《西遊記》裡的孫悟空；閒時講故事以排遣無聊。

【講有孔無榫的】
[kɔŋ˥ u˨ k'aŋ˥ bo˧ sun˥ le˨]
樑柱有孔就有榫，若只有孔而無榫，則必爲無稽之談。

【講到好味好素】

[kɔŋ˥ ka˥ ho˥ bi˩ ho˥ sɔ˩]
胡說八道，花言巧語。

【講到有枝有葉】
[kɔŋ˥ ka˥ u˩ ki˧ u˩ hio˧]
把虛構的事情說得栩栩如生。

【講到有腳有手】
[kɔŋ˥ ka˥ u˩ k'a˧ u˩ ts'iu˥˧]
繪形繪影，煞有介事。

【講到好鑼好鼓】
[kɔŋ˥ ka˥ ho˥ lo˧˥ ho˥ kɔ˥˧]
胡吹亂說，說得很好聽。

【講到彼，行到彼】
[kɔŋ˥ kau˥˧ hia˥ kiã˧ kau˥˧ hia˥]
指言行一致。

【講彼個無孔的】
[kɔŋ˥ hit˥ lo˧ bo˧ k'aŋ˥ ge˥]
講那種不可能有的事。

【講到嘴角全波】
[kɔŋ˥ ka˥ ts'ui˥˧ kak˩ tsuan˧ p'o˥]
說得自鳴得意狀。

【講破毋值三文】
[kɔŋ˥ p'ua˩ m˩ tat˩ sã˧ bun˧˥]
三文，三錢；凡事說穿了其奧秘，則誰都會，便不值錢了，故要謹守秘密。

【講曹操，曹操到】
[kɔŋ˥ tso˧ ts'o˩ tso˧ ts'o˩ kau˩]
喻馬上應驗。

【講著食，爭破額】
[kɔŋ˥ tio˩ tsia˧ tsẽ˧ p'ua˥˧ hia˧]
額，額頭；一說到吃，便爭先恐後，什麼都不顧。

【講匏杓，講飯籬】
[kɔŋ˥ pu˧ hia˥ kɔŋ˥ puĩ˩ le˧]
匏杓、飯籬，都是廚房、灶頭的用具。喻說話無一定之主題，東拉西扯。

【講無三句半話】
[kɔŋ˥ bo˧ sã˧ ku˥˧ puã˥˧ ue˧]
喻木訥寡言。

【講話三斤六重】
[kɔŋ˥ ue˧ sã˧ kin˧ lak˩ taŋ˧]
講話口氣太重，不夠圓融，令人聽了容易引起反感。

【講會出，收繪入】
[kɔŋ˥ e˩ ts'ut˩ siu˧ be˩ zip˥]
一言既出，駟馬難追。

【講話含卵含卵】
[kɔŋ˥ ue˧ kam˧ lan˩ kam˧ lan˧]
卵，陰莖；譏人口齒不伶俐，舌頭長了一點，好像含了一條陰莖；或譏人捲舌音比別人多。

【講話無掛腳擋】
[kɔŋ˥ ue˧ bo˧ kua˥˧ k'a˧ tɔŋ˩]
腳擋，腳煞車；口若懸河，不知停止。

【講話，無關後門】
[kɔŋ˥ ue˧ bo˧ kuãi˧ au˩ muĩ˧˥]
指講話不慎重。

【講，管一支長長】
[kɔŋ˥˧ kɔŋ˥˧ tsit˩ ki˥ təŋ˧ təŋ˧˥]
俏皮話，別人講「講」，你故意將他聽歪成「管」，再說「管」的形狀是一支長長的。意謂講沒有用。

【講鱟杓，講飯籬】
[kɔŋ˥ hau˩ hia˥ kɔŋ˥ puĩ˩ le˧]
鱟杓，舀水的鱟殼；飯籬，濾乾飯的竹器。喻說話沒有一定的主題，隨便聊聊而已。

【講到山高水牛大】
[kɔŋ˥ ka˥˧ suã˧ kuan˧˥ tsui˥ gu˧ tua˧]
指吹牛。

【講到會飛甲會遁】
[kɔŋ˥ ka˥ e˩ pue˥ ka˥˧ e˩ tun˩]

說得天花亂墜。

【講到蓮花成寶鏡】
[kɔŋ˥ ka˧ len˧ hue˥ siŋ˧ po˥ kiã˩]
指吹牛。

【講破毋值三個錢】
[kɔŋ˥ p'ua˩ m˩ tat˩ sã˧ ge˧ tsĩ˦]
意同「講破毋值三文」。

【講起來，天烏一平】
[kɔŋ˥ k'i˩ lai˩ t'ĩ˥ ɔ˧ tsit˩ piŋ˦]
謂這個問題談起來會令人傷心、不平。

【講話無關後尾門】
[kɔŋ˥ ue˧ bo˧ kuãi˧ au˩ bue˥ muĩ˦]
說話不謹慎，沒有經過周密思考。

【講話對鼻孔出來】
[kɔŋ˥ ue˧ tui˥ p'ĩ˩ k'aŋ˥ ts'ut˥ lai˩]
罵人講話不憑良心。

【講一句無輸贏的話】
[kɔŋ˥ tsit˩ ku˥ bo˧ su˧ iã˦ e˧ ue˧]
即坦白說。

【講一個影，生一個子】
[kɔŋ˥ tsit˩ le˧ iã˥ sẽ˧ tsit˩ le˧ kiã˥]
捕風捉影，虛話眞做；人家只是說說罷了，你當眞有其事。

【講人，人到；講鬼，鬼到】
[kɔŋ˥ laŋ˦ laŋ˦ kau˩ kɔŋ˥ kui˥ kui˥ kau˩]
說曹操，曹操到；剛說某人的事，某人就到。

【講人無底，講衫無洗】
[kɔŋ˥ laŋ˦ bo˧ te˥ kɔŋ˥ sã˥ bo˧ se˥]
喻不可論人之是非。

【講三色話，食四面風】
[kɔŋ˥ sã˧ sik˥ ue˧ tsia˩ si˥ bin˩ hɔŋ˥]

謂盡說便宜話。

【講天講地，講高講低】
[kɔŋ˥ t'ĩ˥ kɔŋ˥ te˧ kɔŋ˥ kuan˦ kɔŋ˥ ke˧]
隨便聊天，東拉西扯。

【講著食，毛辮走得直】
[kɔŋ˥ tio˩ sit˥ mõ˧ pen˧ tsau˥ ka˥ tit˥]
一說到吃，就頭也不回跑去搶。

【講話，三鋤頭，兩畚箕】
[kɔŋ˥ ue˧ sã˧ ti˧ t'au˦ ləŋ˩ pun˥ ki˥]
說話粗野而率直。

【講話毋驚天公聽見】
[kɔŋ˥ ue˧ m˩ kiã˧ t'ĩ˧ kɔŋ˥ t'iã˥ kĩ˩]
譏人講話沒良心。

【講話著看，關門著門】
[kɔŋ˥ ue˧ tio˩ k'uã˩ kuãi˧ muĩ˦ tio˩ ts'uã˩]
喻說話要小心謹慎，要有分寸。

【講對十三天地外去】
[kɔŋ˥ tui˥ tsap˩ sã˧ t'ĩ˧ te˩ gua˧ k'i˩]
喻說話說得離題太遠。

【講人一流水，毋知見笑】
[kɔŋ˥ laŋ˧ tsit˩ lau˧ tsui˥ m˩ tsai˧ ken˥ siau˩]
很會教訓、指責別人，自己卻做不到。

【講話精霸霸，放屎糊蚊罩】
[kɔŋ˥ ue˧ tsiŋ˧ pa˥ pa˩ paŋ˥ sai˥ kɔ˧ baŋ˥ taʔ˩]
蚊罩，蚊帳；指小孩四、五歲時，說話很精靈，但也頑皮不聽話。

【講到你識，嘴鬚好扑結；講到你會，

頭毛嘴鬚白】
[kɔŋ˥ ka˥ li˥ bat˩ ts'ui˥˩ ts'iu˥ ho˥ p'a˥˩ kat˩ kɔŋ˥ ka˥ li˥ e˧ t'au˧ mɔ̃˧˥ ts'ui˥˩ ts'iu˧ pe˧]
喻問題很複雜，說來話長。

【講著檳榔會呸血，講著食酒人就氣，講著開查某就姦，講著博繳界毋好，講著食燻火就著】
[kɔŋ˥ tio˨˩ pin˧ lɔŋ˧˥ e˨˩ p'ui˥˩ hueʔ˩ kɔŋ˥ tio˨˩ tsia˨˩ tsiu˥˩ laŋ˧˥ tio˨˩ k'i˨˩ kɔŋ˥ tio˨˩ k'ai˧ tsa˧ bɔ˥˩ tio˨˩ kan˨˩ kɔŋ˥ tio˨˩ pua˨˩ kiau˥˩ kai˥˩ m˨˩ ho˥˩ kɔŋ˥ tio˨˩ tsia˨˩ hun˥ hue˥˩ tio˨˩ to˧]
這是五句有關吃檳榔、喝酒、嫖妓、賭博、抽煙的雙關語；乍聽之下，以爲說此語者對這五件事都是深惡痛絶，細思之則完全相反。

【謝天謝地】
[sia˨˩ t'ĩ˥ sia˨˩ te˧]
指非常慶幸。

【謝謝你，大賺錢】
[se˥˩ se˥˩ nĩ˧˥ tua˨˩ t'an˥˩ tsĩ˧˥]
前三字用國語發音，後三字才是唸成台語。意謂感謝你的幫忙，祝你發大財。

【謹慎無蝕本】
[kin˥ sin˧ bo˧ sit˩ pun˥˩]
凡事謹慎總是有利而無百害。

【識一，毋識二】
[bat˥ it˩ m˨˩ bat˥ zi˧]
只知其一，不知其二。

【識稗，無田作】
[bat˥ p'e˧ bo˧ ts'an˧˥ tso˨˩]
能辨別什麼是禾什麼是稗，卻沒有田供他耕；喻懷才不遇。

【識人較好識錢】
[bat˥ laŋ˧˥ k'a˥˩ ho˥ bat˥ tsĩ˧˥]
知人好歹，比認識錢還重要。

【識時務者爲俊傑】
[sit˥ si˧ bu˧ tsia˨˩ ui˧ tsun˥˩ ket˥]
能看得清時務的人，才是眞正有本領的人。

【識禮，無子婿通做】
[bat˥ le˥˩ bo˧ kiã˥ sai˨˩ t'aŋ˧ tso˨˩]
婚姻禮俗極其繁雜，若要等到將所有的禮俗弄懂才結婚，可能年紀已老，沒人肯嫁。

【識者不瞞，瞞者不識】
[sit˥ tsia˨˩ put˥ muã˧˥ muã˧˥ tsia˨˩ put˥ sit˩]
眞人面前不說假話。

【識識人，買一個漏酒甕】
[sit˥ sit˥ laŋ˧˥ be˥ tsit˩ le˧ lau˨˩ tsiu˥ aŋ˨˩]
很精明的人上街，卻買了一個會漏的酒甕；喻陰溝裡翻船。

【識的食戇的，戇的食天公】
[bat˥ le˨˩ tsia˨˩ gɔŋ˧ ge˧ gɔŋ˧ ge˧ tsia˨˩ t'ĩ˧ kɔŋ˥]
即天公疼戇人。

【識算毋識除，糶米換蕃薯】
[bat˥ suĩ˨˩ m˨˩ bat˥ ti˧˥ t'io˥˩ bi˥˩ uã˨˩ han˧ tsi˧˥]
識人不會打算，把值錢的米賣出去，換成不值錢的地瓜。

【識字的，給毋識字的做奴才】
[bat˥ zi˧ e˧ ka˨˩ m˨˩ bat˥ zi˧ e˧ tso˥˩ lɔ˧ tsai˧˥]
有學問的人被沒學問的人雇用。

【識時務爲俊傑，知進退爲英雄】
[sit˥ si˧ bu˧ ui˧ tsun˥˩ ket˥ ti˧ tsin˥˩ t'e˨˩ ui˧ iŋ˧ hiɔŋ˧˥]

勸人要認識時務，知所進退，通權達變。

【讀前世册】
[t'ak˨ tsiŋ˧ si˥ ts'eʔ˨]
生性聰明，天資穎悟，讀書過目成誦，彷彿上輩子已經讀過。

【讀人之初畢業的】
[t'ak˨ zin˧ tsi˧ ts'ɔ˥ pit˥ giap˨ e˧]
人之初，《三字經》開頭第一句；比喻讀書不多，有時用以自謙，表示自己淺學。

【讀册讀去腳脊胼】
[t'ak˨ ts'eʔ˨ t'ak˨ k'i˥ k'a˧ tsia˥ p'iã˥]
讀册，讀書；腳脊胼，背脊；譏人讀了很多書，品行卻很差。意同客家話的「讀書讀到屎朏孔（肛門）」。

【讀册讀在腳脊後】
[t'ak˨ ts'eʔ˨ t'ak˨ ti˥ k'a˧ tsia˥ au˧]
讀書讀到背後，諷刺人雖讀了書，卻不懂得道理，無法實踐。

【讀册仔變成刣豬羊】
[t'ak˨ ts'e˥ a˥ pen˥ siŋ˧ t'ai˧ ti˧ iũ˧]
讀册仔，讀書人；刣豬羊，屠夫；把書生説成是屠夫，眞是誇張而不實。

【讀書不成，相命醫生】
[t'ak˨ tsu˥ put˥ siŋ˧ siɔŋ˥ miã˧ i˧ siŋ˥]
古代讀書人如科舉不能成功，則會淪爲替人相命或當中醫。

【讀詩千首，不作自有】
[t'ɔk˨ si˥ ts'en˧ siu˥ put˥ tso˩ tsu˩ iu˥]
謂熟能生巧。

【讀册一菜籠，考到茹葱葱】
[t'ak˨ ts'eʔ˨ tsit˨ ts'ai˥ laŋ˥ k'o˥ ka˥ zi˧ ts'aŋ˥ ts'aŋ˥]
菜籠，書篋；謂讀書讀了一大堆，考試卻考得一團糟。

【讀書毋識理，不如展腳睏】
[t'ak˨ tsu˥ m˩ bat˥ li˥ put˥ zu˧ ten˥ k'a˥ k'un˩]
讀書而不懂事理，不如睡覺算了。

【讀書毋讀書，書皮掠掠破】
[tu˩ tsi˥ m˩ tu˩ tsi˥ tsi˧ p'ue˧ lia˥ lia˩ p'ua˩]
詼諧句，一樣的文字，不一樣的讀音，照本條之注音讀來，乃謂交媾不交媾，卻把女陰的表皮撕破。照文字看則是罵人不好好唸書，卻把書的封面撕破。

【讀書著認字，事業著經營】
[t'ak˨ tsu˥ tio˩ zin˩ zi˧ su˩ giap˥ tio˩ kiŋ˧ iŋ˧]
喻各行各業都須要努力工作。

【讀册有三到，眼到、嘴到、心到】
[t'ak˨ ts'eʔ˨ u˩ sã˧ kau˩ gan˥ kau˩ ts'ui˩ kau˩ sim˥ kau˩]
讀書的三要訣，眼看、口誦、心惟。

【變啥蚢】
[pĩ˥ sia˥ baŋ˥]
搞什麼花招？

【變猴弄】
[pĩ˥ kau˧ laŋ˧]
指耍花招。

【變無蚢】
[pĩ˥ bo˧ baŋ˥]
指計策用盡，已無花樣可耍。即黔驢技窮。

【變鬼變怪】
[pĩ˥ kui˥ pĩ˥ kuai˩]
指心機多端，想要搞鬼搗蛋。

【讓人三分膾食虧】
[niũ˩ laŋ˧ sã˧ hun˥ be˩ tsia˩ k'ui˥]

凡事要多禮讓別人。

【豆菜底】
[tau˩ ts'ai˦ te˥]
昔日酒席中，上等菜只鋪在碗面，碗底則只鋪便宜的豆芽菜墊底。此諺借喻該女子爲出身於風塵。

【豆干，孝阿祖】
[tau˩ kuã˥ hau˦ a˧ tsɔ˦]
用豆干祭拜曾祖父母，謂祭品簡略，湊和湊和。

【豆豉若會發芽】
[tau˩ sĩ˧ nã˩ e˩ huat˥ ge˦]
豆豉已經醃漬過，不可能再發芽。喻不可能的事。台俗喪禮大斂時，道士常對死者說：「必須等到天會落紅雨，馬會發角，石頭會爛，鹵卵出殼，豆豉會發芽......陰陽才能相會。」分明是不可能的事。

【豆豉粕，咬做平】
[tau˩ sĩ˩ p'oʔ˩ ka˩ tso˦ piŋ˦]
豆豉本身已是很微小之物，還要咬成兩片分開吃，眞是吝慳之至。

【豆腐肩，鴨母蹄】
[tau˩ hu˩ kiŋ˥ a˦ bo˥ te˦]
謂其弱不禁風，肩不能挑，手不能提。

【豆腐要甲石頭磕】
[tau˩ hu˧ be˥ ka˦ tsio˩ t'au˦ k'ap˩]
雞蛋碰石頭。

【豆腐袂磕得石頭】
[tau˩ hu˧ be˩ k'ap˥ tit˥ tsio˩ t'au˦]
豆腐碰石頭是以軟碰硬，根本不是對手。

【豆菜底，毋是扁食底】
[tau˩ ts'ai˦ te˦ m˩ si˩ pen˥ sit˩ te˦]
豆芽菜，豆菜；扁食，餛飩；碗底鋪的是豆芽不是餛飩；喻空洞毫無內容。

【豆菜撥邊仔，麵麵要】
[tau˩ ts'ai˩ pue˥ pĩ˥ a˥ mĩ˧ mĩ˧ bue˩]
將豆芽菜撥到旁邊去找麵條；引申爲太過熱心，偏執。

【豆腐刀要削蕃薯皮】
[tau˩ hu˩ to˥ be˥ sia˦ han˧ tsi˧ p'ue˦]
宜蘭諺語。昔日，有一位廖姓豆腐店老闆，對富翁林蕃薯之財大氣粗，頗不服氣，有一年七月半普渡，他立志辦得比林蕃薯更鋪張熱鬧，故有此諺。

【豆豉剝平食，食也會了】
[tau˩ sĩ˧ pe˦ piŋ˦ tsia˧ tsia˩ ia˩ e˩ liau˦]
豆豉剝成一片片地吃，吃久了也會吃完；指坐吃山空。

【豆油借你搵，碟仔順煞捧去】
[tau˩ iu˦ tsio˦ li˥ un˩ ti˧ a˦ sun˩ sua˦ p'aŋ˦ k'i˩]
昔日吃白斬雞，須沾醬油，有鄰人沒醬油來借沾，結果竟連醬油碟子也拿走（侵佔）；喻欺人太甚。

【豆仔看做羊仔屎，屎礐仔蟲看做肉筍】
[tau˧ a˦ k'uã˦ tso˦ iũ˧ a˥ sai˦ sai˥ hak˩ ga˥ t'aŋ˦ k'uã˦ tso˦ ba˦ sun˦]
豆仔，指烏豆；屎礐仔蟲，茅坑內的蛆；指陰差陽錯，看錯事物。

【象鼻】
[ts'iũ˩ p'ĩ˧]
大象鼻子長，諷刺貪而無饜的人。意同「火雞鼻」。

【象牙值錢，鳥牙毋值錢】
[ts'iũ˩ ge˦ tat˩ tsĩ˦ tsiau˥ ge˦ m˩ tat˩ tsĩ˦]
喻不會說話惹人嫌。

【豬哥翹】
[ti˧ ko˧ k'iau˩]
像豬哥平時的相貌，垂雙目翹長嘴；罵人擺著一副生氣的臉相。

【豬欠狗債】
[ti˥ k'iam˥ kau˥ tse˩]
謂此莫非是前世的惡緣，才會結成夫妻。

【豬母變虎】
[ti˧ bo˥ pen˥ hɔ˥]
母豬發出老虎威；喻河東獅吼。

【豬仔過槽芳】
[ti˧ a˥ kue˥ tso˦ p'aŋ˥]
豬仔吃餿水，自己槽內的不香，別人槽內的才香；喻別家的東西都是好的。

【豬仔雙頭賺】
[ti˧ a˥ siaŋ˧ t'au˧ t'an˩]
喻兩方面都揩油。

【豬來起大厝】
[ti˥ lai˦ k'i˥ tua˩ ts'u˩]
俗謂豬隻自來，必發橫財。

【豬放豬仔屎】
[ti˥ paŋ˥ tu˧ a˥ sai˥]
豬，漳州音爲「ti˥」，泉州同安音則爲「tu˥」，兩者不相同，此諺兩個豬字，一讀漳音，一讀泉音；喻語言隔閡。

【豬屎籃，結綵】
[ti˧ sai˥ nã˦ kat˥ ts'ai˥]
裝豬屎的竹籃結紅綵，謂其不相稱，多此一舉。

【豬哥使嘴湊】
[ti˧ ko˥ sai˥ ts'ui˥ ts'ɔp˩]
喻吃飯吃相很難看，或喻說話很難聽。

【豬母大，大在狗】
[ti˥ m˩ tua˧ tua˩ ti˥ kau˥]
豬肥大可賣錢，狗肥大沒用處；事與願違，該大的不大。例如，重男輕女時代，女兒比兒子會唸書，便可用此諺。

【豬毋肥，肥在狗】
[ti˥ m˩ pui˦ pui˧ e˥ kau˥]
意同前句。

【豬毋食，狗毋哺】
[ti˥ m˩ tsia˧ kau˥ m˩ pɔ˧]
喻不好吃。

【豬仔欠狗仔債】
[ti˧ a˥ k'iam˥ kau˥ a˥ tse˩]
喻夫妻是前生互相欠債的人。

【豬仔貪別人槽】
[ti˧ a˥ t'am˧ pat˩ laŋ˧ tso˦]
豬隻喜歡吃別隻豬豬槽中的食物；喻別人的東西總比自己的好。

【豬母牽去牛墟】
[ti˧ bo˥ k'an˧ k'i˥ gu˧ hi˥]
牛墟，昔日牛販集中買賣牛隻之處，豬母要配種應該牽到豬哥寮去才對，牽到牛墟來，顯然是弄錯地方了。

【豬母牽到牛墟】
[ti˧ bo˥ k'an˧ kau˥ gu˧ hi˥]
意同前句。

【豬相騎，雞扑形】
[ti˥ sio˧ k'ia˦ ke˥ p'a˥ hiŋ˦]
豬之交媾，雄豬騎在雌豬身上；雞之交媾，爲雄雞展形站在雌雞背上；比喻男女野合。

【豬哥鼻，雷公嘴】
[ti˧ ko˧ p'ĩ˧ lui˧ kɔŋ˧ ts'ui˩]
喻容貌醜陋。

【豬頭皮炸無油】
[ti˧ t'au˧ p'ue˦ tsuã˥ bo˧ iu˦]
謂得了，別再在那兒吹牛了。

【豬仔扑死纔講價】
[ti˧ a˥ p'a˥ si˥ tsia˥ kɔŋ˥ ke˨]
把豬打死，再談價錢；喻買主強橫不講理。

【豬母掛鞍，毋是馬】
[ti˧ bo˥ kua˥ an˥ m˨ si˨ be˥]
母豬掛上馬鞍，也不會變成馬；罵調皮的女人。

【豬母掛鞍——毋是買】
[ti˧ bo˥ kua˥ an˥ m˨ si˨ be˥]
歇後語。馬鞍是掛在馬匹背上，若掛在母豬（豬母）身上，再怎麼掛牠還是豬，不是馬，不是馬台語與「毋是買」諧音；意謂人家送的，不是花錢買的。

【豬母豬子悉歸陣】
[ti˧ bo˥ ti˧ kiã˥ ts'ua˨ kui˧ tin˧]
謂本只請一個人來吃飯，結果他卻將全家大小都帶來。

【豬肉無炸鱠出油】
[ti˧ baʔ˩ bo˧ tsuã˨ be˨ ts'ut˥ iu˦]
喻人不熬不會成器。

【豬哥伴五娘看燈】
[ti˧ ko˥ p'uã˨ gɔ˨ niũ˦ k'uã˥ tiŋ˥]
五娘，陳三五娘之五娘，美人也，而由醜漢（豬哥）陪她去看花燈，眞不相稱。

【豬巢毋值狗巢穩】
[ti˧ siu˧ m˨ tat˩ kau˥ siu˧ un˥]
別人家雖好，總不如自己家安穩。

【豬食狗睏毛蟹行】
[ti˧ tsia˧ kau˥ k'un˨ mɔ̃˧ he˨ kiã˦]
戲班演員生活很困苦，就像豬一般什麼都吃，像狗到處住，像螃蟹般橫行。

【豬母趕到呂厝——鱠赴】
[ti˧ bo˥ kuã˥ kau˥ lu˧ ts'u˨ be˨ hu˨]
歇後語。台北新莊諺語。昔日新莊地區養母豬者，要配種時須趕到呂厝大埕去，曾有人老遠趕去，大夥已配完不配了，他乃大歎：「鱠赴」（意謂來不及），後遂成爲通行之歇後語。

【豬生豬疼，狗生狗疼】
[ti˥ sẽ˥ ti˥ t'iã˨ kau˥ sẽ˥ kau˥ t'iã˨]
指自己生的兒女最可愛；瘌痢頭的兒子自己的好。

【豬屎籠�出來品評】
[ti˧ sai˥ laŋ˥ kuã˨ ts'ut˥ lai˧ p'in˥ p'iŋ˧]
喻沒有價值的東西，也拿出來誇耀。

【豬哥姆伴五娘賞月】
[ti˧ ko˧ m˥ p'uã˨ gɔ˨ niũ˦ siũ˥ gue˧]
豬哥姆，喻醜陋的婦人；五娘，陳三五娘戲中的女主角；喻身分不相應。

【豬巢不如狗巢溫暖】
[ti˧ siu˧ put˥ zu˧ kau˥ siu˧ un˧ luan˥]
喻自己的家最溫暖。

【豬頭毋顧，顧鴨母卵】
[ti˧ t'au˦ m˨ kɔ˨ kɔ˥ a˥ bo˥ nuĩ˧]
中元普渡祭品，有豬頭、五牲、鴨蛋等；民俗中元普渡之祭品是可以偷拿的（象徵被孤魂野鬼享用），叫做搶孤；因此主人必須好好看守。有主人對重要的豬頭不看管，卻去看管鴨蛋，眞是捨本而逐末。

【豬頭面要舉對叼位去】
[ti˧ t'au˧ bin˧ be˥ gia˧ tui˥ to˥ ui˧ k'i˨]
指沒臉見人。

【豬刀利利，賺錢鱠過後代】
[ti˧ to˥ lai˨ lai˧ t'an˥ ts'ĩ˦ be˨ kue˥ au˨ tai˧]

喻用兇殘的手段賺來的錢，當代就會蕩光，不會留到後代；悖入者悖出。

【豬肚咬出去，草鞋咬入來】
[ti˧ tɔ˧ ka˩ ts'ut˥ k'i˩ ts'au˥ e˧ ka˩ zip˩ lai˧]
笨狗常將主人家有用的豬肚咬出門去，而將無用的破草鞋咬進門來。喻不肖子弟常將家中有用之寶，與人交換成無用之物。

【豬頭家治食，舂臼家治舉】
[ti˧ t'au˧ ka˧ ti˩ tsia˧ tsiŋ˧ k'u˧ ka˧ ti˩ gia˧]
家治，自己；舂臼，石臼；喻既要享福也要勞苦。

【豬仔子會上槽，豬母食屎無】
[ti˧ a˥ kiã˥ e˩ tsiũ˩ tso˧ ti˧ bo˥ tsia˩ sai˥ bo˧]
小豬長大，自己會上槽吃「潘」(餿水)，就連母豬的份也會搶去吃掉；喻孩子養大會自己吃飯時，父母就沒得吃。

【豬仔飼大，毋認豬哥做老爸】
[ti˧ a˥ ts'i˩ tua˧ m˩ zin˩ ti˧ ko˥ tso˥ lau˩ pe˧]
仔豬長大，不認種豬做父親。喻非由正式婚禮而結合，所生之子女，不會認生父為父。

【豬來散，狗來富，貓來起大厝】
[ti˥ lai˧ san˩ kau˥ lai˧ hu˩ niãu˥ lai˧ k'i˥ tua˩ ts'u˩]
俗信有自來之豬是窮之兆，有自來之狗是富之兆，有自來之貓為將蓋華廈之兆。

【豬仔飼大隻，毋認豬哥做老爸】
[ti˧ a˥ ts'i˩ tua˩ tsiaʔ˩ m˩ zin˩ ti˧ ko˥ tso˥ lau˩ pe˧]
意同「豬仔飼大，毋認豬哥做老爸」。

【豬母近戲棚邊，會噴簫亦會扑拍】
[ti˧ bo˥ kin˩ hi˥ pẽ˧ pĩ˥ e˩ pun˧ siau˥ ia˩ e˩ p'a˥ p'et˥]
喻近朱者赤，近墨者黑；在某種環境下，耳濡目染，自然也學會一些技能。

【豹死留皮，人死留名】
[pa˩ si˥ lau˧ p'ue˧ laŋ˧ si˥ lau˧ miã˧]
人死，須要有值得後人留念的名聲。

【貂嬋弄董卓】
[tiau˧ sen˧ laŋ˩ taŋ˥ toʔ˩]
喻美女扭腰搖臀，挑逗男人。

【貌如潘安再生】
[mãu˧ zu˩ p'uã˧ an˥ tsai˥ sẽ˥]
潘安，魏晉時期的美男子；喻美男子。

【貓來富】
[niãu˥ lai˧ hu˩]
俗信有貓自來，乃富裕之兆。

【貓徙巢】
[niãu˥ sua˥ siu˧]
母貓帶小貓，其住處若被人發現，即刻搬家，而且經常如此；喻常常搬家。

【貓唾狗涎】
[niãu˧ sue˧ kau˥ nuã˧]
喻最毒之物。

【貓鼠同眠】
[niãu˥ ts'i˥ tɔŋ˧ bin˧]
貓與老鼠睡在一起，格格不入。

【貓較癉狗】
[niãu˥ k'a˥ sen˩ kau˥]
癉，勞累也；喻彼此勞累了。

【貓良炊泡粿】
[niãu˧ liɔŋ˧ ts'ue˧ p'au˥ kue˥]
貓良，昔日萬華一餅販，技術不精，所售泡粿時凸時凹。是以，笑人時而大言不慚，時而自貶自抑，即引此為

喻。

【貓仔貯落布袋】
[niãu˧ a˥ te˨ lo˨ pɔ˥ te˧]
喻難得出頭。

【貓爬樹——毋成猴】
[niãu˥ pe˥ ts'iu˧ m˨ tsiã˧ kau˦]
歇後語。貓雖會爬樹，畢竟不是猴子。毋成猴，罵人不像話。

【貓咬來，鼠咬去】
[niãu˥ ka˨ lai˦ ts'i˥ ka˨ k'i˨]
不義之財不久居，就像貓較強把東西咬過來，不久卻被老鼠搶去。

【貓食鹽——存辦死】
[niãu˥ tsia˨ iam˦ ts'un˧ pan˨ si˥]
歇後語。相傳貓吃鹽巴必死無疑；因此，凡是下定決心破釜沈舟時，便可應用此語。

【貓親戚，狗斷路】
[niãu˧ ts'in˧ tsiã˦ kau˥ tuĩ˨ lɔ˧]
台俗以爲送貓可以結親戚，忌送狗，謂狗長大不認人會吠人，朋友之間反而會斷路不來往。

【貓無在，老鼠蹺腳】
[niãu˥ bo˧ ti˧ niãu˥ ts'i˥ k'iau˧ k'a˥]
喻主人（大人）不在，僕人（小孩）大鬧一番。

【貓食麵涕，假慈悲】
[niãu˥ tsia˨ mĩ˨ t'i˥ ke˥ tsu˧ pi˥]
麵涕，麵筋；貓是肉食性動物，吃素（麵涕）是僞善。

【貓哭老鼠假有心】
[niãu˥ k'au˥ niãu˥ ts'i˥ ke˥ u˨ sim˥]
喻虛情假意。

【貓毋食薯，狗毋食芋】
[niãu˥ m˨ tsia˨ tsi˦ kau˥ m˨ tsia˨ ɔ˧]
喻各有所忌。

【貓婆甲鬍鬆泉拼命】
[niãu˧ po˦ ka˥ hɔ˧ ts'iu˧ tsuã˦ piã˥ miã˧]
以前台北地區布袋戲鼎盛時期，貓婆、鬍鬆泉是兩大名師，常常對台演出。

【貓鼠孔變成圓拱門】
[niãu˥ ts'i˥ k'aŋ˥ pen˥ siŋ˧ uan˧ kɔŋ˧ muĩ˦]
小洞不防治，會變成大洞；喻宜防微杜漸。

【貓揀倒湆，爲狗做生日】
[niãu˥ sak˥ to˥ am˥ ui˨ kau˥ tso˥ sẽ˧ zit˥]
貓推倒粥湯（湆），牠自己不習慣吃，反而被在旁的狗一下子吃光；喻被人從中取利。

【貓毛，一支也貓，兩支也貓】
[niãu˧ mɔ̃˥ tsit˨ ki˥ ia˨ niãu˥ ləŋ˨ ki˥ ia˨ niãu˥]
喻五十步與一百步相當，不必互相嘲笑。

【貞節婦人驚賴漢】
[tsin˧ tset˥ hu˨ zin˦ kiã˧ lua˨ han˨]
好婦人最怕無賴漢之糾纏。

【財不露眼】
[tsai˦ put˥ lɔ˨ gan˥]
即財不露白。

【財多，身孱】
[tsai˦ to˥ sin˥ lam˥]
錢財賺多了，身體反而瘦弱；不可只顧賺錢而不顧身體。意同「錢大百，人無肉」。

【財命相連】
[tsai˦ miã˧ sio˧ len˦]
謂有財命就好，無財命就苦。

【財多害人己】
[tsai˧ to˥ hai˩ zin˧ ki˥]
錢多有時會害人，也會害了自己。

【財多動人心】
[tsai˧ to˥ tɔŋ˩ zin˧ sim˥]
錢財多，會誘動人的貪念。

【財、丁、壽三字全】
[tsai˧ tiŋ˥ siu˧ sã˧ zi˩ tsuan˧]
財寶、兒子、高壽，三樣鴻福均齊備。

【財子壽，難得求】
[tsai˧ tsu˥ siu˧ lan˧ tit˥ kiu˧]
本省人習慣在大廳祖先牌位後，掛代表財子壽的三仙翁圖，求財、求子、求壽；爲人們共同之願望，但很難三者俱全。

【財、勢、力，三字全】
[tsai˧ se˩ lat˥ sã˧ zi˩ tsuan˧]
有財，有勢又有權力。

【財會通神使鬼】
[tsai˧ e˩ t'ɔŋ˧ sin˧ sai˥ kui˥]
喻金錢萬能。

【財多害人害家治】
[tsai˧ to˥ hai˩ laŋ˧ hai˩ ka˧ ti˧]
錢多，容易引起他人見財心動，做出非分之事，惹禍上身。

【財甲新艋，勢壓淡防】
[tsai˧ ka˥ sin˧ baŋ˥ se˩ ap˥ tam˩ hɔŋ˧]
清代北台灣諺語，喻富甲一方。財富爲新竹、艋舺之冠，權勢壓倒淡水海防廳一帶。

【貧憚呑瀾】
[pin˩ tuã˧ t'un˧ nuã˧]
怠惰的人，既然這麼懶，最好呑食自己的口水好了。

【貧來親也疏】
[pin˧ lai˧ ts'in˥ ia˩ sɔ˥]
人貧窮會使親戚不敢接近，日久就疏遠了。

【貧憚兼懶爛】
[pin˩ tuã˧ kiam˧ lam˥ nuã˧]
譏人怠惰又懶於處理物品，亂糟糟，不衛生。

【貧窮起盜心】
[pin˧ kiŋ˧ k'i˥ to˩ sim˥]
因爲貧窮而心生歹念。

【貧憚牛厚屎尿】
[pin˩ tuã˩ gu˧ kau˩ sai˥ zio˧]
懶牛懶耕田，時常拖著犁耙走沒兩步，即張開兩條後腿要大小便；喻懶人常藉故逃避工作。

【貧窮自在，富貴多憂】
[pin˧ kiŋ˧ tsu˩ tsai˧ hu˥ kui˩ to˧ iu˥]
貧窮的日子雖清苦，但過得心安理得；富貴雖衣食無虞，卻得擔驚受怕。

【貧窮有命，富貴在天】
[pin˧ kiŋ˧ iu˥ biŋ˧ hu˥ kui˩ tsai˩ t'en˥]
人生貧富都是天註定。

【貧憚頭家，無搰力辛勞】
[pin˩ tuã˩ t'au˧ ke˥ bo˧ kut˥ lat˩ sin˧ lo˧]
貧憚，懶惰；搰力，勤勞；辛勞，夥計；老闆懶惰，夥計也會跟著懈怠。

【貧居鬧市無人問，富在深山有遠親】
[pin˧ ki˥ nãu˩ ts'i˧ bu˧ zin˧ bun˧ hu˩ tsai˩ ts'im˧ san˥ iu˥ uan˥ ts'in˥]
一切是錢在做人，只要有錢，住得再偏遠都會有親友來往；反之則無。

【貧賤之交不可忘，糟糠之妻不下堂】
[pin˧ tsen˧ tsi˧ kau˥ put˥ k'o˥ bɔŋ˧ tso˧ k'ɔŋ˥ tsi˧ ts'e˥ put˥ ha˨ tɔŋ˦]
貧窮時所交的朋友，不可忘其友誼；同甘共苦之妻，不可輕言離婚。

【貧憚查甫烏白穩，千金小姐蝦米睏】
[pin˨ tuã˨ tsa˧ pɔ˥ ɔ˧ pe˨ un˥ ts'en˧ kim˧ sio˥ tsia˥ he˧ bi˥ k'un˨]
烏白穩，隨便躺下來睡；懶惰男子睡姿很隨便，千金小姐則多半弓身而眠。

【貧憚查甫愛整馬，貧憚查某愛做客】
[pin˨ tuã˨ tsa˧ pɔ˥ ai˥ tsiŋ˥ be˥ pin˨ tuã˨ tsa˧ bɔ˥ ai˥ tso˥ k'eʔ˨]
整馬，指購置農耕器具。本諺係譏諷好逸惡勞，貪圖享受的男女。

【貪財害命】
[t'am˧ tsai˦ hai˨ biŋ˧]
指爲了錢而害死人亦在所不惜。

【貪俗貴買】
[t'am˧ siɔk˥ kui˥ be˥]
謂貪便宜買劣貨，結果上了當，算來是白花錢，等於買貴了。

【貪賒貴買】
[t'am˧ sia˥ kui˥ be˥]
貪著一點可以賒賬的小便宜，反而買了貴貨。

【貪心無尾溜】
[t'am˧ sim˥ bo˧ bue˥ liu˥]
尾溜，尾巴；貪心的人不會有好結果。

【貪心觔過手】
[t'am˧ sim˥ be˨ kue˥ ts'iu˥]
貪心騙人很難騙到底，終究會被人發覺的。

【貪字貧字殼】
[t'am˥ zi˨ pin˧ zi˨ k'ak˨]
貪這個字是貧這個字的外殼；喻貪者必窮。

【貪俗買狗鯊】
[t'am˧ siɔk˥ be˥ kau˥ sua˥]
狗鯊，鯊魚；貪便宜買下等貨。

【貪食脹破肚】
[t'am˧ tsia˧ tiũ˥ p'ua˥ tɔ˧]
爲了口腹之慾，不惜吃撐肚皮；自食惡果。

【貪俗買破碗】
[t'am˧ siɔk˥ be˥ p'ua˥ uã˥]
貪小便宜反而買到不值其價的東西，眞是因小失大。

【貪熱無貪寒】
[t'am˧ zua˧ bo˧ t'am˧ kuã˦]
冬天寧可多穿一點衣服，不要著涼。

【貪嗆成餓鬼】
[t'am˧ ts'ɔŋ˥ tsiã˧ go˨ kui˥]
貪吃的人就像個餓死鬼一般。

【貪花不滿三十】
[t'am˧ hue˥ put˥ muã˥ sã˧ tsap˥]
貪色縱慾者活不過三十歲。

【貪食人，連碗亦舐】
[t'am˧ tsia˨ laŋ˦ len˨ uã˥ ia˨ tsi˧]
貪吃之至，把碗內食物全吃光，意猶未足，再用舌頭將碗舔過一次。

【貪伊一斗米，失去半年糧】
[t'am˧ i˧ tsit˨ tau˥ bi˥ sit˥ k'i˥ puã˥ nĩ˧ niũ˦]
喻貪小失大。

【貪色無顧病，鬥氣無顧命】
[t'am˧ sik˨ bo˧ ko˥ pẽ˧ tau˥ k'i˨ bo˧ ko˥ miã˧]
縱慾者不顧自己是否有病，鬥氣者不

顧拼下去是否會沒命。好色、好鬥者宜引以爲戒。

【貪食無補所，漏屎就艱苦】
[t'am˧ tsia˧ bo˧ pɔ˥ sɔ˦ lau˦ sai˦ tio˨ kan˧ k'ɔ˦]
貪吃沒有什麼好處，一旦泄肚子（漏屎）就苦了；誡人不可貪心。

【貫耳豬哥】
[kuĩ˦ hĩ˨ ti˧ ko˥]
譏人身份低賤。

【貨識，錢扑結】
[hue˨ bat˩ tsĩ˧ p'a˦ kat˩]
能識貨，可是錢卻打結；引申爲指吝嗇鬼卻買好東西。

【買賣趁識】
[be˥ be˧ t'an˦ bat˩]
喻互相熟識，買賣容易成功。

【買，馬四支腳】
[be˦ be˦ si˦ ki˧ k'a˥]
俏皮話，別人說「買」，你故意將他聽歪成爲「馬」，再說馬有四支腳；意謂不能買，無法買。

【買厝買厝邊】
[be˥ ts'u˨ be˥ ts'u˦ pĩ˥]
買房子，還要考慮到是否有好的鄰居。千金買屋，萬金買鄰；里仁爲美。

【買魚，天做烏】
[be˥ hi˧ t'ĩ˥ tso˦ ɔ˥]
沒錢買魚的藉口。

【買魚食了米】
[be˥ hi˧ tsia˨ liau˥ bi˦]
謂有了魚，食慾更佳，要吃更多的米飯。

【買賣趁熟悉】
[be˥ be˧ t'an˦ sik˥ sai˧]
生意人對認識的人，不但不算便宜，反而因其不好意思出價而賣貴。

【買鹹魚放生】
[be˥ kiam˧ hi˧ paŋ˦ sẽ˥]
鹹魚是被醃漬成的，早就死了，卻要買來放生，眞是假慈悲。

【買大厝，大富貴】
[be˥ tua˨ ts'u˨ tua˨ hu˦ kui˨]
大厝，指棺材。喪家運棺材回家，爲討吉利，不說買棺材，而說買大厝，以祈子孫富貴。

【買豆菜，水底撈】
[be˥ tau˨ ts'ai˨ tsui˥ te˦ hɔ˧]
沒錢買豆芽菜的藉口。

【買豆簽，爛糊糊】
[be˥ tau˨ ts'iam˥ nuã˨ kɔ˧ kɔ˧]
沒錢買豆簽的藉口。

【買，馬較大隻牛】
[be˦ be˦ k'a˦ tua˨ tsia˦ gu˧]
俏皮話，別人說「買」，你故意將他聽歪成爲「馬」，再說馬的形體比牛大；意謂無法買、不能買。

【買十賣七，還三賺四】
[be˥ tsap˥ be˨ ts'it˩ hiŋ˧ sã˥ t'an˦ si˨]
向人借債，以十元成本買入，以七元賣出，還債主三元，最後還賺了四元；此係指企圖惡性倒閉者之如意算盤。

【買者不明，賣者抵當】
[be˦ tsia˨ put˥ biŋ˧ be˧ tsia˨ te˥ tɔŋ˥]
買的人不明白，賣的人有責任。

【買賣無成，情義原在】
[be˥ be˧ bo˧ siŋ˧ tsiŋ˧ gi˧ guan˧ tsai˧]
喻買賣成交與否，不損及雙方固有的友誼。

【買賣算分，相請無論】
[be˥ be˧ suĩ˥˧ hun˥ sio˧ ts'iã˥˧ bo˧ lun˧]
做生意歸做生意，請客歸請客，不可混淆。

【買物無親戚，有俗就行】
[be˥ mĩ˧ bo˧ ts'in˧ tsiã˧ u˩ siɔk˩ tio˩ kiã˧˥]
買東西不必攀關係，只要東西便宜就向他買。

【買三文燈心，交關一坎店】
[be˥ sã˧ bun˧ tiŋ˧ sim˥ kau˧ kuan˧ tsit˩ k'am˥ tiam˩]
三文，極少錢；燈心，昔人點油燈所用之物，極微賤；利用小錢買一點點燈心，和一間商店打交道，建立主顧關係；喻很會做人。

【買物無司傅，加錢買都有】
[be˥ mĩ˧ bo˧ sai˧ hu˧ ke˧ tsĩ˧˥ be˥˧ to˩ u˧]
買東西沒有什麼學問，只要有錢，出得起價錢，什麼東西都買得到。

【買厝要看樑，娶某要看娘】
[be˥ ts'u˩ ai˥˧ k'uã˥˧ niũ˧˥ ts'ua˩ bɔ˥˧ ai˥˧ k'uã˥˧ niã˧˥]
買房子要看大樑上得正不正，如此住起來才會穩當。娶妻時，想了解女方的品行，看看其母即可知梗概，因「有其母必有其女」。

【買賣憑仲人，嫁娶憑媒人】
[be˥ be˧ pin˧ tiɔŋ˧ laŋ˧˥ ke˥˧ ts'ua˧ pin˧ muãi˧ laŋ˧˥]
買賣由仲介人撮合，婚姻由媒人撮合。

【買衣衫看袖，娶某子要看舅】
[be˥ i˧ sam˥ k'uã˥˧ siu˩ ts'ua˩ bɔ˥ kiã˥˧ ai˥˧ k'uã˥˧ kiu˧]
買衣服要看袖子，娶妻可從女方兄弟的人品、性情……來了解女方。

【買入來的像土，賣出去的像金】
[be˥˧ zip˩ lai˩ e˩ ts'iũ˩ t'ɔ˧˥ be˩ ts'ut˥ k'i˩ e˩ ts'iũ˩ kim˥]
喻生意人向貨主批貨時，都是把價錢壓得很低，而自己零賣時，卻將價錢抬得很高。

【買入來的像金，賣出去的像土】
[be˥˧ zip˩ lai˩ e˩ ts'iũ˩ kim˥ be˩ ts'ut˥ k'i˩ e˩ ts'iũ˩ t'ɔ˧˥]
喻做到賠本生意，貨品以高價買入，卻只能賤價賣出。

【賊劫賊】
[ts'at˥ kiap˥ ts'at˥]
黑吃黑。

【賊喊賊】
[ts'at˥ hua˥˧ ts'at˥]
自己做賊，卻喊人為賊。

【賊心狗行】
[ts'at˩ sim˥ kau˥ hiŋ˧]
像禽獸般的人。

【賊皮賊骨】
[ts'at˩ p'ue˧˥ ts'at˩ kut˩]
指手腳不乾淨，喜歡偷東西。

【賊星該敗】
[ts'at˩ ts'ẽ˥ kai˧ pai˧]
賊運倒楣，暴露行跡。

【賊，較惡人】
[ts'at˥ k'a˥˧ ɔk˥ laŋ˧˥]
形容理虧還要氣壯的人。

【賊講人野】
[ts'at˥ kɔŋ˥ laŋ˧ ia˥˧]
做賊，反而說別人野蠻。

【賊心，和尚面】
[ts'at˩ sim˥ hue˧ siũ˩ bin˧]

外貌慈祥，內心險惡；喻不可以貌取人。

【賊心，慈悲嘴】
[ts'at˙˩ sim˥ tsu˧ pi˧ ts'ui˨˩]
滿口仁慈，心地卻不好；指不可以言取人。

【賊比人較歹】
[ts'at˙˥ pi˥ laŋ˧˥ k'a˥˧ p'ãi˥˧]
做錯事卻不認錯，惱羞成怒還罵別人。

【賊仔狀元才】
[ts'at˙˩ la˥˧ tsiɔŋ˨˩ guan˧ tsai˧˥]
小偷都有幾分奸黠之才。

【賊去纔關門】
[ts'at˙˥ k'i˨˩ tsia˥ kuãi˧ muĩ˧˥]
反應太慢，已來不及了。

【賊面，佛祖心】
[ts'at˙˩ bin˧ put˙˩ tsɔ˥ sim˥]
外貌雖醜，內心卻極慈祥；不可以貌廢人。

【賊面，菜公心】
[ts'at˙˩ bin˧ ts'ai˥˧ kɔŋ˧ sim˥]
菜公，吃齋持戒的人；意同「賊面佛祖心」。

【賊，毋過三女門】
[ts'at˙˥ m˨˩ kue˥˧ sam˧ li˥ muĩ˧˥]
嫁了三個女兒的人家，因已辦了三次嫁妝；已沒有什麼可偷，故盜賊也要敬而遠之。

【賊屎較貴仙屎】
[ts'at˙˩ sai˥˧ k'a˥˧ kui˥˧ sen˧ sai˥˧]
價錢貴賤錯亂。

【賊性入骨，千洗虅落】
[ts'at˙˩ siŋ˨˩ zip˙˩ kut˙˩ ts'en˧ se˥˧ be˨˩ lut˙˥]
賊性難改。

【賊劫賊，鮹卷劫墨鰂】
[ts'at˙˥ kiap˙˥ ts'at˙˥ sio˥ kuĩ˥˧ kiap˙˥ bat˙˩ tsat˙˥]
鮹卷，小卷；墨鰂，烏賊；都是海裏軟體動物，遇敵會吐墨汁；喻黑吃黑。

【賊是小人，智過君子】
[ts'at˙˥ si˨˩ siau˥ zin˧˥ ti˨˩ kue˥˧ kun˧ tsu˥˧]
賊是小人，在奸詐狡獪方面，超過君子，不可不防。

【賊來毋張槍，賊去才裝樣】
[ts'at˙˥ lai˧˥ m˨˩ tiũ˧ ts'iŋ˨˩ ts'at˙˥ k'i˨˩ tsia˥ tsɔŋ˧ iũ˧]
賊來攻時不拿槍抗敵，賊走了才裝模作樣。

【賊骨定康康，賊皮虅過風】
[ts'at˙˩ kut˙˥ tiŋ˨˩ k'ɔŋ˧ k'ɔŋ˥ ts'at˙˩ p'ue˧˥ be˨˩ kue˥˧ hɔŋ˥]
定，硬也；喻頑賊。

【賖死，較贏現刣】
[sia˧ si˥˧ k'a˥˧ iã˧ hen˨˩ t'ai˧˥]
意謂活著總比死好。

【賖杉起厝，賣現金】
[sia˧ sam˥ k'i˥ ts'u˨˩ be˨˩ hen˨˩ kim˥]
建築材料用欠帳的，蓋好的房屋卻賣現金；喻生意人存心倒閉。

【賖豬賖羊，無賖新娘】
[sia˧ ti˧ sia˧ iũ˧˥ bo˧ sia˧ sin˧ niũ˧˥]
買豬、買牛可以欠帳，但訂婚的聘金不可以欠帳。

【賣身葬父母】
[be˨˩ sin˥ tsɔŋ˥˧ hu˨˩ bio˥˧]
漢代董永，父死無錢可葬，賣身貸款葬父，因而名列二十四孝之六；喻非常孝順。

【賣某做大舅】

[be˨ bɔ˥ tso˥ tua˨ ku˧]
昔日窮人家養不活妻子，將妻子典賣他人。無顏對新主說他是前夫，便說是那女人的哥哥，以妻舅相稱。喻窮途末路，或譏諷沒出息的男人。

【賣面無賣身】
[be˨ bin˧ bo˧ be˨ sin˥]
有節操的藝妓，只賣藝不出賣肉體。

【賣貓，照實講】
[be˨ niãu˥ tsiau˥ sit˩ kɔŋ˥]
就像賣貓的人，說話都要照實情說出。

【賣龜才買鼈】
[be˨ ku˥ tsia˥ be˥ piʔ˩]
謂做事不合理；勸人做事要先有計劃。

【賣豆腐學刀路】
[be˨ tau˨ hu˧ o˨ to˧ lɔ˧]
指邊賣邊學。

【賣後生，招子婿】
[be˨ hau˨ sẽ˥ tsio˧ kiã˥ sai˨]
後生，兒子；把親生的兒子賣出去，再招女婿進來傳宗接代；喻本末倒置。

【賣後落，起前洋】
[be˨ au˨ lo˧ k'i˥ tsiŋ˧ iũ˦]
後落，後座房屋；前洋，前面的洋樓。把後房賣掉，拿錢來蓋前房；喻多此一舉。

【賣貨頭，削貨尾】
[be˨ hue˥ t'au˧ sia˥ hue˥ bue˥]
生意人常用的諺語；謂新貨入店，剛開始要賣高價賺回成本與利潤，到了後來便須削價出清存貨。

【賣麵看人撒油】
[be˨ mĩ˧ k'uã˥ laŋ˧ sua˥ iu˦]
賣麵的油要放多少，完全看客人身分而下；喻待人不公平；勢利眼。

【賣甘蔗無削——卓蘭】
[be˨ kam˧ tsia˨ bo˧ siaʔ˩ to˥ lan˦]
歇後語。閩南語稱削甘蔗皮爲「攔」，賣甘蔗者不削皮，把削皮工資折價給顧客叫「打攔」，音同「卓蘭」；卓蘭，地名，在苗栗縣。

【賣某賣子少頭嘴】
[be˨ bɔ˥ be˨ kiã˥ tsio˥ t'au˧ ts'ui˨]
賣妻賣子，減少人口，減輕負擔；喻家貧。

【賣魚無夯秤——梘尾】
[be˨ hi˦ bo˧ gia˧ ts'in˨ kiŋ˥ bue˥]
歇後語。賣魚郎未帶秤，顧客看大小條挑，叫「揀尾」，與「梘尾」同音，梘尾爲台北市景美之本名。昔日以竹木管引水叫「水梘」，景美在水梘之尾端，故舊名「梘尾」。

【賣豬肉佪某大尻川】
[be˨ ti˧ baʔ˩ in˧ bɔ˥ tua˨ k'a˧ ts'uĩ˥]
賣豬肉的油水多，妻小因而多肥胖；喻各行各業皆有其固定之利潤。

【賣豬賣狗，主人開口】
[be˨ ti˧ be˨ kau˥ tsu˥ laŋ˦ k'ai˧ k'au˥]
凡是做生意，應由賣主先開價錢。

【賣貨的比買貨的較濟】
[be˨ hue˨ e˨ pi˥ be˥ hue˨ e˨ k'a˥ tse˧]
濟，多也；求售的人多，買貨的人少；喻景氣不佳。

【賣鴨卵的車倒擔——看破】
[be˨ a˥ nuĩ˧ e˧ ts'ia˧ to˥ tã˨ k'uã˥ p'ua˨]
歇後語。賣鴨蛋的攤販，擔子被推(車)倒了，其蛋必破，故云看破；意謂想開一點。

【賣某做大舅，生子叫阿舅】
[be˨˩ bɔ˥˧ tso˥˧ tua˨˩ ku˧ sẽ˧ kiã˥˧ kio˥˧ a˧ ku˧]
昔有一青年，不務正業，無以爲生，將妻子出售與他人。因缺錢，常秘密找其妻接濟，被新夫撞見，乃佯稱是其妻之大哥，新夫遂稱他爲「大舅」，所生之子女亦稱他爲阿舅。乃諷刺世上無能無恥，出賣妻子的男子。

【賣茶講茶芳，賣花講花紅】
[be˨˩ te˧˥ kɔŋ˥ te˧˥ p'aŋ˥ be˨˩ hue˥ kɔŋ˥ hue˥ aŋ˧˥]
老王賣瓜，自賣自誇。

【賣磁的食缺，織蓆的睏椅】
[be˨˩ hui˧˥ e˧ tsia˨˩ k'iʔ˨ tsit˩ ts'ioʔ˩ e˧ k'un˥˧ i˥˧]
賣磁器者，常用有缺口的破碗；織草蓆者，常無蓆可用而睡在椅條上。喻自己捨不得享受自己製造的好貨品。

【賣三區園鱠當隨人一個愛美】
[be˨˩ sã˧ k'u˧ huĩ˧ be˨˩ taŋ˥˧ tue˥˧ laŋ˧ tsit˨ le˧ ai˥˧ sui˥˧]
喻任何事都要趕流行是做不到的。

【賣子無喊子名，賣田無田頭行】
[be˨˩ kiã˥˧ bo˧ hiam˥˧ kiã˥ miã˧˥ be˨˩ ts'an˧˥ bo˧ ts'an˧ t'au˧ kiã˧˥]
子女或田產一旦賣給別人當養子、養女或耕種，便不可以再有所瓜葛。清代，本省同胞若無生育，常向貧苦人家收養子女，以傳香火。

【賣油的個某，頭光髻光；賣火炭的個某，烏鼻穿】
[be˨˩ iu˧˥ e˧ in˧ bɔ˥˧ t'au˧˥ kəŋ˧ kue˨˩ kəŋ˥ be˨˩ hue˥ t'uã˨˩ e˨˩ in˧ bɔ˥˧ ɔ˧ p'ĩ˨˩ ts'əŋ˨˩]
賣油的人，其妻連頭髮都是油漬；賣木炭的人，其妻連鼻孔都是炭屑；戲謂生意人的太太，因行業不同，吃的苦也不同。

【賤買貴賣】
[tsen˨˩ be˥˧ kui˥˧ be˧]
便宜買入，昂貴賣出；此乃經商盈利的方法。

【賢激四六】
[gau˧ kik˩ su˥˧ liɔk˩]
喻只爲自己打算。

【賢跋賢大漢】
[gau˧ pua˧ gau˧ tua˨˩ han˨˩]
小孩學走路時，常常摔跤，大人會說：沒關係，會跌倒才會長大。

【賢者爲愚者勞】
[hen˧˥ tsia˨˩ ui˨˩ gi˧˥ tsia˨˩ lo˧˥]
有才幹的人多爲沒才幹的人服務。

【賢跋倒，賢大漢】
[gau˧ pua˨˩ to˥˧ gau˧ tua˨˩ han˨˩]
幼兒初學走路，屢仆屢起，大人即以此語勉之。

【賢算，毋值拄擋】
[gau˧ səŋ˨˩ m˨˩ tat˨ tu˥ təŋ˨˩]
喻千算萬算，不如遇到一次良機。

【賢操煩，人快老】
[gau˧ ts'au˧ huan˧˥ laŋ˧˥ k'uai˥˧ lau˧]
勸人少煩惱，免得容易老。

【賢婦令夫貴，惡婦令夫敗】
[hen˧ hu˧ liŋ˨˩ hu˥ kui˨˩ ɔk˩ hu˧ liŋ˨˩ hu˥ pai˧]
好妻子可以幫助丈夫成功，壞老婆會使丈夫失敗。

【賢相戰，會陣亡；賢相告，會做獄王】
[gau˧ sio˧ tsen˨˩ e˨˩ tin˨˩ bɔŋ˧˥ gau˧ sio˧ ko˨˩ e˨˩ tso˥˧ gak˨ ɔŋ˧˥]
勸人少爭鬥與訴訟。

【賜子千金，不如教子一藝】
[su˥ tsu˥ ts'en˧ kim˥ put˥ zu˧ ka˥ tsu˥ it˥ ge˧]
喻有一技之長，終生受用不盡。

【賭風，拳頭膨】
[tɔ˥ hɔŋ˥ kun˧ t'au˧ p'ɔŋ˩]
賭博與打拳賣膏藥的人，都很會說大話，誇海口。

【賭、棋、拳頭、曲】
[tɔ˥ ki˧ kun˧ t'au˧ k'ik˧]
台北市大龍峒諺語，形容當地昔日賭博、奕棋、拳頭（獅陣）、曲藝都非常盛行，聞名北台灣。

【賭豬生理虎】
[tɔ˥ ti˥ siŋ˧ li˥ hɔ˥]
喻賭者皆精明能幹，只可惜誤用聰明。

【賭字，貪字心肝】
[tɔ˥ zi˩ t'am˥ zi˩ sim˧ kuã˥]
賭字的貝部與貪字的下部貝同，以喻賭皆起於貪心。

【賺毋成錢】
[t'an˥ m˩ tsiã˧ tsĩ˧]
所賺的錢很少；蠅頭微利。

【賺水食都無】
[t'an˥ tsui˥ tsia˧ to˧ bo˧]
連賺一點錢來買水都沒有辦法，罵人沒有本事。

【賺錢若賺水】
[t'an˥ tsĩ˧ nã˥ t'an˥ tsui˥]
指賺錢非常容易，錢如水般滾滾而來。

【賺錢無過代】
[t'an˥ tsĩ˧ bo˧ kue˥ tai˧]
上一代辛苦工作攢下的錢，到了下一代因不知珍惜，就會揮霍殆盡。

【賺十一，用十七】
[t'an˥ tsap˧ it˧ iŋ˩ tsap˧ ts'it˧]
即入不敷出。

【賺了了，吃了了】
[t'an˥ liau˥ liau˥ tsia˩ liau˥ liau˥]
賺多少，花多少。

【賺七圓，食十四】
[t'an˥ ts'it˥ k'ɔ˥ tsia˩ tsap˧ si˩]
指入不敷出。

【賺會著，食艙著】
[t'an˥ e˩ tio˧ tsia˩ be˩ tio˧]
賺到了錢，卻沒有福分享受。或作「賺會著，用艙著」。

【賺溜溜，食溜溜】
[t'an˥ liu˧ liu˥ tsia˩ liu˧ liu˥]
賺多少，花多少，沒存錢。

【賺錢予人娶某】
[t'an˥ tsĩ˧ hɔ˩ laŋ˧ ts'ua˩ bɔ˥]
賺錢供人娶老婆，喻白費心血。

【賺也著賺，食也著食】
[t'an˩ ia˩ tio˩ t'an˩ tsia˧ ia˩ tio˩ tsia˧]
也要工作，也要享受。

【賺錢有數，性命愛顧】
[t'an˥ tsĩ˧ iu˥ sɔ˩ sẽ˥ miã˧ ai˥ kɔ˩]
賺錢是有限度的，不能勉強，身體健康才是最重要。

【賺錢若賺水，開櫃免彎腰】
[t'an˥ tsĩ˧ nã˥ t'an˥ tsui˥ k'ui˧ kui˧ ben˥ uan˧ io˥]
形容醫生賺錢很容易。

【賺錢龜爬壁，用錢水崩山】
[t'an˥ tsĩ˧ ku˥ pe˥ piaʔ˧ iŋ˩ tsĩ˧ tsui˥ paŋ˧ suã˥]
賺錢興業，速度很慢，像烏龜爬岩壁；花錢敗家，速度快得很，像洪水沖土山，沒多久就不見了。

【贏繳輸博兆】
[iã˧ kiau˥˧ su˧ pua˨˩ tiau˧]
賭博有贏也有輸。

【贏繳輸繳兆】
[iã˧ kiau˥˧ su˧ kiau˥ tiau˧]
繳，賭博；謂賭博是有輸有贏，無人能保常贏。

【贏馬擱想贏馬奴】
[iã˧ be˥˧ ko˥˧ siũ˨˩ iã˧ be˥ lɔ˧˥]
已贏了一匹馬，更想把馬伕也贏來；喻過分妄想。

【贏贏繳，博到輸去】
[iã˧ iã˧ kiau˥˧ pua˨˩ ka˥˧ su˥ k'i˨˩]
明明會贏的牌，賭到最後竟然賭輸掉。喻功敗垂成。

【贏馬毋通擱想贏一個馬奴才】
[iã˧ be˥˧ m˨˩ t'aŋ˧ ko˥˧ siũ˨˩ iã˧ tsit˩ le˧ be˥ lɔ˧ tsai˧˥]
勸人凡事適可而止，不可貪而無饜。

【赤面無私】
[ts'ia˥˧ bin˧ bu˧ su˥]
紅著臉生氣的人，沒有私心。

【赤腳大家】
[ts'ia˥˧ k'a˧ ta˧ ke˥]
指對媳婦嘮叨不停的婆婆（大家）。

【赤仔漢出身】
[ts'ia˥˧ a˥ han˨˩ ts'ut˥ sin˥]
喻白手起家。

【赤鼠，狀元才】
[ts'ia˥˧ ts'i˥˧ tsiɔŋ˨˩ guan˧ tsai˧˥]
形容小偷之狡猾狀。

【赤狗斬尾，假鹿】
[ts'ia˥˧ kau˥˧ tsam˨˩ bue˥˧ ke˥ lɔk˥]
企圖以假亂眞。

【赤腳逐鹿，穿鞋食肉】
[ts'ia˥˧ k'a˥ zik˩ lɔk˥ ts'iŋ˨˩ e˧˥ tsia˨˩ baʔ˩]
勞苦者享受不到成果，不勞苦者反而有美味可吃。

【赤山好佛祖，吳仔牆好大鼓】
[ts'ia˥˧ suã˥ ho˥ hut˩ tsɔ˥˧ gɔ˧ a˥ ts'iũ˧˥ ho˥ tua˨˩ kɔ˥˧]
清同治元年戴萬春在中部舉事，以彰化赤山佛祖爲號召，並有白河人吳仔牆善於擊戰鼓者來加入。

【走甘若飛】
[tsau˥˧ kan˥ nã˥ pue˥]
形容跑（逃）得很快。

【走到奔肩】
[tsau˥ ka˥˧ p'un˥˧ kiŋ˥]
走，跑也；形容疾速逃跑之狀。

【走到七里州】
[tsau˥ ka˥˧ ts'it˥ li˥ tsiu˥]
逃之夭夭。

【走到入霧去】
[tsau˥ ka˥˧ zip˩ bu˧ k'i˨˩]
謂逃之夭夭，逃得很遠讓人看不見，有如躲入霧中。

【走到天尾溜】
[tsau˥ ka˥˧ t'ĩ˧ bue˥ liu˥]
跑得遠遠遠。

【走到天雲尾】
[tsau˥ ka˥˧ t'ĩ˧ hun˧ bue˥˧]
逃到很遠的地方去。

【走到直尾溜】
[tsau˥ ka˥˧ tit˩ bue˥ liu˥]
逃得頭也不回，就像狗逃得尾巴都發直一般。

【走到承天府】
[tsau˥ ka˥˧ siŋ˧ t'en˧ hu˥˧]
承天府，明鄭以台灣爲承天府。喻跑

得很遠。

【走到裂褲腳】
[tsau˥ ka˧˥ li˩ k'ɔ˧˥ k'a˥]
因被追逐，只顧拼命往前跑，跑得褲管都裂開了。

【走馬看眞珠】
[tsau˥ be˧˥ k'uã˧˥ tsin˧ tsu˥]
走馬看花。

【走賊拄著虎】
[tsau˥ ts'at˥ tu˥ tio˩ hɔ˧˥]
因逃賊害，卻碰到老虎；喻一劫過了又一劫。

【走來走去，走輪轉】
[tsau˥ lai˧ tsau˥ k'i˩ tsau˥ len˧˥ tuĩ˧˥]
跑來跑去忙得團團轉。

【走到呂宋加蚋巴】
[tsau˥ ka˧˥ li˩ sɔŋ˩ ka˧ la˥ pa˥]
呂宋，菲律賓；加蚋巴，南洋地名；喻遠走高飛，逃之夭夭。

【赴雨】
[hu˧˥ hɔ˧]
音與「富户」同，是以每當有人出門碰巧遇到下雨，便以此雙關語說他是「富户」。

【起風波】
[k'i˥ hɔŋ˧ p'o˥]
無緣無故發生事端。

【起無孔】
[k'i˥ bo˧ k'aŋ˥]
指毫無理由地罵人。

【起潑面】
[k'i˥ p'ua˧˥ bin˧]
指惱羞成怒。

【起人起客】
[k'i˥ laŋ˧ k'i˥ k'eʔ˩]
形容人很有禮貌，很會待人，即使不須很禮貌對待的人也很禮貌對待他。喻賓客至上。

【起三花跳】
[k'i˥ sã˧ hue˧ t'iau˩]
三花，歌仔戲中的丑角；喻得意忘形、舉止失態的婦女。

【起冬落冬】
[k'˥ taŋ˧ lo˩ taŋ˥]
冬，收冬；指農村收成的時節。

【起猶狗目】
[k'i˥ siau˥ kau˥ bak˥]
猶，瘋狂；喻心中亂了方寸，一時之間胡作非爲，像發狂的狗一般。

【起無六孔】
[k'i˥ bo˧ lak˩ k'aŋ˥]
想藉故惹事，而正找不到藉口，乃毫無理由地罵人。

【起腳動手】
[k'i˥ k'a˧ taŋ˩ ts'iu˧˥]
動手動腳。

【起厝按半料】
[k'i˥ ts'u˩ an˧˥ puã˧˥ liau˧]
蓋房屋（起厝），由於缺乏精打細算，常常只預算（按）了一半的材料而已。

【起腳著卵葩】
[k'i˥ k'a˥ tio˩ lan˩ p'a˥]
卵葩，男子之陰囊；誡人吵架愼勿動手腳，因爲一動手腳就會傷及要害（卵葩）。

【起猶猴公，姦狗母】
[k'i˥ siau˥ kau˧ kaŋ˥ kan˧˥ kau˥ bo˧˥]
起猶，發情；猴公，公猴；公猴發情而去與母狗交配，顯然是牛頭不對馬嘴之事。

【起厝，按半料——誤算】
[k'i˥ ts'u˩ an˦˥ puã˦˥ liau˧ go˩ suĩ˩]
歇後語。蓋房子（起厝）時，由於不會計畫(按)，所買的材料只夠蓋半間，是「誤算」(算錯了)，意即計畫錯了。

【起一個火，炊一床粿】
[k'i˥ tsit˧ le˧ hue˦˥ ts'ue˧ tsit˧ sɔŋ˧ kue˦˥]
做事缺乏計畫，想到什麼就做什麼。

【起頭興興，尾手冷冷】
[k'i˥ t'au˧˥ hiŋ˦˥ hiŋ˩ bue˥ ts'iu˦˥ liŋ˥ liŋ˦˥]
開始很熱心，到後來則變成很冷漠。

【起頭興興，落尾冷冷】
[k'i˥ t'au˧˥ hiŋ˦˥ hiŋ˩ lo˩ bue˦˥ liŋ˥ liŋ˦˥]
意同前句。

【起厝好厝邊，做田好田墘】
[k'i˥ ts'u˩ ho˥ ts'u˦˥ pĩ˥ tso˦˥ ts'an˧˥ ho˥ ts'an˧ kĩ˥]
喻住家、工作都必須有好的鄰居、伙伴；君子居必擇鄰，遊必就士。

【起厝按半料，娶某算𣍐了】
[k'i˥ ts'u˩ an˦˥ puã˦˥ liau˧ ts'ua˩ bɔ˦˥ suĩ˦˥ be˩ liau˦˥]
謂蓋房子、娶妻這兩件事的經費經常會超出預算。

【起厝動千工，拆厝一陣風】
[k'i˥ ts'u˩ taŋ˩ ts'en˧ kaŋ˥ t'ia˦˥ ts'u˩ tsit˧ tin˩ hɔŋ˥]
喻興家困難毀家易。

【起早得罪尪婿，起晏得罪公婆】
[k'i˥ tsa˦˥ tik˥ tsue˩ aŋ˧ sai˩ k'i˥ uã˩ tik˥ tsue˩ kɔŋ˧ po˧˥]
做人媳婦眞爲難，起床起得早，溫柔鄉中的夫婿會埋怨，天色猶早；起得晚，公婆會怪罪，日頭已經曝尻川。

【起厝無閒一冬，娶某無閒一工，娶細姨無閒一世人】
[k'i˥ ts'u˩ bo˧ iŋ˧ tsit˧ taŋ˥ ts'ua˩ bɔ˦˥ bo˧ iŋ˧ tsit˧ kaŋ˥ ts'ua˩ se˦˥ i˧˥ bo˧ iŋ˧ tsit˧ si˦˥ laŋ˧˥]
蓋房屋要忙一年(一冬)，娶老婆忙一天(一工)，娶姨太太會吵鬧，那可要忙一輩子(一世人)。誡人勿娶細姨。

【越奸越巧越貧窮，奸奸巧巧天不從】
[uat˧ kan˥ uat˧ k'iau˦˥ uat˧ pin˧ kiŋ˧˥ kan˧ kan˧ k'iau˥ k'iau˦˥ t'en˥ put˥ tsiɔŋ˧˥]
越奸詐的人越窮困，奸詐的人是天所不從的。

【越奸越巧越貧窮，奸巧到底天不容】
[uat˧ kan˥ uat˧ k'iau˦˥ uat˧ pin˧ kiŋ˧˥ kan˥ kiau˦˥ tau˦˥ te˦˥ t'en˥ put˥ iɔŋ˧˥]
越是奸詐（奸巧）的，越是貧窮；奸詐、心術不正者，老天不會縱容他；誡人不要奸詐。

【趕人生，趕人死；趕人食，無天理】
[kuã˥ laŋ˧ sẽ˥ kuã˥ laŋ˧ si˦˥ kuã˥ laŋ˧ tsia˧ bo˧ t'ĩ˧ li˦˥]
即「食飯皇帝大」。什麼事都可以催促，就是吃飯不可以催促。

【跋倒假翻牌】
[pua˩ to˦˥ ke˥ piŋ˥ pai˧˥]
跋倒，摔跤；假翻牌，僞稱是要翻牌；指人個性倔強不認輸。

【跋落子兒坑】
[pua˩ lo˩ kiã˥ zi˧ k'ẽ˥]
子女眾多，養育困難，父母爲之精疲力竭。

【跛腳跳童】
[pai˥ k'a˥ t'iau˥˧ taŋ˧˥]
跳童，指乩童發作時蹦跳之狀；嘲笑跛腳的人行動不平穩的樣子。

【跛腳扭桌角——搖桌】
[pai˥ k'a˥ giu˥ to˥˧ kak˧ io˧ toʔ˧]
歇後語。跛腳站不穩，拉桌角桌子會搖動，故云搖桌。搖桌台語與日文「很好」：じょうとう諧音，後來便借以表示「很好」之意。

【跛腳揖墓粿——雙頭無一位靠】
[pai˥ k'a˥ io˥˧ bɔŋ˨˩ kue˥˧ siaŋ˧ t'au˧˥ bo˧ tsit˧ ui˨˩ k'o˨˩]
歇後語。揖墓粿，清明掃墓祭畢放鞭炮後，牧童、乞丐等群集墓前向主人乞討祭品之謂。跛腳者靠一隻腳獨撐，站在崎嶇不平的亂葬崗，眞有左右兩邊不知要靠哪一邊之歎。

【跑王爺馬】
[p'au˥ ɔŋ˧ gia˧ be˥˧]
盜乘王爺的座騎；喻膽大妄爲。

【跳加官——歹開講】
[t'iau˥˧ ka˧ kuan˥ p'ãi˥ k'ai˧ kaŋ˥˧]
跳加官時面具是用咬的，所以不能夠開口，爲歇後語歹開講，不方便聊天之意。

【跳仔跳，四兩料】
[t'iau˨˩ a˨˩ t'iau˨˩ si˥˧ niũ˥ liau˧]
謂跳來跳去沈不住氣的人做不了大事。

【跳菜股，娶好某】
[t'iau˥˧ ts'ai˥˧ kɔ˥˧ ts'ua˨˩ ho˥ bɔ˥˧]
俗信元宵夜，未婚男子跳過菜股，可以娶到好妻子。

【跳過火，無事尾】
[t'iau˥˧ kue˥˧ hue˥˧ bo˧ su˨˩ bue˥˧]
本省習俗，犯人出獄後，例先到理髮廳理髮、換衣服，到家門口，從焚燒中的金紙跳躍過去，口唸「跳過火，無事尾」。其意在除禍迎祥。

【跳會過，富𣍐退】
[t'iau˥˧ e˨˩ kue˨˩ hu˥˧ be˨˩ t'ue˨˩]
昔日祖籍南安者，過年時要置一火盆，家人一一跳過以祈好運，跳時口中即唸此詞。

【跳落三條溪也洗𣍐清】
[t'iau˥˧ lo˨˩ sã˧ tiau˧ k'e˥ ia˨˩ se˥ be˨˩ ts'iŋ˥]
喻冤情難以洗清。

【路在嘴】
[lɔ˧ ti˥˧ ts'ui˨˩]
路在嘴上；到陌生城鎮，不知道路，最好的方法便是開口問人。

【路生在嘴】
[lɔ˧ sẽ˧ ti˥˧ ts'ui˨˩]
到陌生地方，想要知道路徑，一定要開口問。

【路頭帖仔】
[lɔ˧ t'au˧ t'iap˥ ba˥˧]
路頭帖仔，本係尋找失物之張貼，後來被用以指揭發別人隱私或攻訐聲譽之工具。相當於今天的大字報。

【路燈——一腹火】
[lɔ˧ tiŋ˥ tsit˧ pak˥ hue˥˧]
歇後語。路燈，是一盞燈，閩南語叫「一葩火」，音轉爲「一腹火」，即一肚子火之意。

【路頭推起拄抵天】
[lɔ˨˩ t'au˧˥ t'ui˧ k'i˥˧ tu˥ t'ĩ˥]
喻路途遙遠。

【路邊厝，水尾田】
[lɔ˨˩ pĩ˧ ts'u˨˩ tsui˥ bue˥ ts'an˧˥]

鹿港諺語。農業社會居家喜靜，故不願住在馬路邊；種植稻子必須大量的水灌溉，水尾的田常常最後才輪到灌溉，故農夫較不喜歡種水尾田；喻沒有人要的東西。

【路邊尿桶——眾人旋】
[lɔ˩ pĩ˧ zio˩ t'aŋ˥˧ tsiŋ˥˧ laŋ˧ suan˧]
歇後語。昔日菜農爲收集尿液施肥，常於路口放置一尿桶供行人小便（旋尿），這個尿桶便是眾人旋；借喻爲遭人臭罵的傢伙。

【路邊林仔拔——允當】
[lɔ˩ pĩ˧ nã˥ a˥ pat˥ un˥ taŋ˩]
歇後語。林仔拔，蕃石榴。路邊的蕃石榴因無主人，路人可以摘來看成熟否，不必擔心主人喊抓賊，故云「允當」，引申爲沒問題之意。

【路在嘴內，一問便知】
[lɔ˧ ti˩ ts'ui˥˧ lai˧ tsit˨ muĩ˧ pen˩ tsai˥]
路是問出來的，不知道路徑，只要肯問，一定會有人指點。

【路見不平，氣死閒人】
[lɔ˧ ken˩ put˥ piŋ˧˥ k'i˥˧ si˥ iŋ˧ laŋ˧˥]
係「路徑不平，氣死行人」之轉變；借喻做事不公平，連旁觀者看了都想伸張正義。

【路頭路尾，相拄會著】
[lɔ˩ t'au˧ lɔ˩ bue˥˧ sio˧ tu˥˧ e˩ tio˧]
相拄，相遇；指做事不要太絕，要留後步；否則日後要報復有的是機會。

【路邊花草，入門取正】
[lɔ˩ pĩ˧ hue˧ ts'au˥˧ zip˨ muĩ˧˥ ts'u˥ tsiã˩]
喻帶妓女回家，取代髮妻。

【路有千條，理只有一條】
[lɔ˧ u˩ ts'en˧ tiau˧˥ li˥˧ tsi˥ u˩ tsit˨ tiau˧˥]
天下真理只有一條。

【路無行艙到，事無做艙成】
[lɔ˧ bo˧ kiã˧˥ be˩ kau˩ su˧ bo˧ tso˩ be˩ siŋ˧˥]
光說不練，不會成功。

【路遙知馬力，事久見人心】
[lɔ˩ iau˧˥ ti˧ mã˥ lik˥ su˩ kiu˥˧ ken˥˧ zin˧ sim˥]
喻時間可以考驗一切。

【路頭擔燈心，路尾擔鐵鎚】
[lɔ˩ t'au˧˥ tã˧ tiŋ˧ sim˥ lɔ˩ bue˥˧ tã˧ t'i˥˧ t'ui˧˥]
有些事看起來很容易，做久則很艱難；就像挑擔子，剛挑很輕，走久了則覺得很重。或作「路頭擔燈心，路尾擔鐵釘」。

【跟人收，跟人食】
[tue˥˧ laŋ˧ siu˥ tue˥˧ laŋ˧ tsia˧]
指昔日窮苦人家，跟在農夫後面拾穗過活。

【跟雞跟雞啼，跟狗跟狗吠】
[tue˥˧ ke˥ tue˥˧ ke˧ t'i˧˥ tue˥˧ kau˥˧ tue˥˧ kau˥ pui˧]
喻近朱者赤，近墨者黑。

【跪算盤】
[kui˩ suĩ˥˧ puã˧˥]
喻丈夫怕老婆，做錯事，被老婆處罰。

【跨雙頭馬】
[k'ua˧ siaŋ˧ t'au˧ be˥˧]
喻兩腿內股貼膏藥。

【踏破雞籠】
[ta˩ p'ua˥˧ ke˧ lam˥]
指做工做到很晚才回家。從前沒有電燈，農人下田工作，經常天黑才入門，不小心便會踩破放在門口的雞籠。

【踏地龍，萬世窮】
[ta˩ te˩ liŋ˧˥ ban˩ si˥˧ kiŋ˧˥]
俗謂以爲人看地理風水爲業者，難免有爲了錢而誇張欺騙之事，缺德，因此永遠無法成爲富翁。

【踏草青，生後生】
[ta˩ ts'au˥ ts'ẽ˥ sẽ˧ hau˩ sẽ˥]
俗謂清明節到郊外掃墓踏青，比較容易生男兒。

【踏破別人天窗】
[ta˩ p'ua˥˧ pat˩ laŋ˧ t'ĩ˧ t'aŋ˥]
揭發別人的短處或錯誤。

【踏伊的地頭，無掠伊的尾】
[ta˩ i˧ e˧ te˩ t'au˧˥ bo˧ tsaŋ˧ i˧ e˧ bue˥˧]
掠，抓；雖在他的地盤，但並未觸犯他，他爲何來找我麻煩？

【踢著鐵板】
[t'at˥ tio˩ t'i˥˧ paŋ˥]
遇到大難題。

【身苦病痛】
[sin˧ k'ɔ˥ pẽ˩ t'iã˩]
指生病。

【身軀斷錢】
[siŋ˧ k'u˥ tuĩ˩ sen˥˧]
身無分文。

【身軀斷滴錢】
[siŋ˧ k'u˥ tuĩ˩ ti˥˧ sen˥˧]
身無分文，意同「身軀斷錢」。

【身軀無邪毋驚鬼】
[siŋ˧ k'u˥ bo˧ sia˧˥ m˩ kiã˧ kui˥˧]
不做虧心事，不怕人來問。

【身軀無錢，從淺位上山】
[siŋ˧ k'u˥ bo˧ tsĩ˧˥ ui˥˧ ts'en˥ ui˧ tsiũ˩ suã˥]
船靠岸邊，富翁可請人家背上岸，沒錢的人只好自尋淺處涉水上岸；喻沒有錢的人做生意要從小本生意做起。

【身旺財旺，鬼仔毋敢作弄】
[sin˥ ɔŋ˧ tsai˧˥ ɔŋ˧ kui˥ a˥˧ m˩ kã˥ tsɔk˥ lɔŋ˧]
喻有錢有勢，別人不敢造次。

【身高三尺二，尖頭擱爛耳，鼻孔蹺上天，目屎流鰌離，倒吊三角身，腹肚若水櫃，雙手金楨鎚，雙腳爆鼓箸】
[sin˥ kuan˧˥ sã˧ ts'io˥˧ zi˧ tsiam˧ t'au˧˥ ko˥˧ nuã˩ hĩ˧ p'ĩ˩ k'aŋ˥ k'iau˥˧ tsiũ˩ t'ĩ˥ bak˩ sai˥˧ lau˧ be˩ li˧ to˥˧ tiau˥˧ sã˧ kak˥ sin˥ pat˥ tɔ˥˧ nã˥ tsui˥ kui˧ siaŋ˧ ts'iu˥˧ kim˧ kɔŋ˥˧ t'ui˧˥ siaŋ˧ k'a˥ piak˥ kɔ˥ ti˧]
形容人的體態、長相怪異，矮小不揚，集醜陋之大全。

【車臼弄甕】
[ts'ia˧ ku˥ laŋ˩ aŋ˥˧]
翻箱倒櫃，遍尋東西。

【車鼓弄車君】
[ts'ia˧ kɔ˥˧ laŋ˩ ts'ia˧ kun˥]
車鼓，車鼓戲；喻女人扭腰擠眼勾引男子（車君）。

【車倒米，賠有加】
[ts'ia˧ to˥ bi˥˧ pue˧ u˩ ke˥]
車倒，指推倒；把別人的米推倒，賠的時候要比原來的多。

【車盤雞母，生無卵】
[ts'ia˧ puã˧ ke˧ bo˥˧ sẽ˧ bo˧ nuĩ˧]
車盤，指毛毛躁躁；喻慌張者成不了事。

【車中馬角，穩死無救】
[ki˧ tiɔŋ˥ be˥ kak˩ un˥ si˥˧ bo˧ kiu˩]

象棋術語，借喻陷進困局，無法挽回。

【軍中無戲言】
[kun˧ tiɔŋ˥ bo˧ hi˥˩ gen˧˥]
在軍中，軍令如山，說話必須謹慎。

【軟腳蝦】
[nuĩ˥ k'a˧ he˧˥]
指人個性軟弱，行事無魄力。

【軟土深掘】
[nuĩ˥ t'ɔ˧˥ ts'im˧ kut˩]
土軟即掘深一點，土硬則否；喻人善被人欺，馬善被人騎；得寸進尺。

【軟索扭豬】
[nuĩ˥ soʔ˩ liu˥˩ ti˥]
昔日屠夫抓豬，必須用月桃繩（軟索）從豬後腳套住，再抓起來；若用強硬棍棒反而抓不來；喻做事要講求手段，以柔克剛。

【軟索牽牛】
[nuĩ˥ soʔ˩ k'an˧ gu˧˥]
用軟的繩索來牽牛；喻循循善誘。

【軟人要企硬地】
[nuĩ˥ laŋ˧˥ be˥ k'ia˩ tiŋ˩ te˧]
企，站也；譏人做與其身分不相稱之事。

【軟殼蝦會食得】
[nuĩ˥ k'ak˩ he˧˥ e˩ tsia˧ tit˩]
喻柔順的人容易被騙。

【軟限，較贏強強挽】
[nuĩ˥ han˧ k'a˥˩ iã˧ kiaŋ˧ kiaŋ˧ ban˥˩]
要債時與其用強硬的語氣逼迫對方，不如以溫和的語氣展延其歸還的期限來得好；蓋狗急則跳牆也。

【軟土深掘，善人易欺】
[nuĩ˥ t'ɔ˧˥ ts'im˧ kut˩ sen˩ zin˧˥ i˥˩ k'i˥]
喻好人容易被欺負。

【較散鐵】
[k'a˥˩ san˥˩ t'iʔ˩]
形容一窮二白。

【較衰吳志】
[k'a˥˩ sue˧ gɔ˧ tsi˩]
吳志，即吳邦志，清末台北艋舺巨商，往來台灣、天津、上海之間。中年後走霉運，與人合夥買賣必虧，獨自運貨赴天津出售亦遇颶風，船沈貨沒，此後吳邦志遇人每自嘆衰運，故有此諺。

【較野蔡牽】
[k'a˥˩ ia˥ ts'ua˥˩ k'en˥]
蔡牽，清代嘉慶年間在閩南及台灣沿海搶劫船隻的強盜。本句指人比蔡牽更兇悍。

【較梟蟶殼】
[k'a˥˩ hiau˧ t'an˥ k'ak˩]
蟶殼，非常薄；喻輕薄反覆無常的人。

【較散死人】
[k'a˥˩ san˥˩ si˥ laŋ˧˥]
散，窮也；謂窮極了。

【較閒蝨母】
[k'a˥˩ iŋ˧ sap˩ bo˥˩]
指極其無聊。

【較雄蔡牽】
[k'a˥˩ hiɔŋ˧ ts'ua˥˩ k'en˥]
蔡牽，係嘉慶年間屢次侵擾台灣的大海盜。蔡牽已是非常兇悍，比他更兇悍，則必更可畏。

【較聖三界】
[k'a˥˩ siã˥˩ sam˧ k'ai˩]
聖，靈驗；三界，三界公；喻預言極準確。

【較粻竹篙】

[k'a˥ lo˥ tik˥ ko˥]
躼，高也；竹篙，晾衣服的竹竿；指個頭高的人。

【較險擔油】
[k'a˥ hiam˥ tã˧ iu˦]
油易燃，故危險；喻非常危險。

【較險擔肥】
[k'a˥ hiam˥ tã˧ pui˦]
比挑大便還危險。

【較濟乞食】
[k'a˥ tse˨ k'it˥ tsia˧]
濟，多也；形容人很多。

【較濟狗毛】
[k'a˥ tse˨ kau˥ mɔ̃˥]
濟，多也；指數量極多。

【較濟無嫌】
[k'a˥ tse˧ bo˧ hiam˦]
多多益善。

【較黠二保】
[k'a˥ ket˨ zi˨ po˥]
台北市諺語。黠，吝嗇；大龍峒保安宮昔日中元普渡分三保（區），其中二保爲今五股、蘆洲、三重、新莊一帶，地瘠民貧，供品不豐，故有此諺。

【較歹日本人】
[k'a˥ p'ãi˥ zip˨ pun˥ laŋ˦]
日治時期，日本人對台胞極兇殘；若比日本人還兇，那可眞兇到極點。

【較加也馬肉】
[k'a˥ ka˧ ia˨ be˥ baʔ˨]
加也，指交易熱絡狀；喻生意興隆。

【較劫落油鼎】
[k'a˥ kiap˥ lo˨ iu˧ tiã˥]
油鼎，油鍋；比下油鍋還苦；極言其苦。

【較衰吳志伯】
[k'a˥ sue˧ gɔ˧ tsi˥ peʔ˨]
同「較衰吳志」。

【較細一隻狗】
[k'a˥ se˥ tsit˨ tsia˥ kau˥]
形容此人的個子很瘦小。

【較貧憚乞食】
[k'a˥ pin˨ tuã˨ k'it˥ tsia˧]
比乞丐還要懶。

【較慘落油鼎】
[k'a˥ ts'am˥ lo˨ iu˧ tiã˥]
落油鼎，下油鍋；指痛苦不堪，無法形容。

【較憺較無虻】
[k'a˥ tiam˧ k'a˥ bo˧ baŋ˥]
憺，安靜勿躁；虻，蚊子。叫人勿輕舉妄動。

【較慢生，捻解邊】
[k'a˥ ban˨ sĩ˥ liam˥ kai˥ pĩ˥]
解邊，指大腿與下腹交接處，即腹股溝。產婦難產，老一輩的婆婆即動手捻其媳婦之解邊，以促其順產。

【較賤屎礐仔蟲】
[k'a˥ tsen˨ sai˥ hak˨ ga˥ t'aŋ˦]
賤，頑皮好動；罵小孩子調皮，比糞坑裡的蛆蟲還厲害。

【較慘囝仔斷奶】
[k'a˥ ts'am˥ gin˥ nã˥ tuĩ˨ liŋ˥]
昔日嬰兒皆吃母乳，至週歲左右不讓嬰兒繼續吃母乳，改吃米粥等，叫「斷奶」。喻痛苦之至。

【較歹也是家治人】
[k'a˥ p'ãi˥ ia˨ si˨ ka˧ ti˨ laŋ˦]
再壞也是自己的人，應自我包涵。

【較慢也是三個子】
[k'a˥ ban˧ ia˨ si˨ sã˧ ge˧ kiã˥]

命中有兒子，晚婚也是會生三個兒子；命中該有跑不掉。

【較慘大桶扑斷箍】
[k'a˥ ts'am˥ tua˩ t'aŋ˥ p'a˥ tuĩ˩ k'ɔ˥]
箍，昔日木桶外圍用以圈套木板的竹篾；箍斷，大桶就會散開。喻災情慘重。

【較慘六月無水泉】
[k'a˥ ts'am˥ lak˥ gue˩ bo˧ tsui˥ tsuã˦]
比六月無水可用還悽慘。

【較慘生蕃把路頭】
[k'a˥ ts'am˥ ts'ẽ˧ huan˥ pe˥ lɔ˩ t'au˦]
喻做了壞事，河東獅吼，被罵得狗血淋頭。

【較慘擔油跳石尖】
[k'a˥ ts'am˥ tã˧ iu˦ t'iau˥ tsio˩ tsiam˥]
跳石尖，昔日河川無橋樑，行人過河只能跳石而過。擔熱油跳石尖，實在有苦說不出。

【較慘孤鳥關落籠】
[k'a˥ ts'am˥ kɔ˧ tsiau˥ kuãi˧ lo˩ laŋ˥]
比喻人的處境孤單悽慘。

【較慘番王想昭君】
[k'a˥ ts'am˥ huan˧ ɔŋ˦ siũ˩ tsiau˧ kun˥]
喻男子被女人迷昏了頭，日夜相思。

【較慘獅陣過刀箍】
[k'a˥ ts'am˥ sai˧ tin˧ kue˥ to˧ k'ɔ˥]
喻難關再危險，也得咬緊牙關闖過。

【較鬧熱五月十三】
[k'a˥ lau˩ zet˩ gɔ˩ gue˩ tsap˩ sã˥]
五月十三日爲台北市霞海城隍誕辰日，昔日迎神賽會之規模全台灣無出其右。本諺作非常熱鬧之喻。

【較毋值牽乞食放屎】
[k'a˥ m˩ tat˩ k'an˧ k'it˥ tsia˧ paŋ˥ sai˥]
牽，仲介也；極言佣金少得可憐。

【較算，也剩一條錢貫】
[k'a˥ suĩ˩ ia˩ ts'un˧ tsit˩ tiau˧ tsĩ˧ kuĩ˩]
錢貫，清代用以穿錢的繩索。再怎麼算也只剩下一條錢貫，空空如也；命不由人，存不了錢。

【較險予竹仔街人請】
[k'a˥ hiam˥ hɔ˩ tik˥ ga˥ ke˥ laŋ˧ ts'iã˥]
竹仔街，今台南縣鹽水鎮東門路。某次大地震，將全街夷平，因適逢普渡大請客，故死傷人數甚多。

【較毋值給乞食耙腳脊】
[k'a˥ m˩ tat˩ ka˩ k'it˥ tsia˧ pe˧ k'a˧ tsiaʔ˩]
謂還不如替乞丐抓癢；勞而無益。

【較脝六月日頭下死狗】
[k'a˥ haŋ˥ lak˩ gue˩ zit˩ t'au˧ e˧ si˥ kau˥]
脝，膨脹。台俗，死狗放水流，夏天經日晒，狗屍往往膨脹如氣球；謂誇大到極點。

【較講也是老皮較加耐】
[k'a˥ kɔŋ˥ ia˩ si˩ lau˩ p'ue˦ k'a˥ ka˧ nãi˧]
謂老人比較有耐力。

【較艱苦也是過一世人】
[k'a˥ kan˧ k'ɔ˥ ia˩ si˩ kue˥ tsit˩ si˥ laŋ˦]
生活再怎麼辛苦，也是一樣過一生。

【較慘孟姜女哭倒萬里長城】
[k'a˥˧ ts'am˥ biŋ˨˩ kiaŋ˧ li˥˧ k'au˥˧ to˥
ban˨˩ li˥ təŋ˧ siã˧˥]
謂悲慟欲絕。

【輕腳細手】
[k'in˧ k'a˧ se˥˧ ts'iu˥˧]
形容做事謹慎細心。

【輕聲細說】
[k'in˧ siã˧ se˥˧ sueʔ˩]
細語呢喃，與粗聲粗氣相反。

【輕家雞，重野雞】
[k'in˧ ka˧ ke˥ tiəŋ˨˩ ia˥ ke˥]
不愛家中老婆而愛風塵女子。

【輕輕仔和，毋通重重告】
[k'in˧ k'in˧ nã˥ ho˧˥ m˨˩ t'aŋ˧ taŋ˨˩
taŋ˨˩ ko˨˩]
有爭執要和解，勿訴訟。

【輒罵毋聽，輒扑獪痛】
[tsiap˩ mẽ˧ m˨˩ t'iã˥ tsiap˩ p'aʔ˩ be˨˩
t'iã˨˩]
輒，常常。管教小孩，常常罵，小孩就不會聽；常常打，小孩就不怕他；喻刑罰不可頻繁。

【輒見官獪畏，輒食酒獪醉】
[tsiap˩ kĩ˥˧ kuã˥ be˨˩ ui˨˩ tsiap˩ tsia˨˩
tsiu˥˧ be˨˩ tsui˨˩]
喻司空見慣，習以為常。

【輒看尻川，就會跋落屎礐】
[tsiap˩ k'uã˥˧ k'a˧ ts'uĩ˥ tio˨˩ e˨˩ pua˨˩
lo˨˩ sai˥ hak˥]
常常偷窺婦女上廁所，總有一天會掉到糞坑裡去；喻夜路走多了，總會遇到鬼。

【輒罵若唱曲，輒扑若扑拍】
[tsiap˩ mẽ˧ nã˥ ts'iũ˥˧ k'ik˩ tsiap˩
p'aʔ˩ nã˥ p'a˥˧ p'ik˩]
常罵孩子，孩子聽多了就像在唱歌；常打孩子，孩子挨打多了就當做是在打節拍。喻父母責打孩子，頻率不要太高。

【輸拳贏酒】
[su˧ kun˧˥ iã˧ tsiu˥˧]
划拳划輸了，卻有酒可喝；塞翁失馬，焉知非福。

【輸就起喫齁】
[su˥ tio˨˩ k'i˥ he˧ ku˥]
喫齁，氣喘病；喻賭品欠佳，輸不起。

【輸人毋輸陣，輸陣歹看面】
[su˧ laŋ˧˥ m˨˩ su˧ tin˧ su˧ tin˧ p'aĩ˥
k'uã˥˧ bin˧]
平時雖不如人，但迎神賽會的團體行動，則絕對不可以輸給別的團體，否則就會很沒有面子。

【輸人毋輸陣，輸陣卵鳥面】
[su˧ laŋ˧˥ m˨˩ su˧ tin˧ su˧ tin˧ lan˨˩
tsiau˥ bin˧]
意同前句。

【轟動武林，驚動萬教】
[həŋ˧ təŋ˨˩ bu˥ lim˧˥ kiã˧ təŋ˨˩ ban˨˩
kau˨˩]
形容武功很高或者聲威鉅大。

【辭年別節，舂糍做粿，莊頭閃到莊尾，子孫才會大葩尾】
[si˧ nĩ˧˥ pet˩ tset˩ tsiŋ˧ tsi˧˥ tso˥˧
kue˥˧ tsəŋ˧ t'au˧˥ hiŋ˧ ka˥˧ tsəŋ˧ bue˥˧
kiã˥ sun˥ tsia˥˧ e˨˩ tua˨˩ p'a˧ bue˥˧]
昔日鄉村年節做粿，常東家送西家送，藉以聯絡感情。

【辰戌丑未，無大細目，亦高低耳】
[sin˧˥ sut˩ t'iũ˥˧ bi˧ bo˧ tua˨˩ se˥˧ bak˥
ia˨˩ kuan˧ ke˨˩ hĩ˧]
算命者之語。謂在辰、戌、丑、未四

個時辰出生的孩子，若不是左右眼一大一小，也會耳朵長得一高一低。

【辰闕雷飛，大颶可期，遠來無慮，近則可危】
[sin˧ k'uat˩ lui˦ hui˥ tai˨ ku˨ k'o˥ ki˦ uan˥ lai˦ bu˧ lu˧ kin˧ tsik˥ k'o˥ ui˦]
氣象諺。辰闕方位有雷電，必起大風；大風從遠處來，就不必憂慮，若從近處來則必風大可危。

【巡田水】
[sun˧ ts'an˧ tsui˥]
暗喻夫婦行房。台俗常以「田」喻女陰，故稱岳父為「田頭家」；巡田水，本指農夫去看田間圳溝水路通否，此處借喻行房。

【近水惜水】
[kin˨ tsui˥ sio˥ tsui˥]
雖近在水邊，也要愛惜用水，不可浪費。

【近廟欺神】
[kin˨ bio˧ k'i˧ sin˦]
指住在廟旁的百姓，對神的敬意反而不如遠地的人，與「北港媽祖興外庄」有異曲同工之妙。

【近海食貴魚】
[kin˨ hai˥ tsia˨ kui˥ hi˦]
靠近海邊，魚反而要貴買；喻過於方便反而得不到益處。

【近溪無水食】
[kin˨ k'e˥ bo˧ tsui˥ tsia˧]
靠近溪邊反而沒水可喝。

【近溪搭無船】
[kin˨ k'e˥ ta˥ bo˧ tsun˦]
靠近溪邊住的人，反而搭不上船；喻雖佔有地利，也不可大意。做人不可以有恃無恐。

【近的毋買，要遠的賒】
[kin˧ le˧ m˨ be˥ be˥ huĩ˧ e˧ sia˥]
不在近處買，反而要到遠處去賒，不是明智之舉。

【近智者賢，近愚者暗】
[kin˨ ti˨ tsia˨ hen˦ kin˨ gi˦ tsia˨ am˨]
近朱者赤，近墨者黑。

【近館邊，豬母會扑拍】
[kin˨ kuan˥ pĩ˥ ti˧ bo˥ e˨ p'a˥ p'et˥]
養在戲館邊的母豬，耳濡目染，日子久了，也會打拍子；喻近朱者赤，近墨者黑。

【近的毋買，要去遠的賒】
[kin˧ le˧ m˨ be˥ be˥ k'i˥ huĩ˧ e˧ sia˥]
喻做事違反情理。

【近山剉無柴，近溪擔無水】
[kin˨ suã˥ ts'o˥ bo˧ ts'a˦ kin˨ k'e˥ tã˧ bo˧ tsui˥]
雖住在山邊、水邊，卻因一時大意遲到了，以致沒柴好砍，沒水可挑。

【近水知魚性，近山識鳥音】
[kin˨ tsui˥ tsai˧ hi˧ siŋ˨ kin˨ suã˥ bat˥ tsiau˥ im˥]
在什麼環境中生長的人，就能熟知那種環境的特性。

【近近相惹目，遠遠刣雞角】
[kin˨ kin˧ sio˧ zia˥ bak˥ huĩ˨ huĩ˧ t'ai˧ ke˧ kak˩]
相惹目，互看不順眼；刣雞角，殺小公雞；近鄰相惡，隔遠反而相親。

【近水樓臺先得月，向陽花木易逢春】

[kin˩ sui˥˧ lau˧ tai˦ sen˧ tit˥ guat˥
hiɔŋ˥˧ iɔŋ˦ hua˧ bɔk˥ i˥˧ hɔŋ˧ ts'un˥]
喻得地利之便較容易成功。

【近江不得枉使水，近山不得枉燒柴】
[kin˩ kaŋ˥ put˥ tik˥ ɔŋ˥ su˥ tsui˥˧
kin˩ san˥ put˥ tik˥ ɔŋ˥ sio˧ ts'a˦]
要節約物質，不可浪費。

【近來學著烏龜法，要縮頭時就縮頭】
[kin˩ lai˦ o˩ tio˩ ɔ˧ ku˧ huat˩ ai˥˧
kiu˧ t'au˧ si˦ tio˩ kiu˧ t'au˦]
戲謂大丈夫要能屈能伸，識時務者爲俊傑。

【迎新棄舊】
[ŋiã˧ sin˥ k'i˥˧ ku˧]
謂喜新厭舊。

【迎雲對風行，風雨轉時生】
[ŋiã˧ hun˦ tui˥˧ hɔŋ˥ hiŋ˦ hɔŋ˧ hɔ˧
tuĩ˥ si˦ siŋ˥]
氣象諺。雲逆風而行，即爲風雨之前兆。

【逃性命】
[to˧ sẽ˥˧ miã˧]
本指逃命，後借喻偷懶逃避工作。

【逃生閃死】
[to˧ sẽ˥ siam˥ si˥˧]
逃避工作。

【逃東閃西】
[to˧ taŋ˥ siam˥ sai˥]
逃避工作。

【退童鼓】
[t'e˥˧ taŋ˧ kɔ˥˧]
退童，讓乩童法力退除；要讓乩童退童，必須擊起鼓聲，才能使他清醒，這種鼓聲稱爲退童鼓。

【退步思量事事難】
[t'e˥˧ pɔ˧ su˧ liɔŋ˦ su˩ su˩ lan˦]
喻做人不可輕生事端，亦不可顧慮過多。

【追狗入窮巷，只好倒咬人】
[tui˧ kau˥˧ zip˩ kiŋ˧ haŋ˧ tsi˥ ho˥˧
to˥ ka˩ laŋ˦]
狗急則跳牆，喻不可趕盡殺絕。

【送巾斷根】
[saŋ˥˧ kin˥ tuĩ˩ kin˥]
台俗朋友相餽贈，不送手巾，相傳送手巾會斷交。

【送肉飼虎】
[saŋ˥˧ baʔ˩ ts'i˩ hɔ˥˧]
白白浪費。

【送扇無相見】
[saŋ˥˧ sĩ˩ bo˧ sio˧ kĩ˩]
台俗朋友相餽贈不送扇子，相傳送了即不會再見。

【送神風，接神雨】
[saŋ˥˧ sin˧ hɔŋ˥ tsiap˥ sin˧ hɔ˧]
氣象諺。傳說農曆十二月二十四日是地神上天的「送神日」，正月初四是地神歸位的「接神日」。在「送神日」必有風，「接神日」必有雨。

【送嫁姆仔，賺暢】
[saŋ˥˧ ke˥˧ m˥˧ mã˩ t'an˥˧ t'iɔŋ˩]
昔日有專業的送嫁婆，陪新娘在其夫家四天，四天後才回去。送嫁姆在新婚夜不能睡，要通宵守候龍鳳蠟燭，不能熄滅，因而聽得見洞房內鳳凰于飛琴瑟和鳴種種聲音，故有此諺。

【送嫁較美新娘】
[saŋ˥˧ ke˩ k'a˥˧ sui˥ sin˧ niũ˦]
送嫁，台灣婚禮中的女儐相，通常是新娘子的未婚姐妹或朋友；喻喧賓奪

主。

【送月雨，後月無焦路】
[saŋ˥ gue˩ hɔ˧ au˩ gue˧ bo˧ ta˧ lɔ˧]
氣象諺。焦，乾也；月底下雨，占下月雨多。

【送君千里，終須一別】
[saŋ˥ kun˥ ts'en˧ li˥ tsiɔŋ˧ su˥ it˥ pet˥]
多情送行，最後還是要分別。

【送姑出，無送姑落窟】
[saŋ˥ kɔ˥ ts'ut˩ bo˧ saŋ˥ kɔ˥ lo˩ k'ut˩]
此爲喪事諺語。外家人士（尤其是指死者娘家之兄嫂），當出殯行列出動時，只可送出大門口，不可送到墓地下葬（落窟）。

【送會得出，收會得入】
[saŋ˥ e˩ tit˥ ts'ut˩ siu˧ e˩ tit˥ zip˥]
謂送禮不拘多少，對方既然敢送，此方也就照數收下。

【透早驚露水，中晝驚曝死，黃昏驚鬼】
[t'au˥ tsa˥ kiã˧ lɔ˥ tsui˥ tiɔŋ˧ tau˩ kiã˧ p'ak˩ si˥ hɔŋ˩ hun˥ kiã˧ kui˥]
此乃懶惰農人不肯下田工作之託辭。

【通無爸，毋通無母】
[t'aŋ˧ bo˧ pe˧ m˩ t'aŋ˧ bo˧ bu˥]
對幼兒而言，失去母親比失去父親更爲可憐。

【通天教主收無好徒弟】
[t'ɔŋ˧ t'en˧ kau˥ tsu˥ siu˧ bo˧ ho˥ tɔ˧ te˧]
地位越高，越不好與人計較，因而越收不到好徒弟。

【這世做，後世收】
[tsit˥ si˩ tso˩ au˩ si˩ siu˥]
因果報應，循環不已。

【這溪釣無別溪釣】
[tsit˥ k'e˥ tio˥ bo˧ pat˩ k'e˥ tio˩]
喻此處不留爺，自有留爺處。

【這賢哀著去縣口予人請扑】
[tsia˥ gau˧ ai˥ tio˩ k'i˥ kuan˩ k'au˥ hɔ˩ laŋ˧ ts'iã˥ p'aʔ˩]
清代執行刑杖的衙役，往往受人贈賄，對罪犯輕施鞭責。但罪犯要裝做禁不起打，大聲悲鳴，以瞞縣官。這需要相當技巧，故罪犯往往雇用有經驗者，代其受刑。本諺即譏善於悲鳴之人。

【這種話若會聽得，屎礷會吃得】
[tsit˥ tsiɔŋ˥ ue˧ nã˩ e˩ t'iã˥ tit˩ sai˥ mã˩ e˩ tsia˧ tit˩]
罵人所說的話不可相信，連狗屎都不如。

【逐三頓，食無飯】
[zik˩ sã˧ tuĩ˩ tsia˩ bo˧ puĩ˧]
喻難以餬口，三餐不繼。

【逐個落水平平沈】
[tak˩ ge˧ lo˩ tsui˥ pẽ˧ pẽ˧ tiam˧]
謂兩敗俱傷，互不佔便宜。

【逐項愛，逐項快癉】
[tak˩ haŋ˩ ai˩ tak˩ haŋ˩ k'uai˥ sen˧]
逐項，每一項；癉，厭倦；看到每樣事物都很容易喜歡的人，他也是很快便會厭倦的人。

【逐頓食無飽——五堵】
[tak˩ tuĩ˩ tsia˩ bo˧ pa˥ gɔ˩ tɔ˥]
歇後語。每餐（逐頓）都吃不飽就是「餓肚」，與「五堵」同音。五堵在基隆市。

【造到有枝有葉】
[tso˩ ka˥ u˩ ki˧ u˩ hio˧]

說謊說得煞有介事。

【造家甲，算人額】
[tso˨ ke˧ kaʔ˩ suĩ˥ laŋ˧ gia˧]
家甲，清代及日治時期稱户口爲家甲。像報户口，按照人頭算，有人有分；喻濫竽充數。

【造塔著造透尾】
[tso˨ t'aʔ˩ tio˨ tso˨ t'au˥ bue˥]
做事要有始有終。

【造柴橋答母恩，殺奸夫報父仇】
[tso˨ ts'a˧ kio˦ tap˩ bo˥ in˥ sat˩ kan˧ hu˥ po˥ hu˨ siu˦]
歷史典故。昔有孝子，其母一直希望其家屋後能造一座木橋，孝子乃努力造一橋以滿足母親之心願；誰知此橋卻是其母之奸夫來往出入之捷徑，孝子知之，乃手刃奸夫以報父仇。

【進無步，退無路】
[tsin˨ bo˧ pɔ˧ t'e˨ bo˧ lɔ˧]
喻陷入絕境。

【進艙進，退艙退】
[tsin˨ be˨ tsin˨ t'e˨ be˨ t'e˨]
進退兩難。

【進前無路，退後無步】
[tsin˥ tsiŋ˦ bo˧ lɔ˧ t'e˥ au˧ bo˧ pɔ˧]
進退維谷。

【逼虎傷人】
[pik˩ hɔ˥ siɔŋ˧ zin˦]
喻逼人太甚，必遭反抗。

【逼狗跳牆】
[pik˩ kau˥ t'iau˥ ts'iũ˦]
喻把對方逼急了，會有反撲的後果。

【遍山掠半箕甲，那會放烏鰻走】
[pen˥ suã˥ lia˨ puã˥ ki˧ kaʔ˩ nã˥ e˨ paŋ˥ ɔ˧ muã˦ tsau˥]
喻求之尚且不得，那會平白放棄。

【遍身死了了，甘若一支嘴還未死】
[pen˥ sin˥ si˥ liau˥ liau˥ kan˧ nã˧ tsit˩ ki˧ ts'ui˨ ia˥ bue˨ si˥]
全身都死光了，只剩一張嘴尚未死。罵人強辯。

【道路各別，養家一般】
[to˨ lɔ˧ kɔk˩ pet˩ iɔŋ˥ ka˥ it˩ puã˥]
各人職業雖然不同，而藉以養家餬口的目標則是一致的。

【過桌捏柑】
[kue˥ toʔ˩ nĩ˧ kam˥]
喻越俎代庖。

【過時臘日】
[kue˥ si˦ la˨ zit˩]
舊日曆（臘日），過了時，沒有用處；泛指過時無用之物。

【過眼不再】
[kue˥ gan˥ put˩ tsai˨]
只要看一眼便記得；記憶力強。

【過街老鼠】
[kue˥ ke˧ niãu˥ ts'i˥]
喻不受歡迎之至，人人喊打。

【過頭過面】
[kue˥ t'au˧ kue˥ bin˧]
布料之大，可以蓋過整個頭與面；喻綽綽有餘。

【過鬼七日路】
[kue˥ kui˥ ts'it˩ zit˩ lɔ˧]
喻熟練，老油條。

【過時賣臘日】
[kue˥ si˦ be˨ la˨ zit˩]
販賣過了時的日曆（臘日），誰買？用指時過境遷再賣不合時宜的東西。

【過關送文憑】
[kue˥ kuan˥ saŋ˥ bun˧ piŋ˦]
過了關才要送文憑，已來不及。

【過山毋知子啼】
[kue˥˧ suã˥ m˨˩ tsai˧ kiã˥˧ t'i˩˧]
台灣昔日以中央山脈分爲前山後山，西部開發完後，後到的人只好到後山去開墾，這些打前鋒的墾民登上山脊，回顧故居，離家已遠，就顧不了家中的事了。

【過五關，斬六將】
[kue˥˧ ŋɔ̃˥ kuan˥ tsam˥ liɔk˨ tsiɔŋ˨˩]
本爲《三國演義》關雲長的故事，借喻飽經世故，受盡苦難。

【過婚嫂，連瞑討】
[kue˥˧ hun˧ so˥˧ len˧ mẽ˧ t'o˥˧]
昔日民間有兄亡而弟娶嫂之俗，故有此諺。

【過橋較濟行路】
[kue˥˧ kio˩˧ k'a˥˧ tse˨˩ kiã˧ lɔ˧]
濟，多也；此係長輩對晚輩的教訓詞，意謂他飽經各種滄桑世故，見識很廣。

【過橋合雨傘——防風】
[kue˥˧ kio˩˧ hap˨ hɔ˨˩ suã˨˩ hɔŋ˧ hɔŋ˥]
歇後語。過木橋爲防風吹，須將雨傘收起來，以免危險，而「防風」則爲一種中藥材。

【過嚨喉，就毋知燒】
[kue˥˧ nã˧ au˩˧ tio˨˩ m˨˩ tsai˧ sio˥]
熱騰騰的食物一旦從喉嚨吞下去，便忘了它會燙人；喻人善忘，事過境遷，便忘記痛苦的教訓。

【過年較緊，過日較奧】
[kue˥˧ nĩ˩˧ k'a˥˧ kin˥˧ kue˥˧ zit˥ k'a˥˧ oʔ˨]
過年，指過新年，只有三五天；過日，一年三百六十五天；緊，快也；奧，慢也；故說過年容易過日難。

【過街老鼠，人人喝扑】
[kue˥˧ ke˧ niãu˥ ts'i˥˧ laŋ˧ laŋ˩˧ hua˥˧ p'aʔ˨]
比喻被大家討厭的人物。

【過兩個七，無過兩個十一】
[kue˥˧ lәŋ˨˩ ge˧ ts'it˨ bo˧ kue˥˧ lәŋ˨˩ ge˧ tsap˨ it˨]
澎湖習俗，父母之喪期，若經過兩次七月分即可擇日變紅除喪，不要經過兩次十一月。

【過來赡中尪意，過去赡中子意】
[kue˥˧ lai˩˧ be˨˩ tiɔŋ˥˧ aŋ˥ i˨˩ kue˥˧ k'i˨˩ be˨˩ tiɔŋ˥˧ kiã˥ i˨˩]
指婦女處在丈夫與兒子之間，左右爲難。

【過橋較濟你行路，食鹽較濟你食米】
[kue˥˧ kio˩˧ k'a˥˧ tse˨˩ li˥ kiã˧ lɔ˧ tsia˨˩ iam˩˧ k'a˥˧ tse˨˩ li˥ tsia˨˩ bi˥˧]
濟，多也，長輩對晚輩的教訓詞，謂經驗比你多，已飽經世故，做晚輩的不要囂張。

【遊山翫水】
[iu˧ san˥ uan˥ sui˥˧]
沒有工作（職務）負擔，四處觀光，悠遊自得。

【遊山食山，遊水食水】
[iu˧ san˥ tsia˨˩ san˥ iu˧ sui˥˧ tsia˨˩ sui˥˧]
喻到處有得吃，無憂無慮。

【遊府食府，遊縣食縣】
[iu˧ hu˥˧ tsia˨˩ hu˥˧ iu˧ kuan˧ tsia˨˩ kuan˧]
走到那裡，吃到那裡；喻廣受歡迎。

【遇行著卯的】
[tu˥˧ kiã˧ tio˨˩ bau˥˧ e˨˩]
喻運氣不佳。

【遇著好救星】
[tu˥ tio˩ ho˥ kiu˥˧ ts'ẽ˥]
謂幸好遇到有人來解圍。

【運河無崁蓋】
[un˩ ho˧ bo˧ k'am˥˧ kua˩]
台南市諺語。崁蓋，加蓋；罵人要死就去死，運河沒有加蓋，任憑你去跳河好了。

【運去金成鐵，時來鐵成金】
[un˧ k'i˩ kim˥ siŋ˧ t'iʔ˩ si˧ lai˧ t'iʔ˩ siŋ˧ kim˥]
謂人若走好運，一切順利；若走霉運，一切都不順利。

【運來鐵成金，運去金成鐵】
[un˧ lai˧ t'iʔ˩ siŋ˧ kim˥ un˧ k'i˩ kim˥ siŋ˧ t'iʔ˩]
喻富貴全憑運氣，運來則富，運去則窮。

【遠水不救近火】
[uan˥ sui˥˧ put˥ kiu˩ kin˩ hue˥˧]
緩不濟急。

【遠親不如近鄰】
[uan˥ ts'in˥ put˥ zu˧ kin˩ lin˧]
雖是親戚，住得遠便不親。

【遠的刣雞角，近的相惹目】
[huĩ˧ e˧ t'ai˧ ke˧ kak˩ kin˧ le˧ sio˧ zia˥ bak˥]
刣雞角，殺小公雞請客；相惹目，互看不順眼；人之通病，近鄰常不和睦，反而遠人較親。

【遠看白波波，近看就無膏】
[huĩ˧ k'uã˩ pe˩ p'o˧ p'o˥ kin˧ k'uã˩ tio˩ bo˧ ko˥]
人不可貌相，有些人遠看相貌堂堂，眞正接觸才發覺他缺乏眞才實學。

【遠遠刣雞角，近近相惹目】
[huĩ˩ huĩ˧ t'ai˧ ke˧ kak˩ kin˩ kin˧ sio˧ zia˥ bak˥]
義同「遠的刣雞角，近的相惹目」。

【遠水難救近火，遠親不如近鄰】
[uan˥ sui˥˧ lan˧ kiu˥˧ kin˩ hue˥˧ uan˥ ts'in˥ put˥ zu˧ kin˩ lin˧]
鄰居的關係，比遠親還重要。

【選舉無司傅，用錢買就有】
[suan˥ ki˥˧ bo˧ sai˧ hu˧ iɔŋ˩ tsĩ˧ be˥˧ tio˩ u˧]
台灣地區近年之選舉，賄選之事時有所聞，成爲所謂的黑金政治。只要花錢買票不須要什麼師父教導，都可以當選。

【還債起家】
[hiŋ˧ tse˩ k'i˥ ke˥]
欠債的人還了舊債，可以開始有錢興家。

【還未轉肚臍】
[ia˥ bue˩ tuĩ˥ tɔ˩ tsai˧]
譏人還嫩，才出娘胎，未切斷臍帶。

【還有兩步七】
[ia˥ u˩ ləŋ˩ pɔ˩ ts'it˩]
言其尚有些許可取之處。

【還了債，起了家】
[hiŋ˧ liau˥ tse˩ k'i˥ liau˥ ke˥]
負債應該償清，家道才有可能興起。

【還有二步七仔】
[ia˥ u˩ zi˩ pɔ˩ ts'it˩ la˩]
指還有可取之處，或謂還有一點小本事。

【還有臭破布味仔】
[ia˥ u˩ ts'au˥˧ p'ua˥˧ pɔ˥˧ bi˧ a˥˧]
謂還有一點小本事，有那麼一回事。

【還未點燈香，先扑斷佛手】
[ia˥ bue˩ tiam˥ tiŋ˧ hiũ˥ siŋ˧ p'a˥˧

tuĩ˩ put˩ ts'iu˥˧]
進廟禮佛，莽莽撞撞，尚未燒香卻把佛像打壞了；喻做事莽撞，會弄巧成拙。

【那仔拔艙上桌得】
[nã˥ a˥ pat˥ be˩ tsiũ˩ toʔ˩ tit˩]
那仔拔，蕃石榴，因其子從口入，從肛門出，即可落地發芽生長，再長出果子，故與蕃茄同樣被列爲禁上供桌的水果。

【那要好額就愛尻川插叉仔】
[nã˩ be˥ ho˥ gia˧ tio˩ ai˥˧ k'a˧ ts'uĩ˥ ts'a˥˧ ts'e˧ a˥˧]
尻川（屁股）插入叉子便好舉，好舉二字閩南語音與好額相似故有此俏皮的話。

【那個梳頭無落髮，各人眼裡有西施】
[nã˥ ko˧ se˧ t'au˧ bo˧ lɔk˩ huat˩ kɔk˥ zin˧ gan˥˧ li˩ iu˥ se˧ si˥]
情人眼裡出西施。

【邪不鬥正】
[sia˧ put˥ tau˥˧ tsiŋ˩]
邪不勝正。

【邪正不兩立】
[sia˧ tsiŋ˩ put˥ liɔŋ˥ lip˥]
正邪不兩立。

【鄉里內，頭目濟】
[hiɔŋ˧ li˥ lai˧ t'au˧ bak˥ tse˧]
濟，多也。指頭頭多，難以應付。

【鄉里細，頭目濟】
[hiɔŋ˧ li˥˧ se˩ t'au˧ bak˥ tse˧]
濟，多也。指地方小，想做頭頭的人很多。

【鄭元和做乞食】
[tẽ˩ guan˧ ho˧ tso˥˧ k'it˥ tsia˧]
喻不要瞧不起人。

【鄭家的女婢，也通毛詩】
[tẽ˧ ka˩ e˧ li˥ pi˧ ia˩ t'ɔŋ˧ mɔ̃˧ si˥]
鄭家，指東漢大儒鄭玄，著有《毛詩鄭箋》；由於主人喜歡，喻連底下的人也會模仿。

【酒醉心頭定】
[tsiu˥ tsui˩ sim˧ t'au˧ tiã˧]
酒醉雖然手腳麻痺，走路浮浮的，但腦筋卻很清楚。

【酒醉心頭事】
[tsiu˥ tsui˩ sim˧ t'au˧ su˧]
借酒澆愁。

【酒醉會誤事】
[tsiu˥ tsui˩ e˩ gɔ˩ su˧]
酒醉會亂性誤了大事。

【酒醉誤江山】
[tsiu˥ tsui˩ gɔ˩ kaŋ˧ san˥]
酒醉會誤了大事。

【酒樓頭家，認錢無認人】
[tsiu˥ lau˧ t'au˧ ke˥ zin˩ tsĩ˧ bo˧ zin˩ laŋ˧]
酒樓，即酒家。酒樓的老板，見錢眼開，有錢就是大爺；沒錢，休想踏進大門半步。

【酒倒落舂臼，酒甕借別人】
[tsiu˥˧ to˥˧ lo˩ tsiŋ˧ k'u˧ tsiu˥ aŋ˩ tsio˥˧ pat˩ laŋ˧]
別人來借酒甕，將自家甕中酒倒進石臼中，空出酒甕來借人；自己要用的東西，反而借給別人，做法錯誤。

【酒醉心頭定，扑人無性命】
[tsiu˥ tsui˩ sim˧ t'au˧ tiã˧ p'a˥˧ laŋ˧ bo˧ sẽ˥˧ miã˧]
雖然酒醉，內心還很清楚。

【酒醉心頭定，酒猾無性命】

[tsiu˥ tsui˩ sim˧ t'au˧ tiã˧ tsiu˥ siau˥˧ bo˧ sẽ˥˧ miã˧]
一般人酒醉，內心還很穩定，而酒精中毒者，一餐無酒即手腳麻痺，則已嚴重威脅到生命安全。

【酒予人食，酒甌煞予人損破】
[tsiu˥˧ hɔ˩ laŋ˧ tsia˧ tsiu˥ au˥ sua˥˧ hɔ˩ laŋ˧ kɔŋ˥˧ p'ua˩]
酒送人吃，對方竟將酒杯打破；喻恩將仇報。

【酒後色，年半百；色後酒，九十九】
[tsiu˥ au˩ sik˨ nĩ˧˥ puã˥˧ paʔ˨ sik˥ au˩ tsiu˥˧ kiu˥ sip˨ kiu˥˧]
酒醉後與女子交媾，易折壽；行房後能飲適量之酒以回補輸出，則可以延年益壽。

【酒鍾會抛過省，拳頭母𠢕鑽過壁】
[tsiu˥ tsiŋ˥ e˩ het˥ kue˥˧ siŋ˥˧ kun˧ t'au˧ bo˥˧ be˩ tsuĩ˥˧ kue˥˧ piaʔ˨]
喻有時用武力無法解決的事，利用酒宴則可以解決。

【酒中不語眞情事，財上分明大丈夫】
[tsiu˥ tiɔŋ˥ put˥ gi˥˧ tsin˧ tsiŋ˧ su˧ tsai˧ siɔŋ˧ hun˧ biŋ˧˥ tai˩ tiɔŋ˩ hu˥]
喝酒場合不宜談正經事，處理財物帳目分明，如此才是大丈夫。

【酒食兄弟千個有，患難時陣半個無】
[tsiu˥˧ tsia˧ hiã˧ ti˧ ts'en˧ le˧ u˧ huan˩ lan˧ si˧ tsun˧ puã˥˧ ge˧ bo˧˥]
喻人情冷暖，酒肉朋友不可靠。

【醉仙半棚戲】
[tsui˥˧ sen˥ puã˥˧ pẽ˧ hi˩]
扮仙戲中，大醉八仙的酬勞是戲金的一半；表示很貴。

【醉後添杯，不如無】
[tsui˥˧ au˧ t'ĩ˧ pue˥ put˥ zu˧ bo˧˥]
人已醉，再斟酒，便毫無意義；浪費酒更傷身。

【醉翁之意不在酒】
[tsui˥˧ ɔŋ˥ tsi˧ i˩ put˥ tsai˩ tsiu˥˧]
主要用心不在此而在彼，大部分轉移到女色。

【醜擱厚屎】
[bai˥˧ ko˥ kau˩ sai˥˧]
醜人多做怪。

【醜面好交關】
[bai˥ bin˧ ho˥ kau˧ kuan˥]
其人外貌雖醜，但容易商量。

【醜查某嫁美尪】
[bai˥ tsa˧ bɔ˥˧ ke˥˧ sui˥ aŋ˥]
夫妻貴在有緣，不在容貌之美醜。

【醜罔醜，還有人愛】
[bai˥˧ bɔŋ˥ bai˥˧ ia˥˧ u˩ laŋ˧ ai˩]
難看歸難看，卻還有人要。

【醜醜也是狀元骨】
[bai˥ bai˥ ia˩ si˩ tsiɔŋ˩ guan˧ kut˨]
喻現在雖不得意，卻也是名門（狀元）的後裔。

【醜醜也是進士骨】
[bai˥ bai˥˧ ia˩ si˩ tsin˥˧ su˩ kut˨]
意同前句。

【醜婦戇奴，家庭之寶】
[bai˥ hu˧ ŋɔ̃˩ lɔ˧˥ ka˧ tiŋ˧˥ tsi˧ po˥˧]
昔日富家以醜婦、戇奴二者最為忠貞。

【醜鳥不知飛，醜柴剖𠢕開】
[bai˥ tsiau˥˧ put˥ ti˧ hui˥ bai˥ ts'a˧˥ p'ua˥˧ be˩ k'ui˥]
喻偏是醜惡的東西，偏難應付；偏難應付的東西，偏是不要的東西。

【醜人愛照鏡，歹命人愛算命】
[bai˥ laŋ˦ ai˥ tsio˥ kiã˩ p'ãi˥ miã˩ laŋ˦ ai˥ suĩ˥ miã˧]
喻凡人皆有補償心理。

【醜查某愛照鏡，孽世人愛看命】
[bai˥ tsa˧ bɔ˥ ai˥ tsio˥ kiã˩ giap˩ se˥ laŋ˦ ai˥ k'uã˥ miã˧]
喻凡人皆有補償心理。

【醬鹹若無蟲，地下著無人】
[tsiũ˥ kiam˦ nã˩ bo˧ t'aŋ˦ te˩ ha˧ tio˩ bo˧ laŋ˦]
謂醃漬的食物當中難免有蛆蟲。

【醫生醫有命人】
[i˧ siŋ˥ i˧ u˩ miã˩ laŋ˦]
醫生只能醫命不該死的人，至於命中註定要死的，連神仙也救不了。

【醫生自病𣍐當醫】
[i˧ siŋ˥ tsu˩ pẽ˧ be˩ taŋ˥ i˥]
喻自己救不了自己，要靠別人。

【重慶寺撈醋矸】
[tioŋ˧ k'iŋ˥ si˧ la˩ ts'ɔ˥ kan˥]
台南市諺語。重慶寺原址在中正區中正路。昔日寺中有一醋瓶，凡丈夫有外遇者，其妻至寺中燒香，並撈動醋瓶，其夫即會回心轉意，破鏡重圓，因此香火曾盛極一時。

【重陽有雨歹收冬】
[tiaŋ˧ iaŋ˦ u˩ hɔ˧ p'ãi˥ siu˧ taŋ˥]
氣象諺。農曆九月初九下雨，主多霪雨，有礙第二季的收成。

【重賞之下必有勇夫】
[tioŋ˩ siũ˥ tsi˧ ha˧ pit˥ iu˥ iɔŋ˥ hu˥]
人爲財死，鳥爲食亡。

【重貲財，薄父母，不成人子】
[tioŋ˩ tsu˧ tsai˦ pɔk˩ hu˩ bio˥ put˥ siŋ˧ zin˧ tsu˥]
眼中只有錢財而無父母，怎麼算得上是人？

【重錢財，薄父母，不成人子】
[tioŋ˩ tsĩ˧ tsai˦ pɔk˩ hu˩ bio˥ put˥ siŋ˧ zin˧ tsu˥]
重錢財而輕父母，就不能算是人。

【重食神，孝男面，早睏晚精神】
[tioŋ˩ sit˩ sin˦ hau˥ lam˧ bin˧ tsa˥ k'un˩ uã˥ tsiŋ˧ sin˦]
重食神，指好吃的人。孝男面，指一副哭喪著臉的表情。精神，指睡醒。指每天早睡晚起，好吃懶做，臉上總擺著一副「孝男面」，毫無笑容，不能與家人和睦相處的婦女。

【野狐亂戰】
[ia˥ hɔ˦ luan˩ tsen˩]
比喻做事沒有計畫，雜亂無章。

【野到若和尚】
[ia˥ ka˥ nã˥ hue˧ siũ˧]
俗稱六根不淨的和尚爲野和尚，以此比喻男人的性慾貪婪之狀。

【量大福大】
[lioŋ˧ tua˧ hɔk˩ tua˧]
度量大者，福分亦大。

【量其約仔】
[lioŋ˩ ki˧ iɔk˥ ga˥]
謂大約。

【量熱，毋通量寒】
[lioŋ˩ zua˧ m˩ t'aŋ˧ lioŋ˩ kuã˦]
謂穿衣服寧可多穿，熱一點，不可少穿，以致受寒。

【量才娶婦，稱女嫁夫】
[lioŋ˧ tsai˦ ts'ua˩ hu˧ ts'in˥ li˥ ke˥ hu˥]
娶媳選婿，都要事先看看自己的兒子、

女兒的才能再考慮。

【金魚】
[kim˧ hi˨˦]
會找妓女的嫖客可分三大類，一爲金絲猴，揮金如土，最爲鴇母喜歡；二爲鹿角仙，半志願掏腰包，半被敲；三爲金魚，金魚型都是美少年，多爲妓女所鍾情，不但不花錢嫖，其零用金還是妓女給的，昔日稱爲「飼金魚」、「飼黄胆」，今天北京話則稱爲「養小白臉」。

【金户蠅】
[kim˧ hɔ˧ sin˨˦]
比喻裡外不一致的人。

【金絲猴】
[kim˧ si˧ kau˨˦]
揮金如土的嫖客。

【金葫蘆】
[kim˧ hɔ˧ lɔ˨˦]
仙人的金葫蘆，你想要什麼它就會變出什麼。

【金子玉子】
[kim˧ kiã˥ gik·| kiã˥˧]
指子女有如金玉瑰寶。

【金收樓折】
[kim˥ siu˥ lau˨˦ t'iaʔ·|]
罵人忘恩負義。

【金枝玉葉】
[kim˧ ki˥ gik·| hio˧]
謂出身高貴。

【金腳頭肟】
[kim˧ k'a˧ t'au˧ u˥]
腳頭肟，膝蓋；男兒膝下有黃金，指不肯屈服於人的人。

【金嘴銀舌】
[kim˧ ts'ui˨˩ gin˧ tsi˧]
台俗喪禮當中，死者之嘴中要剪金銀箔放入，並告訴死者「金嘴銀舌」，不可隨便開口。

【金蟬褪殼】
[kim˧ sen˨˦ t'uĩ˥˧ k'ak·|]
設計脱身。

【金包銀的厝】
[kim˥ pau˧ gin˨˦ ge˧ ts'u˨˩]
用金包起來的房子，謂只是外面很氣派而已；喻虛有其表。

【金剛踏小鬼】
[kim˧ kɔŋ˥ ta˨˩ sio˥ kui˥˧]
金剛，指佛教之四大金剛；喻大欺小，強欺弱，不是對手。

【金銀毋過手】
[kim˧ gin˨˦ m˨˩ kue˥˧ ts'iu˥˧]
不爲人經手金錢，避免瓜田李下之嫌，招人非議。

【金絲娘仔，金咚咚】
[kim˧ si˧ niũ˧ a˥˧ kim˧ taŋ˧ taŋ˥]
形容大家閨秀一身穿得很美。

【金蠅也店美花蕊】
[kim˧ sin˨˦ ia˨˩ tiam˥˧ sui˥ hue˧ lui˥˧]
女子譏罵男子身分不配她。

【金仔山查某——控固力】
[kim˧ mã˥ suã˥ tsa˧ bɔ˥˧ k'ɔŋ˨˩ ku˧ li˥˧]
歇後語。金仔山查某，指礦區（出產黃金之地）女，礦區女三字與控固力（concrete）三字諧音，乃罵人頭殼壞掉。

【金在櫃裏，色在面上】
[kim˥ tsai˨˩ kui˨˩ lai˧ sik·| tsai˨˩ bin˨˩ siɔŋ˧]
錢財是放在錢櫃裡，他有沒有你看不出來；遭遇好不好會反應在臉色上，

注意看便可看得見。

【金舖銀舖不如草埔】
[kim˧ p'ɔ˧ gin˧ p'ɔ˥ put˥ zu˧ ts'au˥ pɔ˥]
喻知足常樂。

【金斗守到生蔬纔揹走】
[kim˧ tau˥ tsiu˥ ka˥ sẽ˧ sɔ˥ tsia˥ kuã˩ tsau˥]
金斗，指貯放先人遺骸的陶甕；生蔬，指遺骸乾燥而生蔬爲子孫大發之兆；金斗藏（葬）在一處好地理，已經生蔬了才移走；喻功敗垂成。

【金龜有著踞，無著過別坵】
[kim˧ ku˥ u˧ tio˩ ku˥ bo˧ tio˩ kue˥ pat˩ k'u˥]
指娼妓不與窮漢交纏。

【金門雞，看著飯粒仔扑咯嗒】
[kim˧ muĩ˧ ke˥ k'uã˥ tio˩ puĩ˩ liap˩ ba˥ p'a˥ kɔk˩ ke˥]
扑咯嗒，指雞叫聲。因金門只產高梁、花生，米糧均由台灣供給，故金門的雞看到飯粒會「扑咯嗒」。這對台灣雞來説，則是少見多怪了。

【金門無認同安，澎湖無認唐山】
[kim˧ muĩ˧ bo˧ zin˩ taŋ˧ uã˥ p'ẽ˧ ɔ˧ bo˧ zin˩ tŋ˧ suã˥]
金門本屬同安，百姓自同安移居金門日久，即自認爲是金門人而非同安人；澎湖之移民，或來自金門，或來自閩南沿海其他縣分，日久亦自認爲是澎湖人而非唐山人，這就是所謂「日久他鄉是故鄉」，向居住地的一種歸屬感。

【釘孤支】
[tiŋ˥ kɔ˧ ki˥]
指打架爭鬥捉雙成對，一對一單挑。

【針頭削鐵】
[tsiam˧ t'au˧ sia˥ t'iʔ˩]
針一包包賣，較值錢；鐵論斤稱，不值錢；謂生意人賣東西，同樣的東西，剛開始賣較貴像賣針，後來就便宜賣像賣鐵。

【針鼻有看見，甕城無看見】
[tsiam˧ p'ĩ˧ u˩ k'uã˩ kĩ˩ aŋ˥ siã˧ bo˧ k'uã˩ kĩ˩]
甕城，古代城池城門外之另一重城門，體積很大可想而知；針鼻，孔極細。此諺之意與「但見秋毫不見車薪」有異曲同工之妙。

【針鼻有看見，大西門無看見】
[tsiam˧ p'ĩ˧ u˩ k'uã˩ kĩ˩ tua˩ se˧ muĩ˧ bo˧ k'uã˩ kĩ˩]
台南市諺語。針孔般小洞都看得見，大西門那麼大一個門卻沒有瞧見；喻小開銷斤斤計較，大浪費卻毫無知覺。

【釣空空，釣一尾鳥尾冬】
[tio˥ k'aŋ˧ k'aŋ˥ tio˥ tsit˩ bue˥ ɔ˧ bue˥ taŋ˥]
澎湖諺語。釣魚人回家，與相識熟人的寒暄語。

【釣魚的要煞，揹笭仔毋煞】
[tio˥ hi˧ e˧ be˥ suaʔ˩ kuã˩ k'a˧ a˥ m˩ suaʔ˩]
煞，結束；笭，裝魚的竹器；主角釣魚人已不想再釣，而配角幫釣魚人提笭的人卻堅持要繼續釣下去。

【釣猴博么之，十八博扁之】
[tiau˥ kau˧ pua˩ io˧ tsi˥ sip˩ pat˩ pua˩ pĩ˥ tsi˥]
釣猴、十八皆以骰子爲工具之賭博；博，賭博；釣猴，用三顆骰子擲，兩顆同點後以第三顆骰子點數多少決勝負，若是一點（么之）則爲最輸。十

八，用四顆骰子擲，兩顆同點後，看另外兩顆之點數，若是另二顆之點數爲一與二即是「扁之」，乃是最輸之人。

【釣竿舉起，要釣龍尖垵美】
[tio˦ kuã˥ gia˧ k'i˦ be˥ tio˦ liŋ˧ tsiam˥ ka˦ uã˧ bi˦]
澎湖諺語。龍尖、垵美，都是魚名，此係釣魚人下竿前之祈禱語。

【釣竿摔予伊遠遠，要釣龍尖甲沙燙】
[tio˦ kuã˥ siak˥ hɔ˨ i˧ (hui˧)həŋ˨ həŋ˧ be˥ tio˦ liŋ˧ tsiam˥ ka˦ sua˧ t'əŋ˨]
澎湖諺語。予伊二字可以連讀成爲hui˧。沙燙，即沙鮻魚。本句是釣魚人下竿前之祈禱語。

【鈍刀使利手】
[tun˧ to˥ sai˥ lai˨ ts'iu˦]
刀雖不利，有手藝的廚師卻照樣能運用自如；喻良匠手藝不凡。

【鉤針釘密鈕縫】
[kau˧ tsiam˥ tiŋ˦ bat˥ liu˥ p'aŋ˧]
喻爲人思考非常縝密，或喻爲人十分吝嗇。

【鉛骰仔骨，水晶卵核】
[en˧ tau˧ a˥ kut˥ tsui˧ tsĩ˧ lan˨ hut˥]
卵核，指男子之睪丸；譏諷穿著時髦華麗的男子。

【鉛錢買紙靴，你走我也走】
[en˧ tsĩ˧ be˥ tsua˥ hia˥ li˥ tsau˦ gua˦ ia˨ tsau˦]
昔有人以鉛僞鑄錢幣，至市場買鞋，遇一鞋匠亦以紙僞造眞鞋賣，雙方交易完成後，皆恐被對方識破，立即逃走。喻做人不可不誠實，否則也會被人欺騙。

【銅身鐵骨】
[taŋ˧ sin˥ t'i˦ kut˥]
形容身體健康。

【銅蛇鐵狗】
[taŋ˧ tsua˧ t'i˦ kau˦]
銅蛇鐵狗，乃地獄中懲罰壞人之物；誡人勿做壞事，否則死後少不了銅蛇鐵狗之侍候。

【銅針鑽鱠落】
[taŋ˧ tsiam˥ ui˧ be˨ lo˧]
譏人吝嗇到極點。

【銅銀買紙杓】
[taŋ˧ gin˧ be˥ tsua˥ hia˥]
銅銀，用銅僞製的銀幣；杓，舀水的杓子；用假錢買到假貨。

【銅牙槽，鐵喙齒】
[taŋ˧ ge˧ tso˧ t'i˦ ts'ui˦ k'i˦]
罵人個性固執，嘴巴硬。

【銅旗敢設就敢倒】
[taŋ˧ ki˧ kã˥ set˥ tio˨ kã˥ to˦]
銅旗，昔日比武場的道具；喻敢做敢當，敢說話就敢負責。

【銅銀買紙靴——雙人暢】
[taŋ˧ gin˧ be˥ tsua˥ hia˥ siaŋ˧ laŋ˧ t'iɔŋ˨]
歇後語。用包銅的銀子買紙製的靴子，買賣雙方都以爲佔到便宜，因此是「雙人暢」，到頭來是空歡喜一場。

【銅鑼揞在手袂內扑】
[taŋ˧ lo˧ kuã˨ ti˨ ts'iu˥ uĩ˥ lai˧ p'aʔ˥]
喻自以爲是。

【銅錢買紙鞋，你走我嘛走】
[taŋ˧ tsĩ˧ be˥ tsua˥ e˧ li˥ tsau˦ gua˦ mã˨ tsau˦]
意同「鉛錢買紙靴，你走我也走」。

【銅鑼較扑銅鑼聲，後母較好後母名】
[taŋ˧ lo˧ k'a˥ p'aʔ˩ taŋ˧ lo˧ siã˥ au˩ bo˥ k'a˥ ho˥ au˩ bo˥ miã˧]
銅鑼任憑怎麼打，還是銅鑼聲，繼母對前妻之子女再怎麼好，還是脫不了繼母的身分；喻脫不了本來的面目。

【鉸刀平，鐵掃手】
[ka˧ to˧ piŋ˧ t'i˥ sau˥ ts'iu˥]
俗謂女子面相顴骨高似剪刀（鉸刀）之一邊，手爪似鐵掃把，爲剋夫之相。喻敗家婦。

【銀白，心肝烏】
[gin˧ pe˧ sim˧ kuã˥ ɔ˥]
錢本身雖是清淨，人心卻爲之而變黑。

【銀票曝焦焦】
[gin˧ p'io˩ p'ak˩ ta˧ ta˥]
喻隨時有現款等著支付。

【銀司不偷銀，餓死一家人】
[gin˧ sai˥ put˥ t'au˧ gin˧ go˩ si˥ it˥ ka˧ zin˧]
謂金銀匠多少都會偷一點顧客來店加工的金銀重量，否則就沒有什麼利潤了。

【鋒頭狗】
[hɔŋ˧ t'au˧ kau˥]
罵人瘋狂不羈。

【鋤頭嘴，畚箕耳】
[ti˧ t'au˧ ts'ui˩ pun˥ ki˧ hĩ˧]
罵人道聽途說，不了解全盤的道理。

【鋪面蟶，浸水蚵】
[p'ɔ˧ bin˩ t'an˥ tsim˥ tsui˥ o˧]
做生意時，鋪在表面的蟶及泡水膨脹後的牡蠣，都只是表面好看而已，擺在這些樣品下面的可就沒那麼好。

【錦上添花】
[gim˥ siɔŋ˧ t'iam˧ hue˥]
好上加好。

【鋸卵無血】
[ki˥ lan˧ bo˧ hueʔ˩]
指刀刃已鈍，連鋸陰莖（卵）都鋸不出血。

【錢做人】
[tsĩ˧ tso˥ laŋ˧]
金錢萬能，有錢才能做到人情週到。

【錢收樓拆】
[tsĩ˧ siu˥ lau˧ t'iaʔ˩]
一旦收了房租，就來拆房屋；喻達到目的，就不講人情。

【錢樹開花】
[tsĩ˧ ts'iu˧ k'ui˧ hue˥]
生意人大發利市時所說的話。

【錢獪做人】
[tsĩ˧ be˩ tso˥ laŋ˧]
錢雖好用，但並非萬能。

【錢鹹潲粘】
[tsĩ˧ kiam˧ siau˧ liam˧]
潲，男子之精液。罵人吝嗇。

【錢了，人無代】
[tsĩ˧ liau˥ laŋ˧ bo˧ tai˧]
花錢消災。

【錢白，心肝烏】
[tsĩ˧ pe˧ sim˧ kuã˥ ɔ˥]
意同「銀白，心肝烏」。

【錢無，人帶衰】
[tsĩ˧ bo˧ laŋ˧ tai˥ sue˥]
喻金錢人人愛，沒錢就倒霉。

【錢銀三不便】
[tsĩ˧ gin˧ sam˧ put˥ pen˧]
喻現金不是說要用馬上就有，難免也有不方便的時候。指身上沒有現金。

【錢大百，人無肉】
[tsĩ˦ tua˨ paʔ˧˩ laŋ˦ bo˧ baʔ˧˩]
賺到了錢財，但健康卻受損，人消瘦了。

【錢四腳，人兩腳】
[tsĩ˦ si˥˩ k'a˥ laŋ˦ ləŋ˨ k'a˥]
賺錢不容易，人追不上錢。

【錢全，人著稱心】
[tsĩ˦ tsuan˦ laŋ˦ tio˨ ts'in˥˩ sim˥]
看到雪花花的銀兩，心裏就有無限歡喜；喻見錢眼開。

【錢死，毋通人死】
[tsĩ˦ si˥˩ m˨ t'aŋ˧ laŋ˦ si˥˩]
喻花錢了事。

【錢無兩個觸陳】
[tsĩ˦ bo˧ ləŋ˨ ge˦ be˨ tan˦]
喻吵架必定是雙方起衝突，互不相讓，才會吵起來；言下之意是不要先去怪對方，自己也該檢討才對。

【錢無腳，會行路】
[tsĩ˦ bo˧ k'a˥ e˨ kiã˧ lɔ˧]
喻金錢萬能。

【錢會博，屎會食】
[tsĩ˦ e˨ pua˧ sai˥˩ e˨ tsia˧]
謂賭錢可以興家立業的話，連大便都可以吃。

【錢對天落落來】
[tsĩ˦ tui˥˩ t'ĩ˥ lak˧ lo˨ lai˨]
錢自己從天上掉下來；父母罵小孩不懂得珍惜金錢的話。

【錢大百，人著無肉】
[tsĩ˦ tua˨ paʔ˧˩ laŋ˦ tio˨ bo˧ baʔ˧˩]
賺錢雖多，卻因勞苦過度，身體消瘦；賺了錢財，賠了健康。

【錢是長性命人的】
[tsĩ˦ si˨ təŋ˧ sẽ˥˩ miã˧ laŋ˦ ge˦]
謂錢多還要命長才能享用到。

【錢細百，輒來驚人】
[tsĩ˦ se˥˩ paʔ˧˩ tsiap˧˩ lai˦ kiã˧ laŋ˦]
消費額雖少，但常去消費，久了也很可觀。

【錢無兩文博觸響】
[tsĩ˦ bo˧ ləŋ˨ bun˦ pua˨ be˨ hiaŋ˥˩]
意同「錢無兩個觸陳」。

【錢細百，輒來也驚人】
[tsĩ˦ se˥˩ paʔ˧˩ tsiap˧˩ lai˦ ia˨ kiã˧ laŋ˦]
意同「錢細百，輒來驚人」。

【錢筒，查某乳，毋通摸】
[tsĩ˧ taŋ˦ tsa˧ bɔ˥ liŋ˥ m˨ t'aŋ˧ bɔŋ˥]
人家的存錢筒，婦女的乳房，不可亂摸，免得惹麻煩。

【錢債好還，人債歹還】
[tsĩ˧ tse˨ ho˥ hiŋ˦ laŋ˧ tse˨ p'ãi˥ hiŋ˦]
欠錢好還，欠人情債則不易還。

【錢會講話，人觸講話】
[tsĩ˦ e˨ kɔŋ˥ ue˧ laŋ˦ be˨ kɔŋ˥ ue˧]
金錢萬能，有錢講話有人聽，沒錢講話沒人理。

【錢銀用賺，毋通用搶】
[tsĩ˧ gin˦ iɔŋ˨ t'an˨ m˨ t'aŋ˧ iɔŋ˨ ts'iũ˥˩]
君子愛財，取之有道。

【錢大百，人著消瘦落肉】
[tsĩ˦ tua˨ paʔ˧˩ laŋ˦ tio˨ siau˧ san˥ lo˨ baʔ˧˩]
意同「錢大百，人著無肉」。

【錢若毋賺，豬哥做馬騎】
[tsĩ˦ nã˨ m˨ t'an˨ ti˧ ko˥ tso˥˩ be˥˩

k'ia˧]
喻不為金錢所箝制，則消遙自在。

【錢銀是仙人頭殼碗髓】
[tsĩ˧ gin˧ si˨ sen˧ zin˧ t'au˧ k'ak˥ uã˥ ts'ue˥˧]
金錢是神仙的腦漿（頭殼碗髓）；喻金錢是很貴重的東西。

【錢尋人，財王；人尋錢，發狂】
[tsĩ˧ ts'ue˨ laŋ˧ tsai˧ ɔŋ˧ laŋ˧ ts'ue˨ tsĩ˧ huat˥ kɔŋ˧]
錢在找人時，那個人很快便成財王；而人在找錢時，常為它發狂；誡人勿一味追求財利。

【錢無用是銅，賊無做是人】
[tsĩ˧ bo˧ iɔŋ˧ si˨ taŋ˧ ts'at˥ bo˧ tso˨ si˨ laŋ˧]
錢不花用，它本質只是銅；小偷若不行竊，本質他還是一個人。

【錢無半屑，摸乳甲擲腳骨】
[tsĩ˧ bo˧ puã˥˧ sut˩ mɔ̃˧ liŋ˥ ka˥ tẽ˨ k'a˧ kut˩]
擲，捏也。嫖客對妓女毛手毛腳後，卻沒錢付帳。此諺是妓女輕視其行為所發之語。

【錢銀若糞土，仁義值千金】
[tsĩ˧ gin˧ nã˥ pun˥˧ t'ɔ˧ zin˧ gi˧ tat˩ ts'en˧ kim˥]
輕財利而重仁義。

【錢白心肝烏，見著錢著變黠】
[tsĩ˧ pe˧ sim˧ kuã˥ ɔ˥ kĩ˥˧ tio˨ tsĩ˧ tio˨ pen˥˧ tiam˥˧]
錢財本身雖清淨，但讓人看到起了歹念，心肝就會變黑。

【錢銀纏半腰，免驚銀紙無人燒】
[tsĩ˧ gin˧ tĩ˧ puã˥˧ io˥ ben˥ kiã˧ gin˧ tsua˥˧ bo˧ laŋ˧ sio˥]
有錢財的人死後，不愁沒人祭拜。

【錢銀幾萬千，毋值得子婿出人前】
[tsĩ˧ gin˧ kui˥ ban˨ ts'en˥ m˨ tat˩ tit˥ kiã˥ sai˨ ts'ut˥ zin˧ tsen˧]
謂選女婿，選財不如選才。

【錯買，無錯賣】
[ts'o˥˧ be˥˧ bo˧ ts'o˥˧ be˧]
買方會買錯，賣方不會賣錯；喻生意人有利頭才會出售。

【鍋蓋螞蟻】
[ue˧ kua˥˧ kau˥ hia˧]
喻走投無路，瀕臨絕境。

【鍘人的稻仔尾】
[tsã˥ laŋ˧ ge˧ tiu˧ a˥ bue˥˧]
鍘，割、砍也；稻仔尾，指稻穀結穗處。稻穗被人切掉了，剩下的就毫無用處。喻搶奪別人辛勤努力的成果。

【鍾馗治小鬼】
[tsiɔŋ˧ k'ue˧ ti˨ sio˥ kui˥˧]
喻掃惡鋤暴。

【鏡拄鏡】
[kiã˨ tu˥ kiã˨]
鏡子對鏡子，雙方都分明，彼此不能欺騙。

【鏡磨鏡】
[kiã˨ bua˧ kiã˨]
鏡子和鏡子相磨，喻女子之同性戀。

【鏡破兩分明】
[kiã˨ p'ua˨ liɔŋ˥ hun˧ biŋ˧]
鏡破成兩半，映照事物一分為二，仍然照得很清楚。引申為雙方都把事情弄得很清楚。

【鐵摃鐵】
[t'iʔ˩ kɔŋ˥˧ t'iʔ˩]
以鐵敲鐵；喻互相抗衡。

【鐵面御史】
[t'i˥˧ bin˨˩ gik˩ su˥˧]
有骨氣的官吏。

【鐵釘仔性】
[t'i˥˧ tiŋ˧ ŋã˥ siŋ˨˩]
鐵釘釘物須要敲打；喻欠人修理。

【鐵嘴硬牙】
[t'i˥˧ ts'ui˨˩ tiŋ˨˩ ge˧˥]
喻硬不認輸。

【鐵樹開花】
[t'i˥˧ ts'iu˧ k'ui˧ hue˥]
百年難見好吉兆。

【鐵釘釘大柱】
[t'i˥˧ tiŋ˥ tiŋ˥˧ tua˨˩ t'iau˧]
謂終身大事，一經決定無法更改。

【鐵齒銅牙槽】
[t'i˥˧ k'i˥˧ taŋ˧ ge˧ tso˧˥]
謂頑固嘴硬至極，死不認輸。

【鐵鎚磨成針】
[t'i˥˧ t'ui˧˥ bua˧ siŋ˧ tsiam˥]
只要肯下功夫，天下沒有做不到的事。

【鐵轎扛獪動】
[t'i˥˧ kio˧ kəŋ˧ be˨˩ taŋ˧]
鐵轎，形容人屁股重；嘲諷人臀部大而重，幾人來扛都扛不動。

【鐵管生銑——歹講】
[t'i˥˧ kəŋ˥˧ sẽ˧ sen˥ p'ãi˥ kəŋ˥˧]
歇後語。銑，生銹。鐵管生銹，則已損壞，是壞管。壞管與台語「歹講」諧音，指對某件事物難以啓齒，或難以預料。

【鐵人獪攻得紙城】
[t'i˥˧ laŋ˧˥ be˨˩ kəŋ˧ tit˥ tsua˥ siã˧˥]
喻柔能克剛。

【鐵扑攏無雙條命】
[t'iʔ˩ p'aʔ˩ ləŋ˥ bo˧ siaŋ˧ tiau˧ miã˧]
人的生命只有一條，縱然是用鐵製的人，也沒有兩條命。

【鐵人獪欠得紙人的錢】
[t'i˥˧ laŋ˧˥ be˨˩ k'iam˥˧ tit˥ tsua˥ laŋ˧˥ ge˧ tsĩ˧˥]
欠債還錢，理所當然，不可恃強而不還。喻欠債之可怕。

【鐵扑的，也無雙人性命】
[t'iʔ˩ p'aʔ˩ e˨˩ ia˨˩ bo˧ siaŋ˧ laŋ˧ sẽ˥˧ miã˧]
意同「鐵扑攏無雙條命」。

【鐵杵磨繡針，功到自然成】
[t'i˥˧ tsi˥˧ bua˧ siu˥˧ tsiam˥ kəŋ˥ to˨˩ tsu˨˩ zen˧ siŋ˧˥]
有志竟成。

【鐵釘相，三日無扑就生銑】
[t'i˥˧ tiŋ˧ siəŋ˨˩ sã˧ zit˥ bo˧ p'aʔ˩ tio˨˩ sẽ˧ sen˥]
罵小孩說一點也不能放縱，幾天不打就不聽話了。

【鐵扑的身體，獪堪得三日的漏屎】
[t'iʔ˩ p'a˩ e˧ sin˧ t'e˥˧ be˨˩ k'am˧ tit˥ sã˧ zit˥ le˧ lau˥˧ sai˥˧]
形容拉肚子最傷身體。

【鑄槍扑家治】
[tsu˥˧ ts'iŋ˨˩ p'a˥˧ ka˧ ti˧]
自己造槍打自己，自作自受。

【鑽石嘴】
[suan˨˩ tsio˨˩ ts'ui˨˩]
指善說花言巧語的嘴（人）。

【鑽燈腳，生卵葩】
[nuĩ˥˧ tiŋ˧ k'a˥ sẽ˧ lan˨˩ p'a˥]
俗信元宵夜，婦女鑽過花燈底下，即可懷孕生男。

【鑼未陳，柏先陳】
[lo˦ bue˨ tan˦ p'ik˥ siŋ˧ tan˦]
演戲開場鑼鼓，是先打鑼再打柏（柏鼓），如今卻是先鼓後鑼，顯然是打鼓的愛出鋒頭。嘲笑人愛講話，愛出鋒頭。

【鑼鼓陳，腹肚緊；鑼鼓煞，腹肚顫】
[lo˧ kɔ˥ tan˦ pat˥ tɔ˥ an˦ lo˧ kɔ˥ suaʔ˨ pat˥ tɔ˥ ts'uaʔ˨]
戲班有演戲，團員才能溫飽，沒有接戲就得挨餓。

【鑿枷家治舉】
[tso˨ ke˦ ka˧ ti˨ gia˦]
自己做枷（刑具），自己套住；自作自受。

【長尻川】
[təŋ˧ k'a˧ ts'uĩ˥]
譏人愛聊天，一坐下去便不知道起來。

【長尾星】
[təŋ˧ bue˥ ts'ẽ˥]
長尾星，即彗星，掃帚星。此係罵小孩之語。

【長時白日】
[təŋ˧ si˧ pe˨ zit˥]
指夏季白天很長。或指大白天。

【長切短，短燒火】
[təŋ˦ ts'et˥ te˥ te˥ hiã˧ hue˥]
長的木材用磨損之後，將它切短移做它用；再用磨損，無法移作它用時，則當作薪材燒。喻物盡其用。

【長鋸短，短燒火】
[təŋ˦ ki˧ te˥ te˥ hiã˧ hue˥]
木柱用磨損，可以鋸短移做他用；移做他用又磨損，最後拿去當柴火燒。由此諺可以充分看出古人珍惜物質資源之一斑。

【長幼內外，宜法肅辭嚴】
[tiɔŋ˥ iu˨ lai˨ gua˧ gi˧ huat˨ siɔk˨ su˦ giam˦]
治家綱要，不論長幼內外，都須言行謹慎，要求嚴肅。

【長安雖好，非久居之地】
[tiaŋ˧ an˥ sui˧ ho˥ hui˧ kiu˥ ki˥ tsi˧ te˧]
喻大都市雖然繁榮，但比不上故鄉之值得留戀。

【長工望落雨，乞食望普渡】
[təŋ˧ kaŋ˥ baŋ˨ lo˨ hɔ˧ k'it˥ tsia˧ baŋ˨ p'ɔ˥ tɔ˧]
下雨，長工才能藉機會休息；普渡，乞丐才能藉此飽餐一頓。

【長安雖好，毋是久戀之鄉】
[tiaŋ˧ an˥ sui˧ ho˥ m˨ si˨ kiu˥ luan˦ tsi˧ hiɔŋ˥]
意同「長安雖好，非久居之地」。

【長江後浪催前浪，世上新人換舊人】
[təŋ˧ kaŋ˥ hio˨ lɔŋ˧ ts'ui˧ tsen˧ lɔŋ˧ se˥ siɔŋ˧ sin˧ zin˦ uã˨ ku˨ zin˦]
喻人世新陳代謝。

【門當戶對】
[muĩ˦ tɔŋ˥ hɔ˧ tui˨]
昔日談婚姻，首重門戶相當。

【門扇板湊𣍐密】
[muĩ˧ sĩ˥ pan˥ tau˥ be˨ ba˧]
指夫妻合不來。

【門前冷落車馬稀】
[muĩ˧ tsiŋ˦ lin˥ lo˧ ts'ia˧ be˥ hi˥]
喻世態炎涼，一朝無權，朋友即遠離他去。

【門扇板，湊毋對邊】
[muĩ˧ sĩ˥ pan˥ tau˥ m˨ tio˨ piŋ˦]

門扇(門扉)裝錯邊，喻夫妻常鬧不和，格格不入。

【門户破毿，豬狗亂藏】
[muĩ˧ hɔ˧ p'ua˥ sam˩ ti˧ kau˥ luan˩ ts'aŋ˩]
謂門户要整修，以免豬狗竄藏其間；喻慎防他人挑撥離間，撥弄是非。

【門扇後，博了叩叩磕】
[muĩ˧ sĩ˥ au˧ pua˩ liau˥ k'ɔk˧ k'ɔk˧ k'ap˧]
與人賭博（博）都賭輸，自己一個人在家躲在門扉後賭，所擲的銅板卻全是贏的；喻嘴巴說得很好，實際上卻沒有用處。

【門樓雖破，更鼓原在】
[muĩ˧ lau˦ sui˧ p'ua˩ kẽ˧ kɔ˥ guan˧ tsai˧]
門樓，昔日城池上的譙樓，樓上有水（砂）漏及更鼓用以計時報更；喻昔日的面目猶在；人死留名，虎死留皮。

【門當户對，兩下成婚配】
[muĩ˦ tɔŋ˥ hɔ˧ tui˩ liɔŋ˥ ha˧ siŋ˧ hun˧ p'ue˩]
男女雙方家庭相當，便可結成親家。

【門後园火叉，才鱠死大家】
[muĩ˧ au˧ k'ɔŋ˥ hue˥ ts'e˥ tsia˥ be˩ si˥ ta˧ ke˥]
有些地方，娶媳婦之日，要在正廳門後放一支火叉，以防婆婆（大家）被媳婦剋死。

【閃西方】
[siam˥ se˧ hɔŋ˥]
閃得遠遠，避得遠遠。

【閃爍星光，星下風狂】
[siam˥ siak˥ ts'ẽ˧ kuĩ˥ ts'ẽ˧ ha˧ hɔŋ˥ kɔŋ˦]
氣象諺。星光閃爍，夜雖晴，也有大風。

【開查某】
[k'ai˧ tsa˧ bɔ˥]
嫖妓。

【開鬼門】
[k'ui˧ kui˥ muĩ˦]
俗信農曆七月初一開鬼門，供鬼魂至人間遊食。

【開井挽泉】
[k'ui˧ tsẽ˥ ban˥ tsuã˦]
泉，地下水；新開一口井，會將老井的地下水吸過去；喻與鄰居開同樣的店，會搶走他的客户。

【開行坐店】
[k'ui˧ haŋ˦ tse˩ tiam˩]
台灣昔日稱大商家為「行郊」，小店舖為「店頭」，經營「行郊」或「店頭」，店家都是坐在屋內管理，故有此諺。

【開門見山】
[k'ai˧ muĩ˦ ken˥ san˥]
喻坦白直率，不拐彎抹角。

【開空殼支票】
[k'ui˧ k'aŋ˧ k'ak˥ tsi˧ p'io˩]
對人的承諾，無法實現。

【開粿，發傢伙】
[k'ui˧ kue˥ huat˥ ke˧ hue˥]
台俗，新娘入門第二天要到客廳去將一籠年糕切開，以祈好運，切糕時佐禮者即唸此語。

【開錢若開水】
[k'ai˧ tsĩ˦ nã˥ k'ai˧ tsui˥]
花錢像用水，沒有節制。

【開嘴就是錢】
[k'ui˧ ts'ui˩ tio˩ si˩ tsĩ˦]
指見錢眼開，重視金錢者。

【開錢較脆皮】
[k'ai˧ tsĩ˦ k'a˥ ts'e˥ p'ue˦]
花錢很闊綽。

【開大門，扑大鼓】
[k'ui˧ tua˩ muĩ˦ p'a˥ tua˩ kɔ˥]
喻公然做壞事。

【開弓無回頭箭】
[k'ui˧ kiŋ˥ bo˧ hue˧ t'au˧ tsĩ˩]
謂像弓上的箭，一去不回頭。

【開井予伊食水】
[k'ui˧ tsẽ˥ hɔ˩ i˧ tsia˩ tsui˥]
爲人效勞而自己不得其利，徒勞一番。

【開公錢，解私願】
[k'ai˧ kɔŋ˧ tsĩ˦ kai˥ su˧ guan˧]
假公濟私。

【開嘴蚶，粒粒臭】
[k'ui˧ ts'ui˥ ham˥ liap˩ liap˩ ts'au˩]
蚶死了就會張口，就會發臭；喻滿嘴胡言，無一句眞話。

【開博迌，扑算第一】
[k'ai˥ pua˧ t'it˥ p'a˥ suĩ˩ te˩ it˩]
嫖、賭（博）、嬉戲（迌迌）會誤了一生，人生要有好的計畫（生涯規畫）最爲重要。

【開孔也會，補窟也會】
[k'ui˧ k'aŋ˥ ia˩ e˧ pɔ˥ k'ut˩ ia˩ e˧]
成全的是他，破壞的也是他；成也蕭何，敗也蕭何；趙孟能貴之，趙孟能賤之；喻大權在握，詭計多端。

【開飯店毋驚大食的】
[k'ui˧ puĩ˩ tiam˩ m˩ kiã˧ tua˩ tsia˧ e˧]
喻做生意不怕有特殊的顧客。

【開嘴損頂，合嘴損下】
[k'ui˧ ts'ui˩ sun˥ tiŋ˥ hap˩ ts'ui˩ sun˥ e˧]
指左右爲難。

【開鹽館，賣鹹連魚頭】
[k'ui˧ iam˧ kuan˥ be˩ kiam˧ len˧ hi˧ t'au˦]
清代鹽巴採專賣制，須有執照者才能賣鹽，稱爲鹽館。譏人吝嗇。

【開花滿天芳，結子才驚人】
[k'ui˧ hue˥ muã˥ t'ĩ˧ p'aŋ˥ ket˥ tsi˥ tsia˥ kiã˧ laŋ˦]
現在雖然花團錦簇，來日未必會結實纍纍；喻眼前雖得意洋洋，將來未必有大成就。俟將來有大成就再說吧！

【開土孔也是你，放土核也是你】
[k'ui˧ t'ɔ˧ k'aŋ˥ ia˩ si˩ li˥ paŋ˥ t'ɔ˧ k'ak˩ ia˩ si˩ li˥]
成事是你，敗事也是你。

【開門七件事，柴米油鹽醬醋茶】
[k'ui˧ muĩ˦ ts'it˥ kiã˩ su˧ ts'a˦ bi˥ iu˦ iam˦ tsiũ˩ ts'ɔ˩ te˦]
謂日常生活的必需品，要妥善籌備，不可短缺。

【閒人，挨冇粟】
[iŋ˧ laŋ˦ e˧ p'ã˥ ts'ik˩]
冇粟，指殼内稻米不充實的穀子；挨冇粟，想將冇粟挨出米來；喻閒人說閒話。

【閒嘴噛雞腳】
[iŋ˧ tsui˩ k'e˥ ke˧ k'a˥]
雞腳無肉，棄之可惜，隨便啃以作消遣；喻無事閒聊。

【閒到若死蝨母】
[iŋ˧ ka˥ nã˥ si˥ sap˥ bo˥]
蝨母，蝨子；喻空閒無事。

【閒閒戴雞毛筅】
[iŋ˧ iŋ˧ ti˥ ke˧ mɔ̃˧ ts'iŋ˥]
雞毛筅，雞毛撣子；謂生活安閒。

【閒人毋做，牽豬哥】
[iŋ˧ laŋ˦ m˨ tso˨ k'an˧ ti˧ ko˥]
閒人不做，偏偏要去牽豬哥；喻好管閒事。

【閒到掠蝨母相咬】
[iŋ˧ ka˥˧ lia˨ sap˥ bo˥˧ sio˧ ka˧]
閒來沒事，抓蝨子互相打架，以作消遣；罵人閒得無聊。

【閒飯加食，閒話減講】
[iŋ˧ puĩ˧ ke˧ tsia˧ iŋ˧ ue˧ kiam˥ koŋ˥˧]
勸人少說閒話，以免惹事生非。

【閒人閃開，老人要展威】
[iŋ˧ laŋ˦ siam˥ k'ui˥ lau˨ laŋ˦ be˥ ten˥ ui˥]
戲謂沒有事的走開，我要來施展一下（拳腳）功夫。

【閒人閃開，老伙仔要展威】
[iŋ˧ laŋ˦ siam˥ k'ui˥ lau˨ hue˥ a˥˧ be˥ ten˥ ui˥]
意同前句。

【閬時無閬日】
[laŋ˥˧ si˦ bo˧ laŋ˥˧ zit˥]
閬，間隔，歇息。只有可能中斷幾個時辰，不可能中斷上一整天；常用以形容人有壞嗜好無法戒除。

【閬晝落到哭】
[laŋ˥˧ tau˨ lo˨ ka˥˧ k'au˨]
氣象諺。閬，虛空，空曠，兼有歇止之意。閬晝，指中午歇止，梅雨季節若是晨昏下而中午歇止，則雨季會拖得很長（落到哭）。

【閭山十八教，教教不相同】
[lu˧ san˥ tsap˨ pe˥˧ kau˨ kau˥˧ kau˨ put˥ sioŋ˧ toŋ˦]
台灣的道教有大法師（道士）與小法師（小法）之分，大法師多屬正一派，小法則有很多派，其中一派叫閭山派，此派下又分許多派，可謂派中有派，各派又不同，故有此諺。

【閹雞趁人飛】
[iam˧ ke˥ t'an˥˧ laŋ˧ pue˥]
不顧身分，只想模仿別人；東施效顰。

【閹雞趁鳳飛】
[iam˧ ke˥ t'an˥˧ hoŋ˧ pue˥]
不顧身分，只想模仿別人；東施效顰。

【閹雞卻碎米，水牛漏屎】
[iam˧ ke˥ k'io˥˧ ts'ui˥˧ bi˥˧ tsui˥ gu˦ lau˥˧ sai˥˧]
閹雞，閹除睪丸以便多長肉的公雞；閹雞揀碎米，積很久才只有一點點，而水牛拉一回大便即大如小山；喻收益不易且少，而損失則很快又大。

【閹雞卻碎米，水牛漏大屎】
[iam˧ ke˥ k'io˥˧ ts'ui˥˧ bi˥˧ tsui˥ gu˦ lau˥˧ tua˨ sai˥˧]
卻，揀；吃食物像閹雞揀拾碎米屑，排泄卻像水牛一樣一次很多；喻收支情形入少出多。

【閻羅王掠無鬼】
[giam˧ lo˧ ɔŋ˦ lia˨ bo˧ kui˥˧]
喻束手無措。

【閻羅王嫁查某子——鬼扛鬼】
[giam˧ lo˧ ɔŋ˦ ke˥˧ tsa˧ bɔ˥ kiã˥˧ kui˥˧ kəŋ˧ kui˥˧]
歇後語。閻羅王是鬼，其女（查某子）也是鬼，她出嫁坐花轎，扛轎的轎夫也是鬼，故云「鬼扛鬼」；諷刺人家鬼打架，壞人聚眾滋事。

【閻羅王開酒店——毋驚死才來】
[giam˧ lo˧ ɔŋ˦ k'ui˧ tsiu˥ tiam˨ m˨ kiã˧ si˥˧ tsia˥˧ lai˦]

歇後語。閻羅王開的酒店，誰敢上門？當然只有不怕死的才敢上門。此係對他人具有挑釁性的話語。

【閻羅王詐欺運動——騙鬼走相逐】
[giam˧ lo˧ ɔŋ˦ tsa˥ k'i˥ un˨ tɔŋ˧ p'en˥ kui˥ tsau˥ sio˧ zik˥]
歇後語。閻羅王假開運動會，就是騙鬼賽跑（走相逐）。

【閻羅註定三更死，絕對無留你過五更】
[giam˧ lo˦ tsu˥ tiã˨ sã˧ kẽ˧ si˥ tsuat˩ tui˥ bo˧ lau˧ li˥ kue˥ go˨ kẽ˥]
什麼時候該死的人，到時就會死，絕對不會錯誤。

【闊莽蕩是】
[k'ua˥ bɔŋ˥ tɔŋ˨ si˧]
形容很寬廣的樣子。

【闊嘴的食四方】
[k'ua˥ ts'ui˨ e˨ tsia˨ su˥ hɔŋ˥]
俗謂男子嘴寬者可以遊食四方。

【闊嘴查甫食四方，闊嘴查某食田園】
[k'ua˥ ts'ui˥ tsa˧ pɔ˥ tsia˨ su˥ hɔŋ˥ k'ua˥ ts'ui˥ tsa˧ bɔ˥ tsia˨ ts'an˧ huĩ˦]
俗謂男子嘴大者可以遊食四方，女子嘴大者則會吃垮家產。

【闊嘴查甫食四方，闊嘴查某食嫁粧】
[k'ua˥ ts'ui˥ tsa˧ pɔ˥ tsia˨ su˥ hɔŋ˥ k'ua˥ ts'ui˥ tsa˧ bɔ˥ tsia˨ ke˥ tsɔŋ˥]
俗謂嘴巴大的男子到處有飯吃，嘴巴大的女子則會得到很多嫁粧。

【關鬼門】
[kuãi˧ kui˥ muĩ˦]
俗信農曆七月初一開鬼門，七月最後一天（小月二九，大月三十）關鬼門。

【關戶蠅蚻】
[kuãi˧ hɔ˧ sin˧ baŋ˥]
用以形容空屋無人使用。

【關公賣豆腐】
[kuan˧ kɔŋ˥ be˨ tau˨ hu˧]
人硬貨不硬。

【關公不離周倉】
[kuan˧ kɔŋ˥ put˥ li˨ tsiu˧ ts'ɔŋ˥]
形容朋友之親密。

【關門賣癩痦藥】
[kuãi˧ muĩ˦ be˨ t'ai˥ ko˧ io˧]
孤行獨市（獨家經營），所賣的東西比人家貴了好幾倍。

【關到頭毛嘴鬚白】
[kuãi˧ ka˥ t'au˧ mõ˦ ts'ui˥ ts'iu˧ pe˧]
謂會被判刑判得很久。

【關家無戶無半人】
[kuãi˧ ke˥ bo˧ hɔ˧ bo˧ puã˥ laŋ˦]
婦人罵絕情男子，其家人全死絕了。

【關公劉備，林投竹刺】
[kuan˧ kɔŋ˥ lau˧ pi˧ nã˧ tau˦ tik˥ ts'i˨]
關公、劉備，喻好朋友；林投、竹刺，喻壞朋友；謂物以類聚。

【關帝爺面前弄大刀】
[kuan˧ te˥ ia˦ bin˨ tsiŋ˦ laŋ˨ tua˨ to˥]
譏人班門弄斧。

【關門閂戶，走到無半人】
[kuãi˧ muĩ˦ ts'uã˥ hɔ˧ tsau˥ ka˥ bo˧ puã˥ laŋ˦]
門戶全上鎖，沒有半個人影；形容逃災難，全城的人都跑光了。

【關老爺敢刣人，也敢予人刣】

[kuan˧ lo˥ ia˦ kã˥ t'ai˧ laŋ˦ ia˨ kã˥ hɔ˨ laŋ˧ t'ai˦]
喻生意人敢賺別人的錢，也捨得自己的錢被別人賺。

【關老爺敢刣人，毋敢予人刣】
[kuan˧ lo˥ ia˦ kã˥ t'ai˧ laŋ˦ m˨ kã˥ hɔ˨ laŋ˧ t'ai˦]
只敢殺人，不敢被人殺；喻敢做不敢當。

【關門厝內坐，雨扑落天窗來】
[kuãi˧ muĩ˦ ts'u˥˧ lai˧ tse˧ hɔ˧ p'a˥˧ lo˨ t'ĩ˧ t'aŋ˥ lai˨]
不出門坐在家裡，雨也會從天窗落下打在頭上；喻禍從天降。

【關門厝內坐，雨潑對天窗落來】
[kuãi˧ muĩ˦ ts'u˥˧ lai˧ tse˧ hɔ˧ p'ua˥˧ tui˥˧ t'ĩ˧ t'aŋ˥ lo˧ lai˨]
意同前句。

【關公落難賣土豆，牽馬仔起色開行郊；卞廷舉勢舉斷到，蕃薯仔去甲枋橋揹皮包】
[kuan˧ kɔŋ˥ lo˨ lan˧ be˨ t'ɔ˧ tau˧ k'an˧ be˥ a˥˧ k'i˥ sik˩ k'ui˧ haŋ˧ kau˥ pan˥ t'iŋ˦ gia˧ se˨ gia˧ be˨ kau˨ han˧ tsi˧ a˥˧ k'i˥˧ ka˨ paŋ˧ kio˦ kuã˨ p'ue˧ pau˥]
宜蘭諺語。清季，有一戲班中演關公者，後來走霉運，擺地攤賣花生，而跑龍套，演關公的馬伕的人，卻走鴻運，當起公司（行郊）的老闆；日治初期，卞廷因諳日語，頗受日人倚重，因而很有勢力，後來會講日語者漸多，他便不再那麼有勢力。另有一人叫林蕃薯，本爲大財主，後來家道中衰，只好去當板橋林本源家的管家（俗稱家長）。喻人生命運起伏很大。

【防風，莿芥，葉下紅，竹仔菜】
[hɔŋ˧ hɔŋ˥ ts'i˥˧ ke˨ hio˨ ha˨ hɔŋ˦ tik˥ ga˥ ts'ai˨]
防風、莿芥、葉下紅、竹仔菜均爲藥名，本諺係譏諷江湖醫生只懂幾種藥就想醫人。

【阮是無錢人仔，毋敢食你竹塹餅】
[guan˥˧ si˨ bo˧ tsĩ˧ laŋ˧ ŋã˥˧ m˨ kã˥ tsia˨ li˥ tik˥ ts'am˥˧ piã˥˧]
竹塹餅，指新竹月餅，又稱漢餅。因新竹月餅製作精緻，故價值昂貴，窮人吃不起。

【阿兄】
[a˧ hiã˥]
阿兄本爲弟對兄之稱呼，但台南地區則用以稱呼爲人抬棺治喪的土公。

【阿里不達】
[a˧ li˥ put˥ tat˩]
不像樣、不像話。

【阿薩布嚕】
[a˧ sa˥ pu˥ luʔ˩]
指亂七八糟、胡亂草率。

【阿諛到觸舌】
[o˧ lo˥ ka˥˧ tak˥ tsi˧]
阿諛，讚美；觸舌，舌頭打結；喻讚美到極點。

【阿公挖土——公開】
[a˧ kɔŋ˥ ue˥ t'ɔ˦ kɔŋ˧ k'ai˥]
歇後語。阿公持鐽掘土（開挖），暗藏公開之意在內。

【阿公娶某——雞婆】
[a˧ kɔŋ˥ ts'ua˨ bɔ˥˧ ke˧ po˦]
歇後語。阿公已有老婆，再要一個太太，即是多出一個老婆，即「加婆」，與「雞婆」諧音，意謂好管閒事。

【阿里山火車——碰壁】
[a˧ li˥ san˧ hue˥ ts'ia˥ pɔŋ˨ piaʔ˩]

歇後語。阿里山森林鐵路環山而造，迂迴曲折上山，常常好像要碰到山壁才轉彎，故有此諺。碰壁，即謂到了盡頭。

【阿婆仔生子——眞拼】
[a˧ po˧ a˧ sẽ˧ kiã˥ tsiã˧ piã˩]
歇後語。老太婆生孩子，非常不容易，就是「眞拼」；很需要拼命的意思。

【阿婆仔放尿——大差】
[a˧ po˧ a˧ paŋ˥ zio˧ tua˩ ts'a˥]
歇後語。老太婆小便（放尿），因尿道及陰部寬鬆，尿道分散會開叉，故云大差（叉）；大差就是差很多之謂。

【阿婆仔炊粿——倒凹】
[a˧ po˧ a˧ ts'ue˧ kue˥ to˥ t'ap˩]
歇後語。老太太蒸發粿，常因年紀大健忘，沒放發粉，發粿不但沒發起來，反而下陷（倒凹）。或謂炊粿乃隱語，指老婦人年紀大，肌肉鬆垮，乳房及女陰皆不復往日之豐滿。倒凹，指倒貼。

【阿猴厝頂——菁仔欉】
[a˧ kau˦ ts'u˥ tiŋ˥ ts'ẽ˧ a˥ tsaŋ˦]
歇後語；阿猴，屏東；昔日屏東一帶人家蓋茅屋，其厝頂之楹樑，多就地取材，以檳榔樹幹（菁仔欉）爲之，故以此爲歇後語。菁仔欉係婦女罵色瞇瞇直盯著女人看的男子之語。

【阿里山坐火車——碰壁】
[a˧ li˥ san˥ tse˩ hue˥ ts'ia˥ poŋ˩ piaʔ˩]
歇後語。阿里山登山火車，曲曲折折，好似要撞到山壁；碰壁，指事到盡頭。

【阿伯仔爬山——邊仔喘】
[a˧ peʔ˩ a˩ pe˥ suã˥ pĩ˥ ã˥ ts'uan˥]
歇後語。老阿伯老當益壯爬山，你們小一輩的先閃到一邊去喘息。意寓沒你的事，閃到一邊去。

【阿婆仔食蟳——講無效】
[a˧ po˧ a˧ tsia˩ tsim˦ kɔŋ˥ bo˧ hau˧]
歇後語。老太婆吃紅蟳，蟳腳（管）對她而言是力不從心，沒有用；「管」、「講」台語諧音。意謂講了等於白講。

【阿姑叫茶，阿嫂做狗爬】
[a˧ kɔ˥ kio˥ te˦ a˧ so˥ tso˥ kau˥ pe˦]
謂姑嫂之間關係惡劣，有時小姑仗勢欺人，嫂嫂仍得好好侍候她。

【阿婆仔𦜆尿——答答滴滴】
[a˧ po˧ a˧ ts'ua˩ zio˧ tap˥ tap˥ ti˥ tiʔ˩]
歇後語。以老婦人易患之小便失禁點點滴滴滲出，來比喻人做事之囉嗦與不乾脆。

【阿彌陀佛，食菜無拜佛】
[a˧ mĩ˥ tɔ˩ hut˥ tsia˩ ts'ai˩ bo˧ pai˥ hut˥]
諷刺口是心非、言行不一的人。

【阿公要煮鹹，阿媽要煮淡】
[a˧ kɔŋ˥ be˥ tsu˥ kiam˦ a˧ mã˥ be˥ tsu˥ tsiã˥]
難爲了媳婦。

【阿西阿西，娶某甲人公家】
[a˧ se˥ a˧ se˥ ts'ua˩ bɔ˥ ka˥ laŋ˧ kɔŋ˧ ke˥]
與人公家老婆分明是戴綠帽子；譏人老婆紅杏出牆。

【除靈折桌】
[ti˧ liŋ˦ t'ia˥ toʔ˩]
本指喪葬習俗至除靈日將魂帛火化，靈桌撤除；後借喻兄弟吵架，大打出手。

【除了親家無大客】
[ti˧ liau˥ ts'in˧ ke˥ bo˧ tua˨ k'eʔ˩]
親家是最高貴的客人。

【陳皮蘇黨】
[tan˧ p'ue˦ so˧ tɔŋ˥]
陳皮、蘇黨本為中藥藥名；清季，台北大龍峒陳維英、艋舺蘇袞榮二人俱有才名，從學者頗眾，勢均力敵，故用此二藥名以喻之。

【陳、林半天下】
[tan˧ lim˦ puan˥ t'en˧ ha˧]
台灣的居民，以陳姓居多，次為林姓。

【陳甲陳，提刀仔在相殘】
[tan˦ ka˥ tan˦ t'e˨ to˧ a˥ tit˩ sio˧ tsan˦]
喻同姓不婚；陳姓與陳姓聯姻，就有如拿刀互相殘害。

【陳、林、李、蔡，天下佔一半】
[tan˧ lim˦ li˥ ts'uaʔ˩ t'en˧ ha˧ tsiam˥ tsit˩ puã˨]
台灣的住民以陳姓、林姓、李姓、蔡姓佔多數。

【陳林半天下，許蔡占一半】
[tan˧ lim˦ puan˥ t'en˧ ha˧ k'ɔ˥ ts'uaʔ˩ tsiam˥ tsit˩ puã˨]
指雲林縣的居民以陳、林二姓居多，次為許、蔡二姓。

【陳林李蔡施，鄭趙呂劉高】
[tan˧ lim˦ li˥ ts'ua˥ sai˥ (si˥) tẽ˨ tio˧ li˥ (li˧) lau˧ ko˥]
俗傳此為昔日台灣姓氏人口最多前十名，有人故意將施、呂兩字讀歪因，諧因後意思就變成：陳林你拉稀大便，陷的你流出膏來。

【陳友諒扑天位，予洪武君坐】
[tan˧ iu˥ liaŋ˧ p'a˥ t'ĩ˧ ui˧ ho˨ hoŋ˨ bu˥ kun˥ tse˧]
洪武君，明太祖朱元璋；喻替人打天下，讓人佔便宜。

【陳三磨鏡、英台哭兄、孟姜女哭倒萬里長城】
[tan˧ sã˥ bua˧ kiã˨ iŋ˧ tai˦ k'au˥ hiã˥ biŋ˨ kaŋ˧ li˥ k'au˥ to˥ ban˨ li˥ təŋ˧ siã˦]
戲劇中以這三齣戲最感人。

【陰陽水】
[im˧ iɔŋ˧ tsui˥]
陰陽水，指以熱水與冷水相混合。過去醫藥不發達，常用此水給病人服用，以期治病。

【陰地不如心地】
[im˧ te˧ put˩ zu˧ sim˧ te˧]
墓地風水好，不如心地好，存好心，做好事。

【陰沈狗咬人獪號】
[im˧ t'im˧ kau˥ ka˨ laŋ˦ be˨ hau˥]
喻陰險的人，做事陰森森，不動聲色但很厲害。

【陰陽家，毋識身分】
[im˧ iɔŋ˧ ka˥ m˨ bat˩ sin˧ hun˧]
譏諷風水師妄自抬高地位。

【陰陰沈沈，咬人三寸深】
[im˧ im˧ t'im˧ t'im˥ ka˨ laŋ˦ sã˧ ts'un˥ ts'im˥]
指陰沈之人，工於心計，應多加防患。

【隔牆有耳】
[ke˥ ts'iũ˦ iu˥ nĩ˥]
誡人說話要小心，慎防有人竊聽。

【隔行如隔山】
[ke˥ haŋ˦ zu˧ ke˥ suã˥]
各行有各行專門的知識，不是外行人所容易了解的。

【隔壁請親家】
[ke˥ piaʔ˧ ts'iã˥ ts'in˧ ke˥]
喻親家即使住在隔壁，亦不可不照禮數來。

【隔壁噴燈火】
[ke˥ piaʔ˧ pun˧ tiŋ˧ hue˥]
吹滅鄰家的燈火，喻多做了分外的事。

【隔山毋知子號】
[ke˥ suã˥ m˩ tsai˧ kiã˥ hau˥]
喻人地相隔，不完全了解情況。

【隔壁親家，禮數原在】
[ke˥ pia˥ ts'in˧ ke˥ le˥ so˩ guan˧ tsai˧]
即使是住在隔壁的姻親，禮數之往來還是要按照一般，不可疏忽。喻雖是近鄰熟友，該有的禮貌還是不可忽略。

【隔窗噴喇叭——名聲在外】
[ke˥ t'aŋ˥ pun˧ la˥ paʔ˧ miã˧ siã˥ tsai˩ gua˧]
歇後語。隔著窗子吹喇叭，其鳴聲自會傳到窗外。「鳴聲」與台語「名聲」諧音。

【隔壁噴燈火——干你何事】
[ke˥ piaʔ˧ pun˧ tiŋ˧ hue˥ kan˧ li˥ ho˧ su˧]
歇後語。指好管閒事。

【隔壁中進士，羊仔挽斷頭】
[ke˥ piaʔ˧ tiɔŋ˥ tsin˥ su˧ iũ˧ a˥ ban˥ tuĩ˩ t'au˦]
古代有一人中進士，其鄰居聞訊時正牽一羊過籬笆，羊頭夾在籬笆縫，無法脫身，一時情急，竟將羊角拉斷；後用以喻不要爲別人的喜訊，自己做了過度的反應。

【險馬毋食回頭草】
[hiam˥ be˥ m˩ tsia˩ hue˧ t'au˧ ts'au˥]
指危急時，不應該有慾念。

【隨轎後】
[tue˥ kio˩ au˧]
走在新娘轎後的小孩；即拖油瓶。

【隨步仔來】
[sui˧ pɔ˧ a˥ lai˦]
指做事要照規矩一步一步來。

【隨身荷包】
[sui˧ sin˧ ha˧ pau˥]
荷包，昔人裝錢的布包，皆緊繫在身上；喻小孩直纏著父母親。

【隨機應變】
[sui˧ ki˥ iŋ˥ pen˩]
臨機應變。

【隨尪貴，隨尪賤】
[tue˥ aŋ˥ kui˩ tue˥ aŋ˥ tsen˧]
婦女的命運是隨著丈夫的貴賤而貴賤。

【隨尾出世先白毛】
[to˥ bue˥ ts'ut˥ si˩ siŋ˧ pe˩ mɔ̃˥]
最後出生，可是頭髮卻比別人先白；喻後來居上。

【隨尾落船先上山】
[to˥ bue˥ lo˩ tsun˦ siŋ˧ tsiũ˩ suã˥]
搭船時，最後上船；靠岸時，卻最先登陸；喻後來卻居上。

【隨人討米，隨人落鼎】
[sui˧ laŋ˧ t'o˥ bi˥ sui˧ laŋ˧ lo˩ tiã˥]
各人賺（討）來的米，在各人的鍋子煮來吃；喻各自獨立，各管各的。

【隨人討掠，隨人落鼎】
[sui˧ laŋ˧ t'o˥ lia˧ sui˧ laŋ˧ lo˩ tiã˥]
喻各自謀生，互不相干。

【隨人的隨人好，別人的生蝨母】

[sui˧ laŋ˧ ge˦ sui˧ laŋ˧ ho˥ pat˩ laŋ˧ ge˦ sẽ˧ sap˥ bo˥]
喻各人的東西歸各人，不要貪圖別人的東西。

【隱龜交懂戇】
[un˥ ku˥ kau˧ tɔŋ˥ gɔŋ˧]
隱龜，駝子；懂戇，白痴；以上兩種人都是殘障人士；喻物以類聚。

【隱龜，直𣍐直】
[un˥ ku˥ tit˩ be˨ tit˥]
隱龜，駝背；謂駝子無法將背挺直。

【隱龜，朝天子】
[un˥ ku˥ tiau˧ t'en˧ tsu˥]
指不成樣子。

【隱龜撐石枋】
[un˥ ku˥ t'ẽ˥ tsio˨ paŋ˥]
指盡力而爲。

【隱龜𣍐四正】
[un˥ ku˥ be˨ si˥ tsiã˨]
四正，平平正正也；駝背的直不起來；喻改不過來。

【隱龜壓石堡】
[un˥ ku˥ te˥ tsio˨ poʔ˩]
隱龜，駝子；石堡，用石塊做的堤防；請駝子去壓石堡，喻不可能的事。

【隱龜仔泅水——冤仇】
[un˥ ku˥ e˥ siu˧ tsui˥ uan˧ siu˦]
歇後語。泅水，指游泳。駝背的人下水游泳，因身體弓背彎曲，所以游起來身體彎彎的，稱爲「彎泅」。台語的彎泅與冤仇諧音，指仇恨、結怨。

【隱龜死過年——𣍐直】
[un˥ ku˥ si˥ kue˥ nĩ˦ be˨ tit˥]
歇後語。隱龜，駝背者。駝背者死後，其脊椎仍伸不直，「不直」即「𣍐直」，「𣍐直」另一層意思爲「不得了」，此處即取不得了之意。

【隱龜的食雙點露】
[un˥ ku˥ e˥ tsia˨ siaŋ˧ tiam˥ lɔ˧]
喻殘障的人會受到老天爺加倍的眷顧。

【隱龜仔落崎——知知哩】
[un˥ ku˥ e˥ lo˨ kia˧ tsai˧ tsai˥ le˨]
歇後語。落崎，指下坡；知知，指知道、明白。駝背的人因先天畸型，走路已不平穩，碰到下坡時，把持不住重心，會「栽栽落」(即倒栽蔥似地跌落)。台語的「栽栽落」跟「知知哩」諧音，指對事情心知肚明或有所了解。

【隱龜抛車輪——著力兼歹看】
[un˥ ku˥ p'a˧ ts'ia˧ lin˥ tio˨ lat˥ kiam˧ p'ãi˥ k'uã˨]
歇後語。隱龜，駝背的人；抛車輪，翻筋斗；駝子表演翻筋斗，不僅得大費力氣，而且姿勢不好看；喻吃力不討好，自暴其短。

【隱龜車畚斗，著力兼歹看】
[un˥ ku˥ ts'ia˧ pun˥ tau˥ tio˨ lat˥ kiam˧ p'ãi˥ k'uã˨]
駝背的人翻筋斗，既費力又不好看；喻做不合身分的事，又吃力且易失敗。

【隱龜拄著大腹肚——密仔密】
[un˥ ku˥ tu˥ tio˨ tua˨ pat˥ tɔ˥ ba˧ a˥ ba˧]
歇後語。駝背者後突，大腹肚(孕婦)者前突，兩人相遇，剛好貼合，故云「密仔密」，意謂湊巧剛剛好。

【雀鳥仔性】
[ts'ik˥ tsiau˥ a˥ siŋ˨]
指人個性像麻雀，吱吱喳喳，不夠穩重，沒有耐性的人。

【雁叫一聲，散人一驚】
[gan˧ kio˥ tsit˩ siã˥ san˥ laŋ˦ tsit˩

kiã˥]
秋深雁叫，使窮人（散人）感覺寒衣無著，難免心驚。

【雞形】
[ke˧ hiŋ˧˥]
公雞一看到母雞，即展翅追逐，企求交配，但歷時卻不久；譏人好色，但性能力不強。

【雞婆】
[ke˧ pɔ˧˥]
指好管閒事的人。

【雞頭】
[ke˧ t'au˧˥]
譏諷事事要占上風之人。

【雞胿仙】
[ke˧ kui˧ sen˥]
雞胿，雞之胃袋，薄而透明，絕不漏氣，經吹漲大，有如汽球，針刺立即消氣，此語謂凡善吹牛皮者，內容空洞虛僞，經人一駁，立即暴露無餘，俗稱「噴雞胿」，或「雞胿仙」。

【雞鴨嘴】
[ke˧ a˥˧ ts'ui˨˩]
一嘴兼兩嘴，喻説話出爾反爾。

【雞母羔子】
[ke˧ bo˥˧ ts'ua˨˩ kiã˥˧]
喻母親帶著一群孩子過生活之意。

【雞細子熟】
[ke˥ se˨˩ tsi˥˧ sik˥]
雞細，指雞子體型不大；子熟，指睪丸已發育成熟；喻人的個子雖小，但已發育成熟了。

【雞細禮大】
[ke˥ se˨˩ le˥˧ tua˧]
細，小也；禮物雖小情意則很重。

【雞子隨鴨母】
[ke˧ kiã˥˧ tue˥˧ a˥˧ bo˥˧]
謂跟錯了對象。

【雞公弄雞奶】
[ke˧ kaŋ˥ laŋ˨˩ ke˧ nuã˥]
雞奶，小母雞；謂男人喜歡撥弄女人。

【雞母跳破卵】
[ke˧ bo˥˧ t'iau˥˧ p'ua˥˧ nuĩ˧]
喻氣憤至極。

【雞奶弄雞公】
[ke˧ nuã˥ laŋ˨˩ ke˧ kaŋ˥]
喻婦人挑弄男子。

【雞膏比豆腐】
[ke˧ ko˥ pi˥ tau˨˩ hu˧]
雞膏，雞屎；喻相差甚巨，不能比擬。

【雞嘴變鴨嘴】
[ke˧ ts'ui˨˩ pen˥˧ a˥˧ ts'ui˨˩]
形容與人爭辯不休，一旦眞相大白，自知理虧則無言以對。

【雞母也要算雞】
[ke˧ bo˥˧ ia˨˩ be˥ suĩ˥˧ ke˥]
母雞是種雞，不能算在裡面；喻不該算數的，也要算進去。

【雞母屎，半烏白】
[ke˧ bo˥ sai˥˧ puã˥˧ ɔ˧ pe˧]
謂心中沒有定見，容易變化。

【雞母屎——半烏白】
[ke˧ bo˥ sai˥˧ puã˥˧ ɔ˧ pe˧]
歇後語。雞母，母雞也；雞鴨因無大小腸之分，只有一個肛門，排泄物即由此而出；母雞之糞，一般都是半白半黑，故云「半烏白」；引申爲一半黑道，一半白道，介於黑白兩道之間。

【雞未啼狗未吠】
[ke˥ bue˨˩ t'i˧˥ kau˥˧ bue˨˩ pui˧]
昔日農村早晨最先聽到的是雞啼狗吠；雞未啼狗未吠，形容天色還很早。

【雞仔腸，鳥仔肚】
[ke˧ a˥ təŋ˦ tsiau˥ a˥ tɔ˧]
喻度量狹小；二者均容納砂土污物，比喻奸鄙的人。

【雞卵金，雞仔土】
[ke˧ nuĩ˧ kim˥ ke˧ a˥ t'ɔ˦]
雞蛋值錢，小雛雞則不值錢；因雞蛋立即可以吃，而小雞子則容易死。

【雞卵面，狗公腰】
[ke˧ nuĩ˩ bin˧ kau˥ kaŋ˧ io˥]
形容愛好打扮、身材不錯的年輕人。

【雞啄蚶，扑損嘴】
[ke˥ tɔk˥ ham˥ p'a˥ səŋ˥ ts'ui˩]
扑損，浪費，白費；蚶殼緊合，雞再怎麼啄都吃不到東西；喻白費力氣，沒有效果。

【雞母𤆬子壁腳踮】
[ke˧ bo˥ ts'ua˩ kiã˥ pia˥ k'a˥ ku˥]
喻母親帶著孩子，寄人籬下過活。

【雞母狗仔一大陣】
[ke˧ bo˥ kau˥ a˥ tsit˩ tua˩ tin˧]
雞母狗仔，本指冬至時用粿脆做成的各式動物；喻全體動員，浩浩蕩蕩。

【雞母會啼，破人家】
[ke˧ bo˥ e˩ t'i˦ p'ua˥ laŋ˧ ke˥]
俗謂母雞啼，占該家會破亡，不祥之兆也；《尚書．牧誓篇》云：「牝雞司晨，惟家之索。」可見這種傳說，歷史非常悠久。

【雞母會啼著斬頭】
[ke˧ bo˥ e˩ t'i˦ tio˩ tsam˩ t'au˦]
喻婦女不可當家，否則家會敗亡。

【雞卵密密也有縫】
[ke˧ nuĩ˧ bat˩ bat˥ ia˩ u˩ p'aŋ˧]
比喻機密難守，容易外洩。

【雞屎落地，三寸煙】
[ke˧ sai˥ lo˩ te˧ sã˧ ts'un˥ en˥]
雞屎爲無用之物，落地尚有三寸煙起，人而無志，豈不空負七尺之軀？

【雞腿扑人牙關軟】
[ke˧ t'ui˥ p'a˥ laŋ˧ ge˧ kuan˥ nuĩ˥]
喻凡人難以抗拒利誘。

【雞不謾啼，犬不謾吠】
[ke˥ put˥ ban˩ t'i˦ k'en˥ put˥ ban˩ pui˧]
雞不亂啼，狗不亂叫；雞啼狗叫，都有其規矩。

【雞母毋關，要扑鷵鴞】
[ke˧ bo˥ m˩ kuãi˥ be˥ p'a˥ lai˩ hio˧]
鷵鴞，老鷹；不把雞母關好，讓它帶著小雞走到野外被老鷹抓去；喻自家不管教，卻移恨別人。

【雞母啼是禍，毋是福】
[ke˧ bo˥ t'i˦ si˩ ho˧ m˩ si˩ hɔk˩]
喻婦女不可當家，婦女當家家會敗。

【雞母啄鈕仔——無彩嘴】
[ke˧ bo˥ tɔk˥ liu˥ a˥ bo˧ ts'ai˥ ts'ui˩]
歇後語；母雞啄蟲可以當食物，啄鈕扣則完全是白費嘴力，稱爲「無彩嘴」；取其引申意義則是勸人不用再說了，說了等於白說。

【雞母跳牆，雞子隨樣】
[ke˧ bo˥ t'iau˥ ts'iũ˦ ke˧ kiã˥ tue˥ iũ˧]
即有樣學樣。

【雞嘴圓圓，鴨嘴扁扁】
[ke˧ ts'ui˩ ĩ˧ ĩ˦ a˥ ts'ui˩ pĩ˥ pĩ˥]
喻剛開始說話態度很強硬，到後來卻說不出話來。

【雞屎落土，也有三寸煙】
[ke˧ sai˦ lo˩ t'ɔ˧ ia˩ u˩ sã˧ ts'un˦ en˥]
意同「雞屎落地，三寸煙」。

【雞屎藤毋敢攀桂花樹】
[ke˧ sai˥ tin˧ m˩ kã˥ p'a˧ kui˦ hue˧ ts'iu˧]
雞屎藤，鄉野間蔓生植物，有臭腥味；喻不敢高攀。

【雞公啼應該，雞母啼著刣】
[ke˧ kaŋ˥ t'i˧ iŋ˦ kai˥ ke˧ bo˦ t'i˧ tio˩ t'ai˧]
喻男人當家是天經地義，女人當家則違反常情。

【雞看扑咯咍，狗看吹狗螺】
[ke˥ k'uã˩ p'a˦ kɔk˩ ke˥ kau˦ k'uã˦ ts'ue˧ kau˥ le˧]
喻群起仿效。

【雞胸鬻額，無死也做乞食】
[ke˧ hiŋ˥ hau˩ hia˧ bo˧ si˦ ia˩ tso˦ k'it˥ tsia˧]
相術家稱胸瘦額削者，屬於窮苦之相。

【雞公穿木屐，仙賺嘛艙好額】
[ke˧ kaŋ˥ ts'iŋ˩ bak˩ kia˧ sen˧ t'an˩ mã˩ be˩ ho˥ gia˧]
謂無論如何賺都存不了錢。

【雞蛋損遮風，驚我甲恁祖公】
[ke˧ nuĩ˧ kɔŋ˦ zia˧ hɔŋ˥ kiã˧ gua˦ ka˥ lin˥ tsɔ˥ kɔŋ˥]
台俗，新婚之夜，新人要吃新娘帶在肚裙內的雞蛋及蜜柑各一，此時新娘暗中將雞蛋在床沿上敲幾下，並唸此諺，俗信如此丈夫便會懼內。

【雞是討食焦的，鴨是討食湛的】
[ke˥ si˩ t'o˥ tsia˩ ta˥ e˥ aʔ˩ si˩ t'o˥ tsia˩ tam˧ e˧]
焦，乾的；湛，濕的；喻人各有本分，各做相宜的工作。

【雞母悉子會輕鬆，雞公悉子會拖帆】
[ke˧ bo˦ ts'ua˩ kiã˦ e˩ k'in˧ saŋ˥ ke˧ kaŋ˥ ts'ua˩ kiã˦ e˩ t'ua˧ paŋ˧]
喻母親養育孩子較能勝任，父親養育孩子則困難重重。

【雙面刀鬼】
[siaŋ˧ bin˩ to˧ kui˦]
指陽奉陰違口蜜腹劍的兩面人。

【雙手兩片肩】
[siaŋ˧ ts'iu˦ ləŋ˩ p'ĩ˦ kiŋ˥]
只有一雙手，兩片肩膀；極言其窮困之狀。

【雙腳踏雙船】
[siaŋ˧ k'a˥ ta˩ siaŋ˧ tsun˧]
兩面投機，將必兩面均落空。

【雙頭無一咬】
[siaŋ˧ t'au˧ bo˧ tsit˩ ŋãu˩]
兩頭供你咬，你一頭也咬不到；謂兩頭落空，一無所靠。

【雙頭無一賢】
[siaŋ˧ t'au˧ bo˧ tsit˩ gau˧]
同時做兩件事，結果會落得雙方都不順利，不會討好。

【雙手拎兩片肩】
[siaŋ˧ ts'iu˦ liŋ˧ ləŋ˩ p'ĩ˦ kiŋ˥]
意同「雙手兩片肩」。

【雙頭，顧無一額】
[siaŋ˧ t'au˧ kɔ˦ bo˧ tsit˩ gia˧]
同時貪兩件事，結果連一件都做不成；顧此失彼。

【雙手只擲兩拳頭】
[siaŋ˧ ts'iu˦ tsi˥ tẽ˩ ləŋ˩ kun˧ t'au˧]
喻人生在世，空手而來，空手而去。

【雙腳夾一粒卵葩】
[siaŋ˧ k'a˥ giap˥ tsit˩ liap˩ lan˨ p'a˥]
兩隻腳夾著一個陰囊（卵葩），除此之外別無他物；極言其窮，與「雙手兩片肩」意思相同。

【雙個旋，惡到無人問】
[siaŋ˧ ge˨ tsuĩ˧ ɔk˥ ka˥ bo˧ laŋ˧ muĩ˧]
旋，毛髮之旋；俗謂頭髮上有兩個髮旋的，脾氣較暴躁。

【雙雙對對，萬年富貴】
[siaŋ˧ siaŋ˥ tui˥ tui˨ ban˨ nĩ˦ hu˥ kui˨]
台俗凡辦喜事，都要取雙數配成對，以祈求夫婦白頭偕老，榮華富貴。

【雙手抱孩兒，憶著父母時】
[siaŋ˧ ts'iu˥ p'o˨ hai˧ zi˦ it˥ tio˨ pe˨ bu˥ si˦]
當自己亦爲人父母，開始養兒育女，才能體會當年父母育我之辛勞。

【雙手抱雙孫，無手通攬裙】
[siaŋ˧ ts'iu˥ p'o˨ siaŋ˧ sun˥ bo˧ ts'iu˥ t'aŋ˧ laŋ˥ kun˦]
做祖母的左右手各抱著一個孫子，忙得裙子往下滑都無手可以去提。形容做祖母的忙碌狀。

【雙溪石頭鼓，內湖美查某】
[siaŋ˧ k'e˥ tsio˨ t'au˧ kɔ˥ lai˨ ɔ˦ sui˥ tsa˧ bɔ˥]
石頭鼓，指大石。士林之雙溪，溪水清洌，澗中多巨石；而內湖則多美女。

【雙腳踏雙船，心肝亂紛紛】
[siaŋ˧ k'a˥ ta˨ siaŋ˧ tsun˦ sim˧ kuã˥ luan˨ hun˧ hun˥]
謂做事不專，心亂意迷。

【雙龍搶珠，變做五馬分屍】
[siaŋ˧ liɔŋ˦ ts'iũ˥ tsu˥ pen˥ tso˥ ŋɔ̃˥ mã˥ hun˧ si˥]
雙龍搶珠，指堪輿學上的好風水。而喪家在此穴下葬後，山形竟一變爲五馬分屍，乃因喪家沒有福氣。後喻弄巧成拙。

【雜念大家】
[tsap˩ liam˨ ta˧ ke˥]
大家，婆婆；做婆婆的爲了調教新媳婦，常喋喋不休；喻喋喋不休善說教者。

【雜念大家出慢皮新婦】
[tsap˩ liam˨ ta˧ ke˥ ts'ut˥ ban˧ p'ue˧ sim˧ pu˧]
做婆婆的太過嘮叨，媳婦聽多了就會成爲習慣而怠慢。

【難兄難弟】
[lan˧ hiã˥ lan˧ te˧]
大哥有難，弟弟也有難；喻兄弟或朋友感情很好，患難與共。

【離鄉不離腔】
[li˨ hiũ˥ put˥ li˨ k'iũ˥]
人雖離開故鄉，說話卻改不了故鄉的音腔。

【離前妻，滅後代】
[li˨ tsiŋ˧ ts'e˥ bet˩ hio˨ te˧]
謂結髮之妻不可以離婚，否則會絕後。

【雨潑對天窗落來】
[hɔ˧ p'ua˥ tui˥ t'ĩ˧ t'aŋ˥ lo˧ lai˨]
雨從天窗潑下來；喻禍從天降。閩南語雨、禍二字音近。

【雨落四山，終歸大海】
[hɔ˧ lo˨ si˥ suã˥ tsiɔŋ˧ kui˥ tai˨ hai˥]
喻不同種類的東西最後還是歸成一

種，意同「萬法歸宗」、「三國歸一統」。

【雨扑上元燈，風吹清明頂】
[hɔ˧ p'a˥˧ siɔŋ˨˩ guan˧ tiŋ˥ hɔŋ˥ ts'ue˥ ts'iŋ˧ biŋ˧ tiŋ˥˧]
氣象諺。元宵節若下雨，占清明節吹大風。

【雲裏跋落月】
[hun˧ lai˧ pua˨˩ lo˨˩ gue˧]
喻意外碰到好處。

【雲下日光，晴朗無妨】
[hun˧ ha˧ zit·˧˨ kɔŋ˥ tsiŋ˧ lɔŋ˥˧ bo˧ hɔŋ˨˦]
氣象諺。雲下有日光，占天氣晴朗，不會有變化。

【雲布滿山低，連宵雨亂飛】
[hun˨˦ pɔ˨˩ muã˥ suã˧ ke˧ len˧ siau˥ hɔ˧ luan˨˩ pue˥]
氣象諺。雲低布滿山，占不久將風雨交加。

【雲起南山遍，風雨辰時見】
[hun˨˦ k'i˥˧ lam˧ san˥ p'en˨˩ hɔŋ˧ u˥˧ sin˧ si˨˦ ken˨˩]
氣象諺。烏雲布滿南山，占上午辰時見到風雨。

【雲從龍門起，颶風連急雨】
[hun˨˦ tsiɔŋ˧ liɔŋ˧ muĩ˨˦ k'i˥˧ ku˨˩ hɔŋ˥ len˧ kip·˧˨ u˥˧]
氣象諺。海面（龍門）烏雲密布，占有颶風急雨。

【雲鉤午後排，風色屬人猜】
[hun˧ kau˥ ŋɔ̃˥ au˧ pai˨˦ hɔŋ˧ sik·˧˨ siɔk·˧˨ zin˧ ts'ai˥]
氣象諺。鉤形的雲連排於午後，有時會發生狂風，費人猜疑。

【雲勢若魚鱗，來朝風不輕】
[hun˧ se˨˩ nã˥ hi˧ lin˨˦ lai˧ tiau˥ hɔŋ˥ put˙˥ k'in˥]
氣象諺。鱗雲重重，占翌晨必起大風。

【雲隨風雨疾，有雨片時息】
[hun˨˦ sui˧ hɔŋ˧ u˥˧ kip·˧˨ iu˥ u˥˧ p'en˥˧ si˧ sit·˧˨]
氣象諺。雲隨風雨疾趨而過，占風雨瞬時即歇。

【電光西北，雨下連宿】
[ten˨˩ kɔŋ˥ sai˧ pak·˧˨ u˥˧ ha˧ len˧ siɔk·˧˨]
氣象諺。閃電出現在西北，占雨下連日。

【電光西南，次日晴焦】
[ten˨˩ kɔŋ˥ sai˧ lam˨˦ ts'u˥˧ zit˙˥ tsiŋ˧ ta˥]
氣象諺。閃電出現在西南，占次日天晴。

【雷公面】
[lui˧ kɔŋ˧ bin˧]
指面惡心善之人；或指兒童的髒臉。

【雷公點心】
[lui˧ kɔŋ˧ tiam˥ sim˥]
罵對方是惡人，應被雷打死做為雷公的點心。

【雷陳認人】
[lui˨˦ tan˨˦ zin˨˩ laŋ˨˦]
陳，響也；雷聲響，雷公便開始去找惡人打，好人則不打。

【雷公仔點心】
[lui˧ kɔŋ˧ ŋã˥ tiam˥ sim˥]
意同「雷公點心」。

【雷公剝腳脊】
[lui˧ kɔŋ˥ pe˥˧ k'a˧ tsiaʔ·˧˨]
俗謂做壞事會被雷劈裂背後。

【雷公尋無著】
[lui˧ kɔŋ˥ ts'ue˨˩ bo˧ tio˧]

謂其做了壞事，尚未顯露被抓。

【雷陳有認主】
[lui˦ tan˦ u˨ zin˨ tsu˥]
指雷不隨便擊人。

【雷扑秋，冬半收】
[lui˦ p'a˥ ts'iu˥ taŋ˥ puã˥ siu˥]
農諺。立秋時雷鳴，占冬季歉收。

【雷扑蟄，卌九日】
[lui˦ p'a˥ tit˦ siap˦ kau˥ zit˦]
氣象諺。驚蟄日若打雷，占會下四十九天的雨；雨季很長。

【雷摃蟄，百二日】
[lui˦ kɔŋ˥ tit˦ pa˥ zi˨ zit˦]
氣象諺。驚蟄日若打雷，占會下一百二十天的雨，雨季會很長。

【雷公陳亦無聽見】
[lui˧ kɔŋ˥ tan˦ ia˨ bo˧ t'iã˥ kĩ˨]
喻充耳不聞。

【雷公尋，毋免通知】
[lui˧ kɔŋ˥ ts'ue˧ m˨ ben˥ t'ɔŋ˧ ti˥]
喻雷公要懲罰惡人，不預先告知。

【雷公跟你剝腳脊】
[lui˧ kɔŋ˥ ka˨ li˥ pe˥ k'a˧ tsiaʔ˨]
喻做壞事會遭雷公處罰。

【雷扑秋，明年一半收】
[lui˦ p'a˥ ts'iu˥ mẽ˧ nĩ˦ tsit˨ puã˥ siu˥]
農諺。立秋之日若打雷，占翌年農業歉收。

【雷扑秋，晚冬一半收】
[lui˦ p'a˥ ts'iu˥ ban˨ taŋ˥ tsit˨ puã˥ siu˥]
農諺。立秋日打雷，占二期稻作歉收。

【雷扑蟄，落雨卌九日】
[lui˦ p'a˥ tit˦ lo˨ hɔ˧ siap˦ kau˥ zit˦]
氣象諺。驚蟄日打雷，會連續陰雨四十九天。

【雷光明亂，無風雨暗】
[lui˧ kuĩ˥ biŋ˧ luan˧ bo˧ hɔŋ˥ hɔ˧ am˨]
氣象諺。閃電亂閃，縱使無風也會下雨。

【雷從地發，樹向枝分】
[lui˦ tsiɔŋ˧ te˧ huat˨ ts'iu˧ hiɔŋ˥ ki˥ pun˥]
雷是因天地間陰陽電之打擊而生，樹長大後則因枝椏多而分叉；意謂子孫多，長大後自然會分房分枝。

【雷扑菊花蕊，柴米貴如金】
[lui˦ p'a˥ kiɔk˦ hue˧ lui˥ ts'a˧ bi˥ kui˥ zu˧ kim˥]
農諺。九月(菊花開的季節)雷多，占翌年農作歉收。

【零星卻歸項】
[lan˧ san˥ k'io˥ kui˧ haŋ˧]
卻，撿拾；積少成多。

【霜降出無齊，牽牛犁】
[sɔŋ˥ kaŋ˨ ts'ut˦ bo˧ tse˦ k'an˧ gu˦ le˦]
農諺。二期稻作到了霜降(二十四節氣之一)稻穗尚未出齊，再出已無用，可牽牛來犁田了。

【霧收觔起，細雨觔止】
[bu˧ siu˧ be˨ k'i˥ se˥ hɔ˧ be˨ tsi˥]
氣象諺。春霧不散，即有細雨不斷。

【露出馬腳】
[lɔ˨ ts'ut˦ be˥ k'a˥]
現出原形，現出真相。

【露水做海水】
[lɔ˥ tsui˥ tso˥ hai˥ tsui˥]

喻積少成多。

【青狂卵】
[ts'ẽ˧ kɔŋ˧ lan˧]
卵，卵鳥，陰莖也；罵人做事莽撞。

【青瞑牛】
[ts'ẽ˧ mẽ˧ gu˦]
青瞑，眼瞎；不認識字者常以此自嘲。

【青天白日】
[ts'iŋ˧ t'en˧ pe˩ zit˥]
指大白天的時候。

【青勝於藍】
[ts'ẽ˥ siŋ˥ i˧ nã˦]
喻學生比老師更傑出。

【青瞑怨壁】
[ts'ẽ˧ mẽ˦ uan˥ piaʔ˩]
瞎子看不見路，常會撞到牆壁，不怨自己看不見路，卻怨牆壁擋了他的路。

【青瞑聽拐】
[ts'ẽ˧ mẽ˦ t'iã˧ kuai˥]
青瞑因看不到，其行動完全靠手上的拐杖主導，所以是由拐杖號令，即聽拐；拐又有拐騙之意，聽拐即容易受騙也。

【青龍白虎】
[ts'ẽ˧ liɔŋ˦ pe˩ hɔ˥]
青龍，指男子陽具無毛；白虎，指女子陰部無毛。民間相信，青龍是「鐵掃帚」命硬容易剋妻。白虎是「鉸刀平」註定剋夫。

【青瞑毋畏鎗】
[ts'ẽ˧ mẽ˦ m˩ ui˥ ts'iŋ˩]
眼瞎故不知鎗彈之可怕；意謂蠻勇。

【青瞑毋驚蛇】
[ts'ẽ˧ mẽ˦ m˩ kiã˧ tsua˦]
瞎子看不見蛇，所以不怕蛇；意指蠻勇。

【青瞑放紅腳】
[ts'ẽ˧ mẽ˦ paŋ˥ aŋ˧ k'a˥]
紅腳，指鴿子。青瞑放鴿子，因其眼盲，故是隨它去。

【青瞑看告示】
[ts'ẽ˧ mẽ˦ k'uã˥ ko˥ si˧]
青瞑，瞎子；瞎子看告示，看不見；喻沒有結果的事。

【青瞑偷掠雞】
[ts'ẽ˧ mẽ˦ t'au˧ lia˩ ke˥]
喻只顧眼前的利益，卻不顧後果。

【青瞑愛跋杯】
[ts'ẽ˧ mẽ˦ ai˥ pua˩ pue˥]
跋杯，問神擲筊，可否須看二筊是否一正一反？喻不知藏拙。

【青瞑貓咬雞】
[ts'ẽ˧ mẽ˧ niãu˥ ka˩ ke˥]
瞎貓若碰巧咬到雞，乃千載難逢的好機會，絕不肯放手；喻守財奴守住錢財，嗜財如命。

【青瞑騙目金】
[ts'ẽ˧ mẽ˦ p'en˥ bak˩ kim˥]
瞎子騙明眼的人，比喻外行騙內行，類似「囝仔騙大人」。

【青牛仔毋驚虎】
[ts'ẽ˧ gu˧ a˥ m˩ kiã˧ hɔ˥]
初生之犢（青牛）不畏虎。

【青仔欉，𣍐曉驚】
[ts'ẽ˧ a˥ tsaŋ˦ be˩ hiau˥ kiã˥]
青仔欉，本指檳榔樹，後借指兩眼直盯著女人看的男人；本句為婦女罵男人之語。

【青狂狗食無屎】
[ts'ẽ˧ kɔŋ˧ kau˥ tsia˩ bo˧ sai˥]
青狂，指慌張。喻處事不可操之過急。

【青瞑牛，大目孔】
[ts'ẽ˧ mẽ˧ gu˧ tua˩ bak˩ k'ɔŋ˥]
大目孔，牛的眼睛很大，在瞎眼後其眼洞顯得更大，故稱爲大目孔。本諺係指人做事粗心大意，眼界不明。

【青瞑扑毋見詼】
[ts'ẽ˧ mẽ˧ p'a˥ m˩ kĩ˥ k'ue˥]
對盲人使眼色是不會有反應的；喻沒有效果。

【青瞑牛，毋識虎】
[ts'ẽ˧ mẽ˧ gu˧ m˩ bat˥ hɔ˥]
瞎眼牛不知老虎之兇惡可怕；意指愚笨而不怕。

【青瞑行路——摸去】
[ts'ẽ˧ mẽ˧ kiã˧ lɔ˧ bɔŋ˥ k'i˩]
歇後語。青瞑，瞎子；瞎子走路，昔日是用摸的；摸去，意謂不去可惜，去好了。

【青瞑掌書——你看】
[ts'ẽ˧ mẽ˧ tsiaŋ˥ tsu˥ li˥ k'uã˩]
歇後語。由眼盲的人來拿書，自然得請人看了。

【青瞑精；啞口靈】
[ts'ẽ˧ mẽ˧ tsiŋ˥ e˥ kau˥ liŋ˧]
瞎子多半精明，啞巴多半靈敏，老天給人在五官上一種缺陷，在其他方面便會多給他一種能力來彌補他。

【青瞑雞，啄著蟲】
[ts'ẽ˧ mẽ˧ ke˥ tɔk˥ tio˩ t'aŋ˧]
瞎眼雞可以啄到蟲吃，表示純碰運氣，常做爲自謙語。本句或做「青瞑雞，啄著米」。

【青瞑點燈——白費】
[ts'ẽ˧ mẽ˧ tiam˥ tiŋ˥ pe˩ hui˩]
歇後語。眼盲本就生活在黑暗中，點燈是白費的。

【青仔欉，毋知見笑】
[ts'ẽ˧ a˥ tsaŋ˧ m˩ tsai˧ ken˥ siau˩]
意同「青仔欉，繪曉驚」，見笑指羞恥。

【青瞑放粉鳥——無望】
[ts'ẽ˧ mẽ˧ paŋ˥ hun˥ tsiau˥ bo˧ baŋ˧]
歇後語。青瞑，瞎子；粉鳥，鴿子；盲人賽鴿，不存希望，故云無望。

【青瞑的顧柑——靠喝】
[ts'ẽ˧ mẽ˧ e˧ kɔ˥ kam˥ k'o˥ huaʔ˩]
歇後語。瞎子看守柑橘，看不見是否有人來偷，只能空喊叫以驚行人而已；喻不知實情，只會指使人的人。

【青瞑洗身軀——亂沖】
[ts'ẽ˧ mẽ˧ se˥ siŋ˧ k'u˥ luan˩ ts'iaŋ˧]
歇後語。盲人洗澡，因看不見故只能胡亂沖，「亂沖」含有胡搞之意。

【青瞑查某，認錯尪】
[ts'ẽ˧ mẽ˧ tsa˧ bɔ˥ zin˩ ts'o˥ aŋ˥]
戲言認錯人了，類似「半路認老父」。

【青瞑戴目鏡——多餘】
[ts'ẽ˧ mẽ˧ tua˥ bak˩ kiã˩ to˧ i˧]
歇後語。目鏡，指眼鏡。眼盲再戴上眼鏡，是多餘的。

【青天白日，搶關帝廟】
[ts'iŋ˧ t'en˧ pe˩ zit˥ ts'iũ˥ kuan˧ te˥ bio˧]
大白天搶劫關公廟，眞是目無王法，心中無鬼神。或謂此諺係指男女白天幹好事。

【青狂卵撞破朒膍膽】
[ts'ẽ˧ kɔŋ˧ lan˧ lɔŋ˥ p'ua˥ tsi˧ bai˧ tã˥]
卵，陰莖；朒膍，陰户；喻行事莽撞壞大事。

【青瞑甲啞口做尪某】

[ts'ẽ˧ mẽ˦ ka˥ e˥ kau˥ tso˥ aŋ˧ bo˥]
相似的境遇相配合。

【青瞑貓，咬著死老鼠】
[ts'ẽ˧ mẽ˧ niãu˥ ka˩ tio˩ si˥ niãu˥ ts'i˥]
純碰運氣，一時僥倖，類似「青瞑雞，啄著蟲」。

【青瞑雞，啄著死老鼠】
[ts'ẽ˧ mẽ˧ ke˥ tɔk˥ tio˩ si˥ niãu˥ ts'i˥]
瞎雞啄到死老鼠的肉，眞乃碰巧也。

【青瞑也有兩個目睭窟】
[ts'ẽ˧ mẽ˦ ia˩ u˩ lɔŋ˩ ge˧ bak˩ tsiu˧ k'ut˩]
罵人眼睛看不見至少也還有兩個洞。

【青瞑的，有目金的通牽】
[ts'ẽ˧ mẽ˦ e˧ u˩ bak˩ kim˥ be˥ t'aŋ˧ k'an˥]
瞎子自有眼明的帶路，借喻世上無知不懂事的人，自有明理懂事的人引導。

【青瞑的看著，臭耳的聽著】
[ts'ẽ˧ mẽ˦ e˧ k'uã˩ tio˩ ts'au˥ hĩ˧ e˧ t'iã˥ tio˩]
臭耳指聾子；比喻根本不可能有的事。

【青瞑看目金，食外濟好物】
[ts'ẽ˧ mẽ˦ k'uã˥ bak˩ kim˥ tsia˩ gua˩ tse˩ ho˥ mĩ˧]
瞎子看不見，用心猜想，以爲別人一定是吃了很多好東西，其實未必盡然。

【青天白日，雨潑對天窗落來】
[ts'iŋ˧ t'en˧ pe˩ zit˥ hɔ˧ p'ua˥ tui˥ t'ĩ˧ t'aŋ˥ lo˧ lai˩]
大白天，突然下起大雨，雨水還從天窗灑進來；「雨潑」音近「禍撥」，用喻突發之災，禍從天降。

【青瞑的，與跛杯；跛腳的，與跳童】
[ts'ẽ˧ mẽ˦ e˧ hiŋ˥ pua˩ pue˥ pai˥ k'a˥ e˥ hiŋ˥ t'iau˥ taŋ˦]
瞎子偏好（與）拜神跛杯（竹製、木製或塑膠製二個半月形的卜具），跛子偏好跳童（當乩童，神明來附身必須不斷跳動）。這是滑稽句，譏人不知藏拙，自暴其短。

【青竹絲的嘴，黃蜂尾的針，二者不爲毒，上毒婦人心】
[ts'ẽ˧ tik˥ si˥ e˧ ts'ui˩ uĩ˧ p'aŋ˧ bue˥ e˧ tsiam˥ zi˧ tsia˩ put˥ ui˧ tɔk˥ siɔŋ˩ tɔk˥ hu˩ zin˧ sim˥]
天下最毒婦人心，其毒超過青竹絲、黃蜂。

【非財害己，惡語傷人】
[hui˧ tsai˦ hai˩ ki˥ ɔk˥ gi˥ siɔŋ˧ zin˦]
來路不正的錢財會傷害到自己，口出惡言則會傷害到別人。

【靠人戇面】
[k'o˥ laŋ˦ gɔŋ˩ bin˧]
謂看人臉色做事的是傻人。

【靠勢被勢誤】
[k'o˥ se˩ pi˩ se˩ gɔ˧]
依仗勢力，反而會被勢力所誤。

【靠勢個兜錢大堆】
[k'o˥ se˥ in˧ tau˥ tsĩ˦ tua˩ tui˥]
謂他仗著家裡有錢而囂張。

【靠人人老，靠山山倒】
[k'o˥ laŋ˦ laŋ˦ lo˥ k'o˥ suã˥ suã˥ to˥]
依靠別人幫忙，別人會有年老失權之時；依靠大山，大山也會有崩坍之日；喻靠自己最好。

【靠山山會倒，靠水水會洘】
[k'o˥ suã˥ suã˥ e˩ to˥ k'o˥ tsui˥

tsui˧ e˨ k'o˧]
洘，乾涸；喻人當自立自強，不可依賴他人。

【靠查甫尻川，毋靠查某子面】
[k'o˧ tsa˧ pɔ˧ k'a˧ ts'uĩ˥ m˨ k'o˧ tsa˧ bɔ˥ kiã˥ bin˧]
女兒長大要嫁人，所以還是兒子可靠。

【面面是佛】
[bin˨ bin˧ si˨ hut˥]
每一面都是佛；喻不便輕易注重那一個。

【面憂面結】
[bin˨ iu˧ bin˨ kat˩]
憂愁滿面。

【面皮寸外厚】
[bin˨ p'ue˧ ts'un˧ gua˨ kau˧]
譏人臉皮厚不知廉恥。

【面白心肝烏】
[bin˧ pe˧ sim˧ kuã˥ ɔ˥]
喻外表好，心卻壞。

【面皮較厚壁】
[bin˨ p'ue˧ k'a˧ kau˨ piaʔ˩]
臉皮比牆厚；厚顏無恥。

【面皮厚，腹肚飽】
[bin˨ p'ue˧ kau˧ pat˥ tɔ˧ pa˧]
臉皮能厚，則生活無虞匱乏。

【面皮會挾户蠅】
[bin˨ p'ue˧ e˨ giap˥ hɔ˧ sin˧]
形容老年人臉皮皺紋很深，可以夾住蒼蠅。

【面細怨人大尻川】
[bin˧ se˨ uan˧ laŋ˧ tua˨ k'a˧ ts'uĩ˥]
自己的臉小，卻怨別人的屁股大；喻不自我檢討，卻怨天尤人。

【面皮比王城壁較厚】
[bin˨ p'ue˧ pi˥ ɔŋ˧ siã˧ piaʔ˩ k'a˧ kau˧]
安平諺語。王城，指安平的紅毛城。罵人不知廉恥，臉皮比王城城牆還厚。

【面皮厚到槍子扑鱠過】
[bin˨ p'ue˧ kau˨ ka˧ ts'iŋ˧ tsi˧ p'a˧ be˨ kue˨]
槍子，子彈；譏人忝不知恥。

【面皮下在腳蹠底在踏】
[bin˨ p'ue˧ he˨ ti˧ k'a˧ tsia˧ te˧ ti˥ ta˧]
喻面子掃地。

【面裏無肉，怨人大尻川】
[bin˨ lai˧ bo˧ baʔ˩ uan˧ laŋ˧ tua˨ k'a˧ ts'uĩ˥]
自己臉上不長肉，怨人大屁股；不自我檢討，卻怨天尤人。

【面仔青青，敢允人三斗血】
[bin˧ nã˧ ts'ẽ˧ ts'ẽ˥ kã˥ in˥ laŋ˧ sã˧ tau˥ hueʔ˩]
自己面有菜色，營養不良，竟然敢答應抽三斗血給別人；喻不自量力，輕易答應別人的請求。

【靴破，底原在】
[hia˥ p'ua˨ te˧ guan˧ tsai˧]
靴雖破了，靴底還在；喻現在雖落魄，昔日的風骨猶存。或喻事情雖然失敗，根基還在。

【韮菜開花，直溜溜】
[ku˥ ts'ai˨ k'ui˧ hue˥ tit˩ liu˧ liu˥]
喻人不可貌相。

【項下郊拚】
[tiŋ˥ e˨ kau˧ piã˨]
過去泉州人、漳州人不和睦，「下郊」的同安人受漳州人煽動，附和漳州人。此事引起「項郊」的晉江、惠安、南

安三邑人反感，造成泉州人內鬨、械鬥，稱之爲頂下郊拼。

【頂初三，下十八】
[tiŋ˥ ts'e˧ sã˥ e˧ tsap˩ peʔ˩]
上半月是初三，下半月是十八，潮水會早漲與晚漲。

【頂無兄，下無弟】
[tiŋ˥ bo˧ hiã˥ e˧ bo˧ ti˧]
獨生子。

【頂氣接鱠著下氣】
[tiŋ˥ k'ui˩ tsiap˥ be˩ tio˩ e˩ k'ui˩]
指氣喘咻咻，亦指緩不濟急。

【頂港押魚落下港】
[tiŋ˥ kaŋ˥ a˥ hi˧ lo˩ e˩ kaŋ˥]
頂港，台灣北部；下港，台灣南部。喻妓女由北部流落到南部。

【頂水要錢，下水要命】
[tiŋ˥ tsui˥ ai˥ tsĩ˧ e˩ tsui˥ ai˥ miã˧]
喻左右爲難。

【頂到通霄，下到瑯璚】
[tiŋ˥ kau˥ t'ɔŋ˧ siau˥ e˧ kau˥ lɔŋ˩ kio˧]
鹿港諺語。指鹿港在清代鼎盛時期的貿易範圍，北達苗栗通霄，南抵屏東恆春（瑯璚）。

【頂看初三，下看十八】
[tiŋ˥ k'uã˩ ts'e˧ sã˥ e˧ k'uã˩ tsap˩ peʔ˩]
氣象諺。月之初三下雨，占上半月多雨；月之十八下雨，占下半月多雨。

【頂厝教子，下厝子乖】
[tiŋ˥ ts'u˩ ka˥ kiã˥ e˩ ts'u˩ kiã˥ kuai˥]
東家在教訓孩子，西家的孩子看了也會有所警惕而學乖。

【頂唇著拖，下唇著磨】
[tiŋ˥ tun˧ tio˩ t'ua˥ e˩ tun˧ tio˩ bua˧]
喻爭執的雙方都會有損失。

【頂八卦煞著伊的下八卦】
[tiŋ˥ pak˥ kua˩ sa˥ tio˩ i˧ e˧ e˩ pak˥ kua˩]
謂男生被女生迷著。

【頂司管下司，鋤頭管畚箕】
[tiŋ˥ si˥ kuan˥ e˩ si˥ ti˧ t'au˧ kuan˥ pun˥ ki˥]
謂上司管下司，層層相管，層層負責。

【頂初三，下十八，早流晚退】
[tiŋ˥ ts'e˧ sã˥ e˧ tsap˩ peʔ˩ tsa˥ lau˧ uã˥ t'e˩]
潮水在月之初三、十八有早滿晚退的現象。

【頂厝人管子，下厝人子乖】
[tiŋ˥ ts'u˩ laŋ˧ kuan˥ kiã˥ e˩ ts'u˩ laŋ˧ kiã˥ kuai˥]
意同「頂厝教子，下厝子乖」。

【頂港有名聲，下港有出名】
[tiŋ˥ kaŋ˥ u˩ miã˧ siã˥ e˩ kaŋ˥ u˩ ts'ut˥ miã˧]
意謂全省有名。

【頂廳請人客，下廳扑布册】
[tiŋ˥ t'iã˥ ts'iã˥ laŋ˧ k'eʔ˩ e˩ t'iã˥ p'a˥ pɔ˥ ts'eʔ˩]
前堂在請客，後堂在打老婆。

【頂半暝食你的粟，下半暝食咱的粟】
[tiŋ˥ puã˥ mẽ˧ tsia˩ li˥ ge˧ ts'ik˩ e˩ puã˥ mẽ˧ tsia˩ lan˥ ge˧ ts'ik˩]
喻新娘在結婚之夜的心理轉變。洞房花燭夜，新娘初到夫家，聞有老鼠偷咬穀物，對新郎說的是：老鼠偷吃你家的穀子。經過雲雨合歡，天地交泰

之後，再聽到老鼠偷吃穀物之聲，對新郎則改口說老鼠在偷吃我們家的穀子。

【頂街天主教，下街基督教，中央陳烏炮】
[tiŋ˥ ke˥ t'en˧ tsu˥ kau˩ e˩ ke˥ ki˧ tɔk˥ kau˩ tiɔŋ˧ əŋ˥ tan˧ ɔ˧ p'au˩]
清季台北松山地區之諺語。謂頂街有信天主教的，下街有信基督教的，中間則住著當時街總理陳烏炮，屬於他的勢力範圍。

【項羽有千斤力，毋值劉邦四兩命】
[haŋ˩ u˥ u˩ ts'en˧ kin˧ lat˥ m˩ tat˩ lau˧ paŋ˥ si˥ niũ˥ miã˧]
喻本領雖高不如命好。

【順孝扛】
[sun˩ ha˥ kəŋ˥]
台俗，男女雙方訂婚之後，男方因父母或祖父母突告死亡，出殯時男方爲了多一個人送上山頭，會請女方來送山，並在百日期內過門完婚，俗稱「順孝扛」。

【順孝娶】
[sun˩ ha˥ ts'ua˧]
意同「順孝扛」。

【順水行船】
[sun˩ tsui˥ kiã˧ tsun˦]
順勢做事，事半功倍。

【順風好駛帆】
[sun˩ hɔŋ˥ ho˥ sai˥ p'aŋ˦]
喻順勢好做事。

【順風挾倒樹】
[sun˩ hɔŋ˥ sak˥ to˥ ts'iu˧]
順水推舟，事半功倍。

【順風挾倒牆】
[sun˩ hɔŋ˥ sak˥ to˥ ts'iũ˦]
乘人危急，竟把他推倒；落井下石。

【順路拈菜鹹】
[sun˩ lɔ˧ nĩ˧ ts'ai˥ kiam˦]
拈，以手指尖取物；順著手路將醃漬的菜拿起來；喻按照順序處理事物。

【順續攻彰化】
[sun˩ sua˩ kɔŋ˧ tsiɔŋ˧ hua˩]
清光緒年間，彰化李知縣貪污，縣民怨聲載道。適因逮捕土豪簡燦，其弟風聞其將被處死，遂糾眾入城，至半途乃知傳聞有誤，但因事已至此，遂與施九緞一黨結合，攻打彰化縣城。喻起初並無此意，但事已至此，只好順勢發展。

【順天者存，逆天者亡】
[sun˩ t'en˥ tsia˩ ts'un˦ gik˩ t'en˥ tsia˩ bɔŋ˦]
謂天意難違。

【順某令較贏信神明】
[sun˩ bɔ˥ liŋ˧ k'a˥ iã˧ sin˥ sin˧ biŋ˦]
聽從老婆的話比信神明有用。

【頓頭，看古井】
[tam˥ t'au˦ k'uã˥ kɔ˥ tsẽ˥]
古井，昔日水井，井欄不高，若站在井旁垂頭探望井底，是很危險的事。

【頭目鳥】
[t'au˧ bak˩ tsiau˥]
領袖人物。

【頭毛試火】
[t'au˧ mɔ̃˦ ts'i˥ hue˥]
以頭髮去試火，看會不會燃燒；明知故犯，妄加冒險。或喻愚不可及。

【頭殼歹去】
[t'au˧ k'ak˩ p'ãi˥ k'i˩]
腦筋有問題。

【頭著尾是】
[t'au˦ tio˧ bue˥˩ si˧]
謂頭尾都很正確。

【頭較大身】
[t'au˦ k'a˥˩ tua˩ sin˥]
謂問題麻煩，使人頭大。

【頭憂面縐】
[t'au˦ iu˥ bin˧ ziau˦]
憂心忡忡。

【頭毛挽𧉟母】
[t'au˧ mõ˥ ban˥ sap˥ bo˥˩]
譏人過分裝飾。

【頭毛嘴鬏白】
[t'au˧ mõ˦ ts'ui˥˩ ts'iu˧ pe˧]
年齡很大。

【頭毛雙樣色】
[t'au˧ mõ˦ siaŋ˧ iũ˩ sik˩]
本指頭髮斑白，引申爲老人講囝仔話，或說話翻來覆去。

【頭尖嘴唇薄】
[t'au˦ tsiam˥ ts'ui˥˩ tun˦ po˧]
貧窮之相。

【頭殼控固力】
[t'au˧ k'ak˩ k'ɔŋ˧ ku˧ li˥˩]
罵人腦筋僵硬不知變通；孔固力，係日文之外來語コンワリート即concrete，混凝土也。

【頭過，身就過】
[t'au˦ kue˩ sin˥ tio˩ kue˩]
喻頭一個難關過了，以後就容易了。

【頭一枝，尾一葉】
[t'au˦ tsit˩ ki˥ bue˥˩ tsit˩ hio˧]
一枝樹枝上只長出一片葉子，引申爲形容美人之詞。

【頭日香，尾日戲】
[t'au˧ zit˥ hiũ˥ bue˥˩ zit˥ hi˩]
指迎神賽會頭一天的香陣新鮮，最後一天的戲因演出已到尾聲，故較精彩。

【頭毛臭雞酒味】
[t'au˧ mõ˦ ts'au˥˩ ke˧ tsiu˥ bi˧]
雞酒，產婦做月子所吃的補品；罵人稚氣未脫。

【頭更火，二更賊】
[t'au˧ kẽ˥ hue˥˩ zi˩ kẽ˥ ts'at˥]
指公雞啼叫不按時，頭更亂啼可能是有火災，二更亂啼可能是有小偷；喻夜聞雞啼，主人當知警戒。

【頭殼皮膨三寸】
[t'au˧ k'ak˥ p'ue˦ p'ɔŋ˥˩ sã˧ ts'un˩]
形容事情棘手難辦。

【頭換番，二扑鐵】
[t'au˦ uã˩ huan˥ zi˧ p'a˥˩ t'iʔ˩]
換番，與原住民交易割取其利，古稱「番割」。過去，在鄉下做生意，最好的行業是換番，其次爲打鐵。

【頭興興，尾冷冷】
[t'au˦ hiŋ˥˩ hiŋ˩ bue˥˩ liŋ˥ liŋ˥˩]
喻做事有始無終。

【頭毛尚臭雞酒味】
[t'au˧ mõ˦ ia˥˩ ts'au˥˩ ke˧ tsiu˥ bi˧]
雞酒，婦女生產，坐月子要吃麻油雞酒；罵人乳臭未乾。

【頭水南風三日做】
[t'au˧ tsui˥ lam˧ hɔŋ˥ sã˧ zit˩ tso˩]
澎湖諺語。頭水，第一次；每年春天第一次吹來的南風，通常會連吹三天。

【頭殼尖尖，無福氣】
[t'au˧ k'ak˩ tsiam˧ tsiam˥ bo˧ hɔk˥ k'i˩]
俗謂尖頭者福薄。

【頭插雉雞尾——假番】

[t'au˧ ts'a˥ t'i˧ ke˧ bue˥ ke˥ huan˥]
歇後語。頭上插雉雞尾，假裝爲番人；即假番，做佯裝不知解。

【頭殼戴天腳踏地】
[t'au˧ k'ak˩ ti˥ t'ĩ˥ k'a˥ ta˩ te˧]
頭戴天，腳踏地，此外一無所有；喻貧窮。

【頭殼戴烘爐——鬧熱】
[t'au˧ k'ak˩ ti˥ haŋ˧ lɔ˧ nãu˩ zet˥]
歇後語。頭上戴烘爐爲腦熱，台語腦熱與鬧熱諧音，故本句做熱鬧解。

【頭毛試火，鱠得賢滾】
[t'au˧ mɔ̃˧ ts'i˥ hue˥ be˩ tit˥ gau˧ kun˥]
以頭髮試火，焉有不著火之理？但頭髮數量終究有限，又如何能把鍋中食物燒滾？喻飲鴆難以解渴。

【頭家有聲，苦力聽行】
[t'au˧ ke˥ u˩ siã˥ ku˧ li˥ t'iã˧ kiã˧]
頭家，老板；苦力，勞工；喻照章行事。

【頭殼抹砒霜去飼虎】
[t'au˧ k'ak˩ bua˥ p'i˧ sɔŋ˥ k'i˥ ts'i˩ hɔ˥]
以身試險，是愚笨、危險的事。

【頭較大身，腳較高面】
[t'au˧ k'a˥ tua˩ sin˥ k'a˥ k'a˥ kuan˧ bin˧]
指事情棘手，不易完成。假使勉強去做，也得耗費相當的精神與力氣。

【頭既洗啊，無剃也鱠使】
[t'au˧ ka˥ se˥ a˩ bo˧ t'iʔ˩ ia˩ be˩ sai˥]
昔日剃頭之前要先洗頭，頭既洗則不能反悔；喻事情已做了一半，不便半途而廢。過河卒子，只能向前。

【頭殼頂插葵扇——出風頭】
[t'au˧ k'ak˥ tiŋ˥ ts'a˥ k'ue˧ sĩ˩ ts'ut˥ hɔŋ˧ t'au˧]
歇後語。葵扇，昔日夏天搧風之用具，人們人手一支，一搧一搧，涼風即由此出；將葵扇插在頭頂，即寓有愛出風頭之意。

【頭下番川，毋通後來多端】
[t'au˧ e˩ huan˧ ts'uan˥ m˩ t'aŋ˧ au˧ lai˩ to˧ tuan˥]
謂做事要事前先講好遊戲規則，再開始做，不要事先沒講，事後才要爭辯；即所謂先小人後君子。

【頭仔興興，尾仔甘若杜定】
[t'au˧ a˥ hiŋ˥ hiŋ˩ bue˥ a˥ kan˥ nã˥ tɔ˩ tiŋ˧]
興興，指興致勃勃；杜定，指蜥蜴。指人做事缺乏毅力，剛開始很有衝勁，過了三分鐘熱度後，就興趣缺缺，提不起勁了。

【頭前大伯公，後面目屎通】
[t'au˧ tsiŋ˧ tua˩ pe˥ kɔŋ˥ au˩ bin˧ bak˩ sai˥ t'ɔŋ˥]
當面叫你是大伯公，背後則叫你是目屎通；喻陽奉陰違。

【頭擺糕，二擺桃，三擺食無】
[t'au˧ pai˥ ko˥ zi˩ pai˥ t'o˧ sã˧ pai˥ tsia˩ bo˧]
台俗，新婚回娘家，第一次回去，娘家會送她米糕當禮物，第二次是紅桃粿，第三次起便省略了。

【頭未梳，面未洗，腳帛拖一塊】
[t'au˧ bue˩ se˥ bin˧ bue˩ se˥ k'a˧ pe˧ t'ua˧ tsit˩ te˩]
腳帛，昔日婦女纏小腳的長布條。描繪婦女婚後，晚起床慵懶的生活。

【頭擺糕，二擺桃，三擺發財婆】

[t'au˧ pai˥ ko˥ zi˩ pai˥ t'o˧ sã˧ pai˥ huat˥ tsai˧ po˧]
台俗，女兒出嫁，第一次歸寧，娘家要送她米糕帶回夫家，第二次爲桃形紅粿，第三次則沒有禮物。

【頭妻嫌，二妻愛，三妻願叫祖奶奶】
[t'au˧ ts'e˥ hiam˧ zi˩ ts'e˥ ai˩ sã˧ ts'e˥ guan˩ kio˥ tsɔ˥ nãi˥ nãi˥]
過去婚姻由父母做主，有不中意而結合者。因此，初婚就可能有所不願；再婚則是兩心相許；第三次結婚，因是老夫少妻，故無不順從其妻。

【頭大面四方，肚大聚財王，卵鳥大相姦王】
[t'au˧ tua˧ bin˧ su˥ hɔŋ˥ tɔ˥ tua˧ ki˧ tsai˧ ɔŋ˧ lan˩ tsiau˥ tua˧ sio˧ kan˥ ɔŋ˧]
謂頭大則臉四方，腹大則易聚財，性器（卵鳥，陰莖）大者則好色。

【頭代油鹽醬醋，二代長衫拖土，三代當田賣舖】
[t'au˧ tai˧ iu˧ iam˧ tsiũ˥ ts'ɔ˩ zi˩ tai˧ təŋ˧ sã˥ t'ua˧ t'ɔ˧ sã˧ tai˧ təŋ˥ ts'an˧ be˩ p'ɔ˥]
第一代祖先辛勤積蓄，第二代便開始享受，到了第三代則出破落户子弟，開始典當家產以供揮霍。

【頭代油鹽醬醋，二代長衫毿褲，三代當田賣租，四代賣子賣某，五代賣公婆香爐】
[t'au˧ tai˧ iu˧ iam˧ tsiũ˥ ts'ɔ˩ zi˩ tai˧ təŋ˧ sã˥ sam˥ k'ɔ˩ sã˧ tai˧ təŋ˥ ts'an˧ be˩ tsɔ˥ si˥ tai˧ be˩ kiã˥ be˩ bɔ˥ gɔ˩ tai˧ be˩ kɔŋ˧ po˧ hiũ˧ lɔ˧]
第一代祖先辛勤積蓄，第二代便開始享受，到了第三代則出破落户子弟，開始典當家產以供揮霍。

【頭前五間店，中央石門樓，後壁十二間，大厝媽祖宮，曠床戲台頂，簳仔店落六分，當店落股三】
[t'au˧ tsiŋ˧ gɔ˩ kiŋ˧ tiam˩ tiɔŋ˧ əŋ˥ tsio˩ muĩ˧ lau˧ au˩ piaʔ˩ tsap˩ zi˩ kiŋ˥ tua˩ ts'u˩ mã˥ tsɔ˥ kiŋ˥ k'ɔŋ˥ ts'əŋ˧ hi˥ tai˧ tiŋ˥ kam˥ mã˥ tiam˩ lo˩ lak˩ hun˥ təŋ˥ tiam˩ lo˩ kɔ˥ sã˥]
安平諺語。清代有安平地區窮少年至外地工作，別人爲他作媒，介紹身家時，此少年即以此七句雙關語自我介紹：我的家前面有五間店面，中央是石頭蓋的門樓，後面有十二間房子；我家屋子豪華得像媽祖廟，我睡的大床像戲台那麼大，我投資雜貨店，有十分之六，投資當舖有三分之一股。事實，上他一貧如洗，他家是住在安平沒錯，茅屋座落之處，前面叫「五間店」，中央叫「石門樓」，後面叫「十二宮」，皆是安平之古地名。大厝媽祖宮是指安平最大房屋是開台天后宮。曠床戲台頂，是說他沒地方睡，常以戲台爲床。簳仔店落六分，是說他沒錢買煙抽，常去簳仔店「囉」一些煙屑過癮。當店落估三，是說他沒錢可用時，只好去當舖「落估衫」，當衣服。一正一反，意義相差天淵之別。

【頷滾仔生瘤——拄著】
[am˩ kun˥ nã˥ sẽ˧ liu˧ tu˥ tio˩]
歇後語。脖子上長肉瘤頂住下巴，藏「拄著」二字。謂遇上了，只好面對現實。

【頷滾抹火炭——烏龜】
[am˩ kun˥ bua˥ hue˥ t'uã˩ ɔ˧ ku˥]
歇後語。頷滾，脖子；脖子抹火炭就變成烏胿，音同烏龜，烏龜就是戴綠帽子之謂。

【願塡河，毋塡圳】
[guan˨ t'iam˨ ho˧ m˨ t'iam˨ tsun˨]
喻為了拼面子，寧可損失更大。

【願獻埔，驚無人通葬】
[guan˨ hen˥ pɔ˥ kiã˧ bo˧ laŋ˧ t'aŋ˧ tsɔŋ˨]
願獻出草埔當義塚，不怕沒人來埋葬；譏賤婦敢為娼，不怕沒人來嫖。

【願作太平犬，毋作亂世民】
[guan˨ tso˥ t'ai˥ piŋ˧ k'en˥ m˨ tso˥ luan˨ se˥ bin˦]
太平盛世之狗比亂世之人享福。

【顧前無顧後】
[kɔ˥ tsiŋ˦ bo˧ ko˥ au˧]
只看眼前，不顧後面。

【顧頂無顧下】
[kɔ˥ tiŋ˥ bo˧ kɔ˥ e˧]
指生活困苦，只能仰事父母，不能俯畜妻兒，無法全面顧及。

【顧雞卵無顧豬頭】
[kɔ˥ ke˧ nuĩ˧ bo˧ kɔ˥ ti˧ t'au˦]
喻捨本而逐末。

【顧賊一暝，做賊一更】
[kɔ˥ ts'at˥ tsit˩ mẽ˦ tso˥ ts'at˥ tsit˩ kẽ˥]
看賊要看一整夜，而小偷行竊只要片刻；道高一尺，魔高一丈。

【顧鴨母卵，無顧豬頭】
[kɔ˥ a˥ bo˥ nuĩ˧ bo˧ kɔ˥ ti˧ t'au˦]
放著豬頭不顧，卻去顧幾個鴨蛋；喻只注意小事，不顧大事；捨本逐末。

【顴骨高，刣尪免用刀】
[kuan˧ kut˩ ko˥ t'ai˧ aŋ˥ ben˥ iŋ˨ to˥]
俗以女人顴骨高為剋夫之相。

【風前燭】
[hɔŋ˧ tsen˧ tsik˩]
風中的火燭；喻年老體弱，奄奄一息。

【風颱尾】
[hɔŋ˧ t'ai˧ bue˥]
氣象諺。颱風已遠離，風力減弱。

【風頭狗】
[hɔŋ˧ t'au˧ kau˥]
喻輕率動粗及口出惡語之人。

【風水不虞】
[hɔŋ˧ tsui˥ put˥ gi˦]
大風與大水，會有不測之災。

【風颱回南】
[hɔŋ˧ t'ai˥ hue˧ lam˦]
颱風平息之前，必為南風；喻事情終告結束；或喻怒氣已消，言歸於好。

【風頭松柏】
[hɔŋ˧ t'au˧ ts'iŋ˧ pik˩]
喻人涉世已深，資格已老。

【風聲鬼影】
[hɔŋ˧ siã˧ kui˥ iã˥]
喻狀至恐怖。

【風聲謗影】
[hɔŋ˧ siã˧ pɔŋ˥ iã˥]
謠言滿天飛。

【風、水、火無情】
[hɔŋ˥ tsui˥ hue˥ bo˧ tsiŋ˦]
謂三者形成之災害，至為恐怖，必須慎加防範。

【風大大，水嘩嘩】
[hɔŋ˥ tua˨ tua˧ tsui˥ hua˨ hua˧]
一颳風，水位會漲高。喻行事要預防突發狀況。

【風毋入，雨毋出】
[hɔŋ˥ m˨ zip˥ hɔ˧ m˨ ts'ut˩]

喻杜門不出，不問世事，與人世隔離，不與人交往。

【風毋插，雨毋入】
[hɔŋ˥ m˩ ts'aʔ˩ hɔ˧ m˩ zip˥]
喻遠離紅塵，與世隔絕。

【風馬牛不相及】
[hɔŋ˥ mã˥ ŋiũ˧ put˥ siɔŋ˧ kip˥]
謂兩者之間無關聯。

【風颱做了，纔回南】
[hɔŋ˧ t'ai˥ tso˥ liau˥ tsia˥ hue˧ lam˧]
颱風平息之前，會先吹一陣南風；喻發了脾氣之後，態度轉趨和緩。

【風吹有粟，薄福者受】
[hɔŋ˥ ts'ue˥ p'ã˥ ts'ik˩ po˩ hɔk˥ tsia˩ siu˧]
有粟，指中空或米粒不豐滿的稻穀，風來會被吹走，窮人揀去可以舂出些許米吃；喻有事發生，窮人會先受其困。

【風從何來，雨從何起】
[hɔŋ˥ tsiɔŋ˧ ho˧ lai˧ hɔ˧ tsiɔŋ˧ ho˧ k'i˥]
喻事情的原因出在那裡？

【風騷在人，無米趁眾】
[hɔŋ˧ so˥ tsai˩ laŋ˧ bo˧ bi˥ t'an˥ tsiɔŋ˩]
有錢時，耍風流，各人手法不同；錢花光，無米煮飯，卻是人人無異。

【風吹斷了線，傢伙去一半】
[hɔŋ˧ ts'ue˥ tuĩ˩ liau˥ suã˩ ke˧ hue˥ k'i˥ tsit˩ puã˩]
風吹，風箏；傢伙，財產；戲謂損失很大，所抱的希望已失去了一半。

【風吹斷落土，搶到溶糊糊】
[hɔŋ˧ ts'ue˥ tuĩ˩ lo˩ t'ɔ˧ ts'iũ˥ ka˥ iũ˧ kɔ˧ kɔ˧]
形容小孩放風箏比賽，爭相搶奪從天空掉落下來的風箏。

【風靜拗鬱熱，雷雨必強烈】
[hɔŋ˥ tsiŋ˧ au˥ ut˥ zua˧ lui˧ hɔ˧ pit˥ kiɔŋ˧ let˥]
氣象諺。夏天悶熱，不久會有強烈的雷雨。

【風水頭出虛流，風水尾出緣投】
[hɔŋ˧ sui˥ t'au˧ ts'ut˥ hi˧ lau˧ hɔŋ˧ sui˥ bue˥ ts'ut˥ en˧ tau˧]
風水，祖先的墳墓；虛流，浪蕩子；緣投，風流子；喻祖先勞苦於前，而後代卻出了浪蕩子孫。

【風颱做了無回南，十日九日湛】
[hɔŋ˧ t'ai˥ tso˥ liau˥ bo˧ hue˧ lam˧ tsap˩ zit˩ kau˥ zit˥ tam˧]
氣象諺。湛，濕；颱風過後，若沒有吹南風，則占多雨。

【風緊來，一錢予你買旺萊；風緊去，一錢予你買茭薦】
[hɔŋ˥ kin˥ lai˧ tsit˩ tsĩ˧ hɔ˩ li˥ be˥ ɔŋ˧ lai˧ hɔŋ˥ kin˥ k'i˩ tsit˩ tsĩ˧ hɔ˩ li˥ be˥ ka˧ tsi˩]
順口溜。風快吹來，一分錢給你買鳳梨，風快吹走，一分錢給你買草袋。

【飛山走石】
[pue˧ suã˥ tsau˥ tsioʔ˥]
形容小偷身手矯健。

【飛沙走石】
[pue˧ sua˥ tsau˥ tsioʔ˥]
形容風勢很強烈。或作「飛沙走水」。

【飛簷走壁】
[pue˧ liam˧ tsau˥ piaʔ˩]
手腳功夫敏捷，可在屋簷上飛躍，可在高牆上奔走。

【食大頓】
[tsia˩ tua˩ tuĩ˩]
指喪家於出殯日，辦桌供弔客裹腹；早期純粹只是裹腹，後來逐漸走向精美，甚至與一般宴席無別。

【食凸餅】
[tsia˩ p'ɔŋ˥ piã˥]
指被人責罵。

【食重鹹】
[tsia˩ taŋ˩ kiam˧˥]
表面是指口味重，實際上是譏諷人性慾強，交媾頻繁。

【食散餕】
[tsia˩ suã˥ tsun˩]
意同「食大頓」，吃完主客之間忌諱說「再見」，各自默默離去。

【食飽未】
[tsia˩ pa˥ bue˩]
吃飽了嗎？人與人見面寒暄語。

【食遺食】
[tsia˩ ui˧ sit˥]
意同「食大頓」。

【食媽祖】
[tsia˩ mã˥ tsɔ˥]
農曆三月廿三日為媽祖誕辰，各地信徒紛紛備辦牲醴祭拜，更有些地方以是日為當地一年一度之大拜拜，食客自四方而來，稱為「食媽祖」。

【食人食血】
[tsia˩ laŋ˧˥ tsia˩ hueʔ˩]
譏人貪婪無度，利慾薰心。

【食人夠夠】
[tsia˩ laŋ˧ kau˥ kau˩]
指欺侮人欺侮過頭。

【食三六九】
[tsia˩ sam˧ liɔk˩ kiu˥]
謂吃狗肉。

【食土食屎】
[tsia˩ t'ɔ˧˥ tsia˩ sai˥]
罵人不知人情，幾近畜牲。

【食三點金】
[tsia˩ sã˧ tiam˥ kim˥]
一般人只有兩隻眼睛，是「食兩點金」，食三點金則意謂比一般人精明。

【食老反行】
[tsia˩ lau˧ huan˥ hiŋ˧˥]
俗謂人活到老，性情會反常。以今日而言，即所謂老人痴呆症也。

【食老倒糾】
[tsia˩ lau˧ to˥ kiu˥]
糾，縮；謂年齡大了，本事反而不如從前。表面意義則是指人老了，身高會縮減。

【食有續嘴】
[tsia˩ u˩ sua˥ ts'ui˩]
形容東西好吃，吃完還想再吃。

【食老變相】
[tsia˩ lau˧ pen˥ siɔŋ˩]
俗謂年老性情會反常。意同「食老反行」。

【食你夠夠】
[tsia˩ li˥ kau˥ kau˩]
謂吃定你。

【食爸仔屎】
[tsia˩ pe˧ a˥ sai˥]
譏人依靠祖宗餘蔭過生活。

【食到扑胸】
[tsia˩ ka˥ p'a˥ hiŋ˥]
吃得飽飽，肚子鼓得很脹，脹到胸口；極言吃得很飽。

【食肥走瘦】

[tsia˨ pui˦ tsau˥ san˥˧]
比喻得不償失。爲了吃一頓美食(肥)，必須長途跋涉走一段路，當然是不划算。

【食肥脫鬃】
[tsia˨ pui˦ t'uat˥ tsaŋ˥]
謂豬若養大肥壯，豬鬃就會脫落，引申爲人若有錢之後就會不愛惜東西，暴殄天物。

【食前做後】
[tsia˨ tsiŋ˦ tso˥˧ au˧]
先借糧吃，再做工償還，即寅吃卯糧。

【食便領清】
[tsia˨ pen˧ niã˥ ts'iŋ˥]
老闆供膳食，領到的薪水不必再東扣西扣。比喻不須負擔家計，過得很舒服。

【食便領濟】
[tsia˨ pen˧ niã˥ tse˧]
指吃的豐富，錢又領得多；喻職務輕鬆。

【食相合肉】
[tsia˨ sã˧ kap˨ baʔ˨]
昔日喪家辦桌請弔客，係由兄弟互相「相合」出錢辦理，故喪宴乃被稱爲「相合肉」；食相合肉，即指吃喪家之食物。

【食清睏宮】
[tsia˨ ts'iŋ˥ k'un˥˧ kiŋ˥]
吃清齋而睡在寺廟裏。比喻生活很悠閒安樂。

【食清領閑】
[tsia˨ ts'iŋ˥ niã˥ iŋ˦]
喻官員只領薪水，沒事做。

【食著水土】
[tsia˨ tio˨ tsui˥ t'ɔ˥˧]
謂對所居環境氣候很能適應。

【食無錢飯】
[tsia˨ bo˧ tsĩ˧ puĩ˧]
吃不要錢的飯，即坐監服刑。

【食飯攪鹽】
[tsia˨ puĩ˧ kiau˥ iam˦]
形容家貧生活窮苦。

【食腳食手】
[tsia˨ k'a˧ tsia˨ ts'iu˥˧]
謂勞動者靠手腳辛勞而賺取生活所需。

【食飽相看】
[tsia˨ pa˥˧ sio˧ k'uã˨]
新婚燕爾，夫妻整天不做事，卿卿我我，相看兩不厭。

【食飽穿燒】
[tsia˨ pa˥˧ ts'iŋ˨ sio˧]
吃得飽、穿得暖。

【食飽換枵】
[tsia˨ pa˥˧ uã˨ iau˥]
形容徒勞無功。

【食銅食鐵】
[tsia˨ taŋ˧ tsia˨ t'iʔ˨]
形容惡霸之徒，大小通吃。

【食凝心丸】
[tsia˨ giŋ˧ sim˧ uan˦]
笑人心情凝重。

【食贏是數】
[tsia˨ iã˦ si˨ siau˨]
大家爭著吃，誰吃得多算誰福氣。喻人貪心自私。

【食了會續嘴】
[tsia˨ liau˥˧ e˨ sua˥˧ ts'ui˨]
形容食物可口，吃了還想再吃。

【食土，緊大模】

[tsia˩ t'ɔ˧ kin˥ tua˩ bɔ˧]
鄉下人之言，指孩子跌跤吃了土，一定會長得很快。

【食毋著水土】
[tsia˩ m˩ tio˩ tsui˥ t'ɔ˥]
謂不能適應所居之環境。

【食包仔喝燒】
[tsia˩ pau˧ a˥ hua˥ sio˥]
別人在吃包子，你卻在旁邊喊燙。意指好管閒事或別有用心、另有目的。

【食瓜著捻蒂】
[tsia˩ kue˥ tio˩ liam˥ ti˩]
喻做事要飲水思源。

【食老，老空顛】
[tsia˩ lau˧ lau˩ k'ɔŋ˧ ten˥]
俗謂人年老性情會反常。即患老人痴呆症。

【食老，老倒糾】
[tsia˩ lau˧ lau˩ to˥ kiu˥]
人到了老年，身高會縮減（糾）；喻人老了本事也退化。

【食老倒少年】
[tsia˩ lau˧ to˥ siau˥ len˧]
年紀大，看起來反而年輕。

【食好做輕可】
[tsia˩ ho˥ tso˥ k'in˧ k'o˥]
吃得好，工作又輕鬆；此爲時下年輕人尋找工作之價值觀。

【食好湊相報】
[tsia˩ ho˥ tau˥ sio˧ po˩]
過去沒有廣告，商品的擴展流通只能靠口碑，是以有本句出現，意即請大家告訴大家。

【食，旺；偷提，衰】
[tsia˧ ɔŋ˧ t'au˧ t'e˧ sue˥]
被人吃，是興旺之兆（舊俗大拜拜時客人越多越好）；遭小偷（偷提），則是衰落的徵兆。

【食祖公仔屎】
[tsia˩ tsɔ˥ kɔŋ˧ ŋã˥ sai˥]
譏人靠祖先遺產維生。

【食神，皇帝大】
[tsia˩ sin˧ hɔŋ˧ te˥ tua˧]
俗謂吃飯時，有吃神，因而不可在那時訓斥人，想訓斥人必須在吃飯以外的時間。

【食神帶尚重】
[tsia˩ sin˧ tai˥ siũ˧ taŋ˧]
喻性慾太強。

【食要替人死】
[tsia˩ be˥ t'e˥ laŋ˧ si˥]
昔日大人罵小孩嘴饞的話。

【食軟，毋食硬】
[tsia˩ nuĩ˥ m˩ tsia˩ ŋẽ˧]
謂用婉言相勸可以被接受，用強硬手段則不能接受。

【食蛇配虎血】
[tsia˩ tsua˧ p'ue˥ hɔ˥ hueʔ˩]
比喻人面獸心，無惡不做。

【食匏，無留種】
[tsia˩ pu˧ bo˧ lau˧ tsiŋ˥]
匏瓜是靠瓜內種子傳種，若不留種子則來年無匏瓜可吃。比喻只圖近利，不爲將來設想。

【食甜，憶著鹹】
[tsia˩ tĩ˥ it˥ tio˩ kiam˧]
比喻得意不忘失意時，即毋忘在莒。

【食無一箍風】
[tsia˩ bo˧ tsit˩ k'ɔ˧ hɔ̃˥]
謂沒吃到什麼。

【食，無；扑罵，有】

[tsia˧ bo˧ p'aʔ˩ mẽ˧ u˧]
吃沒有分，打罵有分。

【食飯皇帝大】
[tsia˩ puĩ˧ hɔŋ˧ te˥ tua˧]
意同「食神皇帝大」，謂吃飯之時不可打擾人、訓斥人。

【食睏，無分寸】
[tsia˧ k'un˩ bo˧ hun˧ ts'un˩]
吃的飯量，睡覺時間的長短，或多或少，或長或短，因人而異。

【食飯硿中央】
[tsia˩ puĩ˩ k'ã˧ tiɔŋ˧ əŋ˥]
比喻富家子弟或年紀輕的小孩，不愁吃穿，不須負擔家計。或作「食飯硿中心」。

【食飽毋知枵】
[tsia˩ pa˥ m˩ tsai˧ iau˥]
喻非當事人不知個中甘苦。

【食飽巡街路】
[tsia˩ pa˥ sun˧ ke˧ lɔ˧]
吃飽沒事整天逛街。

【食飽閑仙仙】
[tsia˩ pa˥ iŋ˧ sen˧ sen˥]
吃飽飯，不必做事，像神仙般清閑。

【食飽，憶著爸】
[tsia˩ pa˥ it˥ tio˩ pe˧]
只有吃飽後才會思念父親，並非實在的思念。

【食緊撞破碗】
[tsia˩ kin˥ lɔŋ˥ p'ua˥ uã˥]
比喻欲速則不達。

【食麵線抽壽】
[tsia˩ mĩ˩ suã˩ t'iu˧ siu˧]
舊俗，喪事爲死者穿壽衣須先由其子「張穿」，張穿完畢，其子要吃用黑糖煮的麵線，謂如此可趨吉避凶，可將死者的年壽加到子孫身上。

【食一歲，活一歲】
[tsia˩ tsit˩ hue˩ ua˩ tsit˩ hue˩]
喻人生經驗隨著年齡而增進。

【食一歲，學一歲】
[tsia˩ tsit˩ hue˩ o˩ tsit˩ hue˩]
多活一歲就有多一歲的經驗，即活到老學到老。

【食人飯，由人問】
[tsia˩ laŋ˧ puĩ˧ iu˩ laŋ˧ muĩ˧]
領人薪俸，即須爲人服務。

【食人飯，犯人問】
[tsia˩ laŋ˧ puĩ˧ huan˩ laŋ˧ muĩ˧]
謂受雇於人，任人指使。

【食了會續嘴尾】
[tsia˩ liau˥ e˩ sua˥ ts'ui˥ bue˥]
形容食物可口，吃了想再吃。

【食三文，醉四文】
[tsia˩ sã˧ bun˧ tsui˥ si˥ bun˧]
謂小飲而大醉。

【食公司，睏沓厘】
[tsia˩ kɔŋ˧ si˥ k'un˥ ba˧ li˥]
沓厘，指輪船的高級客艙。喻生活很享受，不知民間疾苦。即「食飯硿中央」、「食米毋知米價」。

【食水著用箸夾】
[tsia˩ tsui˥ tio˩ iɔŋ˩ ti˧ ŋẽʔ˩]
指收入少、三餐不繼。

【食水著家治舀】
[tsia˩ tsui˥ tio˩ ka˧ ti˩ iũ˥]
家治，自己；指不倚賴人，自立維生。

【食水龜，無剝殼】
[tsia˩ tsui˥ ku˥ bo˧ pe˥ k'ak˩]
吃水龜，任何人都知道必須剝殼，卻故意假裝不知，謂假裝老實，其實不

然。

【食未老，死未到】
[tsia˩ bue˩ lau˧ si˥˧ bue˩ kau˩]
謂少壯須努力，須勤儉，免得年老後悔。

【食米毋知米價】
[tsia˩ bi˥˧ m˩ tsai˧ bi˥ ke˩]
三餐吃飯，卻不知道米的價錢。比喻人不知行情。

【食巧，毋是食飽】
[tsia˩ k'a˥˧ m˩ si˩ tsia˩ pa˥˧]
指這種食物是拿來吃氣味的，而不是當做主食。

【食西瓜，半暝反】
[tsia˩ si˧ kue˥ puã˥˧ mẽ˧ huan˥˧]
意同「暗頭仔食西瓜，半暝仔反症」；喻變生肘下。

【食在身，穿在面】
[tsia˧ tsai˩ sin˥ ts'iŋ˧ tsai˩ bin˧]
吃得好、穿得好，從外表就可以看得出來。謂吃穿都很重要。

【食，有食的工夫】
[tsia˧ u˩ tsia˧ e˧ kaŋ˧ hu˥]
有供他吃和沒供他吃，工作效率不同。暗喻有巴結就會行方便。

【食老著老空癲】
[tsia˩ lau˧ tio˩ lau˩ k'ɔŋ˧ ten˥]
謂人老性情會反常。

【食老，撥無土豆】
[tsia˩ lau˧ pue˥ bo˧ t'ɔ˧ tau˧]
撥土豆，指花生收成時用工具耙取泥土中之花生莢；喻年老體衰，不能再像年輕時一樣擔負重任。

【食果子，拜樹頭】
[tsia˩ kue˥ tsi˥˧ pai˥˧ ts'iu˩ t'au˦]
吃水果（果子），要感謝生長水果的果樹；謂飲水思源，知恩圖報。

【食若牛，做若龜】
[tsia˧ nã˥ gu˦ tso˩ nã˥ ku˥]
飯量大得像牛一般，做事卻慢得像烏龜。譏人好吃懶做。

【食到老，學到老】
[tsia˩ kau˥˧ lau˧ o˩ kau˥˧ lau˧]
活到老，學到老，學無止境。

【食到死，學到死】
[tsia˩ kau˥˧ si˥˧ o˩ kau˥˧ si˥˧]
活到老，學到老。

【食的無，做的有】
[tsia˧ e˧ bo˦ tso˩ e˩ u˧]
做有分，吃沒有分，謂受到不公平的待遇。

【食命較好食健】
[tsia˩ miã˧ k'a˥˧ ho˥ tsia˩ kiã˧]
謂機遇比什麼都重要。

【食爸飯，穿母裘】
[tsia˩ pe˩ puĩ˧ ts'iŋ˩ bo˥ hiu˦]
謂吃穿都由父母供應，生活毫無憂慮。

【食要走番仔反】
[tsia˩ be˥ tsau˥ huan˧ nã˥ huan˥˧]
指清末日人來侵犯台灣時，家家户户都提早吃飯，準備逃難。或謂來侵者是西洋蕃仔不是日本人。

【食穿無，扑罵有】
[tsia˩ ts'iŋ˧ bo˦ p'aʔ˩ mẽ˧ u˧]
吃穿沒有分，打罵跑不了。比喻不受父母疼愛。

【食是福，做是碌（祿）】
[tsia˧ si˩ hɔk˩ tso˩ si˩ lɔk˥]
吃得下是人生的一種福氣，有事情做，做得了事情，是勞碌，也是福祿。

【食家治，貼錢二】

[tsia˩ ka˧ ti˧ t'iap˥ tsĩ˧ zi˧]
謂爲人貼錢。

【食燻茶，入來坐】
[tsia˩ hun˧ te˧ zip˩ lai˧ tse˧]
順口溜；昔人招待客人通常是敬煙（燻）敬茶，故有此諺。

【食匏仔無留種】
[sia˩ pu˧ a˥ bo˧ lau˧ tsiŋ˥]
比喻只圖眼前利益，不爲來日打算。

【食閑米，講閑話】
[sia˩ iŋ˧ bi˥ kɔŋ˥ iŋ˧ ue˧]
謂閑人閑語，講不負責的話。

【食著甜，憶著鹹】
[tsia˩ tio˩ tĩ˥ it˥ tio˩ kiam˧]
吃到甜美之物，想起往昔吃鹹苦的境況；喻富裕之後，不忘貧寒之時。

【食、博、迌，三字全】
[tsia˧ pua˧ t'it˥ sã˧ zi˩ tsuan˧]
食，飲酒；博，賭博；迌，冶遊；三種壞習慣全具備。

【食剩（清）飯在等你】
[tsia˩ ts'in˥ puĩ˧ te˥ tan˥ li˩]
謂好整以暇，早有心理準備等待你上門尋仇。

【食涪糜，配菜脯】
[tsia˩ am˥ muãi˧ p'ue˥ ts'ai˥ pɔ˥]
三餐都是喝很稀的稀飯（涪糜），配蘿蔔乾，形容生活很清苦。

【食碗內，洗碗外】
[tsia˩ uã˥ lai˧ se˥ uã˥ gua˧]
罵人吃裡扒外。或作「食碗內，說碗外」。

【食會落，吐（放）勿出】
[tsia˩ e˩ lo˧ t'ɔ˥ （paŋ˥ ）be˩ ts'ut˩]
吃得下肚，卻吐（拉）不出來。比喻取得不義之財，後果堪虞。

【食飽睏，睏飽食】
[tsia˩ pa˥ k'un˩ k'un˥ pa˥ tsia˧]
謂整天沒事做。

【食飽飽，等候死】
[tsia˩ pa˥ pa˥ tan˥ hau˩ si˥]
吃飽等死。

【食飽暗，齪死人】
[tsia˩ pa˥ am˩ tso˧ si˥ laŋ˧]
謂吃過晚餐(暗)，沒事做而喋喋不休。常用在夫妻床第之間。

【食飽纔憶著爸】
[tsia˩ pa˥ tsia˥ it˥ tio˩ pe˧]
等到吃飽飯（享受過了）才想起父親，比喻不尊重長輩。

【食蒜仔吐蕗蕎】
[tsia˩ suan˥ nã˥ t'ɔ˥ lɔ˩ gio˧]
蒜頭比蕗蕎小且便宜，喻得不償失。

【食蕃薯，看勢面】
[tsia˩ han˧ tsi˧ k'uã˥ se˥ bin˧]
吃蕃薯之前，先看其形態，再決定由那裏先吃、那裏後吃，以免掉落地上。喻做事時，須先判斷，再依難易先後之次序而行，方能收事半功倍之效。

【食勿老，死勿臭】
[tsia˩ be˩ lau˧ si˥ be˩ ts'au˩]
謂當利用年輕時候多努力。或謂男人罵女人年紀大時，女人即以此語反嘲男人。

【食勿飽，餓勿死】
[tsia˩ be˩ pa˥ go˩ be˩ si˥]
比喻薪水待遇很差。或做「脹勿肥，餓勿死」。

【食雞肉，搵味素】
[tsia˩ ke˧ baʔ˩ un˥ bi˩ sɔ˩]
搵，沾也。雞肉本身味道美，再沾味素，當然更好吃。

【食鱙仔魚，嗆刺】
[tsia˩ ziau˧ a˥ hi˦ ts'əŋ˥ ts'i˩]
鱙仔魚，即白骨鱙仔，春季洄游於北部海面的小魚；嗆刺，吃魚時把魚刺挑開叫嗆刺；吃小魚還挑刺，喻太奢侈。

【食鹽較濟食米】
[tsia˩ iam˦ k'a˥ tse˩ tsia˩ bi˥]
濟，多也；謂吃鹽巴比你吃的米多；倚老賣老。

【食天良，纔有好尾】
[tsia˩ t'en˧ liɔŋ˦ tsia˥ u˩ ho˥ bue˥]
謂做事要憑良心，才會有好結果。

【食水，創棕蓑毛溜】
[tsia˩ tsui˥ ts'ɔŋ˥ tsaŋ˧ sui˧ mõ˥ liu˥]
要取飲用水，卻拿蓑衣之毛尖去沾，何時才能取足？喻做事沒有效率。

【食白米飯，燒柴平】
[tsia˩ pe˩ bi˥ puĩ˧ hiã˧ ts'a˧ piŋ˦]
吃的是白米飯，灶裏頭燒的是好的木柴片，形容家境富裕。昔日一般人多吃稀飯、蕃薯飯，燒稻草、樹枝、雜草等。

【食老才在學跳窗】
[tsia˩ lau˧ tsia˥ ti˥ o˩ t'iau˥ t'aŋ˥]
南管布袋戲式微之際許多老藝人也開始學跳窗動作，比喻來不及了。

【食米食粒，較熟人】
[tsia˩ bi˥ tsia˩ liap˥ k'a˥ sik˩ laŋ˦]
謂家禽吃米穀，與人接近機會多。

【食冷水，著看天時】
[tsia˩ liŋ˥ tsui˥ tio˩ k'uã˥ t'ĩ˧ si˦]
喻識時務者為俊傑。

【食果子，毋識樹頭】
[tsia˩ kue˥ tsi˥ m˩ bat˥ ts'iu˩ t'au˦]
果子，水果；樹頭，水果樹。喻飲水不思源。

【食果子，要拜樹頭】
[tsia˩ kue˥ tsi˥ ai˥ pai˥ ts'iu˩ t'au˦]
教人飲水要思源，知恩要圖報。

【食果子，無拜樹頭】
[tsia˩ kue˥ tsi˥ bo˧ pai˥ ts'iu˩ t'au˦]
罵人忘本。

【食爸食母毋成人】
[tsia˩ pe˧ tsia˩ bo˥ m˩ tsiã˧ laŋ˦]
靠父母過活的大人不像是個大人。

【食肥，通予人割肉】
[tsia˩ pui˦ t'aŋ˧ hɔ˩ laŋ˧ kua˥ baʔ˩]
諷刺食量大的人，吃得胖胖好讓人宰割。

【食要食，蝨母毋掠】
[tsia˧ be˥ tsia˧ sap˥ bo˥ m˩ lia˧]
只管吃，不做事。

【食省草，睏較會著】
[tsia˩ siŋ˥ ts'au˥ k'un˥ k'a˥ e˩ tiau˦]
本指牛隻食量不大，關在牛廄內比較容易關得住，後來借喻為生者眾食者寡，賺多花少，比較容易致富。

【食甜豆仔放暢尿】
[tsia˩ tĩ˧ tau˧ a˥ paŋ˥ t'iɔŋ˥ zio˧]
昔日流傳於台北之掌故，有一位賢淑女子，奉父母之命嫁給一個白痴，白痴不知如何敦倫，其翁姑為傳後，央求其媳與之交合，白痴丈夫事畢口出此語。蓋甜豆乃事前誘其交合之零食，放暢尿指射精。

【食甜配鹹臭腳黏】
[tsia˩ tĩ˥ p'ue˥ kiam˦ ts'au˥ k'a˧ liam˦]
一會兒吃甜，一會兒吃鹹，容易消化不良以致生病。

【食飯硿中心的人】
[tsia˩ puĩ˩ k'ã˧ tiɔŋ˧ sim˥ ge˧ laŋ˧˥]
盛飯鍋中心的飯來吃的人；指不知米價，沒有煩惱的人。

【食飽，通予人刣肉】
[tsia˩ pa˥˧ t'aŋ˧ hɔ˩ laŋ˧ t'ai˧ baʔ˩]
罵人飯量大又不做事，最好被人宰割。

【食飽，瘤記得楞時】
[tsia˩ pa˥˧ be˩ ki˥˧ tit˥ iau˧ si˧˥]
吃飽後即忘了饑寒時的痛苦。

【食蕃薯，無存本心】
[tsia˩ han˧ tsi˧˥ bo˧ ts'un˧ pun˥
sim˥]
罵人忘恩負義。

【食鹹配甜臭嘴邊】
[tsia˩ kiam˧˥ p'ue˥˧ tĩ˥ ts'au˥˧ ts'ui˥˧
pĩ˥]
與「食甜配鹹臭腳黏」同意，即勸人不要一會吃鹹一會吃甜，以免消化不良而引發疾病。

【食鹽，較濟你食米】
[tsia˩ iam˧˥ k'a˥˧ tse˩ li˥ tsia˩ bi˥˧]
濟，多也；我吃鹽巴（調味用的的鹽）比你吃的米飯還多。倚老賣老。類同「過橋較濟你行路」。

【食人一口，報人一斗】
[tsia˩ laŋ˧ tsit˩ k'au˥˧ po˥˧ laŋ˧ tsit˩
tau˥˧]
謂受人恩惠要加倍奉還；喻禮尚往來。

【食人一斤，還人四兩】
[tsia˩ laŋ˧ tsit˩ kin˥ hiŋ˧ laŋ˧ si˥˧
niũ˥˧]
意同「食人一口，報人一斗」。

【食人之祿，死人之事】
[sit˩ zin˧˥ tsi˧ lɔk˥ su˥ zin˧˥ tsi˧ su˧]
拿人錢財，為人消災。

【食人之祿，擔人之憂】
[sit˩ zin˧˥ tsi˧ lɔk˥ tam˧ zin˧˥ tsi˧
iu˥]
拿人錢財，為人消災。

【食了牛犬，地獄難免】
[tsia˩ liau˥ gu˧ k'en˥˧ te˩ gak˥ lan˧
ben˥˧]
俗以為牛為人耕田，犬為人看家，不應吃牠們的肉，犯者死後會下地獄。

【食人的頭路犯人問】
[tsia˩ laŋ˧ ge˧ t'au˧ lɔ˧ huan˩ laŋ˧
muĩ˧]
意謂受雇於人即須受人約束。

【食大麥糜，講皇帝話】
[tsia˩ tua˩ be˩ muãi˧˥ kɔŋ˥ hɔŋ˧ te˥˧
ue˧]
罵人大言不慚。

【食四面風，講五色話】
[tsia˩ si˥˧ bin˩ hɔŋ˥ kɔŋ˥ ŋɔ̃˥ sik˥
ue˧]
指善於適應環境、迎合時勢的人；或謂指見人說人話、見鬼則鬼話連篇之人。

【食米粉芋，有好頭路】
[tsia˩ bi˥ hun˥ ɔ˧ u˩ ho˥ t'au˧ lɔ˧]
吉祥話。以米粉煮芋頭為供品或菜肴，食用前便有人會唸此語。謂吃米粉芋，會有好的職業（好頭路）。

【食豆腐水，損扁擔刀】
[tsia˩ tau˩ hu˩ tsui˥˧ kɔŋ˥˧ pin˧ tã˧
to˥]
形容對待員工苛刻。只供員工喝壓豆腐流出來的殘水，員工稍有小錯卻用大扁擔敲人。

【食到有扁擔無布袋】
[tsia˩ ka˥˧ u˩ pin˧ tã˥ bo˧ pɔ˥˧ te˧]

喻揮霍無度以致窮困潦倒。

【食王城水𣍐肥也水】
[tsia˩ ɔŋ˧ siã˧ tsui˥ be˩ pui˦ ia˩ sui˥]
台南安平諺語。謂飲用安平紅毛城附近湧出的泉水(井水),不會肥胖,只會美麗(水)。

【食爸偎爸,食母偎母】
[tsia˩ pe˧ ua˥ pe˧ tsia˩ bu˥ ua˥ bu˥]
吃誰的飯,就為誰講話。比喻人各為其主。

【食物著伴,關門著閂】
[tsia˩ mĩ˧ tio˩ p'uã˧ kuãi˧ muĩ˦ tio˩ ts'uã˩]
順口溜。吃東西最好是有伴才會覺得可口;夜晚關門必須將門栓栓好(閂)才會安全。

【食彼號飯,念彼號經】
[tsia˩ hit˥ lo˩ puĩ˧ liam˩ hit˥ lo˩ kiŋ˥]
吃那種飯,便說那種話。

【食要食,蝨母無要掠】
[tsia˧ be˥ tsia˧ sap˥ bo˥ bo˧ be˥ lia˧]
罵人好吃懶做,光要吃飯,連蝨子都不肯抓(掠)。

【食,食人半;扑,扑半人】
[tsia˧ tsia˩ laŋ˧ puã˩ p'aʔ˩ p'a˥ puã˥ laŋ˦]
謂吃得多做得少。

【食紅柹配燒酒——存死】
[tsia˩ aŋ˧ k'i˧ p'ue˥ sio˧ tsiu˥ ts'un˧ si˥]
歇後語。民間傳說,紅柹與酒一起吃會致命。喻放手一博,故云存死。

【食若拚,做空缺若請】
[tsia˧ nã˥ piã˩ tso˥ k'aŋ˧ k'ue˩ nã˥ ts'iã˩]
吃起飯來拼命吃,做起工作(空缺),卻好像是雇來的人那麼斤斤計較。

【食是食福,磨是勞碌】
[tsia˧ si˩ tsia˩ hɔk˩ bua˦ si˩ lo˧ lɔk˥]
吃有吃的福氣,勞碌有勞碌的命運。

【食,食俺爹;賺,賺私寄】
[tsia˧ tsia˩ an˥ tia˥ t'an˩ t'an˥ sai˧ k'ia˥]
賺錢自己存私房錢,生活開支則由父母支付。比喻不用負擔家計。

【食洘食膠,著愛平靜】
[tsia˩ k'o˥ tsia˩ ka˥ tio˩ ai˥ piŋ˧ tsiŋ˧]
洘,指稀飯;膠,指美食羹湯;不管吃得好或不好,只求生活平靜安祥;引申為勸人不要追求虛榮。

【食魚食肉,也著菜甲】
[tsia˩ hi˦ tsia˩ baʔ˩ ia˩ tio˩ ts'ai˥ kaʔ˩]
謂不能光吃魚吃肉,必須兼吃蔬菜,以求食物平衡,不能偏食。

【食菜,食到肚臍為界】
[tsia˩ ts'ai˩ tsia˩ kau˥ tɔ˩ tsai˦ ui˧ kai˩]
諷刺野和尚吃齋只吃到肚臍,以下便不吃齋,謂不守色戒。

【食甜食鹹,臭腳鼻黏】
[tsia˩ tĩ˧ tsia˩ kiam˦ ts'au˥ k'a˧ p'ĩ˩ liam˦]
俗謂一下子吃甜,一下子吃鹹,腳上會長瘡。誡飲食要有節度。

【食曹操米,講劉備話】

[tsia˩ tso˧ ts'o˥ bi˥ kɔŋ˥ lau˧ pi˩ ue˧]
吃自家的飯，說人家的好話；比喻吃裡扒外。

【食著滋味，賣了田園】
[tsia˩ tio˩ tsu˧ bi˧ be˩ liau˥ ts'an˧ huĩ˧˥]
謂食髓知味，吃上癮後，會把田園典賣了來吃。

【食飯硿心，無煩惱食】
[tsia˩ puĩ˩ k'ã˧ sim˥ bo˧ huan˧ lo˥ tsia˧]
謂吃飯鍋中央的飯，不須煩惱家計。

【食無落腹，放無落礐】
[tsia˩ bo˧ lo˩ pak˩ paŋ˥ bo˧ lo˩ hak˥]
譏抽鴉片者，吃也吃不到肚子裡，拉也拉不出東西到茅坑去。

【食會落去，放鱠出來】
[tsia˩ e˩ lo˧ k'i˩ paŋ˥ be˩ ts'ut˥ lai˩]
謂收取不義之財，將有很麻煩的後果。

【食予肥肥，激予鎚鎚】
[tsia˩ hɔ˧ pui˧ pui˧˥ kik˥ hɔ˧ t'ui˧ t'ui˧˥]
譏諷做事不負責任的公務員或公司的員工，他們只知尸位素餐，吃得腦滿腸肥，裝著一副傻傻的樣子。

【食雞倱雞，食鴨倱鴨】
[tsia˩ ke˥ ua˥ ke˥ tsia˩ aʔ˩ ua˥ aʔ˩]
指勢利眼者，忽東忽西，完全是有奶便是娘，無操守，不是忠貞不二的人。

【食人半斤，嘛要還四兩】
[tsia˩ laŋ˧ puã˥ kin˥ mã˩ ai˥ hiŋ˧ si˥ niũ˥]
喻禮尚往來。

【食三年仙屎，要上西天】
[tsia˩ sã˧ nĩ˧ sen˧ sai˥ be˥ tsiũ˩ se˧ t'en˥]
謂不廣爲積德修業，便想一步登天；譏人尚不夠資格。

【食水龜，無剝殼——假老實】
[tsia˩ tsui˥ ku˥ bo˧ pe˥ k'ak˩ ke˥ lau˥ sit˥]
歇後語。生性貪狠者在別人面前爲了表現出老實狀，吃水龜時未剝殼一塊吃下去，因而更顯出其吃肉連骨呑、「食銅食鐵」之本性。

【食你的肉，無齧你的骨】
[tsia˩ li˥ ge˧ baʔ˩ bo˧ k'e˥ li˥ ge˧ kut˩]
台俗，結婚時男方送禮中有四分之一隻豬，女方將肉切下，豬腳連骨頭歸還男方，故有此諺。比喻只拿你的表面，未傷到你的基礎。

【食要食好，做事要輕可】
[tsia˧ be˥ tsia˩ ho˥ tso˥ su˧ be˥ k'in˧ k'o˥]
吃要吃得好，做事要輕鬆，此爲社會繁榮富庶後，時下一般年輕人的價值觀。因此製造業便乏人問津，而服務業則趨之若鶩。

【食，食頭家；睏，睏頭家娘】
[tsia˧ tsia˩ t'au˧ ke˥ k'un˩ k'un˥ t'au˧ ke˧ niũ˧˥]
滑稽語，謂膳宿均由老板供應。

【食無一個㴸，糊到滿嘴】
[tsia˩ bo˧ tsit˩ le˧ siau˧˥ kɔ˧ ka˥ muã˥ ts'ui˩]
㴸，精液；吃不到什麼東西，卻糊了滿口；比喻得不到什麼實利，卻徒增困擾。

【食無三把草，就會搭胸】

[tsia˩ bo˧ sã˧ pe˥ ts'au˥ tio˩ e˩ ta˥ hiŋ˥]
譏人還沒有多少經驗，便沾沾自喜，逢人炫耀（搭胸）。

【食著下林仔水，會變性】
[tsia˩ tio˩ e˩ nã˧ a˥ tsui˥ e˩ pen˥ siŋ˩]
下林仔，地名，在台南市小西門到鹽埕一帶，此地之泉甘洌可口，遠近馳名；世居於海濱飲用含鹽分很高的井水的漁民，一旦遷居台南城，飲到下林仔水，不但生活改善，氣質也會變化，由樸素轉成驕奢。此諺乃諷刺人變化很快。

【食無錢米，做無錢空缺】
[tsia˩ bo˧ tsĩ˧ bi˥ tso˥ bo˧ tsĩ˧ k'aŋ˧ k'ue˩]
吃不用錢的飯，做拿不到工資的工作（空缺），謂寄食人家，沒有用處的人；或謂指囚犯的生活。

【食鹹食淡，講話攏無影】
[tsia˩ kiam˧ tsia˩ tsiã˥ kɔŋ˥ ue˧ lɔŋ˥ bo˧ iã˥]
喻人說話不守信用。

【食人一斤，嘛著還人四兩】
[tsia˩ laŋ˧ tsit˩ kin˥ mã˩ tio˩ hiŋ˧ laŋ˧ si˥ niũ˥]
謂禮尚往來，不可來而不往。

【食人的嘴軟，提人的手軟】
[tsia˩ laŋ˧ ge˧ ts'ui˩ nuĩ˥ t'e˩ laŋ˧ ge˧ ts'iu˥ nuĩ˥]
謂收受別人的好處，辦事就不會公正。

【食人頭鍾酒，講人頭句話】
[tsia˩ laŋ˧ t'au˧ tsiŋ˧ tsiu˥ kɔŋ˥ laŋ˧ t'au˧ ku˥ ue˧]
酒席上，先拿起酒杯，先講話；指處於受人尊敬的地位。

【食三餐五味，穿綾羅紡絲】
[tsia˩ sam˧ ts'an˥ ŋɔ̃˥ bi˧ ts'iŋ˩ liŋ˧ lo˧ p'aŋ˥ si˥]
謂吃穿都很奢侈富裕。

【食老，尻川才去予人看著】
[tsia˩ lau˧ k'a˧ ts'uĩ˥ tsia˥ k'i˥ hɔ˩ laŋ˧ k'uã˩ tio˩]
活到老，屁股（尻川）才被別人看見；喻年紀大了才漏氣、丟臉。

【食兇，睏重，做空缺金金相】
[tsia˧ hiɔŋ˧ k'un˩ tiɔŋ˧ tso˥ k'aŋ˧ k'ue˩ kim˧ kim˧ siɔŋ˩]
教訓稍大的兒童，不要貪吃，不要貪睡，須認眞於工作（空缺）。

【食肉食三層，看戲看亂彈】
[tsia˩ baʔ˩ tsia˩ sam˧ tsan˧ k'uã˥ hi˩ k'uã˥ lan˩ t'an˧]
肉類以五花肉爲最好吃，而戲劇則是以亂彈爲最好看。

【食肉滑溜溜，討錢面憂憂】
[tsia˩ baʔ˩ kut˩ liu˥ liu˩ t'o˥ tsĩ˧ bin˧ iu˧ iu˥]
借錢的人，有錢時吃肉吃得很痛快，但當你向他討債時，他卻一副苦瓜臉。比喻借錢花用容易還錢難。

【食到好當死，菜頭君店米】
[tsia˩ kau˥ ho˥ təŋ˧ si˥ ts'ai˥ t'au˧ kun˧ tiam˥ bi˥]
指本性難改。

【食物是福氣，漏屎是字運】
[tsia˩ mĩ˧ si˩ hɔk˥ k'i˩ lau˥ sai˥ si˩ zi˩ un˧]
謂人生的遭遇，皆屬運氣。

【食家治的米，做別人的穡】
[tsia˩ ka˧ ti˩ e˧ bi˥ tso˥ pat˩ laŋ˧ ge˧ sit˩]

吃自己的飯，卻去做別人的工作；謂吃裡扒外。

【食家治的米，講別人的話】
[tsia˨ ka˧ ti˨ e˧ bi˥ kɔŋ˥ pat.˩ laŋ˧ ge˧ ue˧]
吃自家的飯，卻爲別人說話；吃裡扒外。

【食無一百歲，計較一千年】
[tsia˨ bo˧ tsit.˩ pa˥ hue˨ ke˥ kau˥ tsit.˩ ts'iŋ˧ nĩ˦]
指凡事不必斤斤計較；人生不滿百，常懷千歲憂。

【食無三日菜，就要上西天】
[tsia˨ bo˧ sã˧ zit.˩ ts'ai˨ tio˨ be˥ tsiũ˨ se˧ t'en˥]
吃不到三天的清齋，就妄想成佛上西天；比喻程度差，離成功之日還遠得很。

【食無三把蔗尾，就會搭胸】
[tsia˨ bo˧ sã˧ pe˥ tsia˥ bue˥ tio˨ e˨ ta˥ hiŋ˥]
譏人稍有成就，就得意忘形，夜郎自大。

【食飯，扒無清氣，會嫁（娶）貓尪（某）】
[tsia˨ puĩ˧ pe˧ bo˧ ts'iŋ˧ k'i˨ e˨ ke˥（ts'ua˨ ）niãu˧ aŋ˥ （bɔ˥)]
昔日飯桌上告誡小孩之話語。飯碗中之飯粒若扒不乾淨（清氣），長大會嫁（娶）麻面的先生（妻子）。

【食無外濟湔，糊到歸喙鬏】
[tsia˨ bo˧ gua˨ tse˨ siau˦ kɔ˧ ka˥ kui˧ ts'ui˥ ts'iu˥]
湔，精液；沒吃到什麼東西，卻沾滿整個鬍鬚（歸喙鬏）。比喻沒有得到什麼實利，反而被人說是非，非常不划算。

【食無油菜湯，睏無腳眠床】
[tsia˨ bo˧ iu˧ ts'ai˥ t'əŋ˥ k'un˥ bo˧ k'a˧ bin˧ ts'əŋ˦]
形容貧窮人家的生活。

【食菜食油鹽，娶妾取容顏】
[tsia˨ ts'ai˨ tsia˨ iu˧ iam˦ ts'ua˨ ts'iap.˩ ts'u˥ iɔŋ˧ gan˦]
菜要好吃須要加油加鹽，娶小老婆（妾）則娶其容貌。

【食菜無食臊，狗肉燉米糕】
[tsia˨ ts'ai˨ bo˧ tsia˨ ts'o˥ kau˥ baʔ.˩ tim˨ bi˥ ko˥]
諷刺野和尚，謂名義上是吃齋，卻葷素不忌，言下之意當然包含女色也不忌。

【食飯食俺爹，賺錢積私寄】
[tsia˨ puĩ˧ tsia˨ an˥ tia˥ t'an˥ tsĩ˦ tsik˥ sai˧ k'ia˥]
謂兒女賺錢都據爲私有，不肯拿出來公用，吃穿卻要靠父母。

【食飯食碗公，做穡閃西風】
[tsia˨ puĩ˧ tsia˨ uã˥ kɔŋ˥ tso˥ sit.˩ siam˥ sai˧ hɔŋ˥]
吃飯吃得比誰都多，做事時卻處處躲閃逃避。或做「食飯食碗公，做穡泄屎風」。

【食飯配菜脯，儉錢開查某】
[tsia˨ puĩ˧ p'ue˥ ts'ai˥ pɔ˥ k'iam˨ tsĩ˦ k'ai˧ tsa˧ bɔ˥]
吃飯很節儉配蘿蔔乾，所省的錢卻拿去嫖妓。比喻食色性也，有人重食，有人重性。

【食早起頓，毋知下昏頓的事】
[tsia˨ tsai˥ k'i˥ tuĩ˨ m˨ tsai˧ ẽ˧ huĩ˧ tuĩ˨ e˧ su˧]
吃了早餐，不知晚餐（下昏頓）在那裡；極言其窮。

【食無三日清菜，就要上西天】
[tsia˩ bo˧ sã˧ zit˩ ts'iŋ˧ ts'ai˩ tio˩ be˥ tsiũ˩ se˧ t'en˥]
吃不到三天齋，就想成佛。比喻功夫差，妄想成功。

【食飯大碗公，做空缺閃西風】
[tsia˩ puĩ˧ tua˩ uã˥ kɔŋ˥ tso˥ k'aŋ˧ k'ue˩ siam˥ sai˧ hɔŋ˥]
空缺，指工作也；西風，自海面而來的風，風力強勁。指享受時專挑好的，做工時則躲躲閃閃。罵人是米蟲。

【食飯官，作穡悍，行路躡田岸】
[tsia˩ puĩ˩ kuã˥ tso˥ sit˥ tuã˧ kiã˧ lɔ˧ liap˥ ts'an˧ huã˧]
吃飯像個官家，做事(作穡)懶惰(悍)，走路像走在剛糊好的田埂上；諷刺好吃懶做之人，借故拖延，以減少工作時間。

【食，毋驚頭家散；做，毋驚長工死】
[tsia˧ m˩ kiã˧ t'au˧ ke˥ san˩ tso˩ m˩ kiã˧ tɔŋ˧ kaŋ˥ si˥]
遇到吃飯時，工人(長工)猛吃，不怕把老板(頭家)吃窮；分派工作時，一再追加工作，不怕把工人(長工)磨死；喻主雇雙方無法互相體恤。

【食別人滑溜溜，予人食面憂憂】
[tsia˩ pat˩ laŋ˧ kut˩ liu˥ liu˩ hɔ˩ laŋ˧ tsia˧ bin˧ iu˧ iu˥]
喻小氣的人只想佔人便宜。

【食尾牙面憂憂，食頭牙撚嘴鬚】
[tsia˩ bue˥ ge˧ bin˧ iu˧ iu˥ tsia˩ t'au˧ ge˧ len˥ ts'ui˥ ts'iu˥]
生意人農曆十二月十六日拜土地公，叫「做尾牙」，二月初二拜土地公，叫「做頭牙」。昔日店家要將員工辭退時，便於尾牙宴上將雞頭對準該員工，未吃飯前，員工人心惶恐，故云「食尾牙面憂憂」；過了尾牙，每人至少又可安穩工作一年，故云「食頭牙撚嘴鬚」。

【食尪的坐咧食，食子的跪咧食】
[tsia˩ aŋ˥ ge˧ tse˩ le˥ tsia˧ tsia˩ kiã˥ ge˧ kui˩ le˥ tsia˧]
謂婦人吃丈夫所賺的，心安理得；吃兒女所賺的，卻得看其臉色。

【食芭樂放槍子，食柚仔放蝦米】
[tsia˩ pat˥ la˥ paŋ˥ ts'iŋ˥ tsi˥ tsia˩ iu˧ a˥ paŋ˥ he˧ bi˥]
吃蕃石榴容易秘結(便秘)，大便很硬，像子彈(槍子)；吃柚子，不易消化，原狀排出，像蝦仁(蝦米)。

【食，食人歡喜酒；賺，賺人甘願錢】
[tsia˧ tsia˩ laŋ˧ huã˧ hi˥ tsiu˥ t'an˩ t'an˥ laŋ˧ kam˧ guan˩ tsĩ˧]
喻凡事兩廂情願，不能勉強。

【食家治的米，煩惱別人的代誌】
[tsia˩ ka˧ ti˩ ge˧ bi˥ huan˧ lo˥ pat˩ laŋ˧ ge˧ tai˩ tsi˩]
吃自己的飯，卻爲別人擔憂。或作「食家治的飯，煩惱別人的代誌」。

【食是山珍海味，穿是綾羅紡絲】
[tsia˧ si˩ san˧ tin˥ hai˥ bi˧ ts'iŋ˧ si˩ liŋ˧ lo˧ p'aŋ˥ si˥]
謂吃穿都非常奢侈富裕。

【食無三把應菜，就想要上西天】
[tsia˩ bo˧ sã˧ pe˥ iŋ˥ ts'ai˩ tio˩ siũ˩ be˥ tsiũ˩ se˧ t'en˥]
吃不到三把空心菜(應菜)，就想成佛上西天。比喻功夫還差得遠。

【食無三個錢甘蔗，就想要搭胸】
[tsia˩ bo˧ sã˧ ge˧ tsĩ˧ kam˧ tsia˩ tio˩ siũ˩ be˥ ta˥ hiŋ˥]
譏人沒有什麼本事便夜郎自大，自以

爲了不起。

【食無三塊豆干，就想要上西天】
[tsia˩ bo˧ sã˧ te˥ tau˩ kuã˥ tio˩ siũ˩ be˥ tsiũ˩ se˧ t'en˥]
意同「食無三把應菜，就想要上西天」，比喻功夫還差得遠。

【食飯三戰呂布，做事桃花撐渡】
[tsia˩ puĩ˧ sam˧ tsen˥ li˩ pɔ˩ tso˥ su˧ t'o˧ hue˥ t'e˧ tɔ˧]
吃飯時搶先，做事時卻推拖不肯費勁。

【食，像武松扑虎；做，像桃花過渡】
[tsia˧ ts'iũ˩ bu˥ siɔŋ˦ p'a˥ hɔ˥ tso˩ ts'iũ˩ t'o˧ hue˥ kue˥ tɔ˧]
罵人食量甚大，做事效率欠佳。

【食，食飯店；睏，睏豬砧；洗面，剃頭店】
[tsia˧ tsia˩ puĩ˩ tiam˩ k'un˩ k'un˥ ti˧ tiam˥ se˥ bin˧ t'i˥ t'au˧ tiam˩]
昔日街市羅漢腳（單身漢）生活的寫實諺語。因爲沒有家，沒有廚房、床鋪、浴室，故三餐吃飯攤，到剃頭店洗面，夜間則以豬肉販的厚砧板爲床鋪。

【食，食施主；睏，睏廟宇；唸經無夠人拄】
[tsia˧ tsia˩ si˧ tsu˥ k'un˩ k'un˥ bio˩ u˥ liam˩ kiŋ˥ bo˧ kau˥ laŋ˧ tu˥]
揶揄出家的和尚尼姑，假如平時吃的是信徒所供養，住的也是信徒所起造的廟宇，那麼和尚尼姑平日唸經所唸的功德便不夠抵償給信徒。

【食雞，會起家；食魷魚，生囝仔好育飼】
[tsia˩ ke˥ e˩ k'i˥ ke˥ tsia˩ ziu˧ hi˦ sẽ˧ gin˥ nã˥ ho˥ io˧ ts'i˧]
民間婚喪喜慶時常聽見的吉祥話。謂吃雞家道會興旺；吃魷魚，生小孩好養育。

【食人，汗流；看人食，瀾流；予人食，目屎流】
[tsia˩ laŋ˦ kuã˧ lau˦ k'uã˥ laŋ˧ tsia˧ nuã˧ lau˦ hɔ˩ laŋ˧ tsia˧ bak˩ sai˥ lau˦]
吃東西時三種人三種心態，吃的人不用花錢，拼命猛吃；在旁沒得吃的人乾過癮看得垂涎三尺；花錢請客的人，想到帳單，眼淚偷偷滴下。

【食在肚裏，死在路裏，棺材在狗腹肚裏】
[tsia˧ ti˥ tɔ˥ li˩ si˥ ti˥ lɔ˧ li˩ kuã˧ ts'a˦ ti˥ kau˥ pat˩ tɔ˥ li˩]
昔日婦女罵乞丐的話，謂乞丐四處行乞爲塡飽肚子，乞討不到食物便會餓死在路旁，無人收屍，只好任憑野狗啃噬。

【食對藥，青草一葉；食無對藥，人參一石】
[tsia˩ tui˥ io˧ ts'ẽ˧ ts'au˥ tsit˩ hio˧ tsia˩ bo˧ tui˥ io˧ zin˧ sim˥ tsit˩ tsioʔ˥]
謂要對症下藥，否則吃上一百斤人參也枉然。

【食鹽比你食飯較濟，過橋比你行路較濟】
[tsia˩ iam˦ p'iŋ˩ li˥ tsia˩ puĩ˧ k'a˥ tse˧ kue˥ kio˦ p'iŋ˩ li˥ kiã˧ lɔ˧ k'a˥ tse˧]
濟，多也。倚老賣老的話，喻人生經驗比你豐富。

【食老三項歹：第一哈嚧流目屎，第二放尿卡尿滓，第三放屁兼泄屎】
[tsia˩ lau˧ sã˧ haŋ˩ bai˥ te˩ it˩ ha˥ hi˧ lau˧ bak˩ sai˥ te˩ zi˧ paŋ˥ zio˧ k'a˩ zio˩ tai˥ te˩ sã˥ paŋ˥ p'ui˩

kiam˧ siam˥ sai˥]
謂人上年紀以後，有三種令人討厭的老化毛病，第一是打哈欠會流眼淚，第二是下痟，小便後，尿桶中會有很多的沉澱物，第三是大便失禁，放屁時會夾帶著大便。

【飯店割飯】
[puĩ˨ tiam˨ kua˥ puĩ˧]
向飯店買飯，價錢一定貴。

【飯桶掛車輪】
[puĩ˨ t'aŋ˥ kua˥ ts'ia˧ len˥]
飯桶又大又重，必須要裝上車輪才推得動；罵人「大飯桶」、「大笨桶」是也。

【飯頭飼大豬】
[puĩ˨ t'au˦ ts'i˨ tua˨ ti˥]
台俗，拜地基主、老大公等的飯，第一口要盛給豬吃，人不吃。

【飯好食，話歹講】
[puĩ˧ ho˥ tsia˧ ue˧ p'ãi˥ kɔŋ˥]
喻飯可以亂吃，話不可亂講。

【飯來𣍐食半湯匙】
[puĩ˧ lai˦ be˨ tsia˨ puã˥ t'əŋ˧ si˦]
連半湯匙飯都嚥不下去，喻病況嚴重。

【飯硿囥尚高——澳底】
[puĩ˨ k'ã˥ k'əŋ˥ siũ˧ kuã˦ o˥ te˥]
歇後語。飯硿，飯桶；囥尚高，放太高；難盛（飯），音同「澳底」。澳底，台灣沿海地區常見之地名。

【飯後行百步，較好開藥舖】
[puĩ˨ au˧ kiã˧ pa˥ pɔ˧ k'a˥ ho˥ k'ui˧ io˨ p'ɔ˥]
喻飯後走百步，對身體健康有益。

【飯籬吊鑋鍬，鼎蓋水底泅】
[puĩ˨ le˧ tiau˥ tɔŋ˧ ts'iu˥ tiã˥ kua˨ tsui˥ te˥ siu˦]
飯籬，撈乾飯的竹器；喻生活困苦，無米可炊。

【飯會濫糝食，空缺𣍐濫糝做】
[puĩ˧ e˨ lam˨ sam˥ tsia˧ k'aŋ˧ k'ue˨ be˨ lam˨ sam˥ tso˨]
飯可以隨便（濫糝）吃，工作（空缺）不能亂做。

【飯會使隨便食，咒毋通隨便發】
[puĩ˧ e˨ sai˥ sui˧ pen˨ tsia˧ tsiu˨ m˨ t'aŋ˧ sui˧ pen˨ huat˩]
喻不可亂說話，以免惹禍上身。

【飲湯，出重倍】
[lim˧ t'əŋ˥ ts'ut˥ tiŋ˧ pue˧]
自己叫菜吃飯只須一分錢，與人一起叫菜吃飯，爲了表示客氣，只敢喝湯不好意思吃菜，臨走又搶著付帳，結果只喝了湯卻出了兩分錢。

【飲一文，醉四文】
[lim˧ tsit˩ bun˦ tsui˥ si˥ bun˦]
未飲先醉，未醉假醉。

【飲酒，不談公事】
[lim˧ tsiu˥ put˥ tam˧ kɔŋ˧ su˧]
指宴席上不談公事。

【飲焦焦，生卵葩】
[lim˧ ta˧ ta˥ sẽ˧ lan˨ p'a˥]
結婚喜宴上，客人常勸主人乾杯，謂將酒喝光才會生男生（卵葩，陰囊也）。

【飲水，要念水源頭】
[lim˧ tsui˥ ai˥ liam˨ tsui˥ guan˧ t'au˦]
飲水應該思源。

【飲紅酒，講白酒話】
[lim˧ aŋ˧ tsiu˥ kɔŋ˥ pe˨ tsiu˥ ue˧]
喻說得不對，言不由衷。

【飲冷酒，吃清飯，看暝尾戲】
[lim˧ liŋ˥ tsiu˥ tsia˨ ts'in˥ puĩ˧

k'uã˥ mẽ˧ bue˥ hi˨˩]
喝沒溫的酒，吃隔夜的飯和觀賞連夜演出的戲，都是傷身體的事。

【飽甲醉】
[pa˥ ka˥ tsui˨˩]
又飽又醉；引申爲受夠了責難。

【飽年飽節】
[pa˥ nĩ˦ pa˥ tset˧˥]
喻平時省吃儉用，只有在過年過節時才稍微享受一番。

【飽狗占屎】
[pa˥ kau˥ tsiam˥ sai˥]
過去，狗有吃屎的習慣。狗吃飽了，卻占著屎；譏人貪得無饜。

【飼狗吠主人】
[ts'i˨˩ kau˥ pui˨˩ tsu˥ laŋ˦]
謂恩將仇報。

【飼狗咬主人】
[ts'i˨˩ kau˥ ka˨˩ tsu˥ laŋ˦]
罵人忘恩負義。

【飼狗咬家治】
[ts'i˨˩ kau˥ ka˨˩ ka˧ ti˧]
意同前句。

【飼狗識主人】
[ts'i˨˩ kau˥ bat˥ tsu˥ laŋ˦]
狗都會認主人，知道養育之恩，更何況是人？

【飼蛇咬雞母】
[ts'i˨˩ tsua˦ ka˨˩ ke˧ bo˥]
養蛇，結果雞被吃光；喻做愚笨的行爲。

【飼貍毋飼鼠】
[ts'i˨˩ li˦ m˨˩ ts'i˨˩ ts'i˥]
喻與人有爭執時，寧願把利益給第三者，也不願給對方。

【飼豬成豬哥】
[ts'i˨˩ ti˥ tsiã˧ ti˧ ko˥]
養豬者若所養爲雄豬，當其爲仔豬時即須閹掉牠的睪丸，否則養到稍大便會成爲豬哥而不會生肉長大。比喻人家家運即將不好，家道可能要中落。

【飼貓毋飼鼠】
[ts'i˨˩ niãu˥ m˨˩ ts'i˨˩ ts'i˥]
養有益的東西，不養有害的東西。

【飼雞成伯勞】
[ts'i˨˩ ke˥ tsiã˧ pe˥ lo˦]
養雄雞者，當其爲仔雞時即須閹除睪丸才會長肉長大，俗稱「閹雞」，若未閹，雞長不大而成爲像伯勞鳥般瘦小，則占其人家運可能要轉壞。

【飼老鼠咬布袋】
[ts'i˨˩ niãu˥ ts'i˥ ka˨˩ pɔ˥ te˧]
養老鼠來咬壞東西，罵人忘恩負義，恩將仇報。

【飼狗也會搖尾】
[ts'i˨˩ kau˥ ia˨˩ e˨˩ io˧ bue˥]
狗看見主人，尚會搖尾示好；喻人若忘恩負義，則連狗都不如。

【飼虎毋願飼狗】
[ts'i˨˩ hɔ˥ m˨˩ guan˨˩ ts'i˨˩ kau˥]
寧願將肉拿去餵老虎而不餵狗；喻兄弟爲財產而相爭，最後寧可將好處送給別人，而不給兄弟。

【飼後生有老世】
[tsi˨˩ hau˨˩ sẽ˥ u˨˩ lau˨˩ si˨˩]
養兒子，老了以後生活才有依靠。

【飼後生，養老衰】
[ts'i˨˩ hau˨˩ sẽ˥ iaŋ˥ lau˨˩ sue˥]
養兒防老。

【飼畜牲傢伙上】
[ts'i˨˩ tsiŋ˧ sẽ˥ ke˧ hue˥ tsiũ˧]

傢伙，財產；飼養畜牲（豬、羊、雞、鴨等），可以增加家庭收入。

【飼查某子別人的】
[ts'i˩ tsa˧ bɔ˥ kiã˥ pat˩ laŋ˧ ge˧]
女兒養大終究要出嫁，成爲別人家的成員。

【飼查某子，食了米】
[ts'i˩ tsa˧ bɔ˥ kiã˥ tsia˩ liau˥ bi˥]
養女兒，長大終究要出嫁去侍奉她的公婆、夫子；對娘家而言是虧本的（食了米）。

【飼查某子偎壁趖】
[ts'i˩ tsa˧ bɔ˥ kiã˥ ua˥ piaʔ˩ so˧]
養女兒，不能拿拐杖，只能靠著牆壁走；喻與小孩緣薄的人，就不要養小孩。

【飼查某子，隨死會】
[ts'i˩ tsa˧ bɔ˥ kiã˥ tue˥ si˥ hue˧]
意同「飼查某子食了米」，養女兒就像跟了一個死會，只有付錢的義務，沒有標會的權利。

【飼查某子壓風颱】
[ts'i˩ tsa˧ bɔ˥ kiã˥ te˥ hɔŋ˧ t'ai˥]
喻養女兒沒有什麼用，颱風來時，抓去屋頂鎮壓颱風，以防屋頂被吹走算了。

【飼雞飼鳥，傢伙了】
[ts'i˩ ke˧ ts'i˩ tsiau˥ ke˧ hue˥ liau˥]
傢伙，家產；養雞養鳥是不划算的事，會賠老本。

【飼子較緊，飼爸較奧】
[ts'i˩ kiã˥ k'a˥ kin˥ ts'i˩ pe˧ k'a˥ oʔ˩]
緊，快；奧，慢。父母養育兒女容易，子女養父母親的就困難；感歎孝道之淪亡。

【飼子較濟，飼爸較少】
[ts'i˩ kiã˥ k'a˥ tse˧ ts'i˩ pe˧ k'a˥ tsio˥]
濟，多也；父母盡心盡力養育兒女經常見，兒女孝養父母的比較少看到。

【飼查某子是了錢貨】
[ts'i˩ tsa˧ bɔ˥ kiã˥ si˩ liau˥ tsĩ˧ hue˩]
女兒長大須出嫁，且須陪送粧奩，故有此諺。

【飼子無論飯，飼爸母算頓】
[ts'i˩ kiã˥ bo˧ lun˩ puĩ˧ ts'i˩ pe˩ bu˥ suĩ˥ tuĩ˩]
天下做父母的，養育兒女是不會計較金錢的。但兒女奉養父母，卻常把金錢放在腦中盤算，尤其是兄弟輪流奉養的，更是算得一清二楚，多一餐（頓）少一餐都不行。

【飼後生替老爸，飼新婦替大家】
[ts'i˩ hau˩ sẽ˥ t'e˥ lau˩ pe˧ ts'i˩ sim˧ pu˧ t'e˥ ta˧ ke˥]
養男孩（後生），長大了可以爲父親分勞；養童養媳（新婦），長大了可以替婆婆（大家）分勞。

【飼後生養老衰，飼新婦替大家】
[ts'i˩ hau˩ sẽ˥ iaŋ˥ lau˩ sue˥ ts'i˩ sim˧ pu˧ t'e˥ ta˧ ke˥]
新婦，媳婦；大家，婆婆。不育者抱養一個兒子，將來可以防老；有兒子者，先抱養一個童養媳，待她日後長大，可以幫婆婆很多忙。此爲昔日之習俗。

【飼豬仔好刣，飼外甥有去無來】
[ts'i˩ ti˧ a˥ ho˥ t'ai˧ ts'i˩ gue˩ siŋ˥ u˩ k'i˩ bo˧ lai˧]
豬養大了，可以賣給屠夫殺；外甥養大了，則不會理睬舅舅，意同「外甥

食母舅，親像食豆腐」。

【飼後生養老衰，飼查某子別人的】
[ts'i˨ hau˨ sẽ˥ iaŋ˥ lau˨ sue˥ ts'i˨ tsa˧ bɔ˥ kiã˦ pat˩ laŋ˧ ge˨˦]
生養男孩，將來可以養老；生養女孩，出嫁以後就是別人家的，言下之意是養男孩較划算，重男而輕女。

【飼查某囝仔別人的，飼新婦仔做大家】
[ts'i˨ tsa˧ bɔ˥ gin˥ nã˦ pat˩ laŋ˧ ge˨˦ ts'i˨ sim˧ pu˧ a˦ tso˦ ta˧ ke˥]
生養女兒，長大終究要出嫁成爲夫家的人；養童養媳，長大了與兒子配對，還是自家人，後者較划算。

【飼某飼到肥腔腔，飼爸母飼到一支骨】
[ts'i˨ bɔ˦ ts'i˨ ka˦ pui˧ tsut˥ tsut˩ ts'i˨ pe˨ bu˦ ts'i˨ ka˦ tsit˩ ki˧ kut˩]
養妻子養得肥肥胖胖的，養父母卻養得骨瘦如柴。

【飼雞無論糠，飼子無論飯，飼父母就算頓】
[ts'i˨ ke˥ bo˧ lun˨ k'əŋ˥ ts'i˨ kiã˦ bo˧ lun˨ pəŋ˧ ts'i˨ pe˨ bu˦ tio˨ səŋ˦ təŋ˨]
喻天下父母都極愛其子女，但子女孝順父母的卻不多。

【飼後生養老衰，飼新婦蔭大家，飼查某子別人的】
[ts'i˨ hau˨ sẽ˥ iaŋ˥ lau˨ sue˥ ts'i˨ sim˧ pu˧ im˦ ta˧ ke˥ ts'i˨ tsa˧ bɔ˥ kiã˦ pat˩ laŋ˧ ge˨˦]
養兒可以防老，養童養媳可以替婆婆做事，養女兒則長大出嫁後便是別人家的人。

【飼雞會叫更，飼狗會吠暝，飼查某子別人的，飼外孫攏毋來】
[ts'i˨ ke˥ e˨ kio˦ kẽ˥ ts'i˨ kau˦ e˨ pui˨ mẽ˨˦ ts'i˨ tsa˧ bɔ˥ kiã˦ pat˩ laŋ˧ ge˨˦ ts'i˨ gua˨ sun˥ lɔŋ˥ m˨ lai˨˦]
喻養女兒和外孫，不如養雞養狗來得實惠。

【養花天】
[iaŋ˥ hue˧ t'ĩ˥]
養花的好天氣。

【養兒備老】
[iaŋ˥ zi˨˦ pi˨ lo˦]
養兒防老。

【養犬吠主人】
[iaŋ˥ k'en˦ pui˨ tsu˥ laŋ˨˦]
喻恩將仇報。

【養子方知父慈】
[iaŋ˥ tsu˦ hɔŋ˧ ti˧ hu˧ tsu˨˦]
養兒方知父母恩。

【養兒待老，積穀防饑】
[iaŋ˥ zi˨˦ t'ai˨ lo˦ tsik˥ kɔk˩ hɔŋ˧ ki˥]
養兒子可以養老，存糧食可以預防荒年。

【養軍千日，用在一朝】
[iaŋ˥ kun˥ ts'en˧ zit˥ iɔŋ˧ tsai˨ it˥ tiau˥]
有備無患。

【養軍千日，用軍一時】
[iaŋ˥ kun˥ ts'en˧ zit˥ iɔŋ˨ kun˥ it˥ si˨˦]
長期準備，以待一時之用。

【養兒防備老，種樹圖蔭涼】
[iaŋ˥ zi˨˦ hɔŋ˧ pi˨ lau˧ tsiŋ˦ ts'iu˧ tɔ˧ im˦ liaŋ˨˦]
養男孩以備養老送終，種樹則預備長

大可以乘涼。

【養子不教不如養驢，養女不教不如養豬】
[iaŋ˥ tsu˥ put˥ kau˩ put˥ zu˧ iaŋ˥ li˧ iaŋ˥ li˥ put˥ kau˩ put˥ zu˧ iaŋ˥ ti˥]
子女若不好好教育，不如飼養畜牲。

【餓鬼絶命】
[go˩ kui˥ tsuat˩ miã˧]
餓鬼到此都會絶命，形容土地之荒涼。

【餓腸餓肚】
[go˩ təŋ˧ go˩ tɔ˧]
非常飢餓。

【餓齣死，脹齣肥】
[go˩ be˩ si˥ tiũ˥ be˩ pui˧]
喻薪水欠佳，僅夠開銷，維持一個最低水準的生活品質而已。

【餓毛毿西西，餓腸無人知】
[go˩ mõ˥ sam˥ sai˧ sai˥ go˩ təŋ˧ bo˧ laŋ˧ tsai˥]
毛髮不整，一看便知；飢腸轆轆，外人看不出；喻儀容不要邋遢。

【餾到臭酸】
[liu˩ ka˥ ts'au˥ suĩ˥]
餾，將食物重新熱一熱；喻同樣的話已講了很多次，聽膩了。

【餾過來，餾過去】
[liu˩ kue˥ lai˧ liu˩ kue˥ k'i˩]
喻説話嘮叨，反覆地講。

【饒你一條狗命】
[ziau˧ li˥ tsit˩ tiau˧ kau˥ miã˧]
喻暫且寬恕你。

【香過二鎮】
[hiũ˥ kue˥ zi˩ tin˩]
二鎮，地名，在台南縣六甲鄉；昔日進香路線由此經過，若進香團已經過了二鎮，才要出發，則已遲了。喻太遲了。

【香過爐較芳】
[hiũ˥ kue˥ lɔ˧ k'a˥ p'aŋ˥]
喻產品要離開產地，價格才會高。

【香爐耳趴狗屎】
[hiũ˧ lɔ˧ hĩ˧ p'ak˥ kau˥ sai˥]
喻絶子絶孫，祖先無人祭祀。

【香山米粉，食齣漏】
[hiũ˧ suã˧ bi˥ hun˥ tsia˩ be˩ lau˩]
安平諺語。香山，在安南區北線尾。古代安平迎媽祖，在此焚燒金紙，香客很多，主辦單位要準備午餐供香客享用，飯菜不夠，便用米粉代替，湯水不夠，便生飲香山湧出的泉水，因爲媽祖很靈會保佑香客，故不會拉肚子（漏屎）。

【香煙篆出平安字】
[hiũ˧ en˥ tuan˩ ts'ut˥ piŋ˧ an˧ zi˧]
常見謝神的語句，下句爲「燭蕊開成富貴花」。

【馬不停蹄】
[mã˥ put˥ t'iŋ˧ te˧]
一直工作，毫無休息。

【馬耳東風】
[mã˥ nĩ˥ tɔŋ˧ hɔŋ˥]
比喻你講話，他完全不聽。

【馬到成功】
[mã˥ to˩ siŋ˧ kɔŋ˥]
喻百戰百勝，事無不成。

【馬跳檀溪】
[mã˥ t'iau˩ t'an˧ k'e˥]
三國時代劉備騎馬跳過檀溪，即逃過災難；喻免除危險災難。

【馬較大隻牛】
[be˥ k'a˥ tua˩ tsia˥ gu˧]
馬、買二字諧音，父母對於常吵著要

買東西的孩子，常用此語答之。

【馬四腳也會著觸】
[be˥ si˥ k'a˥ ia˩ e˩ tio˩ tak˧]
馬四支腳彼此有時也會互相踢到；喻朋友之間有時難免也會有衝突。

【馬無食野草獪肥】
[be˥ bo˧ tsia˩ ia˥ ts'au˥ be˩ pui˧]
馬不吃野草不會肥壯，喻人無橫財不易致富。

【馬面深溝，硞頭退後】
[be˥ bin˧ ts'im˧ kau˥ k'ɔk˧ t'au˧ t'e˥ au˧]
謂女子臉長者陰戶溝深，女子額頭突出者陰户靠後。

【馬無再配，人有重婚】
[mã˥ bu˧ tsai˥ p'ue˩ zin˧ iu˥ tiɔŋ˧ hun˥]
人有因故而再婚者。

【馬有千里之力，無人不能自往】
[mã˥ iu˥ ts'en˧ li˥ tsi˧ lik˧ bu˧ zin˧ put˧ liŋ˧ tsu˩ ɔŋ˥]
喻雖然有些本領，但更需要旁人的協助。

【馬行無力皆因瘦，人不風流只為貧】
[mã˥ hiŋ˧ bu˧ lik˧ kai˧ in˧ san˥ zin˧ put˧ hɔŋ˧ liu˧ tsi˥ ui˩ pin˧]
喻男子只要有錢，多半會風流。

【馬無食野草獪肥，人無行險路獪富】
[be˥ bo˧ tsia˩ ia˥ ts'au˥ be˩ pui˧ laŋ˧ bo˧ kiã˧ hiam˥ lɔ˧ be˩ hu˩]
馬不吃野草不會肥壯，人不冒險不易致富。

【駛恁娘】
[sai˥ lin˥ niã˧]
駛，姦淫也；意同「姦恁娘」。

【駛蓄仔牛】
[sai˥ huan˧ nã˥ gu˧]
指男子去給人招為贅婿。

【駛姦恁娘禮】
[sai˥ kan˥ lin˥ niũ˧ le˥]
恁娘禮，你的母親；罵人的五字經。

【駛姦恁娘禮老肞脧】
[sai˥ kan˥ lin˥ niũ˧ le˥ lau˩ tsi˧ bai˥]
姦淫你母親的老陰户（老肞脧），此係最粗野的罵人八字經。

【騎王爺馬】
[k'ia˩ ɔŋ˧ gia˧ be˥]
指擅自使用親友寄存的金錢或物品，這種作法有失信用。

【騎虎難下】
[k'ia˩ hɔ˥ lan˧ ha˧]
上下兩難。

【騎馬糴麥】
[k'ia˩ be˥ tia˩ be˧]
順口溜。騎馬去買麥子。

【騎雙頭馬】
[k'ia˩ siaŋ˧ t'au˧ be˥]
喻大腿內側長疔貼膏藥。

【騎虎帶擒耳】
[k'ia˩ hɔ˥ tua˥ k'im˧ hĩ˧]
指惡上加惡。

【騎馬毋擒耳】
[k'ia˩ be˥ m˩ k'im˧ hĩ˧]
不小心，不謹慎。

【騎馬舉枴仔】
[k'ia˩ be˥ gia˧ kuai˥ a˥]
騎馬又帶手杖，用心過多反而有害。

【騎牛尋獪著牛】

[k'ia˨˩ gu˦ ts'ue˨˩ be˨˩ tio˨˩ gu˦]
指自相矛盾或愚笨。

【騎馬坐，挽弓食】
[k'ia˨˩ be˥ tse˧ ban˥ kiŋ˧ tsia˧]
坐時張著兩條大腿，吃飯時張著兩隻大胳臂；形容品行、行為不端的人。

【騎馬食，挽弓食】
[k'ia˨˩ be˥ tsia˧ ban˥ kiŋ˧ tsia˧]
形容飲食不注意禮貌，動作粗鄙，不是雙手左右開弓，便是張開雙腿如騎馬。

【騎馬，尋嬒見馬】
[k'ia˨˩ be˥˧ ts'ue˨˩ be˨˩ kĩ˥˧ be˥˧]
指自相矛盾或愚笨。

【騎車無用後架，胸前結油炸粿】
[k'ia˨˩ ts'ia˥ bo˧ iɔŋ˧ au˨˩ ke˨˩ hiŋ˧ tsiŋ˦ kat˥ iu˧ ts'ia˧ ke˥˧]
騎車，指騎腳踏車；油炸粿，油條，此處指領結；形容昔日草地紳士、鄉下老大之模樣。

【騙食騙食】
[p'en˥˧ tsia˨˩ p'en˥˧ tsia˧]
謙稱自己的工作，只是餬口而已。

【騙請害餓】
[p'en˥˧ ts'iã˥˧ hai˨˩ go˧]
騙說有人請他，害他餓了半天；喻一場空歡喜。

【騙乞食過地】
[p'en˥˧ k'it˥ tsia˧ kue˥˧ te˧]
喻用假話騙人安心。

【騙乞食，過後厝】
[p'en˥˧ k'it˥ tsia˧ kue˥˧ au˨˩ ts'u˨˩]
喻騙人一時，不能騙長久。

【騙囝仔姦尻川】
[p'en˥˧ gin˥ nã˥˧ kan˥˧ k'a˧ ts'uĩ˥]
騙小男孩來雞姦（姦尻川，姦屁股）；喻欺人太甚。

【騙鬼食牛肚湯】
[p'en˥˧ kui˥˧ tsia˨˩ gu˧ tɔ˨˩ t'əŋ˥]
喻騙人騙得很厲害。

【騙人親像過渡船】
[p'en˥˧ laŋ˦ ts'in˧ ts'iũ˨˩ kue˥˧ tɔ˨˩ tsun˦]
喻騙人只能一時得逞，最後會露出馬腳。

【騙契兄去林投腳飼虻】
[p'en˥˧ k'e˥˧ hiã˥ k'i˥˧ nã˧ tau˧ k'a˥ ts'i˨˩ baŋ˥˧]
騙情夫到林投樹下空等一場，餵蚊子；喻徒託空言，空約一場。

【騙人去洗浴，衫褲搶咧走】
[p'en˥˧ laŋ˧ k'i˥˧ se˥ ik˥ sã˧ k'ɔ˨˩ ts'iũ˥ le˥ tsau˥˧]
騙人去洗澡，再把他的衣服搶走；喻騙人的勾當，乘機取利。

【騰雲駕霧】
[t'iŋ˧ hun˦ ka˥˧ bu˧]
指神仙飛天，奔馳於雲霧之上。

【驕人必敗】
[kiau˧ zin˦ pit˥ pai˧]
驕傲的人一定會失敗。

【驚爸姦】
[kiã˧ pa˥ kan˨˩]
舊日台灣社會有抱養養女之習俗。有些養父常心存不軌，姦淫養女，故有此諺。演變至後來，意義轉變成反面，意謂怕什麼怕，亦即不用怕。

【驚天動地】
[kiã˧ t'ĩ˥ tɔŋ˨˩ te˧]
比喻事情非常鉅大。

【驚心懍命】
[kiã˧ sim˥ lim˥ miã˧]

指畏首畏尾，非常害怕。

【驚身驚命】
[kiã˧ sin˧ kiã˧ miã˧]
喻對事情都非常擔心，很怕事。

【驚到洩屎】
[kiã˧ ka˥ siam˥ zio˧]
驚嚇到屎出屎來；驚嚇過度。

【驚到哭爸】
[kiã˧ ka˥ k'au˥ pe˧]
指怕到極點。

【驚某大王】
[kiã˧ bɔ˥ tai˩ ɔŋ˧]
指非常怕老婆的人。

【驚癢，驚某】
[kiã˧ ŋiãu˥ kiã˧ bɔ˥]
俗謂男人怕癢就會怕老婆。

【驚死食艙著】
[kiã˧ si˥ tsia˩ be˩ tio˧]
喻怕死的人享不到福。

【驚驚艙著一等】
[kiã˧ kiã˥ be˩ tio˩ it˥ tiŋ˥]
做事怕怕的，猶豫不決，不會成功。

【驚死爸，愛食文頭】
[kiã˧ si˥ pe˧ ai˥ tsia˩ bun˩ t'au˧]
文頭，喪事做七拜亡人的麵食。俗謂無父者才可以吃此物，父親尚在世的人忌吃；一面怕父親死，一面又愛吃文頭。指自相矛盾。

【驚好嘴，毋驚激氣】
[kiã˧ ho˥ ts'ui˩ m˩ kiã˧ kik˥ k'ui˩]
喻吃軟不吃硬。

【驚死擱愛看目蓮】
[kiã˧ si˥ ko˥ ai˥ k'uã˥ bɔk˩ len˧]
目蓮，指目蓮救母的道士戲；戲裡有地獄的場面，而且多半是在喪禮場合演出的。譏謂既然看了會害怕，又何必來看？

【驚煙要落土礱間】
[kiã˧ iŋ˥ be˥ lo˩ t'ɔ˧ laŋ˧ kiŋ˥]
煙，灰塵很大的樣子；土礱間，昔日碾穀場，其間灰塵最大；怕灰塵的人，偏偏找工作找到碾穀場去；喻自相矛盾。

【驚了錢，敢要開査某】
[kiã˧ liau˥ tsĩ˧ kã˥ be˥ k'ai˧ tsa˧ bɔ˥]
妓女譏嫖客小氣、怕花錢；喻既然想做，就不要怕花錢。

【驚七月水，毋驚七月鬼】
[kiã˧ ts'it˥ gue˩ tsui˥ m˩ kiã˧ ts'it˥ gue˩ kui˥]
七月爲颱風季，常大雨成災，所以怕水甚於怕鬼。

【驚死爸擱愛看目連戲】
[kiã˧ si˥ pe˧ ko˥ ai˥ k'uã˥ bɔk˩ len˧ hi˩]
喻自相矛盾。目連戲只有在做功德時才演出，愛看目連戲又怕父親去世，表示自相矛盾。

【驚死娘禮，愛食文頭底】
[kiã˧ si˥ niũ˧ le˥ ai˥ tsia˩ bun˩ t'au˧ te˥]
文頭底，喪事做七祭拜亡人的麵食，有好幾層；俗謂母親（娘禮）尚在世者，不可以吃底層。一面怕母親死，一面又愛吃文頭的底層。喻自相矛盾。

【驚死暝暝一，毋驚暝暝七】
[kiã˧ si˥ mẽ˧ mẽ˧ tsit˥ m˩ kiã˥ mẽ˧ mẽ˧ ts'it˩]
謂男女交合，要節制以養生；怕死的年輕人一夜只交合一次，不怕死的人才一夜交合六、七次。

【驚某大丈夫，扑某豬狗牛】
[kiã˧ bɔ˥ tai˩ tiɔŋ˩ hu˥ p'a˥ bɔ˥ ti˧ kau˥ gu˧˥]
尊重老婆，怕老婆的人，能屈能伸，是眞大丈夫；欺侮老婆，凌虐老婆的人，則有如豬狗，是禽獸。喻家和爲貴。

【驚跋落屎礐，毋驚火燒厝】
[kiã˧ pua˩ lo˩ sai˥ hak˥ m˩ kiã˧ hue˥ sio˧ ts'u˩]
昔日住家都是茅草蓋的，最怕火災；有一人一天穿了新衣，夜裡上廁所，怕新衣弄髒，不顧火災危險，舉著燈火上廁所；譏人只顧自己一身的穿著好看，而置家庭的事務於不顧。

【驚看日頭影，憨慢新婦損破鼎】
[kiã˧ k'uã˥ zit˩ t'au˧ iã˥ ham˧ ban˩ sim˧ pu˧ kɔŋ˥ p'ua˥ tiã˥]
憨慢，指笨拙。反應遲鈍、手腳不俐落的媳婦，一看到太陽西斜，怕來不及做飯給家人吃，心裏一慌，連飯鍋都打破。

【驚蟄未到雷先響，四十五日暗天門】
[kẽ˧ tit˥ bue˩ kau˩ lui˧˥ siŋ˧ hiaŋ˥ si˥ tsap˩ gɔ˩ zit˥ am˥ t'ĩ˧ muĩ˧˥]
氣象諺。驚蟄之前打雷，占多雨。

【驢頭不對馬嘴】
[li˧ t'au˧˥ put˥ tui˥ be˥ ts'ui˩]
兩件事湊不在一起。

【骨皮不婚】
[kut˥ p'ue˧˥ put˥ hun˥]
本省習俗，因招贅、收養關係，視男方爲骨，女方爲皮，其兄弟姊妹的姓氏雖然不同，亦認爲與他們血脈相連，看成同一家族，不可結婚。

【骨肉至親】
[kut˥ ziɔk˥ tsi˥ ts'in˥]
人間關係最親密的莫過於骨肉。

【骨頭好扑鼓】
[kut˥ t'au˧˥ ho˥ p'a˥ kɔ˥]
言其已死亡多年，骨頭可當鼓棒；意同墓木已拱。

【骨頭好抨狗】
[kut˥ t'au˧˥ ho˥ p'iã˧ kau˥]
抨，投擲，形容人極瘦，其骨頭無肉，可以丟給狗啃。

【骨頭磨成針】
[kut˥ t'au˧˥ bua˧ siŋ˧ tsiam˥]
喻做事有恆心最重要。

【骨頭予你較輕鬆】
[kut˥ t'au˧˥ hɔ˩ li˥ k'a˥ k'in˧ saŋ˥]
喻把你揍一頓，修理修理。

【骨頭浮漂放風吹】
[kut˥ t'au˧˥ p'u˧ p'io˩ paŋ˥ hɔŋ˧ ts'ue˥]
風吹，風箏；喻心神不寧。

【骨頭痠痛𣍐翻身】
[kut˥ t'au˧˥ suĩ˧ t'iã˩ be˩ huan˧ sin˥]
喻工作非常勞累。

【高高在上】
[ko˧ ko˥ tsai˩ siɔŋ˧]
趾高氣昂，洋洋得意。

【高樹賢著風】
[kuan˧ ts'iu˧ gau˧ tio˩ hɔŋ˥]
樹大招風。

【高不成，低不就】
[kuan˧˥ put˥ siŋ˧˥ ke˧ put˥ tsiu˧]
謂擇偶或擇業，實非易事。

【高椅坐，低椅翹腳】
[kuan˧ i˥ tse˧ ke˩ i˥ k'iau˧ k'a˥]
台俗，訂婚戴戒指時，新娘子坐在高

的圓椅上，另用一矮凳供她放腳，以象徵好命。

【高女是高女，愛吃無愛煮】
[ko˧ li˥ si˩ ko˧ li˥ ai˥ tsia˧ bo˧ ai˥ tsi˥]
高女，日治時期高等女校之簡稱。高等女校畢業的女生，名氣雖然好，但因受過高等教育，反而變成不理家務，不見得是好媳婦。

【高椅坐，低椅翹腳，食飯配豬腳】
[kuan˧ i˥ tse˧ ke˩ i˥ k'iau˧ k'a˥ tsia˩ puĩ˧ p'ue˥ ti˧ k'a˥]
喻生活愜意而安樂；昔日吃飯能配豬腳，是一級棒的享受。

【高椅坐，低椅翹腳，燒茶捧來哈】
[kuan˧ i˥ tse˧ ke˩ i˥ k'iau˧ k'a˥ sio˧ te˧ p'aŋ˧ lai˧ ha˥]
翁姑的願望，希望媳婦能好好地奉承他們，每天坐在高椅，腳翹在矮凳，有熱茶可慢慢地喝。

【鬆衝目降】
[ts'iu˥ ts'aŋ˩ bak˥ kaŋ˩]
吹鬍子瞪眼睛，憤怒之狀。

【鬍鬆泉甲貓婆拼命】
[hɔ˧ ts'iu˧ tsuã˧ ka˥ niãu˧ po˧ piã˥ miã˧]
鬍鬆泉、貓婆二人，為昔日艋舺布袋戲班「金泉同」、「奇文閣」班主，前者擅長手藝，後者以台詞精妙見長，兩團演出，常難分高下。

【鬧西河展寶】
[nãu˩ se˧ ho˧ ten˥ po˥]
喻喜出風頭。

【鬧熱有時過，三頓較要緊】
[nãu˩ zet˥ u˩ si˧ kue˩ sã˧ tuĩ˩ k'a˥ iau˥ kin˥]
鬧熱，指迎神賽會等。往昔本省生活艱苦，只有在鬧熱時，才會準備較豐盛的菜餚來祭神。但鬧熱是偶而有之，如果太豐盛則日常生活中的三餐就要捉襟見肘了。本句意指節儉才是最根本。

【鬧裏有錢，靜處安身；來似風雨，去似微塵】
[nãu˧ li˩ iu˥ ts'en˧ tsiŋ˧ ts'u˩ an˧ sin˥ lai˧ su˩ hɔŋ˧ u˥ k'i˩ su˩ bi˧ tin˧]
人聚集的地方，就是錢聚集的地方（人潮就是錢潮）；住在清靜的地方，便可安身立命；人的一生，來去猶如風雨微塵。

【鬱鬱在心底，笑笑陪人禮】
[ut˥ ut˩ ti˩ sim˧ te˥ ts'io˥ ts'ioʔ˩ pue˧ laŋ˧ le˥]
內心雖鬱悶不平，但為顧全大局，還是要笑臉待人。

【鬼扛鬼】
[kui˥ kəŋ˧ kui˥]
閻羅王嫁女兒，坐者和抬者都是鬼；喻歹徒合夥做壞事，只有歹徒自己知道同道是誰，在做什麼事。

【鬼甲馬哭】
[kui˥ ka˥ be˥ k'au˩]
據說鬼聲與馬叫聲，乍聽之下，完全相同，細聽卻有很大的差別。喻事情不一樣，迴異有分。

【鬼甲馬吼】
[kui˥ ka˥ be˥ hau˥]
鬼與馬啼其聲不同，事有區別，不可混同。

【鬼看流目屎】
[kui˥ k'uã˩ lau˧ bak˩ sai˥]
鬼見愁。

【鬼看著也驚】
[kui˥˧ k'uã˨˩ tio˨˩ ia˨˩ kiã˥]
連鬼看了都害怕。鬼見愁。

【鬼仔騙閻羅王】
[kui˥ a˥˧ p'en˥˧ giam˧ lo˧ ɔŋ˧˥]
喻部屬騙上司。

【鬼甲馬吼無共聲】
[kui˥˧ ka˥˧ be˥˧ hau˥˧ bo˧ kaŋ˨˩ siã˥]
鬼叫聲與馬叫聲不同，喻言詞不同，意見不一。

【鬼要跟你抽舌根】
[kui˥˧ be˥ ka˨˩ li˥ t'iu˧ tsi˨˩ kin˥]
俗謂說謊或誣告別人，會被鬼拔去舌根。

【鬼摸城隍爺的頭殼】
[kui˥˧ bɔŋ˧ siŋ˨˩ hɔŋ˧ gia˧˥ e˧ t'au˧ k'ak˩]
喻在太歲頭上動土，膽大包天。

【鬼摸閻羅王尻川——大膽】
[kui˥˧ bɔŋ˧ giam˧ lo˧ ɔŋ˧˥ k'a˧ ts'uĩ˥ tua˨˩ tã˥˧]
歇後語。小鬼竟敢摸閻羅王的屁股，眞是大膽。

【魁星跳落海——未必】
[k'ue˧ siŋ˥ t'iau˥˧ lo˨˩ hai˥˧ bi˨˩ pit˩]
歇後語。魁星手中拿著一枝筆，筆若掉到海中去，一定要趕緊潛下水去找筆，即所謂「覓筆」，「覓筆」與「未必」諧音，故有此諺。

【魁扇頭扑人繪痛】
[k'ue˧ sĩ˥˧ t'au˧˥ p'a˥˧ laŋ˧˥ be˨˩ t'iã˨˩]
喻受父母責罰者，不可記恨在心。

【魂昇天，魄落地】
[hun˧˥ siŋ˧ t'ĩ˥ p'ik˥ lo˨˩ te˧]
喻心神不安。

【魂身燒渡纔知死】
[hun˧ sin˥ sio˧ tɔ˧ tsia˥˧ tsai˧ si˥˧]
台俗，人剛死，要爲他糊製一具紙偶象徵死者，於頭七左右焚化，俗傳人死後第七天才知道自己已死；喻悔之已晚。

【魏延捒倒七星燈】
[gui˨˩ en˧˥ sak˥ to˥ ts'it˥ ts'ẽ˧ tiŋ˥]
《三國演義》故事。諸葛亮爲求延長壽命，點七星燈，步罡踏斗做法，即將完成之際，魏延自室外衝進，踢翻七星燈，功敗垂成；喻重要關頭壞了大事。

【魔王嫁查某子——假鬼假怪】
[mõ˧ ɔŋ˧˥ ke˥˧ tsa˧ bɔ˥ kiã˥˧ ke˥ kui˥ ke˥ kuai˨˩]
歇後語。魔王的查某子亦是鬼，故其嫁查某子即是嫁鬼。台語嫁鬼與假鬼兩字諧音，而假鬼假怪則是指騙不了人的。

【魚目混珠】
[hi˧ bak˥ hun˥˧ tsu˥]
珠，珍珠；意圖以假亂眞。

【魚行口糞掃】
[hi˧ haŋ˧ k'au˥˧ pun˥˧ so˨˩]
台南市諺語；魚行口在今台南市西區大勇街一帶，魚蝦市場每天之垃圾（糞掃），均非常惡臭；喻奇臭無比。

【魚死，目毋瞌】
[hi˧˥ si˥˧ bak˥ m˨˩ k'eʔ˩]
喻死也不願瞑目。

【魚爲獺忍寒】
[hi˧˥ ui˨˩ t'aʔ˩ zim˥ kuã˧˥]
喻多餘的煩惱。

【魚毛鼈落湳】
[hi˧˥ ts'ua˨˩ piʔ˩ lo˨˩ lam˨˩]

魚帶鼈爬進爛泥沼之中，喻受惡友影響而步入歧途。

【魚鰡巡便孔】
[hɔ˧ liu˥ sun˧ pen˩ k'aŋ˥]
像泥鰍（魚鰡）找現成的土洞爲巢，不勞而獲；鳩佔鵲巢，揀現成的。

【魚趁鮮，人趁嫩】
[hi˧˥ t'an˥˧ ts'ĩ˥ laŋ˧˥ t'an˥˧ tsĩ˥˧]
魚貴新鮮，人貴年輕，青春易逝，要及早努力。

【魚趁鮮，蝦趁跳】
[hi˧˥ t'an˥˧ ts'ĩ˥ he˧˥ t'an˥˧ t'iau˩]
喻凡事宜抓住良機而行，不可延誤。

【魚還魚，蝦還蝦】
[hi˧˥ huan˧ hi˧˥ he˧˥ huan˧ he˧˥]
魚歸魚，蝦歸蝦，不可混亂。

【魚鰡毋知尾臭】
[hɔ˧ liu˥ m˩ tsai˧ bue˥˧ ts'au˩]
喻無自知之明，背後被人嫌還不自知。

【魚行水濁，鳥飛毛落】
[hi˧˥ hiŋ˧˥ sui˥˧ tɔk˥ niãu˥˧ hui˥ mõ˧˥ lɔk˩]
濁、落押韻；做任何事都會有影響；喻做事都須要花錢。

【魚食露水，人食喙水】
[hi˧˥ tsia˩ lɔ˥˧ tsui˥˧ laŋ˧˥ tsia˩ ts'ui˥˧ tsui˥˧]
謂人際關係，完全靠一張嘴巴。

【魚若毋食蝦，人就毋食糜】
[hi˧˥ nã˩ m˩ tsia˩ he˧˥ laŋ˧˥ tio˩ m˩ tsia˩ be˧˥]
澎湖諺語。魚最喜歡吃蝦，就像人喜歡吃粥（糜）；魚若不食蝦餌，可能是魚生病了吧！意謂魚一定會上餌。此係釣魚人之口頭語。

【魚還魚，蝦還蝦，水蛙甲田螺】
[hi˧˥ huan˧ hi˧˥ he˧˥ huan˧ he˧˥ tsui˥ ke˥ ka˥˧ ts'an˧ le˧˥]
魚歸魚，蝦歸蝦，田雞和田螺亦各歸各的；喻兩不相干。

【魚還魚，蝦還蝦，水龜魩當假田螺】
[hi˧˥ huan˧ hi˧˥ he˧˥ huan˧ he˧˥ tsui˥ ku˥ be˩ taŋ˥˧ ke˥ ts'an˧ le˧˥]
魚歸魚，蝦歸蝦，水龜不可冒充田螺；意謂凡事都要畫分清楚，不可混淆。

【魩仔魚食鮎鮘】
[but˥ la˥ hi˧˥ tsia˩ kɔ˧ tai˥]
喻小吃大。

【魩仔魚食著皇帝肉，暢到無鰾】
[but˥ la˥ hi˧˥ tsia˩ tio˩ hɔŋ˧ te˥˧ baʔ˩ t'iɔŋ˥˧ ka˥˧ bo˧ pio˥]
民間故事，海底浮銅砲，打死順治皇帝，帝屍入海被大小魚吃光，魩仔魚也分到一杯羹，高興（暢）得手舞足蹈；喻沾了貴人的光，樂不可支。

【魴鯊，狗無分】
[haŋ˥ sua˥ kau˥˧ bo˧ hun˥]
魴及鯊的魚骨，都是軟骨，狗只會吃而分不清楚。

【鮘魚（鯉魚）喙，蔥管鼻】
[tai˧ hi˧ ts'ui˩ ts'aŋ˧ kɔŋ˥ p'ĩ˧]
形容人的嘴與鼻之形狀。

【鮓鮎蝦，做目】
[te˧ kɔ˧ he˧˥ tso˥˧ bak˥]
謂無眞才實學而依仗他人，是靠不住的。

【鮭仔魚假赤鯮——無夠紅】
[kue˥ a˥ hi˧˥ ke˥ ts'ia˥˧ tsaŋ˥ bo˧ kau˥˧ aŋ˧˥]
歇後語。鮭仔魚、赤鯮，都是海水魚，外表都屬紅色，後者的價錢較高；有人若要以前者冒充後者出售，行不太

通，因爲鮭仔魚的紅色比不上赤鯮，即「無夠紅」；借喻知名度還不夠。

【鯉魚脫出金鉤釣，搖頭擺尾去毋來】
[li˥ hi˦ t'uat˥˩ ts'ut˥˩ kim˧ kau˧ tio˨˩ io˧ t'au˦ pai˥ bue˥˧ k'i˨˩ m˨˩ lai˦]
喻機會（鯉魚）一失，不會再來。

【鯤鯓響，米價漲】
[k'un˧ sin˥ hiaŋ˥˧ bi˥ ke˨˩ tiaŋ˨˩]
鯤鯓，指台南七鯤鯓。該地一吹起東風，則波濤洶湧，聲如雷般。本諺喻運米之船，難以進港，則米價便會飛漲。

【鯽魚釣大魠】
[tsit˥˩ hi˦ tio˥˧ tua˨˩ tai˧]
想取得更大的利益，得給人一些好處。

【鯽仔魚，食過河】
[tsit˥˩ la˥ hi˦ tsia˨˩ kue˥˧ ho˦]
做超過自己分內的事。

【鯽仔魚，釣大魠】
[tsit˥˩ la˥ hi˦ tio˥˧ tua˨˩ tai˧]
小魚釣大魚。

【鯽魚食水，鰓下過】
[tsit˥˩ hi˦ tsia˨˩ tsui˥˧ ts'i˧ e˨˩ kue˨˩]
喻好了瘡疤忘了痛。

【鯽魚食水，嘴下斗過】
[tsit˥˩ hi˦ tsia˨˩ tsui˥˧ ts'ui˥˧ e˨˩ tau˥ kue˨˩]
喻事過境遷，忘了當時的處境；忘恩負義。

【鯽仔魚食著油粕仔水】
[tsit˥˩ la˥ hi˦ tsia˨˩ tio˨˩ iu˧ p'o˥ a˥ tsui˥˧]
油粕仔水，含有油漬的水。鯽魚吃到這種水，會翻肚而死；喻人如果沈溺在邪慾中，也會死亡。

【鯽魚抱桶，一尾兩尾大】
[tsit˥˩ hi˦ p'o˨˩ t'aŋ˥˧ tsit˨˩ bue˥˧ ləŋ˨˩ bue˥ tua˧]
喻超出原來的預算。

【鯽魚較大無上砧，歹歹弟婦也無大伯嫌】
[tsit˥˩ hi˦ k'a˥˧ tua˧ bo˧ tsiũ˨˩ tiam˥ p'ãi˥ p'ãi˥ te˨˩ hu˧ ia˨˩ bo˧ tua˨˩ peʔ˨˩ hiam˦]
鯽魚再大也不能當作名貴菜餚上桌，弟婦如何潑辣，作大伯的也不能批評她。

【鰡鰍食目睭】
[liu˧ ts'iu˥ tsia˨˩ bak˨˩ tsiu˥]
鰡鰍，敏銳貌；目睭，眼睛；人要有敏銳的判斷力才會成功。

【鳥食麥】
[tsiau˥˧ tsia˨˩ be˧]
喻愛說話。

【鳥爲食亡】
[niãu˥˧ ui˧ sit˥˩ bəŋ˦]
鳥常爲了啄美食而中計被捕身亡。

【鳥仔放出籠】
[tsiau˥ a˥˧ paŋ˥˧ ts'ut˥˩ lam˥]
喻重獲自由，喜出望外。

【鳥仔，噪林盤】
[tsiau˥ a˥˧ tso˧ nã˧ puã˦]
林盤，即苦林盤，鄉間常見的一種灌木，葉如榕樹而薄，根可做藥，常有鳥類做巢於枝葉間；喻非常吵雜。

【鳥隻傍冬熟】
[tsiau˥ tsiaʔ˨˩ pəŋ˨˩ taŋ˥ sik˥˩]
冬，指農人收穫之時；小鳥遇到農夫收割時，糧食多，長得快，容易成熟；喻沾到好機會容易成功。

【鳥精鬧宋朝】

[tsiau˥ tsiã˥ nãu˩ sɔŋ˥˧ tiau˧˥]
喻一個惡人害了全體。

【鳥嘴牛尻川】
[tsiau˥ ts'ui˩ gu˧ k'a˧ ts'uĩ˥]
喻收入少支出多。

【鳥仔相咬毋驚人】
[tsiau˥ a˥˧ sio˧ ka˧ m˩ kiã˧ laŋ˧˥]
鳥兒本身互鬥時，不怕人。

【鳥飛過也著落一枝毛】
[tsiau˥˧ pue˥ kue˩ ia˩ tio˩ lak˥ tsit˩ ki˧ mɔ̃˥]
連鳥從他跟前飛過都得被他拔一枝羽毛；喻貪婪無饜。

【鳥腳蜘蛛肚，會食獪行路】
[tsiau˥ k'a˥ ti˧ tu˧ tɔ˧ e˩ tsia˧ be˩ kiã˧ lɔ˧]
本為謎語，猜昔日農具一種，即「風鼓」；後用以形容病患。

【鳳梨頭，西瓜尾】
[ɔŋ˧ lai˧ t'au˧˥ si˧ kue˧ bue˥˧]
鳳梨靠頭部，西瓜靠尾部，比較有甜分。

【鳳梨好食酸擱甜】
[ɔŋ˧ lai˧˥ ho˥ tsia˧ suĩ˥ ko˥˧ tĩ˥]
喻婚姻生活如鳳梨的滋味，又酸又甜。

【鳳山一片石，通容百萬人，五百年後，閩人居之】
[hɔŋ˩ suã˥ tsit˩ p'ĩ˥˧ tsioʔ˥ t'aŋ˧ iɔŋ˧ pa˥˧ ban˩ laŋ˧˥ gɔ˩ pa˥˧ nĩ˧ au˧ bin˧ zin˧˥ ki˥ tsi˥]
傳言，昔日鳳山有一石頭忽然裂開，上有讖語云：鳳山一片石，堪容百萬人，五百年後，閩人居之。

【鴉片仙，鴉片仙】
[a˧ p'en˥˧ sen˧ a˧ p'en˥˧ sen˥]
喻精神萎靡，像鴉片鬼，力不從心。

【鴉片薰屎——歹放】
[a˧ p'en˥˧ hun˧ sai˥˧ p'ãi˥ paŋ˩]
歇後語。鴉片薰，鴉片煙。抽食鴉片者，泰半有便秘的現象，故云「歹放」；引申為不容易放下，難脫干係。

【鴉有反哺之義】
[aʔ˩ u˩ huan˥ pɔ˧ tsi˧ gi˧]
烏鴉長大懂得孝順老母鴉。

【鴉片一下癮，通社走遍遍】
[a˧ p'en˩ tsit˩ le˩ gen˩ t'ɔŋ˧ sia˧ tsau˥ p'en˥˧ p'en˩]
通社，全村；鴉片毒癮一發作，沒鴉片可抽，忍不住就全村到處去尋找。

【鴨母蹄】
[a˥˧ bo˥ te˧˥]
指腳底呈鴨掌狀，乃相術中不是貴婦的賤相。

【鴨仔聽雷】
[a˥ a˥˧ t'iã˧ lui˧˥]
喻對牛彈琴，聽不懂。

【鴨母拖秤錘】
[a˥˧ bo˥˧ t'ua˧ ts'in˥˧ t'ui˧˥]
指拖累太重。

【鴨母食土滾】
[a˥˧ bo˥˧ tsia˩ tɔ˩ kin˥˧]
土滾，蚯蚓；強欺弱，吃定了。

【鴨母食水鱟】
[a˥˧ bo˥˧ tsia˩ tsui˥ hau˧]
指進退維谷。

【鴨母嘴，罔撈】
[a˥˧ bo˥ ts'ui˩ bɔŋ˥ lo˥]
喻不管有沒有收穫，姑且試一試。

【鴨母蹽田岸】
[a˥˧ bo˥˧ liau˧ ts'an˧ huã˧]
指走路時搖來擺去之姿態，或喻走路慢之人。

【鴨卵煮劊熟】
[a˥ nuĩ˧ tsi˥ be˩ sik˥]
喻婦女修飾不當，欠莊重。

【鴨卵塞石車】
[a˥ nuĩ˧ t'at˥ tsio˩ ts'ia˥]
用鴨卵塞石車，一用力就破，眞是無效。

【鴨母跋落米缸】
[a˥ bo˥ pua˩ lo˩ bi˥ kəŋ˥]
喻因禍得福。

【鴨卵卻到米斗】
[a˥ nuĩ˧ k'io˥ ka˥ bi˥ tau˥]
鴨蛋揀進米斗，多了一樣會將米斗塡滿；喻積少可以成多。

【鴨卵對著石頭】
[a˥ nuĩ˧ tui˥ tio˩ tsio˩ t'au˧]
喻不是對手。

【鴨母毋管，要管鵝】
[a˥ bo˥ m˩ kuan˥ be˥ kuan˥ go˧]
自己的鴨子不管，要管別人家的鵝；自己事不管，要管別人的事。

【鴨母食田螺——定規】
[a˥ bo˥ tsia˩ ts'an˧ le˧ tiŋ˩ kui˥]
歇後語。鴨母，生蛋鴨；性喜食蚯蚓、田螺等。雞鴨之胃，台語稱爲「胿」，鴨母吃了帶殼的田螺，其胃必硬，台語稱硬胃之音與「定規」同；意謂固定的規矩。

【鴨卵較密也有縫】
[a˥ nuĩ˧ k'a˥ bat˥ ia˩ u˩ p'aŋ˧]
喻再怎麼保守，機密總會洩漏出去；欲要人不知，除非己莫爲。

【鴨卵孵也無要緊】
[a˥ nuĩ˩ pu˧ ia˩ bo˧ iau˥ kin˥]
喻懷孕的婦人也可以。

【鴨卵卻到米斗滿】
[a˥ nuĩ˧ k'io˥ ka˥ bi˥ tau˥ muã˥]
喻積少可以成多；或喻還債一定還到底。

【鴨卵劊對得石頭】
[a˥ nuĩ˧ be˩ tui˥ tit˥ tsio˩ t'au˧]
喻不是對手。

【鴨卵擲過山——看破】
[a˥ nuĩ˧ k'en˧ kue˥ suã˥ k'uã˥ p'ua˩]
歇後語。鴨蛋擲過山，必破無疑；看破，指不必再抱希望了。

【鴨稠內，無隔暝土滾】
[a˥ tiau˧ lai˧ bo˧ ke˥ mẽ˧ tɔ˩ kin˥]
土滾，蚯蚓；鴨舍裡不可能有過得了夜的蚯蚓，都會被鴨子吃光；喻留不得。

【鴨母裝金身，也是扁嘴】
[a˥ bo˥ tsəŋ˧ kim˧ sin˥ ia˩ si˩ pĩ˥ ts'ui˩]
鴨子的嘴是扁形，外表裝金還是扁的；喻裝飾得再漂亮，還是改不了本來的面目。

【鴨母扁嘴，裝金嘛是扁嘴】
[a˥ bo˥ pĩ˥ ts'ui˩ tsəŋ˧ kim˥ mã˩ si˩ pĩ˥ ts'ui˩]
意同前句。

【鴨食伊的田，卵是阮厝的】
[aʔ˩ tsia˩ i˧ ge˧ ts'an˧ nuĩ˧ si˩ guan˥ ts'u˩ ge˧]
喻品行不端的女兒，在外偷情生下私生子，私生子屬女方的。

【鴨母食家治的粟，生卵別人的】
[a˥ bo˥ tsia˩ ka˧ ti˩ ge˧ ts'ik˩ sẽ˧ nuĩ˧ pat˩ laŋ˧ ge˧]
自己養的鴨子，卻跑到別人的田去生

蛋；喻女兒養大，終須嫁人。

【鴨母討食別人坵，生卵家治的】
[a˥˧ bo˥˧ t'o˥ tsia˧ pat˩ laŋ˧ k'u˥ sẽ˧ nuĩ˧ ka˧ ti˨˩ ge˧˥]
自己的鴨到別人的田去偷吃食物，回到自己家生蛋。喻品行不端的女兒，在外偷情生下私生子。

【鴨討食別人的田，生卵家治的】
[aʔ˩ t'o˥ tsia˧ pat˩ laŋ˧ ge˧ ts'an˧˥ sẽ˧ nuĩ˧ ka˧ ti˨˩ ge˧˥]
意同前句。

【鴛鴦水鴨】
[uan˧ iũ˥ tsui˥ aʔ˩]
比喻沐浴於愛情中的夫婦或情侶。

【鴛鴦戲水】
[uan˧ iũ˥ səŋ˥ tsui˥˧]
喻情侶嬉春。

【鵁鶺無義】
[ka˧ tsiau˧˥ bo˧ gi˧]
鵁鶺鳥雖被飼養，一飛走就不回來；喻人之忘恩負義。

【鵁鴒占便孔】
[ka˧ liŋ˧ tsiam˥˧ pen˨˩ k'aŋ˥]
鳩佔鵲巢，不勞而獲。

【鵁鴒騎水牛】
[ka˧ liŋ˧ k'ia˧ tsui˥ gu˧˥]
喻矮小的丈夫娶了一個高頭大馬的妻子。

【鵝較大隻鴨】
[go˧˥ k'a˥˧ tua˨˩ tsia˥˧ aʔ˩]
鵝、無二字音近，對於以強詞奪理死不認帳的人，常以此語回敬。

【鵲鳥報毋著期】
[ts'iɔk˥ tsiau˥˧ po˥˧ m˨˩ tio˨˩ ki˧˥]
喻傳錯話。民間故事相傳，牛郎織女本是每七日相會一次，因居間傳話的鵲鳥將七日誤傳爲七夕，遂使牛郎織女一年只能相會一次。

【鷺鷥圈頷】
[lɔ˨˩ si˥ k'en˧ am˧]
養魚或臨溪、濱海之家，多以鷺鷥爲捕魚的工具。在其頸頷上套一圓環，使其捕獲之魚，不能先行吃掉，稱之「鷺鷥圈頷」。借喻限制人使用銀錢。

【鷹仔目，鮎鮘嘴】
[iŋ˧ ŋã˥ bak˥ kɔ˧ tai˧ ts'ui˨˩]
謂女人眼睛銳利，口如鮎鮘，相傳這種人比較自私殘忍。

【鷹爪開花眞是芳】
[iŋ˧ ziau˥˧ k'ui˧ hue˥ tsin˧ si˨˩ p'aŋ˥]
喻人不可貌相。

【鷹仔虎嚇死烏秋】
[iŋ˧ ŋã˥ hɔ˥˧ he˥˧ si˥ ɔ˧ ts'iu˥]
喻空嚇一場而已，嚇不來。

【鷹眼猴手狐狸心】
[iŋ˧ gan˥˧ kau˧ ts'iu˥˧ hɔ˧ li˧ sim˥]
形容武林高手藝精心敏。鷹眼，能一眼看中對方弱點；猴手，出手像猴子般敏捷；狐狸心，像狐狸般狡獪，聲東而擊西。

【鸝鴞披山】
[lai˨˩ hio˧ p'i˧ suã˥]
老鷹（鸝鴞）飛翔時，將兩翅大展；用以斥責小孩沒規矩，吃飯時將兩支臂膀左右開弓。

【鸝鴞出世識雞栽】
[lai˨˩ hio˧ ts'ut˥ si˨˩ bat˥ ke˧ tsai˥]
鸝鴞，老鷹。老鷹一出世即認得小雞是牠的獵物。喻食爲人之天性。

【鸝鴞偷掠雞仔，烏秋在壁】
[lai˨˩ hio˧ t'au˧ lia˨˩ ke˧ a˥˧ ɔ˧ ts'iu˥ ti˨˩ piaʔ˩]

鷹鴞，老鷹；烏秋，老鷹的剋星；喻螳螂捕蟬，黃雀在後。

【鷹鴞飛上山，囝仔緊做官。鷹鴞飛高高，囝仔緊中狀元。鷹鴞飛低低，囝仔緊做老爸】
[lai˩ hio˧ pue˧ tsiũ˩ suã˥ gin˥ nã˥ kin˥ tso˥ kuã˥ lai˩ hio˧ pue˧ kuan˧ kuan˧ gin˥ nã˥ kin˥ tioŋ˥ tsioŋ˩ guan˧ lai˩ hio˧ pue˧ ke˩ ke˧ gin˥ nã˥ kin˥ tso˥ lau˩ pe˧]
昔日嬰兒滿月剃頭後，由其兄姊或鄰居之大孩子背著到屋外繞一圈，並用竹筅擊地，再唸此吉祥語。鷹鴞指老鷹。

【鸚哥鼻，魷魚眉】
[iŋ˧ ko˧ p'ĩ˧ tai˧ hi˧ bai˧]
形容女子之容貌。

【鹹甲凍】
[kiam˧ ka˥ taŋ˩]
譏人吝嗇。

【鹹甲澀】
[kiam˧ ka˥ siap˩]
譏人吝慳。

【鹹水潑面】
[kiam˧ tsui˥ p'ua˥ bin˧]
澎湖諺語。形容魚夫在風浪中工作的辛苦情形。

【鹹酸苦淡】
[kiam˧ suĩ˥ k'ɔ˥ tsiã˥]
喻遍嚐苦辛。

【鹹鯧，腐鮭】
[kiam˧ ts'iũ˥ au˥ kue˥]
澎湖諺語。烏鯧魚要用鹽醃得鹹鹹，再用油煎；鮭（石斑魚）則只用少許鹽醃後置於密封容器中，讓它腐化，成為膏狀；如此處理，才是美味。

【鹹鰱魚頭】
[kiam˧ len˧ hi˧ t'au˧]
譏人吝嗇。

【鹹淡攏試過】
[kiam˧ tsiã˥ lɔŋ˥ ts'i˩ kue˩]
謂人生酸甜苦辣都嚐過。

【鹹菜有一因】
[kiam˧ ts'ai˩ u˩ tsit˩ in˥]
鹹菜綁成一捆一捆，台人稱之為「一因」；借喻事出有因。

【鹹菜渡肉油】
[kiam˧ ts'ai˩ tɔ˥ ba˥ iu˧]
肉油被酸菜（鹹菜）吸去，好吃的東西都被別人吸走。

【鹹水，嘴焦人食】
[kiam˧ tsui˥ ts'ui˥ ta˥ laŋ˧ tsia˧]
水雖鹹，口渴的人（嘴焦人）不得不喝；喻高利貸利息雖高，缺錢的人只好咬緊牙根借了。

【鹹魚本身掩鱠密】
[kiam˧ hi˧ pun˥ sin˥ iam˧ be˩ bat˥]
鹽巴不夠醃鹹魚本身，喻自顧不暇。

【鹽到，鮭腐】
[iam˧ kau˩ kue˥ au˩]
等到要醃漬的鹽巴送到，鮭魚早就腐臭了；喻遠水救不了近火。

【鹽館老爹】
[iam˧ kuan˥ lo˥ tia˥]
鹽館老爹，本為清代地方賣鹽的幫辦（清代鹽屬專賣）；後用以比喻又鹹又澀的吝嗇之徒。

【鹽甕生蟲】
[iam˧ aŋ˩ sẽ˧ t'aŋ˧]
鹽甕中放的是鹽，不會腐壞，竟會生蟲，真是豈有此理。

【鹽甕生蟲——奇事】
[iam˧ aŋ˩ sẽ˧ t'aŋ˦ ki˧ su˧]
歇後語。鹽甕，裝鹽的陶器，其中非常鹹，絶對長不出腐蟲，若是長蟲，眞是奇事一樁。

【鹽水港牛墟——闊茫茫】
[kiam˧ tsui˥ kaŋ˥˧ gu˧ hi˥ k'ua˥˧ bɔŋ˥ bɔŋ˥˧]
歇後語。昔日台南鹽水港之牛墟，面積極大，故有此諺。

【鹽會生風，薑母會去風】
[iam˦ e˩ sẽ˧ hɔŋ˥ kiũ˧ bo˥˧ e˩ k'i˥˧ hɔŋ˥]
產婦坐月子最怕「生月內風」，俗謂產婦吃鹽會生月內風，故其食物均不可放鹽；又説老薑可以去風，故其食物中均用老薑烹煮。

【鹿，食火炔】
[lɔk˥ tsia˩ hue˥ hu˥]
火炔，灰燼；喻飢不擇食。

【鹿腳馬沖】
[lɔk˩ k'a˥ be˥ ts'iŋ˩]
指流氓無賴之輩。

【鹿耳門寄普】
[lɔk˩ nĩ˥ bəŋ˦ kia˥˧ p'ɔ˥˧]
鹿耳門，開發甚早，建有天后宮，同治年間因洪水而廟毀，幸而神像被人搶救出來，寄祀於台南市西區海安宮。每年七月普渡因無廟，只好由三郊借水仙宮代普。喻寄人籬下維生。

【鹿港三不見】
[lɔk˩ kaŋ˥˧ sam˧ put˥ ken˩]
謂昔日鹿港有三不見，一爲不見天：指今之中山路爲昔日之不見天街屋；二爲不見地：街巷皆鋪以紅地磚；三爲不見女人：婦女不隨便拋頭露面。

【鹿港人厚草頭】
[lɔk˩ kaŋ˥ laŋ˦ kau˩ ts'au˥ t'au˦]
謂鹿港人風俗上規矩特別多，繁文縟禮。

【鹿港風，彰化虻】
[lɔk˩ kaŋ˥ hɔŋ˥ tsiɔŋ˧ hua˥˧ baŋ˥˧]
鹿港九月以後，風力之大，與彰化蚊子之多且兇，同樣出名。

【鹿港無戲毋免來】
[lɔk˩ kaŋ˥˧ bo˧ hi˩ m˩ ben˥ lai˦]
鹿港廟多，神明生日也多，是以昔日經常在演歌仔戲、布袋戲，常吸引各地戲迷來看戲。後來，演戲改爲演電影，使許多老戲迷感到落寞，故有此諺。

【鹿港人，講話無相共】
[lɔk˩ kaŋ˥ laŋ˦ kɔŋ˥ ue˧ bo˧ sio˧ kaŋ˦]
謂鹿港人講話的腔調特別濃（泉州腔），和一般人不同。

【鹿港查甫，台北查某】
[lɔk˩ kaŋ˥ tsa˧ pɔ˥ tai˩ pak˥ tsa˧ bɔ˥˧]
鹿港衰落之後，男子便四處謀生，彷彿台北的藝旦，只要有歌臺舞榭的地方，即可看到她們的蹤影。

【鹿港人，講話甲人無相共】
[lɔk˩ kaŋ˥ laŋ˦ kɔŋ˥ ue˧ ka˥˧ laŋ˧ bo˧ sio˧ kaŋ˦]
鹿港人講話的腔調，甚至詞彙（如口袋説成通櫃仔）都與一般人不同。

【鹿港施一半，社頭蕭了了】
[lɔk˩ kaŋ˥˧ si˥ tsit˩ puã˩ sia˩ t'au˦ siau˥ liau˥ liau˥˧]
鹿港、社頭，彰化縣二鄉鎮名。鹿港姓施最多，社頭以蕭爲大姓，台語施與死、蕭與猶同音，故有此驚人之語。

「社頭蕭了了」或作「社頭蕭歸片」。

【鹿港乾，紅包四百錢；今年若無死，明年也會拖屎輾】
[lɔk˩ kaŋ˥ k'en˦ aŋ˧ pau˥ si˨ pa˨ sen˨ kin˧ nĩ˦ nã˩ bo˥ si˨ mẽ˧ nĩ˦ ia˩ e˩ t'ua˧ sai˥ len˦]
鹿港乾，即董守乾，父爲剃頭師，隨父北遷艋舺，習醫濟世，醫術精湛，活人無數。唯因求診者甚多，常有求診而見不到醫生的情況，因此病家怨怒，故意編此諺來罵他。拖屎輾，指中風臥病，不能起床而滿身便溺，輾轉床榻。

【麥芽膏手】
[be˩ ge˧ ko˧ ts'iu˨]
麥芽膏，麥芽糖，性極粘；喻看見什麼東西都想擁有的人。

【麥芽膏罐——愛人撬】
[be˩ ge˧ ko˧ kuan˩ ai˨ laŋ˧ kiau˧]
歇後語。昔日麥芽糖（麥芽膏）皆裝在鐵罐中，要吃的時候，必須很用力去撬開，因此有人便說它是「愛人撬」，「愛人撬」在閩南語中另一個意義是欠罵的意思。

【麥仔貴，食麵的出錢】
[be˧ a˨ kui˩ tsia˩ mĩ˧ e˧ ts'ut˥ tsĩ˦]
麥價調高，吃麵的人要負擔；商品漲價，成本轉嫁到顧客身上。喻羊毛出在羊身上。

【麵麵要，豆菜撥去邊仔】
[mĩ˧ mĩ˧ bueʔ˩ tau˩ ts'ai˩ pue˥ k'i˨ pĩ˥ a˥]
麵麵要，偏偏要，執意要；執意要吃某物，把遮住它的豆芽全撥到一旁；喻精於挑選東西，執意要挑某物。

【麵線摻鹽你也罵，豆簽無摻鹽你也罵】
[mĩ˩ suã˩ ts'am˧ iam˦ li˥ ia˩ mã˧ tau˩ ts'iam˥ bo˧ ts'am˧ iam˦ li˥ ia˩ mã˧]
謂新媳婦難爲。麵線在製造時已加鹽，烹煮時不可再加，新媳婦不懂而加鹽，因而被婆婆責罵；豆簽製作時未加鹽，煮時要加，新媳婦因煮麵線加鹽被罵，煮豆簽便不敢加又被罵，乃有此諺。

【麵線吊脰，豆腐磕頭，跳焦埤，壓舂臼，穩膾死】
[mĩ˩ suã˩ tiau˨ tau˧ tau˩ hu˧ k'ap˩ t'au˦ t'iau˨ ta˧ pi˥ te˨ tsiŋ˧ k'u˧ un˥ be˩ si˨]
戲謂要自殺的話，用麵線來自縊，買豆腐來撞頭，去跳乾涸的池塘，去壓在舂米的石臼上，保證不會死。

【麻燈債】
[muã˧ tiŋ˧ tse˩]
富家子弟長大，不務正業，卻揮金如土，然而父母在堂，控制一切，彼等只能暗中向放高利貸者貸款；償還之期則訂在乃父乃母去世，麻燈懸掛之日，再本息一併償還。

【麻面較有點】
[niãu˧ bin˧ k'a˨ u˩ tiam˨]
麻面，指臉上有很多斑點、小洞的人；戲謂麻面的較有資格。

【麻面滿天星】
[niãu˧ bin˧ muã˥ t'ĩ˧ ts'ẽ˥]
嘲罵麻子滿臉痘痕之語。

【麻衫褪予人穿】
[muã˧ sã˥ t'uĩ˨ hɔ˩ laŋ˧ ts'iŋ˧]
麻衫，喪服之一。指爲人辦事，在中途發現自己之能力、聲望無法勝任，遂找比自己理想之人接替辦理，稱之。

【麻豆旗竿——菁仔欉】
[muã˧ tau˩ ki˧ kuã˥ ts'ẽ˧ a˥ tsaŋ˦]

歇後語。菁仔欉，檳榔樹；指人輕浮冒失。

【麻的奸臣，鬍的不仁】
[niãu˥ e˥ kan˧ sin˦ hɔ˦ e˧ put˥ zin˦]
俗謂男人麻子或鬍子多的人，大半自私狡猾。

【黃金貯水——激骨】
[hɔŋ˩ kim˥ te˥ tsui˥˧ kik˥ kut˩]
歇後語。黃金，爲存放骨骸之陶罐。黃金貯水即骨壺內積水，做激骨解，即調皮滑稽之意。

【黃柏樹頂彈琴】
[uĩ˧ pik˥ ts'iu˩ tiŋ˥˧ tuã˧ k'im˦]
謂苦中作樂。

【黃酸蟻，賢鼻尋】
[uĩ˧ suĩ˧ hia˧ gau˧ p'ĩ˩ ts'ue˧]
黃酸蟻，小螞蟻；賢鼻尋，很會嗅出物品的所在地。譏人善於挖他人的隱私及缺點。

【黃南球，屙屎嚇番】
[uĩ˧ lam˧ kiu˦ əŋ˥˧ sai˥˧ he˥˧ huan˥]
屙屎嚇番，指虛張聲勢。黃南球，清末苗栗人。劉銘傳時，曾奉檄募鄉勇二百人，從征大嵙崁(今桃園大溪鎮)，一夜連破十八社，威震番界。昔日凡到近山處墾殖者，常遭山胞襲擊。黃南球的佃户，利用其聲威，來防止生番侵襲。他們將香蕉塞進竹筒裏再擠出來，假充人糞，堆在田寮邊。並說：黃南球長得高大無比，力大無窮，由其糞便就有那麼粗大可知。如此就對生番起了嚇阻作用。

【黃金無假，阿魏無眞】
[uĩ˧ kim˥ bo˧ ke˥˧ a˧ gui˧ bo˧ tsin˥]
黃金不會假的，阿魏（藥名）沒有眞貨。

【黃河，三千年一擺澄清】
[uĩ˧ ho˦ sã˧ ts'iŋ˧ nĩ˦ tsit˩ pai˥ tiŋ˧ ts'iŋ˥]
滾滾黃河三千年也會澄清一次，借喻一連串不幸之後也會有好運；或喻惡人再壞也有良心發現的一天。

【黃金守到生蔬纔揹走】
[hɔŋ˩ kim˥ tsiu˥ kau˥˧ sẽ˧ sɔ˥ tsia˥˧ kuã˩ tsau˥˧]
黃金，黃金甕仔，裝先人骨骸的陶甕；生蔬，因爲得到好地理的靈氣，開始有反應，即將大庇子孫；喻功敗垂成，即將成功之事卻讓自己搞砸了。

【黃昏無叔孫，天光纔辯字勻】
[hɔŋ˩ hun˥ bo˥ tsik˥ sun˥ t'ĩ˥ kuĩ˥ tsia˥ pen˩ zi˩ un˦]
字勻，輩分；過去艋舺有某人與其侄女私通，醜聲四播，爲鄉人所不齒。本諺即譏刺與近親發生曖昧情事者。

【黃虎跳落太平洋，未升天，牙癢癢】
[uĩ˧ hɔ˥˧ t'iau˥˧ lo˩ t'ai˥˧ piŋ˧ iũ˦ bue˩ siŋ˧ t'en˥ ge˦ tsiũ˩ tsiũ˧]
馬關條約割讓台灣給日本，台胞不從，成立「台灣民主國」抗日，以「藍地黃虎」爲國旗，不幸失敗，故云跳落太平洋；喻有志未伸，心頭不平。

【黃河尚有澄清日，豈通人無得運時】
[uĩ˧ ho˦ siɔŋ˩ iu˥˧ tiŋ˧ ts'iŋ˧ zit˥ k'i˥ t'aŋ˧ zin˦ bu˧ tit˥ un˧ si˦]
意謂人再怎麼倒楣，總有走運的時候。

【默默食三碗公】
[tiam˩ tiam˧ tsia˩ sã˧ uã˥ kɔŋ˥]
不動聲色的人，常有驚人之舉。

【點點金】

[tiam˥ tiam˥ kim˥]
指未惹半點塵埃，潔白、認眞。

【點油做記號】
[tiam˥ iu˧˥ tso˥˧ ki˥˧ ho˧]
言其仇怨，常記心頭，總有一天會報。

【點痣做記號】
[tiam˥ ki˨˩ tso˥˧ ki˥˧ ho˧]
意同前句。

【點虻仔香，添膽】
[tiam˥ baŋ˥ ŋã˥ hiũ˥ t'iam˧ tã˥˧]
虻仔香，蚊香；夜裡點蚊香睡以壯膽，形容人膽小。

【點燈有份，分龜跳坎】
[tiam˥ tiŋ˥ u˨˩ hun˧ pun˧ ku˥ t'iau˥˧ k'am˥˧]
跳坎，跳過一號。寺廟點燈捐款有我的名字，輪到分紅龜粿時卻跳號沒有我的分。喻有盡義務，卻沒享到權利。

【點塔七層，不如暗處一燈】
[tiam˥ t'aʔ˩ ts'it˥ tsan˨˩ put˥ zu˧ am˥˧ ts'u˨˩ tsit˩ tiŋ˥]
與其點上遠處的七層燈火，不如在暗處點上一燈可以就近照明；喻做事要適時適地。

【點仔哥】
[get˥ la˥ ko˥]
指精打細算的吝嗇鬼。

【鼈悉龜落湳】
[piʔ˩ ts'ua˨˩ ku˥ lo˨˩ lam˨˩]
悉，帶路；湳，爛泥沼，或寫作「坔」；喻惡友誘惑陷入困境。

【鼈殼糊土獪成龜】
[pi˥˧ k'ak˩ ko˧ t'ɔ˧˥ be˨˩ siŋ˧ ku˥]
喻僞貨終究騙不了人。

【鼎較冷灶】
[tiã˥˧ k'a˥˧ liŋ˥ tsau˨˩]
喻當事人比旁人還沒有興趣。

【鼎簸浮錢】
[tiã˥ kam˥˧ p'u˧ tsĩ˧˥]
鼎簸，鍋蓋；喻放高利貸賺錢。

【鼎內炒螞蟻】
[tiã˥ lai˧ ts'a˥ kau˥ hia˧]
喻死定了。

【鼎底炒螞蟻——逃獪了】
[tiã˥ te˥˧ ts'a˥ kau˥ hia˧ to˧ be˨˩ liau˥˧]
歇後語。指鍋裏炒螞蟻，螞蟻無處可逃，自是逃獪了。

【鼎蓋的螞蟻——走投無路】
[tiã˥ kua˨˩ e˧ kau˥ hia˧ tsau˥ t'au˧˥ bo˧ lɔ˧]
歇後語。螞蟻四處找食物，爬到鍋蓋上面。等到主婦做飯時，將火點燃，就走投無路，被活活燒死了。

【鼓無扑獪響】
[kɔ˥˧ bo˧ p'aʔ˩ be˨˩ hiaŋ˥˧]
喻不示威一下，對方不怕。

【鼓在內，聲在外】
[kɔ˥˧ tsai˨˩ lai˧ siã˥ tsai˨˩ gua˧]
喻機密容易外洩。

【鼓吹嘴，干樂腳】
[kɔ˥ ts'ue˧ ts'ui˨˩ kan˧ lɔk˩ k'a˥]
鼓吹，嗩吶；干樂，陀螺。喻好講話又好動的人。

【鼓響食到鼓歇】
[kɔ˥˧ hiaŋ˥˧ tsia˨˩ kau˥˧ kɔ˥˧ hioʔ˩]
從起鼓（鼓響）到鼓停（鼓歇），表示時間很長；譏人貪吃、貪婪。

【鼓亭腳，捻豆菜根】
[kɔ˥ tiŋ˧ k'a˥ liam˥˧ tau˨˩ ts'ai˥˧ kin˥]
指叫人做一件事，後來成了慣例。

【鼓做鼓扑，簫做簫噴】
[kɔ˥ tso˥ kɔ˥ p'aʔ˩ siau˥ tso˥ siau˥ pun˧˥]
喻各做各的，各不相干。

【鼓無扑艙響，人無勸艙善】
[kɔ˥ bo˧ p'aʔ˩ be˩ hiaŋ˥ laŋ˧˥ bo˧ k'uĩ˩ be˩ sen˧]
喻教育極爲重要。

【鼓無扑艙響，燈無點艙光】
[kɔ˥ bo˧ p'aʔ˩ be˩ hiaŋ˥ tiŋ˥ bo˧ tiam˥ be˩ kuĩ˥]
喻凡事不做，就不會有效果，或喻教育一事非常重要。

【鼠牛虎兔】
[ts'i˥ gu˧˥ hɔ˥ t'ɔ˩]
喻無理取鬧。

【鼻根糾】
[p'ĩ˧ kin˥ kiu˩]
糾，緊縮；譏吝嗇者花錢而吃不消之狀。

【鼻吐舌吐】
[p'ĩ˧ t'ɔ˥ tsi˧ t'ɔ˥]
指憤怒之狀。

【鼻流毋知擤】
[p'ĩ˧ lau˧˥ m˩ tsai˧ ts'iŋ˩]
鼻涕流出來，還不知擤去，眞是無自知之明。

【鼻孔口，上青苔】
[p'ĩ˩ k'aŋ˧ k'au˥ ts'iũ˩ ts'ẽ˧ t'i˧˥]
指小孩子流鼻涕的不潔之狀。

【鼻臭毋甘割核掉】
[p'ĩ˧ ts'au˩ m˩ kam˧ kua˥ hĩ˥ tiau˧]
喻舐犢情深。子女雖然不肖，但做父母的卻不忍棄之；猶如自己的鼻子雖臭，卻不忍割掉。

【鼻痰瀾，換油火煙】
[p'ĩ˧ t'am˧ nuã˧ uã˩ iu˧ hue˥ en˥]
主人以茶水、香煙、糖果等待客，卻只換得客人留下的鼻涕、痰及口水；喻光花錢，無利益。

【鼻孔向落，無一個好人】
[p'ĩ˩ k'aŋ˥ hiɔŋ˥ lo˧ bo˧ tsit˩ le˧ ho˥ laŋ˧˥]
喻天下沒有一個好人，天下烏鴉一般黑。

【鼾人無財，鼾豬無刣】
[huã˧ laŋ˧˥ bo˧ tsai˧˥ huã˧ ti˥ bo˧ t'ai˧˥]
睡覺打鼾的人，沒有什麼財；打鼾的豬猶不夠肥大，還不能屠殺。

【齒白唇紅】
[k'i˥ pe˧ tun˧˥ aŋ˧˥]
形容女子容貌美麗。

【齒痛纔知齒痛人】
[k'i˥ t'iã˩ tsia˥ tsai˧ k'i˥ t'iã˥ laŋ˧˥]
指有過相同的痛苦或遭遇，才會互相體諒；同病相憐。

【龍虎湊】
[liɔŋ˧ hɔ˥ tau˩]
台灣習俗，許多儀式必須兩人合辦者經常要求由一個肖龍、一個肖虎者合作，如喪事除靈抬靈桌即是一例。喻天生一對。

【龍困淺池】
[liɔŋ˧˥ k'un˥ ts'en˥ ti˧˥]
喻英雄無用武之地。

【龍肝鳳髓】
[liɔŋ˧ kuã˥ hɔŋ˩ ts'ue˥]
指難得之美味。

【龍銀食聲】
[liɔŋ˧ gin˧˥ tsia˩ siã˥]

鑑別龍銀之眞僞，係在其邊緣吹氣；然後放到耳旁，若聽到清脆的聲音則爲眞品；否則爲贋品。本句喻遇事不辨眞僞，只跟著「人云亦云」。

【龍頭蛇尾】
[liɔŋ˧ t'au˦ tsua˧ bue˥]
虎頭蛇尾。

【龍仔銀食聲】
[liɔŋ˧ ŋã˥ gin˦ tsia˩ siã˥]
意同「龍銀食聲」。

【龍頭屬老成】
[liɔŋ˧ t'au˦ siɔk˩ lau˩ siŋ˦]
喻大器晚成。

【龍不龍，獸不獸】
[liɔŋ˦ put˥ liɔŋ˦ siu˩ put˥ siu˩]
指好壞不分。係自「良不良，莠不莠」訛轉而成的。

【龍平入，虎平出】
[liɔŋ˧ piŋ˦ zip˥ hɔ˥ piŋ˦ ts'ut˩]
民俗上，香客進廟，要從廟之左邊（龍平）進去，拜完從右邊（虎平）出來，叫做「登龍門，出虎口」。

【龍生龍，鳳生鳳】
[liɔŋ˦ sẽ˧ liɔŋ˦ hɔŋ˧ sẽ˧ hɔŋ˧]
喻什麼樣的父母，生出什麼樣的兒女。

【龍眼子，拭尻川】
[liŋ˧ kiŋ˥ tsi˥ ts'it˥ k'a˧ ts'uĩ˥]
喻做事的手腕，看人如何運用。

【龍驚臭，虎驚鬧】
[liɔŋ˦ kiã˧ ts'au˩ hɔ˥ kiã˧ nãu˧]
民俗以左方爲青龍，右方爲白虎；居家亦然；龍怕臭，故廁所忌在左方；虎怕鬧，故廚房忌在右方。

【龍身借狗腹出世】
[liɔŋ˧ sin˥ tsio˥ kau˥ pak˩ ts'ut˥ si˩]
指出身於微賤的尊貴者。

【龍肝鳳膽攏歹醫】
[liɔŋ˧ kuã˥ hɔŋ˩ tã˥ lɔŋ˥ p'ãi˥ i˥]
謂病入膏肓，藥石罔效。

【龍游淺水，遭蝦笑】
[liɔŋ˦ iu˦ ts'en˥ tsui˥ tso˧ he˦ ts'ioʔ˩]
君子落難遭小人譏笑。

【龍生龍子，虎生豹子】
[liɔŋ˦ sẽ˧ liɔŋ˧ kiã˥ hɔ˥ sẽ˧ pa˥ kiã˥]
喻有其父必有其子。

【龍沙篡堂，子孫興旺】
[liɔŋ˧ sua˥ ts'uan˥ tɔŋ˦ tsu˥ sun˥ hiŋ˧ ɔŋ˧]
堪輿家之言。墓之右邊爲虎沙，左邊叫龍沙；左邊形勢若超過墓之中央，象徵子孫會興旺。

【龍虎交戰，龜鼈受災】
[liɔŋ˧ hɔ˥ kau˧ tsen˩ ku˧ piʔ˩ siu˩ tsai˥]
喻強者相爭，殃及弱者。

【龍一條勝過土滾一畚箕】
[liɔŋ˦ tsit˩ tiau˦ siŋ˥ kue˥ tɔ˩ kin˥ tsit˩ pun˥ ki˥]
一條龍的價值，勝過一大堆的蚯蚓（土滾）；喻好貨不須多。

【龍交龍，鳳交鳳，隱龜的交懂戇】
[liɔŋ˦ kau˧ liɔŋ˦ hɔŋ˧ kau˧ hɔŋ˧ un˥ ku˥ e˥ kau˧ tɔŋ˥ gɔŋ˧]
隱龜，駝背的人；懂戇，愚笨的人。喻朋友是物以類聚。

【龍生龍，鳳生鳳，老鼠生子會扑洞】
[liɔŋ˦ sẽ˧ liɔŋ˦ hɔŋ˧ sẽ˧ hɔŋ˧ niãu˥ ts'i˥ sẽ˧ kiã˥ e˩ p'a˥ tɔŋ˧]
喻有其父必有其子。

【龍眼好食，殼烏烏；荔枝好食，皮

粗粗】
[liŋ˧ kiŋ˥ ho˥ tsia˧ k'ak˥ ɔ˧ ɔ˥ nãi˩ tsi˥ ho˥ tsia˧ p'ue˧ ts'ɔ˧ ts'ɔ˥]
喻不可以貌取人。

【龍游淺水蝦笑佪，虎落平陽犬欺身】
[liɔŋ˧ iu˧ ts'en˥ tsui˥ he˧ ts'io˥ in˥ hɔ˥ lo˩ piŋ˧ iɔŋ˧ k'en˥ k'i˧ sin˥]
喻有權勢的人，一旦失去憑藉，任何人都可以欺負得了他。

【龜毛】
[ku˧ mɔ̃˥]
指人做事畏縮、不乾脆。

【龜腳出現】
[ku˧ k'a˥ ts'ut˥ hen˧]
指露出馬腳。

【龜圓鼈扁】
[ku˥ ĩ˧ piʔ˩ pĩ˥]
形容人耍花招，搞計謀，舉動詭異。

【龜龜鼈鼈】
[ku˧ ku˧ pi˥ piʔ˩]
指把事情的眞相透露一部分，其餘的則隱藏起來，故作神秘狀。或指說話欲語還休之狀。

【龜齡鶴算】
[ku˧ liŋ˧ ho˧ suan˩]
比喻長壽。

【龜𤆬鼈落湳】
[ku˥ ts'ua˩ piʔ˩ lo˩ lam˩]
𤆬，帶領；湳，爛泥沼；喻惡友誘惑陷入困境。

【龜背朝天子】
[ku˧ pue˩ tiau˧ t'en˧ tsu˥]
駝背的去朝拜天子；喻自己有缺點，無法隱瞞。

【龜笑鼈無尾】
[ku˥ ts'io˥ piʔ˩ bo˧ bue˥]
不知自己也有同樣的缺點，竟取笑他人；五十步笑百步。

【龜腳趖出來】
[ku˧ k'a˥ so˧ ts'ut˥ lai˩]
露出馬腳。

【龜腳龜內肉】
[ku˧ k'a˥ ku˧ lai˩ baʔ˩]
龜腳也是龜的一部份；喻羊毛出在羊身上；費用由顧客自行分攤。

【龜頭也是龜內肉】
[ku˧ t'au˧ ia˩ si˩ ku˧ lai˩ baʔ˩]
龜頭也是龜身的一部分；喻兄弟不和，還是同胞；或喻羊毛出在羊身上，所花費的錢還是出於自己出的部分。

【龜做龜討食，鼈食做鼈爬壁】
[ku˥ tso˥ ku˥ t'o˥ tsia˧ piʔ˩ tso˥ piʔ˩ pe˥ piaʔ˩]
喻各做各的，各自謀生。

【龜山戴烏帽，西北若睏就會落】
[ku˧ suã˥ ti˥ ɔ˧ bo˧ sai˧ pak˩ nã˧ mĩ˥ tio˩ e˩ lo˧]
氣象諺。龜山島，在宜蘭東方海面，島的上空若有烏雲（烏帽），則西北雨馬上（若睏）就會降下來。

1. 爲便於讀者依類檢索，不厭繁瑣，細分爲九十六類，其無類可分者，則入雜類。

2. 凡屬可以歸爲二種類別、三種類別者，本索引亦將它分見於二種類別、三種類別中。

一、天文、氣象、曆法、時令

二、地理、風景、地名

三、歲時、年節、節慶、時間

四、親戚

五、父母、子女

六、夫婦、妻妾

七、婆媳

八、姑嫂

九、老幼婦孺

十、君臣

十一、師徒

十二、主傭、奴僕

十三、朋友、交遊

十四、賓主

十五、乞丐

十六、政治

十七、官吏、權勢

十八、功名、利祿

十九、法律

二十、訴訟、爭鬥

二一、冤屈不平

二二、權利、義務

二三、軍事、戰爭

二四、武藝

二五、禍福吉凶

二六、命運成敗、機緣

二七、神鬼、祭祀

二八、宗教、信仰

二九、堪輿、卜卦、相命、占兆

三十、生育、教養

三一、婚姻、嫁娶、媒人

三二、死亡喪葬

三三、生命壽夭

三四、健康、疾病、醫藥、衛生

三五、賢能、才能、不肖

三六、智慧、聰明、愚笨、猾

三七、幽默、風趣、機智

三八、勤勞、懶惰

三九、節儉、吝慳

四十、奢侈、浮誇

四一、美醜、體貌

四二、口才、言語

四三、性格、度量、器度

四四、習慣、習性

四五、強弱、優劣

四六、勸誡

四七、譏諷、詈罵、戲謔

四八、懊悔、誤解、錯誤

四九、修身養性、倫理道德

五十、待人處事、交際應酬、人情世故

五一、君子、小人

五二、誠信、詐僞、真僞、承諾

五三、貪狠、奸惡

五四、恩仇、怨忿

五五、志向、期望、抱負

五六、公平、自私

五七、價值觀念、好惡

五八、七情六欲

五九、擔憂、煩惱

六十、懷疑、猜測

六一、是非、善惡

六二、勇怯、恐懼

六三、謙讓、傲慢

六四、羞恥、榮辱、讚美

六五、行爲舉止

六六、判斷

六七、守密、機密

六八、本末、終始

六九、處境、經驗

七十、盜賊

七一、娼妓

七二、男女不倫關係

七三、酒色、嫖賭

七四、遊樂、嬉笑、戲劇

七五、藝術

七六、音樂

七七、技藝、工藝、百工、百業

七八、商賈、生意、合夥

七九、利益、錢財

八十、貧富貴賤

八一、借貸、賒欠

八二、學術、教育、文章、文學

八三、農業

八四、魚業

八五、花草樹木

八六、鳥獸蟲魚

八七、數量、程序、大小

八八、難易

八九、飲食、宴飲

九十、衣著、服飾、粧扮

九一、宮室、舟車、道路、居住、住家

九二，器用、珍寶

九三、歷史掌故

九四、風土民情

九五、古今比較

九六、雜類

國家圖書館出版品預行編目資料

福全台諺語典／徐福全編著，- 一版，- 臺北市 ： 徐福全，民 87
面 ： 公分
含索引
ISBN 957-97288-3-6（精裝）

1. 諺語 – 臺灣
539.9232 87007382

福 全 台 諺 語 典

編著者 ： 徐福全
出　版 ： 徐福全
郵政劃撥 ： 18931321 徐福全帳戶
電　話 ：（02）2934-6530　0936-786-022
通訊處 ： 台北市文山區景華街 147 巷 16 號
法律顧問 ： 祥和法律事務所　余鐘柳律師
電　話 ：（02）2393-6320　2358-2686
出版日期 ： 中華民國九十二年七月
定　價 ： 新台幣壹仟伍佰元整

ISBN 957-97288-3-6